歷代文話

第八册

王水照編

復旦大學出版社

古文辭通義

王葆心 撰

《古文辭通義》二十卷

王葆心 撰

王葆心（一八六七—一九四四，一説一八六四—一九四四，又一説一八六八或一八六九—一九四五），字季薌，號青垞（一作垞）、晦堂，羅田（今屬湖北）人。自幼從兄葆龢、葆周讀書，遍及《論語》、《國策》、《楚辭》、《文選》等。爲文從駢儷入，深惡經生業。光緒十一年（一八八五）後鋭意治書，廣稽博考，自謂「此心寄於書有如魚水」（卷末王葆龢跋）。光緒十七至二十年（一八九一—一八九四）間入兩湖書院求學，刻苦課文，好綜貫群籍，力避陳言俗論。張之洞許其深隱生勁，教以軒豁確實，從博大平易處致力。光緒二十九年（一九〇三）舉人。自光緒二十四年（一八九八）後歷任郢中博通書院院長、省郡都中各校教員，官禮部、學部，充修書、校書等。辛亥革命後，任北京圖書館總纂、武漢大學教授、湖北國學館館長等。著述另有《歷朝經學變遷史》、《蘄黄四十八砦紀事》、《方志學發微》等。

此書原版名《高等文學講義》，後訂補重版易名《古文辭通義》，爲作者十餘年精力所萃。全書二十卷分爲六篇，拓展桐城文派「義法」説，借鑒國外尤其是日本的修辭學理論，廣徵博引古今諸説，融貫己意，形成較爲完整的體系，具有一定的集成意義。先破後立，首列《解蔽篇》「綜文之忌以抉壅蔽」（《例目》），然後依次立篇評述爲文指要、法門，綜合、剖析歷世文家創作陳迹。各篇均冠以序文，提挈綱領，以己意貫舊説；篇中又不乏據舊説而剖析折衷之論。其中頗多平允中肯之見，如《識途篇》序云：「學者舉吾人自具之才質，進以前人經驗之功候，純而後肆，迷而得歸，由偏詣全，以困取豫，其秩然之序不可紊也。」（卷五）列述諸家讀法後評曰：「要其用意可言決之，曰：將以求古人所已至者，更於已至之中求其所未至也。其始也，求有以入乎古人；其繼也，又須求有以出乎古人。」（卷五）又綜貫諸家作文法曰：「作文始於有法，終於無法，非無法，神明乎法律之外也。」（卷九）他如關於作家的才與學、創作的生與熟等問題都有較精辟的評述。

此書初刊於光緒三十二年（一九〇六），重訂本由湖南官書報局於民國五年（一九一六）刊入《晦堂叢書》，作者稱「此訂補一書出，而前編都可廢」（《例目》）。一九六五年臺灣中華書局據此本影印，王氏弟子成惕軒一九六四年爲作《古文辭通義後序》。今據重訂本録入，併附成氏《後序》於卷末。本書書名，封面題《古文辭通義》，正文標明各卷時又作《古文詞通義》，「辭」、「詞」通用。今悉依原本未予統一。

（聶安福）

古文辭通義原序

文之爲學，難言矣。自今日學者言之，質學之科由算數入，文學之科由國文入。兩者自有枝幹，故能各成一學科。然而虛靈無薄，變化繁數，須先斟劑大體，而後附物，以顯厥用，其用力最難。東西教育家列爲基本教科，可知厥用爲最要。然而文字者，溺之則形下之器，卑之不過以代結繩之用。若推論其穰，博極而究之，畢生不能竟其業。今所言者，承學應循之塗轍而已。以今之尋常學者施用論，宜舉由淺而深、由簡而繁諸法，層遞相餉。而以承學之具有根柢者論，則宜暫置諸淺約者俟諸後時之詮論，先博舉較高之範圍與前人已經驗之門庭迹象以推測其内律，文之體也；次别其已往之定準可資方來之附以達者以確實其外象，文之用也。其諸枝詞駢義，則反覆其旨，務窮其變，不厭詳焉。葆心近以學殖日蕪，力多旁撓，困以奔走，荒墜於昔，無術以布揚閎眇。顧以十餘年精力所萃，棄之可惜。聊舉所見，述爲是編。其所弗知，固不敢舉以相謾也。光緒三十二年秋八月，羅田王葆心書於漢南行館。

丙午秋冬之間，謝事漢南，夜雨寒鐙，妻弟今廣西學務公所科員葉月舫秀才蔭桐助葆心寫稿檢書，編校良苦。月舫相依八年，於筆墨編校助余良夥，不止此編也。今夏在桂林猝病身故，每檢茲編，泫然流涕，惜不更見此書之重訂也。當初稿既成，時番禺梁節庵先生鼎芬謂《識塗篇》應列在前，擬依其説，因憚於移掇，仍舊未更。先生又欲資刊之，葆心因而決定問世之意。同里周念衣知縣從煊爲書籤敦促印行。麻城吴弦齋侍御兆泰謂宜將編中字句與東文相類者一律削改。蘄水同年陳仁先侍御曾壽於是歲之杪，爲之齎呈學部審定，作爲中學堂以上參考書，刊之《學部官報》及《審定書目》。洎官京師，石屏袁樹五京卿嘉穀、桐城馬通伯學部其昶、姚仲實明經永樸、陳劍潭知縣澹然、侯官林琴南孝廉紓、閩縣陳石遺學部衍、元和胡綏之學部玉縉、華陽顧印伯知縣印愚、同年通州白振民學部作霖、浙西劉芷湘編修焜，美意沖襟，咸深印可。琴南孝廉稱爲百年無此作。綏之員外謂宜取徵引各書分注條句下。其論至確，徒以積書散見，徧檢殊難，無從追加，祗深歉仄。同歲同學舊友如姚平吾徵君炳奎、饒竹生庶常叔光、帥畏齋吏部培寅、甘藥樵工部鵬雲、余伯螭禮部嶽霖、王爵三兵部彭，以此編相切磋者尤多。安陸同學趙伯威廳丞儼葳在都時與余商，始易所謂《高等文學講義》者命曰《古文詞通義》。襄陽吴寬仲觀察慶燾并爲商訂數處。他如提學孔少霑師祥霖重印於河南學務處，札行各學校。香山李守一師翰芬、同年瞿君幹琴爲學務課長，採用於廣西高等各學堂。張燮君侍郎亨嘉、嚴範孫侍郎修、瑞臣侍郎寶熙、喬茂諼左丞樹枏、劉少巖左丞果、曹東寅參議廣權諸公嘉賞者良夥。分科大學文科諸君多展轉購求以去。侯官林君學衡贊以詩，謬欲相師，余敬謝之。其遼東、滬上學校聞之函索者，不可枚數。推許逾量，有愧寸心。去年九秋，長沙徐君佛蘇、滄州孫君伯蘭洪伊、長陽陳君芷皋登山，僉欲於京師國民公報社以豫約印行，方登報招徠，以資絀而止。皆誼不可忘者。是冬，上海商務印書館聞此書，亦來商售板權，并及拙編《歷朝經學變遷史》，以議值未諧而止。用附志之。宣統三年長夏葆心并識。

甲寅首夏，久病初起，乃得走長沙，應蘄水同年湯鑄新將軍薌銘校書之聘，先印《重訂目録》於湖南官書報局之《圖書彙目》。同里姚彥長比部丈晉圻走書歎爲博達，驚爲傳人。再歲，始以家廉叔兄葆龢力促，付印於長沙官書報局。同年脩水徐實賓名世爲乞題暉於長沙王葵園祭酒先謙先生，語其門人謂爲今日確不可少之書。程子大觀察頌萬、黄鹿泉太守膺、袁叔瑜户部緒欽、陳天倪秀才鼎忠均爲詩紀之。凡校印八閱月，避地漢上始訖工，并附志之。丙辰秋，葆心再志於漢上行館。

古文詞通義例目

卷一　解蔽篇一

一曰剽竊前言，句摹字仿也。二曰一篇之中，端緒繁雜而無統紀也。三曰識誼平近，而僻字澀句以駭俗也。四曰抑揚逾量，炫奇徵異如小説也。五曰摭拾佛老唾餘，疏偈雜舉也。六曰喜求徵實，博考餘賸，而正義反隱也。

卷二　解蔽篇二

七曰墮迂腐理障，或雜陳庸陋俗談以爲工也。八曰一篇之中儷詞單筆，互衍而無體也。九曰散樸之中忽飾韻語，或末綴韻語也。十曰好假設答問，動輒爲主客體也。十一曰稱謂不遵當時公式，古今雜舉，間以諧隱也。十二曰摭采新譯字句，無雅言高義，徒矜飾外觀也。十三曰以東文省寫標識諸法羼入純粹之國文也。十四曰不能脱科舉習氣，而虛枵無實際也。

卷三　究指篇一

一宜定宗旨。一宜求致用。一宜知近世文學其範圍有大小之分。一宜知從前文家其迹象有分合之異。一宜知前人之文有尚同、矯異兩種。一宜知前代文家有正派、孽派兩途。一宜知從前文家有相反、相成兩義。一宜知才與學之分數。一宜知生與熟之境界。一宜知言與文可以合一。一宜知典實與古雅可以立宗。一宜廣徵名論，印證得失。一宜廣攬諸家，取舍長短。

卷四　究指篇二

一宜專一學思，勿雜他學。一宜自致一塗，畧同迷溺。一宜自域程限，慎所習染。一宜虛心勇改，以博進境。一宜詢討流傳，以究訣法。一宜於至簡之中頓觸心悟。一宜於至約之中自創心法。

卷五　識塗篇一

文之讀法

一、儲中子之消納讀法。二、方望溪之引申讀法。三、孫履齋之直進讀法。四、曾文正之并行讀法。五、陳勾山之專一讀法。六、吕東萊總七家文合讀之法。七、謝疊山以四段讀四家文之法。八、程畏齋以一家爲間架、以三家爲展開之讀法。九、潘經峰相分十類以讀文之法。十、楊訒庵仲興區四類以讀八家之法。

有讀之須有以輔之之說。有熟讀之即似之之說。有讀之即以身代之之說。有讀之即知作之之說。有讀之須反變得之之說。

文有常讀之法。文有約讀之法。

讀古文宜知有熟讀、兼讀之別。讀古文宜知有可學、不可學之別。讀古文宜知有大處看、小處看之別。讀古文有自然與勉强之徵驗。讀古文生敢作與不敢作之徵驗。讀古文有足意與不足意之徵驗。讀古文生神似而非摹仿之徵驗。讀古文生適性怡情之徵驗。

卷六　識塗篇二

文之講法

一、李獻吉之斷代學古法。二、曾文正之相承學古法。

卷七　識塗篇三

文之講法按：《總術篇》卷十六「文家資於各書」章中附有明桑氏之四段法、王漁洋之三段法、梅伯言之二段法、湯海秋之五段法，均可補此章未備，須叅觀之。

一、魏叔子之徧歷諸家法。二、王蘭泉之兼取衆長法。三、黄梨洲分爲五段之學法。四、徐邇黄隣唐分爲二段之學法。五、沈歸愚分爲四段之學法。六、范無厓泰恒分爲二段之學法。七、朱梅崖分爲三段之學法。八、彭尺木自叙四段之學法。九、程拳時大中分爲三段之學法。十、張石園九鍵分爲三段之學法。十一、潘四農德輿分爲三段之學法。十二、潘氏區爲三段之又一法。十三、張含中秉直分爲四段之學法。十四、龍翰臣啓瑞分爲兩段之學法。十五、鄧保之先生繹分爲兩段之學法。

一、朱竹垞從一派入手之法。二、李文貞從朱子入手之法。三、沈果堂彤專取極則之法。四、林穆庵明倫專取最醇各家之法。五、管異之專從陽剛入手之法。六、鄒諮山湘倜以人定文、以文定人之法。七、吴晉望士模區分文家流別以學五家之法。八、吴仲倫區別資品功候以學五家之法。九、張鱸江士元由一家以推及諸家之法。十、何司直邦彦始習一家復習一家之法。十一、劉次白鴻翶以一家歸宿衆家之法。十二、顧蔚雲汝敬從近代名家入手之法。

十三、儲同人取能成家之二三十人勤讀深思之法。十四、潘蒼崖先養本、次充學、次辨體、次講法規之法。

學古宜取性近。學古宜取其長。學古各有得力處。學古受弊處。詩文不能兼長。詩文亦可相通。文之工絶有時期。文之傳世宜精約。

卷九　識塗篇五

文之作法

一、吕東萊之徧歷作法。二、曾文正之單進作法。三、李文貞之單進作法。四、朱笥河筠從記事文入手作法。五、張蒿庵爾岐所傳之豫擬題目作法。六、朱子之摹擬名文作法。七、潘蒼崖之解經斷史作法。八、葉石林之豫選文格作法。九、朱竹垞不立成格作法。十、吕東萊讀文、編題、作文一日并行之法。十一、吕氏又有先立格律、次立意、次語贍之作法。十二、程畏齋之相間作法。十三、陳眉公繼儒先藏名文，文成而後相示之作法。十四、王氏禕之境候變遷作法。十五、宋子京讀與作兼行之作法。十六、《童氏學記》蘄州童樹棠著。之獨造作法。

文家格法之綜合

自有而之無之文法。自淺而之深之文法。

文家性質之對照

文勢之平緩與轉折。文氣之厚重與輕婉。文局之參差與整飭。文法之變與不變。文境之有意與無意。文筆之固有與增益。文語之天生與人爲。文體之清疏與濃密。

卷十二　識塗篇八

文家禀負之才質及其經歷之境界

文家由壯闊而之高澹者

一、證以陸説。二、證以姚説。三、證以歐説。四、證以蘇説。五、證以朱説。六、證以吕説。七、證以謝説。八、證以程説。九、證以李説。十、證以侯説。十一、證以魏説。十二、證以李説。十三、證以王説。

文家由感慨而之和平者

一、歐公之兼感慨與和平者。二、坡公之由感慨而之和平者。三、吴子良自言其由感慨而之和平者。

文家由伸張而之斂縮者

一、歐公以爲斂縮者繁暢後自然之境候也。二、坡公以爲斂縮者文能盡意後極致之境候也。三、《麗澤文説》以爲斂縮者勢壯時之境候也。四、魏勺庭以爲斂縮者馳驟時之境候也。五、侯雪苑以爲斂縮者快意時之境候也。六、陳碩士以爲斂縮者平正後之境候也。七、曾文正以爲斂縮者深於文之人應經過之境候也。

文境之鶩於實者

一曰聚於一。一曰得其要。一曰入於苛。一曰極於細。

文境之盪於虛者

一曰寓。一曰喻。一曰翻。一曰比興。

文境運筆運法之析舉其妙(著)〔者〕

一曰意。二曰格。三曰句。四曰字。五曰搶。六曰款。七曰進曰住。八曰貼。九曰拌。十曰突。十一曰括。十二曰喝。十三曰串。十四曰度。十五曰飜。十六曰脱。十七曰剥。十八曰墊。十九曰擒曰縱。二十曰綴。二十一曰跌。二十二曰開。二十三曰逗。二十四曰接。二十五曰扭。二十六曰挈。二十七曰複。二十八曰入。二十九曰抽。三十曰轉。三十一曰例。三十二曰托。三十三曰抱。三十四曰回鎖。三十五曰束。

文家經驗中困苦之境界

一、迷悶之境。二、怯弱之境。三、涸竭之境。四、力不赴心之境。

文家經驗中救正之方法

以己所自得藥涎他人之美者。以殊異之學藥公共之思者。以整段書藥描寫一二折者。

卷十三　總術篇一

以最初之經典歸宿文家之主旨

卷十四　總術篇二

周季文家流衍之地域　兩漢文家流衍之地域　六朝南北文家流衍之地域　唐代文家流衍之地域　宋代文家流衍之地域　元代文家流衍之地域　明代文家流衍之地域

卷十五　總術篇三

文之總以地域者

國朝文家流衍之地域

文之總以地位者

文之總以人者

文之總以氣者

文之總以情者

卷十六　總術篇四

文之總以質者

文之總以經者

經之資於文者

卷十八　關鍵篇二

記載文之作法

五、韓文公、王荆公記載文單行、對偶之二法。六、黄虎癡本驥作記載文六體三體二種書法之法。七、張漢渡象津，山東新城人，作記載文之詳略二體法。八、何司直邦彦作記載文之五法。九、郝伯常經類編金石文字之八法。十、潘蒼崖例括金石文字之十五法。十一、王止仲作志銘書事之十三法。

解釋文三

解釋文之作法

一、實證與虚造。二、墨守與異義。三、有墨守亦有異義。四、由墨守以詣異義。五、於墨守師授中仍存異義。

陳氏解釋文疑信並存法。曾氏解釋文虚實兩盡法。

解釋文以簡明清豁爲宗旨者

一、劉勰之説。二、程子之説。三、洪容齋之説。四、朱子之説。五、宋景濂之説。六、劉氏繪之説。七、朱白石之説。八、方望溪之説。九、陳蘭甫之説。十、朱蓉生之説。

解釋文於空曲交會中求義藴者

引書之易文與依文二法　引書之依年代與不依年代二法　引書之全賅與不全賅二法　引最著之書與引不甚著之書二法　引書之省文法　引書之譯文法　引書之代文法　引書之句讀法　引書之斷定法　朱子引書例　引搜輯書例　引集部書例　引原書與引非原書之宜分別者　引注之宜分別者　文中附注餘意之例　詞賦碑版中前人亦有自作注之例　文中標明舊説之例　書之忌引用者　引用言論之三十種法　引用事實之十種法附

稱謂例

名臣稱謂例　名儒稱謂例　稱謂有錯出與不錯出二例　稱謂有前代公式今代公式之辨　自稱代名與逕稱本名之辨　稱師説與稱家説之例　稱謂中之立名目因乎官爵輩（心以）行而異　稱謂中之書姓氏因乎相沿習尚而異

標題例

卷二十　義例篇二

編别集例

集中分卷例　集中分篇例　集中子目例　集中附集例　集中存少作例　集中存代作例　集中存他作例　集中存新體例　集中分外集例　編集分年例　集中款式例　集宜自刻

集例

別集編定目次異同比較表

編總集例

選文定宗旨例　編總集嚴斷限例　編總集有出入例　選家有增刪例　選詩文及生存人例

選詩文及家集例　選詩文入己作例　選家簡編續編評本注本諸例

右立篇目六以銓叙文家之微尚：一、綜文之忌以抉壅蔽。二、暢文之宜以究指要。三、窮文家之程塗，使洞然吾人應歷之境界，而本體以明。言見在也。四、總文之術業，用綜合之法以見文家歷世陳舊之迹。言過去也。五、總文之關係，用解析之法爲文家儲備運用之方。言方來也。文之屬本體者，其應無方；文之屬大用者，其歸有定。朱荃宰《文通序》謂：「文章之變，有知其然而然，有不知其然而然，有知其然而然而無如之何者。故《春秋》不必襲乎《詩》也，《詩》不必沿乎《禮》也，《禮》不必沿乎《書》與《易》也。故十六卦不必襲乎八也，猶之乎三王不襲禮，五帝不沿樂也。是故德尊則義深，義深則意微，意微則理辨，理辨則言文，言文則行遠。無心之文，猶無聲之樂，無體之禮也。故莊周曰：『聖人不朽，時變是守。』」案：朱氏語意亦分別文之體用以立言，陳義最爲昭析。又吾鄉洪給事良品嘗言：「文者，古人所以立言明道之一端，至孔子始發其宗旨。《易》曰：『修詞立其誠。』《論語》曰：『辭達而已矣。』《傳》曰：『文以足言。』誠則皆積中有本之言，達則無不宣之意，足則無不備之辭。誠以植其體，達且足者以絜其用。自唐宋以來，作者所論本末源流得失之故，各據所見不同，無能越孔子修詞三語之外。」案：給事此言分別體用源流本末最明析，故取證之。《義例》一篇，亦綜述過去以待方來之資也，取以殿焉。一篇之中，必歸銓貫。或直進言之，或排列言之。用者須順序以究其始終，更相參而觀其融合，則運化形下，以歸於形上者也。

學校所講，文、質二學盡之，此歐人國學、功令所分也。與質學相比而言之，文學其範圍之廣大，則以凡屬古今文及哲學爲主，哲學賅倫理、論理、性理三門。而歷史、輿地、政治爲輔。質學則以物理、象數、化學爲主，其他諸科學爲輔。故凡學術中須主文字以講之者，皆可隸入文學。日本圖書館著録義例，凡吾國舊日經部之小學、史部之目録、子部之小説，均隸文學。帝國圖書館新訂目録體例。定章分科大學之文學科亦與西人功令所分同。此外，如明胡震亨所輯之《唐音統籤》中之《辛籤》，凡樂章、雜曲、填詞、歌謡、諺語、諧謔、謎、酒令、題語、判語、讖記、占辭、蒙求、章咒、偈頌，均隸入其統括，亦自賅富。蓋自近世分業之説興，其用不第施於職業家，亦且用之學術家，由是而學校中之專科、選科與分科之法以立。抑自普通學有序有機之説興，每一秩然有序之學科中又必賴他科學相因而成體，實則隱合我《易·象》之類族辨物、《易·繫》之類聚羣分，初無可矜異之旨也。是編之範圍，於《總術篇》中臚文與歷史、地理、政治之相關者，又詳文與經、史、子之相關者，又於《關係篇》中略及説經論史之文，皆衷於吾華文家舊軌，並按之圖書目録家及大學定章一從寬廣之例，亦相應也。要其歸，則古今中外統宗之理，其致自一也。

李氏《先正事畧·凡例》引衛正叔言：「他人著書惟恐不出於己，某此書惟恐不出於人。」是編多所引據，雅同衛、李兩家。然每立一義，或先本己意以貫串舊説，或先依據舊説而剖析，折衷以己意。編載之中，都案研究之次序，於入手之方再三致意。雖往往引端而未竟委，要取其能於此一科中得鈐鍵筦鑰之資而已。所引各書，初編出版時均倣酈道元《水經注》、李善《文選注》，多裁翦引之，不盡原文。及重編補訂時，則臚舉較詳，以所引多非習見也。重印本卷帙較繁，職此之故。

是編以舊説證己意，以己意衷舊説，大都原本前人活用書籍之例。葉琴樓爲《睿吾樓文話》，謂「使子弟因話而用功，因用功而得訣」。李次青編《古文話》，述莊子語謂「迹者履之所出，而迹非履」。讀是編者，於前人踐履中得其迹，用功者尤須由迹而實之以履，久之且見履而不見有迹，則斤斤微尚之所存也。實履之方，不外讀總集、别集。先用歐公盡力於一書之法，蓋莫要《古文辭類纂》。是書刻本，近人於康、吳兩本各有所主。梅伯言、管異之、劉殊庭主吳本；李申耆、王葵園主康本。桐城蕭敬孚都不主之，謂兩本各有譌脱。吳刻雖爲惜抱晚年本，又别有一晚年本，爲蘇厚子得之惜抱少子耿甫家藏者，亦有圈點，曾刻於滁州，但世不多見。鄙意學文者但據康本專一究之可矣。至用功次第，頃見同里姚彦長先生晉圻《西阿校室學事記》頗立有簡便之法，其説曰：「文字之業，首須引發性靈，再求寧固根柢。引性靈在於自達其意，固根柢在於以古爲師。無性靈則根柢無所附而不能入，無根柢則性靈無所範而不能成。達意之功無可程檢。根柢之學，博觀、約取、熟讀、深思，八言盡之矣。大要以蘇子由『文者氣之所形。文不可以學而能，氣可以養而致』爲自立之地，以近人因聲求氣之説爲致功之方。詩賦文筆子史，因性所近，各立專家。一家之中，討論貴備，誦習貴精，務須通徹首尾，逐章逐句覽之數十百過，究明利病，而尤以審定宗旨、詳推義類、總持正變、剖析源流四端爲切要。自成之道，亦不外此。凡成家之學，志識所誼，必能貫達全書，左右逢源，不歧不雜，宗旨之説也；比興所寄託，啓陳所掎摭，議論所發皇，紀述所宗向，交互隱顯，相爲發明，推原所極，自具首尾，義類之説也；至其體勢所陶鎔，氣格所成就，有一家之本色，有因端之別調，因主識賓，理無倒置，正變之説也；學法文格，其上必有所自出，其下必有所自開，啓後承先，勢無閡隔，源流之説也。推勘明備，後乃別擇其尤，別標目録，此記室品詩備記陳思《贈弟》以下之成式，而彦和所謂『選文以定篇』亦其意也。案目分習，各記以時。古人《禮》、《樂》、《詩》、《書》，經典之大，四時異業。況此文字，詩爲一時，賦文筆爲一時，子術爲一時，史裁爲一時。詩二十篇，餘以十篇爲限，如限讀訖，日日反復，沉浸其中，無令間隔，約千萬過，久久覺意興倦於某篇，則於所限之中姑退此文，加補別首。逐次退補，積以歲時，其目各畢，總并前後所熟，合加温尋，務求真得，力除貌似。此亦楊子雲所謂『凡物不因不生，不革不成』者也。古人氣格，以疾徐、輕重、長短三者取之，要須誦讀之聲足以發古人之氣，又自聆其聲以喜其意焉。始低聲習其氣，令熟；繼高聲領其氣，令暢；終隨時默會其氣，令醞釀吾之氣，常使沛然有餘，從容不盡。（朱子曰：『文字講説得行而意味未深者，正要本原上加功，須是持敬。持敬以静爲主。此意須要於不作工夫時頻頻體察，久而自熟，更看有何病痛，知有此病，必去其病，便是療之之藥。如覺言語多，便用簡默；意思疏闊，便加細密；覺得輕浮淺易，便須深沉厚重。程先生所謂矯輕警惰，蓋如此。』）《淮南書》云：『萬方百變，消搖而無所定，吾獨慷慨遺物，而與道同出。』此其致矣。」又曰：「力定而心虚，氣静而神遠。未有舍此而能自得於學問者也。」按：姚説前本於漁洋論詩「學問深而性情自見」之説，又參以張廉卿「廣穫而深耨；熟諷而湛思」二語以爲歸一之方。其所立四端，則用學家治書之法以研討此事，其輪習法又用前人徧歷之旨而實以震川讀《史記》、李榕村用《參同契》讀經之説。學者循此行之，蓋無有不得者矣。

曩代詩文之評，厥編最夥。至爲古文作話，則元代王氏構始有成書，而以《修辭》名之。其他《文則》、《文脈》之屬，《辨體》、《明辨》之倫，大都選文摘例，各有指歸，不適講授之用。明天啓中，黄岡朱荃宰於《詩通》、《樂通》、《曲通》、《詞通》四編外，有《文通》三十一卷，其書收採頗博，篇目尚賅，但沿明人陋習，多不著所出。外此決科之書更無論矣。管韞山《讀書得》自言嘗欲撰録自古論文論詩之語爲二書，論文則自左丘明、司馬遷、相如、楊雄、班固、范蔚宗以下，如魏文《典論》、陸機《文賦》、劉勰《文心雕龍》以及唐宋以來論文之語附焉。惜其書未成。近世葉、李兩家爲王、朱賡續。葉後李前，劉融齋氏《藝概》最有名，但屬成家著述，不採他人，且不專論古文耳。其書近人推爲文學正宗，以媲《文史通義》、《東塾讀書記》，實則一家獨斷之見而已。葉書不分類，李書分類。惟輯録舊説，不加以研究，不出以融貫，兩書皆然。是編匪敢自詡別裁，實案以通義體製，不能不廣加薈萃，出以清豁。每篇自爲小結構，統衆篇又成一大結構。私心自審，冀差免李屏山所謂失肢墮節之譏而已。厦門孫氏寫本章氏《文史通義》有「教弟子作文法」一卷，見《復堂日記》。章氏持誼雅達，惜未之見。

近今文學家稱文學中須有種種之綜合，而其用始完備。如欲思詣無誤，須明論理學；欲語言無誤，須有國文典；欲得文學之沿革，須有文學史。是編本在三者之外，然於三者之要恉均已闡發，而在近世文學書中，實推廣東西人所稱修詞學之作而拓充用之。其用不第輔三種使有完備之規，且較文典之僅有益於選材、論理之僅供文家搆想者爲尤重。蓋措思選言雖確而不講求義法，不可謂爲成體之文也；講求義法而不究極專家之能事，不足以見吾國國粹之閎深也。曾文正謂能通訓詁則後人承譌襲誤之習可改，能通文格文氣則後人硬腔滑調之習可改。並舉文典、修詞兩者言之也。然則此事豈第彼人有之哉。日本人此種言規則之書，近出頗多，如佐佐政一之《修詞法》、島村瀧太郎之《新美詞學》，以及文法書類中石川氏之《正續文法詳論》、荻野氏之《中等作文法》等，均未獲見。然以鄙見揣之，東人於此道之能事，所見祇此。其爲書多係普通急就應用之論，可以無須取證。惟近譯《中等作文教科書》、《修詞學教科書》曾一覽及。《修詞教科書》蓋原本武島氏《修詞學》而爲之也。大抵東人此學，其較高者之銓論都用内摺法以闡明文家之製體與搆思，而綜定徵實、課虚兩義。彼其爲書雖與彼都淺人所爲有別，究其實，大都爲中下説法，以吾觀之，殊覺淺薄不饜意。其於古今文，武島又次郎之《修詞學》則分爲四種，記事、叙事、解釋、議論。山岸輯光之《漢文正典》本真西山亦分爲四種，叙事、論説、詞令、詩賦。與章實齋輯方志中之文徵區分奏議、徵述、論著、詩賦四門亦相近。《修詞學教科書》本武島氏分類，而不及山岸氏之精。武島氏記事、叙事之分析，本未案以大端綜括之法，衡以文體全部所賅，遂多缺略。記事即記載也，武島氏以歷史、小説等隸之是矣，但惜其以叙事之小分占最要告語之大分耳。吾觀其記事文中種類有科學記事、美術記事二者之分，要其用，實可歸入著述門。武島氏近又有《作文修詞法》，則區文章爲記載、理論、書簡三門，較前説差爲完備。其三門子目記載文又區爲美術記載文、一、記體文。二、叙事文。科學記載文，又曰説明文。亦與《修詞學》立目同理。論文又區爲議論文、誘説文，則《修詞學》所未備者也。門區爲三，種析爲六，其意漸詣完整矣。《修詞學教科書》命叙事文爲説話文，則於真氏應爲詞令，於曾氏應爲告語，則史傳、小説不能隸入此門矣。又我國漢之箋注、唐之義疏、宋之章句最號繁博，四部中俱夥。其體重在樸實真確，即所謂解釋文也。乃云我國此種極少，蓋由於但徇東籍，未能反而精察本國完備之文學故也。此與《素隱漫録》所譏因讀西書而知孔子果爲聖人者何以異。然其所陳指例在，是編不過重儓。是編用本國論文舊軌融合出之，凡彼法所論列之新蹊徑、新名詞，如轉義、詞様等名目。悉不沿用，專用我舊日之蹊徑名詞，以收駕輕就熟之益焉。曾文正有「讀舊賦如逢故人，易於熟洽」之語。即如小學文法分析字類，用實虛呆活四類示兒童，輒易領解；用名動靜代等類示兒童，無不瞠然。亦同此理也。

劉荀《明本釋》自稱其書「於諸儒言論意義同而載者似重複，姑以見所造有深淺，其趨未始不同，後學尊其所聞是也。或疑條端多而叙載繁者，要在深考此書之意」。今是編亦多載同意之言論例法，敬孚《類稿》記戴簡恪公軼事引陳氏《筆記》述公之言曰：「天下總此義理，古人今人説來説去，不過是此等話頭。當世以爲獨得之奇者，大率俱前人之唾餘耳。」此言誠非見書多者不能道，亦茲編語多同意之由。此考據文之所以不免於繁耳。其用意於堅定學者之崇信，表章前人之沉墜外，編中於近人文集説部不甚著者，多存其説一二，欲於文學式微時冀少留萬一。李穆堂有言：「凡拾人遺編斷句代爲存之者，比之葬露骨哺棄兒。」蕭敬孚《書桐舊集後》謂其言痛切。今亦妄援斯義行之。亦竊取斯旨。包世臣《書韓文後》下篇稱「古人論詩文得失之語大約有三：有自得語，有率爾語，有僻謬語。自得語以心印心，直見作者真際，後學依類求義，可以悟人單微。率爾語本出無心，以其名高，矢口流傳。僻謬語自是盲修，誣古人以罣來學」。吾謂此三者中，率爾、僻謬兩者殊不多見，惟專門義理、考據、經濟家論文及明七子一派論文間有之，其在詩家或亦多有。文家則自得語殊各有旨，今世雅談可備考者尤夥，茲編所採乃較多於前代，可覆按也。

往者達爾文氏爲《種源論》，先僅佈告大旨於理靈學會，尚不愜人意，繼乃歎曰：「凡新理新說，非徵引繁富，議論詳明，蔚然成一大著作不足以震動世人，使吾說橫掃世界。」故其爲書引據必極其切實，論解亦極其精確。茲編亦竊取斯旨，徵引從博以堅確事理，雖不免繁而不殺，或厭聽聞，然爲教者學者備研究及講授時縱橫博析之用，又不得不爾，非徒據爲應敵之需也。昔江子屏輒譏時人鹵莽成書，動或盈尺。茲編或可倖免矣乎？

有純粹之學，有應用之學。無論何學，皆當本是。二者分之，始各率由分馳而不相妨。故抵制之說，本實業家爭競於五都之衢，操奇贏之術也，用之學術中則乖離矣。均勢之說，本外交家致身政術中，各謀自占地步之術也，用之學術抑亦末矣。吾國之經學、史學、理學、文學，本自具有純粹之規。洎歐學輪入，而天下囂然目此舊有之學曰無用。而爲此學者亦遂自舍其固有之良知良能，擇此學中近似他人而可爲抵制、均勢之柄者發之，以求一當於并世。其保愛舊學之心亦良苦，然茲學純粹之質亡矣。吾之輯述文學本事，皆董理整齊已往之迹，而不敢具應用之手段，添設其所未有，遺失其所自居。凛斯旨也，若斥爲援斯義以自飾其老舊，則鄙人之罪也，於文學仍無損也。葆心按：學部審定此書評語深賞此說，謂足以表明宗旨之正大。特附志之。

瞿佑《歸田詩話》稱：「丁鶴年見予所集《鼓吹續音》，繙閱再過，惜其中有未盡善者，謂予當者，以此爲限，更博求諸作，得一善者則易去一疵者。」此亦著述之法也。余於是編屬今日再訂補者，竊取丁氏之意，凡前此之所不愜意者，悉有以易之。此訂補一書出，而前編都可廢，覽者鑒之。此編徵引多駢枝，校論少密緻，分隸卷次多未洽意。有得之在後而先反遺，意觸於此於彼遂漏者，亦有比合未周，申說未瑩者。世局蕃變，中年寡懽，姑付削以塞知我之望，深顲大雅君子不憚諟正。仲小海有言：「人生一世，留得幾行筆墨被人指摘，便是有大福分人。」譚仲修《日記》亦有「留幾許閑言語供後人嗤點」之歎。鄙人是編姑以自託焉。

古文詞通義卷一

王葆心　撰

解蔽篇一

古文之蔽於一偏者，或受一種之蔽，或兼受衆病。總要言之，其别有六：蓋非由專己生後天病，即緣禀質生先天病；非因好異生表病，即本於所嚮而生裏病；非奪於流俗而成習染病，即溺於夙見而成久痼病。臚其旨趣作《解蔽篇》。

學散文先知所忌。凡宗教皆有戒，佛家之五戒、十戒，道家有洞玄靈寶天尊之十戒、虚皇天尊初真之十戒，耶教之天主十戒，回教之五戒是也。文家亦然，宋人以禪喻詩，余援宗教法以喻文，其意一也。汪堯峯琬有《文戒》一篇示門人方望溪苞，言雅潔之古文不可雜入者有七種體語。李穆堂紱有《古文詞禁八條》。袁簡齋枚有《古文十蔽》。見《究指篇》。章實齋學誠有《古文十弊》。又有《俗嫌》、《俗忌》諸篇皆論古文之弊，詳《文史通義》。吳仲倫德旋有《古文五忌》。曾文正國藩有《古文禁約》。今去其同者，撮薈都凡，參以己見。其宜懸爲禁格者，有十餘事。朱氏彝尊《李君良年行狀》稱其於詩持格律甚嚴，嘗鈔撮詩中禁字一卷授學詩者。此詩家禁例之説也。

一曰剽竊前言，句摹字仿也。《大唐新語》於唐人竊詩有「活剥王昌齡，生吞郭正一」之誚，可見此弊之古。歐公語曾南豐，戒以勿摹仿前人，謂孟、韓文雖高，不必求似。劉氏《歸潛志》亦謂古文不可蹈襲前人成語，當以奇異自强。李習之云：「六經造意創言，皆不相師。」葉夢得謂：「韓柳文章無因緣卑陋之氣，諸賦更不蹈襲屈宋一語，在嚴忌、王褒上數等。」邵博謂：「樊宗師之文甚怪，而退之但取其不相襲。」旨意皆同。然自明以來，此弊逾廣。其時摹儗秦漢窠臼者自李夢陽始，摹儗唐宋窠臼者自茅坤始。夢陽《答周子書》曰：「學不的古，苦心無益。文必有法式，然後中諸音度，如方圓之於規矩。古人用之，非自作之，實天生之也。今人法式古人，非法式古人也，當物之自則也。當是時，翕然臻嚮，弘治之間，古學遂興。」此自述其倡導成風之由也。然當時亦有不附其説者。其書又有云：「一二輕俊，恃其才辯，假舍筏登岸之説，扇破前美，稍稍聞見，便横肆譏評，高下古今，謂文章家必自開一户牖，自築一堂室，謂法古者爲蹈襲，式往者爲影子。信口落筆者爲泯其比儗之迹，而後進之士悦其易從，憚其難趨，乃即附倡答響，風成俗變，莫可止遏。今其流之詞，如摶沙弄蟎，涣無紀律，古之所云開合照應、倒插頓挫者，一切廢之矣。」故反夢陽者，實可捄李派末流之弊也。歸震川乃矯此弊者也，摹震川者又從而弊之，黄梨洲曾以斥艾千子。顧亭林於明季摹仿之弊言之至切，蓋目擊流失而痛陳之。桐城之文乃祖震川而得其善者也，近世摹桐城者又從而弊之，鄧雲山先生諱繹，字保之。湖南武岡州人。時以爲病。蓋摹仿之病，即魏叔子所謂「有家數，無本領」者也，惟好株守古人成法而胸中一無所有者有此弊。在國初常有此文弊，潘次耕目爲才不足者是也。明人於此爰有劉健「一屋索子只欠散錢」之戲言，而邵青門亦有修詞者病剽之説。故學散文宜自去勦襲摹儗始。駢文亦忌無意義，好以前人窠臼衍長篇，故病在太熟。孔廣森云「不可雜制舉柔滑之句」，即指此類也。陸繁弨、章藻功近此一路，摹陳檢討四六流爲濫調者亦如之。

陳善《捫蝨新語》謂「文章雖不可蹈襲古人，然古人自有奪胎换骨等法」，釋惠洪《冷齋夜話》：「山谷云：『詩意無窮，而人之才有限。以有限之才追無窮之意，雖淵明、少陵不得工也。然不易其意而造其語，謂之换骨法；規模其意形容之，謂之奪胎法。』」實不傳之妙，學者即此可反三隅。史繩祖《學齋呫嗶》亦賡是説。周密《齊東野語》及《瑞桂堂暇録》、吴子良《林下偶談》均以文章不蹈襲最難。朱(昂)〔弁〕《續骫骳説》謂「古人爲文，各有所祖」，周紫芝《竹林詩話》謂「自古詩人文士，大抵皆祖述前人作語」，殆謂是耳。近世曾文正採用兩説，以脱胎之法教初學，以不蹈襲教成人，允爲至論。鄧牧爲《謝翱傳》，稱：「甲午歲，謝君與杭人鄧牧相遇會稽，結爲方外友。牧罕讀古人著述，謂文章當出胸臆，自成一家。而君記問尤贍，必欲中古人繩墨乃已。所見不合，日夜論辯互相詆。及見牧所爲文，乃起謝曰：『公不肯區區有所摹儗，然法度高古，殆天下才也。』」據此知自出胸臆與繩墨古人實原於各人性質，未可强合也。至姚姬傳則以摹仿爲攻文塗轍，嘗曰：「今人詩文不能追企古人，亦是天姿遜之，亦是塗轍誤而用功不深也。若塗轍既正，用功深久，於古人最上一等文字諒不可到，其中下之作非不可到也。昌黎不云『其用功深者，其收名遠』乎？近世人習聞淺受之偏論，輕譏明人之摹仿。文不經摹仿，亦安能脱化？觀古人之學前古，摹仿而渾妙者自可法，摹仿鈍滯者自可棄。雖楊子雲亦當以此義裁之，豈但明賢哉？」蔣湘南《與田叔子論文》，其旨亦與姚同。其言曰：「摹儗者，古人用功之法，非後世優孟衣冠之説也。頌揚之體開自長卿《封禪》，而楊子雲《劇秦美新》摹之，班孟堅《典引》摹之，張平子《東巡誥》摹之，邯鄲子禮《魏受命述》摹之。古人何嘗不重摹儗乎？《客難》出，而《解嘲》、《賓戲》、《應問》、《達旨》、《釋誨》、《釋勸》、《抵疑》繼起矣；《七發》出，而《七激》、《七辨》、《七依》、《七啓》、《七命》、《七召》、《七勵》繼起矣；《連珠》出，而《儗連珠》、《演連珠》、《暢連珠》、《範連珠》繼起矣。古人何嘗不重摹儗乎？大概古人用功最嚴，文筆之分，叶聲韻者謂之文，頌贊箴銘序論奏對誄謚書檄以及金石諸篇是也。不叶聲韻者謂之筆，即史家敘事之作，因人褒貶以立意法，無可用其摹儗者。其摹儗必自文始，音節取其鏗鏘，辭句貴乎華麗，事出沉思，義歸翰藻。雄才博學，神明於聲音成文之故，始能創新題而闢奇格。豪傑之士從而和之，用心既久，由鈍入鋭，然後浩乎沛然，成其文而有餘，成其筆而亦無不足，則摹儗非古人用功之法乎？」蔣氏此論以文與筆分別摹儗用功之法，大抵賡述阮芸臺之緒論，與姚氏意同而家數異。繹兩家之説者不可不知。

桂馥《晚學集·書北史蘇綽傳後》曰：「《傳》云：『自有晉之季，文章競爲浮華，遂以成俗。周文欲革其弊，因魏帝祭廟，羣臣畢至，乃命綽爲《大誥》奉行之。自是之後，文筆皆依此體。』馥以爲此甚謬舉也。文至北魏誠病浮華，欲革其弊，但可文從字順，以求辭達。若必仿佛《訓》、《誥》，襲其形貌，羊質虎皮，叔敖衣冠，率天下以作僞而已。既無真氣，何以自立！且文章遞變，本不相沿，漢魏詔誥未嘗式準商周，而自爲一代之體。今讀綽他文，精神焕發。及讀此誥，不欲終篇。何至踵新莽之故智而遺笑來世乎！後之效《左》、《國》，摹漢、魏，戴假面登場者，又綽之罪人也。」《北史·柳慶傳》：「時北雍州獻白鹿，羣臣欲賀。尚書蘇綽謂慶曰：『近代以來，文章華靡。逮於江左，彌復輕薄。洛陽後進，祖述未已。相公柄人軌物，君職典文房，宜製此表以革前弊。』慶操筆立成，辭兼文質。綽讀而笑曰：『枳橘猶自可移，況才子也。』」《周書・王褒庾信傳》謂：「蘇綽建言務存質樸，遂糠粃魏晉，憲章虞夏，雖屬詞有師古之美，矯枉非適時之用，故莫能常行焉。」胡三省注《通鑑》曰：「宇文泰令蘇綽仿《周書》作《大誥》，今其文尚在。使當時文章皆依此體，亦非所以崇雅黜浮也。」夏侯湛昆弟誥，余方之提油之玉、燒斑之銅，不爲過也。案：孫夏峯之子立雅爲兼山堂家課六約，至以作文不可勦襲垂爲家訓。可知此即吾人立身之一道，否則其人可知矣。此又力斥摹儗之説也。

近人論作詩文，有專以摹仿爲下手一段工夫者。《退菴隨筆》言李文貞教人作詩，「先將《十九首》之類句句摹仿，先教像了，到後來自己做出，自無一點不似古人，卻又指不出是像那一首」云云。此最是初學一妙訣，從來名手作詩作文，大抵皆從此入門，但不肯自説破耳。王漁洋最喜吳淵穎詩，初時句摹字仿，到後來自成片段，便全不似他。今集中尚存和淵穎兩詩。此即少年用功之迹，學者當善領之。

吾觀兹法於文家流傳最久。朱子謂：「古人作文多摹仿前人，學之既久，自然純熟。」《升庵合集・論文》云：「唐余知古《與歐陽生論文書》云：『韓退之作《原道》則崔豹《答牛亨書》，作《諱辯》則張昭《論舊名》，作《毛穎傳》則(王)〔袁〕淑《太蘭王九錫》，作《送窮文》則楊子雲《逐貧賦》。』蓋文家初祖之家法如此。」李次青嘗於蹈襲之中分爲三等：一爲僅橅其體段意境者，昌黎以下不可枚舉；一爲並襲其詞者；一爲全與古同者。殆是暗合，皆各舉左證以明其説。釋皎然《詩式》論詩有三同，謂偷語、偷意、偷勢。三者與此同旨。即西人論作文，亦以摹擬爲進步之基。約翰威立姆曰：「學阿獵比亞與波斯語，以他法十年而得之者，以復譯十月而得之。」威奪耳曰：「欲爲純粹之文，與其窮研文典，不若摹擬名文，且以得語言之習慣。」是此法且通於彼都矣。

又文之蹈襲與文詩之有來歷、有師法又自有辨。《捫蝨新語》、《丹鉛總録》皆言有來歷之美，《示兒編》述前輩各相祖述之美。《西軒客談》謂食古化，則説出來都融作自家的。陳同甫謂不用古人句，只用古人意，使事而不爲事使。《墨莊漫録》稱山谷使事深遠，有點化格；邢子才、沈隱侯用事使人不覺，若胸臆語。王鏊謂「文必師古，師其意不師其詞」。又謂「爲文好用事自鄒陽始，詩好用事自庾信始。其後流爲崑體，又爲江西派，至宋末極矣」。此又詳用事之源流也。張爾岐謂「善讀古人書者，或得其一句放爲一篇，或得其一篇斂爲一句」。此皆有來歷、有宗法之謂，而非蹈襲之謂也。魏叔子「古人子孫」、「古人奴婢」之辨亦分別兩者言之也。合諸説觀之，語各有旨，惟《藝概》中有數語可斷定之，其言曰：「多用事與不用事，各有其弊。善文者，滿紙用事未嘗不空諸所有，滿紙不用事未嘗不包諸所有。」其持論尤顛撲不破矣。

考宋人立論，往往以詩文必有所本、有自來爲必經之路。張表臣《珊瑚鉤詩話》云：「古之聖賢，或相祖述，或相師友。生乎同時則見而師之，生乎異世則聞而師之。仲尼祖述堯舜、憲章文武，顔回學孔子，孟軻師子思之類是也。羲《易》成於四聖，《詩》、《書》歷乎帝王，晉之

《乘》，楚之《檮杌》，魯之《春秋》，其義一也。孔子曰：『其事則齊桓晉文，其文則史，其義則丘竊取之矣。』及揚子雲作《太玄》以準《易》，作《法言》以準《論語》，作《州箴》以準《虞箴》；班孟堅作《兩都賦》以擬《上林》、《子虛》；左太沖作《三都賦》以擬《二京》；屈原作《九章》，而宋玉述《九辯》；枚乘作《七發》，而曹子建述《七啓》；張衡作《四愁》，而仲宣述《七哀》；陸士衡作《擬古》，而江文通述《雜體》。雖華藻隨時，而體律相仿。李唐羣英，惟韓文公之文、李太白之詩，務去陳言，多出新意。至於盧仝、貫休輩效其顰，張籍、皇甫湜輩學其步，則怪且醜，僵且仆矣。然退之《南山》詩乃類杜甫之《北征》，《進學解》乃同於子雲之《解嘲》，《鄆州溪堂》之什依於《國風》，《平淮西碑》之文近於《小雅》，則知其有所本矣。近代歐公《醉翁亭記》步驟類《阿房宮賦》，《晝錦堂記》議論似《盤谷序》。東坡《黄樓賦》氣力同乎《晉問》，《赤壁賦》卓絶近於《雄風》，則知有自來矣。而《韓文公廟記》、《鍾子翼哀詞》時出險怪，蓋游戲三昧間一作之也。善學者當先量力，然後措詞。未能祖述憲章，便欲超騰飛翥，多見其嚄唶而狼狽矣。」據此言之，則詩文不經祖述憲章之初階，而遽欲超騰，方且未可，其意亦可深味也。顧景星《耳提録》曰：「詩文不可一字無來歷無出處。昔人謂『關關雎鳩』有何出處？子瞻答以『在河之洲』即是出處，雖別轉一解，卻有至理。」據此則出處不但在文字，凡耳聞目見皆出處也。其爲説愈宏博矣。

又案：折衷此説，加以辨析，以劉海峯《論文偶記》爲最詳，其言曰：「昌黎既云去陳言，又極言去之之難。蓋經史諸子百家之文，雖讀之甚熟，卻不許用他一句，另作一番語言，豈不甚難。《樊宗師墓志》云：『必出於己，不蹈襲前人一言一句，又何其難也！』正與『戛戛乎難哉』互相發明。」又曰：「李習之親炙昌黎之門，故其論文以創意造言爲宗。所謂創意者，爲《春秋》之意不同於《詩》，《詩》之意不同於《易》，《易》之意不同於《書》是也；所謂造言者，如述笑哂之狀，《論語》曰『莞爾』，《易》曰『啞啞』，《穀梁》曰『粲然』，班固曰『攸爾』，左思曰『輾然』。作文凡言笑者，皆不宜復用其語。習之此言雖覺太過，然彼親領師長之訓，故發明之。如此亦可窺見昌黎學文之大旨矣。」又曰：「《樊宗師志銘》云：『惟古於詞必己出，降而不能乃剽賊。後皆指前公相襲，自漢迄今同一律。』今人行文反以用古人成語自謂有出處，自矜爲典雅，不知其爲襲也，剽賊也。昔人謂杜詩韓文無一字無來歷者，凡用一字、二字皆有所本，非直用其語也。況詩與古文不同，詩可用成語，古文則必不可用。故杜詩多用古文句，而韓於經史諸子之文，用一字或至兩字而止，若直用四字者，定知爲後人之文矣。」又曰：「大約文字是日新之物。若陳陳相因，安得不爲腐臭？原本古人意義，到行文時卻須重加鑄造一樣語言，不可便直用古人。此謂去陳言未嘗不換字，卻不是換字法。又按爲文是學者本分事，仍是達意而止，其法則有非言所能盡者。」以上各條，間有未得古人深處，如曰「不直用前人一言」、曰「另作一番言語」、曰「於經史子用一字或至兩字」、曰「重加鼓鑄一樣言語」，皆未得其所以然。文必能達吾今日心目中之理之情之事，未有能與古人同一字不須易之言語也。彼用古人陳言以自欺飾者，皆不能達之故也。案劉氏云「去陳言」、云「創意造言」、云「詞必己出」、云「用古語至一二字而止」、云「文字是日新之物」，語意皆是一貫，而以能達折之，覽者可以徐悟其旨，劉氏固云「有非言所能盡者」也。

去陳言之中又有分辨焉。袁守定《佔畢叢談》曰：「韓昌黎曰：『惟陳言之務去，戛戛乎其難哉！』王荆國曰：『力去陳言誇末俗，可憐無補費精神。』夫不去陳言，雖有妙理，而出之陳腐，殊不可近，所謂太公家教是也；力去陳言，而但存空殼，真理不存，無當於用，所謂五石瓠者是也。必合二公之言，始足幾斯道之妙。」是説也，又爲去陳言者進一解矣。然文字中往往有無意與古人妙合者，是又不可以勦襲論。路閏生曰：「今試妄作一字，偏旁點畫，作者不識也，偏閲古籍，必有其吻合者；妄繪一人，鬚眉面目，繪者不識也，偏索天下，必有其酷似者。文人之文，詩人之詩，語羞雷同，擢肝腎而出之，一語之妙，一字之工，欣然自喜，矜爲創獲。不知千百載以前，或先我而言之。今之作者不得尸其功，古之作者不得受其名。吾惟歸之造化而已矣。」此又一説也。

要而言之，古來文家有喜新惡舊兩種之習。惡舊之説，如陸士衡則云：「怵他人之我先。」韓退之則云：「惟陳言之務去。」喜新之説，李文饒則云：「譬諸日月，雖終古常見，而光景常新。」皇甫持正則曰：「意新則異於常。」兩者之外，猶有化舊爲新之説，昌黎有「師其意不師其詞」之語，山谷取陳言入翰墨，有靈丹一粒，點鐵成金之喻。皆推陳出新者所宜知也。《佔畢叢談》有云：「陳同甫《論作文之法》曰：『經句不全兩，史句不全三。』此猶有用書之迹也。又曰：『似使事而不使事，似不使事而使事。』則用書而化矣。艾東鄉曰：『胸中有書，筆底無書。』則并不知其爲書矣。此斯道淺深之辨也。」斯説也，分學古爲三段以區其高下，誠知言也。今人謂李、杜之文章爲唐室之花，至今猶覺光華燦爛，萬古常新。其語蓋本黄石牧所謂「花者，天之詩也」之意及李雨村《詩話序》所謂「詩者，天之花也。化閲一春而益新，詩閲一代而益盛」之意。

二曰一篇之中，端緒繁雜而無統紀也。無主意而好爲長篇者，此弊尤多。吕居仁述潘邠老語謂「今人作文字都無本末次第」，即此失也。明人於此有丘仲深「一屋散錢却少一條索子」之戲言。陸深《春風堂隨筆》。此昔人所譏爲錦繡屏風者耳，亦即魏叔子所謂有本領無家數者也。惟天姿用事，師心自用，野戰無紀律者有此弊。在明季常有此種文弊，潘次耕目爲法不足者是也。元周昂有「文章以意爲主，以言語爲役」之言，故作文首要在主意。朱子曰：「凡做文字不可太長，照管不到寧可説不盡。」《佔畢叢談》亦以「不盡」立説：「夫有意尚以不説盡爲高，況可無意乎？」此又進一解矣。顧氏《耳提録》自謂其詩文「無所不有，然未有一篇之中雜而不純者」。此言文儘可吐納萬有，然其旨必歸諸純一不雜。此又一解矣。東坡嘗言之，其教葛延之曰：「市肆諸物，無種不有，可以攝得者惟錢。文章詞藻事實乃市肆物，意者錢也，爲文立意，則古今所有翕然并起，皆赴吾用。」陳騤曰：「詞以意爲主。故詞有緩有急，有輕有重，皆生於意也。」朱子曰：「東坡雖是宏闊瀾翻，成大片滾將去，他裏面自有法。」范氏《潛溪詩眼》稱老坡作文工於命意。王若虛《滹南詩話》云：「文章以意爲之主，字語爲之役。主强而役弱，則無使不從。世人往往驕其所役，至跋扈難制，甚者反役其主。」此言可謂深中無主意之病。陳蘭甫《東塾集》論文擧詩有倫有脊爲説，釋脊即有主意之義。詳見《總術篇》。東坡此論極扼要，證以何、魏、曾三家之説而益信。何燕泉曰：「王充《論衡》云：『手無錢而之市決貨，主必不與也。』夫胸中無學，亦猶手中無錢，東坡誨葛延之作文法可見：『蓋天下之事散在經子史，不可徒使，必得一物以攝之，然後爲己用。所謂一物者，意是也。不得錢不可以取物，不得意不可以用事。』此作文之要也，與充意同。」魏叔子謂：「作文貴先立意，不必求異，但須有獨到處。既有好意，須思此意如何方能發得透確，用何陪賓，用何引證，前後當如何位置，一一要合古人法度，文成乃燦然可觀。」曾文正《雜著》嘗取譬於李伯時畫七十二賢像，謂：「其妙全在鼻端一筆以生變化，而卒不離其宗。若山之有主峯，水之有幹流，畫龍之有睛。物不能兩大，人不能兩首，文之主意不能兩重。」此意又於《復陳右銘先生書》中發之：「蓋作文者，未下筆之先，必有執持綱要之術，周通而冥索之，由此及彼，竟委窮源，則主意深博矣。」《退菴隨筆》曰：「《史記》中長短不一律，如《項羽本紀》長八千八百餘字，《趙世家》長一萬一千一百餘字，而《顏淵列傳》僅二百四十字，《仲弓列傳》僅六十三字。何嘗以長爲貴乎！朱子嘗言凡人做文字不可太長。坡公謂言止而意不盡，尤爲極至。此皆可爲好作長篇者下一鍼砭也。」

主意握之，初無端緒，貴以類求。如論學術，則舉學術家所有門類，博闡其主意；考政治，則宜舉政治家所有門類，博闡其主意。通此求之，自爾宏達。不佞前此在菱湖與同舍戰藝時，好爲浩博綜貫之文，每拈一藝，輒選材三數日，旋以己意排比銓敘，列爲一表，然後再布置結構，出以恣肆之筆，緯以雄壯之詞，往往一題分作五六篇，而意義尚不能盡。蓋原本魏善伯所云「意多事雜之文，宜有法以束之」之意也。及觀西人海介氏述作文篇章段落配置之法，見近譯《修詞學教科書》。有曰「作文先將題中應有之材料蒐集而録於別紙，並究層次之排列法。大致既定，更思筆勢如何而雄壯，理想如何而精確。散者併爲數綱，順者變爲逆局」云云，則皆我所已歷之境界也。劬學者取而踐之，必有悟入處。蓋用此法有二妙：一可藥心緒起滅之病，金聖嘆所謂「文章最妙是此一刻被靈眼覷破，便於此一刻放靈手捉住，若不捉住，更尋不出」是也。焦袁熹《此木軒雜著》曰：「東坡記蜀人孫知微得孫位筆法。『始知微欲於壽寧院壁畫作湖灘水石四堵，營度經歲，終不肯下筆。一日倉皇入寺，索筆墨甚急，奮袂如風，須臾而成。作輪瀉跳蹙之勢，洶洶欲奔屋也。』此木生曰：此所謂天機所至，倏然而遇，兔起鶻落，稍縱即逝者也。不得此候，終不可下筆。然存之於心，終必有時而至也，其至於何時則不可知耳。此所謂神物也。」和閒齋《夜談隨録》云：「某鉅公未達時，入歸化城某將軍幕府。會關聖廟工竣，求公作碑記。公曰：『某見古今碑記，無非頌揚忠義，千百如出一口。求一別出機軸以闡發所以爲聖爲神之道者，未之一覯。今請假一精舍，休十日糧，爲公竭力爲之。』如言，居淨室數日，閉目凝神，至忘寢食，思慮茫然，機神轉轉。一日方晚飯，二童子戲階下，公見之，怒發，輟食罵曰：『奴子爲何亂我心曲！』操杖逐之，中假山折爲二，即投杖大笑，急走入室，濡筆直書，文成。告將軍曰：『初搆思，心中如亂麻，聞泉水松風皆厭其聒。三日後，此心死矣，方怒兒戲，杖折而機忽開，自覺如征鳥厲疾，一揮而就，汩汩然而來矣。』」此二事即可爲靈眼靈手之證也。一可藥手口不相應之病，魏善伯所謂「出口條理而出手無緒者，便可以出口爲畫家朽筆，此法至捷而妙」是也。袁克齋又嘗狀此境曰：「凡拈題之始，心與理冥，略無所覩，思之則出，深思則愈出，陸平原所謂『課虛無以責有，叩寂寞以求音』也。凡搆思之始，衆妙紛呈，茫無統紀，必擇其意貫氣屬、應節而不雜者屬而爲文，陸平原所謂『選義按部，考辭就班』也。凡鑽礪過分，思路至斷絶處，當澄心息慮，逾時復更端而起，劉舍人所謂『理伏則投筆以卷懷，意得則舒懷以命筆』也。凡意有所觸，妙理乍呈，便當瑑以慧心，著之楮上，緩之則情移理逸，不可復覩，蘇長公所謂『作詩火急追亡逋，清景一失後難摹』也。凡得好句當下轉自疑，恐其經人道過，陸平原所謂『雖杼軸於予懷，怵他人之我先』」也。《佔畢叢談》。此可與前説互發也。吾嘗於海尒氏外探用此法作文之原，則章實齋曾標舉之，其言曰：「左思十稔而賦《三都》，其有得即書者，必條標書條義，先掇古人菁英而後足以供驅遣也。昌黎提要鉤玄之書，後世不見，蓋亦不過尋章摘句，以爲選文之資料耳。此皆其證也。」《佔畢叢談》又嘗申此説曰：「文章之道，遭際興會，攄發性靈，生於臨文之頃者也。然須平日餐經饋史，霍然有懷，對景感物，曠然有會，嘗有欲吐之言，難遏之意，然後拈題泚筆，忽忽相遭。得之在俄頃，積之在平日，昌黎所謂有諸其中是也。舍是，雖刓精竭慮不能益。其胸之所本無，猶探珠於淵而淵本無珠，探玉於山而山本無玉，雖竭淵夷山以求之，無益也。」此平日儲積而無意得償所欲之説也。又曰：「文以理勝，必藉詞以達之。而詞不典貴，則文章無色。然典貴之詞，非集之平時，臨文之際，腕下何由得之？孫穀詳謂：『凡讀史，有奇詞妙句可以佐筆端者紀之。』葉石林謂：『看文字採兩字議論，舉子用作論策，入仕用作長書，顯達用作劄子。』此可爲集詞之法。」此有意積儲而得償之説也。蓋是法本吾人一時心之所會，或平日意有專注，雖不可揭以教人，然用功者必有此種種用以自證。東坡三鈔《漢書》之法，石林十字修誦之次序，皆於讀書時豫備作文之用，與左、韓意同而法異者也。東坡云：「凡人爲文當博觀約取，如富人之築大第，儲其材用既足而後成之，然後爲得也。」傅青主曰：「蘇公語妙。」良是。此亦講求作文豫備工夫者所不可不知也。學者苟能於未作文之先研究一段工夫，求之各種學問，正大門庭，綜攬貫穿，得其綱要，斯能活用此法矣。

三曰識誼平近而僻字澀句以駴俗也。此《吕氏童蒙訓》所謂「西漢自王褒以下專事詞藻不復簡古」者也，又即宋景濂所謂騁新奇者流也。其故即盛氏《老學叢談》所謂「以艱得之，以艱出之，其文必澀」者也。王弇州亦嘗言六朝以前，才不能高而厭其常，故易字，易字是以贅也，故其格下。唐徐彦伯爲文好變易字面，以鳳閣爲鵷闈，龍門爲虬户，金谷爲銑溪，玉山爲瓊岳，芻狗爲卉犬，竹馬爲篠驂，月兔爲陰魄，風牛爲飆犢。後進效之，謂之澀體，宋柳開已論此弊。宋景文爲文奥澀，世稱其修《唐書》言艱思苦，其作《李靖傳》云：「雷霆無暇掩聰。」歐公非之，有「宵寐匪禎，札闥洪庥」之戲言。唐樊宗師亦然。李淑之文末年奥澀，人讀之至不能曉。裴度所謂磔裂章句、皇甫湜所謂工文先奇怪、姜南所謂思苦而詞澀、張耒所謂欲以言語句讀爲奇、李耆卿所謂怪句者即此類也。朱子述石林語謂今世文章只有減字、换字法耳。又曰：「今人作文，大抵專務節字更易新好生面語，至説義理處又不肯分曉。」亦是此病之原。何孟春《餘冬叙録》云：「宋陸太初爲文，自謂聞之馮夢得氏『一俗語必易一雅語，一熟字必易一生字。由今而泝之古，窮剔於百氏，極於經，至無可易而後止』，非文章大家法也。馮與陸者，極其所至，亦不過樊宗師、宋景文之徒耳，皆可爲戒也。」明楊會《禺山集》之雕鏤堆砌一派，紀文達深斥之。其明季及國初之聚斂拆洗、生吞活剥一種，黄梨洲亦已斥之。《明文授讀注》曰：「何偉然字仙臞。學無本領，欲以冷艷字句點綴成篇。學陳仲醇而才力不及者也。徽人閔景賢刻《快書》數十種，大概小品清話。偉然踵行之，亦刻《快書》數十種。余遇景賢於南中，偶問偉然何狀，景賢呰之不置。兩人本好友，顧絶交於《快書》也。蓋明季人之本領與其纖小之狀如此，真可笑也。」其弊即范彪西所謂「近日古文填實者，多倒用字眼以古其句，晦引典實以博其學」是也。至艾千子《與周鍾書》斥之尤爲痛快，其言曰：「必盡肖秦漢，勢必至節去語助不可。句以爲奥，又必決裂體局，破壞繩墨而至於無法。儷駢俊句，極窮幽渺，叫號怪囂，填寫《史》《漢》，至於棘喉鉤吻，險澀鄙誕。古未之聞，獨唐有一樊紹述。其所爲《魁紀公》不傳，其《絳守居文》現在，皆兒所見。至宋，劉幾爲歐陽公所黜，其文不傳。有所謂『天地軋，萬物茁』者，乃今偏吳越矣。此風自文太青始。太青空疏不學，伎倆只此，不過從神樂觀、朝天宮鈔出道藏僻書數種及海篇難字而已。」《茶餘客話》又引艾氏云：「近人作文，好以今字易古字，云出自某書；以奇語易平語，云本自某人。論道理則初無意味，徒令讀者縮脚停聲，多少不自在。徐文長有譯字生之譏，正指此輩。充其類，不至『板户公堂，研脚露喪。班夫良賦，趨黽空肚』不止也。」凡此皆明季人文弊，正與王船山皆明季人建立門庭之詩弊同一深惡痛絶之論也。朱子謂：「歐蘇文好，只是平易，不使差異字換尋常字。」方望溪曰：「始學而求古求典，必流爲明七子之僞體。」近日報館及好新之庸妄人有此文弊，未可蹈之。

袁氏《佔畢叢談》則極論好奇之弊曰：「金正希云：『文章苟有奇意，非奇字奇句則終莫之見；人有奇心，非見奇字奇句則亦終莫之發。』然讀先生文，非有詭辭倣句炫人耳目，只清岸高古，不落時趨。可知不時趨便是奇也。韓昌黎之文可謂至矣，而每於碑記好爲奇字澀句以標新異。宋景文之《唐書》可謂當矣，而每截字縮句，竄用不經見之字以求簡古。後人皆以爲美玉微瑕。然則撏撦僻字豈斯道之所貴乎。」又曰：「庾持善《字書》，每屬辭好爲奇字，世以爲譏。夫字體數萬，人所常用不過三千。若摭拾古僻不可識者以炫奇，此劉舍人所謂字妖也。

然則奇字遂不可用乎？可用也。史遷『更遺長者扶義而西』，不曰『仗義』而曰『扶義』，有扶持之意也。范史『鄧彪仁厚，委隨不能有所匡正』，不曰『委靡』而曰『委隨』，有隨從之意也。又左雄疏『或因罪咎引高求名』，不曰『務高』而曰『引高』，有借飾之意也。《南史》：沈約云『此公護前不讓則羞死』，不曰『護過』而曰『護前』，『前』字所包更廣也，必用此字，其義乃安，其意乃盡耳。然即此便是奇字，非以不可識者爲奇也。」又曰：「左氏之時近古，故不辭費。秦漢之文則放於《左》、《國》，東漢之文則放於西漢，唐文放於漢，宋文放於唐。蓋時代不同，各就其聲口之所近，故助詞愈多，日就流易，不得已而然也。假使後代作史者傚左氏之體，節去語助，或一二字爲句，或令人不可驟句，語語須注方明，其可嚮邇乎？故班孟堅作《漢書》，敘事中多質語，人不非之，維其時也。宋景文作《唐書》，敘事中多縮句，人以爲譏，亦維其時也。又歐陽公曰：『雕刻文字，薄者之所爲。凡牛鬼蛇神以爲奇，蟲鳴鼠唧以爲幽，鉗齒刺舌以爲古，屠手斷足以爲潔，寒儉苦澀以爲高，撏撦餖飣以爲富，取青媲白以爲麗，皆雕刻也。大抵人内不足，無可爲自張之具，故嘔心反胃，鏤肝刻腎以爲之，字字句句求勝於人，而其失之也愈遠。若中貯既富，如長江大河，有本之水，滔滔流出，尚何雕刻之足言乎！夫文章之能，首推西漢。試觀賈、董之文，曷嘗字鏤句琢以爲奇，而理達詞昌，樸茂典重，惟其蓄之也富，故其出之也裕。彼枵腹者雖百思不能到矣。』古人之文無務爲儉澀者，務爲儉澀於唐得樊紹述，於宋得劉幾。樊如《絳守居園池記》是也，劉如所謂『天地軋，萬物茁，聖人發』是也。然昌黎作《樊紹述墓誌》稱其『文從字順各識職，有欲求之此其躅』，則樊之文已變而歸於正矣。劉幾後名煇，其中式之文有云『靜以延年，獨高五帝之壽；動而有勇，形爲四罪之誅』，極爲歐公稱賞，則劉之文亦變而歸於正矣。大約少年火候未到，故好爲棘喉鉤吻之言以自異，迨學與年進，胸有把握，便自知其非，一洗從前惡習矣。明代李日華生僞古風靡之時，其持論亦以好奇爲病，其《紫桃軒又綴》曰：『立言必貴典雅坦明，即有奇險亦遇境而生，非强鑿所就，自然行遠。楊雄《法言》《太玄》至今在傳不傳之間，若唐盧殷之文千餘篇，李礎之詩八百篇，樊紹述著《樊子書》六十卷、《雜文》九百餘篇，皆不傳，以其艱深晦塞，縱有奇，非人情所通好故也。』是知言矣。

至路閏生持論則頗右此種，其言曰：「文之沉博絶麗，內充外腓，而讀者苦之，如箝在口，謂其多用僻書，好作奇字，相顧愕眙，目爲澀體。此其於文也，拘於墟，囿於時，而未達其變者也。計物之數不止於萬，事理物情，迭起循生，質言之不足，乃文言之。文以足言，無文則行而不遠。文之用僻書也，非必其炫博也，目前數卷書不足以發揮之也；其用奇字也，非必其矜奇也，目前數千字不足以舉似之也。今取六經觀之，《易》奇而法，《詩》正而葩，殷《盤》周《誥》，詰屈聱牙，《周禮》文字，奇古難識，《儀禮》奇文奥旨，昌黎讀而苦之，是皆闡道之文，聖人所謂詞達而已者，豈其不著一字如宋儒語録哉？後世綴文之士不務博覽，但因陋就簡，蹈常襲故，其能論天下之事，達萬變之情也乎？」明人韓詩則謂此派與反乎此派者皆有流失，其《甗閣集序》曰：「論文之家，其道有二：好奇者日新，善立者富有。富有之業多平整，其弊也流於酸緩而柔複；日新之業多奇異，其弊也流於艱澀怪譎而不已。二者均失，莫之或救。」

蓋此派文字自前人爲之，亦復具有源流，關乎學識。自子雲開其端，至樊宗師拓而專之。當時退之亦篤好之，常以尚異立説，《曹成王碑》是其文中尚異者，《南山》、《陸渾火聯句》是其詩中之尚異者。徐彦伯、李觀、孫樵、劉蜕賡之，宋景文、李淑之、張荷、羅願、鄭樵、劉辰翁踵之，元明善、黄晞、任士林、謝兆申、劉鳳及近人胡稚威等均號稱澀體。張耒《答李推官書》初發其作法，曰：「自唐以來，文人好奇，甚者或爲缺句斷章，使脉理不屬，又取古人訓詁希有者強合之。或得其字不得其句，或得其句不知其章，反覆咀嚼，卒亦無有，此最文之陋也。」包慎伯《序胡稚威文》又重闡其作法，謂「其機括在乎換成言。擇字義相類者更代以明新，於駢語習見者顛倒以示奇。其小文短章則字棘句鉤，急切不能了其指歸。其要領在乎節助字。蓋多借助字，意與詞適，以熟易滑，節之則詞生意窈。前哲間以此爲濟勝之具，至稚威乃爲專家」云。然此種文字亦實非可貌爲。李惺表孫錤墓云：「君文力求自異，雖尋常字句率皆去今從古，或未免失之太過。然唐文如皇甫持正異矣，至樊宗師則尤異矣，不但俗士以爲難解，即文人亦或以爲難解，而昌黎不但不以爲非，且從而推重之，豈昌黎亦好異者哉！」慎伯又云：「袁子才文主條達，及爲稚威哀詞，欲逐迹追風，至失其故步。」可知佶屈聱牙亦非易事，證以宋景文所謂「才不逮宗師者不可倣其體」之言，與周輝所謂「景文修《唐書》，後學不可妄倣妄議」之説，持誼正同。觀於此，則此種文之不可學不易學，自曉然矣。駢文亦忌太生，孔廣森謂不可用經典奥衍之詞。如彭兆蓀深《選》學，近人病其摭詞人繁，與姚燮同病。王曇好奇，欲别立一派，皆不可藉口。

《唐子西文録》曰：「古之作者，初無意於造語，所謂因事陳詞。」此語亦見《滹南詩話》。故文與詩皆不可好奇。陳后山辨之最析，其語亦至可味，求奇者宜由此行之，方不誤用心力。余蓋深歷而知之，蓋余少時詩文固好奇意奇語也。后山之論文曰：「莊、荀皆文士而有學者，其《説劍》、《成相》篇與屈《騷》何異？楊子雲之文，好奇而卒不能奇也，故思苦而詞艱。善爲文者，因事以出奇。江河之行，順下而已，至於觸山赴谷，風搏物激，然後盡天下之變。子雲惟好奇，故不能奇也。」案此即李日華「雖有奇險，亦遇境而生」之旨也。其論詩曰：「唐人〔不〕學杜詩，惟唐彦謙與今黄亞夫庶、謝師厚景初學之。魯直，黄之子、謝之壻也，其於二父，猶子美之於審言也。然過於出奇，不如杜之遇物而奇也。三江五湖，平漫千里，因風石而奇耳。」蓋詩文之所謂奇者，皆在順下平漫之中遇物搏激，始見奇而盡變。有意好奇出奇，則適成其詞艱思苦而已。前人病詩之好奇者，如魏泰《臨漢隱居詩話》稱「黄庭堅喜作詩得名，好用南朝人語，專求古人未使之事，又一二奇字綴葺而成詩，自以爲工，其實所見之僻也，故句雖新奇而氣乏渾厚」。《漁隱叢話》亦云：「此詩家之澀體也。」今人《樊山集》有

《二家詞賡序》，稱會稽陶子珍「爲文專工澀體，樂府尤近夢窗，每出一篇，十色五光，眩人心目，躡其蹤由，渺無定處」。屢舉樂笑翁七寶樓臺之喻以相規切。此又詞家之澀體矣。

姚文田《與孫雲浦書》曰：「文體自東漢之季，往往排比經言，惟以文辭相尚。比例則常嫌於過實，叙述則又病於不明。六朝更爲駢麗之詞，遂使記事記言必先覽者旁置史傳然後本末乃可詳考。自昌黎出後，而後斯文卓然一復於古。韓集惟《曹成王碑》用字稍異，其源蓋出於司馬相如、楊雄，於古文別爲一家。若乃過于艱澀如樊宗師、段柯古等之所爲，則雖後世有述，以爲僞體，置之可矣。」案姚以《曹成王碑》別爲一家，而方望溪以退之《進學解》、《毛穎傳》爲別調。二説分析退之門庭最嚴，學者可以知所從事。

四曰抑揚逾量、炫奇徵異如小説也。孔齊至《正直記》曰：「歐陽玄作文必詢其實事而書，未嘗代世俗誇誕。時人謂文法不及虞集、揭傒斯、黄溍，而事實不妄則過之。惲子居自定文律，有言不過乎物一端，意至精審。」《穆堂別稿·古文辭禁》云：「一禁用頌揚套語。古人作文，稱人之美，銖稱黍量，片語不溢，使後世得據爲定論。此韓、歐、曾、王家法也。世俗應酬文字，儗人不以其倫，行必曾、史，文必馬、班，詩必李、杜，蓋乞兒口語，豈可施之古文。一禁用傳奇小説。小説始於唐人，鑿空撰爲新奇可喜之事，描摹刻酷，鄙瑣穢褻，無所不至，若《太平廣記》是也。宋元而下，泛濫斯極。然既爲小説，士君子不觀，吾無責焉耳。若古文，則經國之大業也，小説豈容闌入？明嘉、隆以後，輕雋小生自詡爲才人者，皆小説家耳，未暇數而責之。」《退菴隨筆》曰：「凡作墓志文字，只要不説謊。《祭統》云：

『銘之義，稱美而不稱惡。』又云：『其先祖無美而稱之，是誣也。』故聖賢雖於父母亦不虚加一語，轉貽羞辱。韋齋人品學問迴出人羣，朱子作《行述》祇平平叙次。伊川爲大中作文，亦無一語褒揚。惟其如此，是以可信。白香山《策林》有云：『凡今秉筆之徒，歌詠詩賦碑碣讚誄之製，往往有虚美，有愧詞。行於時，則誣惑當代；傳之後，則混疑將來。大非先王文理化成之教也。』」包慎伯曰：「尋常小文，强推大義之蔽，王、曾尤多。夫事無大小，苟能明其始卒，究其義類，皆足以成至文，固不必悉本忠孝，攸關國家也。凡是陋習，染人爲易，而熙甫、順甫乃欲指以爲法，豈不謬哉！」此其弊多自時文語録而來，而爲高心空腹所流露者，袁漚簃嘗痛砭之。包氏又謂：「惲子居叙述膴仕富子，則支離拖沓；有所諍議，必揶揄顯要；即誚訕守土長吏，率多府罪於下。是不過乎物難矣。他如諧隱語、昵語、夢兆鬼神語及濫效《莊》《騷》語、《左》《史》纖碎語，或與比儗合證事類之類，皆宜在禁律。」方望溪曰：「古文義法不講，或雜以小説。」吳仲倫《古文緒論》稱「古文之體忌小説」。《南雷文約·陳令升先生傳》云：「侯朝宗、王于一，其文之佳者尚不能出小説家伎倆，豈足名家？」汪堯峯《跋王于一遺集》云：「小説家與史異。古文詞之有傳也、記事也，此即史家之體也。前代之文有近於小説者，蓋自柳子厚始，如《河間》、《李赤》二傳，《謫龍説》之屬皆然。然子厚文氣高潔，故猶未覺其流宕也。至於今日，則遂以小説爲古文詞矣。太史公曰：『其文不雅馴，縉紳先生難言之。』夫以小説爲古文詞，其得謂之雅馴乎！夜與武曾論朝宗《馬伶傳》、于一《湯琵琶傳》，不勝歎息。可知此病久中於藝林矣。」姚春木録國朝文不取述事近稗官者，亦即此意。焦里堂曰：「余十一、二歲讀《古文軌範》，遂好爲古文。丁未以所撰序事文就正於汪容甫先生。先生令焚之，曰：『序事文須無一語似小説家言，當時時以《左傳》、《國語》、《史記》、《漢書》爲之鵠。』至今心服之。」洪容齋謂文士中矜誇過實，如韓公《石鼓歌》，以《三百篇》如星宿，而此詩如日月。皆逾量之過也。

包氏《藝舟雙楫·論文》卷中於「文不過乎物」之義發之詳盡，并推引史館及私家記事文之不可據信者而申其説，曰：「近今史館成例，人必歷顯職事與言必據官文書，非是不得闌入傳中。讀其傳以求其人之心術學術與當時種德播惡之迹，皆不可見。於是欲徵信於家傳。而家傳必出素識之稍有聞譽者，名之以時貴，縞紵夙投，人事豐腆，難以言文直事核矣。況自命載筆者未必解事，茫然於所事之得失終始，惟以道徇人，苟取悦于求者，幽光不發，儒效無稽，淫詖之辭興，勸誡之道熄矣。然則傳志碑狀，史家者流，雖稱美不稱惡，與史例少殊，苟能稱美不過其情，又不以虚飾之公家言惑人觀聽，即時諱小惡，亦善善從長之義也。有本有末，晚近所難。若其吏才無害而内行不修，則當援《春秋》美齊桓之例，詳稽成效，而一言不及其家事。其有清操自完，雅量容衆，短垣不逾，而澤無所究，則必詞稱其分，旨寓於言。亦有性不吝嗇，頗事任卹，而餘財既出盗蹠，污染故非良家，衡其輕重，無當節取，未便峻拒，宜從婉辭，斷不可氣折勢焰，心移繫援，苟穢翰札，以得罪名教者已。僕常謂吾人不知自愛，舞文亂德，較之試官賣科名，獄吏賣法律，罪爲尤重。蓋庸劣倖獲，無辜被冤，禍福祇集其身，是非猶在公論。若碑誌勒之金石，傳狀垂於簡册，果得筆勢駿利議論明達者爲之，遂爾骨馨泉壤，名艷通都。實惡以久遠而漸除，虚美以誦習而逾盛。顯貽君子之譏，陰受鬼神之譴。可不慎歟！僕少本不殖，學本師心，謬被名流推挽，乞傳求題者相踵。惟以性好品別人材，搜羅軼事，偉論亮節，不間明陋。雖其雌伏茅檐，寄迹籬下，而出處趨舍，竟係興壞。又有人僅中材，職非機要，當狂瀾共倒之時，猶能持正自衛。詳其所涉，則地方興壞之故亦因明白，下至閭里獨行，閨閣貞苦。考覈既真，必悉紀録，爲前哲鬯流芳，爲後來樹標準。師保如臨，不緣求請。其應求請者，亦多習故深知，并非删節來狀。故有行述年譜言累數萬，而文中止採及世系、科目官階、生卒年月、子姓名職者。世固有一言一動卓爾可傳，且必不可以不傳，而子孫不知，或知之而引嫌慮患，不敢入狀。其狀中刺刺不休，大都尋常，且多虚妄。迹其所虚妄者，事未必美，而真美顧隱諱不言。僕以一人之耳目心力，其焉能使當代賢大夫士之行業盡有載述而必布聞哉！至於情無可卻，而行治不必符記載。或性情足供描寫，或先世宜追稱述，或欵愫當陳締結，或話言別具指歸。取蹴波瀾，滋生奇趣。文家狡猾，時亦間出。其有聞聲相思，奉狀乞言，詞出人子，多近誣先，採訪有徵，翦裁斯下。如其距遠居僻，無可考詢，則必謝彼潤筆，辭以不文。五十年來，庶幾無愧。古昔有言，苟能制作文章，亦可謂之爲史。凡以迹闕得失，非具達事變之識，懷舊俗之情者，固不足以與於斯文之重也。故略摭舊稿符合前説者，録附《藝舟雙楫》之後。當世有識，苟存觀省，或亦有當葑菲之采云爾。」此説於記事當否之道得矣。近世文家，自包氏外，惟今人《湘綺樓文集》中紀事文有數篇尚不失此旨，他不多見。吾人所當拔俗不阿，而嚴以自律也。

游戲寓意諧隱小品文字，如尤悔庵輩施之駢文，猶無大害，初學仿此未嘗不可展拓心思。至散文或淪此習，則不免日入纖刻。吴氏《古文緒論》曰：「《史記》未嘗不罵世，卻無一字纖刻。柳文如《宋清傳》、《蝜蝂傳》等篇，未免小説氣，故姚惜抱於諸篇中只選《郭橐駝》一篇也。」所謂小説氣，不專在字句，有字句古雅而用意太纖太刻，則亦近小説。看昌黎《毛穎傳》，直是大文章。此攻文者所宜早辨也。

案：《識塗篇》五有朱笥河作記事文法，可與此則參看。

嘗考譽人過實者，如洪容齋所論班孟堅《薦謝夷吾》一書、柳子厚《復杜温夫》一書及張説《賀魏元忠衣紫》之語皆是。其相輕過甚者，如皇甫湜所云「讀詩未有劉長卿一句，已呼阮籍爲老兵；筆語未有駱賓王一字，已罵宋玉爲罪人」之類，則輕古人者也。宋人所謂「平居聚談，卑陋秦七黄九」，則輕時人者也。譏「落霞孤鶩」句爲襲「孤松撑蓋」，譏「孤月浪中翻」句爲蹈「孤月浪中生」，則輕視學古者也。文之雄健者以艱澀議之，富贍者以浮靡議之，深沉簡古者以疎漏迂緩議之，則輕視負才質者也。此惲氏所由發起文律也。路閏生稱《受祺堂文集》傳記各體皆直書其事，不作一塗澤語；其議論諸篇無鋪張語，無閃鑠語，無調停語。

五曰摭拾佛老唾餘，疏偈雜舉也。明季人最多此種，傅青主山謂「近世學士喜頌《楞嚴》爲文字起見」者是也。《野客叢書》稱「儒人不作釋氏語」，舉韓、李二公爲證。元微之作《永福寺石壁記》所言「未免徇乎彼，非真能尊吾道者」。蓋儒與二氏之宜分界如此，不可不慎也。李氏《古文詞禁》一禁用佛老唾餘，謂内典道藏本自晉、唐以來，浮薄文人竊取《莊》、《列》荒唐之言粧點文飾以爲書。其言悉爲杳渺不可解之説，以爲高深，不知聖人論辭以達爲主，彼乃以不可達爲妙，此蘇氏譏楊雄所謂「以艱深文其淺陋」者也。明季文弊好用二氏書，至國初錢牧齋而極。有志學古者亟宜避之。近世合儒釋以講學諸家，陽湖文家學諸子爲文諸家，皆有此弊。方望溪曰：「凡爲學佛，傳記用佛老語則不雅。子厚、子瞻皆以兹自瑕。至明錢謙益，則如涕唾之令人嘔矣。」

黄氏《金石要例》曰：「作文不可倒卻架子爲二氏之文，又須如堂上之人分别堂下臧否。韓、歐、曾、王莫不皆然，東坡稍稍放寬。至於宋景濂，其爲《大浮屠塔銘》，和身倒入，便非儒者氣象。」梁章鉅《退菴隨筆》曰：「作文架子自韓公始立，所謂起衰者也。」《隨園隨筆》曰：「宋金華、焦弱侯，侏儷雜引，而江河日下。」李次青曰：「韓、歐集中無一字及釋老，蘇、曾則不免，而蘇尤甚。案：浦起龍《古文眉詮》中於佛法文字，惟長公一二入鈔。近代惟勺庭、望溪不蹈此病，即爲緇流作傳志亦不用彼教中語。潘次耕則以禪悦文入外集。惲子居集中動及宗乘，張南山嘗欲盡芟之，别刊一本。真知言也。」案：從前文章禁及釋老，猶今日不可混入不關學語之譯詞，其事同也。錢竹汀曰：「梁世崇尚浮屠，一時名流詩文大半佞佛之作。昭明一概不取，惟録王簡棲《頭陀寺》一篇以備體。簡棲名位素卑，不爲當時所重，明非勝流所措意也。益見昭明識見遠出後世詞人之上矣。」

潘四農《與王靜山書》曰：「僕於經得數説焉。從經則必不信佛，從佛則必不信經，其不可强同，塗人知之焉。一曰天地定位，何出世。二曰天勅有典，何出家。三曰乾道變化，各正性命，何輪迴。四曰天有顯道，厥類爲彰，何地獄。五曰其交也以道，其接也以禮，因不失其親，亦可宗也，何因緣。六曰老吾老以及人之老，幼吾幼以及人之幼，以直報怨，以德報德，何平等。七曰天生蒸民，有物有則，何真空。八曰誠者物之終始，不誠無物，何假合。此實經與佛語至精要者。此尚不合，何問他。嗟乎！以塗人知之者，而如顔清臣、白樂天、柳子厚、蘇子瞻、黄魯直、歸熙甫、王元美之流節概文學逴躒可稱道，轉有所不知者，未嘗就聖經佛語對勘之耳。」此真探本之論也。

然吾華自佛佗東漸以後，先有儒佛通郵之學，乃繼有儒佛通郵之文。其始通郵，本自文家。蓋自有梁補闕、白文公、晁文元、蘇文忠、李屏山、趙閒閒、宋文憲、薛西原諸人，皆涉迹佛門而被之文學，爲儒佛兩家之一混。唐宋之混同者尚有顔真卿、李綱一流，則以精忠勁節而爲之，又不第文家、學家兩種人矣。但自文家之外，與學家則茅蕝甚嚴。趙宋以來，儒者尤喜闢佛。此爲儒佛兩學之析分。然自元城、横浦、慈湖以來，西山、白沙，俱不諱言佛，且樂引爲助。此爲儒佛兩學之一次相混。姚江再傳多折入佛，其最著者大洲、復所、海門、石簣、憺園、東溟、正希，咸大撤兩家之藩，以究一乘之旨。此爲儒佛兩學之二次相混。近二百年，王學衰而程朱之學間出，門户城府，由是分張。此爲儒佛再生嚴郛之析分。惟中經汪大紳、羅臺山、彭尺木諸人而又一合。自頃東西哲理紛撓華風，知新之士回味宗乘，更予一合。此數分數合時風中，有一種相混之學，輒因以增益此種相混之文。故儒之與佛，昔之相混以文家，繼之相混以學家，今之相混則出於譯家。就過去觀之，則以明之趙文肅貞吉、近之汪大紳縉相混之文爲最。姜寶序趙集曰：「今世論者多陰採二氏之微妙，而陽諱其名。公於此能言之，敢言之，又頌言之，昌言之，而不少避忌。蓋其所見真，所論當，人固莫得而訾議也。」江鄭堂謂大紳古文：「人所不能言者，能言之；人所不敢言者，能言之；人所不能暢者，能暢之；人所不能曲者，能曲之。其出儒入佛之作，則言思離合，水月圓通，有不可思議者。」彭尺木則評之曰：「噓氣成雲。」王西莊則云：「讀大紳文，十洲三島悉在藩溷間。」蓋儒佛通郵之文字，大抵以無轍迹無墻壁爲宗旨，以孤往爲歸宿。故此派文字非源於混合之學，即源於混合之世。源於學術者，其調和斟劑則自内；源於世局者，其欣慕震慴則自外也。彭蘊章《歸樸庵叢稿·先世著述記》云：「《居士傳》二，林公撰，爲古今學佛者立傳，不入文集，别爲一編。公又有《一行居集》，亦載佛門文字。」是尺木關於彼教文字，亦别行也。

吾觀散文正宗之開先，以昌黎爲百世不祧之宗。若混雜散文之人，亦可以昌黎當之。何也？昌黎之文，立論有與百家二氏無異者。其《原道》述莊周之剖斗折衡，而著論排三品則與莊周有乳入者也。其《原仁》言一視而同仁，篤近而舉遠，其《讀墨子》言孔子必用墨子則與墨家無異也。其《原性》以喜怒哀樂皆出於情，則與佛老無異也。故其《羅池廟碑》爲劉昫所譏，《與大顛書》爲朱子所摭。宋陳善謂其闢佛老而事大顛，譏服食必死而餌硫黄，因而有無操持之譏評，有但以立教之戲語。昌黎爲散文之宗主，而文字已不免牽混。故世稱蘇子由先看佛書，知其旨趣，故其作《老子解》多與佛書合。又稱黄魯直先看佛書，再讀《列子》，故一讀《列子》便謂普通年中事不從葱嶺傳來。然則文家多以佛書爲作文之先導矣，而文家於佛書有駁論者，必其先探知佛氏之不善者也，於佛書有申發者，必其先涵茹佛氏之妙旨者也。《古夫于亭雜録》曰：「錢牧齋先生云：『吾讀子瞻《司馬温公行狀》、《富鄭公神道碑》，如萬斛水銀，隨地湧出，茫然莫得其涯涘也。晚讀《華嚴經》，稱性而談，浩如烟海，無所不有，無所不盡。乃喟然而嘆曰：子瞻之文，其有得於此乎！文而有得於《華嚴》法界事理開遮涌現，無門庭，無墻壁，無差擇，無擬議，世諦文字固已蕩無纖塵，何自而窺其淺深，議其工拙乎。據子由爲《子瞻行狀》，知子瞻之文，黄州以前得之於莊，黄州以後得之於釋。吾所謂有得於《華嚴》者，信也！』」陳善謂歐公文字議論高千古，而惜其不看佛書。袁枚亦自言曾看佛書，而苦於不知其妙。此外如西山作《文章正宗》，甄别最嚴。胡寅作《崇正辨》，攻駁尤力。而《西山集》、《斐然集》，爲二氏操觚者亦不少也。此混同之文所以不絶於世也歟。

姚石甫《識小録》曰：「東坡以文章自命而好佛，生平不以明道爲己任，故不修邊幅，滑稽戲謔，皆率意爲之。昌黎以衛道自任，居於孔孟之徒。志趣可謂極大，然亦不甚謹飭，好博塞之戲及喜聽無實駁雜之説，又與浮屠往來，致其徒盛相夸飾，謂公爲彼所屈服。蓋疏放之譏，亦賢者之過也。故張籍前後以書規之云：『欲舉聖人之道者，其身亦宜由之也。比見執事多尚駁雜無實之説，使人陳之於前以爲歡。此有累於令德。又商論之際，或不容人之短，如任私尚勝者，亦有所累也。先王存六藝，自有常矣。有德者不爲，猶以爲損，況爲博塞之戲與人競財乎！君子固不爲也。今執事爲之，廢棄時日。竊實不識其然。且執事言論文章不謬於古人，今所爲或有不必出於世之守常者，未爲得也。』水部此書可謂直諒矣。公答書，心是之而未能辭服，豈習俗移人，賢者不免歟？《新唐書》：『籍性狷直，嘗責愈喜博塞及爲駁雜之説，不能著書如揚雄、孟軻以垂世。』蓋即指此。唐孔戣《私記》云：『退之豐肥善睡，每來吾家，必命枕簟。』其亦與怡然整巾，終日靜坐者異矣。雖然，後之樂於放誕，動訾禮法爲拘囚者，固不可以蘇、韓二公藉口而自得之。學不及先儒，文章氣節道義又不及二公，但檢邊幅爲容飾者，亦烏可自託先儒而輕詆韓、蘇也哉！」案：姚氏此論，較論古文大家之大德小節，而平情言之，知文家文行出入須覈其真際，否則攻擊與假借皆非矣。

然亦有稱作釋老文爲無害者。《四庫提要》稱：「古來操觚之士，如韓愈之於高閑、文暢，持論始終嚴謹，固其正也。其餘若蘇、黄諸集不入學派者且勿論，至于胡寅、真德秀皆講學家所謂大儒，致堂、西山二集，此類正復不少。蓋文章一道，隨事立言，與訓詁經義排纂語録，其例少殊。宋儒尚不能拘，然則如宋濂之《未刻集》、楊士奇之《東里集》、倪謙之《文僖集》者，又何必用楊傑《無爲集》例，屬諸二氏作者別爲卷袟，不散入各體中，而欲滅其迹哉！」文家以此類文別爲卷秩者，較之釋家，如宋道璨、明宗泐，其所著詩文皆稱外集。蓋以佛經爲内，詩文爲外，用意正與儒家相反，亦如東漢緯學盛時，以通《七緯》者爲内學，以通五經者爲外學。又如劉宋立學，立玄學以并儒學。皆一時之論，一家之說也。

六曰喜求徵實，博考餘賸，而正義反隱也。此《吕氏蒙訓》所謂西漢谷永等書雜引經傳，無復己見者也。王臨川亦嘗病當時之文以餖積故事爲有學之非，故吳仲倫稱：「古來博洽而不爲積書所累者莫如王介甫。渠作文直，不屑用前人一字，此其所以高。」楊誨之用《莊子》太多，反累正氣，宋人嘗以爲病。西人笛卡兒曰：「意義之單簡易明者，不必更用他法以解之，而反使其蒙昧。」是彼人亦以此爲病也。大概此類通人不免，近世考訂家集中多有之。前人所謂以注疏爲序記者，亦同此病。魏叔子謂博學者惟思自用其實，故窒抑煩懣而無以運之。且見聞多則私智勝，又好以其偶合者，穿鑿附會古今之事。

汪家禧《與陳扶雅書》曰：「文章之敝起於淺夫，藉爲結納，其言率華而不實。故好學深思之士，思矯其弊，折而談證據。其初亦各有心得，其流或掇拾陳言，類經生射策之詞，甚者又羅舉古書，刊刻異同，主張乎張淳、毛居正之業，如今時通人著述多不免此也。不徇於衆人之好尚，始爲有志之士。願與足下交勉之。」案：汪氏所譏，近世校勘家所著之文集皆不免，如顧廣圻、錢泰吉之流皆是，竟不可以文章論。《退菴隨筆》謂「今考據家作文字，率喜繁徵博引，以長篇炫人。然氣不足以舉之，每令閱者不終篇而倦。其意自謂源於《史》、《漢》，然史公文字精采，雖長不厭，《漢書》則冗沓處實多。馬班之高下，即在於此」。

《瀛舟筆談》述阮氏元《衡文瑣言》云：「能看策者，不必條條盡對也，即有遺忘，無害學問。但能議論斷制，便見才識。獻子之友五人，孟子忘其三。封禪七十二代，管夷吾不能悉數。若必三十六郡、二十八將悉數之，無一遺忘者，轉近於懷挾伎倆矣。」此亦可藥有徵引而無裁翦之弊習也。

李次青謂朱蘭坡《詁經文鈔》多箋疏體，非文集體。此即莊氏炘所謂黨枯讎朽之學，故其所發爲文皆屬考訂之文，與散文有別也。《無邪堂答問》謂序、跋、書後之類，原不必盡用考證，近人則無不以考證當之，而文法絶不講求，或率意寫一兩行，亦以入諸文集。此風沿自宋人，近今爲甚。故姚氏《文録》凡專尚考證瑣屑不成篇者不録，蓋猶存古意。邵博述老蘇云：「學者於文用引證，猶訟事之用引證也。既引一人得其事則止矣，或一人未能盡，方可他引。」陳同甫謂「經句不全兩，史句不全三」。此可法也。苟引多，則傷文氣。陳善曰：「作文使事多最難。」使事多，難於遣詞也。惟魏善伯謂引證古事以對舉二事爲妙，蓋所以厚辨證之力，不得不然。樓迂齋謂：「古人名字，明用不如暗用；前代故事，實說不如虛說。」則又化堆砌爲空靈之說也。嚴元照謂：「工於考覈之學者，文率平衍無生氣；而尚議論長於馳騁者，於考覈又必多疏略。惟馮山公兼之，故《文章辨體》稱議論文字須考引事實無差忒，乃可傳信。」《退菴隨筆》謂：「讀書必以細心爲主。蘇子容聞人語故事，必檢出處。蘇文忠每有撰著，雖目前事，率令少章、叔黨諸人檢視而後出。明代人讀書多不細，便大害事。王陽明爲王守溪作傳，最表章他的《性説》。《性説》中引孔子語云：『心之神明謂之性。』以爲吾止以孔子爲斷。不知原文乃『謂之聖』，非『謂之性』也。不確，不查便成笑話。明道因濂溪教他尋孔顔樂處，晚年欲作《樂書》。朱子曾笑云：『不知樂，如何作書？』謂樂在心，作不得書耳。《性理》中載此語，下旁注『洛』字。常州錢啟又以『洛』字爲正文，因費心力著一部《洛書》，豈非説夢！李氏《紙上談》稱文人病在考據多而折衷少。明大學士鄭以偉文章博奧，票擬非所長，章疏中有『何況』二字，誤以爲人名。此考據家之笑柄也。」。而《朱子語録》稱「山谷使事多錯本旨」，則又爲一種之病也。又陳氏稱「東坡作文用事有『想當然爾』之戲言」，則又文家鑿空之弊。如楊慎恃氣求勝，每説有窒礙，輒造古書以實之，爲陳耀文等所詬病。《茶餘客話》載阮槭軒嘗有汪鈍翁私造典禮、李天生杜撰故實、毛奇齡割裂經文之譏。或病在實，或病在實而不實，或病在虚，同一不可訓者矣。

用事之誤，汪鈍翁最甚，又立説以護其短。《柳南隨筆》曰：「公孫衍、犀首本一人也，而鈍翁文中既用公孫衍，復於蘇秦、張儀之下繼以犀首，一時以爲笑柄。予外王父張公九苞述其師湘靈錢先生陸燦之言如此。」今鈍翁集中有《蘭室記》謂「班固不知士會、范武子爲一人，不害其爲良史；鄭玄不知周時有兩公孫龍，不害其爲大儒；司馬相如不知枇杷之即爲盧橘，不害其有詞賦名」。豈因往日之失而潛以自解歟？《柳南續筆》又云：「鈍翁與某宗伯頗多異議。一日與吾邑嚴白雲論詩，謂白雲曰：『公在虞山門下久，亦知何語爲諦論？』白雲舉其言曰：『詩文一道，故事中須再加故事，意思中須再加意思。』鈍翁不覺爽然自失。」此皆可爲鑒者也。

夫詁經箋釋之體，本未可合之作散文。然經學中恰有資於作文一事，曰訓詁。漢之文儒，相如有《凡將》、揚雄有《訓纂》、班固有《飛龍》，故郭璞以《爾雅》爲摛翰之華苑，孫開謂朱氏《駢雅》爲作賦者所取裁。雖然，此猶屬乎《騷》、《選》之文章也。若散文，自韓氏開宗之時，爾時即闡作文宜資小學之旨。包慎伯論韓文引《復志賦》「用心古訓」、「識路疾驅」之言。包氏自叙其所作賦，謂「未習小學故訓，大都依俗説，尤平近不能發奇趣」。是無訓詁之學以助，作文作賦則生歉態。訓詁之係於文學如此。沈祥龍曰：「古時字少，故多假借。然字雖少，今人豈能盡識之而明其義哉？苟明其義，足備文章之用。用古字而有所本，其文必雅。此當於羣經外，博觀周秦諸子、史漢諸書，而其要在通貫《説文》。」此文家留心訓詁之方法也。沈氏又云：「昌黎言爲文辭宜畧識字，顏黄門有世之學徒多不識字之譏。識字惟辨其音義，明其訓詁，而不必定以奇字僻字入於文中，令人口吻俱棘。昌黎《曹成王碑》多奇僻字，亦偶一爲之也。」此又用訓詁字之法也。羅臺山引韓侍郎《答李翺書》曰：「『沉潛乎訓詁，反復乎句讀。』此昌黎爲文所以拔出於諸家。」蓋訓詁不明，則文字根柢不立，支離杜撰，規矩蕩然。故彭尺木稱臺山於《説文》、《爾雅》治之加詳，一字之義往往引端竟委，反復數千言。此皆舊時文家之緒論也。近世修詞學家動稱作文期語言之正確，須有國文典。是無論何代文家，無不措意於此矣。其説從前大暢於曾文正，其示人研究古文用字之法，謂當立虛實、譬喻、異詁三門以求之。虛實者，實字而虛用，虛字而實用也；譬喻者，後世須數句而喻意始明，古人祇一字而喻意已明也；異詁者，無論何書，處處有之，大抵人所共知，則爲常語，人所罕聞則爲異詁。昔郭注《爾雅》、近王伯引之《經傳釋詞》，於常語不甚置論，惟難曉者則深究而詳辨之。蓋古人用字不主故常，初無定例，要各有精意。如此隨時鈔記，久之則多識雅訓矣。此即文典之意，先須留心選擇以備用者也。曾氏有《訓詁雜記》，即作文豫備之書。《玉海》引朱子曰：「作文自有穩字。古之能文者纔用便用著。」宋景文曰：「人之屬文有穩當字，第初思之未至也。」馮定遠曰：「錢受之不知『祝』字有去聲，王弇州不知『訊』、『誶』是一字，故作文字，不可不講字學。」蓋必講字學，始有穩當字可用也。王惕甫云：「學者作文未能用著穩字，所以要多讀多做。做多讀多，則自然用著。所以文成之後，不厭多改。」蓋必多讀多做，而又益以多改，而用字始能穩當也。

羅研生汝懷《綠漪草堂文集》有《與曾侍郎論文書》，力申文事不得盡廢箋疏之說。其言曰：「箋疏之體，其傳最古。《易》曰：爻也者，效此者也。象也者，像此者也。易者，象也。象也者，像也。彖者，材也。爻也者，效天下之動者也。隼者，禽也。弓矢者，器也。射之者，人也。《記》曰：經也者，實也。葬者，藏也。射之爲言繹也，或曰舍也。繹者，各繹己之志也。東方者，春。春之爲言蠢也。《左氏》曰：所謂道，忠於民而信於神也。上思利民，忠也。祝史正辭，信也。萬，盈數也。魏，大名也。《公羊氏》曰：曷爲或言而，或言乃？乃難於而也。

《孟子》曰：畜君者，好君也。老而無妻曰鰥。老而無夫曰寡。徹者，徹也。助者，藉也。庠者，養也。校者，教也。序者，射也。泄泄，猶沓沓也。凡箋疏之在經傳者，幾難更僕數矣。而漢儒之通德釋名解字諸作，乃祖厥體。其崇論宏議，如王子陽諫疏曰：『《詩》云：「匪風發兮，匪車偈兮。」説曰：是非古之風也，發發者；是非古之車也，揭揭者。蓋傷之也。』劉子政《封事》曰：『《周頌》曰：「降福穰穰。」又曰：「貽我釐麰。」麰，麥也，始自天降。』若此者，又可僂指計。至漢文乃有雜引《書》《傳》至五六十句者，其詞意比疊又不待言。説者謂古人之文爲渾樸，非惟渾樸也，原其徵引之繁，蓋守《禮經》身質言語之戒，故必則古而稱先。後之人反是，德不足則求勝於言，理不足則求工於律，乃或謂判分於八家，則又非也。夫文之得以氣言者，莫過於唐之韓、宋之蘇。而韓之《狀復讎》兩引《周官》，一引《公羊》，而疏解之辭句不下其《上宰相書》，則尤繁。蘇之《合祭六議》雜引《詩》、《書》、《周禮》、《春秋》、《左氏》，并及鄭注、賈疏、《水經注》之屬句不下數十，而詮釋之繁且數倍焉。然則唐宋文家未嘗不崇古法。且夫物必先有體，而後氣附之，則文家論氣當兼論體。文有論議、有紀敘、有解説，而篇幅有大小、修短、詳簡之不同。體有殊而氣亦有殊矣。且如《春秋》、《周官》細碎如紀賬目，而與《詩》、《書》同列爲經；《尚書·禹貢》、《顧命》體如《周禮》、《春秋》，而與《殷盤》、《周誥》之情辭敷畼同居《尚書》二十九篇之列。尤異者，孔子以一手繫《易》，篇各不同，惟《説卦》與《繫辭》差近，其中復多奇變，而後統以《十翼》名之。至左氏之傳《春秋》已與今之文格伊邇，而長累千言，簡惟一語。故體不同而同歸於達。然達則可簡，未達弗可簡也。而文家乃有尚簡惡繁之辭。夫蕪雜者，文之病也，脱略獨非病乎？今有事物之紛紜蕃變、生人之材行志義繁不勝書，則將損其繁重，就其簡便，以成吾文之雅潔乎？是自爲文計，而文之不繫乎事與人也。其貽誤實自參之太史以著潔之言。柳州取潔於馬遷，屢索不得其説。而文家於字稍粗俗相戒蠲除，豈知胥腸見《書》，狐鬼見《易》，孟説糞而莊説屎溺乎？甚至郡縣歲月率多不詳，揆厥由來，無非尚潔。夫古人之於詞也曰修，何嘗不言洒刷。今人每病考據之繁。竊謂今日之繁，實由昔人之簡，故滋論辨。故夫文之事，吾寧稍貶其格而微失於繁。損己以繁，即授人以簡。通校之，得失未嘗不相償也。且今人之讀古書，有不惜其簡而惜其詳者乎。」羅氏此書蓋因以譜例就正於文正，文正謂其「蹈本朝各家箋疏習氣，以文莫難於治氣，而自傷其氣之爲傎」。文正此言本自有法。羅氏既以爲然，仍爲文正辨説文事不得盡廢箋疏，箋疏又非始於本朝文家。其持論亦殊辯，亦可備一解也。

又近日譯家襲彼都之稱謂，動以廢棄不適時用之古語目爲死語，謂其用之往往難適合情理。其意陳騤、錢大昕亦已闡之。陳氏《文則》之言曰：「古人之文，用古人之言也。古人之言，後世不能盡識，非得訓切，殆不可讀。如登崤險，一步九嘆。既而强學焉，搜摘古語，撰叙今事，殆如昔人所謂大家婢學夫人，舉止羞澀，終不似真也。」此爲一種，用古語之宜斟酌者也。

錢氏《十駕齋養新録》之言曰：「古人文字，有不宜學者。李翺述其大父事狀題云『皇祖實録』，當時不以爲怪，若施之後代，則犯大不韙矣。案：汪晫之《康範實録》亦同。唐宋人碑誌稱其父曰皇考，歐陽公《瀧岡阡表》亦稱其父皇考，宋徽宗始禁之。黄氏《從宜家禮》稱元大德以後始嚴禁，蓋未考也。南宋以後遂無敢用者。好古之士當隨時變通，所謂禮從宜也。」此又爲一種，已廢死語不可復用者也。《爾雅·釋親》中如妻之兄弟爲甥，與稱姊妹之子無别之類。王芑孫謂人臣家不得書「嬪」字，《從宜家禮》亦謂非凡婦所得稱。在今日亦屬已死之語，不可復活者也。且文家不但有已廢不用之語言，並有已説不必更賡之義理。元李存論文謂：「唐虞所有之言，三代可以不言；三代所有之言，漢唐可以不言。未有六經，此理無隱，前古聖賢直容形之而已。」此尤文家尊精意而病陳言之説。然則今日可以不必言之義理多矣。昔張文潛以取古人訓詁希於見聞衣被而合説者爲陋習，洪容齋謂爲文採已用之語言當深究其旨。故善用故言者爲曾文正，否則等乎陳氏、錢氏所病矣。二説合觀之，相反而正相成。明乎此，可與於言詞真確之數矣。《退菴隨筆》：「嘉興王惺齋云：『今世學者於經史、韓、歐所用之字概置不用，獨好用許氏《説文》，此韓子所謂蘄勝於人，非蘄至於古之立言者也。』此言尤中今人之病。」王氏所云，翁覃溪深然之，梁氏蓋又本諸翁氏之意也。

近人如王寅旭、朱竹君、江艮庭之流，尋常筆札必用隸篆。王氏尺牘多用篆體。江氏即作小詞，亦以篆書書之，既迂拙可哂，孫淵如氏强爲辨之，非也。然亦有一種好用訓詁通假字以貌爲生澀簡奧者，如楊慎《尺牘清裁》作「赤牘」，据趙崡《石墨鐫華》稱宋《游師雄墓志》書「只尺」作「只赤」，而用之以爲古也。王世貞補編楊書，則仍易作「尺牘」，所見允矣。大抵碑版用字通假，漢人最多，金石諸家已有專籍，駢雅錦字屬此支流。《四庫提要》稱趙崡好金石之文，故字體喜從古。然書契之作，將使百官治而萬民察，原取其人人共喻，必用假借之古字，使學士大夫誦之而駭義，雖有據，事實難行。如「歐陽」書作「歐羊」，亦有漢碑可證，廬陵之族其肯從乎？況文之工拙，書之善否，亦絶不在字之古今。平心而論，慎作「赤」而世貞作「尺」，要當以世貞爲合也。吾謂此與僻字澀字本屬同弊，而染此敝習又多在嫻熟六書訓詁之儒。常見今人有此類文字，大率通假滿幅，澀不可讀，若易以正字，未嘗不從順也。斯亦緣所習而生蔽溺者也。如楹聯本流俗文之一體，近人有聚漢碑字爲碑述者，亦澀不可讀，雖云濟勝，實掩拙也。

與古文有關者，尚有小學中音韻之學。故爲有韻之文，又須略通乎此。惲子居常主雅俗古今，隨體並用之説，而於各文中略區定時古之界。蓋自近世音韻之學大明後，始能有此定義。其言曰：「言韻者以廣取爲宗，用韻者以隨時爲大。《易》之韻歸之《易》，《詩》之韻歸之《詩》，秦漢之韻歸之秦漢，唐宋元明之韻歸之唐宋元明。爲繇爲頌爲箴，吾以從乎《易》焉；爲誄爲銘爲四言詩，吾以從乎《詩》焉；爲騷爲賦，吾以從乎秦漢焉；爲五、七言詩，吾以從乎唐宋焉；爲詞曲，吾以從乎元與明焉。」此各依立文體之時代，而即酌用其時代之韻，亦通方之論也。

古文詞通義卷二

解蔽篇二

七曰墮迂腐理障，或雜陳庸陋俗談以爲工也。此宋景濂所謂樂陳腐者流。其故即盛氏《叢談》所謂「以易得之，以易出之，其文必率」者也。王弇州嘗言：「五季而後，學不能博而苦其變，故去字。去字是以率也，故其直賤。」而邵青門亦有談理者病僞之説。楊升庵《丹鉛總録》再三言之。《日知録》因此乃許王元美《劄記》、范介儒《膚語》爲知言。蓋此弊大暢於宋季講學風盛之後，魏鶴山《跋牟少真中庸大學發蒙俗解》曰：「吾儒之書，自諸老先生語録外，未有以方言里語爲文者。第弟子之於師，惟恐稍失其指，故聰聽之，謹書之，莫之敢易也。近世乃勦入科舉之文，以惑凡近，是固可陋。今牟君之爲是書而爲是里俗之語，既不可强五方皆通，亦淺之乎待人也。」强汝詢《求益齋隨筆》即引此言以示戒。《無邪堂答問》則謂：「宋人語録本門人信筆所記，期不失語氣。宋五子自著書則不然，即書札間有之，亦信筆爲之，本不欲編集者也。故凡文中如時文語、講章語、語録語、泛嘗口頭語之類，皆宜避用。」《李穆堂别稿·古文詞禁》云「一禁先儒語録」，謂「『語録』二字始見於學佛人録龐藴語，相沿至宋，始盛其體。雜以世俗鄙言，如麻三斤、乾矢橛之類，穢惡不可近。而儒者弟子無識，亦録其師之語爲語録，併倣其體，全用鄙言。如『彼』、『此』字自可用，乃必用『這』、『那』字；『之』字自可用，乃必用『的』字；『矣』字自可用，乃必用『了』字。無論理倍與否，其鄙亦甚矣。《魯論》具在，孔門弟子記聖人之言，曷嘗作如是鄙語哉！南宋以還，併以語録入古文，展卷憮然，不能解其爲何等文字也」。「一禁用市井鄙言」，謂：「詩有俗謡，若《子夜歌》、《竹枝詞》多用諺語。至於古文，必須典雅。《戴記》謂：『言必則古昔，稱先王。』子長亦謂：『言不雅馴，薦紳先生難言之。』昌黎約六經之旨以成文。柳州謂盡六藝之奇味以足其口，庶可免市井之陋。」案：李氏此言至爲切至。推而言之，如《玉海》述楊文公戒門人爲文宜避俗語。顧亭林謂講學先生從語録入門者，多不善於修詞。曾文正嘗稱古文之道無施不可，但不宜説理。蓋以此等處頗難著筆，況墮理障者乎？此梅伯言所謂「意不在文而欲以理勝」者也。李于鱗亦有「憚於修詞理勝相掩」之言。方望溪謂宋五子講學口語亦不宜入文。吳仲倫言古文忌語録，所謂言不雅馴也。姚氏《文録》採取明道之文，而於言理涉語録者復不録。證以諸家立説，雖語各有旨，其意則一也。駢文學宋四六者，體格病在太卑，亦有此忌。

吳摯甫《答嚴幾道》云：「來示謂行文欲求爾雅，有不可闌入之字，改竄則失真，因仍則傷潔，此誠難事。鄙意與其傷潔，毋寧失真。凡瑣屑不足道之事，不記何傷？若名之爲文，而俚俗淺鄙，薦紳所不道，此則昔之知言者無不懸爲戒律，曾氏所謂詞氣遠鄙也。」

魏善伯有言：「眼前景、口頭語、當時情、意中事，神妙莫過於此，應付莫便於此。」係舉一種之景到、情到、意到之文，屬天機湊泊者言之，故不著一字儘得風流。非以口頭語爲貴也，以情景事一時俱到者爲貴也。凡此類者，言各有屬。自來論文少薈萃融合之書，往往於散殊向背之理滯而鮮通，故學者於此皆首宜辨明也。

以文家品格論，固厭理語。然就本原言之，則古人咸認定文與道俱之説。《佔畢叢談》云：「韓昌黎曰：『愈之志於古者，不惟其辭之好，好其道耳。』柳子厚曰：『吾少爲文章，以辭爲工。及長，乃知文者以明道。』歐陽公曰：『惟道勝者，文不難而自至。』夫六經皆載道之文，非有文也，道安附乎？非有道也，文安出乎？讀古人之文而不求其道，猶服藥物者舍參苓之液而嚼其渣，猶弗服也。學古人之文而不求聞道，猶行千里者無舟車之物而徒其步，究弗行也。」此袁氏釋諸家文與道俱之旨也。蘇文忠述歐公語謂「吾之爲文，必與道俱」，孫明復謂「文爲道之用」，張文潛謂「學文之端急於明理」，朱夏謂「古之爲文者必本於經而根於道」。蓋此義已暢發於宋人，明人亦羣賡之。國朝文家尤多力闡此旨，朱竹垞謂「朱子之文原本於道」，姚春木《序國朝文録》謂：「自宋朱子始舉道與文而一之，其《讀唐志》之文，實有味乎其言。國朝儒者斟酌乎文與道之間，其言曰：以韓歐之文達程朱之理。」方望溪有「學問繼程朱之後，文章在韓歐之間」之語，桐城文家多演此旨。姚氏編録近世文多按定此旨爲的。吾嘗綜觀儒先以道理主宰文章之緒論，指歸不一。有以是衡定一家之文者。如林氏明倫謂文爲事物之總名。自漢以來，獨韓退之號爲最醇。其文無所不有，然其言道則曰仁義，言文則曰是，言學則曰師孔子，言政則曰暢皇極。由是觀之，其詞源無不一，一故是，是故醇。此一説也。有懸是以衡定列代衆家之文者。如計甫草以董、賈、劉、楊湛深經術而道即寓，以韓能原道之大端，柳能聞性善之説，李習之常著《復性書》，歐、曾、王、蘇之文無有不原於經，不窺於道者，歸熙甫聞道於魏恭簡，證道於程朱，王道思與唐應德、王汝中友善，亦稱聞道者，儲氏大文亦謂韓、柳、歐、蘇、曾、王數君子，不可謂其文盡無與於道，柳州品最後，然文率依倚於道。潘府《南山素言》謂：「古者文以載道，宋景濂得其華，方正學得其大。」則以道論明人之文者。有以是銓敍學文之次第者。如邵長蘅謂聖賢之文以載道，學者之文蘄勿畔道。學文者必先濬文之源，而後究文之法。濬文之源在讀書，在養氣。而讀書先於治經，養氣以涵泳於道德之途。王昶亦自言學文以道爲體，而後再言傚法。古人有言，主道自可工文者。羅氏有高謂取濂溪、明道、伊川、横渠遺書讀之，質亮通達，彬彬然爾雅之詞。陸、王二先生，世號爲不讀書、守空寂，詆之爲禪，而二先生之文，包孕事理，有條而不紊。道勝者文不難而自至，歐陽子之言其信已。王氏麟慶謂知取道之大原，不專主於爲文而文自詣極，於唐得韓愈，於本朝得方苞。持道以衡文，即柳猶不足媲韓，侯、魏、王皆不足以勝方也。曾文正則謂「此或上哲有然，未必果爲篤論」。其用意畧異。有主道不屑文者。朱子《與汪莘書》頗以好論説喜文章爲戒。劉克莊謂「近世貴理學而賤詩賦，間有篇咏，率是語録講義之押韻者」，此可見宋季風氣之偏至。李頎述魏莊渠遺王純甫書云：「傳聞對客談及詩文，髣髴有好意。竊恐不知不覺留下種子，他日終會發也。」其深絶文字如此。然唐代李習之已糾之曰：「義雖深，理雖當，詞不工者不成文。」楊升菴又糾之曰：「近世以道學自詭而掩其寡陋，自謂不屑爲文。其文鈔宋人語録，曰『吾文布帛菽粟』，但恐陳腐不可食耳。」又謂此爲嘉定以後朱門末學之蔽。學道不屑文，專守一藝，不復旁通他書。掇拾腐説，又不能自遣一詞。反使記誦者嗤其陋，詞華者笑其拙。羅有高謂：「文偃陋而自誇飾曰知道，其欺誕矣乎！」曾文正所謂「體道而文不昌」者，蓋即此派也。袁忠節謂「修詞作古文，有許多聲病戒律之學不可全信，篤其實而藝者書之」之説，亦此旨也。陸桴亭教人爲文須在二十以前，往後即須求道。並舉陽明爲證。其言最可法也。有言因文可以見道者。宋吕南公自言於《莊》、《列》、六經、百家、十八代史，因文見道，沉酣而演繹之，自許雖聖人復生，亦不得廢。雷鋐謂何義門因文見道，陳少章從義門游亦然。羅臺山則謂泥文求道者，拘牽櫛比，滯旨而失歸，先不足概於文。是又發因文見道之病者也。有以文家言道爲病者。羅臺山又謂：「緣道爲文者，其於道即遠，居之不安，以道爲蘧廬，施之於文也駁，盜據經訓，如狐鼠憑城社之穴，用以藏身而輔名。」包世臣謂：「離事與禮而虛言道以張其軍者，自退之始，而子厚和之，至明允、永叔，乃用力於推究世事，而子瞻尤爲達者。然門面言道之語滌除未盡，以致近世言治古文者，一若有非言道則無以自尊其文，是非所敢知也。」有謂文可病道者。元鄭玉《師山文集自序》謂：「韓、柳、歐、蘇塗天下之耳目，置斯民於無聞見之地。道之不明，文章障之；道之不行，文章尼之也。」有謂學道後反病文者。如唐順之《與王慎中書》云：「近來將四十年前伎倆頭頭放捨，四十年前見解種種抹煞，始見得些影子。」紀昀謂此論乃末年遁而講學後之言。彭氏兆蓀工《選》學駢文，晚爲《懺摩録》，自謂「誤於訓詁考據，因講學而作此書」，亦此類也。惟朱子、湯文正、李穆堂、羅臺山、張皋文、曾文正言之則廣其範圍，用貫通法並道與文爲一，用比較法取文與道相乳，用種種之推測，一一辨難，以揚搉文家之高下，分別得道之多少，論定文與道分合之流別。今悉排比之，以見此論之本末首尾焉。朱子謂：「歐陽子知政事禮樂之不可不出於一，而未知道德文章尤不可使出於二也。夫古聖賢之文可謂盛矣，然初豈有意學爲如是之文哉？有是實於中，必有文於外，如天有是氣，必有日月星辰之光耀，地有是形，必有山川草木之行列。聖賢之心既有是精明純粹之實以旁薄充塞乎其內，則其著於外者亦必自然條理分明，光輝發越而不可掩蓋，不必託言語著於簡册而後謂之文，但是一身接於萬事，凡其語默動靜，人所可得而見者，無適而非文也。舉其既著而言，則六經是已。孟軻氏没，天下背本趨末，不知求道養德以充其內，而汲汲乎徒以文章爲事業。然在戰國時，若申、商、孫、吳之術，蘇、張、范、蔡之辯，列禦寇、莊周、荀況之言，屈平之賦，以至秦漢間韓非、李斯、陸生、賈傅、董相、史遷、劉向、班固，下至嚴安、徐樂之流，猶皆先有其實而後託之於言。及宋玉、相如、王褒、揚雄之徒，則一以浮華爲尚，而無實之可言矣。雄之《太玄》、《法言》蓋亦《長楊》、《羽獵》之流而粗變其音節，初非實爲明道講學而作也。東京以降迄於隋唐數百年間，愈下愈衰，則其去道益遠，而無實之文亦無足論。韓愈氏出，始免其陋，慨然號於一世，欲去陳言以追《詩》、《書》六藝之作。於是《原道》諸篇始作，而其言曰：『根之茂者其實遂，膏之沃者其光曄，仁義之人其言藹如也。』其徒和之曰：『未有不深於道而能文者。』則亦庶幾其賢矣。然觀其議論及師生之間傳授之際，蓋猶未免裂道於文以爲兩物，而於輕重、本末、賓主之分又未免於倒懸而逆置之也。數十百年而後，歐陽子出，其文之妙蓋已不愧韓氏。其曰『治出於一』者，疑若幾於道矣。然其終身之言與行事之實，則恐其亦未免於韓氏之病也。」王弘撰《砥齋集野語》曰：「弘撰嘗問湯文正公：唐以後文奚法？公曰：文以理爲主，無不可法。歐、蘇之文暢，昌黎體格高峻，故當出一頭地。」李穆堂《秋山論文》曰：「文所以載道，而能文者常不充於道，知道者多不健於文。柳子厚、蘇老泉父子能文而論多駁雜。王荆公晚年居鍾山，僧人贋作往往混入本集，亦屬瑕玷。南宋諸儒多知道者，而文多冗沓。惟朱子宗仰南豐，筆力頗健，亦未能不冗也。能文而衷於道，惟韓退之、李習之、歐陽永叔、曾子固四人耳。余嘗别擇韓、李、歐、曾四家之作彙爲一書，學者以此四家文爲主，庶不惑於權謀小數、佛老異端。」又曰：「學者先須理會得本原道理出。天地間如何是理，如何是氣，如何是鬼神。在天者如何，賦於人者如何，陰陽變化，屈伸往來，仁義禮智，存於中發於外，分説合説，横説豎説，無不了了。然後衝口而出，無不中理。即有疎略，大旨不謬。若胸無一段定見，僅襲陳言，即於理無所發明，如塵飰塗羹，不可食也。」又曰：「要大道理明白，固須求之六經。然經語渾涵，其義散見，難領悟，亦難貫串。欲知天之道，宜熟復張子《正蒙》、《太和》、《參兩》、《神化》等篇；欲知人之道，當依陸子教人之法，熟讀《孟子》『牛山之木』以下七章。」臺山《復彭尺木書》曰：「文與道，一而已。修之於身，措之事業者道也。修之於身，而次第其功候節目之詳，明其甘苦得失之故。措之於事業，自條布其治蹟，敷悉其德，産精微涵糅之極致。彰往察來，相協倫類，出於憂患同民不得已之誠。其言奇正不同，其氣之行止，節簇之長短，高下抗墜，疾徐壹順，法象之自然而不與以私智，以其燦著陳修能之矩，昭事爲之則，烜照心目，物察倫章，則文命焉，豈得歧於道而二之也？世儒以聖門顔、閔諸大賢不述文，遂於文與道有軒輊，都非事實。孟子大譁好辯之名，並厥烈於禹周。荀卿崛起，黜機祥，明王道，崇禮矯性以摩世。董生闡《春秋》文陰陽，揚子衍《玄》文《法言》，皆命世豪傑克顯道麗文。司馬子長友教董生軌聖迹，其書得《春秋》遺意，非於道有聞者恐未易彷彿也。揚子之學見許於程子，以爲非漢儒所可及。自後唐之韓、柳、李，宋之歐、王、劉、曾，明之王、歸諸君子，其行己各有本，未詣大醇，而確分仁智之見，謂漢唐諸子無與於斯道之傳。過高之論，無輕附和也。大抵古人入道淺深不能掩於其文，以其文考之則百不失一。先儒嘗譏韓子因文見道爲倒置本末。夫去古久遠，不因文以見道，師法蕩廢，當於何見之？荀氏、司馬氏以下，各本心得，叙列未發隱恉，向背離合，小小瑕舋，蓋所不免。南學迄明，標理學，依據最尊，氣益矜，心益大，荀、揚、司馬、韓、歐諸老不足當一眄，所著書汗漫殽衍，率陳腐熟爛，實爲大道所寓。故文日敝，而道愈不明。間讀濂溪、明道、伊川、横渠遺書，陸、王二先生之文，彬彬然有條而不紊也。『道勝者文不難而自至』，信矣！」張惠言《文稿自序》自稱爲古文一二年，稍稍得規矩。已而思古之以文傳者，雖於聖人有合有否，要就其所得莫不足以立身行義，施天下致一切之治。荀卿、賈誼、董仲舒、揚雄以儒，老聃、莊周、管夷吾以術，司馬遷、班固以事，韓愈、李翺、歐陽修、曾鞏以學，柳宗元、蘇洵、軾、轍、王安石雖不逮，猶各有所執持，操其一以應於世而不窮，故其言必曰道。道成而所得之淺深醇雜見乎其文，無其道而有其文者，則未有也。故迺退而考之於經，求天地陰陽消息於《易虞氏》，求古先聖王禮樂制度於《禮鄭氏》，庶窺微言奥義以究本原。」曾文正《致劉孟容書》曰：「文字者，所以代口而傳之千百世者也。古之知道者，未有不明於文字者也。能文而不知道者，或有矣，烏有知道而不明文者乎？大抵孔氏之苗裔，其文之醇駁亦視乎見道之多少以爲差。見道尤多者，文尤醇焉，孟軻是也；次多者，醇次焉；見少者，文駁焉；尤少者，尤駁焉。自荀、揚、莊、列、屈、賈而下，次第等差，略可指數。夫所謂見道多寡之分數何也？曰：深也，博也。昔者孔子贊《易》以明天道，作《春秋》以衷人事之至，當可謂深矣。孔子之門有四科，子路知兵，冉求富國，問禮於柱史，論樂於魯伶，九流之説皆悉其原，可謂博矣。深則能研萬事微芒之幾，博則能究萬物之情狀而不窮於用。後之見道不及孔氏者，其深有差焉，其博有差焉。能深且博而屬文復不失古聖之誼者，孟氏而下惟周子之《通書》、張子之《正蒙》醇厚正大，邈焉寡儔。許、鄭亦能深博，而訓詁之文或失則碎；程、朱亦且深博，而指示之語或失則隘。其他若杜佑、鄭樵、馬貴與王應麟之徒，能博而不能深，則文流於蔓矣；游、楊、金、許、薛、胡之儔，能深而不能博，則文傷於易矣。由是有漢學、宋學之分，齗齗相角，非一朝矣。僕竊不自揆，謬欲兼取二者之長，見道既深且博，而爲文復臻於無累，區區之願也。司馬遷、韓愈之書誠亦深博。今論者不究二子之識解，輒謂遷之書憤懣不平，愈之書傲兀自喜。而足下或不深察，亦偶同於世人之説，其無乃漫於一概而未之細推也！故離書籍而言，道則仁義忠信，反躬皆備，堯舜孔孟非有餘，愚夫愚婦非不足，初不關乎文字也。即書籍而言，道則猶人心所載之理也，文字猶人身血氣也，血氣誠不可以名理矣，然舍血氣則性情亦胡以附麗乎？知舍血氣無以見心理，則知舍文字無以窺聖人之道矣。」詳四家之言，蓋朱子因讀《唐書》而感於歐陽之徒之説而辨之。文正所謂主理之説，理即道，主道以爲文，則其文無不可法。故魏冰叔發積理之言，潘四農爲蓄理積氣之論，皆賡湯氏。穆堂哀諸家衷於道之文以示標極，而教人以爲文必明道之大原。臺山因尺木疑漢唐諸子無與於文而辨之。皐文因驗於諸家之所操持，特考之於經以求之。文正恐孟容不深究馬、韓而正之，既究文與道之相爲源流，復申道與文之多寡離合，而其深衷遠旨更能合經學、史學、理學一納於文學中而高下等差之，尤能上與姚氏義理、考据、詞章三者缺一不可相合，近與主教育者定立文學大分之範圍亦合，故文正之説較諸家網羅尤廣。此文與道一之所以爲一大公案也。《易傳》謂「書不盡言，言不盡意」。古來至道之妙，又有非文字所可形容者。毛元仁《寒檠膚見》曰：「古人云：繪雪者不能繪其清，繪月者不能繪其明，繪花者不能繪其馨，繪泉者不能繪其聲，繪人者不能繪其情。少史子曰：然則語言文字，果足以繪道也耶？故陰陽繪於《易》，而消息盈虚之理不能盡其象；政事繪於《書》，而禮樂政刑之體不能盡其道；性情繪於《詩》，而喜怒哀樂之發不能盡其意；節文繪於《禮》，而升降裼襲之規不能盡其儀；賞罰繪於《春秋》，而威福予奪之施不能盡其權。夫是以《太玄》、《洞極》欲以擬《易》，帝王詔誥欲以擬《書》，唐詩杜律欲以擬《詩》，《家禮》以擬《禮》，《綱鑑》以擬《春秋》。是亦盡其有餘不盡之故也。豈惟雪之清、月之明、花之馨、泉之聲、人之情而已哉？」此説尤進一解矣。

文家既以是爲一大公案，於是輯録古文，諸家多援此旨以衡論古人之文。自真氏《正宗》而外，如常珽《諸儒性理文錦》、崔銑《文苑春秋》、劉祐《文章正論》、馮從吾《古文輯選》、某氏《諸儒文要》、刁包《斯文正統》、吳震方《朱子論定文鈔》都緣是以去取古今之文，皆主道以齊一文家之流派也。然執持太過，近於舉一廢百，攻之者遂命文與道各有指歸，不可以此概彼。如計東述梁曰緝相詰之言，姚椿述程朱韓歐不可合之語皆是也。見於《四庫提要》者尤不一而足，河間紀氏之言也，其總集叙云：「自宋真德秀《文章正宗》出，始别出談理一派，而總集遂判然兩塗。然文質相扶，理無偏廢，各明一義，未害同歸。惟末學循聲，主持過當，使方言俚語俱入詞章，麗製鴻裁，橫遭嗤點，是則並德秀本旨失之耳。」此言總集所以有兩塗，出於講學家之自爲岐出，故不能合者也。又真氏《文章正宗》提要云：「道學之儒與文章之士各明一義，固不可得而强同。」又言其不必强合者二也。又《蔡清集提要》云：「蔡廷魁序反復辯論，歷詆古來文士，而以清之詩文爲著作之極軌。夫文以載道，不易之論也。然自戰國以下，即已岐爲二塗。或以義理傳，或以詞藻見，如珍錯之於菽粟，錦繡之於布帛，勢不能偏廢其一。故謂清之著作主於講學明道，不必以聲偶爲詩，以雕繪爲文。此公論也。謂文章必以清爲正軌，而漢以來作者皆不足以爲詩文，則主持太過矣。」言其不必强合者三也。又陳仁子《文選補遺》提要云：仁子「排斥蕭統，與劉履《選詩補注》皆私淑《文章正宗》之說者。然《正宗》主於明理，《文選》原止於論文。言豈一端，要各有當。以彼概此，非通方之論也」。言其不必强合者四也。又刁包《斯文正統》提要云：「三代以前，文皆載道。三代以後，流派漸分。猶衣資布帛，不能廢五采之華；食主菽粟，不能廢八珍之味。必欲一掃而空之，於理甚正，而其事必不能行。即如《文章正宗》行世已久，究不能盡廢諸集，其勢然也。」言其不必强合者五也。又金履祥《濂洛風雅》提要云：「自真德秀《文章正宗》出，始別爲談理之詞。然其時助其成者爲劉克莊，德秀特因而刪潤之，故所黜者或稍過，而所録者尚未離乎詩。自履祥是編出，而道學之詩與詩人之詩，千秋楚越矣。夫德行、文章，孔門即分爲二科。儒林、道學、文苑，《宋史》且別爲三傳。言豈一端，各有當也。以濂洛之理責李杜，李杜不能爭，天下亦不敢代李杜爭。然而天下之宗詩者，終宗李杜，不宗濂洛也。」言其不能强合者六也。吾觀文達之所以必欲離之者，特惡夫專以理去取文詩而茅葸太峻耳，不知論文者當即其人之文以別短長，作文者必周通文事，俾無短而有長。文與道，俱文家之長也。其旨固屬千秋之公論。故《四庫提要》之論蔡世遠《古文雅正》曰：「雅正者，其詞雅，其理正也。自漢以來，雅正已分兩訓。考總集之傳，惟《文選》盛行於歷代，殘膏賸馥，沾溉無窮。然潘勖《九錫》之文，阮籍《勸進》之箋，名教有乖，而簡牘並列，君子恒譏焉。是雅而不正也。至真德秀《文章正宗》、金履祥《濂洛風雅》，其持論一準於理，而藏弆之家但充插架，固無人起而攻之，亦無人嗜而習之，豈非正而未雅歟？夫樂本於至和，然五音六律之不具，不能嘔啞吟唱以爲和。禮本於至敬，然九章五采之不備，不能袒裼跪拜以爲敬也。文質相輔，何以異茲。世遠是集，以理爲根柢，而體雜語録者不登；以詞爲羽翼，而語傷浮艷者不録。劉勰所謂扶質立幹，垂條結繁者，殆庶幾焉。」是則定論矣。

强氏《求益齋隨筆》嘗取文中子、韓子、柳子、裴晉公、皇甫持正、陸希聲、皮襲美、周子、張文潛諸家談理載道之説，以見文之所重，於姚氏所謂「文章別是一事，雖朱子不得與乎此」之説，於紀氏所謂「講學家不知文章，大抵以理爲主」之説，皆主諸家之言以駁之，其意亦自可取。然姚、紀兩家之説，語各有指正，不必深加詰議，反蹈是丹非素之譏。案劉氏《偶記》謂：「作文本以明義理，適世用。而明義理，適世用，必有待於文人之能事。」又曰：「當日唐虞紀載史臣，孔門賢傑甚衆，而文學獨稱子游、子夏，可見自古文字相傳，另有箇能事在。」案海峯此語乃姚氏所本。姚氏之説見《與陳碩士書》。又海峯有《精選八家文鈔百篇》，徐豐玉重刊於貴州，其序曰：「海峯徵君《古文約選》謂八家之外無文，即古之明賢道學各有文集，未可謂之能文。又有當時以文名一世，而實無與於文之事。自蔡邕以下及唐之李華、權德輿、獨孤及、杜牧等，下逮宋元明，皆有其人，而未可謂之能文。惟韓門李翺、蘇門晁補之，附文數篇。歸氏有光才力雖不逮古人，獨能得古人行文之意，附文數十篇。」案此桐城家立古文家法之説也。余嘗取其意，譬之桐城諸家自立牆壁以進退古人之文，其繩責謹嚴，大似紀文達之説唐人試律，路閏生之説明人時文。故望溪之《古文約選》，海峯之《八家文鈔》於前人名作往往有删改鉤乙以就己意，是誠後起益密、研求日精之一種境界。雖不必執持太過，然要不可不心知其意。惟方、劉兩家選文外，姚氏後起，乃有《類纂》之作，其識力有過兩家者。梅氏《古文詞略》繼有補益，曾氏《經史百家雜鈔》又即姚旨而引申之，皆不廢江河萬古流之盛業也。余嘗欲仿五家評杜詩之例，用色筆總爲一編，尚未暇也。

大抵此派之弊，與前第三則僻澀之弊正相反。吴肅公《街南文集》持論曾兩平之。其爲叔父季野先生文集序曰：「儒者之文質，其失也俚而冗矣；才士之文肆，其失也駁而横矣。故右理學者，必折眉山矣；右文辭者，必嫉洛閩矣。荀蘭陵之於管、韓也，董江都之於鼂、賈也，學不同，同爲秦漢之文而已。而必語録街談以爲文也者，宋儒之陋也；而必奇衺奧僻以爲文，亦諸子之弔詭也。韓、歐尚矣，中原諸子標秦漢以排之，然句襲而字綴，非秦漢也。」此則折衷兩派之論也。

論詩而主理境者，近世有二家之説，皆犯時習而言人所不肯言者也。翁方綱《志言集序》曰：「在心爲志，發言爲詩，一衷諸理而已。理者，民之秉也，物之則也，事境之歸也。聲音，律度之矩也。是故淵泉時出，察諸文理焉；金聲玉振，集諸條理焉。暢於四支，發於事業，美諸通理焉。義理之理，即文理之理，即肌理之理也。韓子『周詩《三百篇》，雅麗理訓誥』，杜言『熟精《文選》理』。曩人有以此句質之漁洋，漁洋謂理字不必深求其義。先生殆失言哉。杜牧之序李長吉詩亦曰：『使加之以理，奴僕命《騷》可也。』太白超絶千古，固不以此論之。楊廉夫之雄姿而不免詩妖之目，李、何勦襲格調，自欺欺人。今日爲學必以考證爲準，爲詩必以肌理爲準。檢之於密理，約之於肌理，於唐得六家，宋金元得五家。」此一説也。潘德輿《與湯海秋書》曰：「僕居京師二年餘，見近世士大夫文章無慮數十家，鮮有彰闡義理者。夫詩乃吾心物也，池館簪組，聲色玩好，仙釋書畫，皆心外物耳。近人每唱和迭代，言之不休，正色談道，反駭且怒，謂類南宋語録，不可爲詩。夫果鄰詩於語録而後怒之可也，今無問詩體何似，但摇首閉目，羣以言理爲大禁，爭爲無用之語以弋名譽，顧何忍爲此！僕嘗評次古今詩，其上性天，其次格韻，其次氣魄，其下纖媚。奉此進退百代，不敢少惶惑。今海内名流，就吾所見聞，何其學皆於下者歟！」案此二説皆平實，可藥詩弊。而兩家之詩，翁以考證爲詩，又不及潘詩卓有義理之光華也。

大抵主張載道之説過甚之世，其文必衰，於是觀文者乃别懸一格以論其詩文。蓋其時學道者流視詩文既不屑，則舉一切文家之内律外象皆摧絶而廓清之，於是有但取其理想高妙者。如王世貞《書白沙集後》曰：「公甫詩不入法，文不入體，又皆不入題，而其妙處有超出法與體與題之外者。」此紀文達所以謂其「如宗門老衲，隨處圓通，有時俚詞鄙語，衝口而談，有時妙義微言，應機而發，見於文章者，仍如其學問也」。蓋凡觀此一派文，又當知不能拘以法，不能拘以體，並不能拘以題。因其初實有不屑之意，故李西涯稱岳正不屑爲詩，謂其「既要平仄，又要對偶，無許多工夫也」。紀文達謂鄭文康文章「不屑以修詞爲工，而質樸中亦自中繩墨」。皆是類也。於是有重其人而兼重其文者，如楊名則編在夔州之《三賢集》以匄周子、王十朋、宋濂之文，郭維賢則編在鄂之《三忠集》以匄屈子、武侯、岳忠武之文，吳達可編《三忠集》録嘉靖朝周怡、楊爵、劉魁三諫臣之文，胡接輝編《三忠文選》以録胡銓、周必大、文天祥之文，而近日亦盛傳《四忠集》，則武侯、信國、椒山、道鄰之文也。凡此類者，皆不論其文但論其人，亦猶論理學家之文，但論其理而不求其文之法律。此又論文家所宜知者矣。

八曰一篇之中儷詞單筆互衍而無體也。《四庫提要》言宋李新集中「序記諸文，忽排忽散」。近世尤侗、吳偉業集中亦有之。《無邪堂答問》稱諸生課藝中有不古不今者，皆屬此種。紀文達所謂「既異齊梁，又非唐宋，殊乖正格」者也。然此爲初學不知文體宜嚴潔者而言也，若近世合駢散爲一家者，各有宗派，不以此論。李氏《古文辭禁》一禁用四六駢語，謂「凡古文皆直書其事，直論其理，而駢體則皆餖飣浮詞，駢句又傷文體。歐公竹簟暑風之語猶有議者，不知公乃爲兩制序文，故兼一二駢語耳，他文則從不犯也。或謂經傳亦有駢語，然皆四字短句，氣質古健，若駢麗長句則斷然無有矣」。方望溪云：「古文中不可入魏晉六朝人藻麗俳語、漢賦中板重字法、詩歌中雋語。」袁易齋謂「長行文字以雋筆出之則傷氣。故先輩爲文，惟尺牘可雋，而大著作不可雋也」。吳仲倫稱古文忌詩話，忌時文，忌尺牘。國初如汪堯峰文，非同時諸家所及，然詩話、尺牘氣尚未去淨，至方望溪乃盡淨耳。詩賦字雖不可用，但當分別言之。如漢賦字句何嘗不可用，惟六朝綺靡乃不可也。正史字句亦自可用，如《世說新語》等太雋者則近乎小說矣。公牘字句亦有不可闌入者，此等處辨之須細須審。駢文亦忌體格糅雜，如藉口合駢散爲一家，創爲整散兼行之說亦不可也。

九曰散樸之中忽飾韻語，或末綴韻語也。弇陋者爲文多有此種，前人所謂以詞賦爲書狀者，亦同此病。無韻之文與有韻之文，絶不同源，不可合也。子家著書雖亦有之，作文者不可援爲例。能辨析文體，復博覽名家文集，能得本源，知所因襲，方知孰爲可用韻語，孰不可用韻語。

韓、柳文中間有用韻者。陳勾山云：「昌黎《上宰相書》中一段文、心、中、成、歸、衣、之、圖、師、頤等，細看皆用韻。李太白及韓公古詩常有此體。有一句一韻，有五六句一韻，有用入過接使人不覺者。其見於文則偶一爲之，若《進學解》之體，則應用韻者也。而《釋言》中之庸、聰、逢則亦用韻。柳子厚亦嘗用韻入文，渠則顯然明白，不似韓公之渾化耳。其體本自西漢人也。」何義門《讀書記》：「杜拾遺誌其姑萬年縣君墓志曰『銘而不韻』，蓋情至無文。文公《祭十二郎文》似用其例。」是宜用韻之文，施之至親，有不韻者矣。然曾惠敏兄弟於其父文正始没時，祭文則又用韻。曾氏父子乃至研求古文義法者，不知何以有此。

徐經《甃坪詩話》曰：「古文中忽插韻語數句，倍覺奇情横溢。余讀史至高祖過沛，項羽垓下，以及荆卿易水，未嘗不穆然神往，真龍跳虎踞之筆也。外惟楊惲《報孫會宗書》、邯鄲淳《孫叔敖碑記》得其筆陣。詩之有助于文如此。」此則指文中叙入詩辭韻文之説，與自爲文中用韻有别也。鈕氏觚賸有《叙賦創格》，一則稱長洲陳鶴客三島爲畢西臨作《當泣草序》，以賦體用韻，可謂創見。又稱其師吴南村作《病賦》，别創一格，全不用韻，極文心之奇變，不斤斤摹古求工。余謂此二者皆明季遺民國亡後任情放恣者所爲，偶爾一見，可一而不可再者。學者甚未可藉口也。

十曰好假設答問，動輒爲主客體也。如仿詞賦子虚、烏有立爲名目及難者、論者、主曰、客曰之類。洪容齋《五筆》常病此種蹈襲無復新意，獨東坡能機杼一新，前無古人。艾千子於此類陳腐可厭之作命之曰「文腐」，其《與周介生論文書》曰：「文腐則古之《客難》、《解嘲》、《賓戲》、《七啓》、《七發》之類，而今時尤衆。每笑謂友人：京山李本寧爲人作詩序，輒就其人姓氏起首。使此公作我姓艾人詩序，首必當異窘矣。凡此真文腐也。」

浦銑《復小齋賦話》曰：「文章固有脱胎法，然亦須變化乃爲異曲同工。若句摹字仿，規規然惟恐失之，如江淹《别賦》千秋絶調，明人吳伯允學之作《感秋賦》，謝惠連《雪賦》古今膾炙，袁中郎效之作《玉壺賦》，使人見之欲嘔。」又曰：「唐人賦好玄言，宋元賦好著議論，明人專尚模範《文選》，此其異也。」丁晉公有言：『司馬相如、楊雄以賦名漢朝，後之學者多規範焉，欲其克肖，以至等句讀，襲徵引，言語陳熟，無有己出。』余謂數語切中明人之病。」又曰：「雅不喜明人賦，以其摹仿而無真味也。讀郭棐《石門泉賦》，庶可與宋元人爭席矣。」又曰：「揚子雲《逐貧賦》，昌黎《送窮文》所本也。至宋明而《斥窮》、《驅戇》、《禮貧》之作紛紛矣。」觀於浦氏諸説，可知此類流弊久已厭人聽聞。在明代摹仿復古之風盛時，詩家之於樂府，賦家之於《文選》，幾於人人集中皆有擬仿之作，動爲有識者所譏，夫亦可以不必矣。

顧氏《耳提録》有云：「《三都》、《兩京》，吾不難爲之，正以古人牙慧，不必襲耳。吾之不擬《七啓》、《七發》、《客難》、《演連珠》，亦是如此。」今人《涵芬樓文談》亦云：「古人欲有所作，恐己意不伸，則設爲賓主問答之詞。其始蓋昉於周秦諸子。有入賦者，有入論者，有見諸雜體文者。然此體既前人屢見，襲而爲之，亦屬重複可厭。故自唐宋以後，間有效顰而率不爲人所傳誦，惟議論之文中間遇文勢窮處，間入一二段，亦足以爲展局之法，然不必强立主名如某某公子、某某先生之類，以其近於矜心作意而爲之者也。」兩家之説均以不襲主客各體爲然，可以見人心之同情矣。

十一曰稱謂不遵當時公式，古今雜舉，間以諧隱也。唐孫樵已有此論，明人倡復古之説者，此弊尤多，如郡縣、職官，章疏好舉古稱族姓，動稱郡望之類。艾千子歷詆之，目爲「文勦」。顧亭林嘗斥文人求古之弊，臚舉不用公式者非之。章實齋有《古文公式》一篇發明之。曾文正謂「今日章奏，宜用今日通稱之名，通用之字」，蓋通論也。陶宗儀《輟耕録》言書官銜，趙翼《陔餘叢考》言文章家之於官職、輿地，均以不宜舉古稱而以用今式爲合事理。

葉夢得《避暑録話》曰：「韓退之作《毛穎傳》，此本南朝俳諧文《驢九錫》、《雞九錫》之類而小變之耳。俳諧文雖出於戲，實以譏切當世封爵之濫，而退之所致意亦正在『中書君老不直事』、『今不中書』等數語，不徒作也。文章最忌祖述，此體但可一試之耳。《下邳侯傳》世已疑非退之作，而後世乃因緣换仿不已。司空圖作《容成侯傳》，其後又有《松滋侯傳》。近歲《温陶君》、《黄甘(緑)〔陸〕吉》、《江瑶柱》、《萬石君傳》，紛然不勝其多，至有託之蘇子瞻者，安庸之徒遂爭信之，子瞻豈若是之陋耶？中間惟《杜仲》一傳，雜藥名爲之，其製差異，或以爲子瞻在黄州時出奇以戲客而不以自名。余嘗問蘇氏諸子，亦以爲非是。然此非玩侮游衍有餘於文者不能爲也。」案葉氏此説極是。近世如尤西堂之流，最多此種以文爲戲，殊未可訓也。明季山人才子好爲清品小言，陳眉公至有《寓文粹編》之選，專摭此種。余曾得陳選舊刻，用友人李君偉之説，以授亡女禮媛於初學爲文時讀之。媛姿夙穎悟，能詩，誦之甚喜，偶爲文，殊見機趣，尤工描自然物態與時景。初李君庚戌在都，語余欲仿古文四象之旨，選文以授學者，曰《春華》、《夏長》、《秋實》、《冬藏》四集，別以《中氣》一集足之。此種文則《春華集》所收也，取以開瀹初學性靈而博其生趣也。其用意自善，要當如葉氏之論，可一試而不可久處也。他如周筱村銘恩爲《制藝靈樞》有《固本丸》、《益智膏》、《異功散》、《奪命丹》四編，仿醫方意以況譬時文，使人循序求之，意亦新穎。故張文襄《輶軒語》取之，亦李君用意所師。蓋四象之說，義取平排。惟周選時文，義主直進。李君意亦在直進，蓋參兩家之旨而用之也。

十二曰摭采新譯字句，無稚言高義，徒矜飾外觀也。甄述東西政學及筆札有涉時故者，自宜用譯家名詞。若隨風而偃，亦若非此不工者，則淺陋甚矣。須知中國文體具體謹嚴，有牆壁以爲之坊。爲中國文字，守中國法度，如衣服飲食之各適其宜。趨風尚而不顧此心之安，賢者不爲也。王氏《詞學指南》稱詞科有語忌一說。吾謂今日凡屬太新之文語，亦宜以語忌視之。

至若南朝齊士之學鮮卑語、五代漢兒之學胡兒語、元代漢人之學蒙古文與命名仿蒙古式，乃神州陸沉時之所爲，華風卑靡極矣。即以新學家之說證之，西人修詞學中有云：「凡人知本國語言之正當用法，乃爲國民當盡之義務。」日本人佐佐政一之《修詞法》云：「我國文章文法糅雜，今當新舊思想變遷時代，故稍急激未能改革，世人猶得暫寬假之。及過渡時代一終，則文法混亂時代亦從而終，尚欲用不合格之文詞，其敗壞可立而待也。」觀此，知西人寶貴本來語言與夫東人之鄙糅雜文章。其自繩墨若是，則如我國今日青年之所爲，其必爲東西人所匿笑可知矣。

至今人好趨風尚之由，其理則路閏生爲《受祺堂文集序》曾言之，其説云：「文章之變，至今極矣。雖有豪傑自立之士，才力可追古人，而欲騖名聲於天下，不得不與時會爲轉移。好尚一乖，觀之者將淡漠相遭，或置高閣，或覆醬瓿。一日不傳，奚論千載。用是趨避之心勝，揣摩之術工，純白不備，神志不定。文體日卑，蓋由於此。」此雖不爲近日趨風尚者言之，而近日正恰有此種也。

至于講學治藝之用新增語名，《修詞學教科書》及今人《靜庵文集》均主此説。此等語名有中國自造者，有日本已先定者二種。《修詞學教科書》則主創，謂智識進步，非添造新名詞不足以敍述事理，作文者宜隨時確定。《靜庵文集》則主因，謂因日本已定之名而用之有二便。中國用古語自造者，又多苦意義不能了觀。其所糾嚴氏創造學語之不確，及日本所定亦有未精確者之説，並證以近日解釋憲法字義，摺中所舉案之，亦覺未可施行。可知此事因與創，兩有所難也。然用新增學語之論，固已爲藝林所許。叔本華譏德國學者於一切學語不用拉丁語而用本國語，謂德人獨愚於英法人。以其説參合普來烏德之説觀之，兩者之論固並行不悖也。

十三曰以東文省寫、標識諸法羼入純粹之國文也。賢智之過，務爲領異標新，朝識耳目近接之新機，夕已騰諸筆札，或出自報館，或司之譯家。此兩種文，實執近日文家之赤幟。吾則謂善學者能鼓鑄東西之哲理政見入我華文範圍錘鑪中；如侯官嚴氏所譯諸書是。不善學者醉心浮響，羼他邦文詞外表混我純粹之國文中。而且操是術者，類能明曉本國政學爲賤儒所蠹，大都缺畧不全，以稀有者輸之，可震爆驚駭於世眼。人情喜新厭近，神移目奪於此種，則故步淪矣。《靜庵文集》論佛教之東值吾國思想彫敝之後，亦同此旨。此近年文學中所以有革新之説也。須知國文爲本邦美富道德之所根，數千年蔚盛雅則之觀，實高尚不緇，可油然而發皇國民之傾慕。不然，飲酒濡首，喪失本真，昌彼國風，即亡我正教。陷溺在文詞，似甚微末；潛移在心志，殊繫隱憂。故凡甲乙數目之條别事理，括弧標識、重疊重文之識别記號，只可用之於非純粹漢文體中以嚴斷限。其他苟非人名地名等資對照之用，與智識進步後隨時甄定之新名詞有關乎事理明確之宜，以及教科通俗取觚析爽豁之便，甚勿使空海佉盧奪我流傳之文席，當亦愛國敬鄉士流之用心也。《東游叢録》稱彼邦人士勸中國用簡便文字，宜取彼五十音圖。識者謂其欲以和文亡我華文，凡在士流當力持定議，勿爲所惑。世稱英人篤於保守，不妄摹擬他人，即衣服亦喜用本國製造之品，而力推拓其語文於通商場中。西人葡素金咏彼得曰：「不蔑我故鄉兮，而增進我智識。」又彼得遺訓謂戰時將校、平時學士雖常招聘外人，然不可秋毫失己國自尊之精神及一切主權。此又俄人用外來之長而不爲彼用之證。王世懋《藝圃擷餘》稱：「詩家用故事當勿爲故事所使，如禪家云：轉法華，勿爲法華所轉。」夫詩文用事尚當有我在，況用外國語文乎！玩此可益知壁壘之宜嚴也。

近出之某書弁言有一則與吾意最合，其言曰：「吾嘗言吾國文字實可以豪於五洲萬國，以吾國之文字大備，爲他國所不及也。彼外人文詞中間用符號者，其文詞不備之故也。如疑問之詞，吾國有歟、耶、哉、乎等字，一施之於詞句之間，讀者自瞭然於心目。文字之高深者，且可置之而勿用。今之士夫爲譯本者，必捨我國本有之文詞而不用，故作爲一の以代之。又如贊歎之詞須靡曼其聲者，如嗚呼、噫嘻、善夫、悲夫之類，讀者皆得一見而知之，即施之於一詞句之間者，亦自有其神理可見。而譯者亦必舍而勿用，遂乃使丨И卌等不可解之怪物縱橫滿紙，甚至於非譯本之中亦假用之，若不如是不足以見長也者。斯大不可解也已。」案此說雖出於吾說後，其言在今日要知本之言也，故附録於此以資印證。

東瀛人之《修詞學》曰：「如外來語，既破國語之純粹，亦害理解。有時勢所逼迫，非他語可以備代，則用之可也。若務爲虛飾，適示其言語匱乏而已。」《文學說例》所引。美詩人普來烏德語其友云：「觀君文數用法人文詞。果使精練英語，則無論何種感想皆自有言語可表，何必用法語也。」蓋日本語貧弱，不能不取資漢文，美語亦然，不得不藉他國之用。然彼人猶爲是言，則用外來語之不可爲訓，東西一致。是當與進步後鑄造之新語分別觀之，又當與廢不復用之古語同加排斥者矣。

十四曰不能脱科舉習氣而虛枵無實際也。東坡謂賈誼、司馬遷無科舉之累，故應加於鼂、董、公孫，又謂西漢以來以文設科而文始衰，又嘗言妄論利害、攙説得失爲制科習氣。宋人謂昌黎《顔子不貳過論》不免科舉習氣，謂介甫《虔州學記》乃學校策。吴氏《林下偶談》謂：「詞科習氣，意諂詞誇，虎頭鼠尾，外肥中枵。東萊早年文章在詞科中號傑出，然藻繪排比之態，要亦消磨未盡。」羅大經稱南渡之汪、孫、洪、周四六皆工，然其碑銘等文只是詞科程文手段。又稱魏華甫奏疏亦佳，碑記雄麗典實，大概似一篇好策。《退菴隨筆》引袁簡齋云：「天欲成就一文人一儒者，都非偶然。試觀古文人如歐、蘇、韓、柳，儒者如周、程、張、朱，誰非少年科甲哉？蓋使之先出身以捐棄其俗學，而後有全力以攻實學。不然，彼方終日用心於五言八韻對策三條，豈足以傳世哉？然中晚登科第者，只歸熙甫一人，其古文雖工，終未脱時文氣息。」梅伯言《李芝齡先生文集序》亦云：「自進士設科，而人皆以方盛之才力困詘於場屋之文，仕宦成而精力亦銷亡矣。惟早得科第如韓歐數君子者，雄才盛年，早棄俗學，博觀古今書以從事於茲術。」二説皆力伸科舉有妨文學者也。李氏《古文詞禁》：「一禁用訓詁講章。自儒行不修而講學盛行，六經、《三傳》，尋章摘句，以口治不以身治，固已陋矣。世乃謂講章者專爲時文而作，尤陋之陋，始於《蒙存》、《淺達》諸書。而三家村中蒙師俗子，經字未能全識，皆欲哆然説書，庸惡陋劣，經義爲之晦蝕。乃或引用其説入古文，取糞壤以充幃。苟非逐臭之夫，烏能佩之？如古文中必欲援引經傳，則漢註唐疏差爲近古耳。一禁時文評語。古人題跋書後，於文與事必有發明，然寥寥數語亦卓然可傳。時文根柢既淺薄，選家尤多庸陋，信手填綴，陳言滿紙，不過清新、俊逸、典貴、高華等字，識者望而生厭。作古文辭稱人文學者乃亦鈔而用之，其文之不堪，亦不必卒讀而知之矣。」鄧雲山先生謂「近世士夫以其制舉先入之言，改換頭面，强充作者，貽誤後賢」。可知科舉俗累，自漢以後，日盛一日，才學如鼂、董、吕、魏都難自拔。即以歸震川之文，論者尤病其心力竭於時文。魏叔子之作，世嫌其近時文一派。矧其下者乎？此閻百詩所以發憤歎息，謂「三百年文章不能遠追漢唐，實壞於洪武定制以八股取士也」。施氏補華《與吴摯甫書》曰：「竊見四方名士爲此事者約有二塗：一則少習時文，操之太熟，聲律對偶，把筆即來，如油漬衣，湔除不去。一則力矯時文之弊，掇拾奇字，援用僻書，棘句鉤章，不可上口。二者雖不同術，其於此事甘苦，概乎未知，不足引以求益。」是時文之於古文，隨與矯，兩無所用也。觀於韓、歐二公變文習於唐宋，韓則於《崔立之書》深病場屋之作，歐知貢舉亦黜劉幾等以挽風氣，其用心可想矣。故近日作文有兩弊：一譯述之濫，乘虚而據，前已言之。一科舉之累，故步未忘，尤爲可哂也。

沈補堂《仿今言》則謂早達鮮著述，與袁、梅二家之説異。其言曰：「予先師戴金谿大司寇，今之叔重也，頃者已返道山，不聞其所著何書，所述何集，日以案牘文字攪擾紛賾，中秘之册不暇翻閱。少年早達，十四即舉於鄉，亦不幸事。非必聲勢富貴足損性靈品學，即於典章掌故亦足以耗精神消智慮者。」近閱侯官李蘭卿觀察《榕園文鈔》裒然成集，然半多公事文字，其自叙云：「蘭卿十三舉京兆，十六入中書，旋臻樞院，由上考授粤西思恩太守。在科爲清華選，在郡爲循良牧，今已擢監司權臬篆矣」云云。蘭卿讀書亦十行下，而竊恨無福於故紙堆尋求，知窮老著書披尋魚蠹亦樂事也。此所云本以著述論，然文事正亦如此也。至其所以致此之由，「吾嘗以王文貞崇簡之言釋之。王氏《白東谷尚書全集序》曰：「詩文之弊莫患於不靜。神不靜則囂，氣不靜則浮，體不靜則雜。雜則涇渭無別，囂則流派無紀，浮則泛濫而無所止。然非深於道者，蓋靜亦難言之，誠靜矣，雖日涉於紛紜，而不爲境所淆。」繹王氏之言，可知不早達者以不能靜而不克極其學之所至，即早達者亦以不能靜而不克極其學之所至。此兩種人中所以都有不能成就學業之由也。王弇州謂江右貴人始詩清淡，貴顯惡道坌出。殆能歌《渭城》者，得百緡醬酒不復能歌類耳。此理可證。

科舉舊習其病古文者有二種：一排比對偶，一批評拘隘。排比對偶之習原於唐之試律詩賦，盛於宋之詞科，至八比而極。案《宋史·選舉志》稱大觀四年，臣僚言場屋之文專用儷偶，題雖無兩意，必欲彊而爲二以就對偶，其超諸理趣者反指爲淡泊。請擇考官而戒飭之，取其有理致而黜其强爲對偶者以救文弊。今世傳楊誠齋、汪六安經義皆體尚排偶，其弊習可見。阮文達溯其遠源，則謂《兩都賦序》白麟、神雀二比，言語、公卿二比，即開明人八比之先路，故明人終日在駢偶中而不自覺。此一説也。錢竹汀謂宋熙寧中以經義取士，雖變五七言之體，而士夫習於排偶，文氣雖疎暢，其兩兩相對猶故也。謝鼎卿《讀書説約》謂八股之法，本從律詩化出。此又一說也。方望溪云：「《管子》、《荀子》、《韓非子》之文，排比而益古，惟退之能與抗行。《原毀》一篇可見。自宋以後，有對語則酷似時文，以所師法至漢唐之文而止也。」此則於古文中論其尚排比一種往往易入時文窠臼，又一說也。然時文於排比陋習中而又尚括題。劉紹攽述金啓之言曰：「是昉於半山，而今非其體。破題括矣，承又括之，小講起比又括之。六經以來未見斯製。或云效唐人試帖，而試帖括於首聯，不聞頸聯再括也。若其泥章句襲訓詁，尤局促轅下駒。」至批評拘隘之習亦由八比而波及，或至施於經典史籍。其原自宋人，至明季文家尤甚。其時知其弊而矯之者，如曹安《讕言長語》謂：「《三體唐詩》有『實按』、『虛按』、『用事』、『前後對』等目。謝疊山《文章軌範》有放膽、小心、幾字句等法，一一拘束，豈發乎性情、風行水上之旨乎？」陸深《金臺紀聞》述郝文忠之言謂：「古之爲文者，法在文成之後。後世不然，先求法度，然後措詞以求理，以理從詞，以詞從文，以文從法，資於人而無我，愈工而愈不工，有法而愈無法。」蓋宋元以後，人人殫精科舉，先拘牽於牛毛之法中，久之混併入於古文，遂有如兩家所病者。合之排比、對偶，同一虛枵無實，與古文用意正相反也。朱夏謂「宋季年之文敗壞，當此之時，非反之則不足進乎古」。袁子才謂「今日作時藝弋科名，如康崑崙彈琵琶，久染淫俗，非數十年不近樂器不能得正聲」。蓋文之宜深思而慎取如此。近日文家謂文之陳古者爲死語，吾謂舊日八股詞調均當以死語等視之。

科舉勢盛之時，乃遂覺其與古文動輒有關，其端蓋遠肇宋人。爾後嘗有一種議論以濡沫學者，如樓迂齋爲《崇文古訣》，謂可作發策持論之助。故其時之從遊者多騰達。此誼既著，於是攻時文者往往以古文爲時文之先導。而包安吳有古文與時文並讀之法，葉元愷稱時文之佳者皆從古文來，因作《古文話》以爲時文之助。塗轍既廣，舉凡讀種種書無不以爲時文之輔助。見於梁氏《制藝叢話》前卷者，此論甚多。而持論者至以時文容納一切之學。試詩賦策論時則以詩賦策論爲時文，而舉以容納一切之學。如劉祁稱：「賦以擇制誥之才，詩以取風騷之旨，策以究經濟之業，論以考識鑒之方。」試八比時則以八比爲時文，亦舉以容納一切之學。如王牆東爲《明文治》，謂：「以孔孟程朱之理爲之爐，以秦漢以來諸古人所以爲文之道爲之炭。」焦里堂謂：「時文考覈典禮似説經，議論得失似論史，駢儷摭拾似六朝，關鍵起伏似歐蘇，探賾索隱似九流諸子，嚴氣正性似宋元人語録，然皆非此類所知。」汪家禧謂：「六經爲大義之歸，而《論語》微言之匯也。大義盡於詞，而微言每見意於言外。故制舉業於《論語》最不易爲。《大學》、《中庸》、《孟子》，義著乎言矣，而又非制數之可指陳也。爲此者，或玄虚其詞，是言莊、列之言；或奥衍其詞，是言公孫龍之言；或廉厲其詞，是言申、韓、慎到之言；或馳騁其詞，是言蘇、張諸策士之言。求典章制度於《禮》，求情變於《詩》，求升降於《書》，求治亂於《春秋》，求消息於《易》，而又深探乎發言之旨，衍以冲和精粹之詞，是爲能言孔孟之言。其次或法唐宋大家之文，規經義之初體，不拘於排比，不泥於傳注，期於明學術、正人心，言能經世而止。二者庶得其準矣。」諸家標極此道，其嚴如此。又其甚者，至以小説歸之，如王昶自稱其舉業得力於《牡丹亭》，張祥河自稱其得力於《西厢記》，是無處不見有時文之靈氣矣。皆其證也。其別裁亦有真體、僞體之分，其臨文宜知所忌，亦與古文同旨。汪廷珍《實事求是齋遺稿·安徽試牘立誠編》附條約曰：「制義代聖賢立言，選詞宜雅。凡史書中後世語、語録中俚俗語、訓詁語、詩賦語、詞曲語、小説語、二氏語、官文書語、尺牘語、後儒自造語，如先天、後天、元會、運世、太極、無極等語皆是，注疏中後人語，如《尚書》今古文、《考工》補《冬官》之類，時文中杜撰語及子書中寓言不雅馴者闌入時文，皆從屏棄。」其崇訣又有金人所謂「元化格」、明人所謂「元鐙」者之目。「元鐙」者，一脉相傳，明眼一見輒能預定，如唐荆川之許薛方山、許仲貽，方山之決向程、諸大圭，其言皆驗。見《柳南隨筆》。以此爲因，遂生孽果。宋景濂《文原》謂：「世之爲文者，假場屋委靡之文，紛糅龐雜，不見端緒，且曰：『不淺易輕順，非古文也。』」宋氏在明初，其言已如此。包慎伯謂此弊始自南宋以來，及鄧先生爲《藻川堂譚藝》亦既舉近人之失剴切之言之。見前。而《今文偶見》中載徐鳳輝《答謝薌泉書》至怒駡出之，謂「今世從事古文一道者，大率童子時曾讀『南昌故郡』、『環滁皆山』等文數十篇，一旦得志，欲張己能，則復將此數十篇者稍稍温習之，便可足高氣揚，翱翔壇坫，談藝評文，放言高論，起而筆之於書，無目者羣然以爲宗匠，爲老手」。然此猶本乎作時文之材料，而號爲古文，尚猶有數十篇作活套也。乃有即時文以爲古文者。蔣子瀟謂「歸、唐、李大泌諸君子以功令文之法爲古文，故其古文最不古」。此猶責備賢者之論。至徐氏又云：「從時文出身者，以古文亦有『之乎也者』也，而讀之公然成句；以古文亦有起承轉合也，而解之或尚粗通。至何者爲合，何者爲不合，何者爲是，何者爲非，茫然無知，無從置喙，乃隨口亂談，自欺欺人，以文其固陋，並非心之所得如是也。」此則並活套無之，直以時文爲古文矣。朱克敬稱道光中，「爲文者多雜鈔邸報中語，而以八比法行之，世謂之京報古文」。見《雨窗消意録》。此尤可哂。學者居今日，未必知從前有此一時之關係，故爲闡發之。蓋讀科舉時之古文，不可少此種主見，以印證其得失也。劉祁《歸潛志》：「先進故老見子弟讀蘇黄詩輒怒斥，爲有司者只考試賦而不究詩、策論。」科舉時人溺於一塗，自爾時已然。蓋身經之者多矣，豈一朝一夕之故哉？

科舉文與古文可相對照之義，尤不第於上所云。當時攻時文者又各帶有一種惑溺之質性，明代作家有掄元之訣，有決科之式，有坐關三年者，有闈稿五易者，有七作平常徧粘四壁者，有首藝甫成嘔血滿地者。他如項水心則視爲身心性命之學以求出頭。近則龔定菴至作成二千篇質於姚氏學塽而毅然燒去，汪大紳謂彭尺木文未脱俗氣，難進於道，當先讀薛文清《儀封人題文》萬徧。尺木如其言，果卒業。見彭蘊章《歸樸庵稿・書二林公文集後》。其惑溺蓋如此。當在宋時亦有與古文相通之體格，故君舉、伯恭、正則、同甫所演行於世者，號古文決科體。自明以來亦有與古文兼長之家，如明嘉靖朝古文最盛之時，遵巖、浚谷、荆川、鹿門、震川均以古文鳴，而唐、歸、茅則稱經義大家。其後千子、大樽得古文具體，而其時文亦最有名。近世方望溪、劉海峯、儲在陸、儲六雅以古文鳴，而其時文亦最爲世傳誦。竇東皐以賦鳴，而其時文與海峯同派。然亦有長時文而古文不能兼長之家，如朝宗、勺庭工古文詞而科舉文尠傳，青峒、子駿、文止、大士、藴生、克猷、次侯經義多奥衍造極而尠湛深於古文。攻之者亦有如詩，古文家聚合儔處，或立社講習，或一時齊名，如王船山與熊渭公等立爲文之格，專以静光達微言，儲在陸之八俊社月三課，合而課者藝七，離而課者藝二，其他論表判策詩賦古文詞各一。而江西之稱四家，江左之稱韓氏、王氏、儲氏三家，管緘若、周宿航、趙法伍、沈佩蘭等四人之稱神仙鬼怪，皆其例也。其歷境亦依時爲變遷。如儲欣《與楊明揚書》稱「未得手而厭生，已改塗而復憶。而三年之文，若出數手；一年之作，亦分數體」。有良醫三折肱之喻，是其例也。其文又自有格目。朱氏《文通》引杜靜臺所區之格有六，曰：一滚格、連珠格、中紐格、兩活扇格、兩扇遥對格、影喻格。又有上生下格、下承上格、下明上格、下原上格、下贊上格、上開下闔格、上闔下開格、上重下輕格、上輕下重格、上呼下應格、輕引重釋格、重本輕證格、重證輕喻格、重賓輕主格、一頭兩脚格、兩頭一脚格、一頭兩腹一脚格、一頭一項三腹一脚格、頭虚脚實格、三扇先奇格、三扇先偶格。前六格乃其難者，後諸格則其易者。其一篇中名目曰破、曰承、曰起講、曰泛講、曰平講、曰過文、曰束繳、曰大小結。其割裂經書之文有鈎，有渡，有挽，有還上，有還下諸目，其體别亦自各區塗轍。故自明中葉後，有莊列首楞嚴體、諸子剽駁體、萬曆乙未以後體、雲間麗藻體、金沙肥腯體、西江流變遻斆體、茂苑象偶體、嘉靖仿宋駑緩體，是其例也。方其盛時，陋者援時文以爲古文，高者且能援古文爲時文。其派自劉海峯、吴生甫倡於乾隆中葉，竇東皐應之，陳伯思、姚惜抱賡之。其體取之震川，其氣取之《史》、《漢》，八家，其義取之六經及宋五子，尊其稱曰《四書》文、曰《論》《孟》《學》《庸》義而不名時文，是其證也。故劉海峯謂此亦可爲古文中之一體，要在用功深，不與世俗轉移。陳勾山謂：「文各有體，經義之體必以王、錢諸家爲正，金、陳時引古入時爲體之變。」是又以引古文入時文爲不然，與劉、姚異。管韞山論國朝時文，謂「方百川以制藝而直接八家之統，李安溪以制藝而盡擷注疏語録之精」，亦其證也。其每倡一法派，必時有應和之人。如何焯創「下字必有來歷，莊必偶騷，韓必儷柳」一派，方氏棨如、杭氏世駿、蔡氏書紳、姚氏汝金、沈氏來儁皆守其説，是其證也。又如嘉慶己未會試，張臯文《易》文主虞仲翔消息旁通之説，總裁朱文正大爲擊節，拔置高魁。自是文人攻《易》義者，多引用《虞氏易》，至丁丑後始漸微。《樫華舘雜録》。此又一證也。其每值文敝之世，亦有起衰之人。如丘邦士稱陳大士、羅文止、艾千子以分劃立議，矯比偶雷同之弊，吳蘭陔以韓慕廬起衰之功上媲昌黎，是其證也。其文名之遠播者亦盛溢海國，如大士之文達於高麗，異域日本人編《漢文正典》列時文於八體之中，是其證也。其託業之高者，時論往往推之，至於不可極。如劉海峯謂八比莫盛於正、嘉，其時精於經，熟於理，馳驟於古今文字之變，震川先生一人而已。魏默深稱姚鏡堂制藝能使人感發興起而有功於經，可與宋五子書並垂百世，遠過守溪，爲制藝以來之一人。是其證也。於是有言古文與時文實相反者，謂「古文言己意，貴蹈實；八比代人言，貴蹈虛」，言其内律之反也。「古文盡己意，雖短章，轉換多變態，其牆壁寬而峻；時文協題情，雖長篇，推勘少迴互，其牆壁隘而夷」，言其外象之反也。此相反之一説也。《四庫提要》稱：「明正、嘉以後，甲科愈重，儒者率殫心制藝而不復用意於古文詞。洎登第宦成，精華已竭，乃出餘力爲之，故根柢不深，去古益遠。」此又相反之一説也。劉文淇爲《陳輅墓表》稱其論文大指：「以爲詞所以達意，必有真意貫其中，斯無意爲文而文乃不朽。自有時藝以來，論古文詞者率以時文論古文，以提頓折落鍊字鍊句爲法，此其所以敝也。」此又相反之一説也。

又或言古文與時文可相成者。元劉將孫稱：「時文之精即古文之理，韓柳歐蘇皆以時文擅名，其後爲古文，如取之固有。皇甫湜、樊紹述、尹洙、穆修諸家寧無奇字妙句、幽情苦思？所以不得與韓歐並者，時文有不及故也。」伍氏《讀書樂趣》稱：「熊孝感座師諱賜瓚，字遜修，由翰林歷任至兵部督捕侍郎。嘗云：『文章無論古文、時文，理歸一致。近見有山人布衣强作古文，按之全無開承轉合、起接收應、貫通條達章法，皆因時文未通之故。亦見有秀才家作時文，豐肥滑脆，儘是可觀，然求其筋節雄峭處實無有，此亦未熟於古文之故。』旨哉！言之不可易也。」吴名鳳《此君園集》有《古文宗派論》及《與龔歐可論文書》，自云：「無論經書集傳，俱以八股法讀之，於《史記》、《文選》亦然，雖不敢聞於人，而有以契於心。」此相成之一説也。劉海峰謂：「古文祇要自己精神勝，時文要己之精神與聖賢精神相湊合。」又曰：「唐、歸、茅三家皆有得於《史記》之妙。」陳勾山謂：「昌黎《師説》之章法意調與震川、大士之八股無異，歸氣盛而骨不勁，陳骨勁而氣亦漸孱，而陳爲近。」姚姬傳謂：「東漢六朝之誌銘、唐人作贈序乃時文也，昌黎爲之則古文矣。明時經藝壽序，時文也，熙甫爲之則古文矣。作古文者生熙甫後，若不解經藝便是缺陷。本朝如李安溪所見不出時文，其評論熙甫可謂滿口亂道也，望溪則勝之矣，然於古文、時文界限猶有未清處。大抵從時文家逆追經藝、古文之理甚難，若本解古文，直取以爲經藝之體，則爲功甚易，不過數月内可成也。」此又相成之一説也。包安吴則謂時文近輝遠映、上壓下墊、反敲側擊、仰承俯引之法較古文爲備，以八比法推求古書，常能通其微意，而八比實足爲古文之先導。其説曰：「自有時文以來，時文不通而能通古文詞者，未之有也。」案：包氏此説本於汪鈍翁，《帶經堂詩話》引漁洋文曰：「予嘗見一布衣有詩名者，其詩多有格格不達，以問汪鈍翁編修，云：此君坐未解爲時文故耳。時文雖無與於詩、古文，然不解八股，即理路終不分明。」近見王惲《玉堂嘉話》一條：「鹿庵先生曰：作文當從科舉中來，不然而汗漫披猖，是出入不由户也。」亦與此意同。章實齋《乙卯劄記》曾賡述此旨，張宗柟述蒿廬先生語則不以汪説爲然，并謂今之古文乃散體時乂，鈍翁所言亦未可厚非。又《柳南隨筆》稱錢木庵笑王某詩爲七字時文，皆砭俗至論也。此又相成之一説也。錫縝謂：「古文、時文立言一也，發於古文爲古文，發於時文爲時文。通經達道，雖時文，是也；勦説雷同，雖古文，非也。唐宋之文，可廢者不少，熊、劉諸子之時文，雖數百年存可也。」此又並重之一説也。今八比聲迹既已消滅矣。此種文體本前此最有勢者，故備舉其流别以存近數百年之風會焉。井研廖氏《經話甲編》述王壬秋言，謂作時文爲治經之要法。則經學家推重時文之説也。

方望溪謂四六、時文、詩、賦俱有牆壁窠臼，可按其格式填詞。其言有可證驗者。時文窠臼前既言之，若賦與四六之成空架，則朱子述林艾軒之言曰：「司馬相如，賦之聖者。揚子雲、班孟堅只填得他腔子，如何得似他自在流出。左、張更不及。」故周密亦有「作文自出機杼難，而古賦尤難」之語。此賦有窠臼之説也。朱子又云：「漢末以後只做屬對文字，谷永、鄒陽《獄中書》已自皆作對子了。陸宣公奏議只是雙關去做，子厚亦自有雙關之文。」曰「作對」、曰「雙關」，亦指四六之窠臼也。望溪之論不誣矣。然學者固未可以此藉口，鄙薄詩、賦、四六。且四六、詩、賦尤與時文異趣，善學者心知其意可也。

以上諸弊，臨文宜嚴戒勿犯。尹師魯云：「文忌格弱字冗。」《奏定大學堂章程》之《中國文學研究法》稱：「詞賦文體、制舉文體、公牘文體、語録文體、釋道藏文體、小説文體，皆須辨其與古文不同之處。」以上所辨正諸弊即辨明諸體與古文不同者也。劉氏《藝概》云：「乍見道理之人言多理障，乍見典故之人言多事障，故艱深正是淺陋，繁博正是寒儉。」則舉第六、第七兩弊言之也。此外張文襄論散文亦有六忌，忌多虚字、忌多長句、忌一定間架、忌首段裝冒子、忌腐語、忌時文調。路閏生作《對策條例》有十二戒。雖博專各有指，然其犯諸忌之由，一原不多讀書，不善讀書；一由於傳謬習故。由此爲之，學者或怖其難。然難不可逃，可漸次化難爲易。盛如梓謂：「以艱得之，以易出之，其文必平。」蓋作文之例本如是。吳仲倫謂：「作文自當從艱難入手，却不可有艱澀之態。」又謂：「文章不可不放膽做。」曾文正教李申甫作文，謂其「禁令太多，當先以條暢爲貴」。近譯《達爾文傳》謂：「達不工文詞，每作必凝思裁製，嘗索句不得，笑而自怨曰：『是何其難？使胡塗亂句，人讀而可知，吾將爲之。』既而知凝思之非法，乃先胡亂塗寫，後裁改之。或其夫人子女輩修改而潤色之，而所作文句乃勝於前云。」後有某讀其書而言曰：「達爾文文學非佳，然明析直達，解深理者宜如是也。」案：達氏所歷之程塗乃先難而後變法以趨於易也，而因有明析直達之觀。此亦可悟文家致力之方矣。沈隱侯謂文當從三易，謂易見事、易識字、易誦讀也。東坡謂：「文無他術，惟勤讀書而多爲之自工。」洪平齋亦稱多讀、多做，兩盡其勝。袁克齋《佔畢叢談》曰：「多讀則中扃足，內足則出之有餘；多作則濬思深，思深則行其所熟，而文章之能事畢矣。」此皆演東坡説也。明馮京第《蕈溪自課》有讀書作文六字訣，曰：「予幼聞師訓六字，曰熟讀書、多作文。」蓋書熟讀則自明，文多作則自工。此雖不資師友可也。古人讀書每授數百徧，句句分明。《朱子家訓》論此最詳，所云「讀書心眼口有三到」是也。又有作文一字訣，云：「嘗論作文有一字訣，曰改。草本既成，宜粘著牆壁，時時就觀改之，旬日後詳定始脱草。」此歐陽文忠法也。所謂知其難而易者將至也。《竹坡詩話》：「有明上人者，作詩甚艱，求捷法於東坡。東坡作兩頌以與之，其一云：『字字覓奇險，節節累枝葉。咬嚼三十年，轉更無交涉。』其一云：『衝口出常言，法度法前軌。人言非妙處，妙處在於是。』乃知作詩到平淡處要似非力所能。東坡《與姪書》云：『大凡爲文當使氣象崢嶸，五色絢爛，漸老漸熟，乃造平淡。』余以爲不但爲文，作詩尤當取法於此。」觀此可悟文家之功候矣。

嚴元照《與許周生書》曰：「來教謂近益知作文之難，益不敢輕率下筆。諒哉斯言！苟非深造自得何以見及此。弟竊謂不輕率下筆是也，因是而遂不下筆則似非也。百工之藝惟熟故精，殆未有未熟而能精者，文何獨不爾。今夫筆譬若刀劍，然置之久而不試，則鏽澀生之。鏽澀日生，芒鍔日盡，乃求其利於一割不可得也。多讀多作之説爲爲時文者言之，爲古文亦若是而已矣。不多讀，則古人之長不見，而妄以爲吾已得之矣；不多作，則雖見古人之長，而吾終無以及之，其弊之相去殆不甚遠也。今兄於古人之長既已悉見之矣，尤願吾兄騰踔奮迅以赴古人所到之境，毋徒退然自阻，甘爲古人所詘也。」案：此亦主作文從練習入手之説也。

施補華《與人論文書》謂：「今人伸紙把筆，悉心營度於意，於詞之近且易者務盡去之，用以奇古取勝。及乎文字之成，反與事理相遠。夫文字動人正在能盡事理耳。事理具於人心，或不能詳之於口，取於人心，注於我手，勝彼口所自道焉，則天下之至文在是矣。若與事理相遠，文字雖工，如翦綵之蟲魚草木，安有生機哉！退之作文最號奇古，然集中書札往往如家人言，何嘗嫌於近易也。自後吾輩作文，先治矜心盛氣，推究事理，力求其是，斯得耳。鄙近易而慕奇高，殆觀乎其外者也。」案：此亦勸人作文從平易入手之方也。《漫齋語録》：「詩吟涵得到自有得處，如化工生物，千花萬草，不名一物一態。若模仿前人無自得，只如世間翦裁諸花，見一件樣只做得一件也。」所謂吟涵亦熟極之候。可知詩亦不在求高鄙近也。施言「與事理遠之文如翦綵爲花」，此云「無自得之詩亦如仿樣作花」，皆騖遠之弊也。

鄧雲山先生《藻川堂文集》中有《記曾湘鄉論文辭》一篇，力反此種戒律之説，謂：「曾文正《復陳右銘書》以爲『善學韓者莫王介甫若，而近世知言君子惟桐城方氏、姚氏所得尤多，嚴明戒律，下筆造次，皆有法度，乃可專精以理吾之氣。熟讀而强探，長吟而反復，使其氣若翔翥於虚無之表，跌宕俊邁而不可以方物。蓋論其本，則持戒律之説，詞愈簡而道愈進；論其末，則抗吾氣以與古人之氣相翕，有欲求太簡而不可得者。兼營乎本末，斟酌乎繁簡，此自昔志士之所爲畢生矻矻，而吾輩所當勉焉者也』。觀曾氏之論文，先法而後氣，乃周漢以來雄於文者之所不屑道。而其所謂戒律，則又孫樵、杜牧輩所必不爲。蓋卑卑無甚高論者耳。黄庭堅云：惟俗不可醫。時之人習於時文公牘之日久矣，故曾氏語文先嚴戒律以潔其體，而舉介甫諸人爲之式，此所謂救弊之言也。要其平生致力以求傳世不朽，亦不出其所自言者。他日論文又以聲調爲先，雖有合於樂由天作之説，其實即熟讀强探、長吟反復、抗其氣以與古人相應之説而稍變之，未嘗深求乎天命道氣之本，探原於六藝，而徒溺於介甫先入之言，所謂取法乎中，僅得乎下者也。其論文之旨，先法而後氣，既顯異於昌黎，而其所謂法者，又不過能持戒律數端而止，皆古人之淺淺者也。嘉、道以來，學者囿於桐城之説而不得上窺周漢之門牆者衆矣，好學信道如曾氏，蓋天下不可多得者，而其言猶若是，況他人哉！」按：先生此説非必謂戒律不可講，乃謂專恃戒律而不深求天命道氣之本，探原於六藝以厚積文章之胎元，斯乃卑卑不足道耳。蓋大畜文章之本原爲一事，講求戒律以爲文又屬一事。先生之意特爲區別其輕重，讀者勿作是丹非素之論觀可也。又案：先生同時有清泉李實蕃者，名揚華，有《紙上談》亦反此立説，曰：「望溪之論曰：『南宋以來，古文義法不講久矣。吳越間遺老尤放恣，無一雅潔者。古文不可入語録中語、魏晉六朝人藻麗俳語、漢賦中板重字法、詩歌中雋語、南北史佻巧語。』吾不知望溪更有不言之秘訣否耶？以爲所言者已盡，則洗滌字句乃小家，非大家，縱造其極，亦能品非神品也。譬如園林焉，爲草爲木爲石爲水，位置井然，蕩瑕刮垢，無一蕪穢矣。及入名山，則崔嵬曲折，毒蟲生，荆棘出，而其勝境反倍於園林。又如溪澗焉，爲魚爲蝦爲蚌爲蟹，游泳儵然，清波細浪，極其瀓瑩矣。及臨巨浸，則奔騰浩渺，泥沙糞溷，而其壯觀轉逾於溪澗。夫文亦猶是耳。《周誥》、《殷盤》，佶屈聱牙；固已降而爲《左》、《國》，淫俗皆入篇中；更降而昌黎，怪奇都有，而讀之者覺其佳，不覺其累，由其氣雄偉脈深厚也。後人氣脈不足，乃求諸詞句，望溪所論是也。雅潔固文中之一境，而亦古人所先揭者，非秘訣也。且自桐城外未嘗無講習者。」按：李氏此説與先生同一薄桐城之意。先生以本原之意薄桐城，尚是力爭上游之義。此以小家之品疑桐城，按之則未能深窺桐城真諦之論。蓋桐城於格律聲色之外，尚有神理氣味之妙，桐城之爲桐城，非竟域此而止也。觀惜抱禪悟之言，其聖處正自有不傳之秘，非久久深求，無由領悟。李氏不曉此，宜其深致疑詰也。特附辨之。

古文詞通義卷三

究指篇一

古文之宜，宜先握定趨向之宗旨；次窮探四周之嚴郛；其若何爲過去之地位，若何爲現在之地位，又次之；又若何屬吾人經歷之程塗應踐於我者，又若何屬古人假設之境界宜印證於我者，又次之；而以天然之妙悟終焉。此姚姬傳氏所以有精粗之論也。今究文家之粗迹與微旨作《究指篇》。

學散文當知其所宜，一宜定宗旨。陶宗儀《輟耕録》曾標文章宗旨，宋景濂又區文之宗旨有二：曰載道，曰紀事。姚氏椿自述綜録國朝文之宗旨亦同，而又益以「考古有得」及「文章之美」二端。辛淦輯《松陵文録》亦本之以徵文。吾謂處今世而研究文字，尤宜認定宗旨，使其心力不出乎吾範圍之外。繹厥旨要，當以顧亭林「作文須有益於天下」爲歸。稽顧氏所定有益之目曰明道、曰紀政事、曰察民隱、曰樂道人善。取以證合羣論，則與錢氏大昕所定爲文之四種宗旨曰明道、經世、闡幽、正俗四目正同，又與潘德輿所謂「古人之文有用而作，明理道、述政體、陳生民利弊、表古今嘉言懿行」亦同。析而言之，則裴晉公曰：「昌黎恃其絶足，往往奔放，不以文立制，而以文爲戲，可乎？可乎？」曰立制，隱然以有關係責文家矣。葉正則曰：「爲文不關世教，雖工何益？」徐友蘭《思復堂文集跋》稱王衹如述邵念魯之言曰：「文章無關世道者，可以不作；有關世道者，不可不作，即文采未極亦不妨作。」則明道之謂也。白居易曰：「文章合爲時而著。」宋祁謂「漢文士善以文言道時事」，張方平謂「文章之變與政治通」，則紀政事之謂也。《林下偶談》謂「水心篇篇法言，句句莊語」，亦明道之謂也。陶宗儀謂「行實之作當取其人生平忠孝大節，餘可從略」，則道人善之謂也。錢泰吉《與吴仲倫論文書》云：「自古作者必有性情獨到之處，資其性情所獨到而養之以至正，不至於偏且雜，其氣和以平，其體醇而雅，而充之以經史之義藴，其言爲天下之至言，其文爲一家之真文。在上而操簡筆足以紀朝廷之實政而不誣；伏處一鄉，則一鄉之嘉言善行及其足迹所至、耳目所及，亦必辨别人才之高下、義理之經權，審慎而書之，雖傳之千百世，而其言之信否，知言者必能辨之。」此亦道人善之有法者也。《錢氏年譜》謂其「於文章流别辨析至嚴，而一歸於和厚中正，樂道人之善而不議論人得失。友人有涉嬉笑怒駡者必深規之，謂古人立言稱其善者，而不善者自見。每舉昌黎語以示學者而引伸之曰：『行峻而言厲，不如心醇而氣和也。』又曰：『詩文以意爲主，以氣爲輔。意必真必厚，氣必潛必和。』此府君生平爲文之宗旨也」。誠能如是乎，則顧氏所謂怪力亂神之事、無稽之言、勦襲之説、諛佞之文，皆在吾宗旨之外，固今日所宜屏絶廓清者矣。明汪廷訥《文壇列俎》分經翼、治資、鑒林、史摘、清尚、摛藻、博趣、别教、賦則、詩槩十目，然有即作用分類者，有即體别分類者，殊未可據爲文家之定旨也。

嚴元照《與許周生書》曰：「素常持論謂文之不可已於世者有兩端：一以明道，一以濟世。舍是勿貴也。之二者，古人於論説見之居多，然而爲之略有二難：雖有一孔之明，而所照不周，知其一不知其二，若是乎明道之難言也；出位而言事，徒以駭人之觀聽，有類於孟氏之云横議者，未有益於人，先有損於己，若是乎濟世之難言也。」許宗彦爲嚴氏《晦庵學文序》則本是二者而釋之曰：「九能以明道、濟世二者自歉，予則以爲毋庸夫爲文者，孰不曰我以明道乎哉？其果有明耶否耶？士不得聖人爲之師，而又蔽於數千載是非交錯同異雜糅之説，非十倍往古之才智者，固無由知道之所在而明之矣。若濟世之文又有難焉。伏居一室，未嘗聽睹當世事以審俗知弊，酌古今之得失，凡行政難易輕重緩急、人情所畏所安、財用之盈絀、事可成與否概弗曉，而徒搜索故籍爲迂遠難行之論，則不如其已也。且夫道非言可明，而言有時足以明道；世非言可濟，有時足以濟世。作者或不自知，而後世讀者乃獨得之意表。」是二説者，一以言文家明道濟世之難，一以釋其難，皆各有當也。李氏《穆堂别稿・秋山論文》曰：「人生不朽者三：曰立德，立功，立言。文章特立言之一端，然非兼德與功，求之不能有成。德固學者所當勉，即未能遽底於純粹而大，德必不可踰閑。蓋惟有德而後有言，下筆爲文亦親切而有味。六經而下，若宋元明諸儒所述是也。功必達而在上，方有表見。顧所以立功之具，則須預爲講貫，凡齊治均平之理、禮樂兵農之法，務求了然於中，然後見之文字，坐言可以起行，若范文正公《萬言書》、王荆公《上仁宗皇帝書》、蘇文忠公《上神宗皇帝書》，生平措注設施具見於此，學者取以爲法，庶無媿於立言之旨矣。」李氏本講陸王之學，而立朝復著有風節，其在世宗朝尤有難者，其言如此，殊爲可貴。

一宜求致用。立於作者之地與文言之，則宜定立宗旨；立於作文之地與庶事言之，則宜知關係。魏文帝曰：「文章，經國之大業，不朽之盛事。年壽有時而盡，榮樂止於其身，二者必至之常期，未若文章之無窮。」徐堅《初學記》曰：「古者登高能賦，山川能祭，師旅能誓，喪紀能誄，作器能銘，則可以爲大夫矣。三代之後，篇什稍多，又訓詁宣於邦國，移檄陳於師旅，箋奏以申情理，箴誡用弼違邪，贊頌美於形容，碑銘彰於勳德，謚册褒其言行，哀弔悼其淪亡，章表通於下情，箋疏陳於宗敬，議論平其理，駁難考其差。」此言各體適用於各事之關係也。孫明復《答張洞書》曰：「後人左右名教，夾輔聖人，或則發列聖之微旨，或則擿諸子之異端，或則發千古之未寤，或則正一時之所失，或則陳仁政之大經，或則斥功利之末術，或則揚聖人之聲烈，或則寫下民之憤歎，或則陳天人之去就，或則述國家之安危，必臨事摭實，有感而作，爲論爲議，爲書疏歌詩贊頌箴解銘説之類。雖其目甚多，同歸於道，皆謂之文也。」翁方綱《延暉閣集序》曰：

「聖門善言德行，則文章即行事也。《樂記》『聲音之道與政通』，則文章即政事也。」此又統括羣事以總發各體歸一之道也。二説者皆原本摯虞《文章流别論》而申言之。古代文家之大用，其凡如此。劉文淇稱黄春谷《文説》第一篇論文章關係至重，首詳文之體用，次述文之藻繪聲韵，而要歸於措詞不詭於正。此亦論文家之關係者，其書今未見。

袁易齋守定曰：「蘇文忠云：『生前富貴，死後文章。』劉舍人曰：『歲月飄忽，性靈不居，騰聲飛實，制作而已。』士君子以道爲飲，以理爲食。上之黼黻皇猷，稱一時大手筆，以文章佐國家盛治；次之則汲古之英，切今之理，施之章疏，以潤羣生；其下伏處草茅，結言拉韻，使十指拂拂間粟飛鬼哭，以追斯道之妙，而膹馥殘膏，沾濡千古。若既無補於國家，又無與於斯道，徵逐人羣，蛸蠕而動，其既入黄土也，則大地上不復知有斯人。此與蜉蝣之朝生暮死何異？可涕也哉！」又曰：「周南仲爲文皆達於時用。范伯逵生平不爲無用之文。文章之道無他，惟有裨身心日用、人倫世教、國計民生而後爲，無棄之言也。劉隋謂司馬温公之文，君天下者得之，足以鑒興衰，通治體；公卿大夫得之，足以勸忠嘉、盡臣節；士庶人得之，足以檢身勵行，爲君子之歸。由其所言皆其胸之所積，故落紙便有關係。若刺刺有言無當於用，其去於蚯蚓竅作蒼蠅鳴者幾何。」《佔畢叢談》。此亦力伸文章關係之説也。

杭世駿《張公伯行傳》曰：「公選《古文載道編》、《斯文正宗》、《唐宋八大家文集》以見文之必本於道，選《濂洛風雅》以見詩之必本乎性情。諸葛武侯、陸宣公、韓魏公、范文正公、司馬温公，其功業皆有原本，刻其集以著立朝之業。文文山、謝疊山、方正學、楊椒山、楊大洪，其氣節皆足以風世，刻其集以彰致身之義。而石守道、海剛峯，其剛方之氣亦足興起，故亦刻其集行世。蓋以人立文之標的爲宗旨也。」案：近人刻《乾坤正氣集》有此意。

魏叔子謂文章格調有盡，而天下事理日出而不窮。惲子居與蔣松如論作序而推言文體孳乳增多之説，謂：「序本史官用以序《詩》《書》，至漢人有著書之自序，魏晉人始爲人序詩文，唐宋人則有贈序，爲不經。明之壽序、考察序、升擢序尤不經。故漢之所無，魏晉有之；魏晉之所無，唐宋明有之。文者，因事而立體，順時而適用而已。唐試帖經無經義，宋之經義皆附詩文集，故無其序。自明以來，《四書》文專行，則宜有專序，作序何不屑焉。」梅伯言《荅朱丹木書》曰：「文章之事莫大乎因時立吾言於此，雖其事之至微，物之甚小，而一時朝野之風俗好尚皆可因吾言而見之。使爲文於唐貞元、元和時，讀者不知爲貞元、元和人不可也；爲文於宋嘉祐、元祐時，讀者不知爲嘉祐、元祐人不可也。韓子曰：『惟陳言之務去。』豈獨其詞之不可襲哉？夫古今之理勢固有大同者矣，其爲運會所移，人事所推演而變異得新者，其言亦已陳矣。」推此言之，則此後世界各種事物進步日增，則文字施於用之範圍必日廣博。主宰於内者，言文之混雜體日出以相聒，則簡字之一種通俗文體將出；輸於外者，東西之混雜體日趨於勝勢，則譯文之一種增新文體又將出，有非前此文家所可域之者。

一宜知近世文學，其範圍有大小之分。文苑之中有大範圍有小範圍。大範圍之說，教育家主之。故主以哲學中之倫理、論理、性理三者，文之形而上者始全；主以歷史、輿地、政治三者，文之形而下者始備。小範圍之說，修詞家主之。故參之以論理學而文之思想始正，參之以國文典而文之語言始確，參之以修詞學而文之義法始明，參之以文學史而文之源流始得。學者守此，由大範圍以行之，可以極文之大，由大範圍以歸諸小範圍，可以極文之精。在小範圍中又有種種之參究，以正確明備吾文之能事，可從容而詣有序有機之域矣。文與人事相關處，如元人評晏叔原詩文所得在人情物態。韓淲《澗泉日記》稱「渡江南來，晁詹事以道、吕舍人居仁議論文章，字字皆是中原諸老一二百年醞釀相傳而得者，不可不諷味」。費補之謂「更事既熟，見理既明，開卷之際迎刃而解，作文亦然」。魏禧亦有「練於物務識時之所宜」之說。此其證也。文與倫紀相互處，如文中之稱謂，金石文之義例，史家之製體，皆有定範，亦其證也。至前人以倫紀喻詩，其最顯者如《雨村詩話》稱朱師晦編修元英作《學詩金丹》一卷，言詩有祖宗父母妻等名色凡十六條。所謂祖者，《三百篇》也；宗者，大宗則曹、陶、謝、李、杜之類，小宗則張、陸、庾、鮑、四傑之類，而學之不可不宗一人；至父則己詩之所出也，母則己詩之所育也，妻則與己齊者也。按此論甚新，其用意與張氏《主客圖》畧近。

一宜知從前文家，其迹象有分合之異。學術文章，中外通循之軌無不由混合而析分，由析分而混合。方析分之時，無不各趨於極致。攻文者由此推究，觀其變遷，並可得變遷中之宗主。今畧分之：一爲文與筆聯合之文，六經、諸子主之；一爲由筆入文之文，漢後至南北朝主之；一爲由文入筆之文，唐宋以後至明主之；一爲由筆入文之文，本朝主之。舉要言之，若江左文人，以紀叙爲筆，必沉思翰藻乃得稱文，此尚駢儷極致之説也。故昭明之《選》，彦和之論，相爲標準。至宋人論文，或以説目前話爲主，或以平易淺質爲主，此尚散體極致之説也。故東萊之《古文關鍵》、西山之《文章正宗》皆嚴持歸一之體製。兩派分析之職志如此，一極於按格填詞，一極於言文合一。至阮文達諸人之論出，而兩者一混合焉。至曾文正持論，兩者又再混合焉。文達之混合以散歸駢，文正之混合以駢歸散，所謂由遷變中以觀其一時之職志者此也。黄與堅謂文章氣運與世推移，故歷代之文皆有遷變。《宋書·謝靈運傳》稱漢文凡三變。《唐書·文藝傳序》稱唐文凡三變。陳氏《捫蝨新語》稱宋文亦三變。惟漢文每變而愈下，唐文每變而愈上，此漢文所以開南北朝之文統，而唐文所以開宋明至今之文統也。至統歷代而區其升降者，亦有三變之説。柳敬叔《與盧大夫書》曰：「夫文生於情，情生於哀樂，哀樂生於治亂。故君子感哀樂而爲文章，以知治亂之本。屈宋以降則感哀樂而亡雅正，魏晉以還則感聲色而亡風教，宋、齊以下則感物色而亡興致。教化興亡則君子之風盡，故淫麗形似之文皆亡國哀思之音也。自夫子至梁、陳三變以至衰弱。」此則通列代而言其每變益下者也。《詩人玉屑》引晦庵云：「古今之詩凡有三變：蓋自《書傳》所記虞夏以來，下及漢魏自爲一等；自晉宋間顔、謝以後下及唐初自爲一等；自沈、宋以後定著律詩，下及今日又爲一等。然自唐初以前，其爲詩者固有高下，而法猶未變，至律詩出，而後詩之與法始皆大變，以至今日益巧益密，而無復古人之風矣。」此亦詩家每變而益下之説也。

今人作散文者，必卑視駢體，古人無是也。王闓修謂韓柳不輕王駱，歐蘇不輕楊劉，是能見駢散之真者也。其爲駢文輒與散文離立者，文必不工，張文襄已言之。蔣心餘有言：「作四六不過將散行文字稍加整齊，大肆烘托。」曾賓谷謂駢體脱俗即是古文。沈祥龍謂「駢散二體交相爲用，如《易・繫詞》多對偶句即駢也，其長短錯落處即散也。六朝文爲駢體，然不能無散句；八家文爲散體，然不能無駢句。蓋非散無以醒駢之意，非駢無以暢散之詞，豈可離而二之」。此駢文與散文相需之道。專以塗澤撏撦爲駢文，以雷同孤固爲散文，兩家所未知也。孔顨軒論駢文以爲達意明事之用，謂如不然，則祇可用之婚啓，不可用之書札，可用之銘誄，不可用之論辨，直爲無用之物。若六朝之文無非駢體，但縱横開闔，一與散文同也。曾文正謂陸宣公之文，剖析事理，精當不移，非韓蘇所能及。駢文之工，固視乎其人耳。

詩家古、律，其趣亦同。《藝圃擷餘》云：「律詩句有必不可入古者，古詩字有必不可爲律者。然非多熟古詩，未有能以律詩高天下者也。初學輩不知苦辣，往往謂五言古詩易就，率爾成篇，因自咤好古，薄後世律不爲。不知律尚不工，豈能工古？徒爲兩失而已。詞人拈筆成律，如左右逢源，一遇古體，竟日吟哦，常恐失却本相。樂府兩字，到老摇手不敢輕道。李西涯、楊鐵崖都曾做過，何嘗是來。」其持論與王修闓論駢散正合也。

路閏生曰：「文體有散有駢，其源皆出於經。散爲奇，駢爲偶。《堯典篇》首十九字奇也，分命羲仲以下則偶矣。《關雎》首章奇也,『參差荇菜』以下則偶矣。奇與偶相生,奇之中復有偶,偶之中復有奇,吾惡從而分之?善爲散體者,不專求之散體也,於屈宋遇之,於楊、馬、班、張遇之,於古今體詩遇之。凡讀駢體文,如見其所謂散體者。善爲駢體者,不專求之駢體也,於《左》、《國》遇之,於《史》、《漢》遇之,於諸子百家遇之。凡讀散文,如見其所謂駢體者。宗散體而薄駢體,其辭陋;業駢體而廢散體,其義駁。好丹非素,論甘忌辛,其不可也必矣。」此亦不軒輊駢散之通論也。案:路氏奇偶之説,引經作證,包慎伯《文譜》已發之。

一宜知前人之文有尚同、矯異兩種。尚同出於人情一時之趨附,矯異出於一己獨至之豪情。尚同有發自上、發自下兩種。如漢武好浮誇,則相如以浮誇應;魏帝好華靡,則曹植以華靡應;唐明皇好經術,而羣臣多索理致。此發自上者也。若夫南朝之永明,唐代之四傑,宋之西崑、九僧,明之臺閣及前後七子與五子,近之桐城,無不風靡一時。列代皆有此尚同之習。而李肇《國史補》所稱唐之文筆,「天寶之風尚黨,大曆之風尚浮,貞元之風尚蕩,元和之風尚怪」。謝疊山謂:「學蘇文當學其義,若學其文,人易生厭。蓋近世學之者多也。」何義門云:「今日爲古文須裁其冗長之字句、汗漫之波瀾,使無千篇一律、萬口雷同。如道園、圭齋、潛溪、東里諸公,雖學有淺深,才有大小,熟爛則一。六經、《左》、《史》具在,奈何守一先生之言,不究其根源乎？」是數説者，皆在下者尚同之極致也。至張融謂「丈夫删《詩》、《書》，制禮樂，何至因循寄人籬下？」祖瑩謂「文章須自出機杼，成一家風旨，不能供人生活」。韓愈謂「詞必自己出」；宋祁謂「必自名一家，不必爲人臣僕」；李屏山謂「當别轉一路，勿隨人脚跟」。林時益《三魏文集序》稱寧都三魏，「或比之眉山三蘇氏，則非三子之意也。三子嘗曰：『人各自成其我，雖兄弟至親，不期相類，何事高儗以辱古人。』則三子之各具其本末者亦可見矣。」近世孫錤爲文高自位置，與古爲徒，謂「寧倔勿靡，寧澀勿腐，寧奥勿徑」。皆矯異之説也。《四庫提要》云：「唐時爲古文者主於矯俗體，故成家者蔚爲鉅製，不成家者則流於僻澀。宋時爲古文者主於宗先正，故歐蘇王曾而後沿及於元，成家者不能盡闢門户，不成家者亦具有典型。」則又言矯異尚同之結果也。李兆洛《霍堂文鈔序》曰：「自詩、古文詞有專長之家，欲擅其能者遂循轍迹以求其合，或别開徑術以競新異，而所稱述於後世者代不數人。蓋性情少而矯飾多，亦一技焉耳。」則以言矯異、尚同歸一之流弊也。鄧先生《辭學論》則於尚同之中分爲襲貌、師意兩種，其説曰：「屈原、宋玉騷賦之相師也，《客難》、《解嘲》、《賓戲》之相儗也，《三都》、《兩京》之相襲也，其皆求貌似於辭章者乎？江淹當六朝之盛，懷五色筆以丹青詩人，而擬古之規摹大備。王肅、束晳又從而補亡詩、成僞書焉，而規古駭今之文辭侈矣。自韓昌黎、陳伯玉、杜子美振起大雅，激揚頹風，嶄嶄然詞必己出，於是古文之家師意而已，雖青黄數化，而本質自存。歷唐、宋、金、元六七百年，此風不易。至明中葉李、何登壇，王、李繼之，復修江淹、束晳之小道，蔚然可觀。以云洗刷庸近，力崇方軌，有功藝林焉。顧其根本尚淺，淵源未弘，不惟視方朔、楊雄有逕庭也，於傳家學並崔駰之、班固都不敢望，雖非東施，亦翾風碧玉之效顰而已。自立門户或有餘，爲人宗仰則不足。」此於尚同中分三期以區别之者也。總三者合觀之，矯異者往往能創，然自庸人爲之則妄；尚同者其旨在因，然不辨其得失而謬和之則愚。固存乎其人耳。潘蒼厓《金石例》謂：「合昌黎《答劉正夫書》與《答陳商書》兩者而觀之，知庸庸者不足以自見，怪怪者非所以諧俗。公所告語，各隨其病而藥之，惟用功深者，其收名也遠，則根本之論耳。」

劉大櫆《論文偶記》則教人由同以求異，謂：「唐人之體較之漢人微露圭角，少渾噩之象，然陸離璀璨，猶似夏鼎商彝。宋人文雖佳，而萬怪惶惑處少矣。荆川云：『唐之韓猶漢之班、馬，宋之歐、曾、二蘇猶唐之韓。』此自其同者言之耳。然氣味有厚薄，力量有大小，時代使然，不可强也。但學者先求其同，而後别其異，不宜伐其異而不知其同耳。」錢泰吉《與吳仲倫論文書》則力衍此説，謂：「世傳先生得桐城正脉，所爲文甚似惜抱。某謂先生妙處正在不似惜抱。蓋惟大同，則文章之理脈萬變不殊。惜抱不能不同乎海峯，海峯不能不同乎望溪，望溪又豈能變滅唐宋以來諸大家之規矩而自爲一規矩哉？若其精神獨至處，雖父子兄弟不容相假。老泉之廉悍，東坡之明達，子由之沉静，各根乎性情，不可强也。惜抱豈能苟同乎海峯，海峯豈能苟同乎望溪？先生又豈肯摹擬惜抱之形似以苟同乎惜抱哉！」梅曾亮《太乙山房文集序》云：「人有緩急剛柔之性，而其文有陰陽動靜之殊。譬之楂梨橘柚，味不同而各符其名，肖其物。猶裘葛冰炭也，極其所長而皆見其短。使一物而兼衆味與衆物之長，則名與味乖，而飾其短則長不可以復見，皆失其真者也。公之學固出於姚先生，而文不必同。然前乎先生者，有方望溪侍郎、劉海峯學博，其文亦皆較然不同，蓋性情異，故文亦異焉。其異也，乃其所以爲真歟？」今人《高石齋文鈔》有《與楊恕堂論文書》曰：「文章二字談何容易。同此漢文也，而陸賈奇采，賈誼清隽，仲舒儒雅，子長綜博，則其派别異也。同此相如之文也，而《長門賦》之淒婉，《大人賦》之高曠，《諫獵書》之懇切，《封禪文》之巨麗，則其運化異也。同此子雲之文也，而《法言》之精深，《太玄》之光怪，《甘泉賦》之古奥，《十二州箴》之雅贍，則其體製異也。壹其志，穆其神，擴其胸，平其氣，於歷代之文求其異同，於諸家之文求其異同，於各體之文求其異同，而文章門徑乃於是乎可得。」此諸説皆可與劉説互發也。

文家矯異之由，王若虚《滹南詩話》曾言之，其語云：「東坡，文中龍也，理妙萬物，氣吞九州，縱横奔放，若游戲然，莫可測其端倪。魯直區區持斤斧準繩之説，隨其後而與之爭，至謂未知句法。東坡而未知句法，世豈復有詩人？而渠所謂法者，果安出哉？老蘇論楊雄，以爲使有孟軻之書，必不作《太玄》。魯直欲爲東坡之邁往而不能，於是高談句律，旁出樣度，務以自立而相抗，然不免居其下也。其勞亦甚哉！向使無坡壓之，其措意未必至是。」錢泰吉亦謂「涪翁力追少陵生僻之境，蓋欲自立門户與坡翁爲勍敵，不肯作蘇門君子也。若當時無坡翁，涪翁或不若此」。其説與王同旨。近世惜抱之於方、劉亦然。李祖陶云：「惜抱先生之文，渺衆慮而爲言者也。蓋生方、劉二公之後，欲如望溪之正大而不能，欲爲海峯之横肆而不敢，且非惟不敢也，亦實有矯之之意焉。蓋海峯之文肆，不免張皇於外，於是冥搜於内，庶可別樹一幟。」此又前後相避之説也。世以坡之過海爲魯直不幸，由明者觀之，其不幸也舊矣。陳星齋《柳文選序》曰：「烏獲舉百斛之鼎若鴻毛，楚王效之，絶臏而死。此以知才分秉之自天，不可强而同也。建安王仲宣、劉公幹之徒不受籠於陳王，而李白睥睨杜甫如富人之憫貧兒，雖似太過，顧亦其克自樹立者然歟。近世惲壽平以山水不能過石谷，變而爲没骨花卉以成其名。此其技又出文士下而立志不苟如此，良有以夫。《柳南隨筆》云：「吾邑顧雪坡文淵、徐鐵山方少時與王石谷同畫山水。後石谷從太倉煙客、元照兩公游，得見宋元人真迹，學問日進。雪坡、鐵山度不能勝之，遂一去而畫竹，一去而畫馬。兩人亦並臻極詣。」史稱張長史、顔魯公始同學正書，張自知不及顔，去而爲草。《中吴紀聞》載楊惠之初亦學畫，見吴道子藝高，亦去爲塑工，名亦擅天下。案此皆藝苑中同時相避讓之證也。及至避讓之後，各自成名，於是齊名之説生焉。此漁洋《香祖筆記》所以有古人同調齊名，大抵不甚相遠之言也。柳子之文凡出自著力者，多不及韓。若其無意求工而傾吐胸臆，告哀於君友之間，則一往孤清閒肆，沉鬱頓挫，自成爲河東一家之言，而韓有不能到者矣。韓好以門弟子遇其交遊，而詩不能降孟郊，文不能屈子厚，職是故也。」又曰：「歐公之詩有坡老跨之，而文則又遇子固。二子皆公之門人。爲人師者，不亦難乎？」此諸家之言皆以謂矯異者出於同時輩流競勝之風也。至矯異之弊，沈氏《説詩晬語》引鍾伯敬云：「但欲洗去故常語，然别開一徑，康𧫞有弗踐者焉。故器不尚象，淫巧雜陳；聲不和律，豔詄競響。」沈氏謂鍾氏此論極善，且似自砭其失處。又謂「詩但當求新於理，不當求新於徑，譬之日月，終古常見，而光景常新，未嘗有兩日月也」。其矯異之得者，程氏測言謂楊惠之學畫，見道子藝高而更學塑，張南本學畫水，見孫位藝高而更畫火，皆名擅天下。蓋同能者難勝，而獨能者勝也。矯異家與觀矯異家之詩文者均宜知此旨。

王漁洋《半部稿序》則大申惡同之論，曰：「論文者取諸唐宋而已。唐之古文始於富嘉謩、吳少微而不傳，李華、蕭穎士繼之而亦不傳，故唐之文斷自退之。宋之文始於柳開、穆修、鄭條，條無傳，柳、穆之集具在，雖傳矣，而不足以傳，故宋之文斷自永叔。湜、翱、曾、蘇以下羽翼而發皇之，唐宋之文遂繼西漢而佐佑六經。綜而論之，唐之文氣勁而節短，其失也嵬瑣而詭僻；宋之文氣舒而節長，其失也嘽緩而俗下。元明作者大抵祖宋祧唐，萬吻雷同，卒歸率易。如圭峯、後渠、浚谷輩稍能自異者四三人而已。故今之學者爲古文必宋，宋必歐陽。吾皆無取焉，惡其同也。本之乎六經，斟酌乎唐宋，勁而不詭，舒而不俗，可以傳矣。」至王而農論詩，更大申惡同之論，其《夕堂永日緒論》曰：「一能奕者以誨人奕爲遊資，後遇一高手，與對奕至十數子，輒揶揄之曰：此教師棋耳。詩文立門庭使人學己，人一學即似者。自詡爲大家爲才子，亦藝苑教師而已。高廷禮、李獻吉、何大復、李于鱗、王元美、鍾伯敬、譚友夏所尚異科，其歸一也。纔立一門庭，則但有其局格，更無性情，更無興會，更無思致，自縛縛人，誰爲之解者。昭代風雅，自不屬此數公。若劉伯温之思理，高季迪之韻度，劉彦昺之高華，貝廷琚之俊逸，湯義仍之靈警，絶壁孤騫，無可攀躡，人固望洋而返。而後以其亭亭嶽嶽之風神，與古人相輝映。次則孫仲衍之暢適，周履道之蕭清，徐昌穀之密贍，高子業之戍削，李賓之之流麗，徐文長之豪邁，各擅勝場，沉酣自得，以不懸牌開肆充風雅牙行，要使光燄熊熊，莫能揜抑，豈與碌碌餘子爭市易之場哉！李文饒有云：『好驢馬不逐隊行。』立門庭與依傍門庭者皆逐隊者也。」此暢發當代人之長短而大申其賞異惡同之旨也。又曰：「建立門庭自建安始，曹子建鋪排整飭，立階級以賺人升堂，用此致諸趨赴之客容易成名，伸紙揮毫，雷同一律。子桓精思逸韻以絶人攀躋，故人不樂從，反爲所掩。子建以是壓倒阿兄，奪其名譽。實則子桓天才駿發，豈子建所能壓倒？故嗣是而興者，如郭景純、阮嗣宗、謝客、陶公，乃至左太冲、張景陽皆不屑染指建安之羹鼎，視子建蔑如矣。降而蕭梁宫體，降而王楊盧駱，降而大曆十才子，降而温李楊劉，降而江西宗派，降而北地信陽琅邪歷下，降而竟陵，所翕然從之者，皆一時和哄漢耳。宫體盛時，即有庾子山之歌行，健筆縱横，不屑烟花簇湊。唐初比偶，即有陳子昂、張子壽扢揚大雅。繼以李杜代興，杯酒論文，雅稱同調，而李不襲杜，杜不謀李，未嘗黨同伐異，畫疆墨守。沿及宋人，始爭疆壘。歐陽永叔亟反楊億、劉筠之靡麗，而矯枉已過，還入於枉，遂使一代無詩，掇拾誇斷，殆同觴令。胡元浮豔，又以矯宋爲工。蠻觸之爭，要於興觀羣怨絲毫未有當也。伯温、季迪以和緩受之，不與元人競勝，而自開風雅之津，故洪武間詩教中興，洗四百年三變之陋。是知立才子之目，標一成之法。扇動庸才旦倣而夕肖者原不足以羈絡騏驥，唯世無伯樂，則駕鹽車上太行者自鳴駿足耳。」此又暢前代與當代人之短長而大申其賞異惡同之旨也。又曰：「所以門庭一立，舉世稱爲才子爲名家者有故。如欲作何、李、王、李門下厮養，但買得《韻府羣玉》、《詩學大成》、《萬姓統宗》、《廣輿記》四書置案頭，遇題查凑，即無不足。若欲吮竟陵之唾液，則更不須爾，但就措大家所誦時文之於其以靜澹歸懷，熟活字句，湊泊將去，即已居然詞客。又其下更有皎然《詩式》一派亦號詩莊。」此又痛斥尚同之伎倆也。又曰：「建立門庭已屬絶望風雅。然其中本無才情，以此爲安身立命之本者，如高廷禮、何大復、王元美、鍾伯敬是也。有才情固是足用，而以立門庭故自桎梏者，李獻吉是也。其次則譚友夏亦有牙後慧，使不與鍾爲徒，幾可分文徵仲一席。」此又於尚同中區别其高下之説也。船山於詩家痛斥尚同之風如此，雖不無過激，然其論要可爲横流中之巨障，而文家亦當引爲炯戒者也。合漁洋之説參之，可以知自命爲文家者，當於一時風氣之中而各謀自立之道也。

紀文達《愛鼎堂遺集序》曰：「三古以來，文章日變，其間有氣運焉，有風尚焉。史莫善於班、馬，而班、馬不能爲《尚書》、《春秋》。詩莫善於李、杜，而李、杜不能爲《三百篇》。此關乎氣運者也。至風尚所趨，則人心爲之矣，其間異同得失，縷數難窮。大抵趨風尚者三途：其一厭故喜新；其一巧投時好；其一循聲附和，隨波而浮沉。變風尚者二途：其一乘將變之勢，鬭巧爭長；其一則於積壞之餘，挽狂瀾而反之正。若夫不沿頹敝之習，亦不欲黨同伐異啓門户之爭，孑然獨立，自爲一家以待後人之論定，則又於風尚之外自爲一塗焉。」案此說於矯異尚同又各區其流別，蓋能於該括之中而得分析條流之要也。

姚石甫之論則謂文家有必宜同者，如不求其同則非；有不可同、不得同者，如必欲同之則亦非。《康輶紀行》曰：「蘇子瞻論王半山云：『文字之衰未有如今日者也。其原出於王氏。王氏之文未必不善也，而患在使人同己。自孔子不能使人同，顔淵之仁、子路之勇不能以相移。而王氏欲以學同天下。地之美者同於生物而不同於所生，惟荒瘠斥鹵之地彌望皆黄茅白葦。此則王氏之同也。』善乎蘇子之言文矣！豈惟文哉！古今學術亦猶是也。案古今學術尚同與立異各有長短。以經學論之，其尚同者，王充曰：「儒説五經多失其實，後師信前師之言，隨舊述故，滑習詞語。苟明一師之學，汲汲競進，不暇考實。」《顔氏家訓》曰：「末俗以來，空守章句，但誦師言。」此皆言漢經儒尚同之説也。崔鶠曰：「『士無異論，太學之盛也。』此姦言也。昔王安石斥除異己，名臣如韓琦、司馬光輩既以異論逐，而其所著《三經》，士子宗之者得官，不用者黜逐。則天下靡然無一人敢可否矣。陵夷至於大亂，則無異論之禍也。」袁桷曰：「自宋末年，學者脣腐舌敝，止攻《四書》之注，鄙棄要務，至國亡而莫可救。近者江南學校教法止於《四書》，宋世之末尤甚。學者知其不能通也，於是大言以蓋之，議禮止於誠敬，言樂止於中和。其不涉史者，謂自漢而下皆霸道；其不能詞章也，謂之玩物喪志。」案所謂《四書》即朱學。此皆言宋經儒尚同之説也。程恩澤《癸巳類稿序》曰：「執一則隘，墨守一先生之言，又持古疾以困今。」此言今世經家尚同之弊也。其立異者，荀悅曰：「仲尼作經，本一而已。古今文不同，而皆自謂真本經。古今先師義一而已，異家別説不同而皆自謂古。」王通曰：「九師興而《易》道微，《三傳》作而《春秋》散。齊、韓、毛、鄭，《詩》之末也；大戴、小戴，《禮》之衰也。《書》殘於古、今；《論》失於齊、魯。」劉知幾曰：「鄭玄、王肅，述《五經》而各異；何休、馬融，論《三傳》而競美。」此言漢經家之矯異者也。朱子曰：「世之解經有三：一儒者之經；一文人之經，東坡、陳少南輩是也；一禪者之經，張子韶輩是也。」方鵬曰：「《五經》、《四書》一也，漢人讀之爲訓詁之學，唐人讀之爲詞章之學，今人讀之爲科舉之學。蓋讀之者同而用之者異也。」此宋人言經家之矯異者也。方氏雖非專言宋，然《經義考通説》所引楊萬里、林濂之言皆論宋人異説之弊，其狀蓋不一而足矣。吾謂朱子之説蓋緣人而異，方氏之説則緣世而異者也。然則立異之流別雖多，總不出此二例矣。觀於諸家論異同之大端，列代經家實可以此二者括其概。吾嘗謂學經之道，知尚同之弊，始可與學一師之學；知矯異之弊，始可與觀衆師之學。本此説以論文，又必須先知同、異二者之弊，始可與擇於二者而得其至善也。廖季平撰《兩戴記章句條例》有「求異」、「求同」二例，可知治經與攻文一也。

余嘗與友人云：天下之人不同貌，而同一好善惡惡之心；自古聖賢不同道，而同一樂天濟世之志；孔子六經不同文而同一修己安人之術；千古忠臣孝子不同行，而同一竭力致身之義。世人不求其所以同，而惟於其不必同、不可同者曲求其肖，彼即真肖，吾猶以爲非，況必不能肖哉！歷舉前人之論文者，可以悟矣。家惜翁《古文辭類纂》之説所以爲大公至正也。」案：姚氏嘗病今人不求古人之所以爲人，而惟求古人之所以爲文，故其持論如此。是皆求同於古人之文者所宜取以自救者也。

一宜知前代文家有正派、孽派兩途。學術、人品皆有一真一似，文亦有之，而且互相爲因果焉。潘經峯《答問》曰：「詩文一途，其僞者常十之七，其正者常十之三。」此言正派、孽派多少之差也。見潘氏《琉球入學見聞録》。唐之文，先有四傑承八代之衰而賡之，似也。昌黎、皇甫諸人出而唐文之真者乃見。宋初循五代之舊，多駢儷之詞，先有楊億、劉筠之藻飾風靡一時，似也。柳開、穆修、歐陽、尹洙諸人出而宋文之真者乃見。明代先有七子之僞秦漢，乃有震川之真。近世先有侯、魏、汪之或爲才子，或爲策士，或爲經生，乃有方、姚之真。然兩者之中，後出之真者對於前出之似者復有兩等：一爲反乎先出之文家而得其真；一爲筌蹏先出之文家而發生其真。宋人論唐人詩文，謂陳、元爲杜、韓之先驅，王弇州謂長沙公之於何、李，猶陳涉之啓漢高，《藝苑巵言》。與侯、魏、汪爲桐城之先驅，即筌蹏一面言也。宋、明之真則反乎前出者也。較量前代文家者，宜究察乎此。西儒有言：「世間之真理，每因有僞誤者反映而後益明。謬誤者，産出真理之母也。」案此說即文家先有僞體而後真體乃出之理也。

一宜知從前文家有相反、相成兩義。歐公有簡重中時將以放肆之説，東坡有炫爛後歸平淡之言，趙閑閑有有時奇古、有時平淡之論，《緯文瑣語》有轉常爲奇、回俗入雅之義。此姚姬傳所以舉「取異己者之長而時濟之」之美歸歐公，以「避所短而不犯」之美歸子固也。而魏善伯尤暢析文中向背之義，謂「大家文雖極奇崛，必有氣靜意平處，而忙處能閑，亂處能整，細碎處有片段，險兀處有安頓，順處不流，逆處不費，筋骨穿插處不小家，方正處不板硬」，皆於一文中驗其救正之術。而粗做到細，細做到粗之説又於功候中驗之。至李方叔論文，則於《史記》中驗此境，謂「其意深遠則其言愈緩，其事繁碎則其言愈簡」。王世貞更廣其旨於流派救正中驗此境，謂「文至隋唐而靡極，韓、柳振之，斂華而實。至於五代而冗極，歐、蘇振之，化腐而新」。楊慎又於老泉文中驗此境，謂其「侈能盡之約，遠能見之近，大能使之微，小能使之著，煩能不亂，肆能不流」。能如此，自不至有扶醉人之誚。其所以能有此者，曰養氣、曰鍊格。此乃文家矯正一偏性質一偏功候之道，讀文時深心衡以向背之義，作文時舉相反者以爲相成之用，自無姚氏所謂一極有一絶無之慮矣。詩家亦有偏至之境，學詩者宜知之。張戒《歲寒堂詩話》云：「王介甫只知巧語之爲詩，而不知拙語亦詩也。山谷只知奇語之爲詩，不知常語亦詩也。歐陽公詩專以快意爲主，而蘇端明詩專以刻意爲工。李義山詩只知有金玉龍鳳，杜牧之詩只知有綺羅脂粉，李長吉詩只知有花草蜂蝶，而不知世間一切皆詩也。惟杜子美則不論在山林在廊廟，遇巧則巧，遇拙則拙，遇奇則奇，遇俗則俗，或放或刻或奮，一切物、一切事、一切意，無非詩者，故曰『吟多意有餘』，又曰『詩盡人間興』，誠哉是言。」《説儲》又云「韓詩多悲，白詩多樂，不免性情之偏」，亦是一證。《雨村詩話》稱王述庵云：「詩之爲道，偏至者多，兼工者少。分茅設蕝，各持所獲以自治。學陶、韋者斥橫空硬語、妥帖排奡爲非，學杜、韓者又指不著一字盡得風流爲弱。出主入奴，二者互相笑，亦互相絀也。吾於五言期于抒寫性情清真微妙，而七言長句頗欲驅使典籍，縱橫變化。世之偏至者或可無譏也。」雨村又云：「康熙中新城最盛，時有金編修補山以百韻長篇投新城王公，公曰：『詩家上乘，全在妙悟。』取所訂《唐賢三昧集》貽之。補山忽悟，曰：『新城一生只到得王、孟境界，杜之《北征》、韓之《南山》，豈是一味妙悟者？』蓋敏妙出自靈府，而沉酣資于學力。」是亦矯偏至者之説也。

劉海峯《論文偶記》有專發明此旨者，今具録之。劉氏云：「好文字與俗下文字相反，如行道者一東一西，愈遠則愈善。一欲巧一欲拙，一欲利一欲鈍，一欲柔一欲剛，一欲肥一欲瘦，一欲濃一欲淡，一欲艷一欲樸，一欲鬆一欲堅，一欲輕一欲重，一欲冷秀一欲蒼莽，一欲偶儷一欲參差。夫拙者巧之至，非真拙也；鈍者利之至，非真鈍也。」此相反相成之至論也。

一宜知才與學之分數。文家有偏於才者。王氏芑孫曰：「蘇氏尚才不尚學，故不可以例拘。其言曰：『凡作文如行雲流水，初無定質，但常行於所當行，常止於不可不止。文理自然，情態橫生。』」又《黄氏日鈔》云：「東坡之文如長江大河，一瀉千里。至其渾浩流轉，曲折變化之妙，則無復可以名狀。蓋能文之士莫之能尚也。」此偏於才之文家，爲蘇氏一派之文也。文有偏於學者。王氏又云：「南宋以後諸家尚學而不尚才，故其文冗長，皆不識彦和『字剛意缺』之秘也。」又云：「今天下能爲古文無過姚姬傳，然桐城之論皆以學爲主，故其傳皆正，而其才皆乏，無以滿天下才人之志量。」此偏於學之文家，乃桐城一派之文也。此舉大概言之。至姚石甫爲《姬傳家狀》則云：「世謂望溪文質，恒以理勝，海峯以才勝，學或不及。先生乃文理兼至。」此分別桐城各家長短言之，然亦桐城一家之言也。續石甫而辨別方、劉之才學者，吳摯甫《與楊伯衡書》曰：「足下之盛推海峯者才耳。第海峯信以才鳴矣，望溪亦何嘗無才也。夫文章以氣爲主，才由氣見者也。而要必由其學之淺深以覘其才之厚薄。學邃者，其氣之深靜，使人饜飫之久，如與中正有德者處，故其文常醇以厚而學掩才。學之未至，則其氣亦稍自矜，縱驟而見之，即如珍羞好色羅列目前，故其文常閎以肆而才掩學。」又曰：「夫才由氣見者也。今之所謂才，非古之所謂才也，好馳騁之爲才。今之所謂氣，非古之所謂氣也，能縱横之爲氣。以其能縱横、好馳騁者求之古人所謂醇厚之文，無當也，即求之古人所爲閎肆者，亦無當也。然而資力所進於閎肆之文，尚可一二幾其彷彿，至醇厚則非極深邃之功必不可到。然則望溪與海峯斷可識已。大抵望溪之文貫串乎六經、子史百家傳記之書，而得力于經者尤深，故氣韻一出于經。海峯之文亦貫串乎六經、子史百家傳記之書，而得力于史者尤深，故氣韻一出于史。方之古作者，于先秦，則望溪似《左氏内外傳》，而海峯近《戰國策》；於西漢，則望溪近董江都，而海峯近賈長沙；於八家，則望溪近歐、曾，而海峯近東坡。就二子而上下之，則望溪，西漢之遺；而海峯，宋人之流亞也。夫文章之道，絢爛之後歸于老確。望溪老確矣，海峯猶絢爛也。意望溪初必能爲海峯之閎肆，其後學愈精，才愈老，而氣愈厚，遂成爲望溪之文。海峯亦欲爲望溪之醇厚，然其學不如望溪之粹，其才其氣不如望溪之能斂，故遂成爲海峯之文。」此又以文理兼至歸之望溪，亦桐城一家之言也。究而言之，二者之爲用不可偏勝，尤不可此有而彼無，更不得各執所有而互相非議。試取古人較論二者而證之。《文心雕龍》曰：「才有天資，學謹始習。斲梓染絲，功在初化。器成綵定，難可翻移。」此言才與學之各依乎天人以爲定也。劉彦和又云：「才爲盟主，學爲輔佐。」又曰：「自卿淵已前，多俊才而不課學；雄、向以後，頗引書以助文。此取與之大際，其分不可亂者也。」曾文昭申其意曰：「文才出於天分，可省學問之半。」王惕甫又申之云：「近來爲古文者，其趨嚮稍正，每苦于沉溺，皆由才不勝也。爲古文雖非騁才之具，却要以才爲主而以學輔之，不可以學爲主也。」此言才與學宜定主輔而用之者也。方望溪又申是旨云：「藝術莫難於古文。苟無其才，雖務學，不可强而能也；苟無其學，雖有才，不能猝而達也。有其才有其學，而非其人，猶不能以有立焉。」此言才與學並重而又須誠於中以形之也。郎廷槐《師友詩傳録》述漁洋之説曰：「司空表聖云：『不著一字，盡得風流。』此性情之説也。楊子雲云：『讀千賦則能賦。』此學問之説也。二者相輔而行，不可偏廢。若無性情而侈言學問，則昔人有讖點鬼録、獺祭魚者矣。學力深，始見性情。此一語是造微破的之論。」又述張歷友之説曰：「嚴滄浪有云：『詩有别才，非關學也；詩有别趣，非關理也。』此得於先天者，才性也。『讀書破萬卷，下筆如有神』、『貫穿百萬衆，出入由咫尺』，此得力於後天者，學力也。非才無以廣學，非學無以運才，兩者均不可廢。有才而無學，是絶代佳人唱《蓮花落》也；有學而無才，是長安乞兒著宫錦袍也。」此論詩之説，可通之論文者。姚姬傳謂：「文章之事，能運其法者才也，而極其才者法也。古人文有一定之法，有無定之法。有定者，所以爲嚴整也；無定者，所以爲縱横變化也。二者相濟而不相妨。故善用法者，非以窘吾才，乃以達吾才也。非思之深、功之至者，必不能見古人縱横變化中所以爲嚴整之理。思深功至而見之矣，而操筆，而使吾手與吾所見之相副，尚非一日事也。」此與王氏論詩皆以言才與學須互相輔助也。陳石士《與管異之書》曰：「夫古文辭傳之於世，必才與學兼備而後能有成。才不可强能，而學則可勉致。然學有二：其存乎修詞者，異乎南北朝人之所學，爲古文而得其途者知之矣。其存乎學而銖積寸累以求其義理，爲古文而得其途者，其所得又有淺深之分焉。得於此者深，雖修詞之功不至，而固可自立。得於此者淺，雖修詞之功至而未必其能自立也。蘇氏、曾氏之於歐陽，才與學兼備者也，繼歐陽而庶幾及之。李習之、皇甫持正、孫可之學不足而修詞之功至焉者也，繼韓而瞠乎其後焉。然習之、持正、可之尚足以自立。生宋人之後而學不足，微特不能絜習之、持正、可之諸君子，且不如爲南北朝人之所學者有成矣。」此言才與學並重而學尤其要者也。案：此亦桐城家重學之證。管緘若《周宿航制義序》云：「才高者軼於法，法密者窘於才，二者交譏，實則楚失而齊亦未爲得也。若既擅才又習其法，足以矜能於一世矣。而文家境地所到，又若有域焉以限之。及乎限之六七，已足收顯譽矣。惟苦心强力之士進而不已，始克底乎其域，而無毫髮之歉焉。然猶致之於人，而非遇之以天也。必其苦心强力之尤至者，歲引月伸，晨摩夕盪，遲之又久，而此域豁然以開，清光大來，杳無際極。視昔之與人爭勝者，概吐棄不足復道。身之遭值，目之俯仰，耳之聽受，莫非吾文之所取資，而字裏行間，醇古茂密之氣仍各視其所養以爲厚薄。然則自兹以往，安有息肩止足之期哉！」此言才與學之外又有天人之域限與境地。

然以吾觀之，非只時文有之，而古文蓋亦有然也。謝榛《詩家直説》曰：「作詩有專用學問而堆垛者，或不用學問而匀淨者。二者悟不悟之間耳，惟神會以定取捨，自趨乎大道，不涉於歧路矣。譬楊升庵狀元謫戍滇南猶尚奢侈，其粳糯黍稷，脯難殽鱠，種種羅於前而節不周品。此乃用學問之癖也。又如客遊五臺山訪禪侶，厨下見一胡僧執爨，但以清泉注釜，不用粒米，沸則自成饘粥。此無中生有暗合古人出處，此不專於學問又非無學問者所能到也。予因六祖惠能不識一字，參禪入道成佛，遂在難處用工定想，頭鍊心機，乃得無米粥之法。詩中難者莫過於情詩，然樂府尤盛於元。千萬人口中咀嚼，外無遺景，内無遺情，雖有作者，罕得新意。姑借六祖之悟以示後學。誠以六祖之心爲心，而入悟也弗難矣。」又曰：「詩乃模寫情景之具。情融乎内而深且長，景耀乎外而遠且大。當知神龍變化之妙，小則入乎微鋍，大則騰諸天宇。此惟李杜二老。古人論詩舉其大要，未嘗喋喋以泄真機，但恐人小其道爾。詩固有定體，人各有悟性。夫有一字之悟，一篇之悟。或由小以擴乎大，因著以入乎微。雖小大不同，至於渾化則一也。或學力未全而驟欲大之，若登高臺而摘星，則廓然無着手處。若能用小而大之之法，當如行深洞中，捫壁盡處豁然見天，則心有所主，而奪盛唐律髓，追建安古調，殊不難矣。」此言學與才之外又有悟境。以吾觀之，又非只詩有之，而古文亦有之也。案：所言樂府盛於元者，即指元之詞曲也。劉融齋謂：「文之尚理法者，不大勝，亦不大敗。尚才氣者，非大勝，即大敗。觀漢程不識、李廣，唐李勣、薛萬徹之爲將可見。」此言才與學之各有得失也。然則無學固不可以言文，無才雖有學亦無以運用之也。才學並楙，不實以人，亦無以立之也。學者可以知所從事矣。謝榛《詩家直說·論詩》又云：「漢武讀書，故有沿襲；漢高不讀書，多出己意。然則用學用才又多緣乎平日之長短歟。」王世貞《藝苑卮言》謂：「徐昌穀有六朝之才而無其學，楊用修有六朝之學而非其才。」是才與學又依乎其人之習慣所極而見也。

詩家又有持是論者。趙氏《談龍録》曰：「阮翁其大家乎，匹之其朱竹垞乎。王才美於朱而學足以濟之，朱學博於王而才足以舉之。是真敵國矣。」此以才與學分別其家數也。又曰：「朱貪多，王愛好。蓋貪多者學之弊，愛好者才之弊。」是又言才與學之病也。劉文淇《舍是集序》曰：「昔劉知幾謂作史有三長，曰才曰學曰識。後人取此以論詩，謂作詩亦必具三長而後其詩乃工。錢辛楣先生申其説云：放筆千言，揮洒自如，詩之才也。含經咀史，無一字無來歷，詩之學也。轉益多師，滌淫哇而遠鄙俗，詩之識也。三者之中，尤必以學爲本。」此詩家才學之區別也。宋人論詩有壹力主學者，《詩人玉屑》引陵陽室中語云：「范季隨嘗請益曰：今人有少時文名大著久而不振者，其咎安在？公曰：無他，止學耳，初無悟解，無益也。如人操舟入蜀，窮極艱阻則曰吾至矣，於中流棄去篙榜，不施維纜，不特其退甚速，則將顛覆矣，如人之詩止學也。」

一宜知生與熟之境界。宋沈宰謂「作文以艱得之，以艱出之，其文必澀」。曾文正謂「老年作文頗覺喫力，而機勢全不湊泊，總由少作太生之故」。此文以少作而生之謂也。《許彥周詩話》：黃魯直戲郭功父云：「公做詩費許多氣力做甚？」許氏謂其語切當，有益於學詩者。案：所謂「費氣力」者，即曾氏喫力之説也。孫元忠樸嘗問歐陽公爲文之法，公云：「於吾姪豈有惜，只是要熟耳。變化姿態皆從熟處生也。」姚姬傳云：「大抵文字須熟乃妙。熟則利病自明，手之所至，隨意生態，常語滯意，不遺而自去矣。」曾文正謂：「古人文筆有雲屬波委，官止神行之象，實從熟後生出。」又謂：「韓文所謂機應於心者，熟極之候也。」此文以多作而熟之説也。觀曾文正生平於文章功候動以生熟驗之，合以沈氏、歐公之言生熟，可知文家境界之所至矣。宋人論詩亦以熟爲高境。張氏《江西詩社宗派圖録》曰：「晁沖之與吕居仁唱酬最劇，曾戲語居仁：『我詩非不如子。我作得子詩，只是子差熟耳。』居仁戲答云：『即熟便是精妙處。』叔用大笑以爲然。」

吾觀生與熟之境界中又有遲與速之關係。羅大經《鶴林玉露》云：「昌黎志孟東野云：『劌目鉥心，刃迎縷解，鉤章棘句，掐擢胃腎。』言其得之艱難。《贈崔立之》云：『朝爲百賦猶鬱怒，暮作千詩轉遒緊。』言其得之容易。余謂文章要在理意深長，辭語明粹，足以傳世覺後，豈但誇多鬭速於一時哉！據此言之，可知昌黎於兩境各有所取，要當以工致爲歸。與其拙速，無寧爲巧遲也。」又劉定之《劉氏雜志》曰：「韓退之自言『口不絶吟於六藝之文，手不停披於百家之篇，貪多務得，繼晷窮年』。其勤至矣。而李翺謂退之下筆時，他人疾書之，寫誦之，不是過也。其敏亦至矣。蓋其取之也勤，故其出之也敏。後之學者束書不觀，遊談無根，乃欲刻燭畢韻，舉步成章，彷彿古人，豈不難哉！」然則臨文敏捷之前，正大有事在，豈淺學所可冒託也歟？

文家熟極之境，劉士龍《初集自序》曾狀之曰：「張融之言曰：『文章豈有常體，但以有體爲常。』案：同里周伯晉先生錫恩生平最服膺此言，亦如趙秋谷之於金周昂德卿之論文也。此則金針明度矣。上下千古，妙解此趣者，無踰蘇長公。長公性地圓悟，落筆風雨，橫見側出，無不具態。故謂乞於心上者滯也，即謂探白喉中者猶有待也。其得意疾書之致，直取諸指端而已矣。」此真善狀文境成熟之言也。

大抵文章生熟所係，其本乃在文機。而文機又關乎學養，於是臨文而遲速工拙判焉。袁氏守定云：「陸厥《與沈休文書》曰：『王粲《初征》，他文未能稱是；楊修敏捷，《暑賦》彌日不獻。一人之思，遲速天懸；一家之文，工拙壤隔。』夫一人載筆爲文而有遲速工拙之不同者，何也？機爲之耳。機囪則文敏而工，機塞則文滯而拙。先輩常養其文之所自出，蓋爲此也。」詩人亦有多作而熟之境界。《詩人玉屑》引劉後村云：「昔梅聖俞日課一詩。余爲方孚若作行狀，其家以陸放翁手録詩稿一卷爲潤筆，題其前云：『七月十一日至九月二十九日，計七十八日，得詩一百首。』陸之日課尤勤於梅。二公豈貪多哉。藝之熟者必精，理勢然也。」按梅聖俞多作事亦見《苕溪漁隱叢話》。

文家又有熟後之生一境。《退庵隨筆》曰：「讀書以熟爲貴，作文亦然。毛稚黄云：或疑文亦有生而佳者，此必熟後之生也。熟後之生必佳，若未熟之生則生疎而已，焉得佳乎？」

一宜知言與文可以合一。六朝人對口談而言之文字謂之筆説，見劉氏《藝概》。此爲言文分離之据，然亦見當時言與文并重。日本近日多倡言文一致之説，其新刊之書每雜用口語，俾其國人便誦讀。近日吾華亦多主張之。其實宋人已開此境，非第語録、宋人語録有二種：一種爲講學語録，入儒家；一種爲名臣語録，入傳記。講義、亦有二種：一講學用；一經筵用。小説有五體。章回體爲宋人創立，日本人以其體入文學。爲宋人所開，歐蘇大家之文都尚平易，即當時講學論文莫不主持此誼。尹和靖述程子云：「左氏作《傳》，文章始壞，文勝質也。」楊龜山曰：「作文字要只説目前話，令自然分明，孟子所謂言近是也。」朱子曰：「《離騷》只是信口恁地説，皆自成文。林艾軒嘗云：『班固、揚雄以下皆是做文字。若司馬遷、司馬相如等只是恁地説出。』古人有取於登高能賦也，須是敏，須是會説得通暢。古者或以言揚，説得也是一件事。後世只就紙上做，班、揚便不如已前文字。當時如蘇秦、張儀都是會説，《史記》所載想皆是當時説出。」經史中屬告語者，原有史臣所記及確屬當時撰著二種，曾文正曾析别之。又曰：「前輩用言語，古人有説的固好，如世俗常説的亦用。後人都要别撰一段新奇言語下，稍與文章都差異了。」馮時可言「宋儒於文嗜易而樂淺」，王世貞謂「歐公所流使人畏難而好易」，正謂此也。然其所謂貴質，所謂説目前話，所謂信口説出，所謂用俗常語，皆諸儒力求言文合一之證。居今日尤應知此旨者也。法人文體中有論辯一種，或以口説，或以文載，其别有三：曰演説，曰辯護，曰論證。此西人之與宋人文派有同軌者。東人宮川氏有《通俗文章學》，又東人與宋派之同旨者。

一宜知典實與古雅可以立宗。典實者，必明乎學術條流違失，達於政治沿革異同，熟知古今事實人物，究於當世人情物理，則言皆有物矣。陳氏《文章歐冶》其養力部二目曰讀書多、歷世深，即此旨也。古雅者，取縱横俶詭於子，取渾噩精奧於經，於宗經徵聖中得周情孔思之遺，於玩索濂洛關閩書中得精粹純正之理。兩者之外，又宜嚴義法，由近世學八家諸家義法以上求唐宋八家義法而歷溯其原。《古文辭類纂》、《續古文辭類纂》義例嚴整，《八代文苑》、《經史百家雜鈔》義例古雅。其爲之也，先求典實，次謹守義法，守桐城之義法，流弊絶少。方望溪云：「辨古文氣體，必至嚴乃不雜。所貴在澄清無滓，澄清之極自然而發其光精。」此桐城派之歸宿也。次求古雅，則受弊少而獲效多矣。桐城之義法允宜篤守。若其境界之所至，得于峭雋沖澹者爲多。此其所長，取桐城之長而不入於薄弱，是爲善學桐城者。

一宜廣徵名論，印證得失。朱梅崖嘗言詞之要，具李翺《答王載言書》；詞之本，具韓愈答尉遲生、李翊書。是取裁於前人論文之説，作文要事也。今舉文家綜合之説以見本末。劉彦和論文之宗經者有六義。一情深而不詭，二風清而不雜，三事信而不誕，四義直而不回，五體約而不蕪，六文麗而不淫。又總文章之歸塗，其體有八。一典雅，二遠奥，三精約，四顯附，五繁縟，六壯麗，七新奇，八輕靡。李習之謂天下之語文章者有六説。「其尚異者曰文章詞句陰險而已，其好理者曰文章叙理苟通而已，溺於時者曰文章必當時，病於時者曰文章不當時，愛難者曰宜深不當易，愛易者曰宜通不當難。此皆情有所偏滯，未識文章所主也。」宋庠論文有四貴。「意不貴異而貴新，事不貴僻而貴當，語不貴古而貴醇，事不貴多而貴奇。」《麗澤文説》謂文有三等。「文字有三等：上焉藏鋒不露，讀之自有滋味；中焉步驟馳騁，飛沙走石；下焉用意庸常，專事造語。」陳師道亦區文爲三等。「周爲上，七國次之，漢爲下。周之文雅；七國文壯偉，其失騁；漢之文華贍，其失緩；東漢而下無取。」吴氏《林下偶談》稱爲文之大概有三。「主之以理，張之以氣，束之以法。」履齋《示兒編》謂爲文有三難。「命意上也，破題次也，遣詞又其次也。不善遣詞莫能暢意，不善涵蓄題意，破題何自而道盡哉。」《餘師録》謂文不可無者有四。「曰體，曰志，曰氣，曰韻。」《詩家直説》曰：「作詩亦然。」張茂獻《文箴》謂文有三病。「意到而辭不達，如訟者抱直理，口吶莫伸，一病；詞達而調不工，如委巷相爾汝，俚鄙厭聞，二病；調工而體不健，如堂堂衣冠美丈夫而無精神，三病。」《玉海》述野處吴公言文重四有。有淵源，有機杼，有關鍵，有根本。劉祁稱文有六不宜。「古文不宜蹈襲成句，當以奇異自强；四六〔不〕宜用前人成語，復不宜生澀求異；散文不宜用詩家句；詩句不宜用散文言；律賦不宜犯散文言；散文不宜犯律賦語。」案：不宜生澀謂宋派四六也。宋濂論文有四瑕，「雅鄭不分曰荒，本末不比曰斷，筋骸不束曰緩，旨趣不超曰凡。」八冥，「訐賊誠，樠蝕圜，庸溷奇，瘠勝腴，粗亂精，碎害完，陋革薄，昧損明。」九蠹。「滑真，散神，糅氛，徇私，滅智，麗蔽，違天，昧幾，爽真。」王世貞有三法。「首尾開闔，繁簡奇正，各極其度，篇法也；抑揚頓挫，長短節奏，各極其致，句法也；點綴關鍵，金石綺綵，各極其造，字法也。篇有百尺之錦，句有千鈞之弩，字有百鍊之金。」日本太宰純亦云：「文有四法：一篇法，二章法，三句法，四字法。皆相積而成，一失法則不成文。」屠隆論文有三長。「曰才，曰學，曰識。識最難。學成乎人，才與識得之天授者也。」歸有光論文弊有十九目。深，晦，怪，冗，弱，澀，虛，直，疏，碎，緩，暗，塵俗，熟爛，輕易，推事，說不透，意不盡，泛而不切十九目。《修詞典則》取冗漫、粗笨、爛熟、生硬、晦澀、淫汎、枯寂、纖弱八種以括文之疵病焉。胡石莊《繹志》論文有四德與四害，「君子者，四德具焉者也。憂世以爲心，善世以爲法，扶世以爲儀，導世以爲則。懇懇乎懼人之不聞道也，惻惻乎其與人以生也，皇皇焉其拯人于危險也，望望焉其思古而復也，是憂世之心也；彌綸天地之道，考鏡得失之林，志在《春秋》，行在《尚書》，節族明而統紀詳，是善世之法也；以正人心爲本，以廣教化爲務，諄切豈弟，如櫽括礲錯之裁成乎物，是扶世之儀也；緼乎其益人也，憬乎其益己也，井井乎其有終始本末也，昭乎其繼天立極也，是導世之則也。小人反是，縱橫滑澤而不由中，態色淫志而不入道，希通慕曠而不蹠實，旁引稗乘而不徵義，爲害而已矣。尊四德，屏四害，爲文之善者也。」又有三指。「一曰務實，務實者欲事事可行也；二曰務平，務平者欲人人能行也；三曰從道，道則從，非道弗從也。」魏善伯言文有四說。「一曰說，一曰不說，一曰說而不說，一曰說而又說。」魏叔子言古文有四，「曰伏，曰應，曰斷，曰續。人知所謂伏應而不知無所謂伏應者，伏應之至也；人知所謂斷續而不知無所謂斷續者，斷續之至也。」又言文有三資，「曰記覽之博也，曰見識之高也，曰歷年之久也。」又言文當先去七弊。「可深樸而不可晦重，可詳復而不可煩碎，可寬博而不可汎衍，可正大而不可方堵，可和柔而不可靡弱，語可以不驚人而不可襲古聖賢之常言，其旨可原本先聖先儒而不可搖筆伸紙輒以聖人大儒爲發語之端。」閻百詩謂古文最忌有二，「曰冗，曰稺。惟簡可以救冗，惟老可以救稺。」又謂有三失。「一、洪武十七年以後，取士率由八股，其失陋；二、李夢陽唱復古之學，不原本六藝，其失俗；三、王陽明講良知之說，以讀書爲禁，其失虛。此明以後文章不能遠追漢唐宋元之故也。」邵青門謂文不變之法有三，「文體有二，曰敘事、曰議論，是謂定體；詞斷意續，筋絡相束，奔放者忌肆，雕刻者忌促，深者忌詭，敷衍者忌俗，是謂定格；言道者必宗經，言治者必宗史，導情欲婉而暢，述事欲法而明，是謂定理。」又謂文有三病。

「下者譁世取悅，殆類優俳，其病鄙；上之習遷、固之優孟而說其聱牙，其病剽；又上之咀宋人之蕕魄而以爲玄醴，其病腐。」劉海峯論文之貴者十有二，「貴奇，貴高，貴大，貴遠，貴簡，貴疏，貴變，貴瘦，貴華，貴參差，貴去陳言。」又最貴者曰品藻，各有説以析其義，見《論文偶記》。於十二者之中，論文之品藻有數類，而其辨之者又有十一。「行文最貴者品藻，無品藻便不成文字。如曰渾，曰灝，曰逸，曰雄，曰奇，曰頓挫，曰跌宕之類，不可勝數。歐陽子逸而未雄，昌黎雄處多逸處少，太史公雄過昌黎而逸處更多於雄處，所以爲至。至辨此類品藻者，有神上事，有氣上事，有體上事，有色上事，有聲上事，有味上事，有識上事，有情上事，有才上事，有格上事，有境上事，須辨之甚明。」袁簡齋有《古文十弊》。「談心論性，頗似宋人之語録，一弊也；俳詞偶語，學六朝之靡曼，二弊也；記序不知體裁，傳記如書帳簿，三弊也；如優孟之衣冠而摹仿乎秦漢，四弊也；守八家之空套不能出以心裁，五弊也；成餖飣語，死氣滿紙，六弊也；措詞率易，頗類應酬之尺牘，七弊也；窘於邊幅，如枯木寒鴉，淡泊而無味，八弊也；平弱敷衍，襲時文之調，九弊也；艱澀章句欲掩其淺陋，十弊也。」《修詞典》亦謂可以所舉八病括之。惲子居論文之事有四。「曰典。典者，所以尊古也，若單文無故實則比於小學諸書當時語据制詔及功令是也。曰自己出，毋勦意，毋勦詞是也。曰審勢。能審勢故文無定形。古之作者，言無同聲，章無同格是也。曰不過乎物。不過乎物者，必稱其物也，言事言理言情皆以之。」吳山子育論爲文之事有三。「曰理，曰典，曰事。理究天人之微，典通古今之故，事周萬物之情。三者備，而後言可立也。」謝退谷謂文有三理。「善言德行者道理足也，達于時務者事理足也，筆墨變化者文理足也。」潘四農論文有三。「凡世之號能文者，嘗取而觀之，詖淫之詞，佻巧之狀，盈紙累牘，不自知其戾于義也，是謂不正；偶持正論，質而俚，詳而冗，不可以行遠也，是謂不法；懲是二者之失，翦翦然主於構佳文，自美其名，不足有益于天下後世，是謂不切於用。誠欲昌天下之文章，則吾願以曰正、曰法、曰切于用三者爲衡。執此三端，可以黜陟百代之文，於一世乎何有。」包慎伯《文譜》又舉行文之六法。謂「嘗以顯隱、回互、激射説古文。然行文之法又有奇偶、疾徐、墊拽、繁複、順逆、集散。不明此六者，則于古人之文無以測其意之所至，而第其詣之所極。墊拽、繁複者，回互之事；順逆、集散者，激射之事；奇偶、疾徐，則行于墊拽、繁複、順逆、集散之中而所以爲回互、激射者也。回互、激射之法備而後隱顯之義見矣」。劉氏《藝概》稱文有七戒，「旨戒雜，氣戒破，局戒亂，語戒習，字戒僻，詳略戒失宜，是非戒失實。」又有三古。「作古之言近于《易》，則古之言近於《禮》，治古之言近於《春秋》。」宋體淳字契蓮，元和人。論文之造作有三。「一曰清，有倫有序之謂也。文字之累，或重複或顛倒或支離或駁雜，萬言弗貴矣，其原生於運意。一曰奇，奇非詭於正之謂，謂參伍錯綜，變化無方也。天地之氣惟闢闔而已，於文亦然。一闔一闢，循生迭出，乃動盪焉，如鼓以雷霆，如散以風雨。否則平且庸。此關乎審勢之善。一曰工，錘鍊之謂也。『言之無文，行而不遠』，不錘鍊安得有文乎？修飾潤色，聖人取之，故遺詞尚研。雖然，平日之學宜博，士人無九經、廿一史、諸子百家之書，欲工文胡可得也。昔周公朝讀書百篇，聖人如此，矧伊庸人。」曾文正言古文之美境有八言，陽剛之美曰雄直怪麗，陰柔之美曰茹遠潔適。又表文之四象。氣勢、識度、情韻、趣味。日本人篠森宏庵論文之流弊爲六種。「主理學者，硬據五子，泛摭語録，其弊也俚；主諸子者，喜彫繪，矜獨見，其弊也佻；主史家者，事綱羅，務詳悉，其弊也厖；主策論者，好張皇，尚馳騁，其弊也躁；主考據者，泥訓詁，炫廣博，其弊也迂；主才穎者，標新異，樂瑰譎，其弊也狂。俚若鄙夫，佻若俳優，厖若簿書，躁若駔儈，迂若巫媪，狂若邪魅。」《漢文正典》有文章五材，識量，博才，養氣，正體，體別。又言養氣之文有八法，嚴肅，壯大，清明，和樂，奇怪，佳麗，古雅，遠大。又有結構四法。起頭，承頭，鋪叙，過結。諸家之言或銓本原，或區時序，或記體别，或言性質，或關品致，或屬淺法，而大較摭拾利病者爲多，撮舉之以待學者自爲案證可也。

一宜廣攬諸家，取舍長短。議論寄於虛，但觀其理；家數徵諸實，可覘其用。殷璠曰：「文有神來，氣來，情來。有雅體，有野體，鄙體，俗體。能審鑒諸體，委詳所來，方可定其優劣。」此爲文家言取舍長短之始。廖鴻章《南雲書屋文鈔・槐蔭堂續稿序》曰：「昔歐公語人爲文無他術，勤讀書而多爲之自工。東坡謂公以其自試者語人，故言之親切有味。雖然，以言教人，孰若以文示人之尤令人愛慕而觀法耶！東坡序公集，謂自公出，天下爭自濯磨，以通今學古爲高。夫訓人以勤讀多爲，非甚無志，疇不率從。而試以勤讀多爲之文之工者，爲之懸其的而導其趨，則其興起也必倍多，而其轉移也必倍速。」繹廖氏此言，然則究討名論後，尤當實證以諸家之文爲懸的導趨之具，其可法者法之，其宜屏絶而可反鑒者戒之。故名家眇論不可不知，而名家實際尤不可不辨。辨之之要，須於長中見短與夫此長彼短，並悉其有短無長。凡此三端，一惲子居言之，其力申避短之論曰：「近世文人病痛多能言之。其最粗者，如袁中郎等，乃卑薄派，聰明交游客能之；徐文長等，乃瑣異派，風狂才子能之；艾千子等，乃描摹派，佔畢小儒能之。侯朝宗、魏叔子進乎此矣，然槍棓氣重；歸熙甫、汪苕文、方靈皋進乎此矣，然袍袖氣重。能捭脱此數家，則掉背游行，另有蹊徑，亦不妨仍落此數家，不染習氣者入習氣亦不染，即禪家入魔法也。」《大雲山房言事・與舒白香書》又曰：「丘邦士文奇瀹，不蹈襲前人一語一意。明季多異才，吾宗遜庵先生文亦然，皆非正宗，擇之可也。」《答陳雲渠》。又曰：「遵巖之文贍，贍則用力必過，其失也少支而多敝。震川之文謹，謹則置詞必近，其失也少敝而多支。雪苑、勺庭之失眦於遵巖而鋭過之，其疾徵於三蘇氏。堯峯之失眦于震川而弱過之，其疾徵于歐陽文忠。」《大雲山房初集・上曹儷笙書》。此諸家之文，宜推此意以觀其孰爲旁門，孰爲正宗者一也。一包慎伯言之，其論前人短長互見之説曰：「夫六朝雖尚文采，然其健者，則緩急疾徐、縱送激射同符《史》、《漢》，貌離神合，精彩奪人。至于秦漢之文，莫不洞達駘宕，劌目怵心。間有語不能通，則由傳寫譌誤及當時方言，以此爲師，豈爲善擇。退之酷嗜子雲，碑板或至不可讀，而書説健舉渾厚，宜爲宗匠。子厚勁厲無前，然時有摹擬之迹，氣傷縝密。永叔奏議怵怛明暢，得大臣之體，翰札紆徐易直，真有德之言，而序記則爲庸調。明允長於推勘辯駮，一任峻急。介甫詞完氣健，饒有遠勢。子固茂密安和，而雄强不足。子瞻機神敏妙，比及暮年，心手相忘，獨立千載。子由差弱，然其委婉敦縟，一節獨到，亦非父兄所能掩。案包氏之爲此論，其意謂八家莫不深《選》學，又各深有得於《韓非》、《吕覽》，而明人倅于八股，專取八家下乘以爲的，遂謂八家集中爲三百年選家所遺者，皆出入秦漢，爲古人真脈所寄云云。其言多新誕不足信，又以《韓》、《吕》繩八家，所得所見尤隘。其論八家得失，則較可取。汪容甫頗有真解，惜其鶩逐時譽，耗心餖飣，然有至者。國朝名集可指數者，侯朝宗隨人俯仰，致近俳優。汪鈍翁簡點顧瞻，僅足自守。魏叔子頗有才力，而學無本原，尤傷拉雜。方望溪視三子爲勝而氣仍寒怯。儲畫山典實可尚，度涉市井。劉才甫極力修飾，略無菁華。姚姬傳風度秀整，而邊幅急促。惲子居論方、劉、姚則云：「海峯論事論人，未得平理，未得正筆，鋭于望溪而疏樸不及，才則有餘于姬傳矣。若以潔目之，則太史公之潔全在用意，摔落千端萬緒，至字句不妨有可議者。今海峯句極潔而意不免近蕪，非真潔也。姬傳以才短，不敢放言高論。海峯則無所不敢，懼其破道也。又好語科名得失，酒食徵逐，胸中得毋滓太清耶？」此説與包説可互通，故附及之。張皋文規形橅勢，惟説經之文爲善。惲子居力能自振而破碎已甚，碑志小文乃有完壁。」姚石甫《識小録》謂「惜抱詩文皆得古人精意，文品峻潔似柳子厚，筆勢奇縱似太史公。若其神骨幽秀，氣韻高絶，如巖壑松風，令人泠然忘反。集中文以記序墓志爲最，銘詞不作險奥語而蒼古奇肆，音節神妙，殆無一字湊泊」。此專取其長之説也。徐毅甫子苓謂「桐城之文，方太刻削，劉俊而剽，姚窘而弱，然各有獨到處。豈獨桐城，即八家亦各有病，是在學者善擇」。此諸名家之文，又宜推此意以觀其孰爲短，孰爲長者二也。三家之論，不必悉可篤守，而評論諸家得失之説尤不止三家，特以取舍之功爲究文必要之事。舉此示概，更待研討，初亦未可忽視也。《四庫提要》集部中解題之語，最于考求諸家文章高下得失之事有益，須一研求之。

汪筠莊焕《跋雅歌堂文集後》曰：「作時文稍分古文氣息便是絶妙時文，作古文略雜時文氣息便是不成古文，且並六朝餘息亦不可近，必是《史》、《漢》、八家一脉纔是能復三代之文。在明，歸、唐、王三家而熙甫最好。本朝侯、汪、魏、姜繼起，似汪堯峯較勝，他如各家總未免帶些六朝音節，故只算得雜家，而不得爲大家。」又曰：「作文不可從《選》入，《選》中文多雜體。作賦則須自《選》入，《選》中賦多古音。柳儀曹先年爲文一味宗《選》，故詩賦入妙而文則多舊體，芸圃早已一眼覷破，故能宗派極正。」案此論與包氏反，然亦略有見，雖非甚高義，亦可作一則舍短取長之論觀之。《柳南隨筆》曰：「弇州謂歐蘇之文，其流也使人畏難而好易。此語誠然。蓋二公以清圓轉折爲工，而古人鍊字鍊句之法至此盡矣。汪苕文學歐者也，董文友學歐而兼學蘇者也。吾邑錢湘靈謂文友、苕文諸子之文專以圓轉勝。若如此爲文，但得機勢，頃刻可就，直無所用其心思矣。」又云：「本朝古文之盛盛於文友、苕文諸子；而古文之衰，諸子亦不得辭其責。」案：錢氏此説最爲學宋派古文之弊習。吾嘗心賤此種，不謂湘靈之先得我心也。學桐城文者其末派亦往往如此。此所以必辨其短長者也。

古文詞通義卷四

究指篇二

一宜專一學思，勿雜他學。伍涵芬《讀書樂趣》引唐劉蜕《文冢銘序》云：「『飲食不忘乎文，晦冥不忘乎文。悲戚怨憤，疾病嬉遊，羣居行役，未嘗不以文爲懷也。當勤意之時，不敢咳，不敢唾，不敢跂倚。嗜欲躁競忘之於心。其祇祇畏敬，如臨上帝。故有燦如星光，如日氣，如蛟宮之水；又有黯如屯雲，如久陰，如枯腐；熬燥則有如春陽，如華川；透透迤迤則有如海運，如震怒，動蕩怪異。夫十爲文不得十如意。少如意，豈非天助乎？』芬謂以得意之文歸之天助，實是至論。世人一切事皆推原於天。獨不思文者天之靈氣，人之靈心，當其勤心苦志，而忽有物焉以通之。不有天助，豈能爾乎？嘗見有平日極靈敏人，及舉筆忽而昏阻；亦有平日極鈍滯人，一旦忽靈悟，此中殊非意想可及，無他，要是積誠感通故耳。雜念營營，欲靈氣自生，胡可得也？」案：劉氏此說，可見文人專一時之狀，蓋必經歷此種光景而後可望成家也。伍氏之說，即一時偶然天籟忽發言之。然此天籟自至之前，要有一段工夫在。總之，可見文無倖獲之理。然則此事要當如禪家之徧參歷叩，儒家之真力積久，然後有一旦豁然之象。沈補堂豫《仿今言》曰：「望溪方先生嘗以詩就正於查初白先輩。曰：『君於此道不相近，夙以古文名世，不如併力一途以幾登峯造極。』方終身不作詩，而後果以古文爲一代宗工矣。」又曰：「爲學貴專一。嘉定王鳳喈與休寧戴東原曰：『吾昔畏姬傳，今不畏之矣。』東原曰：『何耶？』鳳喈曰：『彼好多能，見人一長輙思并之。夫專力則精，雜學則粗，故不足畏也。』東原以見告，姚遂改之。」案方氏之事據李慈銘《越縵筆記》稱：「姬傳爲劉大櫆作傳有云：『方侍郎少時常作詩以視海寧查侍郎慎行。查侍郎曰：「君詩不能佳，徒奪爲文力。不如專爲文。」侍郎從之，終身未嘗作詩。』初白官止編修，爲侍郎者其弟嗣庭，以作《維止録》伏法者也。姬傳殆承望溪不看雜書之弊，故道眼前事往往有錯誤者。此事《援鶉堂筆記》亦載之，而《隨園詩話》作劉公戩語。簡齋固多妄説，然其叙此事，謂望溪先生謁汪鈍翁，鈍翁斥之，復謁王阮亭，阮亭亦不之譽，乃謁公戩云云，則較有本末，或足爲據。」越縵此説意取袁氏。余按以《漁洋詩話》述陳緯雲維嶽之語及《香祖筆記》載汪蛟門集中之語，均可信袁説之不謬也。姚氏之事見其集中《自書所爲詞後》云：「詞學以浙中爲盛。余少時嘗傚焉。一日王語戴云云，余悚其言，多所捨棄，詞其一也。今幾四十年，記太常所見譏者，真後生龜鑑也。」繹兩家之言，可爲後生攻文之法。

一宜自致一塗，略同迷溺。古人文章之能佳妙，由其有一種信尚之風氣。有同迷溺，而文始稱工。歐公所以有「棄百事不關於心」之言也。而茅順甫《與陳五嶽書》所謂「孔氏讀《易》猶三絶韋編，達摩西來猶面壁者十八年，而後折蘆東渡，首傳宗旨」者，亦同斯旨。有精感之至形於夢寐者，如揚雄作《甘泉賦》夢五臟出地，以手内之，及覺，氣病一年。紀少瑜、江淹、李嶠、和凝等皆夢人授筆，李白夢筆生花，紀氏《灤陽消夏録》謂夢筆生花爲睡鄉幻景，未悟此理也。韓愈夢吞丹篆，王仁裕夢剖腸胃滌以江水，盛百二《柚堂續筆談》云：「韓、王此類之事皆是精神專一所致。近蓉江有人文思鈍拙，爲師所苦，日焚香魁星前拜之，同學咸笑其癡。一日伏地移時，忽大叫云夢魁星以劍刺其心。自是文思沛然無能敵者。」案：盛氏此説極合與吾説，可互證也。唐才婦牛應貞夢製書而食之，每夢食數十卷，則文體一變，如是者非一次。此類史乘紀載甚多。以余觀之，此類之夢蓋有兩種徵應：其夢吐與有所出者，多在作文苦思之時，英華外發之候也；其夢吞與授與者，多在劬志究學之時，菁英内歛之應也。淺者不知，歸諸神授天與，侈爲祥瑞，不知乃功候所積，一旦豁然寤寐一致之理也。或有成癡成病，變生平常態者。如楊子雲作《甘泉賦》，病至一歲。桓譚作小賦亦以成病。薛道衡隱空齋搆文，聞户外有人便怒。楊欽有文癖。江總爲文至得意則起稿於窗上，不堪則投置溷中。孟浩然眉毛盡落。裴祐袖手衣袖至穿。王維苦吟至走入醋甕。賈島敲詩，至衝長官前仗。周樸吟詩，日旰忘返。張祜苦吟，妻孥喚之不應。劉蛻爲文，非齋戒祓除未嘗落筆，多至十數萬言，嘗歎世莫我知，埋之地下，曰文塚。王勃引被覆面。楊億作文必飲博譁笑。范蜀公終日默坐。萬適構思必匿深草中。《晒書堂筆記》引《艮齋續説》謂安石作文輒嚼石蓮子，取其堅而難化，可以運思。坡公亦教人食芡實，以其細嚼則津液從口而下，又得養生之法也。歐公作文多在馬上、枕上、厠上。韓淲自云：「少時見楊子雲麗文欲繼之，嘗作小賦，用思太劇，立致疾病，因知盡思慮傷精神。」宋田誥先作文搆思必匿深草中，絶不聞人聲，俄自草中躍出，即一篇成矣。明宋濳溪自云：「濂雖不能造文，性樂之甚。當操觚沉思時，闔扉凝坐，不欲聞步履聲，雖貓犬不使之近，即近輒撫几大叫，人咸以爲狂易，傳以爲笑。倘章不能就，挈磬繞室中行，或小蒼頭簡髮如捕蝨狀，或摩搔膺腹使氣隆隆然降升乃已。」羅屺每有撰述必棲喬樹之顛，或閉坐一室，容色枯槁，有死人氣，常爲人銘墓，暈去四五度，所傳《圭峯稿》大率樹顛死去所得。李滄溟、何大復皆舉筆作文，心痛即死。楊循吉謂「作文出於思索，傷心役氣特甚，況爲世俗應酬文，鮮不爲所困」。陳五經嗣初家居，王淮乞文，時五經老矣，冥搜耗精至成疾，乃戒弗復觀篇翰。後一客無狀，必欲爲之，不得已，勉領之，操觚而疾重，遂以不起。見《蘇談》。此事在西人亦輒有之，如希利作詩喜原野外，或屋脊上。格利讀他詩人之詩興湧之時，始執筆披雪羅于卧牀作之。撒地于暗室作之。李白斗酒百篇，西詩人加爾剌亦言不帶酒氣不能發揮其思想，皆是也。有窮年月殫畢生而不捨者。如陳善謂唐人小詩皆旬煅月煉。王鏊謂唐人用一生心力於五字，故能巧奪天工。杜荀鶴詩謂「生平心力盡于文」。陳后山詩謂「生平心力盡于詩」。日耳曼文家格斯德懷草稿而寢，排魯闍庫繫其身于機而鎖之，則西人專一之故事也。孟超然稱張北拱肆力於古文辭，不解衣臥者近十年，皆是也。劉彦和謂曹公懼爲文之傷命，陸雲歎用思之困神，歐公謂勤一世以盡心於文字間，邵青門謂須數十年攻苦自立根柢，東坡謂生平樂事無踰於此，子由謂東坡晚年以文章爲鼓吹，即諸家真切愛好，觀之愈可知文家迷溺之態矣。陳勾山云：「今之世求一溺于文者亦不可得，近世文術之所以不競也。」

大抵迷溺既久，可詣神化。《讀書樂趣》引《誠齋記》云：「班、孟嚼墨，一噴皆成字，竟紙各有意義。芬謂此形容其神化意。」又引《文筆襟喉》云：「有人謁李賀，見其久而不言，唾地者三，俄而成文三篇。芬謂此亦形容神化故如此也。」凡此者皆迷溺既久始有此境，非可倖致，亦並非奇異之事也。

文家亦有沉頓病苦而其文反能工者。杭世駿《道古堂集・翁霽堂文集序》曰：「漢司馬長卿善病，所造如《大人》、《子虚》諸賦，沉博絶麗。每奏一篇，帝輒稱善。王仲宣體弱而善屬文，舉筆便成，無所改定，史以爲正復精意覃思亦不能過。霽堂少嘗失血，以是終其身而不得寧息。方病發時，隱几臥伏，面無人色，千詩百賦，誅求踵接。霽堂揮霍應之，精氣奕奕，横貫紙墨，曾不異居常無病時，且若較他人之不病者而尤工且密焉。」案：此殆迷溺後自啓之境界，徑由自闢，當不以血氣衰旺而生異狀。此與曾文正所稱充足精神以達所見之説正相反。文家情狀萬變，固不可執一以論也。

一宜自域程限，慎所習染。周秦以來，文之不免有染者，其大端原於異學乘時而出，其次又往往原於孽派之文易受薰蒸。劉九畹紹攽曰：「論者謂漢文古穆由其風氣，苟非其時，未可强效。櫟園周氏亦是其言。嘗讀《班昭傳》，稱《漢書》始出，多未能通，同郡馬融從昭受讀。夫以當世之書，當世弗能通，則詣由自造，非關風氣信矣。學之不殖而諉於時，無惑乎古之不復也。」蓋詣由自造，即自域程限之説也。洪文襄《奏對筆記》稱王荆公作文字，見人與他意思相同者即便毁稿。此亦自域程限，恐與人染之意也。若朱竹垞《與李武曾論文》及《報李天生書》皆謂文當以宋元爲宗，則是限於風氣矣。劉氏《藝概》曰：「文章蹊徑好尚，自《莊》、《列》出而一變，佛書入中國又一變，《世説新語》成書又一變。此諸書人鮮不讀，讀鮮不愛，往往與之俱化。惟涉而不溺，役之而不爲所役，是在卓爾之大雅矣。」故揚子雲非聖哲之書勿好，韓昌黎非三代兩漢之書不觀，柳子厚懼文之昧没而雜也，廉之欲其節。朱子謂：「韓、柳、歐、曾、二蘇數家之文，擇之無二百篇，下此則不須看，恐低了人手段。」吴仲倫《古文緒論》稱：「作文立志要高。北宋大家雖不可以不學，然志僅及此則成就必小矣。《史》、《漢》及唐人須常在意中也。」此與朱子意可互發。姜夔自稱「三薰三沐師黄太史氏，居數年，一語噤不敢吐，始大悟學即病，不若無所學者之爲得」。李獻吉教人勿讀唐以後文，謂宜以純灰三斗細滌其腸。王弇州云：「李于鱗文無一語作漢以後，亦無一字不出漢以前。」此亦能域程限之説也。惟于鱗能自域程限，獻吉則能立以爲宗，而自爲文往不克自踐。弇州又謂「獻吉復古之功大，其不能服衆志者一曰操撰易，一曰下語雜。易則沉思者病之，雜則顓古者病之」。所謂雜，即不潔之謂也。黄梨洲謂學文者須熟讀三史八家，將平日一副家儅盡行籍没，重新積聚竹頭木屑，常談委事無不有來歷，而後方可下筆。袁簡齋以久染淫俗取譬於康崑崙數十年不近樂器。徐氏達源謂彭甘亭持論寧蹇濇以違俗，勿軟滑以悖古，投迹高軌，棘棘不阿。潘四農《與人書》謂：「自茲以往，僕且閉門讀聖人書十年乃言文事。若手挾一編求當代之貴人碩望以揚其區區不足重輕之名，僕雖鄙賤，亦引爲深恥而不屑爲者，誠知其無益而且有害於僕者大也。」此豈固狹其取材之程塗乎？蓋欲於未作文之先慎所習染也。楊慎《升庵合集·論文》曰：「佛經云：『瓊枝寸寸是玉，旃檀片片皆香。』比之聖賢，欲無德不稱。喻之詩文，欲無字不工也。又曰：『擊珊瑚樹枝枝好，撒水銀珠顆顆圓。』亦此意。」此可謂善狀潔字者矣。楊氏謂爲欲其無字不工尚非至者，故歐公作一二十字小簡亦必屬稿，示不肯輕易下筆。及東坡大抵相類，初不過爲文采也。至黄魯直始專集古人才語以叙事，造次必期於工，遂以名家。宋景文《刀筆集》雖平文亦務奇險，或作三字韻語。此語見《曲洧舊聞》及《南窗紀談》。周輝《清波雜志》則云：「向傳《景文筆録》復得一篇名《摘粹》四十八字，爲文奥澀。景文論文謂才不逮樊宗師不可傚其體。可知景文修《唐書》，後學亦不可妄議妄傚也。」余之引此以明爲文宜自具程塗之意，非謂必傚其體也。黄與堅謂行文以矜貴爲至要。李穆堂謂：「鑿石以求玉，石去而玉全；淘沙以求金，沙盡而金見。膚者空而後真者露也。文章貴潔意亦如此。併沙石而存之，病在不能割愛，不能割愛人又坐識卑耳。」方望溪謂「古文氣體必至嚴乃不雜」，又曰：「文未有繁而能工者，如煎金錫，粗礦去，然後黑濁之氣竭而光潤生。」伍氏《讀書樂趣》稱楊徽之作文必以天地浩露滌筆於冰甌雪椀中，即此旨也。朱竹垞謂古文製體必極其潔。子長以潔許《離騷》，子厚以潔許太史公。黄與堅謂潔不獨字句，義理叢煩而沓複，不潔之尤者。皆此理也。至文之與潔相反者則又有二：一曰多，二曰雜。劉嶽雲《食舊德齋集·與馮夢華論文書》引陳斌之言曰：「驚世之文不在多技，已疾之方不在多藥。」又引曾鏞之説曰：「服餌雜，人身之病也；論著雜，人心之病也。多且雜，此世風之浸下而不可挽歟。文苟足於理，文其所文可也；不足於理，雖浩瀚流轉，法律謹嚴，抑亦無本之水耳。」此説則又以理足藥多且雜之病，實不如以一潔字醫之尤爲本末兼賅也。觀黄説可知。又按：義理字句雜爲不潔，此固然。然亦有言取材雜亦爲不潔者。蔣豈潛《青溪草堂文》有《書南北史》曰：「朱子言南北史除了《通鑑》所取者，只是一部好笑的説話，謂其紀妖幻禨祥者多也。原夫史書之作，所以紀世運之盛衰，政治之得失，人才之進退消長，善善惡惡與夫禮樂制度册書文誥之詳，永爲世鑒而已。非此數者不在史例。他如天雨粟，馬生角，史公即以爲太過，擯而不録。柳子云參之太史以著其潔者，此也。故馬令《南唐》一書，前輩以爲近於《虞初》、《夷堅》等志。而昌黎《羅池廟碑》『入死而爲神』一節，茅鹿門病其狎而少壯。然則史之體例斷可識矣。」此即主文家以取材合否定其潔也。又近人以潔許太史公之外，又有以暇字詁其品者。黄虎癡《癡學》曰：「太史公之妙在一潔字，已爲柳州道破，而其尤不可及者則在一暇字。班掾以下，潔或有之，暇則未也。於豐功偉績之人，每詳其委瑣鄙屑之事。當電掣雷轟之際，忽接以寬閒迂遠之詞，非暇者能之乎？」朱梅崖謂調劑心氣，澹然各止其所而不過。陳兆崙評昌黎《答李翊書》，謂其「浩乎沛然」之後有「懼其雜」一層工夫：迎、距、平心。「迎者，求其合於理；距者，恐其雜於理；平心者，有置其身於局外，不爲愛憎私心所牽擾之意。千古操觚家不打破此關，終不能登文章之籙。」惲子居論古文從入之塗，大要必曰：「其氣澄而無滓，積之則無滓而能厚；其質整而無裂，馴之則無裂而能變。」又其自述謂：「同州諸前達多習考證成專家，爲賦詠者或率意自恣，而大江南北以文名天下者幾於猖狂無理，排溺一世之人，其勢力至今未已。敬爲之動者數矣！所幸少樂疏曠，未嘗捉筆求若輩所謂文之工者而浸漬之。其道不親，其事不習，故心不爲所陷，而漸有以知其非。」曾勉士謂「學古文者，宜謹於所習。習於放縱平直不收之氣以求昌黎之法，猶囊億萬螢蛢以求然薪爨炊也」。吳石華謂「大蘇文非不痛快，然未免習於放縱不收之氣，必斂而後固，醇而後實，由韓而漢而周秦方得法」。梅伯言謂「今之書記與古異趣。滑習既久，手筆骫骳，非愚所能。恐既能之後，求不能而不可得，故不爲也」。此豈固狹其致力之程塗乎？蓋欲於作文之時常存故步也。《曲洧紀聞》及《南窗紀談》稱傅崧卿以冰魄同舍，其簡云：「蓬萊道山，羣仙所游。清異人境，不風自涼。火雲騰空，莫之能炎。餉以冰雪，是謂附益。」讀者莫解，似《靈棋經》。蓋古人偶爾涉筆，不肯糅雜如此。傅崧〔卿〕之爲文雖不可學，其造次中自具壁壘之精思，要可味也。《野客叢書》稱：司馬遷《報任安書》「情詞幽深，委蛇遜避，使人讀之爲之傷惻，可以想象其當時無聊之況。蓋抑鬱之氣隨筆發露，初非矯爲故爾。厥後其甥楊惲《報孫會宗書》委曲敷叙，其怏怏不平之氣宛然有外祖風致。蓋其平日讀外祖《太史公記》，故發於詞旨，不期而然。雖人之筆力高下本於其材，然師友淵源未有不因漸染而成之者。梁江淹獄中一書，情詞悽惋，亦仿遷作，惜筆力不能及」。韓淲謂：「晁以道、吕居仁議論文章，字字皆是中原諸老一二百年醞釀相傳而得者，不可不諷味之。」是數者皆以自懋其純固之氣，專精之神，慎取而精思，常懼有界外之事物以滑其文而弛其力。名家自致之嚴有如此者。李申耆嘗述德氏宣立古文墻壁之法，謂德嘗自言曰：「吾得交毛生甫始窺古文墻壁。然知之而未能爲之。大要聚古書之精，審義類之安，調性情之和，去矜肆之態。當漸近之。」

郝懿行於此法中有所謂真本領之説。《曬書堂筆記》曰：「《樂府雜録》載唐德宗令段善本授康崑崙琵琶，段奏曰：『且請崑崙彈一調。』及彈，段曰：『本領何雜，兼帶邪聲。』又曰：『且遣崑崙不近樂器十年，使忘其本領，然後可教。』乃盡段之藝。漁洋山人論之，謂知此者可與言詩。見《香祖筆記》七。余謂豈獨作詩而已。詩家此種程限，魏菊莊《詩人玉屑》云：「晦庵謂胸中不可著一字世俗語言，又謂須先識得古今體製雅俗向背，仍更洗滌得盡腸胃間夙生葷血脂膏，然後方可漱六藝之芳潤以求真瀹。」文章神韻，妍媸美惡，本自性靈，抑由學力。本領一雜，神韻全非。令不近樂器十年，此便是真學力。忘其本領，乃是真本領。凡人學識與年俱進，逐日生新。十日不讀書，讀書窺奧竅。十年不作文，作文即超妙。人自中年以後，精神氣力每不如前，而堅鋭精能或反過之。自古壽世鴻文多出晚年制造，非浮華英少所爲也。至於苦海波瀾，艾丸熏餤，二語亦見《筆記》。劣詞惡札，累牘連篇者，人雖不近翰墨十年，恐難忘其本領也。苦海者，鄭光業每柄文有一巨皮箱，凡同人投獻詞句有可嗤者即投其中，號曰苦海，用資諧噱。艾丸者，韓熙載性好詼浪，有投贄太荒惡者，使妓炷艾熏之。俟其人來，出乃嗅之曰：子之卷軸何多艾氣。聞者大笑。今欲令苦海沉波，艾丸息餤，須盡焚君苗筆硯，絶口不言詩文，逃遁空山，讀書三十年，然後真本領出矣。」此醫雜妙法也。

劉紹攽《與鄭石幢論韓文書》云：「昌黎之文類皆平易，獨其碑志博奥險濇。或以陳言務去，或以好奇之弊，或又以晚年文趨於古。三説者僕皆疑焉。夫古在氣體不在句讀。若《曹成王碑》之屬，徒務新奇，常病破碎，其佳者無過樊宗師。故陳隋以來，言之陳也甚矣！退之務去者，標精意以黜浮華，非以語不經見即爲不陳。幼讀其文，迄今二十年，抱疑未決。去冬爲夔郡司馬母壽，言：『僕素恥時俗靡靡，方搦管輒惴惴以不能免俗爲懼，乃求新於句讀。既自取觀之，愧不古，猶幸無俗累。竊自歎曰：庶幾哉耳目改觀乎！』因恍然悟昌黎所以作碑志之意。蓋文之奇，奇以學，亦奇以事。蘇子由稱子長文有奇氣。今觀其書，如《項羽》、《留侯》、《刺客》、《平準》、《貨殖》諸篇最工，亦其事足聽聞，不碌碌耳。若碑板志銘，初無卓犖可述，不過族氏姻婭，世次德行，綴輯成文，既不能抒其學之所得，又不甘爲時俗庸熟敷衍之陋，故不得已而出此。此雖非文之至，而率爾應酬者，與其失之庸熟敷衍，何如寧出於此。此固足爲應酬者式哉！僕持此意，再取其文三復之，既自堅益信。及之而後知，履之而後難乎！」案此因時因文而慎所習染之說也。

近代桐城姚氏爲文精嚴。其精嚴之塗轍較然可尋者，李氏兆洛曾於《序惜抱軒書録》言之，謂：「先生楙學淳詣，養之以盎粹。所論著者，較然於正僞是非毫氂之辨，徐條其得失所自，衷之於道，使膠固融釋。其或載記舛午，則旁綜他籍，備列殊文，鉤甄疑似，使讀者循覽而自得之，蓋即此書，而先生文章精嚴之旨畧具。」案：此說於《書録》見姚氏爲文之旨，可爲求文章精嚴者入手之法也。

一宜虛心勇改，以博進境。曹子建常好人譏彈其文，謝榛《詩家直說》曰：「古人之作必正定而後出。若丁敬禮之服曹子建，袁宏之服王洵，王洵之服王誕，張融之服徐覬之，薛道衡之服高搆，隋(文)〔煬〕帝之服庾自直。古人服善類如此。」陳石士《與伯芝書》謂「邵叔宀用『僕好人譏彈其文』作一印章，吾甚喜之。」又云：「後世誰相知定吾文。」薛道衡爲顏師古祖友，每作文令師古指摘疵短。王儉爲任昉上官，每出所作令昉點定亦然。曹斯棟《稗販》云：「《北史》稱庾自直爲隋煬帝改詩，許其詆訶，帝必改削至再，俟其稱善而後已。」皆折節自抑之證。《顏氏家訓》稱江南文制，欲人彈射，有病隨改，而教其子孫爲文先謀親友，然後出手。《十駕齋養新録》引白樂天云：「凡人爲文，私於自是，不忍割截，或失於繁多。其間妍媸益又自惑，必待交友有公鑒無姑息者討論而削奪之，然後繁簡當否得其中。」東萊謂：「初作文須廣示人，不可恥人指摘疵病而不將出。蓋文字自看終有不覺處，須賴他人指出。」真西山初見陳正國，呈《漢金城屯田記》，甚喜其鋪叙之有倫次。呈《漢著記序》，謂此篇不及前。渠再三爲指其瑕疵，令別作一篇，凡四番再改方洽渠意。又作《紫微閣贊》呈之，渠却無説，只云：「讀古文未多，終是文字體輕語弱，更多將古文涵泳方得。」《秋星閣詩話》稱魏叔子文，或指其未安處，援筆立改。魏和公稱叔子於文章，率委之羣議，一字未安，不憚十反。既登木者，或即行剷易。魏敏果與阮亭投契甚深，每作詩文質之，阮亭一字一句瑕纇必指，公大喜，嘗有謝劄云：「於論文談藝之中，見吾心不欺之學。」姚石甫謂爲前輩佳話。徐乾學詩文成，必俟閻若璩裁定。姚姬傳文聽吳殿麟批抹，改至數四。施愚山《與魏叔子書》嘗歎「近日直道寖寡，士大夫不折節受礱錯，人莫肯傾寫爲一言者，故言行日蕪漏，而交道日衰。僕竊痛之」。又《與陳士業書》曰：「僕欲足下相定者，冀礱磨字句，毫髮無憾也。每見古人謀篇之善，反覆省讀，不能增損一字，如堅城高壁，無纖隙可乘，未嘗不歎息歛手。」范希文作《嚴先生祠堂記》曰：「先生之德，山高水長。」李泰伯改一「風」字，通篇警動。凡文皆類此，患人不細心耳。至詩家之言一字師者尤多，如《漁隱叢話》之稱杜詩「身輕一鳥過」之「一」字，《王直方詩話》稱荆公改貢甫「卻將雲裏望蓬萊」作「雲氣」，陶岳《五代補》鄭谷改齊己「昨夜數枝開」爲「一枝」，《詩人玉屑》：蕭楚才改張乖崖「獨恨太平無一事」作「獨幸」，皆是。而韓子蒼所以有言：「作詩文當得文人印可乃自不疑。前輩所以汲汲於求知也。」此資人改正之説也。劉彦和謂「善爲文者，富於萬篇，貧於一字」。蓋以言改定文字之難。歐公謂「勤讀書而多爲文自工。世患作文少，又懶讀，每一篇出即求過人，如此鮮有至者。文章疵病不必待人指摘，多作則自能見之」。而平日作一小柬必改竄數四。朱子謂歐公文字愈改愈好，亦有改不盡處。《語類》稱《醉翁亭記》初説「滁州四面有山」凡數十字，末忽大圈了，一邊注定只五字而已。《佔畢叢談》：「一云有人買得歐公《醉翁亭記》初本，首言『環滁左右皆山也』，『環』字内便有左右之義，專言左右不言前後，亦不盡『環』字之義，自應如改本删去左右字爲工也。」《楓窗小牘》云：「歐陽文忠公《樊侯廟災記》真稿舊存余家，其中改竄數處。如『立軍功』三字，稿但曰『起家』，『平生』曰『生平』，『振目』曰『瞋目』，『勇力』曰『威武』，『雄武』曰『英勇』，『生能萬人敵，死不能庇一躬』曰『生能讋喑啞叱咤之主，死不能保束草附土之形』，『有司』曰『殘暴』，後『喑嗚叱咤』四字無。第曰『使風馳電擊，平北咆哮』，凡定二十二字。」《捫虱新語》：「世傳歐公爲文，每就紙上浄訖，即粘掛壁，卧興看之，屢思屢改，有至終篇不留一字者。其精如此。」《曲洧舊聞》云：「讀歐公文，疑其肺腑流出而無斷間工夫。及見其草，逮其成篇，與始落筆十不存五六者，乃知爲文不可容易。班固云急趨無善步，良有以也。」又《漫叟詩話》云：「『桃花細逐楊花落』，徐師川説一士大夫家有老杜墨迹，初云『桃花欲共楊花語』，自以淡墨改三字。乃知古人字不厭改也。不然何以有日煅月煉之語。」《陵陽室中語》云：「賦詩十首，不若改詩一首。少陵有『新詩改罷自長吟』之句，雖少陵之才亦須改定。」《詩人玉屑》引皮日休云：「百鍊爲字，千鍊成句。」案《玉屑》中言名家改詩之説甚多，今不悉舉。《唐子西語録》云：「詩最難事也。吾於他文不至蹇澁，惟作詩甚苦，悲吟累日，僅能成篇。初讀時未見可羞處，姑置之，明日取讀，瑕疵百出。輒復悲吟累日，反覆改正，比之前時稍稍有加焉。復數日取出讀之，疵病復出。凡如此數四方敢示人。然終不能奇。李賀母責賀曰『是兒必欲嘔出心乃已』，非過論也。今之君子動輒千百言，略不經意，其可貴哉？」又曰：「詩在與人商論，求其疵而去之。等閒一字放過則不可，殆近法家難以言恕矣。故謂之詩律。東坡云：『敢將詩律鬬深嚴。』予亦云：『詩律傷嚴近寡恩。』大凡立意之初必有難易二塗，學者不能强所爲，往往捨難而趨易。文章罕工，每坐此也。作詩自有穩當字，第思之未到耳。」何薳《春渚紀聞》云：「白樂天詩詞，疑皆衝口而成。及見今人所藏遺稿，塗竄甚多。張芸叟則稱再見樂天稿草，雖四句詩，必加塗抹有至十數字者。余又得東坡先生數詩稿，其《和歐叔弼》詩凡二改而成今句。雖大手筆，不以一時筆快爲定也。」《吕氏童蒙訓》云：「文章頻改，工夫自出。」洪容齋《三筆》謂「作文字不問工拙大小，要之不可不著意檢點」。劉克莊稱林艾軒「好深湛之思，加鍛錬之功，有經歲累月繕一章未就者」。陸游稱韓子蒼詩草「反覆塗之，又歷疏語所從來。詩既與人，久或累月，遠或千里，復追取更定，無毫髮遺憾乃止」。此昔人所以有作詩如食胡桃宣栗，剥三層皮方有佳味也。案：賈島有「兩句三年得」之言。吳孺子自言「落葉識心酸」一語三年不得上句，客秦州，得「寒風知絮敗」足成之。此可見詩家吟定佳句之難。包慎伯謂李杜集有兩三稿並存者，知古人再三改竄，猶未定也。近人有言古文體大格嚴，當以鏟削空字空句爲扼要工夫。此語最爲可味。王應奎《柳南隨筆》云：「昌黎之文，字句皆古，人悉知爲錘鍊而成矣。而不知歐公之平易亦是錘鍊而成者。即如白香山之詩，老嫗能解，可謂平易矣。而張文潛以五百金得其稿本，竄改塗乙幾不存一字。蓋其苦心錘鍊如此。以此例之，則歐公可知，不特『環滁皆山』句數易稿而就也。」梁茝林稱朱梅崖「每一文成，必粘稿於壁，逐日熟視，輒去十餘字，旬日以後至萬無可去而後脱稿示人」。此逐時逐文勇改之説也。陸清河言作文輒自云佳年時間復捐棄之。宋祁自謂「爲文似蘧瑗年六十始知五十九年之非」，又云「每見舊所作文，憎之，必欲燒棄」。梅堯叟之於詩亦然。朱弁《曲洧舊聞》云：「大匠不示人以璞，蓋恐人見其斧鑿痕也。」黄魯直於相國寺得宋子京《唐史》稿一册，歸而熟觀之，自是文章日進，見其竄易句字與初造意不同而識其用意所起故也。陳勾山因此遂謂酷愛讀前輩鈔本詩文而出自其後人之手，尤樂爲崇闡俾暴於世，是蓋有説焉。古人留世之作，或數十易稿。如杜、韓、白、蘇之徒，其生時但有墨迹，别無雕本，在宋初猶有見老杜淡墨改本者。唯深知斯道之難，故常不自信。不自信則用心苦，用心苦則其詞工。故凡出自門徒執友及其子孫之所藏，多有可觀。蘇明允自稱：「生二十五始知讀書，視同列者皆不勝己，而遂以爲可。其後困益甚，乃取古人之文讀之，始覺其出言用意與己大别。由是盡燒曩時所爲文數百篇，取《論》、《孟》、韓子及他聖賢之文，兀然終日讀之七八年，久之胸中豁然以明。」又子由文字晚年屢加刊定。魯直晚年多改前作。《寓簡》稱歐公晚年自竄定生平所爲文，用意甚苦，夫人止之，公稱怕後生笑。陳師道三十一見黄魯直，盡焚其稿。鄭梁亦三十一見黄宗羲，其文以見黄後爲斷。李塨從顔元學古文，盡棄其少作，而王源又爲改訂其文。惲子居謂「伐石之詞，古者文人集中所刻時與石本不同，皆由年力俱進，積漸更定，故致如此」。《松陵文録》中有周篆《文沙》一篇，謂「凡金必鎔之又鎔然後稱兼，則金未嘗無汰之道也，况於沙乎？余之文，其皆沙歟，其皆無金之沙與。沙之無金者，亦從既汰而後知耳，若其初，則固與産金者等也。姑積以俟異日之汰，庸何傷？作《文沙》」。此於勇改得進步後，或自回視故步，或竊他人故步而積時積文以得之，或徑以晚歲學力堅定後之論定爲率者也。《清波雜志》稱東坡教諸子作文，「或詞多而意寡，或虚字少實字多，皆批論之」。此又名家改他人文之法也。

魯直看《唐史》稿而文日進之説，吾觀翁覃溪論詩，其論與此通。翁云：「篇成之後，渾然不覺，要在聽之於未發聲之初，求之於未著色之始，則得之矣。白香山曰：『劚石破山先觀鑱迹，發矢中的兼聽弦聲。』此不傳之秘也。良工不示人以璞，若良工遇良工，示以璞何傷？」此真造微之論也。陳石士《寄姚先生書》稱「覃溪先生諄諄以古義相勗，因述曩與夫子詩酒過從，又常作古文會，想見前輩風流」。姚氏在京曾立古文會，今人少知之者。然其用意無非取切磋之益也。

姚石甫《識小録》謂文字當從友朋改竄，然唐牛僧孺以詩謁劉夢得，劉爲飛筆點竄。牛深憾之，爲相後，與夢得詩始吐其怨。劉大愧，答詩，牛意稍解。揭曼碩以詩不平虞道園，拂衣竟去，虞以詩寄之，亦不答。此猶不過彼此爭名之見耳。其甚乃至如李于鱗之絶謝茂秦，章揚之絶艾千子，隙末凶終，皆由於此。此又以友朋改竄而彼此兩無益。是亦不可不知者也。

雖然，又有一境焉。前人尤有勇於不改者，則以其關於公理，有未可旁徇也。葉水心所謂「趨捨一心之信，否臧百世之公」，何義門所謂「欲爲古之文，必先由古之道」是也。《林下偶談》謂：「前輩爲文，雖或爲流俗嗤點，然不肯輒輕改。蓋意趣規模已定，輕重抑揚已不苟，難於遷就投合也。歐公作《范公碑》，其子堯夫不樂，欲删改，公不從。又作《尹師魯銘文》，或以爲不盡然，公怒，至貽書他人，深數責之。荆公作《錢公輔母銘》，錢欲有所增損，公答之甚詳，曰：『鄙文自有意義，不可改也。』」《猗覺寮雜記》舉歐、王此二文，謂「凡文合于古，則不免世俗譏評也」。東坡作《王晉卿墨繪堂記》，王嫌所引非美事，請改之。坡云：『不使則已。』即不當改。水心作《汪勃墓志》，汪之孫不樂，請改。水心不從。請益力，終不從。」方望溪爲《孫徵君傳》，至貽書孫以寧自述義法，引歐之志尹、韓之志李元賓自解，乞其勿易。程若韓乞志於望溪，於其文欲有所增。望溪復書，請其置此而别求能者。姚姬傳志袁枚，惲子居志金光悌，各有書以明意。惲氏作《裘恭勤墓志》，作書與裘春州，謂「于文襄所作《文達墓志》乃墓表體，袁子才所作《文達神道碑》又雜墓志體，其間書法不合者甚多。而已作《恭勤志》，其書法以墨圈别之，仍標義於行首」。其不苟如此。王宏撰《答康孟謀書》稱：「爾來志墓之文，譽人必力，無善不備。求合求者之意，其人之真或不見。譬如丹青貌人，雖美弗肖。文不古，莫此爲甚。荆川、震川之作，庶幾少有古法。尊君行狀，雖微必舉，此自孝子之心。而鄙作或留或删，亦各有説，不敢泛爲，以負知己，則可自信。惟姻戚書名，牽詡官閥，未嘗免俗耳。」路閏生爲人銘墓，其人易文首「君」字爲「先生」二字，則復書責之曰：「墓志題首文内稱謂，由撰文者酌定，非仁人孝子之所自爲也。」惲氏又云：「墓表之法止表數大事，視神道碑、廟碑體不同，視墓志銘體亦不同。墓志銘可言情、言小事，表斷不可。神道碑、廟碑，凡崇宏寬博之言皆可揄揚，墓表必發明實事。故墓表之善最難。昔歐公志尹河南，不知者頗有他説。歐公至爲文力辨。」此于四者之中別析其體如此。龔定庵《答人求墓銘書》謂：「求藏幽之文悄戚而來者，亦戚而應之。乃乞者之詞曰：或錫之誄，或錫之傳，或錫之志銘。其易而無擇若是，今吾子諉責不忍爲志銘，謹撰上墓表。」此又別其用情如此。皆作此等文不苟之證也。曾文正嘗以捐資摘文中名字戲吳南屏。此皆自信之深，以不改見其非苟。其例多屬紀事之文，綴文者宜知之。

又攷紀事之文，間亦有改者。《老學庵筆記》：「荆公作《沈文通墓志》云『公雖不常讀書』，或規之曰：『渠乃狀元。此語得無過乎？』乃改『讀書』作『視書』」。是其證。又有改他人紀事之文者。馮氏景爲《烈女孫秀姑傳》，嚴元照曾爲之增删塗改，刊所著《悔庵學文》中，書以原本，而注改本於每句下。互參之，可得文家鐫改比較之法。更取王元啓校正韓氏《朝邑志》在顧氏《小小石山房叢書》中。究覽之，可得文家鐫改法及紀事文之義法。文以勇改爲佳，亦有一成不變者。如古所稱王粲、阮踽敏捷之流。又有創造於腹，及落紙便不改易者。若王勃、楊億之流。各有機括，不能一概論也。

勇改之外尤有删之一境焉。删之之法，魏叔子本《緯文瑣語》「文須去冗」立説，而别之爲五：一句中删字，一篇中删句，一集中删篇，其尤至者將作時删意，未作時删題。謂夫善爲文者，有所不必命之題，有不屑言之理也。此魏東房所以謂作文者善改不如善删，且由此可得學簡之法也。叔子嘗病姜西溟好意太多，不能割捨。亦是此意。吾謂勇改者不過於作成時即易稿，其益見在即得，而善删之境必過時而始獲之，作文者又當需以歲月進步之後，未可與勇改同年而論者也。《玉海》云：「後山携所作謁南豐，因留款語。適欲作一文字，事多，因託後山爲之，成，數百言。南豐曰：『大畧也好，只是冗字多。』因請改。南豐就坐取筆，抹數處，每抹去連一兩行，凡削去一二百字，則其意尤完。」朱子嘗引此以示輔廣。此善删之法也。

其不能勇改之文往往發見一種疵病。明戴鱀有匄請者輒伸紙濡毫應之，故集中諸作多傷率易。錢福之文以敏捷見長，故委巷鄙俚之詞率以歸之。李維楨作文，應求無虚日，牽率之作過多，不特文格卑冗，並事實亦未可徵信。李開先作文，隨筆揮灑，一篇或至數千言，故終不能奪何、李之壇坫。余懋衡《關中集》四閱月成帙，自嗤有紙墨未乾輒規規失之語。侯方域刻集時，集中未脱稿者，一夕補綴立就，故集中多不經意處。陳玉璂詩文，旬日之間動至盈尺，世稱其貪多務博。凡此或以多作而不能勇改，或以鬬捷而不能勇改，或出於速成而無從勇改，遂以發生種種疵病，皆周昂所謂「工於外而拙於内之文，可以驚四筵而不可以適獨坐，可以取口稱而不可以得首肯」者也。案：此爲金周昂之論，與所云「文以意爲主」之説，《談龍録》亟佩之。又《藏海詩話》云：「凡裝點者好在外，初讀之似好，再三讀之則無味。要當以意爲主，輔之以華麗，則中邊皆甜也。裝點者，外腴而中枯也。」亦以内外分優劣者也。

凡文之不受鎸改者，其病尤深，乃文之至下劣者。吴可《藏海詩話》云：「畫山水有無形病，有有形病。有形病者易醫，無形病則不能醫。詩家亦然。凡可以指瑕鎸改者，有形病也。混然不可指摘不受鎸改者，無形之病也，不可醫也。詩境如此，文家亦然。」《詩人玉屑》云：「陳參政去非少學詩於崔（鷃）〔鶠〕德符，嘗問作詩之要，崔曰：『凡作詩工拙未要論，大要忌俗而已。』」蓋不受鎸改之文，其病雖多，大要總不出乎俗之一字也。

一宜詢討流傳，以究訣法。李紱《穆堂别稿·秋山論文》曰：「爲文須有講貫師授，乃不誤于邪徑。讀經傳及古人書而能自得師者，乃文章中豪傑之士，若唐之昌黎、宋之廬陵兩人而已。其餘則皆有師。唐之文多師韓，宋之文多師歐。」《睿吾樓文話》曰：「韓昌黎氏云：『其用功深者，其收名也遠。』葉岑樓曰：『用功何在？在得其訣耳。』孫可之云：『樵嘗得爲文真訣於來無擇，無擇得之於皇甫持正，持正得之於韓吏部退之。』」案：汪師韓《孫文志疑》云：「此語既見於《王霖書》，又見於《與友論文書》。得之真訣語見於《寓居對》，又見於《自序》。蓋其僞撰，出自宋人。」是不信此語之説也。《藝概》云：「孫可之《與友人論文書》云：『詞必高然後爲奇，意必深然後爲工。』如斯宗旨，其即可之得之無擇、無擇得之持正者耶？」又云：「文得昌黎之傳者，李習之精于理，皇甫持正鍊于辭。習之一宗，直爲北宋名家發源之始。而祖述持正者，則自孫可之後已罕聞成家矣。」則信此語之説也。此言所得在口耳相傳之訣也。歸震川以所輯韓柳之文授其同年詹仰庇，仰庇又以授其友黄鳴岐。此以點次論定之訣法鈔録相傳授也。案：此説亦見於詹氏《文章指南序》。是選凡百十八篇，實不止韓柳兩家文也。《四庫提要》但據詹序述之耳。桐城文家重師承，其意如此。《藏海詩話》云：「何頡嘗見陳無己，李廌嘗見東坡，二人文字所以過人。若崔德符、陳叔易恐無師法也。」文重師法，而又須以親見其人爲斷，其證又如此。閻氏潛丘曰：「古人文多口訣，未嘗筆諸書，故卒難曉。要在讀書者善體會耳。」此言宜求古人不傳之訣於緒論也。蓋古今好奇之士，往往秘其所有，不欲使人知之。如蔡邕枕秘《論衡》，蘇洵藏弆《國策》，昌黎步趨《孟子》，或追子長，而生平論説獨推卿、雲而略子長。老泉所謂抑遏蔽掩，不使自露者也。惟其如是，故文訣多不傳。宋樓迂齋亦有《崇古文訣》之書，則標抹以示人者。而吕東萊、真西山、周應龍、謝疊山咸有此作，皆屬批評法律之書，與相傳之訣不同。然世遠風微，非求之此類亦無從下手。南宋劉錦文有《答策秘訣》以明對策之活法，則又屬文法格式之書，與相傳之訣又别。元倪士毅《作義要訣》亦言科舉文者，而非言古文也。葉氏爲《睿吾樓文話》，摭古人之名論，謂將使人因話而用功，因用功而得訣。是爲古文必宜自求真訣也明矣。《文史通義》謂震川《五色史記録本》，「世號爲古文秘傳，爲古文者珍重授受而不輕示人」，《復堂日記》稱歸評《史記》，「桐城古文家主張之，孫琴西、王少鶴以爲枕秘」，皆此類也。

孟超然《瓶庵居士文鈔·書張北拱遺文後》云：「温陵張北拱，名星徽，爲文務開闔張弛，尤喜《左》、《史》、《戰國策》，著述甚富。其行世者有《天下要書》、即《國策》。《四傳管窺》、《歷代名臣傳》諸書。其所爲古文，風發泉湧，亦頗喜余文。時余甫弱冠，喜讀廬陵文，北拱輒勸余讀《史記》、《國策》，每曰：『吾生平讀書作文，惟以「奇正互用，明暗相參」八字爲信陵君之袖裏兵符。』余時心善其言而不能用也。」此則立八字爲自求訣法之事也。

又案宋人得文訣又有兩種悟入法：一、王正德《餘師録》引曾子固逸事云：「陳后山初携文卷見南豐先生。先生覽之，問曰：『曾讀《史記》否？』后山對曰：『自幼年即讀之矣。』南豐曰：『不然，要當且置他書，熟讀《史記》三兩年爾。』如南豐之言讀之。後再以文卷見南豐，南豐曰：『如是足也。』」此於讀文中得師傳之訣者也。二、秦會之示孫云：「曾南豐辟陳無己、邢和叔爲英宗皇帝實録檢討官。初呈稿，無己便蒙許可。至邢乃遭横筆，又微聲數稱亂道。邢尚氣，跽以請曰：『願善誘。』南豐笑曰：『措詞自有律令，一不當即是亂道。請公讀，試爲公櫽括。』邢疾讀至百餘字，南豐曰：『少止。』涉筆書數句。邢復讀，南豐應口以書，畧不經意。既畢，授歸就編。歸閲數十過，終不能有所增損，始大服。自爾識關鍵，以文章軒輊諸公間。」此於改文中得師傳之訣也。此二法皆出於南豐，則南豐之訣亦大畧可思矣。

前人悟文家之訣大率更有二種：一即翁覃溪所稱杜公所云之「鍼綫迹」、白香山所稱之

「鑱迹」，良工未琢之璞，由其下手之處與其塗改之稿本參之，可以得訣。此一法也。一明季與國初人則以大家評選之本以參見秘訣，故當時選家輒斤斤於此，觀吕葆中所爲《晚村八家古文精選・凡例》可見，其言曰：「選本用評點，在宋惟吕東萊之《關鍵》、樓迂齋之《崇古文訣》、謝疊山之《軌範》而已。近世如茅鹿門《文鈔》，鉤勒點綴之法略備。相傳《文鈔》本子出自荆川，故有淵源。但其中有甚紕繆爲世所指摘者，或茅後人所爲也。董載臣語余云曾見荆川手批《文章正宗》，其中數篇與《文鈔》看法脗合。可證其説。然荆川《文編》，其評點反甚率略，不可曉。但其偶著一二語處必中肯綮，爲不可及。其他若孫月峯、鍾伯敬之屬，則竟是批時文腔子，古法盡亡矣。」案此可見當時互相承用之本率荆川之緒論。近則承用者在姚氏之《類纂》。此又一法也。又荆川有《評點漢書》，葉氏敦夙好齋曾藏有臨本，今歸簡學齋陳氏，余曾見之，惜未臨一本也。武昌張氏刻有歸、方《評點史記》，極佳，可以姚姬傳《評點漢書》配之。此外方望溪有《古文約選》，劉海峯亦有《古文約選》、又有《八家文鈔百篇》，姚有《類纂》，梅有《古文詞畧》，曾有《雜鈔》。以姚選爲最適中，張廉卿、吳摯甫有評本。曾文正文集，其門人皆傳鈔之。又馬通伯有望溪《評點柳文》，惜在都時未臨一過，武昌饒竹蓀有臨本。

一宜於至簡之中頓觸心悟。《欒城遺言》曰：「申包胥哭秦庭一章，子瞻誦之得爲文之法。」朱弁謂黄魯直因宋子京舊稿而文章日進。《義門讀〔書〕記》云：「歐公文從修《五代史》處極有得力。」吕居仁云：「老蘇自言升裏轉斗裏量，因聞此語遂悟文章妙處。」《朱子語類》謂：「南豐令後山一年看《伯夷傳》，後自然能悟文法。」故王深寧謂「後山得文法於《伯夷傳》」。陳善云：「因學琴而得爲文之法，其妙在掩抑頓挫。」《藝苑巵言》云：「文之與詩固異象，同則孔門一，唯曹溪汗下後，信手拈來，無非妙境。」曾文正温《召誥》、《無逸》、《吕刑》，自云：「若有所會。」因讀劉、辛詞而大悟韓文之妙。劉氏《藝概》云：「文家得力處，人不能識。如東坡《表忠觀碑》，王荆公問坐客畢竟似子長何語，坐客悚然是也。案：是説章實齋《文史通義》已深譏之。用力處人不能解。如歐陽公欲作文，先誦《史記·日者傳》是也。」此爲至簡中自悟文境者。李習之《與陸傪書》謂嘗書昌黎之《獲麟解》。孫可之《與王霖書》又盛稱《進學解》。東坡嘗教學者熟讀《國風》與《離騷》，謂曲折盡在是，又令人讀《檀弓》上下篇。朱梅崖謂二蘇於文似無所解，其勸人熟讀《檀弓》皆大言爲欺，不可信。黄魯直亦教人熟讀《離騷》，觀古人用意曲折處。蘇欒城謂班固諸叙可以爲作文法式。宋景文謂《文選》手鈔三過方見佳處。朱子云：「東萊教人作文當看《獲麟解》也，是其間多曲折處。」《退庵隨筆》引朱子語稍異，謂朱子嘗言文須錯綜見意，曲折生姿。李習之嘗教人看韓公《獲麟解》，一句一轉，可悟作文之法。而不教人看《原道》，以其稍直也。《示兒編》稱謝昌國少時讀昌黎文，得四字取爲文法，平生用不盡。因請其法，曰：「奇而法，正而葩。」《易》、《詩》之體盡在是矣。文體亦不過是。然文貴乎奇，過於奇則艷，故濟之以法。文貴乎正，過於正則樸，故濟之以葩。奇而有法度，正而有葩華，兩濟不偏勝，則古作者不難到。《螢雪叢説》稱徐積因讀《史記・貨殖傳》，見「人棄我取，人取我與」，遂悟作文之法。《佔畢叢談》謂徐氏之法無他，吐棄凡近是也。凡文帶俗豔便是凡夫吐屬，其存於中者已可概見。若張融之不肯寄人籬下，祖瑩之不能共人同生活，元稹之絶無烟火氣，豈非豪傑之士卓然自立者乎！人未有貪常襲故而能名一家之言者也。孫穀詳《野老紀聞》稱東坡《三馬贊》「振鬣長鳴，萬馬皆喑」皆記不傳之妙，學者能涵咏此等語自然有入處。何義門謂讀歐文當從子固《祭歐文》「絶去刀尺」四語求之。此爲教人於至簡中悟文境者。張蒙泉九思《書震川文後》謂：「荆川自謂爲文苦心，只一開一闔道盡。茅鹿門稱行文在布勢，勢者一篇呼吸之概也。皆論文之要也。予嘗讀書中山，見白雲往來，因悟『卷舒』二字，爲之説曰：開闔者，機也。呼吸者，勢也。卷舒者，化也。開之闔之，其樞乎。呼之翕之，其息乎。倏而卷、倏而舒者，其爲靈於太虚乎，爲求其所以至此而不得也。乃今觀熙甫先生之文，而於余所以悟之者其在斯乎。」此又於文外得悟境者也。姚姬傳謂：「文家之事大似禪悟，觀人評論圈點皆是借徑，一旦豁然有得，呵佛罵祖，無不可者。此中有真實境地，必不疑於狂肆妄言，未證爲證者也。」又曰：「文章之事有可言喻者，有不可言喻者。不可言喻者，要必自可言喻者而入之。韓柳歐蘇所言論文之旨，彼固無欺人之語，後之論文者豈能更有以踰之哉？若夫其不可言喻者，則在乎久爲之自得而已。震川閲本《史記》於學文者最爲有益，圈點處啓發人意，有愈於解説者矣，可借一部臨之熟讀，必有大勝處。」又曰：「《古文詞類纂》，閲之便可知門徑。若夫超然自得，不從門入，此非言説可喻，在乎妙悟矣。」又曰：「詩文與禪家相似，須由悟入，非語言所能傳。然既悟後則返觀昔人所論文章之事，極是明了也。欲悟亦無他法，熟讀精思而已。」案：阮亭以禪悟言詩，姬傳以禪悟言文，兩家用意，高尚畧同，故羣推爲正宗。吾嘗謂袁倉山以王與方並稱，不如王與姚並稱，蓋此意也。又《宋咸熙詩話》：「耐冷談述姬傳先生嘗見謂曰：『聖人之學至一化字而極。』孟子曰：『化而不可知之之謂神。』其於文也亦然。古來學《國策》者何嘗竟似《國策》，學《史記》者何嘗竟似《史記》。方望溪之文學歸震川，何嘗竟似震川。蓋化之也。不化不足以超凡入聖也。先生古文如涉黄河，如登泰岱，無津涯谿徑可循。詩亦幾於化境。」此以一「化」字詮文，并以詮姚文，皆爲示人於至簡中領悟文法者。至《螢雪叢説》又分爲胸中活悟之法、紙上活悟之法，其言曰：「膠古人之陳迹而不能點化其語句，此乃死法。蒙於伊川説『鳶飛魚躍，天上更有天，淵中更有地』，得胸中之活法。《鶴林玉露》曰：「古人觀理每於活處看，故《詩》曰：『鳶飛戾天，魚躍於淵。』夫子曰：『逝者如斯夫，不舍晝夜。』又曰：『山梁雌雉，時哉時哉。』孟子曰：『觀水有術，必觀其瀾。』又曰：『源泉混混，不舍晝夜。』明道不除窗前草，欲觀其意思與一般自家。又養小魚，欲觀其自得意，皆是於活處看，故曰：『觀我生，觀其生。』又曰：『復其見天地之心。』學者能如是觀理，胸襟不患不開闊，氣象不患不和平。」案：羅氏此説屬於興象一路，皆可爲求胸中活法之注脚也。又於吴處厚作《翦刀賦》，因看游鱗頓悟活字，吕居仁《序江西宗派詩》：『若靈均自得之忽然有入，然後惟意所出，萬變不窮，得紙上之活法。』楊誠齋從而序之，又申其旨，亦以學者屬文當優游饜飫以悟活法。」《野老紀聞》云：「作詩文若不得其道，則千詩一詩，千句一句，自少壯至老熟猶日暮也。居仁之於詩，每一見一變，至於今駸駸乎其未已。此豈偶然哉？以是知詩有活法。不知研求，徒講究奪胎换骨者末矣。」《江西詩社宗派圖録》。又紫微公吕本中作《夏均父集序》云：「學詩當識活法。所謂活法者，規矩備具而能出於規矩之外，變化不測而亦不背於規矩也。是道也，蓋有定法而無定法，無定法而有定法。知是者，則可以與語活法矣。謝玄暉有言：『好詩流轉圜美如彈丸。』此真活法也。」劉克莊曰：「近時學者往往誤認彈丸之喻而趨於易，故放翁詩云：『彈丸之論方誤人。』又朱文公云：『紫微論詩欲字字響，其晚年詩多啞了。』然則觀《均父集序》則知彈丸之語非主於易，以文公語驗之，則所謂字字響者。果不可以退惰矣。」《江西詩派小序》。吴文溥《南野草堂筆記》云：「盈天地間皆活機也，無有死法。推之事事物物，總具活相，死則無事無物矣。所以僧家參活禪，兵家布活陣，國手算活著，畫工點活睛，曲師填活譜。乃至玉石之質，理活則玲；山水之致，趣活則勝。故曰：『鳶飛戾天，魚躍於淵。』操觚之士，文心活潑，水流花開，難以喻其微妙。」此皆闡文詩活法之論也。至嚴滄浪論詩又分爲分限之悟、透澈之悟、一知半解之悟，其《詩話》曰：「禪道惟在妙悟，詩道亦在妙悟。惟悟乃爲當行，乃爲本色。然悟有淺深，有分限之悟，有透澈之悟，有但得一知半解之悟。漢魏尚矣，不假悟也。陶、謝至盛唐諸公，透徹之悟也。他雖有悟者，皆非第一義也。」詩有此三種悟境，吾謂文亦有之。范晞文《對牀夜語》引姜白石云：「文以文而工，不以文而妙，然舍文無妙，聖處要自悟。」蓋文章之高下隨其所悟之深淺。若看破此理，一味妙悟，則徑超直造，四無窒礙，古人即我，我即古人也。學者精修之餘觸以此境，則與《呂氏蒙訓》所言「作文要悟入處，悟入必自工夫中來，非僥倖可得」之説自脗合矣。某書載西人牛頓爲一事既倦，更爲他事以新精神，卒因樹果墮地而悟吸力。達爾搖尼學跳舞術，疲極氣絶，醒而復習，其業之大進即由此時。是悟境無不生於艱苦之後也。

仇兆鰲序山陰章大來《後甲集》云：「鐵崖之序《潛溪集》曰：『文之師者性也，性之師者道也，道之師者先王先聖也，未嘗以某代家數爲吾文之宗，某人格律爲吾文之體。』而陳仲衆之序又曰：『文必傳諸師。』因溯源於黄、柳，又上溯東萊。蓋吾浙東先達之論如此。合二説以觀，學之不可無心得，而又不可無師承也審矣。」据此，則傳訣與心悟蓋文家不可一廢者也。

以禪悟論文，其先開自明季遺老，徐俟齋《居易堂集・答退翁書》曰：「復承以禪論文，『如曹山不借，臨濟無依，雲門闢機。惟能不借，斯成至文』，誠至論矣。愚則更謂真能不借，則盡借而無害矣；能無依，則重依而無累矣；能闢機，則循門守轍而自成機軸矣。故惟太史公可以盡借《國策》、《世本》，而不貶其爲《史記》；惟蘭臺可以盡借《史記》，而無累其爲《漢書》。蓋惟能盡借而無害，方成其爲真不借也。」厥後自姚氏外，賡其説者尤有惲子居《大雲山房言事・與舒白香》曰：「文章之事，工部所謂天成。著力雕刻，便覿面千里。儷體尚然，何況散行。然此事如禪宗箍桶脱落、布袋打失之後，信口接機，頭頭是道，無一滴水外散，乃爲天成。若未到此境界，一鬆便屬亂統矣。是以敬觀古今之文，越天成越有法度。案：惲此旨仍沿徐氏《答退翁書》之意，其説曰：「惟古於詞必己出。吾并謂苟造其極，何必古人。真能叙事便是馬、班，真能修詞便是《檀》、《左》，真能訓詞深厚便是典、謨，真能詠歌盛德便是雅、頌，亦何法之可循。而不知真能叙事必合班、馬，真能修辭必合《檀》、《左》，真能訓詞深厚、詠歌盛德必合典、謨、雅、頌，何也？是實有不易之體，古人已立其極，而吾不能出其範圍也。」此惲説之所本也。如《史記》，千古以爲疎闊，而柳子厚獨以潔許之。今讀《伯夷》、《屈原》等列傳，重疊拉雜，及删其一字一句，則其意不全，可見古人所得矣。至所謂疎古乃通身枝葉扶疎，氣象渾雅，非不檢之謂也。敬於此事如禪宗看話頭，參知識蓋三十年，惜鈍根所得不過如此。」又《與秦省吾》曰：「此事如參禪，必死心方有進步，所謂絶後再蘇，欺君子不得。若止於行墨中求之，則章子厚日臨《蘭亭》一本，書格能不日下耶。」姚氏言悟後呵佛罵祖無不可，惲言悟後信口接機，頭頭是道。其用意一也。至姚之所謂可言喻者，即惲所云著力。姚所謂不可言喻者，即惲所云天成也。詩家自滄浪主禪悟外，《詩人玉屑》復暢之，其引《復齋閒記》：趙章泉次韻詩曰：「學詩渾似學參禪，要保心傳與耳傳。秋菊春蘭寧易地，清風明月本同天。」「學詩渾似學參禪，束縛寧論句與聯。四海九州何歷歷，千秋萬歲孰傳傳。」吳思道曰：「學詩渾似學參禪，竹榻蒲團不計年。直待自家都了得，等閒拈出便超然。」「學詩渾似學參禪，頭上安頭不足傳。跳出少陵窠臼外，丈夫志氣本衝天。」「學詩渾似學參禪，自古圓成有幾聯。春草池塘一句子，驚天動地至今傳。」龔聖任曰：「學詩渾似學參禪，悟了方知歲是年。點鐵成金猶是妄，高山流水自依然。」「學詩渾似學參禪，語可安排意莫傳。會意即超聲律界，不須鍊石補青天。」「學詩渾似學參禪，幾許搜腸覓句聯。欲識少陵奇絶處，初無言句與人傳。」俞氏《消夏録》引史彌寧《友林乙稿·詩禪》云：「詩家活法類禪機，悟去工夫誰得知。尋著這些關棙子，《國風》《雅》《頌》不難追。」此亦可見宋人詩禪之説盛行也。

大抵頓悟之境，前人已歷踐者，無論爲漢學爲宋學，爲程朱爲陸王，在文家無論爲時文爲散文，多有此類證驗。蓋專一積久後自然湧現之塗轍也。盛百二《柚堂續筆談》曰：「頓悟之學非獨禪家有也。朱子云：『陳烈先生苦無記性，一日讀《孟子》「學問之道無他，求其放心而已矣」，忽悟曰：「我心不曾收得，如何記得書。」遂閉門靜坐不讀書百餘日以收放心，卻去讀書，遂一覽無遺。』淄川國盛，明正統戊辰進士，仕至右通政。本農家子，年二十六未識字，以應役爲官長所鞭，遂求讀書。父母不許，廢寢食涕泣不已，因令就村夫子學，日讀十餘字，必千徧始能成誦。以手摹案，棱爲之刓敝，然好之愈篤，以次畢《四書》《五經》，略曉文義，遂效他人作文，師頗厭之，而不可禁。又年餘，忽撫案大笑曰：『文章不過如此耳。』命題援筆立就，自此記誦亦過目不遺。閻百詩先生資性甚鈍，讀書千百徧猶未熟。十五歲時，冬夜讀書，心有所疑，憤發不寐，漏四下，堅坐沉思，心忽開朗，如門牖洞闢，屏障壁落一時盡撤。自是穎悟異常。然頓悟未有不由於漸者，所以貴於真積力久，不是憑空過了十年，忽然摸著鼻孔也。」又鈕琇《觚賸續編》云：「吴門彭修撰定求幼奉乩仙甚謹，父雲客嚴禁之，終莫能奪。簶練既久，遂能通神，廢乩運腕，不假思索。始爲詩文，繼爲制藝，隨筆疾書，悉成佳搆。棘闈獲售，用此技也。

有得其經義秘本者，内有硃書『元君許我必中丙辰會狀』十字。所謂元君者，豈所奉之乩仙耶？或云乩仙是前朝進士松江杜徵麟。」又汪燦《懿行編》云：「唐荆川於戊子年正月讀書，一切紛華雜事絶不攖情，終日坐想題目，飯至，呼之常不應。閱四月而舉業大成矣。瞿昆湖坐五柳堂，終日作文，未及百日，見水流風動，草長花開，恍然見文機發見，是年遂登科。明年及第。熊次侯在西山靜坐一年，後連日作文百日，文章傑邁，遂魁天下。」案：所云陳烈，即宋儒之爲洛學者。閻百詩即爲漢學者。其他皆爲時文者也。彭南畇之學兼程朱陸王並及禪宗，其奉乩籙即近日所傳鍊筆籙之説，又用之詩文時文，無不宜矣。故學問之事，有由學入者，有由思入者。此諸人蓋由思入之法。凡由思入者，其悟必鋭。許魯齋教人讀經，先於經文反覆求其意義，不得再及傳注。程子讀史到一半便掩卷思量，料其成敗。崔東壁之父闇齋教人治經不使先觀傳注，無非從思路以求悟之法，皆可通之究文者也。汪氏所述亦見唐彪《讀書作文譜》。

鄭光祖《一斑録》云：「前朝文人有鍊筆籙者，其術須鍊四十九日苦功乃成。每作文，一凝思而神至，如醉如迷，迅筆無停，倏忽成篇，不假思索。文之機調書卷皆若人所知所能，而完善出色則神之助也。但能此術者，相傳不得應試。教授生徒，雖窗課衆多，判改如飛也。然亦有因人質鈍而致神之不文者。」按此術吾嘗聞之先輩云：「鍊時并可立定名家中某人，鍊成則作文時能致某人之神，而文即似之。」即上文所引鈕琇所云長洲彭定求以錬筆籙掇巍科，其仙爲松江進士杜徵麟者可證也。《三借廬筆談》亦稱「舉業家所謂筆籙錬之者，臨場神速，其事甚神異」，皆速而且神之證，無非熟錬生悟也。《一斑錄》又云：「扶乩一因乎當乩者之靈以爲靈，生平見過之書實已就忘，乩神能搜人心曲，引用而出。凡人作詩文，搆思非易。乩因人靈，則不假思索，竟有完善出色者。」又前所述盛氏《筆談》又稱「蓉江士人每日焚香拜魁星，一日伏地，夢魁星以劍刺其心，自是文思沛然」，同一奇異。據此觀之，則凡世之所謂筆籙與扶乩者，特錬習既久，忽然入妙，心中之靈與物中之靈相湊而異狀斯呈。然則此事正不必歸之迷信，直是從迷溺專一後而極熟，極熟後而生頓悟之境界耳。筆籙與扶乩，大雅不道，吾則以爲其有助於悟文術一而已。案李榕村《孝子王原傳論》曰：「夫神惟不能離人而孤行，故必待其力之盡誠之極，然後幽明響應。此鬼神之情狀也。」黄虎癡《讀文筆得》引之曰：「從來論鬼神無如此精切者。」余所引諸家學文人神諸案據舉可以此理釋之也。

一宜於至約之中自創心法。心法爲文士生平得力處，由頓悟以後，約之祇得一二字。欒城自謂「少時作文，要使心如旋床，大事大圓成，小事小圓轉，每句如珠圓」。此得力在一圓字者。袁克齋云：「昔人謂造物貴圓。凡所生之物，如果實雞卵之類，多是圓體。故道體本圓，不圓則非理。文章必圓，不圓則非文。」《佔畢叢談》。蔣岳麓《十室遺語》云：「門人王琳問作文如何而能圓足，曰：惟足而後能圓。如吹猪脬，其未圓者，氣未足也。氣盛，則言之短長高下皆宜。盛即足，宜即圓也。上文足則下文之或轉或接，都不喫力，一定之理也。」曾文正更賡此説，拓其意而大之，謂：「世人論文之語圓而藻麗者莫如徐、庾，而不知江、鮑則更圓，進之沈、任則亦圓，進之潘、陸則亦圓，又進而溯之東漢之班、張、崔、蔡則亦圓，又進而溯之西漢之賈、鼂、匡、劉則亦圓。至於馬遷、相如、子雲三人，可謂力趨險奧，不求圓適矣，而細讀之，亦未始不圓。至於昌黎，其志意直欲陵駕子長、卿、雲三人，戛戛獨造，力避圓熟矣，而久讀之，實無一字不圓，無一句不圓。若於古人文能從江、鮑、徐、庾四人之圓，步步上溯，直規卿、雲、馬、韓四人之圓，則無不可讀之古文，即無不可通之經史矣。」此以一「圓」字賅盡漢至唐人之文者。李文叔論文章之横云：「余嘗與宋遐叔言孟子之道，舉世莫當，何其横也！左丘明之於詞令亦甚横。漢後惟韓文李詩亦皆横者。近得眉山《篔簹谷記》、《經藏記》，又今世横文字也。夫其横，乃其自得而離俗絶蹊徑者。」此論前人得力在一「横」字者。皇甫湜《題浯溪頌》曰：「次山有文章，可惋只在碎。」魏泰謂其善評文。此惜次山得力在一「碎」字者。《讀書隅見》：「作記之法，《禹貢》是祖，馬第伯《封禪記》儀其體，雄渾莊雅，碎語如畫。柳子厚山水記，能曲折回旋作碎語。」皆以「碎」字評文者。至以水喻文勢，前人尤多。袁克齋謂「古人每以水喻文」，歷引坡公、昌黎、文潛之説爲證。《佔畢叢談》。老泉云：「風行水上涣，天下之至文也。」曾鞏《後耳目志》曰：「荆公謂歐公之文如決積水於千仞之溪，其清駛孰能禦之。」張文潛云：「江淮河海之水，達理之文也。」杜詩：「文章曹植波瀾闊。」東坡《雜説》曰：「吾爲文如萬斛泉源，不擇地皆可。平地滔滔汩汩，雖一日千里無難。及其與石山曲折，隨物賦形而不可知也。所可知者，常行於當行，止於不可〔不〕止。如是而已矣。」《麗澤文説》曰：「文鼓氣以壯勢而息，如川流迅激，必有洄洑逶迤。」按：此語本李德裕《窮愁志》。朱夏《答程伯大論文書》云：「古之爲文，非有意於文也，若風之於水，適相遭而文生也。故鼓之而爲濤，含之而爲漪，蹙之而爲縠，澄之而爲練，激之而爲珠璣，非水也，風也，二者適相遭而文生也。」《丹鉛總録》引李耆卿評文云：「韓如海，柳如江，歐如瀾，蘇如潮。」明王志堅選古文有《瀾編》、《瀆編》、《耦編》諸目，《瀾編》輯秦至元之文，《瀆編》輯八家之文，《耦編》專輯四六之文，又名《四六法海》。魏叔子《文瀫序》極發明以水喻文之旨。《藝概》云：「兵形象水，惟文亦然。水之發源、波瀾、歸宿，所以示文之始、中、終，不已喻乎。」皆於水勢得文境者。毛奇齡爲《毛稚黄墓志》稱述黄言謂：「文須具根柢。根柢者，如草本之有根核也。然而根柢無他，誠厚虚静而已矣。誠通天心，厚養元氣，虚則受益，静則生慧。誠厚虚静四字當記，文章本根當在乎是。每自頌之，爲作《文箴》云。」此以四字定文之本原者。程正夫爲盧德水《尊水園集序》云：「先生自評其文曰：『予四十年學文，只受用得一個快字。』余曰：『固也。先生之快，如秋隼擘雲，夏龍掣電，又如光風霽月之下，天水空明中攬柁懸帆，一夕千里。至先生四十年學道，亦只受用得一個真字也。』先生笑而不答。」此蓋以一「快」字狀文章之得力者。又蔣士銓《金德瑛行狀》述金之言曰：「文詞之要，古人所以不朽者，只一切字。切則日新而不窮。否將牽附粉飾，外彊中乾，貌腴神悴，苟知切之爲用，則變化卷舒，象外箇中，開闢無盡。第各就學識才分成其大小。若浮誇以侈規模，狹隘以詡矜貴，是皆虛車也。」此以一「切」字定文章之優劣者。亡友童愳南論文氣云：「下手在一難字，成功在一真字。有精確訓詁之理在胸，有羣經之奥在心，乃能作真文字。文字歸宿不離一真字，有一分不真，即害事。」又云：「文氣最忌一鬧字。」又云：「吾以靈字觀古今作文者，不少概見。衆所謂靈非吾所謂靈也。李杜有靈字，韓亦有靈字，下此概未之見。」案：前人以「靈」字論文者，李德裕《文箴》曰：「文之爲物，自然靈氣，忽恍而來，不思而至。」黄與堅《論學三説》曰：「孤行直上，不假梯接，衆采俱空，萬籟俱寂，能於無聲無色中靈光炯出，雖一字句，可千百年。」章學誠曰：「《史記》體本蒼質，而司馬才大，故運之以輕靈。」皆與童説近。此則拈一字以明文章下手之方、歸宿之地，又拈一字以明文章之忌，以一字評定古人之文，條理尤密矣。案：此即西人彌勒約翰所發明之歸納法也。歸納法者，叩萬殊以求一本。其法以試驗爲基礎，積試驗以爲試驗，積歸納以爲歸納，而此法之妙得矣。

然文家亦有不求之於心，不求之於文，而求之於物，亦有助於文章者。如張説文得江山之助，李翰爲文苦澀思涸則奏樂，神全則綴文。《震澤長語》亦稱子厚之文，至永益工，爲得山水之助。竇克勤稱劉榛詩賦古文詞率得之躬行閲歷之實學。閻紹世稱姬履泰借風帆沙鳥助文心。然則文家亦有一種唯物之宗向矣。《詩人玉屑》云：「詩之有思，卒然遇之而莫遏；有物敗之，則失之矣。故昔人言覃思、垂思、抒思之類，皆欲其思之來。而所謂亂思、蕩思者，言敗之者易也。鄭綮詩思在灞橋風雪中驢子上。唐求詩所游歷不出二百里。則所謂思者，豈尋常咫尺之間所能發哉？前輩論詩思多生於杳冥寂寞之境，而志意所如，往往出乎埃壒之外。苟能如是，於詩亦庶幾矣。謝無逸問潘大臨：『近曾作詩否？』潘云：『秋來日日是詩思，昨日捉筆，得「滿城風雨近重陽」之句，忽催租人至，令人意敗，以此一句奉寄。』亦可見思難而易敗也。」

《碧溪詩話》：「書史蓄胸中而氣味入於冠裾，山川歷目前而英靈助於文字。太史公南游北涉，信非徒然。觀杜老《壯游》云『東下姑蘇臺，已具浮海航。到今有遺恨，不得窮扶桑』，其豪氣逸韻可以想見。序《太白集》者稱其『隱岷山，居襄漢，南游江淮，觀雲夢，去，之齊、魯，之吳，之梁，北抵趙、魏、燕、晉，西涉岐、邠，徙金陵，上潯陽，流夜郎，泛洞庭，上巫峽』。白自序亦曰：『偶乘扁舟，一日千里，或遇勝景，終年不移。』其恣横採覽，非其狂也。使二公穩坐書中，何以垂不朽如此哉？燕公得助於江山，鄭綮謂相府非灞橋那得詩思？非虛語也。」近人謂韓退之論柳子厚文亦如此。蘇子由《上韓太尉書》自稱：「生十九年居家，所與游者不過鄰里鄉黨之人，所見不過數百里之間，無高山大野可登覽以自廣。百氏之書雖無所不讀，然皆古人之陳迹，不足以激發其志氣。恐遂汩没，故決然舍去，求天下之奇文壯觀以知天地之廣大。過秦漢之故都，恣觀終南、嵩嶽之高，北顧黄河之奔流，慨然想見古之豪傑。至京師，仰觀天子宮闕之壯與倉廩府庫城池苑囿之富且大也，而後知天下之巨麗。見翰林歐陽公，聽其議論之宏辯，觀其容貌之秀偉，與其門人賢士大夫游，而後知天下之文章聚於此也。」孟超然《缾庵居士文鈔·序陳紹先他山集》曰：「君早歲居吴越，涉江淮。中經憂患，航海而南，復以事出居庸關外。波濤關塞，險阻備嘗。公車以後，又客於齊，游於豫，山川之勝，舟車之勞，蓋無不觸於目而感發於心。故其得詩甚富，而與年俱進。昔龍門遊徧天下，文乃獨有千古，而潁濱蘇氏亦言觀於河嶽以養其氣。循是以觀，可以定君之爲詩矣。」此亦可爲得力於文字之外之一證也。茅順甫《與陳五嶽名文燭，沔陽州人。書》謂其「園林占雲夢江山之勝，互爲吞吐。綽約處固屬無盡，而又於天地間目得之而爲色、耳得之而爲聲、心神得之而坱圠無垠處，往往憑闌倚几，嘯傲乎其間。而世之善文章嫺賦詠者，並爲其鑱畫點次之」。李申耆謂「揣摩者利深入，瞻矚者利高覽。既能深入古人之室，乃出而覽光嶽之大概以廣其所見，其於思也過半矣」，皆求文於物之證也。

大抵文字得江山之助，有出於一時之偶觸者。袁氏《佔畢叢談》曰：「作文必有一段興致，觸景感物，適然相遭，遂造妙境。」楊維節自擬「學而時習之」一章題，思之數年不敢著筆，舟過焦山，登眺竟日而歸，倏忽就之。蓋於山水勝處悠然自得，有感於不知不慍之言而因得此也。史稱張説至岳州詩益進，得江山助。王文恪鏊謂柳子厚至永州文益工，得永州山水之助。吴立夫謂胸中無三萬卷書，眼中無天下奇山水，未必能文，縱文亦兒女語耳。皆是此理。有謂須竭力赴之者。劉繼莊《廣陽雜記》曰：「凡讀書交友登臨，皆須全副精神應之。若當精神勞瘁之時，少一懈墮反成窒礙，不可不慎。」又曰：「昔人五嶽之遊，所以開擴其胸襟眼界，以增其識力，實與讀書學道交友歷事相爲表裏，而有顯秘之殊，爲益於語言心思之表，故其益益大，觀成連先生之教伯牙可以悟矣。吾輩登一名山，覽一奇境，而自審其胸襟眼界依然吳下阿蒙，又何苦費時日喪精神，勞僕夫之筋骨，減香積之法食，而登降上下爲耶？」包慎伯《小倦游閣記》亦力申此旨，其説曰：「史言長卿故倦游。説者謂倦，疲也，言疲厭遊學，博物多能也。然近世人事遊者輙使才盡，何耶？蓋古之游也有道。遇山川則究其形勝阨塞；遇平原則究其饒确與穀木之所宜；遇城邑則究其陰陽流泉，而驗人心之厚薄，生計之攻苦；遇農夫野老則究其作力之法，勤惰之效；遇舟子則究水道之原委；遇走卒則究道里之險易迂速與水泉之甘苦羡耗，而以古人之已事推測其變通之故。所至又有賢士大夫講貫切磋以增益其所不及，故遊愈疲則見聞愈廣，研究愈積而足長才也。今之遊者則不然。貧則謀在稻粱，富則娱於聲色。其善者乃能於中途流連風物，詠懷勝蹟。所至則又與友朋事談讌，逐酒食。此非惟才易盡也，而又長惡習。」包氏之慎於所游如此。此蓋非其人不能辦也。故汪訒齋廣陳眉公讀書觀，又有以書爲游之説，曰：「情不可以或枯，情枯則讀書不能放眼，其發而爲文也，亦神困而語言少趣味，殊易起人厭。是故善讀書者，能讀有字書，亦能讀無字書，可有得於書之中，亦可有得於書之外，則遊亦書也。然吾恐遊之有妨於書，是莫若即以書爲遊。得書之怡情者以供吾情之所適，不必身出户庭，而兩間之景象物趣，千古名人才士所供酣歌而欣賞者，吾如以身與乎其間，是亦可謂暢於所遊也已，是亦可謂不徒暢於所遊也已？」蓋遊與讀書有二種用法：一直進法，則讀書而後遊，遊而發所得爲文是也。一循環法，即讀書爲遊，即遊爲讀書，遊不廢讀，讀不廢遊，由此二者中舉所得爲文是也。好學者詳之。

雖然，游之於文也，亦有辨其析論之精者，《松陵文録·周篆計生文集序》曰：「游者文之資，而非工文之基。文者，德之光，而非進德之方。不擅其方而擅其光，不務其基而務其資，噫，誤已。豈惟務之又從而騖之，豈惟擅之又從而炫之，噫，誤甚已。今夫車馬之僕，執鞭隨人，日數十里。富商大賈，懷輕資挾重寶，日數百里。舟師棹歸，張帆發舵於江湖之間，瞬息千里。終其身何啻數千萬里，其陰陽明晦、晴雨暄寒、高深險易、星月冰雪、水火霆雹、虎豹魚龍、人物鬼怪、花草蟲蛇，可喜可愕，可歌可泣，書史所不及載，好異者所不得知，善口者所不能道，莫不飫經而厭見。試問其詩若文爲何如者？龍門之下，河山之陽，江漢、會稽、齊魯梁楚之郊，沅湘九嶷、浙江禹穴、汶泗鄒嶧之勝，巴蜀邛筰、昆明夜郎之遠且險，一一具在，飄然往游，日有其人。其得謂之司馬氏否？蓋人性靜而情動，性一而情分，情虛而境實，情常而境變。是故觸境則情開，情行則性見。惟其性治故情端，情尊故境聽。以之志喜，愈覺其雍和；述愁，愈覺其悱惻。如是而已。非若唐人之求書法也？唐人有求書法於長史旭者，長史旭曰：

『我嘗見公主與販夫爭道而得其意，觀公孫劍器而得其神。』於是欲得其意，蓐食而出，秉燭而歸，而販夫不至。他日販夫至而公主不出，他日公主辟人而前，販夫又屏息伏道左，不與爭。遂以爲書法之不我遇，而不知遇亦無當於書法也。故曰：遊者文之資，而非工文之基。『仁者見之謂仁，知者見之謂知，百姓日用而不知。』此之謂也。案：周氏此説，其原自明馬存發之。馬存《贈蓋邦式序》云：「子長平生喜遊。方少年自負之時，足跡不肯一日休，非值景物役也，將以盡天下大觀以助吾氣，然後吐而爲書。今於其書觀之，則其生平所嘗遊者皆在焉。南浮長淮，泝大江，見狂瀾驚波，陰風怒號，逆走而横極，故其文奔走而浩漫。望雲夢洞庭之波，彭蠡之渚，涵混太虚，呼吸萬壑而不見介量，故其文渟蓄而淵深。見九疑之芊綿，巫山之嵯峨，陽臺朝雲，蒼梧暮烟，態度無定，靡縵綽約，春粧如濃，秋飾如薄，故其文妍媚而蔚紆。泛沅渡湘，弔大夫之魂，悼妃子之恨，竹上猶斑斑，而不知魚腹之骨尚無恙者乎？故其文感憤而傷激。北過大梁之墟，觀楚漢之戰場，想見項羽之喑嗚，高祖之慢罵，龍跳虎躍，千兵萬馬，大弓長戟，俱奔而齊呼。故其文雄勇猛健，使人心悸而膽慄。世家龍門，念神禹之巍功；西使巴蜀，跨劍閣之鳥道。上有摩雲之崖，不見斧鑿之痕。故其文斬絶峻拔而不可攀躋。講業齊魯之都，觀夫子之遺風，鄉射鄒嶧，彷彿乎汶陽洙泗之上。故其文典重温雅，有似乎正人君子之容貌。凡夫天地之間，萬物之變，可驚可愕，可以娱心，使人憂使人悲者，子長盡取而爲文章，是以變化出没，如萬象供四時而無窮。欲學子長之爲文，先學其遊可也。」攷馬氏此説，李空同謂其發揮史公之文殆盡。伍涵芬《讀書樂趣》引此而爲之説曰：「學遊之説固然。然亦視其人能自操奇取益耳。人果意見不凡，即鄉國之近，隨耳目之所及，何處無山情水態足以發吾之浩漫，助吾之淵深，導吾以蔚紆，動吾以感激，助吾以雄健，鍊吾以峭削，範吾以典重温雅正大端莊？不然，足跡偏天下者今不少矣，何千古而上曾有一子長，千古而下竟無二子長？仙者自仙，凡者自凡，其何謂也哉！」其非進德之方又奈何。譬諸莞籥，德其氣乎，文其聲乎，德博而文自昌，猶氣調而聲自和也。氣調而聲自和，是以古之樂工不諧其聲而務審其氣；德博而文自昌，是以古之君子不肆其文而務宏其德。今三尺童子知授筦籥以聲，而不能疾徐應律高下中節者，其權不在乎聲也。故以專且富之揚雄、穎且力之安石，不見齒於君子之林。雖若韓愈之賢，自謂望孔子之門墻而不得進，奈何？不致力於德而徒事於文，乃至黯澹無光，尪羸無氣，亦相率而詫曰：文也，文也。或反以此爲聖賢引重，漫曰：《商書》，灝灝爾；《周書》，噩噩爾。又曰：《孟子》之文，稱其氣之大小，皆童子之見也。故曰：文者德之光，而非進德之方。『有德者必有言，有言者不必有德。』此之謂也。《佔畢叢談》云：「柳子厚曰：『文以行爲本。』蓋道其實踐自然諦當，既多汗下之行，而强作違心之語，必有不合矣。又曰：『爲文以神志爲主。』蓋一性定靜則天機明妙，既汩其虚靈之天，而强索之嗜慾之府，必無所遇矣。」予不幸好文而善遊，動經萬里。計君亦善遊，能巨而工文。予恐世之人以遊爲文重，而復以文重計君也，故序其集如此，使讀者憬然悟，廢然返焉。」案：計生即計甫草。此論能發諸家所未備。其重文德之論，友人傅君守謙極持此誼，亦扼要之談也。

苧田氏又有即文中以掇取文家善游之説，其爲《史記菁華録題辭》曰：「今夫龍門之文得於善遊，夫人能言之矣。則當其浮長淮，泝大江，極覽夫驚沙逆瀾，長風怒號，崩擊而横飛者，吾於其書掇取之。望雲夢之泱漭，覩九嶷之芊綿，蒼梧之野，巫山之陽，朝雲夕烟，靡曼綽約，吾於其書掇取之。臨廣武之墟，歷鴻門之坂，訪濳龍之巷陌，思霸主之雄圖，鷹揚豹變，慷慨悲懷，吾於其文而掇取之。奉使巴岷，弔蠶叢魚鳧之疆，捫石棧天梯之險，縈紆晦窅，巉峭幽深，吾於其文掇取之。適魯登夫子之堂，撫琴書，觀杖履，雍容儒雅，穆如清風，吾於其文而掇取之。若夫後勝未來，前奇已過，於其中間歷荒隄而經破驛，頑山鈍水，非其興會之所屬，斯逸而勿登焉。讀其文而可以知其遊之道如彼，則文之道誠不得不如此也。」案此說因史公文得於善遊，因而即史公之文以得其遊有注意處不注意處之分，故讀史公之文宜掇取其菁華而去其敷衍，此亦取文於象外之說也。至《藻川堂譚藝》則又擬文家得山川氣勢之曲象，而極之於原野陸澤之宏深，曰：「天下之山必曲於野，天下之阜必曲於原，天下之水必曲於陸，天下之溪必曲於澤。文章之得山勢者，其曲也必峻；得阜勢者，其曲也必紆；得水勢者，其曲也必夷；得溪勢者，其曲也必幽。然而不若巨野平原大陸廣澤之宏肆而深衍也，此之所有不如彼之無所不有也。野原陸澤者，布帛菽粟草木貨財之所取資，足以包山阜水溪之利而有餘矣。」此又求文於象外者所宜辨者矣。徐芸圃又有「文有助於江山」之説，徐氏《慎道集文鈔》後《跋沈湘農劍閣圖記後》曰：「文章須得江山之助，江山亦藉文章以發其光。故會稽蘭亭因右軍而顯，黄州赤壁由東坡而傳。惟文人具有山水之性期，山水乃與文人相投。」又《雅歌堂詩話》曰：「樓閣之勝數岳陽、黄鶴、滕王，滕王得子安一序，黄鶴得崔灝一詩，岳陽則范文正爲之記，遂使震燿寰宇。明哲詩文與湖山掩映，吾輩至此可勃然興矣。」案此説與前説相互爲義，仍以自重其文者興起文人偉岸之思，用意亦殊可取。

古文詞通義卷五

識塗篇一

爲文入手，其法有三：曰讀，曰講，曰作。讀有讀法，講有講法，作有作法。三法所從入，必有其塗。程塗萬千，各有得力。細法未能毛舉，大例要必綜探。殊塗合轍之談，赫然各具義指。學者舉吾人自具之才質，進以前人經驗之功候，純而後肆，迷而得歸，由偏詣全，以困取豫，其秩然之序不可紊也。作《識塗篇》。

文之讀法

一、儲中子之消納讀法。世稱《史記·項羽本紀》，其全書文法悉匯於此，後世高文之規遷書者，往往不能不依此篇之風範。儲中子遂有以諸家名篇納入此篇讀之之法，其語門人云：「陸士衡《五等諸侯論》、蘇廷碩《東封朝覲壇頌》、獨孤至之《夢遠游賦》、韓退之《進學解》《毛穎傳》、孫可之《大明宫紀夢》、歐陽永叔《王鎔傳》《王淑妃傳》《伶官傳》、蘇子瞻《十八羅漢贊》《戰國養士論》、陳同甫《上孝宗書》，皆得太史公之神，當與《項羽本紀》同讀。初學必須解得此意，方可作文字。」阮葵生《茶餘客話》。亦見梁紹壬《兩般秋雨盦隨筆》，惟《隨筆》又引李安溪云：「闢佛幾篇名文宜彙置一處，范蔚宗《西域傳贊》、傅奕表、韓退之《原道》《佛骨表》《與孟簡書》、宋景文《李蔚傳贊》、朱文公《釋氏論》，合而觀之，彼教無所逃罪矣。」此則以議論爲重，非以文爲重，與儲氏合讀之説有別，且所舉尚遺歐公《本論》一篇也。此爲由散見之諸文求其所自出之一遠系，俾讀諸文者可一探其歸宿。此讀文之消納法也。

烏程施均甫補華又有讀韓文納入之法，其《復陳子餘書》曰：「退之自云『非三代兩漢之書不敢觀』，故其於古人之文無所不學，而融洽變化，自成一家。《書》之《誥》、《誓》，《詩》之《雅》、《頌》，《周官》之《考工》，《爾雅》之訓詁，《春秋三傳》之屬詞比事，孟軻、荀卿氏之議論，屈原氏之哀憤，莊周之荒唐，司馬遷、班固氏之史才，董仲舒氏、劉向氏之學術，揚雄氏之文章，讀退之諸文往往遇之，而要非古人之文，退之之文也。所謂攬羣言之總，起八代之衰，此歟！退之傳李習之、張文昌、皇甫持正，持正傳來無擇，無擇傳孫可之。習之無退之之奇傑，而蒼渾類之，如梁父之於岱也。持正專學奇傑巉削而無厚氣，可之專學巉削狹小而無高識，在退之之家不爲嫡子冢孫。宋初學退之者爲穆伯長，而歐陽永叔《書舊本韓文後》自謂得退之真傳。然觀參軍文集，無五代習氣已耳，豈能高步退之？永叔俯仰揖讓，有李習之之態，蘇明允常稱之。以視退之，筆有剛柔，氣有陰陽，詞有繁簡，神與貌均不能合。介甫健勁，故於退之獨近。退之學古人盡得古人筆法，介甫學退之半得退之筆法。退之健勁而骨肉適均，介甫則骨多而肉少，其轉折頓挫雖似退之，往往筋橫氣促，無舒卷自然之樂。然其造詣所至，已足以敵習之，可謂韓門兩大宗矣。明人羅圭峯、今人張皋文皆力學退之者，其病在痕迹未化。桐城自方靈皋以下，皆知推重退之。然桐城一派實導源歐、曾，託之退之以取重耳，其筆其氣其詞固不類也。」又《復張廉卿書》曰：「古文初學永叔，已而苦其才弱，遂專力於退之。退之之門，習之深醇，持正奇崛。傳授所自，并究心焉。介甫晚出，其文極似退之。譬之於人，退之肉堅骨峻，介甫過於戌削，骨多肉少，往往露筋。然彼三子者，固善學退之者也。循流沿涉，歷有歲年，又念識其子孫不可不知其父祖。退之之學固有自來，於是求之《左氏傳》，求之《公羊》、《穀梁》，求之《莊子》，求之《國策》，求之司馬遷《史記》，求之班固《漢書》，於諸書之中頗見退之寖淫而得者。又欲專意治經，通其微言大義以究退之根本。」此又以納入法上求退之之父祖，下求退之之子孫，以匯歸於退之而究其文者也。

《關中兩朝文鈔》載雷氏士俊《答陳伯璣書》曰：「僕意欲作者考於文之本末源委，自兩漢以至唐虞，其本源；而末委則唐宋大家也。唐宋大家諸文佳者，驗之兩漢以至唐虞皆無不合。如韓《平淮西碑》、《南海神廟碑》，則典謨訓誥，柳《桐葉封弟辨》、《晉文公問守原議》，則《左傳》、《國語》。歐陽之於司馬遷，老蘇之於荀、孟，大蘇之於《戰國策》，曾之於劉向，誠所云『惟其有之，是以似之』者。故莊雅深厚，不但無淺易衰弱之病，亦未嘗句險字棘，刺喉刮目。其他降及宋調即不足觀，而在唐則此病猶鮮也。然則上自唐虞，下至唐宋，殊塗而同歸，不可判絶爲二。周秦之後尚有兩漢，古來所推不可獨遺之也。」此則單舉八家以求其歸宿所在，即施氏求其父祖之旨，亦用内籀法觀文之意也。

二、方望溪之引申讀法。後世文家由子長、孟堅之作，演出文字無數。方望溪爲《古文約選》，其意以治古文者於《史記》、《漢書》必觀其全，故於兩家之文於《史記自序》外概弗編輯，謂如子長世表、年表、月表序，義法精深變化，而退之、子厚讀經、子，永叔史志論諸作，皆自子長演出。孟堅《藝文志》、《七略序》淳實淵懿，而子固序羣書目録、介甫序《詩》《書》《周禮義》諸作，皆自孟堅演出。參《古文約選序例》。望溪又有《書史記十表後》曰：「十篇之序義並嚴密而辭微約，覽者或不能遽得其條貫，而義法之精變必於是乎求之，始的然其有準焉。歐陽氏《五代史》志考序論遵用其義法，而韓、柳書經子後語氣韻亦近之，皆其淵源之所漸也。」是二説者皆爲由馬、班之大宗而推見其流傳紛歧之法乳，注重全讀馬、班之文，可沿波而得諸家之流別，讀文之引申法也。案：消納、引申二法，用法畧有別，而意則一貫也，在用者神而明之。

三、孫奕之直進讀法。直進讀法取兩家之文淵源相接者比較而觀其祖述之迹。孫履齋《示兒編》常由歐文直進以求韓文，臚舉其兩似者，其意即直進讀法也。其言曰：「歐陽文忠初得昌黎文，嘗曰：『苟得禄矣，當盡力於斯文以償予素志。』視其詞語豐潤，意緒婉曲，俯仰揖遜，步驟馳騁，皆得韓體。」陳氏兆崙《歐文選序》曰：「永叔之摹韓幾於尋聲答響，望形赴影矣，而不病其襲，則其説見於老蘇之書所謂態者是也。態者，非折腰步墮馬髻之謂，其殆如綸巾羽扇，雅歌投壺，人忙我閒者近是矣。《高司諫》一書發之最激，而亦不掩其往復百折之常度。老蘇豈欺我哉！」又曰：「歐陽文派自韓出者，於《上宰相書》一種文爲尤近。」《義門讀書記》謂：「讀《封建論》，與孟堅《諸侯王表》等參誦之，知子厚所學所識不如孟堅遠甚。」孫氏既於此得兩家淵源之據，於是較定而論其祖述之迹，謂歐之《本論》似《原道》，《上范司諫》似《諫臣》之論，《書梅聖俞詩稿》似《送孟東野序》，《縱囚論》、《怪竹辯》斷句皆似《原人》。陳善《捫蝨新語》又益之云：「《祭吳長文文》似《祭薛中丞文》，《弔石曼卿文》似《祭田橫墓文》，皆集中擬韓之作。」唐荆川謂《梅聖俞墓志銘》一準《貞曜志》，何義門謂《送楊寘序》、《送田畫秀才序》似《送王秀才序》，《張望之字序》亦學韓，《蔡君山墓志銘》有一段用《歐陽詹哀詞》之意，《張子野墓志銘》有一段摹擬《馬少監志》。案：王楙《野客叢書》稱韓退之《上于襄陽書》、皇甫湜《上江西李大夫書》二書同意。又杜牧之《阿房宮賦》「明星熒熒」一段與楊敬之《華山賦》「見若咫尺」一段，二文同一機杼。又歐公作《醉翁亭記》多用「也」字，錢公輔作《井儀堂記》亦是此體，蓋出於《周易·雜卦傳》篇。永叔之於韓，其尊信蓋亞於六經。」蓋於兩家文中，由後之祖述者而推求前之被祖述者，觀其直接之迹。凡兩家文相爲淵源者，皆可以是觀之，是亦一種讀法也。《帶經堂詩話》引《說鈴》云：「宋人文章能學昌黎者，唯歐陽文忠得其序記遒逸處，宋景文得其碑志奇崛處。」

四、曾文正之並行讀法。並行讀法，觀諸家集中而取其可相與比偶者，稱量而配合觀之。曾文正《求闕齋日記》謂：「古人之文可爲偶者甚多，如韓文志傳中有兩篇相配者：一、《曹成王》、《韓弘》兩篇可爲偶；二、《柳子厚》、《鄭羣》兩篇可爲偶；三、《張署》、《張徹》兩篇可爲偶。推此而全集中可爲偶者甚多。」蓋於兩文中由此一篇而參以彼一篇，觀其相並之迹，歸震川謂《蘭亭序》當與《春夜宴桃李園序》參看，其逸思高致如出一手。李空同每喜誦《蘭亭序》，以爲奇絶。此參看即取兩篇并讀之旨也。楊升庵謂半山文愈短愈妙，如《書刺客傳後》何讓《史記》，當與《讀孟嘗君傳》同讀。此二說似即曾說所本。又一種讀法也。曾氏又曰：「《曹成王碑》、《韓許公碑》、《盧夫人》之銘、《女拏》之志，此四篇二大二小，各極其妙。」此亦並行讀法之說也。又謂子厚《上門下李夷簡相公陳情書》與《應科目日與人書》，貌似而命意殊不及韓之工。皆並讀而得之者也。

《鶴林玉露》亦有取於韓柳文相並而觀之之意，其說曰：「韓柳文多相似。韓有《平淮碑》，柳有《平淮雅》。韓有《進學解》，柳有《起廢答》。韓有《送窮文》，柳有《與韋中立論文》。韓有《張中丞傳叙》，柳有《段太尉逸事》。至若韓之《原道》、《佛骨疏》、《毛穎傳》，則柳有所不能爲。柳之《封建論》、《梓人傳》、《晉問》，則韓有所不能作。韓如美玉，柳如精金。韓如靜女，柳如名姝。韓如德驥，柳如天馬。歐似韓，蘇似柳。歐公在潁於破筐中得韓文數册，讀之始悟作文法。案：《宋史》及《隨州志》稱歐公僑城南李氏東園，得廢書簏中《韓文》上、下册，讀之，苦志探索，始悟作文之法。此云在潁，與史志異。東坡雖遷海外，亦惟以陶、柳二集自隨。各有所悟入，各有所酷嗜也。然韓柳猶用奇重字，歐蘇惟用平常輕虛字，而妙麗古雅自不可及。」案此説於並觀之中而又略具直進之迹者也。穆脩嘗以韓《元和聖德》、《平淮西》、柳《雅章》之類并稱「詞嚴義偉，製述如經」，謂「苟志於古，必由二先生」。沈晦亦云：「學古文必自韓柳始。」可見宋人於歐蘇未盛以前並尊韓柳之風氣也。

陳勾山謂柳子厚《封建論》宜合老蘇《六經論》並讀之，其言曰：「欲知海内之形勢，當作天眼觀之。知古今以來之形勢，當作古人眼觀之。秀才家終日不出於軒序，眼光不出於牛背，又不思自拓心胸，見此等至平穩極的當之文猶心咤焉。幸而思得之，又不能推之事事物物，亦終於醯雞舞甕已矣。熟坑《封建論》，合老蘇《六經論》讀之，閉目静坐十日，而胸襟不開，鄙俗不消，筆底不滾滾欲出，斷無是理，無是人也。」此亦校合古人名作並讀之意也。儲同人謂書自司馬《報任》後，惟韓公《與崔立之書》足與相當，馬悲韓豪，其快一耳。陳勾山謂「不盡則悲，盡則豪。言盡而意不盡者，太史也；言與意俱盡者，班、韓以下大抵皆然」。此亦並行讀法之意也。

黄虎癡本驥《讀文筆得》曰：「《項羽本紀》是史公極得意文字。班掾採入《漢書》，節去三千六百八十三字。《史記》多字處有多字之妙，《漢書》少字處有少字之妙。多者逸，少者遒。

凡讀古書皆須兩本對看。如《史記》採《國語》、《左傳》、《國策》，《漢書》採《史記》，其增減易置，要非漫然下筆，即此可以增長見識。」又曰：「《史記·項羽本紀》叙鴻門之會凡一千三百八十四字。於《樊噲傳》復叙一番，纔二百七十三字，而當時情事亦了晰無遺。昔人評東坡序《范文正集》云：『淮陰論劉、項，孔明論孫、曹，不下數百言，今約以數語，真妙絶古今之文也。』余謂非留心史學者不知此中之妙。」案：此亦並行讀文而得文家妙境之説，可推類觀之。

五、陳勾山之專一讀法。《紫竹山房八家文鈔·韓文選序》曰：「吾於八家選約之又約，至以四十首讀韓。蓋吾意欲汝曹專主於韓，而他家則但録其大制作有關經世學術者存之，是何也？凡遊讌贈答之作，他家既不能勝韓之理，則韓之大足以括之矣。四十首中又區爲上、次二卷，得其上者之妙，而次雖不讀可矣。雖然，不可躐等也，其必由次以進上，由上而進，以至於無字句處無非韓子之理趣筆妙現於心目之前。自是而施之古文，無所不可。此外諸家祇取益我部曲，增長聲援，有之固百勝，無之亦不致立敗。以有若左右手者，爲謀主故也。向使無蕭相主關中，而但倚韓、彭爲用，其遂能釋内顧而決進取哉？夫是故得其要而約守之之爲貴也。」案陳氏《韓文選》上卷之目曰《佛骨表》、《潮州謝表》、《鱷魚文》、《復仇狀》、《淮西碑》、《南海廟碑》、《張中丞傳後敍》、《對禹問》、《原道》、《守戒》、《諱辨》、《禘祫議》、《伯夷頌》、《爭臣論》、《上鄂州柳中丞第一、第二書》、《與孟尚書、崔羣》、《答劉正夫書》、

《送鄭尚書序》，凡二十首。下卷之目曰《原毁》、《師説》、《釋言》、《上宰相書》、《上襄陽于相公》、《上僕射》、《與崔立之》、《與孟東野》、《與李翺》、《答竇秀才》、《重答張籍》、《代張籍與李浙東》、《答李翊書》、《送齊皞下第序》、《送高閑上人》、《送温處士序》、《衢州徐偃王廟碑》、《新修滕王閣記》、《藍田縣丞廳壁記》、《柳宗元墓志銘》，凡二十首。而上卷中尤以《潮州謝表》、《鱷魚文》、《平淮西碑》、《南海神廟碑》、《原道》、《守戒》、《伯夷頌》、《上鄂州》二書、《與孟尚書》、《送鄭尚書序》爲最。

六、吕東萊總七家文合讀之法。謝氏《文章軌範小序》引東萊總論看文法凡七家，歸選增陽明氏一家，凡八家，今表列於左：

左氏　浮夸　當學他用字用句妙處。

司馬氏　雄健　有戰國文氣象

班氏　文亦雄健　深得司馬氏家數

韓氏　簡古　一本於經　學韓簡古不可不學他法度，徒簡古而無法度則樸而不文矣。

柳氏　關鍵　出於《國語》　當學他好處，當戒他雄辯。議論文字亦反復。

歐陽氏　平淡　祖述韓氏　議論文字最反復。學歐平淡不可不學他淵源，徒平淡而無淵源則枯而不振矣。

蘇氏　波瀾　出於《國策》、《史記》　亦得關鍵法。學他好處，當戒他不純處。

陽明氏　平正　詞學老蘇而理優於韓

右八家讀法，先詳其品藻，次別其淵源，又次區其可學處與可戒處。此亦讀法中尋求古人迹履所到，而我踵而追之之法也。又案《玉海》引東萊先生曰：「先擇《史記》、《漢書》、《文選》、韓、柳、歐、蘇、曾子固、王介甫、陳無己、張文潛文，雖不能徧讀，且擇其易見世人所愛者誦之。」以此說參之，是東萊於諸家之文又立以易見而爲世所貴者先讀之之一法，於諸家外又取曾、王及后山、文潛，蓋習詞科取材宜廣也。因附識之。又案：詩家學詩有仿東萊法以列家數者，范氏《木天禁語》曰：「詩之造極適中，各成一家。詞氣稍偏，句有精粗，强弱不均，況成章乎？不可不謹其品藻。《三百篇》曰思無邪，區其不可學處，曰意見。《離騷》曰激烈憤怨，曰哀傷。《選》詩曰婉曲委順，曰柔弱。太白曰雄豪空曠，曰狂誕。韓杜曰沉雄厚壯，曰學者不察，失於粗硬。陶韋曰含蓄優游，曰迂闊。孟郊曰奇險斬截，曰怪短。王維曰典麗靚深，曰容冶。李商隱曰微密閒豔，曰細碎。以上畧舉八九家數，一隅三反之道也。」案此全用吕法以發明各家，但未舉其淵源耳。范爲元代文家，蓋嘗用吕法以攻文，故即移之用於詩家也。

七、謝疊山以四段讀四家文之法。《文章軌範小序》曰：「學文須先學韓柳歐蘇，先見文字體式，然後偏考古人用意下句處。案：此說本吕紫微之言，而謝氏引用之，見宋陳鵠《西塘集耆舊續聞》，其言學詩亦須熟看老杜、蘇、黄，亦先見體式，然後偏考他詩，自然工夫度越過人。吕氏又云：「韓退之文渾大廣遠難窺測，柳子厚文分明見規模次第。學者當先學柳文，後熟讀韓文，則工夫自見。」讀韓柳歐蘇文，第一看大概主張，第二看文勢規模，第三看綱目關鍵，如何是主意首尾相應，如何是一篇鋪敍次第，如何是抑揚開合處。第四看警策句。如何是一篇警策，如何是下句下字有力處，如何是起頭換頭處，如何是繳結有力處，如何是融化曲折翦裁有力處，如何是實體貼題目處。」

八、程畏齋以一家爲間架，以三家爲展開之讀法。《讀書分年日程》謂：「文法原於《孟子》、經、史，惟韓文成尺幅間架。故於小學、《四書》、《六經》、《通鑑》畢後，即次之以讀韓文。先鈔讀西山《文章正宗》内韓氏議論、敘事兩體華實兼者七十餘篇。要認此兩體分明後最得力，正以朱子《考異》，表以所廣謝疊山批點。篇法、章法、句法、字法備見。自熟讀一篇或兩篇，亦須百徧成誦，緣一生靠此爲作文骨子故也。既讀之後，須反復詳看每篇，先看主意以識一篇之綱領，次看其敍述抑揚輕重，運意轉換演證、開合關鍵，首腹結末詳畧淺深次序。既於大段中看篇法，又於大段中分小段看章法，又於章法看句法，句法中看字法，則作者之心不能逃矣。譬之於樹，通看則由根至表，幹生枝，枝生華葉，大小次第相生而爲樹。又折一幹一枝看，則又皆各自有枝幹華葉猶一樹然，未嘗毫髮雜亂，此可以識文法矣。看他文皆當如此看，久之自會得法。今日學文能如此看，他日作文能如此作，亦自能如此改矣。然又當知有法而無法，無法而有法。有法者，篇篇皆有法也；無法者，篇篇各不同也。所以然者，如化工賦物，皆自然而然，非區區模擬所致。有意於爲文，已落第二義。在我經史熟，析理精，有學有識有才，又能集義以養氣，是皆有以爲文章之根本矣。不作則已，作則沛然矣。第以欲求其言語之工，不得不如此讀看耳，非曰止步驟此而能作文也。果能如此工程讀書，將見突過退之，何止肩之而已。且如朱子，或問及集中文字皆是用歐、曾法，試看歐、曾曾有朱子議論否。此非妄言，若能如此讀書，則是學天下第一等學，作天下第一等文，爲天下第一等人，在我而已，未易與俗子言也。自此看他文，欲識文體有許多模樣耳，此至末事，一看足矣，不必讀也。韓文畢，讀《楚辭》，靠此作古賦骨子，更以二三年之功專力學文，既有學識，又知文體，何文不可作？」又謂：「學文之法，於讀韓文既知篇法、章法、句法、字法之正體矣，然後更看全集有謝疊山批點。及選看歐陽公、有陳同父選者佳。曾南豐、《類稿》。王臨川三家文體，然後知展開間架之法。然此三家俱是步驟韓文，明暢平實。學之則文體純一，庶可望其成一大家有數文字。歐、曾比韓更開闔分明，運意縝密，易學而耐點簡，然其句法漸不若韓之古。朱子學之，句又長矣。真西山亦主於明理，句法還短，不可不知。他如柳子厚文、先看西山所選敘事、議論，次看全集。蘇明允文皆不可不看。其餘諸家之文不須雜看。此是自韓學下來漸要展開之法，看此要識文體之佳耳。其短於理處極多，亦可爲理不明而不幸能文之戒。必欲敘事雄深雅健，可以當史筆之任，當直學《史記》、《西漢書》，先讀真西山《文章正宗》及湯東澗所選者，然後熟看班、馬全史。此乃作記載垂世之文不可不學。後生學文，先能展開滂沛，後欲收斂簡古甚易。若一下便學簡古，復欲展開作大篇難矣。」孟超然《念修可公行狀》謂其「論古文不苟同，不立異，每謂法古人者法其間架，非謂摹擬剽竊於字句之間」。案此說與程氏用意正同。案程氏此論森嚴而有條理，學者確可持尋。童樹棠授徒曾用其批點法讀《左氏博議》。章氏《乙卯劄記》稱畏齋文學朱子而筆近南豐，行文最爲醇正有規矩。證以程之持論，愈見其行能踐言矣。程氏《廣疊山法批點韓文·凡例》附

議論體　一、句讀。依館閣校勘法，句讀二字側點爲句，中點爲讀。凡人名、地名、物名、并長句内小句並從中點。又勉齋《四書》句讀例，舉其綱，文意斷爲句者也。相應文意未斷，復舉上文，上反言而下正，上有呼下字，下有承上字，爲讀。今並依之。一、大段意盡，黑畫絶，於此玩篇法。一、大段内小段，紅畫截，於此玩章法。一、小段内細節目及换易句法，黄半畫截，於此玩句法。一、論所舉所行事實及來書之目及所以作此篇之故，每篇首末常式，黑側抹。一、所論援引他書及考證及舉制度及舉前代國名，青側抹。一、所論綱目要及再舉綱要及或問體問目及提要之語及斷制之策，黄側抹。一、義理精微之論，黄中抹。一、凡人姓名初見者，紅中抹。一、繳上文、結上文緊切全句，或發明於事實之下，或先發明事之所以然於事實之上者，紅側圈。一、轉换呼應字及用力字及繳結句内雖已用紅側圈而字合此例者，每字黄側圈，於此玩字法。一、假借字先考始音，隨四聲，紅圈。一、有韻之韻，黑側圈。一、造句奇妙者，紅側圈。一、補文義不足，反覆提論德行及推説虚叙總述其所以然，黑側圈。一、譬喻，青側點。一、要字爲骨，初見者黄正大圈。一、要字爲骨，再見者黄正大點。

敍事體　一、句讀並依前議論體例。一、大段意盡，黑畫截，篇法。一、大段内小段，紅畫截，章法。一、小段細節目及換易句法，黄半畫截，句法。一、敍所行事實及年號及人名、爵里、謚號、父祖妻子兄弟等及敍所以作此篇之故、銘曰、詩曰及每篇首末常式，黑側抹。一、敍、教、詔、對、答之語，紅側抹。一、所敍引援他書及考證及舉制度及前代國名，青側抹。一所叙綱要及再舉綱要及提問之語所提問難事實雖已用黑側抹而合此例者，黄側抹。一、義理精微之論，黄中抹。一、凡姓名初見者，紅中抹。一、繳上文、結上文切緊全句，或發明於事實之下，或先發明事之所以然於事實之上者，紅側圈。惟敍事此類頗少，不可强求。一、轉換呼應字及繳結句内雖已用紅側圈而字合此例者，每字黄側圈。一、假借字先考字始音，隨四聲，紅側圈。一、有韻之韻，黑側圈。一、造句奇妙者，紅側圈。一、反覆提論其德行及推説其用心，而虚叙總述其所以然及補文義不足，黑側點。一、譬喻，青側點。一、要字爲骨，初見者黄正大圈。一、要字爲骨，再見者黄正大點。

九、潘經峯相分十類以讀文之法。安鄉潘氏《讆文書屋集略》有《編文序目》，其説曰：「羅取諸集，擇其簡而粹者别爲十類，類各以其次爲序。細目雖未悉具，大綱固已粗張。將於此玩而味之，衷以洛閩之旨，繩以《史》、《漢》之法，主其至是而論其所未盡，無之而非文，斯無之而非道也。」案：潘氏《事友録》有《書業師鈍軒先生格物集後》云：「先生嘗言古文有膚有肉，有氣骨有神韻，用《史》、韓之變化，加以歐陽之唱歎，務使文從字順，各識其職。學者翕然信之。」此又一法也，附志之。今略舉其分類之大目如左：

一、學修　二、經史　三、聖賢諸儒附　四、諸子附録異端　五、進退出處　六、歷代　七、治鑑　八、治法　九、言情　十、論文

右各類中所選每類自二十餘篇至六十篇不等。惟論文類中至九十餘篇，前十二篇爲總論，如昌黎《答李翊書》之類。以下分詔、誥、表、書、啓、檄、序、記、論辨、題跋、賦、頌、詩、贊、銘、箴、碑志諸子目，其言情分忠孝節義之情，如《屈原列傳》之類。感憤之情，如《伯夷列傳》之類。念舊之情如昌黎《柳子厚墓志銘》之類。諸目，其餘均無子目。所採自《語》、《策》、《史》、《漢》、晉、唐、五代、宋、明諸史、八家、程、朱、虞伯生、唐荆川諸集，及近人陳眉公、杜于皇、熊文端、陸清獻、沈文慤、劉文定、夏醴谷間亦採其一藝。蓋課士之作，無流派宗旨之可言，以其人固久於國子監教授者也。惟每類列目本按年代，然不依年代先後敍列者甚多，按之殊不可解，姑取其分類之意可耳。又考此類輯文似仿明人汪廷訥《文壇列俎》。以類目論，彼較詳備，而此則列目殊更有關係，姑以備讀文之一格焉。

十、楊訒庵仲興區四類以讀八家之法。《國朝嶺南文鈔》載楊氏《唐宋八家文鈔序》曰：「八家文

可盡讀乎？曰：襲聲調者類優孟而衣冠矣，讀無益也。學古文者當知其得力之所在。昌黎約六經之旨以成文，河東深博，悉本《詩》、《書》之二者尚矣。廬陵近宗韓子，上法史遷；南豐典則俊偉，有西京軌範，至貫羣籍而激固之；荆公尤峭刻焉。是時眉山蘇氏父子兄弟爲師友，縱横《墳》、《典》，出入《史》、《漢》、《莊》、《騷》、《孫吳》，投而如意。今觀老蘇之奇矯，大蘇之剛大，小蘇之冲和，天資學力，隨所造而不相蒙，要皆有不可一世之概者。人各一卷，以其近者附焉，同者竝焉，編爲四集。學者因性質所近而入之，更深造而求其自出，則一而四，四而八，神明變化，存乎其人矣。」案此所謂編爲四集，即《元集》韓蘇、《亨集》柳王、《利集》歐曾、《貞集》二蘇也。其彙八家爲四者讀之之旨，又有跋尾四則以明之，今列於左：

《元集》，韓、蘇文也。昌黎因文見道，沉實博大。老泉岸然復古，以史證之，起衰之功不在韓下，故附之。以昌黎、老泉文爲一集。

《亨集》，柳、王文也。柳州旁推交通，羽翼大道。臨川網羅獨斷，固而存之，深峭鑱刻，品格微肖，故附之。以柳州、臨川文爲一集。

《利集》，歐、曾文也。廬陵養邃，其文安而法。南豐質重，其文典而則，所學同也。於歐得若干篇，於曾得若干篇，爲一集。

《貞集》，二蘇文也。東坡得浩然之氣，故神動天隨而無定態。潁濱得粹然之氣，故紆徐卓舉而妙事理，其原一也。於大蘇得若干篇，於小蘇得若干篇，爲一集。

案：楊氏此種類别以究八家之法，陳勾山、袁子才均稱其有法。攷楊氏釋此法言「當先知各家得力所在，如昌黎約六經之旨以成文，河東本《詩》、《書》，歐宗韓而法史公，南豐有西京意，半山貫羣籍而激固之，眉山父子兄弟出入《史》、《漢》、《莊》、《騷》、《孫吳》，天姿學力，隨所造而不相蒙。學者因質性所近而入之，更深造而求其自出，則一而四，四而八，神明變化，在人矣」。按此先以得力法攷諸家，再以性近法求其入，再以深造法求其出，於是一可統四，四可統八，見於楊氏之自序者，其説詳矣。故摭采其説以備攷求焉。又攷楊氏此法外又有補助法，謂：「讀經文後宜取《莊》之超奇、《騷》之情變、《吳越春秋》、《越絶書》以狀物情，《國策》則取樂毅、魯連、信陵焉，必如此始盡文章之變，故又爲《諸子文鈔》以自識云。」此攷楊説者所宜知者也。

觀於以上諸家用種種之法以求古人之文，何爲乎？要其用意可數言決之，曰：將以求得古人所已至者，更於已至之中求其所未至也。其始也，求有以入乎古人；其繼也，又須求有以出乎古人也。《柳南隨筆》：陳潮溪《新語》云：「讀書須知出入法，始當求所以入，終當求所以出。見得親切，此是入書法；用得透脱，此是出書法。蓋不能入得書，則不知古人用心處；不能出得書，則又死在言下。惟知入知出，則盡讀書之法也。」近汪鈍翁《與梁曰緝論類稿書》云：「凡爲文者，其始也必求其所從入，其既也必求其所從出。彼句剽字竊，步趨尺寸以言工者，皆能入而不能出者也。」此數語蓋本之潮溪。又云：「柳子厚文本《國語》，却每每非《國語》；曾子固文宗劉向，却每每短劉向。雖云文人反攻，然學之者深，知之者至，故能舉其病也。」此即所謂出入法也。蓋入古人而仍能出古人者，其要則關乎自得之多少。汪氏書中又謂「古今人雖不相及，然學問本末莫不各有所會心與其所得力者，即父子兄弟猶不相假借，而況盧陵震川乎」，此又探本之論也。俞氏《九九消夏録》云：「白石云『作詩求與古人合不如求與古人異，求與古人異不如不求與古人合而不能不合，不求與古人異而不能不異』，此亦佛家無我無人之旨。董香光《跋張樗寮所書金剛經》云：『以靈和還右軍，以奇縱還大令，以妍麗還虞、褚，以剛方還顔、柳，而自有靈和，自有奇縱，自有妍麗，自有剛方。』余深喜其言，所謂一切法皆是佛法，亦所謂一切法即非一切法，詩法、書法、佛法，一以貫之。」案此所謂求與古人合，即入法也；求與古人異，即出法也。與汪旨亦同也。陸心源《儀顧堂文集・論國朝古文書》歷數近人之文之所從入、出，復歷數其弊，可附參考焉。其言曰：「今衆所推古文作者，前則勺庭、壯悔、堯峯，後則望溪、惜抱。求其可與八家抗衡者，勺庭氏而止爾，然猶不免於體下。其餘或失不勝得，或得失半，或得不勝失。綜而計之，約有三等：崑繩之文厲，從老泉入，其失也肆；竹垞之文古，從曾、王入，其失也局；望溪之文厚，從歐、曾入，其失也窳；惜抱之文潔，從歐、柳入，其失也柔；子居之文堅，從秦漢入，其失也矜；茗柯之文醇，從曾、王入，其失也薄；海峯之文峻，從韓、蘇入，其失也貌。此皆失不勝得者也。南雷之文從剡源入，其出也似盧陵，其失也率；湛園之文從潛溪入，其出也似歐似曾，其失也支；堯峯之失毗於惜抱而加狹，雪苑之失毗於崑繩而加浮，穆堂之失毗於望溪而加冗，梅崖之失毗於海峯而加俗；亭林之樸勁，躬菴之雄壯，其美不同而怒幾於罵則同也；異之之學賈，大紳之學荀，其美不同，而學而未至則同也；牧齋之俊逸，謝山之宏肆，其美不同，而時涉粗雜則同也；二林之明暢，臺山之古勁，其美不同，而好羼禪語則同也。此皆得失半者也。至若生甫、左海之於昌黎，愚山、青門之於柳州，少渠、軫石、石莊、邦士、午亭、椒園之於盧陵，鶴舫、潛庵、在陸、春融、貫一之於南豐，六雅、遯菴、三魚、攷亭之於東坡，小峴、碩士、鱸江、淵甫之於震川，或不專力於文，或專力於文而力不逮，故所得不如所失也。隨園之文最爲流俗所喜，其破律敗度，夫人而知之矣。然於南豐所謂智足以達難知之意，文足以達難顯之情，蓋無愧焉。蓋古人有理有法。理明而法不足以文之，則弇鄙而不辭，語録之文是也；法立而不積理以出之，則放誕而無止，策士之文是也。是數十家者於古文之理法講之熟矣，特所造有至有不至耳。」蓋單獨讀之，不如繁複讀之之可得貫澈。或消納，或引申，或直進，或并行，或專一，或合讀，或分段，或本間架以展開，或以文之質分類，或以文之靈分類，皆於散中求合，隘中求通也。汪堯峯《答陳靄公書》云：「古人之於文也，其變化離合，歸於自然，又如神龍之蜿蜒而不露其首尾。」童憩南狀文境云：「如焚香然，一縷煙上達屋際，漸漸充滿四周，一間上下遂成混淪之局。文之造成，其完固而不矜露之初象如此。」蓋凡開闔呼應、操縱頓挫之法，無不備焉。則今之所傳唐宋諸大家舉如此也。前賢之學於古人者，非學其詞也，學其開闔呼應、操縱頓挫之法而加變化焉，以成一家者也。李沂《秋星閣詩話》則云：「夫貴多讀者非欲剿襲意調、偷用字句也，惟取其觸發我之性靈耳。」汪氏、李氏之言可以解釋諸家用種種方法讀文之意，俟諸學者深求而自得焉。

有讀之須有以輔之之説。曾文正《家訓》云：「讀書之法有看、讀、寫、作四者。近日《修詞學教科書》於攻文亦兼用此四法。看即逐年所看者是也，讀者如《四書》、《詩》、《書》、《易經》、《左傳》諸經、《昭明文選》、李杜韓蘇之詩、韓歐曾王之文，非高聲朗誦則不能得其雄偉之概，非密咏恬吟則不能探其神遠之韻。文正《復陳先生書》析讀文之方有熟讀而深探、長吟而反覆二法。譬之富家居積，看書則在外貿易，獲利三倍者也；讀書則在家慎守，不輕花費者也。譬之兵家戰爭，看書則攻城略地、開拓土宇者也，讀書則深溝堅壘、得地能守者也。看書與子夏『日知其所亡』相近，讀書與『無忘所能』相近，二者不可偏廢。」案此說以看輔讀，用意完密，雖不專爲攻文言之，而攻文實不可少此一段功夫也。

有熟讀之即似之之說。朱子曰：「今人所以識古人文字不破，只是不曾子細看人做文章。子細看得一般文字熟，少間做出文字，意思語脈自是相似。讀得韓文熟，便做出韓文底文字。讀得蘇文熟，便做出蘇文底文字。若不曾子細看，少間卻不得用。大率古人文字皆是行正路，後來杜撰皆是行狹隘邪路去了。而今只是依正底路脈做將去，少間文章自會高人。」此熟讀之即似之之說也。曾文正謂：「作文作詩賦，均宜心有摹仿而後間架可立，其收效較速，其取徑較便。」又曰：「熟讀成誦，自有悟境。」案：心有摹仿，出於有意；熟讀韓蘇文便做出韓蘇文，乃流露於無意，其得力在熟讀二字。熟讀中能以聲引文而習慣其蹊徑筆路。至文正「取徑較便」之說，即朱子「行正路」之說也。近譯《達爾文傳》稱其在丁堡公學學中，教授之法多以講演，達謂講演不如誦讀，每師登壇則厭聽之。觀此可知爲學貴誦讀，不然徒講說無益也。在攻文尤其要者也。

有讀之即以身代之之說。劉海峯《論文偶記》曰：「凡行文多寡短長，抑揚高下，無一定之律而有一定之妙，可以意會而不可以言傳。學者求神氣而得之於音節，求音節而得之於字句，則思過半矣。其要只在讀古人文時，便設以此身代古人説話，一吞一吐皆由彼而不由我。爛熟後，我之神氣即古人之神氣，古人之音節都在我喉吻間，合我喉吻者便是與古人神氣音節相似處，久之自然鏗鏘發金石。」《宋稗類鈔》：昔有以詩投東坡者，朗誦之而請曰：「此詩有分數否？」坡曰：「十分。」其人大喜。坡徐曰：「三分詩，七分讀耳。」王沔，字楚望，上每試舉人多令沔讀試卷。沔素善讀，縱文格下者，能抑揚高下迎其詞而讀之，聽者忘厭。舉子納卷必祝曰：「得王楚望讀之幸也。」此説最精。

有讀之即知作之之説。陳蘭甫曰：「昔讀《小雅》『有倫有脊』之語，嘗告山舍學者：此即作文之法。且作文必先讀文。凡讀古人之文，每篇必求其主意而標識之，尋其倫次而分畫之。明乎古人之文有倫有脊，而後我之作文能有倫有脊也。」案：此謂作文宜有倫有脊，而讀文亦如之。此讀之即知作之之説也。

有讀之須反變得之之説。包氏世臣曰：「幼從鹿門選本讀退之書説贈序數十首，愛其横空起議，層出不窮。及見明允健舉雄駿而嗜之。又謂介甫鷙驁，能往復自成其説，乃薄退之。歷二十年得《韓文蠡測》，反復之，歎爲筆勢生動矯異，加以丹墨，閲十七八年，見《韓文考異》，日輒盡兩卷，既三過，乃知『文從字順各識職』一語，退之實自道破窔奥，蓋文家關鍵必在審勢。惲子居論文之事有四，其三曰能審勢。曾文正亦屢言韓文得氣勢，其四象中首氣勢。朱蓉生亦謂曾文正文善蓄氣勢。文之貴氣勢如此。文以從爲職，字以順爲職。勢之所至，有時得逆以濟順而字乃健，得違以犯從而文乃峻。

不此之識，徒以從順爲事，則文字不得其職。是退之心契周秦先漢，復志賦所稱，用心古訓，識路疾驅者抑時時有合，歐蘇曾王則皆未鑿此竅也。世臣讀退之文，所得凡三變。」蓋始得其敷議粗迹也，繼得其筆勢較精矣，終得其相濟相犯之道，尤精之精矣。然則以觀貝之法讀文，則文之種種面目方可窺，而又須積年力爲之，未可一蹴便自謂得也。王餘佑《雜著》云：「錢牧齋《答杜蒼略書》專以『文從字順』四字爲文字秘訣，始知文從字順不指平易近人言也。雖最古奥之篇，文未有不從，字未有不順者。彼不從不順之文字，直非文字耳。識此意者可與言文矣。」

文有常讀之法。《唐子西文録》謂「六經以後便有司馬遷，《三百五篇》之後便有杜子美。六經不可學亦不須學，故作文當學司馬遷。王維楨有讀《史記》六法：或由本以之末，或操末以續顛，或繁條而約言，或一傳而數事，或從中發，或自旁入。意到筆隨，思餘語止。凡若此類，不可毛舉。作詩當讀杜子美詩，二書必須常讀，一日不可無」。此常讀之法也。浦起龍《古文眉詮序》曰：「古者編摩之士，窮該萬卷，專久一書。一書論定，舉世莫易。」按：所謂專久一書者，即常讀之而編摩之，始能論之也。三原劉九畹紹攽《與李石臺書》云：「方靈皐謂古文倍難於詩。古以詩名者數百家，文不過《史》、《漢》、八家，他無聞焉。昌黎《答李翊書》在養氣，柳州《答韋中立》在師古。僕向佩斯言，行之久，自恃尤有一得。竊以昌黎起八代衰，自謂未嘗一日暫廢。廬陵亦稱得禄後盡力斯文。二子之拳拳若是，況下此耶？僕是以嚴課程，日以三時清案牘，三時事《詩》、《書》、八家集，頗能背誦，《史》、《漢》都上口，亦且潛究其微，但搦管時苦與心違耳。」

常讀之本，莫如姚氏《古文詞類纂》。錢泰吉跋是書稱：「十餘年來時時翻閲。吴仲倫初至余齋，詢余子以曾見《古文詞類纂》否？曰：見之。仲倫甚喜。蓋余案頭日置是編，兒曹常見余諷誦，故有以答客問耳。其中精蘊，余固未能窺，況若曹耶？然文章體裁亦略能知之。」此爲是編可常讀之一證。吴汝綸《記校勘古文詞類纂後》謂「吴本勝於康本。案：吴本勝康刻之説本之朱伯韓，見後。姚入詞賦門，最得韓公論文尊揚馬本意。欲治文事，倘亦有取於斯」。蓋吴氏於是書用力最勤且久，亦宜常讀之一證。謝應芝《會稽山房文續》有《與胡念勤書》論《類纂》之微旨曰：「曩讀姚氏《古文詞類纂》而意有所未慊，因歎吾鄉吴晉望先生嘗於論著取孟子、莊周，於敘事取左氏、太史公，而惜未成書。竊即其意爲之，又益以荀卿，以補姚氏所未及。晚歲乃歎古文原本於六經、子、史，不得以之並列於文詞家。《類纂》自《戰國策》、《離騷》以暨於方靈皐、劉才甫，其間可增損者蓋尠矣。古文詞選本不勝縷數，而定唐宋爲八家始於茅鹿門，迄儲同人益以李習之、孫可之爲十家。吴晉望則欲於八家去子由而列熙甫。雖然，唐朝文自退之以前，李遐叔、元次山皆能成家，而皇甫持正、杜牧之亦與孫可之相上下。《類纂》獨取元次山《中興頌》以先退之，而又纂李習之，則存韓門之派也。於宋取張子《西銘》，銘之最也，而又取晁無咎《新城北山記》以存蘇門之派也。外此如姚牧庵、虞道園、王遵巖、唐荆川、侯朝宗、魏叔子、汪堯峯，皆不纂，而獨取歸、方，其見卓矣。方靈皐經術邁前人，而文格未能軼出於習之、子由而獨臻神化。不纂此二人，則欲嗣熙甫者不其難哉！纂此而并及晁無咎，則不獨歸、方固一派承傳，而劉才甫、姚姬傳、張皐文、惲子居、吴仲倫烝烝繼起，即朱斐瞻、彭秋士亦不得而遺之。所以爲學者之矩矱者，其意微矣。」此讀姚選者所宜知也。今人《虚受堂書札·復蕭敬甫》云：「惜抱《類纂》於近之以古文鳴者芟棄盡淨，極意從嚴，欲使天下正路共由其有出入者。雖偶有佳篇，擯不與，此惜抱之苦衷。今日文章雖不能振起，賴有此書之存，學者尚不迷於所向。僕爲《續纂》，既異於姚氏所處之時，欲寬以收之，庶天下曉然於文果當理皆出於同一，化其門户畛域之習。」此説亦讀姚選者所當知也。

陽湖陸祁孫《合肥學舍札記》亦賡姚氏讀圈點選本之説，惟頗致疑於《類纂》之書，其言曰：「姬傳先生《答徐季雅書》云：『文章之事有可言喻者，有不可言喻者。可言喻者，韓、柳諸公論之詳矣。若夫不可言喻者，則在乎久爲之自得而已。』震川有《史記》閱本，但有圈點，極發人意，愈於解説，可借一部仿爲之，熟玩必覺有大勝處。」此取姚氏讀圈點本之説也。其説可與吴仲倫《類纂》啓發後人全在圈點之説參看。吴説見《總術篇》四之末。陸氏又曰：「姬傳先生有《古文辭類纂》一書，所列前明及本朝作者止歸、方、劉三家。唐襄文《廣右戰功序》爲明一代奇作，而桐城宗伯論最工，皆不録。震川壽序録至四首。恨先生已亡，不獲面質也。」此不滿《類纂》之説也。他如劉次白輩於是選亦有不愜之語。是又讀是編者所宜知也。惟祁孫望溪論最工之説，亦未爲確論。姚範《援鶉堂筆記》云：「安溪嘗語人曰：某友看古文不從議論文字入手，先讀碑版文字，亦是一病。故爲文亦長於碑版，若議論文字便不出色。」此一條疑論望溪也。是望溪議論文字不工，安溪已病之矣。

文有約讀之法。杭大宗世駿標舉古文約讀之法，有《古文百篇》之選而垂揣摹之法。其序有云：「上下千古，汗漫六合，諸生未能仰而企也。即合矣，而操瑟齊門，賣漿冬日，其枘鑿而不相入也，盍以揣摹之術使之速售乎？所謂揣摩者，短長家言。蘇秦十上不第，發憤至於刺股，而其揣摩之道不過曰簡練而已。當時以爲太公之陰謀、鬼谷之捭闔，皆顔率、淳于髡輩效口舌以惑人主，吾獨以爲秦有出神入鬼之才，經天緯地之學，一徵之於王尚書應麟，一徵之於吳禮部師道。應麟撰《地理通釋》詳列七國之形勢，則知秦所揣摩者山川扼塞出車守險之道路也。師道注《戰國》，備載七國之兵制，則知秦所揣摩者蒼頭武卒坐作擊刺之利鈍也。所以威足以懾世主，而策足以窺情實，拱手聽命而合縱之計成。秦爲小人之尤，陰鷙險很，期於必得，其人不足取，其術固可用也。揣摩之説，有道者所恥言，屈而從之，則必上驗天道，下察地理，中悉於人情物變，稽之經籍以得其据依，覈之前言以謹其步趨，因文見道，睹指知歸，非空虛無具、游談不根以僥倖於苟且而已。」案：此杭氏釋揣摩之術者也。從前舉業家有揣摩風氣之説，汪文端《江西試牘立誠編》附《學約》引歸熙甫之言曰：「場中只是撞著法，別無貫蝨穿楊之技。使者久在名場，深信斯言確不可易，彼揣摩之説，特庸妄人之欺世而已。」韓進士夢周曰：「風氣之説，議者牢不可破。如指歸、唐爲正、嘉風氣，則正、嘉時皆歸、唐也，而歸、唐何以傳？指鄧、黄爲隆、萬風氣，則隆、萬時皆鄧、黄也，而鄧、黄何以傳？蓋此外之黄茅白葦，古猶今也。我亦夫也，不可開風氣乎？」張文襄《輶軒語》：「所謂揣摩風氣者，迎合人意，變道逢時之謂也。」又引《戰國策》揣摩字義，謂出於《鬼谷子》，其書有《揣篇》、《摩篇》，謂鉤距窺伺，如《孟子》所謂言餂者也。揣摩本非善術，杭氏百篇之書大致爲舉子之用，故標此義。然其舉百篇爲簡練之意可師也。其言又有曰：

「渤海高公曰：古人文字居則充棟，載則兼兩，學者不能偏觀而盡識也，盍使其約而可操乎？求珠於赤水，伐木於鄧林，果何道之從而不漏不支？又果何道之從而操約用廣？又果何道之從能令古人恨不見我千載下而有知己？余應之曰：傳不云乎：遵王之路，吾與公並生於堯舜之世。蓋嘗伏讀《淵鑑齋古文》之刻而見大聖之心也，言必衷諸道，事必約於禮。精之在天人性命之微，推而播之，至於治國平天下之大。天下之文章，固莫有大於是者也。《奏定學堂章程·初級師範學堂中學堂學科程度章》云：「文法備於古人之文，故求文法者必自講讀始。先使讀經、史、子、集中平易雅馴之文，《御選古文淵鑑》最爲善本，可量學生之日力擇讀之，并爲講解其義法。次則近代有關係之文亦可流覽，但不必熟讀。」案：張文襄此論極推《古文淵鑑》，與杭氏用意正同。其云近代之文「可流覽而不必熟讀」，吾觀近日學堂多好授學生以近代之文，殊於熟讀前古之文有妨，不可不知。草茅跧伏，潛心玩索，得其什一而規模已立。今上皇帝備唐三變，甄宋六家，伏讀《御選文醇》一書，而知我皇上法天敬祖之家法也，證千聖之心源，成一朝之麗製。深思熟復尋繹指歸，如躬聆大聖之講授，增長智識，又得其什一，而古文之塗徑大概盡於是矣。《輶軒語》云：「選本以《御選唐宋詩醇》、《文醇》爲最精粹，且其書簡約易購，能得殿本五色批點者尤豁目。」於選本中崇尚《文醇》，亦與杭氏同旨。公曰：果爾，則吾所謂不漏不支者無慮是矣。然而治術多端，文軌無定，約以百篇，吾猶慮其略而未備也。余應之曰：是舉隅也，是引而不發也。有宋之從事乎銓選者五家：《文粹》、《文鑑》斷限時代，西山《正宗》兼備衆體。其單行者有三：呂成公之《關鍵》不滿百篇，樓迂齋之《文訣》書止五卷，謝疊山之《軌範》僅存五十九篇。以今較之，殆有過無不及。異挈瓶之取盈，非買菜以求益。挾是編以終身，縱横變化以馴至於立言之一途，爲古學則正而大，爲今學則健而明。一尺之棰，用之不竭，又奚事他求哉？」按：杭氏論時文之旨亦曰：「在宗經，在學古。」曾爲《制義宗經》一編以示諸生。至其爲古文，則於二者外，其用意則以《淵鑑》、《文醇》二書爲博觀之用，别精選百篇爲揣摩之用。其《百篇》之選又其主揚州安定書院時以應巡鹺御史高立齋之請，示學者以約讀之法，陳宋人之雅義以示之，可謂有本之論矣。杭氏又嘗爲《馮景傳》，謂景學爲古文，涵濡沉浸，而説經之文尤邃，其言曰：「歐陽子言文當師經。師經必先本其意，意得則心定，心定則道純，純則充，充則實，實則發於文光輝，施於事果毅。」又曰：「作文之法以簡爲高，以潔爲貴。不簡不潔，則易薄弱而多蔓。」蓋馮氏之説亦貴在宗經，與杭氏同旨。其所云貴簡潔之説，亦非學古不爲功，皆可與杭氏互發也。張九鐔《笙雅堂集》有《先儒文畧序》，稱荀卿而下至馬端臨得三十有七人文百篇，爲通經而作。是亦與杭氏同旨例者也。

約讀之法又有可驗者，方望溪爲《古文約選》云：「所取必至約，然後義法之精可見。」故望溪之前，吕東萊有《宋文鑑》，又別有《古文關鍵》二卷。梁章鉅謂二書當相輔而行。黄梨洲有《明文授讀》以約所編之《明文海》。自後劉海峯又有《古文約選》，名與方同，又精選《唐宋八家文鈔》爲讀本，則約之尤約者。而梅伯言又爲《古文詞略》以約姚氏《類纂》。曾文正爲《經史百家簡編》以約《經史百家雜鈔》。曾云：「另選文五十首鈔之，朝夕諷誦，庶爲守約之道。」郝植恭有《明文約編》以約《明文衡》、《文在》。諸編皆約讀古文之法也。是數者皆可供諷誦之用也。蓋文章入手要在音節，鮑覺生之述劉海峯、鮑氏《賦則凡例》曰：「文章奧妙不外神氣、音節，其實神止是氣，節止是音耳。此劉海峯先生之言。」曾文正之告吴南屏皆然。欲求音節入古，必先諷詠名篇。梅伯言自云館於城外，每夜取古人佳文縱聲讀之，一無所忌，結約之氣略爲一伸。卜起元《潛莊文鈔·程淇英先生傳》謂：

「先生端坐直身，昂頭朗誦，將文之前後層次、波瀾曲折、精神頓挫、蟠結隨神與勢之開合、起落、緩急，爲聲之高下疾徐，清亮如洪鐘，餘韻盈耳。先生讀罷，令予試讀。音節不合者，先生復讀示之，必如法乃命退坐。先生論作文須腹稿，方一氣鼓鑄；讀文須淩空激宕，方生龍活虎，下筆有神。」案：此本爲時文言之，然亦可爲讀古文之法。吾師家綽甫學正皆裕昔授余讀文，其法蓋亦如此。其斂氣縱聲處，聽之殊令人穆然意靜也。文正謂文事須從恬吟聲調、廣徵古訓下手。蓋聲調鏗鏘乃文章中第一妙境。情以生文，文亦以生情，文以引聲，聲亦以引文，循環互發，油然不能自已，庶漸漸可入佳境。文正之言從《詩序》「上以風化下，下以諷刺上」之孔疏中悟來，其語最可味也。余嘗欲仿近人刊五色本杜詩例，合刊方、劉、姚、梅、曾五家之評點古文，至便學者也。

約讀之法以求熟也。呂葆中《八家古文精選序》述其父晚村之言曰：「讀書無他，奇妙只在一熟。所云熟者，非僅口耳成誦之謂，必且沉潛體味，反復熟演，使古人之文若自己出，雖至於夢囈顛倒中，朗朗在念，不復可忘，方謂之熟。如此之文，誠不在多，雖數十百篇可以應用不窮。又常曰讀書固必熟而後用，亦有用而後熟，此又不可不知也。若必待熟而後用，則遂有雖熟而不用者矣。此其法當先勉强用之，用之既久，亦能成熟。譬之人家有百十僮僕，爲主人者終日不曾呼喚使令，此等亦遂成偃蹇。今但遇有事輒呼而用之，久久習常，其初猶必候主人之命而後至，其後主人雖未命之，亦自能窺承意旨，趨蹌而前矣。」案：此法用釋家淨土宗回向念佛之法以熟練古文，其取譬與李文貞論讀書記誦之法亦合，誠要言也。舒夢蘭《天香隨筆》云：「釋覺意求作弟子。誨之曰：詩文小道，亦殊障真如之性，原可不學。果能大徹大悟，亦不學而能。但當從修慧入手，空諸一切有爲相，澄心止觀，如是三數年，然後學支那撰著，正如種桃者意在甘實，亦無難飽看花也。覺意欣然有悟。」此亦以釋家修證悟入之法攻詩文也。

讀文之要，前人多自諱不言。梅伯言則於《臺山論文書後》力發之云：「臺山與人論文而自述其讀文之勤與讀文之法，此世俗以爲迂且陋者也。然世俗之文，揚之而其氣不昌，誦之而其聲不文，循之而詞之豐殺、厚薄、緩急與情事不相稱。若是者皆不能善讀文者也。文言之，則昌黎所謂養氣；質言之，則端坐而讀之七八年。明允之言即昌黎之言也。文人矜夸，或自諱其所得而示人以微妙難知之詞。明允可謂不自諱者矣，而知而信之者或鮮。臺山氏能信而從之，而所以告人者亦如老泉之不自諱。吾雖不獲見其人，其文固可端坐而得之矣。」案：此說以文家養氣一大公案洩之於讀文中，舉千古作文祕奧歸之讀法中，學者可以知所從事矣。

衡山秦徵齋增云：「作人作文惟有一字，曰氣而已。人無氣爲死人，文無氣爲死文。昌黎云：『氣，水也。言，浮物也。水大而物之浮者大小畢浮，氣盛則言之短長與聲之高下皆宜。』吾自游南岳歸，悟得作文短長高下四字。吾讀古人文字，不費思索，惟就其短長高下讀之，使吾聲之短長高下與作者相應，氣敗則止，不爲苦吟。吾自作文，但稱吾氣之所至，未嘗摹仿古人之短長高下以爲之，而時暗與之合。」案：此說在姚、曾之先而能以音節求古人文字者。

聲調與古文之關係絶重，尤不第如前所云，蓋有以此括盡古人生平作用者。朱子云：「韓退之、蘇明允作文只學古人聲響，盡一生死力爲之，必成而後止。」又云：「吕本中詩欲字字響，而暮年多啞。」《宋稗類鈔》：李公受與曾致堯倡酬，曾每曰：「公受之詩雖工，恨啞耳。」李初未悟，後得沈休文所謂「前有浮聲，後有切響」，遂精於格律，以其法授晏元獻，元獻以授二宋。自是遂不傳。江西諸人每謂五言第三字、七言第五字要響，亦此意也。姚姬傳稱：「詩、古文各要從聲音證入，不知聲音，總爲門外漢。」然則文家盡一世心力以求之者乃在聲調，至於挾死力以蘄其成。其注重可想。更求之詩家以資借證，亦愈可見其扼要。《明史·謝榛傳》稱：「當七子結社之始，尚論有唐諸家各有所重，榛曰：『取李杜十四家最勝者熟讀之以會神氣，歌咏之以求聲調，玩咏之以裒精華。得此三要，則浩乎渾淪，不必塑謫仙而畫少陵也。』諸人心師其言。厥後雖合力擯榛，其稱詩旨要實自榛發也。」吾觀七子詩名震一世，其得力只在此數言。此三要在詩家爲指要。通之於文，則韓、蘇亦以是爲指要也。此近人戴殿泗稱吴宗元朗誦工部全集至聲徹遠近，而每首必百過也。豈無故乎？

古人論文衹以聲調論駢文，不以聲調論散文。劉彦和《總術篇》所謂「無韻者筆，有韻者文」，沈休文爲《謝靈運傳論》所謂「五色相宣，八音協暢」，皆言駢文者也。阮雲臺稱所謂韻者，乃字句中之音韻，非但句末之韻脚也。六朝不押韻之文奇偶相生，頓挫抑揚，皆有合乎宫羽，都緣攻駢文者講聲調之故。若於散文中論聲調，則自姚、曾大暢其説，而兩種文之旨一合矣。

《捫虱新語》述唐子西言：「古人散句之中暗有聲調，步驟馳騁亦有節奏。」言散文聲調始此。梁茝林云：「古人之韻，即是今人之平仄也。」

以詩例之，從前但有言近體平仄者，至趙飴山氏始爲譜以言古詩聲調。文之由講駢文聲調而達於言散文聲調，其轍迹正同。然詩中近體之平仄顯而易知，古體之音節隱而難察。駢文聲調，古文音節亦然。章實齋病趙氏譜古詩聲調，謂「古體之音節變化非一成之詩所能限，能熟於古詩當自得之」。則古文之音節更非用趙氏法所可求者，亦必以熟於古文，精約讀之始可自得也。陳兆崙評東坡《乞常州居住表》曰：「一路平仄相承，不差一字。自西漢以來，凡散行平敍處皆然，至轉捖處而後變調。自初唐四子竟體不變，文體遂靡。而矯之過者故爲佶屈之詞，又失古文正脈。惟韓退之銳意復古，爲得其中。自此歐、蘇遞相祖述，頓還舊觀。若竟體相承，平仄不亂，而去四六排偶之迹，則用之章疏極宜也。」散文聲調之流變，觀此可知。袁氏守定曰：「文章雖不如歌詩、駢體拘韻限聲，然亦須平仄相間，低昂相宜，使音響調協，鏗鏘可聽。若平聲字勝則句揚而不馴，仄聲字勝則句靡而不揚。沈休文謂前有浮聲則後須切響，柳子厚《復杜温夫書》責其用字不當律令，蓋謂此也。」劉氏《藝概》云：「言辭者必兼及音節，音節不外諧與拗。淺者但知諧之是取，不知當拗而拗，拗亦諧也，不當諧而諧，諧亦拗也。」案：轉捖處而後變調，即拗亦諧之説也。竟體不變，即諧亦拗之説也。講聲調者宜深領畧此意。

讀古文有熟讀、兼讀之別。何子清忠萬《讀書勸語》云：「《五經》之文，變化極矣，恣肆如《莊》，曲折如《騷》，典贍如《國語》，矯健如《國策》，此先秦文當熟讀者也。蕭《選》之麗，龍門之奇，敬輿之詳明，老泉之簡嚴，此漢魏六朝唐宋文字宜兼讀者也。義理精而文字工，思慮精而筆墨化，有不苟於爲文之志而後擇之端，有不欲以文見之心而後畜之富，韓文杜詩，光燄萬丈，其精神氣節有餘於語言外者也。」此以先秦前、後之文分別熟讀、兼讀，用意亦佳。惲子居《大雲山房言事·答姚來卿》曰：「來書需《批本韓文》，然不在乎此。蓋批本即滯於一隅，不如略舉學韓文之旨，吾壻自擇之。如一人獨行其衢路，曲折皆歷歷可紀，隨人行則恍惚也。作文之法不過理實氣充。理實先須致知之功，致知先須寡欲之功。致知非枝枝節節爲之，不過其心淵乎，於萬物之差別一一不放過，故古人之文無一意一字苟且也。寡欲非掃除斬絶爲之，不過其心超然，於萬事之攻取一一不黏著，故古人之文無一字一句塵俗也。其尺度則《文心雕龍》、《史通》、《文章宗旨》等書先涉獵數過，可以得典型焉。若其變化之妙，存乎一心而已。不佞就韓文言之，《平淮西碑》是摹《書》、《詩》二經，已爲人讀爛，不可學。《南海廟碑》是摹漢人文，亦不可學。如書字摹古之帖，若復摹之，乃奴婢中重臺也。《送李愿序》淺而近俗，《與于襄陽書》俳而近滯，《釋言》窠臼太甚，《上宰相書》亦有窠臼。其後兩篇夭矯如龍矣。學韓文先須分别其不可學者，乃最要也。此外可學者大都識高則筆力自達，力厚則詞采自腴，而其用意用法之巧有不可勝求者。案：此旨黄虎癡《癡學》中亦申之，曰：「古人之文有可仿者，有不可仿者。如王襃《僮約》，山谷嘗仿之矣。昌黎《畫記》，淮海嘗仿之矣。文非不工，皆不甚傳。蓋善仿古者仿其意而不仿其詞。如昌黎《平淮西碑》即謂之仿《尚書》可也。柳州諸記即謂之仿《水經注》，《水經注》即謂之仿

《禹貢》可也。歐公《五代史》即謂之仿《史記》，老蘇《權衡書》即謂之仿《國策》，東坡諸論即謂之仿《孟子》可也。若王莽之仿《大誥》、揚雄之仿《周易》《論語》，則拙而妄矣。至於《僮約》、《畫記》之類，皆昔人游戲之文，以詞勝而不以意勝者，不可仿，亦不必仿也。」略舉數篇以爲體例。如《汴州水門記》，節度使是何官銜！隴西公是何人物！水門之事則甚小，若一鋪敍不成話矣，故記止三行。詩中詳其事業，於水門止一兩語點過。此是小題，不可大作也。有大題亦不可大作者，李習之《拜禹言》是也。禹之功德從何處贊揚？故止以數言唱歎之。知此，雖著述汗牛充棟，豈有浮筆浪墨耶？如《殿中少監墓志》竟用點染法。韓公何以有此種筆墨？蓋因少監無事可書，北平王事業函蓋天地，若不敍北平王，於理不可，然輕敍則不稱北平王，重叙則少監一邊寥落，誼客奪主矣。是以並叙三代，均用喻言，使文體均稱，翻出異樣，采繪照耀耳目。且恐平叙三代有涉形蹟，是以將納交作連絡，存没作波瀾，真鬼神於文者也。如《滕王閣記》有王子安一篇在前，其文較之韓公，乃瑜珈僧之於法王，寇謙之、杜光庭等之於仙伯，何足芥蔕！然工部所謂當時體也，其力亦足及遠。既有此文，不可不避，故韓公通篇從未至滕王閣用意，筆墨皆煙雲矣。如貞曜先生、施先生墓志，不列一事，以貞曜詩人、施先生經師，止此二意竟可推衍成絶世之文，若列一事體便雜也。又如《曹成王碑》、《許國公碑》盡列衆事，以二人均有大功於民生國計，其事皆不可削，須擇之部署之鋪排之以成吾之文，若一虚文，與人與官皆不稱也。以上意法引而伸之，可千可萬，可極無量。歐公蓋能得之而盡易其面貌，故差肩於韓公。若各大家各名家均有所得，不如歐公所得之多也。倘不如此看，則歐公之文與凡庸軟美之文何别哉！須留心於此，終身不間斷以求之。」案：惲氏於可學之韓文，皆取其篇兩兩比較説之，用意與曾文正並行讀法絶同。其用此法以看歐公所得於韓公之分數，則又兼有孫履齋直進之讀法矣。即此可悟文家研求前人成文之法，其心得往往不謀而合，要非久於其道者不知也。其教人先涉獵論文書數過，即張文襄讀書宜得門徑之旨，亦即不佞輯此書之意也。

讀古文宜知有大處看、小處看之别。惲氏《答姚來卿書》曰：「來書言每日讀古文一篇，知其法而不知其法之所自出。此言可見近日功候。然由求之過深，反不得灑然。稍繚緩之，則所自出可知矣。又言著意合拍，著意收束，欲法古人，而爲古人所懾伏。此言甚是。南宋以後文人皆爲此病所誤，不過有古人所見存耳，治之之法須平日窮理極精，臨文夷然而行，不責理而理附之。平日養氣極壯，臨文沛然而下，不襲氣而氣注之。則細入無倫，大含無際，波瀾氣格無處是古人而皆古人至處矣。看文可助窮理之功，讀文可發養氣之功。看文看其意，看其詞，看其法，看其勢，一一推測備細，不可孤負古人。案：讀文之法編中已詳，惟看文之法祇惲氏略一發之。考看文之法通於看書，今取諸家看經書種種之法可通之看文者具録之，以補足惲義。《讀書樂趣》引朱子云：「讀書之法須正看，背看，左看，右看。看得是了未可便道是，須反復玩味。」此四種看法可移之看文者也。又淮陰卜澹庵曰：「某讀書凡一句必分字以解，凡一節必分句以解，凡一章必分節以解，其於聖賢立言之意既見其條目矣。由是合數字以成句而解之，合數句以成節而解之，合數節以成章而解之，其於聖賢立言之旨又見其全體焉。乃始證之本句求其體貼語氣者何在，又合之衆注求其理一分殊、殊途一致者何在，同者去二而存一，多者删繁而就簡，期於符合正文而後已。若夫遠看、近看、平看、冷看、正看、反看、順看、倒看、逐字看、反復相因看者，一遵程朱之法。至於比看、引證看、補足看者，則某之自爲解者也。」伍涵芬曰：「先子教以看書之法宜求至一貫之地方爲通透，有此處如是他處卻又不如是者，須思其所以異，又思其所以同。於不同處參悟出他同的意思來，於千頭萬緒總歸這一個道理，處處可通無礙，乃是實到手也。」按此兩家所述十三種看法，又推廣朱子四法無餘蘊矣，移以看古人之文最妙。至卜氏分字分句分節分章之法，即程氏讀書工程中讀韓文看篇法、章法、字法、句法之旨也，見前節。又與焦廷琥《先府君事畧》所云整讀、碎讀、分讀、串讀之法同。至伍氏所謂於此處他處思其異同，又與曾氏並行讀法相通，且書理與文法大畧類此者甚多，可隅反也。即釋氏看經之法亦多於此著意，釋袾弘《竹窗隨筆》云：「看經須是周徧廣博，方得融貫，不致偏執。蓋經有此處建立彼處掃蕩，此處掃蕩彼處建立，隨時逐機無定法故。」亦此理也。又前在岳麓書院見有石刻王九溪山長示諸生讀書法有讀經六法：一、正義。二、通義。三、餘義。四、疑義。五、異義。六、辨義。其看法亦善。經以義爲主，故以此六法求義。文以姚氏所謂八字者爲要，亦可神明其法以求之也。讀文則湛浸其中，日日讀之，久久則與爲一。然非無脱化也，歐公每作文讀《日者傳》一徧，歐文與《日者傳》何啻千里，此得讀文三昧矣。今舉看文之法爲吾壻言之。譬如《史記·李將軍列傳》『匈奴驚上山陣』，一『山』字便極妙法門，何也？匈奴疑漢兵有伏，以岡谷隱蔽耳，若一望平原則放騎追射矣，李將軍豈能百騎直前且下馬解鞍哉？使班孟堅爲之，必先提清漢與匈奴相遇山下，亦文中能手，史公則於

『匈奴驚上』消納之，劍俠空空兒也。此小處看文法也。《史記·貨殖列傳》千頭萬緒，忽敍忽議，讀者幾於入武帝建章宫、煬帝迷樓，然綱領不過『昔者』及『漢興』四字耳。是史公胸次真如龍伯國人，可塊視山林，杯看五湖矣。此大處看文法也。其讀文之妙則可無言，當自得之而已。」

案右列惲氏二法，乃以示其壻姚文僖之子來卿，俾其以可學與不可學讀韓文，以大處、小處看史公也。文家之有史公與韓公，其遺法能使後人鑽仰不盡，故前人於此兩家之文，其讀法亦研求至爲詳切，舉惲氏此二法可以隅反矣。李次青《書大雲山房集後》謂本朝文家於《太史公書》得其深者惟魏叔子、方望溪及惲氏。後來曾文正於《史記》、韓集用力亦深。此不可不篤信而實踐之者也。包慎伯則稱子居得力全在介甫，與李説異。又近刻有閩人林西仲雲銘所爲之《韓文起》，其《凡例》中自立有研求韓文之法，並改韓集次第而編之。然其批評習氣與所爲之《莊子因》、《楚辭鐙》無異，大較沿自李卓吾、金聖歎一流，通脱粿猥，未可據爲讀韓文典要者矣。

讀古文有自然與勉強之徵驗。日常諷詠之作既極精約，如此用力則能徐徐而詣自然之致。大抵文章之神情氣韻都由心悟，不可力追。取梅、曾諸家約本，擇所愛好者用常讀之法朝夕吟繹，則致力之道也。西人雷特謂欲善文，宜取傑作讀之，如聞其聲化之於自然始可。是西人文字亦有從此中求之者也。童愻南論讀《史記》之法有云：「全以精神與作者相求，自然精妙俱出。勉强而求妙者，必非妙處。」凡讀文字皆然，此秘無人窺見。蓋古人之文，其成也本合天然、人爲二境以成之，欲窺見其所由成，始用勉强之力求之。不得者繼必俟諸自然而得之，殊未可泥諸一端以自窘也。陳勾山曰：「南豐之文之最上者只可當韓之上中，而亦無韓之下格。其無韓之上上者，天也。其亦無韓之最下者，人也。非徒不能爲，亦直不欲爲耳。其舒緩遲重似劉向，而近裏著己又似仲舒，蓋以漢人爲師者歟？蓋古人天然、人爲之别如此。」

姚姬傳曰：「夫道德之精微，而觀聖人者不出動容周旋中禮之事。文章之精妙，不出聲色字句之間。舍此便無可窺尋矣。」此言求文入手之處。然非誦習之又無由窺尋也。故梅伯言《與孫芝房書》云：「夫古文與他體異者，以首尾氣不可斷。有二首尾焉則斷矣。退之謂六朝文雜亂無章。然文之能成章者，一氣也。欲得其氣，必求之古人，周秦漢及唐宋人文其佳者皆成誦乃可。夫觀書用目之一官而已，誦之而入於耳，益一官矣，且出於口，成於聲，而暢於氣。夫氣者，吾身之至精者也。以吾身之至精御古人之至精，是故渾合而無有間也。」案：此説張廉卿曾伸之，張氏《與吳摯甫書》云：「作者之亡久矣，而吾欲求至乎其域，則務通乎其微。以其無意爲之而莫不至也，故必諷誦之深且久，使吾之與古人訴合於無間，然後能深契自然之妙而究極其能事。若夫專以沉思力索爲事者，固時亦可以得其意，然與夫心凝形釋冥合於言議之表者則或有間矣，故姚氏曁諸家因聲求氣之説爲不可易也。劉氏《論文偶記》曰：「神氣者，文之最精處也。音節者，文之稍粗處也。字句者，文之最粗處也。然余謂論文而至於字句則文之能事盡矣。蓋音節者，神氣之迹也；

字句者，音節之矩也。神氣不可見，於音節見之；音節無可準，以字句準之。」又曰：「音節高則神氣必高，音節下則神氣必下，故音節爲神氣之迹。一句之中或多一字或少一字，一字之中或用平聲或用仄聲，同一平字、仄字或用陰平、陽平、上聲、去聲、入聲，則音節迥異。故字句爲音節之矩。」又曰：「積字成句，積句成章，積章成篇，合而讀之，音節見矣，歌而詠之，神氣出矣。」又曰：「作文若字句安頓不妙，豈復有文字乎？但所謂字句音節，須從古人文字中實實講貫過始得。」此皆因聲求氣入手之法也。吾所求於古人者，由氣而通其意以及其詞與法而喻乎深。及吾所自爲文，則一以意爲主，而詞氣與法胥從之矣。」此亦言讀文有自然與勉强之分别也。蓋深契自然與沉思力索有天人之别也。張氏更述其所師法，謂方存之言長老所傳劉海峯絶豐偉，日取古人之文縱聲讀之。姚惜抱則患氣羸，然亦不廢哦誦，但抑其聲使之下耳。蓋文家以是爲相傳之訣法如此。吳氏《答張書》云：「承示姚氏於文未能究極聲音之道，弟於此事更未悟入。往時曾文正言古人文皆可誦，近世作者如方、姚之徒可謂能矣，顧誦之而不能成聲。蓋與執事之説若符契之合。近肯堂爲一文發明聲音之故，推本《韶》、《夏》而究極言之，特爲奇妙。竊常以意求之，才無論剛柔，苟其氣之既昌，則所謂抗墜、詘折斷續、斂侈緩急、長短伸縮、抑揚頓挫之節一皆循乎機勢之自然，非必有意於其間而故無之而不合。其不合者必其氣之未充者也。」又劉氏《藝概》謂公、穀兩家《春秋》本經，輕讀、重讀、緩讀、急讀，讀不同而義以别矣。劉縱聲而姚抑聲。以讀文本古法也，故姚氏教人仍以急讀、緩讀兩者並用爲訓，其《與陳碩士書》曰：「大抵學古文者必要放聲疾讀，又緩讀，衹久之自悟。若但能默看，即終身作外行也。」又曰：「急讀以求其體勢，緩讀以求其神味，得彼之長悟我之短，自有進步也。」又朱子稱看書要放開心胸，令其平易廣闊。余謂善讀文亦能令人平易廣闊。攷宋人有最善狀讀書者，梁玉繩《瞥記》曰：「彭龜年《讀書吟示子鉉》云：『吾聞讀書人，惜氣勝惜金。纍纍如貫珠，其聲和且平。忽然低復昂，似絶反可聽。有時静以默，想見紬繹深。心潛與理會，不覺詠歎淫。昨夕汝讀書，厲響驚四鄰。

方其氣盛時，聲能亂狂霖。倏忽氣已竭，口亦遂絶吟。體疲神自昏，思慮那得清。安能更雋永，温故而知新。永歌詩有味，三復意轉精。勉汝諷誦餘，且學思深湛。』余每哦忠肅此篇以爲讀書之法。盧仝《寄男抱孫》詩亦云：『尋義低作聲，便可養年壽。莫學村學生，麤氣强叫吼。』」案此詩誠善於形容讀文者，惟《退庵隨筆》又引此作李文貞之説，謂村塾讀書、秀才讀時文，多大聲狂叫，氣竭聲嘶，有損無益也。吴摯甫自謂苦中氣弱，諷誦久則氣不足載其詞。廉卿亦謂常不免此病。二人皆受法於文正，故致力從同。而廉卿告劉生示以廣穫而精耨、熟諷而湛思二語，告查生以古文致力之道盡在熟讀深思四字。《餘師録》許顗云：「古人文章不可輕易，反覆熟讀，加意思索，庶幾其見之。東坡詩『熟讀深思子自知』，此語宜書諸紳也。」摯甫亦言於文中觀人精神志趣之殊，不使詞之輕重緩急失其宜。皆文家要事也。

讀古文生敢作與不敢作之徵驗。《吕氏蒙訓》分讀文爲二種：一讀之令人意思寬大而敢作，如《莊子》是。一讀之令人入法度不敢容易作，如《左傳》是。讀蘇黄詩亦然。此又讀文時注意於應用時之情態也。唐彪《讀書作文譜》引張文潛云：「讀《左傳》不可不兼讀《莊子》，一實一虚，一高老一疏宕，對待兼資而我文之真面出於其間，一家偏私之弊吾知免矣。」此亦與吕氏説相發明也。

讀古文有足意與不足意之徵驗。邵博《聞見後録》云：「歐陽公謂蘇明允曰：『吾閲文士多矣，獨喜尹師魯、石守道，然意猶有所未足。今見子文，吾意足矣。』嗚呼！歐公之足，孔子之達，杜子美之無恨，韓退之之是也。」蓋古今文家有至者有未至者，即一家之文亦自有其至者與未至者。顧亭林所以有古人作文時有利鈍之説也。安有一例服膺之事哉？此又讀文時不可不獨具之隻眼也。邵又云：「歐公謂梅聖俞云：讀蘇軾之書不覺汗出，快哉！」亦足意之説也。又考讀古人文集有辨僞之法，如汪上湖《孫文志疑》之作勒爲專書。其他大家別集中雜入作僞之詩文，近人文集及《四庫提要》與各家筆記辨證僞託之作甚多，此爲一種讀法。又讀別集有攷異之法，如朱子《韓文攷異》之作是。近人校勘家所校舊本詩文集精刻行世者亦多，此又一法。讀文又有評點之法，曾文正屢言之。三者亦皆以求足吾意者也。昔陳四覺先生有宋學考據家之目，此辨僞、攷異二者亦可云文學中之攷據家也。

古人文之有不足意者，魏叔子嘗言之，曰：「《史記》爲太史公未成之書，使史公而在，當必更爲改定。安見韓蘇諸公於其文遂謂一成不易也？」故魏氏於所編《八大家文鈔選》往往於韓歐諸名文有所疵議。而方氏《古文約選》亦謂「《左》、《史》、韓文雖長篇，句字可薙芟者甚少。其餘諸家雖舉世傳誦之文，義枝詞冗或不免，皆爲之鉤劃於旁」。惲子居謂賢人君子窮極精慮之作，述而有一得之士可以議之者，乃文家之公道。此又讀文不可不具之識解也。詩家亦然，五家評杜、紀氏評蘇皆有此例。

吾觀方氏之去取八家文，其所疵議者，如柳氏則多以戍削之意駁議之，於歐氏則多以删省之法行之。當時劉海峯《八家文鈔》宗依之，而袁簡齋《詩話》持論非之，要以李穆堂攻之尤力，其《別稿》中有二書與方氏論所評柳文、歐文，各附以論方氏評語四十八九條，皆足以發方氏之固，此亦文家公案之宜解釋者也。李氏論其評柳文書曰：「尊評柳集高論特識，見所未見，驚歎久之。大概於渾發論議、援據舊聞者即指爲俗套，旁論曲證者即指爲醜態。然此數者原本經傳，自秦漢迨唐，作者皆用之，似未足爲柳州病，亦未可執以爲文禁也。至於語句稍古拙者即目以稚，柳州在當日，昌黎獨以文事相推，謂巧匠旁觀，以吾徒掌制爲媿。史臣引其言爲定論，曰：『雄深雅健似司馬子長，崔、蔡不足多。』昌黎非妄許人者，其言果稚，安得擬子長？即子長也，即未有善，何至於稺！既而反覆循省全書評語寥落，覺應駁者多未之駁，而所駁者乃又似可已。或者以矜氣臨之，以易心出之，執持己說以繩古人，雖其詞句有本者亦不及詳審，遂不覺其詆之至於斯耶！鄙意嘗謂柳文之不足者在理，不在詞氣。蓋柳州於大道未明，故表啓諸篇苟隨世俗，非聖賢奏對之旨。至諸僧塔銘及贈答之作於理尤謬，故詞亦弊弱。而書序論記散體大篇則詞氣雄深雅健，誠如昌黎所云，足以追馬配韓，卓然而不媿也。今仍照歐集，凡鄙見與尊評有參差未合者，俱一一注出，寫在別紙，藉求教益。僕於韓柳歐王曾蘇數家文嘗繩以六經，句比字櫛以求其離合於毫釐分寸之間，實見古人爲不可及，非敢榮古虐今如柳州所云。」案：吳仲倫《初月樓文鈔》有《書柳子厚文集》一篇，亦不以方氏抑柳氏爲然，其說曰：「靈皋方氏論退之、永叔諸家之文當矣，而深致貶於子厚爲失中。子厚遭貶謫後文格較前進數倍，其所與諸故人書，惻愴嗚咽，雖不足與司馬子長爭雄，固是楊子幼之亞。而靈皋以（稽）〔嵇〕叔夜方之，非知言之選也。《辯列子》以下諸篇，雖使子長爲之，殆無以過，班彪、固父子所不能及。記柳、永諸山水及他雜文，時出入屈原、莊周，崔、蔡固不足多，酈道元之徒又寧足道耶？子厚文士之傑，其所論著雖不概於儒者道，然亦往往有合者，而詞特妍妙，足以使人愛玩，樂之忘疲。蘇子瞻之於文事可謂能盡其才矣，而晚歲於子厚集有偏嗜，後之人可以思其故也，詎得謂子厚非韓敵也而遽少之哉？」此蓋對鍼望溪《書柳文後》之作而明其説之不然，是亦可爲桐城後學不肯阿好之證也。吾又攷方氏之疵議八家文，蓋即本其删定管、荀二子之法而廣之。其去取《荀子》則自引韓子，欲削荀氏之不合者，附於聖人之籍而證其爲宗韓之旨。其去荀之悖蔓複俚佻之例即用之於疵議柳文之中，乃大開今人輯補校訂古書之例法。其評本今猶在也。夫必欲申其疵議之志，則明太祖曾命儒臣删訂《孟子》至八十餘處之多，何況《荀子》乎？而且宋世不足意《孟子》者尤不止一二家也，此亦文家相輕之習故也。又《論評歐文書》曰：「細閱足下評注語，亦似未能合公所以立言之意。而取其所去、去其所取者，中間删節處甚多，意求簡健。而自愚意審之，似皆不可删者也，不獨波瀾意度爲之索然，即以爲文之法求之似亦未盡。僕嘗語學者説理之文以論事出之則無微不顯，論事之文以説理出之則無小非大。蓋必事與理相足而後詞達，詞達而後詞之能事畢。今觀所閲於論事而折以理者則删之，説理而證以事者則又删之，意嫌其複，不知非複也，必事與理相足而後詞達也。至於字句亦時加删省，試取讀之，覺原本語贅拙甚近古，删之乃反近時，則亦不必删也。雖然，此其小小者也。若《晝錦堂記》竟斥以庸下，《本論》節節而詆之，此則僕所驚訝而不敢卒觀者也。昔人謂身在堂上乃可以辨堂下人之是非。居今日而排斥古人，必其學與識與力勝於古人而後可也。歐陽公之文，七百歲於兹未有能繼之者，乃欲求勝於歐陽公，無論足下，自宋南渡而下至於有明，不敢信有斯人也。《學記》謂學然後知不足，不學不知其善。僕不謂足下未嘗學，然僕則嘗學之而自知不足，抑嘗學之而知古人之善，不敢以輕心排斥之矣。有明王、李之徒嘗菲薄唐宋以下文字，然同時如歸熙甫已斥爲妄庸。元美晚年贊熙甫始極推之，而自傷其異趣。夫熙甫去歐陽公不啻倍蓰什伯，元美之悔恨已若此。若以望歐陽公門仞，豈復能充都養之役？然則詆排古人，蓋不待熟思而知其不可也。」考方氏於柳文或指爲俗套、爲醜態、爲稚弱、爲晦澀、爲鄙庸、爲繁贅、爲支蔓，大致要皆謂其不簡淨耳。其於歐文大加删省，或病其近時文論策，或病其多應酬俗徑習套，大致亦皆謂其不簡淨耳。方氏之文以戌削簡淨爲家法，故一切以之繩責古人，其所自得者在此，而其短亦在此。持以繩古，本非通識，然自是遂衍成桐城一派矣。讀方、劉、姚選本者須審知之。

陳氏兆崙評柳子《封建論》則亦以方氏於古文枝冗處必删抹者爲非，其言云：「望溪方氏謂此文後路宜加删節。細看中後亦微有萎弱冗緩不稱前文之處，讀者但取其精要，如起處『天地果無初乎』至『封建非聖人意也，勢也』，誦之必熟，此下再著眼『時則有叛人而無叛吏』、『時則有叛國而無叛郡』、『時則有叛將而無叛州』三語即已首尾通貫，可以飽足其心。餘文只以大略觀之，借以省記史書可矣。至於遽爾删抹則不敢，亦可不必。豈望溪讀書必求其字字皆口熟乎？甚矣其迂也！」蓋陳氏讀文謂有必須熟讀之文、有但觀大略不必字字皆口熟之文。其於可大略觀之者但須心知其病，不必删抹，而於應熟讀者則領取其精要焉。

惲子居言古今文家之不足意者又有一説，其言曰：「古文，文中之一體耳。而其體至正不可餘，餘則支；案：前人有四過之說，意與此同。不可盡，盡則敝；不可爲容，爲容則體下。方望溪先生曰：『古文雖小道，失其傳者七百年。』案：此語與前所引穆堂七百年未有能繼之語同。包慎伯《藝舟雙楫序》亦衍此說，曰：「古文之名以北宋而盛其學，至南宋而大衰，以迄於今，別裁雜出，支離無紀且七百年未已。近人姚姬傳選《古文辭》，條別得失。惲子居自述力學所得，實亦焕乎可采，不謬後來。」又《與楊季子書》稱：「晉卿古文出於其舅氏張皋文，皋文受於劉才甫弟子王悔生。」蓋即熙甫、望溪相承之法，均屬推許方、姚之說。乃其自爲《文集總目序》又云：「予雅不喜望溪、才甫而特愛晉卿。」語似矛盾，然其許晉卿屢言其能自拔，或包氏惡彼墨守方、劉者耳。望溪之言若是，是明之遵巖、震川，本朝之雪苑、勺庭、堯峯諸君子，世俗推爲作者，一不得與乎望溪之所許矣。望溪謹厚兼學有原本，豈妄爲此論耶？蓋遵巖、震川常用意爲古文者也。有意爲古文而平生之才與學不能沛然於所爲之文之外，則將依附其體而爲之，依附其體而爲之，則爲支爲敝爲體下，不招而至矣。是故遵巖之文贍贍，則用力必過，其失也少支而多敝。震川之文謹謹，則置詞必近，其失也少敝而多支。而爲容之失，二家緩急不同，同出於體下。集中之得者十有六七，失者十而三四焉。此望溪之所以不滿也。李安溪先生曰：『古文，韓公之後惟介甫得其法。』是說也，視望溪之言有加甚焉。敬常即安溪之意推之，蓋雪苑、勺庭之失毗於遵巖而銳過之，其病徵於三蘇氏。堯峯之失毗於震川而弱過之，其病徵於歐陽文忠公。歐與蘇二家所蓄有餘，故其病難形。雪苑、勺庭、堯峯所蓄不足，故其病易見。噫，可謂難矣！然望溪之於古文則又有未至者。」案：子居之説，吳仲倫極不然之，其《與陸祁孫書》既論其未合矣，又有《與王守靜書》力駁之曰：「子居矜氣太甚，未爲得中道。至其論文之語，則僕往往求其解而不可得。子居以爲古文其體至正，此語恐非是。經、史、子皆文也，安得别有所謂古文體乎？唐宋人文集中亦有言古文者，對當時場屋中取士之文言之，非别立一體以爲古文之式也。其言不可盡、不可餘，吾不知其所謂盡，以何人之文之體較之而謂之盡；其所謂餘，以何人之文之體較之而謂之餘也。子居述安溪先生言，謂古文韓公後介甫得其法。而子居推其意之言，則自歐陽文忠公而下均有貶詞，似古文之體當以韓公爲正矣。而子居又嘗以爲文必宗經，唐宋人作贈序是謂不經，贈序韓公之作最佳，而子居一筆抹倒，則又似不以韓公爲正。究不知其所謂盡，以何人之文之體較之而謂之盡；其所謂餘，以何人之文之體較之而謂之餘也。夫經、史、子皆文，文固不始於韓公。僕竊以爲有文字來，當以虞夏之書爲文祖，虞夏之書簡而易明，殷《盤》、周《誥》何其爲之難也，言之又何其嘵嘵也。殷周人已不能得虞夏人作文之法，而況於戰國之世道術分裂、諸子百家之紛紜雜出者乎？而又況乎唐宋元明諸人之各名一家者乎？欲以一律繩之，難矣！子居之論震川也，謂震川之文謹謹則置詞必近，以是爲震川之失。夫謹莫謹於《春秋》，《春秋》將有失耶？置詞之近莫近於《論語》，《論語》將有失耶？以震川之文較之聖人之爲言，其淺深大小高下誠不可以同日語，然其所以不可同日語者蓋别自有在，而非謹之失與置詞之近之失也。故僕又以爲下六經之文一等者，司馬子長之《史記》是也。《史記》文無美不具，自兹以降，即不能無少欠缺。以此人之所有傲彼人之所無，無不可者。子居以其雄厲之氣、鼓努之力、精刻之思傲廬陵、震川諸君子，諸君子必俯首而願爲之屈。而諸君子以其柔澹之思、蕭疏之氣、清婉之韻、高山流水之音傲子居之所短，子居能無避席乎？僕於古人之文好而學之二十餘年矣，近以饘粥不繼，方汲汲治生，此事蓋已廢棄，非欲與子居競名者。然僕於文自有見處，不能於子居之所是者而即是、之所非者而即非之也。」葆心按：吳氏雖憚謂不知以何人較之始知其所謂餘、所謂盡，余觀望溪有言曰：「四子之書，減一字則義不著、詞不完，蓋無意於文，誠乃臻其極也。」似惲氏之意可以六經、四子比較諸家而得之乎。仲倫書中亦已及此旨矣。存以備參證可也。蓋子居因望溪之言而不滿意於震川、遵巖，因安溪之言不滿意於雪苑、勺庭、堯峯，復不滿意於望溪。後之不滿望溪如梅崖者，子居復不滿梅崖。其所品評均以有餘與不足合衆家而印證其失，以默探所蓄於作文之外而窺知其本原。是魏、方之所不足於古人者，必精研於文家義法而始知之；惲氏之所不足於前人者，必吾人確有所蓄積於文字之外者而始知之也。魏、方所不足即在文中，惲氏所不足則在文外。羅氏典謂得古人深處乃見古人淺處。《許彦周詩話》云：「古人文章不可輕易，反覆熟讀，加意思索庶幾其見之。東坡詩云：『故書不厭百回讀，熟讀深思子自知。』其在海外絶無書，黎子雲家有柳文，日夕玩味，故盛稱柳州詩。」《老學庵筆記》云：「徐敦立言子厚《非國語》之作正由平日法《國語》。爲文章看得熟故多見其疵病。予曰：東坡在嶺外特喜子厚文，朝夕不去手，與陶淵明并稱二友。及北歸，《與錢濟明書》乃痛詆子厚《時令》、《斷刑》、《四維》、《貞符》詩篇，至以爲小人無忌憚，豈亦由朝夕紬繹耶？恐是《非國語》之報。」此皆得古人深處乃見淺處之證也。然則不足意於古人之文，豈易臻之境地也耶？案：國初諸儒，經、史之學盛時，其祈嚮多在研經，故其時論文多高亢之論，觀安溪、望溪之言可見。以二人均自命在經儒也。望溪失傳至七百年之説蓋本於茅鹿門史遷後五百有歐陽子，歐陽子後五百年有茅子之意，皆以示自負之重也。至史學名家如萬季野，其持論亦復如是。季野語望溪曰：「願子於古文勿溺也。唐宋號爲文家者八人，其於道粗有明者韓愈氏而止耳，其餘則資學者以愛玩而已，於世非果有益也。」望溪謂其輟古文之學而求經義自此始。萬氏之旨與安溪如出一口，皆因其胸中別有進於古文之經、史學在也。又按：惲氏云：「吴仲倫達心而懦，其於道也儉。王惕甫强有力而自是，其於道也越。」亦以過與不足區分其得失之説也。然吴仲倫又不許可惲氏之言，集中《與程子香書》曰：「子居有得於遷、固之雄剛，然頗似法家言，少儒者氣象。其云仲倫之於道儉，此語誠中吾病。其言仲倫達心而懦，此非知予者。予性實剛介，特不喜與人競是非耳，豈遂懦哉？其論王愓甫謂其强有力而自恃，又云愓甫之於道也越。此二語恐子居亦不免，愓甫或較甚耳。子居好貶人以自高，其所就固已在持正、可之上。此千古之事，豈一人之私能軒之而輊之哉？」余又攷子居病愓甫自是之説，愓曾自言之。其序韋靜山文自謂「好持己所明以律其不衷」者，即自是之證也。

方氏批删古人之文，王愓甫又以爲當，其《讀小峴所作亡弟行狀書後》曰：「往在京與王君殿光、龔君景瀚飲小峴坐中，王君言方侍郎苞舉韓歐文字而筆削之，凡所刊落果勝原作，自一奇。余曰：『然。自古講義法無如侍郎者。法以積而愈備，義以析而彌精，非侍郎才勝韓歐，韓歐自不及耳。』龔君曰：『然。如《瀧岡阡表》，歐公絶作也，不經侍郎刊削，猶不免有冗長處。』余曰：『是矣。然君又第知其一耳。《瀧岡阡表》，吾曹以文字讀之，侍郎以文字論之，痛加刊落，境自益勝。在歐公當時至性至情激宕而出，言之短長與事之繁簡所不及計，勢不能無冗長。且歐公能改薛史爲馮道、李程諸傳，此其識寧在侍郎下者？及其自表瀧岡則不能矣。大抵家門文字不宜自爲。曾致堯、曾易占爲子固親祖、父，致堯之銘以屬永叔，易占之銘以屬介甫，子固弗自爲也。蘇序、蘇洵爲子瞻、子由親祖、父，序銘屬之子固，洵銘屬之永叔，子瞻、子由咸弗自爲也。尹仲宣、尹源爲師魯親父、兄，仲宣、源墓誌皆以屬之歐公，師魯亦弗自爲也。使其自爲，未有能工。李習之自爲其大父楚金作《皇祖實録》，昌黎誌之，《實録》自不及誌矣。元微之自爲悼亡詩，哀艷可誦，今以視昌黎《元君妻京兆夫人韋氏墓銘》何如耶？ 獨介甫自銘兄弟，操筆嚴謹，如挾風霜，然侍郎議之，以爲即此見介甫不近人情處。 侍郎既有所不慊於介甫之爲，而仍自改《瀧岡表》，意非以歐公爲不足也，徒以作文義法示吾曹而已。』三君者皆拊髀擊節，以余爲知言。」案： 惕甫之文於望溪本有淵源，其大父於宛平鍾勵暇處多手寫望溪批點之遺書，而勵暇又曾親炙望溪者也。 惕甫之善方所爲，自是有得於方之平論，其闡發文家不自爲家門文字之説，尤他人所未發。 但近世如望溪集將家傳等作自爲一卷，顧亭林、曾文正、陳蘭浦專意作家門文字，論者且推爲高義雅言，是又兹義之待商者矣。

文家雖史公、韓、歐、蘇、王、歸諸家有不足意之文，亦有非史公、韓、歐等家數而有足意之文者。 黄梨洲論明文曰：「以一章一體論之，則有明未嘗無韓、杜、歐、蘇、遺山、牧庵、道園之文。 若成就以名一家，則如韓、杜、歐、蘇、遺山、牧庵、道園之家，有明固未嘗有其人也。」雲山先生謂其言與申鳧盟「有名篇無名集」之語絶相似。 申氏《聰山文集·與朱錫鬯書》云：「古文之難又非詩比，《左》、《國》、《史》、《漢》、韓、柳、歐、蘇法備矣，斤斤摹之則爲效顰，跳而別圖便墮惡道。 故有明三百年有名篇無名集，職是故也。」斯非不必史公、韓、歐、蘇等家數而其一章一體有足意之説哉？ 學文者無徒震於其名而執一以觀古人可矣。 案： 此説亦有與之違反者，王惕甫《賦得詩鈔序》曰：「其能者有時不工而無害也，其不能者有時雖工而罔貴也。」惕甫此語乃以家數爲貴，是墨守門庭之言。 吾人用申説可廣文塗，用王説可尊文位也。

不第别集中有名篇無名集也，即總集中亦然。夫總集本以聚古人之長，何至不能力求完整以自重其書？不知後世操選者太多，各出所見以選文，其下者如坊行村塾之陋，選固不足論。即上焉者亦多滯己見以校論各家，閡而尠通。求其古雅有法如姚惜抱之選古文、張皋文之選賦、李申耆之選駢文，殊不多見。故張文襄區别近世選本，其次者低格列書目中，而稱近人所輯《國朝二十四家古文》尤草草。今試取是選論之，吳仲倫《與陸祁孫書》論選《七家文鈔》不可去望溪，謂：「去望溪即不成書，且甚有似於續《二十四家文鈔》。彼二十四家之文惟望溪爲能得古人之正傳。自望溪外亦有於法較近者，而蔑棄規矩、蕩無繩檢者亦得濫名其間，乃世之艷羨或反在此。而其於法較近者又未嘗上追唐宋諸賢，爲深心嗜古之士之所祈嚮。若非於二十四家中特表望溪以自異於庸耳俗目之見，則何以解於不爲其續也哉？爲彼之續，則於劉、姚、張、惲諸君子非曰榮之，適以辱之耳。足下幸以此意達之畫水先生也。」按：此深不滿於徐氏《二十四家文鈔》之説也。然是選於諸家之去取雖未當，惟其已取者不可謂其遂無可誦之文也，故黄虎癡《癡學》有曰：「徐鳳輝所選《二十四家古文》，敍事之作得龍門神髓者以王于一《錢烈女墓志》、汪堯峯《書黄孝子事》爲首選，侯雪苑《徐張合傳》、方望溪《書左忠毅事》次之，袁簡齋《書魚殼馬僧魯亮儕事》又次之。後有作者未易及也。侯雪苑《司徒公家傳》敍魏忠賢欲殺公，田爾耕勸解之。忠賢仰視罘罳，日影移晷，不語良久，乃顧謂爾耕：『兒試爲我招之。』魏叔子《任王谷文集序》敍王谷椎魯之狀，及讀文，乃大驚。時家伯子在座，因相笑曰：『世何必無丘邦士。』邦士，叔子之姊壻也，亦椎魯而能文者。此等摹神之筆，令人不思太史公矣。」此則有取於二十四家中佳文之說也。選本中如坊本多採世人曹誦之文，如徐鳳輝《答謝薌泉書》有童時曾誦「南昌故郡」、「環滁皆山」等數十篇之誚，是不取習見之文也。譚仲脩《復堂日記》嫌陳受笙《唐駢體文鈔》於《滕王閣序》、《討武氏檄》均不著録爲未足饜衆目，是貴習見之文也。故選本但取佳文之説其中尤有辨也，在讀者隨時之自得而已。故凡吾人今日讀百家選本紛紛雜出之日，始則宜辨其書爲佳爲陋，其宗旨是否通正，其取材去留是否合宜，其體例是否雅潔，而定其孰宜高孰宜下，於讀者有何益處，繼則不妨節取其長者去其短者，則夫有名篇無名集之説亦可易作有名篇無名選以讀諸編也。是又鑒別總集之一法也。曾文正《答彭剛直書》亦有取於《國朝二十四家》，謂：「作文者例有傲骨，足下恰與古人合，惟病在貪多，動致冗長，可取《國朝二十四家》讀之，參之侯、魏以寫胸中磊磈不平之氣，參之方、汪以藥平日浮冗之失，兩者所詣，自當日深。」按：此亦不論其選本，而但取選本中之家數以供我取法者也。吳南屏自記《鈔本震川文》謂「既以震川時文爲超絶，又從塾中《古文觀止》選本見歸氏文數篇，心獨異之，思窺其全稿，乃購之吳門，掇録其可喜者以鄙意評隲，且敘論焉」。此亦由坊間選本而節取其佳者，更拓而充之之證也。

包慎伯最不取自明以來選本之文，其《再與楊季子書》曰：「夫《文選》所載，自周秦以及齊梁，本非一體。八家工力至厚，莫不沉酣於周秦兩漢子史百家，而得體勢於韓公子、《吕覽》者爲尤深，徒以薄其爲人，不欲形諸論説。後世有識飲水辨源，其可掩耶？自前明諸君泥子瞻文起八代之言，遂斥《選》學爲别裁僞體。良以應德、順甫、熙甫諸君心力悴於八股，一切誦讀皆爲制舉之資，遂取八家下乘横空起議、照應鉤勒之篇以爲準的。小儒目眯，前邪後許，而精深閎茂反在屏棄。於是有反其道以求之者，至謂八家淺薄，務爲藻飾之詞稱爲《選》學，格塞之語詡爲先秦。足下試各取八家全集讀之，凡爲三百年來選家所遺者，大抵出入秦漢而爲古人真脈所寄也，其與《選》學殊塗同歸。」據此論參之，其矯立之概誠可謂不隨人言下轉者。惟包氏持論亦自多歧，其爲《藝舟雙楫敘》甚許姚姬傳選古文詞「焕乎可采，不謬」，後來其爲《齊物論齋文集序》又謂「八家雖唐、茅所次，然無以易之。前人欲離去之者，其文率詭誕無統紀」。此其推挹諸選者也，然其與楊氏言又復厭之。吾爲推定其説，包氏蓋謂諸家所編可爲先導而未可始終墨守其旨，故其自序《小倦游閣文》謂董晉卿雖沿用方、劉之法，而氣力遒健能自拔。其《讀大雲山房文集》曰：「子居當歸、方邪許之時，矯然有以自植，固豪傑之士哉！」故其推諸選之意，乃憚其誼之正，又鑒於離之者多不克自立也；其薄之者，則慕夫入乎中而仍能出乎其外者之仍克獨立也。故包氏此論，其意乃以教人由各家選本更廣而讀各家全集，且立意以求之。徒以其人好爲高談，不知者動爲其言所震聳而失據。實則其旨不過如此而已。

讀古文生神似而非摹仿之徵驗。楊農先椿《孟鄰堂文鈔・與蔣東委書》曰：「椿常言文不惟其似，惟其是。憶有謂椿文太似古人者，兄笑曰：『此無他，所出同，故其神似耳。』椿言往年十四受業於弱六先生，先生訓之曰：『《五經》、《左》、《史》，文章之祖。歸震川跪誦《史記》，每篇必五百徧。』椿念跪誦可不必，徧數則不可不多。自是午前讀諸經，午後讀《左》、《史》，周而復始，積十餘年，所讀或數千徧數萬徧不止，久之即不求甚解，文章之血脈、義理之閫奥、訓詁之同異皆昭然有會於心。案：楊氏此説絶非欺人之談，試取包安吳説證之，其《復石瑶辰書》曰：「上午論史公《答任安書》二千年無能通者，閣下比詰其故。世臣答以閣下博聞深思，誦之數十過則自生疑，又百過當自悟。次日閣下以通篇文意與薦賢不相貫串，世臣答以半夜十數過何能即悟，請再逐字逐句思之，又合全文思之，思之不已則有得已。凡以學問之道，聞而得不如求而得之深固也。」此可爲歸氏讀《史記》法之注脚也。又《復李邁堂書》曰：「《六國表序》、《魏其武安侯列傳贊》、《始皇本紀贊》皆人人肄業所及，然讀者不過熟其腔調以供撏撦，世臣細究之，乃知其枝枝節節，觸處皆不能通。既已得疑，反覆全書，似能見其深而通其意。足下好學深思，故并獻焉。」包氏持誼如此，故其《藝舟雙楫》中有《論六國表序》及《書魏其武安傳後》二文以發其旨，此亦可證楊氏述歸之説也。兄言子文所以神似者此耳。顧昌述其父景星《耳提録》云：「府君曰：『予於樂府有天性之樂。今有問作法於予者，口不能言，汝説當何如答之？』昌曰：『子雲作賦，告人以讀賦萬篇自能作賦。近有學書法於王覺斯者，覺斯云每字須寫至一萬。昌意亦謂欲學樂府，不讀盡古樂府可不作樂府。』府君以其説爲是。」《退菴隨筆》引李文貞言：「讀書千徧，其義自見。某初讀《參同契》，了無入處。用此法試之，熟後遂見得其中自有條理。初讀《大司樂》亦然，用此法又有入處。乃知魏伯陽所謂千週萬徧真丹訣也。」又包世臣《張童子傳》曰：「讀書泛覽無益，吾日讀二千字，三徧即可倍，五徧即大熟。然至其愜意者，暇隙諷誦，常至千徧，必使自明其義，注解多不可靠也。」《韓江聞見録》云：「楊吏部長發課門下士以文，每每勉人讀熟篇，曰：《鬼谷子》有《揣摩篇》，揣摩兩字，縱横已耳。先君刻苦爲文，公心賞之，乃以『文入妙來無過熟』作轆轤體詩四章示之，所選文共十首，且云讀本如是，心領則或一或二或三足矣。其文不出夏醴谷證，是篇中而手評加詳云。」此乃爲制舉文言之，可與前約讀法參看。案此四説均可與楊説互證也。椿謝不敢當。其後迫於人事，誦業遂疏。今年老，不能復讀，讀亦不多。文則自幼至今好言其所欲言，未嘗有所摹仿，恐摹仿則氣不必舒，詞不必達矣，用是不能多作。作亦不工，自忖可以公之同好傳之其人者，平生曾無一二。前歲靈皋臨别，諄諄以及時收拾自己文字爲屬，穆堂相晤亦屢言之。」案：蔣弱六，武進人，與宜興儲同人均楊氏所師資。蔣汾功，字東委，與靈臯、穆堂皆農先友也，農先曾孫魯生稱其古文素爲望溪引重。其淵源如此，故其立論有法。仁和馬槐跋其《文鈔》則云：「直抒所見，不屑屑規橅古人而兼有古人之勝。」又述其後人言楊於書過目成誦，或舉經史諸子百家問疑義，輒誦原文相剖析，累千百言，無一遺者。晚年再入史館，猶歷憶童時所視邸報，一一相證不爽，其強記如此。而先生與人書又自言如此絶姿勤學，何怪其文與古作者抗也！此與楊氏言論可證明者也。張士元有用熙甫讀《史記》法以讀震川文之事，殆即楊氏所舉此法也。

讀古文生適性怡情之徵驗。明吴從先《小窗自紀》曰：「文章之妙，語快令人舞，語悲令人惜，語幽令人冷，語險令人危，語慎令人密，語怒令人按劍，語激令人投筆，語高令人入雲，語低令人下石。是謂駭目洞心不在修詞琢句，故曰鼓天下之動者存乎神。」此析分文章感人之妙用也。又明人劉越石有《文致》一編，專取前人文及明人文最適情者讀之。其自序謂「兒時誦坡公海外遊戲諸篇，意趣津津不倦。及對正心誠意之言、痛哭流涕之論，則昏昏欲睡，故有是編之作」。又朱滄起《名文塵序》云：「取古文中之遠韻與深情者録之成帙，寂寞中以當友朋，懨倦時以當枕籍，憂憤牢騷處以當壺觴絲竹，且自笑王夷甫手中玉麈尾助談鋒不及此多矣。古有古韻、古情，奇有奇韻、奇情，冷有冷韻、冷情，逸有逸韻、逸情，如此乃可名爲琅函，爲藥笈，爲金版玉策之記。」此亦有取於適性怡情之用也。然明季人專尚此派，多流小品，故當時小品文字繁焉。即余前此每以有機有趣之文授次女禮媛亦是此意，因亡女好作此類之文，其喜誦亦在此也，其自作文則於其母病時早付焚如矣，傷哉！」浦起龍謂陳同甫《中興論》第一首及《戊戌書》讀之使人氣豪。管世銘謂日讀魏叔子古文一二頁輒令人增長器識。張士元嘗以讀文爲適性感情之用具，其《與同學諸子書》曰：「客居無事輒讀《史記》、《漢書》，頗知意味，藉以養性。」其《鈔歸震川文序》謂：「江陰楊文定公嘗言文章要得二《南》風度，如熙甫真可謂得之矣。予尤喜熙甫敘事諸文，雖世俗瑣事皆古雅可觀。《求闕齋弟子記》述文正語云：「讀震川文數首，所謂風塵中一似嚼冰雪者，信爲清潔，而波瀾意度猶嫌不足以發奇趣。」此語與望溪所謂「不俟修飾而情詞并得，使覽者惻然有隱，其氣韻蓋得之子長」，又謂其「詞號雅潔，仍有近俚而傷於繁」者，蓋同一賞其情韻之佳而仍有不足於意者也。《藏海詩話》云：「凡作文，其間敍俗事多則難下語。」故叙俗事能古雅可觀，此其所以可貴也。《陳隨隱漫録》云：「豹死留皮，人死留名，朝事梁暮事晉，遺下《兔園册子》耳。此輩與一把算子未知顛倒，何益於君國，可謂儓儸兒矣。煮粥飯僧者都頭甚操剌，六一公化俗語爲神奇者也。」讀之使人喜者忽以悲，悲者忽以喜，不自知其手舞足蹈而不能已也。」錢儀吉謂「常讀張氏《嘉樹山房集》時，予方病困，又有殤女之戚，讀其文而泊然以適，不覺沉憂之忽去，於以知先生之能養性，而其言始足以感人」。其言實與張氏説相印合。曾文正《復吳南屏書》稱其集中「閒適之文清曠自怡，蕭然物外。如《説釣》、《雜説》、《程日新傳》、《屠禹甸序》之類，若翱翔於雲表，俯視而有至樂。國藩嘗好讀陶公及韋、白、蘇、陸閒適之詩，觀其搏之物態，逸趣横生，栩栩焉神愉而體輕，令人欲棄百事而從之游。而惜古文家少此一種，獨柳子厚山水記破空而遊，并物我而納諸大適之域，非他家可及。今乃於尊集數遘之，故編中雖兼衆長，而僕視此等尤高也」。讀古人及時人之文，既取以自適其性，復用以陶寫吾情。此其爲用，所以舉高境以瀹吾高懷也。若夫惲敬謂「讀《張睢陽列傳》爲之氣充神溢，如置身青雲中，下視高爵厚禄與糠粃無異」，張廉卿所謂「獨居謳吟一室之中，傲然睥睨乎塵壒之外」，皆極高尚之致者。此亦讀文時流露於天然之情狀也。屠隆鴻苞臚舉古今鉅文之會心者，分宏放、奇古、悲壯、莊嚴、閒適、綺麗諸品，凡數十首，謂「披襟讀之，心曠神怡，倦可使醒，憂可使喜也」。與張氏、曾氏讀文之法合矣。但從來選家輯文以體格分類者多，以性質分類者少。屠氏以性質分文類，故讀之又生一異境。曾文正踵之，復分古文爲氣勢、識度、情韻、趣味凡四屬，又增機神一類以鈔詩。黎氏《續古文詞類纂》必神理、氣味、格律、聲色四者全備方入選。《中國文學研究法》又區宜多讀之文爲四：一、開國與末造有別。二、有德與無德有別。三、有實與無實有別。四、有學與無學有別。盛世之文勝末造，宜多讀盛世之文以正體格；忠厚正直者爲有德，宜多讀有德之文以養德性；經濟有效者爲有實，宜多讀有實之文以增才識；根柢經史、博識多聞者爲有學，宜多讀有學之文以厚氣力。又以險怪、纖佻、虛誕、狂放、駁雜之文於世運人心有妨，以空疏之文能致人才不振，皆讀文時所宜嚴辨者。近出《漢文教授法》中有《古文詞品》，亦以性質分前人之文，皆以備讀文時生胸中之異境也。

徐芸圃《雅歌堂文集·安亭江新建震川書院記》曰：「自宋以後，在元惟虞集、姚燧，在明祇先生與王慎中得古文之正傳。而先生文尤有逸氣，學《史記》不似《史記》，正先生之妙處。茅鹿門嘗自負史遷之後，五百年有歐陽子，歐陽子後五百年有茅子。然鹿門文喜鬪機鋒，去先生遠矣。前輩計甫草過順德，求先生《廳壁記》不得，乃以瓣香拜階下而去。其敬慕如此。金壇王雲衢曰：『震川之古文可學，而至其時文則斷不能至，蓋非關於學也。』余謂其古文亦不易學。明時治古文者八九十家，皆雄視文壇，目無歸、王。迄今論定，可並先生者，王道思之外又有誰乎？余嘗以先生古文配淵明之詩、輞川之畫，不獨《陶庵記》見其性情心志平淡冲和，瀟灑脱落，悠然勢分之外。今書院新創，猶想見先生舊居。蓋湖水之觀大矣！水欲盡而復匯，其境無窮而益勝，每從中秋泛月湖中，或憩潭旁觀魚鳥之飛泳，指點竹木之間，如見先生瀹茗而清談，慨然而太息。」案：徐氏此説以震川文與陶詩、王畫配，亦取以爲適性怡情之説也。《鶴林玉露》曰：「余家深山之中，每春夏之交，蒼蘚盈堦，落花滿徑，門無剥啄，松影參差，禽聲上下。午睡初足，旋汲山泉，拾松枝，煑苦茗啜之，隨意讀《周易》、《國風》、《左氏傳》、《離騷》、《太史公書》及陶、杜詩，韓、蘇文數篇，從容步山徑，撫松竹，與麛犢共偃息於長林豐草間，坐弄流泉，漱齒濯足。既歸竹窗下，則山妻稚子作筍蕨供麥飯，欣然一飽，弄筆窗間，隨大小作數十字，展所藏法帖筆迹畫卷縱觀之，興到則吟小詩或草《玉露》一兩段，再烹苦茗一杯，出步溪邊藓苔，園翁溪友，問桑麻，説秔稻，量晴校雨，探節數時，相與劇談一晌。歸而倚杖柴門之下，則夕陽在山，紫緑萬狀，變幻頃刻，恍可人目。牛背笛聲，兩兩來歸，而月印前溪矣。」此以讀文爲適性怡情之具也。《曾文正日記》稱東坡晚年以文章爲鼓吹。高承勳《豪譜》云：「子瞻謂劉景文曰：『某平生無快意事，惟作文章，意之所到則筆力曲折無不盡意，自謂世間樂事無復踰此。』」此則以作文爲適性怡情之具也。又湯傳楹《閒餘筆話》云：「極意作詩，不必得詩；窮形作畫，不必入畫。深於詩畫者，正於不著筆處遇之。予嘗登樓遠眺，見樹頂藏鴉，山嵐滴翠，便如身在圖畫中。又嘗扃户靜思，見竹影摇窗，茶烟裊日，輒覺詩情落紙上。乃悟坐即有詩，行即有畫。簡文所云會心處不在遠。東坡所云時於此間得少佳趣也，但不堪向莽漢饒舌，恐減我輩清福耳。」案：此又於適性怡情中得詩、畫之趣。詩、畫之趣於適性怡情中得之，則作文之趣亦必能於是中得之也。

古文詞通義卷六

識塗篇二

文之講法

一、李獻吉之斷代學古法。斷代學古盛於明人復古一派。其在開山之始即有昌黎非三代兩漢之書不敢觀之論。迨至宋人亦有持此説者,《玉海》引趙茂實曰:「南塘謂自六經、《左氏》、《國語》外至西漢而止。又説某料子不曾雜晉唐而下草料。」其斷限如此。明代則七子未出以前,李西涯之門人何孟春便有此論,《餘冬序録》曰:「六經之文不可尚也。後世書文者至西漢而止,言詩者至魏而止,何也? 後世文趨對偶而文不古,詩拘聲律而詩不古也。文不古而有宫體焉,文益病矣。詩不古而有崑體焉,詩益病矣。復古之作是有望於大家。」何氏之爲此説,乃西涯臺閣體正盛時也,已有漸趨入復古之端矣。至王弇州《藝苑巵言》乃大暢其旨,王云:「李獻吉勸人勿讀唐以後文，吾始狹之，今乃信其然。蓋記問既雜，下筆之際自然於筆端攪擾驅斥爲難。若橅儗一篇則易於驅斥，又覺局促，痕迹宛露非斲手。自今而後，擬以純灰三斛細滌其腸，日取六經、《周禮》、《孟子》、《老》、《莊》、《列》、《荀》、《國語》、《左傳》、《戰國策》、《韓非子》、《離騷》、《吕氏春秋》、《淮南子》、《史記》、班氏《漢書》讀之。西京以還至六朝及韓柳，便須銓擇佳者熟讀涵泳之，令其漸漬汪洋。遇有操觚，一師心匠，氣從意暢，神與境合，分途策馭，默受指揮，臺閣山林，絶迹大漠，豈不快哉！世亦有知是古非今者，然使招之而後來，麾之而後卻，已落第二義矣。」案：此即王李斷代之説。此説出而此派之宗旨遂定矣。俞氏《九九消夏録》云：「明李攀龍選《古今詩删》始古逸，次以漢魏南北朝，次以唐，唐以後繼以明，多録同時人之作，而不及宋元。湯紹祖選文曰《續文選》亦然，與本朝人説經所稱引至唐而止，任采同時人之説而不取宋元之説正同。此吾所以云本朝經家倡駢散合一派乃正以大暢明代北派之緒者也。」其程限由遠周而達之西漢，必涵泳之，以漸漬汪洋爲得力之地。然流傳未久，世人頗病當時衍此一派者多僞體。屠隆鴻苞有今日文非周秦兩漢不談之語。又吳從先《小窗清紀》引孫月峯《與吕甥玉繩書》亦云：「大都書之佳者已盡於《藝苑卮言》中所談數種，但自玩味，取其可喜者各從所性，枕藉觀之，自有得也。」孫氏所云佳書即指六經、《周禮》諸書也。據此觀之，可知當時此派之盛行也。雖然，當時同調之人如王弇州未嘗不極推之，實亦頗有不滿者，《藝苑卮言》曰：「獻吉誌傳之文出入左氏、司馬法，甚高，少不滿者，損益今事以附古語耳。」此又極盛時便呈衰狀者也。

朱氏荃宰《文通》有《文極篇》引祝允明《罪知録》曰：「六經而後，百氏遞興。雖其理有粹厖而辭無別致，總厥大歸，無越乎宣父之六編者矣。吾所以云文肇體極乎經而底乎唐，學文宜由唐以求至乎經。夫經文之所以爲至者何也？以其篇無無用之句，句無無用之字，一字有一字之義，一句有一句之情，一篇有一篇之旨，由其道廣理充、氣厚情實，所以自然豐茂，初非冗疊。蓋所謂時然後言從宜以發，人見其然而非有意作異以然也。後人所以不及者，又非句句字字都不及也，得其定者而不得其時者，得其偏者而不得其全者，於是一切歸於整比堆垛，纖細艷麗，遂令後來獨見其繁靡稚弱，亦足憐也。若是者，洛都甚於西京，當塗浮於後漢，六代加於魏朝。所以唐室之中因有矯而更張之者，然又焉能外六籍三史而度越之？又安能盡捐故習而背馳也？其諸名家如所稱王、楊、盧、駱、燕、許、陳、梁、權、呂、元、白、四李、華、翰、觀、邕。獨孤之徒，又如稱李、杜，又如稱籍、湜、翱、詹等，凡其標而出之，固亦爲然。然至其他從事於斯，武德以降、天復以升三百載中，弗可枚數，統而論之，此優彼劣，甲短乙長，又焉可都謂其滌濯不盡六代脂粉，而果遂奴僕於上之數君哉！今擇唐之尤者，即若數子以及前後他名篇等而擬諸六代，雖欲凌駕，或同簸粃，瞻之在前，忽焉在後，縱當推讓，初非懸絶，而何談之容易乎哉！嘗觀往哲之述，平章翰苑，若士衡之《賦》、彥和《雕龍》之類，與凡唐前有談及斯道者，往往與吾意合。至於邇來如陳騤之倫，稍得豹斑。果志於斯，曷不策勵我實勛，當自超卓。曷爲實勛？理務窮之，氣務完之而已。於是窮披丘墳，精研竹素，根本乎《五經》，平攬乎十代，秦、漢、魏、晉、宋、齊、梁、陳、隋、唐。俾聖膏哲髓蟠蔚吾襟，於是擷華搴英，澄泥汰濁，心師手匠，中萌表觸，不得自墨而時吐之，時雅而雅，時奇而奇，時繁而繁，時簡而簡。凡諸體狀，皆隨意以賦形，志麾暇則自出於堯文之户，欲嚴切則自立乎魯史之墻。迨及他製，罔弗流形，無偏於質，若近代之一於枯瘠，弗黷於文。夫如是，亦可以爲成文矣。」祝氏此說，於文貴六經與唐代，於論文貴陸、劉而不滿《文則》以下諸論，皆以引申復古之說也。因賤宋派，故病枯瘠也。朱氏《刺謬篇》又引《罪知録》曰：「從唐而降，乃有異談者，四家、六家之云是也。烏乎！誰生厲階，至今爲梗？蓋自蘇軾言韓文起八代之衰，贊《唐史》者亦謂三變而文極。從是耳學膠懷，高下一流矣。八齡三尺之蒙，未識世間有何典籍，話及文章輒已能道韓柳歐蘇之目。略上者即稱六家已咎言四家之寡陋矣。比及少長，目未接蕭之《選》、姚之《粹》，聞評古作便贊秦漢之高古，斥六代之綺靡。其意以爲前人論定，何更權量，四家六氏，無復加尚，猶五岳四瀆歟。三變以來，無復遷易，猶三綱五常歟。茲吾所謂誤人也。又如言學則指程朱爲道統，説詩則奉杜甫爲宗師，談書則曰蘇、黄，評畫猶云馬、夏。凡厥數端，有如天定神授，畢生畢世不可轉移，宛若在胎而生知，離母而故解者，可勝笑哉！夫所謂三變則誠變矣，然非前已歷變，至唐而又三也。自有文字以來，上昉六籍，下薄五代，晉、宋、齊、梁、陳。大抵一貌，少有優劣高卑耳。直自韓而後乃一變之，遂至於今改形易度。雖其所斥韓前未變之作，亦自古昔相承，漸偏而靡，非若後之頓別而懸殊也。且就其說而究之，其所以病之者，謂其比偶、綺麗、縟積、故實、奧澀、迂頓、豔治也。凡是目者，若不善也，然而文之本體所具也。如據而反之，若反對以散、麗以樸、積以疏、實以虛、奧以淺、頓以經、艷以素，若善也，然亦文之本體所具也。由其爲不善者，以偏重而過，偏重而過，墮於不善。假令從其所反，偏重而過則又寧能以獨盡善乎？夫文之爲物，本末偕建，華質雙形，并苞而不遺，並用而不悖，踞中以攬邊，握要以延博，時質而質，時華而華，理欲其質，詞欲其華，骨欲其質，貌欲其華，故曰『繪事後素』，曰『斐然成章』，『文質彬彬，然後君子』。故知文之爲物，無所不該，而其體無所不具。雖古人貴質而後代多華，然智創巧述，或浸流別，質華二道，兼施並發，誰得而廢諸？不知近代之所謂華，適古人之所謂中爾。喻之於身，文之理義，骨骼也；詞句，肌膚也；華彩，毛髮也。人肉必倍於骨，鬚髮必浮於膚，自然之勢也，不如是不足以爲身。身若是，聖人且以爲鄙野，而被以冕裳，鳴以金石，作以舞蹈，何獨於言而不然？苟取一人，褫厥衣冠，裼其四體，已不可以目矣。又欲刲剔其膚革，翦薙其毛髮，立一髑髏枯臘於前，尚爲人也否乎？然而亦寧是六子必令人至於若今之隤斃也？然而六子者始之也。其初韓柳之變，變其大凡，謂八代偏墮綺弱，所謂過華，因矯其甚，殆以防風之膇而思衛玠之癯，令中庸耳。矯之少過，猶弗能以盡服當時之心，故其徒二三子外，從者終鮮。孫樵、羅隱少復近之，其外猶故習也。沿洄四季，大概一機，其間勝者如陶秀實、徐鼎臣等，亦粲然大章。乃至穆修、尹洙、張景、柳開、石介之流，自任知言，乃始以追武韓柳，上薄秦漢，是用全改在昔之成模，肇呈今日之異貌。於是歐陽氏、蘇氏、曾氏、王氏競爲趨逐，而機斯膠矣。四人情狀亦殊，而大歸一致，要爲過矯墜偏、枯瘠刻削而弗準於中庸矣。千古人文，一朝彫槁。今姑試即六氏評之，永州雖不盡用八代完規，猶亦不爲一時世態，少過質而尚豐，不掌合而猶偶，與古未甚胡越。昌黎斯已甚矣，又傷易而近儇，形粗而情覇，其氣輕，其心昂，其志悍，其態矯，其口誇，其主好勝，其發疏躁，先王賢聖清和融暢之風、温醇深潤之澤，飄涸或幾乎盡矣。(盧)〔廬〕陵逾務純素，轉立孤迴，如人畢生持喪，終身不被衮繡，蓋自謂近宗一愈，遠祖軻、遷，其豈然乎？眉山更作儇浮，的爲利口，發不顧理而主於必勝，出或誕妄而要人決從，譁獷之氣肆溢舌表，全非長者，適比儀、秦。曾、王爲語，縮縮如有循焉，既脱衣裳，並除爪髮。觀其酸寒刻苦，迫促隘急，謂之文乎？謂之質乎？如以六氏之文而方夫人，柳猶先王之法服。退之侃侃朝廷，誠變法之吏師。永叔辟穀餐松，赤體澗卧。子瞻法吏慮囚，怵誘百出。鞏、石獸齧臘骨，展轉不已。且假一文而令六子爲之，柳當用百言而盡古人之十八，韓且居半，歐、蘇蓋曾、王一耳。柳、歐、蘇涣漫，固合枯短。曾、王既已縮積，宜爲豐實，何復轉薄？蓋亦有其故耳，何哉？古人雖過稠疊，而且句句有指，字字有來，一篇大歸既已了悉，而單詞片言咸有憑依，非經即史，非史即傳，故咀之而益雋，味之而益永。此其學充而才廣，自然詞腴而旨長。六氏者，一篇之製或數百言，撮其旨不越數十字而足，乎、而、亹亹，之、也紛紛，皆濫觴於韓氏而極乎宋家四氏之習也。雖稱六家皆誤，柳亦可以拔出，韓歐次之，蘇與曾、王則其靡也。今之學子戲云：『五十五篇《尚書》絕無一也字。』此言雖小，可以喻大。果以吾說而尋玩六經，爰及舊觀，則可知其不妄，非違衆以犯不韙也。從六氏者，緣樂其功苟而易辦爾，爲八代者則不然。」案：此說力詆宋派，謂其氣枯瘠，其詞多虛字。於唐右柳而左韓，以反復申喻其旨。而尊言八代，謂八代華質適中也。仍當時復古之說也。祝氏固濡染吳下諸賢緒論者素，因而定立由唐人以求至於六經之法。雖由唐人，而所重只柳子一家。惟其適中立論，又開近世合駢散爲一家之派。此吾所以云今日漢學家學衍宋而文規明，特求之較有端緒耳，因備録其說，以資考此一派者之印證。近世論文亦有力主八代爲説者。劉申受有《八代文苑》，分上、下編。上編用韻之文，從古詩發源，叙賦第一，騷、七、賦、頌、辭、弔文、哀文七品皆賦也。樂府詩歌，王、馬歸賦，班、楊領頌、符命、贊、箴銘、連珠。碑識之刻、石銘、廟碑、墓碑、神誥凡五品，哀誄、哀策凡二品隸之。下編不用韻之文，從《尚書》發源，制誥之詔策文教三品，對策對問奏議之上書表奏議彈事凡五品，謝啓檄移約論説論書牘牋奏記啓四品，序志行狀隸之。案：劉氏此旨主八代而又溯源於經，亦與祝氏求至乎經相合。劉氏之説蓋上衍明人之緒而下開曾氏《經史百家雜鈔》者歟。前此陸氏之《八代詩揆》與今人王氏之《八代詩選》又相應者也。又按：由上古至八代文之大觀有嚴可均之《全上古三代秦漢三國六朝文》七百四十卷，爲十五集，作者三千四百九十七人，黄岡王氏刻本。究八代文者宜觀之，以其可與《全唐文》相次也。

考明代斷代學古最盛之時，一時相承推波助瀾者率變本加厲，觀孫月峯諸人所評點古書已可見，而孫氏尤好持極至之論。吳從先《小窗清紀》引孫月峯《與吕甥玉繩論詩文書》曰：「世人皆談漢文唐詩，王元美亦自謂詩知大曆以前，文知西京而上。愚今更欲進之，古詩則建安以前，文則七雄而上。文則以《易》、《書》、《周禮》、《禮記》、《春秋》、《論語》爲主，兩之《語》、《策》，參之《老》、《莊》、《管》。詩則《三百篇》爲主，兼之楚騷風雅，廣逸漢魏詩，乘一意精詣，大約以定志。今以告吾甥，共臻斯路。」又云：「嘗妄謂商以前止《尚書》上卷二十餘篇，此先秦也，渾而雅。《周易》、《周書》、《周禮》、《儀禮》，其周之舊乎，奥而則。《戴記》、《老子》、《春秋經》、《管子》、《三傳》、《國語》，美哉！周之盛也其若此乎！文而巧新而無窮，皆西京也。《莊》、《列》、《策》、《騷》，其周之東乎，奇而肆；韓公子、文信侯，其周之衰乎，案：二家並貫，近人包慎伯力衍其說。峭而辯，皆東京也。若以近代方之，經爲韓，《莊》、《騷》爲柳，馬、班則永叔、子瞻耳。今擬欲祖篇法於《尚書》間篇字句，祖意字於《易》、《周禮》、《春秋經》間章句。不獲已乃兩之以《莊》、《策》，其縱而馳也，乃任途於韓、吕，最後而陸沉於馬、班，然亦慎言其餘矣。執此道以精詣，稍處之以三五年，或當有悟境也。若立程，諸書皆以一年一周，必不可缺，其餘則程外及之，或即更立程外程，免至泛濫，尤爲善計也。作與讀互爲進益，作亦須立程，每月文二三篇，詩則十首，且多作五言，七言稍緩。今人詩不如古者，正坐競務七言耳。」案：孫氏諸說，其斷截衆流也至矣。曰七雄以前，曰一意精詣，曰慎言其餘，已足見其斷代之嚴較王元美更隘矣。然亦覺其法之不可通也，則又曰其餘則程外及之，或即更立程外程。是明明見唐宋之不可屏而必及之矣。此斷代之説愈嚴愈不可持久之驗也。

王或庵源有立六宗百家以學文之法。程城《文章練要序》曰：「《文章練要》，王或庵先生所訂也，分六宗百家。六宗曰《左傳》、曰《孟子》、曰《莊子》、曰《楚詞》、曰《戰國策》、曰《史記》；百家之類三：《公》、《穀》、《管》、《韓》諸家一也，漢書以下諸史二也；漢魏諸名家集三也。六朝而下不與焉。簡練精要以爲規矩準繩，評而説之，以盡乎文之變，無方也，無體也，變而通之，盡乎神也。自來文章家未嘗有，天將使先生盡抉其秘以覺人乎？先生嘗謂六經者，文之祖，六宗者，别子爲祖而各立門户以爲宗。百家不能出六宗範圍，六宗不能出六經範圍，而究莫出於一陰一陽不可測之道。且夫人之所貴者，神明耳。論人不知其神明而僅觀其貌，且略貌而僅識其衣冠，近代論文何以異此。城幸得觀《文章練要》於先生，先刊其《左傳》十卷行世。」案：崑繩此論謂文章無不出乎陰陽不可測之道，其説已開姚氏陽剛陰柔之宗。而其立六宗百家之旨頗與李獻吉用意相近。攷北方學者論文時有薄宋派一種議論，崑繩爲文宗旨既見於李剛主所爲傳，而其《文章練要·左傳評凡例》亦云：「文章之妙全在無字句處。近代作者論者皆不過於字句求之，所以去古人日遠，而古道幾乎熄。茲編全不求之字句間，但欲得古人真面目真精神而已，可以近人觀宋文之目觀之乎？須一洗陋習方可讀此。否則，不讀可耳。」又曰：「宋人文字整而不能碎，肥而不能瘦，所以去古愈遠。」至吕履恒《冶古堂文集》中復有《古文六宗》之作，其序云：「八家者，宗夫六宗者也。昌黎宗《孟子》，廬陵宗《史記》，眉山宗《國策》，河東、臨川、南豐皆原本經術而各自爲宗。後世亦宗之，譬之祏主，有百世不祧者，有五世遞遷者。因苗裔而忘胙氏之始，本支紊矣，其何能祀？詎知宗其所宗者之不克收族耶？詎知所宗者尚有所祖而爲胙氏之自來耶？」此則全祖或庵而爲之暢其緒者也。范泰恒，覃懷人，攻古文，有《燕川集》，其論文云：「文章之事，低者由流溯源，高者由源逮流。雖曰人事，豈外天分？余初年泛覽秦漢，苦無畔岸，味昌黎始有入手處，然更下不得也。」又爲《古文讀本凡例》曰：「文至宋而法備，是誠然，然爲中材準繩則可耳。後人之密終遜前人之疎，文到樸率處大是難事。由法生巧，變化從心，隨手拈來，自成一奇，此殆天分也。非浸灌於《史記》、《莊子》、昌黎者久，豈能猝辦？拘促宋人轅下，終日罕覩此境耳。」又曰：「近人好言歐、曾，似矣，然不以《史記》、韓文培其骨力，則筆終提不起，亦揉不碎，豈得專好歐、曾也？又歐、曾兼蘇亦爲酌中之劑，不得以朱子絀大蘇爲禁也。今人遜古人，只是眼孔低，講究庸，不盡關時代也。」又曰：「子由骨力較嫩，南豐多實語，少變動，宋派濫觴於此。」案：范氏此論與王氏意多相同，一則屏絶，一則雖存之而仍取他家以捄之。證以三原劉九畹紹攽「今日皆宗八家，鮮知《史》、《漢》」之説及劉次白「《左傳》入手」之説，皆北方學者之論也。或庵《復陸紫宸書》云：「文章之體本於天，見於陰陽。律度名物，託始於奇偶而創於典謨。其後鑿險於殷《盤》、周《誥》，發皇於《詩》、《禮》，練於《春秋》，跌宕於《論》、《孟》，縱橫變化於《考工》、《左氏》、《公》、《穀》、《莊》、《騷》、《國策》、《韓非》諸子。漢以後，宕逸雄肆於賈、鼂、馬遷，約束於班固，而支分派別於唐宋韓、歐諸大家。道非文不載，事非文不傳，而使人得之，如藥之可以療病，如麻絲穀粟可以溫可以飽，如水可沃焦而火可禦寒也，其體用蓋如此。」案：此亦可見其六宗百家之運用，其體用之說尤扼要之旨。但此論尚不廢唐宋韓歐諸大家，爲畧異耳。

李剛主爲《王崑繩傳》，稱其「爲古文規橅先秦西漢，以離以斷爲章法。宋人株守韓愈文從字順語，求合求續，惟恐顛躓，而古文卑苶衰亡矣」。案：此亦與獻吉同旨，而無末派之流弊，因賡之者少也。又王、李之學好與宋儒反，故其持論如此。又朱士琇爲《胡天游傳》，稱其古文「自言學韓愈，澀險處時似唐劉蛻、元元明善，非其至也，然自喜特甚。時桐城方苞爲古文，有重名，天游力詆之」。蓋倡此派文者往往與學八家者相反也。李調元《雨村詩話》云：「讀古人書須自具手眼，又必奇而可法。如王或庵之《文章練要》、劉繼莊之《解樂府》，不必盡然，而得其法可以他用。」蓋亦有取於或庵立宗之說也。

胡石莊有取文於九家，而賈誼、陸贄爲尤善之說。《繹志·文章篇》曰：「昔之爲文者衆矣，吾安所取正乎？屈原有取焉，繾綣惻怛，不能自已之意，有以增三綱五常之重也。陸大夫有取焉，奉詔著書，明乎秦所以失，漢所以得，文武並用，長治久安之術，班固《贊高祖》與蕭何律令、張蒼章程并稱也。賈誼有取焉，深謀遠慮，異世舉而行之，可以弭天下之大患。陸贄有取焉，武夫悍卒得其一言，作忠勇之氣而濟人主於艱難。董仲舒有取焉，明王道，述禮樂，使後學有所統一。徐幹有取焉，治心養性能不悖於理，其得於内者又能信而充之，以想見其爲人。其所是非則託古人以見意，當時無所褒貶。劉向有取焉，《説苑》可以輔教也。韓愈有取焉，以六經之文爲諸儒倡提，障末流，反刓以樸，剖僞以真也。陶徵士有取焉，馳競之情遣，鄙吝之意消，亦有助於風世也。至誼與贄，論天下利害未然之事有如數往，斯其尤善者。」案：胡氏標立九家之宗旨，其意蓋主於有實有用。其取於有實有用者，則以有裨於王道聖功爲斷。用意既正大篤實，而絜文在本原，取法歸嚴謹，與尋常文家用心絶異。其命意重在法漢氏儒家之文，故其自著《繹志》，寄懷特高，後人即以之追配《中論》。於唐祇取陸、韓，固八家大興以後斷絶衆流之論。石莊惟南人，故其用意抑又與明人復古之旨貌同心異者也。胡氏又云：「文之善者，五禮資之成象，六典因之致用，君臣所以炳焕，軍國所以昭明。讀之端莊，味之和平，道義之心油然生矣。」此殆所以取九家之旨乎？又曰：「好異者識不周也，好博者理未富也，好新者間未融也，好難者趨未定也，好侈者守未卓也。連篇累牘，無尺寸之用，有損無益者。」此殆於九家之外不復多取之由乎？胡氏所云五好之弊，其義可參《解蔽篇》諸説而觀之。

《退庵隨筆》引阮文達所引均見《揅經室集》。曰：「昭明所選名曰《文選》，蓋必文而後選，非文則不選也。凡以言語著之簡策，不必以文爲本者，皆經也、子也、史也，皆不可專名之爲文。專名之曰文者，自孔子《易・文言》始，實爲萬世文章之祖。此篇奇偶相生，音韻相和，如青白之成文，如《咸》《韶》之合節，非清言質説者比也，非振筆縱書者比也，非佶屈澀語者比也。是故昭明以爲經也子也史也，非可專名之爲文也。專名爲文，必沉思翰藻而後可也。自齊梁以後，溺於聲律。彦和《雕龍》漸開四六之體，至唐而四六更卑。然文體不可謂之不卑，而文統不得謂之不正。自唐宋韓、蘇諸大家以奇偶相生之文爲八代之衰而矯之，於是昭明所不選者反皆爲諸家所取。故其所著者非經即子，非子即史，求其合於昭明《文選序》所謂文者鮮矣，合於班孟堅《兩都賦序》所謂文章者更鮮矣。其不合之處蓋分於奇偶之間。經史子多奇而少偶，故唐宋八家不尚偶。《文選》多偶而少奇，故昭明不尚奇。如必以比偶非古而卑之，則孔子自名其言曰文者，一篇之中偶句凡四十有八，韻語凡三十有五，豈可謂非文之正體而卑之乎？況班孟堅《兩都賦序》及諸漢文，其體皆奇偶相生者乎？《兩都賦序》神雀、白麟二比，言語、公卿二比，即開明人八比之先路。明人號唐宋八家爲古文者，爲其别於《四書》文也，爲其别於駢偶文也。是《四書》排偶之文真乃上接唐宋四六爲一脉，爲文之正統也。然則今人所作之古文當名之如何？曰：凡説經講學皆經派也，傳志記事皆史派也，立意爲宗皆子派也，惟沉思翰藻乃可名之爲文。非文者尚不可名爲文，況名之曰古文乎？」包慎伯駁此説有云：「近有謂古有文筆之别，無古文之稱，而斥稱古文者爲陋。然漢人以字體而别今古文，至宋既有時文之名，則别稱古文亦何不可乎？」見《藝舟雙楫序》。

又曰：「許氏《説文》：『直言曰言，論難曰語。』《左傳》：『言之無文，行之不遠。』此何也？古人以簡策傳事者少，以口舌傳事者多，以目治事者少，以口耳治事者多。故同爲一言也，轉相告議必有愆誤，《説文》：「言，从口从辛。辛，愆也。」是必寡其詞，協其音，使人易於記誦，始能達意而行遠。此孔子於《易》所以著《文言》，此千古文章之祖也。爲文章者不務協音以成韻，修詞以達遠，使人易誦易記，而惟以單行之語縱横恣肆，動擬千言萬字不以爲繁，不知此乃古人所謂直言之言，論難之語，非言之有文者也，非孔子之所謂文也。《文言》數百字，幾費修詞之意，冀達意外之言。《説文》曰：「詞，意内言外也。」蓋詞亦言也，非文也。《文言》曰：「修詞立其誠。」《説文》曰：「修，飾也。」詞之飾者乃得爲文，不得以詞即文也。於物兩色相偶而交錯之乃得名曰文，文即象其形也。《考工記》曰：「青與白謂之文，赤與白謂之章。」《説文》曰：「文，錯畫也，象交也。」孔子方以用韻比偶之法錯綜其言，而自名曰文。何後人熟視而無睹乎？」又曰：「今人所便單行之文極其奥衍奔放者，乃古之筆，非古之文也。」梁茝林曰：「筆專指紀載之作，故陸機《文賦》所列詩、賦十體不及傳者也。」案：阮氏集中《文言説》、《書文選序後》、《與友人論古文書》皆闡此旨，謂古人於籀史奇字始稱古文，至於屬詞成篇則曰文章。今之爲古文者非沉思翰藻之比也，立意之外惟有紀事，是乃子、史正流，終與文章有别。其所立説即近世合駢散爲一派者所祖。其經派、史派、子派之説亦沿朱笥河編集之意，與章實齋誼合。阮氏編集亦因之。其門人吳蘭修《荔村吟草》有《送宫保芸臺師移節滇南》詩，自注：「師嘗謂昌黎文起八代之衰，此語頗誤後學。不獨唐代義疏皆取資宋齊人，即以文筆論，《水經注》一書斷非柳子厚諸人所能作也。」案：此説吳仲倫反之，謂「柳之雜文山水記，酈氏不足道也」。此亦阮氏教門人之緒論也。厥後如李兆洛之流衍此派者頗盛。阮氏之説只申其崇尚此派之意，而未立有作此派文之專法。今取以著此一格之所出而已，與取他家之説立有定法者有別。此則可與後《總術篇》「地域」中所舉六朝文家之説參看。

方植之《漢學商兑》曰：「所謂專門漢學者，由是以及於文章，則以六朝駢儷有韻者爲正宗，而斥韓、歐爲僞體。故漢學家論文每曰土苴韓、歐，俯視韓、歐，又曰骫矣韓、歐。夫以韓、歐之文而謂之骫，真無目而唾天矣。及觀其自爲及所推崇諸家，類如屠酤計賬。揚州汪氏謂文之衰自昌黎始，其後揚州學派皆主此論，力詆八家之文爲僞體。阮氏著《文筆考》以有韻者爲文，其旨亦如此。江藩嘗謂余曰：『吾人無他過人，只是不帶一毫八家氣息。』又淩廷堪集中亦詆退之文非正宗，於是遂有訾《平淮西碑》書法不合史法者。舉凡前人成説定論盡翻窠臼，蕩然一改，悉還漢唐舊規，祧宋而去之，大抵以復古爲名」云云。方氏又引艾千子、王遵嚴之言以見明代此種之頹習，又稱孟瓶庵云：「當時尚摹擬秦漢，故薄唐宋。近之學者又不知秦漢唐宋爲何物，而隨聲附和，亦以宋人爲不足學。嗚呼，其亦可悲而已！」案：方氏此説發近人駢散合一之敝習，其意亦以此派與明人復古一派異轍而同歸。可知此派本非平心虚心之定論，誦阮氏之説者不可不知也。

蔣彤《李申耆先生年譜》云：「卿珊謂《駢體文鈔》當改名，先生書喻之曰：『弟若以爲《報任安》等書不當入，則豈惟此二篇，自晉以前皆不宜入也。如此則《四六法海》等書選本足矣，何事洛之爲此嘵嘵乎？洛之意頗不滿於今之古文家但言宗唐宋而不敢言宗兩漢，所謂宗唐宋者又止宗其輕淺薄弱之作，一挑一剔，一含一咏，口牙小慧，謭陋庸辭。稍可上口，已足標異，於是家家有集，人人著書，其於古則未敢知，而於文則已難言之矣。竊以爲後人欲宗兩漢非自駢體入不可。今日之所謂駢體者以爲不美之名也，而不知秦漢子書無不駢體也。竊不欲人避駢體之名，故因流以遡其源，豈第屈司馬、諸葛以爲駢而已，將推而至於《老子》、《荀子》、《韓非子》等皆駢之也。今試指《老子》、《管子》爲駢，人必不能辭也，而乃欲爲司馬、諸葛避駢之名哉？《報任安書》，謝朓、江淹諸書之藍本也。《出師表》，晉、宋諸奏疏之藍本也，皆從流遡源之所不能不及焉者也。其餘所收秦漢諸文，大率皆如此，可篇篇以此意求之者也。此等語本不欲自吐之，冀閲之者會之。吾弟既有此疑，故不敢不以告。』」案：李氏之爲《駢體文鈔》，欲以合姚氏《類纂》，使世人明其同出一源之義而作爲此書。嘉慶末，合河康紹鏞氏在粤東取吳山子所藏《類纂》本校閱付梓，李氏時爲康客，因而謂唐以下始有古文之稱，而別對偶之文曰駢體，乃更選先秦兩漢下及於隋爲是《鈔》，以便學者沿流而溯源，故蔣氏《年譜》特著之，今人尠有知其爲姚書而作者。其主暨陰書院，示諸生必以《史》、《漢》、董、管、荀、呂、商、韓、賈諸文爲宗，蓋猶前志，此駢散合一一派明統之法也。案：卿珊，武進莊綬甲字也。

李申耆又有由經史以達之諸子之法。李氏門人湯成烈敍《養一齋文集》曰：「成烈請業於先生，先生因授以作文之法曰：『爾平時好覽經史，固能潛心致志以待他時作用。然必讀諸子百家以輔翼之，管、商、申、韓、《呂覽》、《淮南》、《新序》、《說苑》各家不可不玩誦也，賈、鼂、董、馬、劉、揚、班、傅、崔、蔡之文不可不肄習也。蓋經以辨道，史以論世，學之既久，而文之氣骨深且厚矣。諸子之書各成一家，其取材也宏，其研思也沉，其使事也博，其騁詞也辯。習之既久，臨文時浩乎沛乎，無不如吾之所欲矣。』」案：此法以玩誦肄習爲學文之方法。肄習必須經久爲工夫，以經史爲深厚吾骨氣之用，以諸子百家爲吾取材、研思、使事、騁詞之用，以浩乎沛乎如吾所欲爲功候之極致。其歸重在養本充學，其取法則斷自漢以前，亦斷限之說也。大抵本朝文家至嘉、道後本有力趨學諸子爲文之風尚，如惲敬、龔自珍、包世臣等皆是，李氏所以有輔翼之說也。而湯氏又於序中標舉李氏之所以爲文，謂：「先生之文於經則擷羣聖之微言，不規規於性理之說，而一以禮義爲準。於史則周秦而下治亂所由，兵農、禮樂、河漕、鹽幣，隨事立説，因宜見義，娓娓千百言，以己意爲斷制，而必衷於正，其若星曆、象數、算術、聲律、球圖、輿地、氏族、譜牒以及一名一物之細，莫不兼綜百家，鉤稽歷代，研精極慮以出之。凡實事必求其是。至於朝廷制度之文宏以麗，鄉閭交際之文和以婉，而友朋投贈之文則純以摯，莫不性情融怡，事理交暢。由是知先生之學博大精醇，故發之於文深厚縝密，直逼西京也。」此言亦可爲湯氏所述作文法之注脚。

《退庵隨筆》曰：「作文自然以道德經書爲主，而取材不可不富，辨體不可不精。《史記》、《漢書》兩家乃文章家不祧之祖，不可不熟讀。其次則莫如蕭《選》。熟此三部，然後再讀徐、庾各集及唐初四傑、燕、許諸公，而以韓、柳作歸宿。彭文勤公元瑞嘗言『蕭《選》行而無奇不偶，韓集出而有横皆縱』。蓋古今文體，此兩語足以賅之，亦陰陽對待之理，不能偏廢也。今之耳食者薄蕭《選》而復不敢輕議《史》、《漢》，不知蕭《選》中半皆《史》、《漢》之文，且有《史》、《漢》以前之文。隨聲附和，不值與辯。昔唐李德裕家不置《文選》，謂其不根藝實。蓋自古有此耳食之徒矣。」案：梁氏本有《文選旁證》一書，乃近世之治《選》學者，故其推《文選》如此。其不廢徐、庾、初唐，則又阮文達之流之同旨者矣。其歸宿韓柳亦是慰藉八家之詞。其用心固與八家派取韓柳者有別，以梁氏固阮氏之門人也。世言《文選旁證》一書乃梁氏借刻他人者，亦異聞也。

魏源《古微堂外集·定盦文録序》曰：「君於經通《公羊春秋》，於史長西北輿地。其文以六書小學爲入門，以周秦諸子、吉金樂石爲崖郭，以朝章國故、世情民隱爲質幹，晚尤好西方之書，自謂造深微云。」又曹籀《定盦文集題辭》曰：「君著述等身，出入於九經七緯諸子百家，自成一家言。言天人性命之奧則取法於《易》，帝王政事之大則取法於《書》，美惡勸懲之義、是非褒貶之條則取法於《詩》與《春秋》，驗國家之存亡、知人物之臧否則必徵諸《三傳》，考典章之明備、審制度之精詳則必徵諸《二禮》，以及遺聞軼事、故書雅訓則又雜采於周秦傳記之書。其雄詞偉論、縱橫而馳驟也則似《孟》似《莊》，其奧義深文、佶屈而聱牙也則似《墨》似《鬻》，其義理精微、詞采豐偉、或守正道之純粹、或尚權謀之詭譎，則又似《荀》似《列》、似《管》似《晏》云云。」曹説如此，故世人謂繹曹氏所言，其實一雜字足以盡之。此讀定庵文所宜知者也。即二説校之，要以魏氏所論爲足盡龔之長，曹氏之言不足重龔也。案：龔氏之文爲近日少年才士所曹喜，而其作法則以魏氏數言可盡其塗轍，而浮慕者不知也。龔氏於同時桐城、陽湖兩文軌中皆不附之，其能獨立以自別異者，正其能自抵於成處。據俞樾之言，知龔之師爲惜抱門人，然究未曾受姚之學説。其集中有顯然攻陽湖者，如《識某大令集尾》乃昌言以糾惲子居者也。平湖朱氏《定庵文補編題後》謂：「國朝文家至桐城始軌於正，方、姚而後，獨上元之梅伯言、嘉興之錢衎石及曾文正於桐城有扶衰救弊之功，其他不立宗派。若胡天游、汪中、彭績及龔氏咸能獨造深峻，自名一家。蓋桐城如泰山主峯，不可褻視。而諸人則徂徠、新甫，與岱宗揖讓俛仰，不自屈抑，亦一代之雄。」則又言其與桐城别異之證也。龔氏既别於二者之外，其派别所在，則近人胡甘伯嘗配以汪容甫、魏默深爲國朝古文三大家，謂「汪内閎肆而外謹嚴，龔則反之，魏文亦謹嚴亦閎肆」。戴子高謂「汪文不及龔，汪僅能及於漢，龔則已造於秦」。此以龔配汪、魏之説也。程公勗秉釗謂「唐鑄萬失諸太空，兼有俗陋處。劉申受佳矣，憮儗太重。蔣子瀟筆意冗散，譬諸能説而不能行。經師能文者以戴東原爲第一，然氣味不能及汪，才力又遜龔、魏。張皋文亦有好處，然不能勝戴」。此又以唐、劉、蔣、戴、張、魏與龔并論之説也。然則龔氏位置當於諸家中求之，桐城、陽湖中無其人，亦不願有其人也。至魏氏所言入門諸説有可證明者，《定庵年譜》稱其十二歲時，外王父段先生茂堂玉裁授以許氏《説文部目》，是爲以經説字、以字説經之始。其攻諸子學則龔自言之，集中《志寫定羣經》曰：「方讀百家，好雜家之言。」《問經堂記》曰：「鞏祚定庵更名。之（吳元）〔呆然〕喜言百家，登是堂，愀乎非《五經》之簡畢不敢言。」又有《雜詩》云：「九流觸手緒縱横，極動當筵炳燭情。若使魯戈真在手，斜陽只乞照書城。」又《示子》云：「《五經》爛熟家常飯，莫似而翁歠九流。」皆其證也。其好金石之文，集中有《商周彝鼎文録序》，謂「周公訖孔氏之間，其有通六書屬文詞載鐘鼎者皆雅材也。凡古文可以補今許慎書之缺，其韻可以補《雅》、《頌》之隟，其事可以補《春秋》之隟，其禮可以補逸禮，其官位氏族可以補《世本》之隟，其言可以補七十子大義之隟」。此其取材於金石之旨也。至其慷慨論天下事，説西北輿地諸篇，則又可以魏氏質幹之説證之也。及其成也，則爲慕古人之創，恥因今人之因。窮其大原，抱不甘以爲質。雖天地之定位，亦心審而後許其然。此其《文體箴》所以有「文心古，無文體，寄於古」之説也。魏氏叙所謂「大者逆運會。所逆愈甚，所復愈大。大則復於古，古則復於本」之説也。龔氏矯異之文，其爲之也蓋如是其不易，奈何今人輒欲以淺夫託之乎？吳石華蘭修爲《温伊初〈登雲山人文稿〉序》曰：「余夙與山人勉士交，而爲文各不相類。今春入都，見龔定庵舍人文，瑰瑋淵奥如黄山雲海，不可方物。語魏默深云：『定庵之文，人不能學，亦不必學。』默深韙之。」可見同時之人早有論定，何今人之無識乎？此張文襄稱近年文章學定庵皆彼出都以後之風氣，而爲之太息不已也。且龔氏之淵源實阮、李諸家破八家藩籬與駢散範圍諸説所開，其立論又多朱竹君、周書昌、章實齋所開，蓋由諸説演繹而愈引愈高者也。故取其流别所至而附諸阮、李諸説後，以窮是派變遷之所極也。案：俞曲園《寄鴻堂集序》云：「李孝曾先生爲姚姬傳先生門下高第，同時如陳碩士、梅伯言諸君皆推重之。其所爲文本經史以抒寫性真，粹然儒者之言，體嚴詞潔，無叫囂滌濫之音，是真姚之嫡傳。嘉、道間東南古文一大家也。先生門下之賢如徐心庵、龔定庵諸老輩皆不及一見，淵源所在，固無聞焉。」據此知定庵乃姚氏再傳，姚主嚴潔而定庵一變乃大決其藩，與莊子出自子夏相似。古今似此者多矣。

蔣子瀟湘南《七經樓文鈔·與田叔子論古文第二書》曰：「東漢之世文盛於筆，兼茂者班、蔡兩人。魏晉以後文弊而成駢體，徐、庾雖工，豈足當班、蔡之輿儓？况乎有文而無筆，筆失而文猶能得乎哉？唐興，沿六朝餘習，惟元次山、梁敬之、獨孤至之、蕭穎士、李遐叔諸人欲變筆以矯文，而心知其意，未能大暢厥旨。至韓文公約旨六經，古道然後盡復。而當時但稱爲韓筆，以其力矯者在文，則其偏重者不能不在筆也。雖偏重於筆，而其造端（不）〔必〕從事於文，故往往有六朝字句流露行間。淺儒但震其起八代之衰，而不知其吸六朝之髓也。自是厥後，筆長文短，宋代諸公變峭厲而爲平暢。永叔清致紆徐，故虚字多。子瞻才氣廉悍，故間架闊。後世功令文之法大半出於兩家，即作古文者亦以兩家爲初梘。由宋逮元，有筆無文，弊與六朝反而適相等。蓋其去古益遠，不知古人文筆之分，且不知古人用功先文而後筆也。夫由文入筆，其勢順；由筆返文，其勢逆。自古有工於文而不工於筆者，豈有不工文而能工於筆者哉？明七子不喻此旨，欲皮膚秦漢以矯宋元之弊，土偶木神，毫無靈響。惟弇州才力雄健，通史法，熟掌故史料中本色文字，遠逴歐、蘇之上。而其他篇之模擬《史》、《漢》者，撏字撦句以爲璀錯贋鼎之光，空嚇腐鼠，是又不知古人橅儗之法在移神不在範貌耳。惟其橅儗於文者深，故其抑揚於筆者當，他人則不能矣。論者謂弇州贊熙甫有『余豈異趨，久而自傷』之語，遂以熙甫上弇州。此則目睫之論也。熙甫之弊在於有筆無文，就歐、曾支派而論其規行矩步，亦自成一丘一壑之山水。弇州老而懷虚，龍門已矗，又何妨自貶以揚之後人，盱衡往哲？當據兩家之根柢以定其規模，不當因己之愛憎以分其優劣。若優孟衣冠之説更不足以服弇州。僞八家詎非優孟乎？里魁市卒之衣冠安見其能傲楚相之衣冠耶？夫才有大小，天之所爲；學有純駁，人之所爲；氣有厚薄，時代之所爲。而由文入筆之功爲古人文質相宣之故，唐以後無有能明之者。」又《論古文第三書》曰：「書來以僕既告以古文之弊，宜復示以古文之法。夫古文之法非他，在矯古文之弊而已。案：蔣氏《與田叔子第一書》云：「以古文之弊言之，夫古文之弊自八家始也，非八家之弊，乃學八家者之弊八家也。八家之名起自元靜海朱氏，其録本不傳。傳者明茅氏本，其所標伸縮、翦裁諸法大概皆爲功令文之法。歸震川、李大泌諸君子孰非工於功令文者？諸君子以八家之法爲功令文，故其功令文最古。諸君子遂以功令文之法爲古文，故其文最不古。若今代之古文家則又揚不古之餘波而扇之者也，故曰：古文之失傳業五百年也。夫名之爲古文，則不得不别於今文。欲别於今文，則不得不讀古書。書之古者，句法字法與功令文鑿枘不入，於是舍其難者就其易者，專以八家爲主，且以明人所録之八家爲主。夫明人所録之八家未嘗非古文也，而數百年所爲八家之文則非古文也。韓皂歐臺，沾沾自喜，語助喜羅，吞吐唯否，其弊也奴。未識麟經，先罵盲左，嚇彼走卒，力僵而跛，其弊也蠻。黄茅白葦，彳亍河干，飢腸雷隱，忍俊無餐，其弊也丐。鉥規植矩，比葫畫瓢，皋蘇律令，不如蕭、曹，其弊也吏。凡胎御風，自標仙度，殺馬毀車，騰空覓路，其弊也魔。井底看天，豈無珠斗，轉笑岱頂，空立搔首，其弊也醉。道聽程、朱，塗詈許、鄭，龍門未登，蘭臺已病，其弊也夢。庾語歇後，或續或斷，有聲無聲，呻吟莫辨，其弊也喘。然而門徑既成，壇坫相高，天下羣然追逐，合其轍者爲正宗，異其塗者爲左道，空疎無具之徒皆得張空拳以求八家之幟，是古文之愈失由於爲古文之太易也。」觀蔣氏失傳五百年之説，猶是沿順甫、安溪、方溪、穆堂諸人之緒論。其書中所指摘蓋爲桐城一路文家言之，其言有是有非，當别論之。昌黎矯唐文之弊而唐之古文興，永叔矯宋文之弊而宋之古文興。韓、歐不自名其法，其法自足以範後人，文成則法自立也。且夫論古文而專以法，此仍僞八家所恃以劫持天下者。不破除此等俗見，必不能以讀古書。不讀古書，何能爲古文？足下因僕言古文失傳而遂謂今代無古文，則又非也。僕之言蓋爲僞八家之弊言之。若本朝之真古文，則固歷代所未有矣。夫文章者，國運精華之所萃也。文章盛則人才盛，人才盛則儒術盛，儒術盛則治道盛。自古偏霸之世之文章斷不能盛於一統之世之文章，日星河岳之氣鍾之厚而毓之奇也。我朝造邦東土，拓界西疆，中外一家，昭回旁薄，精華全萃於乾隆，時則有如戴東原先生文入賈、董之室，經升由、夏之堂，翼之以錢竹汀、汪容甫兩先生，心源既濬，胎息斯淵。而張皐文、武虛谷、陳恭甫、李申耆亦能範文筆而一之，文苑、儒林合同而化。或疑戴先生之書如揚子書有故爲艱深者，此非知文之言也。子雲之書，桓君山好之，張平子好之，韓昌黎好之，司馬温公好之，至蘇東坡始有艱深陋淺之説。此自東坡之淺陋，非子雲之艱深，豈桓君山諸人之讀書皆不如東坡之讀書耶？戴先生覃思於三代之上，析芒於六經之内，精誠所積，幽微畢豁，故其文簡而奥，醇而腴，雅而奇，遒而穆，非好爲艱深，乃不能爲淺陋耳。其當吾世而獲從捧手者，有劉申甫、龔定菴、魏默深三君精西漢今文之家法而又通本朝之掌故。劉君之文，子政、子雲之流亞也；龔君之文，子長、孟堅之流亞也；魏君之文，管仲、孫武之流亞也。其於戴、錢諸先生不必相襲，而周情孔思自能以真古文示天下，特天下之人染僞八家之霧已久，故未有能尊信諸君子者。僕所以謂古文之失傳業五百年也。豈惟不尊信而已，且譏之排之，論其文則曰非八家，論其學則曰非理學。諸君子韞櫝六經，時時與聖人相見，閎意眇旨皆足爲後之讀經者示之門徑。世之人欲起衰矯弊必自通經始，通經必自訓詁始，欲通古人之訓詁自不能不熟周秦兩漢之文章。所謂由文入筆者，真古文之根柢即在於此。僞八家之所以不能自立者，正坐不能如此。此之不能，故以翦裁駕空諸法自雄矣。」案：蔣氏之説力與方、姚反，其旨在由文入筆。其由文入筆之方法則在窮經識字、通古訓、讀古書，與龔氏之説相唱和。其用則在矯方、姚之弊，而其弊方、姚者則謂爲僞八家。其門人闡之，盧正烈爲《七經樓文鈔後序》曰：「古文之名家必學、識、氣三者具備而後可行於世。先生則曰：古文之根柢在於窮經，窮經在於識字，識字在於通古訓。古訓散見於周秦漢人之書，搜羅古書則學博矣，貫穿古訓則識精矣，以聖經養其剛大之氣則氣盛矣。然後罄胸而發其意，叶聲以和其音，如風起蘋末而刁調於天地，水出山穴而曲直於江河，天人交會，自成一家，非有根柢何能至此？且夫文章者，有用之物也。立乎本朝而不知國朝掌故，則草莽市井之見而已。生當後世而不明時變，則老生迂儒之談而已。士不通經不能致用。經者，聖人經綸萬世之書也。先生之學，自象緯、律曆、輿地、農田、禮制、兵法、刑名、攷工以及釋道兩藏，一一皆尋源沿流，究其得失。學博故見無不大，識精故論無不平，氣盛故詞無不達。」又劉元培序曰：「自來古文家孰不言通經？而先生之所謂經乃以周公之制作、孔子之信好合攷而明之，非章句家之經也。自來古文家孰不言載道？而先生之所謂道乃以人情時事與天地參驗而出之，非理學家之道也。本朝經學分漢、宋兩塗，先生皆以爲不然。儒者讀孔子書，學孔子學。孔子，周人也，周之學四術六藝，漢、宋之爭皆無與於周學，吾爲周學而已。文王、周公、孔子之《易》皆用韻語，孔子直以《文言》爲名，是必叶聲韻者始謂之文。人之生也，和言中宮，危言中商，疾言中角，微言中徵、羽，發喉引聲，自有高下抑揚之致，《小序》所謂『聲成文謂之音』也。宋以後之文，多有聲而無音，先生病之，嘗曰：『寧爲箏琶，無爲土鼓。』又嘗取《漢書》中志、傳爲《史記》所無者籤而出之，以示古文門徑，曰：『學醇，論正，神華，味腴，直起直住，不用語助虛字，足爲僞八家對病之藥。』宋以來論《史》、《漢》異同者多右馬而左班，乃穴坯之見也。先生以經史爲根柢，而又通本朝之掌故，凡國家鉅典無不悉其源流，故其文擷經之精，鎔漢之髓，大而入細，奇不乖純，無一字鑿空，無一論涉膚，自成一家之法，故可以廢時人之法。」此兩家說皆可以證成蔣氏之義，要其所持則悉原本阮氏元之說，其不用語助又雅近祝允明之說。而於近人之文特尚戴、錢，下及龔、魏諸家，是其所尚特漢學攷據家，因而並重其文，其他則龔、魏典制之文耳。因震於戴、錢攷訂之學，並極尊其文，又立爲由駢文以入古文之說。其大體實與曾文正之旨合，然文正尚考據，亦持由六朝演進八家之旨而必由姚氏入門。蔣氏於入門一層獨懸以爲禁，亦若有不得已者，特以有阮氏諸人之說先入爲之主耳，故所持尚不免一偏之論。存以備一説而已。劉元培又謂其力矯僞八家，故歸、方兩家之法在所不用，以八家流弊皆自兩家開，亦漢學家相習偏勝之説，未足據也。

蔣氏最服膺龔定庵，兩人皆好創爲造微之論，導源於駢散合一之派而極力偏詣之，遂至嗜奇弔詭。余常觀蔣氏《游藝録》，見其貶損與其所揄揚，亦足以見其流弊所極。其貶抑桐城家之言曰：「余入京識陳石士先生、管異之二君，皆姚姬傳門下都講也，因問古文緒論，謂『方望溪爲大宗，方氏一傳而爲劉海峯，再傳而爲姚姬傳，乃八家正法也』。余時於方、姚二集已讀之，雖心不然其説而口不能不唯唯。及得海峯集詳繹之，其才氣健於方、姚而根柢之淺與二家同，蓋皆未聞道也。夫文以載道，而道不可見，於日用飲食見之，就人情物理之變幻處閲歷揣摩，而準之以聖經之權衡，自不爲迂腐無用之言。今三家之言誤以理學家語録之言爲道，於人情物理無一可推得去，是所談者乃高頭講章中之道也，其所謂道者非也。八家者，唐宋人之文，彼時無今代功令文之式樣，故各成一家之法。自明代以八股文爲取士之功令，其熟於八家古文者即以八家之法就功令文之範，於是功令文中鉤提、伸縮、頓宕諸法往往具八家遺音，傳習既久，千面一孔，有今文無古文矣。豪傑之士欲爲古文，自必力研古書爭勝負，於韓柳歐蘇之外别闢一徑而後可以成家，如乾隆中汪容甫、嘉慶中陳恭甫皆所謂開徑自行者也。今三家之文仍是千面一孔之功令文，特少對仗耳。以不對仗之功令文爲古文，是其所謂法者非也。

余持此論三十年，惟石屏朱丹木所見相同。」觀蔣氏以高頭講章之理與功令文之法概之以蔽方、劉、姚氏，其持論之平與否可以概見，不必深論。其謂理學家之言道於人情物理無一可推得去，竊戴東原之謬説與紀文達筆記之霿言，用意尤悍。其所標揭者不過容甫、恭甫之流，猶是阮、李之恒見。乃其揄揚及於王弇州，又假重於黄石齋，其用意尤卑下也。其言有曰：「古文之爲名，别於今文而名之也。非胸羅古書不能神色俱古，若王弇州、黄石齋兩家可以謂之古文。弇州根柢雖淺，而天分自高，其造字造句往往襞績《史》、《漢》字面，如班、馬字類，然又好用古地名、官名，使讀者不知其爲明代人，是皆古文之病。然筆力軒舉，議論宏達，足與唐人頡頏，非歸熙甫、唐荆川輩所能夢見。若石齋先生之文，聲色臭味無一不《史》、《漢》矣，韓柳且屬輿儓，何況餘子！世人不學者讀兩家之文多不終篇而棄去，苦其古奥不適口也。使胸中先有古書一二部，以觀兩家自然文從字順矣。」夫蔣氏惟必欲變古文家之舊軌，故必多其游談，擊而使去。要其識力近不出阮、李，遠不出王、李，遂不惜舉世人所曹惡如弇州者而重予張之。余之以近日駢散合一諸家之論齒諸明代北派之列，豈無據哉？其差異者不過近世此派較明人北派多轉漢學攷據一重關，其根柢較厚而氣味較古耳。蓋蔣氏生平持論，謂讀書之法宜從上讀下則源流明而正變肯徹，若自下讀上則先有後世之説爲主，非識見過人者難以復通古説。蔣氏從上讀下之旨蓋本嚴羽論詩「工夫須從上做下」之説。其友山陰葉承澧衍之，有讀書四難之説，謂「貫穿難，旁通難，無我見者難，有我見者難」是也。惟從上讀下則無難。惟其讀書必從上讀下，故其論文必愛古薄今，於是與彼斷代學古者自然同其塗轍，因擷蔣氏《游藝録》之語而附辨之。

蔣氏《文鈔》有《朱丹木先生〈唐十二家文選〉序》，大略云：「六經之語有奇有偶，文不竄而道大光。三代以後之文，或毗於陽，或毗於陰，升降之樞轉自唐人。唐以後之文主奇，毗於陽而道欹，此歐、蘇、曾、王之派所以久而愈漓。唐以前之文主偶，毗於陰而道忸，此潘、陸、徐、庾之派所以浮而難守。唐之文凡三變：初則王、楊、盧、駱沿六朝之體格，而燕許爲大宗；繼則元、梁、獨孤牽東漢之緒，而蕭、李爲最雄；至昌黎先生出，約六經之旨，然後炳焉與三代同風，雖以子厚之雄深亦俯首而居附庸。唐文之有昌黎，猶詩之有少陵。昔人謂學少陵者須從義山入，蒙謂學昌黎者須從杜牧之入。學杜從義山入，免生硬槎枒之病；學韓從牧之入，免架空掉虚之病也。牧之之外又有十一家，皆文質相宣，具矯駢反古之力。試觀次山、至之開昌黎之先而氣已旁薄，夢得、遐叔與昌黎同時而境漸恢廓，持正、習之傳昌黎之法而派不空鑿。復愚、可之諸人聞昌黎之風而興，而各以其才相拓，高而不槬，華而不縟，雄而不矜，兀而不削。馬、班以還，知者落落，故以此十一家佐牧之，以牧之導昌黎，非宋代諸大家所能角也。今夫天之所授爲才，心之所積爲言。中宫、中商、中角、中徵羽之異，由於和言、危言、徐言、疾言之分。發喉出響，清濁各陳，故引上引下，許君以之作《說文》也。西漢之世，天葩日新，子長以奇，枚叔、長卿以偶，雖不黨而相羣，合文筆而各盡其致者厥爲子雲。降及東漢，鞶帨繽紛，逐開靡麗之習，使豪傑之士望古而嚬。唐代之復古亦天地之會，自然氤氳矣。然則丹木先生此《選》，又豈止功在韓門？」案：蔣氏所述朱丹木此說，援學詩例，由牧之入韓，意在免病，其旨則欲以立異宋派，其源實不出近世合一駢散之範圍。後來張嘯山本此說爲《唐十八家文選》，於朱氏所取各家外又收入權、牛、沈、皮、陸、羅諸家，用意亦欲以破八家之舊說，皆近世阮文達說之餘波也。卒以賡和者不多，其說亦在若生若滅之間，存之以見一時之風氣而已。吾攷唐文之大觀，以嘉慶中官編之《全唐文》一千卷爲最賅括，近陸心源又爲《全唐文拾遺》七十二卷，又《續拾》十六卷，共八十八卷，皆究唐文者不可不備之書也。又王惕甫題跋稱「嘗有志欲以唐人碑版在今世者次録之，以補《唐文粹》之所未備。如唐太宗《晉祠銘》及魏公《醴泉銘》，皆初唐傑製，超軼中有淳質之趣，文亦鴻麗，已變六朝之習，所謂不廢江河萬古流者也」。此用意又在初唐下逮，與朱、張正相反，而其意仍在追新於八家之外者也。丹木名艧官，陝西布政使，雲南石屏人。

張氏文虎《唐十八家文鈔序》曰：「世人論古文輒曰唐宋八家，又曰昌黎起八代之衰。不知唐之與宋原委既殊，門徑自別，非可概論。至起衰之功，斷推元道州爲首，第其文散漫，未立間構。若獨孤、梁、權，規模粗具而猶苦肥重。惟昌黎氏原本六經，下參《史》、《漢》，錯綜變化，冠絶百世。要其學出安定而實淵源於毗陵，則未嘗無所因也。柳州初工駢體，後乃篤志古文。其才氣陵厲足以抗韓，至於學識根柢，遜韓多矣。同時若劉賓客才辨縱横，間以古藻，亦柳之亞。元相滔滔清絶，開宋人一派。李、皇甫皆學昌黎，而一得其理一得其辭，亦各自成門徑。牛相文筆刻露，議論警闢。沈下賢喜爲小篇，戛然自異。杜牧之雄才超邁，實爲蘇氏先導。孫可之源出韓氏而專務奇峭，要其獨立處不可及。世以孫、劉並稱，然復愚則近於險怪矣。皮襲美根柢深厚，若在韓門當肩隨習之。陸魯望不衫不履，野趣自得，頗有似元道州者。羅昭諫懷才不試，好爲寓言，出以過激，無不中理，然固唐一代人文之後勁也。余録唐文凡十八家，源流遷變概見於斯，以破唐宋八家之説之固陋。學者苟就其所近擇途以從，則當取全集而熟復之，勿以方隅自畫。此外如蕭茂挺、李遐叔以下皆不及云。」案：張氏此説用意特欲與唐宋八家之説立異，於唐人有取於十八家，廣朱丹木《唐十二家文選》之旨，實無甚深意。録之以備一説。同時陽湖謝應芝嘗據《全唐文》爲《唐文類纂》亦是此意。又攷八家書未出以前，韓柳未并稱之世，如北宋初於唐代祇稱柳、劉，稱韓、李，此可見當時之品量與風氣。何氏孟春《餘冬敍録》云：「宋景文《筆記》：『李淑愛劉禹錫文章，以爲唐稱柳、劉。』《朱子語録》云：『李翺文有本領，如《復性書》類。歐陽公只稱韓、李，不曾云韓、柳也。』春惟唐代名家，韓、李以次，別稱柳、劉，方是文章類聚，人品羣分，並舉之間兩得其當。四人者唐時有公評，宋世有定議，而今日學文士子例爲韓、柳之稱。書坊刻本有並帙焉，非儗倫矣。」按：此則明代八家之説尚未公同認定時之論，揭北宋人之微尚以詔人，其説亦有本，與朱氏、張氏之意畧通者也。望溪不喜柳文，亦稱宋人祇言韓、李，不言韓、柳也。蓋假北宋説以自慰證也。

學駢文亦有用斷代之意者。孔顨軒《寄朱舍人書》云：「任、徐、庾三家必須熟讀，此外四傑即當擇取，須避其平實之弊。至於玉谿，已不可宗尚。」李申耆《答湯子垕》云：「駢體導源《國語》及先秦諸子，而歸之張、蔡、二陸，輔之以子建、蔚宗，庶幾風骨高嚴，文質相附。要之此事雅有實詣，非可貌襲。學不博不足以綜蕃變之理，詞不備不足以達蘊結之情，思不極不足以振風雲之氣。」與獻吉論學古文之意正同也。案：張文襄稱「國朝駢文家最工此體者，胡天游、邵齊燾、汪中、洪亮吉諸家流别亦不一也，有獨宗一體者，有各有出入而不分别者。如彭元瑞《恩餘堂經進稿》用宋法，錢崙仙《示樸齋駢文》用唐法。」按：此説與孔氏「玉溪不可宗尚」之説異。錢氏蓋專意學樊南者也，觀李聯琇《好雲樓初集·示樸齋駢文序》可見。又彭氏用宋法，故有《宋四六選》、《宋四六話》之作。錢氏亦有《唐文節鈔》之選。可知用是體亦必治是學也。

吾觀斷代學古始於宋嚴羽之論詩，《滄浪詩話》曰：「夫學詩者以識爲主，入門須正，立志須高，以漢、魏、晉、盛唐爲師，不作開元、天寶以下人物。若自退屈，即有下劣詩魔入其肺腑之間，由立志之不高也。行有未至可加工力，路頭一差愈騖愈遠，由入門之不正也。故曰學其上僅得其中。又曰見過於師，僅堪傳授；見與師齊，減半師德也。工夫須從上做下，不可從下做上。先須熟讀《楚詞》，朝夕諷咏以爲之本。及讀《古詩十九首》、樂府四篇、李陵蘇武漢魏五言，皆須熟讀，即以李杜二集枕籍觀之，如今人之治經，然後博取盛唐名家醞釀胸中，久之自然悟入。雖學之不至，亦不失正路。此乃是從頂顙上做來，謂之向上一路，謂之直截根源，謂之頓門，謂之單刀直入也。」此與李氏論學文之旨正相同也。

二、曾文正之相承學古法。文家統緒相承盛於近世桐城一派，而曾文正用其意推之以學古，其《庚申日記》謂：「古文一道與駢體通，由徐、庾而進於任、沈，由任、沈而進於潘、陸，由潘、陸而進於左思，由左思而進於班、張，由班、張而進於卿、雲。韓退之之文比卿、雲更高一格，能學韓文，則可窺六經之閫奧矣。」案：浦二田氏云：「後六經而成家者，太史公；振八代而反六經者，韓文公也。」與曾説同旨。又案：此言學韓宜先從諸家下手，猶《陳後山詩話》論詩謂「學杜宜先黄、韓，不由黄、韓而爲老杜則失之拙易」。此言杜詩宜從黄、韓入也。然東坡則又有杜可學、韓不易學之説，其言曰：「學詩當以子美爲師，有規矩，故可學，學杜不成不失爲工。」而以「退之才高，無其才而學其詩則又病」。後山之説，童愬南深信之。余則亦頗採用東坡之意也。《徐而庵詩話》謂「少陵古詩爲有唐之獨步，從『熟精《文選》理』得來，蓋深於漢魏者也。故學漢魏方得唐古詩」。蓋由杜所從入下手也。案：此説之程塗由六朝漢魏而反唐，與蔣子瀟《與田叔子論文書》謂古人用功先文而後筆之説同旨，而不如文正此説之詳盡也。在蔣氏之前，浦二田氏編《古文眉詮》亦畧見此意，浦云：「昭明選例，在世不録其文，因録徐、庾以繼《選》。」其《鈔文選之旨》云：「論者進《選》則退《史》、《漢》、八家，進《史》、《漢》、八家則退《選》。愚意派別固殊，源流斯在。矜慎持擇，以存一大段風會，宜無不可。」以《選》與《史》、《漢》、八家爲源流，亦具有微旨也。李石桐《重訂主客圖》稱前輩謂「學《選》體者讀初唐，學盛唐者看中晚」。此亦詩家用逆推相承學古法也。案：文正嘗自謂「姚先生持論閎通，國藩之粗解文章由姚先生啓之也」。而其《致吳南屏書》又稱：「曩在京師，雅不欲溷入梅郎中之後塵。」此二語似悟，實則可爲文正師姚而獨有以自異之據。文正之相承學古本在由近世桐城姚氏而上溯韓、馬、莊，其師姚尤心契其選文尊馬、楊之旨。此其師姚而與諸家師姚別異者獨在此，故其所立相承之法必致力於漢魏六朝也。若其自踐實由近代姚氏之旨而上溯之。乃此之言則未明言其歸嚮姚氏一層，祇言由六朝漢魏而返之唐，由唐而六經，蓋示人須爲韓氏之學，以學韓文之法救弊，立宗咸在於此，非與文正平日自循之轍迹果有異也。繹此説者要不可不首辨之也。

相承學古之法原於宋人，宋人學文有統緒之説，其説則由近今逆溯而上。《赤城集》有吳子良《篔窗續集序》曰：「文有統緒，有氣脈。統緒植於正而綿延，枝派旁出者無與也。氣脈培之厚而盛大，華藻外飾者無與也。六籍尚矣，非直以文稱，而言文者輒先焉，不曰統緒之端，氣脈之元乎？自周以降，文莫盛於漢、唐、宋。漢之文以賈、馬倡，接之者更生、子雲，孟堅其徒也。唐之文以韓、柳倡，接之者習之、持正其徒也。宋東都之文以歐、蘇、曾倡，接之者無咎、無己、文潛其徒也。宋南渡之文，以吕、葉倡，接之者壽老其徒也。壽老少壯時，遠參洙泗，近探伊洛，沉涵淵微，恢拓廣大，固已下視筆墨町畦矣。及夫滿者出之，則波浩渺而濤起伏，麓秀鬱而峯峻嶒，户管攝而樞運轉，輿衛嚴而冠冕雍容，其奇也非怪，其麗也非靡，其密也不亂，其疎也不斷，其周旋於賈、馬、韓、柳、歐、蘇、曾之間，疆埸甚寬而步武甚的也。葉公晚見之，驚詫起立。葉公既没，篔窗之文遂巋然爲世宗。蓋其統緒正而氣脈厚也。自元祐後，談理者祖程，論文者宗蘇，而理與文分爲二。吕公病其然，思融會之，故吕公之文早葩而晚實。逮至葉公，窮高極深，精妙卓特，備天地之奇變，而隻字半簡無虚設者。壽老一見亦奮躍，策而追之幾及焉。然則所謂統緒正而氣脈厚者，又豈直文而已？余二十四從葉公，公亦以其屬篔窗者屬余也。」案：所云壽老即陳耆卿也。吕爲東萊，葉則水心也。水心有《題陳壽老論孟紀蒙》及《題陳壽老文集後》。蓋南宋學家由同時之周、程、張而上溯，其涵濡於統系者有素。故南宋文家亦由吕、葉而陳、吳，上接歐、曾、蘇。其於學與文皆有統緒如此。蓋南宋時之風氣本如此，而其講文於統緒外又尚氣脈。此雖爲壽老言之，亦可考當時究文之旨要也，故録之以見此法之開先焉。

元人劉氏因亦尚統緒，其法則沿流而下，因立秦漢唐宋以次學之之法。朱氏《文通》引劉氏《叙學》曰：「學者惟當致力於六經、《語》、《孟》。《語》、《孟》者，聖賢以是爲終，學者以是爲始。惟治六經必自《詩》始，次求大用於《禮》，《禮記》、《周禮》既治，非《春秋》無以斷也。本諸《詩》以求其情，本諸《書》以求其辭，本諸《禮》以求其節，本諸《春秋》以求其斷，然後以《詩》、《書》、《禮》爲學之體，《春秋》爲學之用。理窮性盡而後學夫《易》。易者，聖人所以成終而成始也，是故《詩》、《書》、《禮》、《樂》不明則不可以學《春秋》，《五經》不明則不可以學《易》。六經傳注於漢，疏釋於唐，議論於宋，日起而日變。必先傳注而後疏釋，疏釋而後議論，仍以己意體察爲之權衡，折之於天理人情之至，勿好新奇，勿好僻異，勿好詆訐，勿生穿鑿，平吾心，易吾氣，然後爲得也。六經既治，《語》、《孟》既精，而後學史。胸中有六經、《語》、《孟》爲主，則讀諸子而宋儒而游藝而詩，至於作文。六經之文尚矣，不可企及也。先秦古文可學矣，《左氏》、《國語》之頓挫典麗，《戰國策》之清刻華峭，莊周之雄辯，《穀梁》之簡婉，《楚詞》之幽博，太史公之疏峻。漢而下其文可學矣，賈誼之壯麗，董仲舒之冲暢，劉向之規格，司馬相如之富麗，揚子雲之邃險，班孟堅之宏雅。魏而下陵夷至於李唐，其文可學矣，韓文公之渾厚，柳宗元之光潔，張燕公之高壯，杜牧之之豪縟，元次山之精約，陳子昂之古雅，李翺、皇甫湜之温粹，元微之、白樂天之平易，陸贄、李德裕之經濟。李唐而下陵夷至於宋，其文可學矣，歐陽子之正大，蘇明允之老健，王臨川之清新，蘇子瞻之宏肆，曾子固之開闔，司馬温公之篤實。下此而無學矣。學者苟能取諸家之長貫而　之以足乎己，而不蹈襲捆束，時出而時晦，以爲有用之文，則可以經緯天地，輝光日月也。」案：劉氏此説先之以經、史、子及宋學之説，與禮樂射御書數之藝并古今體詩而後學文，大旨與程氏讀書分年日程所定修學之序相同，近世羅臺山有自三古順流而下之説，亦與此旨同。而標舉之家數較博，均取極盛者爲歸。其先後本末之意實原朱子，朱子曰：「熟讀《漢書》、韓、柳文不到不能作文章，歐公、東坡皆於經術本領上用功。」又曰：「取孟、韓子、班、馬書熟讀之，及歐、曾、老蘇文字亦當細考，乃見爲文用力處。」二説皆劉所本也。劉氏以取諸家之長而貫通之爲功夫，以足乎一己爲效驗，其意亦與東坡所謂博觀而約取，厚積而薄發者相通也。沿劉氏此説以立論者，今人《高石齋文鈔・與楊恕堂論文書》曰：「文章之事貴溯其源，必研聖經賢傳周秦子史，乃可問津兩漢著作，乃可問津魏晉。必研魏晉著作，乃可問津六朝而唐而宋而元而明。氣運之所爲，人不得而强也。」此又與劉氏相應者也。

桐城統緒相承一派盛於姚姬傳，姚氏義法垂於所選《古文詞類纂》，故凡守姚選者即承其學者也。姚姬傳學文有「始遇其粗，中遇其精，終御其精而遺其粗」之説。朱琦《怡志堂文初編》自記所藏《古文辭類纂》舊本曰：「是書吳刻較康刻爲備，蓋姚先生晚年定本也。其爲類十三，一類內而爲用不同又别之爲上下編。先生嘗云：『文無所謂古今也，惟其當而已。知其所以當，則於古雖遠而於今取法如衣食之不可釋。』又曰：『神理、氣味者，文之精也；格律、聲色者，文之粗也。苟舍其粗則精者胡以寓？學者之於古文，必始而遇其粗，中而遇其精，終則御其精而遺其粗者。』先生每類自爲之説，分隸簡首，自明去取之意甚當。而於先秦兩漢，自唐宋諸家以及本朝，尤究極端委，綜覈正變。故曰學而至者神合焉，學而不至者貌存焉。學者守是，猶工之有繩墨，法家之有律令也，無可疑者。爰取是編，紬繹之畧爲疏辨，并私識之曰：文之義法與其體例，是編備矣。至求其所以當、遺其粗而御其精如古人所謂文者，則更有事在，此其迹也。吾同年生鄭獻甫論文有云：『有立乎其先，有充乎其中，有餘乎其外。』吾又有取焉。」案：姚氏此説爲學古文次第要法，亦爲讀《古文詞類纂》要法，故朱氏特舉之，又參以鄭小谷之論以完足此道之能事。其神理、氣味、格律、聲色八字，姚氏門人鮑雙五嘗述之，黎蒓齋《續古文詞類纂》亦本之以選文，今人太倉唐氏曾取其意編爲《高等國文講誼》，其條目至爲明備，余在學部曾審定其書。文家亦有持本末之論者，謝應芝《會稽山齋文集》有《李文淵靜叔傳》，述其論文曰：「文本於氣，氣發於情。讀書以養氣，立志以節情。胸中之言日益多，而窮通得失之所遭又有以動其喜怒哀樂之情，壯其毅然不屈之志。」此言文之本也。又曰：「意深則晦，語生則澀。晦極而反則厚，生極而反則醇。」此言文之末也。此言本末與姚氏精粗之説廣狹不倫，要可一相參究也。至謝氏之詁此八字之旨則曰：「文以理爲主，神以運之，氣以充之，醞鬱以取味，抑揚以取韻。聲貴能沉能飛。色淡而不黯，麗而不耀。」此析六者而闡其義也。唐氏《國文講誼》其類目大率如此。至姚氏得粗遇精之説，下一「遇」字最有味。張文襄《輶軒語》曾用其法爲治《易經注疏》之法，其言曰：「《易》道深微，語簡文古。訓詁禮制在他經爲精，在《易》爲粗。所謂至精乃在陰陽變化消息。然非得其粗者無由遇其精者，此乃姚姬傳論學古文法。援以爲治《易》法，精者可遇而不可鑿，鑿則妄矣。」朱伯韓乃文襄學古文之本師，其所述即朱語也。吾謂此不但以治《易》，即他經無不皆然。司馬温公論讀經必先審意正字辨句讀，則粗者也；後再求其義，則精者也。朱子「曉得文義是一重」，所謂粗也；「曉得意思好處是一重」，所謂精也。紀文達纂《四庫提要・五經總義類後叙》亦引論文語以例説經之變與不變，謂：「劉勰有言：『意翻空而易奇，詞徵實而難巧。』故《易》一變再變而不已，《書》與《禮》雖欲變之而不能。」可知究文之法常可通之於治經，因申姚説而附論之。

張皋文則由劉氏文法自曾、蘇歸於韓而考之於經者也。汪家禧《東里生爐餘集・張編修惠言文集序》曰：「將必異乎古以爲文，則偭規裂矩，其失也放；必循古以爲文，則尋聲逐影，其失也局。欲去乎放與局之失，則必師古人之意而不摹其詞。韓氏愈之師兩司馬氏、揚雄氏也，蘇氏洵之師《戰國》縱横家言也，曾氏鞏之師劉向也，其文自成爲韓氏、蘇氏、曾氏之文也。且斥佛、老，原性、道，韓氏之學也。補偏救弊，蘇氏之學也。標正心修身之旨，曾氏之學也。三子必先有見於道而患辭之不達也，然後假途於古以自昌其詞。論者謂諸子之學散亡，其流别猶見於文集，非謂無所得者之不足言文歟？自明歸安、晉江之説行，學唐宋文者或摹儗字句以爲能，而文亦敝。我朝自魏氏禧、汪氏琬後，其論文日益嚴，文體日益正。而桐城方氏苞以唐宋之文闡程朱之學，於文爲大宗，繼之者有劉氏大櫆。方氏由宋之歐陽氏、曾氏以溯於韓氏，劉氏又因宋之王氏以溯於韓氏。武進張編修惠言受文法於劉氏，其論文則自宋之曾氏、蘇氏而原其歸於韓氏，既又以爲古之以文傳者，其所得莫不足以立身行義，施天下致一切之治，遂退而考之於經，於是求天地陰陽消息於《易》虞氏，求古先聖王禮樂制度於《禮》鄭氏。嗚呼，編修豈託於古以自尊其文歟？又豈迂回其學而好爲其難歟？聖人之道在六經，而《易》究其源，《禮》窮其變。知扶陽抑陰之旨，然後交際之必辨其類，議論之必防其流失也。知經上下定民志之旨，然後措施必求其有裨於治，許與必衷於彝典也。劉氏之學不著，方氏果於信宋儒，其失或迂闊而不適於用。百餘年來，如編修之所業，庶幾師韓氏、蘇氏、曾氏之文而自爲一家之言歟。」案：汪氏此文言張氏爲文之本末甚備，並方、劉本末而亦詳之，其用意在諸家論皋文文字各説中最爲完備可玩。惲子居《志皋文墓》但云：「少爲詞賦，嘗擬馬、揚。壯爲古文，效法韓、歐。」包慎伯則稱其説經文爲善，其詞賦識字諧韻而外腴内竭，且多惜其年之不永者。至其所謂受文法於劉氏之説，見於陸祁孫《七家文鈔序》，略云：「乾隆間錢伯坰、魯思親受業於海峯之門，時時誦其師説於其友，惲子居、張皋文二子者始盡棄其攷據、駢儷之學，專志以治古文。」蓋皋文研精經傳，其學從源而及流。子居泛濫百家之言，其學由博而返約。二子之致力不同，而其文之澂然而清，秩然而有序，則由望溪而上求之震川、荆川、遵巖，而又上而求之廬陵、眉山、南豐、新安，如一轍也。此可證汪氏之説也。王氏《續古文詞類纂·例畧》亦引陸説以證陽湖古文之學之自來。

梅伯言氏親學於姬傳，其用意有與曾文正合者，以二人本同時講友也。梅生平意在由駢儷以至漢唐作者，本桐城義法，稍參歸太僕而心嚮同時人，觀於《怡志堂文初編》中《柏梘山房文集書後》曰：「梅伯言先生少時喜駢儷，及長始有志於漢唐之作者。其爲文義法一本之桐城，稍參以歸太僕，而尤心折故友管君異之，嘗曰：『吾自信不如信異之，深得一言爲數日憂喜。』先生居京師二十餘年，篤老嗜學，名益重，一時朝彦歸之，自曾滌生、邵位西、余小頗、劉椒雲、陳藝叔、龍翰臣、王少鶴之屬悉以所業來質，或從容談讌竟日，謂琦曰：『自吾交子，天下之士益附，而治古文詞者日益進。』」案：桐城文家多駢散兼工。梅氏始工駢文，繼工散文，與劉孟塗轍迹絶同，而孟塗駢文尤特有名，皆親受學於姚氏者也。案：國朝散文家多兼工駢文，如袁枚、董士錫、李兆洛、龔自珍、陳澧皆然，不第桐城家也。其於同時之友最心儀管異之，亦見凡文能成家者，於古人於并世必有私心心儀之人，方足以約心思而促精進。曾文正生平無論作文、作詩、作書、講學、治軍，無不私心立一心儀之人，拳拳弗釋。此最可師者也。至梅氏及身疇交之盛實過姬傳。宣統初，嘗於京師酒間語馬通伯其昶、姚仲實永樸曰：「昔者昌黎文起八代之衰，其及身動輒得咎，除李翺、張籍及門數人外，應和者絶少。逮至宋世，歐公起而表章之，而昌黎文術遂大振於世，私淑之徒翕然并起，可謂盛矣。而昌黎生時固困窮特甚者也。若夫姬傳生時與同時漢學諸公都不合，修四庫書時與有聲氣者尤鉏鋙，歸卧滄江，教授終老。身没之後，乃其弟子如梅氏者僑京之日，其聲名之盛，講友之多，乃徧逮各行省，凡爲文者類無不以之爲歸。梅没而曾文正繼之，仍以姚説提倡，海内文士無不歸心焉。在姚氏生時固至寂寞者，焉知數十年後其彪炳於世乃不異歐公之表章昌黎。遠大之業固須異世而始光顯乎？」仲實亟許爲快論，舉座皆浮一大白。二君皆桐城後學，同時客京師者也。觀朱氏之言所述梅氏朋從之盛，因并及之。又攷梅氏之時，京師治古文之風大盛。其先姚翁等始有古文會，及道光中，姚鏡堂、錢衎石等以古文相質正，見張祥河《偶憶編》。於是京僚嚮風，至有取京報中語雜以八比法行之者，世詆爲京報古文，見朱克敬《瞑庵雜識》。此可想見當日之人以不工古文爲恥，故羣思效之也。逮光緒壬午、癸未間，長沙王氏續姚氏《類纂》，選國朝古文，時深致慨於首善之地，諸老之聲氣邈然。此殆時事爲之乎，非人力所能挽也。又案：述姚氏文章淵源，姚石甫瑩言之尤悉，《東溟文後集·重刻山木居士集序》曰：「本朝作者如方望溪、朱梅崖能爲古人之文，海内無異詞也。望溪之後有劉海峯及吾家惜翁。梅崖之後則稱魯山木先生，又以所自得者就惜翁商榷之，其文章淵瀹處真可追步古人。」又《姚氏先德傳》曰：「公主講數十年，所從受學門弟子知名甚衆，其尤著者上元管同、宣城梅曾亮、同邑方東樹、劉開，而前工部侍郎歙縣鮑桂星、今禮部左侍郎新城陳用光、（案：即山木之甥，傳所謂使諸甥受業者是也。）安徽巡撫鄧廷楨最爲顯達。至私淑稱弟子者則宜興吳德旋、華亭姚椿、寶山毛嶽生、同邑張聰咸皆以文學著述稱。其會試所得士則左都御史涪州周興岱、通政使昆明錢灃、檢討曲阜孔廣森最著。」又爲《惜抱先生與管異之書跋》曰：「今所傳《因寄軒集》，勝於秦、晁之在蘇門，當時異之與梅伯言、方植之、劉孟塗稱姚門四傑。然孟塗、異之皆蚤卒，植之著述雖富而窮老不遇，言不出鄉里，獨伯言爲户部郎官二十餘年，植品甚高，詩、古文功力無與抗衡者。以其所得爲好古文者倡導，和者益衆，於是先生之説益大明。今異之往矣，地下有知，能無愉快乎？伯言之道既大行，告歸江寧，先生之風於是乎在。而異之有子小異，能世其業」云云。余之語馬、姚二君者，當時實未見石甫此文。然就所推測乃不謂與石甫所述宛合，用並姚氏師友淵源而合記之。又石甫《與朱伯韓侍御書》極詡當時伯言諸人朋從之盛，書中所述如湯海秋、陳頌南、蘇賡堂、何子貞、吕翟田諸人皆當時之朝彦也，亦可爲余説之證矣。石甫作《桐舊集序》謂：「國朝談詩之善，前有新城，後有惜翁。桐城潘木崖先生《龍眠風雅》之選猶未極其盛，海峯出而大振，惜抱起而繼之，然後詩道大昌，蓋漢魏六朝三唐兩宋以及元明諸大家之美，無一不備矣。海内諸賢謂古文之道在桐城，豈知詩亦有然哉！」案：此説自是表微之論，亦自來論桐城古文家所未發者。

不佞南游長沙，慨想中興諸老萃一世文學武功之盛，而深求其原本，用知一方隅之地萃賢達於一時，非積累之久無由倖致，故留心訪求，見嶽麓書院中百餘年之山長，如王文清、羅典、歐陽正焕、歐陽厚均之倫，其教士條訓科目赫然俱在，無不翕然以朱、張彝訓勤勤相迪，而諸先正又皆主席最久，中興諸老大都其後學與再傳也。《甃坪詩話》曰：「江中丞某巡撫湖南時，嶽麓書院院長羅侍御典以桃實三千枚壽中丞，中丞分送僚屬，仍收還其核，盡種嶽麓山中，三千核皆發生，當時稱爲名人韻事。」蓋湖湘旁魄鬱厚之氣，此日正偉人篤生之機，先物得氣，先蔚爲休瑞，後來中興之名將相已於此一事徵之矣。反而求之桐城文家亦然。余嘗讀張文端英《篤素堂文集》，有《龍眠古文初集序》而得桐城正宗古文之由來，與湖湘近世之毓賢實同一由積累所得，其略曰：「桐城山秀異而平湖瀠洄曲折，生斯地者類多光明磊落之士。余初入仕版，每於嚴廊見海内耆宿，必曰：『而桐士也，端重嚴恪，不近紛華，不邇勢利，雖歷顯仕登津要，常欲然若韋素者，此桐城諸先正家學也。新進之士於衆中覘其氣度，多不問而知其爲桐之人。』予志斯語久矣，十餘年來兢兢無敢失墜，間嘗竊嘆寓内士大夫家或一再傳而止，吾里多閥閲先後相望，或十數世或數百年蟬聯不替，此皆由先達敦碩龐裕之氣有以留之，而享之者或未之知也。吾聞先正訓子弟讀書法以六經爲根源，以諸史爲津梁，以先秦兩漢之文爲堂奥，以八家爲門户，崇尚實學，周通博達，能不爲制舉業所縛束。涵濡既久，能振筆爲古文詞者代有傳人，朝堂之文昌明剴直，性理之文深醇奥衍，傳記之文條理詳贍，酬答賦贈之文温文爾雅。蓋由先達之人往往安靜恬裕，不汲汲於奔競進取之途，不汶汶於聲華靡麗之物。且幼而知所學習，故其爲文皆有根據，不等於朝華而夕落也。」觀文端此論，可見桐城明代清初諸先正其風習便趨於雅潔清厚之中，而源流本末皆有以啓方、姚之緒，方、姚特因時集成而發明之耳。其與湖湘諸老所以立事功之盛，均非一朝一夕之故也。世有言方以智邇言之文開戴褐夫、方望溪、朱杜谿之文者，猶就一端言之也。實則杜谿乃宿松人，非桐城人也。望溪開古文宗派尤有得於東南遺民，别詳之。

當梅氏之説盛時，有講求古文而暗與合轍，卒有以自得而不願居於風氣中者，則有吴南屏敏樹。吾嘗讀其文而愛其翛然之度，有俯視萬物氣象，外物不得而干之。觀其爲《史記别鈔》云：「欲以救學歸氏而流於衰者。」其所鈔歸氏文則不以出，而教人謂「當如歐公學韓，其妙非韓所有」以爲學韓之的，故郭筠仙表其墓曰：「方是時，上元梅郎中曾亮倡古文義法於京師，傳其師桐城姚先生之説唐宋以後治古文者，獨明崑山歸氏、桐城方氏、劉氏相嬗爲正宗。君少習爲制藝應科舉，獨喜應試之文，崇尚歸氏。聞歸氏有古文，求得其書，擇其紀事可喜者録之，裒然成册，不知其時尚也。游京師，有見者以聞梅郎中，於是君能爲古文之名日盛于京師。而君言古文，顧獨不喜歸氏，以爲《詩》、《書》六藝皆文也，其流爲司馬遷，得遷之奇者韓氏耳，歐陽公又學韓氏而得其逸。而自言爲文得歐陽氏之逸，歸氏之文同得之歐陽氏，而語其極未逮也。故於當時宗派之説不以自居，而視明以來爲文者得失利病之數固無校於其心也。」然今人王氏《續古文詞類纂例略》中有曰：「南屏沉思孤往，其適於道也與姚氏無乎不合。」是南屏之指歸又可知也。然南屏論文不尚宗派，於致書曾文正及歐陽小岑力辯之，而王氏更申其旨於所續姚氏選本中。然則爲文各有自適之塗徑，不可强同也；爲文有會歸之一揆，不能獨異也。然而今日不第無此不肯自居風氣之人也，并此聲氣相求如梅曾之冥合衆賢之翕鳴者亦邈不可得矣。王氏在光緒初序所選古文久寄遐慨，而況今日乎！此不佞所以企望高踪而爲此輯也。

文家須先有併時之羽翼，後有振起之魁傑，而後始克成爲流别，於以永傳。前人尤有闡此義者，乾隆初武寧盛于野大謨《字雲巢文稿》有《與水賓論文書》，略曰：「古今之文一治一亂，自漢代衰，晉魏六朝大亂。數百年至唐貞元而後有韓子，韓子出入左、馬、賈、董而自成一家，蓋得古人清真純正之質，鬱而爲奇奥，發而爲菁華，高者如日月之經天，大者如嵩立而海湧，不可以循度，真人傑也。唐衰又亂，數百年而有歐陽子。宋之歐陽，唐之韓也。二子皆持其窮而力足以振之，故蔚然爲一代作者。然其間後先左右又有朋友師弟相與磨滌扶翌，大張其師，於中原而一排蕩之以示無敵，然後文采聲光照耀於無窮。韓子出有柳爲之友，有李翱、張籍、皇甫湜爲之徒。歐陽子出則有尹洙爲之友，有蘇軾、曾鞏爲之門人。此二子所以大其傳於當時，流其風於後世，展轉相屬以至於今而不敝也。宋亡又數百年矣，元之虞集以文名，而其文不類於古。明以八股取士，士之欲有所進者皆盡其能於八股。八股盛而古文益壞，其存於今者惟歸有光差近，又氣力哀微，不足以相從。寧都魏禧始自振起而有意於復古，沉浸涵蓄，蓋已數十年，其遺人遺事賴以收存，區區完葺。一人之力，大壞之後補救不遑。其大體已備，由韓歐以來獨得其傳；其精微所到，由韓歐以來所未易一二言者。然且數百年而得一人焉，蓋如是其難也。」案：盛氏此論，一言唐宋有羽翼繼起而流傳久大，一謂元明無羽翼而流傳并微。然歸氏之後得方、劉、姚、曾諸家之繼出，孳乳至清季而未有止也，是又盛氏所未及見，而要可舉以證盛説。其於清初祇舉魏氏，亦尚非公言，而不免鄉隅之見矣。《履園叢話》曰：「詩人之出總要名公卿提倡，不提倡則不出也。如王文簡之與朱檢討，國初之提倡也；沈文慤之與袁太史，乾隆中葉之提倡也；曾中丞之與阮宮保，又近時之提倡也。然亦如園花之開，江月之明，何也？中丞官兩淮運使刻《邗上題襟集》，東南之士羣然嚮風，惟恐不及。迨總理鹽政時，又是一番境界矣。宮保爲浙江學政時刻《兩浙輶軒録》，東南之士亦羣然嚮風，惟恐不及。迨總制東粵時，又是一番境界矣。故知瓊花吐豔，惟爛漫於芳春；璧月含輝，只團欒於三五。是義一也。」案：錢氏此説乃言詩家之振興必有提倡風會之人以開之，驗之往事良確。惟詩道較卑而廣，故宗主出而附起者迭興。古文則非其人不可僞託，故每一朝之提倡者出，即未嘗無翼起者，要其人之多究不若詩家十分之一也。此則其異者也。至所云「又是一番境界」，則言二人既爲達官，不復提倡，而較前爲衰矣。錢氏蓋不敢斥言也。推而言之，本朝提倡文學之宗匠，其始龔芝麓、徐健庵開其先，純廟盛時若錢文端、陳羣、蔣文恪溥、汪文端由敦、裘文達曰修、朱文正珪兄弟皆好獎借汲引人材，而盧雅雨、畢秋帆相繼和之於外，阮芸臺、曾賓谷皆流風未沫者也。當時京師人語曰：「自朱竹君没，士無談處；自程魚門没，士無走處。」徐芸圃《甃坪詩話》續之云：「自畢秋帆没，士無倚處。」蓋上自宰執，下及雅儒，無不傾心結士而相倡以學問與詩文也。近日譚仲修《日記》爲《國朝師儒表》，列近世學者爲十一類，其提倡學者凡三人，曰阮文達公、曰朱文正公、曰文正兄竹筠學士，亦可證也。惟譚於竹君誤稱編修，又誤作文正弟。文正官亦不止侍郎也。又十一類中文儒列第七，曰姚惜抱氏，師資劉海峯教諭、姚薑塢編修，弟子管同異之、陳用光碩士、梅曾亮伯言，惜抱繼起劉孟塗氏、族子瑩石甫、邵位西比部；又別出曰張皋文氏，同學喆弟翰風氏、洪稚存氏、孫伯淵氏、家學子仲遠觀察、孫彦惟，繼起甥董士錫晉卿；又別出曰孔撝約先生，繼起甥朱見庵觀察。按：此説，譚自云「一時之見，不爲定論」。然大要可備近日文家派別淵源之攷證也。惟道光時古文之風雖略盛，而其時學術實大衰。徐鼒《未灰齋文集·上雲濬人師箋》云：「既來京師海内輻輳之地，冀博求當世賢傑以自廣，而所遇知名之士則自試帖房行書外絶口不言，叩以秦漢唐宋之文，則已迂之怪之。」自注云「丁酉都中作」。文廷式《純常子枝語》曰：「乾嘉學術之盛，至道光中葉而寥落若此，所謂百年成之不足，一旦隳之有餘也。」是時去曹文正相國之卒僅二年，其惡學人之風方熾盛耳。案：此可證當時學業之衰，與今日無異也。其致此則歙縣、吳縣之流也。

劉孟塗氏以姚氏弟子著，其持論則主於始用力於八家，進之以《史》、《漢》，而學八家又須由震川、望溪而入。孟塗集中《與阮芸臺論文書》曰：「本朝論文多宗望溪，數十年來未有異議。先生獨不取其宗派，非故爲立異也，亦非有意薄望溪也，必有以信其未然而奮其獨見也。夫天下有無不可達之區，即有必不能造之境。有不可一世之人，即有獨成一家之文。此一家者，非出於一人之心思才力爲之，乃合千古之心思才力變而出之者也。案：此旨與前論方、姚集成同意。非盡百家之美不成一人之奇，非取法最高之境不能開獨造之域。此惟韓退之能知之，宋以下皆不講也。夫宇宙間自有古人不能盡爲之文，患人求之不至耳。衆人之效法者，同然之嗜好也。同然之嗜好，尚非有志者之所安也。案：此即吳南屏之自處，曾氏所以稱爲吾鄉之豪傑也。夫先生之意豈獨無取於望溪已哉，即八家亦未必盡有當也。雖然，學八家者卑矣，王遵巖、唐荆川等皆各有小成，未見其爲盡非也。學秦漢者優矣，而李北地、李滄溟等竟未有一獲，未見其爲盡是也。其中得失之故亦存乎其人，請得以畢陳之。蓋文章之變，至八家齊出而極盛。文章之道，至八家齊出而始衰。謂之盛者，由其體之備於八家也。爲之者，各有心得而後乃成爲八家也。謂其衰者，由其美之盡於八家也。學之者不克遠溯，而亦即限於八家也。夫專爲八家者必不能如八家，其道有三：韓退之約六經之旨，兼衆家之長，尚矣。柳子厚則深於《國語》，王介甫則原於經術，永叔則傳神於史遷，蘇氏則取裁於《國策》，子固則衍派於匡、劉，皆得力於漢以上者也。今不求其用力之所自，而但規仿其詞，遂可以爲八家乎？此其失一也。漢人莫不能文，雖素不習者亦皆工妙，彼非有意爲文也，忠愛之誼，悱惻之思，宏偉之識，奇肆之辯，恢詭之詞，出之於自然，任其所至而無不咸宜，故氣體高渾，難以迹窺。黄本驥《癡學·讀文筆得》曰：「昌黎《畫記》，東坡斥爲甲名帳。太史公《貨殖傳》『酤一歲千釀』以下百五十餘字，昔人亦謂是市肆帳簿。然則求古人記帳傭固不易易。又《漢書》解光劾趙昭儀疏串敍獄丞籍武等十人供詞，《文選》任昉彈劉整狀中分叙范氏等五人供詞，皆當時案牘之文，已如此奇絶，然則求爲古人刀筆吏更不易易矣。」案：此説與孟塗此段語意正合也。望溪《答方恪敏書》謂其公牘易去文移字面便似古人，亦有此意。八家則未免有意矣。夫寸寸而度之，至丈必差，效之過甚，拘於繩尺，而不得其天然，此其失二也。自屈原、宋玉工於言詞，莊辛之説楚王，李斯之諫逐客，皆祖其瑰麗。及相如、子雲爲之則玉色而金聲，枚乘、鄒陽爲之則情深而文明，由漢以來莫之或廢。韓退之取相如之奇麗，法子雲之閎肆，故能推陳出新，徵引波瀾，鏗鏘鍠石以窮極聲色。柳子厚亦知此意，善於造練，增益詞采，而但不能割愛。宋賢則洗滌盡矣。夫退之起八代，非盡掃八代而去之也，但取其精而汰其粗，化其腐而出其奇。其實八代之美，退之未嘗不備有也。宋諸家疊出，乃舉而空之，子瞻又掃之太過，於是文體薄弱，無復沉浸醲鬱之致、瑰奇壯偉之觀。所以不能追古者，未始不由乎此。案：劉氏此説與《罪知録》意正同，祝云：「韓柳之變，變其大凡，謂八代偏墮綺弱，所謂過華。因矯其甚，今中庸耳。然矯之少過，猶弗能盡服當時之心。穆修之流追步韓柳，全改在昔之成模，肇呈今日之異狀。於是歐、蘇、曾、王競爲趨逐，機斯膠矣。四人情狀亦殊，要爲過矯墜偏、枯瘠刻削而弗準於中庸矣。」與劉説甚合。夫體不備不可以爲成人，辭不足不可以爲成文。宋賢於此不察，而祖述之者並西漢瑰麗之文而皆不敢學。此其失三也。且彼嘉謨讜論著於朝廷，立身大節炳乎天壤，故發爲文詞，沛乎若江河之流。今學之者無其抱負志節，而徒津津焉索之於字句，亦末矣。此專爲八家者所以必不能及之也。然而有志於爲文者其功必自八家始。何以言之？文莫盛於西漢，而漢人所謂文者但有奏對封事，皆告君之體耳。書序雖亦有之，不克多見。至昌黎工爲贈送碑志之文，柳州始創爲山水雜記之體，廬陵始專精於序事，眉山始窮力於策論，説經以臨川爲優，記學以南豐稱首。故文之義法至《史》、《漢》而已備，文之體製至八家而乃全。案：此説商丘徐邇黄已言之，後來李邁堂《與包慎伯書》賡之，其誼不謬。乃包氏必貽書爭之，以文體至唐宋乃全之説爲不然，而力申文莫備於漢之旨，則固爲立異者。必欲自異，則章實齋已有文體莫備於戰國之説，則較包氏論尤高雅矣。彼固予人以有定之程式也，學者必先從事於此而後有成法之可循，否則雖鋭意欲學秦漢，亦茫無津涯。然既得門徑而猶囿於八家，則所見不高，所挾不宏，斯爲明代之作者而已。故善學文者，其始必用力於八家而後得所從入，其中又進之以《史》、《漢》而後克以有成。此在會心者自擇之耳。案：劉氏此説，自明季艾南英後，入國初如徐鄰唐、沈德潛以及近世龍啓瑞教士子均主由八家以學秦漢，《識塗篇》三所舉各法皆可見。其他則朱梅崖、張含中、范無崖、潘四農諸人之立説又倒此法之次第而行之，均可與此説參看也。然若有非常絶特之才欲爭美於古人，則

《史》、《漢》猶未足以盡之也。夫《詩》、《書》，退之既取法之矣。退之以六經爲文，亦徒出入於《詩》、《書》，他經則未能也。夫孔子作《繫詞》，孟子作七篇，曾子闡其傳以述《大學》，子思困於宋而述《中庸》，七十子之徒各推明先王之道以爲《禮記》，豈獨義理之明備云爾哉？其言固古今之至文也。世之真好學者，必實有得於此而後能明道以修詞，於是乎從容於《孝經》以發其端，諷誦於典謨訓誥以莊其體，涵泳於《國風》以深其情，反覆於變雅、《離騷》以致其怨。如是而以爲未足也，則有《左氏》之宏富，《國語》之修整，益以《公羊》、《穀梁》之清深。如是而以爲未足也，則有《大戴記》之條暢，《攷工記》之精巧，兼之荀卿、揚雄之切實。案：此言學經之法，頗與王蘭泉立説相近。如是而又以爲未足也，則有老氏之渾古，莊周之駘蕩，列子之奇肆，管夷吾之勁直，韓非之峭刻，孫武之簡明，可以使之開滌智識，感發意趣。於是術藝既廣，而更欲以括其流也，則有《吕覽》之賅洽，《淮南》之瓌瑋，合萬物百家以汎濫厥詞，吾取其華而不取其實。如是衆美既具而更欲以盡其變也，則有《山海經》之怪艶，《洪範傳》之陸離，《素問》、《靈樞》之奥衍精微，窮天地事物以錯綜厥旨，吾取其博而不取其侈。凡此者皆太史公所徧觀以資其業者也，皆漢人所節取以成其能者也。以之學道則幾於雜矣，以之爲文則取精多而用愈不窮。所謂集千古之心思才力而爲之者也。而變而出之者又自有道，合焉而不能化，猶未足爲神明其技者也。有志於文章者，將殫精竭思於此乎？抑上及《史》、《漢》而遂已乎？將專求之八家而安於所習乎？夫《史》、《漢》之於八家也，其等次雖有高低，而其用有互宜，序有先後，非先生莫能明也。且夫八家之稱何自乎？自歸安茅氏始也。韓退之之才上追揚子雲，自班固以下皆不及，而乃與蘇子由同列於八家，異矣！韓子之文冠於八家之前而猶屈，子由之文即次於八家之末而猶慙。使後人不足於八家者，蘇子由爲之也；使八家不遠於古文者，韓退之爲之也。吾鄉望溪先生深知古人作文義法，其氣味高淡醇厚，非獨王遵巖、唐荆川有所不逮，即較之子由亦似勝之。然望溪豐於理而嗇於詞，謹嚴精實則有餘，雄奇變化則不足，亦能醇不能肆之故也。夫震川熟於《史》、《漢》矣，學歐、曾而有得，卓乎可傳，然不能進於古者，時藝太精之過也，案：此乃賡望溪之論。至曾文正則云震川《四書》文更勝於其古文矣。且又不能不囿於八家也。望溪之弊與震川同，先生所不取者其以此歟？然其大體雅正，可以楷模後學，要不得不推爲一代之正宗也。學《史》、《漢》者由八家而入，學八家者由震川、望溪而入則不誤於所向，然不可以律非常絶特之才也。夫非常絶特之才必盡百家之美以成一人之奇，取法最高之境以開獨造之域。先生殆有意乎由是明道修詞，以漢人之氣體運八家之成法，本之以六經，參之以周末諸子，則所謂爭美古人者庶幾其有在焉。然其後先用力之序，彼此互用之宜，亦不可不預熟也。」案：劉氏又有《與姚幼楮孝廉》云：「足下從事於斯者有年，才不謂不高，識不謂不堅，力不謂不厚，所望底於成者，其要曰專。大專非囿於一家之謂也。博求之以觀其美，擇取之以會其全，約守之以致其力。求之不博無以盡諸家之長也，取之不擇無以萃衆善之精也，守之不約無以成獨擅之美也。守之約，爲之力，窮日夜之勞，孜孜不倦，如是其可謂專乎？未也。惟好乃成，惟一乃精，循習之久，變化自生」云云。此説與前書同旨，特彼分疏其用，此總詮其旨者也。攷孟塗此書所云第三失中，謂「韓取相如之麗，法子雲之閎肆」之説，後來曾文正力申之，謂：「退之論文先貴沉浸濃郁，含英咀華。陸士衡、劉舍人輩皆以骨肉停勻爲主，姬傳先生亦以格律、聲色與神理、氣味四者並稱。」此力別韓氏與宋派文不同之説也。至其論韓又云：「韓文之妙實從相如、子雲得來。」文正此論皆與劉説脗合，可知此説之當也。李申耆評孟塗文謂其「上自鄒、枚，下至蘇、曾，無所不學」。觀此可知孟塗實能自踐斯旨。然而不患其雜者，天才閎肆，師傳有法也。若龔定庵則不免於雜矣。此又采劉説者所不可不早辨之也。又孟塗此書對阮文達言之，不免有隱投所好而畧抑所忌處，以阮氏論文之旨與八家異，故欲以是説調和其間也。

以上二法，文正之説蓋萌於劉孟塗常持以六朝補唐宋流失之誼。蔣氏賡之，文正和之，且更親歷之。文正之文既爲當世所推許，則其説自有不可廢者在也。文正學文雖出自桐城，而能恢張其緒，故流弊絶少。張氏士元謂「古今爲文章者雖遞相師法，要其所得必有出乎師法之外」。吳氏德旋謂「不受八家牢籠，安得有此才分？但於八家範圍中有所以表異之處，如姚惜抱所云尋求昌黎未竟之緒而引申之，則途轍自正，各就其才而可幾於成」。此兩家之語，惟文正學桐城足以當之。復古一派昌行當時，主持學秦漢爲的者爲何、李氏，號北派。其反對以學唐宋爲的者爲王、唐、歸氏，號南派。閻百詩品兩派之得失，謂明人古文學唐宋者輒得其真，學秦漢者輒得其贋，可學與不可學之別也。觀於此而知李獻吉之說初未可崇，至李次青亦品定之，謂祧唐宋而高語秦漢，其弊必流爲贋古，株守唐宋而不能上窺秦漢，又難辭平近之譏，此兩失之道也。沈文慤述李客山斷定兩派之論曰：「前明之文，如北地弇州、濟南諸公摹秦漢之形貌者，文古矣，病患乎似。義烏、延陵、晉江諸公專求文從字順者，文真矣，病患乎淺。而欲救似與淺之病，惟在多讀書，能窮理，沃根培本，俟其富有而日新。此救兩失之方也。」王氏《柳南隨筆》又分學兩派難易之說，曰：「王、李之古文學《史》、《漢》而僞者也，今人之古文學歐、曾而僞者也。然爲僞《史》、《漢》，猶非多讀書不能。若爲僞歐、曾，只須誦百遍兔園册，用其之乎語助，儘可空衍成篇。蓋便於學者之不讀書，殆莫甚於此。」吾邑前輩馮定遠云：「韓子變今文而古之，歐陽子變古而今之。古之弊有限，今之弊不可勝言。」推定遠之意亦以其便於不讀書，故有此言耳。山陰徐伯調云：「學《史》、《漢》者如孔廟奏古樂，琴、瑟、祝、敔僅得形模，故難爲。學八家者如古樂之遞變至近時梨園諸曲，窮情極態，亦復感動頑慧，故樂爲。實則彼以古而難追，此以今而易襲，未可謂易爲者爲古而難爲者反非古也。」此論殊爲得之。三説用意皆平允，而王氏之說用心又自有別，學者可以知所擇矣。自此以下，所及由魏氏以及潘氏，其說可參觀焉。斷代之說，姚姬傳氏謂可取以教初學，其言曰：「讀史惟兩漢最要，次當便及《資治通鑑》。韓子曰：『非三代兩漢之書不敢觀。』此語於初學要爲有益，不可反嫌其隘也。」

此篇爲晦堂先生綜貫羣言之作，幾經審諟始定著。李獻吉、曾滌笙爲兩宗，顧一爲北派前矛，一爲南派後勁。若均從其朔，則應舉方、姚爲南派標目。今近取文正者，蓋以其緒論更有條段可尋，其指歸直籠括北人精詣而有之，其於儒家直同濂洛關之有朱子，故清代古文要以文正爲克集其成。門户遷變，經久而真知始出，彼方、姚、梅猶文正之豫備耳。先生初草於兩宗附列各家，均依次編立名目，卒以隸屬李、曾，定稿示殊觀之歸一。即此一端，足見此編經營之久也。居嘗示霖，自咎聞見近雜，心得無多，又憾出之太早，未能悉歸檃括。惟霖侍經席之日舊矣，竊以承學之士窘於近，域於歧，迄今二三十載，茲編容有不盡副先生盛願者。而爲學者計，固莫如早出之也。王葵園先生語其高弟稱爲「今日不可少之書」，其言與林琴南先生「近百年中無此作」相應和，斯固顧亭林氏所謂「前人所未有，後世不可無」者也。是則論定也。乙卯歲十二月，蘄春後學李霖謹記。

古文詞通義卷七

識塗篇三

文之講法

一、魏叔子之偏歷諸家法。魏叔子教人學古人，謂：「平時不論何人何文，只將他好處沉酣，偏歷諸家，博採諸篇，刻意體認。及臨文時，不可著一古人一名文在胸，則觸手與古法會而自無某人某篇之迹。摹擬者如人好香，偏身便佩香囊。沉酣而不摹擬者如人日夕住香肆中，衣帶間無一毫香物，卻通身香氣迎人。」案：此説原本於王鏊，有《震澤長語》曰：「爲文必師古，使人讀之不知所師，善師古者也。韓師孟，今讀韓文不見其爲孟也。歐學韓，不覺其爲韓也。若拘拘規效，如邯鄲之學步，里人之效顰，則陋矣。所謂師其意不師其詞，此最爲文之妙訣。」攷此説範圍甚廣，黄梨洲有言：「作文雖不貴摹仿，然要使古今體式無不備於胸中，始不爲大題目所壓倒。」即此旨也。故不限時代,不名家數,不拘篇數,而以沉酣爲宗旨,以體認爲功修,又與李、曾二家立説異矣。學詩亦有偏歷諸家法。徐而庵《詩話》曰:「詩須到家。所謂到家者,於古人詩中路路都有,若止得一路兩路則非到家。試看衲子沿門持鉢募糧,不知歷過多少人家方滿得者個鉢子,到得煮熟時候,氣味件件相和。至此田地纔爲到家也。」

二、王蘭泉之兼取衆長法。王蘭泉倡學文兼取衆長之説,嘗萃韓、柳、歐、蘇、曾之文三百篇曰《困學編》,其序謂:「於韓取其雄,於柳取其峭,於蘇取其大,於歐、曾取其醇懿而往復。又取《尚書》、《儀禮》爲學韓本,取《檀弓》、《公羊》爲學柳本。銘頌取諸《易》與《詩》矣,《太玄》及《易林》輔之。賦取諸屈原,下逮宋玉、賈誼、揚雄之徒。紀事莫工於《史記》、《五代史》,其繼別者,旁推交通,兼綜條貫,如是而吾學爲文者始全。凡學要於博觀而約取。不約則不專,不專則不精。專乃能熟,熟乃能養。是文者將徘徊蘊蓄於胸膈間,與神明相附麗,得之心者融,宣之手者順,纖微曲折,意態順逆之間將不期合而自合,不期工而自工。」又《餘師録》云:「李方叔稱東坡教人讀《戰國策》學説利害,讀賈誼、鼂錯、趙充國章疏學論事,讀《莊子》學論理性,又須熟讀《論語》、《孟子》、《檀弓》,要志趣正。當讀韓、柳文,記得數百篇,要知作文體面。」此説蓋即蘭泉所本。以韓柳作體面,與梨洲體式之説及《金石例》法規之説亦通。此種入手法較之李、曾及朱竹垞氏之法：朱則斷自宋代順流而下，曾則斷自六朝逆流而上，李則斷自姬周略加下達，此則斷自唐宋略加上達，皆各名一義以自抒心得者也。究其用，則曾氏之法舉以救桐城末派之弊殊爲有益焉。學詩亦有兼取衆長法。徐而庵《詩話》曰：「太白以氣韻勝，子美以格律勝，摩詰以理趣勝。今之有才者輒宗太白，喜格律者輒師子美。至於摩詰，而人鮮有窺其際者，以世無學道之人故也。合三人之長而爲詩，庶幾其無愧於風雅之道矣。猶未也，學詩而止學乎詩則非詩，學三家之詩而止讀三家之詩則猶非詩也。詩乃人所發之聲之一端耳，而溯其原本，何者不具足？故爲詩者，舉天地間之一草一木、古今人之一言一事乃至六經、三藏皆得會于胸中，而充然形之於筆下，因物賦形，遇題成韻而各臻其境，各極其妙，如此則詩之分量盡，人之才能方備也。蓋所以廣其資，亦得以參其變也。詩賦麤精譬之絺綌，而不深探研之力，宏識誦之功，何能益也？故古詩三百，可以博其源；遺篇十九，可以約其趣，樂府雄高，可以厲其氣；《離騷》深永，可以裨其思。然後法經而植旨，繩古以崇詞，雖或未盡臻其奥，吾亦罕見其失也。」

王氏之兼取衆長，據其集中所言頗可見其實踐之迹。其論作文之俗累與其言自得之趣亦屬篤論，可補前説所未備，今具舉之。其《答王愓甫書》曰：「承許《慰忠祠》、《郭舟山廟》兩作，王氏《與蘭泉書》云：「碑版之作則法嚴義密，如《慰忠祠》、《郭舟山廟》，鏗鍧震蕩，焜耀一世，斷然軼出乎虞道園、姚牧庵之上。」緣爾時在滇南軍營六七載，篋中只帶《文選》及《唐文粹》，故略約以韓、柳爲宗。此等文體故於碑版相宜，但稍濃則近塗澤，稍奥則近贋古，故二十年來專法廬陵，中逮宋景濂、歸熙甫，下至堯峰，希冀獲其少分。惟自顧生平學術爲古文之類有三：一累於制舉義，再累於應酬駢體，三累於文移案牘。柳子厚論文戒雜，雜則斷不能精。今日月逾邁，老老大大，即極力洗刷而無從。且作文以自得爲貴，《學記》言藏焉修焉息焉游焉，杜元凱言優而柔之，饜而飫之，涣然冰釋，怡然理順者，皆此志也。匪致虚守寂，反覆涵泳，殫勿忘勿助之功，俟資深逢源之趣，其孰能幾於此？姫傳退居日久，心定神閒，涵養純粹，發於文者遂得宋元間名家氣韻，祗何敢望其肩背耶？」案：王氏此所舉自《文選》、《文粹》外尚有韓、柳、歐、宋、歸、汪數家，亦可證其兼取衆長之旨。既舉文累，末復離所學而注重超脱妙悟之境，尤可補前法所未及。

案：雜家之學，《漢志》稱其兼儒墨，合名法，《隋志》稱其通衆家之意，是諸子中本有以兼衆長爲學術者，後世因有兼衆家爲文章者。《隋志》稱雜家材少而多學，曾文正亦以《吕覽》、《淮南》諸子多不能自立門户，而依倚他人以成書，則雜家之弊也。文章家如揚雄亦然。此古文兼取衆長者之不可不知也。故文章拘於一家則宜知棄染，兼諸家又宜知去雜，知《漢志》、《隋志》論雜家之得失，則知文家兼取衆長之得失也。

駢文亦有兼取衆長之法。《當湖文繫》有丁禮安泰《與張海門論駢體文書》曰：「昔人以八代文爲衰，此對散體言之也。若但以駢體論，則固無盛於八代者，何衰之可云？爲斯體者，典病瑣，瑣則不莊；氣病粗，粗則不雅；貌病僞古，僞古則晦深；言病囿今，囿今則墮淺。求之劉《説》、酈《注》以博其趣，求之《金樓》、《拾遺》以獵其英，求之《抱樸》、《雕龍》以受其範。就夫專家論之，則隱侯調諧，彦升品貴，子山骨清，孝穆才贍，固宜細繹全帙，聯其臭味。若夫四傑之文合者六七，樊南二集合者四五，棄瑕録瑜，道在節取。足下但取漢至唐各史書爲之根本，而以諸子及集輔之，則近人之作不觀可也。」此亦與王氏論學古文合轍之説也。李氏聯琇《示樸齋駢文序》謂「意盡味則索，氣直韻則減，法嚴材則儉」，可與此四病相參證。

三、黄梨洲分爲五段之學法。黄氏《李杲堂先生嗣鄴墓志銘》曰：「文之美惡，視道合離。文以載道，猶爲二之。聚之以學，經史子集；行之以法，章句呼吸。無情之詞，外强中乾；其神不傳，優孟衣冠。五者不備，不可爲文。野人議璧，稱好隨羣。此言余發，以告先生。先生曰然，但苦三彭。匠石郢人，霜鐘應律。先生之死，吾無爲質。」

案：黄氏之所謂五段者，一道、二學、三法、四情、五神。以道與學濬其源，又於其流中分爲形下之法與形上之情與神，必備五者而文之體用始稱完備。雖未臚舉家數，而文家之原理通論在焉。且經史子集爲文所出，在人自擇耳。是亦兼晐本末之論也。

四、徐邇黄隣唐分爲二段之學法。二段者，學韓、柳、歐、蘇爲一段，學馬遷爲一段也，其入手必先由近古始。周亮工《書影》稱商丘徐邇黄曰：「有明三百年之文，儗馬遷，儗班固，進而儗《莊》、

《列》，僞《管》、《韓》，僞《左》、《國》、《公》、《穀》，僞《石鼓文》，僞《穆天子傳》，似矣，卒以爲唐宋無文，則可謂溺於李夢陽、何景明之説而中無確然自信者也。夫孔子之時去開闢之時已數千年，孔子删《書》起於唐，序《詩》綴以商，以明世遠言湮，滅没莫攷，但舉二千年以内之言，擇其雅者爲人誦習之。法古者，法其近古而已矣。蓋古文如《漢》，如《莊》、《列》，如《管》、《韓》，如《左》、《國》、《公》、《穀》，如《石鼓文》、《穆天子傳》，而其法莫具於馬遷。前此之文，馬遷不遺；後此之文，不能遺馬遷。然而馬遷之文法具矣，體裁有未備也，備之者其昌黎、柳州、廬陵、眉山諸子乎？諸子之於馬遷，猶顔、曾、思、孟之於孔子也。道必學孔子，然善學者學顔、曾、思、孟而已矣；文必學馬遷，然善學者學昌黎、柳州、廬陵、眉山而已矣。蓋進而上之如《莊》、《列》，如《管》、《韓》，如《左》、《國》，如《公》、《穀》，如《石鼓文》，如《穆天子傳》，猶羲農之制作，皇娥之歌謡，高而不可爲儀者也。夢陽、景明謂爲文本於馬遷是矣，乃所爲誌銘書記諸作，景明猶稍稍自好，而夢陽則支蔓無章。降而弇州、白雪諸子尤而效之。有明三百年之文所以支蔓無章者，夢陽、景明之過也，而世猶莫之寤也。」徐氏二段學文之旨，蓋以救弊爲説，而取文法於馬遷，取體裁於八家者也。

五、沈歸愚分爲四段之學法。四段者，謂其立法先從事於韓、柳以下而上窺賈、董、匡、劉、馬、班，復約以宋五子，更有取於唐宋名家者也。李氏祖陶《歸愚文録・唐宋八家文序》曰：「文之與道爲一者，理則天人性命，倫則君臣父子，治則禮樂政刑。欲增損而不得者，六經、四子是也。後此宋五子庶能表章之，餘如賈、董、匡、劉、馬、班猶且醇駁相參，奈何於唐宋八家遽求其備乎？今就八家言之，固多因事立言，因文見道者。然如昌黎上書時相，不無躁急。柳州論封建，挾私意窺測聖人。廬陵彈狄青，以過激没其惠愛。老泉雜於霸術。東坡論用兵，潁濱論理財，前後發議，自相違背。而南豐、半山於揚雄之仕莽，一以爲合於箕子之明夷，一以爲得乎聖人無可無不可之至意，此尤謬戾之顯然者。然則八家之文亦醇駁參焉者也。或謂如子言，後之學者唯應於宋五子書是求，而乃問塗於唐宋八家之文則何也？應之曰：宋五子書，秋實也；唐宋八家之文，春華也。天下無騖春華而棄秋實者，亦即無舍春華而求秋實者。惟從事於韓、柳已下之文而熟復焉，而深造焉，將怪怪奇奇、渾涵變化與夫紆徐深厚、清峭遒折悉融會於一心一手之間，以是上窺賈、董、匡、劉、馬、班，幾可縱横貫穿而摩其壘者夫！而後去華就實，歸根反約，宋五子之學行且徐驅而轥其庭矣。若舍華就實，而徒敝敝焉約取夫樸學之指歸，窮其流弊，恐有等於獸皮之鞹者。吾未見獸皮之鞹或賢於虚車之飾者。今删存三十卷，鉤畫點讀，稍分眉目，初學者熟讀深思，有得於心，由此以覽茅氏、儲氏所葺，並窺八家全文更有曠然心目間者。外此唐則有李習之、杜牧之、孫可之，宋則有李泰伯、司馬文正公、王梅溪、陳同甫、文信國諸公，文俱當蒐討畋漁，學者尚究心焉。」案：文瑴此輯意在爲茅、儲諸選之先導，於宋學取其理而仍去其腐，其次於八家之文亦予究心用意，均平實可師。又考沈曰富爲《姚春木行狀》稱其論文謂：「有豪傑者作，酌唐之文以準宋之理，庶乎可矣，而其本原則自有在。」其意亦與沈説相通也。望溪方氏之立志蓋亦在此。

六、范無压泰恒分爲二段之學法。所謂二段者，即以秦漢培其骨力，以唐宋立定間架而示之法也。范氏《燕川集·上張南華書》曰：「少時即愛讀《莊子》、《史記》二書，《國策》、西漢、唐宋之文亦嘗究心，所願學者則昌黎焉。心之所識，每苦手不能追。夫語文，於周、秦、漢、唐、宋尚矣。前明一代之文，宋、方開之，壞自王、李，至荆川、遵嚴、震川而振，至千子而再振。故近來論古文者推千子，能爲古文者亦千子焉。其譏王、李之摹秦漢而遺唐宋則是也，而在於今又恐守唐宋而忘秦漢也。且人之初生，文於何有，習於凡近，即求爲平常語不可得。若心追古人而從之，則亦或先或後以至之也。人見王、李襲取秦漢貽譏千子，而實忘千子固由唐宋以達秦漢也，而怵然以秦漢爲文戒，因噎廢食，弊蓋有不可勝言者矣。舍唐宋則野，而置秦漢則薄，野不可爲也，薄亦不可爲也。如曰秦漢字句可襲，唐宋不然。夫真僞存乎其人耳，剽賊者何獨於彼而此幸免乎哉？以秦漢培骨力，以唐宋立間架，由乎法生其巧，淳古淡泊，自我作古，蓋不知有秦漢，無論唐宋矣。譬如鎔金寶銅錫而爲之器，斑斕始出，去金寶冶銅錫而曰苟可以適用而已，即光氣安在乎？今日爲古文者，卑不過緝續成句如詩家集唐而已，而其高則傍宋人門户不失故步而已，所謂震蕩飄忽下筆怪變者無有也，所謂因物賦形各成一體者無有也。噫！寸心千古，惟不因循耳，豈古今人果不相及耶？」又爲古文自序曰：「余昔手鈔秦漢文都爲一集，謂唐宋以下無足學也，朝夕諷誦，手不停披，間一自爲之，馳騁縱横而無法。無法，不知也，然且自負。既而肆力昌黎，則用工少而獲益多，即前所治秦漢亦覺有端緒，而宋人室家之好更可窺見底蘊矣。」范氏此法蓋由源達流之法也。姚石甫《湯海秋傳》：「嘗謂友人曰：『漢以後作者或專工文詞而義理時務不足，或精義理明時務而詞陋弱，兼之者惟唐陸宣公、宋朱子耳。吾欲奄有古人而以二公爲歸。』其持論如此。」此蓋湯氏之兩段法也。石甫以湯與龔、魏、張亨甫並稱，而許湯自成一子，謂其所著《浮丘子》八十一篇也，即湯之自命可知矣。

七、朱梅崖分爲三段之學法。朱氏之所分三段，則上薄周秦，下引唐宋，晚求之元明者也。朱筠《朱梅崖先生墓志銘》曰：「生平以古文詞自力，歸於自得。要其意欲追古人之立言者，以爲清穆者惟天，澹泊者惟水，含之咀之，得其妙以爲文者惟人。夫其橐籥從入之途，唐韓、宋歐陽，上薄二漢，放乎周秦，芔然而與六經之旨合。其得之意，極其狀也，嵻崀渺瀰，若薰鬼神。而推而準之，平直圓方，察人倫五，以平吾氣，以寧吾心，漸漸自成，名一家集，代以邇者，未之聞焉。」陳壽祺《東越文苑後傳》：「朱仕琇深於文，上薄周、秦、二漢，下引之唐宋，晚求息於元明作者，雷轟雲譎，灝灝乎風與水相忘，視近世侯朝宗、方苞等數十家，猶華嶽俯於岣嶁也。」林穆庵《送梅崖之任夏津序》稱其「好學深思，爲文甚古，自比漢揚雄、唐韓愈」。此又可見梅崖先亦有好奇之癖也。案：陳氏推梅崖以較望溪，謂如嶽之與羣山，未免不倫，實自私鄉曲之見，不爲定論。而其述朱氏攻文塗徑則導源於古順流而下之法，與羅有高《答楊邁公論經學書》同旨。陳氏又嘗與陳石士書，謂：「梅崖之古文嫺於周、秦、西漢諸子及唐、宋、元、明諸作家，功候最深至，可以抗古人於千載之上。惜其於經史均無所得，終不能籠羣雄而爲一代冠。」則持平之論。又云：「龔海峯博通宏達，從梅崖日淺，其學識實在梅崖上。」是始終以學識少梅崖之論也。陳氏之論當參合觀之。

梅崖又有八段往復之説。建陽徐經《朱梅崖文譜》曰：「古文雖難，然隨人材質習之，即其所得淺深皆可以正心術，導迎善氣。且先録韓、柳與人書及諸賦碑志，見其清深淵古者日夕復之，然後乃及序記，次閱歐陽公《五代史》及《唐書》諸論贊，又次閱其碑志，乃及序記，因之乃及曾南豐，又及王介甫，因之又復於韓，又因韓以及李習之，又及於柳，以見諸家同異。因是以上及於揚雄、劉向、董生、司馬遷、相如、宋玉、屈原、荀況、左丘明、孫武、尉繚、管仲、穰苴、莊周、列禦寇、《國語》、《國策》，因以下及於蘇老泉。如此又數往復焉，乃及於西京諸作者，及於班固、張衡，及於東京，及於唐諸雜家，及於東坡、潁濱並宋諸雜家，及元明本朝諸家。又如是以復於唐宋，又復於諸子、六經。誠如是漸進而自得焉，而古文之道其亦不遠矣。」又曰：「自韓愈後千餘年道粗明，然爲辭益下。大約唐長慶後其氣傷，宋熙寧後其理澀，二者交譏，古文道缺不全以迄於今。雖其間數十豪傑力自振頽廢中，然以二者追隨終始，卒不能脱也，豈非世運爲之歟？竊謂辭之要具李翺《答王載言書》，辭之本具韓愈答尉遲生、李翊書，繼而議者益支，稍事藻繢鞶帨，則夫辭之益下，固亦從其趣也。然則專罪世運，豈明通之論歟？輔韓愈相次起者，李翺而外，若柳宗元、杜牧、歐陽修、蘇洵父子、李覯、曾鞏、王安石、姚燧、虞集、歸有光、王慎中之倫，雖派有遠近，要爲斯文大宗，學者所當依據。舍諸家而外求系固不免前二者之失矣。」案：此説與前互發，而其詞較約。其用循環往復之法以求諸家之文，與鄧雲山先生定立求内外一貫之學而有誦書分日之法相似，皆外杜歧而内恐閡之旨也。至朱氏之言又有與此二説相發者，嘗曰：「學古文宜先看曾子固、王介甫作者，得其淡樸淳潔之趣。儲氏選本於二家太畧，當求得鹿門《文鈔》讀之。即歐陽文亦然，必合《五代史》讀之，佳處始見也。至近世《三家文鈔》、《青門簏稿》、《草堂文集》亦宜博觀，識其利病。不如此，文章之變不盡。故經濬其源，史覈其情，諸子通其指，《文選》詞賦博其趣，左氏、太史勁其體，孟、荀、楊、韓正其義，柳、歐以下諸子參其同異，汎濫元、明、近世以極其變，歸諸心得以保其真，要諸久遠以俟其化，於此而學文之道其庶幾乎？」考朱氏諸法，其條理均秩然可循，較他家指點尤清豁，其用法多與並行、直進、循環諸讀法合也。案：《三家文鈔》即宋牧仲編刻之侯、魏、汪文；青門即邵長蘅；草堂則儲在陸，皆近代古文名家也。章實齋《丙辰劄記》稱魏叔子謂「侯朝宗肆而不醇，汪苕文醇而不肆，惟姜西溟兼之」。此有侯、汪而未舉及姜，不知何故。

八、彭尺木自敍四段之學法。彭紹升《二林居集》有叙文一篇，案其自述學文之次第，厥有四段法。所謂四段者，先辨體，次摹仿一家，次讀宋明諸先儒書以志於道，次以淨土爲歸也。其略曰：「年十九讀《周易》、《毛詩注疏》，次讀漢、唐、宋諸家文。時有論著質之受業師李先生勉百，先生盛稱之。已復質之陳丈和叔，爲書先之，高自標置。陳丈驚，輒目爲奇士。其後邵丈敦之見予所作，獨曰：『子之志高矣，以爲文則未也。凡爲文莫先辨體。漢人有漢人體，魏晉六朝人有魏晉六朝人體，唐宋人有唐宋人體。且非直此而已，漢之西與東也，魏晉之與六朝也，唐燕、許之與韓、柳、李、孫也，宋歐之與蘇、王之與曾也，其原各有所從出，其流各有所至，其體之殊異，顯若黑白，微若淄澠，而不可以毫釐混也。故善爲文者莫若守一家之書，凝神壹志，句仿而字爲之，始則得其似矣，繼則肖其真矣，其斯爲古人之文而非復吾之文矣。及其久而與之俱化也，其斯爲吾之文而不復有古人之文矣。若乃游談無根，師法蕩然，非鄙則倍，此不足以言文也。』予因是一舍其故習，切切焉惟古人之求，久之而得其似者十常四五焉，顧不知其所爲真者安在也。其後遇薛子家三，聞其論詩也，異之，其言曰：『詩，志之所之也，未有不端其志而能爲詩者。求端其志莫先於知道矣。孔子讀《詩三百篇》，獨贊《鴟鴞》、《烝民》爲知道，然則爲詩者亦求爲周公、尹吉甫其人而可也。』又言：『古聖賢人尚矣，次焉者其惟志士乎？志士之詩，吾於近世得二人焉，曰謝翺，曰杜濬。其志潔，其思苦，其音哀，故其爲詩也，非復人人之詩，而必二子者之詩也。君其擇焉。』已而予讀宋明諸先儒書有省，始一意於道，於是與汪子大紳往還甚密，而大紳顧好與予論文，予有作每質之大紳。大紳之論文也，與邵、薛異，曰：『從自己胸中流出，蓋天蓋地去，不如是不足以爲文。』予心是其言而難之。其後入京師，遇羅子臺山，質以向時所作，臺山輒曰：『否，否。』予怪而請其説。臺山曰：『爲文之道，昔人一言盡之，曰文從字順而已矣。有倫之謂從，以言其理察也；有序之謂順，以言其思周也。理察而思周，斯其言足以達天德，明王道。自六經、四子以降，獨有唐韓愈氏、宋曾鞏氏爲能契之，自餘諸家或疏或駁，或夸且陋，南渡而後遂無聞焉。子有志於是，亦法韓、曾二氏而可矣。六經、四子，其根柢也。』因爲予繩削其文，而於字句間尤兢兢。予自是不敢易言文。然臺山故好習静，好佛書，自與予交，日以斯道相切劘。案：尺木述羅氏論文之旨如是。又攷臺山有《答楊邁公書》，其説有云：「願足下自三古順流而下，不願足下溯洄而上，功力浩費而成未可必，雖成不全。順流而下，半事倍功。更願足下炳其大原，行微積微造微，優游盤樂於微，以聖人『遯世無悶』四言正其鵠，希著則敗矣。」此與彭氏所述可互參也。已而遇戴子東原講訓詁，治《爾雅》、《説文》，入包山讀《法華經》，究天台教，故其論文也日益辨。而予則以浄土爲歸，日嘗束書不觀，有所作稱意爲之，不復知爲何體之文也。然予讀佛經而得爲文之旨焉。旋乾轉坤，沐日浴月，《華嚴經》之文也；萬斛原泉，千尋飛瀑，《般若經》之文也；空山鶴唳，靜夜鐘聲，《四十二章遺教經》之文也。雖然，有本焉。大智，心所出生；大悲，心所成就。故前二者之文，予志焉，未之逮也，或彷佛其影響者，其後之文乎。而臺山亦往往稱之，謂予文如梅如青蓮，寒香寂浄，和風扇物。又曰：『本分事理，本色文章。學道久方得到此。』大紳論予文曰：『周情孔思，一往西方路頭。』嘻！微二子，知我者則希矣！」王愓甫《汪子二録序》謂彭允初、汪大紳、汪明之諸君爲學皆出入儒、佛，大指欲撤兩家之藩而通其閡。大紳最長於議論，魯絜非韓公，復主宋儒之學，往往心不然其説，相持辯難，而皆折服大紳文。此又大紳之文之旨也。錢泳《履園叢話》稱二林居士自尚書公没，遂閉關文心閣，精心禪理，闡揚浄業，不復與人間事，著書如《居士傳》、《善女人傳》，大半皆釋氏言。古文宗法震川，有《名臣小傳》二十篇上諸史館。客至必擊磬三聲，而後延入譚文，終日不倦。此可攷見二林之歸宿矣。蓋尺木與羅、汪以釋典與理學並講，其學混，故其文也亦混。文家顯然參入佛語者，此一派是矣。

九、程拳時大中分爲三段之學法。程氏《甲乙存稿・書十二子鈔後》曰：「予少時鈔老、莊、關、列、管、晏六子成書，復益以荀卿、韓非、《吕覽》、《鴻烈解》、《法言》、《中説》爲《十二子鈔》，自謂文章之變盡此矣。既而讀《楞嚴》、《山書》、案：程氏又有《跋五種書鈔》稱：「首《山書》、次《化書》、次《隱書》、次《權書》、次《迂書》，每書皆序其端，附以評註。其論作文之法間有一二窺見古人，而沾沾愒時日於此，不能返而求之六經，良可惜也。然予少時爲文不苟同，實自《山書》始。」孫樵、樊宗師之文，以莊、列不足奇。反覆《周易》、《尚書》、《三禮》、《左氏傳》，乃知諸子於古人之文章得其一端而不能盡其變化。房、劉取爲書，又諸子之郛郭也。予嘗論明季文體之壞始於語録，甚於外典，汗漫於諸子，至於傳奇小説爲能事，而古人之梗概敗壞盡矣。學者不事根本而徒求枝葉，弊必至此，故書以爲戒。然不泛濫於諸家而驟窺六經，譬則舍百川以蕲水之至也，亦烏可得哉？」案：程氏之三段法，始於諸子以盡其變，繼以釋典及唐人怪澀之文以極其奇，終之以經而窮其變化。其論明季文體之壞，恰又與清季同。其云「始於語録」者，猶清季先有庸劣之時文也；「甚於外典」者，猶清季繼有龔氏及某氏與夫譯家及報章之繆濫也；其卒「至於以傳奇小説爲能事」，則又爲李卓如、金聖歎輩言之，又爲今日拓小説之範於文苑中諸新説言之也，皆亡國時文家之合轍者也。

十、張石園九鍵分爲三段之學法。張氏《潄石園文集》：無吾先生論文曰：「文惡乎古？學古者，其猶若嬰兒子乎？嬰兒子始生，寢不離褓，坐不離抱，待哺則啼，飽則啞啞而笑，然未能言說也。有乳母者於齒生時順其意緒，導其含胡，乃始漸漸知語，然斷昵不能去膝前也。稍長，有幼昆者偕之出入，引之於街巷，指之以繁雜，乃始漸漸有所見聞，然曾未粗識義理也。又有蒙師者，某數某文，口授手畫，教以坐而誦，立而背，於是乃始知學。是故積乳哺得語言，積語言得聞見，積聞見得義理，積義理乃成文章，然已不復可作嬰兒子觀矣。嬰兒子斷不能文章，古人一家之文章，其獨能覺萬世無算之嬰兒子乎？凡古日之爲嬰兒子者多淳淳，而晚日之爲嬰兒子者多熒熒。熒熒與淳淳異，其罔覺識於義理均也，亦必有若書焉爲之啓闢其性情，有若書焉爲之拓廣其聞見，又有若書焉爲之稱引訓詁以解明其義數，而後學成而名尊。是故六經者，文章之乳母也，百家其幼昆，而宋五子其蒙師也。無六經而乳母絶，無百家、宋五子而出入扶誘，一望塗人，吾誰將與呼乎？且誰造化？猶然一嬰兒子也。竅水於泉，混混盈科耳，漸進而放乎四海。堆雲於泰山之谷，層層觸石耳，漸凝合而能雨天下。謂水、雲之不始於盈科、起於觸石則不可，謂盈科、觸石之遂足以盡水、雲之變態，其可乎？是故文無古今，方其學而未之成也，則幼昆亦可扶，蒙師亦可詁。及其成也，則固科坎莫能限，巖石莫能封，盈滿於泰山滄海而猶莫能量，鬱乎蒼蒼，深乎洋洋，豈不大哉！」案：此所謂張氏之三段學法也，其旨蓋循爲學之敍以作學文之敍，導之以六經而廣之以百家，衷之以宋五子。其末段與沈文懃用意同，其開始兩段用意則較高。所謂百家者，蓋包賈、董、馬、班、韓、柳在其内，則沈氏之意未嘗不括於其中。其先之以六經者，又諸家養本充學之説矣。

十一、潘四農德輿分爲三段之學法。潘氏之三段則由讀經而外，下及莊、遷，而就理韓、歐諸家者也。《養一齋集·與陸懷生書》云：「所示文根柢不深，名理終滯。蓋文生於情，情敷於才，才運於氣，氣含於理。理厚則氣昌，氣昌則才之開闔動靜變猶鬼神，而情有隱顯，悉無遁匿。小夫爲文，不審培植理氣，伸紙構想，借助才情，譬之惰將驕兵，不潰者鮮，況望摧堅如拉朽邪？且萬物皆氣也，氣不自知，理之厚薄爲其本。始《典論·論文》，下逮韓、柳文，本於氣，發洩靡遺。詎知理者太一，虚實並賅，氣稟理行，如子奉父。近代寧都魏氏特發積理一言，自謂陵轢往古。而理與才氣，分合精微，尚昧其故，文之難言如是。夫蓄理以培氣，亦讀經而已矣。《小戴》、《左丘》、《公》、《穀》、《孟子》固已顯示指南，雲蒸萬有。若《易》、《書》奥渾，《春秋》精實，乃周秦諸子銅鹽之山海也。經文如日，百代所瞻。今童子誦經，妄芟繁就簡，何以爲受益地？經外莊、遷最古，歷朝摹效雖多，而光景日出，多誦百徧，理塞者開，氣劣者振。韓、歐諸家，就緒治之，勢如破竹。慎勿窺近代文集，使胸腹填雜，陷害一生，時人之病率由於斯。僕近悔悟，撫膺頓首，悲其已晚。」《松陵文録》：王莘《與沈生書》云：「理則本之六經、《語》、《孟》，而行文之法則以周秦西漢唐宋八家爲標的，精與爲構，神與爲依，森森苦嚴，殆忘昏曉。雖不能至，心嚮往之。」此亦與潘氏同旨者也。案：此以從近代入手爲戒，與艾千子諸家之説相反。其他導源而下，於經重在傳記，次及莊、遷，亦是要言，而理氣之説尤爲篤論。攷潘氏於侯、魏兩家尚魏而輕侯，其《題壯悔堂》詩曰：「文章之統承聖神，貴窮經術醇乎醇。初師六朝後唐宋，導源何不窮昆侖。」其旨蓋謂侯氏但由六朝以詣唐宋，而未知導源於經。亦貴尚讀經之旨，而惜侯氏之少此也。

十二、潘氏區爲三段之又一法。此所云三段，蓋以韓爲中樞，仍導以宋賢而歸之西漢者也。其《與吳生大田書》曰：「夫誠非一朝夕所積也，其積之之方，曰積理，曰積氣。理不積則所言浮誕不中節，氣不積則委靡散亂，不克宣揚義理之極致，二者皆空薄，雖窮老盡氣從事於文，無所得也。先秦盛漢之人不知義法爲何事，衝口而出，永永不澌滅者，所積渾淪旁魄，敻無畔涘，非後世剽竊綴緝、朝盈夕涸之學也。漢以後知此者，韓子一人而已。其論文之書分布迭出，要歸於師古聖賢，游泳於《詩》《書》仁義，明斯文之正統，厥功甚盛。歐氏、曾氏得其具體而積不逮其厚，然未離於正也。柳氏、蘇氏所積似多實駁，故氣各有偏勝。南宋以後，理或不駁，而氣索然矣。元之虞氏、明之宋氏、王氏、歸氏，巍然爲四海宗匠。然其夷猶充牣，乃一代之文，而非百代之文者，積不純厚則發不以時，無用之文十有其五故也。夫韓子之美在文，其所以美不在文。知韓子之所以美，則將積理積氣以求吾誠，誠則一文有一文之用，而韓子可幾矣。夫韓子之文，山岳峭崒，江河浩淼，不可縣測也。以歐、曾爲導焉，以荀董二子、賈誼、司馬遷爲歸宿焉，前後夾持而韓子可幾矣。其他俟學成而旁觀之，勿與目也。我朝之文，侯氏、魏氏似蘇，汪氏、朱氏似歐、曾，猶未之盡也。方氏正矣，而迹未化。數十年來有朱氏、惲氏，雄長一隅，不能爲天下士。姚氏能不惑乎主漢奴宋之論，其文有主持，亦未大也。蓋文之難如此！然其難也，人自難之。韓子曰：『無鶩于速成，無誘于勢利。』僕深媿此言，故延望門廧，豈而不得入。使吾之心誠漠然於勢利速成，又何難之與有？」

十三、張含中秉直分爲四段之學法。張氏立四段之用意蓋在使人讀《左》以立其規，讀《史》以大其氣，讀《漢書》以凝定其神，讀八家以盡其變者也。《文談自序》曰：「文以《左》、《史》、《國策》爲至。然《左》，經也，三代之文也，其法可學，體不得襲也。《國策》文備於《史》，司馬氏開闔抑揚，縱横變化，不可羈勒，故爲文章之祖。班氏起而紹述之，整而能散，贍而有體。言文章者遂以二家爲正宗。嗣是而後，承祚《三國》，蔚宗《後漢》，非不簡質可貴，然或不善學，流爲鈍滯者有之。故學文者必先讀《左》以立其規，讀《史》以大其氣，讀《漢書》以凝定其神，三者熟而文之根柢立矣。八家者，唐宋之大宗，初學之模楷也，其法密，其結構嚴，其文字於今宜。評之佳者，宋有樓迂齋《崇古文訣》、吕東萊《文章關鍵》、謝疊山《文章軌範》，明有唐荆川、王遵嚴、茅鹿門，國朝有吕氏。鹿門詳博，吕氏精嚴，言八家者必折衷於二家焉。前輩言有作家之文，有理學之文，有才子之文。凡此皆作家之文也。然孟子亞聖，而昌黎特師之，子固名在八家，而朱子嘗學之。夫道德、文章皆君子所有事，歧而爲二，可乎？特其文有叛道者，直斥之爲叛道可耳。學文既有根柢，即宜從事八家，韓取其奇崛，柳取其鑱削，歐取其紆曲，東坡取其汪洋，若曾，若王，若老泉、潁濱，各有專長，貴兼收而博觀，視吾性之所近而特取之。蓋不讀《左》、《史》無以操文章之本，不讀八家無以盡文章之法，合之則兩美，離之則兩傷。學八家而不成，所謂刻鵠不成尚類鶩者也。學《史》、《漢》而不成，有明之僞古所以至今詬厲耳。」案：張氏《文談》一書分作文之害、作文之本、作文之旨、作文之法、論文之概五目，皆輯名家言論，間下己意，殊有條理，可作中等教科書。此序持誼有本，與諸家互相出入，第於選本只標鹿門、晚村兩家，所見近陋。蓋由未見姚氏之書，故不免溺於時習也。又張氏嘗疏解昌黎《答李翊書》，區學文爲四級功夫，謂：「首段『猶不改』以上爲第一級工夫，在去陳言。陳言者，庸俗之見也。『其沛然矣』以上爲第二級，辨正僞，聰明超詣者或流爲乖異，老、莊、荀、揚是也。『然後肆焉』以上爲第三級，以求其純。『皆宜』以上爲第四級，以養其氣。昌黎文極變幻而不違于道，有此故也。蘇氏父子因少兩節功夫，故較偏耳。」案：此解析甚細，學者可以自證焉。攷伍涵芬《讀書樂趣》引韓氏此書亦逐段析爲幾層工夫：自「始者」至「不知其非笑之爲非笑也」是一層工夫；自「然後識古書之真僞」至「以其猶有人之説者存也」又進一層工夫；自「然後浩乎其沛然矣」

至「然後肆焉」是第三層。得力處與張氏之説絶同，或張氏原本伍氏説而推演之，未可知也。汪琬《黄淳耀傳》稱其自敍有云：「某嘗求義理於六藝，求事蹟於諸史，求萬物之情狀於騷賦詩歌，求載道之器於漢唐數十家之文章，編劖規模，涵揉檃括，放而之於詩若文之間。」此亦黄陶庵之四段法也。

攷國初邵得愚以發亦有四段法。案邵廷寀《思復文集·附録》録得愚叔祖論文書曰：「愚幼失學，嘗聞長老先生言：『文貴鍊，鍊則潔而峭，淳而簡，味腴而氣厚，譬如金銀出礦，必經火鍛而後寶色璀璨。非然，雖作勿工。』又云：『不讀《尚書》、《左傳》不曉鍊法。鍊篇、鍊調、鍊句、鍊字，慎思勿措，久而入妙。』吾嘗讀《禹貢》叙述九州山川田土水道貢賦産植，後人充棟未了，不千餘字而眉目較然，斯何道歟？吾輩爲文病於好繁而不能簡。秦漢長文如屈原《離騷》、太史公《報任少卿書》、賈誼《治安策》累數千言，繁矣，然而無句不簡，以簡用繁，斯多多益善也。即如鍊兵，必自一人始，以至於千百，步伐整齊仍一人耳。子曰：『辭達而已矣。』吾輩爲文每患勿達，複詞累句以求達，終勿盡達。《易》曰：『修詞立其誠。』詞之勿達，要亦誠之不立乎。古云文以氣爲主，吾謂必以誠爲先。蓋識高則寄想曠雋不落常徑，且識高則品卓，他不悉數，即近代空同、大復、于麟諸公皆風骨矯矯，不苟逢世，以之操觚竪議，即文弗盡佳，猶以人貴，況迴出藝林俯睨人表者乎？近日錢虞山則又人以文存，未可概論。吾輩文過蒙叟可也，若立品則當以古人有志節者自期。由此言之，非獨文貴鍊，人亦當鍊耳。」案：邵氏此論曰鍊、曰簡、曰達、曰誠，凡四綱，鍊與簡就其見於文者言之，達與誠溯乎文之本者言之。其循途則原於經，逮乎秦漢，此亦研究文事之一法也。念魯本此因作《後蒙説》曰：「《國策》不必多讀，因蘇、張習氣壞人心術。宜多讀漢儒董仲舒、王吉、魏相、劉向、匡衡之文，其餘取雄健謹嚴，賈誼、司馬遷、相如、班固外可弗問也。」念魯之旨如此，故後之論浙東文家者謂全謝山文章未足抗衡思復堂，由其得力於秦漢者較深也。

十四、龍翰臣啓瑞分爲兩段之學法。道光之季，臨桂龍氏督學湖北，爲《經籍舉要》一編以訓士。後來袁爽秋又重訂，於蕪湖中江書院刻之，推論更備。考龍氏論學古文之法曰：「八家之名，自明茅坤鹿門《唐宋八家文鈔》而始著，後之談古文者莫能出其範圍。善學者由此溯源於班、馬及周秦諸子，自能用古人之法而不爲成格所拘。必欲悖之，則別求高遠難行之路，將有終其身爲旁門外道而不自知者。包慎伯《齊物論齋文集序》謂「八家，唐、茅所次。離去者其文率詭誕無統紀，墨守者推歸、方爲傑，然不免爲嚴家餓隸」。其意與龍氏同，其不以墨守諸家爲是之意亦可採也。方望溪於古文義法最深，所編《古文約選》持論亦最嚴，觀其點定評語，足以知文章之軌則。惜抱老人得歸、方二家古文之正傳，所選《古文詞類纂》，其體格較望溪爲備，評註較鹿門爲精，後之學古文者觀之足矣。更能志聖賢以先讀宋儒義理之書，留心經世以博觀諸史已然之迹，推之擇詩、古文一藝而執之，則過人之技矣。」案：龍氏此法先以讀茅、方、姚三家選本以求八家之範圍與義法體格，爲第一段；再進求之《史》、《漢》與諸子以尋其源，爲第二段；始於用古人法，終於不拘成法，蓋純然桐城文家學文之蹊徑。以龍氏固嘗從梅伯言問古文法，而近世言桐城流派者必及之，故其持論平正而不支夸如此。龍氏讀專集、總集，自八家外如《楚詞》、《文選》、虞、歸、方、姚及司馬温公、朱子、王子，於德業有益者皆及之。又曰：「學者最忌見聞荒陋，用以作文必無精采，安能出人頭地？故又必取《四庫提要》及厚齋、亭林、竹汀諸家考訂之書，融會貫穿，庶可無村夫子之誚。」此又補助古文之學之一法也。

十五、鄧保之先生繹分爲兩段之學法。先生《藻川堂文集·與王生佩初論文四則》有曰：「漢之賈誼有取於韓非之學，其爲策疏激昂有奇氣，頗似非子，而才識更精醇。唐陸贄、宋蘇軾皆效賈生文章，實用充美，平夷而恬暢。佩初好韓非已有得，宜更求諸陸贄之文。以《詩》、《書》、《左氏春秋》爲文章之大原，而以賈、陸、蘇氏之辭爲之委，自得之而左右逢原，必能輝光日新，而德業之成亦必有充實而不可以已者。」案：此以三經爲之原，更取韓、賈、陸、蘇爲之委，所謂二段法也。又曰：「《韓非子》之文章未列於《國策》，而其實與之同也。語其原則出於老聃，是亦《易》之支流而已。《國策》之源出於《國語》，《國語》出於《内傳》，《内傳》之原出於《詩》、《書》，《詩》、《書》之原與《周易》合者也。故君子之道，既知其異，又知其同，然後可以知變化而通天人之會。其於文章未嘗不然。君子有致曲之學，由其偏以知其全，小大、淺深、精粗悉於是而推之可也。」案：湘鄉王佩初禮培肆力古文詞，效《韓非》、《吕覽》之書，取包世臣偏師攻桐城之説以自壯，更師於先生。先生始則以二段之説廣之，時在光緒辛卯歲，正不佞在菱湖與傅君守謙、饒君叔光、帥君培寅、甘君鵬雲受學於先生時也。又復於贈王序中更舉文家源流本末之論而廣其緒。其畧曰：「《易》有奇耦，而動變神化，無非文者。至於周而《易》之詞顯矣。言堯舜之道者以孔子爲大宗，蓋出於包羲之《易》者也；言黄帝之道者以老聃爲大宗，蓋出於歸藏之《易》者也。孔門之書簡而至者爲《魯論》，繁而暢者爲《禮記》及《春秋内傳》。漢唐以來，諸儒之學多附於《魯論》、《禮記》者，諸史臣之學多附於《内傳》者。自老聃而下，諸子之書若管、晏、莊、列、楊、墨、申、韓、孫、吴之書，則皆附於老聃者也。讀其書必探其原，探其原必窮其道。是二家者本《易》以言天人，其始未嘗不同，而其終散爲百家，乃有純駁之别。君子取其醇而去其駁，必折衷之以《詩》、《書》、《禮》、《樂》與聖尼之微言，然後能正其志而致於遠。自孟子、賈誼、司馬遷而降莫不皆然。唐宋至今，言文章者咸取於諸儒之畜道能文者以求其正，博觀於諸子史集以求其奇。要其源之大者其流必弘，否則淺淺則迫隘。弘則舒肆而波瀾浩然，如江海之廣深而無窮也。前明以來，又有取貌爲文而矜眩於衆，不好學而修飾語言沾沾然自喜者，有矻矻於訓詁考據以終其身而不敢措意於文詞者，由是學術破碎，而文詞之衰陋且有過於前明者矣。」據此按之，則又屬諸養本充學之塗，而非斤斤於綴文之門徑者矣。

分階段以攻文，諸家之説備矣。桐城文家亦有持此論者。《松陵文録》：沈曰富爲《姚春木行狀》曰：「先生論文必舉桐城所稱，曰：好學深思，心知其意。又曰：好學難，深思更難，心知其意難之難者也。」所云桐城，乃春木本師惜抱之説，是惜抱以學爲第一段，思爲第二段，心得爲第三段也。證以張氏繹吕黎《答李翊書》之旨所謂四級者，可見文家分階級以循求文事，固公共之義也，特予發明大凡於此。

一、朱竹垞從一派入手之法。朱竹垞倡學文從宋派入手之説，其旨見於《與李武曾論文書》，謂：「文字之壞至唐始反其正，至宋而始醇。宋人之文亦猶唐人之詩，學者舍是不能得師也。北宋之文惟蘇明允雜出乎縱横之説，故其文在諸家中爲最下。南宋之文惟朱元晦以窮理盡性之學出之，故其文在諸家中爲最醇。學者於此可以得其概矣。」此言從宋派入手之旨也。又教武曾由宋派而下推及元明，謂武曾之才正，不必博搜元和以前之文，但取有宋諸家，合以元之郝經、虞集、揭傒斯、戴表元、陳旅、吴師道、黄溍、吴萊，明之方孝孺、王守仁、王慎中、唐順之、歸有光諸家之文，游泳而紬繹之，而又稽之經，考之史，本之性命云云。此與王、李斷代迄於有唐之説正相反背者也。不但此也，吾觀朱氏此説且爲諸家從近代名家入手一派之近原，而與艾千子相和者，其與本朝經學家斷代亦正相反。俞樾《九九消夏録》曰：「本朝人説經，凡所稱引至唐而止，任採同時人之説而不取宋元之説，與明李攀龍之《古今詩删》自古逸至唐，後即繼以明而不及宋元，明人又多録同時人之作正合。前代論詩，昭代説經，將毋同乎？」蓋本朝散文多出於義理家，其旨在專讀唐以後書。自乾嘉以後之經學又多能爲駢文之人，則專在斷代讀書，與李氏同旨。兩派相反之由來如此。《説詩晬語》云：「不讀唐以後書，固李北地欺人語。然近代人詩似專讀唐以後書矣。又或舍九經而徵佛經，舍正史而搜稗史小説，且但求新異，不顧理乖。淮雨別風，貽譏踳駁，不如布帛菽粟常足饜心切理也。」《復堂日記》稱「康熙以來，東南人士幾於專讀唐以後書，全謝山其一也」，又謂「易堂九子趨嚮，不獨唐以前不甚究心，亦不免疎闊退之，當時似推歐陽接踵子長。此一段議蓋萌芽於茅鹿門」。吾謂此旨並非萌自茅氏，在南宋葉水心已有六家之稱而不及韓、柳。觀竹垞書，當時主張六一、震川之風甚熾，故竹垞有不必博搜元和以前之説。易堂、謝山皆實行此旨者耳。又攷易堂接近艾千子，千子以歐公直接子長，有嫡子之目，集中固屢言，不一言矣。復堂特未考耳。

又考近世浙人攻文尚有專崇宋派，與竹垞遥相應者。陸以湉《冷廬雜識》曰：「烏程孫愈愚明經刻苦於學，耽吟詠，尤工爲古文辭，嘗選歐陽永叔、蘇老泉、東坡、曾子固、劉原父、李泰伯之文各數十篇，朝夕諷誦，而不取王介甫，惡其辯言亂政也。」此孫氏尚宋派所取之各家也。陸氏又述孫氏之論文有《與震澤張淵甫學博履書》曰：「文章之道，一真氣所彌綸。自時文興而士安於剽竊摹儗之習，去而習古文亦同此伎倆，安得不僞？究之天下，惟真者爲能感人於無窮，而僞者祇可欺一時之耳目。自古文章傳真而不傳僞，故讀書不必多而要在通其意，抒辭不必嚴而要在達其心」云云。此又孫氏攻宋派文而自定作文時之宗旨也。所云「通其意」、「達其心」，即學爲宋人文所當知者也。其拈一「真」字尤可包括文中高妙之諦。張船山論詩有「萬化無非一味真」之句，識此旨矣。

二、李文貞從朱子入手之法。《退庵隨筆》曰：「南渡以後文字自以朱子爲一大宗。李文貞嘗言：記得某人説古文須從朱子起，此言卻好。朱子之文何能上比馬、班、韓、柳，但理足便顛撲不破。朱子初學曾南豐，到後來卻不似其少作有古文氣調。朱子正不欲其似古文也。又是一句有一句事理，即疊下數語皆有疊下數語著落，一字不肯落空，入手作文須得如此。」案：文家多主從宋派入手者，此則於宋派中專主從朱子入手，是狹而又狹之一説也。案：近人爲書院課程亦有取朱子文示學者之説，意蓋本此。又李揚華《紙上談》云：「朱子之文暢茂醇正，於道學中爲傑出，次之則張宣公亦名手也。後此道學善作文者以明王文成爲第一，而國朝湯文正次之，其餘則文以行存矣。」此則專舉道學一派之文言之者也。

案：伍涵芬《讀書樂趣》論文引《丹鉛》云：「剖析性理之精微，則日精月明；窮詰邪説之隱遯，則神搜霆擊；其感激忠義，發明《離騷》，則苦雨淒風之變態；其泛應人事，游戲翰墨，則行雲流水之自然。其紫陽朱子之文乎！或謂文與道爲二，學道不屑文，專守一藝而不復旁通他書，掇拾腐説而不能自遣一辭，反使記誦者嗤其陋，詞華者笑其拙，此則嘉定以後朱門末學之敝，未有能救之者也！」此崇尚朱子之文之説與文貞同意，而先文貞闡發其妙者。厥後桐城家論學論文都依歸朱子，尤以方、姚後學爲多，蘇厚子惇元持之尤最力者也。《欽齋文偶鈔·與曹孟明書》云：「子朱子曰：『道德文章不可使出於二。』此古今不易至論也。自孟子没，道學失傳，道德文章始判爲二，故文章有道學、文士之别焉。道學之文以孔孟爲極，後世得其宗而闡發昭晰者惟宋五子。文士之文以西漢爲極,後世得其宗而體製加備者惟唐宋八家。其後合道德文章爲一,論理精微,辭復雅健,諸體具備,能兼西漢唐宋文士之美者,惟朱子之文而已。足下之文喜摹擬周秦諸子,似可謂高古矣。然好奇尚異,駁雜不醇,論理敘事未能明暢。竊觀古者道學之文不若是也,即文士之文亦不若是也。惇元竊願足下今日先取朱子之文揣摩而力探之,使不至言文遺理,舍本趨末。再取八家及西漢近道之文讀之,庶可兼有文士之美,涵泳有日,若有所作,必能合道德爲一矣。凡前此之作,大醇小疵者,點竄塗乙之;駁雜無實,微覺背道者,芟薙裁汰之。後此之作,一歸於正。如此則爲載道行遠之文,傳之當世則有用,傳之後世則不朽,何必窮奇極怪以欺眩庸俗耳目爲哉? 夫學問之道宜趨於正,固不必計人知不知也。趨正軌者,俗人或詆爲平庸,而識者則重爲極則,即不幸而當時無人識之,没世後必有識者表彰之。此古大儒往往生前遭阨而身後論定,僞學者生前籍籍而身後寂寂也。」此力申爲文宜宗朱子之説也。厚子又於爲《熊漸逵文稿序》更申其旨云:「孟子以後,究極義理訓詁之精微,有道德而兼善文章者惟朱子一人而已。南宋以來,理學昌明,人知崇尚朱子之學,而文章未能復於古。號稱能古文者,其所爲道乃韓、柳、歐、蘇之道,而非周、程、張、朱之道,則未免歧道與文而二之。篤行以厲其氣,通經以博其識,以韓、柳、歐、蘇之筆運周、程、張、朱之理,而合道與文爲一者,惟望溪方氏而已。雖未必窮極性道之閫奥,而學術大綱皆正,要亦近代之豪傑也。此余素所蓄念如此。巴縣熊君漸逵與余論學論文甚懽。君論學宗漢儒，文宗朱子，尤以有意爲文爲戒。而余論學宗宋儒，論文則欲合韓、歐、程、朱而一之。君或病余持限過嚴，輒往復駁辨，而植志行身相砥礪則無或有異焉，故不覺交之久而彌篤也。」此亦宗主朱子之説也，皆可與文貞之説互發，故爲臚舉以證之。包慎伯《讀亭林遺書》云：「亭林之文宗考亭以躋南豐，以其立志遠而讀書多，更事數，時時有獨到語爲曾朱兩家所未及。」據此知顧氏文學朱子，而朱子文又夙傳學南豐者。顧氏由朱子以窺南豐，是又學朱子文之進步也。

三、沈果堂彤專取極則之法。錢泰吉《曝書雜記》曰：「果堂序沈師閔《韓文論述》云：『今天下善論古文者吾得二人焉，曰方公靈皋，曰沈君師閔。方公舉左氏、司馬氏之文則爲文章之歸極，而詳明其義法；師閔則舉韓文公之所作以爲著作之軌範，爲之詳其義，明其法，務盡乎文公營度之心而止。』果堂非妄譽人者，與望溪相提並論，則師閔所論述必可觀，有志讀韓文者當訪求師閔之書。」此專取文家之極則而講求之之法也。案：吳仲倫有《書果堂集》謂爲何義門弟子，與張清恪講學，復與方靈皋摩切其文。沈確士謂其可與熙甫代興。惠定宇謂其文似昌黎，又云：「冠雲於時之言古文者推方靈皋、沈師閔。靈皋論文以左氏、司馬氏之義法爲標準，師閔則舉退之之文以明示著作之軌範，謂《左》、《史》法微，退之法顯。有志乎古者所宜以是爲先務。」此亦可與錢説互證也。

四、林穆庵明倫專取最醇各家之法。林氏《時習録序》曰：「今之經，古之文也。孔子曰：『文不在茲乎。』顏子稱孔子善誘，亦曰『博我以文』。後世以唐虞三代覺世牖民之文，聖人之道在焉，故隆之爲經，經以下通謂之文，所以别於經而尊聖人也。聖人不世出，人去聖人逾遠，文日以多。然考其淵源所自，則皆學聖人之經而爲之，其存而醇者又能羽翼聖人之經，故其文重焉。是故言陰陽者，《易》之學也；言性情者，《詩》之學也；言政事者，《書》之學也；言制度者，《禮》之學也；言王道者，《春秋》之學也。學有淺深，故其文有純駁。離於道者不計，合於道者多有可存。今斷自漢始，迄於明止，得董子以下十二人，纂次其文，列爲十卷，各弁以本傳，名曰《時習録》。明倫少汩於俗學，讀先儒之書，然後知反求諸己，自喜識路，又懼其忘也，因輯是編，時時誦習，非敢以是盡古今人之文也。老師宿儒先後麻列，百氏雜家皆有可採，要以著於篇者爲最醇焉。」按：林氏所謂十二人者不可攷，而其旨則以翼經合道之最醇者爲斷，以時習爲用法者也。至其舉十二家之説與胡石莊舉九家之説，一用意在合道以明體，一用意在敷治而致用。雖各有所主，而義實相成，學者參觀焉而自得之可也。又案：明茅坤舉唐宋兩朝中昌黎、柳州、廬陵、三蘇、曾、王八家薈萃其文行世，近人儲欣又附以李習之、孫可之爲十家，乾隆初因之而有《唐宋文醇》之選。其命名曰醇，與林氏同一意旨，特所取家數有别耳。林氏近友朱梅崖不廢兩漢，故其所取家數出茅、儲之外，説見後。又考林氏此説以合道與不合道爲斷，其意可與《解蔽篇》第七則參觀。

吾孜自來論詩有以此爲高境者，不第前所舉翁、潘之説也。趙秋谷最持此誼，《談龍録》曰：「詩人貴知學，尤貴知道。」又曰：「詩之爲道非徒風流相尚也。《記》曰：『温柔敦厚，詩教也。』馮先生恒以規人。《小序》曰：『發乎情，止乎禮義。』余謂斯言也，真今日之鍼砭也。」又曰：「詩固自有其禮義也。今夫喜者不可爲泣涕，悲者不可爲歡笑，此禮義也。富貴者不可語寒陋，貧賤者不可語侈大，推而論之，無非禮義也。」此皆趙氏救時弊之宗旨也。趙論詩與王阮亭相反，然阮亭亦不力拒主理者。劉大勤《師友詩傳續録》：「問：宋詩多言理，唐人不然，豈不言理而理在其中歟？答曰：昔人論詩曰不涉理路，不落言詮。宋人惟程、邵、朱子爲詩好説理，在詩家謂之旁門，朱較勝。」此雖不主理，然於朱子之主理者又取之，可知此説自有不可廢者在也，況詩教極弊之世如今日者哉？余孜阮亭此説蓋亦發端宋人，《詩人玉屑》引《法藏碎金》曰：「白氏集中頗有遺懷之作，故達道之人率多愛之。余友李公維録出其詩名曰《養恬集》，余亦如之，名曰《助道》，其詞語蓋於經教法門用此彌縫其缺而直截曉悟於人也。」蘇子由亦嘗病唐人工於爲詩而陋於聞道，皆可證也。

朱文正《梅崖居士文集序》稱梅崖治古文時，同年中從學爲古文者有始興林穆庵明倫。是穆庵古文之學出於梅崖，其淵源有自。文正嘗述所聞於梅崖作文之旨，謂其「始力抗周秦兩漢與荀卿、屈平、馬遷、揚雄諸子，摶必伏而盬其腦，然後導而匯之韓、柳、歐陽、王、曾、姚、虞以下，若首受而委逆也。及其晚而反覆於遵巖、震川諸家，心愈降而客氣盡，於是奇辭奥旨，不合於道者鮮矣」。案：此即梅崖之三段法。文正所述較其兄竹君之弟子陳恭甫所述爲詳，可參觀之。又謂梅崖「善狀物情，必揆於經義」。其於梅崖文術言之可謂詳矣。故即梅崖所標舉十餘家以觀，知穆庵所謂十二人必不出朱氏所舉之外，即穆庵所云「最醇」之旨，亦即朱氏所謂「合道」與「揆諸經義」之旨也。穆庵之與梅崖在師友之間，又同歲同官，梅崖嘗序其文曰：「穆庵好韓子之書，時學爲之。已而謂非其至也，因上窺性與天道之旨，而反覆於宋五子之訓，既三年，有得於心，不能自言其樂，亟欲同之於人。」此又可識穆庵「最醇」之旨矣，更證以文正之論，蓋有可推知者。穆庵又有《與梅崖書》謂「南宋以後蕪絶已久」，可知兩家用意皆以抗秦漢爲其懷抱者也。

五、管異之專從陽剛入手之法。《因寄軒文初集・與友人論文書》曰：「僕聞文之大原出於天，得其備者渾然如太和之元氣，偏焉而入於陽與偏焉而入於陰，皆不可爲文章之至境。然而自周以來，雖善文者亦不能無偏。僕謂與其偏於陰也，無寧偏於陽，何也？貴陽而賤陰，信剛而絀柔者，天地之道，而人之所以爲德者也。聖賢論人重剛而不重柔，取弘毅而不取巽順。夫爲文之道豈異於此乎？古來文人陳義吐詞，徐婉不失態度，歷代多有。至若駿桀廉悍，稱雄才而足號爲剛者，千百年而後一遇焉耳。甚矣，陽之足貴也！然僕以爲是有天焉，有人焉。得天之剛，世亦無幾，其餘必進之以學。進之以學者，孟子所云『以直養而無害』是也。日蓄吾浩然之氣，絶其卑靡，遏其鄙吝，使夫爲體也常弘，而其爲用也常毅，則一旦隨其所發，而至大至剛之概可以塞乎天地之間矣，如此則學問成而其文亦隨之以至矣。取道之原，六經其至極也，而論其從入之途，則《公羊》、《國策》、賈誼、太史公皆深得乎陽剛之美者，誠熟復之，當必更有所進

《公羊》、《國策》、賈、馬入，此亦因性近而致力之説歟？宜其後來《與念勤書》謂不過一端也。

耳。」案：管氏此説以養剛大之氣與讀陽剛之文並歸一路，於文家二氣之説專攻一塗，而循塗則由

六、鄒諮山湘倜以人定文，以文定人之法。新化鄒氏《切近詮説》中有《文衡説》一篇，其立説以文人必有體道之實，其言即載道之文，主於人與文並茂而始可學之。其用意嚴而近隘，録之備一義焉。其説曰：「夫知言即以知人，文之篤摯者其人誠實，流利者其人輕浮，温純者其人厚重，峭厲者其人殘刻，娬媚者其人柔懦，勁健者其人剛强。據文以定人品，即誠中形外之符契，觀古來名臣言行可知矣。真文忠公《文章正宗》取其切於身心性命國家天下者則録之，蔡文勤公選古文取其詞理雅正，非關修身經世之大者不録。持此論以衡文，斯爲先正矩矱，古今傳誦選本擷其純，務求其無疵。唐宋古文，茅鹿門選爲八家，儲在陸選爲十家。談古文者莫能出其範圍，但其文其人瑕瑜互見，不盡可爲師承。韓昌黎力掃荆榛，獨闢門徑，格高製古，直追西京，惟三《上宰相書》不免富貴利達之見，爲後世識守未堅、逢迎干進者舉以藉口。不能以《原道》諸篇旨約辭正，遂附會孔孟皇皇行道之心而掩其躁進之過。然文起八代之衰，人爲百世之師，冠冕唐代，實罕匹倫。柳子厚有才能文，依附王伾、王叔文，論者深非其喜事，文人寡識，惜易爲權勢所移，但非奸邪之蠹國厲民者比，猶可曲爲之原，以文而存其人，即善善從長之道。王

荆公以經術濟其剛愎，怙過亂政，妨賢病民，貽誤有宋，文何足以蓋其愆？儲在陸云：『欲斥去，勿列大家。』以人廢言，徒駭學者之耳目。然欲樹後進之楷模，自當屏棄勿取，俾文人知有正，則不得謂持論過激也。宋之能文者歐、曾、三蘇而外不少傳人，其最著者，何正通以論勝，陳同甫以氣勝。紫陽朱子薪傳孔、孟，獨以理勝，其文光明俊偉，切於實用，純粹遠軼八家，其見事之明遠，解理之精到，並有廬陵、南豐所未能及處，勿以平易質實而不深求其義藴。乃不取紫陽朱子而取言辯行堅之王荆公，吾不謂然。選文程式後輩，斷不可徇衆人之議論以爲去取也。近之講古文者祖歸熙甫，宗方望溪，一代宗工，法律謹嚴，的是淵源唐宋，惟才力稍遜古人耳。但熙甫之文徇時人請乞者多，爲講應酬者開一門徑；望溪不肯周旋世故，力稍薄而品尤高。所處之境遇不同，所見之識解各異，故立言之格律亦别耳。夫文氣之厚薄關乎學問之深淺，實一代運會使然。作文者亦隨時代爲升降耳。歷朝經世大文莫如名臣奏議，而閎通深厚，剴切詳明尤推漢之賈長沙、董江都、劉子政、唐之陸宣公、宋之李忠定，斯爲卓犖千古。諸子叢書，文章淵藪，惟荀悦《申鑒》、徐幹《中論》義正辭純，王通《中説》微近誇張。究之語闊藴深，道存體備，擇此等高明正大之文章爲規矩凖繩，則折衷一是，罔有詖議側言。若管、荀、老、莊、韓、揚著述各成一家，奥衍精悍，立言均稱不朽，而瑕疵雜陳。管、荀失在偏駁，老、莊失在虚誕，韓非失在詭譎，揚子失在艱險。必具卓見巨眼方不爲所蒙蔽。識此意以博覽百家子類、名儒名臣集類，則權衡有準矣。至上書諛墓、頌德美功、壽序薦章，文人藉侈聲氣，不擇品類，不講體裁，粉飾浮誇，言過其實，迴乖正軌。其以晦澀爲幽深，以纖巧爲新穎，以怪僻爲古博，以枯躁爲簡老，均非大雅中聲，不可染此習氣。以人定文，仍以文定人也。」按：鄒氏此旨專主於文家屬純粹儒者之言，兼其人之儒術亦復醇至，然後取之。其於八家中魁碩，凡不合此旨者亦不假借之，與林穆庵取最醇各家意同，而棄取仍自有別。此外復取名臣有用之文與儒家純正之文以廣其旨，而諸子之文亦不廢焉，但須自具權衡以定之耳。大概專主宋儒之意以論文者也。案：鄒氏本近時人，因此編不盡以年代爲先後，故編列於此。

案：鄒氏用意謂論文宜衡之以正學，而作文必期於有關係也。此説紀文達於《四庫提要》中屢駁之，而袁簡齋亦反是説者。袁、紀兩家之意，按以近世新學所謂美術家無與於政治之説亦合。今觀袁氏《答友人論文第二書》有曰：「賢者之大患在乎有意立功名，而文人之大患在乎有志爲關係。古之聖人兵農、禮樂、工虞、水火以至贊《周易》、修《春秋》，豈皆沾沾自喜哉？時至者爲之耳。若欲冒天下難成之功，必將爲深源之北征、安石之新法；欲著古今不朽之書，必將召崔浩刊史之災、熙寧僞學之禁。今天下文明，久已聖道昌而異端息矣，而於此有人焉，褒衣大袑，猶以孟軻、韓愈自居，世之人有不怪而嗤之者乎？夫物相雜謂之文，布帛菽粟，文也，珠玉錦繡亦文也，其他濃雲震雷、奇木怪石皆文也。足下必以適用爲貴，將使天地之大、化工之巧其專生布帛菽粟乎？抑能使有用之布菽粟貴於無用之珠玉錦繡乎？人之一身，耳目有用，鬚眉無用，足下其能存耳目而去鬚眉乎？是亦不達於理矣。韓退之晚列朝參，朝廷有大著作多出其手，如《淮西碑》、《順宗實録》等書，以爲有絶大關係故傳之不衰，而何以柳州一老，窮兀困悴，僅形容一石之奇，一壑之幽，偶作《天説》諸篇，又多譎詭悖傲而不與經合，然其名卒與韓峙，而韓且推之畏之者何哉？文之佳惡實不係乎有用與無用也。即足下論文如射之有志，可謂識所取舍者矣。而何以每見足下於莊、屈之荒唐則愛之而誦之，於程朱之語録則尊之而遠之，豈足下之行與言違哉？蓋以理論則語録爲精，以文論則莊、屈爲妙，足下所愛在文而不在理，則持論雖正，有時而嗒然自忘。若夫比事之科條，薪米之雜記，其有用更百倍於古文矣，而足下不一肄業及之者，何也？三代後聖人不生，文之與道離也久矣。然文人學士必有所挾持以占故步，一則曰明道，再則曰明道。直是文章家習氣如此，而推究作者之心，都是道其所道，未必果文王、周公、孔子之道也。夫道若大路，然亦非待文章而後明者也。『仁義之人，其言藹如。』則又不求合而合者。若矜矜然認講章語録爲真諦，而時時作學究塾師之狀，則持論必庸，而下筆多滯，將終其身得人之得而不自得其得矣。竊爲足下憂之。」案：袁氏此説殊可砭皮附明道庸談，動手輒求有用之失，亦可表明文家自有獨立之地位，不必藉他種以託尊借重。惟出自袁氏之口，則殊儇薄而蕩佚，與紀氏文氣同病，宜善辨之。

七、吳晉望士模區分文家流别以學五家之法。謝應芝《會稽山齋文·書吳晉望先生》曰：「吳先生名士模，武進人，治古文詞，嘗纂五家之文爲學古文者法。論著取孟子、莊周，叙事取《左氏傳》、《太史公書》，而以昌黎韓子爲歸。」此説亦見《續集》中《與胡念勤書》。吳氏蓋以文體定學古之標準，而又以韓氏定其程塗功候之所至。其説與東坡及王蘭泉説同而更簡約，與劉次白自序尤脗合，亦一法也。

八、吳仲倫區别資品功候以學五家之法。《初月樓古文緒論》云：「上等之資從韓入，中資從柳、王二家入，庶幾文品可以峻，文筆可以古。人皆喜學歐、蘇，以其易肖且免艱澀耳。然此兩家當於學成後隨筆寫出，無不古雅，乃參之以博其趣，庶不流於率易。」案：此標舉五家而以資品功候定吾學之之法，其用意亦深穩可味。劉儀《復高雨農書》謂「仲倫之於古也，取道於韓，衡貫旁騙以放於司馬，優柔恬澹幾於自然」。是吳氏自己由韓入，故其立論深有見乎此理也。

案：仲倫從韓入之説，集中屢言之。《答邵汝珩書》曰：「余生平願學昌黎。」《與程子香書》曰：「上者從司馬子長、韓退之入。」《與陸祁孫書二》曰：「少時學爲文，但知愛退之、介甫二家。」《答張皋文書》曰：「德旋所爲文，去熙甫尚遠，何敢望入昌黎奥窔，但生平志願實在於此。」皆可與緒論中相證也。

九、張鱸江士元由一家以推及諸家之法。張士元氏爲《張鐵甫海珊哀詞》，謂其「學該洽而究極理蘊，深探其本原，爲文師古人而放之至近代名家」。又《與姚姬傳書》謂「古今爲文章者，其始也常取道於一家以正其趨，其繼也必推類於諸家以盡其變，陳文陽《文章歐冶》載作文澄養之法凡五部，曰澄神、養心、養力、養氣、定志。其澄神部中第二曰棄染，謂「拘於一偏，或學韓或學柳，不能通於諸家，所謂染也」。唐彪亦云：「文忌沾一家。」皆與此必推類於諸家同旨。《藝概》云：「柳州文從《國語》入，不從《國語》出。蓋《國語》每多言舉典，柳州所長乃尤在廉之，欲其節也。」此爲能棄染之確證。久之則渾然融化矣。士元質鈍才朽，從事於此三十餘年」云云。案：此說必先狹其趨向，繼又廣其範圍，而以始得其正、繼得其變爲程塗，與叔子偏歷之說又始異而終同者矣。又攷錢儀吉爲《張士元傳》云：「先生好爲古文詞，師震川。歲正，陳其集于几，北面拜之而曰：『我始讀古人書，徒見其浩然無涯。自得是集，反覆熟讀之，得其義法。由是博觀史籍，旁通交會，亦不復規規於一家矣。』有以荆川評選《史記》爲問者，先生曰：『夫學文者當讀全書，且其本原皆在諸經中，不可舍本而言末。』張氏得力在此，故即以之示人也。」又俞樹滋《張鱸江先生行狀》云：「先生見吳越之士言詩者林立，獨爲古文者差少，因慨然有志於此事，發其所藏《歸震川集》讀之，喜曰：『真吾師也。』輒陳於案上，北面拜之。尋又得震川所評《史記》，即用其法上推之左氏，下逮班、韓、歐、曾之作，無不合者。由是深造自得，卓然成一家言。」案：張氏與王惕甫、秦小峴、陳碩士以古文相切劘。姬傳姚氏曾以之擬震川，謂其無愧色。王惕甫稱其文「白賁無色，清光大來。其文境如潦盡潭清，其音節如霜笳曉邃，不作高談而退有自得。嘗鈔震川文四卷，其治震川文即用震川跪誦《史記》之法行之」。據俞氏狀，知其所謂一家者指震川也，推及諸家者，左、《史》、班、韓、歐、曾也。俞說較錢尤詳贍可玩。又明孫月峯《與呂甥書》有云：「嘗謂人之爲文，其造意立格必專宗一家，如子厚之《國語》，永叔之韓文。斯爲要領。」此亦先學一家之說也。又袁氏《佔畢叢談》云：「凡能文之士於書雖無所不窺，而入手處必有宗尚。蔡伯喈得王充《論衡》，議論並進。蘇老泉巾笥所藏惟《孟子》七篇，蘇文忠得《莊子》讀之遂能辭以達意。蓋隨其性之所近，尤易於得力也。」此亦先致力於一家之說也。合觀之可以得其旨矣。方望溪編《古文約選》，所録惟漢人散文及唐宋八家文專集，謂「使承學治古文者先得津梁，然後溯流窮源，盡諸家之精蘊」。其用意與張氏同，惟入手不拘一家耳。儲在陸《答汪尊士書》稱「於成家二三十人中擇一人之文而專致力焉，勤讀深思，而後徧及」，亦同此旨。又考《二林居集》，彭尺木紹升亦主此旨者也。集中叙文云：「邵丈敦之曰：『善爲文者莫若守一家之書，凝神壹志，句仿而字爲之，始則得其似矣，繼則得其真矣，其斯爲古人之文而非復吾之文矣。及其久而與之化也，其斯爲吾之文而不復有古人之文矣。若乃游談無根，師法蕩然，非鄙則倍，此不足以言文也。』予因是一舍其故習，切切焉惟古人之求。」此亦守一家以入手之說，其用則由似以踐其真以入於化，蓋與張氏說大同而小異者也。此說已見前，茲用互見例更節録之以資印合。

學詩亦有此法，吳可《藏海詩話》云：「看詩且以數家爲率，以杜爲正經，餘爲兼經也，如小杜、韋蘇州、王維、太白、退之、子厚、坡、谷四學士之類也。如貫穿出入諸家之詩，與諸體俱化，便自成一家而諸體俱備。若只守一家則無變態，雖千百首皆祇一體也。」

十、何司直邦彦始習一家，復習一家之法。何氏《古文草》有《與梁翼堂論古文書》曰：「文一耳，安有今古之别？面目雖非而精神則是也，體格雖變而義理難改也。漢、晉以周、秦之文爲古，而隋、唐復以漢、晉之文爲古。今天下以唐宋之文爲古，庸渠知後之人不以明清之文爲古耶？是可一噱也。要之古人之文，其舛謬亦有害世者，荀卿之言性惡，蘇軾之非湯、武，後世之人震而驚之，置而不論。亦有精醇不磨滅者，而或以容貌不動衆，禄秩猶未崇，不知寶愛，甚則以鄉里所産而輕易之，抑亦過矣。愚謂其初則專習一家，勿雜勿貳，久而神與之化，而後吾之謦欬不辨今也古也。其繼則復習一家如初，庶兩家各變其貌而不寄人籬下。世之書家曰始摹趙，繼摹歐，以趙之圓潤兼歐之布置。畫家曰初學南宗，繼學北宗，而雅淡於以爭勝。而愚則謂古文亦如之，庶可韓、歐其昆，而虞、揭其弟也。昔者愚性鈍劣，無張巡强記之能，有師丹善忘之病。幼從伯兄巨川課以古文，爰取《左氏》，伏而讀之，無法不精，無體不備，允稱古文之祖，如遊亂山，叢雜紛紛，奔走仍自界限。且世之論文者以爲古文之體參差不齊，疎疎莽莽，而不知變化之中仍自整齊，不得以亂頭粗服爲也。繼而知左氏之文排句嚴重，愚於是以左氏之局法運後賢之筆調，不知秦歟漢歟？唐歟宋歟？將近代歟？皆不知其誤也。愚則謂古文之道實有功於世教，其上明道，其次經濟，其次辨析，其次閑情，庶可與陰陽相終始。不則髣髴班、馬，吸其髓而嚌其胾，弗工也。且也古文重生造，時文重圓熟；古文重明意，時文重中程。微乎微乎！不可執一論也。然古文卒不能若經書者何也？經書之文以簡潔勝，無意爲之者也；古文之體以法度勝，有意爲之者也。愚過矣，行將究孔、孟之理，窮河、洛之藴，而少補前愆也。」案：此云始習一家與之神化，同乎鱸江之旨。進之又習一家如初旨，俾兩相濟而不偏勝，與張氏推及諸家又廣狹不同矣。據後所言，則其所謂一家者左氏也。此亦可以備一説也。

十一、劉次白鴻翶以一家歸宿衆家之法。周凱《緑野齋續集序》稱：「次白官中書，讀書緑野齋十七年，讀《左傳》有得。日取史子百家言而讀之，擇其疑義有得者著爲文，與同年陳其山相討論，不出以示人。」又劉氏之文自稱得力於左氏居多，其黄葉老人自序曰：「嘗謂經史，古文之根源；《孟子》，書論之祖也；《左傳》、《史記》，傳志碑銘之祖也。熟此，讀韓、柳、歐、蘇、曾、王如置身華嶽之頂，望海若之墟，下視羣巖羅列，雜沓新奇，萬水奔流，洶湧澎湃，隱有尊拱朝宗之勢。」又其《左評序》曰：「六經、四子之書不可以文言，言文自盲左始。盲左之文其猶龍乎！

傳《春秋》十二公二百四十年之事變化，出没飛騰，分之如羣龍之戲於海，合之如一龍之現於雲中，或露其首，或露其脊，或露其尾，忽而在天，忽而在淵。馬之奇，班之堅，柳之奥，韓之雄，歐之宕逸，蘇之明快，王之峭削，曾之純實，盡備之矣。翺家舊有《左評》，秘而玩之多年，姑拈筆作論議序記志傳碑銘，海内諸公已推之曰能。」案：此以左氏一家歸宿諸家之法也。吴仲倫謂：「《史記》如海，無所不包，亦無所不有，古文大家未有不得力於此書者，正須極意探討。韓文擬之如江河耳。」案：此以《史記》包諸家，與劉説又異。

案：劉氏之説大都原於傅青主山，其《文訓》曰：「凡人養性作文皆有一安身立命之所，即文章小技亦然。爾兩小子讀《左氏春秋》，其中犯教傷義大節目，一眼便知，不待講解也。至於文章之妙，大段大段，細曲細曲，鋪張組織，補輯波瀾，前人多少評論總不能盡。爾小子若有眼色，讀之既久，自得悟入，别生機軸，依傍不依傍，薰習變化，全非我所得。與爾拈出者，以後凡遇古人用此法論此義者，莫要置之，皆須留心。分析明經處到不甚難，以其是非邪正顯然易見，而文心摭播霬摅，實麤糟所難得窺測，爾便將此書作一安身立命之所，作人養性學文都向此中求之，每事相與辨論，所謂『奇文共欣賞，疑義相與析』也。」此論在劉説前，亦注重讀左之説也。徐芸圃亦注重讀左者也，其《讀左存愚序》曰：「《讀左存愚》一編，乃余前後入蜀所論著也。余少治古文喜讀《左氏傳》，西行日恒寢食舟車之中，戎幕多閒，隨意抒寫數十條，後於永寧官署卒業焉。」徐氏又引柳子厚《非國語》六十七篇以爲對照。汪筠莊稱其《讀左》一卷「深意頓挫，字字司馬論贊風神」，則又許其讀左之文近於史公之説。此又二者相通之道也。《讀左存愚》在《雅歌堂外集》中。

與劉氏同一用意而所主各别者，有陳恭甫壽祺熟讀《禮記》以爲文之法。《左海文集·與高雨農書》曰：「國朝諸公，魏冰叔、汪苕文、方望溪、劉海峯、惲子居各有其偏，侯壯悔、姜湛園、姚姬傳之治氣格而非其至，朱梅崖之直接震川，而微惜其經術疎而實用少。誠不易之言，非苟論也。顧不知往者黄梨洲、全謝山先生，近者朱笥河學士、張皋文編修、陳白雲同知之文，閣下以爲何如耳？梨洲、謝山長於史，其氣健；皋文長於經，其韻永；白雲長於子，其格高；笥河長於馬、班，其神逸，皆可以爲大家，秦緗業《紅橋老屋稿·儀衛軒文集書後》則以此區别桐城之文，謂「近年天下學者病桐城之空疏，風氣一變，豈知望溪之文本之經，海峯之文本之史，姬傳之文本之孟、荀、莊、列諸子，皆能去粕取精，自成一家」。則反陳氏之意以立説者也。閣下或未盡見之耶？壽祺竊以爲治古文詞而不原本經術、通史學而究當世之務，則其言不足以立。雖然，文必本六經固也，諸經之中《易》道陰陽，卦象爻象自爲一體，《書》絶質奥，《詩》專咏言，皆非可學，獨《左氏傳》、《禮記》於修詞宜耳。然人徒知左氏爲文章鼻祖，不知左氏文多敘事，其詞多列國聘享、會盟、修好、專對之所施，否則戰陳、禦侮、取威、定霸之謀，不如《禮記》書各爲篇，篇各爲體，微之在仁義性命，質之在服食器用，擴之在天地民物，近之在倫紀綱常，博之在三代之典章，遠之在百世之治亂。其旨遠，其辭文，其聲和以平，其氣淳以固。其言禮樂喪祭也，使人孝弟之心油然而生，哀樂之感浡然而不能自已，則文詞之精也。學者沉浸於是，苟得其一端，則抒而爲文必無枝多游屈之弊。蓋《禮記》多孔子及七十子之遺言，故粹美如是。壽祺常勸人熟讀《禮記》而翫索其意味以此也。後世自兩漢魏晉迄唐宋元明，凡命爲作者，雖所得有淺深高下之殊，其無悖於古之立言之旨一也。大較得於經者上也，得於史者次也，得於子者又次之，徒得於文以爲文者下也。要之以立誠爲本，以有用爲歸。不誠則蔑以徵信於天下，無用則蔑以傳遠於後世。每念茲事之難，千載以來代不數人。壽祺曩欲進樊川以參韓、柳，揭遜志齋以配震川，爲唐、明職志，猥承許與顧焉，敢以皮膚末學備瞀之愚謬欲厠於古之立言乎？」案：左海熟玩《禮記》之説乃由東坡教人熟讀《檀弓》悟入，推廣其法而定宗旨。陳氏之前，袁克齋《佔畢叢談》已發之曰：「文章之美，孰如《戴記·王制》、《月令》諸篇，固是秦漢人本色。《樂記》樸茂深醇，有典有則；《祭儀》、《禮運》如長江大河，大氣磅礴；《檀弓》筆意雋妙，别具仙姿；《内則》、《少儀》古色斑斕，如覩商周法物，固秦漢極軌，較董、賈爲甚厚。蓋董、賈則文章之美，載道而出故可爲經也。」此之爲説與陳氏以經術立教標格頗高，與劉氏標一家以爲依歸同而誼則各明一是。其本經史掌故諸説仍不出姬傳義理、考據、詞章不可缺一之旨，其進樊川之説則朱丹木、張嘯山之所祖述。其與陳石士及友人書謂：「兩漢文人無不通經，故能爾雅深厚，爲百世宗。其時經生乃多善屬文，自伏生、韓嬰、賈誼、董仲舒、司馬相如、匡衡、劉向、司馬遷、杜欽、谷永、桓譚、班固、曹褒、王符、荀悦、崔駰、崔實、蔡邕之倫，莫不以經術文章垂光千禩，而措諸世務咸勤勤於利病得失之端。魏晉以降，窮經者短於篇章，達政者拙於故訓，染翰者疎於討論，摛文者闇於經濟，人才少能相兼，作者代不數人。唐之韓、柳、杜，宋之歐、曾、蘇而外，大抵修詞之功多，案：《援鶉堂筆記》稱：「句字之奇，宋以後大家多不講此，亦是其病處。」是以不講修詞爲宋以後人病也。與陳説反。研經考史之學寡。近世歸震川文筆最爲傑特，閎博淳厚，味盎以長，雖於經不逮兩京遠甚，而胎息源自馬、班，其慇憂桑梓，推究端緒，足以儆昏墨而救瘠痍。獨惜後人編輯，壽序與制藝序繁收，轉失作者本真耳。然而文如震川可以充憫惻黎元之志矣。往者汪堯峯、方望溪諸子乘其時海内文壇莫執牛耳，岸然高自位置，天下震於其名，羣相引重。由今覈之，彼皆沾沾未脱時藝氣，其説經不足臻精微，其致用無以究心民瘼。而堯峯陵轢時流，肆其掊擊。案：堯峯掊擊時流，其結果因賣葉横山事致横山將所刊類稿大加指摘，作《汪文刺謬》二卷，可見堯峯之以攻擊變詐召侮也。見蔡澄《雞窗叢話》。汪没後，其孫以汪卧棺賣與人得三十金，亦見《叢話》。至乾隆中，汪之嗣絶，其墓與堯峯山莊復爲人所侵没，見惕甫未定稿題跋中。大抵汪氏多文而寡德，故在文人中身後之阨獨多也。望溪不究義法，爲李巨來所譏，錢曉徵亦引金壇王若霖言：『靈皋以古文爲時文，以時文爲古文。』論者以爲深中望溪之病。乃其謬妄至公然删《管》、《荀》，改《史記》，而不知其不中與管、荀、司馬作輿隸。」此陳氏以經術世務衡論古今文家之得失者也。第其攻望溪處尚覺失平。望溪文義法最嚴，但惜其太究義法耳，云不究亦未足服其心。巨來乃陸、王之學，曉徵與陳氏乃漢學，其相譏者特學術宗旨不合，故並薄其文。至望溪删改子史乃沿宋派經家之失，亦未可過於歸罪。李、錢譏方之言，編中别有析論。此則不可不辨者也。陳氏《與石士書》又稱：「後世欲爲古文，苟不通經，必不可輕雌黄。援引失義，往往一啓吻而已爲有識所嗤，不可不戒。秦小峴集尚有義法，無端忽綴《周有八士》等考證兩篇，逐康成後車塵垢，囊存之不足爲重，反以自輕，亦其類也。」此又論不善用經術之弊，其語尤有卓識。又其摘梅崖之失，謂「司馬長卿，千古文詞之祖，《史》、《漢》並立大傳。昌黎論文必首與遷、向、雄等舉之，所自爲文蓋於相如心摹手追而恐後。梅崖數西京作者乃不及相如，顧云『相如好靡，韓愈救其弊』。夫相如之文豈可與六朝等量一言？以爲不智，則其學識之有所不足也」。案：陳此論亦最有識。姚姬傳識此意，故有《古文詞類纂》之作而定立詞賦一門，得韓公尊馬、楊本意，皆文家心法也。故因列陳氏究文宗旨而並識之。詩家亦有宗經之説，持誼有與陳氏宗《禮記》爲文相似者。潘四農《養一齋詩話》曰：「《三百篇》之體製音節不必學，不能學，《三百篇》之神理意境不可不學也。神理意境者何有？關係寄託，一也；直抒己見，二也；純任天機，三也；言有盡而意無窮，四也。不學《三百篇》則雖赫然成家，要之纖瑣摹儗，餖飣淺盡而已。」又曰：「學詩當先求六義。唐以前比興多，宋以來賦多，故韻味迥殊。」潘氏之旨如此，因更採李杜詩千餘篇與《三百篇》風旨無二者題曰《作詩本經》，蓋原本宋吳可「杜詩爲正經」之旨。攷近人論詩與潘同旨而在其先者，又有陳秋舫沆之《詩比興箋》取漢魏以下詩以《三百篇》六義之法箋之，魏默深序之，謂可補所爲《詩古微》所未及，可以見其旨矣。沈歸愚《說詩晬語》亦稱「必優柔漸漬而仰溯風雅，詩道始尊」，亦此旨也。

高郵孫邃人濩孫《孫氏家塾檀弓論文十則》有「熟《檀弓》以推之《左》、《公》、《穀》，再降而秦、漢、唐、宋諸家，文章之宗派門徑瞭如指掌」之説。其説較之陳恭甫爲約，而求諸《禮記》一篇之中更爲簡練。其言曰：「四子、《五經》，宇宙之至文也。《禮記》中可與《易》、《詩》、《書》、《春秋》匹者，惟《檀弓》乎？其旨粹，其氣穆，其神微，且駸駸乎闖四子之室焉。故讀《五經》者殿《禮記》，而讀《禮記》者當最《檀弓》。先君子嘗曰：『《戴記》中敘事文如《曲禮》、《王制》、《月令》諸篇，其纂次則仿《尚書・禹貢》、《顧命》，《易傳》之《序卦》、《雜卦》也。議論文如《文王世子》、《學記》、《樂記》諸篇，其敷陳則仿《尚書》之謨訓誓誥，《易傳》之《文言》、《繫詞》也。《檀弓》兼有二者之長，且其謹嚴似《春秋》，藴藉似《三百篇》，殆鑪冶諸經而成一家言者。熟此則推之《左》、《公》、《穀》，再降而秦漢唐宋諸家，文章之宗派門徑瞭如指掌矣。』蓋常聞之常熟錢湘靈師云，余唯唯奉教不敢忘。」又曰：「文章有勃勃生氣，動者神也。神之發揚蹈厲者露，神之渾涵淵穆者藏，《論》、《孟》二書可以觀矣。《檀弓》一書，或云即纂修《論語》者所作，此雖不可攷，而觀其意餘言中，神游象外，真是孔門嫡派。讀者須盡屏成見，虛而與之委蛇，庶幾能於無字句處領會其神，朱子所謂『熟讀詳味，久當自見』者也。余於『孔子不知父墓』一條，涵味白文凡千餘徧，忽悟記者深心，軒豁呈露，若有鬼神相之者。然此篇煞有深意，一『慎』字與『然後得』三字乃其精神眼目所注，欲令人於言外領悟也。其文章之妙全在虛實賓主，而又以反正、順逆、離續諸法錯雜出之，故令人不測。通篇作兩段看，『其慎也』三字乃承上起下，爲通篇之樞紐。此句以上皆是賓，是虛，爲一開。此句以下皆是主，是實，爲一合。前段『殯葬』字是虛，後段『殯葬』字是實；『五父之衢』是賓，『防』是主；『見』字似實却虛，是賓，『問』字似虛却實，是主。『孔子少孤』二句本該正接『問於鄹曼父之母』句，卻用『人之見之者』二句反接，文勢一颺。『問於鄹曼父之母』句本宜直頂『皆以爲葬』句，却用『其慎也』一句隔斷，文勢一離。『蓋殯也』三字本宜在『問於鄹曼父之母』句下，卻用倒裝句，文勢一逆。錯綜顛倒，出没變化，而其中綺交脉注，一氣貫通，姑舉大凡以待隅反。林讓庵云：「文只七句，却句句逆，句句轉，如環無端，令人不測。」案孫氏此二評皆在所著《檀弓論文》上篇，今畧舉之。故讀《檀弓》者，以體會神理爲主，次之則當講明乎法，知其以法運神，則神之抑揚往復者愈出，知其以神御法，則法之變化出没者不窮。今之言古文者問塗八家而流爲浮滑冗蔓，不知簡鍊二字乃文章要訣。左氏之文簡矣鍊矣，而其奇古奥折處初學又未易卒讀。惟《檀弓》鍊之至乃如不鍊，遒緊中有宕逸之神，峭勁中有流動之趣，東坡云：『熟讀《檀弓》，當得文章體製。』然則八家之所從出者可知矣。以文論《檀弓》始於蘇文忠，謝疊山、楊升庵、孫月峰皆有專本，本朝徐貢揚於《經史辨體》内有薈萃諸家本。」案：孫氏評論《檀弓》頗不免舉業家習氣，然其析論處頗細，且演東坡之緒而以内籀法示學文，故附取之。又其評點例，凡其提叙綱領處用尖圈，精神團聚處用連圈，以一二字爲眼目者用套圈，句法字法俱用連點，於大小段落處俱用横截以清眉目。案：自宋元人評點《四書》用此等標識，程氏《讀書分年日程》備舉其法，明人於諸經諸子及《史》、《漢》古文尤尚之，雖一時習氣使然，要亦有未可盡廢者。姑存以待參考。

孫邃人讀《檀弓》法，俞蔭甫《九九消夏録》深病之：「蓋因明季王、李流弊之餘裔，好以後世文法讀經，且甚多沿時文陋習者。」其尊經之義自正，然爲文家導原言之，此義究不可廢，但當去坊俗僞託及纖陋太甚者耳。蓋此種在經家溺之誠爲惡道，在文家亦有可啓發人者。如俞氏所舉唐成伯璵《毛詩指説》四篇，其四曰《文體》，凡詩中句法、字法、章法皆評論之。明代盛行此派，嘉靖間戴君恩著《讀風臆評》專取《國風》妙處，密圈密點。凌濛初著《言詩翼》採徐光啓、鍾惺、唐汝諤等六家之評，以句法、字法、章法論《三百篇》，加以圈點。林兆珂《攷工注述》、郭正域批點《攷工記》，皆加圈點，綴以評語。孫鑛評經史以下四十二種書，於《詩》、《書》、《禮記》各有評點。鍾惺《周文歸》二十卷，以時文法評之。國朝王澍《大學》、《中庸》皆有圈點本。蔣家駒《尚書義疏》亦然。至蘇洵批《孟子》、謝枋得批《檀弓》二書，實皆僞書也。考評點經書實始於南宋朱子後學之治《四書》者，程氏《讀書工程》尚沿之，朱氏《經義考》中所著録可見，并不始於明人。俞氏偶未考耳。學者求文法於經，要不可不曉此種，然亦未可拘於此種陋習而不知反，斯得之矣。

吾觀俞氏之爲此病，大抵發揮其師曾文正之旨。《求闕齋弟子記》引文正集中之説曰："「古人讀書之方，其大要有二：有注疏之學，有校正之學。自漢以下，魁儒碩士善讀古書者大端不越此二途。逮前明中葉，乃别有所謂評點之學。蓋明代以制藝取士，每鄉會試，文卷浩繁，主司覽其佳者則圈點其旁以爲標識，又加評語其上以褒貶，所以别妍媸、定去取也。濡染既久，而書肆所刻《四書》文莫不有批評圈點，其後則學士文人競執此法以讀古人之書。若茅坤、董份、陳仁錫、張溥、凌稚隆之徒，往往以時文之機軸循《史》、《漢》、韓、歐之文，雖震川之於《莊子》、《史記》猶不免循此故轍。又其甚則孫鑛、林雲銘之讀《左傳》，割裂其成幅而粉傅其字句，且爲之標目如『鄭伯克段』、『周鄭交質』云云，强三代之人以就坊行制藝之範圍，何其陋歟！我朝右文崇道，鉅儒輩出，當世所號爲能文之士如方望溪、劉才甫之集與姚姬傳氏所選之《古文詞》亦復綴以批點，賢者尚同，他復何望！蓋習俗之入人深矣。國藩淺鄙無狀，日抱《兔園册子》，習常蹈故，以從事於批點者，心知其謬而姑仍之。」蓋此種以時文法讀經之陋，其遠源自嘉定後之爲朱學者，至明人而益甚，《四庫提要》時摘其失。然施之詩文則終未可廢，以迪來學，尤切近用，故文止糾之而仍循之，其所選詩文具在，皆可按也。學者於此一蹴而勿溺焉，較雅鄭而慎施焉，斯可矣。張文襄於紀文達評點各書及各家朱墨本評點之書均舉以示初學，可知此法實爲入門不可少之書，未可執一也。

蔣岳麓《十室遺語》又有以《孟子》歸宿昌黎、老泉之説。其言曰：「茅鹿門選《唐宋八家文》，八家中昌黎、老泉皆得力於《孟子》者也。」其孫蔣申甫琦齡申之曰：「先大父肆力於古文，嘗自謂於《孟子》文有心得，於唐宋大家尤嗜昌黎、老泉，謂皆得力於《孟子》者也。坊肆間有《蘇評孟子》，僞託眉山，至爲弇陋，因欲仿其書自抒積年所得，命門人日鈔孟、韓文各一首置案頭，暇則爲之評論」云云。按《遺語》中尚有《讀孟十則》，當即其訓門人時所爲也。蔣以《孟子》歸納韓、蘇，猶包慎伯以《韓非》、《吕覽》歸納各家之見也。

惲子居生平則以專法子長見之言論，於孟堅以下但不時參其筆勢而已，亦與劉氏主一家之意同旨。《大雲山房言事·與黄香石書》曰：「今晨草草作《同游海幢寺記》，又爲客所曠幾一時，午後始脱稿。此文儒爲主中主，禪爲主中賓，琴與詩爲賓中主，畫與棋與酒爲賓中賓。其次序前五節皆以禪消納之，爲後半重發無和尚張本，而儒止瞥然一見，如大海中日影、大山中雷氣，此子長《河渠》、《平準書》、《伯夷》、《屈原賈生列傳》法也。海幢形勢佳勝，先於獨游時寫足，入同游後不必煩筆墨，此子長《項羽本紀》、《李將軍傳》法也。敬古文法盡出子長，其孟堅以下時參筆勢而已。所以屑屑自表者，諸君子遇我厚，庶幾留古文一支在南海，勿使野千鳴者亂頻伽之聽耳。作詩賦雜文，其法亦然，舍是皆外道也。」案：惲氏此法，又《與姚來卿書》言之，曰：「韓公《滕王閣記》通篇從未至滕王閣用意，筆墨皆煙雲矣。」樊汝霖《韓文譜注》謂此記首尾敍其不一到爲歎，而終之以江山之好數語，蓋敍事之外所以寄吾不盡之意者此而矣。歐公、尹師魯之記峴山亭，蘇子美之記炤水堂，蘇子瞻之記遠景樓，皆祖此意。今惲氏又踵之，不過重臺筆墨，而惲則力自詡，可謂好事矣。此與所舉《游海幢寺記》同旨。李次青嘗稱惲氏自謂子長而下無北面者，其篤於自信如此。集中無詩文集序及贈送序，雖以韓、歐所嘗爲者，皆堅謝弗爲，自謂「義例固於金湯，不愧古之立言者」，此亦可證惲氏之自標揭也。惲氏《論文宗旨》有審勢一說，又有看古文看其法看其勢之說，此言孟堅以下時參筆勢，亦足互證也。然吾以爲世之文人好自標舉者，莫惲氏若矣！

包慎伯世臣則以《韓非》、《呂覽》歸宿諸家者也。其摘抄韓、呂二子題詞曰：「文之奇宕至《韓非》，平實至《呂覽》，斯極天下能事矣，其源皆出於《荀子》。蓋韓子親受業，而呂子集論諸儒多荀子之徒也。荀子外平實而內奇宕，其平實過孟子而奇宕不減孫武，然甚難學，不如二子之門徑分而塗轍可循也。蒯通、賈生出於韓，晁錯、趙充國出於呂，至劉子政乃合二子而變其體勢，以上追荀子外奇宕而內平實，遂爲文家鼻祖。蓋文與子分，自子政始也。《困學紀聞》引汪彥章之言，稱「文與經分，自西漢董、匡、兩司馬諸儒始」。包氏此說蓋沿用其意。孔才得其刻露而失其駿逸，子厚、永叔、明允、介甫、子瞻俱導源焉，後遂無問津者。南宋有《伯牙琴》，近世有《激書》，一枝一節，時有近似，而世少知者。夫韓非囚秦，《説難》、《孤憤》；不韋遷蜀，世傳《吕覽》。史公次之《易象》、《春秋》，引以自方，其愛而重之至矣。史公推勘事理，興酣韻流，多近韓；序述話言，如聞如見，則入吕尤多。淄澠之辨，固非後世撏撦規橅者所能與已。子厚《封建論》、永叔《朋黨論》，推演《吕覽》數語，遂以雄視千秋。小子壯歲始得二書而摘録之，嗜之數十年，雖姿性弱劣，無能爲役，而温故知新，所見固有較諸公爲深者。檢篋得本，故題其首。」又自編《小倦游閣文集自序》曰：「廿餘年蓬轉江淮間，行笈難攜書籍舊業，韓、歐、蘇、王之章句悉遺忘不能舉，唯以周秦諸子自隨，尤好孫卿、《吕覽》，然《南華内篇》、《離騷經》反覆諷詠，卒不得其旨歸。古今文士言得力必於《莊》、《騷》，乃後知姿性弱劣，莫能相强也。又未習小學，故訓大都依俗説，尤平近不能發奇趣。」包氏此旨以諸子歸宿諸家，與諸人之以經以史歸宿諸家者又異，即其自云不好《莊》、《騷》，亦如袁簡齋自云不好《楞嚴》，蓋文家之喜好各有特異之處，其性不近者，即舉世所宗之文、古今同宗之聖不能强其矯性而爲之也。

十二、顧蔚雲汝敬從近代名家入手之法。戴廷栻《半可集自序》稱「艾千子教之肆力古文詞當規歐、曾，而先之以荆川、震川、遵巖三君子」。案：千子以明人而教人從明代名家入手，此説已開顧氏。艾氏《又與人書》曰：「自量其力之不能，則莫若近取似於國初諸公。自歸太僕、羅圭峯數子，度弟力之可及者作爲雜文，使天下知有正宗，然後因以知有史遷，知有韓、歐耳。」是艾氏自致力亦以從今代名家入手爲説。朱春生爲《顧氏墓志銘》稱顧爲文不爲高論，「春生年三十後學爲古文，妄意敍事當法馬、班，議論當法歐、蘇。而顧但教以讀近代諸名家文，曰：『學問之道，直探本源惟上智能之，中材以下必循流溯源，乃有從入之徑路，不可好高而滋獵等之弊也。』」宋人亦有崇尚近代名家之論，韓止仲曰：「富文忠奏議劄子，范忠宣彈事國論，范醇甫講筵文字，學士大夫所當熟讀而模範之也，其他不許則弱，未易言也。」案：顧氏此説亦與桐城家端緒相承之意相近，晁以道先經後史，先歐後韓、馬之法亦從當代名家入手之説也。韓止仲淲《澗泉日記》曰：「晁以道最爲窮經之士，亦留意於文，善敍事，嘗語其姪公鄮曰：『汝少年當勉讀書，先讀《五經》，看注疏，讀三史、文忠公集，不可去手。韓文難入頭，先看六一，後昌黎，次太史公，次《公羊傳》，次《春秋》，此是讀書後先。』以道此論誠有理也。」此説用意與顧同旨。

《餘師録》：唐子西云：「韓退之文渾大廣遠難窺測，柳子厚文分明見規模次第。初學者當先學柳文後熟韓文，則工夫自易。」按：此説先柳蓋因柳與六朝近，易入手，可救後世純用宋派之弊。惟此語宋人如吕紫微嘗述之，見《耆舊續聞》，與《識塗篇一》互見。此又一説。北宋人言學唐亦近代也。覃懷范無厓泰恒《古文讀本・凡例》謂「韓文高處尤在碑志，出入典誥，莊古無倫，熟玩《尚書》始知其源。

然學韓文必由議論入，詭譎變化，不可方物，然後進之莊古，乃非木强。或云學韓先肅括，直是躐等」。是學韓又有次第也。林明倫手録韓文百三十五篇，曰：「《韓子文鈔》皆篇分細段，段注其義法於下。」謂「凡文章離合順逆之法畧備。其所以爲文之本，則韓氏詳于《書》，學者當始終究之，毋徒震其奇。」此學韓子爲文之本而兼取其文以究文法，又一學韓之法也。以下五則均取學韓文要法而附論之。

林氏明倫之意，吾觀五臺徐廣軒潤第《敦艮齋遺書》曾再闡之，而其説更暢，其爲《吾溪古文序》曰：「老泉之論古文，孟子第一，次韓子，次歐陽子。後人論唐宋古文而稱韓、歐本諸此也。吾溪古文長於往復，每發一義必竟其義，義竟則轉，所轉又竟，所竟又轉，無所謂窮也。每生一情必竭其情，情竭則返，所返又竭，所竭又返，無所謂已也。行氣而不使氣，按：行文高境，其行氣宜潛藏在字裏行間，所貴説人所不説而不説人所説，則可省却許多筆墨，割去多少好意思。如此則筆翔空際，以效歐公及桐城，可免病矣。徐氏此説尚宜以此意參之。遣詞而不飾詞，旨趣必要於中正，氣象總歸於温雅。約其大致，於歐陽子之俯仰揖讓爲近，而當其冥心獨造，神游於淡，氣合於漠，直欲追蹤韓子之精能變化焉。『夫氣盛則言之長短與聲之高下皆宜。』韓子之言也；『文無難易，惟其是。』韓子之徒之言也。陳白雲斌《質言》有云：「韓退之曰：『文惟其是。』李習之曰：『文惟其工。』所見殊矣。」長短、高下、難易，此可於文字中求之。若夫宜之與是，豈可得之文字之間者哉？耳目之功格於所至，若心之爲用可以無所不通。道率於性，性統於心，心也者，道之大原，孟子之學以立大體爲宗旨者，此其故也。韓門論文自宜字是字以上引而不發，吾則以爲韓子文章所以能上接孟氏者，其本蓋在於此。今吾溪爲學歸本於心，斯雖進於性道不難。其古文之欲追韓子，即禪客所謂得其本不愁末，怕不作佛不怕佛不會説法者耳。其於歐陽氏文境又何有焉。」案：徐氏此説蓋主於以歐陽子之往復進於韓子之變化，此爲下一截工夫，又以明道之大原以求韓子之所謂宜與是，爲上一截工夫。與林氏大旨畧同而分析更細，因並録之。案：古文家有求是之學，近世漢學家亦以河間獻王實事求是爲宗旨。姚氏壽榮重刊《毛詩後箋序》曰：「昔河間獻王雅尚經術，史稱其修學好古，實事求是。墨莊胡先生師其意，取求是二字署之室而著書焉。先生所著《儀禮古今文疏義》、《禮記別義》、《公羊古義》、《小爾雅義證》皆惟是之求。而其積畢生精力爲之，能不愧夫求是之學者尤在《毛詩後箋》一書。」此古文與經學合揆之旨也。

臨川李穆堂有分別二種學韓之法，其《別稿·與方靈皋論韓文書》曰：「韓文有二種，一種疎暢條達，學孟子之文；一種琢鍊瑰異，上追《盤》、《誥》，下兼漢京之文。其後門人師承亦分兩途：若李翺、張籍、李漢，學其疎暢條達者也；若皇甫湜下傳孫樵，學其琢鍊瑰異者也。《原道》係疎暢條達一種，字句根源易於尋究，其浩博已若此。若琢鍊瑰異，碑版大篇如《南海神》、《曹成王》等碑，及游戲恢詭如《進學》、《送窮》等作，離奇奧衍，尤未易窺其所本，信非數十年之功未由成此盛舉。」此亦分析韓文門徑以示人之説也。

吾觀閩人學韓之論又有從孫可之入之説。徐經《雅歌堂文集·序孫可之文後》曰：「昔人謂學書者得古人名蹟數行習之不已便可名世。余謂學文亦然，於古人最佳之文擇其數篇專心學習便可名家，案：此亦即所謂約讀之説。讀孫樵文可驗焉。孫嘗自言得爲文真訣於來無擇，來得於皇甫持正，皇甫得於韓吏部退之。朱新仲謂孫乃過皇甫氏，而不知其得力實在於退之《進學解》一篇，嘗稱其『拔地倚天，句句欲活，讀之如赤手捕長蛇，不施控騎生馬，急不得暇，莫可捉搦』，與柳州之稱《毛穎傳》無異。孫慕《進學解》如此，故其爲文字字句句一以此篇爲法，而遂突過皇甫持正。親受業於韓門者爲文始而謀篇難，繼而造句難，造字尤難。孫之趨奇走怪，皆是從練字練句來。東坡謂學韓退之不至爲皇甫湜，學湜不至爲孫樵。吾謂學韓當自孫入，則其摛辭儲思或庶幾矣。蓋李文公、歐陽文忠皆學韓，而奇崛不及韓同。柳子厚在貶所，力欲與韓抗行，故其俊邁奇傑之氣鬱勃焕發。烏乎！安得數公者鏗鏘陶冶以盡訓詁風雅之道而成一世甚盛業哉！」陳西崙謂徐氏此言斷孫可之文從《進學解》化出，真具正法眼藏。又由趙文敏學書法開示學者爲文門徑，蓋爲學韓者開至簡便之法門也。案：孫文最爲汪韓門所不取，徐氏此論正與相反。

朱梅崖論學韓有觀同異，得調劑於諸家之説。徐芸圃《梅崖文譜》引朱氏之言曰：「韓子曰：『毋望其速成。』又曰：『優游者有餘。』歐陽子曰：『孟、韓文雖高，不必似之也，但取其自然耳。』此言甚精，久體之當自悟也。大抵知言、養氣二者爲立言之要。知言在積讀書而慎取之，得其正且至者。所以載言者，氣也。氣宜清明和平，不可過求緊健，既作之，又宜息之，順平其理，不以己與其間，斯得之矣。左氏、司馬遷二史，荀、楊、莊、屈四子宜熟，復大旨歸於《詩》、《書》，如此學韓乃爲得其要領。仍取李習之、歐陽永叔、老蘇，曾、王二公之文觀之，察其取於韓之異者，案：諸家取韓各異之説，李揚華《紙上談》云：「昌黎之文離奇疎宕，奥博汪洋，上媲史遷。歐陽得其秀，大蘇得其雄，王欲學其峭折而已多生硬，曾欲學其渾厚而已多衍夷。震川、鹿門而降等諸自鄶可矣。此學韓者所宜按驗也。」又時觀柳州以見同時異趣而本末之相去有不掩者，此尤爲學之要也。」案：此説即施均甫《與張廉卿書》父祖子孫之説之所本。又曰：「韓、李文太高，得調劑於歐、曾、王可也。震川文固已脱落修潔，然終不若三子者之淳實切至。專學習之亦時流率易，硬排比對，相角而下，中無轉捩，虚機躲閃處最窘筆力。此法昌黎獨擅，柳州《咸宜》等篇亦復雄健可喜。」皆學韓而又須別有參酌之説也。

曾冕士釗《面城樓集鈔·與馬止齋福安書》曰：「觀望溪先生文，最愛其《讀孟子》、《書柳文後》、《左忠毅公逸事》三篇耳。其文大抵以理法勝，才力似有未到，袁簡齋以下諸家均以此病方氏。故簡淡者便佳，至傳誌多用紀言體，亦所謂善用其短也。竊謂文字當從難入，難故有力，力所以負其氣。韓公自言其初爲文陳言務去，戛戛難之。今觀《謝上表》、《平淮西碑》、《曹成王碑》、《送鄭尚書序》、《石鼎聯句序》、《與孟尚書書》等篇，筆筆見氣，句句見力，所謂從難字過來者。若其他文從字順之文意，皆應酬所作，顧其氣醇意厚，閎肆不失爲大家。至宋代歐公只學得《送王含序》、《馬少監墓誌》諸篇，而望溪學歐所學，又雜以歐之氣法，故奇崛終未得耳。僕非敢議論前輩，但晚學無師法，妄欲剖判流別以定所適從，然未敢自信其是。足下酷嗜昌黎，兼愛望溪，必有得其深者。」案：勉士爲粵東治漢學之最先者，嘗言：「《説文解字》：『文，畫也，象交形。』物類中一彼一此，同異相錯而成章，皆謂之文。六藝諸子，文也，箋注傳疏亦文也。」論者謂其集中之文深微奥衍，故獨有取於昌黎之奇崛而不喜歐公、望溪之平易，故《與順德馬止齋書》力闡此旨。馬氏《止齋文鈔》中載有《與曾勉士論古文書》，謂曾「爲文好求奇古，頗有明七子主張秦漢餘習。古文意必清真，法必嚴密，詞必古雅，不必定如昌黎《曹成王碑》等作然後爲絶世奇文。皇甫湜、孫樵皆學韓而得其奇崛，然終不得與韓、柳並，亦其雄厲恣肆之氣、深醇博大之風非二子所及耳。余所以深服望溪，推爲南宋後一人者，亦以其脱盡町畦，理精詞潔，不必求異於人而人自不可及耳」。馬氏此言似是答曾氏此書者，其誼頗正。然曾氏從難處入手之法亦可爲學韓之一種方法，學者自審其所能堪可耳。馬氏又嘗鈔楊文貞、王文成、虞道園、揭曼碩、歸震川諸家之文而各爲之序，其用意蓋專取近代之文爲師法者，嘗曰：「學者由元以適唐宋，於曼碩之文問津可也。」亦可見其旨矣。勉士有《歸熙甫先生文鈔序》稱：「馬止齋擇歸文尤雅者數十首以爲歐學燋契，謂從熙甫以學歐，又益以皇甫持正之奇，則奇崛謹嚴，肆焉大成，昌黎其有肖子哉！」此又一學韓法也。

申鳧盟涵光《荆園小語》立説與此異，《退庵隨筆》引之云：「學問以先入爲主，故立志欲高。如文必秦、漢，字必鍾、王，詩必盛唐之類，骨氣已成，然後順流而下，自能成家。若入手便學近代，欲逆流而上，難矣！」案：申氏此説原於宋人，一《詩人玉屑》引黄魯直《與趙伯充書》云：「學老杜詩，所謂刻鵠不成尚類鶩也。學晚唐諸人詩，所謂作法於涼，其弊猶貪；作法於貪，弊將若何？」蓋晚唐於北宋爲近代也。一引《室中語》云：「一日有客携所業謁公，客退，公觀之，竟語僕曰：此人多讀東坡詩。大率作文須學古人，學古人尚恐不至古人，況學今人哉。其不至古人也必矣。」皆申氏所本也。

艾千子有由歐、曾諸大家以至於秦、漢，而先從震川入之法。艾千子《天傭子集·答陳人中論文書》曰：「足下謂宋之大家未能超津筏而上，又謂歐、曾、蘇、王之上有左氏、司馬氏，不當舍本而求末。夫足下不爲左氏、司馬氏則已，若求真爲左氏、司馬氏，則舍歐、曾諸大家何所由乎？夫秦、漢去今遠矣，其名物、器數、職官、地理、方言、里俗皆與今殊，存其文以見，吾文獨能存其神氣耳。役秦、漢之神氣而御之者，舍韓、歐奚由？譬之於山，秦漢則蓬山絶島也，去今既遠，猶之有大海隔之也，則必借舟楫焉而後能至。夫韓、歐者，吾人之文所由以至於秦漢之舟楫也。由韓、歐而能至於秦、漢者無他，韓、歐得其神氣而御之耳。若僅取其名物、器數、職官、地理、方言、里俗而沾沾然遂以爲秦、漢，則足下之所極賞於元美、于鱗者爾。昌黎摹史遷尚有形迹，吾姑不論。足下試取歐公碑志之文及《五代史》論贊讀之，其於太史公蓋得其風度於短長肥瘠之外矣，猶當謂之有迹乎？足下又引李于鱗之言曰：『宋人憚於修詞，理勝相掩』，以爲宋文好易之證。然予則曰：孔子云：『詞達而已矣。』未聞詞之礙氣也。詞之礙氣爲東漢以後駢麗整齊之句言耳。彼以字句爲詞，不知古之所謂詞命詞章者，舉其首尾結撰而通之詞，非如足下之矜句飾字爲詞也，故曰詞尚體要，則章旨之謂也。足下必以好易病宋，而以文之最者必難。然孔子、孟子皆主條達，必如足下，當以揚雄《太玄》、唐樊宗師、宋劉幾之文爲最矣。宋之詩誠不如唐，若宋之文，唐人未及也，唐獨一韓、柳，宋自歐、曾、蘇、王之外，如貢父、原父、師道、少游、補之、同甫、文潛、少蘊數君子，皆卓卓名家。彼畏宋人首尾開闔抑揚錯綜之嚴，畏宋人古質樸淡，所謂如海外奇香，風水齧蝕，木質將盡，獨真液凝結，彼不能爲也。」又集中《答夏彝仲論文書》與此同旨。其《再答彝仲書》則稱「人中等奉一部《文選》、一部《鳳洲滄溟集》與弟爭短長，又欲盡抹宋人，即歐、曾大家不能免」，謂其「喪心病狂」。又稱「震川留心《史記》，摹神摹境，假道於歐。歐者，《史記》之嫡子，而此老則歐之高足也」。又《與沈崑銅書》云：「古文一道，其傳於今者貴傳古人之神耳。即以史遷論之，昌黎碑志非不子長也，而史遷之蹊徑皮肉尚未渾然，至歐公碑志則傳史遷之神矣。天下皆慕韓之奇而不知歐之化也。」案：艾氏立説全與《罪知録》立論相反，彼則力詆宋派，此則力申宋派，且加之唐人之上。竊意艾氏之論雖正，其極推歐公以爲過韓，立論亦偏，或亦不免推尊鄉隅之見，如李穆堂於修《明史》時極力謂嚴嵩不可入《奸臣傳》者。其言固當分別觀之，方宗誠《（論）〔讀〕文雜記》云：「艾千子文集中有《讀王世貞四部稿書後》一首，斥世貞修怨而無君。千子賢者，然此種議論變易是非，以世宗爲英君，以嚴嵩爲材相，千古可欺乎？黨同鄉而昧三代直道之公，賢者何爲犯此！」可見千子之偏也。而其假道於震川，則求之近代之説也。案：艾氏此説實本王慎中，《退庵隨筆》引遵巖曰：「或言：『總是學人與其學歐、曾不如學馬遷、班固。』此言非也，學馬遷莫如歐，學班固莫如曾。今人何曾學馬、班，只是每篇鈔得三五句《史》、《漢》，其餘文字皆舉子對策與寫柬寒温之套，如是而謂之學馬、班，亦可笑也！」

鄭蘇年光策有由元明及近代各家歸宿唐宋大家之法。《退庵隨筆》：鄭蘇年師《答謝鵬南書》云：「以古文言之，唐宋諸家如歐、蘇、王皆深於經學，著有成書，曾亦有史學。韓、柳書雖未成，然觀其文中所言，其於經史百家所用功者可見，且皆夙負經濟。如韓之論淮西事宜及論黄家賊狀，歐公、王荆公之奏疏，蘇之奏疏及策論，此豈可摹仿剽竊爲之者？即論斷古事及議定典禮亦皆學識爲之，吾子當推求古人原本之所在，必使措之於詞實有質幹，非時花候鳥徒悦耳目，過時則爲飄風，乃爲可貴。抑又聞之，學於師者必諮於友，師尊而難攀，友近而易入，故學古文亦須博覽元明及近代各家，代近則事迹相通，題目相習，閲之又易入手。蓋能博覽，然後義類詳明，得所牽引，心思亦有所注，至於歸宿仍在唐宋諸大家。此亦如泛巨海者當先學操舵於舵師，欲獵平原者當先學健兒之騎射耳。雖然，猶有進焉。言，心聲也。令伯《陳情》之表，武侯《出師》之詞，膾炙千古，此其人豈沾沾以文爲事哉？忠孝之誠，蓄積於中，故懇款之詞溢於筆墨。案：此舉令伯、武侯二文之旨，可與《識塗篇四》「文之傳世宜精約」一則中最末一節參觀之。然則修身敦行，自理性情，尤爲大本大原之地，則劉彦和所謂『心生而言立，言立而文明，自然之道也』。否則貌竊唾拾，無本之言，必不相稱。古文如是，詩賦可知。」案：此説與艾千子用意大同，而語意更爲完備。

李邁堂祖陶者亦持從近代名家入手爲説之一家也。近世江右人好爲古文，其爲古文多從近代及其鄉先生入。自艾千子外，如新昌李騰華有《沈蘋濱集序》云：「僕與君文並從冰叔入，而君則不盡於冰叔出。」又有《與蔡乳泉書》，所論皆近人文集也。可證江西風氣。朱尚齋錦琮《治經堂集·國朝六家文選序》曰：「今人學古人之文貴乎合，尤貴乎離。離者，既合成法，而化而裁之以就己之能事也。己之能事畢，斯自成爲一家矣。此國朝諸家之文，唐宋元明所不得而掩者也。邁堂李君訂《國朝文録》，既雜而集之，又精而擇焉，别爲《六家文選》，傳古人也，實遺餉後人也。夫一代人文，自成氣運，一氣相感，自易流通，世異時移，氣不相屬。今之教者，始以經傳，繼以漢魏六朝之文，又繼以唐宋大家文。而後生小子皆未能執筆學爲也，其執筆學爲者則自時文始。朱氏《金元明十家文選序》曰：「道統有心傳，文統亦有心傳。工有繩墨，賈有度量，農有畔，射有鵠，皆有不遠之則以相傳，得失毫釐，昭然在目。唯士之文章，因心而造，人心不同如其面，故發於文章，神明變化，無有定式，平奇濃淡，體狀萬殊，正變雜陳，觀者迷目。世主知其然，故定爲制舉之文，立之程度，俾作者易於遵守，主者易於衡鑑，於是時文盛而古文衰矣。古文無定式，故無盡境」云云。案：朱氏此言殊有見。從前科舉盛時，學文無有不從時文入者。其導之者雖由利禄之路，然時文有一定格式，教者學者皆有一定成法可循，故從前學童雖讀古文，而爲之者仍屬時文。今日時文廢，論者尚以初學作文無善法爲苦，多其方法，仍難猝合，謬者至仍欲開筆以時文爲初步，無非以其有一定成法可循也。古文、時文之分别與其難易亦可於此觀之。學古文者固當取法乎漢唐，然氣運有升降，非藉近代名家以爲之階梯，則其氣無所接續，必不能淩躐而上。邁堂本此意爲此選文，不徒取其工，必其合乎道，切乎時勢，關係乎典章人物，以之繼往開來而無有遺憾。蓋作者須選者以抵於成家也。於是魏叔子之文奇，奇而不詭；汪鈍翁之文正，正而不平；朱竹垞之文博，博而不蕪；方望溪之文醇，醇而不薄；李穆堂之文肆，肆而不雜；陳碩士《致魯賓之書》則言「巨來文豈足以望望溪」，乃優方而劣李之論。蓋碩士專以桐城家法繩尺近代名家，故其《與伯芝書》則云：「黄太沖文字不入格。」《復賓之書》則云：「竹垞文字無當於古文之業。」即此可見桐城末派之隘。而邁堂六家之説尚平正無門户之見也。惲子居之文精，精而不鑿。各成其能，大備其體，後之人或隨性之所近以致其力，或融會貫通，萃精取液以善其變。要之取此爲徑，遵道而得周行以上，幾乎宋之歐、蘇，唐之韓、柳，漢之董、賈無難矣。唯此六家如文昌六星，輔聖世人，文之化豈不盛哉！」朱氏又爲《國朝文録序》曰：「邁堂孝廉選《國朝六家文》之外，而復廣爲《文録》。其選六家者，以其文工而且富，其部帙可分可合，蓋仿茅鹿門《唐宋八大家》之例也。其雜集諸家爲《文録》者，蓋仿黄梨洲《文海》之例也。顧茅選八家，遺習之、可之，而人且議其後。黄選《文海》，則前明家數不另出手眼，爲之序列，其於殿最錙銖亦爲未盡。且夫文有醇有疵，學有全有偏，不辨其精不能取録，不觀其大不能定家數。邁堂乃兼而有之，其毫髮無遺憾哉！」據此知邁堂之選此二編者，於六家觀其家數之工富，於《文録》觀其醇駁，皆所以爲從近代入手之助也。至邁堂之自爲文亦猶是循近代名家入手之塗轍。朱氏《邁堂文集序》曰：「人命也有定，而志也無窮。上高邁堂李君志乎古者也。童年就傅，見袁簡齋文而好之，顧以爲似此亦復易學。及得《李穆堂集》，竊自殿最，謂高出於袁，即手鈔而心惟之。其於古文蓋性之所近也。古文以殫見洽聞爲本，至京師入諸公貴人幕得窺秘籍，束脩所入，於書肆購殘編斷簡，總與文字爲因緣。大抵四十前詩多於文，四十以後文多於詩。今年已六十，所得古文且五十餘卷。其論文不高談秦漢，而以唐宋諸大家爲宗，不斥言北宋以後無文，而以金元明迄國朝諸名家爲助。故其爲文神明於法，變化於心，紛紜揮霍，頃刻成章，而於代人之作尤爲精密，是亦忠於人謀之明徵焉。蓋文既由醇而肆，功當反博爲約。目不養則昏，心不養則粗，氣不養則弱。繼自今燈下之書不必觀，應酬之文不必作，静觀自得，清明强固，然後取五十卷之文而自定其去留，我知其必更有進於此者。」案：朱氏所言邁堂之用功全是由最近家數而博觀焉，而約取焉，更由此而推及金元明。其得力全在北宋以後，故力闢北宋以後無文之妄論。合朱氏三序攷之，其宗旨門庭可悉得矣。張文襄取李氏《國朝文録》、《續録》列之《書目答問次録》中，謂「所録八十八家體例未精，評語尤陋，取其各存大略」。讀李氏茲編者宜知此意也。

錢應溥《顯考警石府君年譜》曰：「竊窺府君生平古文詞以《史》、《漢》爲根柢，以唐宋大家推之震川、望溪爲義法，而於鄉先哲則私淑王宋賢先生元啓《祇平居士集》，每謂詩文一道，不必與古今作者角短長，自成一家規矩，但求其真而已。府君自道其所得如此。」案：錢氏此法多與諸家意通，其標明根柢、義法則循持較有端緒，其私淑近人王宋賢則亦從近代人涉跡之説也。自艾氏以下諸家之説，與諸家相承學古接跡歸、方諸論可參互觀之。王宋賢《校正朝邑志》可與《祇平居士集》並觀。

今人長沙王氏《續古文詞類纂·例略》曰：「惜抱振興絶學，海内靡然從風。其後諸子各詡師承，不無謬附。孟長卿言：田生枕厀傳經，祇以取譏同門。若文章之事高下粲殊，開卷即得，無待證明也。梅氏浸淫於古，所造獨爲深遠，其意固不屑爭得失於一先生之前也。曾文正公以雄直之氣、宏通之識發爲文章，冠絶今古，其於惜抱遺書篤好深思，雖譽欬不親，而涂跡並合。學者將欲杜歧趨遵正軌，姚氏而外取法梅、曾足矣。其餘諸家駢列所得，洪纖各不相掩。僕有恒言，文士畢生苦志，身後之名後來者當共護惜之，苟有可取，勿遽末殺。區區寸抱，幸高識者諒焉。」按：王氏此説雖非示人從近代名家入手，然其於近代名家斷自乾隆以迄咸豐，凡三十九人，教人於姚氏外取法梅、曾，是亦讀近代名家示的之法也。惟梅、曾而後，張廉卿、吳摯甫亦可預於三十九人之數，王氏以生存人故未列入，在今日要可參及者也。其云護惜文士身後之名，「苟有可取，勿遽末殺」，尤不佞輯是書勤勤之旨，凡有單詞雅義，雖其人與集不甚表著，必博考緒論，刺取而存之，非敢濫也，搴其孤芳，恐遂墜也。

古文詞通義卷八

識塗篇四

文之講法

十三、儲同人取能成家之二三十人勤讀深思之法。儲欣在陸《草堂文集·答汪尊士書》曰：「來書云學古未得手，此無足怪也。由晚周而來，能根六經之旨，又得古人立言之法以自成一家者可二三十人。此二三十人者甚非可以泛覽而速取效也，必先擇一人之文而專致力焉，其讀之也勤，其思之也深，久之稍稍得矣。又從而讀之，又從而思之，然後知吾向之讀之思之者猶未也。如是則果有得矣。然後姑緩其所得者，而更擇一人之文而專致力焉。需以歲月，樂此不倦，則所謂二三十家者可徧也。夫學古有鉏鋙扞格勞苦之態，亦在其初之一二家耳，自後漸減，愈後則愈減焉。」案：儲氏此説與諸家論讀書之法相通。《問學録》引朱子論讀書之法，謂「始初一書費十分工夫，後一書費八九分，後則六七分，又後則費四五分矣。此所謂勢如破竹，數節之後迎刃而解也」。《先正讀書訣》引黃山谷云：「并敵一向，千里殺將。要須心地收汗馬之功，讀書乃有味，棄書册而游息時書味猶在心中，久之乃見古人用心處。如此則盡心一兩卷書，其餘如破竹數節，迎刃而解也。」此語與朱子語意同。此外則李文貞光地拈此訣闡此理至親切透徹，《退庵隨筆》引李氏曰：「今有志讀經之人，且不要管他別樣，將一部經一面讀一面想，用功到千徧，再問他所得便好。」又曰：「要練記性，須用精熟一部書之法，即一部便是根，可以觸悟他書。」又曰：「太公祇一卷《丹書》，箕子祇一篇《洪範》，朱子讀一部《大學》，得力祇在此。某嘗謂學問先要有約的做根，再泛濫諸家，廣收博採，原亦不離約的，臨了仍在約的上歸根復命。」諸家之旨皆言初下手之難而又最要，後則化難爲易，然得力仍在初下手之一二書也。此皆儲氏治古文法之所本也。

吾弟惟無以未得手爲悔而置之，則幸甚！且夫時文之美，魚也，肉也，宿昔之食耳。古文如穀種，其生不窮，食之豈有量哉！但今未能去離時文，即所先置力者必擇其與時文不甚懸隔，而以己之材質參焉，或取與己近者，不則與己反者。取與己近所以充吾長也，與己反所以攻吾短也。」案：取與己反，即姬傳《與魯絜非書》所謂歐公能取異己者之長而時濟之之說也。案：儲氏此法，其取成家二三十人之說，與魏叔子氏偏歷之説意同。其先擇一人而勤讀深思，與張鱸江取道於一家同。其取與己近者則取性近之説，其取與己反者則又棄染之説也。又儲氏所云二三十家者未舉何人，然觀其集中《答楊明揚書》有云：「某少好古書，年二十，凡先秦兩漢司馬氏、班氏及唐宋八大家書雖不盡精曉，然亦多有成誦者。」據此則所云二三十家者可推知矣。

十四、潘蒼崖先養本，次充學，次辨體，次講法規之法。《文章辨體》引《金石例》云：「前輩作文各有入門處，然自六經來則源深而流長，人但見其正大温粹，不知其所養者有本也，此最當謹所習之始，若不謹，則末可知。本既立，必學問充就，而後識見造詣凡見之議論言語者皆正大純粹。學力既到，體製亦不可不知。如記、序、贊、銘、頌、序、跋各有其體，體製既熟，一篇之中，起頭結尾，繳换曲折，反覆難應，關鎖血脈，其妙不可以言盡，要須自得於古人。」案：此言學古之序先經，次學，次文體，次文法。不於古文家數中求入門，但由窮經充學爲入門，再辨文體文法於各家。其於各家之文，但以爲辨文體文法之用，不主張學其文，與各家用意絶異，與黄魯直《答王彦周書》所云「深之以經術之義，宏之以史氏之品藻，合之以作者之規模」，用意則同。其以經立本之説，與張士元取一家正其趨之説，用法不同而用意則同也。其於李習之《答王載言書》所云「文、理、義三者兼並乃能獨立於一時」、韓子蒼《上宰相書》「始誦其言，中探其義，卒明其道」，於下手之次序不同而用意則同也。

馮恭定從吾有以六經、孔、孟爲正鵠，以濂、洛、關、閩爲嚆矢之法。其用意亦在養本者也。夫六馮氏《與友人論文書》曰：「縱横滋而樸茂散，虚無熾而大雅微，其流弊有出於文詞外者。夫六經尚矣，下此談文者不曰《國策》則曰秦漢，不曰佛老則曰莊、列，建安而下率置貶詞矣。然其間如昌黎、廬陵輩猶或寓目焉，曰：此詞人之雄也。如濂、洛、關、閩，見謂迂遠而闊於事情，曰：此宋頭巾語耳。夫宋文載於《性理》一書，其雕章琢句焜燿耳目不逮《國策》諸書，僕不敢强爲左袒。但其析理闡義，羽翼聖經，亡論韓、歐，即秦漢有之乎？亡論秦漢，即《左》、《國》有之乎？試取此諸書讀之，猶令人鄙吝消融，心胸開朗，勃然有正人君子之思。即不然，亦不至流爲縱横爲虚無也。故曰：文章以理爲主。或又謂文章、理學原不相能，以理學爲文章，不迂則腐。僕斷以爲不然。夫談理者莫如《易》，而六經中稱最奇者亦莫如《易》。談理者莫如《孟子》，而戰國時稱最奇者亦莫如《孟子》。今人爲文，其主意與古人異，古人爲文主意在發理而翼聖，今人爲文主意在炫詞而博古。然則爲文者宜何如？僕以爲六經、孔、孟其正鵠也，濂、洛、關、閩其嚆矢也。注精凝神於此，務必至於解悟而後已，則此心確有主意，而後間取《國策》、秦漢及諸子百家之書讀之，以爲射疏及遠之一助，使不至詭遇以獲禽，庶幾乎反縱横爲樸茂，挽虚無爲大雅，乃稱藝苑良工哉！」案：此亦以經學理學養其本，而後再求之文章之法也。

王氏餘佑有先充學識，次求文法之法。其用意與潘氏亦相合者也。《五公山人集·答管濟美書》曰：「諸儒論學莫備于性理，而求其簡明有條者，劉靜修先生《叙學》一篇盡之矣。外有趙撝謙《學範》一書更爲詳備，内外本末無不畢具，其中所列書目，按種搜羅，總不能全，得其一二皆可觀也。案：此類之書，在國初尚宋學時猶非極則，近世則《學規類編》、中江書院刻本龍氏《經籍舉要》、張氏《輶軒語書目答問》、王氏《勸學瑣言》、馬氏《仙源書院書目》等書均屬修學攻文之門徑，較五公所舉尤爲最要者矣。至於誦覽既博，而約歸身心之法莫過于論世知人。李大蘭先生《綱鑑新意》一編開萬古之卓識，昭千秋之大義，百年暗室，煌然一燈也。余在山中有《讀史偶録》一紙，甲乙炳然，頗類元經之旨。若夫爲文之道，則老泉批點《孟子》，疊山批點《攷工》、《檀弓》，近世月峰批點《左傳》，鹿門評選《八大家》，于鱗批點《史記》諸書，皆可觀法。其他未易枚舉，此其略見一斑者也。」案：此説先循《敘學》、《學範》之法以研求性理，其旨在懋學；次求之知人論世之旨，拓之史鑑，其旨在拓識；再以諸家批點文法書以攻文字。而求文字必於批點之本，亦諸家立法中所未詳之事也。

王敬哉崇簡有知文必求知道，而以窮經立其基，讀經又須見諸行事之説。《青箱堂文集·答楊商賢書》曰：「文所以載道也，舍道何以爲文？而今之爲文者，其於道也何居？既不知道，何以知文？求其知道，必窮諸經以立其基，而後復參之史以觀其變。今之爲文者，他不具論，如從唐宋大家以上遡於《史》、《漢》者，亦徒以文而已，豈知其所以不朽者，有道之言也。先儒有言，道者文之根本，文者道之枝葉。惟根本乎道，所以發之於文皆道也。近代文之盛者，如宋濂溪、王忠文、方正學以及王道思、唐荆川、王文成、歸熙甫、茅鹿門諸先生文集，誠能潛心詳觀，亦自可知爲文之正宗。今之言文者未必盡知諸人之文，或知之，粗心浮氣，究其所以合於道何在也。最近者莫如艾千子、錢牧齋諸公，皆能爲古文而知道者也。一時繼起則汪比部琬、計孝廉東、葉編修方藹、陳進士玉琪諸君皆步趨先正，邁越時輩而能自見者。若其人已亡，而遺集可傳，如吴門之隻子柔、中州之侯朝宗。朝宗之《壯悔堂集》，北方尚有傳者，如子柔集則北方鮮有知之者矣。若江寧少年能文而早亡者，蘇武子桓聞遺集亦可觀。足下從荒寒寂寞之中好學不倦，其於經史必有盡其藴奥而大其規模者，正不必汲汲於一時人之知，但從其有合於道者勉爲之，必有能知之者，須有蘇長公所謂爲文最樂之致，或亦可忘其貧矣。」又《答萬公擇書》曰：「惟冀高明求諸聖賢之學者，知而允蹈，從日用平常入孝出弟實實踐履中求之，無滋講説而忽躬行。先儒曾論歐陽文忠讀書只要作文章，都不曾向身上作工夫。崔後渠亦云：『讀經見諸行事，因事驗其經旨，日誦六經不能行則涉其辭耳。』復願足下以此淬礪僕，僕不逮也。」案：王氏此兩説須合觀之其用，因文以求知道，知道又須求之經，有得於經又須驗之躬行，由此忘貧，可得東坡爲文最樂之境。王以北人，當明季北派猶熾之時能標舉南派文家以示人，其旨亦殊正大。

徐巨源氏世溥嘗定立文章本源之論，有所謂安身立命之説者。其用意亦可與潘氏以下諸家互發。徐氏《答錢牧齋先生論古文書》曰：「來教曰：龍門、昌黎，安身立命在何處？竊觀古之作者莫不期於自達性情而止。要以廣讀書、善養氣爲本，根極至性，原委六經，所以立命。

貫穿百氏，上下古今，縱横事理，使物莫足礙之，所以安身也。子長之《自敍》，退之之《答李翊書》，其致可概見矣。如必曰某處爲龍門所安身，是即非龍門；某處爲昌黎所立命，是即非昌黎矣。那吒拆骨還父，拆肉還母，始露全身。爲文之境，何以異此。此非故爲推墮滉漾，不可致詰，實以平日用功徑悟，所見如斯。以先生下問，輒復罄陳求正，固未知有當否也。若云諸家各有門庭，則各以其所熟爲其所出。竊嘗論之，韓出於《左》，柳出於《國》，永叔出於西漢，明允父子出於《戰國》，介甫出於注疏諸文，子固出於東漢諸書疏。當其合處，無一筆相似，故韓無一筆似《左》，歐無一筆似史遷。書家所謂書通即變，如李北海不似右軍，顔魯公不似張旭也。當其率爾時露熟態，往往望而知其爲某家文章，亦如米元章所謂如撑急水灘船，用盡氣力不離故處，若董元宰之不能離米，米元章之不能離褚也。鄙意如此，不識先生以爲何如？若别有所謂安身立命者，則願明以教我矣。」案：徐氏所謂安身立命之説，即養本充學之説。傅青主以左氏教其子，亦取以爲安身立命者也。其所謂「無一筆相似」及「望而知某家」，即文家尚同與矯異兩者之習故也。魏叔子《與計甫草書》所謂「古人法度猶工，師規矩不可叛也。而興會所至，感慨悲憤，愉樂之激發，得意疾書，浩然自快，其志此一時也。雖勸以爵禄不肯移，懼以斧鉞不肯止，又安有左氏、司馬遷、班固、韓、柳、歐陽、蘇在其意中哉！至傳志之文，則非法度必不工，此猶兵家之律，禦衆分數之法，不可分寸恣意而出之。案：《韓文補注》

稱山谷嘗曰：「文章必謹布置，如官府甲第，廳堂房室，各有定處，不可亂也。」又《漢文教授法》云：「叙事如造明堂辟雍，門階户牖不可妄爲移易。」皆與此説同旨也。生動變化則存乎其人之神明，蓋亦法中之肆家者」。蓋法度蹊徑，有形迹可見，可以辨其源出某家。善觀古人者，於其率爾露熟態時見其鑱迹與所謂鍼線迹者，即徐氏不能離之説，魏氏不可叛之説也。至神情志意，各人有各人之不同，非可一轍，徐氏所謂「無一筆似」，魏氏所謂「安有古人在其意中」，皆是旨也。此亦本末兼賅之論矣。

方望溪亦有先宗經以爲基，再以期月之功講求相承之義法之説。集中《答申謙居書》曰：「古文本於經術而依於事物之理，非中有所得不可以爲僞。故自劉歆承父之學議理稽經而外，未聞姦僉污邪之人而古文爲世所傳述者。韓子有言：『行之乎仁義之途，遊之乎《詩》、《書》之源。』茲乃所以能約六經之旨以成文，而非前後文士所可比並也。姑以世所稱唐宋八家言之，韓及曾、王並篤於經學，而淺深廣狹醇駁等差各異矣。柳子厚自謂取原於經，而掇拾於文字間者尚或不詳。歐陽永叔粗見諸經之大意，而未通其奧賾。蘇氏父子則概乎其未有聞焉。此核其文，而平生所學不能自掩者也。韓、歐、蘇、曾之文氣象各肖其爲人，子厚則大節有虧而餘行可述，介甫則學術雖誤而内行無頗，其他雜家小能以文自襮者，必其行能少異於衆人者也。非然，則一事一言偶中於道而不可廢，如劉歆是也。然若歆者亦僅矣。以是觀之，苟志乎古文，必先定其祈嚮，然後所學有以爲基。匪是，則勤而無所。若夫《左》、《史》以來相承之義法，各出之徑涂，則期月之間可講而明也。」案：方氏此説，其進退八家，以篤經學爲貴，必以經爲祈嚮，所學乃有基，蓋即養本充學之旨也。其以期月講明義法，尤與潘氏用意脗合。案：方氏通經而不明小學，故羅臺山以此病之，謂其「詳義法而失之局，因未明小學，故力求雅馴而未免俚」，此亦中望溪之失也。

李穆堂亦有宗經之説。其《秋山論文》曰：「經以載道，然文章之體靡不大備，後人千變萬化不能出其範圍。醇正如二典、三謨、《伊訓》、《説命》、《王制》、《禮運》、《儒行》、《樂記》等篇，奇崛如三盤、八誥、《易象》、《説卦》、《序卦》、《爾雅·釋詁》《釋言》《釋訓》等篇，風雅如《詩》，謹嚴如《春秋》，雋逸如《檀弓》，峭拔如《公》、《穀》，敍事如《左傳》，議論如《孟子》，詳明如《周禮》、《儀禮》，廣大精微如《學》、《庸》、《易》上下《繫》，其於文事固已極古今之變，後人安能更於此外别開户牖？故有志者當以治經爲急。」又曰：「文有正宗，《史》、《漢》而後，固當以韓、柳、歐、王、曾、蘇六家爲正矣。元則虞、揭、黄、柳具體而微。有明文人雖未足以直接六家之傳，然成、弘以前尚不失六家之矩矱。若嘉靖以後，王、李諸人庸濫妄作，文章晦蝕，百有餘年，學者蹈其習氣，即終身無入門之路矣。」穆堂之旨，蓋於經内求變態，經外求正宗，用意深穩，卓然可師。羅臺山謂李氏豪者，惟其文無迎距而議論褊激，好以記問勝。是又讀李文者所當内勘其得失也。

沈歸愚德潛論文亦有先立根本，次言體法之法。李祖陶《歸愚文録》載沈氏《答滑苑祥書》曰：「僕非嫻于文者也，而文章家之流弊或能言之。往見有明中葉一二巨公倡導天下，謂作文當師先秦漢京，句取其拗，字取其僻，而先秦漢京之精神不存，其病在襲，於是詆諆其後。捄之以唐宋八家，以平坦矯其拗，顯易矯其僻，而唐宋八家之精神不存焉，其病在庸，而詆諆者又隨其後。嗟乎！根本之不求，而面目形體之是徇，此亦一是非，彼亦一是非，吾知其相訾無已時也。夫文章之根本在弗畔乎道，顧吾之弗畔乎道，要取乎古人之文與道爲一者，而古人之文不能盡然。自唐虞三代以來，理則天人性命，論則君臣父子，治則禮樂刑政，如江河喬嶽，萬古不可磨滅者，六經、四子之文是也。自兩漢以降，如賈誼、董仲舒、司馬遷、王通、劉向、韓愈、歐陽修、曾鞏之徒見乎道，而醇駁參焉者也。他如莊周、列禦寇諸子之文，汪洋恣肆而磔裂乎道。蕭統氏編輯之文，辭采爛然而不根乎道。有宋諸儒之文幾于道矣，而於修詞養氣又不能與賈誼、董仲舒以下諸人比埒。然則舍六經、四子外，胥可屏而棄之耶？曰：不然。六經、四子，吾之宗旨也。六經、四子外，吾之問途也，於其中而分別去取焉者也，其間合者究其所由合，離者究其所由離，吾折衷乎六經、四子之旨，將合與離俱爲吾用，而背乎道者亦可引而正之以歸於道，則文章之根本立矣。根本既立，次言體法。體與法有不變者，有至變者。言理者宗經，言治者宗史，詞命貴典要，敍事貴詳析，議論貴條暢，此體之不變者也。有開有闔，有呼有應，有操有縱，有頓有挫，如刑官用三尺，大將將數十萬兵而紀律不亂，此法之不變者也。引經斷史，援史證經，詞命中有敍事，敍事中兼議論，此體之至變者也。泯闔闢呼應、操縱頓挫之迹而意動神隨，縱横百出，即在作者亦不知其然而然，此法之至變者也。吾得其不變者而至變者存焉。既觀乎道以探文之源，復準乎體與法以究文之流，而且運之以才，輔之以情，深之以養，達之以氣，夫然後發而爲文，吾未嘗標新矜異於古人，而古人自不足拘攣繩縛乎吾，則其言自吾而立，而秦漢、八家之見俱可不存，又何至沾沾焉逐人後塵以日汩没於瀾倒波頽之中耶？雖然，知乎此實難，知乎此而能造乎此則尤難。不多讀書則絶其源，不得師友之輔翼則迷其途，不定其灼然不變之識，則是非毁譽得以淆其中，而雜以科舉干禄之學，而又應酬世務標榜聲氣以入於苟且求名之所爲，其氣鮮有不昏者，抑鮮有不撓者。唯摒擋一切，與二三同志遯迹于荒江寂寞之濱，與之切日月，困劘頓，寒餓不之少悔，則於斯藝也蓋庶幾也。」案：文愨此説博大分明，其所云根本乎道，即潘氏養本之旨。次言體法，即潘氏講法規之旨。其析别經子、八家、《文選》、漢宋之儒各於道所得有等差，證以曾文正《與劉孟容論文書》，曾氏議論似從此書出也，可知其誼之平正矣。

杭堇浦立説有與此旨同者，則立爲宗經而繼以學古之法。《道古堂集·古文百篇序》曰：

「渤海高公過余而設難曰：經爲大聖所手定之書，學人所肄習之業，吾子標宗之一字以教來者，將無道大而莫有宗之者歟？余應之曰：經爲天地之常道，冥行擿埴中道，而回惑迷謬者衆矣，而其病有三：曰依託，曰摹儗，曰附會。何謂依託？王莽《大誥》、蘇綽《周官》，聖賢心法，借以飾其濁亂，是謂侮經。何謂摹儗？揚雄《太玄》、王通《元經》，後人撰箸，輒敢上比神聖，是謂僭經。何謂附會？董生《繁露》、韓嬰《外傳》，偭背經旨，鋪列雜説，是謂畔經。侮與僭與畔皆不得其宗者也。律以鄭、賈，衷以程、朱，心術端而經學純，經學純而風俗化，宗之一説所以立文章之根柢也，此吾所以植其本也。公曰：子言宗經而即繼以學古，古莫古於經矣，析經與古而二之，豈所謂古者或不必本於經歟？抑經之外别有所謂古歟？余應之曰：史遷言載籍極博，猶攷信於六藝，孔子没而微言絶，七十子喪而大義乖。周末文勝，其流益分，縱横名法，卮言日出，《鬼谷》峭鷙險薄，《韓非》慘刻少恩，皆衰世之文也，古意浸衰矣。左氏以浮夸，莊周以荒唐，屈原以詭譎，經言雖熄，是非頗不謬於聖人，後世之言文者宗之。西漢董、賈、匡、劉迭興，炳焉與三代同風，稱極盛矣。東京卑弱，班、張、馬融振以詞賦而不能盡反諸古。黄初以降迄於開皇、大業，揚芳散藻，以輕豔相扇，蓋古文之亡者幾五百年。唐興，修六代之史，有史裁而無史筆。案：此即周是園先生《與彭中丞書》謂章實齋長於史而不長於文之説也。杭則以此病唐人，如世之病劉子玄者，亦有此説也。魏徵以史論，燕許以手筆，陸贄以奏議牓子，楊綰、常袞、權德輿以制誥，意雖盛，氣雖雄，猶沿六代之偶儷。昌黎韓愈氏出，約六經之旨，起八代之衰，輔之以李翺，角之以柳宗元，衍之以皇甫湜、孫樵，姦窮怪變，大放厥詞，有唐一代之文章岸然聳於千載之表。近代何大復病狂喪心，乃以爲古文亡於韓。案：何氏「韓力振古文而古文亡於韓」之説，謂自韓文出而人多忘漢魏六朝爲文之意，於是人祇役於韓而不知進取韓公以前之文，所以成爲宋派之文，去漢魏六朝絶遠。其意亦未可厚非，但何氏之自爲文則謬耳。杭氏過詆其説，亦殊未核也。屠長卿謂歐陽、蘇、曾、王之文讀之不欲終篇，此桀犬之吠，叔孫武叔之毁，不足校也。貞元而後承以五季之弊陋，穆修、柳開、胡旦欲以古義復之，力薄而不能振，廬陵一變而爲宕逸，南豐一變而爲敦龐，臨川一變而爲堅瘦，眉山父子推波助瀾，厥旨始暢。乾、淳以往非無作者，要皆支流餘裔，而非能自立一幟也。元末臨海朱氏始標八家之目，迄今更無異詞。居平持論，古之爲文者一，今之爲文者二。爲古文而不源於八家，支離嵬瑣，其失也俗；爲今時文而不出於八家，膚淺纖弱，其失也庸。夫文以傳示遠近、震燿一世之具，而誠不免於俗與庸之誚，則無寧卷舌而不道矣。此鄙人之勵承學必使之經歷於迂迴險阻之途，優柔深造而乃有自得之一日也。」案：杭氏學尚博奥，而其論文持議純粹如此。此百篇之選本，其主揚州安定書院時所爲，同時又爲《制義宗經》一編，其序亦云：「制義之病在不宗經，不學古。」其旨與此説可相印證。然杭氏雖標宗經之旨，而又力區説經之文及考據之文與古文有别，其《小倉山房文集序》曰：「文莫古於經，而經之注疏非古文也，不聞鄭箋孔疏與崔、蔡並稱。文莫古於史，而史之考據家非古文也，不聞如淳、師古與韓、柳並稱。其他藻語、俚語、理障語皆非古义，則本朝望溪先生之言也。詳鹿門八家之説，襲真西山《讀書記》中語，雖非定論，要爲不失文章正宗，後世遵之者弱，悖之者妄」云云。案：杭氏「悖之者妄」之説是也，「遵之者弱」則視乎其人之才耳。杭氏生平盛氣，不肯下人，與望溪曾在胄監論經學忿爭，其論古文仍不得不推爲正宗，亦見公道。其極力分析處殊見古文尊嚴之體，可知其所謂宗經特以爲之根柢耳。至治經與攻文之用功，杭氏又嘗言其相妨，其《翁霽堂文集序》曰：「治經之難，與詩若文恒相妨，六代之文人，三唐之才子，疏於經術者十嘗八九。自兩漢以迄李唐，受命之初，所謂南北諸儒又皆樸遬而短於藻燿，洵乎能兼之者之難也！此之爲誼。」蓋以歸美霽堂之能兼，然所云文人、才子，又非必爲古文家言之，與前説仍非歧出也。

翁覃溪常因姚姬傳《九經説》之作而謂説經文字不可以作古文，陳石士用光則力反其説。《太乙舟文集·寄姚先生書》曰：「覃溪先生窮經以博綜漢學，而歸於勿背程、朱爲主，其識自非近人所及。然其論夫子經説不當自立議論，説經文字不可以作古文，則用光不敢謂然。歐陽子曰：『經非一世之書也。』前人成説有可以爲左證者，有不可以爲左證者。儒者學古，以其自得義理兼所目驗事實參互攷訂，歸於一是。必欲於前人成説一字不敢移易，是今人所嗤爲應聲蟲者也。案：此袁簡齋譏孔穎達之語也。雖依附鄭、孔，安能免門户之見哉？朱子之學所以上接洙泗者，固其躬行心得，非諸儒所能幾及，而其窮經之餘又精通文律，故其詁經文義十得七八。用光嘗謂東漢人拙於文辭，雖邠卿、康成亦然。凡其説之難通者，皆其拙於文辭所致也。文辭之在人，乃天地精華之所發，周秦人無不能文者，諸經雖不可以文論，然固文也，不知文不能文者則不可以通經。今人讀孔、賈疏未終卷輒思臥，其爲轇葛繚繞，不能啟發學者志意，非疎於文事之過耶？然則説經而以古文行之，豈獨文字而已哉？昌黎所注《論語》，惜後世無傳本，使其傳於世，朱子必極稱之矣。用光恐覃溪先生之説貽悞後學也，意先生於古文無所得，其治經亦似纖細處多，而下筆苦於繚繞不休，其論詩亦似有晦澀之病，有喜人同己之意。」此皆石士病覃溪之説也。覃溪之病《九經説》，其用意蓋爲近世説經家所域，不足以病姚氏也。陳蘭甫稱姬傳《九經説》實有家法，過望溪遠甚，雖《學海堂經解》不收，要自可傳。《純常子枝語》。此可爲姚氏《九經説》之定評也，石士駁之是也。石士生平服膺姬傳義理、攷據、文章三者並重之説，集中亦與人屢言之。其所云義理、攷據者，經學其大端也。其《致魯賓之書》曰：「夫文有虛有實。虛者，骨脈神氣也。實者，名物度數之見於文字間者。非攷證之博，則每患其疏，故姬傳先生嘗以攷證誨學者也。僕侍姬傳先生久，又嘗旁採辛楣、覃溪諸君説，於攷證知其塗轍焉，而筆不足以副之，嘗以氣弱爲恧，茲得力於文事，當益發奮以成其學也。」是陳氏於攷據之學不徒墨守姬傳，且取資於錢氏、翁氏矣，然仍自別其師説於諸家言，攷訂之外而以攷證納於宋學義理之中，其《復賓之書》曰：「吾師舉義理、攷證、詞章三端訓示學者，用光嘗從事於斯語矣。且吾師之所謂攷證，豈世之所謂攷證乎？用光嘗因吾師之説而推以合乎宋儒格物致知之學。蓋今之言學者咸以適用爲要矣，而攷其見諸事者，其輕重利害咸莫省其原，由於知之不致，故意不能誠，而事不能辨也。以是知格物致知之説之不可易，而循吾師攷證之説，則於宋儒之學未必無所合也。用光之意蓋在乎是，固非欲以名物象數之能攷證矜其博識也。且足下所舉同趣而異嚮者，如朱、閻二家之學亦正有辨。百詩以漢學訾宋學，其詞氣之偏駁者非學者所當法也，其攷證之精核者則固古人實事求是之學，不可不法矣。竹垞之爲人不足論，其學亦不逮百詩，然博聞强識則今人固未易幾也，其文字雖無當於古文之業，然以其賅洽，凡言學者往往不能廢之。往者吾鄉亦嘗有聞山木之風而爲古文者矣，然卒之無成者以其無學也，無學則無以輔其氣，定其識，世人以古文學者多空疎，職是故也。且能以攷證入文，其文乃益古。吾師嘗語用光云：『太史公《周本紀贊》：「所謂周公葬我畢，畢在鎬東南杜中。」此史公之攷證也，其氣體何其高古，何嘗如今人繁稱博引，（刺刺）〔剌剌〕不休令人望而生厭乎？』史公此等境詣，吾師文中時時有之。此固非百詩、竹垞之所能知也。然則以攷證佐義理，義理乃益可據；以攷證入詞章，詞章乃益茂美。自今以往，用光願與足下同切磋於是，以求其成焉耳矣。」案：石士之論朱、閻，其用意守桐城之門户太峻，不如嚴九能元照之説也。嚴氏曰：「讀書貴博，議論貴雅。閻百詩、毛西河不可謂不博，而其著書，閻則失之繁雜，毛則失之放恣，難乎其言雅矣！亭林、竹垞可稱雅人。」《蕙櫋雜記》。此則評兩家之學與文之篤論也。石士《又與伯芝書》曰：「攷證之學，古人惟事其實而已。至本朝始立其名，前輩如顧寧人、閻百詩、錢辛楣諸君子亦惟事其實而已。近人爲其名者乃僅僅掇拾遺闕以爲博，攷名物度數以爲精，而罔知其大者焉。戒其所失而求其所得，則攷證不徒不足爲吾病，而且有資於吾學。觀韓、柳諸君子集中所論辨者，無攷證之名，而何一非攷證乎？典籍流傳，以推闡而義益出，有後人勝於前人者矣。求之耳目之外，此近日爲攷證之失，元明人無是也。近人譏元明人不學，而所求乃在耳目之外，此其所以失也。」案：詆近世考據家之説，如《里堂家訓》詆校勘之學爲本子之學，詆蒐輯之學爲拾骨之學，尤惡近人執一害道之習。其他有逐人逐語逐事皆加力詆者，以方植之《漢學商兑》爲尤著，亦桐城後學也，其語意與石士此語多合。蓋石士之旨，於文中用攷證須如方望溪論修《一統志》之説，所謂「偏於奥賾之中曲得其次序，而後其詞可約」。其《與伯芝書》謂：「山木先生嘗與用光言注經之難，唐人義疏辭繁而不了，若深於文事者以高古簡質之筆爲出之，斯不朽之盛業也。時讀《易》，因即爲《易注》。山木素熟於御纂《周易折中》，因取純皇帝《周易述義》參用之，其取資於《折中》、《述義》，皆約其旨而融洽之。蓋其時山木正與姬傳先生論説經文字意，固以此説經也。説經而有益於人心身，視徒以記誦賅洽自詡相去遠矣。頃與一作令同年論醫理，謂仲景醫中之聖，然有云

『輕可去實』，此四字大足爲處劑要訣。吾忽悟此言大有理，豈獨言醫？管、葛之所以得，王荆公之所以失，正在於此四字有得失耳。爲學論文亦然」云云。山木之約其旨而融洽之，石士之主張「輕可去實」，皆與望溪之説不謀而合也。此桐城文家所謂攷證之旨，亦即其所主以爲説經之旨者也。

鄧雲山先生嘗取鄭漁仲之言，謂：「詩爲樂心，古樂之賴以存者，今之詩是也。」石士之論文亦曾以樂比擬古文辭，樂不可遺器數，故爲古文不徒尚聲，而必求所以實之，所謂實大聲宏也。文章之實，即所謂義理、攷據也，辭章其聲也。其《與魯賓之書》曰：「夫釋經訓，詳攷典則及詞章之善言情事者，猶故老之述舊聞，時鳥好花之娱耳目，備採擇而已，曷足以云立言。雖然，文興而事顯，義精而道合，事足以察古今，道足以資愚智。燦著者，其迹也；鏗鏘陶冶者，其情也。其質足以媲周任史佚之所稱，而其詞足以鼓舞學者，使之趨於道德而不倦。蓋喜爲文者，聲華榮利之事其鮮得而干之也，則推其功而謂其立言，夫孰曰不宜？夫古樂之存于今者希，今之鐘鼓絃管，五音繁合，其遂足以云樂乎？樂莫尚乎琴，然使今之善鼓琴者進而言太古之音，其必無幾矣。君子禮樂不可斯須去身，吾嘗謂古之樂無以求，求諸文則足以當樂。詩歌其小成也，古文詞其大成也。樂不可遺器數，故爲古文詞者不徒尚乎聲，而必求其所以實之。案：陳氏此説與曾文正説合。文正謂樂律與文章相表裏，故究文章而能周通乎音樂，斯其文術愈工。然則學者不可不知樂也。陳蘭甫常稱其攷訂樂律之時，恒徹夜思之不寐，一夕起檢《禮記》五聲六律十二宮旋相爲宮正義，遂有悟入，由此入手，於諸書迎刃而解，見《純常子枝語》。此又研求樂律之法也。今夫噫氣之鼓萬竅怒號者，其聲耶。然而山林之畏佳，大木百圍之竅穴，其必有所激矣，風而厲，氣之逆也，其各以時至而無傷於物，歲序之所以不忒也。爲古文詞而博稽乎載籍，調劑其心氣者何以異是？姬傳先生嘗謂義理、攷據、詞章不可缺一，義理、攷據其實也，詞章其聲也。長沙王氏則謂三者中義理爲幹，而後文有所附，考據有所歸。其用三者與陳氏各有所注重。用光比致力於三者，而愧未有以聚之也。足下專志鋭力，其於義理得其正矣，宜求其精焉者；於攷據得其要矣，宜求其確焉者；張廉卿謂：「古文所資於攷證者莫要於典禮制作之原，古今治亂之蹟，更求之蒼雅訓詁之書，令文章爾雅遠於鄙倍，其他偏指末學可一舉而掃之。」此說較石士尤詳矣。於詞章得其清矣，宜求其恢奇而典則焉者。博問於友朋而詳攷乎見聞，吾與足下共勉之而已。」石士此説極寫古文聲調之作用。聲調之事基於讀文。周先生錫恩《觀二生齋隨筆》曰：「張廉卿孝廉論文曰：文章之奥在聲音。由聲以求氣，由氣以求意，文章有遺藴乎？故學文自以熟讀爲要，熟讀則聲音之短長、清濁、抑揚皆得於口而注於心矣。今人皆鄙聲音爲文章之末，驟語以此，鮮不笑者。要是夏蟲不可語冰耳。」此可與石士説參證也。余嘗攷近日文家羣聞讀文之奥秘，其傳首歸熙甫之讀《史記》，爾後桐城諸老下及曾文正均舉以爲心法。攷其悟到此境之奥，竊以爲實原於力攻八股。研練此道最盛之時，蓋自明及今，凡攻八股文者莫不以讀八股文爲昕夕不輟之課，其高境都由讀名大家八股文得之，讀之愈力愈有法，則所得愈多。既得實踐於此，因而移之以課效於彼，故近人多以八比較優於其古文目歸、方，而又病歸、方以八比之法爲古文，未嘗不有見於此也。此可爲諸家注重讀文之來源也。而推其原，仍取義理、攷據以實其聲調。是蓋以義理、攷據爲體，而詞章爲用者。其《答賓之書》又有云：「今之爲漢學者令人不樂觀顧。舍是而使得以空疎誚我，徒以機柚氣體爲古文詞，雖明之茅鹿門、今之朱梅崖，皆深有所得於古文者而不免是病也。故用光奉姬傳先生攷證之説，而願與足下講習者，意在此也。用光常謂爲古文詞者，非詩人之所得同年而語也，以其見諸實用者不足恃也。柳子厚云：『鏗鏘陶冶，時時見古人情狀。』此言格律聲色也。用光所謂樂者此也，無格律聲色不足以言古文詞。其謂合乎樂者，比儗之詞耳，非謂古文詞之音響節奏即樂之音響節奏也。夫天下之道有本有末，有淺有深，拘於末且淺者固不足與語矣，求其本與深焉者而遺其末與淺焉者，此高語性命之學而不究諸事物之失也。爲古文詞乃亦類乎是，格律聲色，古文詞之末且淺者也，然不得乎是則古文詞終不成。自韓、歐而外，惟震川得此意，故虞文靖、唐荆川皆莫逮焉。本朝桐城之文非他人所能及，亦惟在於是爾。」繹石士此二書，皆闡文合乎樂之義，其所以合乎樂者，文之聲也，其所以實此聲者，義理、攷據也，於是姚氏三者不可缺一之論闡發無餘蘊矣。碩士之用意言説經與古文合也，惟袁簡齋持論則與之反，其《與程蕺園書》曰：「古文一誤於理學，再誤於時文，三誤於考據。三者之中，吾以考據爲長，然以之溷古文則大不可，何也？古文之道，形而上，純以神行，雖多讀書不得妄有摭拾，韓、柳所言，功莫盡之矣。攷據之學，形而下，專引載籍，非博不詳，非雜不備，辭達而已，無所爲文，更無所爲古也。嘗謂古文家似水，非翻空不能見長，果其有本矣，則源泉混混，放爲波瀾，自當與江海爭奇。攷據家似火，非附麗於物，不能有所表見，極其所至，燎於原矣，焚大槐矣，卒其所自得者皆灰燼也。以攷據爲古文，猶之以火爲水，兩物之不相中也久矣。」袁氏之言如此。又以作者謂之聖，爲古文；述者謂之明，爲箋疏，即攷據之祖。又以爲己、爲人分二者之優劣。又謂「近之博雅大儒，作爲文章，非序事噂沓即用筆平衍，由其平素沾滯於叢雜瑣碎中，因之腹實心不虛，如劉貢文笑歐九不讀書，其文遠遜廬陵也」云云。袁氏此說，王夢樓和之，翁氏亦爲是論，而與陳氏所取於姚氏之論說經正相反。其所云一誤於理學之說，蔣子瀟衍之，謂方、劉、姚三家誤以理學家語録中之言爲道，此已與姚氏之見不合矣。袁氏譏今之攷據家多不工文固是篤論，然自是諸人不肯措意古文耳，非治攷據即不能文也，若如姚氏之說經，何嘗非古文哉？蔣氏《游藝録》謂袁氏「根柢淺薄，不求甚解處多，所讀經史但以供詩文之料而不肯求通」。此言切中袁短，因不通經，故於經說與古文之可融合者未之知也。且袁非但論攷據與姚不合，即其古文亦姚門所非。碩士《與梅伯言書》謂：「某君震慴簡齋之炫燿，年少所見未定也。用光少時亦嘗有此論，質之吾師，有『簡齋豈世易得之才』云云。吾師措詞渾，人不覺之也。比年來乃知簡齋之才雖橫絶，而用之於古文則全無是處。以此服足下所見之卓也。某君執所見不化，難與救正，惟以語足下當必以爲然也。」觀此可知兩家持論有到有不到之由，而其得失亦可由此推知。書中所謂吾師即姬傳也，所謂某君者不可知，大抵當時持六朝綺麗者流，曾爲簡齋之門下者也。

戴東原亦以養本充學之說分爲義理、制數、文章三者，與姚氏同旨。而姚之意重在義理，戴之意重在制數。姚氏爲孝廉時曾致書戴氏，願列弟子，戴氏謝不敢居。或者姚說實原於戴而參用方望溪學問繼程、朱之後，文章在韓、歐之間之旨也。考《東原集·與方希原書》曰：「得鄭君手札，言足下大肆力古文之學。僕嘗以爲此事在今日絶少能者，且其途易歧，一入歧途漸去古人遠矣。古今學問之途，其大致有三：或事於義理，或事於制數，或事於文章。事於文章者等而末者也，然自子長、孟堅、退之、子厚諸君子之爲之，曰：是道也，非藝也。以云道，道固有存焉者矣，如諸君子之文亦惡睹其非藝歟？夫以藝爲末，以道爲本，諸君子不願據其末，畢力以求據其本，本既得矣，然後曰：是道也，非藝也。循本末之説，有一末必有一本。譬諸草木，彼其所見之本與其末同一株，而根枝殊爾，根固者枝茂。世人事其枝，得朝露而榮，失朝露而瘁，其爲榮不久。諸君子事其根，朝露不足以榮瘁之，彼又有所得而榮，所失而瘁者矣，且不廢浸灌之資，雨露之潤，此固學問功深而不已於其道也。而卒不能有榮無瘁，故文章有至有未至，至者得於聖人之道則榮，未至者不得於聖人之道則瘁。以聖人之道被乎文，猶造化之終始萬物也，非曲盡物情，游心物之先不易解此。然則諸君子之文惡睹其非藝歟？諸君子之爲道也，譬猶仰觀泰山知羣山之卑，臨視北海知衆流之小。今有人履泰山之巔，跨北海之涯，所見不又懸殊哉！足下好道而肆力古文，必將求其本，求其本更有所謂大本，大本既得矣，然後曰：是道也，非藝也。則彼諸君子之爲道固待斯道而榮瘁也者。聖人之道在六經，漢儒得其制數，失其義理，宋儒得其義理，失其制數。譬有人焉，履泰山之巔可以言山；有人焉，跨北海之涯可以言水。二人者不相謀，天地間之鉅觀目不全收，其可哉？抑言山也，言水也，時或不盡山之奧，水之奇。奥奇，山水所有也，不盡之，闕物情也。今足下同鄭君、汪君相與聚處，勉而薄乎巔涯，究乎奥奇不難。」觀於戴氏此論，蓋以六經爲文章之大本，而又兼通漢、宋義理、制數之學以盡六經之蘊，其用意平正矣。然觀其集中《古經解鉤沈序》及《與是仲明論學書》，知其注重仍在小學，步算、古音、宫室、制度、名物、律吕，悉舉之以先羣經。段玉裁爲其集序亦標戴氏所舉之三者，謂其「由攷核以通乎性與天道，由是而攷核益精，文章益盛」。故知其於三者重在攷核。至陳氏則以其師之攷證爲宋儒格物致知之學，故知其於三者重在義理也。又戴氏之所謂義理亦與姚氏所主宋儒之説異，戴嘗謂聖人之道必由典制名物得之。其詁理之義有意與宋儒立異，謂宋儒以己見硬作古聖賢立言之意，是爲以理殺人。翁方綱《復初齋集》有《攷訂論》、《理説》及《平議》三篇以訂戴氏言理之失。段氏序稱戴氏嘗言其訓詁、聲韻、天象、地理四者爲肩輿之隸，其所明道爲乘輿之大人。蓋其自信所謂義理之學者如此。章學誠《書〈文史通義·朱陸篇〉後》力砭其口説之謬，仍以戴氏輿隸之言爲詬病。故戴、姚兩家之以義理、攷核、文章立説，其言未始不同，而其用意仍各自别。故以義理爲主者，其言攷據無非義理；以攷核爲主者，其言義理無非攷核。其專尚文章者，如袁簡齋之流，則二者皆非所尚，且執其所長之文章以非兩者，如集中與是仲明、惠定宇二書是也，其視天下事莫尚於文章，此王崑繩《復陸紫宸書》所以謂：「文人則曰天下獨有文耳。吾文矣，孰有出吾右者？志卑識陋，冒天下之大不韙，不辭喪身辱名，不顧干進嗜利，固寵之外無經濟，而一遇變故，視君父敝屣矣。」此歷著但曉文章之人之劣陋，蓋深有痛乎明季文士無恥而極言之，愈可見養本充學之不可不亟亟也。

文章與學問之辨，諸家之説已闡發無餘。顧二者之間亦或有不能兼者，然世容有有學而不能文者，斷無有能文而不本於多學者。王曾祥瞿爲杭氏《道古堂集序》曾分别二者而析其凡曰：「文誠難言也，世有學焉而文不著者，未有不悦學而文焉者。學焉而文不著，唐之孔穎達、陸德明，宋之劉攽、馬端臨諸人，專事博奥，風藻罕曜。顧世推檢鏡，或亦未敢輕訾。外此開設堂奥，爲斯道宗主，鑽厲潛精，搴林酌海，味腴而尋根，實遂而光曄，炳焉述作。學乃醖釀先哲來賢，異塵合軌。逮廬陵、眉山，或病其稍疏典籍矣，然觀史之傳廬陵也，曰：『博極羣書，好學不倦。』眉山竄謫海外，手録《漢書》成，比於貧兒驟富。度其磨礲反覆，詎等綴學之士因陋就寡，莫知本原者？（莫）〔若〕不悦學而文，此直近世謬悠之響，榮遇之弋。丘南汪氏所謂士習益陋，斯文浸以衰薾，固陵毛氏詆爲專用一家言，空疏揣摩，周章錯出，不足昭黑白，其足珍久遠哉？」王氏此言誠足以釋宋人「歐九不學」之毁與東坡「想當然爾」之譏。張文襄論文謂散文之要曰「實」，夫標出一「實」字爲的，此豈不學人所能然哉？故因王説而附辨之，至東坡手録《漢書》之事，據《耆舊續聞》云：「東坡語朱載上曰：『某讀《漢書》凡三經手鈔：初則一段事鈔三字爲題，次則兩字，今則一字。』朱試舉題一字，東坡應聲誦數百字，無一字差。朱他日以語其子新仲曰：『東坡尚如此，中人之性豈可不勤？』」此亦可證也。

焦里堂有究心屬文之本之法。焦廷琥《先府君事略》曰：「府君示不孝以學文之法云：『不學則文無本，不文則學不宣。余十三歲讀三蘇文，即解爲論序。見東坡文《范增》、《鼂錯》諸論，思擬而效，苦於不諳史事，乃閲《漢書》、《三國志》遞及《南北史》、《唐書》、《五代史記》。又思不明地理何以作《水經序》，不通天文算術何以作李淳風、一行論。文之有序也，必提揭一書之精要而標舉之。序經學書必明乎經，序史學書必明乎史，一切陰陽、天地、醫卜、農桑，不少窺其疆域而微得其奧窔，何以各正其本末？ 文之有傳贊、墓表、碑志也，必形容一人之面目而彰顯之，爲經學人立傳必道其得經之力者何在，爲文藝之人作銘必述其成家之派何在，其人功在治平，必有以暴其立政之心，其學專理道，必有以核其傳業之確。 故非博通經史四部，徧覽九流百家，未易言文。 吾生平無物不習，非務雜也，實爲屬文起見。攷孫汝聽《韓文全解》云：司馬温公《書心經後》曰：「世稱韓文公不喜佛，嘗排之。 予觀其《與孟尚書論大顛》云：『能以理自勝，不爲事物侵亂。』乃知公於書無所不觀。 蓋嘗徧觀佛書，取其精粹而排其糟粕耳，不然何以知『不爲事物侵亂』爲學佛者所先耶？」據此知古人爲屬文起見，即二氏亦必通曉，始可作此類之文，又不第如焦氏所舉經史四部者矣。 又宋文安禮《柳先生年譜》引東坡曰：「子厚南遷始究佛法，作《曹溪》、《南嶽》諸碑，妙絶古今。 長老重辨師，儒釋兼通，道學純備，以謂自唐至今，頌述祖師者多矣，未有通亮簡正如子厚者。」此又可證柳子之兼通釋氏也。 若徒講關鍵之法，侈口於起伏鉤勒字句之間，以公家泛應之詞自詡作者，如是爲文，何取於文耶？ 吾嘗見爲人作傳志者，九九未嫻便稱善算，人僅學究輒擬程朱，許以通經而莫徵所得，但調平側乃曰詩人。 真贋不辨，是非混淆，如是爲文，不亦鄙乎！ 故屬文不難，得乎屬文之本爲難。 慎之！ 慎之！』」案：焦氏此法與潘蒼崖、李中耆同旨，而言之更爲明切，故並舉之。鄭石幢方城曰：「英雄易述，道學難傳。 必於理道精微，豁然貫通，乃能不失銖黍。 持此以讀宋元諸史，獲我心者不綦難乎！」此言與焦氏同旨。 又焦氏《事畧》，近有編爲《理堂家訓》者，亦載此條。

鍾山子晉有學古今人之所學以學文之法。 所謂古人之學者，即古人之本原也。 《當湖文繫初編》載鍾氏《答陸子白書》曰：「文章無古今之殊，其精華發越而光景常新，上可以愜賢豪之意，而下亦不棄於庸俗人之目者，必有其本。其本既深厚，積實而發爲文，欲古而古，欲今而今，欲奇而奇，欲平而平，欲多而多，欲少而少，何所施而不可？譬之山之高者，草木無所不有；水之深者，魚鼈無所不長。今乃或取泰山之一卷，長江之一勺以爲有得於高深者，抑亦淺也。故嘗以爲欲爲昌黎之文者，必學昌黎之所學而後可；欲爲柳州之文者，必學柳州之所學而後可；欲爲歐、曾、蘇、王之文者，必學歐、曾、蘇、王之所學而後可。即以近時論，若方靈皋、儲同人輩，叩其所學，亦與世之佔畢者不啻霄壤。苟慕其文，亦必求其所由入而後可也。蓋文人所就，大小不同，而其卓然成名者皆能得其真態而入。性情者，文之本也；六經者，性情之本也。古人之文，性情之輔也。苟其性之不存，情之不摯，則於胸中本無所欲言，雖有高文典册安所施？其奇詞奥語安所設？名言麗句安所用？而欲以動一世之耳目且不可得，況欲以垂世而行遠乎！今班、馬之所録，唐宋元明諸大家之所作具在，足下由其詞以通其章，由其章以得其意，由其意以觀其性情，由其性情以求性情之所自，因亦取其性情之所自以自淑其性情，則於胸中自勃勃乎其欲言。譬之江也，束而爲濤，激而爲淪，衍而爲漪，匯而爲澤，出而爲沱，皆有所不可遏抑而然，如是而不能取於人者，無是理也；如是而不能取於人者，可無愠也。」案：此亦究文之本之説也。魏鶴山《師友雅言》云：「向來多看先儒解説，不如一一從聖經看來。蓋不到地頭親自涉歷一番，終是見得不真。至於只須祖述朱文公之説，文公諸書讀之久矣，正緣不欲於買花擔上看桃李，須木頭枝底方見活精神也。」鶴山此論以論經學也。治經須先向經書本文用功，不可徒看傳注。元儒如許魯齋，近儒如崔闇齋元森皆主此説。此與學人之文須學其人之學，皆探源之論，沿流逐末者不可不取此説爲藥言也。

又攷山子之論，大抵推闡其鄉先正杭堇浦之説。杭氏《趙勿藥文集序》曰：「世人方適適然驚誠夫浩汧，畏其風議，則以爲文詞之工也云爾。嗚呼，吾所謂工者，豈謂其能獵百氏之詞與調哉？吾未見不空百氏之所有而能謂之工者也，亦未見不兼百氏之所無而能空百氏之所有者也。王介甫之自言曰：『自百家諸子之書至於《難經》、《素問》、《本草》諸小説無所不讀，農夫工女無所不問，然後於經能知其大體而無疑。』介甫之文具在，深求其所讀與所問，則固楬然一無所有也。夫楬然一無所有，則何以謂之介甫矣！而介甫之所以爲介甫者，則非以其能讀之能問之，而謂其能空之也。誠夫之文於介甫不類，世之人卒亦未嘗以介甫目之，即作者亦不敢自目爲介甫也。而吾獨以爲能爲介甫之文者誠夫也，何也？爲已能兼百氏之所有也。夫兼百氏之所有而吾即以爲能爲介甫，非爲介甫者之若此易易也，爲夫無介甫之所有而妍妍然即蘄至於介甫者之多，是所謂反踵卻行，愈求至而愈不至者也。」案：杭氏謂趙誠夫能爲介甫之學即能爲介甫之文，亦即鍾氏學古人之學以學文之説，皆探本之論也。

建陽徐芸圃有經學與古文並治不相妨之説。《慎道集文鈔·方望溪文題後》曰：「萬季野謂望溪曰：『唐宋八家中惟韓愈氏於道粗有明，其餘則資學者以愛玩而已，於世非果有益也。』望溪於是輟古文不講，而盡力於經學。夫經學與古文可以並治，不相妨也。八家之文何嘗不從經學中來？韓公約六經之旨而成文，同時柳子厚亦漱六籍之芳潤，至於曾、王原本經術，人所共知，而歐、蘇奏議言言懇摯，豈不湛深經籍而能忠悃如是？其爲人所愛玩者正爲有益於人，可以開拓心胸，增長氣識，豈必孜孜心性乃爲明道耶？孟子書，舉世非刺，韓公獨知其醇乎其醇，且推其功不在禹下，非僅於道粗有明者。自漢董子後，能原性道，韓子也。曾、思、孟之傳發自韓子，可謂不深於道乎？此外各家雖於聖學鮮所發明，然由經術發爲經濟，則修之身爲正人，施之世爲正事，何謂於人無益？梅崖先生曰：『古文正大重厚，非學士大夫立心端慤者莫能習。』蓋古文之傳皆正人君子也，留心古文自必留心經學。非經術則文不能温醇，非古文則經不能闡發。故吾謂窮經與講古文有相成無相妨也。望溪因季野之言輟古文不講，然猶幸向時所講者在，故其文能發明其經學，即堯峯、竹垞未能或之先焉。乃世有鄙其才薄，讀書不多，此不知古文，雖其無書不讀，何益哉？何益哉？」徐氏此言駁季野、竹汀之説，與陳石士用意正相互發也。陳翠庭稱昔人判道學與政術爲兩事，張横渠且言其非。而後世更分道學與儒林爲兩塗，茅鈍叟亦言其弊。徐氏謂：「經學與古文並不相妨，非篤學好古不能。季野留心史學，何反不知此耶？」謝竹坡亦謂：「後人視考據與治古文爲兩道亦誤，治古文何嘗廢攷據，但不可以攷據即爲古文耳，古文在養氣不在博覽，學者須慎擇之。」茲言亦可砭竹汀之失者。臧省庵謂：「王崑繩負能知古文，乃謂震川膚庸，無怪竹汀目望溪才薄，讀書不多。古文以清逸沖淡爲宗，歸、王當時同輩，有才氣，皆不足其文，後頗嘆服。此中氣息甚微，未可草草讀過。」諸説均與徐氏之旨可互發也。

潘功甫曾沂謂入手工夫有直通、横通二法。所謂通者，亦作文之前一段功夫也。其《豐豫莊本書》曰：「少時聞王蘭泉司寇自評其《春融堂文集》謂依人斲刀，漸傷體格。豈知文隨事宜，有不得不然者。語云：作尋常家書及與親戚情話最難。今人作文不解譬喻，一出新意硬造，便落笑柄。譬喻如《左傳》、《禮記》終不可及。國朝《四庫全書提要》出河間紀文達公手，恰好在行而已。案《四庫提要》一書，張文襄以爲讀羣書之門徑，獨姚惜抱同時修書，極不滿其詆毁宋儒，魏默深《古微堂集·書名臣言行録後》亦力詆其持論之偏。今人新會梁氏亦加追論。近人陸存齋心源著《正紀》二卷，爲專書以糾之，摘盧刻《大傳》之訛，論北宋以前《史記集解》與《索隱》、《正義》無合刻本，辨楊誠齋不以黨禁罷官。俞氏《春在堂尺牘·與陸氏書》稱其「確有依據，但有未安者，則以《提要》雖紀文達手筆，而實是欽定之書，其《進簡明目録表》有『總歸聖主之權衡』語，固有以間執後人之口，非如楊氏《丹鉛録》私家著述，陳耀文不妨有《正楊》之作也」。俞氏蓋以尊王爲説尼陸氏勿出其書。今其書未見，殆因是而止乎？此讀《提要》者所宜知也。司寇當日酬應序記之作亦不過恰好在行耳。又如前明《張太岳集》中尺牘最多，雖不盡己出，自是簡明有體。試觀今之尺牘能如是乎？凡初學作文有二種教法：一種從時文中直通，往往能取科名，而不能作家書，甚至不能與親戚尊長作恰好閒話，叙寒温外，著一語多失分寸，其病由於僅讀時文之故。湘人青城子《亦復如是》云：「廣文某老貢生也，八股之外一無所好，行住坐卧常呻吟不輟，若齒痛然，細聽之乃涵泳八股也。有某生送金魚數十尾，烹食之，稱味不佳。其迂多類此。生平精力惟注八股，此外他無所知，故雖往來書札必用『然而』、『且夫』，猶然八股也。若舍八股腔調則無從著手，反鄙他人書札爲不文。人皆目爲書癡而非笑之。」案：此事可作潘氏此説證據。又青城子曰：「讀書人必帶三分迂氣方能深入理際，浮華者終鮮實效也。吾輩所以不能卓然名家者正坐此病。」此語亦即前篇所云「略帶迷溺性質」之意也。一種由雜覽而得，名曰横通。横通者必能爲古文，工書札，善條教雜著，而時文亦無不能者。惜乎今人中有一等質美後生，徒以時文束縛之，時文一不通，其父兄遽令棄去不讀書，不知尚有横通捷徑，盡一室中書恣其雜覽，久之將由雜覽而通之時文，如顧寧人、全謝山之類，及其能文一也。」案：潘氏言從前專攻時文而不能作家書習詞令之病，語最切中而其弊習亦最可笑。凡專攻時文者其心理蒙蔽，迂謬鮮通，不一而足，誠可慨嘆。其言横通之法，章實齋《文史通義》中曾言之，第章氏以學問言而非以文章言也。此主以言文章，則其重養本也至矣。其所云「作文之境候」，則王筠教童子法所云：「有大才而汗漫者須二十年功，學問既博，收攏起來方能成就。此時則非常人所及矣。須耐煩。」又包世臣《張童子傳》亦曰：「學在内者也，文在外者也。俟弱冠内學充而後學文，豈爲遲乎？」二説與潘氏用意絶同，不佞常親歷之而亦目驗其事，故亟予發明，免斯世欲速父兄使子弟類此者成棄才也。潘氏又謂嘗欲擇一善書之條直易曉者爲初學開文字法門。惟其從伯農部公所刊《感應篇集注》，以文理而言，於本文章旨所在，主伴輕重，不失分寸。初學果了然於目，反復在心，豈復有文理不通之患。此亦執一簡易法以示爲文入手之説，亦潘氏世守因果書之家説也。

姚石甫養本之説，則以才、學、識三者先立其本，然後以格、律、聲、色、神、理、氣、味八者以爲用。八字乃姚姬傳生平論文之旨。《東溟文後集·復陸次山論文書》曰：「文無所謂古今也，就其雅馴高潔，根柢深厚，關世道而不害人心者爲之，可觀可誦，則古矣。非是而亟求華言以説世人好譽，爲之雖工，斯不免俗耳。唐以前論文之言，如曹子桓《典論》、陸士衡《文賦》、摯虞《文章流別》、劉彦和《文心雕龍》，非不精美，然取韓昌黎、柳子厚、李習之諸人論文之言觀之，則彼猶俗諦。此未易爲淺人道也。大抵才、學、識三者先立其本，然後講求於格、律、聲、色、神、理、氣、味八者以爲其用，而尤以絶嗜欲，澹榮利，盪滌其心志，無一毫世俗之見干乎其中，多讀書而久久爲之，自有獨得，非歲月旦夕所可幾也。僕之所聞如是而已。近代方望溪最善此事，其言以義法爲主，雖非文章之極詣，然塗軌莫正於此。足下天才既美，讀書復多，循此塗軌求之，更進以家惜翁之説，必深有得於出入離合之間者矣，僕烏足以測其所至哉！《易傳》曰：『修詞立其誠。』《書》曰：『辭尚體要。』《詩》曰：『無易由言。』《論語》曰：『君子一言以爲智。』是皆論文之要也，願深味之。」案：此説以才、學、識三者爲本，而尤以養成高尚之胸次爲本中之本，復折衷於經旨以握其要，與蒼厓用意多合。其《外集》中《復楊君論詩文書》亦即闡此旨者，其言曰：「嘗論才與氣二者有得於天，有得於人。才之大如江如海，至矣；氣之盛如霆如雷，至矣。然江漢猶必納衆水以匯其流，雷霆不能擊鐘鼓以助其勢者，其充之有漸，其積之甚厚故也。孟子曰：『觀於海者難爲水。』又曰：『配義與道。』斯言也，不爲詩文言之，吾以爲詩文之道無以易此矣。曩吾嘗觀於古之善爲詩文者，若賈生、太史公、子建、子美、退之、子瞻，皆取其全集玩之，謂彼特異古今者，其才其氣殆天授，不可幾也。既讀書稍廣，於數子生平得其出處言行之大節，然後知數子之異不僅在詩文，而其詩文才氣之盛有由也。夫詩之與文，其旨趣不同，顧欲善其事者，要必有囊括古今之識，胞與民物之量，博通乎經史子集以深其理，徧覽乎名山大川以盡其狀，而一以浩然之氣行之，豈徒求一韻之工，爭一篇之能而已哉？且夫文章莫大於六經，風雅典謨既昭昭矣，説者謂善學者得其道，不善學者獵其文。吾以爲不得其道則文亦烏可得哉？數子之文非特才氣爲之也，道在然也。得斯道者，才與造物通，氣與天地塞。故夫六經者，海也，觀於六經，斯才大矣。詩文者，藝也，所以爲之善者道也。道與藝合，斯氣盛矣。文與六經無二道也，詩之與文尤無二道也。凡此皆有得於天而又得於人者是也。」此説由詩文而推原於才氣，而又須積道以生氣與才，觀六經以見道。用意尤與潘蒼崖氏切近。案：文必本經，姚氏《康輶紀行》常引唐人兩家論文之説而斷之曰：「李華論文云：『文章本乎作者，而哀樂繫乎時。本乎作者，六經之志也；繫乎時者，樂文、武而哀幽、厲也。有德之文信，無德之文詐。皋陶之歌，史克之頌，信也。子朝之告，宰嚭之詞，詐也。夫子之文章，偃、商傳焉，偃、商没而伋、軻作焉。蓋六經之意也。屈平、宋玉哀而傷，靡而不遠，六經之道遯矣。淪及後世，力足者不能知之，知之者力或不足，則文義浸以微矣。』蕭穎士論文曰：『六經之後有屈原、宋玉，文甚雄壯而不能經。賈誼文詞最正，近於治體。枚乘、相如亦瑰麗才士，然而不近風雅。揚雄用意頗深，班彪識理，張衡弘曠，曹植豐贍，王粲超逸，嵇康標舉，左思詩賦有雅頌遺風，干寶著論近王化根源，此後敻絶無聞焉。近日推陳子昂文體最正。』觀李、蕭二人之論，可謂得文章之大體矣，而不及昌黎、柳州、李習之之精，蓋各以所得言之耳。余合唐宋以來及本朝諸公至吾家惜翁之論，總括之曰：文章之道惟志正而體贍，學博而思切，詞約而義精，氣足舉詞，光不掩質，是之爲美。至於繁簡宏纖，曲直微顯，則審時發情，各得其當，無有定也。」案：李氏之論，謂「志本經而文繫時」，其判得失以與經離合分數多少定之，蕭氏亦以經意論定諸家之得失者也，故姚氏謂其得大體。當夫昌黎學説未盛之時，李、蕭諸人先能見及此，故昌黎得以乘之收起衰之功。乃近世如龔定庵、蔣子瀟之流，必專主以百家雜學之説論文，欲奪自來宗經家之席，其説至陋。姚氏辨别前人緒論，謂士衡《文賦》、子桓《典論》之説，實不及後來韓、柳之精，其論至塙。其《復方彦聞書》謂「先正論文所以必主八家者，非謂文章極於八家，謂八家乃斯文之塗軌耳」。此語實可發子瀟諸人之蒙。方氏亦當時主駢散合一之家數，故姚氏亦與之致辨於此也。至姚氏

稱文境之美貴在沉鬱頓挫，爰標屈、馬、韓、杜爲宗。而數公之所以能然者，由其有道懷浩氣遠識博學奇境以成之，則仍是注重養本之論。《康輶紀行》曰：「古人文章妙處全是『沉鬱頓挫』四字。沉者，如物落水，必須到底方著痛癢，此沉之妙也，否則仍是一浮字。鬱者，如物蟠結胸中，展轉縈遏不能宣暢，又如憂深思切而進退維艱，左右窒礙，塞阨不通，已是無可如何，又不

能自已，於是一言數轉，一意數迴，此鬱之妙也，否則仍是一率字。頓者，如物流行無滯，極其爽快，忽然停住不行，使人心神馳嚮，如望如疑，如有喪失，如有怨慕，此頓之妙也，否則仍是一直字。挫者，如鋸解木，雖是一來一往，齒鑿巉巉，數百森列，每一往來，其數百齒必一一歷過，是一來凡數百來，一往凡數百往也，又如歌者一字故曼其聲，高下低徊，抑揚百轉，此挫之妙也，否則仍是一平字。文章能去其浮率平直之病而有沉鬱頓挫之妙，然後可以不朽。《楚詞》、《史記》、李杜詩、韓文是也。嗟乎！此數公者，非有其仁義忠孝之懷，浩然充塞兩間之氣，上下古今窮情盡態之識，博覽山川人物典章之學，而又身歷困窮險阻驚奇之境，其文章亦烏能若是也！今不求數人之所以爲人，而惟求數公之所以爲文，此所以數公之後罕有及數公者也。」又《中復堂遺稿·跋方存之前集後》曰：「文章一事，欲其稱量而出。積於中者深則鬱之，鬱之不可遏也則渟之養之，如或忘之，順乎其節，然後發焉，又必以其時也。故其析義必精，立言必當，學欲其博而取裁欲微，意欲其昌而詞欲其卓，未能行也則訒其言，無所爲也則韜其光，百家之精茹之辨之，一心之運卷之舒之，片言彌六合，累牘有餘味，若此者其庶幾乎。」按：此與所論沉鬱頓挫之境亦可互發也。案：此求屈、遷、李、杜、韓所以爲人之論，與諸家之言可證明。而由文境之美推及之，則又諸家所未備也。其用意精到矣，故並録之。

永豐何邦彦有始在窮理，繼在辨體之說。其旨亦似衍潘氏者也。其爲吉水胡籽培宗元古文序曰：「自制藝與古文畫疆分界，確不可移。古今兼擅長者往往難之，豈兼才果難遘耶？

亦由心思才力不能兩用耳。天生豪傑之士則又不然。唐荆川制藝名家，而古文淵雅。艾千子制藝清古，而古文雄渾。其餘若章大力、湯玉茗諸公，何嘗不稱二絶。後世以散體爲古文，初學步爲之，若童子執筆皆可能者。而欲上下四千年間典籍融貫於心，辨論假借於手，而皆有裨於人心世道，則非源本六經、沿流兩漢不能。嘗臆爲論之，其始在窮理，閉門静坐，誦讀乎經史子集，流覽乎醫卜仙釋諸種，然猶以爲未足，熟乎理學、謀臣、文人之心性，山人、羽士、樵夫、野老、市魁、駔儈、倡優之情狀，與夫一切鬼神、龍魚、蟲鳥之千變萬態，運化於胸，及其爲文，則如意而出，自不可遏。其繼在辨體。論辨之體與傳志異，詔册之體與疏表異，哀誄之體與銘贊異，必不誤所用乃不爲世所訴。子不見匠人營建乎？宫室與府第異，民居與寺觀異，堂皇與亭榭異，雖指使所用不外甎也，石也，木也，而體製則有區别。執是二者服習鑽研，取佽於名師益友，又植其品，刻責砥礪，不隨流俗俯仰，及學既成，然後發之爲言，庶實有濟於世用，不至如啞鐘之不應律，畫餅之不充飢已也。」案：此所云窮理即養本充學之説，所云辨體亦即潘氏辨文體於各家之説也，亦可取以證潘義也。

近世爲漢儒宋儒之學者，各以其説騰躍一時，於是有移爲學之法用之以爲作文之法者。其持誼有二家：一則劉孝思由漢儒樸茂之文以入宋儒條暢之文之説。劉氏《舫廬文存跋》曰：「文以載道，而道與器無二也，離道而言器失之支，離器而言道失之空，二者交譏而其爲文也均不足觀。竊謂漢儒之箋疏名物，講求訓詁，器也，而道藉是以存。宋儒之體會心性，剖析義理，道也，而未始或離乎器。二者一之，其由器而入道乎。故漢儒之文樸茂，宋儒之文條暢，欲以樸茂爲條暢，何得舍漢而言宋哉？菊齡張先生於訓詁音韻之學已殫數十年之勤矣，故其發爲文章，根據經術，不流空虛，而亦不病於支離。顧先生數以未嘗致力宋人義理爲歉。今觀其文，樸茂條暢，兩無遺憾，説理諸作已有因器入道之功，其所自歉者得毋其所自道也耶？」案：此説與今人《鄉土文學志·序例》「作文由攷訂之文入」同旨，而其意尤在先講求漢學以求樸茂，再入宋學以詣條暢，以講學之次第爲攻文之次第，亦一法也。一則沈祥龍氏自馬、班以至八家，並取法康成、紫陽之説。《樂志簃筆記》曰：「文章師法，自馬、班以至八家尚已，然言禮條貫如康成，言理精粹如紫陽，爲文者皆當取法。蓋文必本經，而經莫大於典禮，莫要於義理，昧典禮則空疏，昧義理則浮僞。此桐城方氏所以精研《三禮》而理宗宋儒也。」案：沈氏此説與劉孝思之意同，惟劉説主於由漢儒以入宋儒，此則並列而不別其次第者也。

以上各家自朱竹垞以下，各由一己所主之詣力以求競勝，狹之或主於一家一派，周伯晉先生《觀二生齋隨筆》曰：「張廉卿孝廉以散文名江浙燕楚間。余叩其所蓄，答之井井，其言曰：『文須專學一家，或韓或柳或王，總宜從唐宋以幾《史》、《漢》。若遽學秦漢者，僞也。』又曰：『學王第一，柳第一，然後以韓爲宗亦可。』」按：此説爲光緒壬午、癸未間，先生在湖北通志館與張問答之語，時張爲總纂，先生爲分纂也。其主一家之說無定在，蓋懸此以聽人擇而行之也。其於一家先王、柳而韓在其後，亦自有意，與唐子西說亦通。以先學秦漢爲僞，鑒於明人也，可補上文主學一家諸說所未備，故附志之。廣之或歷以衆家，高之或籠之以一經，畫之或區爲數段，近之或取法於並世，遠之或深究其本原。此二法主持者最衆。苟分探其殊塗而合求其一致，諸說要各有取，然皆逐流之意居多，而求源之意較少。惟潘蒼厓之說，後人賡和者最多，其識詣在諸家之上，可推定論。余嘗按之近代諸家，其演作文之方法而意旨皆主於救弊，凡有四家之論可參觀而得其用意：一、王鐵甫之說。陳石士《寄姚先生書》曰：「鐵甫常自言生平所較勝於人者，東京六朝之功頗深也，而深恨未識先生。鐵甫常爲用光言，宜留意兼採左、史、班固之茂密。夫以東京六朝入西漢，是綴狐白以羔裘也，其兼採左、班之茂密，譬列雞彝龍勺而不廢敦卣意，其言固猶有可採者乎？」劉孟塗亦云：「文至兩漢而義法備，至唐宋而體製完。宋以後，諸家舉八代而空之，故文體薄弱，無復沉浸穠郁之致，瑰奇壯偉之觀。實則昌黎起衰，非掃八代而去之也，能出奇於八代之中而備有其美也。」鐵甫之論蓋主左、史、班固、六朝，與孟塗主八代以爲入手之方用意正合，皆主以救唐宋末流薄弱之弊也。一、惲子居之說，謂：「後世百家微而文集行，文集敝而經義起，經義散而文集益瀰。學者少壯至老，貧賤至貴，漸漬於聖賢之精微，闡明於儒先之疏證，而文集反日退者，何哉？蓋附會六藝，屏絶百家，耳目之用不發，事物之賾不統，故性情之德不能用也。漢至宋名家多自九流入。自黄初、甘露之間，子桓、子建、叔夜、嗣宗始以輕隽爲適意，時俗爲自然，風俗相仍，漸成軌範，於是文集與百家判爲二塗。包慎伯謂文與子分始自子政，與惲説略異。熙寧、寶慶之會，時師破壞經説，其失也鑿，陋儒襞積經文，其失也膚。後進之士竊聖人遺説，規而畫之，睇而斲之，於是經義與文字並爲一物。案：此即近人病震川、望溪未能別時古之界之意。太白、樂天、夢得諸人自曹魏發情，靜修、幼清、正學諸人自趙宋得理，遞趨遞下，卑宂日積，故百家之弊當折以六藝，文集之衰當起以百家。其高下遠近華質，是又在乎人之所性焉，不可强也。」此主諸子爲入手之方以救唐宋末流之弊也。一、吴南屏之説，謂：「近時爲古文以仿歸氏，故喜爲閒情眇狀，摇曳其聲以取姿媚，以爲歸氏學《史記》之遺，而文章始衰矣。余是以有《史記別鈔》之選，欲正之也。韓子云：『文無定體，惟其是而已。』又曰：『詞不備不可以成文。』又曰：『惟陳言之務去，戛戛乎其難哉！』宋有歐陽子宗韓子爲古文，而風神獨妙，又非韓之所有。余文不免類歐，且喜且懟。歸氏特與我同此性質耳，可爲天下倡乎？歐有舊本韓文，珍之爲異寶，而爲文輒不類之，真豪傑矣，是可師也。余擬刊《史記》本，而鈔本《歸震川文》姑置之。」此主《史記》以救正學、歸氏之失，亦立主義以起末派衰微者也。一譚仲修獻之説，謂：「明以來，文學士心先埋没於場屋殆盡，苟無摧廓之日，則江河日下，天可倚杵。予自知薄植，竊欲主張胡石莊、章實齋之書，輔以容甫、定庵，略用挽救，而先以不分駢散爲粗迹，爲回瀾。八荒寥寥，和者實稀，疇人中所可哆口者惟曰有實有用而已。」此以胡、章自成專家之學爲救弊之主，以容甫諸家不分駢散爲救弊之輔，以起八比毒焰之衰也。其意亦在從近代人入手而用法有別。仲修又云：「吾輩文字不分駢散，不能就當世古文家範圍，亦未必有意決此藩也。不謂三十年來，幾成風氣。」此可見近三十年來，自桐城文派外，莫盛於此一派也。又云：「國朝可讀之文，前則孤立無名之士，後則治經樸學之儒。文章冠古，必先截斷衆流。」此亦不分駢散一派與桐城不相入之證也。譚氏之倡此説，特求新於八家、桐城之外以投諸好新少年之胸臆，未嘗不動一時，豈知一轉瞬即成爲方今日下之江河也哉！其所云「孤立無名」、「治經樸學」之流，即本朝反八家、桐城爲文諸人也。其説既出，利未彰而弊已見，立言安可不慎也乎！詩家亦有主張古人爲救弊之説者，《許彦周詩話》稱「熟讀唐李義山詩與本朝黄魯直詩而深思焉，可去作詩淺易鄙陋之氣」。蓋李、黄詩綿邈奥緩，曾文正曾以並稱，故能除淺易鄙陋之氣也。吕居仁《紫微詩話》亦稱「東萊少時作詩未有以異衆，後得義山詩，熟讀規摹之，始覺有異」。王、劉主於以唐宋所排之體格救唐宋末派，惲主於以唐宋所排之術業救唐宋末派，吳則主於以唐宋所師資之大宗救唐宋末派。譚氏所志，其所云主者則與惲近，其所云輔者又與劉近也。近日學子無本者，或皮附章氏之論，或濫效龔氏之體，又成一種陋習矣。其用皆主於學前人之所從入，而惲、吳尤以存乎人性不必類古人爲歸。立法不一，而其意則一，其用尤一。吾嘗融貫諸説以詳其異同分合之歸，舉可以體用、源流、長短六字最括其旨，倘完成用之，殊有合於李聯琇之論詩也。李氏《黄旭〈菰野詩鈔〉序》曰：「余竊妄論詩有四體，又有四用。纏絡爲筋，扶植爲骨，灌輸爲血，敷襯爲肉，四體言而詩之規模具矣。鏗鋐爲聲，揚詡爲色，融會爲神，流溢爲韻，四用周而詩之性情出矣。以合其體，則分古文之緒餘。以言其用，則非治古文者之所能包蕴，而别有難焉者存乎其間。學者致力自《三百篇》、《楚詞》、漢魏樂府以至六朝、唐、宋、元、明、國朝諸家之詩，皆當博習而詳味之，從吾性之所近以納之，而後能入，矯吾才之所絀以補之，而後能進。始也順而導之，取法乎上，然後可爲游龍之戲霄而不可爲跛牂之踞岱也。繼也逆而溯之，累微以著，然後可爲沿波之討源而不可爲操末之續巔也。」按：此乃李氏攻詩以體用、源流、長短六字括一切旨、一切法之説也。今編中諸法欲融貫其一切旨、一切法，可持李氏意而董理之者也。其他尚有以一家之文矯一時之弊者，如劉融齋稱：「謝疊山評荆公文曰：『筆力簡而健。』余謂南人文字失之冗弱者十常八九，殆非如荆公者不足以矯且振之。」好學者研究文家時習之所趨，討論文家塗徑之所歷，可精玩焉。參《總術篇二》。

學古宜取性近。潘潤章相《琉球入學見聞録答問》曰：「中郎枕秘惟有《論衡》，明允篋中專批《孟子》，盧陵半生酷摹韓文，考亭末歲愛誦杜詩，古之人莫不博觀而約取，明辨而篤志，故曰：專精之至，神奇自生。」此蓋學古取性近之説也。汪縉《文録》有柳、王二家文序，稱「入之深而溺之，因護其人」。此亦因性近而得者也。《義門讀書記》稱：「自宋以後皆極稱《獲麟解》，李習之亦書一通於人，極歎爲佳。朱子極喜《曹成王碑》，柳子厚所最喜者《毛穎傳》，孫可之所特稱者《進學解》。」此於一家中各有所喜之篇章，出自微尚而獨有會心也。《示兒編》引后山云：「坡公不好《史記》。」宋大樽《茗香詩論》稱「歐公不喜《史記》」。望溪不喜《漢書》、柳文」。陳澧《東塾集》引朱子云：「介甫不喜退之。」望溪論文不喜班氏，謂「退之以下諸家論文皆不列班固，見爲不足法」。蓋倚於一偏之論，未可依據。望溪但本性不近可耳，必謂他人不喜則偏也。張士元曾貽書姚姬傳辯之，其論甚當。黎庶昌《續古文辭類纂自序》亦曾辨之，而斷定以馬、班、韓、歐爲百世不祧之宗云。此於名家性不相近，各有不强爲雷同附和之意，然不害其爲歐、蘇、王、方也。此取性近之説也。湯斌《志趙震元墓》稱其晚仿元結，歐、曾文雅非所好。錢林《文獻徵存録》稱「魏禮不喜曾文定而喜昌黎、東坡」，陳兆崙自稱最不喜揚雄，因並不觀其書，而以韓子屢提揚氏配孟爲過。此皆原於性近之證。何世璂《然鐙紀聞》述漁洋云：「初盛有初盛之真精神真面目，中晚有中晚之真精神真面目。學者從其性之所近，伐毛洗髓，務得其神而不襲其貌，無論初盛中晚，皆可名家。不然學中晚而止得其尖新，學初盛而止得其膚廓，均之無當也。」此學詩宜取性近之説也。東人爲《讀書法》謂「讀書須擇己所執之業有直接之關係者讀之」。又《學術自修法》曰：「合於己身力所能及、性之相近確定目的爲專一科。」皆可爲取性近之證。

柳仲塗之於韓文可云自取性近者也，其《東郊野夫傳》曰：「年始十五六學爲章句。越明年，趙先生指以韓文，野夫遂家得而誦讀之。當是時，天下無言古者，野夫復以其幼而莫有與同其好者焉，但朝暮不釋於手，日漸自解之。」又《昌黎集後序》曰：「讀先生之文，自年十七至於今凡七年，日夜不離於手，始得其十之一二。」又《再與韓洎書》曰：「唐有天下三百年間，稱能文者惟足下與我兩家。開之學爲文章不類於今者餘三十年。」陸以湉云：「其學之專且勤如此，宜乎倡一代風氣之先，立言不朽也。然其文近於艱澀，蓋承五代骫骳之習，力矯其弊，意在於古其理，高其意，文詞之工拙不暇計也。」此又可爲取性時作文以自矯異之前師矣。

學古取性近，近人更有兩家之説。一、魯絜非九皋之説，其《答陳繹堂書》曰：「嘗謬習爲古文辭，而序記之體絶少。荒村寂寞，名流無由而至。近日新著作未嘗一得寓目，自無緣爲之序論也，而硜硜之性，自始習爲古文辭，於古人之書獨好觀歐陽文忠、曾文定二集，而尤心慕夫文定公，以爲文章爾雅，訓辭深厚，蓋《詩》、《書》之遺也。繼之則樂觀虞文靖公《學古録》、楊文貞公《東里集》、歸太僕《震川集》，其他雖柳子厚、王荆公、蘇氏三父子之文，每一展觀，輒覺其峭岸鑱刻，不槩於心。至於明中晚以後諸名家文字，偶一寓目，中心即有所梗，因遂廢棄不觀。蓋亦性之所近，不能强也。故雖嘗好購集古書，而自明中晚以後書竟無有焉。」一、朱蘭坡玶之說，其《自序小萬卷齋文稿》曰：「當世言文，駢體散體兩相競因兩相薄。竊謂文不必拘定格，惟從我性之所近用其長而已。駢體須淵源魏晉，毋求纖新。曩亦屢作意，弗屬稿，皆散佚。而散體復分二派：曰秦漢，曰唐宋。自前明王、李倡興文主秦漢，但摹擬未化，徒苦詰詘。震川歸氏嗤之，近人奉其説若蓍蔡。顧震川文雖高，波瀾意度較唐宋名家往往不逮，何則？其力尚孱也。頃又宗汪堯峯、方望溪，專貴簡削。金必鍊而後能精，玉必磨而後能潤，理固宜然。然欲删繁猥而無盤折流動之氣貫注於中，豐骨不振，弊亦差埒。天下高才生衆矣，旁支别派，望埶而趨，各著聲一時，弇陋如余奚容更置末議，特私心妄忖。唐與宋正自有辨，宋人工持論，筆多直瀉，及叙事則冗。唐代古法猶存，韓昌黎一二清便流轉之文蓋非其至者，若夫鯨鏗春麗，震盪心目，斯稱奇崛。柳子厚凌厲峭折，每由《選》出。外此李華、梁肅、杜牧、孫樵等胥樹幟壇坫，生平篤嗜恒在乎茲。高山仰止，原不敢以跛牂而思進騏驥也。」案：此二説，魯性喜歐、曾、震川，朱愛自《選》出者，意各有旨，不奪以他人，其强固之意固可爲學者法也。

學古宜取其長。《容齋隨筆》稱：「柳子厚爲文之要旨，參之穀梁氏以勵其氣，參之孟、荀以暢其支，參之莊、老以肆其端，參之《國語》以博其趣，參之《離騷》以致其幽，參之太史公以著其潔。」《唐語林》稱：「元和以後文筆學奇詭於韓愈，《歸田詩話》：「皇甫湜與李翺皆從昌黎學文，翺得公之正，湜得公之奇。」學苦澀於樊宗師。歌行則學流蕩於張籍，詩章則學矯激於孟郊，學淺切於白居易，學淫靡於元微之。」亦見李肇《國史補》。此皆各取其長之説也。顧亭林《日知録》：梁簡文《與湘東王書》云：「今人有效謝康樂、裴鴻臚文者。學謝則不屆其精華，但得其冗長；師裴則蔑棄其所長，惟得其所短。」此不善取長之説也。方、劉改八家文亦取古人之長而去其短之旨。近世紀文達公有《史通削繁》一書，葉氏《吹網録》謂其「删子玄原文之冗漫紕繆者排比相屬，以便學者誦讀，誠爲善本」。張文襄亦取其書列入《書目答問・羣書讀本》中。而紀氏《鏡烟堂十種》中又有《删正二馮〈才調集〉》、《删正〈瀛奎律髓〉》，皆是此意。蔣苕生删評《四六法海》亦然，皆取長以示人之旨也。

《唐子西文録》云：「退之《琴操》，柳子厚不能作，子厚《皇雅》，退之亦不能作。」《藏海詩話》引葉集之云：「韓退之《陸渾山火》詩，浣花决不能作，東坡《蓋公堂記》，退之做不到。碩儒巨公各有造極處，不可比量高下。」章實齋《乙卯劄記》云：「著書者往往諱其所短，太白自謂短於謨猷，昌黎自謂略於名數是也。亦有强其所不知不能，如柳子厚以《非國語》爲經學，蘇子由以古史爲史學是也。又有言之甚精而行之全謬者，如孫武《兵書》、韓非《説難》是也。」據此知古人各有特長，不能兼美。故學者必取其長，偏於一家與誤效其短，皆不善學古者也。《求益齋隨筆》謂：「效退之爲文者，不能發其明道之文，專橅其應俗游戲之篇。效白樂天爲詩者，不能法其諷諭之意，而專仿其閒適酬應之作，皆不足自立。」亦是意也。

學古各有得力處。《詩人玉屑》引荊公云：「詩人各有所得。『清水出芙蓉，天然去雕飾。』此李白所得也。『或看翡翠蘭苕上，未掣鯨魚碧海中。』此老杜所得也。『橫空盤硬語，妥帖力排奡。』此韓愈所得也。」此得力之説，而非學古中之得力也。至若退之、永叔得力於《孟子》，永叔又得力於韓文，宋景文得力於《文選》，《麈史》：「小宋説手鈔《文選》三過，方見佳處。」蘇明允得力於《戰國策》，則誠學古所得矣。沈作喆《寓簡》稱「黄魯直離《莊子》、《世説》一部不得。張文潛、秦少游學文於東坡。東坡謂張得吾易，秦得吾工」。陳六吉在謙謂「吳石華蘭修之古文有二種：學六朝者得其韻，學八家者得其法」。此各有得力之説也。魏善伯曰：「人之爲人有一端獨至，即生平得力所在。雖曰一端，而其人之全體著。」《五百家韓集注》：樊汝霖曰：「陸希聲以爲李觀尚詞，故詞勝，韓愈尚質，故理勝。雖愈窮老不能加觀之詞，觀後愈死，亦不能逮愈之質。」皆偏勝之證也。

學古受弊處。宋文不免於奇澀，老蘇不免於文盛而道不足。此得力所在即受弊所在之説也。强汝詢《隨筆》謂「效《莊子》者，不自知而流於蕩；效《國策》者，不自覺而涉於縱横。子瞻猶不免，此最宜慎者也」。《唐子西文録》：「晚學遽讀《新唐書》輒能壞人文格。」袁子才謂：「鄭康成以《禮》解《詩》，故其説拘。元次山好子書，故其文碎。蘇長公通禪理，故其文蕩。」持論亦同此意。此學古受弊處也。魏勺庭謂：「古人之文自《左》、《史》而下各有其病，學古人者必知古人之病而力洗滌之。不然，吾既自有其病，而又益以古人之病，則天下之病皆萃於吾一身，便成一幅百醜圖矣。」詩家學古受弊者，如《秋星閣詩話》謂「學濟南則驚藻麗而害清真，學竟陵則蹈虚空而傷氣格」是也。姜白石《詩説》曰：「不知詩病，何由能詩？不觀詩法，何由知病？名家者各有一病，大醇小疵差可耳。」皆示人以詩中學古受病之説也。

吴氏《初月樓文鈔》有《與程子香書》曰：「文必慎其所從入之途，不慎，後而悔焉，舊染之習未易忘也。上者自司馬子長、韓退之入，其次自柳子厚、王介甫入，其次自歸熙甫、方靈皋入。自子長、退之入者，長於奇變，然慮其形具而神不屬也。自子厚、介甫入者，長於幽邈，然慮其多爲作而晦且詭也。自熙甫、靈皋入者，長於渾樸，然慮其狃於近而識不遠也。惟其美之襲而慮周焉，斯謂善學古人矣。夫如是，是豈可以苟而爲之哉！且吾聞曾子言之曰：『出辭氣斯遠鄙倍矣。』柔闇之質其失也多鄙，鄙之病恒在辭。高明之才其失也多倍，倍之病恒在氣。太史公曰：『擇其言尤雅者。』此所以遠乎鄙也。柳子厚曰：『未嘗敢以矜氣作之。』此所以遠乎倍也。」此言也，攷文家受弊者所宜知者也。

詩文不能兼長。柳子厚所謂秉筆之士恒偏勝獨得，罕有兼者。袁氏克定謂文章寶貴之物，造物所惜，不以付人，即得之亦不能兼長諸體。陳蘭浦爲《李恢垣文集序》亦以古文、駢體文、考據之文並詩四者兼擅爲難，其人國朝祇顧亭林、洪稚存、阮文達公而已。故孫氏《示兒編》謂「明允不能詩，歐公不能賦，曾子固短於韻語，黄魯直短於散語」。此詩文不能兼長之説也。說亦見《讕言長語》、《邵氏聞見録》、羅氏《鶴林玉露》。曾子固嘗云：「古之作者，或能文不必工詩，或長於詩不必有文。」汪堯峯云：「杜子美之詩，舉世宗之，號爲集大成矣，而無韻之言輒不可讀。蘇明允、曾子固皆不長於詩。子瞻之於詩若文，雄邁放逸，其天才殆未易幾及，而倚聲爲小詞則不如周、秦遠甚。儻猶輪人不能弓，坊人不能操斧斤以斲櫨椽也。惟其憊精竭神於一藝，夫然後可以盡其變而入於神且化。所謂藝之至者，不能兩歟。」《惜抱軒文後集·劉海峯傳》云：「方侍郎少時嘗作詩以視海寧查慎行，查曰：『君詩不能佳，徒奪爲文力，不如專爲文。』侍郎從之，終身未曾作詩。」又望溪作《喬紫淵詩序》自言「兒時學爲詩，家君戒之。年二十客京師，偶爲律詩二章，涇陽劉陂千見之曰：『子行清文茂，内外完好，何故以詩自瑕？吾爲子毁之矣！』自是絶意不爲詩」。戴鈞衡曰：「詩非先生所長，生平不多作也。」此尤不能兼長之證。儲同人云：「文如孫可之，詩無一篇傳。詩如孟浩然，古文不顯於世。且即古文而論，或排或散，各自專家，易體爲之，鮮弗失據。傳曰：『人各有能，有不能。』諒哉！」李雨村云：「温公詩絶少佳句，蓋史才，非詩才也。歐陽文忠詩則全是有韻古文，當與古文合看可也。」又曰：「深於經學者多不能詩，如明震川、鹿門及本朝望溪、牆東諸君，間一爲之，亦蹇輴不成家數。」包慎伯云：「以李杜之材力耽爲古賦，而所作率散緩樸樕，至以其法入雜言，爲歌行，尤横潰不可理。退之四言碑志質遒可誦，而詩則怒張無意興。此通人有所蔽也。」而袁子才則以此示攻文之的曰：「作《詩》者不知有《易》，作《易》者不知有《詩》，下此左、穀以叙事勝，屈、宋以詞賦勝，莊、列以論辯勝，賈、董以對策勝。就一古文中猶不肯合數家以爲一家，以累其樸茂之氣，專精之神，此豈其才力有所不足，歲月有所偏短哉？荀子曰：『天下事不獨則不誠，不誠則不形。』天下事，不獨文章然也。」陳後山謂：「退之以文爲詩，子瞻以詩爲詞，如教坊雷大使之舞，雖極天下之工，要非本色。」沈文慤謂「詩中高格入詞便苦其腐，詞中麗句入詩便苦其纖」。紀文達謂「詞人之作散文，猶道學之作韻語，雖强爲學步而本質終存」。方望溪《贈宋西狃序》謂：「古之以文傳者，未或見其詩，以詩鳴者亦然。唐之中葉始有兼營而並善者，然較其所能則懸衡而不無俯仰矣。自宋以降，學者之於文術必偏爲之，夫是以各涉其流，無一能窮原而竟委也。」此言其相妨也。姚姬傳亦嘗述其友王西莊戒勿填詞而有「昔畏姬傳今不畏之」之忠告。包慎伯謂「兼備衆體，古人所難，惟有子瞻，而賦仍冗蘥」。路閏生則又抉其不能兼至之由，其言曰：「沈詩任筆，兼擅爲難，其相掩者皆偏勝。有文人之詩，以全力爲文，以餘力爲詩，故詩不逮文。有詩人之文，以全力爲詩，以餘力爲文，故文不逮詩。」至《藻川堂譚藝》又歷溯古人而暢發之，云：「唐宋以來兼長詩、古文詞者，其詩每不若古文詞之盛，韓、柳、歐、蘇皆其人也。韓、蘇雄直之氣一往無餘，而其中之包蘊淺矣。柳、歐之詩清而不深。歐能以文爲詩，而嗣子長之逸響。物莫能兩大，其斯之謂也乎？李、杜、王、孟之不能文也，其心思亦有所專注耳。兼之者其子建、淵明乎，然亦不能備諸體也。文章與賦兼勝者惟班、楊，班稱良史而上掩於司馬，楊號通儒，故韓愈儷之以荀卿，抑將以自況也。然二人爲詩不能及蘇、李與枚叔，兼才之難乃若是乎！」羅氏《鶴林玉露》又以此悉歸於歐公，其説曰：「楊東山嘗謂余曰：文章各自有體。歐陽公所以爲一代文章冠冕者，固以其温純雅正，藹然爲仁人之言，粹然爲治世之音，然亦以其事事合體故也。如作詩便幾李、杜，作碑銘記序便不減韓退之，作《五代史記》便與司馬子長并駕，作四六便一洗崑體，圓活有理致，作《詩本義》便能發明毛、鄭之所未到，作奏議便庶幾陸宣公，雖游戲作小詞，亦無愧唐人《花間集》，蓋得文章之全者也。其次莫如東坡，然其詩如武庫矛戟，已不無利鈍，且未嘗作史藉，令作史，其淵然之光，蒼然之色，亦未必能及歐公也。曾子固之古雅，蘇老泉之雄健，固亦文章之傑，然皆不能作詩。山谷詩騷妙天下，而散文頗覺瑣碎局促。渡江以來，汪、孫、洪、周四六皆工，然皆不能作詩，其碑銘等文亦只是詞科程文手段，終乏古意。近時真景元亦然，但長於作奏疏。魏華甫奏疏亦佳，至作碑記，雖雄麗典實，大概似一篇好策耳。」又云：「歐公文非特事事合體，且是和平深厚，得文章正氣。蓋讀他人好文章如喫飯八珍，雖美而易厭，至如飯一日不可無，一生喫不厭。蓋八珍乃奇味，飯乃正味也。」羅氏此言歸美於歐公者無不至，有如近人之推崇曾文正者然。然究是廬陵人推廬陵人，後來艾千子、李穆堂皆然，尚不免鄉隅之阿好也。又周先生錫恩《傳魯堂文集》有在湖北通志局《再奉彭勺亭中丞書》曰：「命校章實齋《湖北通志辨例》一書，竊歎史例所貴，貴内盡於理，外盡於事。此書庶幾兼盡事理。實齋以史爲志，刻意復古，觀序例名篇，其爲文典雅之致有餘，古健之力不足，知文非所長，然不害良史材也。《史通》曰：史之於文，較然異轍。故以張衡之文而不長於史，以陳壽之史而不習於文。後世史館之職多授文士，拘戀藻豔，華而失實，此魏晉以來史館之病也，矧今郡縣之方志耶！故實齋不必長於文也。」此論蓋謂文與史不能兼長也。實齋雖爲《文史通義》究其實，要祇長於史也。《雨村詩話》曰：「述庵云：『詩之爲道，偏至者多，兼工者少。分茆設蕝，各據所獲以自矜，學陶、韋者斥盤空硬語、妥帖排奡爲粗，學杜、韓者又指不著一字、盡得風流爲弱，出主入奴，二者恒相笑，亦互相絀也。』」此則並詩中亦有不能兼長之説，尤極至之論也。《履園叢話》亦云：「韓杜不能强其作王孟，温李不能强其作韓柳。如松柏之性，傲雪凌霜，桃李之姿，開華結實。豈能强松柏之開花，逼桃李之傲雪哉？」亦與王述庵同旨。合諸説觀之，愈可證兼長之難矣。

案：司空圖《題柳州集》則力反此説，謂：「作者爲文爲詩，不至善於彼而不善於此。文人之詩，詩人之文，始皆係其所尚，所尚既專，則搜研愈至，故能炫其工於不朽，亦猶力巨而鬬者，所持之器各異，而皆能濟勝以爲勍敵也，如韓吏部、皇甫祠部、柳柳州是矣。」

詩文亦可相通。《示兒編》引陳后山云：「韓以文爲詩，杜以詩爲文。」管韞山《論文雜言》曰：「王、孟、韓、柳詩惟一體，太白有古體，有唐體，已當分別觀之。至少陵五古，則賦、序、記、論、碑、傳、誄、贊一切雜體之文無不以入之，而其觀愈奇矣。」案：此即杜以詩爲文之證。此詩文相通之説也。陳氏《捫蝨新語》謂此爲「詩文相生法」：「文中有詩則句語精確，詩中有文則詞調流暢。謝玄暉曰：『好詩圓美流暢如彈丸』，此所謂詩中有文也。唐子西曰：『古人雖不用儷偶，散句之中暗有聲調，步驟馳騁亦有節奏。』此所謂文中有詩也。前代作者皆如法，吾謂無出韓、杜。世謂杜之無韻語不堪讀，而退之之詩爲押韻文，皆不足爲韓、杜病也。」吴坰《五總志》云：「舘中會茶，自秘監至正字畢集，或以謂少陵拙於爲文，退之窘於作詩，申難紛然，卒無歸宿，獨陳無己默默無語。衆乃詰之，無己曰：『二子得名自古未易定價，若以謂拙於文、窘於詩，或以謂詩文初無優劣，則皆不可。就其已分言之，少陵不合以文章似吟詩樣吟，退之不合以詩句似做文樣做。』於是議論始定，衆乃服膺。」《履齋詩説》常評康節四言詩爲有韻散文。《詩家直説》引武元康曰：「文有聲律皆似詩，詩之粗鄙皆是文。」又引杜約夫曰：「六朝文中有詩，宋朝詩中有文。」曾文正謂「韓公《送區册序》與《送區宏南歸》詩當是一時作，故蹊徑與句之廉悍相類」，亦相通之證。陳氏《新語》又謂「以文體爲四六自歐公始」。陳後山謂「歐陽少師始以文體爲對屬，又善叙事，不用故事陳言而文益高」。是宋派四六倡自歐公。趙必瑑稱「劉壎能以散文爲四六，正是片段議論，非若世俗血脈不貫者比」。曾文正稱「韓公爲四六文亦不厠一俗字，歐、王效之，遂開宋代清真之風」。是歐公四六又自韓公開之。王氏《藝苑巵言》稱「長卿以賦爲文，故《難蜀》、《封禪》緜麗而少骨，賈傅以文爲賦，故《弔屈》、《鵩鳥》率直而少致」。此則文與賦宜分不宜合之理也。

嚴滄浪羽、劉後村克莊皆病宋代之詩，繹其所言，大致皆病其以文爲詩也。嚴氏云：「近代諸公作特奇解會，以文字爲詩，以才學爲詩，以議論爲詩。夫豈不工，終非古人之詩也。蓋於一唱三嘆之音有所歉焉。其末流甚者叫噪怒張，殊乖忠厚之風，殆以駡詈爲詩。詩而至此，可謂一厄矣！」案：嚴氏以駡詈病詩，猶吴子良以好駡病文，其用意一也。劉氏云：「唐文人皆能詩，柳尤高，韓尚非本色。迨本朝，則文人多，詩人少。三百年間雖人各有集，集各有詩，詩各爲體，或尚理致，或負才力，或負博辯，要皆文之有韻者耳，非古人之詩也。」案：嚴病宋人以文爲詩，劉病宋人詩爲文之有韻者，其意與山谷病少陵、昌黎同。山谷謂詩文各有體，韓以文爲詩，杜以詩爲文，故不工。《冷齋夜話》及《臨漢隱居詩話》述沈括語云：「韓退之詩乃押韻文耳，雖健美富贍，而格不近詩。」皆以詩文相通爲不然。嚴之所謂「以才學」，「以議論」，劉之所謂「以才力」，「以博辯」，其指摘以文爲詩亦同意也。此讀宋以後文與詩者所宜辨也。

徐經《雅坪詩話》曰：「前代古文大家竟有不能詩者，人多不解。余謂詩、古文有不同。作文如喫飯，求其精潔。作詩如飲酒，領略其味而已。案：《柳南隨筆》引吳喬《圍爐詩話》中語用意亦與此同，徐氏或襲用其説也。據《談龍録》引吳説云：「『意喻之米，文則炊而爲飯，詩則釀而爲酒。飯不變米形，酒則變盡。噉飯則飽，飲酒則醉。醉則憂者以樂，喜者以悲，有不知其所以然者。如《凱風》、《小弁》之意，斷不可以文章之道平直出之也。』至哉言乎！」此即《圍爐詩話》語也。一著實相便落言筌，理學詩多不可觀，皆坐此病。」又曰：「蘇長公恨曾子固不能詩。紀曉嵐先生謂歸震川、方望溪詩令閲者失笑。姬傳爲《海峯傳》云：「方侍郎終身未嘗作詩，至海峯則文與詩並極其力，能包古人之異體鎔以成體，雄豪奥秘，揮斥出之。此又與歸、方異趣矣。」余讀朱梅崖《與子佑論文書》中有論詩一段，洞澈精微，其言云：「詩之道非可一蹴至也，必沉酣風、騷，熟精《文選》，屬思於有無之際，著筆在遠近之間，發興蒼芒，開倪寥廓，無意而合，自然而成，觸緒而悟，或則怒生豪出，嘘吸百川，噴字如珠，灑墨如雨，神歌鬼泣，渾連元氣，歸於淡無。」此徐氏所謂朱氏深於論詩者也。而梅崖亦不能詩。數公皆古文大手筆，亦深知詩意，獨見於吟咏則了無興趣，可見滄浪『非關學』三字非囈語，後人排之乃苛論也。然震川固不能詩，吾讀其古文，大有詩中境界，而和平靜適尤與陶近。其論《南陔》深得治道之本，至言《陟岵》、《蓼莪》有幽遐罔極之思，東氏不能及，真能得三字旨意。晉江張夏鐘先生於震川《悠然亭記》謂其孤情遠韻可與陶詩並傳，於《畏壘亭記》謂其安命樂天之意，嘗欲取此以配陶詩。余尤愛其《順德府通判廳右記》：『獨步空庭，槐花黄落，徧滿階砌，殊懽然自得。』是何等氣象！震川高品信可以配陶公也。至於梅崖，豈不能詩，特不肯爲近體詩耳。余於碑志見其四言，奇崛古奥，直逼秦漢銘辭，而七言如『麝有臍兮豹有皮，截其尾兮雞憚犧』、又『圜空兔雉留虎皮，廟幄靚深捫六彝，周施仁義中軍麾』，此等音節皆從《天馬》、《瓠子》變出。昌黎公亦喜用此調，益信梅崖之非不能詩也。」此以能文不能詩諸人而仍各能通知詩家之意立論，亦表微之説也。徐氏謂「梅崖不善書，而其《諭從子文仁書》深於書者不能言」，亦是此意。

李聯琇闡詩文相通之旨也，嘗爲《黄晴谷明經詩序》曰：「嘗觀古人文集之行於世者，輒彙載詩歌於内，而不必以其詩集傳，謂詩特文之一事也。自唐以後務爲詩，然後詩有專集，其兼爲文者或編文於其詩集之後。讀李杜之文非不沉麗，而實以詩爲文，而不如其詩之工，猶之韓、歐之詩，非不傑出，而實以文爲詩，而不如其文之雄也，蓋人之精神意嚮不能無所專主。然而善爲文者鮮或不通於詩，唐宋八家之古文尚矣，即其餘力爲詩，何嘗不橫絶一世！惟老泉詩不傳，而世又謂子固不能詩，其實子固之詩格轍已就，特無意求工耳，非不能也。信乎善爲文者之通於詩，而詩固文之一事也。」此亦諸家未備之説也。

文之工絶有時期。文章以時工絶之説，在宋人最可驗，而尤以韓止仲《澗泉日記》言之最詳，其説曰：「歐陽公自《醉翁亭》後，文字極老。蘇子瞻自《雪堂》後，文字殊無制科氣象。介甫之罷相，歸半山也，筆力極高古矣。如曾子固見歐陽公後，自是迥然出諸人之上。老蘇文字篇篇無斧鑿痕，蓋少作皆已焚之矣。其他吾不知也。本朝之文至此極盛矣。若論其學術醇疵淺深，則付之學者評之，予非惟不敢，亦不暇。」又曰：「老蘇晚年文字多用歐陽公宛轉之態，老泉晚年記序與《權》、《衡》諸論文字不同，豈見歐陽公後有所進耶？其晚年而筆力進歟？」又曰：「東坡自東坡後文章方見涯涘，半山自半山後不止持論立説而已也。六一、南豐中年文字好，及晚則已定又放開了。東坡、半山晚猶向進不盡。」又曰：「子瞻、子由文學，於晚年所述見之。子瞻傷於精明，《志林》方就實。子由《歷代論》、《古史論》之屬文極平心，但理道泥於莊、老，不能有所發明。子瞻雖間取莊、老，然於議論事理處極忠壯，此子由所不及也。」又曰：「子由文字晚年多泥老、佛之説，筆勢緩弱無統。東坡海外所作愈雅健，精當不可及，但平生所著多以戲而汩之，所以不典。呂伯恭晚年文字體製，人疑其學荆公。」皆以時期論宋人文字之説也。《客齋餘話》云：「韓之潮州，柳之永州，蘇之海外，《義門讀書記》：「歐自夷陵，蘇自黄州，皆以謫處窮僻有餘閒，致力於經史，乃彌深厚。」其文愈妙，其時爲之，非人力所致。」此亦主文家因時而工之説也。詩家亦然，孫季昭《履齋詩説》曰：「醉翁在夷陵後詩，涪翁在黔南後詩，比興益明，用事亦精，短章雅而偉，大篇豪而古，如少陵到夔州後詩，昌黎在潮陽後詩，愈見光燄也。」文家既有此自然工絶之時之説，世之論者遂多主之，袁氏《佔畢叢談》復力暢斯義，其説曰：「柳子厚永州之後，著作始工。韓昌黎作《柳子厚墓志》謂：「子厚惟斥久窮極，故能力於辭章以傳於後。雖使子厚爲將相於一時，以彼易此，孰得孰失，必有能辨之者。夫將相之榮不以易一困頓文章之士。斯語也，林壑爲之生光，褐布爲之吐氣，培植道德之壇，誘掖筆墨之路，爲功斯道不小矣。」坡公海南文字，筆力益勁。昌黎陽山後諸作，醇乎其醇。楊用修編錮雲南，著作之富甲於一代。古人文章窮而愈進，劉舍人所謂『蚌病成珠』是也。」又曰：「劉器之謂古人著述多在晚年，蓋老則閲天下之事久而世故明，讀古人之書多而義理熟。精知作者之意則手硬，絶無仕進之念則心專。所以騰其墨妙，自勒一家。若少年腦滿腸肥，膏腴害骨，以之拾青紫可矣，其可以登作者之堂乎？」又曰：「柳子厚曰：『自小學爲文章，幸得甲乙科第，未能究知爲文之道。自貶官來無事，讀百家書，上下馳騁，乃知文章利病。』宋景文曰：『余少習作詩文願計粟米養親耳。年過五十，被詔作《唐書》，精思十餘年，盡見前世諸著，始悟文章之難，得其崖略。』古人精進，多從仕宦之後篤意好古，乃登斯道之岸。今世俗比時文爲敲門甎，一獲科名則門已閉矣，必棄其甎，所以鮮有造極者。」又曰：「史稱虞卿非窮愁不能著書以自見於後世。蓋人惟窮困不能以其中之所得表見於世，而又不能自已，於是反而注之於書以盡抒其所積，冀後世有知我者，而因得以不死。其用心亦良苦矣！太史公《報任安書》謂『屈原放逐，乃賦《離騷》。左丘失明，厥有《國語》。孫子臏脚，兵法修列。韓非囚秦，《説難》、《孤憤》』，皆是道也。」案：此論稱文之工絶或以窮，或以老，或以困頓，始有此高境，皆有驗之言，亦皆時爲之也。

前言時期，乃就程限大段言之。然詩文之事任天而動，依時爲工，未至其時不可鑿空强作，此又非可以人力强作主張也。《詩人玉屑》引趙章泉《詩法》曰：「或問詩法於晏叟，因以五十六字答之，云：問詩端合如何作，待欲學耶毋用學。今一秃翁曾總角，學竟無方作無略。欲從鄙律恐坐縛，力若不加還病弱。眼前草樹聊渠若，子結成陰花自落。」又引吕居仁云：「或勵精潛思不便下筆，或遇事因感時時舉揚，工夫一也。古之作者正如是耳，惟不可鑿空强作，出於牽强，如小兒就學俯就課程耳。」又引山谷云：「詩文不可鑿空强作，待境而生便自工耳。每作一篇先立大意，長篇須曲折三致意乃可成章。」案：「子結成陰花自落」乃俟時而工之旨。至黄、吕乃江西詩派之宗主，似乎用力强求乃其家法矣，然皆以不可强作爲戒，可見作詩如江西尚且聽其時會之自然矣。此又一解也。

文之傳世宜精約。相如以《子虛》一賦顯，杜牧以《阿房》一賦顯，此顯當世不貴多之證也。韓子嘗取己文二十六篇爲《韓子》，近世李文貞有《韓子粹言》亦是此意。徐斯遠盡生平文才二十餘首，魏默深序陳太初《簡學齋詩》稱其「不肯輕存詩，僅四十首，可謂嚴矣」。此傳後世不貴多之證也。《滹南詩話》曰：「文章豈在多，一頌了伯倫。」《欒城遺言》曰：「凡作詩文不必多，古人無許多也。」包慎伯謂：「昌黎頌李杜曰：『流落人間者，泰山一毫芒。』知古人皆作之多而存之寡。」顧氏《日知録》力闡此旨。古今文家之力求精約蓋如此。

文章不但篇目宜精約，即篇幅亦宜精約。《退庵隨筆》引李文貞曰：「文字扯長極於宋人，長便薄。《太公丹書》行幾多大禮，説出來纔只四句。箕子《洪範》三才俱備，纔一千四十三字。老子《道德經》不知講出他的幾多道理，纔只五千言。宋人一篇策便要萬言，是何意思。」俞蔭甫《蓮溪文集序》曰：「古無所謂文集也。集者，其身後子孫與夫門生故吏裒集其所爲詩文以行於世，於是乎有集之名。今所傳漢人文集，若《蔡中郎集》、《孔北海集》，皆卷帙不多，非如後人文集動輒數十卷也，然其根柢深厚，故其光油然而幽，其味黯然而長，雖或寥寥數篇，而使人尋繹不能竟。烏乎，此所謂古人之文歟！」

顧氏《日知録》之於著書與文集亦不貴多，且謂不能多，其言曰：「子書自孟、荀外，如老、莊、管、商、申、韓，皆自成一家言。至《吕氏春秋》、《淮南子》則不能自成，故取諸子之言彙而爲書，此子書之一變也。《求闕齋弟子記》云：「諸子中惟老、莊、荀子、孫子自成一家之言，餘皆不免於剽竊。」亦與顧氏同旨。今人書集一一盡出其手，必不能多，大抵如《吕覽》、《淮南》之類耳。其必古人之所未發及就後世之所不可無而後爲之，庶乎其傳也歟。」案：顧氏此説後二語誠著書作文之定旨也。誠能如是，則真有益世道之文也。

前人論文有立意務取極至，一代衹取一二文者，是一種最高尚之殊觀也。《韓集譜注》引東坡云：「歐陽公言：『晉無文章，惟陶淵明《歸去來辭》一篇而已。』余亦謂唐無文章，惟韓退之《送李愿歸盤谷序》一篇而已。生平欲效此作一篇，每執筆輒罷，因自笑曰：不若且放教退之獨步。」陸以湉曰：「此蓋以其意識高卓，合於樂天知命之旨耳。至宋之文章，持此意衡之，其惟坡公之《赤壁賦》乎？」又曰：「馮恩子行可《請代父死疏》、楊繼盛妻張氏《請代夫死書》，皆有明一代至文也。」《熙朝新語》謂李因篤之《陳情表》、葉應榴之《絶命疏》爲本朝兩大文字。李元度《國朝先正事略》亦採此説。論文至此，較衹求精約者又進一解矣。黄鵬揚《讀史吟評》曰：「昌黎文章山斗，惟《諫佛骨》一疏當爲集中第一文字。」又云：「胡澹庵封事可洗詔諭江南之辱，余謂宋南渡以來當以此疏爲第一文字。」此亦以有關係爲説也。推此意求之，可以識文家之大用，如陳琳之檄，江統之《徙戎論》，陸贄興元之詔，史可法之《復攝政王書》，歷朝似此者時有之，而精約之説尤屬第二義矣。

古文詞通義卷九

識塗篇五

文之作法

一、呂東萊之偏歷作法。《玉海》引東萊先生曰：「作文固欲多，不甚致思則勞而無功，不若每件精意作兩三篇，謂如制，文武宗室建節作帥各作兩三篇，其他詔、表、箴、銘、頌、贊、記、序之類亦事事作兩三篇，祭祀禮樂之類是也。皆須意勝語贍，題常則意新，意常則語新。與人商榷更無遺恨，則能事畢矣。」此欲人偏歷諸體以窮其變而盡其態作文之一法也。東萊此法，蓋當時詞科相傳練習文字之法，故《詞學指南》取之。真西山亦云：「制文武宗室各請一題，表賀謝及進書每體亦各請一題。」與東萊同旨。又云：「十二體所急者，制、表、記、序、箴、銘、贊、頌八者而已，若詔、誥則罕曾出題，檄、露布則軍興方用，皆尚可緩。」平齋洪公曰：「制表如科舉，本經所關尤重。」此皆詞科之法，又各體中分別緩急之説也。又呂法用意與歐公練習文字畧近，王洙《談録》稱歐公云：「某每日雖無別文字可作，然須尋討題目作一二篇。」蓋題目須尋討則不拘何題，而其作一二篇則自課之密也。古人研究古文之課程如此。

趙甌北《簷曝雜記》曰：「余客汪文端公第八九年，詩文多余屬草。嘗一月代作古文三十篇，篇各仿一家，公輒指其派繫所自，無一二爽。」此非徧歷諸家不能也。据此知作者與識者均須有此一層工夫也。阮文達《衡文瑣言》稱「爲主司者，宜無文不識」，與此同旨。

詩家作詩亦有用此法者，《麓堂詩話》稱「謝方石自視才不過人，在翰林學詩時自立課程，限一月爲一體，如此月讀古詩，則凡官課及應答諸作皆古詩也。故其所就沉著堅定，非口耳所到」。徐增《而庵詩話》云：「作詩須先攻一體，逐體次第而進，體體得手方是作者。」亦此法也。宋氏詩話《耐冷談》云：「前輩計甫草先生有言曰：『學詩必先從古體入，能古體矣，然後學近體。若先從近體入者，骨必單薄，氣必寒弱，材必儉狹，調必卑靡，其後必不能成家，縱成家亦洒削小家而已，許渾、方干之類是也。學古詩必先從五古入，次七言，次古樂府。樂府資其材料博且典耳，《郊廟》、《鐃歌》之類似不必擬，不如自爲七言長篇。若屑屑摹古人格調，又一李滄溟矣，不如不作。』僕謂古詩中七言長篇，其起伏頓挫之法皆從古文出，若不熟讀古大家之文，長篇正未易爲也。」此説又以詩與文相表裏，其從五古入手之法，《輶軒語》曾言之，亦可與李、徐之説相發明也。

二、曾文正之單進作法。曾文正《雜著》稱：「文字爲代語言記事物名數之用，其流別大率十有一類：著作敷陳，發明吾心之所欲言者，其爲類有二；無韻者曰著作，辨難之類；有韻者曰詩賦，敷陳之類。

人有所著，吾以意從而闡明之者，其爲類一；曰敍述注釋之類。以言告於人者，其爲類有三；自上告下者曰詔誥檄令之類；自下告上者曰奏議獻策之類；友朋相告者曰書問箋牘之類。以言告於鬼神者，其爲類一；曰祝祭哀弔之類。記載事實以傳示於後世者，其爲類四。記名人曰紀傳碑表之類，記事蹟曰敍述書事之類，記大綱曰大政典禮之類，記小物曰小事雜記之類。凡此十一類，古今文字之用盡於此矣。其九類者，佔畢小儒，夫人而能爲之。至詞賦敷陳之類，大政典禮之類，非博學通識殆庶之才烏足以涉其藩籬哉？」繹文正之言，知作文宜從九類入手，而以二類俟諸通才。蓋文有大小，學有淺深，作有難易。以望溪之文論者，猶謂其不能受大題目。文正以先其文之小者，後其文之大者立說，是作文之單進法也。從前張文達奏定學章分記事文、說理文二種，而以記事文爲入手之程限。張文襄續定學章，其大學章程稱研究文學，凡記事、記行、記地、記山水、記草木、記器物、記禮儀文體，表譜文體，目録文體，圖說文體，專門藝術文體，皆文章家所需用。記事文之流別如此其繁，而在今日需用尤切。由此以返，文入諸有實有用，其意可深思也。吾嘗推是意謂文筆澹逸者宜先學爲雜記小品文，文筆淵厚者宜先學爲論著文。本教育存乎人性之說，以作文亦一法也。日本拙堂氏云：「敍事如造明堂辟雍，門階户牖不可妄爲移易。其議論如空中樓閣，自出新意。」據此則一主不變化，一主變化。初學從不變化之淺近敍事下手，亦一法也。近出之《漢文教授法》乃謂「初學不可先學敍事」，豈知言歟？日本人論讀書，謂「今日學生有先務於空論空理之弊」，又謂：「研究學科可將議論之書置而不讀，否則好下皮相不常之見解，馴至惡風。」讀書不可先議論，作文亦然，實反樸之道也。

雖然，從記事文入手之説，從前有三家之論頗有足以難斯説者，今附辨之。陳鵠《西塘集耆舊續聞》曰：「吕紫微居仁云：『學者須做有用文字，不可盡力虚言。』有用文字，議論文字是也。議論文字須以董仲舒、劉向爲主，《周禮》及《新序》、《説苑》之類皆當貫串熟考，則做一日便有一日工夫。」此説雖以作議論文爲主，然仍戒虚言，且其所主之議論，用意在董、劉諸家，則正非淺涉者可藉口，而未可期之於初學也。歐陽泉《省堂筆記》曰：「陳鍾溪師家童子發筆必先作論。論與時文不同，隨事隨物皆可命題，隨其所見皆可立説，無一定之成法可拘，亦無熟爛舊套之可襲。能用經書固佳，不用經書亦無礙。兩三行不爲少，八九百字不爲多。可以覘識見，可以開筆路。」案：此法即友人黄慶澄教初學入手先作小論之法。《輶軒語》亦有此法。惟此法須相學童性質爲之，姿穎者未嘗不可以此爲先導，究不如先作記事文之法於高下之姿皆宜也。至望溪有「散體文惟記難結撰」之説，方氏《答程夔州書》云：「論辨書疏，有所言之事。志傳表狀，則行誼顯然。惟記無質幹可立，徒具工築興作之程期，殿觀樓臺之位置，雷同鋪敘，使覽者厭倦，甚無味也。故昌黎作記多緣情事爲波瀾，永叔、介甫别求義理以寓襟抱，柳子厚惟記山水，刻彫衆形，能移人之情，至《監察》、《四門助教》、《武功縣丞廳壁》諸記則皆世俗人語言意思，援古證今，指事措語，每題皆有見，成文字一篇，不假思索。是以北宋文家於唐多稱韓、李而不及柳氏也。」案：方氏不喜柳文，故其持論如此，尚非篤論也。又攷方氏所謂作記「雷同鋪敘」之弊，不第工作之記爲然，即游觀之記亦不免同一作法之弊。樊氏《韓文譜注》曰：「滕王閣在洪州，自袁州作此記，凡五百五字，首尾敘其不一到爲歎，而終之曰：

『其江山之好，登望之樂，雖老矣，如獲從公遊，尚能爲公賦。』蓋敘事之外所以寄吾不盡之意者，此而矣。歐陽永叔爲襄守史中輝記峴山亭，尹師魯爲襄守燕公記峴山亭，蘇子美爲處守李然明記炤水堂，蘇子瞻爲眉守黎希聲記遠景樓，四者其辭雖異而大意略同，豈作文之法當如是耶？抑亦祖公之此意而爲之也？」蓋以作記取材之難也。王惕甫譏宋人作記多不合體式，謂作記辨體之難也。王鏊《震澤長語》謂：「讀柳子厚集，尤愛山水諸記，而在永州爲多。子厚之文至永州益工，其得山水之助耶？及讀元次山集，記道州諸山水，亦曲極其妙。子厚豐縟精絶，次山簡淡高古，二子之文，吾未知其所先後也。」此又言作記文之極則也。蓋作記之難如是，皆爲文章成家言者言之，而非爲初學入手者言之。且此言記事文，其範圍較廣，與望溪所言諸家之記有別，亦未可以彼例此也。

人之性質有工於範思而拙於綴文者，有工於綴文而範思又次者。沈作喆《寓簡》曰：「樂廣善清言，能命意，而文筆非所優。潘岳能爲文而不工於立意。太叔廣詞令辨給，摯虞不能抗，而仲洽著書又非季思所及也。安仁取彦輔之意爲作《讓河南尹表》，遂成妙製，可謂善用所短。摯與太叔爭名，更相鄙誚，可謂不善用所長。」此可見人各有能有不能也。梅伯言《徐氏遺書書後》曰：「凡人長於考證記問者，其魄强也；長於文章義理者，其魂强也。攷證有就而復爲文，蓋魂魄俱强者。」焦里堂《家訓》謂觀劉彭城《史通自序》可悟教子之法，蓋以人之性質不同，各有所近，一概施之，尠能皆當，因自述其「幼年讀書最鈍，十行《禮記》，半日乃能背誦。然善疑，塾師解説《論》、《孟》每案講章，心中恒不以爲信。久而閲他書，頗有與余意所疑相合者，自是不欲爲株守之學」。因而推之「性有善記誦者，有善論斷者，有宜於經者，有長於史者，有探賾索隱則有餘，有雕龍繡虎而適足者」。日本人譯《格蘭斯頓傳》亦稱格氏入伊頓學校，不善作文，翻譯甚劣，而通原著之意則常冠同羣，故凡書中之妙句奥義，教師常呼格氏釋之。近譯《達爾文傳》稱達不工文學，在校時多鈔集友人文句，至試論時則勦襲之，更藉同學助力始成一篇。又不工誦書，極力讀念後至兩日即忘之。然性强毅，凡歷一事必專心致志，不肯稍懈。凡執一理，必明解詳釋而後置之。合劉氏、焦氏、格氏、達氏性質觀之，則知工措思之人不必强以記誦，並不必强以文辭。竊謂如此之人，不妨按其特性使爲記事一路之文，期應用而止，以適合其精實清樸之氣質，則無廢才矣。

《退菴隨筆》引袁簡齋云：「人才力各有所宜，要在一縱一横而已。鄭、馬主縱，崔、蔡主横，斷難兼得。余嘗考古官制，檢搜羣書，不過兩月之久，偶作一詩，覺神思滯塞，亦欲於故紙堆中求之，方悟著作與考據兩家鴻溝界限，非親歷不知。」王夢樓亦云：「今聰明才學之士往往薄視詩文，遁而窮經注史，不知彼所能者，乃詞章之皮面耳。」案：袁、王兩家意皆尊詩文而薄考據，其説甚偏。然其稱人性各有宜，則持誼甚當。閻百詩稱《顔氏家訓》所謂「但成學士，自足爲人。必乏天才，勿强操筆」，蓋可訓矣。

至桂未谷持論則又尊攷据而薄詩文，《晚學集・上阮學使書》曰：「帖括非性所近，決然舍去，取唐以來文集說部汜濫讀之，十年不休，意氣自豪。周書昌見嘲云：『君因不喜帖括遂不治經，得毋惡屋及鵲耶？涉獵萬卷，不如專精一藝。』馥負氣不從。及見戴東原爲言江慎修先生不事博洽，惟熟讀經傳，故其學有根據。又見丁小雅自訟云：『貪多易忘，安得無錯？』馥憬然知三君之教我也。前所讀書又決然舍去，取注疏伏而讀之，乃知萬事皆本於經也。祇以筆弱不工爲文，亦不喜馳騁華藻，與其崔、蔡宏麗，無寧馬、鄭餖飣，從吾所好，亦自掩其拙也。」此與袁、王之說正相反者也。

又攷人之性質有不工綴文而健於口談者，章實齋述戴東原之言曰：「凡人口談傾倒一席，身後書傳或反不如期期不能自達之人。」此說雖不盡然，要亦情理所必有者。案：《史記》稱韓非口吃而善著書，蓋即與此類相反者，可互觀得之。

今人編輯《鄉土志・序例》，其輯《文學志》之法：「一曰攷訂之文。凡文之詁經解字及考證古事者均入之。二曰論事記事之文。凡文之屬於奏牘及志狀碑傳者入之。三曰詮理之文。凡文之屬於論說辨解均入之。四曰緣情託興之文。凡文之屬於詩賦箴銘者入之。觀於攷訂之文可以覘前賢之學，觀於論事、記事之文可以覘前賢之識，觀於詮理之文可以覘前賢之思想，觀於緣情託興之文可以覘前賢之才藻，故選之以示作文之法。四類之中，攷證之文近於經，記事、論事之文近於史，詮理之文近於子，緣情託興之文近於集。凡初學作文宜先學攷訂之文，然後學記事、論事之文，然後學詮理之文。三體均工，乃學有韻之文。故此志依之以爲次序。」案：分四類讀文以覘才學識，與大學定章中《文學研究法》分有德、有實、有學以讀文用意最近，惟其言初學作文宜先攷訂，則亦一單進作法，與從記事文入手者用意又別，與潘蒼崖解經斷史法略近。不佞從前亦持斯誼，見壬寅歲所編鄉塾課程中，茲録其法於左，以印定茲説。

壬寅之歲，不佞授徒武漢，定立經館授書課程，凡每月作文遇三爲之：上旬論，中旬策，下旬義。其旨蓋以課文之始欲授以論、策、義之作法，須分三項出題，使略諳各體文字，得離合之法，則論、策、義三者乃精。三項者，一論著題，即論説之類。作論著文宜先教之細心看書，史事有首尾，政治有沿革。看書細密則思詣周通，議論乃合。初學作論史文，即當納之此境。至文境，先宜限以長篇巨幅，使之宏恣，萬不可拘之寒儉一途。資太下者別論。一攷訂題，即攷辨之類。初學看書太少，每出考訂題，應考何書，須師檢出授令搜考，並示以條別異同之法。一編纂題，即表譜之類。表譜經緯、聯合析别之法，須師編出凡例定式，授學徒依法編纂之。出題所以必分此三項者，蓋纂録以就條理，攷訂以析異同，論著以會義指也。學徒爲之，其要則纂録必澈本末，攷訂必稽羣言，論著必極思詣，於本末宜有隱括，於羣言宜有折衷，於思詣宜實事求是。此所以使其知類通達，讀書作文一貫之道也。案：《五百家注昌黎集補注》曰：「山谷嘗曰：文章必謹布置，每見後學多告以《原道》命意曲折。後以此槩求古人法度，如老杜《贈韋見素》詩布置最得正體，如官府甲第，廳堂房室各有定處，不可亂也。韓文公《原道》與《書》之《堯典》蓋如此。」今立此種作文法，亦教學人知布置之法也。又有一法，題目宜案其見看何書，即所已看者命題，則趨嚮一而因導得矣。課初學論、策、義有一貫之法，其法先不必具論、策、義之體。如作義先用黄氏宗羲《明夷待訪録》之法，參酌其意，將《注疏御纂七經》、通志堂、學海堂、南菁書院諸經解及《四書五經彙解》各説一一條具於前，既備，乃另條用案語申駁，斷以己意。此蓋兼有論説考辨體，題巨者則兼有編纂體。近人解經著述原多此體。又如作論、策，先用葛氏元福《通鑑綱目策題會纂》之法，金氏之光、汪氏桓《通鑑策題要解》體例亦同。此兩書本坊行場屋之作，然其式極可採用，又與黄氏所定作經義法同，故取之。先書問目，此作策題式。若作論，則改用論題式。次繫事。實題則具列事實，繫條別異。同題則條列衆説，更分條用案語申駁，斷以己意。此亦兼有論説考辨體，題巨者亦兼有編纂體。近日通行各種紀事本末亦是此體。二法不謀而式正同。如此用一貫之法，既不能逃難，又可免蹈虚。如果嫻習此法後，再使爲論、策、義具體之文必大工，似迂途實捷徑也。更案之潘氏《金石例》與今人編輯《鄉土志·序例》所言，與此説用意正同，而臚法較詳，故録入以資印證。辛丑春，應余漢陽先生晴川書院教習之招，因定立課士揭語云：「往者阮文達定學海堂規制，隱規張清恪正誼堂學規，易爲句讀、評校、鈔録、著述四種。蓋必有句讀始有鈔録，始有評校、著述，其分則四，其用一貫。十年前，經心書院日記日程之法亦賡清恪而有所增益。後來陳四覺、鄧雲山兩先生河北致用精舍課法循其制爲之，列句讀、鈔録於課程，評校、著述聽人自爲，通高下而皆宜，不以成業强人也。其鈔録法分致用内篇、外篇、雜篇三目。直隸蓮池書院月有日記，觀其刊册，考訂、纂録兩者居多，其法旬一檢易，月得失而殿最之，與今此書院同法。既分門以類其術矣，一門中必有日記以竟其程塗。竊謂纂録、考訂、著述三者，人各有長，任所占擇。今每月發題案兹三例，不但發題宜有定限，並宜限定何書。擬史學題限定《資治通鑑》、《續資治通鑑》、《明通鑑》，輿地、兵法限以《讀史方輿紀要》、《讀史兵畧》。然□巨不能人人皆有，姑緩限書，先取三者大端發之，仍案以三例，用一趨嚮，月計諸史輿地兵法各三題，論著題相繁簡增損其數，通九題，以一月三分之，得十日爲之。餘二十日理經學、算學等業。纂録夥者不必竟一類，攷訂繁者不必竟一事一義，改月訖之，然其功皆基於句讀。句讀別列程記，實統三者，宜俟時購書切實行之。三者發題，其義旨須面商推閲定後面與賞析，則切琢之功能也。某聞之，知類通達，周人之程學也。明際通誼，漢人之立學也。分門立業，其所以知類而明際乎？分門中而行以纂録、攷訂、著述，緯以句讀，其所以爲通達誼旨之事乎？竊嘗汎濫書簏有年矣，温故功淺，學無實際，不足副諸君雅望，倘以一素心之友許之，可乎！」此法即壬寅課徒法之所本，用附載之。

吾觀輯書之事有益於文，章宗源曾言之。李聯琇自述遭其嫂禁錮時，「日取書塾中六架書爲博涉之學，盡讀其兩架，乃知爲詩遺鬱。繼以書被扃鎖，始讀時文，攻舉業，一藝或數日脱稿。至十七歲爲文，師大異之，曰：吾怖李氏子」。此頗類於潘功甫横通之説，蓋亦作文求工之一法也。故有志大成之人，於編書之法不可不留意。苟能通知作文於編輯書籍，則可以極吾學而展吾才，其爲益也閎矣。張文襄深知此意，故於奏定學章研究文學，凡表譜文體、目録文體、圖説文體、專門藝術文體悉舉出之，謂皆文章家所需用。其力拓文家之範圍如此。程畏齋讀書分年日程立有鈔纂注疏經解之工程，其用意有與此同者。等而上之，亦與宋人詞科編文字法同旨。蓋作文遇一繁難大題目，即須取編書法縮小用之。此種善誘之事，從前各行省課經，古之書院如廣州學海堂、杭州詁經精舍、湘水校經堂、武昌經心書院、成都尊經書院、兩廣廣雅書院、湖廣兩湖書院多用之。壬辰、癸巳間，葆心與家兄葆周文伯在兩湖書院課試，每一巨題，兩人分任，搜攷書籍，綴輯成文，兄葆龢廉叔繕爲定稿，凡五日成卷，盈寸矣。壯年兄弟鋭進之志彌可念，今俱垂老，此樂亦不可復追惜乎！見在後生，未之知也。直隸蓮池書院、蘇州學古堂則取諸生此類纂輯之稿刊爲日記，皆黄方伯彭年教法也。於時彬彬文質之士輩出，豈無故哉？然編書之法如史家表譜之例，祇可以馭一門類之繁要，而不可以綜括衆門類之繁要。前人編治繁賾，物類、事類之書，各垂要法，今録出以備治書編書之應用。一、白香山居易之法。白作《六帖》，以陶家缾數千，各題門目，作七層架列置齋中，命諸生採集其事類，近世阮文達輯《經籍纂詁》亦用諸生分書採集之法。提缾倒取之，鈔録成書。楊文公《談苑》。此但分類而不次時代之法也。一、李仁甫燾之法。仁甫爲《通鑑長編》，作木厨十枚，每厨作抽替匣二十枚，每替以甲子誌之，本年之事凡有所聞必歸此匣，分日月先後次第，井然有條。周氏《癸辛雜識》。此彙事而又分次時代之法也。一、章實齋學誠之法。章氏立校讎之法，謂典籍浩繁，聞見有限。校讎之先，宜盡取四庫之藏，中外之籍，擇其中之人名、地號、官階、書目，凡一切有名可治、有數可稽者，畧仿《佩文韻府》之例，悉編爲韻，注明原書出處及先後篇第，案：近世治地理沿革，治正史人物姓名者多用此法。自一見再見以至數千百皆詳注之，以爲羣書之總類。至校書時遇有疑似之處，即名而求其編韻，因韻而檢其本書，參互錯綜，即可得其至是。《校讎通義》。此又統治一切羣書羣學提要之法，而先取其綱領，後享其成功者也。吾人居今日宜博綜中西政學之世，或編書或治書，其用甚賾，其有益於文甚鉅。此三種發明之法所當留意者也。

三、李文貞之單進作法。梁章鉅《退庵隨筆》：李文貞曰：「學古文須先作論。蓋判斷事理如審官司，必四面八方都折倒他方可定案。如此則周周折折都要想到，有一處不到便成罅漏。久之，不知不覺意思層疊，不求深厚自然深厚。今做古文者多從傳志學起却不是。」案：此說與前說正相反，前已歷辯之矣。但此則議論亦見近世坊行之洪文襄《奏對筆記》，一字不易，惟前增二語云，上曰：「近聞魏尚書說作古文要曲折」云云，後又述洪《奏對》云：「自當先學議論暢達，漸漸縮斂方佳。如今看人作文，其下筆議論汩汩不休者便有成，若僅僅粗通，雖有些筆意，思路到底難成。不獨從傳志入手覺不是，即讀碑板文字亦有病。所爲文長於碑板，一經敍事便不出色。」据《援鶉堂筆記》亦載此數語，則屬之李文貞，并云以謂望溪也。据此所稱魏尚書，不知是二魏中何人，或是蔚州乎？而梁氏則屬之李文貞。然文貞亦非襲他人議論者，宜朱蓉生疑洪氏《奏對筆記》爲依託之書也。

四、朱笥河筠從記事文入手作法。汪中《朱先生學政記》述朱氏平日所論教云：「學文必自敍事始。」李威《從遊記》云：「先生詩、古文詞並於昌黎爲近，每爲人作傳志表狀諸篇，必先進其子孫或親故，令縷述其生平事迹，得一二殊異者乃喜曰：『傳神專在是矣。』不知者病其毛舉細故，及文成讀之，始覺生動婉摯，神理逼真。案：朱氏此法乃明季徐俟齋已指出之法也。集中《與楊明遠書》曰：「前與侯研德論史學云：人而操筆爲人作傳，不特其人之鑪冶，直是其人之造物。若爲鑪冶，不過任我之陶鑄。今則其人直我之生成矣，安得非造物耶？即如爲尊甫先生作傳，若但推其詩畫而没其一生真意，即云詩即李杜，畫即董巨，而枉甚矣！何也？其平生不在此也。故弟於詩畫畧之而抉摘其一二事以爲傳，實以此一二事可概生平也。或有嫌其於尊翁生平交游及所登臨之處太畧者，愚意若逐事爲敍，隨時銓次，是日記、年譜矣。所游必及，所交必載，是輿地圖、點鬼簿矣。只如《陳遵傳》反覆千餘言，止言其游俠好飲酒，而於其立功封侯皆畧之。《楊王孫傳》止言裸葬一事，而於其家累千金，善黄老學皆畧之。何也？惟此足以概之也。」然則朱氏之法蓋本此。此亦方望溪義法之説也。又焦袁熹《此木軒雜著》曰：「子瞻《與朱康叔書》云：『閣名久思，未獲佳者，更乞詳閣之所向及側近故迹爲幸。』以子瞻之腹，乃貧於此兩字耶？凡文字皆有所因而成，苟無因即不可得一字兩字，若天無雲則不能爲雨，樹無枝則不能爲華也。每見世俗强人作賀壽、誄傳、記敍等文者，絶不得其性行言貌，事蹟有所臚列則又決不可入文字。此雖冠代才華不能與之作也。故愚謂遷、固、歐陽諸人果得其底本列几案間因而書之，與彼諸人初無古今之異也。」案：此可與徐說參觀。嘗論作文敍事最難，數十年來作者無足當其意，獨於吾閩朱梅崖先生之文輒首肯焉。」《嘯亭雜録》嘗病笥河詩文與《新唐書》同有僻澀不舒暢之弊，此其所以特心契梅崖也歟？又稱其兄弟攻古文之友有漢軍賈筠城虞龍。章學誠《邵與桐別傳》：「當辛卯之冬，余與同客於朱先生安徽使院時，余方學古文詞於朱先生，苦無藉手。君出據前朝遺事，俾先生與余各試爲傳記以質文心，其有涉史事者，若表志、記注、世繫、年月、地理、職官之屬，凡非文義所關，覆勘皆無爽失，由是與余論史契合隱微。」案：朱氏從記事入手之法，據李、章兩家之説可約推其端緒。其練習之法取前代事迹以作文材，與藍氏鼎元修史試筆之法正同。其應用時多於他人不經意之事用以傳神，而文材必期豐富，故姚惜抱爲《朱竹君先生傳》稱其文「才氣奇縱，於義理事物情態無不備，所欲言者無不盡」。蓋其爲文與其持誼正合也。至竹君之門人章學誠之論傳神也，其《古文十弊》有曰：「陳平佐漢，志見社肉；李斯亡秦，兆端厠鼠。推微知著，固智士之相機。搜閒傳神，亦文家之妙用也。但必得其神志所在，則如圖畫名家，頰上妙於增毫。苟徒慕前人文辭之佳，强尋猥瑣以求其似，則如見桃花而有悟，遂取桃花作飯，其中豈復有神妙哉？」則又傳神法之宜辨者。又姚範《援鶉堂筆記》云：「左丘明之文須看其摹畫點綴，千古情事如睹，而天然葩豔，照映古今。」此又詳傳神之遠源者也。近世外國史家法蘭西有描寫底歷史一派，則與中史傳神合揆之處也。此由記事文入手作法之可考者也。又攷朱氏古文之弟子自邵二雲、章實齋、李畏吾威外，尚有馮魚山敏昌及山右之吳亦山，但後無繼起者。惟魚山述竹君先生之言曰：「但當堂堂正正做去，久之自有到處。」是又朱氏論作文境候之可考者也。

朱氏作記事文注重不經意者，王崇簡《青箱堂集·與人書》則持注重大端之義。王氏曰：「人之生平必有其大端處，從其大者著論方有生色。如蕭含之副憲當姜瓖之變，身在城外，母在城中。不惟處之者難，即論之者亦不易。於其中指出至當之處，則他行隨筆點綴皆有可觀。」按：此義可與朱氏用意相互發也。

又王氏之所謂大端，即袁易齋《佔畢叢談》所謂題中汁漿也。其説云：「作文須題有汁漿始可攄發精妙。苟無可攄發，不過隨題敷衍，無卓議也。宋景文《新唐書》惟房梁公、杜蔡公、郭汾陽、張睢陽、李衛公、杜工部、韓昌黎諸傳贊爲得意之筆，餘亦不能精也。《宋史》史臣論多出於歐陽圭齋之手，惟趙忠獻、司馬温公、蘇文忠、岳武穆、張魏公、文文山諸傳論爲得意之筆，餘亦不能精也。諸公偉人，爲一代之極選，儘可攄發。可見文章因題，雖能者豈能於無議論强生議論哉？」案：諸家所云殊異大端注重之説，陳繼儒《偃曝餘談》亦發之云：「王荆公爲《謝絳行狀》，其文云：『其所嘗言甚衆，不可悉數。及知制誥，自以其近臣，上一有所不聞，其責今在我，愈慷慨欲以論諫爲己事。故其葬也，廬陵歐陽公銘其墓，尤嘆其不壽，用不極其材云。』乃知古人銘狀各有所重，非若今人以狀謁銘也。」据此所云有所重之説，即諸家殊異大端注重之説，亦即侯齋所謂真意之説也。而眉公説尤在諸家之前矣。至荆公狀「甚衆不可悉數」之語，又望溪所舉《留侯傳》義法之説也。

焦廷琥《先府君事略》曰：「有乞府君作傳志者，府君必竭力摹寫之。嘗語不孝云：凡人有一節之可取，不如就其一節摹寫盡致，使其精神畢露。周伯晉先生《觀二生齋隨筆》述張廉卿曰：「古人為文，如為人立傳，祇擇其一事，反覆傳寫，至精至當，其妙處自見。若千頭萬緒，一齊湊泊，譬其道學，又哀其孜据，頌其孝友，又述其忠義，必至散錢滿地，無復條貫，烏足以成文耶？」按：此與焦氏同旨者也。陶退庵貞一《讀漢書雜説》云：「史之傳其人也，必注意其所尤重者，而他則畧焉。端緒雖多，必出於一。如《張敞傳》只載霍氏封事一書，以下惟歷敘其膠東相、京兆尹及冀州太原之治迹，而傳末猶波及其弟武為梁相事。所以然者，所重在吏治也。他如奏鶡雀則見之《黃霸傳》，而其諫方士及議美陽鼎不宜薦見宗廟，此二事尤偉，皆立朝大節，有後世大臣所不逮者，而見之《郊祀志》，皆不闌入本傳。此之謂史裁。後人作傳必臚列生平，惟恐漏略，則適足以汩亂其體，而其人之精神反隱矣。兩漢以後之史類然，惟《五代史》及韓、歐碑志之文，能深得此意。」案：此説可與焦説參看。況可取者不止一節乎。如此乃為有用之文。若徒為無聊市語，人亦何賴有此文？儘可不作。」案：焦里堂此説與朱氏用意正同。沈祥龍《樂志簃筆記》曰：「古人作傳志，往往舉一二瑣碎事極意摹寫，淋漓盡致，令讀者動色。見有關係而於人人能道之言論，反略引其端，即歸含蓄，《此木軒雜著》云：「歸熙甫作《項脊軒志》，家人細碎之事、俚俗之言一一記述，令讀者如目睹而耳聆之，真馬、班之筆也。然亦有不曉事而可笑者，云『扃户而居，久之能以足音辨人。』夫以足音辨人，此人人之所同，而熙甫乃以為己獨能之耶？古詩云：『新歸識馬聲。』蓋不以為異也。」此形容反失乎淺者也。《冷廬雜識》云：「史傳有形容失實之語，如《史記·藺相如傳》記相如持璧卻立倚柱則曰：『怒髮上衝冠。』《趙奢傳》記秦兵鼓譟勒兵武安則曰：『屋瓦盡振。』《項羽本紀》記羽與秦軍戰則曰：『楚兵呼聲振天。』皆描摹傳神之筆，事雖虛而不覺其虛，彌覺其妙。此龍門筆法所以獨有千古也。《晉書・王遜傳》襲其語而增一句曰：『怒髮衝冠，冠爲之裂。』則近於拙矣。」此不善形容至於太過，反失實者也。如神龍見首不見尾。此文家避正位趨旁位之法也。文如是始空宕而不板實。」此說與朱氏亦相互發也。

翁覃溪《祭笥河文》有云：「其於古文，實學昌黎，醇而後肆，滂葩四馳。韓之於班，厥塗弗歧。上接《左》、《史》，渾乎無涯。嵬瑣貫穿，匪葉與枝。精液充動，匪毛與皮。」案：此數語可見朱氏學記事文之次第。翁氏又云：「自昔文家，功在修詞，音訓字詁，或罕兼茲。而獨先生，同源并窺。一心兩手，直貫旁推。下上千年，無往不宜。摹仿之極，悉去筌蹄。考證爲文，竹垞、百詩，皆函雅故，析入毫釐。先生用法，參差整齊。其於古人，合而能離。」案：此又言朱氏能通小學以爲文，而又長於攷證之文也。繹翁氏此旨，可與汪中所述互證。

又案：作記事文入手法，王氏《詞學指南》曾畧舉之，今臚之以示初學。其引東萊先生曰：「記序有混作一段說者，有分兩節說者。如未央宮，先畧說高帝、蕭何定天下作宮一段，乃說『爲之記曰』。此下立意或說『奉若天道，建邦設都』，或說『都邑四方之極』，皆得。」又曰：「作記有敍其事於首者，如宮殿經始於某年某月，落成於某年某月之類，先說在頭一段，然後入『爲之記曰』云云。周子充《漢未央宮記》首云『漢高皇帝』云云，『八年，丞相蕭何治未央』云云是也。有叙其事於尾者，如詹叔義《漢城長安記》末云『城肇功於元年正月，已事於五年九月』

云云，『爲門者十有二，南北則象斗形』云云，洪景伯《唐勤政務本樓記》末云『樓成於開元二年之九月』云云是也。」此皆言作記之大同體段也。又引西山先生曰：「記以善敍事爲主。前輩謂《禹貢》、《顧命》乃記之祖，以其叙事有法故也。後人作記未免雜以論體，須多讀前輩叙事之文。凡文體嚴整者及典則簡嚴者，爲作文之式則下筆方有法度。蓋有出處事多，如唐折衝府者；出處事少，如漢步壽宮者。事多貴乎善翦裁，不然則繁冗矣。事少貴乎善鋪張，不然則枯瘠矣。」如漢金城屯田，出處幾五七板，而欲歛爲一篇；漢步壽宮，出處纔數句，而欲演爲一記。須將前人此類之文，觀其布置之法。事多者筆端自爲融化，不全用古人本語；事少者自作一規模，不使局促，則得之矣。此言作記仿古馭題之法也。其言事多、事少之用法，尤臨文時揀取材料之要訣，劉彦和所謂「思贍者善敷，才覈者善删。王世懋《藝圃擷餘》云：「每一題到，茫然思不相屬，幾謂無措。沉思久之，如瓴水去窒，亂絲抽緒，種種縱横坌集，卻於此時要下翦裁手段，寧割愛勿貪多義。如數萬健兒，人各自爲一營，非得大將軍方略不能整頓攝服，使一軍無譁。若爾朱榮處貼葛榮百萬衆，求之詩家誰當爲比？」此善删之説也，可與《關係篇》尚簡之説參看，並與《解蔽篇》第二則參看。善删者字去而意留，善敷者詞殊而義顯。字删而意缺則短，詞敷而意重則蕪」也。記忌「之乎者也」虚字重字太多，忌堆疊窒塞，忌浮靡纖麗，朱子所謂「記文當攷歐、曾遺法，料簡刮摩，使清明峻潔之中自有雍容俯仰之態」是也。案：東萊、西山皆爲詞科説法，然初學可循之爲入手之用，故録之。

五、張蒿庵爾岐所傳之豫擬題目作法。《蒿庵閒話》云：「邢懋循嘗言其師教之作文，擬月若干道書籤上，貯之筒，每日食後拈十籤講説思維，令有條貫，逮作文時遂可不勞餘力。」案：此似是攻舉業文之法，然與歐公尋討題目法同旨。此則但講貫之而不即作文，亦一法也。

六、朱子之摹擬名文作法。《玉海》引朱文公曰：「古人作文多是摹仿前人而作之，蓋學之既久，自然純熟。韓、柳答李翊、韋中立書可見其用力處。如相如《封禪書》，摹仿極多，柳子厚見其如此，卻作《貞符》以反之，然其文體亦不免於蹈襲。」又曰：「前輩作文者，古人有名文字皆摹擬作一篇，案：此法曾文正曾以教其子惠敏爲之。故後有所作，左右逢原。」又曰：「貢父文字工於摹仿。」又云：「曾公喜摹擬人文字。」此蓋以初學下筆爲文，主持之力脆薄，必賴客位之力支拄而定，以有所依倚爲入手之方，故陸祖禹有「作文不規橅先輩，瞑然如長夜」之言，汪縉爲詩有「伯玉、少陵外不二師」之法。《四庫提要》稱王褘「集中多代擬古人之作，蓋學文時設身處地以殫揣摩之功，宋代諸集往往有此」。此作文之一法也。朱昂《續骫骳説》謂：「古人凡在文章之苑者，其下筆皆有所法，不苟作也。班固序傳謂斟酌六經，參攷衆論。然則文章自六經者上也，其次亦各有所祖而因時爲變態云。」案：前人於摹古之外尚與古人有關係者，如《學齋佔畢》稱李白「清風明月不用一錢買」二句，東坡演爲《前赤壁賦》尾節九十七字。《丹鉛總録》云：「《毛詩》『漣，風行水成文』，老泉演爲《朱文甫字説》二百四十三字，誠齋文又演之」。此演古一法也。《捫蝨新語》稱：「世間所有好句，古人皆已道之，能者將復暗合孫吳耳。」《揣桂堂暇録》謂「昌黎不肯學人語言，然亦有偶然與相類者」。《嬾真子》謂「規矩合則方員自同，學問至古人自然與古人同，不必擬也」。此暗合古人一説也。子雲有《反離騷》，子厚有《貞符》反《封禪書》，李寒支、尤悔庵均有《反恨賦》，此反古之一法也。

王氏《湘綺樓文集》有《論文》一篇，其旨亦以極力摹擬爲初步，其説曰：「文有時代而無家數。今所以不及古者，習俗使之然也。韓退之遂云：『非三代兩漢之書不敢觀。』如是僅得爲擬古之文。及其應世，事蹟人地全非古所有，則失其故步，而反不如時手駕輕就熟也。明人號爲復古，全無古色，即退之文亦豈有一句似子長、揚雄耶？故知學古漸漬於古，先作論事理短篇，務使成章，取古人成作處處臨摹，如仿書然，一字一句必求其似，如此者家書帳記皆可摹古。然後稍記事，先取今事與古事類者比而作之，再取今事與古事遠者比而附之，終取今事爲古所絶無者改而文之，如是非十餘年之專功不能到也。西人亦有以著作久經練習爲貴者，美人馬爾騰氏《成功實訣》曰：「英國文士金工氏嘗謂每日成詩四句，即不虚一日之功，嘗著《荒村吟》一篇，歷七年始成。其言曰：著作緩者，則因久運心才，而境界方能開展。彼自號敏捷者，才氣雖旺，實力必甚短也。」人病在好名欲速，偷嬾姑息，孰肯而刊楮七日以削棘猴？故自唐以來絶無一似古人之文，唯八家爲易似耳。今貶八家不得言文，及其作文更不如八家，以八家亦自有二三年工力乃可至耳。詩則有家數，易摹擬，其難亦在於變化，於全篇摹擬中能自運一兩句，久之可一兩聯，久之可一兩行，則自成家數矣。成家之後，亦防其泛濫。詩者，持也，持其所得而謹其易失，其功無可懈者。」又曰：「要之聞道猶易，成文甚難。必道理充周則詩文自古，此又似易而愈難，非人生易言之境也。孔子大聖，發憤忘食，其教人不憤不啓，請以一言蔽之曰：憤而已。」案：王氏此説，其於摹擬之次第與其境候言之詳矣。觀其輯方志摹《水經注》，銖寸不失，其他詩文莫不皆然，誠深於摹擬者，知其得力有在他人不能爲也。又其《湘軍志》及集中摹《史記》處規仿悉肖，往往以今事就古語。其碑版文仿六朝、唐人尤多，絶不用韓、柳以下之格，皆可證其摹古之熟。然究以其傳狀數篇，至有古意而無其形似，乃其自得處，則全是摹擬後成家之文矣。李慈銘《荀學齋日記》稱王所撰《鄒叔勣傳》「意求奇崛而事蹟不分明」，其他語則詆毀殊甚。實則李氏之文何能望王項背，特以好駡得名耳。其《日記》中痛詆同時人亦有直筆，惟過甚之詞太多。其人大略毛西河一流而不逮毛之博辯，若較以當時京僚風靡之習，要亦不失爲獨立之士也。又考王氏所謂憤之一境，確是文家人天合湊之境，必先觸動此境然後可卜有佳文。然前人欲構成此境有兩種：一種求之於臨文時，即下筆之頃於勿正勿忘中忽得此境。陳鑑《操觚十六觀》曰：「黄知微嘗欲於大慈寺壽寧院壁作湖、灘、水、石四堵，營度經歲，終不肯下一筆。一日，倉皇入寺，索筆墨甚急，奮袂若風，須臾而成，作輸寫跳蹙之勢，汹汹欲崩屋也。操觚當作如是觀。」一於臨文時用外界以刺動之，使其氣一壯而若有所會。陳氏《十六觀》又云：「唐荆川爲古文、詩歌，起弘、正之衰。余曾王父羅江公嘗訪之於京邸，呼酒，淋漓半醉，意欲作文，先常唱《西廂》

『惠明不誦《法華經》，不禮梁王懺』一句，手舞足蹈，縱筆伸紙，思九天，入九淵，文乃成。笑曰：初之豪唱，所以壯吾氣也。《冷廬雜識》曰：「杭州桑弢甫水部調元游五嶽歸，題聯書室云：『六經讀罷方持筆，五嶽歸來不看山。』其爲塾師時，先命徒讀經背誦，如《童蒙經》，熟始教以文法，選天、崇文二十六篇詳加評語，令熟誦之，以是登科第者甚多。紹興某名士，經術甚深，而文格重鈍，不利於試，年逾四旬，猶困場屋，受業於門，桑閱其文曰：『病已深矣。』悉屏其所習文，戒勿寓目，授以曹垂燦進士《君子之至於斯也》文，令專誦三月，始課作文。迄一年，誦曹作已數萬遍，竟易重鈍爲輕靈，乃曰：『此後惟子所誦，投無不利矣。』次歲即舉鄉闈，聯捷成進士。」案：此雖爲時文言之，然先熟研以變其習而壯其氣，其文始工。其爲道則一也。蓋一則用之於平日，一則用之於臨時也。操觚當作如是觀。」此二種，一則其法即和邦額所述某公作《關廟記》之初狀，其意即金人瑞氏「靈眼覷破，靈手捉住」之説。一則其法即歐公作文先讀《史記·日者傳》，其意即鼓氣以壯勢，如曾文正「思得美睡，充足精神以赴所見」之説也。一説者即杜茶村所謂「一部《離騷》，因嗔而作」之意，亦即章實齋所謂「撰文時興會」也。參看《解蔽篇一》第二則「立主意」條中。

七、潘蒼厓昂宵之解經斷史作法。《金石例》曰：「余教人作文，先要令其能解經，蓋以所説之書使之演文。案：程氏《讀書分年日程》亦有演文之法。蓋元代人通行學作文字之法也。既是熟於義理，就其中抑揚以得作文之法，此是求速化之術。全章既能解釋，則作疑義設疑以問之，以觀其見識。若能因所問得其旨意，則心地已開，見識已到，然後斷史以觀其處事，如此則作詩作文無所不通矣。良工之子必學爲箕，良冶之子必學爲裘。箕裘無與於工冶，教人者使之以歸其理，此當與智者道。學者能如是用功，他日悟其言有味。不然，視之爲迂闊，而近效亦終不可得矣。」案：此似緣元代經義經疑設爲此等入手之法，與拙編《鄉塾讀書課程》中用意亦略同。

八、葉石林之豫選文格作法。孫穀詳《野老紀聞》云：「石林作文必有格。昭慈上仙，石林入郡中制服，館於州北空相寺。方致思作慰表間，門人有見之者，方坐，復有謁者至，石林出迎接。案上有一編書題云《文格十七》，啓之，乃唐人慰表十三篇，皆當時相類者。」案：此乃豫備舊文作格式，既備有種種文體，復於各體中備種種舊式，而臨時依格爲之。蓋宋人作文有論著、應用二體，其分自宋景文。其所謂論著，必貫穿質正，分明是非，拾前人所遺以寤後覺，非如應用一時竊取古人語句而成也。石林此法爲作應用文之豫備也，且大都屬諸作四六文字之事。又考宋方頤孫有《文章百段錦》，案：程氏《讀書分年日程》有呂成公、錢學士百段錦爲舉業資。此與同名，殆其流亞。取唐宋名人之文，標其作法分十七格，每格綴文數段，每段綴評於其下，案：從前舉業家作制藝有《花樣集錦》，作律賦有《雞跖集》，作律詩有《分類詩腋》，皆仿此意。與石林題名正同，而其例與近刻歸氏《文章指南》亦相近，又與近日日本武島氏《修詞學》每一法必舉舊文示例者相似，又與山岸氏《漢文正典》以圖解發明韓昌黎《上于頔書》，繪爲左右扉開闔之格式亦同。其例遠開自唐人説詩，皆於變化中求不變化以示作文門徑，亦一法也。車若水《脚氣集》：「吳明輔從簣窗作爲新樣古文，以爲文章有格，顧首顧尾，有間有架。」案：簣窗爲水心弟子，亦尚此一派也。葉氏論詩亦有取古人之長而擬之法，《石林詩話》云：「魏晉間人詩大抵專工一體，如侍宴、從軍之類。故後來相與祖習者亦但因其所長取之耳，謝靈運《擬鄴中七子》、江淹《雜擬》是也。」

案：宋人知制誥應詞科者皆有預選成格之法，且其體多用四六，故爲之者必從事於此。《玉海》引真西山之言曰：「表有單題，有總數事爲一題者。如出一賀册表，非胸中有五六件册寶，如何展布得一篇。」此所以必預選文格之由也。又前代類書未盛出，故唐宋制誥家、詞科家多自編用，何燕泉曰：「宋初陶穀久在翰林，意希大用，其黨因對言穀宣力實多微伺上旨。太祖曰：『翰林草制皆檢前人舊本，所謂依樣葫蘆耳，何宣力之有？』」《東軒筆録》。周必大《玉堂雜記》：「內制名色不一，儤直時或未詳其體式，故凡詞頭之小者，院吏必以片紙録舊作於前，謂之屏風兒。所謂葫蘆樣者，非耶？」《餘冬敍録》。此制誥家豫儲文格之證也。王氏《詞學指南》載有吕東萊編文法。謝退思稱四六全在類編古語。唐李義山有《金鑰》，宋景文有《一字至十字對》，司馬文正有《金桴》，採王岐公最多。其他陸贄備《文言》三十卷，韓愈《西掖雅言》五卷，皆摘經史爲對偶者，南豐所序晏公《類要》七十四篇亦同。案：此類之書往往不免《兔園册子》。朱氏《文通》

引楊升庵曰：「士子自一經外，近日稍知務博而不究本原，徒事末節。《五經》、諸子則割取其碎語而誦之，謂之蠡測；歷代諸史則鈔節其碎事而綴之，謂之策套。其割節之人不通經史，而章句血脉皆失其真，有以漢人爲唐人，唐事爲宋事者，有以一人析爲二人，二事合爲一事者。余見考官程文引『制氏』爲『致仕』，舉子墨卷引《漢志》『先其算命』作『先算其命』者。」案：近日試場考官士子似此荒謬者極多，如《秋雨庵隨筆》、《庸庵文編》都摘爲諧語可見也。案：曾文正家書嘗教其子編類書，并引袁簡齋作文及阮文達督學時均注重此種以爲法，大都供詞章之用耳。作古文，則文正但鈔訓詁而已。至類書如明代《錦字》、《藻林》之類，不注出典，多謬。此種斷推本朝官撰之書，如《淵鑒類函》、《子史精華》等袟皆有裁擇，有本原。即私家所編如《類腋文選課虚》、《唐詩金粉》之類皆可用。作詞章者不可不留意也，用附及之。

九、朱竹垞不立成格作法。朱氏《答胡臬書》云：「古文之學不講久矣。近時欲以此自鳴者，或摹仿司馬氏之形模，或拾歐陽子之餘唾，或拘守歸熙甫之緒論，未得古人之百一，高自位置，標榜以爲大家，然終不足以炫天下之目而塞其口，集成而詆諆隨之矣。僕之於文不先立格，惟抒己之所欲言，詞苟足以達而止，恒自笑曰：平生無大過人處，惟詩詞不入名家，文不入大家，庶幾可以傳於後耳。雖然，僕之爲此，非名是務也，實也；其於文也，非作僞也，誠也。」此說以直抒所見爲文，以不拘舊格爲方法，又作文之一法也。朱氏又嘗自云：「少時爲文好規仿古人字句，頗類于鱗之體。既而大悔，以爲文章之作期盡我欲言而已。」是此一境乃朱氏進境後説法也，不然恐入歧塗矣。又邵齊燾爲《蔣德哀詞》謂其論文「奇正長短，不設定見，期持論有本，宜暢經旨，而深嫉近日文士準量行墨，剽賊字句」。案：此雖屬論時文，然實與朱説相印合也。

范無厓曰：「作文字最忌預設意見，立間架。預設預立，必無生氣。試觀山窮水盡自有雲起，思入不患不妙來也。凡所作隨手曲折，即初想或不到，然非强爲也。矜心作意，終未之逮。」案：此説與陳後山因事以出奇之意相近，與朱氏之説亦可互證也。

十、吕東萊讀文、編題、作文一日並行之法。王氏《詞學指南》引東萊先生曰：「凡作工夫須定立課程。月月有常，不可間斷。日須誦文字一篇，或量力念半篇，或二三百字，案：此定程讀文法，焦袁熹頗不取之，《此木軒雜著》曰：「《世説》載桓温集諸名勝講《易》，日説一卦，簡文便不欲聽之，曰：『義自當有難易，其以一卦爲限耶？』余謂此名言也。每見學人勤誦習者以紙數爲課程，期在精熟，此便是爲古人所驅役，豈能得其至味乎？如遇一詩一文會心可口，欲罷不能，因而吟諷累數十日都不知此外更有篇卷。此境政自大佳，較之日盡盈寸者所得多矣。」吾謂焦氏此説乃老學涵養性真之事，吕法則下學精進之規，未可偏廢也。編文字一卷或半卷，須分兩册，一册編題，一册編語。卷帙太多，編六七板亦得。作文字半篇或一篇，熟看程文及前輩文字各數首，此其大畧也。」縱使出入及賓客之類，亦須量作少許，念前人文百字，編文字半板，非謂寫半板，但如節西漢半板，作文字數句，熟看程文及前輩文一首。雖風雨不移，欲求繁冗中不妨課程之術。古人每言整暇二字，蓋整則暇矣。案：王氏《指南》本爲應博學鴻詞修業而作，所採呂氏之言亦爲作詞科工夫説法，雖屬宋人制舉之業，然其於考文式、儲文材、練習文字三者一日並舉，而練習尤居要，其專一精進之意至可取，較程畏齋之法尤密，故並録之。至編題之法，在當時應詞科者爲必需之工夫，故王氏書中首及之。東萊、西山及陳國正皆詳其編法，蓋是科至浩博，不能不以編題爲入手之綱，須著數年工夫，經史諸子、本朝實録皆徧。真西山曾臚舉編題應取之書，並分類一百三十七目。可見當時業是科者之不易。今則無需乎此，但師其讀、作並進之意，更以編題工夫作爲厚積文家根柢之用可也。王氏又引葛文康公曰：「記問之博當如陶隱居恥一事不知，記問之審又當如謝安不誤一事。」蓋儲文材之博而且精如此。又案：宋元人習制業者最重讀看當時前輩程文，東萊既言「看程文」，真西山亦稱「須將累舉程文熟讀，要見如何命題用事，如何作文」。考此取程文觀其命題、用事、作文之法，與程畏齋所云「讀看制誥表章策」正同，亦當時程文也。此與編題本是一路工夫，然非尋常攻文者所急也。

十一、呂氏又有先立格律、次立意、次語贍之作法。《辭學指南》引東萊先生曰：「凡作文字先要知格律，次要立意，次要語贍。所謂格律，但熟考總類可也。案：總類當是辨體之書，當時必有專書，今不可考。所謂立意，如學記，泛説尚文是無意也，須就題立意方爲親切。柳子厚《柳州學記》説『仲尼之道，與王化遠邇』，此兩句便見嶺外立學，不可移於中州學校也。所謂語贍，如韓退之《南海神廟文》『乾端坤倪，軒豁呈露』一段，老蘇《兄涣字序》説風水一段是也。雖欲語贍，而不可太長，謂專事言語。不可近俗，如青編中對聖賢語、黄卷上從古人游之語皆是。不可多用難字，熟看韓、柳、歐、蘇，先見文字體式，然後徧攷古人用意下句處。又須作一册編體製轉换處，不拘古文與今時程文，大略編之，如《喜雨亭記》：『亭以雨名，志喜也。』柳文《宣文廟碑》：『仲尼之道，與王化遠邇。』似此之類，此作記起頭體製也。歐公《真州發運園記》中間一節，此記中間鋪敍體製也。柳《萬石亭記》附零陵故事之類，此記末後體製也。」案：此法潘蒼厓《金石例》中載之。吕氏之意蓋以格律爲大同，立意、語贍爲分異。既屬大同之事，非考總類匄合之書不足以盡其變而求其合。其編體製轉换册與葉氏預選文格之法略同，但此分别入手先後之法較明析。其所拈雖只作記一式，然可通其法用之他體文字也。鄙人從前練習文字時，每作一文，係何體文即取各家此類之文縱觀之，然後下筆，蓋與宋人相傳之法暗合。

東萊之言，後人論作記之種别有可與互參者。施愚山《廬山志序》曰：「志山水者類稱山記，而約有二端：搜覽巖壑形勝及人物往蹟，是紀事也；討據簡册，摹索崖碑以廣舊聞，是徵文也。」案：施氏之分此二種本爲修山水志言之，然初學作山水記時亦可案此二項以範思儲料也。

十二、程畏齋之相間作法。《讀書分年日程》用真西山所定作科舉文字之法：「一、讀看近經問文字九日，作一日。《冷廬雜識》稱明王志堅官南駕部時，雅不欲以游閒談讌把玩日月，乃要諸同舍郎爲讀史社，九日誦讀，一日講貫，移日分夜，矻矻如諸生時。其功課亦與程氏日程同。二、讀看近經義文字九日，作一日。三、讀看古賦九日，作一日。四、讀看制誥表章九日，作一日。五、讀看策九日，作一日。作他文皆然。案：宋元人私家課文法如此，約每文一月凡作三篇。至明人官家課試之法，攷《九九消夏録》云：「明嘉魚李沂，字景魯，萬曆丙戌進士，有《中秘草》三卷，其《自記》稱每月上旬、中旬、下旬試於翰苑者曰館草，每月朔望試於東閣者曰閣草。其館師閣師評語皆録焉。」據此知明人官中課試，其翰林館試猶沿宋元人法，閣試則較疏。余在兩湖書院，張文襄公課試亦分朔望課，朔課官課，望課師課，每課一兩題，五日交卷也。是沿明人閣試之法矣。文體既熟，旋增作文日數。大抵作文辨料識格在於平日，此用東原戴氏法。及作文之日，得題即放膽，此用疊山謝氏法。案：王陽明示徐曰仁應試語云：「場中見得題意，大概便放膽下筆。」即演程氏此意。立定主意便布置間架，以平日所見一筆掃就，却旋改可也。如此則筆力不餒。作文以主意爲將軍，轉換開闔如行軍之必由將軍號令，句則其裨將，字則其兵卒，事料則其器械，當使兵隨將轉。所以東坡答江陰葛延之萬里徒步至儋耳求作文秘訣曰：『意而已。作文事料散在經史子集，惟意足以攝之。』正此之謂。如通篇主意間架未定，臨期逐旋摹擬，用盡心力不成文矣，切戒！」案：此雖以作元代科舉文字示式，然推之於練習他種文字亦屬要法。蓋讀與作相間爲之，相間之法由九日以漸增其數，作者相其功候而自定之可也。此蓋參合歐公、東萊二法而並用之。案：此種分日作文之法，從前習舉業時，塾中無不如此，有三、八、四、九之分。吾鄉大都三、八日作文，四、九日作詩賦雜文，後但存三、八之課而已。攷粤人鄭昌時《韓江聞見録》有郭君《規塾師》詩云：「三八訂文期，二七較藝術。一六與四九，濡毫兼染墨。庶幾攻苦多，因之智慧出。文由熟入妙，努力始硯北。」按：鄭氏此書作嘉慶中，是此風遠至嶺南而其傳乃自百年前也。其分日較吾鄉尤密。後來鄧保之先生有誦書分日之法，則又移以治書矣。

章實齋遺文中有《題戊申秋課》曰：「余不能書，又性僻嬾，生平撰著皆不自脱稿，而委人繕寫。又憚於往復詰問，故所爲草稿皆先爲空白書册，隨時結撰其上以備散佚。字畫亦必明朗易辨，塗攛多者則用粉黄拓之，鈎勒之筆朱緑錯出。案：此爲章氏作文塗改之法。若汪容甫作文塗改之法則不然。包慎伯《書述學六卷後》曰：「雜稿四册，各厚寸許，文皆有重稿，或有至三四稿者。惟靈表二篇，每篇三四稿，詞各異而皆未成。予爲集各稿之精語，不改一字而成文，仍如容甫之筆。」據此知容甫作文改一次則另爲一稿，實齋則就原稿用粉黄拓之再改也。此改稿之一法也。葆心作文改稿與容甫之法暗合，但好用零紙，未成册，故多散佚。款面皆按年甲子統題爲流水草，蓋不類而隨時接續者也。將滿一册，率得二三萬言則略以類序，先後録爲一卷。作文之勤多在秋盡冬初，燈火可親，節序又易生感也。平日所負文債亦每至秋冬一還，然終未能悉掃無餘。性命之文盡於《通義》一書。今秋所作又得十篇，另編專卷，蓋涉世之文與著作之文相間爲之，使其筆墨略有變化。此既盈卷，彼亦成巨册矣。流水草本每篇之下必注撰時月日，風雨陰晴，他日覆閲則知撰文時興會。噫，此如孺子塾課無閒歲矣。」案：此亦一相間作法也。取以較之程氏，彼爲科舉法，此乃著述法也。

十三、陳眉公繼儒先藏名文，文成而後相示之作法。章載謀有謨《景船齋雜記》曰：「陳眉公云：『教弟子者每作文，先藏一名家文於篋中。俟其文成，出而示之，如暗中得三光，欣躍異常。此課文捷法也。讀書宜隨時而讀之，如此時苦旱，宜拈《喜雨亭記》及祈雨故實、古文、古詩如宣王憂旱之章等類，使之熟讀，令心目與時令相感，最能觸發聰明。』此言深得三昧。」案：陳氏作文之法，導人以古爲師之法也。其言讀書法使人以直觀法與文字相參照用之，於初學最宜。作文則以我驗諸人，讀書則又以文驗諸物，一貫之道也。其論作文不知指當時爲時文者言，亦或爲作古文言之，然其法用之同題之時文最切，亦未嘗不可參其意以規仿名家同體之古文也。案：眉公此法，證以舉業家相傳訣法，而知其確爲課時文而設，與張蒿庵所舉邢氏之師之法同爲經生所必需。攷伍芝軒涵芬《讀書樂趣》引袁了凡諭社讀書法云：「時文集定，俟作此題成，然後簡其文細看，何處是彼神到，何處是彼意到，何處是彼理到，何處是彼詞到。蓋不以時文看時文而以我看時文，所謂轉法華而不隨法華轉也。芬憶幼時先子於三、八日命題作文，先選此題刻文之最佳者一二篇藏篋中，俟芬文成時，乃發篋中所藏文命看，覺眼界爲之一豁，愧自己思腸筆力不及遠甚。此先子苦心善誘法也。《冷廬雜識》云：『金檜門評昌黎《桃花源圖詩》云：「凡古人與後人共賦一題者，最可觀其用意關鍵。如桃源，陶公五言，爾雅從容，「草榮」、「木衰」四句略加形容便足。摩詰不得不變七言，然猶皆用本色語，不露斧鑿痕也。昌黎則加以雄健壯麗，猶一一依故事鋪陳也。至後來王荆公則單刀直入，不復層次敍述。此承前人之後，故以變化爭勝。使拘拘陳迹，則古有名篇，後可擱筆，何庸多贅。詩格固爾，用意亦然。前人皆於實境點染，昌黎云：「當時萬事皆眼見，不知幾許猶流傳。」則從情景虚中摹儗矣。荆公云：「雖有父子無君臣，天下紛紛幾經秦。」皆前所未道，大抵後人須精刻過前人，然後可以爭勝。試取古人同題者參觀，無不皆然。苟無新意，不必重作。世有議後人之透露不如前人之含蓄者，此執一而不知變也。』觀公此論，可知其詩得力之所在矣。」案：此詩家同題參觀之要法，在文家亦應同之也。以較陳法，彼作而後看，此乃看而後作，用法大異矣。又文家參觀同題文之法，《韓文補注》引《邵氏聞見録》曰：「孔子作經，使後世讀《易》者如無《春秋》，讀《書》如無《詩》，其法固不知也。獨韓退之作《王仲舒碑》又作《志》，蘇子瞻作《司馬君實行狀》又作《碑》，其事同，其文各異，庶幾知之矣。」此同題之文以能各自別異而見其工也。又有相類之文參觀可見其高下者。《韓文補注》云：「觀堂劉夷叔云：退之諫張僕射擊毬書纔數百言，使人意動神悚。子厚勸李睦州服氣書費千餘言，乃反緩而不切。人才相去不可及哉！」此相類之事以才之高下而別其優劣也。又書簡之高下論者有緣時代而判者，《援鶉堂筆記》曰：「文章高下雖因作者才資力量，而亦不能無限於時代。如昌黎書文涵蓋千年，然較之盛漢則不免一間。雖《孟尚書》可謂工極，以視史遷、楊惲二書，則氣韻高古沉重去之遠矣。惟《與柳鄂州》二書庶可與庶子王生《與蓋寬饒書》並耳。」此僅以同體之文互相參觀，於以才力判別之外又以時代判別之也。又曰：「王文公《萬言書》不免低頭説話之病，坡公《萬言書》力量大於王，然無可學處。」又曰：「文字大小長短不論，如王文公《萬言書》不及一篇《廖道士序》、《董邵南序》冠絶古今，然較之史公自有崖塹。」又曰：「昌黎《畫記》學《攷工》，或者謂似《顧命》，則不然，渾穆莊重豈能如《顧命》哉！」又曰：「鼂補之《捕魚圖記》學《畫記》，雖錯繹變化，一齊讀去，較之昌黎體勢似緩，然自工中間亦略設色。」又曰：「《羅漢記》遠不及《捕魚圖》，過於摹擬，亦近矜且多不成文法處。」諸説皆可與並行讀法諸説互究者也。讀了凡先生語，乃見用意略同。」據此説以證合眉公之法，可知此乃舉業相傳之訣。了凡在眉公前，是眉公乃效了凡者也。葆心平昔學爲文，往往作何體文輒先取此體文徧覽而後下筆，或作文後取之作印證。然則此法與所謂應時令以讀書者均可通之學古文也，故附列之。

案：石林之豫選文格，東萊之先立格律，眉公之先藏名文，其法不同，其用意則同。自此以後，科舉家相沿成習，故遂演成八股文一定程式至嚴至密之文體。當八股文初廢時，爾時文士尚疑此後爲文宜何適從者。可見以一定程式課文之説入人之深也。不佞初開本貫兩等小學堂時，即立定縱勢、横勢、錯綜勢三式課文之法教學僮，蓋即此旨。嗣得湘潭黄氏家塾所刻《菱谿精舍論文》四卷，中附有楊重恒之課文六條，其立法亦以有定程式課初學者也。今備録之，爲究心此事者之資。其一曰爲文宜有摹擬。今每次課文必取古人文平日所熟讀者一篇以爲法，當於題目下用小字注明擬某人某文。文無摹擬必致顛倒陵亂，首尾横決，此之謂無紀律之師。曾文正以剽竊前言、句摹字擬爲戒律之首，而姚惜抱先生則謂效法古人當盡變形貌，使不得尋其迹。如此可知摹擬之道蓋布局、用筆、造句三者皆當有一定之程式，如大匠之於規矩而不可分寸踰越，然又當在若離若合之間，不得襲用字面句調，要期於脱化而已，矧在初學尤不可輕率下筆。楊子雲、柳子厚過似古人，雖文章之病，然舍是又烏從而入門哉？一曰爲文宜先立意。今每爲一文必先立定主意，當於題目第二行低一格寫明作意，以一二語約之，不得繁冗。意不可以强求者也，必由讀書多，積理富，胸中確有把握，而後每遇一題，出其所見識解自足以勝人。若學既不深，且茫然於是非得失之故，又何意之可言？然題有難易，義有淺深，學者既經開筆爲文，自宜發其思路以導之用意。蓋必有意而後有局，有局而後有筆，有筆而後有詞，有詞而後有氣，此爲文自然相生之次第也。苟非求之於意，則必杜湊抄撮，敷衍蕪雜，終身莫得塗轍，以此自誤誤人蓋不少矣。

一曰布局宜知分析。局生於意，意之始終本末即文之層次首尾。然意之變化不可端倪，而要必有一定不移之局，故意或頭緒紛多，必藉局以範之，而後無旁雜分歧之慮。嘗求之古人之文，實莫不有一定之局法，大率必分四段，或止三段。何謂四段？一曰籠起。將通篇主意以數語挈之，或渾括或明提，所謂一篇之綱領也。二曰探源。凡題莫不有源，學之源則當考其所自出，事之源則當敍其所由起，既得其源而後落題，所謂一篇之來脈也。三曰實發。所以闡明主意宜用斷法，駕空立論，或原本經術以言其義理，或徵引史事以衡其得失，務在賓面透露而後續到題意。若意猶未盡，即再引伸提起，多至數層亦無不可，要使題之所藴無不究宣而後已，所謂一篇之精神也。四曰收束、掉尾。總結通篇之意以回應首段，謂之收束。或引他事作證，或從後面襯論，謂之掉尾。所謂一篇之去路也。其有止三段者，或用探源直入，或用籠起實發，帶敍本事。要是立局之變總當以四段爲正格。今每爲一文，務必確守四段爲一定局法，宜於每段下用小字雙行注明「以上言某某」，如探源段下即云「以上言某某意探源」之類是也。

一曰用筆宜知開合。筆尚變化，似無成法可拘。然陰陽闔闢，造化之機，爲文之道亦豈外是？故雖筆之變化無常，而要有一定之開合，其曰斷、曰續、曰縱、曰擒者，皆得統名之開合。故以一篇之開合言之，或一段反一段正，一段虛一段實，此開合之大者，則局爲之也。以一段之開合言之，或時而斷時而續，時而縱時而擒，此開合之小者，則筆爲之也。筆之所以妙者，惟在熟於開合，使斷續縱擒無不如志而已。蓋有斷與縱者以離而遠之，有續與擒者以收而近之，此之謂善於用筆。至於一段之中，有開中之開合，有合中之開合，其實即是筆之嚮背，而亦得名之以開合。神而明之，固隨其所施無有不宜者矣。今爲文於每段中或用一層開合，數層開合，皆不能拘。然在初學要以一層開合爲易明晰，宜於每一開下注明「以上言某某意作開」，每一合下注明「以上言某某意作合」。一曰造句宜求自琢。既知局法、筆法，尤宜講求句法、字法。古人爲文，莫不有句例，短者多用四字或三五字不等，長或數十字，要皆有例。若不明其例，讀古人文且莫辨其字之上下層，何能自譔？即或任意爲之，亦斷不能成語。故必求熟於句例而後可以自造句。韓文公起八代之衰在務去陳言，語必己出而已。今雖不足語此，然文之雅俗實由此而分。若雜採古書成語襞積爲文，乃八股律賦及俗體四六之陋習，從事於此，終身無望入門，切宜痛戒。然亦不可求太過，如李習之謂狀笑哂不可復言「莞爾」、「啞啞」之類，恐或流於僻澀。大抵古書成語一二字可用，多至四字亦不防偶用。即用之，亦當避熟，文之能自拔於流俗者此也。造句之法惟當做古人句例以自琢之，使能達其意而已。至於用字則宜求之《說文》、《爾雅》。若熟於訓詁，自能隨手應用。惟經籍太常見之事，用之反足以累文體，亦在所宜禁。蓋造句貴清而不可澀，用字貴新而不可僻，此亦臨文之所不可苟者也。右五則可以攷見楊氏教爲文一定之程式。吾嘗攷之楊氏四段或三段法，乃循古人文中塗轍而求之，余之三勢法則循文題材料而求之。循古人文中求之者，研究與應用在讀文與作文時；自批作意係用張文襄《輶軒語》中作文之法。循文中材料求之者，研究與應用在讀書與作文時。余法較淺而可深用之，楊法則較深亦可淺用之。楊選文目：方苞《漢高帝》、《灌嬰》二論；姚鼐《李斯》、《賈生明申商》二論；梅曾亮《臣事》、《晁錯》二論；管同《楚昭王》、《蒯通》二論，《范增論》上下；蘇軾《伊尹》、《荀卿》、《韓非》、《始皇》、《留侯》、《賈誼》、《晁錯》七論，《大臣論》上下，蘇軾《省費用》、《倡勇敢》及《策斷》下三篇；蘇洵《易》、《樂》、《詩》、《書》、《明》五論，《諫論》上下及《管仲論》；蘇轍《六國》、《三國》二論；韓愈《原道》、《原性》、《原毀》、《師説》、《爭臣論》、《伯夷頌》六篇；柳宗元《封建論》；歐陽修《本論》、《朋黨論》；曾鞏《唐論》。皆按四段、三段分析評出，又總評之間録前人批而加陰陽圈點以豁目。

一從文意中示定式，一從文法中示定式，通之未嘗不可經緯互用，善教者詳之。近日出版既繁，人士又苦不學，於是羣以抄襲見長，或一文字，或筆記一則，始盜東籍以炫人，其風倡白鉅子。近則更盜舊籍以炫人，或改舊事作近事，或郢書燕説淆亂情勢與時代至不可究詰，誠藝林中一阨。故楊氏第五則中將文中此種自欺欺人不肖無賴之舉引爲切戒，亦有功世教之論也。

十四、王氏褘之境候遷變作法。宋濂《王忠文集序》稱其文凡三變：「初年所作幅程廣而運化宏，壯年出游之後氣象益以沉雄，暨四十以後乃渾然天成，條理不爽。」《四庫提要》謂宋氏此言知褘最深，謂鄭瑗《井觀瑣言》稱褘文精密而氣弱爲非篤論。推而論之，儲同人在陸《草堂文集》有《徐天碧文集序》稱昔柳子厚爲禮部以前對偶雄麗，至永、柳而變，秋濤瑞錦，上軋昌黎。近世中州侯朝宗所著《壯悔堂文集》，高處可遠紹歐、蘇，而自謂前此年少時亦喜爲駢四儷六之學，迨後著此集時絶筆不爲四六。子厚居永、柳猶時時作對偶文字，視少年益雄深。李兆洛《養一齋文集·跋方彦聞隸書》云：「彦文之爲學善變，其爲駢體也，初愛北江洪先生效齊梁之體，綺儁相逮矣。已而曰此不足以盡筆勢，則改爲初唐人規格，雄肆亦復逮之，自以爲未成也。

其爲隸書也，摹完白鄧先生，精心仿之。又以不能出完白上，思別出一奇，變爲古瘦，亦未成也。」此皆遷變之通例也。胡培翬《求是堂文集序》謂胡墨莊之文凡三變：「初時精熟《文選》，習爲駢體文，有六朝初唐風格。其後研究經史，與友朋討論辨釋名物訓故，則有考據之文，如孔、賈疏體，雖不於文求工，而下筆滔滔，文稱其意。自閩海歸，求文者多而學愈邃，文亦日進，所作序記傳銘騷騷乎韓、歐軌度矣。」此緣學與應用而變者也。羅洪先門人胡直序《念庵集》稱「其學三變，文亦因之。初效李夢陽；既而厭之，乃從唐順之等相講磨；晚乃自行己意。其《答友人書》取譬於水，謂『古人必實見斯道之流行無所不在也，雖欲不爲波濤湍瀾之致不可得』」，大約自行己意之後之言也。是又文境之變遷因乎學之證，亦外修古而後自證以內心之法，蓋文家之公同軌道也。《後山詩話》曰：「荆公詩云：『力去陳言誇末俗，可憐無補費精神。』而公平生文體數變，暮年詩益工，用意益苦。故言不可不謹也。」又高承勳《豪譜》云：「全子棲爲文則入自課庵，一文必三草，後悟其淺近，盡付於火。生平凡三焚文集。」西人文字及述作以多改而始稱工者亦常有此事。《成功寶訣》曰：「嘗觀美國《獨立檄文》及郎拂羅名作《人生歌》之原稿，見其勾乙處如蚓臥紙上。蓋不知幾經修整之工始成最後宏麗之文字。美國紐約《城夕郵報》五十年之老撰述家白賴德嘗著文一首，竄改至百徧始出，問世而心猶以爲未盡善焉。又希臘大賢巴累多所著《理想的共和國》一書，起首一句九易書法而後安之。英詩人波伯嘗終日成詩二句。小說家伯朗德氏或以一小時斟酌一字。葛賚作短篇，每經日始成。華勒珥成詩十句，乃聚其滿腹之心血。吉朋之編纂《羅馬興亡史》，開首一章三易稿始定，自發端至告成歷時至二十五載之久。」據此可知名作成功之難，故畢啓珥有言：「一書一畫，一詩一文，凡足以垂久遠而享盛名者，無不從經久辛苦中來。」而馬爾騰所以謂古人著書有至數百卷者，其秘訣即在勤勞二字也。吾人力學攻文，其能有成者無中外，古今一也。是功候有變遷也。王西莊於古文初嗜王遵巖，繼效歸震川。是學古亦有變遷也。包世臣稱讀文之境所見有遷變，故作文之境亦自有遷變，文家公例，莫不如是。蓋必有變境始有進步。張長史學吳畫不成而後爲草書，顏魯公學張草不成而後爲正書，吳道子學書於張顛、賀知章不成而後學畫，皆名擅天下。此程氏大中《測言》所以有「不變者難工而善變者易工」之言也。以變境爲進步，不獨文家、畫家，而詩家亦然。《滄浪詩話》謂：「學詩有三節：其初不識好惡，連篇累牘，肆筆而成。既識羞愧，始生畏縮，成之極難。及其透徹，則七縱八横，信手拈來，頭頭是道矣。」此詩家境候遷變作法也。《藏海詩話》云：「杜詩敍年譜得以考其辭力，少而鋭，壯而肆，老而嚴，非妙於文章不足以致此。如説華麗平淡，此是造語也，方少則華麗，年加長漸入平淡也。」此亦詩家境候遷變之證。《徐而庵詩話》云：「作詩須學變，每一年變幾次，於詩自然有得。」不獨詩家，駢文家亦然。李申耆謂「方彦聞之爲學善變，其爲駢體初愛洪北江效齊梁，已而改爲初唐人規格」，亦可證也。而王氏由宏廣而之沉雄，由沉雄而之渾然有條理，亦文家才質由壯闊而之高澹，相循之公例也。包慎伯《復李邁堂書》謂「人心嗜好斷難强合，如入都市者各市其所欲得，豈不爲美備也耶」。斯又緣於性近而自適於變者也。張廉卿嘗爲黎蓴齋選梅伯言文二十餘首，謂「人各有嗜好，必不可强同。即一人之身，而先後所厭喜往往有異，所選固不可爲定」。此言觀文亦有變遷之理，與包慎伯言讀韓文同旨，而作文亦有然也。

張氏惠言《文稿自序》又有一種變遷法，謂：「余少學爲時文，窮日夜力屏他務，爲之十餘年，廼往往知其利病。其後好《文選》詞賦，爲之又如爲時文者三四年。余友王悔生見予《黄山賦》而善之，勸余爲古文，語余以所受於其師劉海峯者。爲之一二年，稍稍得規榘。後又肆力於學者六七年而求所謂道者。使余以爲時文、詞賦之時畢爲之可得二十五年，其與六七年者相去當幾何！惜乎其棄之而不知也。」文廷式《純常子枝語》述「陳蘭甫師自言作文從陳后山入手，波瀾局狹，篇幅粗完而已，然雅深而堅切正未易及。蓋師早年好作駢儷文，故較后山藻采尤壯也」。案：王氏所歷遷變之境就一體中驗其遷變，張氏、陳氏則由此體及彼體之遷變也。

文家境候之變遷，非緣性近而異，即緣所學而異，初非徇外爲人而謀變遷也。然衰世士習則不然，故李小湖聯琇《論文四詩》之三有曰：「學從性所近，吟取意之適。如何徇流俗，文字爲人役。道謀已難成，時尚況屢易。慨從士習偷，浮藻競塗飾。詔下求幹材，經濟各臚策。迨開重雲講，人人言道德。所作歲三變，改習亦云迫。三變猶未已，君將學草檄。昨過琉璃肆，書賈大耐客。講章如秋扇，兵書高索直。」《好雲樓初集》。此則徇俗以役於人，强爲變遷，不知有我。純出於揣摩風氣之爲，不第爲古文中之下乘。在制舉文盛時，此風蓋尤劇，而明者薄之也。且士習既易摇，不但文章中多逐時好，並於文章外多舍所學而隨時尚以自役焉。李氏所以慨乎言之也。

十五、宋子京讀與作兼行之法。王正德《餘師録》載《宋子京筆記》云：「常言俗語，文章所忌，要在斲句清新，令高妙出羣，須衆中拈出時，使人人讀之特然奇絶者方見工夫也。又不可使言語有塵埃氣，惟輕快玲瓏，使文采如日月之光華。常見先生長者欲爲文時，先取古人者再三讀之，直須境熟，然後沉思格體，看其當如何措置。卻將欲作之文暗裏鋪摹經畫了，方敢下筆，踏古人踪跡以取句法。既做成，連自改之，十分改就，見得別無瑕疵，再將古人者又讀數過，看與所作合與不合。若不相懸遠，不至乖背，方寫淨本出示他人。前此應試攻苦最劇時，諸先正於臨場作文相勗以熟鍊、凝靜、活潑工夫。如王文成示徐曰仁應試語，大略教其「將進場十日前便須練習，雞初鳴即起，整衣端坐，抖擻精神，勿使昏惰。務須絶飲酒，薄滋味，則氣自清；寡思慮，屏嗜慾，則精自明；定心氣，少眠睡，則神自澄。每日或倦甚思休，少偃即起，勿使昏睡。進場前兩月即不得翻閱書史，雜亂心目，每日只可看文字一篇以自娱。若心勞氣耗，莫如勿看，務在怡神適趣。忽充然滚滚若有所得，勿便氣輕意滿，益加含蓄醖釀，若江湖之浸，泓衍泛濫，驟然決之，一瀉千里矣。每日閒坐時，衆方囂然，我獨淵默，中心融融，自有真樂，蓋出乎塵埃之外而與造物者游。非吾子槩嘗聞之，宜未足以與此也」。又曰：「場中作文先須大開心目，見得題意大槩了了即放膽下筆。今人入場有志局促不舒展者，是得失之念爲之病也。」案：《曾文正日記》有云：「安得屏棄萬事，酣睡旬日，神志完適，然後作文一首，以抒胸中奇趣。」其意與文成論應試時作文先須涵養同旨。考近人青城子有《亦復如是》説部，曾記一事云：「某少年與一老者同寓赴秋闈。老者樓下，手披口讀。少者樓上，與二僮簫管謳歌，談笑作樂。老者遣人傳語曰：『終日如此，來此何爲？』少年回語曰：『終日呫嗶，請問平日爲何者？』老者移寓他所，而樓下來者酒博呼號，少年亦苦之，移寓，又與老者相值。老者方惱，忽少年閉門寂處。老者窺之，則少年屏息危坐，三日入闈又連號，少年夜飲罷，囑老者『明晨勿驚，聽吾自醒』。及次午醒，少年據案疾書，至晚俱成。榜出，少年果第一，老者列十一。詣問之，少年曰：『三年攻苦，身心斂抑，絶無發抒開展之樂，故以謳歌簫管暢達其情。又恐其流而不返也，復以振襟危坐收攝其精神，爲三日夜專心致志地步。入闈後又恐形勞神疲，故以酣睡靜養之，使其氣旺而神足。』此古人所謂三年不鳴，一鳴驚人之説也。」按：此事與文成、文正兩家之説極合。雖説部之言不可盡據，然樂蓮裳《耳食録》載前明毛生應試事亦與此合。應試時欲作佳文宜如此，則平時欲作佳文亦自不外此也。故並舉之，以與宋子京説參證之。宋説作文時先讀文，用意亦在活潑其機神也，與歐公作文時先讀《日者傳》同一法門。貴合衆論，非獨耐看，兼少問難耳。人之爲文，切忌塵坌。近世汪容甫之文整潔，據包慎伯《述學六卷書後》云：「畢貴生之母，容甫妹也，嘗語予曰：『先兄每日出謀口食，夜則炳燭讀《三禮》四十行，四十徧乃熟。性不飲，終其身酒未沾脣。生平與人書，雖數君，皆具稿，猶塗改再三，稿中應擡頭字皆端寫。』余驗其稿本，良然。」此可見凡文之屢改者，無有不潔者也。須是一言一句，動衆駭俗，使人知其妙意新語，中心降嘆，不厭諷味，方成文字也。」案：此法於作文時兼讀文，即以爲法與獨造正相對待者也。葆心平昔學文多得於此，更證以姚姬傳之説，而其意益明。其《與魯賓之書》曰：「學文者利病短長，下筆必自知之。更取以與所讀古人文較量得失，使無不明了。充其得而救其失，可入古人之室矣。豈必同時人言其優劣哉？言之者未必當，不若精心自知之明也。」此正與宋氏之法同旨者也。而宋氏之法又與陳眉公之法正互相發明者也。

十六、《童氏學記》蘄州童樹棠著。之獨造法。童氏云：「凡爲古文詞者，須先下神禹鑿龍門工夫，不然終身誤矣。其用要須於一綫天中鑿出路徑，《觀二生齋隨筆》述張廉卿語云：「爲文須有心得，由心得處精進不懈便可傳。」按：此心得之説即由一綫中求出路徑之旨。放出大光明世界，乃能掃去一切常語、客氣語，字字要造，要老，要到，要精，要剛，要靈，要有毛，是爲獨造。古今大作者，能造則開闢兩儀，惟吾最先；錢伯桐《與張皐文論文》曰：「吾囊於古人之書見其法而已。今吾見拓於石者則如見其未刻時，見其書也則如見其未書時。」詮最初之義而言之，與此合誼。能化則陰陽萬變，莫窺門户。闞季華師云：『文章之妙在獨到。何以能獨到？在生造。』棠嘗持論文字，以獨到爲宗，故有句云：『造詣能孤始一家。』竊幸與師言不背。」總而言之，評騭一切文字，以獨造爲宗，以大氣爲宗，以有光爲宗，以有象爲宗。能舉以真正大氣，自然有光有象，自然有獨造處。陳太初先生云：「兩間粲以爛，元氣爲之根。」識力獨高千古矣。王蘭泉稱羅臺山之文「陋摹擬，絶倚傍，旁通曲鬯，務抒其所獨契」。蓋前人本有此文境也。童氏又嘗言：「作文一『作』字最有味。」其意蓋以爲文自我，幾於以陸王家講學之宗旨作文矣。此亦一法也。

以上諸家言作文，東萊之法以每件作兩三篇爲用，以意勝語贍爲宗。文正之法以文章體製之小者歸諸普通才品之運用，以體製之大者俟諸特絶才品之發抒。李文貞之法用意與文正略同，而入手略異。朱笥河以記事文爲宗，以取材贍富爲用。朱子之法以擇摹名文爲用，以自然純熟爲宗。潘氏之法以使人自然就理爲宗，以從解經論史爲用。葉氏之法以預選多格爲宗，以俟時類仿爲用。朱氏之法以不摹仿、不拾唾、不拘守爲用，以抒己欲言、達詞而止爲宗。王氏之法以宏廣而之渾然爲宗，以歷境有遷變爲用。童氏之法以生造爲用，以獨到爲宗。呂主圜周，曾主測注，王主直進，朱子主於泛師古人，葉氏主於依類師法古人，朱氏主不師古人，童氏主師心，朱氏不立格猶有人之見存，童氏獨造則他人之見悉泯矣。吾謂朱子、葉氏、曾氏之説用於中資爲宜，呂氏、王氏、朱氏之説施諸中人以上爲宜，童氏之説惟才、學、識兼懋之人用之方無流弊也。至張蒿庵之豫擬文題，呂東萊之讀文、編題、作文并行及其先立格律二法，程畏齋之讀與作兼行，陳眉公之先藏名文而後作文，宋子京之先讀而後作文，其立法不同，其用意專在豫備作文中用工夫，使人深知讀與作有相關切之理，是又程功者所宜細意擇取者也。此外又若《螢雪叢説》稱東萊教學者作文之法，先看《精騎》，次看《春秋權衡》，自然筆力雄樸，格律老成。是於未作文之先要備練習文筆文格之法也。詳見《識塗篇》八之末則。張端義《貴耳集》稱：「作文之法先觀時節，次看人品，又常玩味其立意。」是於作文時指示措思之次第也。陳善《捫蝨新語》謂：「得梵志翻著襪法則可以作文，得倒用大司農印手段始能文中自立語，及用古人語而不露筋骨。」曰翻曰倒，皆於作文時不欲自域平坦平順一路之意也。

文家格法之綜合

自有而之無之文法。作文始於有法，終於無法，非無法也，神明乎法律之外也。呂居仁叙夏均父

《遠游堂詩集》是以立「有定法而無定法，無定法而有定法」之説。前人示作文以定法者，包安吳教學者「初攻文時，不分資性利鈍，爲父師者須取明白簡鍊之文，於旁批總評中授以一定不易之法。童愬南云：「先看歸、方諸老評點《史記》，知其規模大概，再求變化。」亦同此意。吾謂一定不易之法，當取前人之文爲之批點解説，取譬事物以發其蒙。擬於人事則有所謂賓主面意，擬於宇舍則有所謂間架結構，擬於身體則有所謂眉目筋節，擬於繪畫則有所謂點睛添毫，擬於形家則有所謂來龍結穴，擬於器用則有所謂鉤鎖連環」。此教學者攻文之定法。雖王船山、章實齋論文均不取此種，然彼爲較高者説法也。文之分篇不外頭、腹、尾三段法，文之分段不外起承、鋪叙、過結法。此外前人論文之格法，近出《漢文教授法》中凡拈出十二種，皆示初學定法者所資也。

文之低下者，前人亦有取譬之語。袁氏守定曰：「凡有所作，攤視舊本謂之獺祭魚，令人檢討出處掇拾成文謂之衲被，裝頭者謂之樓上架樓，摹仿前人者謂之屋下作屋，鋪叙無含蓄謂之狀體，好用金玉寶璧字謂之至寶丹，好用古人名姓謂之點鬼簿，好用數目字謂之算博士，好附寒僻者謂之鬼畫符，俚拙而笨者謂之疥駱駝，文未成而鐫刻者謂之冷癡符。」《佔畢叢談》。此與前取譬一宜一忌，可參觀也。大抵文字衰弊之時，作文每每有一種活套，從前制舉時尤甚。《升庵合集·論文》曰：「太祖令經義無過三百字，近時冗贅至千餘言，不根程、朱，妄自穿鑿。破題謂之馬籠頭，處處可用也。又謂舞單鎗鬼，一跳而上也。起語百餘言謂之壽星，頭長而虛空也。其中例用存乎存乎、謂之謂之、此之謂此之謂、有見乎無見乎，名曰救命索，不論與題合否。篇篇相襲，師以此授，上以此取，不知何所底止也。」按：科舉此種習氣，本朝自道光後尤甚，其説創於華陽卓文端及吳縣潘文恭，其時墨裁活套有所謂中式花樣者，其名色有曰回環九大股及開場六大股、三大股者，則連用三排四疊之筆也。有曰四馬臨門、雙旗擁後者，則用四疊入手，雙排作收也。有曰單刀直入，一鍼見血者，及《輶軒語》所舉懸爲禁例諸濫調皆是。論者至謂各種名色不祥，遂肇粤匪之禍。證以升庵所舉，可見時藝文弊如出一轍，皆定立名色曉譬之陋習也。

又案：前人以定法示人者，如論前人之文，魏冰叔謂韓公是山分文字，峯巒峻峭；歐公是水分文字，波瀾動宕。此以實物顯文品者。又如作論之法，諸家常以最顯之有機體喻之，如歐陽起鳴目首段爲論頭，袁玉璠目次段爲論項，方蛟峯目第三段爲論心，陳止齋目中段爲論腹，結段爲論尾。合之可悟全篇機體結構之作用，亦猶唐人言律詩有破題、頷聯、頸聯、尾聯之目。蓋元人又有字眼之目也，其遠源實始於唐釋齊己《風騷旨格》所立詩家十勢，多取喻於動物。蓋文法空靈無薄，言法者寄諸實物以講明之，實物尤莫如喻以有機體。文亦物中之有機括者也，舉人身生活以曉譬定法而意趣瞭如矣。鄭方坤《詩人小傳》云：昔虞伯生語袁伯長公：「文章之妙惟浙中庖者知之。凡水陸之産皆擇柔甘調其湆齊，澄之有方而潔之不已，視之泠然水也，而五味之和各得其所求，羽毛鱗甲之珍不易故性。爲文之妙亦由是耳。」程畏齋云：「譬之如樹，通看則由根至表，幹生枝，枝生華葉，大小次第而爲樹。又折一幹一枝看，則又皆各自有枝幹華葉，猶一樹未可毫髮雜亂。此可以識文法矣。」梅伯言志湯海秋墓稱所著《浮丘子》：「立一意爲榦而分數支，支之中又有支焉。則支復爲榦，支榦相演以遞於無窮。」與程氏取喻正同。是三者皆以實物喻文境之證也。

吴立夫萊論文有云：「作文如用兵，法有正有奇。正是法度，要部伍分明。奇是不爲法度所縛，千變萬化，坐作進退，擊刺一時俱起，及其欲止，什伍各還其隊，原不曾亂。」梁茝林謂吴氏善言文章。蓋吴氏亦以有法無法立説也。王杰《重刻文章正宗序》曰：「真氏之書分四門，此規矩之已然者也。而其神明之運則存乎其人。誠取一定之範圍而求合之，是必熟悉所以然而深究其所當然，而後恍然自悟。於古人分別部次不加批點之意，是規矩而神明之者也。」此亦活用定法之説也。

然諸人取喻尚屬有機體之淺近而簡約者，至舉有機體之繁賾而深至者以喻古文，則始自宋人，亦猶東西人以有機體言歷史與政治學也。宋人立是説以狀文章者，李方叔之言最爲完備矣。其主人身體質以言文者，謂：「文無體，譬如無耳目口鼻。文無志，譬如雖有耳目口鼻而不能知視聽臭味。文無氣，譬如雖知視聽臭味而血氣不充於内，手足不衛於外，若奄奄病人。文無韻，譬如壯夫，其軀幹枵然，骨强氣盛，而神色昏瞢，言動凡濁。」其主人之品彙以言文者，謂：「迂疏矯厲，不切事情，爲山林之文，其人不必居藪澤，其氣韻則然。鄙俚猥近，不離塵垢，爲市井之文，其人不必坐廛肆，其氣韻則然。豐容安豫，不儉不陋，爲朝廷之文，其人不必列官寺，其氣韻則然。寬仁忠厚，有任重容天下之風，爲廟堂公輔之文，其人不必任臺鼎，其氣韻則然。」其主人之性質以言文者，謂：「正直之人，其文敬以則；邪諛之人，其言誇以浮；功名之人，其言激以毅；苟且之人，其言懦以愚；捭闔縱横之人，其言辨以私；刻覈忮忍之人，其言深以盡。」蓋政治學之爲有機體者，謂於一民族一國家而以相一人之身之法觀之。歷史學之爲有機體者，謂觀全部歷史如觀一人傳記。其言既爲世人所引重，而李氏舉文之體質、品彙、性情均納於有機體之中也，則文之情態亦遂如一人之情態矣。此亦屬文家較深之取喻也。

以吾人之體質喻一朝文章之盛衰者，又有一説。姚石甫《識小録》嘗取王緱山集中《學藝初言》之説曰：「文章與世高下，的的不謬。非文章關世運，乃世運自兆文章耳。以氣運論文，不當論其名家傑出者，當論其大凡。成、弘之文如嬰兒之始孩，渾是一團元氣。正、嘉之中年而後，神骨才情始暢茂而完足。癸丑而後，膚革充滿，神采爲所障濾，不免癡肥。至隆、萬則擁腫一清而氣亦少索矣，然筋骨固自在也。午酉之交，奄奄就盡。流至今日，非但怪誕者化爲鬼魅罔兩，即世所號爲平正者亦如跛眇具形，骷髏載髮，都非完人。當天下全盛之時而元氣涣散，有以水搏沙之象，是則深可慮也。默移之道又不在文章矣。」案：此本以時文言之。以其取喻明切，故取證之，亦可以曉然於文運盛衰邪正之旨矣。

又有以定法示人，反恐印定學者眼目而不予標舉者。如《唐宋文醇・凡例》謂：「文之短長高下及起伏照應本無定法，所謂天機至則律吕自調耳。故此選本中古今人評文屬此者並不録。」按：此與王文端序《文章正宗》同旨。又《柳南續筆》云：「宋人論文有照應、波瀾、起伏等語。」馮鈍吟謂「若著一字於胸中，便看不得《史記》」。馮己蒼批《才調集》，頗斤斤於起承轉合之法。何義門謂：「若著四字在胸中，便看不得大曆以前詩。」又云：「世所傳唐宋八大家者，謂係歸安茅氏所定，而臨海朱伯賢實先之。朱竹垞則謂大約出於唐應德、王道思所甄録，茅氏饒於貲，遂刊之以行耳。余觀此書頗斤斤於起伏、照應、波瀾、轉折之間，而其中一段精神命脈不可磨滅之處却未盡著眼，有識者恒病之。吾邑陶先生子師《答湯西崖書》云：『江右有魏叔子者，以古文負盛名。』及吾郡前輩高自標榜，傾動人主。然嘗循覽其旨，俱宗茅鹿門。鹿門批點唐宋八家，不能推論其本而沾沾於其末。淺學從此入手，規橅節奏，自謂已得。每與學者論此，未嘗不嘆息也。孔子曰：『辭達而已矣。』本也者，其所由達也。一生二，二生三，三生四，四生五，以至什伯千萬，莫可紀極，是謂有本。生有起滅，數有消息，萬物自然，與化往來，作長斂藏，皆中程度，是謂能達。是故君子明理以知要，極情以盡利，趨歸以定方。是故理生事，事生變，變成章，意象卷舒，自然合節。今不求其本而急求於合節末，淺之乎爲文矣！」此數行議論極佳。其所謂「吾郡前輩」者，蓋指堯峯而言也。而餘姚黄太冲評堯峯文以六字括之，曰：「無可議，必不傳。」此言雖未免過當，然所謂「無可議」者，非指其節奏之已合乎？所謂「必不傳」者，非指其根本之未探乎？殆與子師所言若合節矣，則不取定法之説也。然以較諸言定法者，則一示初學，一示進步。由嫺熟法律之中以神明乎法律之外，所謂自有而之無者。如此言各有當，非有鉏鋙也。

前言係論讀文時宜用活法，若論作文時亦宜知有活法。如《螢雪叢説》謂文章一技，要自有活法。若膠古人之陳迹而不能點化其語句，此乃謂之死法。死法專祖蹈襲，活法奪胎換骨也。黄山谷曰：「不易其意而造其語謂之換骨法，規模其意而形容之謂之奪胎法。」夫文不役古，何以成文？而全摹之，是襲古，非役古也。采其成言而别具爐竈，掠其名理而自吐精光，如陶石簣所謂「釀花爲蜜，蜜成而初不見花；釀稻爲酒，酒成而必去其粕」。斯善役古者也，即奪胎換骨之謂矣。《佔畢叢談》。陳同甫《論作文之法》云：「布置開合，首尾該貫，曲折關鍵，意思常新，若方若圓，若長若短，斷自有成模，不可隨他規矩尺寸走也。」《金臺紀聞》述郝文忠公云：「古之爲文法在文成之後。詞由理出，文自詞生，法以文著，相因而成也。非先求法而作之也。」此皆戒人以定法作文之説也。

明初蘇伯衡平仲嘗有《染説》一篇取喻文義，其言曰：「凡染，象天，象地，象東方，象南方，象西方，象北方，象草木，象翟，象雀以爲色；取蜃，取梔，取茅蒐，取橐盧，取豕首，取象斗，取丹秫，取涚水，取欄之灰以爲材；熾之，漚之，暴之，宿之，淫之，沃之，塗之，揮之，漬之以爲法；一入，再入，三入，五入，七入以爲候。天下之染工一也。於此有布帛焉，衆染工染之，其材之分齊同，其法之節制同，其候之多寡同，其色之淺深明暗枯澤美惡則不同。其深而明、澤而美者必其工之善者也，其淺而暗、枯而惡者必其工之不善者也。蓋天下之技莫不有妙焉，而況於文乎！」此專取於染以喻文之一説也。蘇氏又爲《瞽説》以況譬之法取喻於文，其理趣尤博，其言曰：「敢問文有體乎？曰：何體之有？《易》有似《詩》者，《詩》有似《書》者，《書》有似《禮》者，何體之有？有法乎？曰：初何法？典、謨、訓、誥、《國風》、《雅》、《頌》，初何法？難乎？易乎？曰：吾將言其難也，則古《詩三百篇》多出於小夫婦人。吾將言其易也，則成一家言者一代不數人。宜繁宜簡？曰：不在繁，不在簡。狀情寫物在辭達。辭達，則一二言而非不達；辭未達，則千百言而非有餘。宜何如？曰：如江海。何也？曰：有本也。如鍵之於管，如樞之於户，如將之於三軍，如腰領之於衣裳。何也？曰：統攝也。如置陣，如構居第，如建國都。何也？曰：謹布置也。如草木焉，根而幹，幹而枝，枝而葉，葉而葩。曰：何也？曰：條理精暢而有附麗也。如手足之十二脈焉，各有起，有出，有循，有注，有會。何也？曰：枝分脈別，而營衛，而流通也。如天地焉，包涵六合而不見端倪。何也？曰：氣象沉鬱也。如漲海焉，波濤湧而魚龍張。何也？曰：浩瀚詭怪也。如日月焉，朝夕見而令人喜。何也？曰：光景常新也。如煙霧舒而雲霞布。何也？曰：動蕩變化也。如風霆流而雨雹集。何也？曰：神集而冥會也。如重林，如邃谷。何也？曰：深遠也。如秋空，如寒冰。何也？曰：潔淨也。如太羹，如玄酒。何也？曰：雋永也。如瀨之旋，如馬之奔。何也？曰：回複馳騁也。如羊腸，如鳥道。何也？曰：縈迂曲折也。如孫吳之兵。何也？曰：奇正相生也。如常山之蛇。何也？曰：首尾相應也。如父師之臨子弟，如孝子仁人之處親側，如元夫碩士端冕而立乎宗廟朝廷。何也？曰：端嚴也，温雅也，正大也。如楚莊王之怒，如杞梁妻之泣，如昆陽城之戰，如公孫大娘之舞劍。何也？曰：激切也，雄壯也，頓挫也。如菽粟，如布帛，如精金，如美玉，如出水芙蓉。何也？曰：有補於世也，不假磨礱雕琢也。將烏乎以及此也？曰：《易》、《詩》、《書》、《二禮》、《春秋》所載，左丘明、高、赤所傳，孟、荀、老、莊之徒所著，朝焉夕焉諷焉，咏焉，習焉，斯得之矣。雖然，非力之可爲也。聖賢道德之光華積於中而發乎外，其言不期文而文。譬猶天地之化，雨露之潤，物之魂魄以生華蔓羽毛，極人力所不能爲，孰非自然哉？故學於聖人之道，則聖人之言莫之致而致矣。學於聖人之言，非惟不得其道，并其所謂言亦且不能至矣。」此取喻於一切事物以喻文之一說也。汪氏《鈍翁續稿》有《明史擬傳》，於《伯衡傳》中採此一篇而刪節其繁，文甚有法。此依原文全采之。近人以姚姬傳《復魯絜〔非〕書》爲論文之極則。然其書中以取喻處爲理精而詞妙，雅與蘇氏此文相近。姚氏或有得於蘇氏此文乎？

又有以理氣之說喻文章之作法者。沈祥龍《樂志簃筆記》曰：「太極兩儀，文法之源。文之主意，太極也。主意必析數意以明之，或反正，或高低，或前後，兩兩對待，是謂陰陽。陰陽具而五氣布，即文字之字句也。字句短長錯綜，猶五氣散布於四時也。字句必歸到所析之數意，數意必歸到主意，即五行一陰陽，陰陽一太極之理也。」沈氏又云：「《易》曰：『風行水上，渙。』蘇氏指爲天下之至文。」又曰：「雷電合而成章。渙則散，合則聚，文章之道不外集散二者。風水相激，波瀾迭興，此文之暢其言論者也，故散爲萬殊。雷電相併，聲光自顯，此文之明其意旨者也，故合爲一本。法《易・象》而文之能事畢矣。」此以《易・象》喻文之言與意者也。自淺而之深之文法。所舉諸淺法中一轉而變化用之，亦自可視爲深至之法。如魏善伯之論文中主客云：「有主有客，有主中客、客中主，有主中主、客中客，有客即是主、主即是客。」其中又有變化，能文能處事者，總此道也。然則求深至之文法，不必別假他塗，即淺法一轉便得之矣。

《曾文正日記》中於用兵之主客奇正，一一區別，終之以「變動無定時，轉移無定位」兩言，實通於文法，可與善伯說互相發明。但此爲初學言之，乃筌蹄也。如溺於此而不知究文之本，則又非是。魏氏兄弟主張之旨，當時且有病之者，陶子師元淳集中《答湯西崖書》所語可見矣。要皆專講文法者所宜心知其意也。

今日教兒童識字綴文，由淺而深，由簡而繁，亦有一定不易之法。其積字成句，積句成章之法，金人瑞氏久發明之，其言曰：「橫直波點聚謂之字，字相連謂之句，句相雜謂之章。兒童五六歲必先教其識字，識得字必須教其聯字爲句，連得五六七字爲句，必須教其布句爲章。布句爲章者，先教其布五六句爲一章，次教其布十來多句爲一章。布得十來多句爲一章時，又反教其布四句爲一章，三句爲一章，二句爲一章，一句爲一章」云云。案：此說於今日初等小學綴文諸法，并增短爲長，改長爲短諸法無不畢備。《初級師範學堂章程》：「凡教學童作文者，教字法，句法入門之法有三：一、隨舉一二俗字，使以文字換此俗字，虛實皆可。下同。二、使以俗話繙成文話。三、使以文話繙成俗話。教篇法入門之法有三：一、文氣聯貫。二、劃分段落。三、反正分明。引導用心之法有四：一、空字令補。二、謬字令改。三、同字異用者令分析。四、題目相類者令用古人文調。擴充篇幅之法有四：一、不止說正面，兼說反面，題前題後。二、多其條理。三、多設譬喻。四、引證經史羣書。自然進功之法有二：一、熟讀。二、擬古。」又案：鮑氏桂星《賦則·凡例》曰：「文章之道，周秦以下江、鮑以前皆積字成句，不相沿襲。是以昌黎論文自《易》、《詩》、《莊》、《騷》、《史》、《傳》以逮子雲、相如，皆一以貫之。迨任、庾輩以隸事爲工，而詞賦與古文截然分派矣。會心不遠，能者從之。」案：積字成句乃循古法。古代文家必通小學者以此，豈後世摹格調講間架者所能知哉！今日承用不覺，而金氏於二百年前便已發明，用表出之以告學者。近世教尋常小學國文識字之書、聯字造句之書、成章成篇之書甚多，宜鳩合各種分主輔用之，並參攷奏定《初級師範學章》、京師大學堂之《中國文學史》第六篇所立諸法及各種教授法中各法用之。以今日教科書不完具之時，於一科中有一書可直進用之者，有數書須循環用之者，有數書須參合用之者，須案所授兒童心理啓發之次序，或採用舊法，或自出新意，變化用之。舊演之例法，時時加以印證，使其觀念益加正確，法理積成，繁富散殊，有所歸納，統系常能，貫注旁歧，皆得結合，庶靈變而不窘，尤在教師一心之運用。躁率拘固，兩家均無從領得此中旨趣也。

今人《中國文學史》第六篇第十三節述初學擴充篇幅第一捷法，與余甲辰家居教本區進士河公立兩等小學堂高等班生作文之法用意適合，今附著之。嘗謂初學作文所最苦者，材料之寒儉，理想之單簡。胸中本無多物，下筆更安有言。於是就所授學科中，或有一段可直進縱説之事實與言論，或有一段可平排横説之事實與言論，皆就自然固有之材料屬已領解者，始教之縱叙成文，使知文有首尾，又教之横叙成文，使知文有綱目，進教之錯綜成文，使知文有詳略、變换、消納、穿插諸法，皆由自然之材料進以爲文自然之次第，由不變化而進之能變化。先使之立乎材料無誤之地，則其文已占一層不煩改削之地步，於是教者但指點其語句章段篇幅是否合法一層，學生亦但留心此一層，豈非趨簡易而去紛繁之妙用乎？　此教初學所宜留意者也。

又，初學作文亦有口授令書之法，久之亦可通文。盧子弓錫晉《尚志館文述》有八十七歲自撰《墓志銘》，有云：「吾年十一，爲文尚蒙蒙。先父憂之，每文期，卧命傳某題與諸門人，即以一題口授余曰：『汝於某處當云何。』今憶之固已前後成片段，如夙搆矣。趨而録出，差不過數字。如此者久之，而吾心亦若朗然者。公乃喜。」據此，知此法乃作文時求通求工之法，亦引入練熟一路，使徐悟者也。此雖爲制舉文之教法，然可通其法於爲古文也。

又考程氏《讀書分年日程》有以解釋文教初學演文之法。其法將已説之小學書作口義以學演文。每句先逐字訓之，然後通解一句之意，又通結一章之意。相接續作去，明理、演文，一舉兩得。更令記對類單字使知虛實死活字，更記類首長天、永日字，使屬對畧知對偶輕重虛實足矣。案：此以解釋小學正文，使之心思有所附以達，先逐字解析，更逐句解釋，更積數句總爲一節及一章之解釋。授此法者更能取《經籍纂詁·凡例》中所臚訓詁之例以變換解釋字義之句法，匪第有益演文，且可爲誦古書之豫備矣。

今之文家欲引初學小兒入勝，謂《西堂雜俎》等書最便初學者。《書目答問》有此説。其説非也，其言適足以教成輕薄文人而已。嘗觀王宏撰《文論》有曰：「文者，經國之大業，不朽之盛事。後世浮淺之士或以爲戲，甚有借以詆詈快私憤者，真藝林之蟊賊也。」裴晉公謂昌黎以文爲戲，蓋謂《毛穎傳》、《送窮文》也。劉昫《唐書》以愈爲紕繆，亦指此。趙璘云：「裴晉公《鑄劍戟爲農器》文，其氣概已有立殊勳致太平意。進士李爲作《輕》、《薄》、《暗》、《小》四賦，李賀樂府多屬意花草蜂蝶間，二子身名終不遠大。」予嘗以爲知言。又有卞彬之作《蚤蝨》、《蝎蟲》、《蝦蟆》等賦，尤可鄙。至豐考功乃以辱其友朋。世道人心之壞於斯爲極，然亦適足自彰其慝而已。獨怪昌黎斗山爲此小兒事，至宋儒濂洛關閩始歸淳雅。彼不讀唐以後書者，雖藻繪繽紛，其於文之本旨遠矣。此教人爲小品文者不可不知也。又案：此類文雖出自退之，亦不可竟推爲正則。方、劉諸子於此等辨之極嚴，望溪評《進學解》云：「退之爲此文，與作《毛穎傳》同以示其才無所不可。」蓋别調也。而茅鹿門以爲「正正之旗，堂堂之陣」。是謂不知而强言。海峯《八家文精選》録望溪言以示準，此桐城家法正脈也。鄧湘皋《與人書》謂「昌黎大儒，好爲滑稽無實語。習之作書詆之，退之雖護前，亦不能拒也。然世傳昌黎好諧，亦不過《毛穎傳》、《送窮文》之類，偶爾游戲，未嘗施之《平淮西碑》也」。繹此可知文各有當，歧正宜分，雖昌黎亦有未可藉口者。教初學尤不可引之纖仄一路，致終身不可入道也。

古文詞通義卷十

識塗篇六

文家格法之析分

嘗考以定格論文者，宋人最盛，至明而極，由科舉興盛所生發也。故一經義與論也而有破題、接題、冒題、大講、小講、入題、原題、大結諸式，一史論也而有論頭、論項、論心、論腹、論腰、論尾諸式，又有雙關、兩扇諸式，一絶句詩也而有實接、虛接、前對、拗體、側體諸式，一律詩也而有四實、四虛、前虛後實、前實後虛諸式。其取式以立定格也，非主於一篇中直截之結構法，即主一篇中平排之向背法。余之舉語句至篇幅之成法，本兩義相向背者，取材以示初學入手之方。蓋非唐荆川所謂以精神相山川而以眉髮相山川者也。學者要須於此中求其繩墨布置、奇正轉變之法，又須於此外求荆川所謂一段精神命脈者而活用之。茲之所舉第筌蹄耳。要此諸法雖甚罣漏，然由茲經歷，可救今日新學家猖狂無忌之專横與教育家達意苟通之儉嗇，覽者詳之。即如試律爲詩中之最下者，前人亦往往以定格教人。吴可讀嘗拈「老驥伏櫪」題成詩五十首，中二十四首以通首切定魏武者爲實寫，不切者爲虚。有通首實，有通首虚，有前實後虚，前虚後實，有前後虚中間實，有前後實中間虚，有通首虚實相間諸格。蓋晚季舘閣弊習，小楷之外尤重試律，故賢者均趨重此事也。

文譜演例

記事文法之比較。朱氏《文通》引陳騤《文則》。案：《文通》所引多見陳騤《文則》等書而不標所本，最爲明人陋習。今既依朱氏書甄採，更標所出以補朱之失焉。

《左氏傳》「邲之戰」有云：「三軍之士皆如挾纊。」《公羊傳》「殽之敗」有云：「匹馬隻輪無反。」此敍事以蓄意爲工者。李紱《秋山論文》曰：「文字刻畫形容語，能使千載下讀之神情飛動。如范蔚宗寫昆陽危急，則曰：『城中負尸而汲。』寫王尋兵盛，則曰：『不見其後。』寫所獲輜重之多，則曰：『舉之連月不盡。』都可謂工於造語。」

《公羊傳》載齊使人迓郤克臧孫之事，《孟子》載天下歸舜之事，此敍事意隨語竭者。

左氏載申生、驪姬事曰：「或謂太子：子辭君，必辨焉。太子曰：君非姬氏，居不安，食不飽。我辭姬，必有罪。君老矣，吾又不樂。」此以繁勝。《鶴林玉露》引洪容齋曰：「文貴於達而已，繁與簡各有當也。」《丙辰劄記》引李氏《文章精義》云：「《國語》不如《左傳》，《左傳》不如《檀弓》，敍晉獻公、驪姬、申生一事，繁簡可見。」誠如所言。然必從繁簡立論，則儘有繁或勝簡之處，不可一例拘也。且《左傳》包涵富有，如武庫甲兵，利鈍雜陳，勢自有所不免。《檀弓》短書小記，易爲精潔。槃澗清泉，不可與洪河比涓浮也。

《檀弓》載此事曰：「子盍言子之志於公乎？世子曰：不可。君安驪姬，是我傷君之心也。」此以簡勝。案：陳隨隱《漫録》引石駘仲卒一章及齊大饑一章，謂前一章疊四「沐浴佩玉」字而文不繁，後一章省二「餓者黔敖」字而文愈簡。又見古人敘事之法。

左氏載晉平公杜蕢事曰：「辰在子卯謂之疾日。君徹宴樂，學人舍業，爲疾故也。君之卿佐是謂股肱，股肱或虧，何痛如之！」此以繁勝。

《檀弓》載此事曰：「子卯不樂。智悼子在堂，斯其爲子卯也，大矣！」此以簡勝。

班固《賓戲》曰：「孔席不煖，墨突不黔。」此以簡勝。

《淮南子·務修訓》曰：「孔子無黔突，墨子無煖席。」此以繁勝。

《漢書·食貨志》：「鼂錯曰：『堯禹有九年之水，湯有七年之旱，而國亡捐瘠者，以蓄積多而備完具也。』」此以簡勝。

《荀子·富國篇》曰：「禹十年水，湯七年旱，而天下無菜色者。十年之後，年穀俱熟而陳積有餘，是無他故焉，知本末源流之謂也。」此以繁勝。以上二則依《示兒編》引用之。

《左氏傳》欲載晉靈公厚斂彫牆，必先言晉靈公不君。《公羊傳》欲載楚靈王作乾谿臺，必先言靈王爲無道。《中庸》欲言舜好問，亦先曰：「舜其大知也歟！」《孟子》欲言梁惠王所愛所不愛，亦先曰：「不仁哉！梁惠王也。」此紀事文之先事而斷以起事者。

《左氏傳》載晉文公教民而用，卒言之曰：「一戰而霸，文之教也。」又載晉悼公賜魏絳和戎樂，卒言之曰：「魏絳如是有金石之樂禮也。」

此紀事文之後事而斷以盡事者。

記言文法之比較。朱氏《文通》引《文則》。

數問數答第一法。《左氏》載楚望晉軍與伯犂之問答曰：「王曰：『騁而左右，何也？』曰：『召軍吏也。』『皆聚於軍中矣。』曰：『合謀也。』『張幕矣。』曰：『虔卜於先君也。』『徹幕矣。』曰：『將發命也。』『甚囂且塵上矣。』曰：『將塞井夷竈而爲行也。』『皆乘矣，左右執兵而下矣。』曰：『聽誓也。』『戰乎？』『未可知也。』『乘而左右皆下矣。』曰：『戰禱也。』」

數問數答第二法。《樂記》載賓牟賈與孔子言樂問答曰：「『武夫備戒之已久，何也？』對曰：『病不得其衆也。』『詠歎之，淫液之，何也？』對曰：『恐不逮事也。』『發揚蹈厲之已蚤，何也？』對曰：『及時事也。』『武坐致右憲左，何也？』對曰：『非武坐也。』『聲淫及商，何也？』對曰：『非武音也。』子曰：『若非武音，則何音也？』對曰：『有司失其傳也。』」

載言文之不避重複法。

《穀梁傳》載驪姬故謂君曰：「吾夜者夢夫人趨而來曰：『吾苦畏，胡不使大夫將衛士而衛冢乎？』故君謂世子曰：『驪姬夢夫人趨而來曰：「吾苦畏。」女其將衛士而往衛冢乎？』」此不避重複之一法。

《家語》載：「魯公索氏將祭而忘其牲，孔子聞之曰」，「公索氏將祭而忘其牲而夫子曰：『不及二年必亡。』今過期而亡。」此不避重複之又一法。

《公羊傳》載：「陽處父諫曰：『射姑民衆不悦，不可使將。』於是廢將。射姑入，君謂射姑曰：陽處父言曰：『射姑民衆不悦，不可使將。』」此不避重複之又一法。

載言文之避重複法。

《檀弓》載：「子游曰：『昔者夫子居於宋，見桓司馬自爲石槨，三年不成。夫子曰：「若是其靡也！死不如速朽之愈也！」死之欲速朽，爲桓司馬言之也』云云。曾子以子游之言告於有子。」此避重複之一法。

《左氏》載：「晉師歸，郤伯見，公曰：『子之力也夫！』范叔見，勞之如郤伯。欒伯見，公亦如之。」此避重複之又一法。

載言文之繁簡比較法

《春秋》：「隕石於宋五。」此以五字盡一事之法。

《公羊傳》：「聞其隕然，視之則石，察之則五。」此以三言盡一事之法。

劉向載泄冶之言曰：「夫上之化下猶風之靡草，東風則草靡而西，西風則草靡而東，在風所由而草所靡。」此用三十二言而意方顯。

《論語》曰：「君子之德，風；小人之德，草。草上之風必偃。」此減泄冶之言半而意亦顯。

《書》曰：「爾爲風，下民爲草。」此復減《論語》九言而意愈顯。

記禮者曰：「若有疾風迅雷甚雨則必變，雖夜必興，衣服冠而坐。」此用二十字而意顯。

《論語》則曰：「迅雷風烈必變。」此用六字而意亦顯。以上五則亦見都穆《聽雨紀聞》。

劉向載楚莊王之言曰：「其君，賢君也，而又有師者王。其君，下君也，而羣臣又莫君若者亡。」《書》曰：「能自得師者王，謂莫己若者亡。」此繁簡以比較而得者。

案：劉青芝《江邨山人稿》有《强恕齋文集序》，其論繁簡主於以詞達爲勝，其説曰：「『繁簡之論興而文亡矣。』善哉！顧亭林炎武之言也。《孟子》『齊人有一妻一妾』、『有饋生魚子産』兩章，詞必重疊，情事乃盡。若入《新唐書》，於齊人則必曰：『其妻疑而瞯之。』於子産則必曰：『校人出而笑之。』兩言而已。是故辭主於達，不謂繁與簡。」而姜西溟宸英曰：「《商頌》稱亳都曰：『景員惟河。』景，景山。河，大河。員，言大河之旋繞於山。文僅四言，而山之高大，水之縈廻，形勢之雄壯險固，粲若指掌。」吾友秀水張爪田庚客大梁沈僉事寓舟署，過訪余草堂，論及古人立言之法，曰：「《禹貢》：『東漸於海，西被於流沙，朔南暨。』東四言，西五言，南北止三言。其敍四方簡而變若此。《孟子》：『王之不王，非挾泰山以超北海之類。王之不王，是折枝之類。』『王之不王』凡兩見，『鄉爲身死而不受』凡三見，所謂不憚言之重，詞之複，反覆震動以警惕之也。」其於亭林、西溟兩公之言殆合矣。

章句法之比較。朱氏《文通》引《文則》。

六經相肖之比較。

《中孚・九二》曰：「鳴鶴在陰，其子和之。我有好爵，吾與爾縻之。」此《易》文似《詩》者。

《抑》一章曰：「其在于今，興迷亂于政。顛覆厥德，荒湛于酒。女雖湛樂從，弗念厥紹。罔敷求先王，克共明刑。」此《詩》文似《書》者。張祥河《偶憶編》云：「《書經》亦有詩，如『已予惟小子』至『弼我丕丕基』，讀之分明五古一章。」

《顧命》曰：「牖間南嚮，敷重篾席，黼純，華玉，仍几。西序東嚮，敷重底席，綴純，文貝，仍几。東序西嚮，敷重豐席，畫純，彫玉，仍几。西夾南嚮，敷重筍席，玄粉純，漆，仍几。」此《書》文似《周官・司几筵》者。

《書》曰：「任賢勿貳，去邪勿疑，疑謀勿成，惟熙。」此《尚書》章句之調協者。

《易》曰：「乾剛坤柔，比樂師憂。臨觀之義，或與或求。」此《易》章句之調協者。

《禮記》曰：「元酒在室，醴醆在户。粢醍在堂，澄酒在下。陳其犧牲，備其鼎俎。列其琴瑟，管磬鐘鼓。修其祝嘏，以降上神。與其先祖，以正君臣。以篤父子，以睦兄弟，以齊上下，夫婦有所。是謂承天之祐。」此《禮記》章句之調協者。

《書》曰：「無偏無黨，王道蕩蕩。無黨無偏，王道平平。」此倒上句而協者。

《詩》曰：「不明爾德，時無背無側。爾德不明，以無陪無卿。」此亦倒上句而協者。

《檀弓》曰：「毋乃使人疑夫不以情居瘠者乎哉！」「孰有執親之喪而沐浴佩玉者乎？」「蕢尚不如杞梁之妻之知禮也。」「苟無禮義忠信誠慤之心以蒞之。」此長句法。

《檀弓》曰：「華而晥。」「否。」「立孫。」「畏。」「厭。」「溺。」此短句法。

《春秋》云：「季孫行父、臧孫許、叔孫僑如、公孫嬰齊帥師會晉郤克、衛孫良父、曹公子首及齊侯戰於鞌。」此長句法。

《春秋》云：「螽。」此短句法。

《詩》云：「我不敢效我友自逸。」此長句法。

《詩》云：「祈父。」此短句法。

字法之比較。

《説文》云：「豉，配鹽，幽菽也。」蓋豉本豆也，以鹽配之，幽閉於甕盎中所成，故曰幽菽。此以「幽」字示换字法。

《三蒼》云：「豔，冥果也。」蓋冥果，蜜煎果也。以銅青浸之，加蜜而冥於缶中，故曰冥果。此以「冥」字示换字法。朱氏《文通》引《文則》。

佑、祐、右三字。在《書》爲「佑」，在《易》爲「祐」，在《詩》爲「右」。此用字不同法。

惟、維、唯三字。在《書》爲「惟」，在《詩》爲「維」，在《易》爲「唯」。此亦用字不同法。

數句用一類字法。所以張文勢壯文義也。

《詩·北山》：「或燕燕居息」以下十二句。退之《南山》詩：「或連若相從」以下等句。此「或」字法。黄氏《癡學》曰：「《南山》連用五十一『或』字本於《毛詩·北山》篇；連用十四疊字本於《爾雅·釋訓篇》。」

《老子》曰：「凡物或行或隨，或歔或吹，或强或羸，或載或隳。」此「或」字又一法。

《考工記》曰：「脂者，膏者，羽者，鱗者。」又曰：「以脰鳴者。」《莊子》曰：「激者，謞者，叱者，吸者，叫者，譹者，宎者，咬者，前者唱于，後者唱喁。」韓退之《畫記》同。此「者」字法。

《繫辭》曰：「富有之謂大業，日新之謂盛德」以下六句。韓退之《賀册尊號表》云：「臣聞體仁以長人之謂元，發而中節之謂和」以下六句。此「之謂」字法。

《繫辭》曰：「闔户謂之坤，闢户謂之乾」以下六句。《爾雅》：「宫謂之室」及「南風謂之凱風」等句。此「謂之」字法。

《孟子》曰：「勞之來之，匡之直之，輔之翼之。」《老子》曰：「故道生之，長之，育之，成之，熟之，養之，覆之。」此「之」字法。

《易·説卦》曰：「雷以動之，風以散之」以下六句。此「之」字又一法。

《莊子》：「厲之人夜半生其子。」又「驪之姬」。人名。又「南之沛」。地名。《吕覽》「丹之姬」。人名。《家語》「江之津」。樂府「桂之樹」。此「之」字又一法。

《攷工記》曰：「故可規，可方，可永，可興，可量。」《表記》曰：「事君可貴可賤，可富可貧，可生可殺。」此「可」字法。

《論語》曰：「《詩》可以興，可以觀，可以羣，可以怨。」《月令》曰：「可以登高明，可以遠眺望，可以升山陵，可以處臺榭。」《莊子》曰：「可以保身，可以全生，可以養親，可以盡年。」此「可以」字二法。

《易·説卦》曰：「乾爲天，爲圜」以下十二句。《莊子》曰：「形就而入，且爲顛爲滅，爲崩爲蹶。心和而出，且爲聲爲名，爲妖爲孽。」《爾雅》：「蜺爲挈貳，弇目爲蔽雲。」此「爲」字三法。

《攷工記》曰：「容轂必直，陳篆必正，施膠必厚，施筋必數。」《月令》曰：「秫稻必齊，麴糵必時，湛熾必潔，水泉必香，陶器必良，火齊必得。」此「必」字法。

《左氏傳》曰：「不以國，不以官，不以山川，不以惡疾，不以畜牲，不以器幣。」此「不以」字法。

《左氏傳》曰：「無始亂，無怙富，無恃寵，無違同，無傲禮，無復怒，無謀非德，無犯非義。」此「無」字法。

《左氏傳》曰：「直而不倨，曲而不屈」以下十二句。此「而不」字法。

《繫辭》曰：「其稱名也小，其取類也大。其旨遠，其辭文。其言曲而中，其事肆而隱。」《莊子》曰：「其寢不夢，其覺無憂，其食不甘，其息深深。」此「其」字法。

《樂記》曰：「其哀心感者其聲噍以殺，其樂心感者其聲嘽以緩」以下八句。此「其」字又一法。

《祭統》曰：「見事鬼神之道焉，見君臣之義焉」以下八句。《學記》曰：「藏焉修焉，息焉遊焉。」《三年問》曰：「翔回焉，鳴號焉，躑躅焉，踟躕焉。」此「焉」字三法。

《詩》曰：「于時處處，于時廬旅。于時言言，于時語語。」此「于時」字法。

《詩》曰：「曾是彊禦，曾是掊克。曾是在位，曾是在服。」此「曾是」字法。

《書》曰：「有若虢叔，有若閎夭，有若散宜生，有若太顛，有若南宮括。」此「有若」字法。

《檀弓》曰：「人喜則斯陶，陶斯詠」以下七句。此「斯」字法。

《國語》曰：「上帝之粢盛於是乎出，民之蕃庶於是乎生」以下四句。此「於是」字法。

《禮器》曰：「有直而行也，有曲而殺也」以下七句。《樂師》曰：「有帗舞，有皇舞」以下三句。《左氏傳》曰：「名有五，有義有象，有假有類。」《孟子》曰：「父子有親」以下四句。此「有」字四法。

《荀子》曰：「井井兮其有條理也，嚴嚴兮其能敬己也」以下八句。此「兮」字法。

《荀子》曰：「儼然壯然，祺然蕼然，恢恢然，廣廣然，昭昭然，蕩蕩然。」《莊子》曰：「注然勃然，莫不出焉；油然漻然，莫不入焉。」此「然」字法。

《莊子》曰：「而容巖然，而目衝然，而顙頯然，而狀义然。」《考工記》曰：「清其灰，而盝之，而揚之，而沃之，而塗之，而宿之。」此「而」字二法。

《莊子》曰：「方且本身而異形，方且尊知而火馳」以下四句。此「方且」字法。

《莊子》曰：「與乎其觚而不堅也，張乎其虛而不華也。邴邴乎其似喜乎，崔乎其不得已乎。滀乎進我色也，與乎止我德也。厲乎其似世乎，謷乎其未可制也。連乎其似好閉，悗乎忘其言也。」《禮運》曰：「洞洞乎其敬也」以下三句。此「乎」字法。

《詩》曰：「迺慰迺止」以下三句。此「乃」字法。

《仲尼燕居》曰：「以之居處有禮，故長幼辨也。以之閨門之内有禮，故三族和也」以下六句。此「以之」字法。

《易》曰：「體仁足以長人」以下四句。《中庸》曰：「聰明睿知足以有臨也」以下八句。此「足以」字二法。

《中庸》曰：「修身也，尊賢也」以下七句。《周易·雜卦》一篇。歐陽修《醉翁亭記》。此皆「也」字法。

《仲尼燕居》曰：「宫室得其度，量鼎得其象」以下八句。此「得其」字法。

《大司樂》曰：「以致鬼神，以和邦國」以下四句。《周禮》此法極多。此「以」字法。

《洪範》曰：「一曰水，二曰火」以下三句。此「曰」字法。

《周禮·小胥》曰：「曰風，曰賦」以下四句。此「曰」字又一法。

《大宗伯》曰：「春見曰朝，夏見曰宗」以下四句。《易象》曰：「天地之大德曰生，聖人之大寶曰位」以下三句。此「曰」字又一法。

《莊子》曰：「狶韋氏得之以挈天下，伏羲得之以襲氣母」以下十八句。此「得之」字法。

《禮運》曰：「慮之以大，愛之以敬」以下四句。此「之以」字法。

《禮運》曰：「祭帝於郊，所以定天位也。祀社於國，所以列地利也。祖廟所以本仁也，山川所以儐鬼神也，五祀所以本事也。」此「所以」字法。

《繫辭》曰：「列貴賤者存乎位」以下四句。此「存乎」字法。

《繫辭》曰：「法象莫大乎天地」以下五句。此「莫大乎」字法。

《六月詩序》曰：「《鹿鳴》廢則和樂缺矣」以下等句。《板》詩曰：「辭之輯矣」以下四句。此「矣」字法。

《爾雅》：「東方有比目魚焉，不比不行，其名謂之鰈」以下等句。此「焉」字、「謂之」字間用法。

《服疑》曰：「是以高下異則名號分異，則權力異，則事勢異，則族章異，則符瑞異」以下十三句。此「則」字法。

《楚詞·天問》篇。此「何」字法。

《鶴林玉露》曰：「作詩要健字撐拄，要活字斡旋。如『紅入桃花嫩，春歸柳葉新。』『弟子貧原憲，諸生老伏虔。』『入』與『歸』字、『貧』與『老』字乃撐拄也。『生理何顔面，憂端且歲時。』『名豈文章著，官應老病休。』『何』與『且』字、『豈』與『應』字乃斡旋也。撐拄如屋之有柱，斡旋如車之有軸。文亦然。詩以字，文以句。」案：此則宋咸熙《詩話耐冷談》襲用之，不著出處。

《堯山堂外紀》：「有客問作詩之法於謝茂秦，請出一字爲韻，以試心思，乃得『天』字，遂成三十六句。如『林開鳥雀天』、『鴟號月黑天』、『春陰欲雨天』云云。又用『天』字起，得十二句，如『天馬行無迹』、『天覆空青色』、『天高籠鳥心』云云。又第二字用『天』字，得十二句，如『井天開地鏡』、『鈞天奏太和』、『蜀天低劍閣』云云。又第三字用『天』字，得十二句，如『夜爽天街露』、『孤峯天外出』、『風暖天絲度』云云。又第四字用『天』字，得十二句，如『風響參天樹』、『鑿嶺蜀天開』、『混沌是天胚』云云。」又，「大梁李生過茂秦談及造句之法，因出『鐙』字爲韻，得四十句，『煙萆出漁鐙』、『書聲半夜鐙』、『山扉樹裏鐙』。」此雖屬詩中造句之法，然心識其活用之意，亦可悟文家造句之法也。

并字法之比較。《佔畢叢談》。

《國語》云：「行玉廿穀。」此「廿」字爲二十并也。《天禄識餘》云：「廿，音入，《説文》：二十并也。俗音念者誤。」

泰山秦碑：「皇帝臨位卅有六年。」此「卅」字爲三十并也。《天禄識餘》云：「三十并爲卅，音撒。四十并爲卌，音錫，見始皇禪梁父刻石辭。今《史記》本作『三十有六年』，一字改作二字，非也。」

省字法之比較。《佔畢叢談》。

《史記》曰：「孔子述三五之法。」此三皇五帝之省也。

《太極圖説》曰：「二五之精，妙合而凝。」此二氣五行之省也。

《漢官儀》曰：「天子建侯，上法四七。」陳蕃曰：「『諸侯上象四七。』」此「四七」即二十八宿之隱也。

路温舒曰：「漢厄三七之間。」此「三七」即二百一十歲之隱也。

《禮運》曰：「三五而盈。」古詩云：「三五明月滿。」此「三五」即一十五之隱也。

謝靈運《月賦》曰：「今二八兮將缺。」此「二八」即一十六之隱也。

鼂説之詩云：「六六峯前只一家。」此「六六」即三十六峯之隱也。

疊字法之比較。曾鏞《復齋文集・詩雜説》。

《鳲鳩》九「予」字。《蓼莪》九「我」字。此章數句疊用一字法，其滿腔忠孝真有説不盡、數不盡者，讀之但覺字字皆堪感泣。

《思齊》云：「雝雝在宫，肅肅在廟。」《車攻》云：「蕭蕭馬鳴，悠悠旆旌。」此疊字咏嘆，若出之易，作者非必矜心，讀者類須體玩。一則似言王度周旋皆中之儀刑，即此可思。一則不過直書即目，而一時太平之氣象亦即此可見。

《王風·黍離》三章後六句。《秦風·黄鳥》三章後六句。此爲疊章法。每章數句不易一字，其舉目傷神，抑有不忍明言不忍贅言者，讀之但覺句句不堪再讀。

五法二體之比較。《佔畢叢談》。

太史公《屈原列傳》敍屈原而忽入「天者，人之始；父母者，人之本」一段。此文章詠嘆法也。

敍屈原而忽入「張儀請獻商於之地」一段。此文章穿插法也。

敍屈原而忽入「人君無智愚賢不肖，莫不欲求忠以自爲，舉賢以自佐」一段。此文章寄託法也。

敍屈原而忽入漁父之詞一段。此文章波瀾法也。

敍屈原而忽入「楚有宋玉、唐勒、景差之徒」一段。此文章帶見法也。

敍屈原既畢而曰：「後百有餘年，漢有賈生，過湘水，投書以弔屈原，遂以賈傅合傳。」此文章飛渡法也。

《書》曰：「若作酒醴，爾爲麴糵；若作和羹，爾爲鹽梅。」此比喻體。

《詩》云：「惟南有箕，不可以簸揚。惟北有斗，不可以挹酒漿。」此游戲體。

對待法之比較。《文心雕龍》。

《上林賦》云：「修容乎禮園，翱翔乎書圃。」此雙比空詞爲言對法。

《神女賦》云：「毛嬙障袂，不足程式；西施掩面，比之無色。」此並舉人驗爲事對法。

《登樓賦》云：「鍾儀幽而楚奏，莊舄顯而越吟。」此理殊趣合爲反對法。

孟陽《七哀》云：「漢祖想枌榆，光武思白水。」此事異義同爲正對法。

交錯法之比較。朱氏《文通》引《文則》。

《書》曰：「念茲在茲，釋茲在茲，名言茲在茲，允出茲在茲。」《莊子》曰：「有始也者，有未始有始也者，有未始有夫未始有始也者。」又曰：「以指喻指之非指，不若以非指喻指之非指也。」《荀子》曰：「不利而利之，不如利而後利之之利也。利而後利之，不如利而不利者之利也。」《國語》曰：「成人在始與善，始與善，善進善，不善蔑由至矣。始與不善，不善進不善，善蔑由至矣。」《穀梁傳》曰：「人之所以爲人者言也，人而不能言，何以爲人。言之所以爲言者信也，言而不信，何以爲言。信之所以爲信者道也，信而不道，何以爲信。」此皆交錯句法。

援引法之比較。朱氏《文通》引《文則》。

傳記中引古語古典必曰「《書》云」「《詩》云」「《書》曰」「《詩》曰」。此援引正例。

《左傳》：子産答子皮云：「子於鄭國，棟也。棟折榱崩，僑將壓焉。」此引《易》「棟橈，凶」之義而不明言《易》，爲引《易》變例。

《左傳》：魯穆叔論伯有不敬，曰：「濟澤之阿，行潦之蘋藻」云云。此乃引「有齊季女」全詩之義，而不明言《詩》，爲引《詩》變例。

《左傳》引：「《書·泰誓》所謂『商兆民離，周十人同』者，衆也。」據《泰誓》原文云：「受有億兆夷人，離心離德；予有亂臣十人，同心同德。」此省二十字作八字，爲省文引法。《後漢·伏湛傳》引《詩》、《書》亦用此法。

《左傳》：郤至聘楚，辭享云：「百官承事，朝而不夕，此公侯所以干城其民也。故《詩》曰：『赳赳武夫，公侯干城。』及其亂也，諸侯貪冒，侵欲不已，爭尋常以盡其民，畧其武夫以爲己腹心。故《詩》曰：『赳赳武夫，公侯腹心。』」此先言《詩》意而後引《詩》詞，爲申文引法。

《國語》引《康誥》爲「先王之令」，引《周書》爲「西方之書」。《左氏》引「仲虺之誥」而曰「仲虺之志」，引《五子之歌》而曰「夏訓有之」。《左氏》引《詩》稱「芮良夫」，《國語》引《詩》稱「周文公」。《國語》又直言《鄭詩》、《曹詩》，《左氏》又止稱「汭曰」、「武曰」，《國語》引《詩》又指《那頌》卒章爲亂辭，摘《小宛》首章爲篇目。《左氏》引《詩》，凡數章之末章既謂之卒章，一章之末句亦謂之卒章。此援引不因原名，爲變文引法。

《大學》「邦畿」章。《中庸》「尚褧」章。此爲節節引《詩》起法。

援引法以斷行事三體之比較。陳氏《文則》。

《左氏傳》載：「《詩》曰：『自詒伊慼。』其子臧之謂矣。」此獨引《詩》以斷之，爲一體。

《左氏傳》載：「《詩》曰：『于以采蘩，于沼于沚。于以用之，公侯之事。』秦穆公有焉。『夙夜匪解，以事一人。』孟明有焉。『詒厥孫謀，以燕翼子。』子桑有焉。」此各引《詩》以合斷之，爲二體。《表記》載《詩》曰：「莫莫葛藟，施于條枚」云云，又爲一《詩》總斷之體。

《國語》載：「《詩》曰：『其類維何，室家之壼。君子萬年，永錫祚胤。』『類』也者，不忝前哲之謂也。『壼』也者，廣裕民人之謂也。『萬年』也者，令聞不忘之謂也。『祚胤』也者，子孫蕃育之謂也。單子朝夕不忘成王之德，可謂不忝前哲矣。膺保明德以佐王室，可謂廣裕民人矣。若能類善物以混厚人民者，必有章譽蕃育之祚，則單子必當之矣。」此既引《詩》文，又釋以斷之，爲三體。

援引法以斷立言三體之比較。陳氏《文則》。

《大學》載：「《康誥》曰：『克明德。』《太甲》曰：『顧諟天之明命。』《帝典》曰：『克明峻德。』皆自明也。湯之盤銘曰：『苟日新，日日新，又日新。』《康誥》曰：『作新民。』《詩》曰：『周雖舊邦，其命維新。』是故君子無所不用其極。」此爲採總羣言以盡其義，爲一體。

《緇衣》曰：「好賢如《緇衣》，惡惡如《巷伯》，則爵不瀆而民作願，刑不試而民咸服。《大雅》曰：『儀刑文王，萬邦作孚。』」此爲言終引證，爲二體。《孝經》悉用此體。

《左氏傳》曰：「《周書》所謂『庸庸祇祇』者，謂此物也夫。」又曰：「《泰誓》所謂『商兆民離，周十人同』者，衆也。」此爲斷析本文以成其言，爲三體。

譬況法之比較。朱氏《文通》引《文則》，增假喻一目。

《黄帝鼎湖之事》曰：「採銅，鍊剛質也。登彼首山，就高明也。大鑪者，鼓陽化也。神鼎者，熟物之器也。上水而下火，二氣升降，濟中和也。羣龍者，衆陽也。雲，龍屬也。帝鄉者，靈臺之關也。治成而上，則精微所徹，去人遠矣。羣小臣智識不及攀子胡，有見於下也。不得上昇，無見於上也。無見於上者，士也。上下無見者，民也。弓裘衣冠，善世利俗之見也，民懷之而已，號以決慕，藏以奉其傳也。」此假喻法。

《孟子》曰：「猶緣木而求魚也。」《書》曰：「若朽索之馭六馬。」《論語》曰：「譬如北辰。」

《莊子》曰：「淒然似秋。」此或言「猶」、言「若」、言「如」、言「似」，爲直喻法。

《禮記》曰：「諸侯不下漁色。」《國語》曰：「沒平公軍無粃政。」又曰：「雖蝎譖，焉避之。」《左氏傳》曰：「是豢吳也夫。」《公羊傳》曰：「其諸侯爲其雙雙而俱至者歟？」此言晦而義可尋，爲隱喻法。

《書》曰：「王省惟歲，師尹惟日，卿士爲月。」賈誼《新書》曰：「天子如堂，羣臣如陛，衆庶如地。」此歲、月、日，堂、陛、地，皆一類，爲類喻法。

《論語》曰：「虎兕出於柙，龜玉毀於櫝中，是誰之過歟？」《左氏傳》曰：「人之有牆，以避惡也。牆之隙壞，誰之咎也？」此喻文中而寓以詰難，爲詰喻法。

《莊子》曰：「魚相忘於江湖，人相忘於道術。」《荀子》曰：「流丸止於甌臾，流言止於智者。」此先比後正，爲對喻法。

《書》曰：「若金用汝作礪，若濟巨川用汝作舟楫，若歲大旱用汝作霖雨。」《荀子》曰：「猶以指測河也，猶以戈舂黍也，猶以錐飡壺也。」此取喻不一，爲博喻法。

《左氏傳》曰：「名德之輿也。」楊子曰：「仁宅也。」此文略意明，爲簡喻法。

《荀子》曰：「夫耀蟬者，務在其明乎火，振其木而已。火不明，雖振其木無益也。今人主有能明其德，則天下歸之，若蟬之歸明火也。」此多其設詞，爲詳喻法。

《左氏傳》曰：「諺所謂庇焉而縱，尋斧焉者也。」《禮記》曰：「蟻子時術之，其此之謂乎？」此援古證事，爲引喻法。

《論語》曰：「其言似不足者。」《老子》曰：「飂易似無所止。」此不指事不指物，爲虛喻法。

助字法之比較。朱氏《文通》引《文則》。

《檀弓》曰：「勿之有悔焉耳矣。」《孟子》曰：「寡人盡心焉耳矣。」《檀弓》曰：「我弔也歟哉！」《左氏傳》曰：「獨吾君也乎哉！」此一句而三字連助法。

《左氏傳》曰：「王事無乃闕乎！」又曰：「其無乃是也乎？」此六字成句而四字爲助法。

《檀弓》曰：「南宮縚之妻之姑之喪。」《樂記》曰：「不知手之舞之足之蹈之也。」此多用「之」字助法。

《禮記》曰：「言則大矣美矣！」《孟子》曰：「道則高矣美矣。」此多用「矣」字助法。

《檀弓》曰：「美哉輪焉！ 美哉奐焉！」《論語》曰：「富哉言乎！」此四字句而助字居半法。

《左氏傳》曰：「美哉！ 泱泱乎大風也哉！ 表東海者，其太公乎？ 國未可量也！」此每句終用助字法。

《左氏傳》曰：「以三軍軍其前。」此表明下「軍」字用「其」字助之法。

《公羊傳》曰：「入其大門則無人門焉者。」此表明下「門」字用「焉者」助之法。

《毛詩》語助如、只、且、忌、止、思、而、何、斯、旃、其之類。《楚詞・大招》全用「只」字。《招魂》全用「些」字。此後人罕用之助字，而古人韻文多用之法。

緩急輕重法之比較。陳氏《文則》。

《左氏傳》曰：「韓宣子曰：『吾淺之爲丈夫也。』」此詞緩。

《孟子》曰：「景春曰：『公孫衍、張儀豈不誠大丈夫哉！』」此詞急。

《左氏傳》曰：「狼瞫於是乎君子。」此詞輕。

《論語》曰：「子謂子賤：『君子哉若人！』」此詞重。

陳氏曰：「詞以意爲主，緩急輕重皆生乎意。」

雕斲法之比較。陳氏《文則》。

《左氏傳》曰：前載「辛伯諫曰：『並后匹嫡，兩政耦國。』」後載狐突諫曰：「昔辛伯諗周桓公云：『内寵并后，外寵二政，嬖子配適，大都耦國。』」此前載已雕斲而後載否。

《內傳》曰：「所謂生死而肉骨也。」《外傳》曰：「緊起死人而肉白骨也。」此《內傳》雕斲而《外傳》否。

以無爲有法之比較。《鶴林玉露》。

東坡之論刑賞也，曰：「當堯之時，臯陶爲士，將殺人。臯陶曰『殺之』三，堯曰『宥之』三，故天下畏臯陶執法之堅，而樂堯用刑之寬。」

其論武王也，曰：「使當時有良史如董狐者，則南巢之事必以叛書，牧野之事必以殺書。而湯、武仁人也，必將爲法受惡。周公作《無逸》曰：『殷王中宗及高宗及祖甲及我周文王，茲四人廸哲上不及湯，下不及武王，其以遲哉！』」

其論范增也，曰：「增始勸項梁立義帝，諸侯以此服從。中道而弑之，非增意也。夫豈獨非其意，將必力爭而不聽也。不用其言而殺其所立，羽之疑增自此始矣。」

其論戰國任俠也，曰：「楚漢之禍，生民盡矣。豪傑宜無幾，而代相陳豨從車千乘，蕭、曹爲政，莫之禁也。豈懲秦之禍以爲爵禄不能盡縻天下之士，故少寬之，使得或出於此也耶？」

以上皆以無爲有法。

以曲作直法之比較。同上。

其論厲法禁也，曰：「商鞅、韓非之刑非舜之刑，而所以用刑者則舜之術也。」其論唐太宗征遼也，曰：「唐太宗既平天下，而又歲歲出師以從事於夷狄。蓋晚而不倦，暴露於千里之外，親擊高麗再焉。凡此者皆所以爭先而處强也。」其論從衆也，曰：「宋襄公雖行仁義，失衆而亡。田常雖不義，得衆而强。是以君子未論行事之是非，先觀衆心之向背。謝安之用諸桓未必是，而衆之所樂則國以乂安；庾亮之召蘇峻未必非，而勢有不可則反成危辱。」以上皆以曲作直法。

羅氏曰：「《莊子》之文以無爲有，《戰國策》之文以曲作直。東坡平生熟此二書，故其爲文横説竪説，惟意所到，俊辨痛快，無復滯凝。」葉水心云：「蘇文架虚行危，縱横倏忽，數百千言，讀皆如其所欲出，推者莫知其所自來。古今議論之傑也。」

奪胎法之比較。朱氏《文通》。

《韓非·内儲説》口：「門人求水而夷射誅，濟陽自矯而二人罪。鄭袖言鼻惡而新人劓，費無忌教郤宛而令尹誅，陳需殺張壽而犀首走。燒芻廥而中山罪，殺老儒而濟陽賞。」班氏《漢書》曰：「子翬謀桓而魯隱危，欒書搆郤而晉厲弑，竪牛奔走而叔孫卒。郈伯毁季昭公逐，費忌納女楚建走，宰嚭譖胥夫差喪，李園進妹春申斃，上官譖屈懷王執，趙高敗斯二世謚，伊戾坎盟宋痤死，江充造蠱太子殺，息夫作姦東平誅。」宋氏《唐書・姦臣贊》曰：「三宰嘯凶牝奪辰，林甫將藩黄屋奔。鬼質敗謀興元蹙，崔柳倒持李宗覆。」東坡《贈朱壽昌》詩用此法。此奪胎之一法。

後漢肅宗詔曰：「父戰於前，子死於後。弱女乘於亭障，孤兒號於道路。老母寡妻設虚祭，飲泣淚，想望歸魂於沙漠之表，豈不哀哉！」

李華《弔古戰場文》祖此意。郭象《莊子注》曰：「工人無爲於刻木而有爲於運矩，主上無爲於事親而有爲於用臣。」柳子厚《梓人傳》演此意。《毛詩傳》曰：「漣，風行水成文也。」蘇明允作《蘇文甫字説》演此意。白香山《秦中吟・傷友》一篇「蹇驢避路立」數語，蘇老泉《上張侍郎第二書》從此數語化出。右白、蘇一則見梁玉繩《清白士集・瞥記》。此又奪胎之一法。張爾岐《蒿庵閒話》曰：「善讀古人書者，或得其一句放爲一篇，或得其一篇歛爲一句。」包氏《藝舟雙楫》曰：「子厚《封建論》、永叔《朋黨論》，推演《吕覽》數語，遂以雄視千秋。」

曹子建《與楊德祖書》云：「吾雖德薄，位爲蕃侯，猶庶幾戮力上國，流惠下民，建永世之業，留金石之功，豈徒以翰墨爲勳績，辭賦爲君子哉？若吾志未果，吾道不行，則將采庶官之實録，辨時俗之得失，定仁義之衷，成一家之言。雖未能藏之名山，將以傳之於同好。非要之皓首，豈今日之論乎？ 其言之不慙，恃惠子之知我也。」昌黎《答崔立之書》云：「僕雖不賢，亦且潛究其得失，致之乎吾相，薦之乎吾君。 上希卿大夫之位，下猶取一障而乘之。 若都不可得，猶將耕於寬閑之野，釣於寂寞之濱，求國家之遺事，考賢人哲士之終始，作唐之一經，垂之無窮。 誅姦諛於既死，發潛德之幽光。 二者必有一可。 足下以爲僕之玉凡幾獻，而足凡幾刖也？ 又所刖者果誰哉？ 再剋之刑信如何也？ 士固信於知己，微足下無以發吾之狂言。」韓襲用曹語意，絶相似，末二語一顛倒間而筆意更健。 此又奪胎之一法。《湖樓筆談》。

劉陶《改鑄大錢議》有曰：「就使當今沙礫化爲南金，瓦石變爲和玉，使百姓飢無所食，渴無所飲。」東坡《喜雨亭記》曰：「使天而雨珠，則寒者不得以爲襦； 使天而雨玉，則飢者不得以爲粟。」此又奪胎而能出藍者。《示兒編》。

韓愈《爲人求薦書》有云：「昔人有鬻馬不售於市者，知伯樂之善相也，從而求之。 伯樂一顧，價增三倍。」事出《春秋後語》。 蘇代欲見齊王，乃説淳于髡曰：「人有賣駿馬者，往見伯樂曰：『吾有駿馬，欲賣之，三旦立於市，人莫與言，願子還而視之，去而顧之，臣請獻一朝之價。』伯樂如其言。 一旦而馬價十倍。 足下有意爲臣伯樂乎？」退之先有意於此，而後有木在山，馬在肆之説。 柳子厚《捕蛇者説》引孔子曰：「苛政猛於虎也。」語見《禮記·檀弓》。 泰山側有婦人哭曰：『昔者吾舅死於虎，吾夫又死焉，今吾子又死焉。』夫子曰：『何爲不去也？』曰：『無苛政。』夫子曰：『小子識之，苛政猛於虎也。』」子厚先有意於此而後有永州産異蛇之説。 其卒用爲證者，恐人窺其微，故不敢暗竊也。此又奪胎之一法。《餘冬敍録》。

韓退之《送廖道士序》、柳子厚《送廖有方序》皆出一時，文不相襲而議論符合。歐陽永叔《廖倚序》又合於韓、柳之所言者，歐豈有所襲耶？所送皆南人，其人皆廖姓，殊可異。韓序：「郴之爲州，當中州清淑之氣，蜿蜒扶輿，磅礴而鬱積。其水土之所生，神氣之所感，白金水銀，丹砂石英，鍾乳橘柚之包，竹箭之美，千尋之名材，不能獨當奇也。意必有魁奇忠信材德之民生其間，而吾又未見也，其無乃迷惑没溺於佛老之學而不出耶？廖師，郴民而學於衡，氣專而容寂，多藝而善游，豈無所謂魁奇而迷溺者耶！」柳序：「交州多南金珠璣，玳瑁象犀，其産皆奇怪。至於草木亦殊異。吾嘗怪陽德之炳耀，獨發於紛葩瓌麗而罕鍾乎人。今廖生剛健重厚，孝悌信讓以質其中而文乎外，爲唐詩有大雅之遺，夫固鍾於陽德者耶！」歐序：「元氣之融結爲山川，山川之秀麗稱衡湘。其蒸爲雲霓，其生爲杞梓。人居其間，得之爲俊傑。秀才生衡山之陽，而秀麗之精英得之爲多，故其文則雲霓，其材則杞梓。」三文意見，地理家説理，不外此物不能兩大，美不容並勝。清淑之氣，炳燿之德，秀麗之精英，不在人則在物。物不能當也，不有人乎。人罕鍾也，不有物乎。此非奪胎而類似奪胎之法。同上。

古人文字有彼此絶似者，殆有所效而然，然不敢謂其真相效也。《左傳》：「楚昭王曰：『再敗，楚師不如死；棄盟逃歸，亦不如死。死一也，其死讐乎？』」《史記》：「陳勝、吴廣謀曰：『今亡亦死，舉大計亦死，等死耳，死國可乎？』」皆連用四「死」字。柳宗元《賀王進士失火書》有「僕始聞而駭，中而疑，終乃大喜」之語。李漢《敍韓文》曰：「時人始而驚，中而笑且排，終而翕然隨以定。」文出《莊子》：「北門成問於黄帝曰：『帝張咸池之樂於洞庭之野，吾始聞之懼，復聞之怠，卒聞之而惑也。』」「子貢説越王勾踐曰：『無報人之志而令人疑之，拙也；有報人之意使人知之，殆也；事未發而先聞，危也。』」《家語》、《越絶書》、《史記》、《吳越春秋》並載此語。「蘇代見燕惠王噲曰：『無謀人之心而令人疑之，殆；有謀人之心而令人知之，拙；謀未發而聞於外則危。』」見《戰國策》。楊植爲《許由廟碣》云：「堯不以天下讓先生，先生之道猶昏；先生不以清節避唐堯，唐堯之道何尊？」而范希文作《嚴子陵祠堂記》云：「微先生不能成光武之大，微光武豈能遂先生之高哉！」范文實本於楊，然就全篇觀之，楊則雜而范暢矣。此亦非奪胎而類似奪胎之法。同上。

趙德麟述東坡云：「吾酒後乘興作數千字，覺氣拂拂從十指出也，大是妙語。」不知此意出於崔渾。昔崔渾至孝，母病，祈神，請以身代，覺病從十指中入，俄徧而母遂安。此東坡文之善於脱胎者。《太平清話》。

蹈襲法之比較。朱氏《文通》引《文則》。

《詩》曰：「禮義不愆，何恤于人言。」《左氏傳》稱：「諺曰：『心苟無瑕，何恤乎無家。』」《詩》曰：「謂予不信，有如皦日。」《左氏傳》：「重耳曰：『所不與舅氏同心者，有如白水。』」《詩》曰：「不慭遺一老，俾守我王。」《左氏傳》：哀公誄曰：「不慭遺一老，俾屏予一人在位。」《左氏傳》曰：「醫緩曰：『疾不可爲也，在肓之上，膏之下。』」《戰國策》曰：「扁鵲曰：『君之病在耳之前，目之下。』」《左氏傳》：「周子曰：『二三子用我今日，否亦今日。』」《國語》：「吳王曰：『孤之事君在今日，不得事君亦在今日。』」《考工記》曰：「柘爲上，檍次之，檿桑次之，橘次之，木瓜次之，荆次之。」《禮器》曰：「禮時爲大，順次之，體次之，宜次之，稱次之。」此皆不約而同之蹈襲法。

案：此類古書最多。孫氏《示兒編》曾區別拈出之：「曰句法同、曰文意同、曰經同文、曰經異文、曰史同文、曰史異文。其異文者，雖意異而文法亦多相似。此又古代文家數見之事而不以爲怪者也。」案：孫氏所分蹈襲條例可與李次青《天岳山館文鈔》目録中分蹈襲爲三等之説參看。《隨園隨筆》有云：「王勃《滕王閣序》『落霞』二句乃襲庾信《三月三日華林園馬射賦》『落花』二句。」《唐賦衡裁》又云：「庾氏則又有所襲。他如相如《大人賦》全用屈平《遠遊》篇，崔駰《達旨》全用子雲《解嘲》，劉基《賣柑者説》全仿柳子《鞭賈》，此又不可枚舉矣。」

黄虎癡本驥曰：「作文之法襲取前人字句以爲己有與作賊無異。然賊最須善作，必較原本更爲佳妙，雖失主認贜亦難辨别，方爲得手。若活剥生吞，到案即破，則爲笨賊矣。如前明王溆東思任《頌節録序》中段曰：『吾一身爲馬氏之母，爲馬氏之父，爲馬氏之師，爲馬氏中興之主，爲馬氏稽覈之督，爲馬氏禦侮之臣，爲馬氏奔走之僕，不獨爲馬氏妻也。』雜沓寫來，筆勢奔湧。全篇精警具在於此。國初魏叔子《秦節母傳》首段泛論婦節，次段敘節母夫死子幼，又遭兵亂，曰：『雖偉丈夫當此，左右支吾難矣！而節母以一婦人身處其間。孫枝蔚曰：突然接人。節母爲秦氏母。以上並未點出夫家之姓，至此始點。爲父爲師，短句。爲秦氏再興之主，爲秦氏禦侮之臣。長句。魏禧曰：接法。嗚呼！節母可謂恒其德者矣！』唱嘆。此下接敍節母事實兩段，而以『魏禧曰：「嗚乎！可以傳矣！」』九字作結。此文之妙全在一『孫枝蔚曰』、兩『魏禧曰』十字安放得當，頓挫入古文境，從《公》、《穀》得來。《公羊傳》「子公羊子曰」、「子女子曰」、「魯子曰」、「高子曰」，《穀梁傳》「穀梁子曰」、「沈子曰」、「尸子曰」等句，或爲己言，或爲時賢之言，突然接入以盡抑揚唱嘆之致。『爲秦氏母』數語雖襲用王溆東句，然王作出自節婦自言，魏則託於旁人之口；即謂之引古亦可，非以前人之文爲己文也，故不嫌其襲。王作七疊而句法不變，以不變爲妙。魏則五疊而句法三變；以變爲妙，句多不變，句少累變，《左傳》法也。王作平直敍來，魏則於敘事中間突然插此二十八字，絶不申明孫枝蔚爲何人，令人不測。其佳妙勝於原本多矣。近見某公作《尹節母傳》曰：『爲尹氏母，爲尹氏師，爲尹氏中興之主，爲尹氏禦侮之臣。』衆人稱爲奇警，余以王、魏二作質之，然後知叔子之善於作賊，而此公之笨也。」《讀文筆得》。

《冷泉亭記》云：「東南山水，餘杭郡爲最。就郡言，靈隱寺爲尤。由寺觀，冷泉亭爲甲。」鄧牧《冲天觀記》云：「兩浙山水之勝最東南。由浙江西，杭最。由杭西，餘杭最。逆天目大溪上有十八里曰洞霄宫者，是爲大滌洞天，又餘杭最勝處也。」史鑑《韜光庵三天竺寺記》云：「環西湖之山凡三面，西山爲最佳。據西山之佳惟四寺，靈隱爲最勝。領靈隱之勝有五亭，韜光爲最幽。」蓋皆效其體也。《冷廬雜識》。

宋范文正《嚴子陵祠堂記》其末系之以歌曰：「雲山蒼蒼，江水泱泱。先生之風，山高水長。」按：唐李陽冰《括蒼馬夫人廟記》其末亦系之歌曰：「麤山蒼蒼，麤水茫茫。陰府助國兮，於時彰彰；福我鄰邦兮，民斯永康。仙兮仙兮，與日月而齊光。」文正前二句與李之前二句不甚相遠也。文正固非蹈襲者，然以辭義較之，文正勝於李多矣。

《淮南子·泰族訓》云：「夫指之拘也，莫不事伸也；心之塞也，莫之務通也。不明於類也。」此數語全蹈襲《孟子》「指不若人」五句。以上均姜南《學圃餘力》。

劉貢父《詠史》詩云：「自古邊功緣底事，多因嬖倖欲封侯。不如直與黄金印，惜取沙場萬髑髏。」其意蓋指當時王韶、李憲輩耳，而其説則出於温公論李廣利，曰：「武帝欲侯寵姬李氏，而使廣利將兵伐宛。其意以爲非有功不侯，不欲負高帝之約也。夫軍旅大事，國之安危、民之生死繫焉。苟爲不擇賢愚，欲邀倖咫尺之功藉以爲名，而私其所愛，不若無功而侯之爲愈也。」蓋全用之。然胡明仲論留侯則云：「善乎！子房之能納説也。不先事而强聒，不後事而失機，不問則不言，有言則必當其可。故聽之易而用之不難也。評者曰：『漢業存亡在俯仰間，而留侯於此每從容焉。諸侯失固陵之期，始分信越之地，複道見沙中之聚，始言雍齒之侯。』善言子房矣。」此論用荆公詩：「漢業存亡俯仰中，留侯於此每從容。固陵始議韓彭地，複道方圖雍齒封。」此則史論用詩也。近世劉潛夫詩云：「身屬嫖姚性命輕，君看一蟻尚貪生。無因喚取談兵者，來此橋邊聽哭聲。」而坡翁《諫用兵之疏》云：「且夫戰勝之後，陛下可得而知者。凱旋捷奏，拜表稱賀，赫然耳目之觀耳。至於遠方之民，肝膽塗於白刃，筋骨絶於餽餉，流離破産，鬻賣男女，薰眼折臂自經之狀，陛下必不得而見也。慈父孝子，孤臣寡婦之哭聲，陛下必不得而聞也。」其意亦出此。馮必大詩云：「亭長何曾識帝王，入關便解約三章。只消一勺清涼水，冷卻秦鍋百沸湯。」亦用黄公度《漢高祖論》曰：「傷弓之鳥驚曲木，挽萬石之弓以射之，寧無所懼？奔渴之牛急濁泥，飲以清冷之水，寧無所喜？項驚天下以弓，而帝飲天下以水。」葉紹翁詩云：「殿號長秋花寂寂，臺名思子草茫茫。尚無人世團欒樂，枉認蓬萊作帝鄉。」亦出於林少潁《武帝論》云：「武帝好長生不死之術，聚方士於京師。由是禱祠之俗興以成巫蠱之禍。陽邑、朱昌二公主俱以此誅，而皇后、太子亦皆不免。其始也，欲求長生不死之術而不可得，徒挾敗亡之禍橫及骨肉，可笑也。」錢舜選詩云：「項羽天姿自不仁，那堪亞父作謀臣。鴻門若遂樽前計，又一商君又一秦。」亦祖陳傅良之論云：「羽之戮子嬰，弑義帝，斬彭生，坑秦二十萬衆，亞父獨不當試曉之耶？使楚果亡漢，則羽又一秦，增又一商鞅也。」此類甚多，不暇枚舉，豈所謂脱胎者耶？《齊東野語》。

數事法之比較。朱氏《文通》引《文則》。

《論語》：「子謂：『子産有君子之道四焉：其行己也恭，其事上也敬，其養民也惠，其使民也義。』」此先總而後數之法。

《左氏傳》：子産數公孫黑曰：「爾有亂心無厭，國不汝堪。專伐伯有，而罪一也；昆弟爭室，而罪二也；薰隧之盟，汝矯君位，而罪三也。有死罪三，何以堪之。」此先數而後總之法。

《左氏傳》：「孔子言臧文仲其不仁者三，不知者三。下展禽，廢六關，妾織蒲，三不仁也；作虚器，縱逆祀，祀原居，三不知也。」此先總之而後復總之法。

目人列氏法之比較。朱氏《文通》引《文則》。

《論語》曰：「德行，顔淵、閔子騫、冉伯牛、仲弓；言語，宰我、子貢；政事，冉有、季路；文學，子游、子夏。」此目人之法。揚雄、班固用之。

《左氏傳》曰：「殷氏六族：條氏、徐氏、蕭氏、索氏、長勺氏、尾勺氏。」此列氏之法。莊周、司馬遷用之。

接續法之比較。朱氏《文通》引《文則》。

《中庸》曰：「能盡其性則能盡人之性，能盡人之性則能盡物之性，能盡物之性則可以贊天地之化育，可以贊天地之化育則可以與天地參矣。」此敍積小以至大之法。

《莊子》曰：「古之明大道者，先明天而道德次之，道德已明而仁義次之，仁義已明而分守次之，分守已明而形名次之，形名已明而因任次之，因任已明而原省次之，原省已明而是非次之，是非已明而賞罰次之。」此敍由精以至粗之法。

《大學》曰：「古之欲明明德於天下者先治其國，欲治其國者先齊其家，欲齊其家者先修其身，欲修其身者先正其心，欲正其心者先誠其意，欲誠其意者先致其知。」此敍自流及源之法。

倒法之比較。朱氏《文通》引《文則》。

《春秋公羊傳》曰：「吳子謁伐楚，門于巢卒。」此先言門後言於巢之倒法。

《詩》曰：「謝於誠歸。」此先言謝後言誠歸之倒法。

《左氏傳》曰：「盜所隱器。」此先言盜後言隱之倒法。

《禹貢》曰：「雲土夢作乂。」此「土」字不在「夢」字下之倒法。與「厥篚玄纖縞」「纖」字不在「玄」字上之倒法同例。

《漢書》：中行説曰：「必我也，爲漢患者。」若今人則云：「爲漢患者，必我也。」

《管子》曰：「子邪？言伐莒者。」若今人則云：「言伐莒者子耶？」右二則見楊升庵《論文》。

焦弱侯曰：「古文多倒法。如『天地盈虛，與時消息』。息，訓長也。『亂臣十人』、『亂越我家』、『惟以亂民』、『亂爲四方新辟』、『亂爲四輔』，亂，訓治也。『安擾邦國』，擾，訓順也。『荒度土功』、『遂荒大東』，荒，訓定也。『其臭如蘭』、『胡臭亶時，其臭羶』，臭，訓香也。『是用不潰於成』、『莫不潰茂』，潰，訓遂也。『將以釁鐘』，釁，訓祥也。『親結其縭』，結，訓解也。『越浮西子於江』，浮，訓沉也。『面縛銜璧』，面，訓背也。『爲長者糞』，糞，訓除也。皆美惡相對之字，而反其義以用之。洪容齋、楊用修皆闡此説。」湯霍林曰：「今人文絶不知倒法。文之脉在動，動則轉，轉之妙全在用倒。昔人所悟升裹轉，斗裹轉，地理家所謂横來直受，陰來陽受，皆轉法耳。至倒法尤難明，有意倒者，有句倒者。古人文意深遠，旁見側出，卒無不用倒者。今人尚不知順，何言倒哉！」

案：俞氏《古書疑義舉例》稱古人多有以倒句成文者，有序事不以順序而以倒序者，有倒文協韻者三例。其所舉較諸家爲詳，可以參考。至俞氏全書本以資經義者，然於古人文法不同於今人處言之至精審，學古文者不可不一究也。

《考工記》三種文法之比較。陳氏《文則》。

「鄭之刀，宋之斤，魯之削，吳越之劍，遷乎其地而弗能爲良。」「凡爲弓，方其峻而高其柎，長其畏而薄其敝。」《左氏傳》曰：「恤其患而補其闕，正其違而治其煩。」亦此法也。此雄健而雅者。

「凡攫閷援簭之類，必深其爪，出其目作其鱗之而。深其爪，出其目，作其鱗之而，則于眡必撥爾而怒。苟撥爾而怒，則于任重宜，且其匪色必似鳴矣。爪不深，目不出，鱗之而不作，則必積爾如委矣。苟積爾如委，則加任焉則必如將廢措，其匪色必似不鳴矣。」此文說筍虡之數也。「引而信之，欲其直也。信之而直，則取材正也。信之而枉，則是一方緩一方急也。若苟一方緩一方急，則及其用之也，必自其急者先裂。若苟自急者先裂，則是以博爲幭也。」此文說制韋革。此宛曲而峻者。

「爍金以爲刃，凝土以爲器。」「棧車欲弇，飾車欲侈。」「鐘大而短則其聲疾而短聞，鐘小而長則其聲舒而遠聞。」「已上則摩其旁，已下則摩其耑。」此整齊而醇者。

質與華之比較。朱氏《文通》引《罪知録》。

「水流溼，火就燥。」「鼓之以雷霆，潤之以風雨。」「誨爾諄諄，聽我藐藐。」「故謀用是作，而兵由此起。」此屬對偶。

「元、亨、利，牝馬之貞。」「嚚訟可乎。」「其在于今，興迷亂于政。顛覆厥德，荒湛于酒。汝雖湛樂從，弗念厥紹。罔敷求先王，克共明刑。」《昊天有成命》一篇。此屬解散。

「錦衣狐裘。」「顔如渥丹。」「火龍黼黻，三辰旂旗。」「春日載陽，有鳴倉庚。女執懿筐，爰求柔桑。」此屬綺麗。

「畜，牝牛，吉。」「不宜上宜下。」「入則孝，出則弟。」「小人在位，君子在野。」「太任有身，生此文王。」「正脊一，脡脊一，横脊一，腸一，胃一。」

「既奐是䭃。」「豺狗足。」此屬樸素。

「璆鐵銀鏤砮磬，熊羆狐狸織皮。」「芝、栭、蔆、椇、棗、栗、榛、柿、瓜、桃、李、梅、杏、樝梨、薑桂。」「司徒、司馬、司空、亞旅、師士、千夫長、百夫長、庸、蜀、羌、髳、微、盧、彭、濮」此屬縟積。

「包羞。」「引兑。」「大水。」「如初。」「庸庸祇祇威威。」「盧令令，其人美且仁。」「比之初六，有它吉也。」此屬疏簡。

「疇離祉。」「不蠲蒸。」「抑磬控忌，抑縱送忌，抑釋掤忌，抑鬯弓忌。」此屬奥澀。

「毋不敬。」「震，起也。艮，止也。」「行人得牛，邑人災也。」「無信人之言，人實誑女。」「寺人孟子，作爲此詩。凡百君子，敬而聽之。」此屬淺易。

「非女封刑人殺人，無或刑人殺人；非女封劓刵人，無或劓刵人。」「人喜則斯陶，陶斯詠，詠斯猶，猶斯舞，舞斯慍，慍斯戚，戚斯嘆，嘆斯辟。」「知我者謂我心憂，不知我者謂我何求。」《駉》之篇。《芣苢》之篇。《瓠葉》後三章。此屬迂頓。

「否。」「立孫。」「忠矣。」「清矣。」「聞斯行之。」「女安則爲之。」「然非歟？曰：非也。」「予則孥戮汝。」「雖速我訟，亦不女從。」「傷腎，乾肝，焦肺。」此屬徑疾。

「有若伊尹」、「有若保衡」、「有若伊陟、臣扈、巫咸」、「有若巫賢」、「有若甘盤」、「有若虢叔」、「有若閎夭」、「有若散宜生」、「有若泰顛」、「有若南宫括。」此屬故實。

「春正月。」「秋七月。」「其無乃是也乎！」「以致五至而行三無。」「喪事欲其縱縱爾，吉事欲其折折爾。騷騷爾則野，鼎鼎爾則小人，君子蓋猶猶爾。」此屬空虛。

「手如柔荑，膚如凝脂。領如蝤蠐，齒如瓠犀。螓首蛾眉，巧笑倩兮，美目盼兮。」「其諸侯謂其雙雙而俱至者歟？」此屬豔冶。

「臀無膚。」「比頑童。」「踰垣墻，竊馬牛，誘臣妾。」「毋齧骨，毋還羹，毋投與狗骨。」「履帝武敏歆。」「小溲與犬牢而得文王。」「先生如達，不坼不副。」「使二婢子夾我。」此屬鄙陋。

正與奇之比較。朱氏《文通》引《罪知録》。

「欽明文思，允恭克讓。」「乾剛坤柔，比樂師憂。」此爲齊停整截、句句平鋪者。

「不惕予一(個)〔人〕。」「困於葛藟，於臲卼。」「則病者乎？ 噫！」此爲嵬巉險阻、廉稜峭刻者。

「弔由靈。」「朋盍簪。」「敍欽。」此爲深沉緻密、韞匿寡重者。

「吾將仕矣。」「我弔也與哉！」「專以禮許人。」「獨吾君也乎哉！」此爲紆遲宛約、風調窈窕者。

「非吾徒也。」「老而不死是爲賊。」「狄滅衛。」此爲方嚴凜冽、氣厲色莊者。

「不其或稽。」「雲土夢作乂。」「則豈不得以其母以嘗巧者乎？」此爲散野儻蕩、不黏甲乙者。

「以爾車來，以我賄遷。」「其爾萬方有罪，在予一人；予一人有罪，無以爾萬方。」此爲明白洞達、皦露腎腸者。

「女曰觀乎，士曰既且。且往觀乎。」「念茲在茲，釋茲在茲，名言茲在茲，允出茲在茲。」此爲縈紆纏糾、反復鉤連者。

「日月星辰，山龍華蟲，宗彝藻火，粉米黼黻。」「螓首蛾眉，笑倩美盼。」此爲鮮采華絢、艷麗妍媚者。

「女安則爲之。」「吾得已乎哉！」「吾死也，吾亡也。」此爲冷語慢詞、口此心彼者。

「螽。」「蒸。」「柴。」「嘗。」「立孫。」「今蠢。」「美而艷。」此爲至簡者。

「無乃使人疑夫不以情居瘠者乎哉！」「苟無禮義誠愨忠信之心以涖之。」此爲至繁者。

「自古在昔，先民有作。」「古曰在昔，昔曰先民。」「疾大漸，（爲）〔惟〕幾，病日臻，既彌留。」此衍簡爲繁者。朱荃宰曰：「《詩》《書》之文有若重複而意實曲折者，《詩》曰：『云誰之思，西方美人。彼美人兮，西方之人兮。』此思賢之意自曲折也。『自古在昔，先民有作。』此考古之意自曲折也。《書》曰：『眇眇予末小子。』此謙託之意自曲折也。又曰：『孺子其朋，孺子其朋其往。』此告急之意自曲折也。又如《易》曰：『明辨晰也。』《莊子》云：『周徧咸。』又云：『吾無糧，我無食。』《詩》云：『昭明有融，高朗令終。』《左傳》云：『遠哉遥遥。』」又曰：「複字用於詩文中最難雅馴。楊用修取《三百篇》諸書之複依均彙集，惟伐林者諗焉。」案：朱氏此論自可備考究古文句法之一助。惟艾千子《與人論文書》有云：「學者束書不觀，止取《左》、《國》、《史》、《漢》句字名物編類分門，率爾成篇，套格套詞，浮華滿紙，如今市肆賣壽軸祭文文字者。」然朱氏所稱楊用修所編，今大半在李氏《函海》中，最爲何、李、王、李末派陋習。朱氏蓋宗此派者。覽者但取其有助於學古之意，而勿狃其偏習可也。凡考明季人論文語皆宜分别觀之。

「安驪姬。」「爾惟風，下民惟草。」「盾夏日之日，衰冬日之日。」此爲束博而約者。顧元慶《簷曝偶談》云：「《戰國策》陳軫言楚人有兩妻一事，《後漢・馮衍傳》載有挑其鄰人之妻者一事。范曄所記比《戰國策》語簡而意足。」按：此亦善於束博而約者也。

朱氏曰：「之十三者，文字之玄渺幾於盡矣。」

包氏《文譜》論古文六法在所著《藝舟雙楫》中，其言曰：「余嘗以隱顯、回互、激射説古文，然行文之法又有奇偶、疾徐、墊拽、繁複、順逆、集散。不明此六者，則於古人之文無以測其意之所至，而第其詣之所極。墊拽、繁複者，回互之事；順逆、集散者，激射之事。奇偶、疾徐，則行於墊拽、繁複、順逆、集散之中而所以爲回互、激射者也。回互、激射之法備而後隱顯之義見矣。」案：包氏所舉六者之例與《文通》所引《罪知録》之説用意一致，而詳畧可互參。朱氏所主之説在明代濟南一派盛行之後，包氏立説在近代駢散合一騰説之時，故兩家於整散奇偶不偏一路，因彙舉之如左。

體勢中之奇偶法舉例。包氏《藝舟雙楫·文譜》。

《尚書》「欽明文思」，一字爲偶。「安安」，疊字爲偶。「允恭克讓」，二字爲偶。此爲一類。偶勢變而生三，奇意行而若一。「光被四表，格於上下。」語奇也而意偶。「克明峻德」四字一句，奇。「以親九族」十六（句）〔字〕四句，偶。「協和萬邦」十字三句，奇。「萬邦」與「九族」、「百姓」語偶。「時雍」與「黎民於變」意偶，是爲奇中寓偶。此爲一類。

「乃命羲和」節，奇。「若天授時」，隔句爲偶。中六字綱目爲偶。「分命」、「申命」四節，體全偶而詞悉奇。「帝曰咨」節，奇。「期三百」十七字，參差爲偶。「允釐」八字，顛倒爲偶而意皆奇。雙意必偶，「欽明」、「允恭」等句是。單意可奇可偶，「光被」、「允釐」等句是。此爲一類。

包氏曰：「討論體勢，奇偶爲先。凝重多出於偶，流美多出於奇。體雖駢，必有奇以振其氣；勢雖散，必有偶以植其骨。儀厥錯綜，致爲微妙。」舒白香《古南餘話》曰：「奇不徒奇，必有偶以行其奇，而奇乃得勢。」又曰：「逆順屬義，用筆之百千，意外巧妙而仍在人人意中者是也。奇偶屬聲，偶則滯，奇則行。一足之夔，通身之神力注焉。」均與包説同旨，詳《識塗篇》七。

氣格中之疾徐法舉例。同上。

《論語》「觚不觚」句爲疾；「觚哉觚哉」句爲徐。「其然」句爲徐；「豈其然」句爲疾。此兩句爲疾徐者。

《大學》「一家仁，一國興仁」節爲疾；「堯舜率天下以仁」節爲徐。

《孟子》：「王曰：何以利吾國？」爲徐；「未有仁而遺其親」節爲疾。此兩節爲疾徐者。

「天子適諸侯曰巡狩」一百四十九字爲徐；「先王無流連之樂」十六字爲疾。「國君進賢」

一百二十六字爲徐；「故曰國人殺之」十七字爲疾。「尊賢使能，俊傑在位」五節爲徐；「信能行此五者」一節爲疾。此通篇爲疾徐者。

包氏曰：「論氣格莫如疾徐。文之成在沉鬱，文之妙在頓宕，而沉鬱、頓宕之機操於疾徐，此之不可不察也。有徐而疾不爲激，有疾而徐不爲紓，是以峻緩交得而調和奏膚。」

墊拽法舉例。同上。

《孟子》：「知而使之，是不仁也；不知而使之，是不知也。仁、知，周公未之盡也。」又曰：「且以文王之德，百年而後崩，猶未洽於天下。武王、周公繼之，然後大行。」《韓非子》：「今有不才之子，父母怒之弗爲改，鄉人譙之弗爲動，師長教之弗爲變。」又云：「禹利天下，子産存鄭，皆以得謗。」又云：「視鍜錫，察青黄，歐冶不能必劍；發齒吻形容，伯樂不能必馬。」又云：「侈而惰者貧，而力而儉者富。今徵斂於富人以施布於貧家。」《史記》：「嘗以十倍之地，百萬之衆叩關而攻秦，秦人開關延敵，九國之師逡巡遁逃而不敢進。」又云：「非有仲尼、墨翟之賢，陶朱、猗頓之富。」此皆上墊法。

《孟子》：「管仲、曾西之所不爲也。」又云：「非所以納交於孺子之父母也，非所以要譽於鄉黨朋友也，非惡其聲而然也。」《韓非子》：「磐石千里不可謂富，象人百萬不得謂强。」《史記》：「藉使子嬰有中主之才僅得中佐。」又云：「向使二世有庸主之行而任忠賢，臣主一心而憂海内之患。」又云：「是所重者在於色樂珠玉，而所輕者在於人民也。」此皆下墊法。俞樾《湖樓筆談》云：「流水之爲物，以起伏見奇。文士之筆端，以抑揚入妙。雖聖賢作述亦必由之。是故『富而可求也』爲『如不可求』蓄勢，『夫天未欲平治天下也』爲『如欲平治天下』發端，口角翕闢，誦之如生矣。然或失之已甚，則亦以文害詞。賈子《治安策》引『四維不張，國乃滅亡』之語，而曰：『使管子而愚人也則可，使管子而少知治體，則是豈可不寒心者哉！』夫管子非愚人，誰不知之？雖云翻空易奇，未免意圓語滯。東坡《上神宗書》以《論語》『欲速則不達，見小利則大事不成』而曰：『使孔子而非聖人，則此言亦不可用。』監本長沙，抑又甚矣。」案：此亦發明下墊法之説，並以言其弊者也。

《孟子》：「萬取千焉，千取百焉，不爲不多矣。苟爲後義而先利。」又云：「文王以民力爲臺爲沼，而民歡樂之。予及女偕亡，民欲與之偕亡。」又云：「此惟救死而恐不贍。」《荀子》：「螾無爪牙之利，筋骨之强，上食槁壤，下飲黄泉，用心一也。蟹六跪而二螯，非蛇蟺之穴無可託足者，用心躁也。是故無冥冥之志者，無昭昭之明；無惛惛之用者，無赫赫之功。」又云：「今之學者入乎耳，出乎口。口耳之間四寸耳，安能美七尺之軀。」《韓非子》：「今有搆木鑽火燧於夏后之世者，必爲鯀禹笑矣。有決瀆於殷周之世者，必爲湯武笑矣。」又云：「人主之左右不必智也，人主於人有所智而聽之，因與左右論其言，是與愚人論智也；人主之左右不必賢也，人主於人有所賢而禮之，因與左右論其行，是與不肖論賢也。」《吕覽》：「民農則樸，樸則易用，易用則邊境安，主位尊。民農則重，重則少私義，少私義則公法立，力專一。民農則其産複，產複而重徙，重徙則死其處而無二慮。」又云：「馬者，伯樂相之，造父御之，賢主乘之，一日千里，無御相之勞而有其功。」

《史記》：「天下已定，秦王之心，自以爲關中之固，金城千里，子孫帝王，萬世之業也。秦王既没，餘威振於殊俗。」又云：「二世不行此術，而重之以無道。」此皆正拽法。

《孟子》：「天子能薦人於天，不能使天與之天下；諸侯能薦人於天子，不能使天子與之諸侯；大夫能薦人於諸侯，不能使諸侯與之大夫。」又云：「而居堯之宫，逼堯之子，是篡也。」又云：「將戕賊杞柳而後以爲杯棬。」又云：「金重於羽者，豈謂一鉤金。」又云：「是君臣父子兄弟終去仁義，懷利以相接。」《荀子》：「樂姚冶以險，則民流僈鄙賤矣。流僈則亂，鄙賤則爭，爭亂則兵弱城犯，敵國危之。」又云：「且夫暴國之君與誰至哉？彼其所與至者必其民也。而其民之親我歡若父母，其好我若芬椒。彼反顧其上，若灼黥，若仇讐。人之情，雖桀跖又豈肯爲其所惡賊其所好？」《韓非子》：「法術之士操五不勝之勢，以歲數而又不得見；當塗之人乘五勝之資，而旦暮獨説於前。」又云：「智士者遠見而畏於死亡，必不從重人矣。廉士者修而羞與佞臣欺其主，必不從重人矣。是當塗之徒屬非愚而不知患，即汙而不避奸者也。大臣挾汙愚之人，上與之欺主，下與之收利侵漁。」《史記》：「秦并海内，兼諸侯，南面稱帝，而以四海養天下，斐然向風。」又云：「今秦二世立天下，莫不引領而觀其政。夫寒者利裋褐，饑者甘糟糠。

民之嗸嗸，新主之資也。」此皆反拽法。

《孟子》「知虞公之不可諫而去之秦」一百二十二字。《荀子》「凡生於天地之間者，有血氣之屬必有知」一百八十一字。此爲旋墊旋拽，備上下反正之致之法。

包氏曰：「墊拽者，爲其立説之不足聳聽也，故墊之使高；爲其抒議之未能折服也，故拽之使滿。高則其落也峻，滿則其發也疾。得之則蹈厲風發，失之則樸樕遼落。姬、嬴之際，至工斯業。降至東京，遺文俱在。能者僅可十數，論者竟無片言。」案：此法在文中亦自尋常。包氏詡爲獨得，意殊矜誇，未免無識。包氏論文論書往往如此，此包氏之小也。至章實齋《文史通義·朱陸篇書後》稱戴東原口説之謬云：「有請學古文詞者，則曰：『古文可以無學而能。余生平不能爲古文辭，後忽欲爲之而不知其道，乃取古人之文反復思之，忘寢食者數日，一夕忽有所悟，翼日取其所欲爲文者振筆而書，不假思索而成其文，即遠出《左》、《國》、《史》、《漢》之上。』聞者疑之。蓋其意初不過聞大興朱先生輩論爲文詞不可有意求工，而實未嘗其甘苦，又覺朱先生言平淡無奇，遂恢怪出之，冀聳人聽，而不知妄談至此，則由自欺而至於欺人，心已忍矣！聽戴口説而加厲者，滔滔未已，至今徽歙之間，誹聖誹賢，毫無顧忌，大可懼也！」此戴氏論文之弊也。包氏蓋亦徽歙間沿戴氏之頹風者歟。

繁複法舉例。同上。

《孫武子》：「聲不過五，五聲之變不可勝聽也。色不過五，五色之變不可勝觀也。味不過五，五味之變不可勝嘗也。戰勝不過奇正，奇正之變不可勝窮也。」此屬複。

《孟子》：「穀與魚鼈不可勝食，材木不可勝用。七十者衣帛食肉，黎民不飢不寒。」又云：「天下之欲疾其君者，皆欲赴愬於王。」此屬繁。

又云：「然則一羽之不舉，爲不用力焉。」又曰：「昔者禹抑洪水而天下平。」又曰：「口之於味也，有同嗜焉。」又曰：「鄉爲身死而不受，今爲宫室之美爲之。」此屬複。

「離婁之明」節。此屬繁。

「聖人既竭目力」節。此屬複。

「樂民之樂者，民亦樂其樂；憂民之憂者，民亦憂其憂。樂以天下，憂以天下。」又云：「君子以仁存心，以禮存心。仁者愛人，有禮者敬人。愛人者，人恒愛之；敬人者，人恒敬之。」此爲繁而兼複者。

「得道者多助，失道者寡助。寡助之至，親戚畔之；多助之至，天下順之。以天下之所順攻親戚之所畔。」此爲複而兼繁者。

《荀子》之《議兵》、《禮論》、《樂論》、《性惡》篇，《吕覽》之《開春》、《慎行》、《貴直》、《不苟》、

《似順》、《士容》論，韓非之《説難》、《孤憤》、《五蠹》、《顯學》篇，皆繁以助瀾，複以邕趣。複如鼓風之浪，繁如捲風之雲。浪厚而盪萬石比一葉之輕，雲深而釀零雨有千里之遠。斯誠文陣之雄師，詞囿之家法矣。

包氏曰：「繁複者，與埶拽相需而成，而爲用尤廣。比之詩人，則長言詠嘆之流也，文家之所以極情盡趣，茂豫發越也。」

順逆法舉例。同上。

《論語》：「公叔文子之臣大夫僎」，此逆而順者。

「君取於吴，爲去聲。同姓，謂之吴孟子。」此順而逆者。

《孟子》：「無恒産而有恒心者，惟士爲能。」本言當制民産，先言取民有制，又先言民之陷罪由於無恒心，而無恒心本於無恒産，并先言惟士之恒心不係於恒産。此爲逆之逆者。

「天下大悦而將歸己」章。「桀紂之失天下」章。此全用逆者。

「君子之所以異於人者」章。此全用順者。

包氏曰：「文勢之振在於用逆，文氣之厚在於用順。順逆之於文，如陰陽之於五行，奇正之於攻守也。深求童習之編，自得伐柯之則。」

集散法舉例。同上。

《左傳》：「君將納民於軌物者也。故講事以度軌量謂之軌，取材以章物采謂之物。不軌不物，謂之亂政。」又云：「將修先君之怨於鄭，而求寵於諸侯，以和其民。」《孟子》：「是故君子有終身之憂，無一朝之患。」又云：「彼陷溺其民，王往而征之，夫誰與王敵？」又云：「仁不可爲衆也。夫國君好仁，天下無敵。」又云：「或勞心，或勞力。勞心者治人，勞力者治於人。治於人者食人，治人者食於人。」《韓非子》：「是以賞莫如厚而信，使民利之。罰莫如重而必，使民畏之。法莫如一而因，使民知之。」又云：「夫離法者罪，而諸先生以文學取；犯禁者誅，而羣俠以私劍養。故法之所非，君之所取；吏之所誅，上之所養也。」又云：「故明主之國，無書簡之文，以法爲教。無先生之語，以吏爲師。無私劍之捍，以斬首爲勇。」又云：「强則能攻人者也，治則不可攻者也。治强不可責於外，内政之修也。」此皆集勢之法。

《孟子》引「經始靈臺」、「時日曷喪」，徵古以明意；説「不違農時」、「五畝之宅」，緣情以比事。《吕覽》專精證驗，《韓非》旁通喻釋。《史記》載祠石墜履而西楚遂以遷鼎，述厠鼠驚人而上蔡無所稅駕。曲逆意遠，見於俎上，淮陰志異，得之城下。臨邛竊貲，好時分橐，銜晦既殊，心迹斯别。右游俠之克崇退讓，而知在位之專恣睚眦。稱權利之致於誠壹，而知居上之不收窮民。此皆集事之法。

「二帝同典，止紀都俞；五臣共謨，乃書陳告。」此爲縱散。

龍門帝紀已屬有心避就，金華臣傳遂至僅存閥閱。宋濂作《九國春秋》，事績悉詳紀中，諸臣列傳勢難重出，寂寥已甚。今吳任臣書即竊其本也。求其繼聲，未易屈指。《史記》廉將軍矜功爭列與避車連文，以美震悔之忠。長平侯重揖客，諱擊傷，於本傳不詳，以嘆尊容之廣。程、李名將，而行酒辨其優劣；汲、鄭長者，而廷論譏其局趣。此爲横散。

包氏曰：「集散者，或以振綱領，或以爭關紐，或奇特形於比附，或指歸示於牽連，或錯出以表全神，或補述以完風裁。是故集則有勢有事，散則有縱有横。」

許海秋宗衡《玉井山館文續·復馮魯川書》曰：「寧都魏氏有積理一言，山陽潘四農丈則曰積氣。理與氣，文之本也。法者，文之用也。古文重義法，而安吳包慎伯丈因有激射之説，此亦法也。法，不變者也，有至變者在其中，神明於規矩之謂也。而理與氣實主之，此不弊之道也。未有理足而氣不盛者，未有氣盛而理不達者。故文者，凡以發揮其心之所積而已，其原在有耻。」案：許氏此言，由法以歷溯文原，由不變之法以詣至變之神明，可爲以上所舉諸法之注脚，不第釋安吳之旨也。其以「有恥」爲大原，乃顧亭林、陳蘭甫講學之旨，是又以文表裏，吾人制行之義，所見尤爲超越矣。

文家拈示經典文字以見例法，《文心雕龍》偶發其端，陳氏《文則》大啓塗轍，明代歸震川《指南》之作，李文莊《雜著》之中，陳列亦夥。其他諸家詩話與談藝羣書中，倘精心擷采，匃諸一袟，可成巨觀。近日《馬氏文通》中多取經典中語解釋文法，蓋本此例。兹所臚舉特大凡爾。然初學循此求之，舉一反三，其益逾廣，好學者詳焉。

古文詞通義卷十一

識塗篇七

文家格法之析分

文中起局之比較。文之起法有二：一、特起法。一、配説法。魏善伯謂韓文入手多特起，故雄奇有力。歐文入手多配説，故逶迤不窮。相配之妙，至於旁正錯出，幾不可分，非尋常賓主之法可言矣。曾文正謂：「唐人爲官韻賦，往往起四句峭健壁立，施之於文家，則於立言之體大乖。漢文無起筆峭立者。」是文正不重整飭起法而重特起法也。故凡文中特起法，韓公家法；配説起法，歐公家法也。又，起局中有冒題從混、破題務顯之法。

姚薑塢範曰：「《史記》起勢猛勇處，震川時文内得之，古文反不能，何也？制義體自宜於渾穆，不宜入瑰怪。」《援鶉堂筆記》。王惺齋元啓曰：「震川文只落筆處一二語便定一篇之局，自後雖波瀾百變而皆不離其宗。蓋篇篇如是，故能隨方布陳而無一成之轍迹可尋，其妙在一切字。」又曰：「震川文只是一個精切而有條理。人徒以寬博目之，不知震川者也。」《冷廬雜識》引王氏《震川文集評》。案：此發明歸氏文起局作用之妙者。姚言一起勢便猛勇，王言一起手便貼切，蓋有得於唐人破題之法。歸氏蓋熟讀《史記》與精於制舉文者也。

文中結局之比較。文之結法：一、緊束。義多而歸於短也。一、散弛。題大而亦張大之也。魏善伯曰：「收結恒須緊束。《麗澤文説》云：「結文字雖要精神，不要閑言語。歐多三語四語結。」《容齋隨筆》稱文字結尾：「老子《道德經》有用二字結法，《左傳》、《孟子》有三字結法，《史記·封禪書》三千言而末用六字結法。」此皆注重在簡妙者。曾文正稱昌黎《許國公碑》「敍次既畢，復摘其尤大者著議以最其功」。此注重在繁重者。或故爲放弛懈緩者，亦如勞役之際，閉目偃倚，乃不至於困竭也。」互見。案：緊束結法爲正，散弛其變也，用之亦頗不易矣。又結尾中有以敍事起以敍事結、以設事起以設事結二法。李穆堂《秋山論文》曰：「文章精神全在結束，有提於前者，有束於中，有收於後者。《漢書》趙充國等傳提於前也，老泉《上歐陽内翰書》中間感慨一段束於中也，退之《諱辨》等文收於後也。又有每段作一結者，《漢書·王莽傳》是也，數段而一總者，《莊子·逍遥遊》諸篇是也；有先定柱意而後分疏者，如樂毅《報燕王書》是也。聚精會神，各有所在，神而明之，存乎其人耳。」皆析言結法之妙者也。

《退庵隨筆》：「黄唐堂曰：『吾友宋介山善古文，每喜以不結爲結，言後人文字之不及秦漢者，所爭在結處。凡結處須乘勢結之，譬之游客往往不能歸者，以時過勢盡也。又言文之結如果之結，花過即果，過後即不果。又言結之難，譬狂風中重舟重載落帆，又如盲人騎馬。皆非深於文者不能道。』」

王惺齋曰：「太史公爲《吴王濞列傳》，首尾四千餘言，結云：『初吴王首反，并將楚兵，連齊、趙。正月起兵，三月皆破，獨趙後下。』只用二十四字括盡。震川《陶節婦傳》結云：『婦年十八嫁於舸，十九喪夫。事姑九年，而與其姑同日死，卒葬之清水灣，在縣南千墩浦上。』只用三十餘字。真有一口吸盡西江之勢。昔人所謂命世之筆力也。」《冷廬雜識》。此言歸之結局從《史記》化出，而各有簡勁之妙也。震川時文起勢得史公法，見前姚薑塢説。

文中首尾照應之比較。《文心雕龍·章句篇》曰：「啓行之辭，逆萌中篇之意；絶筆之言，追勝前句之旨。故能外文綺交，内義脉注；跗萼相銜，首尾一體。」《野客叢書》曰：「唐之文章，至韓退之而大備，無可疵者。後之學者於是取則。其體固不一也，一篇之中有始並言兩事而終祇一事結者，如《爲人求薦書》以木、馬兩事並起，後棄木而説馬也。有以一意起而終以兩意者，如《送孟東野序》是也。」魏叔子曰：「文字首尾照應之法，有明明繳應起處者，有竟不顧者，有若無意牽動者，有反罵破通篇大意實是照應收拾者。不明變化，則千篇一律，而文亦易入板俗矣。」《容齋隨筆》有救首練尾之説。黄山谷稱陳履常作文亦然。《捫蝨新語》云：「桓温見八陣圖曰：『此常山蛇勢也，擊其首則尾應，擊其尾則首應，擊其中則首尾俱應。』予謂則非特兵法，亦文章法也。文章亦要婉轉回復，首尾相應，乃爲盡善。山谷論詩文亦云：『每作一篇，先立大意。長篇須曲折三致意乃成章耳。』此亦常山蛇勢也。」案：明繳與不顧相對，牽動與駡破相對。合參劉勰、王懋兩家所言，文章前後照應循環之法如此。劉氏《藝概》謂此爲文眼：「揭全文之旨。或在篇首，或在篇中，或在篇末。在篇首則後必顧之，在篇末則前必注之，在篇中則前注之，後顧之。」顧注即所謂文眼也。

古文通幅之局勢。文之局勢須明，空處與實處多少之比較，旁面與正面多少之比較，眉目綫索或隱或見亦須加意經營。其旨括於《曾文正日記》，其言有曰：「古文之道，謀篇布勢是一段最大功夫。《書經》、《左傳》每一篇空處較多，實處較少，旁面較多，正面較少。精神注於眉宇目光，不可周身皆眉，到處皆目也。綫索要如蛛絲馬跡，絲不可過粗，跡不可太密也。」魏善伯曰：「文章大勢大意正如霧中之山，雖未分明，而偏全正側，胚胎已具。作者保此意勢經營出之，使與初情相肖。若另結構，未免刓圓方竹也。」案：此言布勢不可以屢變而自擾亂也。《芥舟學畫篇》所謂「先定虚實疎密之大意，然後彼此相生而相應，濃淡相間而相成。分之則逐物成致，合之則通體皆貫」是也。蓋文以虚實旁正等法相間爲相成，以眉目綫索等法相生而相應，分之以虚實等法，合之以眉目綫索等法，而文之篇法畧盡矣。

古今文家動指陳詩文格式，豈不知優孟衣冠之弊與科舉活套之陋哉？抑以才智之士稀而中材以下之衆也？故詩有詩格，如皎然《詩式》、林氏《少陵詩格》之類。賦有賦格。如陸氏《歷朝賦格》之類。文家之格雜見輯選諸家，而吕東萊《古文關鍵》、謝疊山《文章軌範》、唐荆川《文編》、歸震川《文章指南》今刊本一作《古文舉例》，各例中共選文一百二十四篇，文有互見。排比格式，言之尤備。疊山襲吕氏格目爲四十三格，荆川立六十九格，震川立六十六格。今臚舉之，使師心者有所依以自域，泥法者得其變動而不拘焉。諸家之格，須取本書，詳其解釋乃得。

一、謝疊山之四十三格。妙在敍事情狀。筆健而不粗。意深而不晦。句新而不怪。語新而不狂。常中有變。正中有奇。題常則意新。意常則語新。結前生後。反覆操縱。詞源浩瀚而不失之冗。意思新，多轉折則不緩。上下。離合。聚散。前後。遲速。左右。遠近。彼我。一二。次第。本末。明白。整齊。緊切。的當。流轉。豐潤。精妙。端潔。清新。簡肅。清快。雄健。一作雅健。宏大。簡短。雄壯。清勁。華麗。縝密。典嚴。案：此四十三格本吕東萊《古文關鍵》，謝氏引用之列於《文章軌範》中，次敍微異，並云：「以上格製具於下卷篇中。」即《識塗篇》一所云謝氏以四段讀四家之法，亦出東萊，並非謝氏自立説。東萊於此四十三格外復有文字病十九目，又有看曾文、子由文、王文、李文、秦文、張文、晁文之法，特附識於此。又攷近日坊間有滇人李扶九《古文筆法》一書，爲時文而設，不免學究氣。然其書標舉二十法，實襲用吕、謝、唐、歸諸家之格而作。其二十法目不贅，惟其論讀古文法二則用意亦有可取者，今摘附於此：「一、上等讀法。將讀此首文先宜知人論世，考明題目來歷，了然於心。如我當境作文一般，要如何用意，下筆遣詞，再四沉思，思之得不得，得之其淺深高下，俱有成見，再去讀其文，看其作法合我與否。合我者高幾著，出我者遠幾層，得失自知矣。所謂『文章千古事，得失寸心知』者，此也。於是讀之而喜，拍案叫絶，起舞旋走；讀之而悲，涔涔淚落，脈脈欲訴。斯時不知古人爲我，我爲古人，但覺神入文，文入心，永不失矣。日後動筆輒合，在己亦不知何來，然在初學或不易企。一、次等讀法。亦須知人論世，先考明題目來歷，然後逐字逐句而細讀之，看其措語遣詞如何錘鍊。又逐節逐段而細思，看其承接起落如何轉變。又將通篇抑揚唱嘆緩緩讀之，審其節奏。又將通篇一氣緊讀，審其脈絡局勢，再看其通篇結構，照應章法，一一完密與否，則於此首古文自有心得矣。能讀古文，異日自能作古文者此也。初學最要，若古文字句險僻不亮，用意深晦不明者，可解則解，否則不求甚解。蓋讀書貴得大意，此古人所謂善讀書也。如必字字句句不遺，將皆可適用乎哉！然特爲執著者開一門。如易解而不求深解，則又不可。」按：此二種讀法與前篇言文之讀法用意多相通。凡課初學讀文者可參用之，甚未可以其坊間陋本而忽之也。

一、唐荆川之六十九格。立説。假説。閒説。敍事。類事。引事。推類。比擬。相形。譬喻。借客顯主。牽合。不照應。互舉。兩股。分段。片段。抑揚。開闔。累棋。貫珠。尚奇。古今。入細。脱卸。脱卸二。反覆。翻案。散格。短格。變格。兩層。辨證。辯論。設難。辨難。解題。解意。解意兼敍事。解名不解義。生意。含意。立題。反題。尊題。護題。發題。廣題。補題。輕題。翻題。畧題。貶題。外題。題外。小題作大題。一意反覆。反覆。一氣説下。立柱分應。斷續。兩比整然。古今分款。綱整目亂。借客形主。借題。先説一徧，覆説一徧。數段辨去。

一、歸震川之六十六格。通用義理。通用養氣。通用才識。關世教。占地步。立論正大。用意奇巧。造文平淡。造語蒼勁。敍事典贍。詞氣委婉。神思飄逸。譬喻。引證。將無作有。化用經傳。引事論事。抑揚。尚論成敗。一正一反。正反翻應。前後相應。總提分應。總提總收。逐事條陳。文勢層疊。句法長短錯綜。一級高一級。一步進一步。文勢如貫珠。文勢如走珠。文勢如擊蛇。文勢如破竹。先虚後實。先疑後決。下句截上句。繳上生下。疊上捲下。攔截上文。設爲難解。含意不露。設爲問答。辨史。文短氣長。字少意多。字繁不厭。雙關。兩柱遞下。下字影伏。相題用字。題外生意。駁難本題。回護題意。駕空立意。死中求活。立意貫説。繳應前語。疊用繳語。結意有餘。竿頭進步。結束括應。結束推原。結束推廣。結束垂戒。結束有力。結束斷制。

近出之《修詞典》既舉唐、歸兩家之分格，而又病其混淆。蓋兩家所舉有關乎文之品致者，有關乎性質者，有關乎法律者，有屬乎一時之方便者，又有屬乎篇章句法者。文之分格大較亦如詩之分體，文格隨文而生，詩體隨人而異。有舉年號者，有舉姓氏者，有隨時立名如建除、百一、宫體、鐵體者，又有合兩人姓爲體者，見康發祥《伯山詩話》。故《四庫提要》病唐氏義例太多，又病歸氏書有增損改易。吾觀兩家分別文格，其説實原於東萊、疊山及范德機《詩學禁臠》之十五格。案：范德機《木天禁語》稱唐人李淑有《詩苑》一書，所述篇法有三十六格，今廣爲十三，有一字血脈、二字貫穿、三字棟梁等目。謝氏《詩家直説》誤作宋人廣爲十三，謂泥此不成一代詩豪，又謂《詩人玉屑》所分類如公明布卦、東方占鵲，殆與棋譜、牌譜相類，論詩不宜如此。又稱楊仲弘《律詩三十四格》謂出自杜甫，門人吳成、鄒遂傳其法。然窘於法度，殆非正宗。所云三十四格當即楊基《詩法家數》所列，但按之又不止三十四，可知詩家分格直託始於工部矣。自宋以後，遂展轉而入於文家。主此者要知范氏所砭之意也。今舉而並列之，學者須就此所舉銓別觀之，以祛其統脱之弊而得其因應之宜焉。李騰芳《山居雜箸》曰：「格法難以拘定，奇正、虛實、疏密其於繩墨布置，開合轉折，皆看臨時下手如何。大抵好文字，其立格須與世俗不同，細看古人作家自然曉得。」

古文通幅之段落。文以轉折分段落，轉折分明，斯段落亦分明。故文有小題目，主意之謂也；文有小篇幅，段落之謂也。闡段落之奧，以魏、袁、李、蔣、曾五説爲精。魏叔子曰：「古文轉接處用提法，人所易知。轉處用駐法，人所難曉。凡文之轉易流便無力，故每於字句未轉時，情勢先轉，少駐而後下，則頓挫沉鬱之意生。譬如駿馬下阪，雖疾馳如飛，而四蹄著石處步步有力。若駑馬下峻阪，只是滑溜將去，四蹄全主不得。有當轉而不用轉語，以開爲轉，以起爲轉者。以起爲轉，轉之能事盡矣。」袁氏《佔畢叢談》云：「作文須解暗接。凡承接處不假『蓋』字，提振起不假『夫』字，轉折處不假『然而』字，更端處不假『若夫』字，開闔變化，往復百折，而鬬筍接縫，絶無墨痕。只揣摩昌黎《原道》一篇便已得其崖畧。」李調元《雨村詩話》云：「文章亦如造化也，四序雖定而萬物以之生成，不然穀生於夏而收於秋，麥生於冬而成於夏，有一定之時，無一定之物也。文之起承轉合亦然。徐文長曰：『冷水澆背，陡然一驚，便是興觀羣怨之副本。』唯能於虛空中卒然而起，是謂妙起；本承也而反特起，是謂妙承。至於轉尤難言。且先將上文撇開，如杜詩云：『江雲飄素練，石壁斷空青。』此殆是轉之神境。所以古樂府偏於本題所無者忽然排宕而出，妙在有意無意之間，如白雲捲空，雖屬無情，却有天然位次。只是心放活，手筆放鬆，忽如救火捕賊，刻不容緩，忽如蛇游鼠伏，徐行慢衍，是皆轉筆之變化也。至於合處，或有轉而合者，有合而開者，有一往情深，去而不返者。人所到，我必不爭到；人不到，我却獨到。要在人神而明之，果能久於其道，定與古人并驅也。」蔣氏《十室遺語》云：「作古文須先分段落，而每段起結及每段中起結小段，尤當細爲別白。起有突起者，有以承上文起者，有以轉爲起者，有以束上爲起者。結有遥結本段者，有結本段而逗起下段者，有預伏後段者，有回應前段者。又有以提爲起，以宕爲起，皆在突起例。有以撇爲收者，有以點出通篇主意爲收者，皆在遥結本段例。能一一辨別，於古人文字思過半矣。此示其大略。推之以極其變，是又存乎其人。此劉氏《師友詩傳續録》述漁洋語所以有『勿論古文、今文、古今體詩，皆離此四字不可』之言也。」《曾文正日記》曰：「爲文全在氣盛，欲氣盛全在段落清，每段分束之際似斷不斷，案：此即《藝概》所謂明斷暗續之法，謂「章法不難於續而難於斷，先秦文善斷，所以高不易攀」。似咽非咽，似吞非吞，似吐非吐。古人無限妙境，難於領取。每段張起之際，似承非承，似提非提，似突非突，似紓非紓。古人〔無〕限妙用，亦難領取。」姚薑塢評相如《諫獵》、太史公《蕭相國世家》《平準書》均有此境，見後。又陳兆崙曰：「子固文往往有脱節處及不完全處。如《寄歐陽書》『況鞏也哉』下接『其追晞祖德』云云，文氣似硬接。《移滄州劄子》其於『勸帝者之功美，昭法戒於將來』下接『聖人所以列之於經』，中間似有落句，所謂脱節也。《宜黄學記》：『士有聰明樸茂之質，而無教養之漸，則其材之不成。』語似未完。《列女傳目録序》：『身不行道，不行於妻子，信哉！』文氣已欲宕住，而復接『如此人者』，亦微有脱節。往復讀之，始悟古人不可輕議。蓋勢似斷而仍連者，險勢也。意到而筆未到，即不必到者，渴筆也。有此渴筆、險勢，而後其味澀，其體重。范蔚宗華而不靡，全賴有此，卻被此老偷來。」案：此與曾氏語可互發明，故劉氏《藝概》有明斷暗續之説，所謂「章法不難於續而難於斷」者是也。蓋昔人之論書勢者曰：「有轉皆收，無垂不縮。故轉法貴無迹而賤有迹，有迹易，無迹難。」故袁貴暗接，李貴宕轉，皆示人以靈變也，以無迹爲貴也。駐與提相對，而魏云駐難於提，難其無迹也。突起與遥結相對，而蔣爲各析其例，李爲闡述妙承妙轉所以極文中分段之妙也，亦重在無迹也。分束與張起相對，而曾云兩者各有難領取之處，無迹則難領取也。文之妙處能用不測之筆法而使人震愕，取諸家對待之法而靈變用之，成法雖不多，而奥妙已得。魏叔子曰：「歐文之妙只是説而不説，説而又説，是以極吞吐往復，參差離合之致。」此善用向背之法之證，不在多也。姚範曰：「文字須有入不言兮出不辭之意。」亦與魏同旨。　吾之綜述文法但規録其相對者以此。

古文通幅之語句。　李騰芳《山居雜著》曰：「造句之法，其工在字。」是句法基於字法矣。　惟古人造語奇妙之法甚多，讀古書留心察之，自可領得，觀前卷《文譜》所列可見。如《古書疑義舉例》所引及散見他書者，平日讀書留心分類摘出之。　至古書中語句，吾觀《文則》所舉倒言而不失其言之例，《野客叢書》所舉古文句法，《丹鉛總録》所舉古文語多倒，皆其例也。　此類甚多，推類求之，可以貫通一切法矣。　宋祁《筆記》則舉柳文、劉文中之險語，柳子厚云：「嬉笑之怒甚於裂眦，長歌之音過於痛哭。」劉夢得云：「駭機一發，浮謗如川。」韓文中之新語。韓退之云：「婦順夫旨，子嚴父語。」又云：「耕於寬閒之野，釣於寂寞之濱。」又云：「持被入直三省，丁寧顧婢子語，剌剌不得休。」張邦基《墨莊漫録》則舉劉孟得之奇語。」《連州廳壁記》云：『環峯密林，激清儲陰。　海風敺温，交戰不勝。觸石轉柯，化爲深涼。　颸城壓岡，踞高負陽。　土伯噓湮，抵堅而散。　襲山逼谷，化爲鮮雲。』蓋先人未道者，不獨此耳。　其他刻峭清麗，不可概舉。」《丹鉛總録》亦舉庾闡賦中「濤聲動地，浪勢黏天」以爲奇語。　《林下偶談》則言「水心不爲無益之語」，《容齋四筆》則言「語句不妨規仿前人」。　《曾文正日記》則言運用之法云：「奇辭大句，須得瑰瑋飛騰之氣驅之以行。《觀二生齋隨筆》述張廉卿論文云：「文宜雅宜健。　無囂氣曰雅，無弱字輭調曰健。」按：此知欲健宜從字句筆調中求之，欲雅宜從行氣中求之，與文正此説可互發也。　凡堆重處皆化爲空虚，乃能爲大篇，所謂氣力有餘於文之外也。　否則氣不能舉其體矣。」蓋堆重之句空虚用之，亦造語相對之法也。李小湖《好雲樓雜識》曰：「汰閒字爲短句莫甚於柳州，累虚字爲長句莫甚於紫陽。其短者欲削膚以存骨也，其長者欲灌血以舒脈也。短不傷脈，長不掩骨，則皆善。」此亦以發明造語長短相對之旨也。

劉海峯論文以字句爲神氣、音節之所寄，其説最精。其《論文偶記》凡三千餘言，兹摘録其論字句最精數條：一云：「神氣者，文之最精處，音節其稍粗者也，字句其最粗者也。然余謂論文而至於字句，則文之能事盡矣。蓋音節者，神氣之跡也；字句者，音節之矩也。神氣不可見，於音節見之，音節無可準，以字句準之。」又云：「音節高則神氣必高，故音節爲神氣之跡。一句之中或多一字或少一字，一字之中或用平聲或用仄聲，則音節迥異。故字句爲音節之矩，積字成句，積句成章。合而讀之，音節見矣；歌而詠之，神氣出矣。」又云：「文貴遠，遠必含蓄。或句上有句，或句下有句，或句中有句，或句外有句。説出者少，不説出者多，乃可謂遠。故太史公文，微情妙指寄之筆墨谿徑之外，並非孟堅所知。」又云：「文必虚字備而後神態出，何可節損。」案：姚範《援鶉堂筆記》云：「字句章法，文之淺者也，然神氣、體勢皆階之而見，古今文字高下莫不由此。」證以姚鼐《古文詞類纂序目》所云「神理、氣味者，文之精也；格律、聲色者，文之粗也。然茍舍其粗，則精者亦胡以寓焉？學者之於古人，必始而遇其粗，中而遇其精，終則御其精者而遺其粗者」，始知此種論文本末兼賅，十分精到之言，其旨實出自海峯也。況薑塢之説，方植之固已云多劉先生語乎。海峰於字句準音節，於音節見神氣，易言之即姚氏始中終之説，此桐城一派相傳之法語也。

《堯山堂外紀》：「有客問作詩之法於謝茂秦，請出一字爲韻以試心思，乃得『天』字，遂得三十六句。又用『天』字起，得十二句。又第二用『天』字，得十二句。又第三用『天』字，得十二句。又第四用『天』字，得十二句。又大梁李生，謝茂秦詩友也，早過茂秦留酌，談及造句之法，因出『鐙』字爲韻，得四十句。」據此知詩文造句之法變化不窮，然尋求之亦自有端緒，作文者宜知之。互見。

大抵詩賦句法，約畧可通其意於爲文。茂秦之示詩中句法變化，其拈弄固可以開益初學矣，亦有推其意結成一體者。吴江沈紉芳日霖《晉人麈》稱新安黄之雋《生日對菊述懷》創爲一韻體，凡生平官位及所更歷事，俱借一「花」字傳出，共得六十四韻。詩有云：「斟酌送來酒，勸酬澆此花。孤芳標九月，清品冠千花。」以下聯聯以「花」字韻。沈氏又仿之，爲友題灌花圖小照《醉太平》詞，亦以「花」字韻成之。此與謝法均可示句中之變化也。陳勾山《學賦類略小序》曰：「善學賦者不必於賦也。退之《陸渾山火》詩如猿、鼉、鵾、奔四韻，是用賦家疊字法入詩矣，其《曹成王廟碑》如『輮膊掀鐙』之類，又用其錘字法入文矣。驅淫麗而用之雅正，乃自成其爲韓子之詩與文而已矣，是之謂善學。僕故取《文選》諸賦中語涉鳥獸草木者，摘十之四五類，其字句如出一喙，俾初學便於省覽，知所取裁。且或因是以通之衆體，其爲益良復不少。」《紫竹山房文集》。攷陳氏之用意，正與曾文正爲訓詁雜記法同，皆講求字法、句法者所宜知也。

又按：茂秦之法乃以廣博詩文作句法之意，然前人亦有示人以作深曲句法者。王東溆應奎《柳南隨筆》云：「家露湑翁譽昌精於論詩，嘗語予曰：『作詩須以不類爲類乃佳。』予請其説，時適有筆硯茶甌並列几上，翁指而言曰：『筆與硯類也，茶甌與筆硯即不類。作詩者能融鑄爲一，俾類與不類相爲類，則入妙矣。』予因以社集分韻詩就正，翁舉『小摘園蔬聯舊雨，淺斟家釀詠新晴』一聯云：『即如「園蔬」與「舊雨」、「家釀」與「新晴」不類也，而能以意聯絡之，是即不類之類，子固已得其法矣。』」案：近日詩鐘之風甚盛，以不類二事與二字分配爲句，特推廣此法而用之，然均可悟作句深曲之方矣。

前人有造語太奇至不可通者，俞樾《九九消夏録》云：「明周宏綸著《何之子》一卷，有云：『太虛奚無無，以無無無，無無無則無無，無無則虛，虛虛則實，實實則極，極極則易，易易則始。』此數語使人不能讀。國朝熊賜履著《閑道録》三卷，有云：『無方，無方之方；無體，無體之體；無外，無外之外；無内，無内之内；無終，無終之終；無始，無始之始。』此數語使人不能解。」俞氏因定《何之子》句讀云：「太虛奚無無句以無無無句無無無則無無句無無則虛句虛虛則實句實實則極句極極則易句易易則始句」然其義並不深，口頭禪耳。按：周氏麻城人字元孚，生當萬曆之世，正何、李末流習尚方熾之時，故好奇如此。《四庫提要》引吳同春序稱其語似

《關尹子》，而其同時同郡爲雜家之學者尚有黄梅瞿九思爲《仿古篇》及《肖玄録》，用意亦在樵古子。而羅田胡效臣又編有《百子咀華》，其取材諸子以供文料，用意亦有在。沿至清初，廣濟劉醇驥、張仁熙爲文均主王、李之旨以鳴於世，《四庫提要》稱劉氏《芝在堂集自序》云「不作宋元下廉纖支折語」與所作鍾惺、譚元春傳均可以知其所宗法，又稱張氏《藕灣集》宗尚北地太倉歷下諸人，其《與王昊廬論文書》可知其生平宗旨。皆可證兩家所崇尚。不第朱荃宰爲《文通》張七子之幟於吾郡也。其他如吕柟以出李夢陽之門，故其鈔釋程子，標明大旨，而語多佶屈，則用此體於講學中矣。可知貌古之弊必至斯也。

古文通幅之助語。劉彦和曰：「夫惟蓋故者，發端之首唱；之而於以者，乃劄句之舊體；乎哉矣也，亦送末之常科。據事似閒，在用實切。」此論助語之始也。柳子厚《復杜温夫書》有「用助字不當律令」之語，故古人用助字有自然之律令。《聞見後録》稱柳子厚用助字論當否，不論重複。蓋助字以傳達其神氣，靈變其文心，前人有内七竅、外七竅之目。故《史通》云：「樞機之發，亹亹不窮，必有餘音足句，其爲始末。是以伊惟夫蓋，發語之端也；焉哉矣兮，斷句之助也。去之則語言不足，加之則章句獲全。」《文則》曰：「文有助詞，猶禮之有儐，樂之有相也。禮無儐則不行，樂無相則不諧，文無助則不順。」《文章辨體》引此語，曾臚舉古書，有一句而三字連助不嫌多者，《檀弓》曰：「勿之有悔焉耳矣。」《孟子》曰：「寡人盡心焉耳矣。」《檀弓》曰：「我弔也歟哉！」《左氏傳》曰：「獨吾君也乎哉！」有二句六字成句而四字爲助不嫌多者，《左氏傳》曰：「其有以知之矣。」又曰：「其無乃是也乎！」有一句中不嫌用之字多者，《檀弓》曰：「南宫縚之妻之姑之喪。」《樂記》曰：「不知手之舞之足之蹈之也。」有不嫌用矣字多者，《禮記》曰：「言則大矣美矣盛矣。」有四字成句而助詞半之者，《檀弓》曰：「美哉輪焉！」《論語》曰：「富哉言乎！」有每句中用助，讀之殊無鉏鋙艱辛之態者。《左傳》曰：「美哉泱泱乎！大風也哉！表東海者，其太公乎。國未可量也！」《容齋四筆》則舉歐公《醉翁亭記》、東坡《酒經》皆以「也」字絶句。歐用二十一，坡用十六，《湧幢小品》以二文昉自《堯典》「成湯禱旱」、「哀公問政」章。皆主多用助字之説也。費袞《梁谿漫志》曰：「文字中用助語太多，或令文氣卑弱。典謨訓誥之文，其文都無耶歟者也之詞，而渾渾灝灝噩噩，列於六經。」祝氏《罪知録》稱：「韓、柳、歐、曾、蘇、王六氏，乎而亹亹，之也紛紛，始於韓而極於宋之四氏。然五十五篇《尚書》絶無一也字也。」此不主多用助字之説也。費氏又云：「退之《祭十二郎文》大率皆助語，而反覆出没，如怒濤驚湍，變化不測。歐公《醉翁亭記》繼之，又特盡紆徐不迫之態。」此用之得當而不嫌多之説也。盛百二《柚堂續筆談》云：「濟州黄洗洲維祺云：『文章虚字，夫蓋然而之類如弩之牙，帆之脚，户之樞，蓋所借以轉動者。其字原有限，貪用則易複，故可不用處則且不用。』又云：『古人文字以神氣爲轉折，不甚用虚字，如《誠意傳》是也。宋儒文字則好用虚字，如《補格物致知傳》是也。看此兩章可知古今文字之别。』」此二説一戒人少用，一用以窺古今文字少用多用之變也。黄本驥《癡學》曰：「《左》、《史》之文風神跌宕，開闔抑揚，入神入妙，全在一二虛字中。即如《項羽本紀》一篇之中，用『乃』字七十一，用『於是』字二十三，用『當是時』字五，又有多少『遂』字、『因』字、『以故』字、『是時』字錯雜其間。史公非不知詞尚簡要也，筋節所關有不嫌其繁複者。滄溟之學必欲節去語助不可句讀以爲奥，是求爲《左》、《史》臧獲而不得者也。按：《罪知録》斥六家好用虛字，即闡滄溟之旨者。昔人論貌古之病有二：一曰減字法。一曰换字法。余謂務求減字者，必先工於换字，其病雖異，而病源則同也。」此亦主多用助字之説也。又《冷廬雜識》有經史中數用之虛字，一則云：「經史中各有數見之字，《周易》『也』字，《尚書》『哉』字，《詩經》『兮』字，《左傳》『將』字、『故』字，《史記》、《漢書》『乃』字，《南史》『便』字、『深』字，《新唐書》『叵』字。此亦緣慣用而自不覺其數也。」主多用與主不多用相對，而以用得其當者折衷之，文之用助字視此矣。陳勾山言用助字之例曰：「凡用助字未可孟浪，『哉』字、『歟』字似可通而必不可通。『哉』字開口，『歟』字合口；開口者響，合口者沉；響者疾，沉者遲；疾者往，遲者留。餘可類推。」

嚴悔庵元照《與汪漢郊書》曰：「足下之文氣味醇古，特微病其韻短而節促，無抑揚紆徐之致。初未審乎致之之由，熟復數過久之，乃寤蓋病於用助字太少也。夫文無時古之分。分時文、古文爲二者非也，以助字多少爲時文、古文之分尤非也。『逸馬殺犬於道』，宋初爲古文者之言也，然準其例而爲之則無文矣。今以歐公文論之則當燎然，《晝錦堂記》成，已送韓公矣，既而又取去云：『欲重定。』其重定本初無大改易，唯於首二句略增一『而』字耳。《峴山亭記》：『一置茲山之上，一沉漢水之淵。』初云：『一置茲山，一沉漢水。』因章子厚言而增改焉。今試取兩本較之，元本勝耶？改者勝耶？足下之病正與歐文未改者同。僕更就足下文而餖飣論之，足下之文曰：『學之歧，其在昭定以降乎。』僕請爲足下增一字曰：『學之歧也，其在昭定以降乎。』何如？如此類者尚多，幸足下更審之。足下且勿謂鄙論之所係者淺也。夫言者，心之聲也，心欲其平，心平斯氣和，氣和斯詞達，達之爲言通也。韻短而節促，其病近乎窒，窒則不達矣。士不得志於時，重之以憂戚貧病，則其胸中常若有物焉下上於其間，爲語言文字之累，不漸以消之不可也。消之如何？抑平其心而已矣。夫人之心何以不平也？其於天道人事泥於常而不通其變。故欲平其心者，不可不以其變者而深思之也。夫心不平者氣必戾，氣之戾者必召殃，心豈可以不平也哉！」案：此書於用助字發揮頗切，作文時可自印證之。其平心以和氣之說尤體驗親切之言，直是文家不傳之秘奧，慎勿以其迂而置之，斯作文之本得矣。

陳鱣《莊簡集》有《對策》一篇，發助語之條例最詳備，今全録之，云：「粤自方策既陳，訓詁斯尚。文章結構，虛實相生，實字其形體，而虛字其性情也。是以語小則試白公於三歲，盡識之無；語大則説《堯典》數萬言，未明粤若。遡文原於《易象》，大都『也』字收聲；陳列國之風詩，半屬『兮』字斷句。蓋以文代言，取神必肖。上抗下隊，前輊後軒。實事求是，有所憑依，虛字稍乖，不能條達矣。《爾雅》：『孔魄哉延虛無之，言間也。』《廣雅》：『曰、欥、惟、[illegible]、每、雖、兮、者、其、各、而、烏、豈、也、乎、些、只，詞也。』《說文》：『爾，詞之必然也。』『曾，詞之舒也。』『余，詞之舒也。』『哉，言之間也。』『啻，語時不啻也。』『各，異詞也。』『只，語已詞也。』『皆，俱詞也。』『者，別事詞也。』『嚋，詞也。』『曰，詞也。』『召，出氣詞也。』『乃，曳詞之難也。』『甹，亟詞也。』『寧，願詞也。』『兮，語有所稽也。』『乎，語之餘也。』『于，於也。』『粤，于也。』『平，語平舒也。』『矣，語已詞也。』『欥，詮詞也。』『凡，最括也。』按：《說文》所謂詞者方是虛字，若《爾雅》、《廣雅》所釋則雜出假借矣。夫之本訓出，其本訓箙，豈爲陳樂，惟爲凡思，雖爲蟲名，烏焉爲鳥名，然爲燒物，而爲頰毛，且之爲薦，與之爲黨，是皆以實爲虛。若夫余之爲我，哉之爲始，召之爲笏，寧之爲寧，是又以虛爲實。又若讀而爲如，又轉而爲奈，奈又轉而爲那，變動而不居，難以概論，舉其大畧，凡數十端：曰發詞，如夫、蓋、繄、惟是也。曰頓詞，如也、者、矣、乎是也。曰疑詞，如乎、哉、邪、與是也。曰急詞，如則、即是也。曰緩詞，如斯、乃是也。曰設詞，如雖、縱、假、藉是也。曰斷詞，如信、必、也、矣是也。曰僅詞，如稍、可、略、只是也。曰幾詞，如將、殆、儻、或是也。曰專詞，如第、惟、獨、特是也。曰別詞，如其于、若乃是也。曰繼詞，如愛乃、于是是也。曰承詞，如是、故然、則是也。曰轉詞，如然而、抑又是也。曰單詞，如唉、咄、然、否是也。曰總詞，如都、凡、無慮是也。曰歎詞，如嗚呼、噫、嘻是也。曰餘詞，如兮、只、罷、了是也。曰極詞，如殊、絶、盡、悉是也。曰或詞，如假令、容有是也。曰原詞，如向、初、前、始是也。曰複詞，如其、斯、以爲是也。曰信詞，如固然、洵、誠是也。曰擬詞，如譬彼、猶、若是也。曰到詞，如及、可、數、乎是也。曰互詞，如或、之爲、言是也。曰省詞，如不日、不顯是也。曰增詞，如焉、耳、乎、哉是也。曰進詞，如況乃、矧、可是也。曰竟詞，如畢、斯而已是也。他如矣之爲已、虖之爲呼、與之爲歟、爾之爲耳，雖形異而同意。又如適之爲這、麿之爲麽、祇之爲秖、邪之爲耶，皆流俗之剥文。夫《爾雅》三篇以初哉首基爲始，《童蒙》、《千字》以焉哉乎也而終。詩云子曰，理本無窮；者也之乎，俗堪共喻。子雲釋别國方言，當不獨問以奇字；相如著凡將小學，或亦如賦託子虚。行將作《釋詞》附諸雅訓，茲蓋因對策發其大凡。」案：陳氏此文條例最明，詞性頗備，於王氏《經傳釋詞》、劉氏《助字辨畧》外，此最簡括有體者矣。

吾觀近人發明虚字義例之書，有兩家用意簡要，可導初學：一、三原袁振千仁林之《虚字説》。一、耒陽謝視侯鼎卿之《虚字闡義》。袁氏從口胳課其語氣，謝氏從六書中推及運用。一由虚處得旨，一由實處闡意。今略舉兩家揭要之語於後，其詳則原書具焉。

袁氏之釋虚字口氣之例曰：「五方殊語，莫不隨其語而聲情以具，俗所謂口氣也。其口氣不過數種，或是疑而未定，尚在虚活；信而不疑，歸於死煞。指上指下，推原前事，摹擬方來，頂上起下，透下繳上，急轉慢轉，緊承遥接，掀翻挑逗，直捷紆徐，中有喜怒哀樂，宛轉百折之情，而聲適如之。蓋雖在寄僰戎虜之鄉，鳥言鴂舌之俗，亦少口氣不得。當其掉舌時，何嘗有焉哉乎也等字？傳其聲則可以諸字括之而無餘。此虛字雖無實義可按，而究有聲氣可尋也。」《虛字總説》，下同。

又言虛字之用於頭項腰脚也，曰：「起語辭、轉語辭、助語辭、疑辭、歎辭，辭即當時口氣，寫之以字俾成文辭者。夫口氣字樣，不一而足，及用於語中，又各隨語意變化無窮，要之不出頭、項、腰、脚四處參差錯出。朱子此等『辭』字指一二字口氣言，《孟子》『不以文害辭』之『辭』則指一句言，後世如《秋風辭》、《歸去來辭》則指一篇言矣。」

又言虛字之分别動静死實虛活之例，曰：「先儒分别動静字，蓋從人意驅使處分之也。同一字也，用爲勉强著力者則爲動，因其自然現在者則爲静。如明明德、尊尊親親、老老幼幼、賢賢長長、高高下下，俱是上動下静。君君臣臣、父父子子、夫夫婦婦之類，又是上静下動。『止至善』之『止』爲動，『如止』之『止』爲静。格物之格爲動，物格之格爲静。動静相因，舉無窮當盡之事即以本字還之，使意無餘欠，此驅使之妙也。凡此之類，意分而音不轉。若其轉音者，如勞者勞之，來者來之，雖分動静，畢竟其意先轉，自有界限矣。」又曰：「實字虛用，死字活用，此等用法雖字書亦不能偏釋。如人其人、火其書、廬其居、墟其國、草其朝、生死肉骨、土國城漕之類，上一字俱係死實字，一經如此用之，頓成虛活而反覺意味無窮。大抵字經文士驅遣，凡實皆可虛，凡死皆可活，但有用不用之時耳。從其體之靜者隨分寫之，則爲實爲死；從其用之動者以意遣之，則爲虛爲活。用字之新奇簡鍊，此亦一法。然其虛用活用，必亦由上下文知之。若單字獨出，則無從見矣。」

謝氏之言緩讀、急讀、輕讀、重讀也，曰：「實字求義理，虛字審精神，此前人定論也。然虛字、實字又各有實理虛神焉。且字之虛實有分而無分，本實字而止輕取其神即爲虛字，本虛字而特重按其理即爲實字。但古人虛實定例不可亂耳，須知字義以一生二，不獨每一實字必有兩層，即一虛字亦含兩義。如同一『而』字作承接，或是縮上，或是折下。同一『之』字作承接，或是直指，或是曲致。同一『乎』字作收煞，或是問詞，《說文》：「詞，意內而言外也，從司從言，司亦聲。」蓋司之意引伸爲伺，謂向背疑信之意隱藏於內，而起承轉結之言微露於外，非伺察不可知也。或是嘆詞。又有問己、問人、嘆美、嘆惜之別。同一『也』字作收煞，或是截然而止，或是渺然不盡。至其適用，有兩義各別者，有兩義相兼者。玩其文理文勢，當自有辨。餘難枚舉，要不外緩讀、急讀、輕讀、重讀以取之耳。蓋氣、聲、音、韻韻乃四聲之尾，五音之餘。古不言韻，但謂之音，又謂之均。近有律韻、古韻、等韻、中原韻四家之學。四者皆宜細審，其字之聲與音與韻雖同，而口氣之高下疾徐或不同也。總而言之，凡讀一書必先分析字義，守定字母，乃參觀上下文，見斯確鑿，宜互相體察，不可偏廢。夫本文與上下文實字同而虛字有異，神氣即因虛字而別；虛字同而實字有異，義蘊又因實字而殊。觀於天地之

景象互爲變换，不悠然可會乎？」《虚字闡義總論》

又言虚字起承轉結之别也，曰：「虚字有起承轉結之别，有同一虚字而兼起承轉結三四義者。苟欲得其神理，須依據訓詁討得本義借義，有正有旁。真實下落，知其專用兼之所以然，庶幾分析毫釐，確有定見，而用可不差矣。夫虚字之用不外近而相連，遠而相應已耳。或兩字相連，或三字相連，承乘之際，顛倒錯互，皆有至理，法宜分辨，乃不混淆。或初中末相因而相應，或上中下相反而相應。節奏之間，呼吸靈通，莫非一氣。法宜合觀，乃能領會。果於虚字分之合之工夫俱到，工主巧言，夫主力言，兼之斯爲功也。則臨文之時，就虚字而求實理必意見精鑿，用虚字以傳虚神，未有不神情宛肖、脱口如生者。大抵文之間架腔調多在虚字，篇章句法之善，於其所用虚字多少有無間求之，揣摩較易。手筆欲好，必先善用虚字，絶無他巧。凡文平直者由多承語詞，矯變者由多轉語詞。順承衍去，勢無不竭；輾轉相生，意乃不窮。其始必用虚字領之，老到者或刊落虚字，挺承挺轉。若起結用否，各有其妙，惟在得宜而已。乃或學文多年而於虚字猶未免使用多誤，皆由苟且自安，虚者虚之，不於虚字實致其功也。夫字之造形發聲，莫非天理天籟之自然。但天質高者合天易，每默會而難言；天質低者合天難，非明指則易失。雖超悟以後，得意忘象；運用既熟，得魚忘筌。義例自爾渾合，訓詁無不消融。相遇以神，不泥以迹，而其初未可躐等，虚字闡義，虚者實之，亦竊取聖人下學上達之意耳。」《用功説》。

又發滚截扇兼變五式之例，曰：「六書昉於《周官》保氏之教，《説文解字敘》：「保氏教國子先以六書：一曰指事，視而可識，察而見意，上、下是也。二曰象形，畫成其物，隨體詰詘，日、月是也。三曰形聲，以事爲名，取譬相成，江、河是也。四曰會意，比類合誼，以見指撝，武、信是也。五曰轉注，建類一首，同意相受，考、老是也。六曰假借，本無其字，依聲託事，令、長是也。」《漢書・藝文志》：「六書，謂象形、象事、象意、象聲、轉注、假借，造字之本也。」象形、指事、會意、諧聲爲經，所以立形音義之體，轉注、假借爲緯，所以致形音義之用。精研其法，乃知聖人仰觀俯察，遠近交取。無形創造之先，目擊道存；有象孳乳之後，形隨心役。夫象形者，摹像其形也。隸、楷或短，宜溯篆文。指事者，直示其事也。會意者，深體其意也。指事、會意，顯微不同，二者並以明義。諧聲者，本一字以定體，而附他字以傳音也。六書，象形、指事、諧聲較會意爲顯，但古今字體、人事、鄉音改變，亦或轉而更晦。轉注者，循環相生，如車運轉，推行不泥，如水流注也。假借者，非其真而假之，實相近而借之也。二法舊説未備。六書起於象形，形不可象則指事，事不可指則會意，意不可會則諧聲，四者不足而轉注、假借生焉。故形有本體、轉體、通體，《小學蒙識》：「六書有假借而字省，有轉注而字繁。假借，數字共此一字；轉注，一字別爲數字。」按：字形原本六書，前四法皆正體也。多加偏旁曰轉體，減省偏旁曰通體。又古文字少，例以形似與音近相假借者，亦通體也，而同聲假借尤多。但經史亦有本非古通體之字，輾轉承譌遂援爲例而强通者。音有本音、轉音、假音，四聲起於梁，古韻通押，不必四聲之斤斤也。今則聲顯而音隱，而執形以審，或有不合者。四聲相轉假，五音亦相轉假也。大概聲音之轉以義，其叶以韻叶，離本音法爲假借，又有因義而遠假別音者。義有本義、轉義、借義。凡字先求本義之正面確守之，而後及轉、假。形與音無義可通，轉、假各別。義則轉、假相兼也。惟知轉注、假借之法，形、音、義三字皆有之，斯曲直遠近，交錯變易，妙用不窮，而其體自有一定也。蓋本無其字，因轉注、假借相通而備用。本有其字，善轉注、假借愈活而生新。以義言之，猶是一字。從正義順生旁意，脈絡可尋，固爲轉注。從别義逆視本義，倫類迥别，即爲假借。法分爲二，亦彼此順逆不同耳。如『齒』字，以止諧聲，以一與凵，音坎，張口也。指事而兼象形，以四人排列，象形而兼會意。齒之出落隨年，義因轉爲年，而稱年以齒，則爲假齒之排比並列。義因注爲列，而謂列爲齒，則爲借。《左傳・隱十一年》：「寡人若朝於薛，不敢與諸任齒。」注：「齒，列也。」惟有轉注、假借，故實字皆可爲活字。而實字、活字透入清空，又可爲虚字。其法苟熟，可即可離，不黏不脱，心亦靈而不滯矣。若滾、截、扇、兼、變五式，作字與行文體用之總要也。五式以滾、截、扇爲體，兼、變爲用，猶六書以象形、指事、會意、諧聲爲體，轉注、假借爲用也。滾爲合一，截分上下，扇分左右，兼則三者或相并，變則三者或互易，此圖書之五位九宫，爲萬理所自出也。古人於初學必教以六書，此講解最捷之徑也。余必授以五式，此不文不踰之矩也。六書本以作字，而可推於行文；五式本以行文，而可推於作字。且不獨文字有然，凡事物亦無不然，善學者宜觀其通焉。」六書祖八卦。畫卦自下，象地産；作字自上，象天産也。作字自左而右，用歸於體也；行文自右而左，體發爲用也。道並行而不悖有如此者。右《探原説》。又曰：「滾、截、扇交相爲用。三者，人不皆備不成人，文不俱到豈成文也？凡文以滾爲體者，必以截、扇爲用；以扇爲體者，必以滾、截爲用。古文有支節，有排列，此滚體以截、扇爲用也。時文有筋脈，有層次，此扇體以滚、截爲用也。時文滚作體有原反正推、奇偶疊排法，此以截爲用也。截作體有鈎映、渡挽法，扇作體有合併、遞互法，此以滚爲用也。且截、扇多者必滚，此窮則變、變則通，猶陰陽少不變而老變也。作字宜先主一，久則法力氣神俱到，且形取與義相稱。而體格一滚者，非以截、扇爲用則間架不開張；體格截、扇者，非以滚爲用則精神不團結。書家用筆講永字八法，而結體須用井字九宫，其斯之故與？」九宫本《洛書》，古人畫州分田，建國營宫，無不準此。書法正宗有四九乘數，方格、長格、扁格、圜格四式外，更有側方式。又按：撥鐙之法有八：齊、整、平、直、横、竪、虚、實也。足欲齊，腰欲整，肩欲平，頭欲直，肘欲横，腕欲竪，掌欲虚，指欲實。

案：袁氏之書區别虚字聲氣，凡單字八十一字，複字合聲六十一目，其詮解至顯明。謝氏書中有兩卷曰《字義舉隅》，上卷二十三條，下卷七十九條，詮解詞繁而意豁。又每字必從六書探源而下，皆教者學者所宜究心，勝於坊書課本遠矣。至於袁氏之釋虚字從口氣求之，謝氏之求虚字以滚、截、扇、兼、變五式括之，其講求似是從研練時文，又有滚作、截作、扇作諸法，可知兩家立説之本原胥在於此。今爲發之，覽者不可以其近而忽之也。

文家性質之對照

文勢之平緩與轉折。轉折者平緩之對，欲藥平緩須明轉折。《麗澤文説》述吕祖謙云：「文字一意貴生段數多。」《文章精義》所謂「務要十句百句只作一句貫串意脈」是也。然一意生出數段，非將其意多用轉折出之不可。又論文字須轉云：「文字若緩，須多看雜文。雜文須看他節奏緊處，若意思雜、轉處多則自然不緩。善轉者如短兵相接。蓋謂不兩行又轉也。講題若轉多恐碎了。」《文章辨體》：「兀遺山云：文章要有曲折，不可作直頭布袋。然曲折太多，則語意繁碎，整理不下，反不若直頭布袋之爲愈也。」魏善伯亦云：「轉折句太多，文反不得圓動。」文字須轉，雖多只是一意方可，若攪得碎則不成文字，若鋪叙處間架令新不陳，多警策句，則亦不緩。」案：所謂轉者，有一意轉折法、多意轉折法，皆轉之善也。但一意轉折易，意多事雜，轉折難。轉多而碎，無法以束之，則轉之弊也。朱子云：「如今之時文，一兩行便作千萬曲折。」即是此弊。有其善而無其弊，與所謂新其間架者，皆可以藥平緩之病也。馮景稱魏冰叔文之曲折處在能縱，然其病正在此，波折太過，繆戾叢生。此轉折之病也。吴德旋謂王介甫削盡膚庸，一氣轉折處最當玩。此轉折之善也。

文氣之厚重與輕婉。以文氣之厚重與輕婉對待分文品者，如曾子固、歐公兩家均有此異觀，故宋人多以兩家對舉。如《吕氏蒙訓》稱「文章紆徐委曲説盡事理，惟歐公爲得之」，言乎其輕婉也。又云：「曾子固加之字字有法度，無遺恨矣。」言乎其厚重也。《文章辨體》又以孫明復、石徂徠與歐陽並舉，謂「歐陽豐富新美，孫、石嚴毅可畏」，亦以兩者分之也。劉氏《藝概》謂：「荀子與文中子皆深於禮樂之意。其文則荀子較雄峻，文中子較深婉，可想其質學各有所近。後此如韓昌黎、李習之兩家文分塗亦然。」亦以兩者分之也。漢人之文亦有可用兩種分之者，《辨體》又云：「班固文可謂新美，然體格和順，無太史公之嚴。」新美和順者，輕婉也。嚴者，厚重也。明鄭瑗《井觀瑣言》亦以歐、曾對言，謂「歐紆徐曲折，偃仰可觀。曾子固敦厚凝重，如秦碑漢鼎」，意與吕同。鄭又以「《平淮西碑》森嚴可法」，則亦以厚重之品歸韓公也。吾觀宋人論文以和氣、英氣分文品，則歐、蘇對舉；以厚重、輕婉分文氣，則韓與歐對舉，歐又與曾對舉。歐公稱昌黎文深厚雄博，蘇老泉稱歐公文紆徐委備。朱子謂「六一文有斷續不接處，如少了字模樣」，狀輕婉也；謂「曾文一字挨一字，謹嚴，然太迫」，狀厚重也。而朱子命意歸宿則貴尚厚重一邊之文，如云：「國初文章皆嚴重老成。嘗觀嘉祐以前誥詞等，言語有甚拙者，而其人才皆是當時有名之士。蓋其文雖拙，而其詞謹重，有欲工而不能之意，所以風俗渾厚。至歐公文字，好底便十分好，然猶有甚拙底，未散得他和氣。到東坡文字便馳騁忒巧了。及宣、政間，則窮極華麗，都散了和氣。所以聖人先進於禮樂，意思自是如此。」此兩種對待之文氣，學者欲自進於何等，本朱子意折衷用之可也。劉氏《藝概》以本領涵養分此兩境，謂：「昌黎文意思來得硬直，歐、曾來得柔婉。硬直見本領，柔婉處正復見涵養也。」包慎伯以奇偶分此兩境，謂：「討論體勢，奇偶爲先。凝重多出於偶，流美多出於奇。體雖駢，必有奇以振其氣；勢雖散，必有偶以植其骨。儀厥錯綜，致爲微妙。」蓋偶凝重，奇流美，自然之理也。潘稼堂論文有以蘇、曾對舉者，蔡澄《雞窗叢話》曰：「稼堂有元黑口本《元豐類稿總評》云：『東坡之文活中有死；子固之文死中有活。東坡之文多譬喻；子固之文絶無譬喻。東坡之文憑空立論，如五城十二樓，可望不可接，其失也或至背理；子固之文句句著實，如平地築室，雖不華美，却可居處，而理亦醇粹。』其以東坡相形有六七段，余僅記其三段耳。」此則蘇與曾對舉之説也。又前人論文有以二蘇對舉者，《嶺南文鈔》：「楊訒庵論二蘇文云：『東坡得浩然之氣，潁濱得粹然之氣。』句山先生以爲名言。」《秋雨庵隨筆》曰：「元好問《題蘇氏寶章集句注》：『長公忠義似顏平原，次公沖淡似林西湖。』此二句未有人稱者。」皆二蘇對舉之説也。

曾文正論文最喜厚重一路，於告語文尤斤斤此種，謂匡衡《戒妃配勸經學威儀之則疏》與諸葛公《出師表》淵懿篤厚，謂劉向《論起昌陵疏》詞旨深厚，謂方苞《請矯除積習興起人材奏》文氣深厚。其《鳴原堂論文》又稱：「沅弟性情極厚，故見余之文氣篤厚則嗜之。余謂欲求文氣之厚，總須讀漢人奏議二三十首，醖釀日久，則不期厚而自厚。故文能厚重則可見性情，可端風尚。廟堂之上，骨肉之間，非主此以施之不可也。」案：貴厚重與整飭之文，與包安吳論書以肥爲主者意相近。文從此一路致力，可杜去種種弊習也。吾觀桐城老輩，如姚薑塢亦不甚取輕婉，《援鶉堂筆記》曰：「凡文字輕利快便，多不入古，纔説仙才，便有此病。李太白詩、蘇東坡文皆有此患，莊周亦間有之。」又曰：「凡文字貴持重，不可太近颸灑，恐流於輕利快便之習。」此意可與曾説互發也。近人文字如袁子才、紀文達、龔定庵等均最有名，所欠者厚重之氣象耳。

文局之參差與整飭。整飭者，參差之對。欲救參差，須明整飭。惲子居常病南宋以後有碎文無整文，此整文之難也。《文章辨體》引《文章精義》云：「作文須要血脈貫串，造語用事妥帖，前世號能文者無不如此。文字須要數行整齊處，數行不整齊處。意對處文卻不必對，文不對處意卻對。」謝疊山云：「文字一篇之中須有數行整齊處，有數行不整齊處。或緩或急，或顯或晦相間，使人不知其爲緩急顯晦，常使經緯相通，有一脈過接乎其間然後可。蓋有形者綱目，無形者血脈也。」曾文正謂昌黎《楚國夫人墓志》「司徒公曰」兩節兩層意相配而詞不對，王荊國則皆置對停勻矣。據此知詞對不如意對也。李申耆謂凡文必偶。陳勾山謂單行中有偶語更密，偶行中有單句更疏。朱蓉生謂古文參以排偶，其氣乃厚。馬、班、韓、柳皆如此，今人亦莫不然。《藝概》云：「《易·繫傳》：『物相雜故曰文。』《國語》：『物一無文。』徐鍇《說文通論》：『强弱相成，剛柔相形。故於文，人乂爲文。』《朱子語録》：『兩物相對待故有文，若相離去便不成文矣。』爲文者，盍思文之所由生乎。」《退庵隨筆》稱王之雋述張符驤、關上進談藝：「張喆關曰：『君文誠佳，但多排句。』關良久曰：『吾見《四書》多排句耳。』余因腹誦《學》、《庸》、《論》、《孟》，洵然且悟。不但排句，亦多疊句也。」此皆重整飭之意也。蔣氏《十室遺語》之論文也，主相交。相交者，即參差與整飭互用之道也。其說曰：「文之爲言交也。五聲交而樂文成，五色交而錦文成，未有不交而能成文者。故行文之道，或以賓主交，或以反正交，或借彼喻此，或引古證今，或以緩承急，或以濃形淡，其法不一，要皆欲使之相交而成文也。至於錯綜變幻，不可方物，而極其自然滅盡針綫之迹，人亦無從測其妙矣。」又曰：「物相交而成文，交而不亂則成章。譬之窗格，其往來縱横，彼此相錯，文也；其縱横交錯，且有條理，不雜不亂，秩然可觀，章也。」此皆可與諸說互發也。案：此言文之整飭有二法：一詞整，一意整。所以必求整飭者，以文非如此，則不博大厚實也。魏叔子嘗譬以左右砂，左高右低，培高右砂方稱，然有畚土填石補者，有栽竹木令高者，而巧拙分焉。此爲善用整飭法者。若朱子云：「一句題也，要立兩脚。三句題也，要立兩脚。」則不爲善用整飭者矣。

文中專尚參差則入碎，專尚整飭則入排。是二弊，袁克齋皆砭之。《佔畢叢談》曰：「王黄州見韓昌黎《祭裴太常文》，譏其類排。皇甫湜見元次山《浯溪頌》，惜其近碎。文須有氣格，排斯下矣。文須成片段，碎則失之。排如達官面前對子馬，是何氣象。碎如襪綫，竟無一條長者。皆能者之慚筆也。」李穆堂又申之，其《秋山論文》曰：「《相冢書》有云：『山，靜物也，欲其動。水，動物也，欲其靜。』此語妙得文家之秘。凡題中板實者當運化得飛舞，題中散漫者當排比得整齊。」蔣氏《十室遺語》則云：「凡作文，先於參差中求整齊，而後能以整齊爲參差。整齊中有參差，文也；參差中見整齊，章也。」又曰：「《左》、《國》之文多整齊，當於整齊中求其流動處。《國策》、（朱）〔諸〕子、《史記》之文多放縱，當於放縱之中求其嚴整處。」皆以明二者互用之妙也。

又攷參差整飭，推廣論之即奇偶之説，又即駢散之説也。舒白香有「氣盛聲奇」之説，謂「氣盛則聲必奇。奇不徒奇，必有偶以行其奇，奇乃得勢」。是舒氏亦主參差與整飭並用以相濟也。其《古南餘話》有曰：「仲實問《史》、《漢》文得失，余曰：《史》氣盛而聲奇，故當勝。後人謂固密遷疏，未爲無見。第疏密猶指義與法，於聲氣之源未能深悟，不足以折服孟堅之心。試取《漢書》前《史記》原文之間有增減數字者對觀而詠味之，其奇聲必偶，盛氣斯衰，於義法殊無關係。是孟堅文章之雄，猶或未深明逆順奇偶之故，况餘子哉！簡淡至《論語》、《檀弓》，醇茂至《孟子》、《左傳》，奇麗至莊生、屈原，止矣！有弗盛其氣以奇其聲而平平説理者乎？無有也。氣何由盛？多讀書而窮理以培之則盛。氣盛則聲必奇。然奇不徒奇，必有偶以行其奇而奇乃得勢。旨哉昌黎之言曰：『氣，猶水也；言，浮物也。氣盛則言之短長與聲之高下皆宜。』子欲定馬、班優劣，盍遵乎是道求之？仲實曰：『然則義與法可不講乎？』殊不知義法易指授而聲氣難形容，故韓子論文務抉其深且難者以昭示來許，猶之乎《詩》美倩盼而略乎膏沐之容，非不講也。余昔《題簡堂文集詩序》云：『文章者，應有之義與自然之聲皆合乎逆順奇偶之節，則人人視之而眼明，聽之而心通耳順，遂相與詠嘆傳之。傳世之文如是焉已矣。逆順屬義，用筆之百千，意外巧妙而仍在人人意中者是也。奇偶屬聲，偶則滯，奇則行，一足之夔，通身之神力注焉。文者之人仰觀俯察，叩寂寞而求之，得乎心而著於手，曼衍滑稽，義與聲適當其可而卒又不逾乎規矩之外，斯得之矣。吾友惲子居獨能如此，其文章必可傳世，同世之人鮮能知者。』」舒氏之意蓋以偶則滯，奇則行，故極意注力於用奇，惟奇始可行氣也。又云：「逆順屬義，奇偶屬聲。」亦與其論詩所云「感人之深在乎聲，不在乎義」同旨，可與後篇文之總以情之説參觀之。吾觀曾文正集中之言奇偶也，其説有與舒氏互通者，曰：「自漢以來爲文者莫善於司馬遷。遷之文，其積句也皆奇，而義必相輔，氣不孤伸，彼有偶焉者存焉。其他善者，班固則毗於用偶，韓愈則毗於用奇。蔡邕、范蔚宗以下，如潘、陸、沈、任等比者皆師班氏者也。茅坤所稱八家皆師韓氏者也。轉相祖述，源遠而流益分，判然若白黑之不類。於是刺譏互興，尊丹者非素。而六朝隋唐以來，駢偶之文亦已久而將厭，宋代諸子乃承其弊而倡爲韓氏之文，而蘇軾遂稱曰『文起八代之衰』，非直其才之足以相勝，物窮則變，理固然也。豪傑之士，所見類不甚遠，韓氏有言：『孔子必用墨子，墨子必用孔子。不相用，不足爲孔、墨。』由是言之，彼其於班氏相師而不相非明矣。案：此說頗涵有不以方望溪不取《漢書》爲然之意，但文正措詞較渾耳，此文正識力高於專尚宋派及合駢散爲一諸人之處。耳食者不察，遂附此而抹摋一切。又其言多根六經，頗爲知道者所取，故古文之名獨尊，而駢偶之文乃屏而不得與其列，數千百年無敢易其說者，所從來遠矣。」又曰：「六朝之文有能運單行之氣，挾奡岸之情者，便與漢京不甚相遠。」此之論奇偶，則又拓之駢散兩體而別白其源流。舒氏蓋就行文時運用奇偶言之，曾氏則舉此說賅古今流變而發之。故奇偶之説自有廣狹二義，廣義可與後則參觀。必通校而識其指歸，可與論一文之作用，並可與觀百家之流派矣。

文法之變與不變。《朱子語録》云：「韓文千變萬化，無心變；歐陽有心變。」陳蘭甫《與馮鐵華論文》有「變乎其所不得不變」、「不變乎其所不得變」二說：「觀馬、班之史，傳文人者必載其文章如鈔書者，篇篇不變也；傳武將軍者必載其戰功如記簿者，亦篇篇不變也；至本紀、世家，其體最大，而太史公夏、商、周本紀，齊、魯諸國世家云『某王若干年崩，某王立』、『某公若干年薨，某公立』，篇篇不變者也。何也？此不得變者也。《文史通義·砭俗篇》稱：「國家歲祀祝版、羣臣誥勅皆有定式，無更張。萬壽令節賀表亦咸有定式。蓋事不變而文亦不變，此種不以誇多鬥靡爲能也。」此亦文家不貴變中之一說也。章氏之意蓋以凡事不變者文亦不變，如科舉拜獻之録、成室上梁之文與夫婚啓冠詞，皆可如賀表例用一定格式文字，以此類之文不能於尋常行墨之外別著一詞，故主通套用之也。又此類通式文字，《惠風簃隨筆》云：「向來恭遇覃恩，各官請領誥軸，其制詞悉依舊文謄寫，無庸譔擬。」又云：「內閣日進本章皆例行事件。然票擬稍誤，輒奉旨議處，有樣本四冊，非熟悉原委，縱繙帑莫得其詳，是在前輩之口講指畫，虛心以受，直不能躁氣用事也。有口號云：『依樣葫蘆畫不難，葫蘆變化有千端。畫成依舊葫蘆樣，要把葫蘆仔細看。』司票擬久庶幾會悟斯言。」案：此則公式文字不變化中而又各有其法之說也。此之爲用，蓋於繁文中而簡質行之者也。王介甫集中碑誌，其人諱字里貫祖父，顛之倒之，斷之續之，篇篇不同，此何關於文之工拙而爲此耶？徒見其有意求變而已。劉融齋云：「介甫文於下愚及中人之所見皆剗去不用，此其長也。至於上智之所見亦剗去不用，則病痛非小。」亦謂其不免有意也。有意求變，則能變亦不足尚矣。

昔有人傳古文四句訣云：『篇篇換樣，事事搜根，句句生造，字字有來歷。』案：此四句訣，惲子居之言也。惲氏曾游嶺南，與人言古文，又曾與黃香石論文而定其文字，《大雲山房言事》中有《與香石書》可證。故嶺南人傳其口語，惲氏與其婿姚來鄉書可證，云：「古文之訣，歐陽文忠已言之也，多讀書，多作文耳。然必有性靈有氣魄之人方能，語小則直湊單微，語大則堆倒豪傑。本源穢者文不能淨，本源粗者文不能細，本源小者文不能大。勉之在有恒而已。至體裁所在亦不可忽。宋景文曰：『文章必自名一家，然後可傳之不朽。若體規畫圓，準方作矩，終爲人之臣僕。《五經》不同體，百家奮興，例不相沿，前人先得此旨，此作文之要也。』雖然，《易》有《易》之體，《書》有《書》之體，各經皆然，不相雜也。即百家亦不相雜，若一切妄爲之，豈可藉口景文之説耶？必横鼻縱目，潔下穢上，新奇則新奇，非復人形也。凌雜之文，何以異是？大抵意可新不可奇，詞可新可奇。文之體，文之矩矱，無所謂新奇，能善用之則新奇萬變在其中矣。嘗告陶南明經以爲字字有本，句句自造，篇篇變局，事事搜根，古人不傳秘密法也。」此可證斯説之出自惲氏也。澧以爲此四句者惟末句是真訣耳，餘三句皆有意而爲者也。」惲子居又以「字字有本，句句自造，事事搜根，惟韓退之能有此種境地」。案：陳氏之論注重於不變乎其所不得變之一説，吾更爲申其變乎其所不得不變之説。洪容齋謂「《史記》、《前漢》所書高祖諸將戰功各爲一體」。《輟耕録》謂「碑文惟韓公最高，每碑行文言道，人人殊面目，首尾決不再行蹈襲」。惲子居謂「古之作者言無同聲，章無同格」，又謂「南宋以後，爲誌銘者如壕畫工。凡傳之師授之徒者，知衣冠佩帶而已，他非所知也。故所爲顔、閔之容無甚相遠也，所爲飲光、鶖子之容無甚相遠也。爲志銘者，官閥之外，言其和於家，言其勤於朝，言其惠於朋友，千百人皆此數語耳」。子居蓋以不善變病夫世之爲敍事文者。子居又謂：「王右軍寫《樂毅》則性多怫鬱，書《畫贊》則意涉瓌奇，《黄庭經》則怡懌虚無，《太史箴》又縱横爭折。此如太史公傳儒林、循吏皆筆筆内斂，與游俠、酷吏不同。」此又以曉譬夫敍事之善變者也。曾文正稱「昌黎志東野則仿東野，志樊宗師則仿宗師，案：此語本歐公，《後山詩話》謂此法之始「出於子長爲《長卿傳》如其文，惟其過之，故兼之也」。其作《墨池碑》亦似仿柳河東《零陵三亭記》爲之」。又云：「其爲王公作神道碑，又作墓志銘，二文無一字同。觀此知敍事之文狡獪變化，無所不可。」又言：「韓文狡獪變化，具大神通，《毛穎傳》尤作劇。」皆敍事文尚變化之説也。至陳耆卿稱水心文，謂「譬如牡丹，他人只一種，水心能數十百種，蓋極文章之變者」。此不必敍事文亦以變化爲工之説也。至魏叔子述伯子之言謂「變化有二法：一由規矩者，熟於規矩能生變化。一不由規矩者，巧力所到亦生變化，既有變化，自合規矩」。則不專指敍事文言之。要其所謂「以巧力變化而合規矩」者，非天姿特絶者不能，學者但熟於規矩以生變化可耳。《香祖筆記》謂：「唐人作集序例敍其人之道德功業，如碑版體，後則歷舉其文，某篇如何，某篇如何，不可更僕。如獨孤及、權德輿諸序及《英華》、《文粹》所載皆然，千篇一律，殊厭觀聽。」此序文以不變而得嗤點也。《梁溪漫志》曰：「古人作事必有深意，藉志以諛墓固不可，若止書其姓名官職鄉里，系以卒葬墓歲月而納於壙，恐亦未可廢也。」此意與陳氏同旨，亦以紀事之文不變而反可通行也。魏泰稱「白居易善作長韻敍事詩，且格調不高，局於淺切，又不能更風操，雖百篇之意只如一篇，故使人讀而易厭也」。此又詩家之以不變而得嗤者也。

宜徵阮氏則以不變立説，《瀛舟筆談》曰：「碑版之文權輿東漢，唐人昌黎以前如權文公、李北海猶沿習其體，後人改變，純以史傳之法行之，非古法矣。六朝駢儷之文，讀者或至不能知其官閥事功，世以爲憾。竊以爲古人表志與勒銘鐘鼎同，當與史傳旂常表裏相應。世人耳食八家之言，稍乖其製即詫爲異物矣。」王山史宏撰則以得其所以不變而始可以言變立説，蓋就文之趨勢與歷境言之。《砥齋集・馬紫巖集序》曰：「文之變至無窮也。爲文者不歷其變則不足以言文。而有不變者存，不得其所以不變則亦不足以言變。公安固天下所稱善變者也，自袁中郎氏没幾百年，而今復得馬君紫巖」云云。此又於阮氏之説進一解矣。惟阮氏之説祇就碑版一體言之，王氏則舉文家大勢言之，其旨本各有所主。究之阮氏用意，於八家文則務求變之，於六朝文則力主相沿而不變者也。詩人有以變態立説者，《詩人玉屑》引《西清詩話》曰：「薛許昌《答書生贈詩》云：『百首如一首，卷初如卷終。』譏其不能變態也。大抵屑屑較量屬句平勻，不免氣骨寒局。不知詩家要當有情致，抑揚高下，使氣宏拔，快字淩紙，又用事皆破觚爲圓，挫剛成柔，如爲有功者，昔人所謂縛虎手也。」

文境之有意與無意。古今文家多貴無意而病有意。老泉、誠齋、曹安、顧炎武、魏禧皆申風行水上，相遭而成文之旨，貴無意也。至東坡尤暢斯旨，《聞見後録》述其《江行唱和集序》云：「昔之爲文者，非能爲之爲工，乃不能不爲之爲工也。山川之有雲，草木之有實，充滿勃鬱而見於外，雖欲無有，其可得耶？故余爲文至多，未嘗敢有作之之意。」邵氏述此以明「作文非有意也」，亦貴無意也。《滹南詩話》亦引坡語而申其意。劉融齋謂「陶淵明爲文不多，且若未嘗經意，然其文不可學而能，非文之難，有其胸次爲難也」，亦貴無意也。方正學序蘇太史文有云：「莊周之著書，李白之歌詩，放蕩縱恣，惟其所欲而無不如意。彼豈學而爲之哉？其心默會乎神，故無所用其智巧而舉天下之智巧莫能加焉。使有意而爲之，則不能皆如其意，而於智巧也狹矣！莊周、李白神於文者也，非工於文者可及。文非至工則不可以爲神，然神非工之所至也。其爲文也，不自知其出於心而應於手，況自知其神乎？二子且不自知，況可得而效之乎？」亦貴無意也。顧亭林論文章繁簡，謂「不出於自然而有意於繁簡則失之」。袁守定云：「陳后山曰：『黄詩、韓文，有意故有工，老杜則無工矣。』夫詩文何以無工也？不作意，不雕詞，渾然流出，清空如話，高在氣格之間，讀之若了無可喜，如真茶無色，真香無煙，斯制作之極詣，藝塗之正軌也。若矜情作意，俊詞穎句以求工，此艾東鄉所謂後生小子尖新局也，去作家遠矣！」惲子居病遵巖、震川嘗有意爲古文，謂其「生平之才與學不能沛然於所爲文之外」，皆病有意也。李次青述昔人言，謂「讀《論語》始覺《孟子》之繁且較費力，讀《孟子》尤覺諸子之費力」。劉氏熙載云：「文必自然流出，《太玄》、《法言》亦何氣盡力竭耶？」費力者，由其有意也。陳蘭甫曰：「有意換樣則必有顛倒之病矣，有意搜根則必有穿鑿附會之病矣，有意生造則必有鄙誕之病矣。文章所貴，貴乎自然，豈在乎變與不變哉？」亦病有意也。《復堂日記》：「魏默深《古微堂外集》有意爲雄奇之文，吳仲倫《初月樓集》有意爲簡遠之文。大抵有意之文多出於懷才抱異之士也。」

文采奇麗處之分别高下亦以有意與無意判之。姚薑塢《援鶉堂筆記》曰：「柳州《石鍾乳記》從李斯《逐客書》來，前後氣韻短促，渾雄高厚，去之遠甚。即如中段設采奇麗處，李則隨意揮斥，不露圭角，而葩豔陸離；柳則似有意搜用怪奇，費氣力模儗，而筋骨呈露。漢體自是高似唐體，唐體自是高似宋體。昌黎無論，即如柳州永、柳諸記削壁懸厓，文境似覺偪側，歐公情韻或過之，而文體高古莫及。」觀此説可知即文字出奇處亦必貴不露圭角而不取筋骨呈露者，其所以能然與否，亦仍以無意與有意定之而已。

曾文正論書取譬作文，有所謂著力與不著力者，即有意與無意之説也。《求闕齋弟子記》曰：「作字之道二者並用，有著力而取險勁之勢，有不著力而得自然之味。著力如昌黎之文，不著力如淵明之詩。著力則右軍所謂如錐畫沙也，不著力則右軍所謂如印印泥也。二者缺一不可，亦猶古文家所謂陽剛之美、陰柔之美矣。」按：文正此説將有意與無意對待言之，并行不悖。書家如是，詩家如之，文家亦如之，是又論文一種平正不偏之義矣。

文筆之固有與增益。文家筆力與筆路有分别，筆力關天賦，筆路關人事，筆力關乎才，筆路關乎學。《詩文發源》稱晁以道言：「近見東坡説：『凡人作文字，須是筆頭上挽得數百斤起，可以言文字。』余曰：豈非興來筆力千鈞重乎！」劉氏《藝概》所謂「一語爲千萬語所託命者，不在大聲以色，往往有以輕運重者」。此指筆力而言之者也，在天事一邊居多。至《朱子語類》又於筆力之外拈出所謂筆路者，謂「筆力到二十歲許便定了，後來長進也只就上面添得些子筆路，則常拈弄轉開拓，不拈弄便荒廢」。此說本出於李漢老邴，《玉海》亦引之。据此知筆路可以人力增益，不似筆力生於固有者而有所域，講求文筆必取塗於此矣。《藝概》云：「文章之道，斡旋驅遣全仗乎筆，筆爲性情，墨爲形質。使墨之從筆如雲濤之從風，斯無施不可矣。」《龔定庵集》有絶句詩，自注稱歸安姚先生謂之曰：「我文用筆不用墨，子文筆墨兼用。」皆分別筆墨，判其高下得失之說也。

何子清忠萬《與翁鐵梅書》云：「何謂筆路？大凡文章有三五百字，其中必有翻筆、襯筆、提倡之筆、反掉之筆，其前路大半虛而緊，其中路大半寬而實，此一定之理。凡古文、古詩、奏疏、詞曲、時文皆同此作法，即推而上之，如《五經》、《四書》，其長篇大幅，筆路亦如此。能虛心平心細心專心以玩味之，則誠至而明自生。前後互觀，則運筆之變化亦出其中，忽離忽合，或反或正，又有宕筆、跌筆、補筆、縱筆，文隨心轉，筆由文生，臨時變幻，不能悉數，又不止於翻筆、襯筆與提倡、反掉之筆也。」又《與庶咸姪書》云：「用筆無論古文、賦、詩、書札、時文，皆不外賓主離合、向背順逆，秩然有層次。蓋有賓主離合，則運腕生動，時出不窮，有從容之樂。有層次，則細意發揮，不突不竭，無懵懂之弊。古人筆妙，《五經》中已採取不盡矣。」

文語之天生與人爲。曾文正謂：「文之造句約有二端：一曰雄奇。一曰愜適。雄奇者，瓌瑋俊邁以揚、馬爲最，詼詭恣肆以莊生爲最，兼擅瓌瑋、詼詭之勝者則莫盛於韓子。愜適者，漢之匡、劉，宋之歐、曾均能細意熨貼，樸屬微至。雄奇者得之天事，非人力所可強企；愜適者，《詩》、《書》醞釀，歲月磨鍊，皆可日起而有功。愜適未必能兼雄奇之長，雄奇未有不愜適者。學者之識當仰窺於瓌瑋俊邁、詼詭恣肆之域，以期日進於高明。若施手之處，則端從平實愜適始。」據此知雄奇本天牛，愜適可人爲。下手之方法則致力愜適以仰窺雄奇，猶之乎筆力與筆路之分天人兩境，蓋篇法、章法與句法本互相經緯也。詩家論詩有貴天然而病人爲者，《詩人玉屑》引《珊瑚鉤詩話》曰：「篇章以含蓄天成爲上，破碎雕鎪爲下。如楊大年西崑體非不佳也，而弄斤操斧太甚，所謂七日而混沌死也。以平夷恬澹爲上，怪險蹶趨爲下。如李長吉錦囊句非不奇也，而牛鬼蛇神太甚，所謂施諸廊廟則駭矣。」又引《漫齋語録》曰：「詩文要含蓄不露便是好處。古人説雄深雅健，此便是含蓄不露也。用意十分，下語三分，可幾風雅；下語六分，可追李杜；下語十分，晚唐之作也。用意要精深，下語要平易，此詩人之難。」《履園叢話》曰：「作詩易於造作，難於自然。坡公嘗言：能道得眼前真景便是佳句。余嘗在燈下誦前人詩，每有佳句輒拍案叫絶。一妾在旁，問：何妙若此？試請解之。余爲之講釋。乃曰：此自然景象，何足取耶？余笑曰：吾所取者正爲自然也。」凡作詩文用力過度者，繹此旨可悟。且不但詩文也，今日小説最盛之世，其自命過高者，每欲奄有諸著名説部之長處而用力過猛者，如江陰繆氏所作，自命爲古今第一奇書，其病即不免過於求全賅之處，此文字之所由衰也。

文體之清疏與濃密。《援鶉堂筆記》稱：「《國策》之文有數種，如蘇、張之辯則形容炫燿，顏蠋説趙太后則淡遠高妙。蘇氏學《國策》祇得其一節。」案：炫燿，濃密一路也。高淡，清疏一路也。

《無邪堂答問》謂：「西京之文莫盛於兩司馬，史公源出《左》、《國》，長卿源出《詩》、《騷》，皆以氣爲主。氣有毗陽毗陰之分，故其文一縱一斂，一疏一密，一爲散體之宗，一爲駢體之宗，皆文家之極軌。舒白香《古南餘話》云：「仲實問《史》、《漢》得失，余曰：《史》氣盛而聲奇，故當勝。後人謂固密遷疏，未爲無見。第疏密猶指義與法，於聲氣之源未能深悟，不足以折服孟堅之心。」劉融齋謂：「疏密二字，其用不可勝窮。蘇子由稱太史公疏宕有奇氣，劉彦和稱班孟堅裁密而思靡。然而太史公文疏與密皆詣其極者，義法也。子由猶未道及。」此以一疏一密論馬班之文者也。班、揚多學相如，崔、蔡又學班、揚，氣已漸薄，遂成偶體。此杜茶村所以有文體壞於范、陳之論也。自崔、蔡成此體後，建安近東京，西晉近建安，可區爲四類：魏晉爲一類；東晉與劉宋自爲一類；永明以後爲一類，主靡麗；徐、庾爲一類，主清新。然偶文在晉宋體較疏，猶有東京遺意，至永明變而日密。故駢文之有任、沈，猶詩家之有李、杜。李存古意，杜開今體。任、沈亦然，任體疏，沈體密。梁陳尤密，日趨綺靡，羣以繁麗相尚矣。」姚氏之論，於《國策》區濃淡兩者。觀之朱氏之論，於漢代則區並時兩家之爲疏爲密，於江左則區永明前爲疏、永明後爲密。朱氏又謂近世洪稚存疏縱，汪容甫筆斂而不敢縱。蓋駢散兩體中各自有疏縱、斂密兩種體態也。劉氏《歸潛志》則稱：「金趙秉文之文頗疏，故其文止論氣象。李之純之文甚細，故其文必論賓主、關鍵、抑揚。」亦以疏密論並世之文也。疏則其氣縱，密則其氣斂，惟縱故昇宕，惟斂故遒緊。學者擷此類橫論縱橫之意，以通觀前後之變遷與並世之宗主，及臨文或主清疏或主濃密，各詣純潔之宜，而又能去龐雜之忌，朱氏所謂「知駢散之分乃能知駢散之合」，實兩體文交關中與兩體文分道中所不可不辨，深心而細意求之可得也。

今試推此旨以論駢散源流分合得失之故，以見遷變與今日趨勢之由。與《究指篇》一「分合」則參看。《四庫提要》之論駢散相爲源流也，曰：「秦漢以來，自李斯《諫逐客書》始點綴華詞，自鄒陽《獄中上梁王書》始疊陳故事，是駢體之漸萌也。符命之作則《封禪書》、《典引》，問對之文則《答賓戲》、《客難》，駸駸乎偶句漸多。沿及晉宋，格律遂成。流迨齊梁，體裁大判。由質實而趨麗藻，莫知其然而然，然實皆源出古文承流遞變，面目各別，神理不殊。厥後輾轉相沿，逐其末而忘其本。故周武帝病其浮靡，隋李諤論其佻巧，唐韓愈亦斷斷有古文、時文之辨。降而愈壞，一濫於宋人之啓劄，再濫於明人之表判，剿襲皮毛，轉相販鬻，或塗飾而掩情，或堆砌而傷氣，或雕鏤纖巧而傷雅，四六遂爲作者所詬厲。宋姚鉉撰《唐文粹》至盡黜儷偶，宋祁修《新唐書》至全删詔令，而明之季年，豫章之攻雲間者亦以沿溯六朝相詆，豈非作四六者不知與古體同源，愈趨愈下，有以啓議者之口乎？」此由駢文流失後而蘄反乎古初之精意者也。袁簡齋病學者於駢散文存軒輊之見，亦思有以窺其源而究其變也。其《答友人論文書》曰：「足下之《答綿莊》曰：『散文多適用，駢體多無用，《文選》不足學。』此又誤也。夫高文典册用相如，飛書羽檄用枚皋，文章家各適其用。若以經世而論，則紙上陳言，均爲無用。古之文不知所謂散與駢也，《尚書》曰：『欽明文思安安。』此散也。而『賓於四門，納於大麓』，非其駢焉者乎？《易》曰：『潛龍勿用。』此散也。而『體仁足以長人，嘉會足以合禮』，非其駢焉者乎？安得以其散者爲有用而駢者爲無用也？足下云云，蓋震於昌黎起八代之衰一語，而不知八代固未嘗衰也。何也？文章之道如夏、殷、周之立法，窮則變，變則通。西京渾古，至東京而漸漓，一二文人不得不以奇數之窮通偶數之變。及其靡曼已甚，豪傑代雄，則又不屑雷同，而必挽氣運以中興之。徐、庾、韓、柳亦如禹、稷、顏子，易地則皆然者也。然韓、柳亦自知其難，故鏤肝鉥腎爲奧博無涯涘，或一兩字爲句，或數十字爲句，拗之練之錯落之以求合乎古人。但知其戛戛獨造，而不知其功苦，其勢危也，誤於不善學者而一瀉無餘。蓋其詞駢，則徵典隸事，勢難不讀書；其詞散，則言之無物，亦足支持句讀。吾嘗謂韓、柳爲文中五霸者，此也。然韓、柳琢句時有六朝餘習，皆宋人之所不屑爲也。惟其不屑爲，遂不能爲，而古之道終焉。」此言駢散關乎風會之自然，而兩者各有其得失也。羅研生謂駢散文各有所宜，宜並存不廢也。其《文徵例言》有曰：「文家每輕視駢體，以謂徒工藻繪，難語於高古精深。然此在文之命意修辭求之，不在體之單行與比偶也。失諸意辭，豈散體之皆可尚乎？原夫二體并出經傳，其後流極不鮮，互出相勝，亦風會轉變使然。平心論之，與爲填砌之偶則不如簡質之單，而但爲淺俚之單又不如典麗之偶。若其適用則各有宜，故韓、歐大家集中並存不廢。」此言駢散各有其真，亦各有其用，未可執彼此以相傲也。近代散文家，如侯雪苑初學駢儷之作，壯而肆力古文，規於大家，因顏其堂曰「壯悔」而集名焉。汪苕文以古文名，而於駢體推服松陵吳漢槎、陽羨陳其年，以爲儼然梁陳之餘馥而徐、庾之後勁。說見李氏《好雲樓集・木雞書屋駢文五集序》。合三論均可見近代承駢散極分之後有漸趨於必合之勢。駢散合而東京、晉、宋文體復得勢，阮、李乘之而斯旨以暢，斯又文家復古之一種風尚也。

陳石士《寄姚姬傳書》其旨主疏密宜互相救，其言曰：「用光曩時閱梅崖集以爲不可及，比乃覺其氣少懈而骨格未堅，譬之樂尠純繹之音，譬之木尠密栗之致。二者望溪似猶未至焉，梅崖於望溪乃彌不能及已。時王鐵夫爲文不可一世，用光去年得見其十二三，誠有過於梅崖者，然其於沖淡自然之詣亦似未之有得。夫昌黎變排比之習而以疏勝，昌黎不獨以疏勝也。歐陽、曾、王氏取其疏而得其所以爲疏者，故能各獨成其體。後之人無其學，徒爲冗散汗漫使不可合於尺度，固宜其見訾病於世也。然司馬子長所以勝孟堅者，何嘗必以縝密爲貴乎？先生謂歐公能取異己者之長而時濟之，非獨濟以密也。先生謂曾公能避所短而不犯，其所長在於疏，固非冗散汗漫而不可合於尺度也。」陳氏之意既歷取古人相救之處爲說，而又以冗散汗漫爲戒，其言最可味焉。

古文詞通義卷十二

識塗篇八

文家稟負之才質及其經歷之境界

文之由壯闊而之高澹者

一、證以陸說。陸龜蒙《甫里先生傳》云：「平居以文章自怡，雖憂幽疾病未嘗暫輟。少攻歌詩，欲與造物者爭柄，遇事輒變化不一。其體裁始則凌轢波濤，穿穴險固，卒造平淡而後已。」案：「凌轢波濤，穿穴險固」，即壯闊也。此由壯闊造高澹之説也。詩與文一也。

二、證以姚說。《堯山堂外紀》：「夏竦，字子喬。幼學於姚鉉，鉉使爲《水賦》，限以萬字。竦作三千字，示鉉。鉉怒不視，曰：『何不於水之前後左右廣言之？』竦益之得六千字。鉉喜，曰：

『可教矣。』」此亦壯闊文才之證也。《嘯亭雜録》曰：「袁子才先生性聰慧，滑稽一時。黄文襄公督兩江時，袁爲屬員。黄本惡儒者，謂先生曰：『子號子才，以才子自命歟？』先生曰：『然。』黄曰：『然則命汝頃刻爲文可乎？』先生曰：『能。請公命題。』黄厲聲曰：『《江賦》。』復請限字。曰：『一萬。』復請限時。曰：『三時。』先生砥墨濡毫，筆不加點，凡奇誕字盡加水旁，須臾而就。公故武夫，因傾倒曰：『汝果名不過實也。』」此亦文才壯闊之證。同治中葉，張文襄督學湖北，下車以《江賦》及各體文觀風試士。賦用禁體，不用水旁字，取蘄水范昌棣第一人，其賦雄奇瑰麗，凡數千言無一從水之字。文襄賞激不已。未幾卒，文襄賦《四生哀》以悼之，有「使我楚江無顔色」之句。老輩愛才，今不復見矣。此較子才滑稽侮武人迥不倫，要可知作文皆須從者裏過也。

三、證以歐説。歐陽公《答徐校秘書》云：「作文之體，初欲奔馳，久當撙節使簡重嚴正，王洙《談録》亦述歐公云：『文字既馳騁，亦要簡重。』與此語略同。或時肆放以自舒，勿爲一體，則盡善矣。」案：奔馳者，壯闊之説也。撙節簡重，高澹之説也。肆放自舒，又詣壯闊，而境又異。歐陽之説蓋循環以用此才質也。李方叔謂「文之淵達者失之太疏，謹嚴者失之太弱」。此壯闊與高澹須循環用之意也。曾文正所以發含雄奇於澹遠中之旨也。

四、證以蘇説。《螢雪叢説》述東坡《與姪帖》云：「文字亦若無難處，止有一事與汝説。凡文字少小時須令氣象崢嶸，采色絢爛。漸老漸熟，乃造平淡。其實不是平淡，乃絢爛之極也。汝只見爹伯而今平淡，一向只學此樣。何不取舊日應舉時文字看，高下抑揚，如虎蛇捉不住，且當學此。書字亦然，善思吾言。」《侯鯖録》謂此一帖乃「斯文之秘，學者宜深味之」。可見宋人深信此説。案：「氣象崢嶸，采色絢爛」，與昔人論文所謂「蓬蓬勃勃，如釜上氣」者同旨，皆壯闊之説也。東坡之説蓋直進以用此才質也。王洙《談録》云：「公訓諸子曰：『壯年爲文當以氣焰爲上，悲哀憔悴之詞慎不得法。』」與坡公同旨。惲敬謂「入手不可爲作家之文。凡少年當以才子之文爲主，壯年、老年再入作家方得」，亦同此旨。漸老造平淡則高澹之説也。吕居仁教人「讀三蘇策論涵養吾氣，他日下筆自然文字滂沛」，即此境也。

袁氏《佔畢叢談》之詁此境也，曰：「文章無止境。坡公云：『氣象崢嶸，五色絢爛。』此一境也。又云：『漸老漸熟，乃造平淡。』此又一境也。昌黎云：『其皆醇也，然後肆焉。』醇而又肆，是又進一境矣。」又曰：「東坡《答李豸》云：『近作詞氣卓越，意趣不凡，但微傷冗，當稍收斂之。今則未可也。』歐公《答徐較書》云：『近著議論甚佳，更宜精擇，少去其繁，則峻潔矣。然不必勉强，待自然而至也。』大抵作文須循序而進，不可躐等。辭已暢矣，乃求洗刷。氣已昌矣，乃求收斂。若辭未暢，氣未昌，而强簡節之，則屠截而不屬，枯寂而不腴，反不如浩瀚者之爲愈矣。」歐公曰：「文字既馳騁，亦要簡重。必馳騁後乃可求簡重也。」蔣氏《十室遺語》又申此旨曰：「朱子論東坡文太恣肆。然作文不能恣肆便是不會作文，雖高簡足貴，亦必先由炫爛以造平淡也。」此皆發明歐蘇之旨者也。

五、證以朱説。伍氏《讀書樂趣》引朱子曰：「今人言道理説要平易。不知那平易處極難，即如作文新巧者易，平淡者難。然須還他新巧，然後可造乎平淡。」案：新巧亦與壯闊相近者，須由此始可造平淡。則朱子爲文之旨可知。

六、證以吕説。《吕氏蒙訓》曰：「文章紆徐委曲，説盡事理，惟歐陽公爲得之。」又曰：「文章須要説盡事情，如《韓非》諸書大畧可見。至於一唱三嘆有餘音者，非有所養不能也。如《論語》、《禮記》文字簡淡，非左氏所可及也。《列子》氣平文緩，亦非莊子步驟所能到也。」案：説盡事理事情，壯闊之説也。唱嘆有餘音，高澹之説也。其用在直進行之而盡人力以速天機，略與坡公同旨。

七、證以謝説。《文章辨體》引謝疊山云：「凡學爲文，初要膽大，終要心小，由粗入細，由俗入雅，由繁入簡，由豪宕入純粹。」案：此主直進用此才質言之者也。至魏善伯所謂「粗做到細，細做到粗，文章定妙」，則又循環用此法之説也。蕭穎士《與韋述書》云：「於《穀梁》師其簡，於《公羊》得其覈。」劉熙載謂二語皆明白。馮少渠謂「作文之法以簡爲高，以潔爲貴。不簡不潔，易薄弱而多蔓」。故凡專言文字宜簡潔者，係指斂縮一路言之也。老泉所謂歐公「氣盡語極，(格)〔急〕言竭論」。王應奎《謝元陽哀詞》謂其「爲文千言立就，具有光芒，爛然透出紙外。顧往往騁其才氣，驅染煙墨，不留餘瀋。余嘗以好盡規之」。朱蓉生謂海峯集「首卷論多奇闢，而言之太盡。古人不欲盡言者蓋有深意在焉，海峯未之思耳」。此又專屬壯闊一路之文也。

八、證以程説。程畏齋《讀書分年日程》云：「後生學文，先能展開滂沛，後欲收斂簡古甚易。若一下便學簡古，復欲展開作大篇難矣。」案：此亦直進用此法者也。

九、證以李説。何孟春《餘冬叙録》曰：「近世劉文安公定之言爲文必先博而後約，若收斂太早則其他無所容。蓋得東坡崢嶸絢爛之意。西涯先生嘗以告吾鄉華伯瞻，及得春文，又以語春。春中年來，涯翁謂人曰：『子元孟春字。文章旁引博喻，不可窮詰，學既贍而筆力又勝之。吾所患於子元者與患人者異矣。』今日觀《麓堂集·華伯瞻墓志銘》及《(保)〔呆〕齋文集》，不覺慘然久之。《(保)〔呆〕齋集序》云：『某奉詔受業，獲聆緒論，爲文必博先而約後。譬之山焉，必出雲雨產寶玉，生材木禽獸而朽株糞壤亦雜乎其間，斯足以爲嶽爲鎮。譬之水焉，必吞吐日月，藏畜魚龍，變現蛟蜃，而污泥濁潦來而不辭，受之而無所不容，斯足以爲江爲河爲海。古之所謂大家者皆然也。若句鍛字鍊，探之而有窮，取之而無餘者，不過爲孤峯絶澗而止，烏足以成其大哉！』是言也，翁七十之年而所以敍(保)〔呆〕齋之文而不忘者，少年之所聞也。趨約之道，翁之老而就實，而所以惠於吾徒者又有在矣。」此又引申坡説而舉以教人者也。

十、證以侯説。《書影》云：「商丘侯方域曰：『予少游倪文正公之門，得聞緒論。公教予爲文必先馳騁縱横，務盡其才，而後軌於法。然所謂馳騁縱横者，如海水天風，涣然相遭，濆薄吹盪，渺無涯際。日麗空而忽黯，龍近夜以一吟；耳悽兮目駴，性寂乎情移。文至此，非獨無才不盡，且欲舍吾才而無從者。此所以卒與法合而非雕鏤組綺，極衆人之炫燿爲也。至文者，雕鏤之所不受，組練之所不及也。』」案：此亦主直進之用法也。

十一、證以魏說。《魏叔子文集外編·與友人手簡》云：「少年作文當使才氣怒發，奇思繹絡，如入梓澤，如觀沓潮，如駭馬馳坂，如健鶻摩空，要令横絶一世。然後和以大雅，灑以平淡，歸於至醇，而猶有隱然不可馴之氣，不可掩抑之光，斯爲至爾。」周密《齊東野語》亦引諸家此類狀文勢之説，云：「李德裕《文章論》云：『文章當如千軍萬馬，風恬雨霽，寂無人聲。』黄夢升題兄子庠之詞云：『子之文章電激雷震，雨雹忽止，間然泯滅。』歐公喜誦之，遂以此語作《祭蘇子美文》云：『子之心胸，蟠屈龍蛇，風雲變化，雨雹交加，忽然揮斥，霹靂轟車。人有遭之，心驚膽破，震汗如麻。須臾霽止而四顧，山川草木，開發萌芽。子於文章，雄豪放肆有如此者。吁，可怪耶！』東坡《跋姜君弼課策》亦云：『雲興天際，欻然車蓋，凝塵未瞬，瀰漫霮䨴，驚雷出火，喬木麋碎，般地爇空，萬夫皆廢，霤練四隊，日中見沬，移晷而牧，野無完塊。』張文潛《雨望賦》亦有此類之言，皆同一機括者也。且其言多以狀此兩境並見於一時者。案：此亦直進以言才質，仍畧寓循環之意者也。姚石甫《識小録》：「文章最忌好發議論，亦自宋人爲甚。漢唐人不然，平平説來，斷制處只一筆兩筆，是非得失之旨自了，而感慨咏嘆，旨味無窮。此蓋文章深老之境，非精於議論者不能。東坡，絢爛之極也。惜抱文不輕發議論，自然深遠，實有此意。讀者言外求之。」案：所謂議論者，壯闊之謂。深老者，高澹之謂也。

十二、證以李說。李紱《秋山論文》曰：「爲文最忌率直。自以爲奇快，不知其一往而盡，無復餘甘也。古人文字奇快無若昌黎、東坡，然韓子之文舊稱温醇，子瞻亦謂文章務使和平，至足餘溢爲奇怪，出於不得已。昔人謂文章爾雅，訓詞深厚。無論詩文，皆當以此爲極。」案：奇快，始境也。温醇和平，終事也。李意薄一往而盡，乃尚和平後之奇快，可思也。

十三、證以王説。王氏芑孫校定《金石三例》之言曰：「學古文者始入，當極才盡致爲之，不必求例，子厚、老蘇早年文字可按。言例則先有一物制之於筆先而無以極其才矣。然才境既極而無馭之者，必將爲七百里之連營，必將爲八駿之遊寄瑶池而不知返，故授之文律焉。講於例者，熟然後得諸心而應諸手者不繆於施。此先儒宿學所以斷斷言例也。久之而涵咏淘汰，與道大適，則有以通古人之變而權常變之宜。古之所無，可自我而創之；古之所有，可自我而空之。如是則文之能事至矣，文之趣亦得矣，文之用亦鴻矣，又何例之云云乎？無例則文之能事必不至，有例則文之趣必不得，文之用必不鴻。始由無例以之有例，繼由有例以之無例，此學者之工夫節次也。若夫浹之神而遇之天，如輪扁之斲輪，佝僂丈人之承蜩，則夫《三例》之書與吾所謂《廣例》者，一吷而已。」此與魏叔子之説言異而意同，又以學力爲直進之方者也。

合觀以上十三家，持議如出一轍，繹其先後之序致都有一定程塗。孫虔禮論書所以有「始求平正，繼追險絶，終歸平正」之言也。姚姬傳《與魯絜非書》云：「郎君、令甥皆美才，未易量，聽所好恣爲之，勿拘其途可也。」亦先尚縱恣之意矣。案：沈括《補筆談》云：「世之論書者，多自謂書不必有法，各自成一家。此語得其一偏，譬如西施、毛嬙，容貌雖不同而皆爲麗人，然手須是手，足須是足，此不可移者。作字亦然，雖形體不同，掠須是掠，磔須是磔，千變萬化，此不可移也。若掠不成掠，磔不成磔，縱其精神筋骨猶西施、毛嬙，而手足乖戾，終不爲完人。楊朱、墨翟賢辯過人，而卒不入聖域，盡得師法，律度備全，猶是奴書。然須自此入，過此一路乃涉妙境，無迹可窺，然後入神。」按：此論書須先從不可移易者入手，再求變化，正可爲孫氏始平正繼險絶之注脚也。然則初攻古文，下筆要須波瀾壯闊。所謂壯闊者，亦非漫衍冗長之謂也。壯闊與冗長有别，陳勾山《大蘇文選序》曰：「殺妻鑄劍，妖妄之甚者也。精華受於天，煅煉成乎人，而干莫出矣。大蘇之文猶是也。自古文章之鋭至此而極。所謂鋭者，無不達之意耳。無不達之意則意盡而味亦盡。然意盡則理暢，而其言可立見之施行。故以供沉吟唱嘆則不足，以資小懲大戒則有餘。凡爲文患痿痺而不見大意者，以此藥之必瘳。然不在貪多，多則不見功矣。醫家稱附子爲斬關陷陣之將，不可輕用，而蜀中山農啖附子如蹲鴟。然則貪多亦歸於痿痺而已，豈不然乎？」此舉蘇文以見壯闊文瀾可起痿痺，不善用之而徒爲冗長，則反陷入痿痺矣，攻文者宜辨之。謂每論一人一事一義，必博綜其體用源流，異同得失，魏善伯謂「文章首貴識，次貴議論。然有識則議論自生，有議論則詞章不能自已。憂詞之不足者皆無識之病」。案：識者無定之事，以此八字爲範，識可由之而生也。委曲周至，圜中象外，萬彙無垠，旨趣淵融，下筆乃無不盡之言，無不達之意。前人評方植之文有此二語。於是郭毅所謂縱横捭闔，與時上下之觀乃出。是以文成數千，觀者爲之眉飛色舞而不覺繁。沉靜高澹乃深造之境，非造端之境也。海陽鄭平階昌時《韓江聞見録》曰：「如皋顧金殿從兄宦海陽，命其姪從余學，因言年少作文無妨任其放筆，述其鄉有老先生，從學多人。有一才子騁筆作文，先生不甚取，亦不之非。其人不自安，託與師密者問故，先生答曰：『逞才。』人以告，其人即痛自修飭，文字遂爾熨貼。先生見而取之，又驚歎曰：『止此矣！不知阿誰教爾收斂若是耶？』其人曰：『聞某述先生言。』先生曰：『予所弗輕向子面示收斂者，正大有望於子也，謂子天機未破，才質非凡，大可造也。今就繩墨如此，亦中人耳。繼自今子作文必先懸一愛好成式於心目間，安能別有造就？惜哉！惜哉！』」案：此亦由壯闊之高澹境界中之證據也。其意以愛好爲戒，亦猶趙秋谷以愛好病王漁洋也，與王菉友教童子法中之説相通。若輕描澹寫，實不肯用博綜之功者所爲。《讀書隅見》曰：「文字止於清峻峭刻，其體便卑弱。」有時天籟清發，咫尺萬里，亦自雅見逸思，非不謂善。而由博反約，要爲學者自然次第而未可紊也。學者繹諸家遺説之意，可知文家自來久有此種定義也。案：文章氣體壯闊始可負重，所謂筆力迴萬牛也。然欲壯闊必曲盡事理乃得。大抵在意義多，不在詞頭多，而文氣淵厚亦於此見之。意義多，即吕居仁所謂靠實説也，朱子嘗云「作文須是靠實説得有條理，不可架空細巧」是也，又即曾文正所謂千巖萬壑，重巒複嶂之觀也。若如《語類》所云「開了又開，闔了又闔，開闔七八番，到結末處又不説」，則非壯闊之謂也。詩家亦有此境，《詩人玉屑》引《韻語陽秋》云：「欲造平淡，當自組麗中來，落其紛華，然後可造平淡之境。如此陶、謝不足進矣。今之人多作拙易詩而自以爲平淡者，未嘗不絶倒也。」又引《竹坡詩話》云：「作詩到平淡處，要似非力所能。東坡嘗有書與其姪云：『大凡爲文當使氣象崢嶸，五色絢爛，漸老漸熟，乃造平淡。』余以謂不但爲文，作詩者尤當取法於此。」又引晦庵云：「梅聖俞詩不是平淡，乃是枯槁。」攷此數説，蓋以闡由壯闊詣平淡之理，而又戒以拙易爲平淡、以枯槁爲平淡，是於類似平淡之病及彼以平淡爲可力求者受弊之處亦言之矣。又趙氏《談龍録》稱「始學爲詩期於達意，久而簡淡高遠，興寄微妙，乃可貴尚」。所謂達意，即壯闊之境。簡淡微妙，則高淡之境矣。

又攷波瀾壯闊之文多出於有學之士，斷非專恃才調者所可幾。王瞿《道古堂文集序》稱：「杭堇浦於學無所不貫，所藏書擁榻積几，不下千萬卷。堇浦枕籍其中，目睇手纂，幾忘晷夕。間過友人館舍，得異文秘册即端坐默識，括略其要實乃已。遇有離合，設甲乙辨難，輒反覆數千言不能了。鋭心若此，宜所爲文，立言摭意實有到人所不到者。夫儲之有厚薄，發之有深淺，自然之情也。」據王氏此言可知「反覆數千言不能了」之境地必自枕籍千萬卷中來，而又須出之以鋭心也。壯闊又豈易易者哉！

前人亦有反此種境界而立説以易之者。杭氏《道古堂集·朱秋圃元文先生行狀》曰：「先生之論文也與俗師異，曰：『人亦有言，曰：「絢爛歸於平淡。」此殆爲才餒學儉者解嘲也。古有絢爛之文，無平淡之文。今人不知，乃取其所絶不經意者而以爲絢爛之所歸。是直爲自便之計，而實不見古人。左氏負浮誇之目，莊周有荒唐之鳴，賦家以沉博絶麗見稱，史才以文贍事詳爲貴。唐之諡文者有三：曰韓、曰白、曰權，皆磅礴鬱積，怪奇偉麗以恢廓其論議，未有柔聲曼骨而卒能名世者。宋儒可與説書，難與持變。』聞者驚怖其言，而卒無以難之。爲文不妄下筆，每獲一義，鍥而不舍，必曲折詳達以盡其隱，立言蘄爲可傳，能傳之者在其後人，而先生未嘗自表襮也。」案：朱氏此説蓋以此境論文乃宋人家説，唐以前則不然。其云「曲折詳達以盡其隱」，可見其所自處乃專主以壯闊立足者。其極意聲色已開後來薄八家之風。吾嘗攷其用意，實原本於彭氏士望《與魏冰叔書》。彭氏曰：「侯朝宗《與任王谷書》中有云：『行文之旨全在裁制，無論巨細，皆可驅遣。當其閒漫纖碎處，反宜動色而陳。至大議論，不過數語發揮便須控制，歸於含蓄。若當快意時，聽其縱横，必一瀉無復餘地。』此最高之論。朝宗學《史記》寫生，得神髓處全在於此。

《壯悔集》有二吳、徐、張傳，出没超脱，咸用此法。而愚意則又以爲未盡然。吾輩今日立言明悉理事，指陳利弊，將救世覺民之爲急，故於古今成敗得失、邪正是非之際往復留連，疾呼痛詈，猶恐疲癃聾聵之夫藐然而不一聽。苟僅數語發揮便歸含蓄，祇可以動明哲而不可警天下之中材。《孟子》七篇已不同於二論，《三百篇》風雅之變必不同於《關雎》、《葛覃》。世則有然，文從而變。作文者之用心彌苦彌曲，彌曲彌厲，如天地之噫氣，鬱不獲舒，激爲霆震，凝爲怪雹，動盪摧陷爲水溢山崩。夫豈不欲爲卿雲旦日，甘雨和風？勢有所窮，不得已也。」躬庵此言蓋爲致用之文示的，簡者以示上哲，繁者以示恒人。其所擬議，大都衰世之意居多，而立義與朱秋圃絶類。其不同者，朱氏欲以壯闊之文孤行立論，彭氏則仍兼有取於侯雪苑之説也，是彭氏究爲得中矣。案：彭氏與魏氏論文，其旨如此。而後儒即有以此病魏氏者，杭大宗述馮山公之論，謂魏文「每有議論好而失攷據，筆鋒利而少盤旋者」，又謂其文之「曲折處在能縱，然其病正在此，波折太過，繆戾叢生」，與高雲谷、吳荊山極言之，切中魏病，惜魏不及見也。

文家由感慨而之和平者

一、歐公之兼感慨與和平者。吳氏《林下偶談》曰：「和平之言難工，感慨之詞易好，近世文人能兼之者惟歐陽公。如《吉州學記》之類，和平而工者也；如《豐樂亭記》之類，感慨而好者也；然《豐樂亭記》意雖感慨，詞猶和平。至於《蘇子美集序》之類，則純乎感慨矣。」然則歐公蓋感慨和平循環用之者也。文家有似感慨而實與感慨有別者，如杜茶村《跋黄九煙〈絶命詩〉》云：「佛氏戒嗔。然事鉅而爲名節所關而亦不嗔，則爲古今無氣之人。馮道、留夢炎則然耳。夫一部《離騷》，緣嗔而作也。故屈子不嗔，則無《離騷》。由是武侯不嗔，則無《出師表》。張睢陽不嗔，則無《軍城聞笛》之詩。文文山以嗔故爲《衣帶銘》、《正氣歌》。謝疊山以嗔故有《卻聘書》。蓋嗔生於氣也。」案：此所謂嗔，出於浩然正氣，雖露風骨，而率乎性情之本然，故與感慨有辨也。

二、坡公之由感慨而之和平者。《捫蝨新語》曰：「山谷論東坡文，言『東坡文字妙一世，其短處在好罵耳』。以予觀之，山谷渾厚，坡似不及。坡蓋多與物忤，其游戲翰墨，有不可處輒見之詩。坡自晚年更涉世患，痛自磨治，盡黜圭角，方更純熟，故其詩曰：『年來輒自悟，留氣下煖臍。』觀此可想其爲人矣。」陳氏又謂「坡雖好罵，尚有事在」。是好罵亦非易事。《澗泉日記》稱陳無己云：「子瞻始學劉禹錫，故多怨刺。晚學太白，至其得意則似之，然失於粗。」蓋怨刺即好罵也。然坡公之文固由感慨而和平，直進以用此境者也。

三、吴子良自言其由感慨而之和平者。吴氏《林下偶談》云：「余少時未涉事，亦頗爲譏切之文。篔窗袖以質水心，水心曰：『雋甚。吾鄉薛象先，其初聲名滿天下，特少雋耳。然當吴之年未有吴之筆也。吴年少，筆老脱似王逢原，但好罵，氣未平亦似逢原耳。』後二年，余以新稿見水心。曰：『此來氣漸平，宜更平可也。』余因是知好罵乃文字之大病。能克此等氣象，不特文字進，其胸中所養亦宏矣。」斯亦直進用此兩境者。

曾文正論文有以情勝者一派，其弊在寡實，蓋感慨太多之文如此。然文家竟有終於感慨者，山谷《答洪駒父書》曰：「《罵犬文》雖雄奇，不作可也。東坡短處在好罵，切勿襲其軌也。」又如永嘉薛子長有俊才，至老不第，文字頗有譏罵不平之氣。水心爲其集序，微不滿焉。又若憤悶不平如王逢原，悲傷無聊如邢居實，皆止於感慨而失之者。吳氏《偶談》中已一再議之。王洙戒諸子「壯年勿得爲悲哀憔悴之文」，亦以此非止境也。潘諮《少白山人集·常語》曰：「韓子宏遠閎深而意象每崖岸，與儔類語若師坐而呼訓子弟，於呂毉山人殆近僕隸叱矣。」潘氏此說蓋亦不滿好罵而貴和平者也。曾文正謂：「韓文公如主人坐於堂上而與堂下奴子言是非，然不善學之，恐長客氣。」亦此類也。杭大宗《與王瞿書》曰：「文必和平謙慎而後可以持世。其外多詡詞者，中必有不足也；外多詆詞者，中必有不平者也。心不澄則語不密，語不密則傷理而違道。苟有類乎是，皆智者所不與。足下學日益充，行日益高，優游浸漬以俟其化，其必有合於古之立言者矣。」案：此可見和平之文詣屬自至而有未可强爲者。

文家由伸張而之斂縮者

一、歐公以爲斂縮者，繁暢後自然之境候也。歐公《答徐秘書》云：「所記近著尤佳，議論正宜如此。然撰著苟多，他日更自精擇，少去其繁，則峻潔矣。然不必勉强，勉强簡節之則不流暢，須待自然。」案：峻潔簡節，歛縮之境也。其言歛縮在議論，其所以至此境者則主乎自然。

二、坡公以爲歛縮者，文能盡意後極致之境候也。《野客叢書》及吕居仁均述東坡語云：「意盡而言止者，天下之至言也。然而言止而意不盡，尤爲極致。如《禮記》、《左傳》是。」《丹鉛總録》亦云古文之奥有説盡則無味、不説盡而文亦藴藉者，二説意通。《曲洧舊聞》云：「晁載之少作《閔吾廬賦》，魯直以示東坡曰：『此晁家十郎作，年未二十也。』東坡答云：『此賦信奇麗，信是家多異材耶！凡文至足之餘自溢爲奇怪。今晁傷奇太早，可作魯直意微諭之，而勿傷其邁往之氣。』案：此説與《韓江聞見録》所説逞才之旨相似，參看便得之。伯宇自是文章大進。東坡之語委曲如此，可謂善成就人物者也。」案：所謂「勿傷其邁往之氣」，亦恐失其伸張之境候也。《困學齋雜録》云：「山谷《與秦少章書》云：『二十年來，學士大夫有功於翰墨者爲不少，求其卓爾名家者則未多。蓋嘗深求其故，病在欲速成爾。夫四時之運，天德也，不能即春而爲冬，斷可識矣。』」案：所謂春者，伸張之象；冬者，歛縮之象也。坡言「言止意不盡」者，亦歛縮之境也。其言歛縮在意境，必抵於此境乃稱爲極致。

三、《麗澤文説》以爲歛縮者，勢壯時之境候也。《麗澤文説》云：「鼓氣以勢壯爲美。勢不可以不息，不息則流宕而忘返。亦猶絲竹繁奏，必有希聲窈眇，聽之者悅聞；如川流迅激，必有洄洑逶迤，觀之者不厭。」案：所謂息者，歛縮之謂也。其言歛縮在氣與勢，其用此境則在勢壯之後。

四、魏勺庭以爲歛縮者，馳驟時之境候也。魏叔子曰：「文之感慨快痛馳驟者，必須往而復還。往而不還，則勢直氣泄，語盡味止；往而復還，則生顧盼，此嗚咽頓挫所從出也。」案：「往而復還」者，歛縮之境也。其言歛縮在氣勢語味，其用此境則在痛快馳驟之後也。伯子亦謂古人爲文，雖有偉詞俊語亦删而舍之者，正恐累氣而節其不勝也。」又曰：「著佳語佳事太多，如京肆列雜物，非不炫目，正爲有市井氣。」均在歛縮一邊立説也。

五、侯雪苑以爲歛縮者，快意時之境候也。侯氏《與任王谷論文書》云：「行文之旨全在裁制，無論細大皆可驅遣。當其閒漫纖碎處反宜動色而陳，鑿鑿娓娓，使讀者見其關係，尋繹不倦。至大議論，人人能解者，不過數語發揮便須控馭，歸於含蓄。若當快意時，聽其縱橫，必一瀉無復餘地矣。譬如渴虹飲水，霜隼搏空，瞥然一見，瞬息滅没，神力變態，轉更夭矯。」案：裁制含蓄，歛縮之境也。其言歛縮亦在議論，其所以能如此者即在縱恣時之一轉關也。

案：侯氏如此立論，當時有反之者。《易堂十三子文選》有彭士望《與魏凝叔書》，其説曰：「即文字寫生處亦須出之正大自然，最忌纖佻，甚或詭誣，流爲稗官諧史。敝鄉徐巨源之《江變紀略》，王于一之《湯琵琶》、《李一足傳》，取炫世目，不慮傷品。其文縱工，未免擕琬玉易羊皮，終必爲明眼人所厭棄。案：陳簡齋之問嘗病侯、王不脱小説家伎倆，則彭氏之言驗矣。而巨源更顛倒是非，羅織口語，快其私怨。虞山翁已痛言之，屬其毀去，巨源不聽，卒死横折。案：徐巨源爲李太虚、龔芝麓以院本事刺之死一事見趙氏《簷曝雜記》，而袁簡齋《新齊諧》述徐氏則因詈熊雪堂，熊流言致羣盗烙鐵燒其體死。二説互異。《耆獻彙徵》所紀與兩家又不同。然其横死則無疑，均可證彭説也。推朝宗『閒漫纖碎，動色而陳』之言，不善用之，其流必至爲徐、王之失，即朝宗諸小傳亦不免見其疵纇。蓋文人之文與志士之文本末殊異。文人在希世取名，即深自矜負，正其巧於容悦，間或談世務，植名教，文焉已耳。以文非此，固不傳也。俳優登場，摹擬古人，俯仰畢肖，觀者撫手，悲愉遞出。及其既過，彼我判殊，了不相及。志士之文，如樂出虚，如蒸成菌，有大氣以鼓之，一聽其天倪自動。其心與力之所至而言至焉；其心與力之所不至，而言亦至焉。其嬉笑怒駡以至痛哭流涕，無不有百折不挫之愚誠貫徹中際。其行止出没，無纂組雕削之勞，不知世目非笑之爲非笑。此即立韓、歐、班、史於其前，肖之則賞，不肖則隨手刑要亦不能强其所不同以求必肖，況下此區區者乎？案：彭氏此旨乃文家獨立不屈之氣，必具此豪傑之概而文始可成家。即如歐公及近世曾文正，其尊韓亞於六經，然遇韓之短於理處仍自爲説而不爲苟同。《韓文補注》：邵太史曰：「歐陽公生平尊用韓退之，於其學無少異。然退之《處州孔子廟碑》云云，永叔作《穀城縣夫子廟記》乃云：『后之人徒見官爲立祠而州縣莫不祭之，夫子之尊由此爲盛。甚者乃謂生雖不得位而没有所享，以爲夫子榮，謂有德之報，雖堯舜莫若。何其謬論者歟！』是歐陽以退之爲謬矣。」此歐之不苟同於韓者也。曾文正《聖哲畫象記》有云：「甚者至謂孔子生不得位，没而俎豆之報隆如堯舜，鬱鬱者以相證慰。何其陋歟！」此曾之不苟同於韓也。皆可以證成彭説也。故言必發於心，而文亦必以其實。重心與實之所出，斯立千百世而不磨，而天下人得之爲有用。此望與叔子日孳孳焉求之而未或至焉者也，因朝宗一妄言之。」案：此書前幅已見壯闊條中，其説不以侯氏專主含蓄爲定論，必參以往復流連，疾呼痛詈方合。又推其流弊，謂過於閒漫纖碎，必至流爲小説。此又攻叙事文者所不可不知者也。周騰虎《餐芍華館隨筆》云：「簡齋識見高卓，迥異尋常。余嫌其文稗氣太重，有類小説，殊欠雅馴。若爲删采其精當醇正者另刻一編，必有可觀也。」案：袁氏最自負者在碑版文字。豈知周之病袁亦與彭之病侯同旨乎？

六、陳石士以爲斂縮者，平正後之境候也。《太乙舟文集·與梅伯言書》曰：「定庵所言派别非，而其鐫刺鄙文處則是。沈君才不及定庵而取途正則似勝定庵也。孫過庭言作字云：『先求平正，後追險絶。』作文正復如此。未能平正而遽求險絶，譬之孩提之童而欲舉烏獲之鼎，效魏犨爲距躍曲踊也，其不至於絶臏折足者無幾矣。」案：斂縮者，即險絶之境也。然必由平正詣之，「求」字、「追」字是其功夫也。

七、曾文正以爲斂縮者，深於文之人應經過之境候也。曾文正《雜著》謂：「凡爲文，用意宜斂多而侈少，行氣宜縮多而伸少。孟子不如孔子處，亦不過辭昌語快，用意少侈耳。後人爲文，但求其意之伸；古人爲文，但求其氣之縮。氣恒縮則辭句多澀。然深於文者固當從這裡過。」案：此言斂縮在意與氣，與麗澤、勺庭言氣勢宜息宜還同旨。其不貴徒快意，與雪苑不可於快意時縱横同旨。其言深於文，與坡公所謂極致同旨。其以此爲經過之境，不爲執著之境，與歐公自然之説亦合。此文家由伸張而之歛縮者直進之境界也。

吾觀文家尤有立説以此境界循環用之者。歐公謂「初奔馳，久當撙節，或時肆放以自舒」。魏善伯謂「古人爲文，收結恒須緊束，或故爲散弛懈緩者，亦如勞役之際閉目偃倚，乃不至於困竭也」。互見。又曰：「古人作字，於楷細秀婉中忽作一重大奇險者，蓋其精神機勢所發，無能自遏，不覺縱筆，覽者亦遂怵然改觀。人有呵欠噴嚏，必舒肆震動而洩之。文之段格章句長短亦復如是。」皆循環用此境之説也。

文境之騖於實者

一曰聚於一。魏善伯曰：「人之爲人有一端獨至者，即平生得力所在。雖曰一端，而其人之全體著矣。小疵小癖，反見大意。所謂頰上三毛，眉間一點是也。今必合衆美以譽人，而獨至者反爲浮美所掩。人精神聚於一端乃能獨至，吾之精神亦必聚於此一人之一端乃能寫其獨至。太史公善識此意，故文極古今之妙。」案：此文家探驪射鵰之偏至狀態也。徐侯齋、王文貞、袁易齋、朱竹君均有此説，大抵主叙事文言之。袁簡齋爲徐氏傳亦如此，參看《識塗篇》五。

一曰得其要。黄氏《論學三説》曰：「凡行文有一題必有一喫緊處，注目須在此。往者吴梅村先生謂余曰：『古人作文多離題者何？』余曰：此擒題，非離題也。凡遇一題，頭腦必多，不能處處周帀，得其要處，縱横發揮，總不離此。甚有將題面撇開，題之要妙確已説盡，如用兵者必據一要害以爭奇，若營壘行列，豈暇一顧哉？」此文家專攻一路之偏至狀態也。左氏《文編》曰：「文公《伯夷頌》通體不提明本意，乃全篇用虚者。古人之文固有題如彼文如此者。」此與黄説可證合也。

一曰入於苛。惲子居常因鄭漁仲斥戴聖事謂：「北宋以後，儒者喜深刻，而讀書又不循始終，即妄爲新論，專以決剔前人瑕纍爲快，如諸葛忠武、文中子，皆詆毁無完膚，況九江哉。」又謂宋人讀書好武斷。曾文正書牘嘗申郭筠仙「宋以來多以言亂天下」之説曰：「性理之説愈推愈密，苛責君子愈無容身之地，縱容小人愈得寬然無忌。如虎飛而鯨漏，談性理者熟視而莫敢誰何，獨於一二君子攻擊慘毒而已。宋儒如胡致堂、陳唯室皆屬此派。」此馮時可所以有「宋儒論人喜覈而務深」之説也。此在文家本非正則，然在初學肯用心思者爲之，但能有故成理，亦可展其意而極其才，惟不可終域於此耳。故《曾文正日記》云：「議論之文醇正者難工，偏駁者易好，猶作書者之以欹斜取勢、側筆生姿也。《孟子》不可及已。《荀子》理雖醇正，而文筆已挾戰國辯士之風。最宜學者，莫善於《莊子》暨蘇老泉二家，不可不窺其塗轍以騁其氣勢而壯其筆力。」案：此在文家爲責備無已之偏至狀態也。魏叔子《復謝約齋書》謂：「吾輩立言自多偏至，雖其是者不能無弊。」又《復李廷尉書》謂：「古今立言，雖聖賢不能無偏至。蓋不偏至則其理不出，不可以救當世之弊。」此議論文入於苛之由也。焦竑論後世章奏則曰：「世人經世無術，競於詆訶，吹毛取瑕，次骨爲戾。夫能闢禮門以懸規，標義路而植矩，自令踰垣者折肱，捷徑者滅趾，亦何必躁言醜句，詬病爲切哉？」此彈劾文不免於苛之由也。

一曰極於細。《藻川堂譚藝》曰：「凡物至精者必薄。宋明以來，剖析性理，細入毫芒，議論精嚴，論人如律，過漢唐人遠甚。雖賢傑必爲所摧抑，可畏甚矣！而質厚之性情大不逮於古，故雖其朋儕相與講論道德者，亦大遭其糾摘。此曾文正所謂自然之文，以理勝者，多闡幽造極之語，其弊或宕激而適中者也。」案：此在文家爲推勘入微之偏至狀態也。

案：以上諸法均當以勺庭之言調劑之，其言曰：「偏至之言，與人君父、與人臣子私言之則可。若泛論古今是非得失，意即不得不偏。而主賓輕重，要必有權衡之法。責備賢者當令可安，寬貰小人當令可懲戒。故古人一書之内有以此篇救彼篇之失者，有一篇中前後自爲補救者，然後其言可使君子小人各受其益。故文家於一篇中有救首救尾之法，洪容齋語。於全集中又有此篇救彼篇之法。案：文家此例肇於東坡。浦氏《古文眉詮鈔例》曰：「蘇氏之文制舉策論最造極，而長公才尤天授，指近申、韓。其論新法等書又大相反，如出兩人。迨觀辨試館職策問劄子，自言可否相濟耳。」與魏説可互證。此外求免繁複，又有以此篇與彼篇相避讓之法。」顧亭林謂稱人之善見於祭文則不復見於志，見於志則不復見於他文，且有與他人文互見以相避讓者。此偏至之文所以能終止於純和也。《漢文正典緒言》稱：「書生常喜大言壯語，厭煩措論細微者，養成將來鹵莽之風，其弊匪尠。」是細微一派文可救壯闊一派之弊也，而謝疊山《文章軌範》所以並立小心、放膽兩路以論定文字也。

桐城文家亦多貴奇惡庸之論，是亦不避偏至之境，而且羣舉以爲法要也。方植之《書法言後》曰：「退之論文屢稱楊子而不及董子，蓋文以奇爲貴，而董子病於儒。余聞之劉先生說如此。」此貴奇之證一也。梅伯言《書莊子後》曰：「夫書自六經外，其理之純而無疵者寡矣。冒天下之不韙而必快其意之所安，立言者固時有是。若行不至周孔，文不至六經，而以中庸自居，是選耎而不自樹立者之所爲，非所謂雄駿之君子也。不然，則言之純，義之精，未有如今所謂制義者矣，而豈得謂立言乎哉！莊周也，屈原也，司馬遷也，皆不得志於時者之所爲也，皆怨悱之書也。然而莊子之怨悱也隱矣。」此惡庸之證二也。方說本劉，梅說本姬傳「丈夫寧犯天下之不韙」二語而釋其旨，是可與吾所謂聚一、入岢、偏至諸說參觀矣。

文境之溢於虛者

一曰寓。古文有至妙一境，曰寓言。太史公傳莊子曰：「其著書十餘萬言，大抵率寓言也。」曾文正曰：「余讀《史記》亦大抵率寓言也。寓言者於不平事借題發抒以自鳴其鬱，如伯夷、管晏、屈賈列傳，其顯者耳。」汪堯峰《答陳靄公書》曰：「爲文之有寄託也，出於立言者之意也。如屈原作《離騷》則託諸美人香草，登閬風，至懸圃，以寄其佯狂。司馬遷作《史記》則託諸游俠、貨殖、聶政、荆卿輕生慕義之徒，以寄其感激憤懣者皆是也。」蔣琦齡述其祖岳麓先生《十室遺語》

曰：「秦漢以前文字，每借題以抒所欲言，故同一事而所記之人或不同，同一人而所記之事或不同。非盡聞見異詞也，蓋胸中先有一段至文，特借題以發之。至放言，寓言，且不必實有其人，實有其事矣，故爲文恢奇變化，不可端倪。後人先有題而後求文，斤斤焉惟恐於題不合，牽於繩墨而迫於範圍。好奇者乃以艱深飾凡近，詞不可讀而意亦猶人。夫題生於文，文心，無窮者也，故人同事同，而彼此各擅其妙。文生於題，題境，有限者也，故人異事異，而前後或勦其說。自唐宋以來，古文作家碑版志銘，其佳者多於題外生情。」此謂作文當置身題外。二説皆工於言寓者也。吾嘗推寓言之義，其旨甚廣。蓋聖人述經亦大抵率寓言耳，《易》寓於卜筮，《詩》寓於風謡，《易》主象數，《詩》多比興。《春秋》寓於史，《孟子》之博文明事亦然。東坡之文，其長在徵引史事，其引用史事必詳述本末，有至百餘字者。洪容齋已拈出之。切實精當，要亦寓史之流耳。劉氏《藝概》又於叙事文中區爲寓理、寓情、寓氣、寓識四種，謂「無寓則如偶人」。故凡寓言之文，其趣廣博，能適人意中之情。黄梨洲爲《明文案》，其旨主有情，誠知文之所貴者矣。此爲翻空最廣之境也。余前言亡女禮媛喜誦《寓文粹篇》，以爲寓文專編祇止而已。及閱俞氏《九九消夏録》稱明徐常吉搜唐宋以來以物爲傳者七十餘篇，名曰《諧史》，陳邦俊又補得二百四十餘篇，名曰《廣諧史》。明支立撰《十處士傳》，取布衾、木枕等十物，各有姓名里貫，仿毛穎作傳。自昌黎始，踵爲甚衆。然則此類游戲小品寓文，不第眉公有之，要可知此種取塗之廣也。

何孟春曰：「比物連類，《三百篇》之一體。至楚騷比始多，其詞雖洪漫，而詩人敦厚温柔之遺意猶有存者。後世襲此，乃無所不至焉。宋范曄《和香序》：『麝本多忌，過分必害；沉實易和，盈斤無傷。零藿虚燥，詹唐黏濕，甘松蘇合，安息鬱金，㮈多和羅之屬，並被珍於外國，無取於中土。』又『棗膏昏鈍，甲煎淺俗。非惟無助於馨烈，乃當彌增於尤疾也。』此序所言悉比名士，麝比庾炳之，零藿比何尚之，詹唐比沈演之，棗膏比羊玄保，甲煎比徐湛之，甘松蘇合比慧琳道人，沉以自比也。《宋書》載之云爾，賊心可謂巧而黠矣。《齊書》載卞彬《禽獸決録》，目禽獸云：『羊性淫而狠，豬性卑而率，鵝性頑而傲，狗性險而出。』皆指貴勢。《南史》云：『羊謂吕文顯，豬謂朱隆之，鵝謂潘敞，狗謂吕文度。其險詣如此。』彬豈無所效而然哉？晉記室參軍何長瑜嘗以韻語序臨川王義慶州府僚佐，而輕薄少年遂演而廣之，凡厥人士並爲題目，皆加劇言苦語，其文流行。義慶大怒，白太祖，除爲廣州增城令。齊國子生諸葛勗作《雲中賦》，指祭酒以下皆有形似之目，坐事繫東冶。文人薄喙亦足以自殺其身而已矣。」《餘冬序録》。按：此亦寓文之一種。但取以攻訐，有壞風俗，明季奸人之《東林點將録》、《蝻蝗録》皆沿此惡習，允宜屏於大雅。以及近世之《乾嘉詩壇點將録》亦出游戲，君子無取焉。

一曰喻。陳騤《文則》曰：「《易》之有象以盡其意，《詩》之有比以達其情。文之作也，可無喻乎？博采經傳，其取喻之法大概有十。」直喻、隱喻、類喻、詰喻、對喻、博喻、簡喻、詳喻、引喻、虚喻，已見《識塗篇》六，並增直喻一目。《容齋三筆》論韓、蘇文章用譬喻處，重複聯貫，至有七八轉者。曾文正謂東坡之文善設譬喻，凡難顯之情，他人所不能達者，坡公輒以譬喻明之，如《百步洪》詩首數句設譬八端。此外詩文亦幾無篇不設譬者。按：《詩人玉屑》引《陵陽室中語》云：「子瞻作詩長於譬喻，如《和子由》及《守歲》、《畫水官》、《龍眼》詩皆是，他如一聯一句，不可勝紀。」又云：「東坡作文如天花變現，初無根葉，不可揣測。如作《蓋公堂記》共六百餘字，僅三百餘字説醫。《醉石道士》詩共二十八句，卻二十六句作假説，惟用兩句收拾。作《鶴嘆》則替鶴分明。」此語乃曾公所本也。《代張方平諫用兵書》亦然。此爲翻空次廣之境也。案：十種喻法，《文體明辨》、《文林良材》、《漢文正典》皆取之。

歸震川《文章指南》「義集譬喻」則曰：「詩有比有興。比者，以彼物比此物也；興者，以彼物引起此物也。體雖有二，而取喻之意則同。《孟子》文法多本於此，故後世文章皆例用之。或不説出正意，專以比體含彼物發揮者，如韓退之《雜説》上下篇是也。或專以彼物發揮而末含一句正意者，如韓退之《應科目時與人書》是也。或專以彼物發揮而末繳數句正意者，如柳子厚《捕蛇説》是也。或以彼物正意相半發揮者，如韓退之《後十九日復上宰相書》、柳子厚《種樹郭橐駝傳》《梓人傳》、蘇子瞻《稼説》是也。或首尾發揮正意而中間以彼物形容者，如蘇明允《明論》是也。（此以上屬比體，以下屬興體。）或以彼物輕説引起正意發揮者，如蘇子瞻《李氏山房藏書記》是也。韓退之《進學解》中以匠氏、醫師引起宰相意，亦是此法，可以參看。退之《送窮文》亦可意會。此蓋以並行讀法而得諸文譬喻所在也，學者移以讀他文，可隅反矣。案：此則以譬喻與比興合説，從其立目，列此可與後條參看。

朱氏《文通・譬況篇》曰：「《記》曰：『君子知至學之難易，而知其美惡，然後能博譬，然後能爲師。』又曰：『罕譬而喻。』夫惟博故能罕也。陳騤曰：『《易》之有象以盡其意，《詩》之有比以達其情。』《詩》之比似矣，《易》之象皆本自然，非聖人因象後畫，故象不可爲譬喻，以其皆實事，非寓言也。案：詁象義以後條所引姚説爲確，故近人多從之。此未確。各爻亦隨爻爲象，亦非寓言。太古之人範世訓俗，有直言者，有曲言者。直言者，直以情貢也；曲言者，假以指喻也。言之致曲則其傳也久，傳久詭僞則智者正之，譌甚而殽亂則智者正之。『天地一指也，萬物一馬也』，『寓言十九』，在莊子自言之。《淮南子》曰：『《説山》、《説林》者，所以竅窕穿鑿百事之壅遏，而通行貫扃萬物之窒塞者也。假譬取象，異類殊形，以領理人之意；懈墮結細，説捍摶囷，而以明事埒事者也。』噫，六書已有假借，而釋氏全用此法以寫婆心，愈博愈罕，生機暢然矣。」《十室遺語》曰：「文字最患陳腐。昌黎《送王塤序》『太原王塤』一段，但覺矯變非常，初無此子腐氣，以其工於用喻也。東坡通其法於詩，故每出奇無窮。」案：此語即曾文正説所本也。又曰：「《送温處士序》通篇以馬作譬，其運筆之妙，令人千復不厭。」

何孟春曰：「宋熙寧四年，吕誨《乞致仕表》云：『臣本無宿疾，偶值醫者用術乖方，不知脈候有虛實，陰陽有順逆，診察有標本，治療有先後，妄投湯劑，率任情意，差之指下，禍延四肢，寢成風痺，遂難行步。非徒憚跖盭之苦，又將虞心腹之變。勢已及此，爲之奈何！雖然，一身之微固未足卹，其如九族之託良以爲憂，是思逃禄以偷生，不俟引年而還政。』識者知其以身而喻國也，其論至矣。東坡作《蓋公堂記》亦以問醫爲喻，是時熙寧中，公在密州，爲此説以諷王安石新法也。洪景盧謂其議論病之三易與秦漢之所以興亡治亂不過三百言而盡之，而張文潛作《藥戒》言千言之繁不若三百言之簡也，遂詳録以爲作文立説者式。春按：獻可表所言正爲安石新法發也，纔百言而意亦足，立説者又不可不知。」《餘冬叙録》。案：此類喻文，近日梁節庵廉訪鼎芬在湖北臬任《乞病疏》亦仿之。觀何氏之説，知此類取喻又以繁簡判高下焉。

一曰翻。魏冰叔曰：「善作文者，有窺古人作事主意生出見識，卻不去論古人，自己憑空發出議論，可驚可喜，只借古事作證。」《老學叢談》：「陳同甫曰：『或似使事而不使事，或似不使事而使事，皆是使他事來映帶出題意，非直使本事也。』」又曰：「昌黎《答張籍書》：『夫子之言曰：「吾與回言，終日不違如愚。」則其與衆人辨也有矣。』東萊批：『使事牽引，以無爲有，因彼借此，才使正事便不是。此文字所以好旁影，甚佳。』東坡《范增論》説『羽弒義帝，增必力爭而不聽』，正用此法。」蓋發己論則識愈奇，證古事則議愈確。此翻舊爲新之法，蘇氏多用之。此爲翻空之正法。《潛溪詩眼》謂：「老坡作文工於命意，必超然獨立於衆人之上。其原蓋出於《莊子》。故其論劉伶、

莊子、阮千里、閻立本，皆於世人意外別出眼目。其平日取舍文亦多用此法。」皆善翻之證也

一曰比興。《舊唐書・白居易傳》論作文之大旨謂：「如『北風其涼』，假風以刺威虐。『雨雪霏霏』，因雪以閔征役。『棠棣之華』，感華以諷兄弟。『采采芣苢』，美草以樂有子也。皆興發於此，而義歸於彼。反是者可乎哉？」魏叔子亦有「每一下筆，其可見之妙在此，卻又有不可見之妙在彼」之説。曾文正曰：「機者無心遇之，偶然觸之。姚惜抱謂『文王、周公繫《易》，其爻辭取象亦偶觸於其機。假令《易》一日而爲之，其機之所觸少變則其辭之取象亦少異矣』。余嘗嘆爲知言。神者，人功與天機相湊泊。如卜筮之繇詞，如《左傳》諸史之有童謠，如佛書之有偈語，其義在可解不可解之間。古人有所託諷，如阮嗣宗之類，或故作神語以亂其詞。唐人如太白之豪，少陵之雄，龍標之逸，昌谷之奇及元、白、張、王之樂府，亦往往有神到機到之語。即宋世名家之詩，亦皆人巧極而天工錯，徑路絶而風雲通。蓋必可與言機，可與言神，而後極詩之能事。」案：文正取象乃觸機之説，即比興之旨也。比興屬偶觸之事。取此旨入文，則神化無方，不第詩家貴之也。又《天香隨筆》云：「或問《騷》何故感人最深？予曰：虚字多。《風》何故感人最深？曰：比興多。」《老子》云：「當其無，有室之用。」此亦詮比興之微旨也。此爲翻空中較狹之境也。又，翻空中尤有一法：有所謂一段歹説一段好説者，《文章辨體》云：「凡作文，議論好事須要一段歹説，議論一段不好事須要一段好説。文勢亦圓活，義理亦精微，意味亦悠長。」此亦翻空中通常運用之境也。歸震川《古文舉例》列此爲一反一正例，並引此語以説明之，兼舉東坡《秦始皇》二篇以示例。

大抵初攻古文，持論不避偏至。偏至中摭實之境，必持之有故，言之成理。其原出於名法諸家鉤鈲刻覈者流。宋人稱秦少游所進論策詞句頗刻露，是此一派。偏至中導虚之境，必虚處立

局，側處取機。其言出於《莊》、《列》寓言重言者流。近人稱曾文正之文善蓄氣勢，其《四象表》中亦有氣勢一門，而以昌黎爲最工，是此一派。必兼歷二境，乃能瀹瀹其精神而光焕之。但始於偏至，終於純和，文家境候例如此也。朱子謂「東坡、南豐文説得透，如人會相論底，一齊指摘説盡了」，言前一派也。又謂「歐公不説盡，含蓄無盡，意又好」，言後一派也。詩家亦有此二派，李石桐嘗分貞元以後體格爲兩派：一派張水部，天然明麗，不事雕鏤，而氣味近道，學之可以除躁妄，祛矯飾。一派賈長江，力求險奥，不吝心思，而氣骨凌霄，學之可以屏浮靡，却熟俗。明七子之與公安、竟陵，王漁洋之與趙秋谷亦各主含蓄、刻露以相爭競也。文家之含蓄近於天然，刻露近於人爲，與詩家此兩派甚合也。

文境中運筆運法之析舉其妙者

明湘潭李湘洲騰芳《山居雜著》中有文字法三十五則，於首四則發揮意格句字以盡通幅之大要；次又舉二法相對者别白言之，曰「搶與款對」、曰「進與住對」、曰「掣與括對」、曰「擒與縱對」；次又舉相類似之法言之，如貼與拌類，脱與逗類，鎖與束類，複與抱類。其他如喝有二種，跌有二種，束有二類。大要有可融合觀者，有宜分别觀者。玩其中「爲汝拈出」之語，當是山居課子時所爲。李氏此種論古文之法，蓋沿當代舉業家論時文法而來，不免略近學究氣。如武叔卿論時文有《文訣》二十三款，多舉時文中大意言之，間及意詞格調法等事。董思白又有《文訣》九則，其所拈之法如賓、轉、反、斡、代、翻、脱、擒、離，凡九字，則全在湘洲此三十五則中。湘洲没於思宗初年，與思白同時。其何人之説在後，孰爲推彼法而用之以治此文也，則不可攷矣。案：拈一字以揭文法，在古文家似昉自時文，而時文似又仿律賦家論賦之法而爲之者也。俞樾《九九消夏録》云：「柳子厚《永州新堂記》有『將爲』云云，『則必』云云，其文勢峭拔可喜。近來律賦中襲而用之，動輒用『今將』云云，『則必』云云，遂成濫調。」《永樂大典》有《賦學剖蒙》二卷，如「將」字類、「必」字類皆爲一門，則知此調由來久矣。《剖蒙》書在武氏、董氏、李氏之前，故此法皆沿自此書，特此諸法更較包括而靈活耳。今附録之，更證以歸氏各家互發之説，備究心文法者考焉。武氏、董氏兩訣見《讀書作文譜》、《讀書樂趣》及梁省吾《舉業要言》。

一曰意。作文須先立意。蘇東坡云：「儋州雖數百家之聚，而州人之所須，取之市而足。然不可徒得也，必有一物以攝之，然後爲己用。所謂一物者，錢是也。作文亦然。天下之事散在經子史中，不可徒使，必得一物以攝之，然後爲己用。所謂一物者，意是也。」此説文字全憑意爲主也。然立意須當如何？唐荆川曰：「須有一段不可磨滅之見，然後能勦絶古今，獨立物表。」然所謂見，實難言之矣。細看古今豪傑有豪傑之見，文人有文人之見。吾儕穿得豪傑心事過，然後許見豪傑之見，見得豪傑之見，然後是天地間第一等見。文人之見，酸腐最多，不可勝論也。數千年以來，惟司馬遷見到豪傑地位。其《管晏傳》論管仲云：「善轉敗而爲功，因禍而爲福。」是真見得管仲精神也。《老莊列傳》云：「申子卑卑，施於名實。韓子引繩墨，切中事情，明是非，其極慘礉少恩。皆原於道德之意，而老子深遠矣。」是真見得此道術源頭。此千古第一手也。後來韓退之《讀墨子論》曰：「孔子必用墨子，墨子必用孔子，不相用不足爲孔墨。」此等處亦是亘古亘今見識，然不可以多得也。蘇東坡聰明絶世，而見識卻腐。《論范增》云「增當去於羽殺宋義之時」，《論荀子》以爲「其道似伯夷，其才似子房」，《論孔融》以爲「能殺曹操」，此無以異於兒童之見矣。然他文字之妙實實是司馬遷以後一人，世人謂之坡仙，真是上八洞第一個領班的仙長也。

又《文章指南》「立意貫説」則曰：「作文須立大頭腦，立得意定，然後遣詞發揮，方見意氣渾成。如昌黎《代張籍與李浙東書》以『盲』字貫説，東坡《留侯論》以『忍』字貫説是也。柳州《駁復讐議》以『旌誅』二字作骨子，亦可與此參看。餘可類推。」此可與李説互證者也。又「駕空立意」則曰：「蘇明允《春秋論》揣摩以天子之權與魯之意作一段議論，《論高帝》揣摩不去吕后之意作一段議論。當時天子與魯、高帝不去吕后之意未必如此，皆是駕空自出新意，文法最高，熟之必長於論。」此又立意中巧於開生面之一法也。又「用意奇巧」則曰：「文章用意庸，易起人厭，須出人意表，方爲高手。如李斯《諫逐客書》借人揚己，以小喻大，另是一種巧思。能打破此等關竅，下筆自驚世駭俗矣。歐陽永叔《朋黨論》亦可與此參看。」案：此二則於立意外更深進一層，亦學者所當知也。《冷廬雜識》云：「文而無意，則氣亦無所統馭。韓、蘇之文氣極盛矣，然非研理之精，有意以宰制之，安能幾於斯乎？」此與李説、歸説皆可相參者也。

二曰格。格法難以拘定，順逆、奇正、虚實、疏密，其於繩墨布置、開合轉折，皆看臨時下手如何。大抵好文字，其立格決與世俗不同，細看古人作家自然曉得。

案：格法雖無定，然其立定之法不外篇、章、段三者鳩合而成。《文編》之析别此三者也有云：「諸經《正義》曰某段某段。段者，章之别名也。然其間亦有合數段爲一章者。蓋段者，章之小者也。章者，段之大者也。故一篇之中有大段有小段，合大段小段以成一篇。是篇法固從章法定也。」又曰：「讀文者不曉大段，則一篇大旨不明；不識小段，則一章精義不顯。」又曰：「凡文前起後結，中間節節反復，節節發揮，節節波瀾，皆以昌明本旨。始、中、終意義周貫完備，方成篇章。先儒釋經曰承上章、起下章，曰爲下文張本，曰結上文若干節，曰通結上文，諸如此類，皆論文章血脈，讀者所宜留意。吾謂學者讀文皆須循此求之以究格法，則順逆、奇正、虚實、疏密、開合、轉折，均從此讀文得法領悟之，臨作文時下手自不忙亂，其於分合、虚實、賓主諸法自有血脈周貫完備之觀矣。」

三曰句。凡句必須獨造，不可用古人現句。古今文章大家必能造句。曉得造句法，然後可以行意。孔子曰：「辭達而已矣。」不能造句，則必不能達也。造句之法，其工在字。

按：《文章指南》「造語蒼勁」則曰：「學文之初，先學鍊句。雖不貴於詰屈聱牙，使人不可句讀，亦要脱去稚筆方妙。如編内所録左氏及秦漢唐宋名家之文，雖各有所取，味其詞法皆勁健者。後生能隨篇逐句以求其妙，作文自無弱句矣。揚子雲《解嘲》、孔德彰《北山移文》，此二篇不惟語句老鍊，而議論亦高古，故表而出之。」又「句法長短錯綜」則曰：「韓退之作文專喜新奇，故於句法層疊處必變化數様。字有多少，句有長短，讀之尤覺有起伏，有頓挫，有波瀾，如《上張僕射書》是也。即《原道》與《後二十九日復上宰相書》亦可與此參看。」案：李説主獨造，此則重勁健，又須錯綜有致。二説可互參而不可偏廢者也。（今人《文編》論句法最完備，今略採之，備講求者之參究。）其論古今之别曰：「太史公之文疏爽，後人學之往往多碎句，其氣削也。《漢書》之文密塞，後人學之往往多笨句，其意遲也。」其以四象之説論句法曰：「句法之妙，陰陽剛柔盡之矣。陰陽者，氣也。陰盛則陽以舒之，陽盛則陰以歛之。陰陽相摩以生變，無餒志焉，而句法安定矣。剛柔者，材也。剛極則以柔抑之，柔極則以剛揚之。剛柔相濟以爲和，得中道焉，而句法堅確矣。是故有太陽有少陽，有太陰有少陰，造句者燮理之而陰陽順。有太剛有少剛，有太柔有少柔，造句者裁制之而剛柔正。此文章之本也，善作者陰陽剛柔間能以神運則幾矣。」又曰：「陽開陰合，陰開陽合，於句之虚實辨之；剛進柔退，柔進剛退，於句之奇正辨之。」其句法奇耦之論曰：「凡句法，奇耦互用，此常法也。亦有偏於奇者，然奇中未嘗無耦；亦有偏於耦者，然耦中未嘗無奇。在人善馭之而已。」又曰：「凡句法，奇則動，動則變化；耦則靜，靜則整齊。動靜之間，奇耦錯綜參伍之妙所從出也。善學者細意玩之，當識其機耳。」其句法長短難易之論曰：「凡句法，長短互用，此常法也。亦有全篇用長者，亦有全篇用短者，看彼時機勢湊合何如；亦有篇篇用長者，亦有篇篇用短者，看其人性學習慣何如。凡句法，難易互用，此常法也。然《尚書》古文艱澀，今文平易，分爲兩體，若其義理，未嘗不同也。歷觀前聖之文，周公多艱澀，孔子極平易。匪獨時代之異，其性情亦各順其天也。」其句法多少曲直、變與不變之論曰：「凡句有以多爲貴者，數十句連疊不嫌其多；有以少爲貴者，二三句孤行不嫌其少。凡句法有以直爲貴者，如千尋古柏，勁正而崢嶸；有以曲爲貴者，如萬里長河，渾灝而流轉。凡句法，句句不變，一句忽變，變則止矣；句句皆變，一句忽不變，不變亦止矣。」此皆論句法總綱之言也。）

四曰字。字法甚多，有虛實、深淺、顯晦、清濁、輕重、偏滿、新舊、高下、曲直、平昃、生熟、死活各樣。第一要活不要死，活則虛能爲實，淺能爲深，晦能爲顯，濁能爲清，輕能爲重，以致其餘，莫不皆然。若死則實字反虛，深字反淺，清字反濁，以致其餘，莫不皆然。自一字、二字、三字以至十百千萬不可勝數，皆用虛實、輕重等相配，挑搭陪襯，俱有妙用。有此字晦而挑以一字却顯者，有此字險而搭以一字卻穩者，有此字呆而陪以一字却俊者，有此字單而襯以一字却健者，有此字硬而揉以一字卻柔者，有此字澀而和以一字卻暢者，此等不可盡言。韓公《原道》：「博愛之謂仁，行而宜之之謂義，由是而之焉之謂道，足乎己無待於外之謂德。」「博愛」、「行宜」俱是實字，「由是而之焉」六字俱是虚字，然「之」字虚實皆包，這一個字可謂一以貫萬矣。「農之家一而食粟之家六，工之家一而用器之家六，賈之家一而資焉之家六。」「食粟」、「用器」俱是兩個實字，「資焉」二字却一實一虚，然一「資」字何等妙用！一「焉」字陪「資」字又何等陪得有情！歐公《醉翁亭記》：「峯回路轉，有亭翼然臨於泉上者，醉翁亭也。」一「翼」字將亭之情、亭之景、亭之形象俱寫出，如在目前，可謂妙絶矣。此等不可勝言。（《文編》曰：「韓文公論文嘗曰：『惟陳言之務去。』蓋去其舊者，取其新者。如昔人論此舉《爭臣論》『人皆以爲華陽子不色喜』二句爲例，推其意不過以『榮』字習見，故换用『華』字，『無喜色』三字亦習見，故换用『不色喜』三字以示異耳，非以隱僻荒怪生澀爲高也。朱子嘗言：『文字奇而穩方好，不奇而穩只是闒靸。』此固至論。然使奇而不穩，則所謂奇者必離乎道矣，豈足貴哉！」）大約古人用字，如將用兵，無不以一當百，尋常字面從他手中出來便大奇絶，如韓信驅市人而戰，凡市人皆精兵也。

按：羅大經論詩有「健字撑住，活字斡旋」之説，與此挑搭陪襯同意。《文章指南》「字繁不厭」則曰：「文章下字重疊，未有不起人厭者，惟韓退之《送孟東野序》凡六百二十餘字，『鳴』字四十，似失之繁。然句法變化二十九樣，愈讀愈可喜，畢竟不覺。誰謂文章之妙不在轉换之間乎？大抵此篇文字自《周禮》『梓人爲筍虡』來，馮開之《機論》篇内凡三十餘『機』字，讀之亦不覺。然非文之粹者，故不入選。」此又用一般純粹字之法也。

五曰搶。此法與款相對。款者，緩法也；搶者，急法也。如輕舟之奪高灘，一棹直上；大將之破堅陣，匹馬獨入。此法最緊最猛，一刻停留不得，一毫懦弱不得。

六曰款。此法當攻刺擊殺之時且不徑攻，更下一款法。如孟子答齊宣王取燕，且不言其不可取，而曰：「取之而燕民悦則取之，古之人有行之者，武王是也。取之而燕民不悦則勿取，古之人有行之者，文王是也。」此款法也。文字越緩越緊。

案：《援鶉堂筆記》云：「歐公文每於將説未説處，吞吐抑揚作態，令人欲絶。」亦即工於用款者也。

七曰進，曰住。此二法相對。進者，於當盡處不盡，欣然復進也；住者，於未了時忽了，斬然而住也。進法易而住法難。韓公《原道》第五段「今也欲治其心而外天下國家，滅其天常，子焉而不父其父，臣焉而不君其君，民焉而不事其事」便住了，以下另起「孔子之作《春秋》」云云，此住法也。要見他前話未盡，如何住得，既已住了，後話何以復興。須要細看。

八曰貼。貼如將東西襯貼人之貼。此法恐本身單弱，或用舊事引證，或用虚話洗發以貼之，所以爲貼也。又有一種因前面句法字法長短參差不一，恐其雜亂不整，臨了時用數語作貼，便見完潔。如韓公《原道》中段「爲之君，爲之師」云云，至後貼以「害至而爲之備，患生而爲之防」二句，方轉妙不可言。

九曰拌。此法即同借客形主。如有一個俊人要引出一個村的作拌，越顯得此人俊。孟子説自家不動心，卻引出告子、北宫黝、孟施舍來；説管、晏不足爲，卻引出曾西佛然不悦一段來。皆是拌法。

按：此即尋常賓主法也。

十曰突。平地中突然有山隆起者謂之突。此法在文中最奇。艱難者，突然而來，不知其所從來；突然而去，不知其所從去。自無而有，莫得其入手之端；自有而無，不見其交合之迹。古人惟司馬遷最長於此，且未暇細細爲汝拈出。頃讀韓公《應科目時與人書》，其起云：「天池之濱，大江之濆，曰有怪物焉。」此亦突起也。

案：《援鶉堂筆記》云：「文字須有入不言兮出不辭之意。」蓋即突之意也。

十一曰括。此法與挈相對。將上面所有的，不論多少，總括於一處，然後轉身。其法最要老，老方有氣力；又要簡，不簡則反絮聒也；又要緊，不緊則氣脈緩了。韓公《廖道士序》云：「五嶽於中州衡山最遠。南方之山，嵬然高而大者以百數，獨衡爲宗。最遠而獨爲宗，其神必靈。衡之南八九百里，地益高，山益峻，水清而益駛。其最高而横絶南北者嶺，郴之爲州在嶺之上，測其高下得〔山〕〔三〕之二焉。中州清淑之氣於是焉窮，氣之所窮，盛而不過，必蜿蟺扶輿，磅礴而鬱積。」這等説得多了，卻括之云：「衡山之神既靈，而郴之爲州，又當中州清淑之氣，蜿蟺扶輿，磅礴而鬱積。」此括法也。

案：此所舉括法，今爲取證之，考《文章指南》「結束括應」則有曰：「凡文章前後，散散鋪叙後宜總括，大意與前相應，方見收拾處。如柳子厚《答韋中立論師道書》、歐陽永叔《上范司諫書》，皆繳應前意，可以爲式。」又「結束垂戒」則曰：「凡作駡題文字，須於結束垂規戒意，方有餘味。此雖小節，有不可略。如杜之《阿房宫賦》、蘇老泉《六國論》皆得此意。好題結意反此。」又「結束有力」則曰：「韓退之《送石洪處士序》、歐陽永叔《朋黨論》，此二篇文字結束雖一二句，而實有萬鈞之力，乃文法之最妙者也。」「結束斷制」則曰：「王文成《送毛憲副致仕歸桐江書院序》末用斷制文法繳前三段意，又是一格，故著於末篇。」此四則言括法多主文之收局言之，與李説篇中括法略别，然可見散碎之後決不可少此括法以總之也。

十二曰喝。此法有二種，有順有反。反喝者，將來物之情一聲喝住，直伸己説。孟子慣用此法，如：「王曰：叟亦將有以利吾國乎？」喝之曰：「王何必曰利，亦有仁義而已矣。」「齊桓晉文之事可得聞乎？」喝曰：「仲尼之徒無道桓文之事者，是以後世無傳焉，臣未之聞也。」此反喝住法也。順喝者，將本題意義一句喝開，如蘇東坡《韓文公潮州廟碑記》云：「匹夫而爲百世師，一言而爲天下法。」歐公《晝錦堂記》云：「仕宦而至將相，富貴而歸故鄉。」此順喝開法也。

十三曰串。此法惟司馬遷最長，且未暇細細拈出。近讀韓公《送楊支使》云：「有問湖南之賓客者，余曰：知其客可以信其主者，宣州也；知其主可以信其客者，湖南也。」又云：「及儀之來也，聞其言而見其行，則向之所謂羣與博者，吾何先後焉？」兩人串作一法。又《送許郢州》云：「故於使君之行，道刺史之事以爲于公贈。凡天下之事成於自同而敗於自異」云云。此兩事串作一法。又有以一字串者，韓公《送孟東野序》一篇俱用「鳴」字串，《原道》論中間一段俱用「爲之」二字串。

案：此所云一二字串之法，可與前字法條參看。

十四曰度。此法即文字過脈也。貴空而不貴實，如山巖巉絶之際飛梁而行；貴輕而不貴重，如江河浩蕩之中一葦而過；貴隱而不貴顯，葩香暗度而人不知。此文字之妙也。然又有一種法進，讀歐公《醉翁亭記》，前面説山、説泉、説亭、説作亭人、説酒、説醉翁，都説了，卻後面還有許多，如何下處？你看他云：「醉翁之意不在酒，在乎山水之間也。」拈出喫酒帶下山水，立地便過，不用動掉，譬如左鼻子氣過於右鼻子，不消過文傳送，妙絶古今。

其在震川《文章指南》「繳上生下」則曰：「文前面各意分説，後又總紐過下立論，是謂繳上生下也。論例體用此法，如范希文《岳陽樓記》、蘇子瞻《醉白堂記》可以爲式。」又「疊上轉下」

則曰：「上文有一句說話，下即頂上申說一句，如過文相似，是謂疊上轉下也。陳止齋作論喜用此法。如蘇明允《心術論》、蘇子瞻《荀卿論》可以爲式，王子充《樗隱記》亦可與此參看。」此二則立論與李說少異，究亦與度字訣相通，故附及之。

十五曰繙。此法出自《孟子》，將一意繙作二層，如「今王鼓樂如此」二節是也。韓退之用得甚熟，其《上張僕射書》云：「天下之人聞執事之於愈如是也，必皆曰：執事之好士也如此，執事之待士以禮如此，執事之使人不枉其性而能有容如此，執事之欲成人之名如此，執事之厚於故舊如此。又將曰：韓愈之識其所依歸也如此，韓愈之不諂於富貴之人如此，韓愈之賢能使其主待之以禮如此。則死於執事之門無悔也」云云。其《後二十九日復上宰相書》云：「愈聞周公之爲輔相，其急於見賢也，方一食三吐其哺，方一沐三握其髮。當是時，天下之賢才皆已舉用，姦邪讒佞欺負之徒皆已除去」云云，下面「今閣下爲輔相亦近耳，天下之賢才豈盡舉用？姦邪讒佞欺負之徒豈盡除去」云云。此皆一繙法也。

案：此說可與前文境盪於虛所云翻法參看。

十六曰脱。此法如脱卸之脱，欲攻人而恐反爲人所傷，欲論事而恐反爲事所連，故用此以脱自家。韓公《爭臣論》末一段云：「或曰：吾聞君子不欲加諸人，而惡訐以爲直者。若君子之論直則直矣，無乃傷於德而費於辭乎？好盡言以招人過，國武子之所以見殺於齊也，吾子其亦聞乎？愈曰：君子居其位則思死其官，未得位則思修辭以明其道。我將以明道也，非以爲直而加諸人也。且國武子不能得善人而好盡言於亂國，是以見殺。傳曰：『惟善人能受盡言。』謂其聞而能改之也。子告我曰：『陽子可以爲有道之士也。』今雖不能及已，陽子將不得爲善人乎哉？」既煞著攻陽子，又脱了自家，使陽子怪他不得，妙不可言。歐公《集古録自序》前面言「物常聚於所好，而常得於有力之彊」，及入到自家身上卻云：「夫力莫如好，好莫如一。吾性顓而嗜古，凡世人之所貪者，皆無欲於其間。故得一其所好於斯，好之既篤，則力雖未足，尤能致之。」此亦脱得好。

十七曰剥。此法由淺入深，由粗入細，由外入内，由客入主人，漸漸剥出爲妙。如孟子對梁惠王，先言殺人以梃與刃，以刃與政，卻然後説到惠王率獸食人。謂齊宣王，先言王之臣有託其妻子於其友而凍餒之及士師不能治士，然後説到齊宣王四境不治。此皆剥法也。

葆心案：此法如韓公《答李師錫書》云：「元賓既没，其文益可貴重。思元賓而不見，見元賓之所與者即如元賓焉。」吕居仁謂此數句出於《孟子》「百里奚自鬻」章，最見抑揚反復處。其後曾子固《答李沿書》亦如此類，宜皆詳讀，蓋一步緊一步法，即所謂剥也。

十八曰墊。此法文字中極妙極難者，將一件没要緊的與上文没相干卻把來墊在中間，越似没要緊而越有情趣。其法人所未必知者，試爲舉出。韓公《張中丞傳後叙》中間墊出于嵩一段曰：

「張籍曰：于嵩者，少依於巡。及巡起事，嵩常在圍中。籍大曆中於和州烏江縣見嵩，嵩時年六十餘矣。以巡初嘗得臨涣縣尉，好學，無所不讀。籍時尚小，粗問巡、遠事，不能細也。云：巡長七尺餘，鬚髯若神。嘗見嵩讀《漢書》，謂嵩曰：『何爲久讀此？』嵩曰：『未熟也。』巡曰：『吾於書讀不過三徧，終身不忘也。』因誦嵩所讀書，盡卷不錯一字。嵩驚，以爲巡偶熟此卷，因亂抽他帙以試，無不盡然。嵩又取架上諸書試以問巡，巡應口誦無疑。嵩從巡久，亦不見巡讀書也。」此是塾法也。

十九曰擒、曰縱。此二法互用，實是一法。欲擒他，須先縱之，使他諸路都走盡及至無頭可奔，然後一手擒住，使他死心蹋地，再不想走也。欲放他，須先拏住使他分毫動彈不得，及至放處，如條鷹鞲馬，脱然而逝矣。

陸以湉《冷廬雜識》論擒縱法曰：「文家操縱之筆，太史公最爲擅長。有以一句縱一句操，而於一篇之中屢見之者。試以《魯仲連列傳》證之。曰『吾始以君爲天下之賢公子也，吾乃今然後知君非天下之賢公子也』，曰『吾視居此圍城之中者皆有求於平原君者也，今吾觀先生之玉貌，非有求於平原君者也』，曰『梁未睹秦稱帝之害故耳，使梁睹秦稱帝之害則必助趙矣』，曰『始以先生爲庸人，吾乃今日知先生爲天下之士也』，曰『與人刃我，寧自忍』，曰『吾與富貴而詘於人，寧貧賤而輕世肆志焉』。此皆以兩句自爲開合之法也。」

二十曰綴。此法，文字中之極難者。韓公《原道》篇結云：「然則如之何而可也？曰：不塞不流，不止不行，人其人，火其書，廬其居，明先王之道以教之。鰥寡孤獨廢疾者有養也，其亦庶乎其可也。」「鰥寡孤獨」句是綴法也。看來這篇文字這一句似可以少得的，然却少不得，須用補上，又不見補之迹，文字愈好。此非老手不能。

葆心案：文貴發其所以然，而不貴綴其所當然，故此法用之最難也。

二十一曰跌。此法有二用：一爲顛跌之跌，多用之頸下，古人發難之法，即今人所謂反也。有一跌不已，致於三四跌者，愈跌之多則文意愈醒，而收轉處愈有氣力，又愈省氣力。歐陽公《畫舫齋記》云：「《周易》之象至於履險蹈難必曰『涉川』。蓋舟之爲物，所以濟險難而非安居之用也。今予治齋於署以爲燕安，而反以舟名之，豈不戾哉？」此是第一跌。「矧予又常以罪謫走江湖間，自汴絶淮，浮於大江，至於巴峽，轉而以入於漢、沔。計其水行且萬餘里。其羈窮不幸而卒遭風波之恐，往往叫號神明以脱須臾之命者數矣。當其恐時，顧視前後凡舟之人，非爲商賈則必仕宦，因竊自歎，以謂非冒利與不得已者，孰肯至是哉？」此是第二跌。「賴天之惠，全活其生。今得除去宿負，列官於朝，以來是州，飽廩食而安署居。退思曩時山川所歷，舟檝之危，蛟鼉之出没，波濤之洶欻，宜其寢驚而夢愕。而乃忘其險阻，猶以舟名其齋，豈真樂於舟居者耶？」此是第三跌。其下收轉云：「然予聞古之人有逃世遠去江湖之上終身而不肯反者，其必有所樂也。苟非冒利於險，有罪而不得已，使順風恬波，傲然枕席，一日而千里，則舟之行豈不樂哉！」皆因前跌得醒，故此收轉處甚有氣力，又甚省氣力。又有一種倒跌法，不用在前，用在後者。韓公《與鄂州柳中丞書》云：「丞相、公卿、士大夫勞於圖議，握兵之將、熊羆貙虎之士，畏懦蹙蹜，莫肯杖戈爲士卒前行者，獨閣下奮然率先，揚兵界上，將二州之守親出入行間，與士卒均辛苦，生其氣勢，見將軍之鋒穎凜然有向敵之意。用儒雅文字章句之業取先天下，武夫關其口而奪之氣。」卻反跌云：「愚初聞時方食，不覺舍匕箸起立，豈以爲閣下真能引孤軍單進與死寇角逐，爭一旦僥倖之利哉？」再跌云：「就令如是，亦不足貴。」纔收轉云：「其所以服人心，在行事適其宜而風采可畏敬故也。」又有一法爲轉跌之跌，復從此跌至彼，猶行路從東跌到西，從上跌到下也。韓公《送廖道士序》從南方諸山跌入衡山，從衡山跌入嶺，從嶺跌入郴州，讀之自見。

葆心案：末一法即尋常賓主法也。

二十二曰開。文字之妙須乍近乍遠，一淺一深，說漸近了，只管說得逼窄，無處轉身又須開一步說，如行舟者，或逼近兩岸，須要撥入中流方得縱橫自在。韓公《送温處士赴河陽》說烏公得處士子，卻開云：「夫南面而聽天下，其所託重而恃力者惟將與相耳。相爲天子得人入朝，將爲天子得文武士於幕下，求內外無治，不可得也。」歐公《蘇子美文集序》說子美文字可貴了，卻開云：「予嘗考前世文章政理之盛衰，而惟唐太宗致治幾乎三王之盛」云云，既説唐又説宋，然後説子美。此皆開法也。

按：《援鶉堂筆記》云：「相如之諫獵，真聖於文者。下面方似有説話，忽然止卻插入他説，忽然而接，變怪百出而神氣渾涵不露，雖以昌黎《師説》較之，且多圭角矣。」又云：「太史公至處，班固不能到，即如《蕭相國世家》『以帝嘗遊咸陽時，「何送獨嬴奉錢二也」』一句，太史公自語未了，忽入高帝口氣，摹畫玲瓏而文法奇絶。又如《平準書》敘文、景後方入『至今上即位數歲』，忽説『漢興』云云，皆絶奇。且於文、景亦不説其盛，説至此方摹畫之，如此乃可謂之含蓄深遠。」姚氏二説皆舉兩司馬文中奇絶之開法也。

二十三曰逗。逗，如逗留之逗。蓋將就説出又不説，須逗一逗，如此文字方有吞吐。《孟子》：「敢問何謂浩然之氣？曰：難言也。」此是逗法。

案：此即姚氏所謂抑揚作態，令人欲絶者也。

二十四曰接。此法如以手接物之接，有順、逆二種。順者易知，逆者須要舉出。如歐公《集古録自序》起云：「物常聚於所好，而常得於有力之强。」卻接云：「有力而不好，好之而無力，雖近且易，有不能致之。」此反接法也。以下卻云：「犀象虎豹，蠻夷山海，殺人之獸，然其齒角皮革可聚而有也」云云，然後收一句云：「凡物好之而有力，則無不至也。」若是順接，則「物常聚於所好，而常得於有力之强」下當云：「有力而好，好之而又有力，則雖遠且難，皆可致也。」此便無味，便不成文章。

二十五曰扭。扭者，將客主意交互相扭也。其法亦用之不同，有前面立兩個議頭，作兩扇門，下卻即從門以下將兩意卸定一扭，然後去一邊，獨重一邊入題。如歐陽《有美堂記》云：「夫舉天下之至美與其樂有不得而兼焉者多矣。故窮山水登臨之美者，必之乎寬閑之野，寂寞之鄉，而後得焉。覽人物之盛麗，夸都邑之雄富者，必據乎四達之衢，舟車之會，而後足焉。蓋彼放心於物外，而此娱意於繁華，二者各有適焉。然其爲樂不可得而兼也。」此開二門了，下扭云：「今夫所謂羅浮、天台、衡嶽、廬阜、洞庭之廣、三峽之險，號爲東南奇偉秀絶者，乃皆在乎下州小邑僻陋之邦，此幽潛之士、窮愁放逐之臣之所樂也。若乃四方之所聚，百貨之所交，物盛人衆，爲一都會，而又能兼有山水之美以資富貴之娱者，惟金陵、錢塘。」下又將金陵、錢塘扭云：「然二邦皆僭竊於亂世。及聖宋受命，海内爲一，金陵以後服見誅。今其江山雖在，而頹垣廢址，荒煙野草，過而覽者莫不爲之躊躇而悽愴。獨錢塘」云云。此文字得此兩扭，妙不可言。又有兩平雙扭不相取舍，而兩各極其致者，韓公《送楊少尹序》前面將疏廣之去國與楊公之去起了，卻接云：「予忝在公卿後，遇病不能出，不知楊侯去時，城門外送者幾人，車幾兩，馬幾匹。道傍觀者，亦有歎息知其爲賢人否？而太史氏又能張大其事，爲傳繼二疏踪跡否？不落莫否？見今世無丁畫者，而畫與不畫，固不論也。」此一扭。下云：「然吾聞楊侯之去，丞相有愛而惜之者，以爲其都少尹，不絶其禄，又爲歌詩以勸之，京師之能詩者亦屬而和之，又不知當其時二疏之去有是事否？」又一扭。如此雙扭，無限情景。

二十六曰挈。挈者，提挈之挈也。將後面所有的，不論多少，總挈於前，然後逐件抽出細説。此文字之綱領也。

《文章指南》「總提分應」則曰：「文章有總提大意在前，中間逐段分應者，意法尤覺整齊。如柳子厚《書箕子廟碑陰》、王子充《四子論》是也。」案：此二説用之綱目繁多之文字尤宜。

二十七曰複。如重複之複。韓愈《原道》説完了六段，卻又云：「夫所謂先王之教者，何也？博愛之謂仁，行而宜之之謂義，由是而之焉之謂道，足乎己無待乎外之謂德。其文，《詩》、《書》、《易》、《春秋》；其法，禮、樂、刑、政；其民，士、農、工、賈；其位，君臣、父子、師友、賓主、昆弟、夫婦；其服，絲麻；其居，宫室；其食，粟米、果蔬、魚肉。」歐公《章望之字序》：「君子之賢於一鄉者，一鄉之望也；賢於一國者，一國之望也；名烈著於天下者，天下之望也；功徹被於後世者，萬世之望也。」下又複説云：「孝慈友弟達於一鄉，古所〔謂〕鄉先生者，一鄉之望也。春秋之賢大夫，若隨之季良、鄭之子産者，一國之望也」云云。此複法也。有此一複，文字更見精采，而又無重疊之病爲妙。

二十八曰入。此文字自頸以下入題目也。其法不同，有順入者，歐公《送梅聖俞歸河陽》云：「求珠者必之乎海，求玉者必之乎藍田，求賢士者必之乎通邑大都。據其會，就其名，而擇其精焉耳。洛陽，天子之西都，距京師不數驛，縉紳仕宦雜然而處，其亦珠玉之淵海歟！予方據是以求之，獨得於梅君聖俞。」此順入也。有黏入者，《送陳經秀才》云：「洛陽西都，來此者多達官，尊重不可輒輕出。幸時一往，則騶奴從騎，吏屬遮道，唱和後先，前儐後扶，登覽未周，意已倦矣，故非有激流上下，與魚鳥相傲然徙倚之適也。然能得此者，惟卑且閒者宜之。」此黏入也。有倒插入者，《帝王世次圖序》云：「當王道中絶之際，奇書異説方充斥而盛行，其言往往反自託於孔子之徒以取信於時。學者既不備見於《詩》、《書》之詳，而習傳盛行之異説。世無聖人以爲質，而不自知其取舍真僞，至有博學好奇之士務多聞以爲勝者，於是盡集諸説而論次，初無所擇而惟恐遺之也，如司馬遷之《史記》是已。」此倒插入也，亦謂之蘸頭法，先不説出司馬遷，直到落後方一句打開頭面也，又有叫一句應入者。《仁宗飛白記》云：「治平四年夏五月，余將赴亳，假道於汝陰，因得閲書於子履之室，而雲章爛然，輝映日月，爲之正冠肅容，再拜而後敢仰視，蓋仁宗皇帝之御飛白也。曰：此寶文閣之所藏也，胡爲於子之室乎？」下應云：「子履曰：曩者天子宴從臣於羣玉而賜以飛白，予幸得與賜焉。」此叫應入法也。有牽搭入者，韓公《楊支使序》曰：「有問湖南之賓客者，愈曰：知其客可以信其主者，宣州也；知其主可以信其客者，湖南也。」此牽宣州李博、崔羣搭入湖南楊支使也。有借客陪主入者，《送温處士赴河陽序》云：「東都固士大夫之冀北也，恃材能深藏而不布者，洛之北崖曰石生，南崖曰温生。大夫烏公以鈇鉞鎮河陽之三月，以石生爲才，於是以石生爲媒，以禮爲幕，又羅而致之幕下。」此以石生作客陪温生入也。其類甚多，不可枚舉。大要受氣欲正，不可偏邪，若偏邪則文意不貫矣。又貴自然，不可牽强，若牽强則入不去矣。又要活動圓巧，伶俐宛折，上下有情，極忌頑硬死塊。堪輿家尋龍，入手最要緊，真龍真脈，一毫假不得。若受氣不正與不自然及頑硬死塊，即來龍沙水皆好，亦定是假的。

二十九曰抽。此法乃抽絲之抽。或將前面所有説尚含蓄未盡者抽出再説明白，或前話叢雜，特拈出一二要緊者重説，皆謂之抽也。

三十曰轉。有頸轉，從上轉也；有腰轉，兩半中間轉也；有股轉，從股尾轉也。其法無窮。古人云：「轉如短兵相接。」言步步轉也。一篇有一篇之轉，一段有一段之轉，一句有一句之轉，一字有一字之轉。貴變幻而不可測，懼其易盡也；貴活，懼其死也；貴圓，懼其板也；貴婉曲，懼其直而硬也；貴快，懼其累墜而黏身不便也；貴迅，懼其緩也；貴緊，懼其漫也；貴自然，懼其生别也；貴切，懼其迂遠也。得轉之妙，其於文過半矣。

按：姚範《筆記》云：「歐公文字，玩其轉調處，如美人轉眼。」此尤爲善狀轉者矣。

三十一曰倒。此法用逆轉説，謂之倒，或倒意，或倒句，或倒字，不可枚舉。歐公《真州東園記》云：「芙蕖、芰荷之的歷，幽蘭、白芷之芬芳，與夫佳花美木，列植而交映，此前日之蒼煙白露而荆棘也。高甍巨桷，水光日影，動摇上下，其靚寬閑深，可以答遠響而生清風，此前日之頽垣斷塹而荒墟也。」如此一倒，無限情景。又韓公《李端公序》云：「夫十日十二子相配，數窮六十，其將復平。平必自幽州始，亂之所出也。」皆是倒法。至《左傳》文字尤多，開卷鄭莊公傳「毋使滋蔓，蔓難圖也」是倒句法，「毋生民心」是倒字法。石碏傳「賤防貴，少陵長，遠間親，新間舊，小加大，淫破義，所謂六逆也。君義臣忠，父慈子孝，兄友弟敬，所謂六順也。去順效逆，所以速亂也」。是倒章法。細細看去，一部《左傳》純是用倒法。

案：《紫薇詩話》：「吴儔教諸生作文須用倒語，如『名重燕然之勒』之類，則文勢自然」，亦是此意。

三十二曰托。此法在文字最難，如托物與人，不論家下多少物件，要一盤托出來。又要托得盡，不許有一毫剩漏；要托得出，不許蘊藏；要托得穩，不許偏欹；要托得有情，不許主客相背；要托得氣象舒婉，不許迫促；又要托得簡便，不許多也。歐公《東園記》云：「歲秋八月，子春以其職事走京師，圖其所謂園者來以示予曰：『園之廣百畝，而流水横其前，清池浸其右，高堂起其北臺。』吾望以拂雲之亭池，吾俯以清虚之閣水，吾泛以畫舫之舟。敞其中以爲清讌之堂，闢其後以爲射賓之圃。芙蕖、芰荷之的歷，幽蘭、白芷之芬芳，與夫佳花美木，列植而交映，此前日之蒼煙白露而荆棘也。高甍巨桷，水光日景，動摇而上下，其寬而深靚，可以答幽響而生清風，此前日之頹垣斷塹而荒墟也。嘉時令節，舟人士女，嘯歌而管絃，此前日之晦暝風雨，鼪鼯鳥獸之嗥音也。」文勢如此層疊，下面卻只托以一句云：「吾於是信有力焉。」可謂曲盡其妙矣。

三十三曰抱。此法一謂之應，一謂之收。文字中最多，不可枚舉也，第一要回顧有情。

三十四曰鎖。鎖如關鎖之鎖。此法有似於抱，而實與抱不同也。有直到文字盡處鎖者，有一步一步鎖者。步步鎖爲妙，然須不覺重疊方得。《孟子》闢許行章第七節云：「當是時也，禹八年於外，三過其門而不入，雖欲耕，得乎？」八節云：「聖人之憂民如此，而暇耕乎？」九節云：「夫以百畝之不易爲己憂者，農夫也。」十一節云：「堯舜之治天下，豈無所用其心哉？亦不用於耕耳。」此步步鎖法也。有連篇總鎖者，有逐股分鎖者。逐股分鎖爲難，韓公《原道》篇「自古之爲民者四」以下六段，第一段云：「奈之何民不窮且盜也？」二段云：「嗚呼！其亦不思而已矣！」三段云：「嗚呼！其亦幸而出於三代之後，不見黜於禹、湯、文、武、周公、孔子也」云云。各股鎖法各不相同，縈洄反覆，曲盡其致，真文章之妙也。

三十五曰束。此法有二種：有就本身束者，有開一步束者。《孟子》論陳仲子：「以母則不食，以妻則食之。以兄之室則弗居，以於陵則居之。是尚爲能充其類也乎？若仲子者，則蚓而後充其操者也。」是就本身飜作束也。答陳氏枉尺直尋章束曰：「且子過矣。枉己者未有能正人者也。」答外人好辨章束曰：「能言距楊、墨者，聖人之徒也。」是開一步束也。

按：《文章指南》「結束推原」則曰：「篇内但據事議論，而於結末復究其由，謂之推原之法。如賈生《過秦論》究秦之所以亡，班孟堅《異姓諸侯表》究漢之所以興是也。」「結束推廣」則曰：「題意止於此，而於結束復因類以及其餘，是結束推廣文法。如蘇子瞻《刑賞忠厚之至論》謂「《春秋》因褒貶以至賞罰，亦忠厚之至意也」。此二種束法與李説可互證。

案：以上諸法見近刻《李文莊集》中，今略釐正訛字録之。其指有主用筆者，有主用法者。筆者天事，法者人事，可分端求之，惟各則中尚宜偏取各家類似之説，一一相比以廣其旨。姑引端以俟搜證，有精心於古人文法者倘有取乎此。

文家經驗中困苦之境界

一、迷悶之境。昌黎《答李翊書》有「不自知其至猶未也」之言，有「儼乎其若思，茫乎其若迷」之説。老泉《上歐公書》謂取《論》、《孟》、韓子讀之七八年，始入其中而惶然，博觀其外而駭然以驚。近儒姚姬傳《與方植之書》云：「大抵學古人，必始而迷悶，苦毫無似處，久而能似之，又久而自得，不復似之。若初不知有迷悶難似之境，則其人必終身無望矣。爲學非易非難，只在肯用功耳。」此種景象蓋在程途經歷之時。舒白香夢蘭《湘舟雜録》曰：「凡作人作文字，總要能自知病處便有進步，沾沾自喜者皆不欲聞過者也。修心學道人必領是説。」此所謂知病處蓋亦内歉無主之時也。李氏兆洛爲《漢陽劉海樹詩集序》稱海樹亦常語以此境，謂：「吾之治詩，始常精思於唐人，時似焉。繼以爲詩之道不盡於此，退而求諸宋，規而模焉，不似也。乃及金元明諸人，彌不似也。乃復取向所爲似唐人者而觀之，則盡不似也。是其爲進耶？退耶？」李聯琇《與葉涵溪論詩》云：「詩境一苦又一樂，有似更番蛇蜕殻。蜕時縮作三日僵，蜕後陡增一丈長。莫嗤鬱屈蟠泥路，正要成龍吐神霧。莫憑尺木希層霄，尚欠縮伸凡幾遭。有苦無樂只榛梗，有樂無苦空泡影」云云。此皆詩家迷悶之境也。若曾文正所謂「作文不成，竟日昏睡，如醉如癡，爲向來之習態」，又臨文時迷悶之景象也。從來少年，無論作文作詩，往往心志不堅，因迷悶而退沮者，是大不可。須知此種迷悶境界乃用力既久，將進未進，攀躋無路之候，正當由此力策進步，則佳境出矣。有志者驗之。西儒奈端曰：「遇困難之問題，汝其深思之，思之思之，自有一種電光於瞬時間震動頭腦，激發熱氣，以解釋汝之問題。」而西涅卡亦有大石横路之喻。此迷悶一境，即可爲進步之證也。

二、怯弱之境。宋祁《筆記》自云：「天聖甲子，吾始重自淬厲力於學，摹寫有名士文章，諸儒頗稱是。年過五十，被詔作《唐書》，精思十餘年，盡見前世諸著，乃悟文章之難也。此與紀文達修四庫書成後情事相同，詳後。雖悟於心，又求之古人，始得崖略。因取視五十以前所爲文，赧然汗下，知未嘗得作者藩籬，而所效皆糟粕芻狗。烏乎！吾之悟晚矣。」此自較平昔而生怯弱之境。《石林詩話》稱：「人之材力信自有限，李翱、皇甫湜皆韓退之高弟，而二人獨不傳其詩，不應散亡無一篇存者。計是非其所長，故不多作耳。」此爲避所短而不用，亦爲怯弱之境。《詞學指南》曰：「用其文如老農之用禾，旦而溉，中而芸，深耕而熟耰之。吾文唐矣，不兩漢若乎？漢矣，不三代若乎？欲然自視，未能參於柳州、吏部之奥，則日引月長，不至不止也。」此歷一時而又生一怯弱之境。汪琬《與周處士書》云：「僕於詞章之學本無深解。三四年以前，氣盛志鋭，好取韓、歐陽諸集而揣摩之，日復一日，漸以成帙。當其快意之際，舒楮磨墨，四顧無人，亦若浩然自得於胸中者。及其既成而復視之，則先後舛互，首尾斷續，面且爲之忸怩而心且爲之愧悔者，竟日夕不止。蓋其所以示人者少矣，集中所存皆忸怩愧悔之餘也。」蕭掄志馮偉墓稱其「治古文詞，義法本之《史》、《漢》，而創意造言必歸自得。然不自是，嘗語余：『吾徒作文，非獨韓、柳、歐爲不可及，即明歸熙甫，望之已在青雲上矣。』」蓋仲廉深有見於斯事爲難，奮其力以與古人相追逐。知其不可及，斯求其所以及之也。紀文達平生未嘗著書，間爲人作序記碑表之屬，亦隨即棄擲，未嘗存稿，或以爲言，紀曰：「吾自校理秘書，縱觀古今著述，知作者固已大備。

後之人竭其心思才力，要不出古人之範圍，其自謂過之者，皆不知量之甚者也。」惲子居《與董牧唐書》自稱：「四十後方學作文，較之古人真無能爲役。」又朱春生志顧汝敬墓云：「春生三十後學爲古文，迄今幾二十年。自視所作於近世侯朝宗、姜西溟、毛西河諸公去之尚遠，然後知馬、班、歐、蘇之境未易攀躋矣。」梅伯言《贈汪平甫叙》自云：「嘗觀魏叔子、汪鈍翁文，頗不快意。然視彼之甘苦，萬不一逮。每度量彼已顧瞻日月，則心沸面熱，恐於此事竟無所就。」此皆持較前人而生怯弱之境，與前篇所引惲子居「不足意於古人」之論正相反。惲氏《答陳雲渠書》自嫌其文「太似韓，曾，高深處尚不及，未知何時能自立一家」。以惲之好自標許，而其有時仍復自歉如此。一縱身於文外而處分判決之，一納身於文中而銖寸權衡之，境有虛實，故寸心亦分勇怯也。

陳善謂「韓墻數仞，孫樵輩尚未能造其藩」。葉水心稱陳君舉初學歐不成，乃學張文潛，而文潛亦未易到。李耆卿以《五代史》比《順宗實録》，楊升庵謂《五代史》乃學遷，非學韓。以此益信古人學乎其上，僅得其中之言。此以怯弱之境觀人文章也。他如退之爲《滕王閣記》甚推王勃，太白爲〔黄〕鶴樓詩甚推崔顥，洪邁因韓有《丞廳記》，而以其從孫倬爲《宣城丞題名記》爲犯不韙。此皆對於古人而自居怯弱也。顧亭林因此謂可見昔人宅心之謹厚，輕薄之文人固無從閲歷此境也。文家之於古人，雖時有怯弱之境，然亦不可無希高之心。沈文慤《説詩晬語》云：「曾子固下筆時，目中不知劉向，何論韓愈。子固之文未必高於中壘、昌黎，然立志不苟如此。」此亦可爲學乎其上僅得其中之證。

文家至得意處又往往不讓古人與今人。《藝苑巵言》曰：「淮南《鴻寶》，謂挾風霜之氣；興公《天台》，云有金石之聲。吳邁遠嘗語人：『吾詩可爲汝詩父。』每於得意語，擲地呼：『曹子建何足道哉！』杜必簡死謂沈、武：『吾在久壓公等。』又云：『吾文章可使屈宋作衙官。』王融謂劉孝綽：『天下文章若無我，當歸阿士。』丘靈鞠見人談沈約文，進曰：『何如我未進時？』文人矜誇，自古而然矣。」《石林詩話》云：「歐陽文忠子棐謂公平日未嘗矜大所爲文，一日被酒曰：『吾《廬山高》，今人莫能爲，惟李太白能之。《明妃曲》後篇太白不能爲，惟杜子美能之。至於前篇，則子美亦不能爲，惟我能之也。』故求張子厚別録此三篇。」石林因此謂：「前輩詩文各有平生自得意處，不過數篇，他人未必能盡知也。」《紫薇詩話》稱張文潛《題秦少游上正獻公投卷》云：「余見少游投卷多矣，《黄樓賦》、《哀鏄鐘文》，卷卷有之，豈其得意之文歟？」亦足證得意文必不能多，而其得意時莫不前無古人後無今人也。

三、涸竭之境。東坡有廢井之喻，朱子有思慳之言，故文家時有一種涸竭之境，不關才盡也。《曾文正日記》云：「思作《江寧府學宫記》，苦探力索，竟不能成一字。固屬衰憊之象，亦由昔年本無實學，故枯竭至此，深爲歎愧。」又云：「久不作文，機軸甚生，心思遲鈍，尚不能成篇，因瑣事煩瀆，神智昏攪故也。」此隨時呈露涸竭之境也。陸桴亭《思辨録》謂：「凡人二十四五以前古文不可不學，至二十四五以後則學道爲主，無暇及矣，須少年時及早爲之。」並舉陽明爲法。曾文正謂：「文章之事究以精力盛時易於進功。

年力方强，志趣拔俗，宜趁此時併日而學，絶塵而奔，看、讀、寫、作四字并進，自有一番功效。」此皆勸人及時勉學之言，可以豫防後來之涸竭者也。又文人有爲年命所限而不克大成者，樊氏《韓文譜注》引李觀本傳云：「觀少夭而愈後文益工。議者以觀文未極，愈老不休，故幸擅名。」據此又可見文之能成與不成，雖有才者，又各有年命主之，非人力可强也。

范無崖泰恒《燕川集緒言》曰：「昌黎《淮西碑》經涉旬月不敢下筆，而子瞻則謂不擇地皆可湧出。此二家高下所由判也。無崖爲文，凡題到手，構思或數月或數日，一旦會心，拈筆疾追，猶且徘徊却顧，數改而後定。雖文從字順，其經營何慘澹也！」此亦可見作文遲速，其境候純任自然，非可强爲也。此又不當以涸竭與否論之也。然文家亦有因年老頹唐而涸竭者，如彦和所謂意榮文悴。紀文達評爲老手之頹唐。曾文正於乙未冬作文，自言「文筆平衍，無復昔年傲岸勁折之氣，因老境日臻之故」。朱子亦謂人老氣衰，文亦衰。歐陽公作古文力變舊習，老來照管不到，爲某詩序依然是五代文習。東坡晚年文雖健不衰，然亦疏魯，如《南安軍學記》。是則又爲隨年力衰耗而生一種涸竭之境矣。姚姬傳《復陳東浦方伯書》云：「魯絜非後日之文乃更不逮舊刻之文。昌黎云：『無慕於速成，無誘於勢利。』凡爲文始善而終衰者，大率病此耳。可爲太息也！」按：此又因執持不固而生涸竭之境者也。

梁氏《浪迹叢談》稱劉芙初嗣綰江郎才盡，因徵於古，謂：「江文通作《禪靈寺碑》，夢張景陽索去疋錦，宿冶亭又夢郭景純索還五色筆，自爾才盡。此事自非子虛，惟前人論才盡者以宋魏了翁之説爲最正。然是講學家言，未可以概古今之才士。若文通之才盡則信有可稽，《文選》所載皆可以才盡例之。」則發明永遠涸竭之説也。

又大家之文多以晚年自爲論定，自歐公、子由外，退之稱子厚文必傳無疑，乃以其久斥之後爲斷。程子稱退之之文晚年所見尤高。宋吳幵《優古堂詩話》、《五百家注昌黎集》均引之。曾子固稱王平甫爲文至晚愈篤。姚薑塢稱望溪之存稿亦然。《援鶉堂筆記》云：「望溪刊布之文，皆自康熙癸巳出獄至乾隆二十年所作爲多。前此康熙己酉後寥寥數篇耳，丙子前不見一首也。」此蓋言望溪亦不存早年之作也。皆推重晚作之説也。故魏叔子謂古人晚年文必加進。然魏氏又謂「古人以文名家者，晚歲則萎爾荒悖，盡失其故」，而以不好學爲斷定，則晚年堅定與晚年頹放之異狀以好學不好學決之可矣。至胡（孜）〔仔〕《漁隱叢話》稱高適五十始學爲詩，而與李杜抗衡。杜衍暮年乃學草書，遂逼晉魏。則又爲晚年始學古之人矣。又羅氏《鶴林玉露》亦謂高適五十始作詩，爲少陵所推。老蘇三十始讀書，爲歐公所許。功深力到，無早晚也。聖賢之學亦然。東坡詩云：「下士晚聞道，聊以拙自修。」朱文公每借此句作話頭接引窮鄉晚學之士。然則無論爲文爲學，晚年始爲之而亦稱工。張籍勸退之著書排佛老，公請待五六十。蓋恐年少望輕，人未信服也。俞文豹《吹劍外集》。是古人於應爲之文，必待晚年重其望而兼以重其文。晚年之可貴重如此。其説又與晚年頹唐涸竭之論反。人情所歷，各有不同，蓋有未可執一者。韓淲《日記》謂：「歐公自醉翁後，蘇子瞻自雪堂後，介甫罷相歸半山後，曾子固見歐公後，氣象老而筆力高古。老蘇晚年文字多用歐公婉轉之態。」又云：「老泉晚年記序與《權》、《衡》諸論文字不同，豈見歐公後有所進耶？」又謂：「六一、南豐中年文字好，及晚則已定，又放開了。東坡、半山晚猶向進不盡。」《石林詩話》云：「王荆公少以意氣自許，詩語惟其所向。後爲羣牧判官，從宋次道盡假唐人詩集，博觀而約取，晚年始盡深婉不迫之趣。乃知文字雖工拙有定限，然亦必視其初壯，雖此公，方其未至時亦不能力强而遽至也。」韓説與文之工絶有時期互見，二家於推重晚作之説無餘藴矣。吾更即人生年力與處境之關乎學與文者發之，錢泳曰：「語云：讀萬卷書，行萬里路。二者不可偏廢，然二者亦不能兼。老書生矻矻紙堆中數十年，出書房便不知東西南北，老幕長隨走偏行省而於地方情形茫然，比比皆是。」國初魏叔子嘗言：「人生中壽不過七八十歲，除老少二十年外，即此五六十年中，必讀書二十載，出遊二十載，著書二十載，方不愧讀萬卷書，行萬里路者也。」案：此説不爲作文言之，然其區畫人生逐歲月應做到之境界，較陸桴亭論讀書之法十年誦讀，十年講貫，十年涉獵之説，用意尤爲完備，皆所以預備老境之堅進也。果能歷踐之，用以爲文，則有妙境而無涸竭也必矣。又考前人多以出遊充足其學，未有先之以遠遊再加力學立説者。然事不可一概論也。施可齋《螢窗異草》言：「有巨家延師課子，年餘學未增益。主人亦知名之士，因叩其故於師，師曰：『此子材器誠不凡。然使之困守寒氈，所就祇可如此。若能予我千金，攜之遠遊，三年當一鳴驚人。』主人服其論，慨然從之，資以舟車，豐其囊橐，聽其攜子出行。戚友皆竊笑。乃師導其弟搜奇覽勝，南盡閩粤，北極燕齊，足跡徧歷數省。每值通都，則購異書供讀，而參考勝迹，晉謁名流，又無虚日。期年，弟倦於遊，請於師欲返故里。師曰：『遊興闌乎？書可讀矣。』即就舟中指授，聊當下帷。及歸，鍵户肄業，出其所作，先達皆爲稱賞，因以成名，竟登高第。從可知坐破蒲團，未必即悟上乘。文人之臟腑，務須剔透玲瓏，始可以筆墨爲如意珠，題名雁塔，走馬曲江，但不宜爲浮薄者别開蹊徑耳。」按：人之資禀，各有不同。家居境地，陳舊雷同，不足發人深省。惟活其境地，新其見聞，拓其思想，則稚可使老，鈍可爲靈。再加力學，無有不放光彩者矣。固不第科舉之學可以此藥病也。

此說可與《究指篇》二「求文於物」條中參看。惟說部中教人成學能文之法，亦有反乎《螢窗異草》所記而亦有成者。許奉恩《里乘》載年大將軍軼事，稱：「年性黠獷，齒舞勺尚不識字。有七十老叟自陳能教之，令擇僻地爲園，花木圖史兵器都具。惟居師弟二人，四圍高墻，不設門，以竇進物。如言，叟日坐觀書，聽年種種嬉戲不問。年種種遷徙既徧，頗自厭煩，一日見叟觀書孜孜不倦，旁觀良久，似有羡心，請從學，並請讀書何爲，叟即以爲聖賢、立功名、取富貴三者告。年請以立功名之業相授，並拔劍斫樹爲誓。叟知其志決，於是先取經史與講論，又教攻舉業，又談論兵法及技勇以爲樂。年姿高，一學即精。三年，叟令開門，告公子學成。父遐齡大喜，留叟不得，贈詩而去」云云。此之爲法，蓋以制其跳踉，而用其長以入範圍，與前法教困守鄉隅之子弟正相反，故教法不嫌互異。雖說部之言不可盡據，然可識其意，爲因材而篤者之參考也。

李氏聯琇《好雲樓初集》中《珥彤草》有論文詩，專以不讀書則文必涸竭立說，其義甚當。詩云：「讀書不爲文，日蓄靡宣洩。委之隨飇塵，存之苦哽噎。如井久不淘，新泉生轉絕。君看治田者，引水使旁達。築陂以障溢，穿渠以疏閼。藉通江河潤，詎令灌輸歇。所恐遭暵乾，來源先自竭。涸盡溝與澮，孰飲稻苗渴。百脉無血滋，何由澤膚髮。爲文不讀書，斷爾筆如舌。」案：此詩前言「讀書不爲文」，則無以啚心得。然爲文而不讀書，則本原涸竭矣，何以爲文？皆學思並進之論。蓋在魏叔子以不好學斷涸竭之由外，此爲暢發最切者矣。

《梁溪漫志》稱少年作文與中年、晚年所見不同，故古人爲文多悔少作。試抉其由，大都惲子居所謂「膽未堅而神未固」者耳。如子雲有壯夫不爲雕蟲之悔，宋子京汗下五十以前所爲文，黃忠端道周亦噱笑其少作。秦少游評《元和聖德詩》，謂於韓文爲下，定爲少作。邵青門盡棄其少作，沉酣於學六七年，始渙然有得。是文家一種不足之景象，又多在於少時者。惲子居《與陳寶摩書》稱：「古今詩人少年多失之華，中年多失之整，老年多失之平淺。華之中而實寓焉，整之中而變寓焉，平淺之中而高與深寓焉。」此又言少壯老各有所偏蔽，而於自歉之中並籌及其救正之法。詩有之，文亦宜然。

四、力不赴心之境。《升庵論文》引李華之言曰：「後世力足者不能知之，知之者力或不足，則文義寖以微。」此即才與識難兼之説也。故作文有識到而臨文不逮所見一境，魏時曹植已有「劉季緒才不逮於作者，而好詆訶文章，掎摭利病」之説。李氏《懷麓堂詩話》則以此證驗古人，嘗謂：「識得十分，只做得八九分，其一二分乃拘乎才力，其滄浪之謂乎？」李氏弟子何氏《餘冬叙録》又云：「朱子言：『山谷好説文章，臨當作文又氣餒了，老蘇不曾説，到下筆時卻雄健。』何也？天下事知得分數到者未必能盡作得，能作得者知蓋不足言也。山谷之作不逮所知，此則其所謂越雞之不能爲鵠，材不足故也。」李日華《紫桃軒雜綴》曰：「宋嚴羽卿論詩，姜堯章論書，皆精刻深至，具有卓見。及所自運，顧遠出諸名家後。大抵議論與實詣確然兩事。議論者識也，實詣者力也。力旺者能蔑識，識到者又能消力。語云：『識法者懼，每多拘縮，天趣不得泛溢。』觀白石書，詠滄浪詩，自當得之。」惲子居、包慎伯則以之證驗近人，其《上曹侍郎書》曰：「近日朱梅崖等於望溪有不足之詞，而梅崖所得，視望溪益庳隘。文人之見日勝一日，而其力則日遜焉。是亦可虞者也！」其《與秦小峴書》云：「仲倫、惕甫所見於道未能盡。敬於道能知之而不能行之，於文能言之而不能爲之。詩、古文，藝事也，而道見焉。」又《與紉之論文》曰：「退之、子厚、習之能之而言之者也，敬未能之而言之者也。天下有能之而言不能盡者矣，未有未能之而言能盡者也。」包慎伯《再與楊季子書》云：「世臣識晉卿二十年，每論文則判然無一語合，而讀其文則必嘆賞無與比方。晉卿亦以世臣一覽便見其深，每有所作必以相示，不以議論殊途爲意。是殆所謂能行者未必能言也。」又爲《包季懷世榮行狀》曰：「君自著詩文甚尠，嘗謂覽近人纂作，率未見其精善。然自爲之，則手不稱意。隨俗操筆，徒增來者疵議耳。」皆是理也。鄧彌之輔綸亦以之證驗古人，其《談藝珠叢序》曰：「彦和之《文心雕龍》、劉子玄之《史通》於文體史法亦精且備。而勰之於他文，知幾之修唐史，皆不逮所見，何也？無亦有雖知其意而不能自至者歟？」宋子京云：「知幾工訶古人，而拙於用己。」鼂公武謂其言不誣。東坡則取以證驗自己，而有「昔見於中口不能言」之語。曾文正亦取以内自證驗，其言曰：「每一作文，未下筆之先若有佳境，既下筆則無一是處。」又云：「余終年不動筆作文，而自度能知古人堂奥，以爲將來爲之必有可觀。不料今年試作數首，乃無一合於古人義法，乃知昔年自謂爲知文爲不可恃也。天下事知得十分，不如行得七分，非閲歷何由大明哉！」王弇州亦取以證驗自己。朱國楨《湧幢小品》曰：「王弇州不善書，好談書法，其言曰：『吾腕有鬼，吾眼有神。』此説一倡，不善畫者好談畫，不善詩文者好談詩文，極於禪玄，莫不皆然。」俞樾《九九消夏録》曰：「弇州此語蓋謂腕不能作書而眼則能鑒别，故云腕有鬼而眼有神。」錢泳又取以證驗古人，《履園叢話》曰：「唐竇臮論書入微，不聞其書法過於歐、虞。司空圖論詩入微，不聞其詩學過於李、杜。乃知善醫者不識藥，善將者不言兵也。」此殆古之坐而論道與作而行之，各有分任之證歟？近出之《古文辭讀本序》所以有「心能知之，而宣之口則加難；口能言之，而達之於筆又加難」之説也。故文家但有妙解文理之識未可恃也，妙解文理而爲文復能自臻其所至，則誠善於文者也。曾文正謂深於文者乃可與言例，精於例者未必知文，亦證驗他人而知者也。

力不赴心之境，近人自述者又有二家：一、姚姬傳《答王惕甫書》曰：「夫學問之事，天下後世之事，非自亢者所能高，亦非自抑所能下。然則先生之用意，不亦善乎！其於鼐則稱許誠過。鼐於文事粗識門徑，而才力不足盡赴其識，譬之李翱、皇甫湜，豈不欲爲退之之文耶？而才不能稱其所識。鼐是以更望之年少者。假令更有韓、歐之才出，而世第置吾於獨孤及、穆修之倫，則吾心所大快矣！先生以爲然乎？」一、惕甫《未定稿自序》曰：「夫將承學治古文，必且融會於羣經，旁貫以小學，導源於身心性命之間，究觀於上下天人之際，本其所不容已者發爲言，而又裁之以國家之掌故，朝廷之令典，如是然後行之。以馬、班之法運之乎韓、歐之體，無難易平險高下而一歸乎心之所安與夫義之所止。非是者不爲能。而芑孫材地至薄，既根柢之弗植，又撓雜之多端。志之三十年，學之二十年，而意中所欲作之文則固猶未之出也。

所欲作者未之能出，而應事牽率之作所毁棄未盡者則已不勝其多。芑孫區區所繇愧憤，汗出霑背而日夜無以自喻者，今但目之曰《未定稿》，以志其願學之心未已爲爾。」此兩家之説實出於遜志自修之深衷，亦屬確知此道至難之雅義。可知此事寸心千古，不可喻人，而身後定評，殊難自主也。

劉勰《新論・正賞篇》稱：「郢人爲賦，託以靈均，舉世誦之，後知其非，皆緘口而捐之。」《捫蝨新語》曰：「文章雖工，而觀人亦自難識。知九方皋相馬法，始可觀人文章。」焦竑《經籍志》曰：「作之固難，解之亦不易。故妙解文理之識，亦正非易幾。」《柳南隨筆》謂：「漢長安慶虬之善爲賦，嘗作《清思賦》，時人不之貴也，乃託以相如所作，遂大重於世。梁張率常限日爲詩一篇。年十六，向所作二千餘首，有虞訥者見而詆之，率乃一旦焚毁，更爲詩示焉，託云沈約。訥便句句嗟稱，無字不善。左思作《三都賦》時，人互有譏訾，皇甫謐爲作序，而先相非貳者皆斂衽讚服。俗人以耳爲目，自古如此，可一笑也。」是以古來文家有有定價之文，有無定價之見。柳子厚因有「文爲之難，而知之愈難」之説。《林下偶談》申柳説，遂謂知文之難甚於爲文之難。蓋有定價之文往往不見知於當時之人，而後人鑑别古人亦多無定識。揚雄《太玄》、《法言》，張伯松不肯一觀。昌黎《毛穎傳》，楊誨之猶大笑以爲怪。東坡謂南豐編《太白集》而濫收《贈懷素》等僞作。劉原父文醇雅，而歐、曾、蘇、王亦不甚稱其文，劉嘗歎百年後當有知我者，至東萊、水心而論方定。東萊編《文鑑》，而朱子未以爲然。此文遇有識者所見尚如此其不同也。至昌黎則常爲時人笑且排，下筆稱意則人必怪。歐公作《尹師魯墓志》，或以爲疵謬。歐公亦自言其平生文，惟師魯一見疾讀便曉深意。又稱蘇子美及其兄才翁與穆伯長作爲古詩歌雜文，時人頗共非笑。歐公初取東坡，則羣嘲集駡者滿千百。而東坡亦言張文潛、秦少游之超逸絶塵者，士駭所未聞而不能無異同，因作《太息》一篇使秦少章藏於家，三年然後出之。蓋謂三年後當論定也。水心汲引後進，晚得篔窗陳耆卿即傾倒付屬以文字，時士論猶未厭，水心舉《太息》一篇爲證，且謂他日之論終當定。此文遇無識者見知若是之難也。英達爾文新著初出，美全國教士至貽書數之，謂有魔鬼惑亂其神明，英國牧師威伯傳於大會時亦極詆之，嘲辱赫胥黎尤甚。蓋真理初出時，必受攻擊如此。而且有定價之文，又往往隨人所見爲高下。《捫蝨新語》謂楊大年、歐公皆不喜杜詩。晏元獻喜誦梅聖俞「寒魚猶著底」二句，而聖俞以爲非其極致。是知文者時不免見仁見智，各持所見。而作文與評文者用意嘗相左。此吳徵别趙子昂序有「爲文而欲一世之人好，吾悲其文。爲文而使一世之人不好，吾悲其人」之歎也。古今似此者往往然矣。《觀二生齋隨筆》曰：「落筆要徇世好，其文必不工，其傳必不久。此古豪傑自命之心也。」但此事在今日又恰有不然者。觀西人小説名家之自述與所言初次出版書之大略，如柯南達利之流，其得名往往繫於初次出書之一種，即柏林之戲劇家亦然。吾國近日亦多有以乍出小説一種因而名震一時者，但不識其傳果能久否耳。

大抵文家因彼我同異高下而生參差之見，其狀不一。袁氏《佔畢叢談》詳爲別白曰：「凡閱文大都喜適己者，稍與己異則河漢其言，劉舍人所謂『會己則嗟諷，異我則沮棄』是也。案：儲在陸集中有《應繩録選序》云：「大抵著文者欲自成一家之言，而衡文者務周知百家之言，故其難較甚。」此定論也。凡讀文視其所造，身遠其途而强讀其文，未免氣塞心悶，了無可喜，莊子所謂自小視大者不盡也。凡綴文之士必寶己作，而以示知者不免撝口胡盧，鍾記室所謂『獨觀謂爲警策，衆覩終淪平鈍』是也。凡以深造之文投之俗士，未免以玉爲石，恣其謷訾，陸平原所謂『雖濬發於巧心，或受嗤於拙目』是也。」柳子厚曰：「古今號文章爲難，得之難，知之愈難。」韓昌黎曰：「僕爲文久，意中以爲好，人必以爲惡，小稱意人亦小怪之，大稱意人必大怪之。時時應事作俗下文字，下筆令人慚，及示人則人以爲好。」嗚呼！大聲不入里耳，《折楊》、《皇荂》則嗑然而笑，斯古今所同慨也。又曰：「負高是學者通患，才能握管便俯視平流，意氣甚盛。此山谷所謂醯雞守甕天也，才有隙光便用其所知詆諆先輩。此昌黎所謂蚍蜉撼大木也。」

右困苦四種境界，有生於程塗經歷之時者，有生於偶爾搦管之時者。迷悶、怯弱兩境，緣比較古人而生。涸竭與力不赴心之境者，亦緣臨文內鏡及參觀古人而生。然四者亦有相因而生之理也。蓋因迷悶而怯弱，因怯弱而涸竭，因涸竭而自知有不逮也。其於內狀均爲不足，因不足而求足，則退也而進機伏焉，於是迷也有時而悟，弱也有時而强，竭也有時而充，力不逮者有時而企及。此歐公所以以多讀多做多商量示人要法。歐公《試筆》又云：「作詩須多誦古今人詩。不獨詩爾，其他文字皆然。」李沂《秋星閣詩話》本歐語爲學詩八字訣曰：「多讀，多講，多作，多改。」《金石例》引洪平齋之言曰：「古今萃於胸中，造化運於筆下，多讀多做，兩盡爲勝。」真西山告傅景仁以作文之法，謂「長袖善舞，多財善賈，當取古人書熟讀而精甄之」。而蘇欒城亦有「前輩但看多做多」之説也。困難之境祇可以窘庸人，而特立之士正需此以策其進步耳。古來述生平經歷功夫而揭橥種種境界示人者，大都不謀而合，較然自詣畫一之塗，有可通觀而得者。李文莊騰芳《山居雜著》揭文家工夫之説曰：「韓退之云：『愈之所爲不自知其至猶未也。雖然，學之廿餘年矣。始者非三代兩漢之書不敢觀，非聖人之志不敢存，處若忘，行若遺，儼乎其若思，茫乎其若迷。當其取於心而注於手也，惟陳言之務去，戛戛乎其難哉！其觀於人，不知其非笑之爲非笑也。如是也亦有年，猶不改，然後識古書之正僞與雖正而不至焉者，昭昭然黑白分矣。而務〔去〕之，乃徐有得也。當其取於心而注於手也，汩汩然來矣。其觀於人也，笑之則以爲喜，譽之則以爲憂，以其猶有人之説者存也。如是者亦有年，然後浩乎其沛然矣。吾又懼其雜也，迎而距之，平心而察之，其皆醇也，然後肆焉。雖然，不可以不養也，行之乎仁義之途，游之乎《詩》、《書》之源，無迷其途，無絶其源，終吾身而已矣。』柳子厚云：『未嘗敢以怠心易之，懼其弛而不嚴也；未嘗敢以昏氣出之，懼其昧没而雜也；未嘗敢以矜氣作之，懼其偃蹇而驕也。抑之欲其奥，揚之欲其明，疏之欲其通，廉之欲其節，激而發之欲其清，固而存之欲其重。此吾之所以羽翼夫道也。本之《書》以求其質，本之《詩》以求其性，本之《禮》以求其宜，本之《春秋》以求其斷，本之《易》以求其動。此吾所以取道之原也。參之《穀梁氏》以厲其氣，參之《孟》、《荀》以暢其力，參之《莊》、《老》以肆其端，參之《國語》以博其趣，參之《離騷》以致其幽，參之太史〔公〕以著其潔。此吾所以旁推交通而以之爲文也。』蘇明允云：『洵少年不學，生二十五歲始知讀書。從士君子遊，年既已晚，而又不遂刻意厲行，以古人自期。而視與己同列者皆不勝己，則遂以爲可矣。其後困益甚，然後取古人之文而讀之，始覺其出言用意與己大異。時復内顧，自思其才，則又似夫不遂止於是而已者。由是盡燒其曩時所爲文數百，取《論語》、《孟子》、韓子及其他聖人賢人之文，而兀然端坐，終日以讀之者七八年矣。方其始，入其中而惶然，博觀於其外而駭然以驚。及其久也，讀之益精，而其胸中豁然以明，若人之言固當然者，然猶未敢自出其言也。時既久，胸中之言日益多，不能自制，試出而書之。已而再三讀之，渾渾覺其來之易也，然猶未敢以爲是也。』孫元中嘗問歐公爲文之法，公云：『於吾姪豈有他法，只是要熟耳。變化姿態者從熟生也。』此工夫也。」方以智《通雅·文章薪火》曰：「動則曰唐宋大家，抑知唐宋大家皆有深造之火候乎？今欲一蹴而偃襲之，唐宋大家未許也。」并歷引韓退之《答李翊書》、柳子厚、李習之、蘇明允諸説爲證其語，皆見上文所引。習之語亦見《究指篇》一。名論中復引潛谷之論二蘇工夫并謝疊山「東坡悟自《莊子》」之言，又述阮霧靈語云：「今學蘇者，平衍易襲而精奥不傳，必學六經、《史》、《漢》，僅乃韓、蘇。宋人好平易一往，其時尚然也。放翁曰：『東坡嶺外喜子厚文，及北歸《與錢濟明書》乃痛詆之。』可見學問轉變，好尚頓易，未可以殺活語也。好學不已，歷年必變，平而奇，奇而平。不好學而依趣仿佛，即執一而不變矣。極深變盡之後，無淺無深，然後知聖人之文章皆致中和。如未至此，或平或奇，聽人之才，亦可互救而已。」此諸公所述如出一先生之口，徵引舊説皆一致。學者可取以自證驗也。

又自得之後，境界益詣完固，至於斯時論爲文之法，諸家所見亦有同揆者。黄本驥《癡學·讀文筆得》曰：「唐宋大家論文之言如出一先生之口，非相襲也，行文之法固爾也。韓之言曰：『文必有諸中，故君子慎其實。』『仁義之人，其言藹如。』『師古人者，師其意而不師其辭。』『文無難易，惟其是。』柳之言曰：『文以行爲本，在先誠其中。』『學者務求諸道而遺其辭。』歐之言曰：『畜於其内實而後發爲光輝者，日新而不竭。講之深而後之自守，言出其口而皆文。』『道勝者，詞不難而自至。』『君子之學是而已，不聞爲異也。』蘇之言曰：『有德必有言，非有言也，德之發於口者也。』『辭達而已矣，辭至於達止矣，不可以有加矣。』以四子之説觀之，凡絺章繪句，金玉其外而敗絮其中者，皆不足以言文矣。」此皆文家歸一之義。有志者經歷各種困苦之境之後，則其於古人之説匪惟知之，亦允蹈之。回視我之所經證以古人之所經，本我之自得以較合古人之自得，於吾心必有莫逆者，此古文大家傳心之學也。

文家經驗中救正之方法

以己所自得藥涎他人之美者。《詩家直説》云：「李獻吉極苦思，詩垂成，如一二句弗工即棄之。田深父見而惜之，獻吉曰：『是自家物，終久還來。』蓋自得之物可貴重如此，並不以棄擲而遂不來。故文貴自得也。」舒白香《湘舟漫録》云：「在案頭見一册詩文，皆予手稿，中有十數要論絶不復記是何時何爲而發，然則已往之吾真路人耳。」此説與李獻吉説正相反。一云「終久還來」，一云「絶不復記」。然則舒氏之論或非自得之深論矣乎？又考李氏之意，蓋以曾經過我心上，故其迹仍留有印象，一觸即發，即《退庵隨筆》引李榕村論「看書但經用過心，中有箇根子，有時便會發動」之説也。姚姬傳曰：「凡人學問千歧萬派，但貴有成，不須一轍。實有自得，非從人取，斯爲豪傑矣。」又曰：「文家有意佳處可以著力，無意佳處不可著力，功深聽其自至可也。」又曰：「文之出奇怪，惟功深以待其自至，卻又須常將太史公、韓公境懸置胸中，則筆端自與尋常境界遠也。」合此三者觀之，知文境當苦思力索以求通功候，當聽其優游浸潤而自至。始於乾健，中於艮止，終於大畜。劉氏《游藝約言》曰：「以《易》道論詩文，文取『擬之議之』，要歸於『何思何慮』，詩取『何思何慮』，要起於『擬之議之』。」此亦始終之説也。又曰：「文不外乎始、中、終。始有不得求諸終、中，終有不得求諸始、中，中有不得求諸始、終。但執本句本字以論得失，非知文者也。」此又發明詩文用意而究其終始，皆至精通之括論也。徒慕悅他人者，當以此自振，必常存一不能捨所自有而從人之心，乃見品器。實則他人之美必不能涎，己所本有亦捨不去也。劉熙載《游藝約言》曰：「『直在胸中貧亦樂，屈於人下貴奚爲？』此邵子詩也。文家常誦此二語，其文當無奴隸之態。」又曰：「文莫貴於深造自得。深造，人之盡也；自得，天之道也。」二說合觀之即是旨也。謝榛稱「邢邵謂魏收之文剽竊任昉，魏收謂邢邵之賦剽竊沈約。蓋六朝習氣如此」。此又涎美他人之笑枋也。謝鼎卿《讀書說約》曰：「內有記悟，外因事物，相需交引而文生焉。文之剽竊與根據，摹仿與脱化，似同實異者。一則求諸人而已，無所得；一則取諸人而已，能自主也。凡心之智取人斯大，自用則小。然徇人則小，自主斯大也。」斯言得矣。蘇欒城常鄙臨川前輩集中竊王介甫之説爲己説，故朱子《答林巒書》云：「足下之詞富矣，其主意立説高矣，然類多採摭先儒數家之説以就之耳。足下之所自得者何如哉？」《夢溪筆談》謂：「士人應敵文章多用他人議論，而非心得。」《西軒客談》云：「食古不化，記得雖多，説出來未免替別人説話了也。」此皆可以藥徒涎人而不求自得者之病也。然自得中猶有高下之辨，方希古云：「聖賢之文詞所以不可及者，造道深而自得者遠。」歸震川叙項氏文謂「文章，天地之元氣。原其要，一以自得爲本」。聖賢自得在道，而歸氏自得在文。是自得之高下即文之所以分高下，而彭尺木之歉歸氏者亦即在此也。張廉卿告周先生所以言此事重心得也。

以殊異之學藥公共之思者。《欒城遺言》曰：「去陳言，初學者事也。」案：黄氏《癡學》曰：「韓子曰『窺陳編以盜竊』，溫故也；『惟陳言之務去』，知新也。學者不能窺陳編而欲去陳言，難矣。」黄氏此語最確，乃學者最要事。惟今人祇喜言新而惡舊，所謂新者多可笑，宜今日淺人之多也。豈知孔言「温故知新」，文章、學問乃一貫者乎。然言與思有表裏之别，故黄梨洲云：「庸人思路共集之處，惟深湛之思、貫穿之學可以去之。」朱子云：「貫穿經史百氏，乃所以辨驗是非，明此義理，豈特欲使文詞不陋而已？義理既明，又能力行，其存於中者必光明四達，何施不可？發而爲言，以宣其心志，當自發越不凡，可愛可傳矣。」此語尤爲透頂。管韞山《論文雜言》述管松崖云：「作文之道，先積理，斯陰陽向背，聖狂敬肆，是非可否之原無不悉矣。亦多讀書，斯天地萬物，禮樂兵農，治亂得失之原無不悉矣。」深湛之思，即積理也；貫穿之學，即多讀書也。蓋深湛吾之思力，貫穿吾之學識，初非謂藥公共文思而設。然能有此，而去公共之文思即在其中矣。《容齋四筆》述吕南公云：「觀書契以來，特立之士未有不善於文者。」彼役於公共之思者，與此正相反也。殊異之學，即自己求學師承所祈嚮與夫生平得力處而能成家者也。翁方綱《蔣春農文集序》曰：「同榜中以古文名家者二人：曰盧紹弓，曰蔣春農。予嘗謂爲文必根柢經籍，博綜考訂，非以空言機法爲也。紹弓之文，得力於校勘諸經，貫串百家。每聯几賦詠，紹弓起步庭中，以手自拭其面。同人笑曰：『此君胸中剖别同異，省卻頮面脂藥錢耳。』而春農每來坐中，手以篋櫝，快辨横飛。有與商古籍者，則屈指唐鐫宋槧，某書某板闕某處，某家鑑藏某帖，如貫珠，如數家珍。問者各得其意以去。而春農雜以諧謔，初若不經意也。嗟乎！此則文之心也已。因舉此中汲古苦心以導後學。」案：翁氏此説乃文家自得灌頂之談，要當心知其旨者也。

劉氏《約言》云：「孟子以性善爲宗，荀子以勸學爲宗。其文亦若有性、學之别。蓋一則行所無事，一則奮然用力也。抑豈惟孟、荀哉？百世之文皆可以是等之。」據此可釋特殊之學之義矣。特殊之學，即有宗旨之學也。儒家各派自有其宗旨，九流百氏莫不各有其宗旨。本所學之宗旨以發爲文，斯無公共之思矣。此劉氏所以云「百世之文皆可以是等之」也，其義博矣！

吾觀宋人論詩亦有求去公共之思之説。胡仔《漁隱叢話》引《詩眼》云：「文章貴衆中傑出，如同賦一事，工拙尤易見。」又述山谷云：「詩詞高勝要從學問中來。後來學詩者雖時有妙句，譬如合眼摸象，隨所觸體得一處，非不即似，要且不是若開眼全體見之合古人處，不待取證也。」按：此二説合觀，可見欲去公共之思，須以比較同題詩文而得，參看卷九「先藏名文」條中。而其擅勝之法則在學問開眼。開眼之説原於山谷，而方以智《通雅》論文力演其旨云：「讀書必開眼，開眼乃能讀書。三才之橐籥，萬理之會通，有所以然者存。明所以然中之各各當然，而用當然之所以然。苟非專精深幾，眼何能開？」又曰：「從古生才，未有盛於周末者。鄒邑正正之旗，密轉握奇之籥，神於懼創不避者乎。屈子開漁父之眼，而甘以誒詒竭忠，故其詞沉篤，氣塞穹蒼，神於怨創不避者乎。莊子休具黑白之眼，而甘以巧激旁寓，善用奇兵，神於怒創不避者乎。三子同時而不相遇，屈專盡人而冥於惟危之心，莊專得天而冥於惟微之心，孟合天人而以不得已爲用。本可會一宗，其文亦可合而互之，此當俟之間出之士。」方氏本山谷開眼見全體之旨以爲讀書法，貫三才萬理而凝之，又舉孟、屈、莊三子爲開眼之證，皆所謂殊異之學也。誠能學有專家，其於去公共之思也何有？ 此章實齋所以力闡官師政學合一之義也夫。

以整段書藥描寫一二折者。 黄梨洲又云：「今人胸中無整段書，描寫得歐、曾一二折便以作者自命。」蓋有整段書自無描寫之病。 梨洲所言即《西軒客談》「昌黎讀盡古今書，無一言一句仿佛於人」之説，即《林下偶談》「融會古今文字於胸中而灑然自出杼柚」之説，即楊升庵「胸中有萬卷書，筆下無一點塵」之説，即魏叔子「沉酣古人，觸手與古法會，自無模擬之迹」之説，亦即方望溪所謂「必縱横百家而後能成一家言」之説。 韓退之爲文必先有貪多務得，細大不捐之境。其入手不同乎常人之處在此。 蓋整段書雖不爲醫作文描寫之病而設，然有可藥之之理，其描寫一二折者，正其胸中無整段書也。《丹鉛總録》云：「宋孫覿嘗自評：吾之視浮溪，浮溪之視石林，各少十年書。石林視翟忠惠亦然。」然則古人爲文，但致力於得整段書而已。 《耆舊續聞》引吕居仁云：「作文不可强爲，要須遇事乃作，須是發於既溢之餘，流於已足之後，方是極頭。」所謂「既溢」、「已足」者，必從學問該博中來也。 施愚山《蠖齋詩話》引徐巨源序《石莊集》云：「藏書數十萬卷，一夕所閲，十吏兼書不能給。 於典故律令，星曆輿圖，兵農譜牒之學無不貫穿，故其出之若決江河，日夜注溉而無不繼之憂。 今之爲古文者，少所讀，多所作，譬猶中人之家欲椎牛日饗大將兵士，吾知其難也。」孫星衍稱章逢之宗源常言：「輯書雖不由性靈，而學問日以進。吾爲此事久之，亦能爲古文爲駢體文矣。」繹章氏之言，可徐悟作文之本也。至所云描寫之弊，即潘四農所謂「高者鍛句省字，貌爲謹嚴；次則頡頏作氣勢，使人驚怖；下則誇富麗耳」，正謂此種也。

呂本中《紫薇詩話》中有二則可見爲文須多讀書，在昔曾子固、劉貢父蓋皆經歷此境者也，呂氏云：「曾子固舍人爲太平司户時，張伯玉瑑作守，歐公、王荆公皆與伯玉書，以子固屬之。伯玉殊不爲禮。一日就設聽召子固作大排，唯賓主二人，亦不交一談也。既而召子固於書室，謂子固曰：『人謂公爲曾夫子，必無所不學也。』子固辭避而退。一日請子固作《六經閣記》。子固屢作，終不可其意，迺謂子固曰：『吾試爲之。』即令子固書曰：『六經閣者，諸子百家皆在焉，不書，尊經也。』其下文不能具載。又令子固問書傳中隱晦事，其應答如流。子固大服，始有意廣讀異書矣。」又云：「晁丈以道言劉斯立跋初登科，以賢稱，就亳州見劉貢父，所稱引皆劉所未知，於是始有意讀書。以道又言少年讀書時嘗鄙薄蔭補得官，以蔭補得官不是作官。後從李德操游，德操更輕賤科名，議論高遠，方有意於爲學矣。」此二者可見文家無不以廣學提倡，後進即無不因先達而激起讀書之志。彼徒向文中求工者可以勸矣。

《退庵隨筆》：「吾鄉李文貞光地曰：天下繁星萬有一千五百二十，若湊起來比月還大。只因月是團圞一物，所以月光比星大别。又如百十鐙火，因散開了反不如一火把之光。昔有人力格數人，問之，渠云：『力兼二人，便敵得十人。兼三四人，則三四十人不足道也。』讀書之法亦是如此。能將所讀之書湊成一堆，自能得力。」郭嵩燾《養知書屋詩集》有《次韻羅研生登萬樓》詩注云：「貴人有誚居士者曰：『君學如散錢。』居士笑曰：『苟有錢，不憂無貫錢之緡。君等持空緡，其如無錢何哉？』」此云「湊得一堆」，即貫錢有緡之說也。此即孟子將博反約之旨。荀子云：「合三十五人之智，智於堯禹。只平常人合湊起來便比得堯禹。而堯禹不多見者，以其散爲三十五人也。」案：此所云即可取譬整段書之說也。顧亭林嘗言：「吾於經史雖略能記誦，其實都是零碎功夫。至律曆禮樂之類，整片稽考便不耐心。此是大病，今悔之而已老矣。」此自是真讀書人方能自知其分量。所謂「整片稽考」，又一讀整段書之法也。

李紱《秋山論文》曰：「爲文須有學問，學不博不可輕爲文。如治經者欲立一解，必盡見古人之說而後可以折其中。治史者欲論一事，必洞徹其事之本末而後可定其得失。余二十歲以前嘗作《經史外論》一書。當時所見經史未備，經自注疏及明人大全而外寥寥無幾。後得《通志堂經解》，自經解外又購得數十種，試覆觀少作，則所論者多昔人所已發，或前人言之而後人已駁正者。然後知閱書不備，不可以爲文也。此顏之推所以有『讀天下書未徧，不得妄下雌黃』之說也。」吳翊鳳《遜志堂雜鈔》稱雌黃與黃卷紙色類，故用之滅誤，而以臧否人物釋之者非。今仍舊義用之。

袁克齋《佔畢叢談》。論此有持錢買水及鑿井及泉之分，其言云：「尚文蔚曰：『學未有得，徒事華藻，若持錢買水，所取有限。能自鑿井及泉而汲之，不可勝用矣。』爲文點染藻繪，專事餖飣，則必先貯是詞而後能爲是語。楊子雲所謂『能讀千賦始解作賦』是也，即持錢買水之説也。案：華藻餖飣之習，宋人及近人最尚，多在四六諸家。《漁隱叢話》引《四六談麈》云：「四六全在類編古語。李義山有《金鑰》，宋景文有《一字至十字對句》，司馬文正有《金桴》。王岐公在中書極久，生日例有禮物之賜，集中謝表，其用事多同而語不蹈襲。」又《茶餘客話》稱田山薑「讀書掇拾字句，有餖飣之目，常云：『奇字，古人所常用，於古詩尤宜。班、馬等賦所以令人䁛眼湏耳，政由時出奇字襯貼之也。』」阮氏記此，蓋譏山薑之癖好新奇。或謂：「文人握管，誠不宜專恃稗販。然詞句斑璘，氣息典雅，究愈於空疏不學，冒襲八家者之所爲。梅村、漁洋之詩，竹垞、迦陵之詞，未必不以掇拾爲始境。若石笥駢文，道古散體，更可決其從餖飣得來。特習慣運用便同腹笥類，不肯如山薑直言耳。」此二説均可見兩朝文人之習氣，亦即袁氏買水之説，可備初學臨文之一法也。張文襄《書目答問》所以舉詞章初學各書皆類書及詩文之注也。若讀書有得，則心源開通，自然欲言者多，隨處迸出，韓昌黎所謂『取心注手，汩汩乎其來，若不知其所自』是也，即鑿井及泉之説也。」案：此説即魏鶴山「不欲於買花擔上看桃李」之説也。

吾觀唐宋以後始多專以讀書爲作文豫備者，近人茅星來有《説文》一首贈其友人，傷唐以來講求詩文之法加詳，而詩文反日就衰薄，故白《帖》徐《記》紛紛交作，漸至不可紀極。此蓋緣於科舉學盛，人皆欲速其讀書也，亦已淺矣！前此之攻舉業、近日之入學校者，嘗鰥鰥焉懼奪日，力求捷得。昔賢之用心則不然，《道山清話》稱：「韓莊敏一日來子弟讀書堂，徧觀子姪程課，喜甚，謂門客曰：『舉業只須做到這箇地位，有命時儘可及第。自此當令日日講《五經》，依次第觀子史，程文不必更工，枉了工夫。若無命時，雖工無益。』」此其用心固已古矣。入學校者苟解存此心，庶無蹉跎之悔乎。何氏《餘冬叙録》稱秦少游自言：「小時讀書有强記之力，而常廢於不勤。及長，聰明衰耗，有勤苦之勞，而常廢於善忘。因讀《齊史》，見孫搴答邢劭云：『我有精騎三千，足敵君羸卒數萬。』心善其説，因取得經傳子史事之可爲文用者得若干條，爲若干卷，題曰《精騎集》云。」自考試策論之法興，近日此類之書良夥，不可枚舉。其佳者如湯氏《三通考輯要》之類，多可備用，俞氏《春在堂雜文》六編有此書序，亦引少游此説爲據。朱子《與吕東萊書》云：「近見建陽印一小册名《精騎》，云出於賢者之手，不知是否？此書流傳恐誤後生輩讀書愈不成片段也。雖是學文，亦當就全篇中考其節目關鍵。又諸家之格轍不同，左右採獲，文勢反戾，亦恐不能完粹耳。」《東萊集》無答書。俞成《螢雪叢説》云：「東萊嘗教學者作文之法：先看《精騎》，次看《春秋權衡》，自然筆力雄健，格致老成，每每出人頭地。按：《精騎》，朱子嘗非之矣。東萊之所名者，其亦取諸孫搴所云而效之少游者歟？」今案：《精騎》既爲東萊效少游而作，則《春秋權衡》當亦東萊所作，但不知是《左氏博議》否？是此法乃東萊一家之法也。要其用意蓋即以讀書爲作文豫備，且意在速成也。考宋人作詩亦先有預備詩材之法，不第作文也。《石林詩話》云：「前輩詩材亦或預爲儲蓄，然非所當用，未嘗强出。余嘗從趙德麟假《陶淵明集》本，蓋子瞻所閱者，時有改定字，末手題兩聯云：『人言盧杞是奸邪，我覺魏公真嫵媚。』又『槐花黄，舉子忙。促織鳴，嬾婦驚』。不知偶書之耶？或將以爲用也？然子瞻詩後不見此語，則固無意於必用矣。王荆公作《韓魏公挽詞》云：『木稼曾聞達官怕，山頹今見哲人萎。』或言亦是平時所得。魏公之薨，是歲適雨木冰，前一歲華山崩，偶有二事，故不覺耳。」石林生平好爲作文預備之事，其推求前人之説當不誣也。推而言之，其時讀書人風氣蓋大率如此。其法尤徵於讀史，《餘冬叙録》又云：「宋人賈挺才《記史訣》：『歷事幾主，歷任幾官，有何建立，有何勳明，何長可録，何短可戒，其中有何佳對。』唯室先生《看史訣》：『凡讀一史，每看一傳，先定此人是何色目人，或道義，或才德，大節無虧。人品既定，然後看一傳文字如何。全篇文字既已了，然後採摘人事可爲何用，奇詞妙語可以佐筆端者記之。《野客叢書·附録》。如此讀史，庶不空遮眼也。若於此數者之中只作一事功夫，恐未爲盡善耳。』近世有引申宋人法以讀史者，梁學昌《庭立紀聞》云：「讀史之法須逐事檢對，先分門類於胸中而粹聚之。諸葛公略觀大意，靖節翁不求甚解，似非讀書常法。」龍啓瑞《經籍舉要》引陳文恭《豫章書院學約》云：「凡讀《通鑑》及《綱目》，讀某帝畢，即須從頭檢點，記其大因革、大得失，宰相何人，幾人賢而忠，幾人奸而佞。統計一朝盛衰得失之故如在目前，然後看第二代。閱二十二史，如看本傳，又須看其何時出仕，居何等官，有何功業，歿於何年。統計一人之終始如在目前，然後再看他傳。如此讀史，雖不能全記，而規模總在胸中矣。愚謂今日諸生讀史，必須手邊置一劄記，隨其所得分數記之。記古人之嘉言懿行，則足以檢束其身心；記古人之善政良謀，則足以增長其學識。以至名物象數，片語單辭，無非有益於學問文章之事。當時記録一過，較之隨手翻閱自當久而不忘。且偶爾憶及與蓄疑思問，其檢查亦自易易。此爲讀史之要訣，諸生所宜盡心。」此較宋人法尤完備也。宋〔樓〕昉《作文訣》：『古人名字，明用不如暗用。前代故事，實説不如虚説。』陳錫路《黄嬭餘話》云：「王岐公作《元宵應制詩》，蔡持正問公使何事，岐公曰：『鰲山鳳輦耳。』章子厚竊笑，以爲陳言，且疑爲所紿。迨詩成，果用此二事，所謂『雙鳳雲中扶輦下，六鰲海上駕山來』是也。子厚歎服，以爲不可及。詩話中多載之。」按：此即舊爲新之句。尋常事一經運用，便得精采乃爾。大凡詩文都不免要使事用古，總須善於運筆，善運筆則無不可使之事，無不可用之古。宋人小説中有二條可證者，《螢雪叢説》云：「有士人在場屋間賦《帝王之道出萬全》，絶無故實，遂問一老先生，答云：『只有「一舉空朔庭，三箭定天山」好使，要在人斡旋耳。』或謂此事乃人臣，非帝王，不可用，疑誑之。後於程文中見一人使得最妙，曰『一舉朔庭空，實憲受成於漢室；三箭天山定，薛侯稟命於唐宗。』」施彦執《北窗炙輠録》云：「黄致一初進科場方十三歲，時出《腐草爲螢》賦題，未審有何事迹，同場以其兒童易之，漫告之曰：『螢則有若所謂「囊螢讀書」，草則若所謂「青青河畔草」，又若所謂「君子之德風，小人之德草」，皆可用也。』其事皆牢落不羈，同場姑以塞其問。致一乃用此爲一隔句云：『昔年河畔，曾叨君子之風；今日囊中，復照聖人之典。』遂發解。」按：此均可爲用事妙法由其虚活而不實詮也，但多在四六文字。岐公事見《漁隱叢話》引《侯鯖録》，惟所述與陳所引略異。今合録之以告諸業文字者。」此亦即宋人以讀書爲作文預備之證也，蓋其時風氣可考者如此。又按：宋人治史之法，其始凡看史書必作方略鈔記，見王洙《談録》述歐公語。又爾時讀史者徒知記其事實，摭其詞采以供文字之用，久而厭之，故朱子謂「近世學者頗知前此之陋，則變其法，務欲考其形勢之利害，事情之得失」，見於《答趙幾道書》者可證也。又陳止齋謂「考大臣除罷而識君子小人進退消長之際，考政事因革而識取士養民治軍理財之方」，見《建隆篇自序》。而吕氏又有「先求體統，後求機括」之法：「統體者，治事之法；機括者，補救之方。先求體統以別其寬嚴，後求機括以觀其懲戒也。」見胡石莊《繹志·史學篇》。此又宋人治史進步之可考者。故朱子有「讀書愈不成片段」之憂，而茅氏所以謂「欲供詩賦作文之用而著書，其書未有不雜且陋者；欲供詩賦作文之用而讀書，其讀未有不雜且陋者」也，此整段之學之所由可貴也歟。

讀書成整段之學非可猝幾也，蓋有法焉，大要不外讀與看兩端而已。讀書有法焉，吾取吴西林之説。陳斌《三布衣傳》曰：「嘗聞吾師蔡先生曰：『吴布衣穎芳，號西林，杭州人。五六十歲時相見會城，語讀書之要曰：「先三年讀一古經，精熟萬徧有悟會，又復二年，益熟，融釋後讀他經史傳注，當一誦終身，中人可以多識。」』信乎其善讀書者乎。」見《白雲文集》。案：近刻《東塾集》録《國史・儒林陳澧傳稿》曰：「澧教人不自立說。嘗取顧炎武論學之語而申之，謂博學於文當先習一藝。《韓詩外傳》曰：『好一則博。』多好則雜也，非博也。讀經史子集四部書皆學也，而當以經爲主，尤當以行己有恥爲主。」此云「先習一藝」，又云「好一則博」，又云「以經爲主」，皆與西林意合。又集中《與王峻之書》曰：「韓文公曰：『記事者必提其要，纂言者必鉤其玄。』記事、纂言之書博矣，詳矣，提要鉤玄則已約矣。」《荀子》曰：「以淺持博。」淺非淺嘗之謂，即約之謂也，約而易知之謂也，亦即此旨也。推之李文貞諸家教人讀書之法，無不如此。詳見拙編《經學研究法》。看書有法焉，吾取徐華隱嘉炎之說。錢文端少嘗請益於徐華隱曰：「何以博耶？」華隱曰：「讀古人文，就其篇中最勝處記之，久乃會通。」後述於竹垞先生，先生曰：「華隱言是也。世安有過目一字不遺者耶？」公嘗舉以爲讀書法。鍾琦《皇朝瑣屑録》。且作文詩時且考書，吾有法焉。陸以湉曰：「凡爲學之道，見聞欲其博，術業欲其約。蕭山毛太史奇齡作詩古文，必先羅列滿前，考核精細，方伸紙疾書。其夫人陳氏性妬，以毛有妾曼殊，輒詈於人前曰：『爾輩以毛大可爲博學耶？渠作七言八句詩亦必獺祭所成。』毛笑曰：『動筆一次，展卷一回，則典故純熟，終身不忘，日積月累，自然博洽。』」《冷廬雜識》。此三者皆爲學切要之言，學者當奉以爲法。然則欲厚蓄整段之學者，曷即此求之。張文襄《輶軒語》曾舉徐氏、朱氏之法勸人讀書勿諉記性不好，可知此法乃求效捷訣也。

古文詞通義卷十三

總術篇一

文之本體必有歸宿，文之大用亦有歸宿，文之源流與遷變亦必求其殊塗一致之歸宿。區文之體爰有三種，究文之用亦有三類，故夫文家遠源之所肇與流別之所存，皆可納諸三者而勼合觀之矣。夫文者，時與地與人三者相積而成者也。時以區之，地以別之，人以差之，而文乃千其流，萬其術，而卒不可以齊。然苟能總以時，括以地，挈以人，而不齊者齊矣。更齊以人之氣，齊以人之情，齊以人之質，而不齊者愈齊矣。文之源有三：經、史、子三者。總以經、史、子三者，文家內域之寬廣可見。有內域斯有外象，象有廣有狹，皆以資吾文也。深峻其內域，閎遠其外象，而文之利病可得言焉。作《總術篇》。

以最初之經典歸宿文家之主旨

朱氏《文通·本經篇》引王子充之言曰：「文有大體，文有要理。執其理則可以折衷乎羣言，據其體則可剸裁乎衆製。然必用之以才，主之以氣。才以爲之先驅，氣以爲之內衛，推而致之，一本於道，無雜而無蔽。惟能有是，則統宗會元，出神入天，惟其意之所欲言而言之，靡不如其意。」所云「大體」、「要理」、「統宗會元」，皆定立總術之說也。故魏叔子作文有先定大意之說，此歸宿文家大體大用之法也。其序《陳椒峰集》之言曰：「君子之立言與立身、立事皆必有其大意。大意既定，則無往不得其意。案：此意與曾文正「作古文自有體勢，須篇篇一律乃能成家」之説相通。譬如治軍，汾陽之寬，臨淮之嚴，自決機兩陣至一令一號，皆終身行其意所獨得，故皆足成功。否則因題命意，緣事以起論，其前後每自牴牾，而觀者回惑捍格，無所得其根本。」《漁隱叢話》引《宋景文筆記》云：「文有屬對、平側、用事，供公家一時宣讀施行似健快，然不可施於史傳。余修《唐書》，未嘗以唐人一詔一令載者，惟捨對偶之文，近高古者乃可著於篇。大抵史近古，對偶宜今。以對偶之文入史，如粉黛飾壯士，笙匏佐鼙鼓，非所施也。」此亦史家自具壁壘之説也。又舉椒峰文以示例，謂「椒峰之文言依仁義，雖小文雜記，恒有關勸懲。至其敘事之文，凡忠臣孝子，義士節婦，必勤勤懇懇爲文傳之」。此定立大意之說也。王敬哉崇簡論文有得大體之說，集中《與周次修書》曰：「文之於天下，傳聖賢之精微，紹古今之神理，所關甚鉅。然言之不文不足行遠。自六經諸史以及百家之述作，非文不傳，則文不可一日無於天下。王忠文有言：『文無定體而有大體，必其大體純正明備而後足以成文。』僕以爲大體正如人之身，耳目四肢原有定位，然後才智持行，各得其分，即所致效常不同，而於大體則儼然各當其位。以此求之，固未數數見。讀足下文，大體明備而正變如意。正非效某文之體而不變，變非變某文之體而失正者也。猶且疑於人之言，以爲未知所從。此非足下之謙詞，實足下好學無已之志，不自以爲是，以求文之何以爲得其體耳。自六經、四子及漢唐宋元諸正宗之文，皆足下所熟覽而詳求者矣。試於近代如潛溪、正學、忠文、遵巖、文成、荆川、太僕、鹿門諸集中所論文之旨折衷之，則知人言之孰是孰非，而己之所至孰合孰離，昭然易知矣。以之衡古今之文，則自有如大體之不可易者焉，又何人言足疑乎？曾文正云：「古文一道，心中頗有一定風格，而作之太少，不能自證自慰。」此又大體之説也。他如惲子居自定文律，曾文正私立禁約及所謂一定之風格者，皆緣定立大意之説，各以所得力加之案驗，或内律，或外象，咸白具域界以統括畢世之篇章。否則内律不一，則必有如望溪病子厚者，謂其言涉於道者多膚末支離而無所歸宿也。外象不一，則必有如管異之病梅伯言者，謂其文奄雜，一篇之中數體駁見，武其冠，儒其服，非全人也。案：壽光安致遠《玉磑集》附張曾裕致書有云：「文無古今，止論真僞。我朝五十餘年，所見者徐巨源、侯朝宗、魏叔子、李杲堂並先生而五耳。又聞樂安李織齋與先生齊名。近索讀其遺文，亦秦漢，亦六朝，亦唐宋，一篇之中時時雜出。老泉不云乎，『非不善也，雜之則不善也。』其視先生則大有間矣。」此説與異之病伯言有同旨者也。又謝氏蘭生《答温莊亭書》云：「竊謂作文大要，首須辨體，經云『詞尚體要』是也。尊作眼明手辣，命意得要矣。而運筆琢句鍊字似未得要。不得要則不成體，有如全體合法，忽以一兩筆不得法，全體皆雅，忽雜以一字一句不雅，則體段不純。求諸古人，無此繩尺。故魏叔子論文自鍊意而推極至於鍊字是也。」此說可與管異之說互發也。夫惟文家尚統括，故方氏之後遂常有此種緒論，發明平生爲文之大象，於文家體用本末，源流正變一貫而賅舉之。今取近世方氏、陳氏、曾氏、郝氏、李氏所立爲文大意之說可互相證合者，以隱括文家之要旨。其說如左：徐氏潤第曰：「文法者，以書理爲體者也，理明而法自立。書理者，以人心爲體者也，心存而理自明。是故善於爲學者，奉一心以爲藏往知來之本，而以所讀所誦者與之爲觸發，與之爲疏瀹，與之爲導引，與之爲印證，優焉游焉，使相含不使相迫焉，默而成之，以神喻不以言喻焉。遲之又久，萬化歸一。及乎作文，浩乎沛然，知非在我。世之閱其文者，以爲某處理法，某處用書，某出某文，而作者豈知其然哉？」案：此所謂書理並以時文言之，然發明文家本末情理甚切。其所云奉一心爲本，亦立大意之說也。

一、方望溪有物有序之說。亦可變稱爲義法說。方氏《書震川文集後》曰：「孔子(於)於艮五爻詞釋之曰：『言有序。』家人之彖繫之曰：『言有物。』凡文之愈久而傳未有越此者也。震川之文於所謂有序者蓋庶幾矣，而有物者則寡焉。」又望溪評《史記·十二諸侯年表》「約其詞文，去其繁重，以制義法」曰：「《春秋》之制義法，自太史公發之，而後之深於文者亦具焉。義即《易》所謂『言有物』也，法即《易》所謂『言有序』也。義以爲經而法緯之，然後爲成體之文。」此數語，方氏於《書貨殖傳後》篇又復述之。韓文懿作序、李氏兆洛爲《徐季雅文稿序》、蘇氏惇元編方氏年譜均稱望溪古文嚴義法，言必有物，必有序。方氏以《易》與《春秋》之義揆一作文之大意如此，故劉氏《藝概》又賡述其旨。江氏《宋學淵源記》稱彭尺木治古文言有物而文有則。有物與方同旨，有則即有序之説，則又以《詩》言歸宿作文之大意矣。尺木述羅臺山之言又有「有倫有序」之説，其言云：「爲文之道，昔人一言盡之，曰文從字順而已矣。有倫之謂從，以言其理察也；有序之謂順，以言其思周也。理察而思周，斯其言足以達天德，明王道。自六經、四子以降，獨有唐韓愈氏、宋曾鞏氏爲能契之。」此亦緣是説而有所證合者也。章實齋因顧寧人之言而有所謂清真之説者，其《乙卯劄記》曰：「顧寧人云：『《三百篇》不能不降而《楚詞》，《楚詞》不能不降而爲漢魏，漢魏不能不降而六朝，六朝不能不降而唐也，勢也。用一代之體，則必似一代之文而後合格。』此説良然。余論文之要必以清真爲主。真則不求於文，求於爲文之旨，所謂言之有物，非苟爲文是也。清則主於文之氣體，所謂讀《易》如無《書》，讀《書》如無《詩》，一例之言，不可有所夾雜是也。按：此亦即立大意之説，與魏、安、謝、梅諸家之説同旨。今閲顧氏之説，則以時代升降，文體亦有不同。用一代之體，不容雜入不類之語，亦求清之道也。近有强解事者，謂用六朝辭致以述情文，唐宋文法以著官階時地，以謂集古人之所長而兼有其勝，真不值一噱也。」此亦物與序並重之説也。真即有物，清即有序也。參《究指篇》。徐氏潤第謂：「詞主於達，《易》曰：『言有物。』又曰：『言有序。』無物則無可達，無序則不能達。」蓋以達與物序並言之，又一說云。文之義與他種之言義者有別，文之法與他種之言法者有別。蓋入文之義與未入文之義不同，以法律案文與以法律案他事不同。文固自有其義法也，綴文者宜深知此旨。《唐子西文録》云：「凡作詩，平居須收拾材料以備用。」退之作《范陽盧殷墓誌》云：「於書無所不讀，然止用以資爲詩。」蓋以書資詩，非竟以書爲詩也。《齊東野語》云：「麋先生，吳老儒也，記問該洽，《九經》注疏悉能成誦，場屋之文未嘗謄稿，爲時嚮慕。時吳仲孚惟信能詩，麋極稱之，以爲不可及。一日遇諸塗，叩以近作，吳因誦《傷春》絶句云：『白髮傷春又一年，閒將心事卜金錢。梨花瘦盡東風懶，商略平生到杜鵑。』麋老至屈膝拜之曰：『子真謫仙人也。老夫每欲效顰，則漢高祖、唐太宗追逐不少置矣。』蓋前輩服善若此。陳簡齋嘗語人作詩之要云：『天下書雖不可不讀，然慎不可有意於用事。』正謂此也。今人或以用事多爲博贍，誤矣。」范景文《對牀夜話》、都穆《南濠詩話》均引蕭千巖德藻云：「詩不讀書不可爲，然以書爲詩不可也。老杜云：『讀書破萬卷，下筆如有神。』讀書而至破萬卷，則抑揚上下，何施不可？然非以萬卷之書爲詩也。」吳可《藏海詩話》有翰墨氣骨頭重之説，謂李光《觀潮》詩「默運乾坤」四字重濁不成詩語，故雖有出處，亦不當用，須點化成詩家材料方可入用。故《石林詩話》有「前輩詩材亦或豫爲儲蓄，然非所當用未嘗强出」之説。諸家雖均以詩言之，然觀此亦可知書理入文與未入文有別之旨矣。

有物有序之説，後之論者其於物與序各有軒輊，故用此爲宗主者各隨所得，其旨不一。包慎伯則注重有序，其《與楊季子書》曰：「自唐氏爲古文之學者，上者好言道，其次好言法。説者曰：言道，言之有物者也；言法，言之有序者也。然天下之事莫不有法，法之於文也尤精而嚴。」李邁堂誤解有序，包氏曾復書辨之曰：「尊諭有物有序，是矣。然以搭架式、起腔調當有序，則世臣所未喻也。又謂周秦文體未備，是矣。魏晉以後漸備，至唐宋乃全云云，鄙見以爲文體莫備於漢，唐宋所有，漢皆有之，且有漢人所有而唐宋反無者。又謂震川不搭架式、起腔調。世臣三十年前曾覽其集，於中酬應之作十居五六，莫不以架式腔調爲能事，此固不得不爾。

然其由中欲言之文亦未能擺脱此四字也。蓋有序即氣體不雜之意，非徒斤斤於架式腔調者。此研求有序者所宜知也。」蓋有序即方氏所謂有法也，又即方所謂必至嚴乃不雜者也，故包云精而嚴。至邁堂言文體莫備唐宋，慎伯則言莫備於漢，而章實齋又言莫備於戰國，譚仲修構章氏戰國文體最備之言開於劉彥和。諸家各執一義，要以章氏爲能得其遠源也矣。譚氏《日記》中亦以包氏不取李氏之説爲定論。

其《樂山堂文鈔序》曰：「文之所以精者曰義曰法，故義勝則言有物，法立則言有序。然以有物之言而言之無序則不詞，故有物者不可襲而取，有序者可以學而致。是以善文者必盡心於法以爲言，而不敢縱其所欲也。」其《古文鈔序》曰：「文之盛者，其言有物；文之成者，其言有序。無序而勉爲有序之言，其既也可以至於有序；無物而貌爲有物之言，則其弊有不可勝説者。夫有物之言必有物備於言之先，然言之無序則物不可見，物即可見而言不可以行遠。故治古文者惟求其言之有序而已。讀書多，涉事久，精心求人情世故得失之原，反之一心而皆當，推之人人之心而無不適，於是乎言之，而出之以有序，此間世之英。古所謂立言之選其能深求古人文法，而以吾身入其中，必使其言爲吾所可言、所當言，又度受吾言者所可受、所當受，而後言之。而言之又循乎程度，是則可以有序矣。是故有物之言，時文有時可與古文同。有序之言，則古文有必不能不與時文異者。此不可不察也。」又言宋氏維駒致力古文，斤斤以無序爲戒。又謂桐城姚氏其造詣能別時、古之界，所言信爲有序。

門下士惟吳仲倫能真傳其法。包氏既論有序所以居要之理，復舉能有序之流以證之。此一説也。陳愚谷名詩，蘄州人，爲乾、嘉中湖北大儒，著書盈五百餘卷。則注重有物。萬之傑爲《陳先生墓志銘》曰：「先生論文，非根據經傳、言之有物者，率塗抹加之不少貸。」又曰：「其詩古文詞下筆立就，古文愛歐陽公，論詩不爲風雲月露之詞。每語傑：『爲文當如朱子所云無一語無關係。』故所學務以明道爲要。」考工部主江漢書院最久，一時知名士多出其門。海豐張筠圃制軍嘗以楚北大儒目之。所選有《唐宋十一家文鈔集説》五十二卷，稿付門人陳殿撰沆，見喻文鏊《紅蕉山館文鈔·陳工部傳》。考陳氏之學似李安溪，徒以其書不傳，故世少誦述之者。然其論文主於有關係而明道，則其所云有物者可知。其選文於唐宋取十一家，而又有集説以詁之，均他選家所未發。此一説也。李申耆則注重有物，其《答高雨農書》曰：「古文義法之説，自望溪張之。私謂義充則法自具，不當歧而二之。文之有法始自昌黎，蓋以酬應投贈之義無可立，假於法以立之，便文自營而已。習之者遂藉法爲文，幾於以文爲戲矣。宋之諸儒矯之以義，而講章語録之文出焉，則又非也。《荀子》曰：『多言而類。』茲毋乃不類矣乎？八股義取語録，法即古文之流弊。今又徒存其法，則不類之尤者也。抱此鄙陋，故每有所述，稱心而言，意盡輒止，不足與於古文之數也。」李氏不滿文家假昌黎立法與八股家之假古文法，而以義充則法自具立説。此一説也。張南山維屏亦注重有物，梁氏《秋雨庵隨筆》稱《國朝嶺南文鈔·張南山聖穀篇》語云：「果中有核，肉中有骨，言中有物三語，括盡要旨，修辭家宜奉爲玉圭金臬。」此亦一説也。劉融齋亦重有物，謂：「論事叙事，皆以窮盡事理爲先。事理盡後，斯可再講筆法。不然，離有物以求有章，曾足以適用而不朽乎？」此一説也。劉氏論賦則以有序有物並重，謂：「賦從貝，欲言其有物也；從武，欲言其有序也。《書》：『具乃貝玉。』《曲禮》：『堂上接武，堂下步武。』意可思矣。」劉氏又云：「《老子》曰：『言有宗。』《墨子》曰：『立詞而不明於其類則必困矣。』宗、類二字於文之體用包括殆盡。」引子氏之説論文，意與此互發。張鐵夫海珊亦重在有物。《松陵文録》：張履爲《張鐵夫行狀》稱其論文謂：「文字最重在實，如食之必可飽，如衣之必可煖，如藥石之必可去病。」此皆有物之義也。朱蓉生亦重有物，謂：「望溪論文之旨曰『言有序』、『言有物』。有序要矣，有物尤要。非多讀書而明於事理不能也。桐城之文有序者多，其有物，方、姚而外，惟劉海峰、管異之、魯通甫、曾文正諸家，餘則不多得，微特不逮古人，視國初汪、魏二家亦往往瞠乎其後。」方、姚一派，雲山先生則推海峰甚至，故姬傳特假之以豪。而劉次白則抑海峰甚至，謂其無古人淵蓄山峙，遏抑掩蔽之意，訾姬傳不應取與靈臯同編。論桐城之文其異説如此。又謂吳仲倫學沖澹而流薄弱。朱氏則專以有物定諸家之高下，與其所得之多少以銓品之，亦一説也。《柳南續筆》述：「方望溪謂《大易》有『言有序』、『言有物』二語。古文如歸太僕可云有序矣，以言乎物則未也。今觀望溪之自爲文，亦未敢遽定爲有物否也。」此亦以有物銓品文家之説也。卜起元《灊莊文鈔序》謂：「明道之文言須有物，言事之文言當有序。」是又以有物、有序爲各有所施。又一説也。《復堂日記》

云：「予治文字以有用爲體，有餘爲詣，有我爲歸。學詩亦有體用法。《藏海詩話》謂：「學詩當以杜爲體，以蘇、黄爲用，拂拭之則自然波峻，讀之鏗鏘。蓋杜之妙處藏於内，蘇、黄之妙發於外也。」又按：歸安姚諶爲《魏冰叔文録叙》稱冰叔文一主實用，不虚發。故其言曰：「説不高於庸衆，事理不足關係天下國家之故，則雖有奇文與《左》、《史》、韓、歐陽並立無二，亦可無作。」姚字子展，有《景詹閣遺文》，與復堂爲友，蓋浙人同時之持論如此。取華落實二十餘年，耳目差不眩變。」「有用」、「有餘」、「有我」，即有物也。以之爲體、爲造詣、爲歸宿，則注重亦在是也。綜諸家之説，若絶反背。而於吴仲倫一抑一揚，尤其論之左者，一重在義法，一重在根柢。彼徒知法者，可用陳氏、李氏、二張氏、劉氏、朱氏及復堂之言以救之；其徒有書理而失法者，亦可以包氏之論規正之也。劉氏《藝概》又於此二語外益以理法，謂：「長於理則言有物，長於法則言有序。治文者矜言物序，何不實於理法求之？」其門人沈約齋祥龍又申其旨云：「有物者由於積理厚也，有序者由於積氣厚也。二者本諸學力，究天人之故，體性道之精，蓄積既深，自然醇厚。發而爲文，則充然不空而有物矣，秩然不紊而有序矣。其致功先在理氣也。」則又究物序之源之説也。袁簡齋《答楊訒庵書》謂「其行有恒，故其言有物」。楊秋衡謂此二語爲作文第一義。吴石華《跋訒庵文集》特拈出以表訒庵，故世以訒庵文爲近代嶺南第一。此云言有物又必本於行有恒，是又詁有物之一義矣。《中國文學研究法》又於此二語外益以「言有章」一語稱爲作文之法。案：有章之説，梅伯言曾闡之，其言云：「退之謂六朝文雜亂無章，人以爲過論。夫上衣下裳，相成而不複也，故成章。若衣上加衣，裳下有裳，此所謂無章矣。」文字如衣裳之不可混亂，則中國文字與東西文字亦不可混亂矣。故有章之説施之今日爲尤要者也。此定章所以特增入此一語歟。

二、陳蘭甫有倫有脊之説。《東塾集》中有《復黄芑香書》云：「昔時讀《小雅》『有倫有脊』之語，嘗告山舍學者：此即作文之法。今舉以告足下可乎？倫者，今日老生常談，所謂層次也。脊者，所謂主意也。夫人必其心有意，而後其口有言，有言而其手書之於紙上則爲文。無意則無言，更安得有文哉？有意矣，而或不止有一意，則必有所主，猶人不止一骨，而脊骨爲之主，此所謂有脊也。意不止一意，而言之何者當先，何者當後，則必有倫次。《吕氏蒙訓》云：「爲詩文常患意不屬，或只得一句語意便盡，欲足成一章又惡其不相稱。若未有其次句，即不若且休，養鋭以待新意。若盡力須要相屬，譬如力不敵而苦戰，一敗之後，意氣沮矣。」此言作文先有句而後有章之證。劉氏《游藝約言》曰：「意先文後，謂後路之文，其意反是先有。意後文先，謂前路之文，其意反是後有也。至意先文先、意後文後者，則無待辨而知之。」此説有可證者，陳錫路《黄嬭餘話》曰：「謝疊山論王荆公《讀孟嘗君傳》一篇得意處只是『擅齊之强，得一士焉，宜可以南面而制秦，尚取雞鳴狗盗之力哉？』定先得此數句作此一篇文字，而亦是祖述《祭田横墓文》。」按此即先有後路之意之證也，並可見前人作文經營後先之手法也。即止有一意，而一言不能盡意，則其淺深本末又必有倫次，而後此一意可明也。非但達意當如此，即援引古書亦當如此。且作文必先讀文，凡讀古人之文，必明乎古人之文有倫有脊也。雖然，倫猶易爲也，脊不易爲也，必有學有識而後能有意，是在乎讀書，而非徒讀文所可得者也。僕之説雖淺，然本之於經或當不謬。」案：脊、倫並舉而有輕重難易，則方氏所謂有物，曾氏所謂知言，郝氏所謂有故，皆可以此例觀之。文家養根俟實之要如此。《雨航雜録》曰：「《春秋》之文告言倫脊而漸漬人心。」以倫脊論文始此。案：倫脊之義亦與《書》「詞尚體要」相通。

王褘《文訓》曾闡「體要」之義曰：「文有大體，文有要理。執其理則可以折衷於羣言，據其體則可以制裁乎衆製。」亦執經誼論文之旨也。

三、曾文正知言養氣之説。本《孟子》之義以闡文家養氣之説者甚多，惟不兼及知言。至宋景濂《原文》下篇力申養氣之旨，末復結之曰：「大抵爲文者欲其詞達而道明耳。吾道既明，何問其餘哉？雖然，道未易明也，必能知言養氣始得爲之。」然景濂雖並舉「知言養氣」，而分闡未明。究其旨，注重養氣一路爲多。惟曾文正曰：「杜詩韓文所以能百世不朽者，彼自有知言養氣功夫。惟其知言，故常有一二見道語，談及時事亦甚識當世要務。惟其養氣，故無纖薄之響。」此可以補正諸家舊説，亦兼賅文家本末之論也。文正評昌黎《送王秀才序》，謂讀古人書而能辨其正僞醇疵，是謂知言。然則知言之説在能識古書通世務矣。

四、郝蘭皋有故成理之説。《荀子集解》引郝氏懿行釋「持之有故，言之成理」曰：「故者，資於故實之故，謂其持論之有本也。成理，謂其能成條理也。」案：此本《荀子·非十二子篇》所云「有故成理」之説以論文家大意也。自章實齋嘗以此二語論諸子百家，謂其「本原所持皆不外於《周官》之典守」，又以此二語論佛氏，謂其「本原所持出於《易》教」，其論以爲「道體無不該，六藝足以盡之。諸子必有得於道之一端而後乃能恣肆其説以成一家之言」。而方望溪又嘗以此二語評何景桓文。故文家多以之統括作文本末，惟楊倞注中釋此二語謂：「安稱古之人亦有如此，故曰『持之有故』。又其語言能成文理，故曰『言之成理』。」則詮釋近隘，不爲密合。郝氏言之則於文家情事爲明析矣。此可悟諸子之學説能分異於衆人，此可與十二卷「殊異之學」則參看。其成文能合揆於古人。文義而極茂美之觀者亦不過以有故爲宗，以成理爲用而已。

五、李次青元度出詞氣遠鄙倍之説。《天岳山館文鈔自序》曰：「文不可不知其病。曾子嘗言之矣，曰：『出詞氣斯遠鄙倍。』此不專爲文言之，而文之病實盡於此也。蓋凡性質之柔而毗於陰者，其失也多鄙，鄙之病恒在詞。性質之剛而毗於陽者，其失也多倍，倍之病恒在氣。然則遠鄙倍當奈何？太史公曰：『擇其言之尤雅者。』雅則詞遠乎鄙矣。韓子曰：『其皆醇也，而後肆焉。』醇則氣遠乎倍矣。是故爲議論，爲叙事，即經史求之有餘師也。」此説蓋原本李氏紱《秋山論文》，李云：「文之能事無他，孔子所謂達而已矣。六朝文浮辭掩意，不達，故不佳。文章之弊，則曾子所謂鄙倍而已。嘉靖以後，爲古文者非鄙則倍，故文事中絶。震川譏鳳洲爲妄庸，庸即鄙也，妄即倍也。庸病在陰，而妄病在陽也。」自次青言之，其以《論語》義旨統論文家之病，深求之亦在毗陽毗陰之過乎度而已，亦猶姚氏以陽剛陰柔論文之美也，蓋得乎二氣之適中所以爲美。對照觀之，其道得矣。李氏兆洛《享帚軒文鈔序》曰：「文章之道，君子之道也，貴近信，貴遠暴慢，貴遠鄙倍。矯飾造作，不信也；張脉僨興，暴也；任意指揮，慢也；恢譃雜至，鄙也；不應經法，倍也。蓋詞而曰氣，則容貌顏色皆舉之矣。古無古文之名，昌黎始發之。六代衰颯，昌黎振之也。其振之者，變容貌顏色耳，詞氣未嘗有所易。後之爲昌黎者日益衰，並詞氣而易之，作意奮迅者非暴則慢，率情舒寫者非鄙則倍，遑問信否。」案：此亦以經旨詁文弊，而用意與次青略異。蓋申耆本合駢散爲一家之流派，欲篡八家，嘗謂：「古之文者，温潤縝密，有玉德焉，未有佻佼鄙僿躁剽而可以爲文。昌黎始變法，裴中丞深譏切之。世徒懾於韓，莫申裴論。實則昌黎爲序記之作，逞其筆勢也。」申耆之意並昌黎與效之者皆以爲病，又援裴説以實之，冀翻舊案。繹此可以知其所主者矣。

「有故」、「成理」二語本荀子以稱所非之八子也。即此可見作文必宜有物有序，如望溪説；又必宜有倫有脊，如蘭甫説。二説者，皆可以詁郝氏釋《荀子》之旨也。有物有脊有故，深言之，即合義，即資於故實；淺言之，即有主意也。有序有倫成理，深言之，即有法，即成條理；淺言之，即有層次也。必知言，則主意不乖而雅詞遠鄙；必養氣，則層次能適而醇氣遠倍。定此主意以作文，則内律外象，關乎質幹與枝葉者均有安宅而終身可循持。故望溪之旨彭尺木踵之，惲子居再賡之，李次青重申之。經家論文與子家論文之同源已伏於散文未興盛之先。總文家之旨於各家之説中，即總文於經典之中，而談藝之羣言皆受其囊括矣。東坡屢言辭達，方氏《通雅》引《譚苑醍醐》

曰：「『辭達而已矣』，恐人溺於詞而忘躬行也，淺陋者借之。《易傳》、《春秋》，孔子之特筆，其言玩之若近，尋之益遠，陳之若肆，研之益深，天下之至文也，豈止達而已哉！夫意有淺言之而不達，深言之而乃達者；詳言之而不達，略言之而乃達者；正言之而不達，旁言之而乃達者；俚言之而不達，雅言之而乃達者。故東周、西漢之文最古，而其能道人意中事最徹。今以淺陋爲達，是烏知達哉？夫脱於口謂之言，文於文謂之辭。《書》曰：『政貴有恒，辭尚體要。』以言乎政令之辭也。《儀禮・聘記》曰：『辭多則史，少則不達。辭苟足以達，義之至也。』以言乎禮聘之辭也。《左傳》曰：『辭之不可以已也如是。』非文辭不爲功，慎辭哉！以言乎使命之辭也。《記》曰：『有其容則文以君子之辭，遂其辭則實以君子之德。』又曰：『情欲信，辭欲巧。』以言乎相接相示之文辭也。凡謂之辭，未有不貴達者，亦未有達而猶貴枝葉者也。夫子惡巧言而曰『辭欲巧』，則知辭非言例也。《易》有聖人之道四焉，以言者尚其辭』、『聖人之情見乎辭』、『修辭立其誠，所以居業也』。韋編三絶，鐵擿三折，漆書三滅，曰：『假我數年，若是，我於《易》則彬彬矣。』彬彬者，辭達之謂也。《繫》終六辭，盡天下之情哉！」此詁辭達至完備之説也。《藝苑巵言》取立誠辭達之説以品定馬遷、揚雄之文，謂：「孔子曰『詞達』，又曰『修詞立其誠』，蓋詞無所不修，而意則主於達。今《易・繫》、《禮經》、《魯論》、《春秋》之篇，存者抑何嘗不工也。揚雄氏避其達而故晦之，作《法言》，太史公避其晦而達之，作帝王本紀，俱非聖人意也。」此以經語論定文家得失也。《藻川堂譚藝》取立誠詞達、有德有言之説區而三之以品聖賢之文，謂：「志乎道亦志乎文，其文成足以輔道而行遠，此修詞立誠之文也。志乎道而得之文，不期至而自至，此有德有言之文也。有意而言之，意盡而詘然以止，不以刻雕藻繪揣摩炫其能，此辭達之文也。」《中國文學研究法》則以立誠、詞達二語爲文章之本，是亦以經語區文家之本末而兼判其品性，亦總凡之論也。李次青自爲文序曰：「六經之論文備矣。《易》曰：『修詞立其誠。』又曰：『其旨遠，其詞文。』又曰：『言有序。』又曰：『言有物。』惟其有物故能立誠，不誠則無物矣。惟其有序故稱修詞，言之無文，行不遠矣。《書》曰：『詞尚體要。』《詩》曰：『有倫有脊。』《記》曰：『無勦説，無雷同。』必則古昔稱先王皆此義也。至孔子曰：『辭達而已矣。』則又舉修詞之旨顯揭之，蘇氏所謂『文至於能達，則文不可勝用』者也。」惲敬云：「孔子曰『詞達』，孟子曰『詖詞』、『淫詞』、『邪詞』、『遁詞』，古之辭具在也。其無所蔽、所陷、所離、所窮四者，皆達者也；有所蔽、所陷、所離、所窮四者，皆不達者也。然而是四者，有有之而於達無害者焉，列禦寇、莊周之言是也，非聖人之所謂達也。有時有之時無之而於達亦無害者焉，管仲、荀卿之書是也，亦非聖人之所〔謂〕達也。」梁章鉅謂：「作文之法已標舉於經傳之中者，《易》、《書》、《左氏》及《詩》言『穆如清風』、《戴記》言『達而勿多』。合觀之，作文之本末備舉，後人不能出其範圍。」所云《易》、《書》、《左氏》之説已見前矣。閻百詩稱《論語》「爲命」一章乃示人以作文之法。錫縝云：「孔子曰：『辭達而已矣。』又曰：『言之無文，行而不遠。』夫有文而能達，其必閎而能肆可知也。《史記》、《漢書》達於隸事，先秦兩漢文達於陳義，諸子之文達於辨言。惟達於文而又能顧其所行，故盡去其浮漲而標宗旨。」至劉氏《藝概》遂約舉經語以明文曰「詞達而已矣」、「修詞立其誠」、「言近而指遠」、「詞尚體要」、「乃言厎可績」、「非先王之法言不敢言」、「易其心而後語」是也。《游藝約言》曰：「《易》：『无方无體。』莊子似之。《書》：『有倫有要。』左氏似之。」又曰：「孟子之文可即評以孟子之言，曰『是集義所生者』，曰『其爲氣也，至大至剛』。」謝應芝《蒙泉子》云：「古文詞雖藝事，余嘗以《易》喻之曰：『其稱名也小，其取類也大。其旨遠，其詞文。其言曲而中，其事肆而隱。』又以樂喻之曰：『上如抗，下如墜，曲如折，止如槁木，倨中矩，勾中鉤。纍纍乎端如貫珠。』又以《春秋》喻之曰：『微而顯，志而晦，婉而成章，盡而不汙，懲惡而勸善。』是故文之至者，其理出於《易》，其音合於樂，其義本於《春秋》，而亦《詩》、《書》、《禮》之彙也。」皆綜合經旨統貫言之，語簡而意切，後世紛紛枝葉之論皆可廢矣。又案：方可齋宣軾論文曰：「水以浩瀚而放海，誠有源而有委也。絲以蔓衍而成錦，誠有序而有倫也。士君子立言不衷諸道，無異爲勺水爲亂絲，觀者亦徒以其水也絲也，安從溯其流而尋其源，援其緒而求其理哉？」案：有源有委，有緒有倫，其旨與方、陳諸説合，故取證之。又曾紹孔爲方氏行狀，稱其「善讀古人書而發其幽光，樂道今人之善，一言可師如拾碎金，一事可法如珍拱璧，愛之重之，流連而歌詠之」。其義與魏叔子之稱陳椒峰文者亦同。

以至簡之門類檃括文家之製體

文家義法備於《史》、《漢》，文之體制備於唐宋，故宋以後無完全創造義法之人，宋以前無完備辨體之作。是以文之品格有愈降而程度愈低之勢，文之體製有後起而愈複愈備之觀。簡略而趨繁雜，文例本如是也。友人李偉曰：「從前文章衹如散錢，至《昭明文選》分三十九類，始合爲十。姚氏《古文辭類纂》分十三類，始合十成百。曾文正《經史百家雜鈔》分三門十一類，始貫百成千。然綱舉而目未盡張，虛朒短絀，實不滿千。姚氏前儲氏《八大家類選》分六門三十類，其奏疏書狀即曾之告語門，其序記傳志即曾之記載門，論著詞章即曾之著述門，已幾幾乎合百成千矣。惟其所選僅及八家，未足網羅百代。宋真氏《文章正宗》擘分四類而子目不具，則又有千而無百。世無文正，生其後者雖欲以宏綱巨目籠蓋往籍，何可得乎？今合真、儲、姚、曾四家門目爲目次異同比較表，以足滿貫一千之數。其三門十五類，本曾氏序目而少增變之，間採姚氏之説以歸完備，非後人果勝前人也。勢積而備，理固然矣。」李君之言如此，吾更區分其十五類所屬各體附列下方。其目有本體、附屬二者，本體以詮古近文體之正製，附著以歸隸通俗文字焉。

古文門類各家目次異同比較表

門類	真西山《文章正宗》分四類。	儲同人《八大家類選》分六門十三類。	姚姬傳《古文辭類纂》分十三類。	曾滌生《經史百家雜鈔》分三門十一類。	本體	附屬
告語門	辭令。次同。	奏疏第一，書狀第三。	不立總綱。	名同，次第二。		
詔令類			詔令第六。	名次俱同。	上告下者，經如誓、誥、命等。後世曰誥、詔諭、令、教、敕、璽書、册命、策命、檄、赦文、告、御札、批答、制詞、聖旨、令旨、懿旨、符、鐵券、文、告身、諭、祭文、碑文，今世曰明發、廷寄、上諭、交旨、敕、封册。上用之敵國者曰國書。前代又有口宣之答，朱荃宰《文通》稱前代判之用凡十二，曰科罪、評允、辯雪、番異、判罷、判留、駁正、駁審、末減、案寢、案候、褒嘉。	古曰明文、曰教、曰判，近世曰示札、行知、奬劄牌、簽票、批劄、付判、看語、手諭、勘合、堂諭、排單、准單、憑單、護照、貿易單、朱筆、照會等。近日有令凡四種，又有飭。
奏議類		奏疏分六類：曰書、曰疏、曰劄子、曰表、曰四六表。	名同，次第三。	名次俱同。	下告上者，經如伊訓、旅獒等。後世曰上書、疏、議、奏表，唐之榜子，宋之劄子、封章、彈章、牋、對策、制策、進策、露布、笏記、啓、狀、進、講章、揭帖、奏記、致語、	近世曰摺子、題本、申文、詳文、說帖、條陳、手摺、呈詞、親供（罪犯呈遞者，宋元

續表

					右語、致詞。卑告於所尊者曰狀、曰辭、曰牒。釋氏則曰法堂疏。《文通》分表爲十三：一、論諫。二、請勸。三、陳乞。四、進。五、獻。六、推薦。七、慶賀。八、慰安。九、辭。十、解。十一、陳謝。十二、訟理。十三、彈劾。《文通》分奏爲八：曰奏、曰疏、曰奏對、曰奏啓、曰奏狀、曰奏劄、曰封事、曰彈事。	人曰服辯）、結稟。其上下通用有刺，有門狀，有名紙。
書牘類		書狀分三類：曰啓、曰狀、曰書。	書説第四。	名次俱同。	同輩在遠相告者，經如鄭子家、晉叔向貽書之類。後世曰書、曰啓、曰關、曰刺、曰牋、曰簡、曰刀筆、曰帖、曰牒、曰尺牘、曰寸楮。内外轉相告者曰譯。《文通》稱唐代公移之制有六：曰狀、曰辭、曰牒，此卑施於尊者。其諸司自相質問曰關、曰刺、曰移。宋制有三宰執移六部用劄，六部用申狀；六部相移用公牒。明制上逮下曰照會、劄、付案、驗帖、故牒；下達上曰諮呈、按呈、呈牒、呈申。諸司相移者曰諮牒、關。上下通用曰揭帖。又《文通》區書記之體爲六：曰書，兼詞命議論。曰奏記。二者皆散文。曰啓，有古、	近世曰諮文、曰照會、曰移文、曰關文、曰牒文、曰移會。其他古有過所，近有路引、關批。又古有零丁，今有招帖，又有廣告。釋氏有募緣疏。

續表

					近二體。曰簡，有手簡、小簡、尺牘之別名，皆用散文。曰狀，用儷語。曰疏，用散文，凡六體。徐俟齋《居易堂集·凡例》分書與尺牘爲二，最有識。後人多沿之。王世貞《觚不觚録》云：「尺牘之有副啓，不敢具姓名，如宋疏之帖黄類耳。近年至有副啓，一副二至三四者。」按：此在今日爲夾單，如奏之夾片也。《蕙風簃隨筆》云：「劉禹錫《手詔表》末云：『應緣軍旅庶務，謹具別狀奏聞。』具別狀，即今之夾片。」	
贈言類			贈序第五。	無。	同輩臨別相告者，經如《召誥》、《君奭》等。後世如蘇明允以父名序改稱爲引，或曰説。此外名稱或曰贈某、別某，其流爲字説、名序、壽序、壽文。死者告人曰遺令。	近世曰壽聯、輓聯、頌辭、答辭、演説辭、宣言書。
祭告類			哀祭第十三。	哀祭，次順。	人告於鬼神者，經如《武城》、《金縢》及《九歌》、《招魂》等。後世曰哀策、詛文、哀頌、悲文、誄、祭文、弔文、哀詞、告文、	

續表

	記載門	載言類
	記事第三。	
	序記第四，傳記第五。序記分三類：曰序、曰引、曰記。	
		無。
	名同，次第三。	無。
祝文、願文、上梁文、疏及通天表、青詞。（彭邦鼎《閒處光陰》云：「宋薦告宮廟之文用青籐紙寫朱字，號曰青詞。」）實瓶文、道堂榜、生辰疏、功德疏，亦曰齋文。宋時天子告先帝后有表本。《文通》謂祝文之旨有六，即告、修、祈、報、辟、謁是也，有散文、韻語之別。祭文有散文、四言、六言、七言、雜言、騷體、儷體之不同。宋人祭馬、荊川祭刀是別一體青詞。表之別名曰朱、曰露香、曰默。釋道之道場榜有門榜、監壇榜、燈榜、戒約榜、結界榜、浴堂榜、水燈榜、監齋榜、茶湯榜。		所以記言者，經如典、謨、訓、誥，《論語》全書及《禮記·曾子問》《三年問》等。後世如武侯《隆中對》。序、記二體，至後世界限至廣。薛熙《明文在》

續表

	載筆類
	無。
	敘記第二。
分序爲十二類：一、經史序。二、應制序。三、文集序。四、詩序。五、樂府序。六、誌譜序。七、忠孝序。八、紀游序。九、贈賀序。十、送行序。十一、壽序。十二、節壽序。其所區分雖多可合並者，然亦足見此類文體之日益孳乳也。薛氏又分記爲九類：一、學宮記。二、書院記。三、應制記。四、德政記。五、圖象記。六、寺廟記。七、書齋記。八、山水記。九、工作記。《文通》曰：「記以記事爲正體，議論爲變體。又有託物以寓意者，有首之以序而以韻語爲記者，有篇末系以詩歌者，皆爲別體。其題曰某記，或曰記某，或爲游記。」此外墓志稱記者有三種，與後參看。	所以記事者，經如《武城》、《金縢》等。史如《通鑑》全書、紀事本末、記注、實録等。後世文如《平淮西碑》。《文通》稱録之種別今制最鉅者實録。大比之年有會試録、鄉試録、登科録，户部有國計録。
	近世如檔案、契券、合約、婚書、庚帖、簿據。其他古有莂，今有合同。

續表

傳誌類		傳誌分五類：曰傳、曰碑、曰誌、曰銘、曰墓表。	傳狀第七。碑誌第八。	名同，次第一。	所以記人生平者，經如《堯典》、《舜典》，史如本紀、世家、列傳、載記等。後世曰玉牒、宗譜、外傳、別傳、家傳、墓表、阡表、墓誌銘、神道碑碣、行狀、行述、年譜、事略、書事、題名。 薛氏《明文在》分碑誌爲七：一、聖廟碑。二、精忠碑。三、勳德碑。四、神道碑。五、墓碑。六、墓表。七、墓誌銘。《文通》分傳之品有四：一、史傳，有正、變二體。二、家傳。三、託傳。四、假傳。（《堯峰文鈔》有《克勤馬傳》，非假非託，是爲創體，不可沿。）墓表有阡表、殯表、靈表、神道表之異名，墓碑別題有六，其體有正、變二體。案：此類文，《金石例》諸書言之綦詳，朱氏但舉其略而已。朱氏謂墓誌銘凡二十題，有權厝志、有志某、有續志、有後志、有歸祔志、有遷祔志、有蓋石文、有墓磚記、有墓磚銘、有壙版文、有墓版文、又有葬志、有志文、有墳記、有壙志、有壙銘、有槨銘、有埋銘，在釋氏有塔銘、有	近世有哀啓。

					塔記。其文敘事爲正體，議論爲變體，志虛而銘實者亦變體。《文通》又曰：「自漢以來，山川、城池、宮室、橋道、壇井、神廟、家廟、古蹟、土風、災祥、功德、墓道、寺觀、託物皆有碑，文主敘事，後雜以議論。敘事爲正，議論爲變，參用者尚不失爲正，而墓碑又自爲體。」	
典志類			無。	名同，次第三。	所以記國家政典者，經如《周禮》、《儀禮》、《禮記》之《王制》及《祭法》、《喪服》等，《史記》之八書、《漢書》之十志、《七略》、史表、會要、《九通》、會典、通禮、律例等。後世文如趙公《救菑記》。	後世如曆日、地志、章程、學規、行規、統計表簿及各種表格冊式。
雜記類			名同，次第九。	名同，次接。	所以合記諸類及雜事瑣言者，經如《禮記·檀弓》上下、《雜記》上下及《周禮·考工記》等，瑣言如《世説新語》及《幽夢影》，凡明季人清言小品皆是。後世如修宮室、遊山水及程塗器物之記。	
著述門	議論第二。詩歌第四。	論著第二。詞章第六。		名同，次第一。		

續表

續表

	論著類	詩歌類
論著分八類：曰原、曰論、曰議、曰辨、曰解、曰題、曰策。		
	論辯第一。	無。
	名次俱同。	無。
	著作之無韻者，經如《易·彖辭》《象辭》、《大學》、《中庸》、《學記》、《樂記》、《孟子》等，諸子曰訓、覽、解、論，古文辨、論、説、解、原、難，他如《七發》之流。《文通》分論爲八品：曰理論，曰政論，曰經論，曰史論，有評議、述贊二體，曰文論，曰諷論，曰寓論，曰設論。其題或曰某論，或曰論某。又分議爲奏議、私議、謚議三種，其他又有駁議、雜議之別。又曰：解之題曰解某，曰某解。此外又有字解，與字説同。原之題曰原某，某原。辨曰某辨，或曰辨某。説亦同。名説、字説所施則異。	著作之有韻者，經如《三百篇》、《書》、《易》、《儀禮》、《春秋傳》、《禮記》等之諸
	近世譯家有原論、原理、總論、各論、汎論、緒論、小論、竑議、平議、著議等目之不同，實則無甚大異。	近世如詞、南北曲、俚曲、彈詞、院本、

續表

					歌諸辭，諸子傳記中之古逸歌謠、韻語及成相體。後世有歌行、樂府、絶律諸體，宋有帖子詞。	楹語、唱歌。
辭賦類		辭章分五類：曰箴、曰銘、曰頌贊、曰哀詞、曰祭文、曰賦。	箴銘第十。頌贊第十一。辭賦第十二。	名同，次順。	著作之有韻而長言之者，經如雅、頌及逸詩等。後世曰騷、辭、章、辯、對問、符命、頌贊、箴規、誡銘、連珠。薛氏《明文在》分詞爲四類：一、冠詞。二、字詞。三、哀詞。四、誄詞。《文通》分贊之體有三：雜贊、哀贊、史贊。箴之品有二：官箴、私箴。	
傳注類		無韻祭文附內。	無。	合於序跋。	他人之著作，疏其詞義，溯其源委，經如《詩小序》、《易》、《書》中諸序傳及《春秋三傳》，説經等。後世曰通、故、微、注、疏、箋、解、集解、釋考、章句、論説、問難、辨疑、講義、外傳、衍義、類例、表譜、圖音、考正、名物、篇章序解，《七緯》、逸經、擬經，凡在經部者皆是。今人《經學通詁》稱解經體例曰注、曰疏。注之屬，有傳、有記、有箋、有注、有故訓、有解詁、有章句、有章指、有集解；疏之屬，有義疏、	近世如經義、講章、串解及五經文、四書文，並學堂之講義、教科書、教授案等。

續表

					有正義，亦曰義贊、曰義略、曰述義、曰述議、曰兼義、曰疏、曰義。史如裴氏《三國志注》及各史志疑、考異、譜表等皆是。	
序跋類			名同，次第二。	名同，次順。	他人與自己之著作，敘述其意者，經如《易・序卦》、《禮記》冠昏諸義、《詩》之《大序》、《孟子》卒章等。子史如《莊子・天下篇》、《太史公自序》、《漢書》敘傳、《四庫提要》等。後世曰序、跋、引、題、讀、書後、評、贊。《文通》分序爲二體：曰議論、曰敘事。其題曰某敘、曰敘某。唐柳氏又有序略之名，大序對小序而言。又有自序，一名敘傳，又有書序、壽序、贈序、別序、賀序、名序、字序七種。又稱題跋之實有四：曰題、曰跋、曰書某、曰讀某。題、讀始唐，跋、書起於宋，徐氏《居易堂集・凡例》分書後、題跋爲二類，後亦多沿者。此外又有題辭，與前參看。	

通觀右表，繹厥指歸，可知告語門者，述情之匯；記載門者，記事之匯；著述門者，說理之匯也。三門之中對於情、事、理三者有時亦各有自相參互之用，而其注重之地與區別之方要可略以

情、事、理三者盡歸而隸屬之。王弇州嘗區三者之紛見於列朝也，其《藝苑卮言》有曰：「孟、荀以前作者，理苞塞不喻，假而達之詞。後之爲文者，詞不勝，跳而匿諸理。六經也，四子也，理而詞者也。兩漢者，事而詞者也，錯以理而已。六朝者，詞而詞者也，錯以事而已。」所謂理者、事者、詞者，實綜有三類，蓋所謂詞者，亦可謂之情也。而弇州用之定立名義，以區別六朝以前之文也。此三者可隱括文家製體之一證。陸桴亭《漫園文稿序》曰：「言以足志，文以足言。文者，載道之器也。古之人道足於中，發於外而爲言，言之成章，故名之曰文。羲、文之《易》，所以述天人，即後世性理諸書是也。虞夏商周之《書》、孔子之《春秋》，所以紀政事，即後世史傳諸書是也。商周之《雅》、《頌》、十五國之《風詩》所以言性情，即後世樂府詩歌之類是也。周公之《周禮》、《儀禮》、漢儒之《禮記》，所以載典禮，即後世八書十志之類是也。然而在古則爲經，在今則概謂之詩與文，蓋有說焉。古人之詩文先有道而後有言者也，可以爲萬世法，故謂之經。後人之詩文則詩文而已矣，求一言之幾於道而不可得，即或如韓之《原道》、歐之《本論》，亦庶幾乎聖人之徒矣，而程朱猶謂之倒學，蓋先有文而後有道也。乃後世之學爲韓歐八家文者，並所謂倒學而忘之，而日馳騖於體格氣局詞論之末。」陸氏此說蓋本闡文家養本充學之旨，而其以理、事、情三者隱括古今文家之製體，其說良確。其禮典一類，亦即在紀事門中。此二證也。章實齋嘗區三者流別之出入也，曰：「子史衰而文集之體盛，著作衰而詞章之學興。文集者，詞章不專家而萃聚文墨以爲龍蛇之菹也。後賢承而不廢者，江河導而其勢不容復遏也。經學不專家而文集有經義，史學不專家而文集有傳記，立言不專家即諸子書也。而文集有論辨。後世之文集，捨經義與傳記、論辨之三體，其餘莫非詞章之屬也。而詞章實備於戰國，承其流而代變其體焉。」繹章氏之意，蓋可知三門之分自經史子。經義分自經類，在著述門，爲説理。記載分自史類，在記載門，爲記事。論辨分自子，其類亦統在著述之説理。告語一門亦言經，左史之遺，推合其類應並出自經史。三者之外統歸詞章，詞章則抒情一類之匯。而情、事、理三者之流別明焉。此三者可隱括文家製體之三證。魏叔子謂：「文章以明理適事，無當於理與事則無所用文，故曰：文者，載道之器。言事莫尚漢，言理莫尚宋。該事者每謬於理，宗理者迂闊不切事，其實相乖離，其亦終無有能合者。」陳洪綬謂：「爲文者非持論即摭事耳。以議屬文，以文屬事，雖備經營，亦安容有作者之意存其中耶？自作家者出，而作法秩然，每一文至，必銜毫吮墨，一爲有作者之意先於行間，捨夫論與事而就我之法，曰如是則當，如是則不當，而文亡矣。」此深病後世架格之説，而亦以事、理、文三者挈其綱也。沈氏《樂志簃筆記》謂：「文有述、作二體。《左傳》之紀事，述也；《孟子》之言理，作也。就一文論，叙處爲述，議處爲作。傳志等文，述多作少，論辨等文，述少作多。亦有序議並行者，述作相併也。述貴合事情，以簡當爲主；作貴達義理，以真切爲主。」又曰：「傳主叙，實者也；論主議，虚者也，然貴變化。史公《伯夷列傳》叙之後即發議，是化實爲虚；賈生《過秦論》上篇議之前先叙事，是變虚爲實。」案：此説必合李耆卿、章實齋、黄虎癡三人之説始見完備，詳卷十八。李次青謂：「文之用有二：曰議論，曰叙事。議論以理勝，經與子之流也；叙事以情勝，史之流也。」並三門而兩之，合抒情於叙事，亦足見近世抒情之文未能暢於壇苑之由也。王維楨《駁喬三石論文書》曰：「文章之體有二，叙事、議論，各不相淆，人人能言。然此乃宋人創爲之，真德秀以之讀古人之文。

古誠有之，然固有不可歧別者，如遷史列傳及序，往往既述其事，又發其義。觀詞之辯者，以爲議論可也。變化離合，不可方物。」其説可與李説參觀。焦里堂循《雕菰樓集·與王欽萊論文書》謂：「文之大要有二端：曰意，曰事。意或直斷，或婉述，或詳引證，或設譬喻，或假藻飾，明其意而止。事之所在，或天象算數，或山川郡縣，或功業道德，國之興衰隆替及一物情狀、一事本末，亦以明其事而止。明事患不實，明意患不精。」案：此所謂意，即所謂理，所謂作，所謂議論也；所云事者，即所謂事，所謂述，所謂叙事也。張文襄謂讀《文選》有徵實、課虚二法，其用意雖與此不同，要可知一實一虚，在文家實爲賅通一貫之道也。朱蘭坡珔《璧六室文鈔序》曰：「文之體不一，散體本與駢體殊科。而散體又各别，有議論之文，揣摩理勢，近乎子；有叙述之文，網羅事蹟，近乎史。二者每分道揚鑣。惟訂證之文，名物訓詁近乎經，則尤足尚。」此三者可隱括文章製體之四證。朱錫庚謂其父《笥河集》中「文不越考古、記事二端，而不爲論辨」，謂「考古，經之遺也；記事，史之遺也。不爲論辨者，六藝而外有述無作也」。按：此章實齋《文史通義》之所由作也。章氏之宗旨蓋師承笥河與周書昌也。近人譚復堂服膺章學，尚未究其原也。王弘撰《文稿自序》曰：「文，君子之言也，以明理，以曉事，以宣情，取其達而已矣，故貴淡。『行乎其所當行，止乎其所不得不止』，斯善爲淡者也，所謂絢爛之極爾。浮蕩艱深，綺靡嘽緩，失其淡也，文斯下矣。」此三者可隱括文家所由以自致之五證。總之，遠古文字純樸，統合至易。後世文字繁複，統合常不能周。觀者通知其意可矣。姜南《叩舷憑軾録》稱陳后山區周七國漢文爲三等，並各言其遞降之失，用意與弇川略同。見《究指篇》。

今人《法蘭西文學説例》謂法蘭西之散文分五種，其中有三種：曰記事，即表中之記載門所屬也；曰辨論，即表中著述門所屬也；曰書牘，即表中告語門所屬也。日本人曾合選記事、論説文爲《文範》，其分類有三門中之二門。其《國民作文軌範》一書於記事、論説外增祝賀弔祭文，又有告語門之意，體尤全備矣。此中外文家之同軌者。

文章之體製既不外告語、記載、著述三門，文章之本質亦不外述情、叙事、説理三種。然究其元始，則又先有情而後有告語，先有事而後有記載，先有理而後有著述。詩歌詞賦屬著述。然溯其古義，則古人詩賦多用於陳奏諷諫，則下告上之類；或用以言志，或用以贈答，則同輩相告之類；雅、頌以祀先，交於神明，有人告於鬼神之義。繹此三義，皆與告語門通。故當其始事，則宋景濂所謂「先有其實而後文隨之」。以事爲既著，無以記載之則不能行遠也」。景濂之説則三者爲鞹，而文其毳也。洎乎文事既勝，雖極人世萬有，仍不能出乎最初之範。魏善伯所以有「詩文不外情、事、景三者」之言也。善伯之説則文其車，而三者所共之轂也。故以告語之文述情，記載之文叙事，著述之文説理，文之本質乃附體製以達諸羣用。明乎此，足以綜貫文家之體用矣。

惲子居亦以言事、言理、言情區文事，謂於三者「皆宜以所定文律曰典、曰自己出、曰審勢、曰不過乎物四者行之」。又謂：「言理之詞如火之明，上下無不灼然，而迹不可求也。言情之詞如水之曲行旁至，灌渠入穴，遠來而不知所往也。言事之詞如土之墳壤鹹瀉而無不用也。」此推言三者之能事也。劉融齋謂「明理之文大要有二：曰闡前人所已發，擴前人所未發」。又謂「大書特書，牽連得書，叙事本此二法便可推擴不窮」。亦推言三者中二者之作用也。

袁氏守定《佔畢叢談》則以理、事二者爲文之材質，其説曰：「攄文無他巧，不過言理、言事二者而已。如典、謨之文，所謂人心道心，精一執中，此言理也；授時命官，治水伐苗，此言事也。孟子之文所謂知言、養氣、性善、知天，此言理也；井田、學校、保民、班禄，此言事也。伊古能文之士，心制言結，莫不由此。若無欲吐之理，可言之事，而綴詞飾藻，襞績成章，雖紙勞墨瘁，烏得謂之文哉？」李氏紱《秋山論文》則以二者宜交互出之，其説曰：「論事之文以説理出之，則根柢深厚而無小非大矣；説理之文以論事出之，則精神刻露而無微不著矣。」兩家用意各明體用，可參味也。方宗誠《柏堂讀書筆記》論文章本原亦以記事、纂言二者括文家之用，而二者之中又以提要鉤玄、有物有序究其歸趣。其説曰：「文章之用不外記事、纂言二者。韓昌黎曰：『記事者必提其要，纂言者必鉤其玄。』記事不提其要則繁冗而無統紀，纂言不鉤其玄則散漫而無歸宿。古人之文，無論叙事議論，長短繁簡，皆有一意義貫乎其中，或在首作提掇，或在中作關鍵，或在後用結束，或在言外，令人想象而得之。以此意義爲主，至其文之開合反覆，沉鬱頓挫，皆無非發明此意義，所謂要也玄也。孔子論《詩》曰：『《詩三百》，一言以蔽之，曰：思無邪。』此示人以提要鉤玄之法也。《莊子》曰：『《詩》以道志，《書》以道事，《禮》以道行，《樂》以道和，《易》以道陰陽，《春秋》以道名分。』此亦提要鉤玄之法也。如《論語》二十篇，只『爲仁』二字是要。如《孟子》

七篇，只『仁義』二字是要。如《大學》、《中庸》，皆於首提其要而後發揮。如蔡氏《書傳序》曰：『二帝三王之治本於道，二帝三王之道本於心。得其心，則道與治可得而言也。』此示提要鉤玄也。此皆可爲讀書之法，亦可爲作文之法。」又曰：「孔子繫《易》曰：『言有物。』又曰：『言有序。』二語千古立言之法。言中之物，即所謂要也玄也。言而無物即是空文，閒文，浮僞之文，聖賢所惡也。然有物而不能有序，則又不能發揮其理，曲暢其義，鼓舞其神，令千百世後讀者感動而興起，故又在於有序。序非徒平鋪直叙之謂。或繁或簡，或順或逆，或開或闔，或縱或擒，或斷或續，或頓或挫，自有天然不可移易之序，要在熟讀古書而精思其義，自能得之。」又曰：「凡讀古人書，讀一部須求其一部之物與序，讀一篇須求其一篇之物與序。此皆通正之言，讀書作文一貫之道也。」按：方氏言有序與李邁堂同，必參以包氏之言，而有序之義始完備。

文體名義表

張表〔臣〕《珊瑚鉤詩話》解釋有韻、無韻諸文之名義甚爲簡切，近人謂其較《文體明辨》爲優。以《七修類稿》所述各文之始較之，此亦更爲簡切。今表列於左。此種辨體之説甚多，今以簡約之意取之。

有韻　名　義

風　刺美風化，緩而不迫。

賦　採摭事物，摛華布體。
雅　推明政治，莊語得失。
頌　形容盛德，揚厲休功。
騷　幽憂憤悱，寓之比興。
辭　感觸事物，託於文章。
銘　程事較功，考實定名。
箴　援古刺今，箴戒得失。
歌　猗遷抑揚，永言之。
謠　非鼓非鐘，徒歌之。
行　步驟馳騁，斐然成章。
引　品秩先後，序而推之。
曲　聲音雜比，高下短長。
詠　吁嗟慨嘆，悲憂深思。
詩　吟詠性情，總合言志。
古　蘇李而上，高簡古澹。

律　沈宋而下，法律精切。

無韻名義

制　帝王之言，出法度制人。

詔　絲綸之語，若日月垂照。

典　道其常而作彝憲。

謨　陳其謀而成嘉猷。

訓　順其理而迪之。

誥　屬其人而告之。

誓　即師衆而申之。

命　因官使而命之。

教　出於上者。

令　行於下者。

敕　時而戒之。

宣　言而喻之。

贊　諮而揚之。

冊　登而崇之。
論　言其倫而析之。
議　度其宜而揆之。
辨　别嫌疑而明之。
説　正是非而著之。
記　記其事。
紀　紀其實。
纂　纘而述焉。
策　條而對焉。
傳　傳而信之。
序　緒而陳之。
碑　披列事功而載之金石。
碣　揭示操行而立之墓隧。
誄　累其素履而質之鬼神。
誌　識其行藏而謹其終始。

檄　激發人心而喻之禍福。

移　自近移遠而使之周知。

表　布臣子之心，致君父之前。

牋　修儲后之問，申宮閫之儀。

簡　質言之而略者。

啓　文言之而詳者。

狀　言之於公上。

牒　用之於官府。

露布　捷書不緘，插羽而傳之。

劄子　尺牘無封，指事而陳之。

文　青黄黼黻，經緯以相成。

由完全三種統系可觀歷代之文派

「左氏、屈原始以文章自成一家，而稍與經分。」此宋汪藻之言也，而文由經降之論定矣。故離經孤立而後，古今文家之緒，苟立三派以統之，實足以賅備百代。漢人去離經孤立時代最近，其可以三派區分者，《藻川堂譚藝》曾述之曰：「西漢文章，如司馬遷、賈誼輩，皆以氣骨、識略勝，而淵源於《書傳》、《孟》，策詞之雄者也。如董仲舒、劉向輩，皆以經術、義理勝，而淵源於《論》、《禮》、卜、荀，詞之醇懿者也。如司馬相如、乘、朔輩，皆以麗采葩韻勝，而淵源於《詩》、《騷》、賦版，詞之煒譎者也。是賈、馬爲叙事紀事之文，宋祁《筆記》謂「賈誼善言治，司馬遷工叙事」。楊氏《丹鉛總録》區爲政事之文、紀事之文，一宗管、晏，一宗《春秋》。董、劉爲說理之文，宋氏謂仲舒善推天人，劉向父子博洽。楊氏區爲說理之文、術數之文，一宗經傳，一宗讖緯。馬、枚爲述情之文。」宋氏謂相如、揚雄善爲文章。楊氏區爲游說之文、諷諫之文，一宗戰國，一宗《楚詞》。此遠古之文可以完全三派統之者也。祁駿佳《遯翁隨筆》曰：「三代之後，以西漢爲文章之盛，而大盛於武帝時。其時文似有三種：枚、鄒、莊、馬、吾丘之流，皆以詞賦唱和，供奉乘輿，此其一。太史公包羅諸史，成一家言，又其一。至淮南賓客撮合諸家之旨，發明道術，又其一。然漢文雖有此三種，如煎藥成膏，百味俱在而混融不可析。後人之文如未煮之藥，亦合百味而滿貯一篋。即應病立方，萃而爲劑，可以辨其此爲參，此爲苓也，則膏液與渣質之異也。」謝氏《蒙泉子》曰：「子家，言理之文也，其詞駁，而釋道家益佹矣。史家，言事之文也，其詞蕪，而稗官小說家益蕩矣。詩賦家，言情之文也，其詞游，而詞曲家益俚矣。」姚諶《施均父集序》曰：「文惟西京爲盛，賈生之學出於左氏，仲舒深於公羊，史遷則《春秋》之別子也。相如詞賦爲古詩流裔。而子政奏事疏通知遠，得於《書》教爲多，其學術文藝各有淵源本末而不相兼，蓋專精於一藝以極其致而名其家，不肯苟爲泛博，而非其才有不及也。」祁氏之説爲西漢文溯源於經史子，謝氏之説充其遷流之極言之，姚氏則專以經旨歸宿之。意有廣狹，均可見西漢以上文家盛大而精微之旨也。唐人承六朝偏統之後，亦略具有三派。《唐書·文藝傳序》稱唐文三變：沿江左者，王、楊爲之伯；索理致者，燕、許擅其宗；排百家者，韓柳爲之倡和。吾觀王、楊之文有所沿，尚餘情韻；韓柳之文有所排，獨抒閎議；燕、許本自玄宗之好經術，故能索理致。是中古文家亦尚有完全三派之餘波而兼尚情、事、理者也。宋人則承偏統而不能自完其三派矣。陳氏《捫蝨新語》云：「唐文章三變，宋文章亦三變。荆公以經術，東坡以議論，程氏以性理。」吾觀李耆卿言：「蘇氏之文不離乎縱橫，程氏之文不離乎訓詁。」故述經術與性理，言理一派也；議論，則言事一派也。韓淲《澗泉日記》曰：「本朝慶曆間諸公，韓魏公、富鄭公、歐陽公、尹舍人、孫先生、石徂徠，雖有憤世疾邪之心，亦皆學道有所見，有所守。下至王介甫、王深甫、曾子固、王逢原，猶守道論學。至東坡諸人，便只有憤世疾邪之心，議論利害是非而已，伊川諸儒復專以微言詔世，天下學者始各有偏。渡江六十年，此意猶未復也。」此韓止仲《記富公集》語，亦可見當日之風氣也。所缺者，述情一派。宋逮元、明，文章之變，天下遂常少此一種文，而近古文之三派爲不完全矣。劉台拱爲《汪容甫傳》稱其選經史子及漢魏六朝唐人之文爲《喜誦》十卷，又選屈原以下哀挽之文爲《傷心集》未成。此殆本性情以甄文而思彌後世之缺佚者乎？故以横勢區三朝之文，其大意如此。若以縱勢區之，則世稱漢至魏文凡三變：西京厚重，有經術；東京變而靡，不如西京之深厚；魏縟采有餘而氣體不振。故每變而逾下。唐文三變：王、楊輩章句揣合；燕許變而黜浮崇渾；韓柳變而法度森嚴。故每變而益上。宋文三變，各立門户，不相蹈襲，其末流皆不免有弊。論者謂雖一時舉行之過，亦事勢有激而然也。皆以時代之變遷區之也。大抵文章之力能衍爲一派者，其人無不能自成一家。但承前人流派而不變者，其後亦無有不衰者也。然不可以前人之盛並回護後來之衰，亦不可以後來之衰並掩没前人之盛。故以流派區分漢、唐、宋而彼此有完缺，以時代變遷分别漢、唐、宋而源流有盛衰。於是易世而還三派之蟬嫣遞衍，遂各發見平排、側注之迹矣。

由不完全三種統系可觀歷代之文派

漢、唐、宋爲平排時代，漢後與唐、宋後爲側注時代。雲山先生《譚藝》謂：「周秦詞學之緒至於西漢盛極而衰。以逮東京，説經之儒蔓延弗絶。詞賦綺麗，若班、傅、張、蔡之流，先後炳絢。樂府歌詞之盛延於魏晉，未嘗替衰，皆相如輩所濫觴也。而遷、誼、舒、向之風遂無有驤躍而追迹者，何哉？詞采易工而風骨難立，浮華既炫而本實將微，天道人事皆相因而至者也。」是東京至六朝但傳述情一派，而常少敘事、説理二派之説也。此三派側注之第一時代也。曾文正《湖南文徵序》云：「自東漢至隋，文人秀士大抵義不孤行，詞多儷語，即議大政考大禮亦每綴以排比之句，間以婀娜之聲，歷唐代而不改。雖韓、李鋭志復古而不能革舉世駢體之風。此皆習於情韻者類也。」持誼與雲山同旨。曾文正謂：「宋興既久，歐陽、曾、王之徒崇奉韓公，以爲不遷之宗。適會其時大儒迭起，相與上探鄒魯，研討微言，羣士慕效，類皆法韓氏之氣體以闡明性道。自元明至聖朝康、雍之間，風會略同，非是不足與於斯文之末。此皆習於義理者類也。」劉孟塗云：「宋諸家出乃舉八代而空之，於是文體薄弱。」案：此即諸家偏於説理而缺述情之由來，與曾説相互發。是宋逮雍乾但傳説理一派，而常少叙事、述情二派。此三派側注之第二時代也。惲子居曰：「自黄初、甘露之間而文集與百家判爲二途。太白、樂天、夢得諸人自曹魏發情。」言乎第一側注之時代也。又曰：「熙寧、寶慶之會而文集與經義並爲一物，静修、幼清、正學諸人自趙宋得理。」言乎第二側注之時代也。朱梅崖言：「唐長慶後其氣傷，宋熙寧後其理漶。二者交譏，古文道缺不全以迄於今。」亦統兩者言之，而其説稍異者也。然則由唐逆溯六朝而側注在情，故柳子厚《楊評事文集後序》括文家大旨謂：「文有二道：一本乎著作，一本乎比興。著作出於《書》、《易》、《春秋》，比興出於詠歌風雅。」案：劉氏《八代文苑》之説：「一無韻，原於《書》；一有韻，原於《詩》。」蓋即此旨。但以紀事配述情而不及説理，子厚固承六朝之緒者也。由雍、乾逆溯至宋，而側注在理。故自唐庚至王禕、邵長蘅、姚椿括文家之大旨，稱世之論文者二：曰載道，曰紀事。紀事本馬、班，載道本六籍，而六籍之外宗孟、韓、歐。但以紀事配説理而不及述情。唐庚逮姚椿，固此時代中人物也。述情一派之缺略於後世，由於道德政治之見太重，謂述情一派爲冷淡不急之文字，而文字固有之興味全失矣。今人《静庵文集》曰：「我國詩歌，詠史、懷人、感事、贈人之題目彌滿充塞，而抒情、叙事之作什佰不能得一。其有美術上之本領者，僅其寫自然之美之一部位耳。」日本宮崎來城亦云：「支那文學沉淪，讀其所作文章，大都以枯澹爲本領，人不復知別樣之文致，且有目漢字爲不適於寫優婉者。」亦病述情一派之荒之說也。吾觀述情、敘事之詩歌，惟漢人最可貴，由當時述情一派未亡也。文家亦然。

日本人桑里氏分希臘、羅馬文學時代，稱西紀前八百年後爲西人文學初期，而希臘琴歌挽歌稱詩之人始出，五百三十年後而悲劇大家與歷史家始出，四百七十年後而各種派之散文家始出，四百零三年後而喜劇家與大雄辯家始出，三百三十六年後而批評家與科學大家始出。羅馬承之，詩人與各派散文家依時而輩出。當拉丁文學最盛之黃金時代，西紀前二百十七年後。始有小說家；至文學之銀時代，紀元十四年後。始有修詞家及文法家；至文學之真鍮時代，紀元一百十八年後。文化衰退，而歷史家、文法家、理學者亦多有其人；至文學之鐵時代，紀元四百二十二年後。始有美術家。然則西人文學先有詩歌、悲劇，是先發見言情之文，繼有歷史而發見紀事之作，其雄辯、批評、理學、科學各承散文派後而踵興。蓋是數者，說理統系中事也，是說理之風盛於言情、紀事之後矣。以中國屬三者之盛衰比較之，則漢至隋而盛著緣情之文，宋至今而盛推說理之文。文家情先於理，而敘事常居其中數。然則中西之轍迹亦有同者乎？原生民之初雖極喬野，情愫之真緣生而具，有觸而發，無待矯飾，故言情之作首出焉。洎乎世運日進，漸啓聰明，相蕩相摩，思想强盛，故說理之作繼緣情而興焉。唐義疏家稱《詩》興於上古，《易》興於中古。《詩》、《易》者，情與理之祖也。故言情或起於文字未作之先，紀事則隨文字而具，説理則在文字略備之後矣。三者滋生之次第無中外，一也。峰岸氏之《世界歷史》稱：「希臘上古文學先有和美耳之史詩，又有哀曲家哀斯基路士、梭佛革利、猶利比底諸人，又有歡曲家阿理斯篤法内士等，古今推爲獨步。」亦言抒情一派最先出者也。「希臘史家有菲洛達篤士，世稱爲希臘之司馬子長，其史議論家則有租基的鐵士。」亦言紀事一派次出者也。「哲學則有小亞細亞之米列篤斯人大來士唱萬物根源皆水之説，又有小亞細亞人阿奈廓沙哥拉士唱精神説，又有詭辯派起於叙利亞，立感覺即物準説以排真理，而議論紛歧矣。蘇格拉底出，立智即德説，門弟子柏拉圖唱唯心説，其弟子亞利士多德出則綜合大米士以來諸家所唱之哲學，陶冶爲一爐，如孔子之集大成者。」然此説理一派又次出者也。此叙述西人文學，每派必標出其最著家數，與桑里所述大同。中西過去文學遞衍之狀，實不謀而互成一公例者也。

由完全三種統系統合文家之時代

前所論爲以三統分區列代平排側注之迹，然亦有以三統通區列代之文者。葉白湖《細碎集序》曰：「文章之道，三代主於明理，秦、漢以來主於切事情，六朝、三唐、北宋主於諧聲律而騁議論。夫義理自切事情，事情所以明義理，聲律則諧夫義理事情者也。綜義理、事情、聲律以騁其議論，而其所以主者各有在，故其所造者各自成。此所謂隨時以發揮者也，文之所以未失其真也。」葉氏之意蓋綜三代文納於説理中，綜秦、漢後文納於叙事述情中，綜六朝、有唐文納於述情之聲律中，綜北宋文納於叙事之議論中。其與曾文正同旨者，以述情品六朝文。與文正異旨者，不以説理品宋以後文也，此則其識誼之未卓也。

通觀以上之區時代大都以有唐爲轉關。然區此轉關以論文，有不盡以三統歸宿之者。黄梨洲氏則以字句文境區之，阮芸臺氏則以華質、繁簡、奇偶、有韻無韻區之。黄氏之論謂：「唐以前句短，唐以後句長；唐以前字華，唐以後字質；唐以前如高山深谷，唐以後如平原曠野。故自唐以後爲一大變動。」阮氏之論則貴華而賤質，貴簡而賤繁，貴偶而賤奇，貴有韻而賤無韻，謂：「雖唐四六其文體益卑，究則文體不可謂之不卑，文統不可謂之不正。」是二説者皆可斷以雲山先生之言。雲山謂：「唐以前文句長者莫如司馬遷、賈誼，而《國策》亦有之也。唐以前文字之質者莫如《易》之《十翼》、《魯論》及曾、思、孟子之書，而其文皆如平原曠野，寬舒可容，不若高山深谷之堆阜突怒而幽奥深遠也。《春秋内傳》，左氏之文章，藏深山大谷之奇崛於平原曠野中；莊周《南華》，寓平原曠野之紓徐於深山大谷之内。開闔變化，其神無方。此可得貌求而皮相也乎？」則專以唐之前後爲斷者未免陋矣！又謂：「貴華而賤質，是不知有《尚書》；貴簡而賤繁，是不知有《内傳》；貴偶而賤奇，貴有韻而賤無韻，是知有《詩》、《易》而已，不知有四子書也；貴短句而賤長句，是知有六經而已，不知有《戰國策》、《史記》、莊、韓諸子之書也。且抑知是數端之遞變皆天爲之，而非盡人爲之歟？章實齋《乙卯劄記》曰：「《日知録》之詁『代變』謂『一代之文沿襲已久，不容人人皆道此語』，此説似之而實非也。氣運變遷，天時人事，未有歷三數百歲而不易者。語言文字從而上下，蓋有出於不知其然而然，非人力所能爲也。」此與雲山説合。三代盛時皆蝌蚪文字，而用漆書簡牘，其勢作字不能甚多。春秋貴士尚游，日日以盛，而孔子以大聖爲倡，天下靡然從事文學，其勢文字不得不繁。戰國、秦、漢，游士愈多，文字日趨簡易，蝌蚪變而爲大小篆隸，漆書簡牘變而爲恬筆倫紙，易偶爲奇，簡爲繁，有韻爲無韻，短句爲長句，乃天道人事之不得不然者耳。」阮氏持見亦甚陋矣。然則以三統論斷列代之文，斯無黄、阮强爲分析之陋矣。唐荆川則以唐前後區爲有法、無法，謂：「漢以前之文，未嘗無法而未嘗有法，法寓於無法之中，故其爲法也密而不可窺。唐與近代之文不能無法而能毫釐不失乎法，以有法爲法，故其爲法也嚴而不可犯。」侯雪苑又以秦漢前後區爲骨與氣，謂秦以前文主骨，漢以後文主氣。故諸子、《左》、《策》皆斂氣於骨，《史》、《漢》、八家皆運骨於氣。蓋吾華之文，漢前後爲一界限，唐前後又爲一界限。觀列代文家大勢者須從此參悟其消息也。大學定章《中國文學研究法略解》則區爲三體：一、漢魏文體。一、南北朝至隋文體。一、唐宋至今文體。此縱區之説。又區别羣經文體、周秦傳記雜史文體、周秦諸子文體、《史》《漢》《三國》四史文體、諸史文體，又横區之説也。蓋文體不可雜糅，古今自有界限。即以一家一體論之，劉氏《約言》稱「荀、楊之文與董仲舒、王仲淹氣體有别。退之、介甫似荀、楊，歐、曾似董、王」。此又極細之區别也。證以詩家論詩，其説復合。李東陽《麓堂詩話》稱：「漢、魏、六朝、唐、宋、元詩各自爲體，譬之方言，秦、晉、吴、越、閩、楚之類，分疆劃地，音殊調别，彼此不相入。」此可見天地間氣機所動，發爲音聲，隨時與地，無俟區别而不相侵奪。王世楙《藝圃擷餘》曰：「作古詩先須辨體。無論兩漢難至，苦心模仿，時隔一塵。即爲建安，不可墮落六朝一語。爲三謝，縱極排麗，不可雜入唐音。小詩欲作王、韋，長篇欲作老杜，便應全用其體，第不可羊質虎皮，虎頭蛇尾。詞曲家非當家本色，雖麗語博學無用，況此道乎！」此絜體宜嚴之説也。王氏又謂：「詩有古人所不忌而今人以爲病者，摘瑕者因而酷病之，將併古人無所容，非也。然今古寬嚴不同，作詩者既知是瑕，不妨並去。如太史公蔓詞累句常多，班孟堅洗削殆盡，非謂班勝於司馬，顧在班分量宜爾。故古人詩病，今人有宜避者也。」此今古有界之説也。至王氏比較馬、班之説，《約言》復申之云：「馬、班文各有所似，馬如高帝之無可無不可，意豁如也；班如光武之動如節度，不喜飲酒也。然子（陽）〔長〕之修飾邊幅，班亦不取之矣。」其旨亦同。

由完全三種統系區別文家之家數

以三統家數之源流正變言之，屬三統之遠源，則《易》爲説理之祖，劉彦和以論説詞序隸之。顔黄門以序述論議隸之。韓子蒼《上宰相書》云：「學《彖》、《象》者，其流則爲論爲義。」《詩》爲述情之祖，劉以賦頌歌讚隸之。顔氏亦同。劉又云：「銘誄箴祝，則《禮》總其端。」顔亦略同。然苟以用韻之體按之，則四者亦可以《詩》統之也。韓子蒼云：「學《三百五篇》者，其流則爲箴銘賦贊。」《書》、《春秋》爲叙事之祖。劉以詔策章奏隸《書》，紀傳銘檄隸《春秋》。顔亦略同。韓子蒼云：「學筆削者，其流則爲傳爲記。學百篇者，其流則爲表啓疏檄。」屬三統之近宗，則莊周爲説理之宗，宋祁《筆記》：「老子《道德篇》爲玄言之祖。」陳傅良曰：「憑虚而有理致者，莊子也。」直齋陳氏曰：「莊憑虚而理。」姜南曰：「後之學者，言理者宗周。周之言出於《易》。」語意皆同。楊慎《丹鉛總録》則以此派文字宗經傳。惟方望溪於此一派則云：「荀、董以道古之文傳。」用意略異。朱仕琇則云：「《易》紹於雄。」屈原爲述情之宗，宋云：「屈、宋《離騷》爲詞賦之祖。」陳云：「屈原變《風》《雅》而爲《離騷》。」直齋陳氏云：「屈變《詩》而《騷》。」姜云：「言情者宗原。原出於《詩》。」意亦同。楊慎説亦同。惟望溪則不及此一派。朱云：「《詩》變於原。」左氏、馬遷爲叙事之宗。宋云：「司馬遷《史記》爲紀傳之祖。」陳云：「子長易編年而爲紀傳。」直齋陳氏云：「左摭實而文，子長易編年而紀傳。」姜云：「言事宗左氏、司馬遷。左氏、司馬遷出於《尚書》、《春秋》。」語意亦同。楊慎説亦同。惟望溪於此分爲兩派，云：「左、馬、班以紀事之文傳，管、賈以論事之文傳。」意亦略別。朱云：「史變於遷。」劉氏《藝概》稱：「儒學、史學、玄學、文學見《宋書·雷次宗傳》。大抵儒學本《禮》，荀子是也。史學本《書》與《春秋》，馬遷是也。玄學本《易》，莊子是也。文學本《詩》，屈原是也。後世作者取塗弗越此矣。」故「《莊》，變《易》者也；《離騷》，變《詩》者也；《史記》，變《春秋》者也」，謝應芝《蒙泉子》之言也。由是漢人沿之而鼎承三統，唐人沿之而略具三統，宋人沿之而略少一統。故列代家數遂有並衍、兼衍、一衍之分。二千年文統流傳，輯録者既多本三者以定宗旨，辨體者又多本三統以賅羣類，豈非文家總要之術哉？

三種統系有歸併於一人之時

《藻川堂譚藝》曰：「韓愈氏生六朝以後，偉志英風，與杜甫之爲詩略相匹敵。其文章之浩瀚遒健直追遷、誼，而藻麗詞采則亦不讓揚雄。其言理義，造經術，則又略與舒、向頡頏於千載之上。兼三統之長而壹之，斯亦奇矣。自唐以來，學者望如山斗。而愈之所推，自以爲不及者，則尤在於相如、揚雄。古宿儒之不敢欺天下後世，蓋如是其真樸醇至也。故其爲大醇小疵之説，皆斟酌而出之，非泛爲大言者比。」然則昌黎兼承三統以自雄於三統迭衰之後，而其自反乃於馬、揚述情一派猶謙讓未遑，宜此一派垂絶於有唐以後也。包世臣《藝舟雙楫》論文於辭賦亦極少許可。而曾文正一則曰：「古來文士並以賦物爲難。」再則曰：「詞賦敷陳之類，非博學通識殆庶之才不足以涉其藩。」玆非文家之一種絶業也歟？ 近世以來，不第述情之文久廢也，即紀事、説理亦漸失其真。《瞑庵雜識》曰：「碑志與紀傳不同，或奉敕撰，或存交誼，或後嗣請求，體兼贊頌，稱善不稱過。紀傳則據事直書，美惡自見。後代諛墓盛行，又誤以碑志爲紀傳，而記事之文廢矣。六藝皆源聖道，學者各以心得著之書，故言之有物，行之有功。八比盛行，道歸一孔，千篇萬卷，人人相同，而説理之文又廢矣。」此砭俗之説，亦確論也。

三種統系有發見於一朝之局

三統之説，吾求之近人，蓋都有志焉綜合之，亦足覘文家趨向之漸歸統一。吾觀近代桐城之文，其旨主於氣斂神静，意高筆絜。望溪以大宗，近繼震川，遠法歐、曾，而下啓劉、姚、梅、曾，數傳而後乃多不振。 桐城末派之弊，朱竹垞實已預言於先，其詞曰：「近時古文之學，或摹仿司馬氏之形模，或拾歐陽子之餘唾，或拘守歸熙甫之緒論。未得古人之百一，輒標榜以爲大家。」繹竹垞此言，蓋桐城立足啓疆之狹，有不待後時而始知者。李邁堂之《書惜抱軒文集後》也，則直抒其不足於歸、方、姚之説曰：「宋以來，古文皆不免規格於篇段句字、起接轉收。其成家者雖各有自得，而意度大抵皆同。震川崛起，始能放重筆，用輕筆，脱排運散，瀟灑遊行，盡而不盡，間亦溢爲奇怪，湧爲波瀾。故論者謂能破八家藩入子長室。望溪嫌其無物，欲以精實勝，鋭意刊除，一歸潔樸，義臻無尚，理取最初，詞必扼要。然芟枝而削膚，削膚而促氣脉，形規骨立，視震川遊行自在又不侔。故劉次白謂其能極文之精，不能極文之大也。惜抱再傳，刊落同望溪，又變爲遥邈幽深，不易窺測。其序記短幅，無大波瀾，淘汰消融，淡之又淡。傳志大人物亦只以一段了之。雖蕭然絶俗，而力渾於神則怯，氣斂於味則單。其經説深思曲筆，足冠古今，而文則有神味而無體裁，讀之未能滿意。陸祁孫推服甚至，而譏魏叔子屠沽暴富不免於陋。吾恐楚王好細腰，宫中多餓死也。昔王己山善論時文，天下推爲老師，然管韞山謂自己山後，江左之文奄奄不振者垂三十年，以其神味有餘而體裁不足也。姬傳古文亦若是而已。至於碑志只用一段括盡，其境最高，而亦有不然者。」此亦形容諸家之失而不爽者也。望溪非不喜《漢書》、柳文者乎？張翰宣不信望溪不取孟堅之旨，姚姬傳貽書辨之，謂：「以學問論，則《漢書》乃史家之首宗，豈可輕視？若以文論，凡《漢書》除所取太史公之作，其傳之佳者盡在昭、宣之世，大抵西漢人舊文，非孟堅所能爲也。其諸志率本劉歆。若班氏自爲之文，只是東漢之體，不免卑近。」此方氏不取《漢書》之旨也。至方氏《書柳文後》謂：「根源雜出周、秦、漢、魏、六朝諸文家，而於諸經特用爲采色聲音之助耳。故凡所作，效古而自汩其體者，引喻凡猥者，辭繁而蕪、句佻且稺者，序記書説雜文皆有之，不獨碑志仍六朝初唐餘習也。」此方氏不取柳文之旨也。其所不取，皆其所短者也。厥後劉孟塗議唐宋之失而欲補以六朝，孟塗云：「退之起八代之衰，非掃八代而去之也，但取其精而汰其粗，化其腐而出其奇。其實八代之美，退之未嘗不備有也。宋諸家出，乃舉而空之，於是文體薄弱，無復沉浸醲郁之致，瑰琦壯偉之觀。」李申耆又立説以補足此義，謂：「今之古文家但言宗唐宋而不敢言宗兩漢。所謂宗唐宋者，又止宗其輕淺薄弱之作，一排一剔，一含一詠，口牙小慧，謭陋庸詞，稍可上口，已足標異。竊以後人欲宗兩漢，非自駢體入不可。今日之所謂駢體者，以爲不美之名也，而不知秦漢子書無不駢體也。」李氏因此乃從流溯源而爲《駢體文鈔》。莊卿珊綬甲曾以爲疑，而李氏復書辨之。厥後蔣子瀟、曾文正皆申之。子瀟則謂：「古人用功，先文而後筆。由文入筆，其勢順；由筆返文，其勢逆。自古有工於文而不工於筆者，豈有不工(筆)〔文〕而工(文)〔筆〕者。昌黎起衰，由能吸六朝之髓也。」與孟塗意旨蓋脗合也。在李氏之前，黄太沖氏早發學歐、曾一二折之病矣，説與前互見。吴名鳳《此君園集》有《漢魏六朝文鈔自序》，持論亦主「以八代爲根柢，而融理博事於經史」，用意亦同。又李申耆之説，李祖陶《邁堂文略》有書後一篇深以爲非，其旨謂：「申耆宗唐宋不如宗兩漢、宗兩漢須以駢體入手之説，按之昔之宗秦漢者，李獻吉叢譏於前，朱梅崖痛悔於後。其宗唐宋者，遺山、牧庵、道園、陽明、荆川，其力其才雜之西漢無愧色。是欲宗秦漢必階梯唐宋。若近世矜錬之子，得其一字一句而遂以爲韓柳；描摹之子，得其一轉一折而遂以爲歐、曾；鹵莽之夫，得其一縱一横而遂以爲蘇氏。此非宗唐宋之過，而非其人之過也。使之宗兩漢，亦如跛人之難上天矣。申耆以《答任安書》、《出師表》皆入駢體，且謂秦漢諸子皆駢體，其誰信之？惲子居欲以諸子救文集之失，尚是簡易繁、深救淺、奇換庸，誠爲對症之藥。然不從道理真實處爭而從字句古奥上爭，已爲不知本。若以六朝補八家，是丈夫珠翠、彝鼎丹粉而已。」吴南屏知末派之非而欲主《史記》反之正，説見前。惲子居既時弊而欲救以諸子。惲氏《文稿二集叙録》曰：「敬觀之前世，賈生自名家、縱横家入，故其言浩汗而斷制。晁錯自法家、兵家入，故其言峭實。董仲舒、劉子政自儒家、道家、陰陽家入，故其言和而多端。韓退之自儒家、法家、名家入，故其言峻而能達。曾子固、蘇子由自儒家、雜家入，故其言温而定。柳子厚、歐陽永叔自儒家、雜家、詞賦家入，故其言詳雅有度。杜牧之、蘇明允自兵家、縱横家入，故其言縱厲。蘇子瞻自縱横家、道家、小説家入，故其逍遥而震動。故文集之衰，當起以百家。」吴仲倫亦稱：「子居文遠出雪苑、勺庭諸公之上，誠爲得力於周秦諸子之書。」可證成子居之説。惟包安吴不以子居此説爲然，其《復李邁堂書》曰：「子居欲以子書救八家之説，自是賢智之過。子居得力全在介甫。且所貴於子書者，謂其析理必精，論事必至當，言情必至顯，爲後人所不能及耳，非謂其製體修辭異於後人遂以爲新奇可喜也。是故子居以子書救八家之説未爲得也。時文既工，古文有近時文者。八家與時文時代相接，氣體較近，非沉酣周秦子書必不能盡去以時文爲古文之病耳。若謂以子書救八家，則八家何病而待救耶？」此不取子居立説之旨，與邁堂相倡和者也，惟包氏語亦有病。案：此説宜與前卷參觀。然是三者近人頗有之。孟塗之説，阮文達、李申耆之流有之，其得力在樸雅遒逸，其弊在襲外貌而寡真氣。南屏之説仍不出震川宗旨，得力與弊已發見於桐城諸家。子居之説，龔定庵、魏默深有之，其得力在雄奇，其弊在縱蕩而無藩籬。以今日文家革新之説觀之，此派蓋即龔、魏所開，魏猶近儒術，龔則雜覇，今則變而縱恣益厲耳。故有桐城家之嚴謹，自然一變而有革新者之横決。蓋龔氏本姚之後學也，亦猶經學有乾、嘉時之媚古，自然有今日之僞古。此列代學派、文派常經之軌道也。

蓋孟塗之旨主於以述情補宋以來之缺略，南屏之旨主於從叙事文中得兩漢之豐神，子居之旨主於以析理成專家之業而振起末流蹈虚之弊。孟塗、南屏、子居決定此議，都有人以實其言，有利病以驗其命意。南屏之説先已大張勢力於桐城之僞，而孟塗之説卒有曾文正假之以興起文苑中而睥睨一世。未久，而普世之觀瞻又注視於子居所標之的，以風靡一時，混芒接迹，譯寄踵開而交通之文境出矣。吾是以按驗國朝文家流衍之狀，而知方、姚諸家所畢生揭竿奔赴者，唐宋文其幟也；阮、李諸家所獨探幽勝者，漢魏六朝文其幟也；龔、魏諸家所矯然自異以譁於世者，周秦諸子文其幟也。其以研究唐宋文爲宗旨者，不出於宋學義理家則出於經濟家。其以研究漢魏六朝文爲宗旨者，多在漢學古文家。其以研究周秦諸子文爲宗旨者，多在漢學今文家，或經世史學家。文章原於學術，觀於近世而益信。然則近世之於三統，不爲平排，不爲側注，乃舉古代文囿中之析分混合諸家之迹，如倒啖蔗境而備衍之也。至今日，而中西文字研究之説又起矣，試表列大凡如左：

康雍朝　　乾嘉朝　　道咸朝　　光宣朝

唐宋文　漢魏六朝文　周秦諸子文　中西文

右所分時代以創作之朝爲大略之區別，粗具遞嬗之蹤迹，實則光、宣以前，三種文派並不因此一文派倡而彼一文派歇絶。彼一文派未革而此一文派自興。生滅消長，既未嘗率天下之人而側注一塗，亦未嘗並時崛起三塗以各據雄藩，自拓疆宇。惟中西文術出，而以前三者漸有不能支拄之勢，然爲之者仍不以之劫奪所好也。時會極之，豈人爲之故哉！

吾觀近世之文學與近世之經學成一正比例。蓋自漢及明，經學凡五變。而今世二百餘年，乃奄有四變。兩相對炤，則自周秦及元明所演成二千年之經學，本朝亦倒啖其滋味而備演之也。本朝之一變則蹶宋而興漢者也，其二變則絀東漢之古文而伸西漢之今文者也。二變之末期已與八九變同時代，則駸駸乎由西漢而上躋周秦，有貴子而賤經之勢矣。經學之由宋而漢，由東漢進而西漢，由西漢而達諸先秦以上，與文學遞進之迹，時世大略從同。又至今日，有以西政西藝説經一派，《定章大學研究》經學有以外國科學哲學證《易》之法。遂因而發生以他邦語文與我華文並治一派。《定章大學研究》文學有考東文文法、泰西各國文法之目。文章之果以學術爲之因，其接迹於混芒中者如此。經學變遷，余別有《歷朝經學九變圖》詳之。吾更就三種大別臚其派別出入之最著者，又各析其大宗、別子之分，其例如左：

唐宋文派：
- 大宗：方望溪、梅伯言、張濂亭、姚姬傳、曾滌生、吳摯父等。
- 別子：陽湖文家。

漢魏六朝文派：
- 大宗：阮芸臺、汪容甫、張皋文、李申耆等。
- 別子：劉孟塗、蔣子瀟、曾滌生等。

周秦諸子文派：
- 大宗：龔定庵、湯海秋、魏默深、王子壽等。此派以前，仿諸子著書者尚有王船山、胡石莊、唐鑄萬、檀默齋等。
- 別子：（今日研究西學一派）

唐宋文派諸家所握定之宗旨曰：「以韓、歐之筆達程、朱之理。」則姚春木氏之説也。漢魏六朝文派所握定之宗旨則曰：「若學相如、子雲之文，必先學許、鄭、景純之所以爲學。」則阮芸臺《跋朱文正遺墨》之言也。《純常子枝語》曰：「《揅經室訓子文筆》，阮賜卿太守編，大抵見文達集中矣。惟《跋朱文正遺墨卷》云：『先師學以漢人傳注箋解爲本，而又心好沉博絶麗之文。故元常謂若學相如、子雲之文，必先學許、鄭、景純之所以爲學。非有根柢不能文也。』」又曰：「以韓、柳之筆發服、鄭之藴。」則江鄭堂之稱王蘭泉也。又曰：「駢散合一，其理至咸、同而大昌之。」一則曰：「以《漢書》之訓詁參以莊子之詼詭。」再則曰：「以戴、錢、段、王之訓詁發爲班、張、左、郭之文章。」自注云：「晉人左思、郭璞，小學最深，文章亦逼兩漢，潘、陸所不及也。」則曾文正之説也。而又力闡「昌黎與揚、馬、班、張一孔出氣」之誼。而求其所謂馬、揚同工者，謂：「昌黎由四家以上躋六經也，故其《南海神廟碑》、《送鄭尚書序》諸篇與漢賦近，其《祭張署文》、《平淮西碑》諸篇與《詩經》近。」其通駢散兩派之閡又進於阮芸臺之持誼。芸臺以兩派之轉變在昌黎，而文正則以兩派之離合在昌黎，豈不異哉！周秦諸子文派所握定之宗旨則「文集之衰起以百家」，惲子居氏之言也。陸祁孫曰：「子居汎濫百家之言。」觀此而惲氏之所自得可見。而章實齋「文體備於戰國」之論、包安吳自云「學法家、兵家、農家」之説與爲輔翼者也。此今人長沙王氏所以有續姚氏古文之選而有「道光末造，士多高語周秦漢魏，薄清淡簡樸之文爲不足爲」之嘅也。

以文統與國統比較之，國家之統有正統有偏統，光嶽氣完之朝爲正統，光嶽分裂之朝爲偏統。文家之統有分統有合統，凡屬三統平排並出之時爲合統，凡屬三統側注不完之時爲分統。參觀前説。又，茅鹿門《與王敬所書》曰：「蓋嘗就世之所稱正統者論之，六經者，譬則唐虞三王也。西京而下，韓昌黎輩，譬則由漢而唐而宋，間及西蜀、東晉是也。世固有盛衰，文亦有高下。然於國之正統，或爲偏安，或爲播遷，《語》所謂『寢微寢昌，不絕如帶』是也。其他雖富如崔、蔡，藻如顏、謝，譬則草莽之裂土而王是也，況於近代文人學士乎哉！」此亦文統與國統比較之説也。

以文統與學統比較之，爲學統之海者有孔子，爲師爲儒，或道或藝，皆超距而跨越之與兼併而統轄之。然由《五經》並立派以得師之道者，曾、孟爲一家；由《五經》離析派以得儒之藝者，卜、荀爲一家。爾後二派常相歧，遞盛迭衰，張皇乎二千年漢氏之學域。其間若漢儒之學，卜、荀派也，至鄭君則以卜、荀之業而略通於曾、孟，兩派一小合矣。若宋儒之學，曾、孟派也，至朱子則以曾、孟之業而兼及於卜、荀，兩派又一小合矣。馴至近世而調劑二派之説迭起而迭滋，特未嘗有鄭君、朱子其人耳。文統亦然，其爲總匯之海者有六藝。六藝包《詩》、《書》，容《春秋》，而垂爲充周嚴整之偉術也。莊、屈、左承之而衍爲三統。西京之文儒又各承其三統，歧而衍之。至六朝而衍《詩》之裔大張，馬、楊派極盛，昌黎韓子出而一小合矣。考前人推文中之韓與推詩家之杜，互相比並，皆抵於極。推韓者既有如歐公及東坡諸賢所云，推杜者若元稹稱：「余讀詩至杜子美而知古人之才有所總萃焉。」「上薄《風》、《騷》，下該沈、宋，言奪蘇、李，氣呑曹、劉。掩顔、謝之孤高，雜徐、庾之流麗。盡得古人之體勢，而兼昔人之所獨專。則詩人以來，未有如子美者。」他如《漁隱叢話》稱「半山老人《題杜像》詩，知其平生用心處」，而《遯齋閒覽》稱：「荆公編《四家詩》以杜甫爲第一。公曰：『白止於豪逸，至於甫則悲歡窮泰，發斂抑揚，疾徐縱横，無施不可，所以先掩前人而後來無繼者也。』」此究詩家之杜宜與究文家之韓應有之定論也。至宋、明而衍《易》之裔大張，董、劉派極盛，曾文正出而略復小合矣。然文正又非昌黎比也。黎庶昌曰：「湘鄉曾文正公擴姚氏而大之，並功德言爲一塗，挈攬衆長，轢歸掩方，跨越百代，將遂席兩漢而還之三代，使司馬遷、班固、韓愈、歐陽修之文絶而復續，豈非所謂豪傑之士大雅不羣者哉！」三統中惟《書》、《春秋》裔之左、馬派適中常存，不昌亦不絶。至《詩》裔之馬、楊派，與《易》裔之董、劉派，有時而大王，有時而絶無焉。然此就文統、學統相比較言之也。若取二者參觀之，則兩者又互相消長。粤自先秦以降，經術漸明。對照於文學觀之，大抵學術盛則文術衰，東漢、兩宋是也。本朝乾、嘉時亦然。《純常子枝語》云：「乾隆間，四庫館開，博極千古。其時學者，河間紀文達公、休寧戴東原先生、大興朱竹君先生、朱文正公、餘姚邵二雲先生，皆主持風氣，天下空疏腐陋之習爲之丕變。」此乾、嘉時學術之盛之説也。章實齋《丙辰劄記》云：「徐巨源世溥言：『今天下文章聲氣可謂盛矣。雖然，日午月望，有道者所不居，異日必有以刻文得罪功令，數十里不敢通尺書者。』已而婁東復社果有違言，人謂巨源卓識。今之文章一道，無復有言者矣。然才智紛紛，爭言考訂，率皆鶩名而暗於大道，詆誚宋儒，厭薄文辭，如水趨壑而不可止。將來必有極變之禍轉使天下以學問爲諱，而爲空疏不學之流所藉口。有識之士宜知所擇也。」此乾、嘉時文術之衰之證也。徐氏之說不第有後來兩社違言之驗，且致國初社事之厲禁，康、乾文字之大獄也。至章氏之言，不第驗於後來道光時當國大臣之惡學而以小楷試帖相高，且可稱爲今日以學問爲諱、以藉口辦事爲能之預言。況今之挾西學以仇中學者又從而蹂躪之乎！烏乎，其來遠矣！文術盛則學術衰，西漢、魏、晉至隋、唐是也。二者相爲往復，一文一質，華樸代興，是文術與學術適成一反比例。方望溪《贈淳安方文輈序》曰：「古文之學每數百年而一興，唐宋所傳諸家是也。漢之東、宋之南，其學者專爲訓詁，故義理明而文章則不能兼勝焉。而其尤衰則在有明之世，明人一於《五經》、四子之書，人占一經，自少而壯，英筆果鋭之氣皆敝於時文，則其不能自樹立也宜矣。」吾謂方氏此病明人之說，驗之今日尤甚，蓋今之學術與文術兩者都掃地之世也。然尚卜、荀派學術之世，其馬、揚派情韻之文必與迭出，東京至六朝是也，所衰者董、劉之文耳。尚曾、孟學術之世，其董、劉派經術之文必與迭出，北宋至國初是也，所衰者馬、楊派之文耳。是文術與學術又自成一正比例。觀於近人，則益瞭如矣。李揚華《紙上談》曰：「本朝古文有所謂桐城派者，其說以爲《左》、《國》、《史》、《漢》之緒至歐、蘇死，失其傳。自前明及我朝，浙、蘇儒術最盛，然所能者經學耳，詩賦耳，至於古文則推安徽，安徽又推桐城。方望溪遠紹歐、蘇，猶周子之道統承孟子而來也，再傳爲劉海峰，猶周子之得程子也，三傳至姚姬傳集其大成，猶朱子之兼綜濂洛也。」此亦以文統與學統相比較之說也。

近人有舉道統、文派之說而並破之者，陳澧爲《鄭獻甫傳》曰：「君尤不喜近之爲文者，其言曰：『道無所謂統也。道有統，其始於明人所輯《宋五子書》乎。文無所謂派也，文有派其始於明人所選《唐宋八家文》乎。自道之統立，文之派別，遂若先秦以來之賢人君子、東漢以來之鴻篇鉅製，皆可置之不論。夫一代之世運與一代之人才合而成一代之文體，文體不同而精采皆同。若具一孔之見，勒一途之歸，則陳陳相因而已。然則宋五子不足宗，八家文不足法乎？曰：否。知賢人不止五子，則何病乎宗五子？知古文不止八家，則何病乎法八家？按：近人又有八家、五子參互對觀之説，《滇南文略》：張月槎漢《書曾子固集後》曰：「八家有文章無理學，五子有理學無文章。古有爲是言者，其盡然歟？而未盡然也。往讀朱子集，其理學不待言，彼其爲文，波瀾意度，動中繩尺，如風行水上，自成文章，實粹然有道之言。今讀《曾子固集》，其文章不待言，彼其於理，觸事有會，洞見本原，如月印萬川，處處皆圓，亦蔚然儒者之宗也。生程、朱未起之先而理已詣極如是，朱子亦極爲賞重，嘗學其體爲文。倘亦所謂豪傑之士，雖無文王猶興者歟！予謂八家不純於理而子固理近朱子，五子不盡精於文，而朱子文類子固，子固不可以文掩理學之名也。」此又互觀而得其通之説也。余惡夫徒知有五子、八家者耳，而況問以五子書、八家文而亦未全寓目也？』」鄭氏此旨蓋惡夫言道者祇局於宋五子，言文者只囿於唐宋八家，欲立論以廣之，其非因有道統説而并不喜宋五子，非因有文派説并不喜唐宋八家也。然則今之言學必墨守宋學或漢學而不相通、言文必謂桐城外無古文，亦非通識也。知言道而貫以統、言文而別其派，乃以示人從入之塗，而非以拘人耳目也，則得矣。鄭氏論文又有三有之説，朱伯韓嘗取以輔惜抱精粗之論，其意可與此義互證，見卷六。

古文詞通義卷十四

總術篇二

以三統總概文家之輯述者

魏源《國朝古文類鈔序》曰：「六經自《易》、《禮》、《春秋》姬孔制作外，《詩》則纂輯當時有韻之文也，《書》則纂輯當時制誥章奏載記之文也，《禮記》則纂輯學士大夫考證議論之文也。網羅放失，纂述舊聞，以昭代爲憲章而監二代之文獻。然則整齊文字之學自夫子之纂六經始。」然則文家輯述之學開自孔子，此陳義之最古者矣。然古今文家著述編輯之書亦有可以三統攝之，並諸家各謀以三統定立宗旨者可略舉也。通藝於道者有《藻川堂譚藝》。史公，文中之聖；杜，詩中之聖。先生書中多闡兩家之旨。以言理爲主，通文於講學者有真西山《文章正宗》、蔡文勤《古文雅正》。以通情爲主者有張臯文《七十家賦鈔》。以論事爲主，合文於政治者有賀耦庚《經世文編》。明代陳氏《昭代經濟言》、近陸氏《切問齋文鈔》皆在其先，意旨無別，其分類亦仿元人《經世大典》，但增「學術」一目，而並《大典》中「帝制」、「帝訓」爲「原治」門，去其「帝號」、「帝系」二門，其餘分類悉依之。其意詳掌故，亦與同旨。以文與史合誼則有章實齋《文史通義》。以文與史爲表裏則有《文紀》、《漢魏六朝百三家集》、明張溥編。近人嚴可均編自三古至隋，尤爲完備。《唐文粹》、宋姚鉉編。官書《全唐文》尤完備。《宋文鑑》、宋吕祖謙編。《南宋文範》、《金文雅》、均莊仲方編。《元文類》、元蘇天爵編。《明文在》。薛熙編。此外尚有數家，遼文、西夏文亦有輯者。諸編之與三統，或與相通，或與合誼，或立爲主旨，或相與爲表裏。雖一編之中，綜合三統以印之，亦時有出入，要其大旨則各有純一之關係焉。

國朝人編昭代總集亦有與三統爲關係者，如姚春木《國朝文録》主義理，王蘭泉《湖海文傳》、朱蘭坡《國朝詁經文鈔》主考訂，陸朗夫《切問齋文鈔》、賀耦庚《皇朝經世文編》主經濟。續編至夥，有饒氏、葛氏、盛氏數家。盛氏最善，有《洋務》六十卷，書成，以有所顧慮而未刻。麥氏《經世文新編》最新，餘皆非至者。近出之《二十世紀政治文編》亦屬此類。然主義理者易流陳障，主考訂者易流瑣碎，主經濟者載章牘，多通俗。李次青叙楊氏《古文正的》曰：「凡談性理、言考據、近公牘者則置之，以涉三者則文即不能入古也。」近世文集如藍氏《鹿洲文集》、包氏《安吳四種》、姚氏《中復堂集》皆有近公牘之弊。上高李氏《國朝文録》多以人存文，收擇不嚴。李氏自序謂：「務取諸家之長，故有明道之文而近膚者不録，有論事之文而太横者不録，有紀述功德之文而過諛者不録，有言情寫景之文而涉浮者不録。」以鄙見觀之，究未克悉符其旨也。《復堂日記》稱其「排簡齋，於望溪、易堂亦有微詞。雖囿行墨未拔俗，然持論平實當在姚春木《文録》上，吳枚庵《文徵》下，惟主張鄉曲，多收江右之文，不爲天下公言。續録所取尤蕪雜」。其論甚當。

王愓甫《國朝文述》取材甚儉，朱蘭坡《古文彙鈔》、錢衎石《碑傳集》志在史料，今人藝風堂有續集，聞蕭敬甫亦有之，近頗散佚。陳世箴有《敏求軒述記》，鈔文集中書事傳記。俞樾亦有鈔文集中紀事之筆記，與錢氏有廣狹之別，而與《虞初新志》、《續志》、《廣志》之屬小說又不同也。吳枚庵《國朝文徵》又主闡幽，楊性農《古文正的》主張楚材宗室，盛昱《文經》限於八旗，長沙王氏《續古文辭類纂》專主桐城一派。惟李次青《國朝先正文略》，觀其序例，知其無拘執，無偏倚，但未見傳刻耳。《國朝古文所見集》近簡略，《國朝二十四家文鈔》得失，前卷已言之。近人選文有《文匯》一種亦尚完備，然亦有求其人之文不得，輒取其著述中摘録一二則以當其人之文者。季錫疇《菘耘文鈔》有《與王硯雲論文徵體例書》嘗有此類之糾正，其說曰：「已刻龔明之文數篇，知覓其集不得，姑從《中吳紀聞》中摘録署題以存其概，鄙意頗爲不慊，此係說部，與集中古文殊異，往往據事直書，不講行文法律。若目之爲文，欲傳古人而有累古人，恐古人所不許也。」此亦《文匯》之弊也。

文之總以時世者

顧況曰：「大抵文體十年一更。」此言文乃與世變遷之事也。劉禹錫曰：「八音與政相通，文章與時高下。」《七修類稿》云：「文章與時高下，後代自不及前，如風草之說是也，漢豈能及先秦耶？」故文章與國家盛衰至有切近關係。朱子曰：「有治世之文，有亂世之文。六經，治世之文也。如《國語》委靡繁絮，真衰世之文耳。是時語言議論如此，宜乎周之不能振起也。至於亂世之文，則《戰國》是也，然有英偉之氣，非衰世《國語》文之比也。姜西溟言「周秦之文莫衰於《左傳》，莫盛於《國策》」語蓋本此。

汪苕文云：「昌明博大，盛世之文也；煩促破碎，衰世之文也；顛倒悖謬，亂世之文也。」與朱子同意。沈祥龍《樂志簃筆記》謂：「就一人之文論，亦有盛、衰、亂之别。此不係世運而係乎心性。黄山谷言作文須從治心養心中來。然則心性未正，其所爲之文，倘亦曾南豐所謂亂道乎？」楚漢間文字真是奇偉，豈易及也！」此朱子總文以三世者。馮氏《雨航雜録》言文字盛衰關乎世運，立論與朱子同旨。焦南浦《此木軒雜著》亦暢此旨曰：「盛世之言，其氣和；衰世之言，其氣葸；治世之言，其氣直；亂世之言，其氣猛。盛世之言若皋、夔、周、召之於唐、虞、成周，何其休美也！治世之言若賈生之於漢文帝，魏徵之於唐太宗，韓、范、歐陽等之於宋仁宗，侃然發陳其志意，無有鬱屈而不得言信者，斯亦其次也歟。若夫衰世之言似和而非和也，爲苟悦，爲苟免而已。彼其氣奄奄且盡矣！亂世之言似直而非直也，爲爭名，爲競勝而已，其尤不肖者色厲而内荏矣！烏乎，非直不可以爲和，非葸之甚則亦不至於終亂。然其所以致此者，豈一日之故哉？此皆可爲法鑒者也。」《大學定章》教人多讀盛世之文，用意尤爲深厚。詩亦然。

今試爲推類言之，國運盛則其文必盛。舉證以示例，惟漢自開國後以武帝時之文最隆，宋仁宗時次之，東京之初、盛唐開元、元大德、明宣正之時亦略有之，清康、乾時亦如之。蘇欒城謂：「秦火後，漢叔孫通、賈誼、董仲舒諸人以《詩》、《書》、《禮》、《樂》彌縫其缺。西漢之文，後世莫能仿佛。」此盛漢之文隨國運也。朱子謂：「國初文章皆嚴重老成，其詞謹重，有欲工而不能之意，方氏《通雅》云：「癡山曰：前輩論文有專取厚重，以爲風教所關、福澤所出者，固也。其間政自有辨，阿犖山身重三百五十斤，顧當時見稱乃在運其三百五十斤之軀盤舞如飛。不然，司馬保八百，孟業千斤，劉荊川大牛，何異哉？鐘有徑廣者可容萬石，顧其肉郭必不能厚，〔厚〕則石而音咽矣。惟其靈也，惟其動也。小巧以爲靈，凌轢以爲動，又弗取也。臨以生平之魄力，收古人之精英，久而出之，古人與我鬱勃而不可已，心醖而口咀，迫而吐之，其聲乃流。」按：此言文家厚重與靈動之分別，其語至有見，其云「風教福澤出於厚重」，正可證盛世之文宜有此象也。及其衰也，則小巧凌轢而已。此則可與十一卷「文氣之厚重與輕婉」條參看。所以風俗深厚。」此盛宋之文隨國運也。姜南《蕉窻曝背臆説》曰：「宋孝宗與崔敦詩論文章關世變，敦詩曰：臣觀建炎詔文義理明而氣勢雄，便知必能中興。六朝之文破碎，遂有土地分裂之象；五代之文粗悍，遂有草茅崛起之象。有識者可以觀矣。」按：此語爲朱子語所未備，其所指又南宋中興之文象也。更如元大德以後，明宣德、正統以後，其文大抵雍容不迫，淺顯不支，雖流弊不免庸沓，然不可不謂爲盛世之文也。至本朝朱蘭坡琦爲《湖海文傳序》曰：「是書大抵丙辰建元以後，固乾隆一朝之文也。伊古開國之始，兵燹雖靖，誦弦未深。上之人經營疆理，無暇言文，文亦若有待而發。漢高祖欲於馬上治天下，歷文、景二帝不好儒，能文者祇賈生一人耳。至孝武表章六經，經學遂昌，而董仲舒、枚皋暨長卿、子長兩司馬興焉。東京光武投戈講藝學，不免雜乎讖緯，逮張平子、班孟堅而文始盛。唐貞觀有瀛洲學士之選，然以文見者殊寥寥。燕、許大手筆已屬開元，而韓、柳更值元和之際。宋世亦在仁、英朝，歐陽唱之，蘇、曾諸公和之。然則天地太和之氣，人文之所以化成，殆必積之厚而後流溢者歟。我朝文治超越百代，康熙初已開博學鴻詞科，閎才偉製，光采照耀，繼起者往往不乏。久之或漸趨平衍，高宗純皇帝御極，制科再舉，與前此己未相輝映。自是建辟雍，置石經，聚四庫書。凡遼海奇編，羽陵秘笈，咸登於册，藏七閣。覽者既藉可增其智識，助其波瀾，矧奎藻丕焕，陶鑄典謨。俾公卿得分日月之華而習詔誥之響，競懷鉛槧，思自獻以譽龍虎之文。下及布衣韋帶，且擘摩砥厲，各欲成家。此乾隆一朝所由文之卓然獨彰顯者也。」此所述又悉舉本朝盛世之文言之而并及列朝盛世之文。其於康熙一朝所言雖略，實則可比盛漢、盛宋，曾文正《叙先正事略》有此意。而乾隆一朝亦與元大德、明宣德以後同歸，良以乾隆文體多歸考訂，終次於康熙之盛，雖云略趨平衍，固較乾隆後散碎之風爲勝也。又龔自珍《四先生功令文序》曰：「其爲人也惇博而愉夷，其文從容而清明。使枯臞之士習之而知體裁，望之而有不敢易視先達之志，盛世之盛。唐之開元、元和，宋之慶曆、元祐，明之成化、弘治尚近似之哉！其人多深沉惻悱，其文叫歗自恣，芳逸以爲宗，則陵遲之徵已。夫莊周、屈平、宋玉之文别爲初祖，而要其羨周任史佚、尹吉甫之生，而願游其世居可知也。」此又比較盛世、衰世文人之説也。

國運衰則其文必衰，舉證以示例，惟宋明季年之文最弱。《老學庵筆記》稱「文字關係治忽」：「紹興中有貴人好爲俳諧體，後生遂有以爲工者，然與五代之體何異？」朱夏謂：「宋季年之文敗壞已極，遺風餘習入人之深，若黑之不可以白。」此亡宋衰世之文，一也。明季之文，黄梨洲病其「聚斂拆洗，生吞活剥」，顧亭林病其「全在摹仿楊升庵」，病其「益趨益下，而且互相標榜，大言不慚，造作名字，掩滅前輩，可爲世道慨」。此亡明衰世之文，二也。

世既亂，則其文必亂。舉證以示例，惟六朝、五季爲最下。裴子野《雕蟲論》力言晉、宋以降之文弊，其略曰：「悱惻芳芬，曼靡容與。蔡（應）〔邕〕等之俳優，揚雄悔爲童子。深心主卉木，遠志極風雲。其思浮，其志弱。」《丹鉛總録》所引。《隋志》謂簡文宫體遞相放習，流宕不已，訖於喪亡。楊慎謂文至於隋而靡極。此六朝亂世之文，一也。范文正作《尹師魯集序》云：「五代文體薄弱。」東坡云：「唐末五代，文章衰陋。詩有貫休，書有亞棲，唐僧，以草書名。村俗之氣，大率相似。」《名臣言行録》曰：「文章自唐之末日淪淺俗，浸以大弊。」《蔡寬夫詩話》稱：「唐末五代，俗流以詩自名者，多好妄立格法，取前人詩句爲例，議論鋒出，甚有師子跳擲，毒龍顧尾等勢。覽之每使人拊掌不已。」朱子云：「文氣衰弱，直至五代，竟無能變。」楊慎謂文至於五代而冗極。此五季亂世之文，二也。案：儲同人在陸《草堂文集》有《氾令則默鏡居文集序》稱：「集有艾文一跋，予讀之而重有感，當日豫章、吳下所爭者何事哉！區區科舉之文，三年小變，十年大變之物，本非有定論也。彼此好尚稍稍不合，咆哮叫號。傭販僕隸，鄙倍不入耳之談公布簡牘，名士若斯，言之醜矣！然以愚觀之，當日之名士，如醉如狂，若或憑焉，爲明室亂亡之妖兆。」此又亂世之一種氣象也。艾文者，即艾千子之文，有與雲間相詬爭一案者也。

凡此皆由國家之爲盛、爲衰、爲亂以概其文。蓋時運之變遷徵諸人心，人心之隆汙形諸言論，言論之和平噍厲，迎機互引。和平引和平，噍厲引噍厲，出於口爲言論，筆於書爲文章。所謂文以引聲，聲亦足以引文。故文者，人心之聲也。《詩序》以聲音區别治世、衰世、亂世，同此理也。秦人望東南而識漢天子之盛氣，邵雍因鵑聲而識宋朝廷之衰氣，《天岳山館文鈔》有《氣機》一篇，頗闡此理。矧文字其最著者乎！大抵盛衰轉變之時必有氣機之轉運，故宋文未盛之前，先有石介之《怪説》一篇以力詆楊億，明文未盛之前，先有王彝之《文妖》一篇以力詆楊維楨。俞樾曰：「二楊之文雖不免勝肉於骨，亦何至爲妖爲怪乎？排詆太甚矣。」此不以石、王之旨爲然者也。蓋人心之不可遏如此。

馮時可又通列代文章强弱之大勢以對觀其國勢，謂：「漢文雄而士亦雄，宋文弱而兵亦弱，唐文在盛衰之間，其國勢亦在强弱之間。文與國運往復灌輸，其密接蓋若是。以吾觀之，大抵盛世之文必氣象光明正大，朱子所謂前輩爲文務爲明白磊落，指切事情而無含糊臠卷、睢盱側媚之態，使讀者不過一再即曉然知其論某事某策。」潘四農《答魯通甫》謂：「古昔運際隆盛，上下相愛相救而不相欺蔽，則士大夫之文必皆明白正大，其意望之而可知，其言循之而可施於用，其氣奮發而不可遏，困厄而不可挫。此非勉强學文爲之，一時之士氣爲之也。」此盛世文之定品也。朱子謂：「文章須正大，教天下後世見之明白無疑。」曾文正謂：「文章之道，以氣象光明俊偉爲最難而可貴，自孟子、韓子外惟賈生及陸敬輿、蘇子瞻、王陽明得此氣象。」皆此一派也。

衰世之文必氣象圓美，晻昧没滅。富韓公嘗指斥文字無所發明，但模棱依違之陋習。至朱子則曰：「近來風俗一變，相與傳習一種議論，制行立言，專以蘊藉襲藏、熟圓軟美爲尚。聽其言，終日不知其意之所嚮。」潘四農所謂「一人之文，觀一人之氣；一世之文，觀一世之氣。假使一世之文至於媕婀纖仄，悉無直氣，則其士大夫可知，而其世亦可知也」。此曾文正所以深致慨於近世士大夫相與懸遁之言也。此衰世文之定品也。龔自珍《著議九》曰：「衰世者，文類治世，名類治世，聲音笑貌類治世。黑白雜而五色可廢也，似治世之太素。宮羽淆而五聲可鑠也，似治世之希聲。道路荒而畔岸墮也，似治世之蕩蕩便便。人心混混而無口過也，似治世之不議。左無才相，右無才史，閫無才將，庠序無才士，隴無才民，廛無才工，衢無才商，抑巷無才偷，市無才駔，藪澤無才盜，則非但尠君子也，抑小人甚尠。當彼其世也，而才士與才民出，則百不才督之縛之，以至於僇之，僇之非刀非鋸非水火，文亦僇之，名亦僇之，聲音笑貌亦僇之。僇之權不告於君，不告於大夫，不宣於司市，君大夫亦不任受。其法亦不及要領，徒僇其心，僇其能憂心、能憤心、能思慮心、能作爲心、能有廉耻心、能無渣滓心。又非一日而僇之，乃以漸，或三歲而僇之，十年而僇之，百年而僇之。才者自度將見僇，則蚤夜號以求治，求治而不得，悖悍者則蚤夜號以求亂。夫悖且悍，且睊然眮然以思世之一便己，才不可問矣，嚮之論聒有辭矣。然而起視其世，亂亦竟不遠矣。」案：此論衰世之狀不第於文見之，而可爲衰世文之感應，且可以見文章所以成爲衰世者之本原，故取證之。

亂世之文則馮時可所謂：「《國策》矯稱蠭出，猶有兵氣。申、韓卑卑名實，事譎詞巧，岻巇激肆，蕩然無義。莊、列之倫，離經叛道。皆亂世之文哉！」艾千子於輯《歷代古文定》、《待》外，又有《文勦》、《文妖》、《文腐》、《文冤》、《文戲》諸書，蓋皆以斥此類文者。《茶餘客話》稱：「任香谷常言其鄉老宿芮先生，六十年中評隲文字分八大箱，按卦名排次。乾字則王、唐，坤字則歸、胡，以次及瞿、薛，及隆、萬，及金、陳諸變體。其坎、離則褒貶相半者，艮、兑皆歷來傳誦之行卷社稿，所深惡而醜詆之者也。」此雖以評隲時文，歷代古文亦可作如是觀。且自來選文祇輯其佳者，惟艾與芮並其劣者亦拈以示戒，是亦不可不知者也。今人文編附論文病，亦此意。然則亂世之文非含鋒厲殺伐之氣，即含詭譎慘刻之氣與夫破決歧裂之氣，不出此三等而已。昌黎所謂「和聲鳴國家之盛」，言治世之文也。荀卿所謂「亂代之徵，文章匿采」，言衰世之文也。制舉家評啓禎文所謂「六月反照之日最烈，臘月暮號之風最勁」，言亂世之文也。遞觀列代可以鑒矣。日本人《文學總論》以歷史研究法研究文學爲第一義，謂「世平文學帶和樂之音，世亂文學含殺伐之氣」，歷舉其國平安時代、貞享時代、元禄時代、鎌倉時代爲證。可知不分中外，皆注重以時世觀文。此文學之所以必宜有史也。顧氏《日知録》立論又以文多少分盛衰，謂：「以少而盛，以多而衰也。」邵青門《鈔古文載序》又以地位上下分盛衰，謂：「三代以前，文之盛衰在上。兩漢以後，文之盛衰在下。」皆各明一義也。顧氏惡後世文太勝，立意反質，故持誼如此。然其所謂「古人之文不特一篇之中無冗複，一集之中亦無冗複」之説，亦殊未允。履齋《示兒編》曰：「漢人文章最爲近古，然文之重複亦自漢儒倡之。」歷舉賈生《過秦論》、陸士衡《文賦》、張景陽《七命》爲證。是古人文章一篇中實不免冗複，顧氏矯弊之言有時而過甚也，會其意可矣。

自《漢志》叙詩賦有可觀風俗、知厚薄之説，《隋志》叙集部有關乎盛衰之言，言文章隨國運爲盛衰之理著矣。然通列代升降以觀文，其理尤爲賾奧。故以列代世運升降論文，吾得三説焉：一、世運降而文與俱降；一、世運降而文不與俱降；一、世運不降而文反降。前二説者，魏叔子闡之。其闡與世運遞降之説曰：「自唐虞至於兩漢，與世運遞降者也。三代之文不如唐虞，秦漢之文不如三代，此易見也。上古純龐之氣因時遞開，其自簡而之繁，質而之文，正而之變者，至兩漢而極。故當其氣運有所必開，雖三代聖人不能上同唐虞。而變之初極雖降於兩漢，猶爲近古，故曰：與世運遞降也。」魏默深《古文類鈔序》曰：「文章與世道爲汙隆。南宋之文必不如北宋，晚唐之文必不如中唐，兩晉六季之文必不如兩漢，而東漢之文必不如西京。」此亦與世運遞降之旨也。其闡不與世運遞降之說曰：「自魏晉以迄於今，不與世運遞降者也。魏晉以來，其文靡弱，至隋唐而極，而韓愈、李翺諸人崛起八代之後，有以振之，天下翕然敦古。梁、唐以來無文章矣，而歐、蘇諸人崛起六代之後，古學於是復振。若以世代論，則李忠定之奏卓然高出於陸宣公，王文成之文章又豈許衡、虞集諸人所可望？蓋天下之運必有所變，而天下之變必有所止。使變而不止，則日降而無升。自魏晉靡弱更千數百年以至於今，天下尚有文章乎？故曰：不與世運遞降者也。」

邵青門亦兼發此兩義，其《三家文鈔序》曰：「論者謂文章與世遞降。信夫！六經不可以文論，周秦而下文莫盛於西京，漢氏之東稍衰矣。沿至六朝，文幾亡。唐振之，而唐之文不如漢。唐末更五代之亂，文又亡。宋振之，而宋之文不逌唐。歷元迄明，而元明之文不逌宋。按：魏、邵兩家之義蓋本陳后山《詩話》謂「余以古文爲三等：周爲上，七國次之，漢爲下」之説。后山之意蓋以周文雅，七國文壯偉，其失騁；漢文華贍，其失緩；東漢而下則無取也。譬之大江然，岷峨導源，西京則瞿唐灩澦也，唐則嶓冢大別也，宋則潯陽馬當也，元明至今則金陵揚子而下，流分派別而瀠洄於吳會者也。錢梅溪《履園叢話》論詩亦主遞降之説，曰：「詩之爲道，如草木之花，逢時而開，全是天工，並非人力。溯所由來，萌芽於《三百篇》，生枝布葉於漢、魏，結蕊含香於六朝，而盛開於有唐一代，至宋元則花謝香消，殘紅委地矣。間亦有一枝兩枝晚發之花，率精神薄弱，葉影披離，無復盛時光景。若明之前後七子，則又爲刮絨通草諸花，欲奪天工，頗由人力。迨本朝而枝條再榮，羣花競放，開到高、仁兩朝，其花尤盛，實能發洩陶、謝、鮑、庾、王、孟、韋、柳、李、杜、韓、白諸家之英華而自出機杼者。然而亦斷無有竟作陶、謝、鮑、庾、王、孟、韋、柳、李、杜、韓、白諸家之集讀者。花之開謝實由於時，雖爛漫盈園，無關世事，則人亦何苦作詩？亦何必刻集哉？覆醬覆瓿，良有以也。」錢氏此說又以花之開謝喻之，蓋從李雨村「詩者，天之花」悟出，與邵氏以江流喻文同一以有形之事喻無形之詩文也。是故通二千年之源流論，則後往往不及前，蓋氣運爲之，莫知其所以然。畫代而論，則一代有一代之文，不相借，亦不相掩。不相借，故能各自成其家；不相掩，故能各標勝於一代。是故稱漢氏者必曰馬、班、賈、董、劉向、揚雄矣，稱唐氏者必曰韓、李、柳州矣，稱宋氏者必曰歐陽、曾、蘇氏父子矣，稱金元氏者必曰元好問、虞集、黃溍諸家矣，稱明氏者必曰宋濂、王守仁、歸、唐諸家矣。假而舉元明諸家上配馬、班、韓愈，不待識者知其不倫。顧沿而及焉，則孰有能遺之者哉？」

姜西溟爲阮亭選古詩序亦闡此義，曰：「文章之流敝以漸而致。六經深厚，至於《左氏內外傳》而流爲衰世之文，戰國繼之短長之策，孟、荀、莊、韓之書，奇橫恣肆雜出，而左氏之委靡繁絮之習泯焉無餘矣。此一變也。自是先秦、西漢文益奇偉，至兩漢之衰，體勢日趨於弱，下逮魏、晉、六朝而文章之敝極焉。唐興，諸賢病之而未能革也，迨貞元大儒出，始倡爲古文，易排而散，去靡而樸，力芟六代浮華之習。此又一變也。惟詩亦然，自春秋以迄戰國，《國風》之不作者僅百年，屈、宋之徒繼以騷賦，荀況和之，風雅稍興。此亦詩之一變也。漢初，蘇、李贈答，《古詩十九首》，以五言接《三百篇》之遺。建安七子更倡迭和，號爲極盛，餘波及於晉、宋，頹靡於齊、梁、陳、隋，淫豔佻巧之辭劇而詩之敝極焉。唐承其後，神龍、開、寶之間，作者坌起，大雅復陳。此又詩之一變也。夫敝極而變，變而後復於古，誠不難矣。然變必復古，而所變之古非即古也，戰國之文不可以爲六經，貞元之文不可以爲《史》、《漢》明矣。今或者欲狥唐人之詩以爲即晉、宋也，漢、魏也，豈學古者之通論哉？」

朱梅崖氏賡此誼，亦有每降而愈有以振之之説。徐氏《梅崖作文譜》述其言曰：「孟、荀、屈原之後，能爲六經之詞者惟揚雄、韓愈氏耳。李翺之文温靖隱厚，猶有《詩》、《書》遺風。他若百家雜術，出於周秦之間。漢氏作者益衆，所著皆偉麗可喜，而害人心者亦已多矣。左氏、司馬遷、董生、劉向、班固、歐陽修、曾鞏、王安石其特醇者，若柳宗元、蘇洵亦其傑然者也。至子瞻、子由氏挾其才智以傾一世，其徒晁、張、秦、黄從之而法度一變矣。宋之南渡，作者率依附古籍而不能自爲詞。陳亮、葉適、陸游、文天祥稍治氣格，有二蘇遺風，蓋晁、張之亞也。元姚燧始發韓氏，而於仁義藹如之旨遠矣。虞集益求北宋大家之遺，而氣格少陁。顧終元之世論文未有先二家者也。明時作者推王、歸爲最，歸氏尤俊偉，駸駸乎軼元代而追歐陽諸人以爲徒者。蓋自周以降二千年間，文章每降益衰，然其間輒有振起之者。故文衰於六朝，韓愈振之。降而五代，歐陽修振之。及其後又衰，姚燧振之。明文何、李、王、李之僞，王慎中、歸有光振之。若今之爲遵岩、震川者，蓋不知何人也。」案：文以久而論定，朱氏所謂今之爲遵岩、震川者，當時雖未敢斷其所屬，由今論之，不得不歸諸方、姚二氏也。

至李申耆氏立論則謂文章之承一代氣運，有順乎前代與反乎前代之觀。《養一齋文集·明代君臣墨迹序》曰：「一代之治，承乎一代之氣運，而文章亦隨之。虞夏之渾噩，商人之嚴肅，周人之温醇，皆是也。漢承三代之餘，故閎達。後漢承前漢之經術，故雅懿。晉承魏之清談，故名雋。唐承六代之綺靡，故宏麗。宋承五季之混雜，故高朗。明承元之迷謬，故整飭。至於筆札，文章之餘事也，亦如之。」此又一説。五氏之説皆可備觀文章升降者之參稽也。

然以西人進化論之説驗之，則又有世運不降而文反降之説。大凡學理愈純粹者，其文必務歸平淡。質實之物理愈發明者，其空靈之文愈消滅，其迷信偏僻之理及耗心形上之塗者，其文必獨能寫出天然之妙。故中國理想之學益進者，其文詞必愈退化，晉宋及趙宋以降是也。《隋書·經籍志》論文集謂「永嘉以後玄風既扇，詞多平淡，文寡風力」，是玄學行而文辭退化之證。韓氏夢周謂：「生程、朱之後而謬援古人駁雜以自解，皆無當於斯文。故宋以後之文，理想不出於程、朱範圍，文詞不出歐、韓範圍。」是趙宋以後道學迭昌而文詞日退化之證。外國科學愈發明亦文學愈退化，十九世紀以後是也。斯賓塞爾謂「宇宙萬事皆循進化之理，惟文學獨不然，有時若與進化爲反比例」，蓋謂此也。故文明愈開，則周秦西京一種之文愈絶，以野蠻迷信之習漸蜕，無以身心性命視文者，故曰世運不降而文反降也。

明顧仲恭文集中有《文章關乎世運論》，則更力主文章與世運相反之説，其言曰：「文之盛衰非與世運合者也，乃與世運反者也。何以明之？三代以前吾不得而知已。春秋之時，文莫盛於魯，而魯日以削。戰國之時，文莫盛於楚，而楚懷客死，頃襄東走於陳。文士之聚莫盛於齊之稷下，而齊湣至擢筋廟梁。秦燔《詩》、《書》，尚耕戰，遂以混一六國。漢之文莫盛於孝武，而海内虚耗，文、景之業替焉。成、哀之世，書疏賦頌爛然也，而漢鼎爲大盗移矣。靈帝尚詞賦，建鴻都之學，而東漢遂亡。建安之七子足以旗今古矣，而魏祚竟不永。自晉、宋以迄梁、陳，幾於人握靈珠，而南風卒不競。唐之文一盛於開元，而玄宗有安史之阨；再盛於元和，而憲宗有不得正其終之恨。宋之文莫盛於熙、豐之際，而黨禁遂起，宋業以衰。徽宗著博古圖，鑄鼎作樂，而舉族有北轅之禍。元之興也，初無文字，逮至正之季，文乃彌盛。此往事之彰明較著者也。國朝聖德神功奚啻跨漢唐而上之，而論文乃出宋元之下。弘、正之際稍增氣色，而武廟幾至大亂。嘉、隆而後，國運浸昌，文運浸晦。萬曆之末，文體敗壞極矣，章奏穢雜，蓋童稚皆唾駡之。而神廟之享國長久，古今未有。由是以談，則今之公卿不好士，後進不悦學，古雅散佚，俚淺流傳，蓋皆盛主萬壽之徵，國祚無疆之驗，所當用爲歡慶，不足慨息也。曰：子之言誠辨矣！然虞夏商周之隆，文曷嘗不盛乎？則子將何以説焉？曰：吾固謂三代以前不可得而知已。嘗試臆論之，意者上古元氣敦厚，故能文質兩盛而不相害。叔季而後，天地之氣澆散，有所豐美濃被於彼，必有所闕略殘缺於此，故文質兩者每遞爲盛衰。《語》云：『物莫能兩大。』又云：『美先盡矣，則將生疾。』皆此之謂歟？譬之草木然，桃李梅梨，人既採其華，又落其實焉，竹華則幹必枯，蕉華則根必腐，其所受固自有厚薄也。以小喻大，則文章世運之説亦可以推矣。」顧大韶《炳燭齋文集》。顧氏此論，諧意而以莊語出之，別有深心。識其衰世之意可也。李小湖《好雲樓雜識》曰：「文有剛柔，柔者以意度寬綽勝，剛者以鋒棱迅悍勝。剛柔之判因乎其人，從乎其地，萬有不齊，非可概以時代也。然風氣有隨時遞嬗者，綜其大致，周文柔，戰國及秦文剛，西漢文柔，東漢文剛，魏晉文柔，南北朝文剛，唐文柔，宋文剛，元文柔，明文剛。」案：此以風氣剛柔分列代之文，大旨與郭筠仙《與曾忠襄書》論歷朝人好名好利相互嬗之説爲近。郭氏説亦見於陳氏《東塾集·送巡撫郭公入都序》，今按切之，亦自有見也。吾更即兩説互校之，則凡文剛之朝，人必好名，文柔之朝，人必好利。清文柔，故其人好利，則夫承清後者蓋可推知。何以國勢飄搖，至今尚未見此朕兆也？豈猶有待乎？顧氏之説詆萬曆以後「公卿不好士，後進不悦學，古雅散佚，俚淺流傳」，因而戲謂聖主萬壽之徵。然其言卒未驗於明代，即取以校今日，所謂不好士、不悦學、散古雅而趨俚淺，孰有過於茲時者？何以今日貪武之夫，暴虐之政，內憂外患，日促危亡者相尋也？顧氏又何説以解之？

文之總以地域者

劉禹錫《柳文序》曰：「八音與政通，而文章與時高下。三代之文至戰國而病，涉秦漢復起。漢之文至列國而病，唐興復起。夫政厖而土裂，三光五嶽之氣分，大音不完，故必混一而後大振。」觀劉氏兹論，蓋謂混一之朝，其文振起，分裂之世，其文衰病。當分裂之時，方且欣望混一之盛美而不可得，豈有會當混一反破裂而茅蕝論之，不愈以促風會之微而啓南北森競之漸歟？有志者所由覽人心機兆之萌而傍徨增懼也。吾之區南北以論文也，得毋傎乎？曰：是非以券將來也，衹以紀陳迹也；亦非以論固定也，將以示流行之理也。龔定庵曰：「渡黄河而南，天異色，地異氣，民異情」，故其詩曰：「犂然天地劃民風。」《定庵續集·己亥雜詩》此蓋本乎自然，不可勉强者也。俞蔭甫曰：「凡事皆言南北，不言東西，何也？蓋自鄭君説禹貢導山有陽列、陰列之名，而後世遂分爲南北二條。南條之水江爲大，北條之水河爲大。西北之地皆河所環抱，故三代建都皆在河北。東南之地皆江所環抱，故荆楚之强自三代至今未艾。南北之分，實江河大勢使然，風尚因之而異也。」《九九消夏録》，參雜文五編。然猶以地勢言之。若以天時言，則大江以北麥花晝開，大江以南麥花夜開，江以南穀熟爲有秋，江以北豆麥熟爲有秋。以人事言，北方人飲食嗜濃厚，南方人嗜清淡，北方人以肴饌豐點食多爲美，南方人以肴饌潔果品鮮爲美。參見《履園叢話》。凡此皆因乎夙成而不能更定者也。惟其如此，故列朝之文略有南北之異狀，亦乘乎時風地氣而偶然，非人之所故爲，亦非人之所矯强能使不爲也。豈惟文事，蓋凡吾華文明盛大之業，莫不如此，歧其指歸有可證者。昔我大聖孔子肇分南方之强、北方之强，此已略露風氣不同之倪。至六朝而學派遂有南北之分，見於《北史·儒林傳序》者，既具析其流别矣，斯時所出人材亦有南庾信、北徐陵之目。明末畫家有南陳北崔之目，謂洪綬、子忠也。近代學家孫夏峰號爲北學，黄太沖爲南學。詩文王阮亭有南施北宋之目，謂愚山、荔裳也。曹倦圃有北李南潘之目，謂天生、次耕也。趙秋谷以朱、王並稱，周銅野以阮亭第一、初白第二、蛟門第三，皆分别南北之言也。厥後詩有南馬北盧之目，謂墨麟、維翰、雅雨、見曾也。又有南王北朱之目，謂蘭泉、笥河也。學家又有南錢北紀之目，謂竹汀、曉嵐也。書家有北孔南梁之目，孔謂谷園、繼涑也，《庸閒齋筆記》謂南梁爲山舟學士，《秋雨庵隨筆》謂梁文山明府巘。蓋孔與文山均學天瓶居士也。國初曲家有南洪北孔之説，謂昉思、云亭也。逮二氏教盛，南北又顯分兩派。考釋迦文佛在西土創教闡化，越千百年分爲教禪二門。教門五宗。禪門自西域二十七祖達摩東來，迭傳五祖，《傳鐙録》曰：「五祖下曹溪慧能爲南宗，神秀爲北宗，時號南能北秀。」參姚氏《識小録》、俞氏《九九消夏録》之説。此佛氏之南北二宗也。明都卬《三餘贅筆》曰：「道家南宗自東華少陽君得老子之道以授漢鍾離權，權授唐進士吕巖、遼進士劉操海蟾，一云正陽子傳劉操。操授宋張伯端紫陽，伯端授石泰杏林，泰授薛道光紫賢，道光授白玉蟾。一云紫賢傳陳泥丸，泥丸傳白玉蟾。此謂南宗。北宗自吕巖授金王嚞重陽，嚞授七弟子：一丘處機長春、次譚、次端真長、一作處端。次劉處玄、次王處一華陽、次郝大通昇、一作恬然。次馬珏丹陽珏亦作任。及珏之妻孫不二，號一花七葉。」此謂北宗以重陽爲花，以下爲葉。參喬松年《蘿摩亭札記》。此道家之南北兩宗也。此外書家有南北兩派，阮蕓臺有北碑南帖之説，梁茝林《退庵隨筆》申之，又區别本朝書家之南北兩派。包慎伯《藝舟雙楫》及南海康氏《廣藝舟雙楫》均依此兩派論其源流得失。此書家之南北宗也。《履園叢話》曰：「真書、行、草之分爲南北兩派者，則東晉宋齊梁陳爲南派，趙燕魏齊周隋爲北派也。南派爲鍾繇、衛瓘及王羲之、獻之、僧虔等以至智永、虞世南、褚遂良，北派由鍾繇、衛瓘、索靖及崔悅、盧諶、高遵、沈馥、姚元標、趙文深、丁道護等以至歐陽詢、顔真卿、柳公權。南派不顯於齊隋，至貞觀初乃大顯，太宗獨喜羲、獻之書，至歐陽、虞、褚皆習蘭亭，始令王氏一家兼掩南北。然至此時，王派雖顯，縑楮無多，世間所習猶爲北派。及趙宋閣帖一行不重碑板，北派愈微。故竇臮《述書賦》自周至唐二百七人之中，列晉、宋、齊、梁、陳一百四十五人，於北朝不列一人，其風遷派別可想見矣。不知南北兩派判若江河，不相通習。南派乃江右風流，疏放妍妙，宜於啓牘；北派則中原古法，厚重端嚴，宜於碑榜。宋以後，學者昧於書有南北兩派之分，而以唐初書家舉而盡屬羲、獻，豈知歐、褚生長齊隋，近接魏周，中原文物具有淵源，不可合而一也。」《偶憶編》曰：「嘗與錢梅溪論書畫二家分南北宗，書家亦分南北，如楊、柳一派類推至於吾家文敏，是爲北宗。褚、虞一派類推至於香光，是爲南宗。梅溪以爲然。」此均書家南北之辨證也。至明莫是龍《畫説》，其論畫家之南北兩宗也，則以禪宗儗之，曰：「禪家有南北二宗，唐時始分。畫之南北二宗亦唐時分也。但其人非南北耳，北宗則李思訓父子，著色山水，流傳而爲宋之趙幹、趙伯駒、驌以至馬、夏輩。南宗則王摩詰始用渲淡，一變鉤斫之法，其傳爲張璪、荆、關、郭忠恕、董、巨、米家父子，以至元之四大家，亦如慧能之後馬駒、雲門、臨濟兒孫之盛而北宗微矣。要之摩詰所謂雲峰石迹，迥出天機，筆意縱横，參於造化者，東坡《贊吴道子王維畫壁》亦云：吾於維也無間然，知言哉！」沈顥《畫麈》云：「禪與畫俱有南北宗，分亦同時，氣運復相敵也。南則王摩詰裁構淳秀，出韻幽澹，爲文人開山。若荆、關、宏、璪、董、巨、二米、子久、叔明、松雪、梅叟、迂翁，以至明興沈、文、慧鐙、無静。北則李思訓風骨奇峭，揮掃躁硬，爲行家建幢，若趙幹、伯駒、伯驌、馬遠、夏珪以至戴文進、吴小仙、張平山，日就狐禪，衣鉢塵土。」按：陳眉公《偃曝餘談》亦分此兩宗而論之。此畫家之南北宗也。相墓宅家亦分爲南北兩宗，李次青《地理小補序》曰：「書畫禪家皆有南北宗，地理亦然。」王禕《青巖叢録》曰：「葬書始於郭璞，後世傳其術者分二宗：一主星卦，取八卦五星以定生尅之理，法始閩中，浙人傳之，至宋王伋乃大行。一主形勢，專求龍穴砂水之相配，其法肇於贛人楊筠松、曾文辿及賴大有輩，大江以南悉用之。二宗皆本郭氏也。」今按：前法即所謂理氣家，後法即所謂巒頭家。此相冢相宅家之南北兩宗也。其他詞曲家之有南曲北曲，金武祥《粟香三筆》云：「儒有朱、陸之異派，禪有南北之分宗，畫亦有之。李思訓父子爲北宗，米元章、吳小仙等繼之。王右丞、吳道子爲南宗，趙承旨、董香光等繼之。非特此也，詞亦有南北之分。蘇長公之銅琵鐵板是北宗也，辛幼安諸人暢其緒。柳屯田之曉風殘月是南宗也，黄山谷諸人嗣其音。南宗支派繁衍，至今奉爲詞學正宗。至崑曲素有南北之殊，較量音節於分寸之間。此樂工之能事，亦才人之餘技也。」又毛奇齡《三絃譜記》稱「時有徐生擅南曲，陸生工北曲，人稱曰：南徐北陸」，梁章鉅《浪跡續談》稱「劇場有南戲北戲之目，不過以曲調分」，皆詞劇分南北之證也。又沈起鳳《諧鐸》曰：「南曲有四聲，北曲止有三聲。南曲多連，北曲多斷。南曲有定板，北曲多底板。南曲少襯字，北曲多襯字。選詞定句，自在神明於曲者。此曲家南北之大別也。」以至技擊術之有南派北派。《少林術》曰：「少林起於達摩，變化於金、元，極盛於明末清初。張全一號三豐，宗少林，發明穴點，在洪武中爲北派之巨子。同時李東山爲南派中之巨子。凡秦晉燕趙齊魏楚蜀之地，名手極多，考其宗派不出南北兩宗之衣鉢。北人以筋骨勝，南人以靈動神化勝。此兩派之大旨也。」蓋無不有自然之區分，有相沿之夙習。若云出自人爲，豈必事事皆由有意？若云出自附會，何至事事都應和於時古羣流？然則文家都兩派而分説之，實循各家通例，初非有意追新之談。且通觀轍迹，其事至近數百年而兩派愈顯真形，吾人夙有和通之願而惡丹素之歧。後有作者，但作過去之陳迹觀，勿縱戈矛而各尋破碎。但示初學以從入，免爲劉氏之流詬病焉。是則區區寸心傾望於不已者爾。俞氏謂：「凡南北分派者，實皆北勝於南，而人情往往喜南而厭北。」此則就一端言之，而非通方之論也。

周季文家流衍之地域。周季官師政教升降之局既分，而文家肇啓南北兩派。大河流域，土風膇重；大江流域，土風輕英。輕英炳江漢之靈，其人深思而美潔，故南派善言情；膇重含河海之質，其人負才而敦厚，故北派善説理與記事。當文疆初啓之時，文家最雄於北方，其源流亦最盛。彭而述《讀史亭集·楚騷箋注序》曰：「天地之氣肇於西北，暨於東南。六經之義，河洛先之，繼一畫而起者。大聖人皆産幽冀雍齊之間，故雲漢昭回，六經爲著，而四子之書並公、穀、左氏諸人得綴於十三經之後，地氣使然也。」其尊尚北方之意允矣。試區春秋、戰國爲兩時代而分別言之。春秋之時，大都以齊魯爲中心，公、穀受子夏經家《春秋》之業，左氏受孔子史家《春秋》之業，説經記事爰始齊魯，當時文學悉趨於齊魯矣。此春秋時北派最雄之都域也。戰國之時，孫卿既遥受卜氏之傳，又私淑子弓，際齊國學風之盛，接轂而至稷下，與三騶子、慎到、田駢、接子、環淵相羊而上下。其先孟子亦嘗産於鄒魯，故戰國時北派之最著者又在此地矣。韓非、李斯賫荀學入秦，陽翟大賈撰《呂覽》致客，故秦時北派又以長安爲雄劇。然北派記事之傳實自南派流入，其先開於左史倚相，惜無傳書，及丘明載而之北，北派遂以敘事雄於後世。鐸椒仍載而之南，南派敘事亦未嘗絶於後世也。絜南派之優勝，要以言情爲專家，流遺廣遠，至漢魏六朝勿衰，於是屈原、宋玉、唐勒、景差之徒遂爲南派不祧之宗矣。叙事一派由南而輸入北。而説理一派亦似由鬻子著書先之，鬻子入西周，轉而遞衍於北東，在老子之前，老子亦南派也，是説理派亦可云南方輸入之産矣。《文心雕龍·時序篇》曰：「春秋以後，角戰英雄，六經泥蟠，百家飆駭。方是時也，韓魏力政，燕趙任權；五蠹六蝨，嚴於秦令；唯齊楚兩國，頗有文學，齊開莊衢之第，楚廣蘭臺之宫，孟軻賓館，荀卿宰邑。故稷下扇其清風，蘭陵鬱其茂俗；鄒子以談天飛譽，騶奭以雕龍馳響；屈平聯藻於日月，宋玉交彩於風雲。觀其豔説，則籠罩雅頌。故知暐燁之奇意，出乎縱横之詭俗也。」劉氏此説雖略强秦之文會，而其標揭齊楚固不刊之論也。蔣超伯《南漘楛語》曰：「明人周聖楷著《楚寶》四十五卷，以見楚中人物之盛。超按：楚才稱最，春秋已然。百里奚，楚之宛人也，見《新序》。范蠡，楚宛縣三户人也，見《吴越春秋》。老子，楚苦縣厲鄉曲仁里人也，見《史記》。他如老萊子、鶡冠子、公孫龍子、尸子、馯臂子弓、老子之徒蜎子，即環淵，皆楚人也。至屈、宋、景瑳更彰彰在人耳目者已。」此亦楚材久盛之證也。

近世章實齋《文史通義》又以爲文體莫備於戰國，其《詩教篇》曰：「今即《文選》諸體以徵戰國之賅備。摯虞《流别》、孔逭《文苑》，今俱不傳，故據《文選》。京都諸賦，蘇、張縱横六國，侈陳形勢之遺也。《上林》、《羽獵》，安陵之從田、龍陽之同釣也。《客難》、《解嘲》，屈原之《漁父》、《卜居》、莊周之《惠施問難》也。韓非《儲説》，比事徵偶，連珠之所肇也，前人已有言及之者。而或以爲始於傅毅之徒，傅玄之言。非其質矣。孟子問齊王之大欲，歷舉輕煖肥甘聲音采色，《七林》之所啓也，而或以爲創之枚乘，忘其祖矣。鄒陽辨謗於梁王，江淹陳辭於建平，蘇秦之自解忠信而獲罪也。《過秦》、《王命》、《六代》、《辨亡》諸論，抑揚往復，詩人諷諭之旨，孟、荀所以稱述先王，儆時君也。屈原上稱帝嚳，中述湯武，下道齊桓，亦是。淮南賓客，梁苑辭人，原、嘗、申、陵之盛舉也。東方、司馬侍從於西京，徐、陳、應、劉徵逐於鄴下，談天雕龍之奇觀也。遇有升沉，時有得失，畸才彙於末世，利禄萃其性靈，廊廟山林，江湖魏闕，曠世而相感，不知悲喜之何從。文人情深於詩騷，古今一也。故至戰國而文章之變盡，亦至戰國而後世之文體備。其言信而有徵矣！」然而此説也，浙人譚獻《日記》則又推其所出，以爲實本彦和焉。此又求後世文字流别遠祖者所當究其始末也。

兩漢文家流衍之地域。漢與周秦近接，故由地域衍出文家之流派大略從同，於是叙事、説理二派常在北，言情一派常在南，情先事理，南化後北故也。西漢時代最爲能完全鄉邦固有之舊範，賈生、史遷、劉歆爲北派叙事記事之宗，而鼂錯、主父偃、吾丘壽王、賈山、鄒陽、徐樂、嚴安、路温舒、董仲舒、劉向、賈捐之、杜欽、杜鄴、谷永，或主法家，或主長短，或主儒家，皆能依乎六藝、九流之技術，各以説理明事著聞於北派。其司馬相如、嚴忌、嚴助、莊忽奇、王褒、揚雄皆擅詞賦，爲南派言情繼祖之禰。劉彦和有言：「爰自漢室，迄於成哀。雖世漸百齡，辭人九變，而大抵所歸，祖述《楚辭》，靈均餘影，於是乎在。」以言乎此派之盛於漢氏也。其時惟陸賈以南人略分北派叙事之席，枚乘父子以北人略分南派抒情之席。由區分而略加參合以後，依乎此種軌轍者實不絶於世也，故東漢之北人力張乘、皋輸入之南派，如崔駰父子、班彪父子、傅毅、張衡、杜篤、馬融、禰衡、王粲、曹植父子兄弟皆其選也。劉氏稱季漢之文「雅好慷慨，由世積亂離，風衰俗怨，並志深而筆長，故梗概而多氣」，亦主切情一路言之也。其張馬遷、劉歆記事之派者，如蔡邕及班氏家人等；張董、劉説理之派者，如桓譚、王符等，又北方二派之可數者也。南派惟趙壹、王逸父子等略續屈、宋之業，但延勿絶而不能盛。若王充之流，則又能輸進説理一派之表表者也。合兩漢統觀之，惟西漢南北能各自張其統，至東漢而北人反克篡奪南統。故兩漢以前，文家大統之歸全繫北方，與宋以後自成一反背之勢也。

六朝南北文家流衍之地域。六朝文家，南北兩派各有宗尚，馮班《滄浪詩話糾謬》曰：「南北文章頗爲不同，北多骨氣，而文不及南。」《北史·文苑傳序》、《隋書·文學傳序》揭舉南北文家大要，各有總括之詞，其稱南朝文家曰：「江左宫商發越，貴於清綺，清綺則文過其意而宜於歌詠。」其稱北朝文家曰：「河朔詞義貞剛，重乎氣質，氣質則理勝其詞而便於時用。」蓋南派仍率乎南祖言情之觀，北派仍依於北祖言理之律。然南派仍有一種類乎北派言理者，《南齊書·文學傳贊》曰：「江右風味盛道家之言，郭璞舉其靈變，許詢極其名理。仲文玄氣，猶不盡除；謝混新情，得名未盛。顔、謝並起，乃各（摘）〔擅〕奇；休、鮑後出，咸亦標世。」劉彦和云：「自中朝貴玄，江左稱盛，因談餘氣，流成文體。是以世極迍邅，而辭意夷泰，詩必柱下之旨歸，賦乃漆園之義疏。故知文變染乎世情，興廢繫乎時序，原始以要終，雖百世可知也。」此南派因宋立玄學後，而文家亦遂參入此種，與北派索理致略近者也。其南派亦有一種流入北派者，《隋書·文學傳序》曰：「梁自大同之後，雅道淪缺，漸乖典則，爭馳新巧。簡文、湘東啓其淫放，徐陵、庾信分路揚鑣。其意淺而繁，其文匿而彩，詞尚輕險，情多哀思。格以延陵之聽，蓋亦亡國之音乎！周氏吞併梁、荆，此風扇於關右，狂簡斐然成俗，流宕忘反，無所取裁。」是南方輕靡之文派，其弊且流入北朝，而北派爲所習染也。北派中亦有一種勝於南派者，則後周改制時之文也。《周書·儒林傳序》曰：「太祖受命，雅好經術，求闕文於三古，得至理於千載，黜魏晉之制度，復姬旦之茂典。盧景宣學通羣藝，修五禮之缺；長孫遠紹才稱洽聞，正六樂之壞。由是朝章漸備，學者嚮風。世宗纂曆，敦尚學藝。內有崇文之觀，外重成均之職。握素懷鉛，重席解頤之士間出於朝廷；圓冠方領，執經負笈之生著録於京邑。濟濟焉足以踰於向時矣。」此北派以蘇綽變法從《周官》而有擬經之一種文學，南方所無也。南派之中亦有人因時風衰惰，思復古以振之者，即《文心雕龍・通變篇》之立論是也。紀文達曰：「齊、梁間風氣綺靡，轉相神聖。文士所作，如出一手，故彥和以通變立論。然求新於俗尚之中，則小智師心，轉成纖仄，明之竟陵、公安是其明徵。故挽其返而求之古。蓋當代之新聲既無非濫調，則古人之舊式轉屬新聲。復古而名以通變，蓋以此爾。」又彥和論文必原道，必宗經，亦非當時文士所及。此亦可與北派儗經並美當時者也。南派中又有一種流衍後世而不絕者，《舊唐書・文苑傳序》曰：「近代沈隱侯斟酌《二南》，剖陳三變，攄雲、淵之抑鬱，振潘、陸之風徽，俾律呂和諧，宮商輯洽，不獨子建總建安之霸，客兒擅江左之雄。」此沈約聲病一派逮唐初未已也。紀文達評彥和《聲律篇》謂其即沈休文《與陸厥書》而暢之，後世近體遂從此定制。齊、梁文格卑靡，獨此學獨有千古。鍾記室以私憾排之，未爲公論。然則南派創法豈第唐初，直堪千古也！大抵南派之習氣自沈氏聲病外，其流傳風靡者尤有三端：一、謝靈運嘽緩之病。一、傅咸、應璩隸事之病。一、鮑照淫艷之病。此《南齊書・文學傳贊》所指陳也。案：王世貞《藝苑卮言》引沈約曰：「自漢至魏，詞人才子，文體三變：一則啓心閑繹，托辭華曠。雖存工綺，終致迂迴，宜登公宴，然典正可採，酷不入情。此體之源出靈運而成也。次則緝事比類，非對不發，博物可嘉，職成拘制。或全借古語，用申今情，崎嶇牽引，直爲偶說。惟覩事例，頓失精采。此則傅咸五經，應璩指事，雖不全似，可以類從。次則發唱驚挺，操調險急。雕藻淫艷，傾炫心魂，猶五色之有紅紫，八音之有鄭、衛。斯鮑照之遺烈也。」此《文學傳贊》之所本也。以吾觀之，兩派之文雖各緣其流傳之土風，而亦本自當時所講之學術。當時南學喜新，故崇貴近代輔嗣之《易》、元凱之《春秋》、梅賾之《書》，皆所肄習。北學喜舊，故崇貴較遠之毛、鄭、服虔。喜新則於前此必多所廢棄，故《隋書・儒林傳序》稱其學簡約，而沈約競病之新派因之以興。喜舊則前此必多歸收採，故《儒林傳序》稱其學深蕪，而蘇綽《周誥》之舊體因之以出。此南北文家與學術相爲應和之一證也。然統前後列朝之文學比較之，其時文學究在浸衰之數，則又緣乎爾時學術亦較衰於列朝之故也。《周書・儒林傳贊》曰：「兩漢之朝重經術而輕律令，其聰明特達者咸勵精於專門，以通賢之質挾黼藻之美。大則必至公卿，小則不失守令。近代之政先法令而後經術，其沉默孤微者亦篤志於章句，以先王之道飾腐儒之姿，達則不過侍講訓胄，窮則終於敝衣簞食。」《隋書・儒林傳序》曰：「曩之弼諧庶績，必舉德於鴻儒；近代左右邦家，咸取士於刀筆。縱有學優入室，勤踰刺股，名高海内，擢第甲科。若命偶時來，未有望於青紫；或數將運舛，必委棄於草澤。」蓋其時學術以崇玄虛、尚刀筆而衰，而文學亦與之俱衰也。此亦南北文家與學術相爲應和之一證也。阮氏《揅經室三集・學海堂文筆策問》曰：「六朝至唐皆有長於文、於筆之稱，如顔延之云：『竣得臣筆，測得臣文』是也。何者爲文？何者爲筆？何以宋以後不復分别此體？男福對曰：自明人以唐宋八家爲古文，於是世之人惟知有唐宋古文之稱。竊考之唐以前所稱似不如此也。唐人每以文與筆並舉，是筆與詩文似有别也。由唐溯晉，則南北朝文筆之稱多見於史，分别更顯矣，況《金樓子》、《文心雕龍》諸書極分明哉！謹綜六朝、唐人之所謂文、所謂筆與宋、明之説不同而見於書史者，如《漢書・樓護傳》、《晉書・

蔡謨傳》、《宋書・傅亮傳》、《南史・顔延之傳》、《北史・魏高祖紀》、《魏書・崔子昇傳》、《北史・温子昇傳》、《北齊書・李廣傳》、《陳書・陸琰傳》《劉師知傳》《徐伯陽傳》，皆文筆分稱，最顯然有别。至梁元帝《金樓子・立言篇》與《昭明文選序》相證無異，此足以明六朝文筆之分，足以證昭明序經史子與文之分。而余平日著筆不敢名文之情益合。劉勰《文心雕龍・總術篇》文筆之分最爲分明，蓋文取乎沉思藻翰，吟詠哀思，故以有情辭聲韻者爲文。筆從聿，亦名不聿。聿，直述也。故直言無文采者爲筆，《史記》『《春秋》筆則筆』，是筆爲據事而書之證。《南史・孔珪傳》、《陳書・岑之敬傳》有辭筆之説。辭亦文，類《周易・繫詞》。繫，屬也，繫詞即屬辭，猶後世所稱屬文焉爾。文者，聲韻鏗鏘，藻采振發之稱。辭，特其句近於文而異乎直言者耳。據《説文》及孔子《繫詞》、《文言》，文與辭有區别，王充《論衡》所謂鴻筆即記事之屬。《梁書・任昉傳》、《唐書・蔣偕傳》、《陳書・徐陵傳》《陸瓊傳》、《梁書・劉潛傳》、《南齊書・晉安王子懋傳》、《梁書・庾肩吾傳》、《北史・蕭圓傳》、劉禹錫《中山集・祭韓侍郎文》、趙璘《因話録》、杜甫《寄賈司馬嚴使君》詩、《南齊書・高歡傳》、晉陸機《文賦》，或以筆屬詔制碑版，或以筆與詩並舉。詩，有韻之文之一體也。陸機賦及十體，不及傳志，蓋史爲著作，不名爲文，凡類於傳志者不得稱文。是以狀文之情，分文之派，晉承建安，已開其先，昭明、金樓實守其法。」此皆阮氏分别六朝至唐文與筆與辭與詩之流派也，與所爲《書文選序後》相發明。阮氏《續集》中《文韻説》又因論文筆有韻、無韻而推衍之。自阮氏發此誼，故其子編《揅經室集》援昭明意區經史子集爲次，朱錫庚編其父《笥河集》亦酌此旨而用之。吾謂此説也，在後世流變既久後，原不可規復。若論六朝至唐初流派，則固不可不知者也。

吾觀當時南北之風習又各有特異之處。北人之文既崇理致，而説理之文宜於筆而不宜於文，《十駕齋養新録》引彦和、《南史》諸書辨别二者之分甚析。故當時北方文士多以工筆傳，彭而述《讀史亭集》有《凉州朱漢城詩集序》稱「司馬南遷之後而文字渡江，要其枝葉也，本固别有在，仍是西北人起而收之」，殆此之謂歟。今即北方觀之，如邢巒之從叔佑有雜筆三十餘篇，袁翻所著文與筆有百餘篇，邢臧文與筆亦百餘篇，劉逖有雜文筆三十卷，周亮所著文與筆亦數十篇，而劉芳亦以工文與筆見稱於時，宋道游集温子昇文筆至三十五卷，畢義雲集李庶文筆亦有十卷。而南人文士列傳中紀善爲筆者則不若此之多，其有一種爲北方所無者，則南方文士多有合於美術遺傳性之例，故當時以文學傳家者最夥，范蔚宗有世擅雕龍之譽，安平崔氏、汝南應氏累世咸有文才，而王筠《與諸子論家世文集》之書述沈約之言謂「文才相繼，從未有如王氏之盛」，其語良確。爾後歷朝似此者不絶於大江之域，略言之，如杜審言後之有甫，段文昌後之有成式，蘇洵後之有軾、轍及過，黄魯直後之有嶅，劉辰翁後之有將孫，王褘後之有仲文，倪謙後之有岳，皆其例也。觀歷代文集中嘗有家集一類，亦可見遺傳之盛，文家實獨擅之也。

唐代文家流衍之地域。唐承八代之後，其初但直接而不逆受。馮班曰：「唐初文字兼學南北。」爾時南方地域羣尚《選》學，如曹憲、魏模之、許淹、公孫羅、李善、李邕、裴行儉，皆精《文選》，迄乎杜甫之時猶勿替，是當時南派最流衍之法乳也。其時爲文近《文選》者，則有徐彦伯、樊宗師、劉蜕、皮、陸之流，高彦休《闕史》亦其類也。其四傑一體創於北而亦盛於北，王勃兄弟、楊炯、盧照鄰皆北人也，蘇味道、李嶠、崔融踵四傑而興，亦爲北體，許景先、張説、蘇頲一流亦爾時北方文派之雄。此北方三小派之略可區别者。然唐之文家由兹以降，其對於周、隋前代之作者則又逆受多而直接少。其始元德秀以善文居陸渾，而元結師之，同時獨孤及奮起，而梁肅師之，又有蕭穎士、李華與爲左右。結與肅又互友蘇源明。其逆受前代文家之風皆創於北方地域。韓子學獨孤氏，拓而大之，柳子從而和之，北派於是始大。歐陽詹、皇甫湜又傳北宗而南。《五百家注韓集》：樊曰：「獨孤及喜鑒拔後進，如梁肅、高參、崔元翰、陳京、唐次、齊沆，皆師事之。性孝友，其爲文章明善惡，長於論議。」韓曰：「舊史公傳：大曆貞元間，文士多尚古學，效揚雄、董仲舒之述作，而獨孤及、梁肅最稱淵奥。愈從其徒游，鋭意鑽仰，欲自振於一代。」皮日休、陸龜蒙亦南方後起也。然北方西崑一派已起於中唐以後，爲將來篡奪韓柳文統張本，而北體氣機之衰萌矣。其間權德輿以碑版紀事之文雄於朝，孫氏《韓文全解》曰：「德輿於述作特盛，六經、百氏，游泳漸漬，其文雅正而弘博。王侯將相洎當世名人薨没以銘紀爲請者十八九，時人稱爲宗正焉。退之爲墓碑，所以云：『公既以能爲文詞擅聲於朝，多銘卿大夫功德』也。」而振聲於西北。此中唐時之可述者。要其歸，則自漢以後文家在北方者，至唐代又再盛於北方。然則由漢逮唐，均爲文家南風不競之時期也乎。盛如梓《庶齋老學叢談》曰：「漢唐盛時，文章之秀萃於中原，其次淮漢，其次偏方。且如廣陵，建安七子始有陳琳，晉五俊始有閔鴻，張華見而奇之曰：『皆南金也。』唐有李邕、章彝，宋有秦觀、孫覺、孫洙，是皆昭昭然人之耳目者。南渡後專尚時文，稱閩越東甌之士，山川之氣，隨時而爲衰盛，談風水者烏能知此？唐詩人江南爲多，今列於後云云。」此亦始盛於北，終盛於南之説也。李西涯論詩亦稱詩家始盛於北而終盛於南，《麓堂詩話》曰：「文章固關氣運，亦繫於習尚。周召二《南》，王、豳、曹、衛諸《風》，商、周、魯三《頌》，皆北方之詩。漢魏西晉亦然。唐之盛時稱作家在選列者，大抵多秦晉之人也。蓋周以詩教民，而唐以詩取士，畿甸之地，王化所先，文軌車書所集，雖欲其不能，不可得也。荆楚之音，聖人不録，實以要荒之故。六朝所製則出於偏安僭據之域，君子固譏焉。然則東南之以文著者亦鮮矣。本朝定都，北方乃爲一統之盛，歷百有餘年之久，然文章多出東南，能詩之士莫吴越若者，而西北顧鮮其人者，何哉？無亦科目不以取，郡縣不以薦之故歟？」南北詩文盛衰之轉關，從唐代區其大勢，證以盛氏、李氏之言而益信。徐敬齋斐然選唐文而論其大概曰：「唐人無韻之文率不可讀，昌黎突然起八代之衰，柳州起而與之敵，古文一道篳路藍縷之功以二公爲首。習之之精醇、可之之警拔、牧之之倜儻、表聖之安詳、龔美之縱恣、魯望之簡古，其嗣音也。顧宣公之沁人肺腑、衛公之絶塵而奔，於韓柳雖非同調，亦斷不可泯，爰彙選而論定之。他若漫郎之僻澀異常、獨孤之菁華未備、張文昌流傳甚少、皇甫七客氣未除，以及劉賓客、白香山、李玉溪、羅昭諫諸人各有所長，均非正軌，概從舍旃。」此亦括論唐代文家最完備之説，可以備參證。但徐氏所選今未見耳，茲據《冷廬雜識》摭引之。

宋代文家流衍之地域。宋承晚唐五季之後，其初亦有直接而無逆受，西崑及四傑一派則肇自南方，楊大年、錢惟演、夏竦、盛度、路振、吴淑、陳彭年，皆南人，或法西崑，或宗四傑。與彭年同法四傑者尚有李瀚。北人亦有應之者，如劉筠、陳越、宋綬是也。大抵以言語聲偶擿裂之文倡天下，學者靡然從之。此皆主乎以推演前代爲歸嚮也。既而朝廷擢用陳從易、楊大雅以矯文弊，又有北人石守道振落舊習於上庠，又有南人歐陽永叔遏「茁軋」之習於貢舉，當時尚有李淑之文尚奇澀，見《東軒筆録》。皆假國家之力以反文弊。是時北方文學最先力行，此旨由推演前代進而爲反背前代，乃北方文家屆末運時之一小振動。李邴漢老作《王履道内制集》曰：「本朝文承五季之後，楊、劉之學盛於一時，其裁割纂組之工極矣。石介憤然以爲破碎聖人之道，著論排之甚力。然司翰墨之職者，雖文宗鉅儒，亦必循本朝故事。如近世張安道之高簡純粹，王禹玉之温潤典裁，元厚之之精麗隱密，東坡之雄深秀偉，皆制誥之傑然者。」《澗泉日記》。此則專主告語代言一端言之也。他如高錫、梁周翰、柳開、范杲之稱爲高、梁、柳、范四家，或並稱爲柳、范二家，或推孫、丁、楊、劉。劉清之語。故宋時反前代者以北方爲之先導。高弁師、柳開又與李迪、賈同、陸參、朱頔、伊淳友，而石延年、劉潛又傳其文。此爲北方第一支派。穆脩反古，劉清之序其文以方董子、韓公之於漢、唐，而蘇舜元、舜欽從之游，又北方第二支派也。楊升庵稱鄭條興吉爲復古之文在歐陽修前，且宋初表章韓、柳並不第穆參軍、歐公一流，尚有宋子京亦開其先，爲喜韓、柳文之一人。《十駕齋養新録》曰：「宋子京好韓退之、柳子厚文，其修《唐書》，於韓傳載《進學解》、《佛骨表》、《潮州謝上表》、《祭鱷魚文》四篇，《藩鎮傳》載《平淮西碑》，《陳京傳》載《禘祫議》，《孝友傳》載《復讎議》，《許遠傳》載《張中丞傳後序》，《李渤傳》載愈所與書，《張籍傳》載愈答書，《甄濟傳》載愈答元微之書，《韋丹石洪傳》亦皆取愈所撰墓誌也，於柳傳載與蕭翰林俛、許京兆孟容書、《貞符》、《懲咎賦》四篇，《孝友傳》載《駁復讎議》、《孝門銘》，《宗室傳》載《封建論》，《貞行傳》載與何蕃傳，《段秀實傳》亦採宗元《逸事狀》增益之，《趙宏智傳》附矜事亦採宗元所撰墓誌也。」此爲南方復古時先機之又一人。其用意經錢氏繹之而始見，而他家所未發者也。王阮亭於宋初崑體盛時亦極推景文近體，謂「無一字無來歷」，又謂前此楊、劉、錢思公、文潞公、胡文恭、趙清獻輩皆沿西崑，獨至歐、蘇、黃、王而波瀾始大，見《香祖筆記》。是北宋詩家亦如文家，始直接而後逆受也。尹洙繼兩派而興，南啓歐公，而揚子江之文瀾乘之大拓。自後江西有古文家鄉之目，元人李祁因以有「盧陵文章，《詩》《書》之鄒魯」之説。歐公一躍，子固介荆公而翼之，雷簡夫介老泉而翼之，並及軾、轍，南聲最宏在是時矣。黄魯直友長公，陳師道師南豐，少游、文潛、无咎皆師長公，而楊誠齋、王才臣又爲江西之後起，是宋文開於北方而大於南方也。羅大經《鶴林玉露》曰：「江西自歐陽子以古文起於廬陵，遂爲一代冠冕，後來者莫能與之抗。其次莫如曾子固、王介甫，皆出歐門，亦皆江西人，老蘇所謂『執事之文，非孟子之文，而歐陽子之文也』。朱文公謂：『江西文章如歐永叔、王介甫、曾子固做得如此好，亦知其皜皜不可尚已。』至於詩則山谷倡之，自爲一家，不蹈古人町畦。象山云：『豫章之詩包含欲無外，搜抉欲無秘，體製通古今，思致極幽眇，貫穿馳騁，工夫精到。雖未極古之源委，而植立不凡，斯亦宇宙之奇詭也。《香祖筆記》曰：「朱少章《詩話》云：『黄魯直獨用崑體工夫而造老杜渾成之地，禪家所謂更高一著也。』此語入微。」按：曾文正《題義山詩》有「太息涪翁去，無人知此情」之語，亦闡此旨者也。開闢以來，自表見於世。若此者，如優鉢曇華時一現耳。』楊東山嘗謂余云：『丈夫自有衝天志，莫向如來行處行。』豈惟制行，作文亦然。如歐公之文、山谷之詩，皆所謂不向如來行處行者也。」羅氏此説所以表襮南方魁傑也。南渡之後，爲永嘉、永康之學派者，文仍宗歐，或宗蘇門後學，陳君舉、陳同甫是也。而同甫之於歐公，朱子曰：「陳同甫好讀六一文，嘗編百十篇作一集，今刊行。《豐樂亭》是六一文之最佳者，卻編在拾遺。」朱子之於南豐，尤爲服膺。故南派迄宋末不亡。而南方與爲驂靳者，有真德秀、魏了翁、王柏、陳淳等，學宗朱子而文亦效洛閩，又有汪藻、孫覿、周必大、洪邁四家爲四六一派，四六與駢文有别。考《四六談麈》亦稱：「四六施於制誥表奏文檄，便於宣讀，多以四字六字爲句。宣和間多用全文長句爲對。前輩無此體，此起於王咸平翰苑之作，人多效之。四六之義全在裁翦，若全句對全句，何以見工。」此皆宋人此體之沿革也，可見當時此體之嚴而創自宋人，唐以前無之也。大抵四六清真之風開自歐公，公又與東坡遥規陸宣公，而一代文體以成，與六朝偶麗自别，與唐駢體亦分。《太平清話》乃有「六朝四六」之語，則誤也。今人選唐文曰駢體，宋文則曰四六，論宋四六之書名亦然，皆可見。皆屬南方歧出之别調。然宋室南遷之名家，吴氏《林下偶談》盛推葉水心，謂有勝韓、歐者。蓋是時南方之文最盛行兩派：一江左派，爲水心。江右派，爲劉須溪。黄梨洲謂「宗葉者以秀勁爲揣摩，宗劉者以清梗爲句讀」，此又南派之因時爲高下者也。《癸辛雜識》有云：「南渡以來，太學文體之變，乾、淳之文師淳厚，時人謂之『乾淳體』，人材淳古亦如其文。至端平，江萬里習《易》，自成一家，文體幾於中復。淳祐甲辰，徐霖以《書》學魁南省，全尚性理，時競趨之即可以釣致科第功名，自此非《四書》、《東西銘》、《太極圖》、《通書》、《語録》不復道矣。至咸淳之末，江東謹思、熊瑞諸人倡爲變體，奇詭浮豔，精神焕發，多用莊、列之語，時人謂之换字文章，對策中有『光景不露』、『大雅不澆』等語，以至於亡，可謂文妖矣。」案：此則本爲當時科舉之文言之，然亦可考見南渡後風氣之變遷。蓋南宋時太學士氣最雄，宜其傾動天下也。推宋以後文事觀之，吾華文家大統之歸全在南方，而又能遥接北派前此説理叙事之墜緒，其盛始於宋時，迄今猶熾，較之先漢以前又成一反背之勢也。朱弁《曲洧舊聞》曰：「晁以道嘗爲余言本朝文物之盛，自國初至昭陵時並從江南來，二徐兄弟以儒學顯，二楊叔姪以詞章進，刁衎、杜鎬以明習典故用，而晏丞相、歐陽少師巍乎爲一世龍門，紀綱法度，號令文章，燦然具備，有三代風度。慶曆間人才彬彬，號稱衆多，不減武宣者，蓋諸公實有力焉。然皆出於大江之南，信知山川之氣蜿蜒旁礴，真能爲國産英俊也。」此宋後文運在南方之巨證也。《老學庵筆記》曰：「國初尚《文選》，當時文人專意此書。至慶曆後惡其陳腐，諸作者始一洗之。方其盛時，士子至爲之語曰：『《文選》爛，秀才半。』宋人之尚《文選》其緒論有可考者，《漁隱叢話》引《雪浪齋日記》云：「昔人言：『《文選》爛，秀才半。』正爲《文選》中事多可作本領爾。余謂欲知文章之要，當熟看《文選》。蓋選中自三代涉戰國、秦、漢、晉、魏、六朝以來文字皆有，在古則渾厚，在近則華麗也。」漁隱曰：「少陵《宗武生日詩》『熟精《文選》理』，蓋爲是也。」又引《瑶溪集》云：「杜子美教其子曰：『熟精《文選》理。』夫唯《文選》是尚，不愛奇乎？今人不爲詩則已，苟爲詩則《文選》不可不熟也。《文選》是文章祖宗，自兩漢而下至魏、晉、宋、齊，精者斯採萃而成編，則爲文章者焉得不尚《文選》也？唐時文弊尚《文選》太甚，李衛公德裕云：『家不蓄《文選》。』此蓋有激而説也。老杜於詩學，世以謂前無古人，後無來者。然觀其詩，大率宗法《文選》，摭其華髓，旁羅曲採，咀嚼爲我語，至老杜體格無所不備。斯周詩以來，老杜所以爲獨步也。」此皆宋人崇尚《文選》之由也。建炎以來尚蘇氏文章，學者翕然從之，而蜀士尤盛，亦有語曰：『蘇文熟，喫羊肉；蘇文生，喫菜羹。』」案：崇尚三蘇文實不祇南渡後，《曲洧舊聞》云：「東坡詩文落筆輒爲人所傳誦，每一篇到，歐公爲終日喜，一日與棐論文曰：『三十年後，世上人更不道著我也。』崇寧、大觀間，海外詩盛行，後生不復有言歐公者。是時朝廷雖常禁止，賞錢增至八十萬。禁愈嚴而傳愈多，往往以多相誇。士大夫不能誦坡詩便自覺氣索，而人或謂之不韻。」又國初趙吉士《寄園寄所寄》稱：「近俗尚三蘇文字，遇試主司批曰『宛然蘇子口氣』，或曰『深得蘇文家法』，即中式矣。」此可見蘇文傳爲風氣，直與宋相始終，而迄今未已也。此亦可見宋代因時普及之風尚也。至宋文之盛衰得失，浦起龍曰：「宋世作者，自歐蘇數家外，魄力漸弱，然有度越前人處，措語必依傍經傳。」此又風尚中之優劣也。《常郡八邑藝文志》有顧宸《宋文選序》，通校兩宋文家盛衰之迹，其論詳確，今節舉之，云：「藝祖誠投戈訪道，然承五代武夫悍卒紛紜搶攘之餘，典籍散佚。其大臣雖具將相略，要皆椎魯質樸，即趙韓王集中諸作多假手王元之。自太平興國間吳越納土，南唐歸命，徐鼎臣輩咸聚京師，遂輯《御覽》、《英華》、《册府元龜》三書，文運之興，此爲肇基。嗣後麗詞佳句，大年、子儀號巨擘焉。文僖、元獻更相唱和，皆俎豆燕、許、徐、庾，置西京咸陽遺法不談。柳仲塗、穆伯長、張復之、石守道、尹師魯輩始務以樸散簡折勝之，特其時方偶儷盛行，古文久廢，觀師魯、伯長授受，視昌黎、河東二集考索潤色，多所未遑，其於歐陽公僅可云陳涉之啓漢高耳。自歐陽、大蘇相繼挺生，然後大雅復作，如日中天。時介甫、明允屹然並峙，南豐、潁濱、盱江、濟北以及魯直、文潛、少游、原父、逢原、無己聯肩接武，子京、君謨、滄浪、宛陵盡泣前魚，流風餘韻猶能使子西、初寮諸子依以成名，有宋文人於斯爲盛矣。自熙寧至於靖康，奎璧無光。元祐更化，爲日幾何！宣和文士不過美成邦彥。建炎立國，戎馬馳驅，然人懷新亭，士憤擊檝，觀陳少陽、李伯紀、胡邦衡所論著，略見一斑，加以高、孝二宗留心翰墨，永嘉、金華師友淵源，於是同父之縱橫、務觀之峭宕、君舉之遒逸、正則之奇變、伯恭之蒼健、廷秀之新刻，各自名家。石湖之閒淡、漁隱之博贍、泰之之典核、晦叔之淵雅、與政之伉爽、茂明之疏快、仲益、彥章之駢儷、平園之朗暢、攻媿之春容，抑又其次。宋文再盛，實在斯時。後村、華甫，虎賁典型，猶存一二。至於臨安銜璧，崖海沉舟，乃有文山、疊山以百折不回之氣倡之。他如皋羽《西臺》、梅邊《生祭》、聖予兩傳、君貢三書，並增光文苑。此予合選兩宋意也。」案：顧氏此書凡三十卷，得文千一百四十有奇，本諸《文鑑》者僅百三十餘篇而已。序中挈舉宋文興衰與其大家數甚贍博，可以觀矣。又歸安徐斐然於刊《國朝二十四家文鈔》及《今文偶見》外，復有《宋文偶見》，《冷廬雜識》載其緒論曰：「自韓柳闢古文之一途，至北宋而盛。蓋宋初尚沿唐季之習，柳開、鄭條、穆修、張景之徒挽之而不足，歐公得昌黎文於破簏中，登高而呼，學者響應。曾、王、三蘇輔而翼之，徂徠、涑水、河南、盱江、二劉、三孔潤色其間，秦、黃、晁、張、后山、方叔之流克承其緒，於是北宋之古文冠絶古今。嗚呼，觀止矣！南宋之文導源北宋。顧扶疏勁健則有之，而微傷於剽而不留；和平醇正則有之，而究病其直而少致。然粹然無疵，文與理兼到者，朱子而外實繁有徒，亦學者所當從事也。《文鑑》止於北宋，兩宋合選，寥寥罕覯。而宋人文集，搜採兩難，南宋集尤少，即藏書之家亦未數數見。十年以來，北轍南轅，風檣篷底，有所見即借鈔，或録草稿以歸。自辛酉迄壬辰首尾三十有二年，得文一千七百六十七首，釐爲十有六本，顏曰《宋文偶見》，極知不全不備，掛漏良多。然後之君子欲遴選兩宋文者，其或將有取於斯。」按：徐氏此書，據陸氏稱知已散佚無傳。惟徐氏稱南宋集尤少，蓋未見當時莊仲方之《南宋文範》七十卷也。按：其所論實兩宋合鈔也，其於顧氏本不知孰先孰後，但顧所輯千一百有奇，徐則千七百有奇，尤不知彼此有相襲與否也。近世竊書之事數見，惜無從考之。

元代文家流衍之地域。《藻川堂譚藝》曰：「元承宋緒，典學未湮。人士之髦彥者，初誦蘇子瞻文，使充美自得，而後習周、程書。既嚮於道矣，然後道問學於朱氏。若樹焉，枝幹隆而華實遂，雖桃李可使儕於松柏，視章剽句竊、飾貌而虛中者相萬也。是以許、吳之學樸峻而清剛，姚、虞之文端簡而嚴重。百年之間，規模略具。後有作者，猶將數之以繼武前哲焉。」此言元代文家從入之塗，並發其表裏學術之意者也。以吾觀之，則元初之文多沿宋、金兩朝之習。王禕爲《貢師泰集序》曰：「至元、大德間，有若陵川郝文忠公、柳城姚文公、東平閻文康公、豫章程文憲公、吳興趙文敏公，皆以前代遺老值國家之興運，其文龐蔚質奧，最爲近古。」此沿宋一流也。李好文爲《程鉅夫集序》曰：「王文康公鶚、王文忠公磐、李文正公治、太常徐公世隆、内翰徒單公履之儔，多前金遺哲，皆爲我用。」此沿金一流也。至延祐以後，始確成爲元代之文，故王理《元文類序》曰：「國初學士大夫祖述金人、江左餘風。至元、大德之間，迄於延祐以來極盛矣。大凡國朝文類合金人、江左以考國初之作，述至元、大德以觀其成，定延祐以來以彰其盛。」而王禕所云：「延祐以後則有臨川吳文正公、巴西鄧文肅公、清河元文敏公、四明袁文清公、浚義馬文貞公、侍講蜀郡虞公、尚書襄陰王公爲極盛之際。元統以來，致治尤盛，而文學之士寥寥，如廣陽宋正獻公、豫章揭文安公、待制東陽柳公、承旨濟南張公、參政趙郡蘇公，不可復作，而承旨廬陵歐陽公諭德、東陽李公、侍講金華黄公，雖巋然猶存，而亦既老矣。」此皆臚舉元代文家之表著者也。今析而言之，知元代之文亦有南北二派。北派始於馬伯庸祖常，以先秦兩漢爲法，而務去陳言。其時楊焕然奂亦以蹈襲古人爲耻，元復初明善亦出入秦漢間。其他如趙世延、孛朮魯翀、康里巎巎、貫雲石、辛文房、薩都剌輩，與伯庸皆色目人，亦皆爲北人也。楊志行剛中以南人而法北派之奇奧簡勁，不爲平凡語，吴萊以南人而文法秦漢，皆當時北派之流波，與東京時南人之呼吸南派成一反背之觀。與北派揚鑣對壘者，有南人虞道園集法北宋之慶曆、乾、淳，常譏彈北派，而復初卒爲道園所屈。黄梨洲謂：「元文之盛，北則姚牧庵、虞道園得江漢之傳，南則黄晉卿、柳道傳、吴禮部蓋出於仙華之窟陟。」列道園於北，本其游處之地言之也。道園之友曰范梈，其徒曰陳旅、蘇天爵、王守誠與趙汸、熊釗，釗之徒又有胡儼，皆南派同旨者。戴表元、袁桷爲師弟，而表元又出自王應麟，舒岳祥、姚燧師法昌黎，楊載以氣爲主，皆南派之同宗旨也。當時浙東之地其文最盛，有如今日之桐城，吴萊、黄溍、柳貫並受於宋方鳳及表元，宋濂又受於黄、吴、柳，而與吴師道友，王褘復學於黄溍，而師道與萊又傳於胡翰。淵源之盛，一時誠莫與比隆。迄明初而尤熾也，章實齋述全謝山爲姜西溟墓銘曰：「吾鄮文雄，樓宣獻公，誰其嗣之，剡源清容，易世而起，有西溟翁。」舉此地淵源言之也。明朱國禎《湧幢小品》曰：「浙之文士莫替於宋，都被四川、江西奪去。至國朝金處諸公開先，王新建大振。此外如鄭澹泉、茅鹿門、王敬所、唐一庵、張甬川、許雲邨、徐子與、蔡白石、吴泉亭、田汝成、徐文長，或以理學，或以詩文，皆號成家。而近日余漢城、孫月峯亦錚錚獨上。又如馮具區文集儘簡質可讀，屠緯真天才駿發，法度不足，人目斐微，久嚼少味。至如于忠肅、胡端敏之奏議，雖不以文名，而大手筆大議論足蓋天下矣。澹泉之史筆何減孟堅，鹿門之叙事庶幾龍門，後世必有能評之者。」此論明代浙江文家最詳之説也。其時又有工於叙事一派。姚燧繫三十年之文獻，牟應龍長於叙事，楊欽之叙事簡勁，歐陽玄修實録、大典及三史，又多爲王公墓隧之文，蘇天爵長於紀載，任一代文獻之寄，袁桷則勳臣碑銘多出其手，張樞長於紀事，張養浩、宋褧褧與兄本皆工古文，號二宋，見《居易録》。皆與修《元史》。此一派中燧、天爵爲北人，餘多南人也。是元代北人已有復古一派，而南人則仍相習於唐宋也，不待明人而已兩歧，其風氣復以相齕也。自後吾國文域中遂常有兩派不相容之習故矣。《藝苑巵言》不取元代之文，謂：「自趙孟頫、姚燧、劉因、馬祖常、范德機、楊仲弘、虞集、揭傒斯、張雨、楊廉夫外，則有姚樞、許衡、吳澄、黄溍、柳貫、吳萊、危素，然要而言之，曰無文可也。」案：此説抹煞一切，則明人空心高腹之習氣，如王阮亭所斥桑懌、祝允明之流，肆口横議，不足置辨者，不得以弇州而信之也。

明代文家流衍之地域。明初之有宋、王、方，猶國初之有侯、魏、汪也，《七修類稿》云：「太祖問誠意伯：當今文誰第一？劉以宋景濂對。問次，曰：『臣不敢多讓。』予竊以本朝稱三先生爲首，乃宋、劉、方正學也，故近刊三先生文爲一册。然三人當又以劉爲首，宋次之，方恐不及二公。」此又明初三家之説矣。合三家爲一編，亦與國初宋氏刻侯、魏、汪三家文鈔同。無起而翼之者。黄梨洲謂成、弘之際，西涯雄長於北，匏庵、震澤發明於南，從之者多有師承。然西涯垂聲文章在北地，而其人實則南貫也，是成、弘時全屬南方文家主壇坫矣。永、宣以還，氣體浸弱，故李東陽爲李夢陽所譏。自後明之古文遂分兩派。李天生《與朱竹垞書》云：「南北分鑣，各行其志。」竹垞報之曰：「豈非以于鱗爲北，而道思、應德、熙甫爲南乎？」蓋舉爾時文家以地域分爲南北兩派，國朝人之言也。吾觀當時所謂北派自弘、正間倡於李夢陽、何景明，號稱復古，而詭其説曰：「古文法亡於韓。」又曰：「視古修詞，寧失諸理。」故其主旨文自西京，詩自中唐而下一切吐棄，而天下果翕然歸之，然不免後人襲《史》則斷續傷氣，襲《左》則方板傷格之譏也。其所謂南派者則嘉靖時倡自王慎中、唐順之、陳束輩，《七修類稿》稱荆川四得云：「荆川嘗言：予古文得之王遵巖。」揚明初臨海朱右八先生之説，案：朱氏八家定目之前，於元有七家之目，於宋有六家、五家之目。黎氏庶昌《續古文詞類纂目録序》云：「按：茅鹿門八家之説，世皆以爲定自朱右，不知吳文正草廬序王文公集已言之。眉山衹數二蘇氏，僅得七人，子由尚不與也。」《十駕齋養新録》稱成化中，李紹序蘇文忠集有七大家之目，此七家之説也。浦氏起龍《古文眉詮鈔例》云：「案：歐、蘇而下六人，茅氏合唐之韓、柳定爲八家，三百年無異議。或曰毗陵唐氏原本也。余見水心葉氏叙當代文運之興，歐陽最有力，曾、王、蘇氏父子繼之始大振。然則此六家並稱在宋已然矣。」此六家之説也。又《赤城集》有《筤窗續集序》亦於唐宋舉韓、柳、歐、蘇、曾五家爲斯文統緒。此五家之説也。皆在朱右之前。文宗歐、曾，詩仿初唐。歸有光後出，以司馬、歐陽自命，力排何、李、王、李，而有嘉靖三大家之目，又有嘉靖八才子之目。震川高弟有唐欽堯，欽堯之子爲叔達，曾代王文肅銘震川墓，其文波瀾意度頗近熙甫，是又歸之再傳矣。與爲犄角者又有大洲、浚谷，其同時與夢陽、景明相倡和者又有李攀龍、王世貞、楊慎輩，文主秦漢，詩規盛唐，時有五才子之目，又有七才子之目。蓋北派在弘治時已有十才子、七才子之目，又有何、李、邊、徐四傑之目。至是而李、何、王、李四大家之名出矣，而前五子、後五子、廣五子、續五子、末五子及三甫、四甫之目起矣。其時學四家者之弊，如梨洲所譏鄭人君房、緯真皆各有蔽短，故北派至攀龍而極盛，亦由之漸衰。其持論至謂文自西京無足觀，而所爲文至聱牙戟口，讀者不能終篇，受世抉摘，良有以也。明季鄭仲夔《耳新》論今文引顧端木《瑣論》云：「昔之讀書者自六經而外多讀《左傳》、《國策》、《史記》、《漢書》、漢唐宋諸大家及《通鑑綱目》、性理諸書，累年莫能究，而其用之於文也，澹澹然無用古之跡，故用力多而見功遲。今之讀書者止讀《陰符》、《考工》、《山海經》、《越絶書》、《春秋繁露》、《關尹子》、《鶡冠子》、《太玄》、《易林》等書，卷帙不繁，而用之文也斑斑駁駁，奇奇怪怪，故用力少而見功速。此今昔文難易之故也。」此北派末流之弊，而爲明季文尚奇詭入澀體之由，《七修類稿》所載换字詩乃其極也。顧氏又謂：「今之作者，内傾膈臆，外窮法象，無端無崖，不首不尾。可子可史，可論策，可詩賦，可語録，可禪可玄，可小説。人各因其性之所近而縱談其所自得，膽決而氣悍。」此又明季人無墻壁無界限以作文之風氣，雖爲時文言之，而古文莫不如是也，所謂亡國之文也。此桑懌、李贄、何心隱一流庸妄人所由産於其時也，今亦有之。有杜甫七律後惟夢陽一人之評，有世貞爲集大成尼父之目。救此一派者，有南派中别派之三袁，即宗道、中道、宏道是也，以輕巧本色爲宗旨。又踵出救正而以幽雋爲宗旨者，有鍾惺、譚元春，亦爲南派之别派。考明代楚地文家多尚獨至，能創而不肯因。劉醇驥《四朝三楚文獻録序》曰：「公安快俊，竟陵深逸，遂以相救爲奇。」張仁熙《三楚文獻録・藝文志後序》曰：「或謂楚文多自爲法，不一轍，故名家者少。然其氣慓而悍，公安、竟陵孱弱而卒以易天下者，氣峻而詣獨造也。夫楚人之行正直抗厲，以氣勝文，不欲以格自拘，宜哉！」又曰：「才不别，學不僻，語不翻案，徑不窮幽，不能以其力易天下者也。」據此知楚文以孤固故能獨造，亦以不成派别故旋盛旋衰，極其弊至如王夫之所云，此楚文之所以不競也。《永曆實録・袁彭年傳》曰：「父中道工詩，與兄宏道齊名。彭年亦與兄祁年蚤立文譽，詩宗北地信陽，闢爲公安詩，學者排抵備至。時武陵揚鶴子、嗣昌父子好惡相逕庭，議者謂楚人父子喜相反，亦習氣然也。」夫詩文至於父子相反，則楚人特立之性誠莫可與京矣。而排此一派者，歸有光則目世貞爲妄庸巨子，謝榛則與攀龍絶，徐渭則誓不入王、李黨，湯顯祖、嚴果皆不肯歸附，莊元臣、叔苴子亦加詆諆，而錢牧齋、艾千子又痛相糾駁，北派於是大衰。文家相攻之習起於末流，而明人尤甚，《雨村詩話》述周書昌之言謂：「質文遞變，原不一塗。宋末文格纖濃，故宋景濂諸公力追韓、歐，救以春容大雅。三楊以後流爲臺閣之體，日就膚廓，故李崆峒諸公又力追秦漢，救以奇偉博麗。隆、萬以後流爲僞體，故長沙一派又反脣焉。大抵能挺然自爲宗派者，其初必各有根柢，是以能傳其後。亦必各有流弊，是以互詆。然董江都、司馬文園文格不同，同時不相攻也。李杜王孟詩格不同，亦同時不相攻也，彼所得者深焉耳。後之學者論甘則忌辛，是丹則非素，所得者淺焉耳。」吾觀處爭競之勢而能各居於退讓，西人亦有此盛美。如達爾文《物種論》屬稿四十四年，未出以前，而瓦累司之文稿言論事理與達爾文正同，乃先出以問世。然瓦累司與牛頓自稱遠遜於達氏，達致書於瓦累司則讓其爲先進，推重之無所爭妬。是同派中不以出書先後相攻者也。明乎此，而文人相輕之薄俗庶可少息也夫。南派則有茅坤心折唐順之之文，賡順之八家之説，於八家外無所取。其説至逮於鄉里小生。繼有弇州心折有光，而有「千載有公繼韓、歐陽」之讚。雖稍衰於萬曆以後，而江夏、福清、秣陵、荆石至崇禎時遺澤猶未泯也，故婁子柔、唐叔達、錢牧齋、顧仲恭、張元長皆拾其墜緒者也，江右艾千子、徐巨源、《東越文苑後傳》：新建徐世溥曰：「今天下人士惟長汀黎媿曾及漢陽李文孫耳。」李氏文未見，惟同時鄂人究論文事者，有朱荃宰《文通》沿何、李餘波，又有蘄州夏忠著《文禁》十卷。其書亦未之見。閩中曾弗人、李元仲均舉以爲矩矱矣。《乙卯劄記》：「明崇禎間講古文者東鄉艾南英、晉江曾異撰、番禺黎遂球、南昌徐世溥及寧化李世熊，而侯方域輩爲稍後。」全謝山於南雷書庫中見李所撰《狗馬史記》而異之，大約憤明末之庸臣誤國與名士敗家聲者，故其終篇以名士傳與忠義狗馬連編，故謝山擬之《離騷》。至其弄臣篇可以發人深省，此又章氏有慨於紀文達、彭文勤諸公之爲高宗弄臣而託以諷之也。而黃道周以理數潤澤之，張溥、陳子龍出，又以東漢爲宗，亦南派後起之歧出者也。徐渭、金人瑞、沈起一派尤歧之又歧者矣。雲間東漢之標幟開後來西泠十子之駢儷，而桐城方以智《嚮言》一卷亦實開後來戴田有、方望溪、朱杜溪者也。大抵明人之爭，始終不出兩派。時東鄉以海內宿望，大樽以一少年與之抗，至於攘臂吳中，後生傳爲快談。不二十年，兩公皆殉難，而大樽晚年文字刊洗鉛華，獨存淡質，卒同東鄉之旨，亦猶弇州之於震川有「予豈異趣，久而自傷」之語。浮氣消則至理自顯，故兩派中終以南派獨居勝勢也。至當時風氣之移易，半出楚人。鄧顯鶴曰：「有明詩凡三變，而風會所趨，每轉移於吾楚。文正主持文柄，爲一代大宗，雖以北地信陽之氣焰震炫中原，不能上掩茶陵之光。弇州歷下僭執牛耳，而當時海內求名之士即有東走太倉，西走興國之語。至公安天門出，而王、李之勢遂衰。」此亦以地望表明文章風會之一說歟。按：何大復雖信陽人，其祖貫實出黃州之羅田。元末天完徐氏起義於羅田，其祖遂遷僑信陽，去大復百有餘歲耳，今祖塋尚在縣屬之卜船山。明季，其後人何太史洛文曾來祭墓。詳見《羅田志》、明樊鵬所撰《何大復先生傳》及陳瑞琳《食古研齋詩集》自注與何氏譜。此事鄧氏未曉，否則亦可以大復與楚地開先諸家並論以佐成其旨也。然在國初，金會公德嘉爲廖氏《楚詩紀序》則更推而廣之，曰：「柱下莊、列諸子，鬻熊先之也。漢魏六朝四唐人之詩賦，《離騷》先之也。至若横渠、二程、考亭諸先生之微言大義，則又《太極書》先之也。楚人氣剽而悍，往往爲其難者。」此又以諸子之學、別集之文、宋儒之宗主無不歸諸楚人之開創，則較鄧説更廣博矣。雖然，楚人出力轉移而爭辯斷斷其廣者無論矣，若即古文而論，吾觀江右諸君於此事尤最出力。章氏《丙辰劄記》曰：「新建徐世溥、南昌陳宏緒皆生鼎革間以論古文辭，皆闢王、李之僞秦、漢，而推荆川、遵巖之講唐宋。世溥之言曰：『癸酉以後，天下文治嚮盛。若趙高邑、顧無錫、鄒吉水、海瓊州之道德風節，袁嘉興之窮理，焦秣陵之博物，董華亭之書畫，徐上海、利西士之曆法，湯臨川之詞曲，李奉祀之本草，蘄州趙隱君之字學，而時氏之陶，顧氏之治，方氏、程氏之墨，陸氏攻玉，何氏刻印，皆不棄之業。而萬曆五十年無詩，濫於王、李，佻於袁、徐，纖於鍾、譚。』陳氏之言曰：『嘉、隆以來，帖括剽竊之陋流入古文，一二負名之士好以秦漢相欺，字裁句掇，蕩然不知真古文。吾黨以唐宋諸家力挽頽瀾，毋亦謂摹秦漢之失或至捨氣體而專字句，而唐宋諸大家無從置力於其間也。若韓、歐者，所以適秦漢之路也。』按：彼時風氣，王、李摹擬之習已窮極思變，故諸君所言大抵以八家清真之説力矯其偏，風氣由是漸就平正。然諸君所言皆爭於皮傅外貌，而未嘗推古作者立言必有宗旨，所以成一家者不在秦漢，亦不在唐宋也。泰和曾文饒亦然。」推章氏此説之意，蓋病江西爭勝諸君子能進而不能止於至善也。紀文達《香亭文稿序》曰：「自前明正德、嘉靖間，李空同諸人始以摹擬秦漢爲倡，於是人人皆秦漢，而人人之秦漢實同一音。茅鹿門諸人以摹擬八家爲倡，於是人人皆八家，而人人之八家又同一音。模造面具，其斯之謂歟？久而自厭，漸闢别途，於是鍾伯敬諸人以冷峭幽渺求神致於一字一句之間，陳卧子諸人更沿溯六朝變爲富麗。數百年來，變態百出，惟此四派迭爲盛衰而已。」紀氏此言尤能總括明代文家之變態者也。王敬哉亦謂近世爲古文詞者有二端：矜詡古博，不讀秦漢以下書，及贋襲六朝，極其纖詭俊巧以自豔喜。王氏於此二派皆攻之，集中《今人古文序》、《洛中集序》兩言之。吾觀究論明代文家最詳切者莫如《藝苑卮言》。其説且能各詳其所自出，今録之以見大旨，曰：「文章之最達者則無過宋文憲濂、楊文貞士奇、李文正東陽、王文成守仁。宋天材甚博，持議頗當，第以敷腴朗暢爲主而乏裁翦之功，體流沿而不返，詞枝蔓而不修，此其短也。若乃機軸，則自出耳。楊尚法，源出歐陽氏，以簡澹和易爲主，而乏充拓之功，至今貴之曰臺閣體。李源出虞道園，穠於楊而法不如，簡於宋而學不足，豈非天才固優憚於結撰故耶？王資本超逸，雖不能湛思，而緣筆起趣，殊自斐然，晚立門户，辭達爲宗，遂無可取，其源實出蘇氏耳。烏陽王褘、金華胡翰雜用歐、曾、蘇、黄家語，空於文憲而爲勝之。劉誠意用諸子，蘇伯衡、方希古皆出眉山父子，方才以高，然少波瀾耳。解大紳文實勝詩，頗自足發，不知所裁。胡光大、楊勉仁、金幼孜、黄宗豫、曾子啓、王行儉諸公皆廬陵之羽翼也。劉文安充而近，丘文莊裁而俗，楊文懿該而凡，彭文思達而易。復有程克勤、吳原博、王濟之、謝鳴治諸君，亦李流輩也。王稍知慕昌黎，有體，要惜才短耳。南城羅景鳴欲振之，其源亦出昌黎，務抉奇奥，窮變態，意不能似也。吳中祝允明始倣諸子，習六朝，材更僻澁不稱，皆似是而非者。然古文有機矣。何、李之外始有康德涵，康源出秦漢，然麤率而弗工，有質木者可取耳。王子衡出諸子，然拘碎而弗暢。崔子鍾出左氏、《檀弓》、柳氏，才力綿淺而能以法勝之，精簡有次。陸浚明出班史、韓、柳氏，閒雅有法，小窘變態。黄勉之出潘、陸、任、庾，整麗而不圓。王允寧出《史》、《漢》，善叙事，工句而不曉篇法，神采不流動。高子業、陳約之出東京雜史，筆雅潔可喜，氣乃不長。江以達、屠文升、袁永之亦是流派，江豪而雜，屠法而冗，袁雅而弱。鄭繼之出西京，頗蒼老而短，晉江出曾氏而太繁，毗陵出蘇氏而微濃，皆一時射雕手也。晉江開闔既古，步驟多贅，能大而不能小，所以遜曾氏也。毗陵從偏處起論，從小處起法，是以墮彼雲霧中。」按：王氏此論於隆、萬以前言之最備，雖於晚明數十年尚缺其餘，於一代中實已舉其八九矣，能者詳之。

古文詞通義卷十五

總術篇三

文之總以地域者

國朝文家流衍之地域。往者錢衎石爲《碑傳集》，於開國之初有「明臣」一目，其斧鉞森而嚴，惟國初則汪琬曾用此意論當時之文，其《苑西集序》曰：「昔元遺山論金元之文，以爲宇文、吳、蔡諸人非不可謂豪傑之士，然皆宋儒之仕於金者，故大定、明昌間文派斷自蔡正甫、黨竹溪、趙閒閒始。本朝詩文亦然，若常熟、若太倉、若宛平、合肥數公，雖或爲文雄，或爲詩伯，亦皆前明之遺老也。」此語邵青門嘗譏之。當時主壇坫者多明臣，故安致遠爲《李漁村文集序》述當時之風會曰：「詩何必唐，蘇、陸、范、虞而已。文何必八家，震澤、毗陵而已。」此可見當時皆主讀宋以後書，即以爲宗旨也。故近世文學要當以侯、魏、汪、姜諸人爲開先之老宿。同時宋牧仲既有《三家文鈔》，而朱梅崖《答人書》亦以四家並稱。《四庫簡明目録》亦有經生、策士、才子之稱。其他張文襄《書目答問》所舉如賀貽孫子翼、計東甫草、施閏章愚山、朱彝尊竹垞、潘耒次耕，皆國初之傑出者也。由是下達而數之，則有馮景山公、陶元淳子師、藍鼎元鹿洲、李紱穆堂、袁枚簡齋、彭紹升尺木、朱仕琇梅崖、汪縉大紳、羅有高臺山、魯九高絜非、蔣湘南子瀟、包世臣慎伯、龔自珍定庵、魯一同通甫、曾文正國藩、魏源默深，又雍、乾後之最著者也。其不列名於姓名略中而列其文集於別集中者則三魏與易堂九子、陳文貞廷敬、儲六雅大文、秦小峴瀛、龔海峰景瀚，皆在不立宗派古文家集中，云古文家，多兼經濟家也。此亦可見當代古文家之大凡矣。然逮考訂學盛而古文漸不振。姚姬傳氏起而抗之，上承方、劉，以繼明代之南派，下啓羣彥，遂開百數十年之正宗。姚姬傳《劉海峰先生八十壽序》曰：「程吏部、周編修語曰：爲文章者，有所法而後能，有所變而後大，天下文其出於桐城乎？」王惕甫《書漚波舫日課》曰：「自古文章之用，當其時不遽盛，既盛靡不變，及其既變則變者反爲正聲。變燕許之文而爲韓柳，其盛自不及燕許，然而韓柳爲不可易矣。變沈宋之詩而爲李杜，其盛自不及沈宋，然而李杜爲不可易矣。余持此義以較今之桐城，則變吳越遺老者爲望溪，變乾、嘉考證者爲姬傳，在方、姚自不及諸公之盛，而方、姚爲不可易矣。」此即前篇正派、孽派之説之旨也。故論文於今日，南方居其極盛。自程魚門、周書昌發爲天下文章在桐城之言，世人類以桐城派稱南方之文。然隘以桐城之稱，不如竟稱以南派爲得其實。蓋自宋迄明，南方文家已定立宗主。如此，雖今世之文啓之者爲桐城人，然不能出宋時南派歐、曾之範及明時南派震川之範，桐城諸家特承流而衍之耳。近世南派之文自以方、劉、姚爲其大師，而王悔生、姚石甫、劉孟塗、方植之、戴存莊、蘇厚子、方存之等爲之後起，姚石甫《東溟文後集·跋姚與管書》謂異之、伯言、植之、孟塗稱姚門四傑，《曾文正文集·歐陽生文集序》則謂管、梅、方、石甫四人稱高第弟子，二説不同。得梅、曾而更大之，張、吳復相與引之，長沙王氏又力與表章之。海峰一傳錢伯坰，而陽湖遂奄有此派，惲子居、張皋文、陸祁孫其著也，更有姚春木、吳山子、毛生甫、吳仲倫、仲倫同時爲之定其文者有宜興任午橋朝楨，任之先有任王谷，與侯朝宗友，又有任翊聖啓運繼其後，翊聖之友有蔣豈潛錫震，游儲在陸欣之門，輔在陸而起者有羣從畫山、經畬兄弟。仲倫弟子有陽湖吳耶溪鋌，其次則程子香、武進劉廉、方曉華。管異之並梅氏皆親受姬傳之業，鄒壯節、許海秋又傳梅氏之業，是兹派由江北而之江南者。而潘四農、魯通甫仍由江北賡其緒。《雪橋詩話》：「常熟顧仲恭大韶《炳燭齋稿》，其學一傳爲錢陸燦圓沙，再傳爲嚴虞惇思庵。思庵官至太僕少卿，江南爲刻《嚴太僕集》以繼歸震川《廣陵詩事》。興化陸廷掄、寶應王巖倡爲古文，巖有《異香集》，當時謂不在魏冰叔、汪鈍翁下。然二人之文實出雷伯籲，同郡唐紹祖、繼祖兄弟皆善古文。泰州張符驤嗜歸震川古文，終身效之，名其居曰『依歸草堂』。王巖作《常州海烈婦傳》，符驤駁其不合古法，更作《海烈婦傳》以敵之。又有劉紫涵與望溪善，喜爲古文。繼之者任東澗瑗、丘蘭成逢年、楊稼軒禾，皆與東萊韓理堂善，與聞緒論者曹礪庵。此汪文端廷珍所稱，亦江北文家之可述者。」邵位西、孫琴西於浙江衍其傳。章實齋《浙東學術》一篇可考見歷朝文學之淵源，自梨洲、竹垞、季野、邵念魯後，自以全謝山、馮山公、袁子才、杭大宗、嚴九能、章實齋、錢衎石諸人爲最。姚氏之時，江西有羅臺山、魯絜非師朱梅崖，福建文家自鹿洲、梅崖、海峰外，據《東越文苑後傳》有將樂蕭正模從同邑侍郎廖騰煃學，與郡人余思復、施中、鄧拔萃、吳日彩等以古文相切磨。而肇江右古文之傳，陳碩士更學於絜非與姬傳，而陳藝叔、廣敷，吳子序等又依時而迭出，陳寶箴、右銘先生父子則由曾文正得之。是此派文之流於江西者。國初江西文家，《李邁堂文録》中多收之，不必贅。考李穆堂《蕭定侯墓誌》稱本朝之初，若侯、魏、汪、朱皆海内健者，而以臨川傅平叔占衡爲第一，以授金溪黄若轅，而定侯復遠又傳其學。又考江西古文家更有國初字雲巢三盛與翠微峰三魏並稱，均以古文名天下。邵長蘅稱叔子弟子著籍常數十人，其門人謹守師説者有楊中選，同時又有馬榮祖，均見《敏求軒述記》。後百餘年，張閏榻、陳竹門、李白村、王七宣諸人蒸蒸繼起，同時朱抑齋、陳孟岳、盧容庵、甘實求、揚聲皆其倫也，見《勤約堂文集·盧容庵通議古文序》。惲子居謂江右乾隆間古文家如魯絜非、宋立崖皆識力未至，束縛未弛，用筆進退略有震川、堯峰矩矱。此又江西一斑之評論也，其勒爲專編者則《江右古文鈔》也。

呂月滄與仲倫、春木交，以所學倡導廣西，而朱伯韓、彭子穆、龍翰臣、王定甫又受之伯言，唐氏《涵通樓師友文鈔》可考見。案：道光中京朝官講求古文之盛實極於梅郎中官京師時，伯韓以下諸子即翼梅氏而起者也。然爾時實不止此一流人，張祥河《偶憶編》云：「余在京師知好中講求古文者如程春廬府尹、姚鏡塘駕部學塽、錢衎石給諫、劉次白中丞鴻翱、陳其山儀部運鎮、龔定庵舍人自珍、潘少白布衣諮、宗滌樓比部稷辰，有所作輒相諮質，各成一家，後必有定其文者。」按此又當時講古文之別一流輩也。是此派又入廣西矣。

鄧湘皐善石甫，周星叔與爲後先。曾文正自稱私淑姬傳，而今人之稱吳南屏謂與姚氏適合，孫子餘、舒伯魯、楊性農皆與姚氏不違舛，孫尤與梅伯言善，是此派文又流入湖南矣。湘人在康、雍中有陳之駓、車無咎、王元復、王敔稱楚南四家，其後有張九思蒙泉與海峰友，繼有郭焌昆甫見知於望溪，又有余廷燦存吾及新化鄧氏兄弟父子，近以郭嵩燾筠仙、湘潭王氏、長沙王氏最有名。大抵近世湘中文學之彦始於道光中吳荷屋撫湘時立湘水校經堂，朱肯夫督學繼之，由是而文學彬彬輩出，大概詞章考據之士尤多，其咸、同以前，則《湖南文徵姓氏録》中盡之矣。

劉椒雲、王子壽與桐城文家多友處，龔定子又友子壽，而張濂卿、王鼎丞皆執業於曾文正，楊毓秀子堅受學於定子、子壽兩人，長陽張榮澤芷韻又受於毓秀，而特長詞賦。蘄州童樹棠憩南友榮澤而兼師陳右銘先生及關季華先生棠、周伯晉先生錫恩，陳、闕、周又相爲友。憩南攻文至力，早治《騷》、《選》，三十後治馬、韓書，甚有得，尤善持論，以早世不竟其志。闕之弟子又有嘉興朱克柔工文，至篤師誼。周既友陳氏父子，又爲張文襄入室弟子，其《傳魯堂文集》有《記粵東謁孝達師》云：「乙酉六月，謁師廣東節署。師言：『汝文是學何人？』恩答以詩文都無一定宗派，喜讀而作不多。竊以爲文無法，多讀書，多見事，下筆自然可觀耳。因還叩師之文何法。師言：『我文無法，但平實耳。平者，説理不尚奇，不取新。實者，不爲空談建議，總有歸宿，有證佐也。』」又其《觀二生齋隨筆》中有記張廉卿論文語，則在湖北通志局相問答也。故其生平雖以駢文擅名，而集中散文皆清拔可誦。是此派文又流入湖北矣。國初天門胡承諾石莊，世稱其文濟美《中論》。黄岡杜茶材兄弟爲望溪父執，同學則有劉稚川、顧黄公，於時復有漢陽熊伯龍、廣濟金德嘉、張仁熙、劉醇驥、黄安張希良，繼起者有孝感夏力恕、黄岡靖道謨、蘄水徐本仙相與爲交游，應城程大中爲力恕弟子。再繼起者有蘄州陳詩、黄梅、喻文鏊，天門劉醇、熊士鵬，黄岡王鑾，蘄水陳沆爲陳詩弟子，又有黄陂萬之傑亦詩門高足。此湖北文家屬諸嘉、道以前者之大略，惜無仿《文徵》例而薈萃之者。近五十年鄂中文學之盛，始同治中葉南皮張文襄督學創立經義治事學舍，後易爲經心書院。其時高才多攻《騷》、《選》之學。繼光緒中葉萬縣趙翼之侍講來督學，文襄復來督楚，又創兩湖書院，分科教士，於是詞章考據之外又兼多治義理及攻散文者。《廣雅堂詩集》有《六十九歲生日答柯遜庵中丞》二詩，自注：「舊日門人卓卓者如黄良煇、劉國香、馮德材、潘頤福、王萬芳、黄源、黄嗣翊、陳作猷、周錫恩、楊毓秀、張榮澤、張士瀛諸人皆下世。」此皆前此學舍中一時之文士也。張石州爲馮魯川師，魯川又曾師伯言，濂亭與摯甫久居保定、畿輔，言古文者多師依之，故南派之北行者惟直隸、山西有之。凡咸、同以前，此派之流衍，有陸氏《七家文鈔序》、曾氏《歐陽生文集序》及今人《續古文詞類纂序》皆可考見，此南派流南之蹤迹也。黔人之承此派者，黎蓴齋爲最著。雲南文家之傑出者有王疇五、高雪君、張月槎三人，見王贈芳《慎其餘齋文集》中《與李邁堂書》。又袁陶村文典《滇南文略序》云：「皇朝有趙士麟、王思訓、張漢、陳沆、傅爲詝、錢灃、楊履寬、何其偀、其偉、李治民、子因培、孫翺、周於智、於禮諸人。漢即月槎，此其概也。薛叔耘曰：「自淮以南上泝長江，西至洞庭、沅、澧之交，東盡會稽，南踰服嶺，言古文者必宗桐城，淵源所漸遠矣。」舉地域言之也。黎蒪齋曰：「本朝之文蓋至咸、同而極盛。」故其《續古文詞類纂》於是時所録者尤多，舉時代言之也。然盡南方一派中所流之地域已如此，其因時爲盛衰又如此。而駢散合一之派、學諸子一派皆南方所主之偏師，特不逮此派之廣被而悠久。所謂自宋以後，南方文家常居興盛者，豈不以此哉！案：張文襄《書目答問·國朝著述諸家姓名略》所列古文家自桐城、陽湖兩派外，其不立宗派諸家中祇侯朝宗、蔣湘南、陳廷敬三人爲北人，其餘則皆南人也。又考本朝文家更有專取小品以摹古一派，凡三人：一、淄川蒲松齡留仙；一、金壇史震林悟岡；一、青田韓錫胙湘巖。蒲以小説貌古人，皆知之。史有《華陽散稿》之刻，小品殊工。韓有《滑疑集》之《貌古》二卷，又有《貌檀弓》、《貌左國》、《貌莊》、《貌史》等篇目，皆近代文家别格，亦如理學之有别派也。蒲氏之他文，近日有《聊齋文》之刻，殊不逮其小説。朱氏《古文彙鈔》曾選其文二首，俞氏《春在堂隨筆》亦稱其用意造句以纖巧勝。惟《志異》一書，王文簡、紀文達深佩其才，而安鄉潘經峰於乾隆中官山東，因王倫之亂究其人民好怪之由，謂原於《水滸》、《唐賽兒》及《聊齋志異》三書，因作邪教戒欲，焚其書，並以責王文簡，此又在論文之外矣。説見潘氏《事友録》。又此篇以行省分論文家，竊仿明曹石倉《十二代詩選》例。據《嘯亭雜録》稱其家藏《十二代詩選》凡一千七百四十三卷，較四庫本多千餘卷，既區自古逸至明爲九集矣，又自五六續以後以行省區之，凡南直集八册、浙集八册、閩集八册、社集十册、楚集四册、川集一册、江西集一册、陝西集一册、河南集一册。此詩家區行省以輯詩之先例也。

吾觀李邁堂《國朝文録序》，其區本朝文家頗揭，大都有可備考鏡者。今節録之曰：「順治朝能爲古文者首推熊鍾陵先生，其他則故老遺民不肯見用於時，遂壹意讀書作文，思以空言垂世。其大者指畫精鑿，議論證據古今，既非老生常談，亦無文士結習。若魏冰叔、顧亭林、黄梨洲、陳石莊、彭躬庵，其最著者也。次如侯朝宗、王于一、傅平叔、賀子翼輩，旨遠詞文，耐人尋繹，讀之如九霄鶴唳，三峽猿啼，韓子所謂物不得其平則鳴者，誠有味乎其言之也。康熙朝聖主當陽，賢臣交贊，天下平定，人心安和，一時元老鉅公如張京江、陳午亭、李厚庵、湯潛庵諸先生以其正學發爲昌言，俊偉光明，非明代楊東里、李西涯所能及。其他館閣之秀如汪鈍翁、施愚山、朱竹垞、姜西溟又分道揚鑣，直接歸、唐之統，彬彬乎如唐之元和、宋之慶曆。王阮亭、宋牧仲以詩名，文亦不俗。毛西河雖不合格，而氣盛言宜，邵子湘叙事特佳，黎媿曾議論最勝，其餘如鄭靜庵、金會公輩，佳者尚多。故讀康熙一朝之文，如張樂洞庭之野，八音競奏，六律均調，山水爭鳴，魚龍並嘯，雖有坐部、立部之伎，亦瑟縮無以容身，洋洋乎盛世之元音矣。雍正以後及乾隆之初，累洽重熙，人才輩出。方望溪之峻潔，李穆堂之沉雄，蔡聞之之嚴正，陳星齋之高秀，卓乎尚已。而全謝山以淹貫之才表揚忠烈，碑版璀璨，與元遺山爭長。藍鹿洲以經濟爲文，確乎可見諸行事，亦近代所未有者也。高安朱文端、興縣孫文定不以文名，而文皆醇茂，蓋人品高者文自勝焉。中葉以後，學術多歧，文體亦因之猥雜。博古者以徵實見長，意盡言中，有書卷而無情緒。師心者以標新自別，音在絃外，有神致而無體裁。蓋談經既菲薄程朱，論文亦藐視唐宋。朱梅崖摹仿古人，弊如明之王、李。而任意放言如袁子才者，尤不足道。案：本朝至乾隆朝，文學可謂極盛，然亦衰於是時，故李氏言之如此。《七修類稿》謂：「詩盛於唐，乃衰於唐。字盛於晉，乃衰於晉。」亦此理也。李西涯云：「文章固關氣運，亦係習尚，非人力所能挽回。」真知言哉！豈但文章，本朝衰亂之禍皆伏於乾隆四十年後也，今皆見矣。 然而二三老輩好學深思，如黃靜山、彭樂齋、劉海峰、姚姬傳、趙鹿泉、彭允恭、魯絜非、蔣心餘、李厚岡者，尚在在不乏淹博，如錢竹汀詹事、紀曉嵐尚書，行文仍清氣盤旋，恪守古法，不愧一代之宗工焉。 嘉慶朝駢體盛行，古文予不多見，所見者惟陶萸江先生，文存不多而迥絶流輩，謝薌泉、陳惕園、劉寄庵、王鐵夫諸集亦不失古文正軌，而惲子居於簿書鞅掌中高自期許，嚴加繩削，彌爲難能而可貴焉。」李氏所述如此。 吾觀道光朝以曹文正振鏞當國，忌學士氣不昌，故乾、嘉考訂詩文之盛至是衰落。 然其時梅伯言爲郎中，京朝官相從問古文，一時桐城文家之學大暢，《識塗篇二》所述可以考見。 而張温和祥河《偶憶編》所述亦其次者也。 至咸、同兩朝，曾文正以勳望之隆出其所得於桐城緒論者，更乘梅郎中之後再予倡導，故兩朝攻古文者，非爲文正學侶，即出文正門下，光緒一朝未墜厥緒。 然則有清自道光後，文家盛統舉歸桐城，觀王氏《續古文辭類纂》可見一時之風旨。 而張文襄有言：「自出撫山右後，都人文章多學龔定庵，深用太息。」此又墨守中一種變遷也。 光、宣兩朝與桐城文迭出者爰有三種：一、駢散合一派，自嘉、道後至此猶相傳勿替。張文襄屢勸操觚家必讀《文心雕龍》，蓋襲蔣茗生之論。惲子居亦教其婿讀此書。可知近世無論駢散家，均注重此書，亞於《文選》。曾文正、張文襄極重《文選》，張更別立「《文選》學家」之名，譚仲修謂章實齋六藝本原之學從彥和書悟入。蓋今世文家，無不圭臬此二書也。一、定庵之文，與劉申受同源，輔以今文之學。及魏默深又參以海國之學，至爲今日文士所曹喜。一、譯學既開，而文雜歐和之習，風斯下矣。余無論焉。參合李氏所論觀之，而一朝之文家可見大概矣。廖炳奎《跋蔣士銓〈忠雅堂集〉》論本朝文以方靈皋爲首，其説曰：「古文一道至我朝爲極盛，康熙年間首推方靈皋先生。前乎方氏者有侯朝宗、魏冰叔、朱竹垞、汪苕文、姜西溟、邵青門；後乎方氏者有劉海峰、全謝山、袁隨園、魯九皋、朱梅崖、彭尺木、姚姬傳、惲子居、劉孟塗。竊嘗論之，文氣之奇莫如魏冰叔，文氣之正莫如方靈皋，參奇正之間莫如惲子居。此外恃考據以矜博者有之矣，侈雕繪以誇工者有之矣。若行以勁氣，出以深情而又雅正有法，不能不爲先生首屈一指。」按：此説亦可見本朝盛時文家之大概。其所舉亦不蕪，而論定亦不苟。但蔣氏之文以自述其父母之作最工，他尚不能如所云耳。

嶺南文家詳新興陳雪漁在謙《國朝嶺南文鈔》中，如楊訒庵仲興、林穆庵明倫、陳觀樓昌齊、馮魚山敏昌、謝澧浦蘭生、吳雁山應逵、林月亭伯桐、金藝圃菁莪、邵芝房詠、張南山維屏、凌藥洲揚藻、黃臨溪大幹、黃香石培芳、吳石華蘭修、鄧樸庵淳、溫伊初訓、曾勉士釗。其一則雪漁也，其中如穆庵則友梅崖，訒庵見稱於簡齋，魚山則師竹君、竹汀，南山見稱於子居，皆淵源可考。其盛尤在道光初元，吳石華、曾勉士二十餘人共爲希古堂文課，仿易堂諸子而互究此事，如雁山、月亭、南山、香石、樸庵、伊初皆社中人也。他如張磬泉、楊星槎、馬止齋、熊篴江、徐秩孫、劉介庵、謝堯山、楊秋衡、黄石溪、胡稻香諸人亦其次也。其立法謂易堂史深而經疏，故其文薄，因而以經爲主，子史輔之，熟於先王典章，古今得失，天下利病，而後發爲文。此社立後二年，阮文達督粤，立學海堂以廣之，兼以經解詩賦教士，與課者數百人，而嶺南文學遂彬彬爲一時最矣。按：各省自嘉、道以來至同治中興後，多仿阮文達學海堂詁經精舍例建課古學之書院。其先陶文毅之在江寧、吴荷屋之在長沙皆行之。自近五十年來，如張文襄之迭立經心、尊經、廣雅、兩湖諸院，黄子壽之課蓮池書院學古堂，黄漱蘭之立南菁書院，陳四覺之立致用精舍，以及江西之經訓書院，並其他各省之相繼仿立者殆徧。故近世各省文才皆與此舉有關，惜無從一一羅列其文才也。

北方文家在山東者盛於乾隆時，膠西法鏡野、昌樂閻懷庭、濰縣韓理堂三家最著。法、閻文無有繼者，惟理堂與閻姻好，爲南士所推，自絜非外，彭允初、汪大紳、羅臺山皆尊爲不可及。故韓之文傳其同縣門人劉次白鴻翺外，而來安徐又陶侃又其高弟也。次白稱頌理堂以配敵歸、方，斯亦與南派有同旨也。次白爲《吴南川先生江傳論》云：「余鐫《山左文鈔》，首三家：竇東皋之文，大含細入，元氣渾淪，如高山大河，包孕無窮。韓理堂之文，鎔經冶史，如夏尊商彝，三代法物，令人不敢褻視。閻懷庭之文，古光幽顏，如翠柏蒼松，四時不改其色，如空谷寒梅，孤芳自賞。先生之文，簡雅刻削，氣味別出，三家之外其韓、閻之亞乎？」是三家之外又有竇光鼐、吴江二家，而竇之賦與時文，包慎伯尤推之也。理堂序法鏡野《海上廬集》稱其能上繼震川，次白爲《十二家古文選》置法於方、姚之間，則其宗派又可知矣。理堂集，同里陳文懿官俊爲刊行之。國初德州有田綸霞侍郎，爲文博麗，皆瞀八家，嘗選漢魏六朝文，曰：「自茅選一出，耳濡目染，以故荃蕙不馨。」此亦北方之立異於南派者也。其他同時又有李漁村、張杞園、安靜子三家，皆以古文名。

河南文家有蘇氏《國朝中州文徵》可考見。郭益靖《瓣香齋文集·答李居來書》云：「侯朝宗有古文之才而未能厚其積，而出之往往少翦裁而漫。同時雪苑五子亦未有傑然特出者。繼此劉山蔚、田簣山、劉太乙、李禮山、吕坦庵，才猶不逮壯悔。近惟河内范無厓、淮寧錢樸庵、西華張偉瞻、鞏縣孫於揚、偃師吕虚谷爲能振起絶學，而虚谷尤傑特，叙事則簡質有法，議論則馳騁縱横，不可方物，可力追古之作者。」此河南文家之略可考見者也。案：劉榛《虚直堂文集·徐恭士墓志銘》稱雪苑六子社者徐恭士、侯朝宗、賈靜子、徐邇黄、宋牧仲及其兄子世琛也，集中所稱又有恭士之兄蒼霖、吴伯裔及睢州王嘉生諸人。惟劉云六子，與郭云五子略異。

關隴文家則山左牛運震宰平番時提倡之，其弟子有秦安吴墱、狄道吴鎮、吴懋德，善詩文，有三吴之稱。又有武威孫俌，牛氏謂其品視吴爲優，故陜西言理學必曰孫景烈酉峰，言文學必曰孫俌仲山。俌子撲章亦能古文，與潘挹奎並有名。孫景烈主關中書院，時其弟子學古文者，自孫俌外，有大荔李泆維則、吴堡賈天禄、雒南薛寧廷退思、韓城王傑偉人、武功張洲萊峰，時稱六士。此外華陰李汝榛仲山、華州李士棻蘭圃、咸寧邵麟趾仁履、臨潼王巡泰岱宗、綏德張崧雄五、沔縣嚴慶雲藹如、乾州馬友蘭素天、楊橋漢升、扶風馬用觀顒若、武功張廷榴安石、張玉樹德潤，又有綏德張秉愚葆靈、秉謙益亭、榆林葉蘭湘佩，皆西峰門人，其詩賦雜文皆有可觀者也。其人氏略見於李氏《關中兩朝文鈔》，其見於劉紹攽《關中人文前後傳》者則多詩家著述之士也。

破桐城、陽湖二家文派之說者有兩家之論：一爲鎮海張鞠齡壽榮之説。張氏《舫廬文存·答劉曼甫書》曰：「桐城、陽湖之文二家派別，時論云然，壽榮初未之信，繼讀吳仲倫《初月樓文鈔·古文緒論》及曾文正《歐陽生文集序》，乃知桐城家之盛之尊爲陽湖家所不及。然僕終不以爲然也。蓋自乾嘉之來，方望溪、劉海峰以文顯，而姚惜抱暢之，梅伯言、管異之、方植之、戴存莊、吳仲倫諸人復衍之，言古文者遂有桐城家之派。自惲子居謂元明以來古文失傳，重其友張皋文之作，不多作。皋文没，乃併力爲之，而其同邑李申耆、陸祁孫、董晉卿俱已成文，稱言古文者又有陽湖家之派。竊以爲文惟其是而已，何所謂桐城、陽湖耶？亦惟其正而已，更何自而別之曰桐城、陽湖耶？然亦有其可別者，桐城作法謹嚴，必先盡其淘汰揀擇之功，而後方許爲門逕之睎。故如初月樓所舉忌者數端曰語録、曰時文、曰詩話、曰尺牘、曰小説。語録、時文，稍知爲文者能去之。其下三者，雖卓然以文名於時往往不免。然緒論所指諸家合以僕之所見，皆非無可議處。如汪堯峰文氣息閒静，而詩話、尺牘氣未除。王惕甫、秦小峴則其尤者，侯朝宗、王于一文之佳者未脱唐人小説氣，袁簡齋亦更下矣，簡齋文不如其小説，而小説猶未至唐人佳處。他若黄梨洲氣岸闊大，語多出入，姜湛園醇肆並見，漫汗特甚。繩以法度，其皆桐城家之所黜者歟。按：以陳石（土）〔士〕之論，此説甚確。陽湖以皋文之淵雅，賦年不永，所作於摹古之迹尚未盡化，姑無論焉。子居清剛夭矯，縱横其氣，鋒鍔其詞，意在生面獨闢，然不善學之，將有矜心作意，不得其氣之和者。此外《養一齋》、《崇百藥齋》、《齊物論齋》諸集簡淨可觀，力已不逮。此陽湖一家，衍其派者不如桐城之廣之非無故也。壽榮謂：自其不同者言之，陽湖之與桐城固彰彰矣，而即在桐城中，要未嘗無其不同者。望溪之文謹嚴有餘而不足於遠妙之趣；海峰有絶佳之篇鏘然音節，而摹擬諸子痕迹猶存，未爲上乘；惜抱厭望溪之理而精之，斂海峰之才而渾之，享年之高，積以學力，其文上方方、劉，而迂迴蕩漾，餘味曲包，則又二家所未有。《初月樓集》中論之綦詳。故以桐城視桐城，其所造之不同已如是，况其爲陽湖之與桐城耶。自其文之是與正而有足以取法乎我者言之，則桐城可也，陽湖可也，不必桐城、陽湖亦可也。求之於《史》、《漢》以觀其博大，參之於唐宋諸家以得其錯綜，合者取之，不合者置之，夫又何爲僅僅於桐城之廣之思效法，而少陽湖之傳而棄之也哉！」一爲今人長沙王氏之説，《續古文辭類纂例略》曰：「自惜抱繼方、劉爲古文學，天下相與尊尚其文，號桐城派。當海峰之世，有錢伯坰、魯思從受其業，以師説稱誦於陽湖惲子居、武進張皋文，子居、皋文遂棄其聲韻考訂之學而學古文，於是陽湖古文之學特盛。陸祁孫《七家文鈔序》言之，此陽湖爲古文者自述其淵源，無與桐城角立門户之見也。立言之道，義各有當而已。愚柔者仰企而不及，賢智者則務爲浩侈，不肯自抑其才。姚氏見之真守之嚴，其撰述有以入乎人人之心，如規矩準繩，不可踰越，乃古今天下之公言，非姚氏之私言也。宗派之説起於鄉曲競名者之私，播於流俗之口，而淺學者據以自便，有所作弗恊於軌，乃謂吾文派別焉耳。近人論文或以桐城、陽湖離爲二派，疑誤後來。吾爲此懼。更有所謂不立宗派之古文家，殆不然歟。」案：宗派之説始於詩家，唐張爲《主客圖》，以白居易六人爲主，餘有升堂、入室、及門之殊，爲客。《九九消夏録》稱宋吳沆《環溪詩話》以杜甫爲一祖，李白、韓愈爲二宗。元方回《瀛奎律髓》專以江西一派爲主，創一祖三宗之説：一祖亦杜甫也，三宗則黄庭堅、陳師道、陳與義也。其以地系宗派又始於江西，張泰來《江西詩社宗派圖録》曰：「宗派一説其來已久，實不昉自吕公也。嚴滄浪論詩體始於風雅，建安而後，體固不一。逮宋有元祐體、江西體，注云：元祐即江西派，乃黄山谷、蘇東坡、陳後山、劉後村、戴石屏之詩。是諸家已開風氣之先矣。矧江西宗派不止於詩，即古文亦有之，不獨歐陽、曾、王也；時文亦有之，不獨陳、羅、章、艾也；推之道德節義莫不皆然。」又曰：「詩派，人之性情也。性情不殊，係乎風土，而支派或分，十五國而下概可知矣。譬之水然，水雖一，其源流固自不同，江、淮、河、漢皆派也。若捨派而言水，是鑿井得泉而曰水盡在是，豈理也哉！江西之派實祖淵明，山谷云：淵明於詩直寄焉耳。絳雲在霄，舒卷自如，豈復有派？夫無派即淵明之派也。」張氏之説詩派，其理盡矣。移以説文，其事亦同，張氏所以云「即古文亦有之」也，正不必泥於張、王之論。蓋以宗派示後學，衹以示初學由隘而之通之法，非必教人域門户也，須如此看方合。又劉後村有《續詩派序》，明周聖楷不取此説，是亦反宗派立論之一家也。又《復堂日記》云：「王氏辨正近日張南皮《書目答問》古文流派之失，與予論正同。此編主張楚材，要之曾文正不愧作者。四方名人則魯通甫得韓最深，選之不盡。其傳出於潘四農，亦不可遺之。龍翰臣以古韻傳文事，尚不逮少鶴，何論伯韓。彭尺木、秋士諸君温恭篤雅，文章統緒固當在此。楚人之中獨推曾文正爲作者，正以其志在三通六書，通漢宋之懷來，洞古今之正變，文詞爾雅，不事凌厲，與其詩絶異。竊謂曾公文勝於詩也。偶於王氏選文發凡言之如此。昨見楊彝珍性農選《國朝古文正的》亦主楚人互有得失。」譚氏不滿王氏續編之論如此，此又讀王氏《續古文詞類纂》者所當推究者也。二家之説，蓋皆有不足於張文襄《書目答問》分本朝古文爲桐城、陽湖及不立宗派三種而特砭正之。講文家派别者宜繹知此意而折衷之。宋犖〈江西詩派圖録序〉引劉山蔚曰：「統猶水行於地，匯於歸墟，而總爲天一之所生，非支流别汊之所得偏據以爲名。至於四瀆百川之既分，分而溢，溢而溯其所出，然後稱派以别之。派者，皆一流之餘也。」牧仲此論最明析。蓋分派以示人者，無非欲人由門户從入之中，即此一派而更知有他派，更由彼派與此以觀其通而會其源，如水之行地，必詳其源流分合而始得其歸墟，於講求之方甚便，又何必遽廢此説也哉？今余於《總術》一篇前多言統而後多言派，皆所以詳文家分合之觀察也。又《詩人玉屑》引晦庵云：「韓無咎詩做著者儘和平，有中原之舊，無南方啁哳之音。」是詩之音調亦有南北之分析也。

又考當時有往來桐城、陽湖兩家者，如吴仲倫是也。張鞠齡《跋花雨樓本〈初月樓文鈔〉》曰：「仲倫初與張皋文、惲子居切磨論難，學爲古文。後於鍾山見姚惜抱而受業焉，謂：『惜抱先生以禪喻文，須得法外意。聞之而若有證也。先生亦許謂可與言文。』故其生平所極推崇者惜抱，次皋文，次子居，而於皋文、子居之文論斷亦允。蓋由陽湖而桐城，其中甘苦喻之深，故能道之切。所著《初月樓正續文鈔》，惜抱而後，言桐城家者尚之。傳吴氏之學者有婺源程子香學古文法於吳，凡吳之得於惜抱者以語子香，子香心印焉。同時吳少蕁、孫庶翼、王守靜三人與子香交最善。而吳氏入室弟子，如子香及吳耶溪又皆先師而卒。」參《程子香文鈔跋》。此吳氏傳派之可考，而又文派中分不終分之證也。

自元好問《中州集題詞》分區域以論文，爾後多有本地域以發明文家之派別者，而傅山題畢振姫文爲《西北文》，又雅不喜歐公以後之文，曰：「是所謂江南之文也。」全謝山爲《傅氏事略》亦戲稱江南之文以自愧，而梅伯言以李天生不讀黄河以南之文爲隘，謂其以西北之人而輕忽東南之文也。考明代有北人而力區南人於所編之外者，《棗林雜俎》曰：「濮州李尚實先芳選國朝燕趙、秦晉、河洛、淮揚、藩獻之詩，附以蜀，曰《明雋》，吳越、荆楚不與焉。東阿于文定序曰：『自二《南》以下，十五《國風》皆江以北地也。降而春秋，吳越之歌吟乃出。降而戰國，荆楚之騷賦始傳。故江以南之聲，則歌吟騷賦之流，而風之餘也，非始音也。原始之音以北先也。』按：李尚實初善王元美。後元美從于鱗游，改轡移好，故《明雋》之外，吳越、荆楚有以也。然所選多靡豔舒曼。」葆心按：此亦界分南北之書，乃明人門户習見，其向背好惡緣人而生，決非正論。惟于序云云，亦可爲北派開先於南之證也。故文家地域，舉北可以概西，舉南可以概東。北方地域爲黄河巨川所經，起關隴而迄齊魯者也。南方地域爲揚子江巨川所經，起蜀滇而迄吳越者也。以南北地域區列代之文，無寧以兩巨瀆區列代之文而已。朱國禎《湧幢小品》曰：「風土南北寒暑，以大河爲界。」陳霆《兩山墨談》曰：「長淮爲南北大限。自淮以北爲北條，凡水皆宗大河，未有以江名者。自淮以南爲南條，凡水皆宗大江，未有以河名者。其混同江、鴨緑江、大渡河，固禹跡之所略也。」孫嘉淦《南游記》曰：「天下大勢，水歸二瀆，山分三幹。河出崑崙，江源岷蜀，始於西極，入於東溟。大河以北，水皆南流；大江以南，水皆北注。漢南入江，淮北入河。雖名四瀆，猶之二也。」三家之説皆此旨也。吾觀北人之文主理，南人之文主情，此其大都也。然南人主情之文迄唐初而止，北人主理之文至唐後而大熾於南方。叙事之文在唐以前亦北方爲之宗主，南方爲之附庸，唐以後南北皆互有名家。故三者之於南北常有直接與循環兩種之觀焉。漢代南北各操其土風，而彼此平均無盈絀。自後或由南弊而北弊而北振而北大之者，六朝至唐是也。其振衰主旨，則王弇州目之曰「能斂華而就實」，黄梨洲目之曰「以六經之文變徐、庾之汩没」，言乎此時之文家也。或南弊而北振而南大之者，五代至宋是也。其振衰之主旨，則王弇州目之曰「能化腐而爲新」，黄梨洲目之曰「以昌黎之文變西崑之陷溺」，言乎此時之文家也。元明兩朝，北人多主秦漢，南人多主唐宋，兩者常相齕，爲南北之競勝。北之詆南曰：「使人畏難而好易。」南人詆北曰：「姑借大言以弔詭。」於是南派輒勝，北派常衰。入本朝，南派全歸優勝而北派泯焉無聞。北方之人多愛表章北方人文，彭禹峰曰：「天地之氣肇於西北，暨於東南。」見前。劉九畹爲《關中人文後傳論》曰：「東南物之發生，西北物之成熟。見《史記》。發生華葉，成熟者實。秀而不實，實未有不華者。華實併茂，秦實有焉。」此歸美西北之説也。及劉次白編《十二家古文選》又一抗論之，於唐宋八家、歸、方、姚外加入一法鏡野而擯劉海峰，欲以奪姚氏

《古文辭類纂》之席。然其說迄無賡之者。惟尚鎔《持雅堂集》有《讀古文辭類纂》一篇頗不以姚氏舉方、劉繼震川爲然，謂其不免方隅之見。陸祁孫亦謂其尚有遺篇，此曾文正《雜鈔》所由繼姚而作也。文正《答歐陽小岑書》亦以姚選「闌入海峰，稍涉私好，而大端固是有倫」，皆是此意。吾師鄧先生繹且力反其說，《藻川堂譚藝》曰：「歸熙甫爲文以雅潔自喜，傲然視王、李若不足，然根柢未敢望古人也。近世姚姬傳慕之，而奇氣不足自振發，其引海峰爲重者，意有在也。而時人反抑海峰於姬傳下，是真目論皮相者耳。」案：此說與次白絶相反者也。又其品隲歸、方、法、姚仍不能不用陽剛陰柔之說。其言曰：「震川善繪俗情，文之真細雅淡者也。靈皋根據經義，文之純粹中正者也。鏡野專講氣脉，文之清空宕往者也。姬傳務求高簡，文之謹嚴滌鑠者也。皆所謂陽而不失之燥、陰而不失之懦者也。」文之公理，不以方域鄉曲限也。至本朝駢散合一之派亦倡自南方，與元、明北派絶類而取徑不同，與宗唐宋者亦相齕，爲南與南之競勝，晚近之結果則無元、明兩朝之終歧而有兩軌合爲一幅之美。以前之相競是爲始競爭終決裂，以後之相競則爲始競爭終和平。雖然，域内之競爭和平矣，而域外旁行畫革之文詞又相乘而日出，主遺傳者則貴域内，主進化者又崇域外，逆知文瀾之騰翻方未已也。他日之或爲化合，或爲析分，亦未可知也。文域中異狀之迭呈如此矣。其尤異者，玄學能衰六朝之文統，西崑能衰唐末之文統，荆公新學能衰宋之文統，北派復古能衰明之文統，今日東西譯學興又能衰斯世之文統。以前之衰，或衰於學之孽派，或衰於文之孽派，或衰於揚徇俗之波，或衰於張則古之燄。今日之衰則質之古而古昔無，證之俗而舊俗以無。亦云彼學爲孽派，則彼方自正其學；以云彼文爲孽派，則彼方高視其文。所由前觀無始，後寄無涯，而懷靡金石銷聲聞之懼也乎。黃梨洲亦稱地氣可以限文，其《李杲堂墓誌》曰：「文章不特與時高下，亦有地氣限之。明、越兩郡，其地密邇，同一風氣。明初楊鐵崖、戴九靈，戴寓明州，爲文學宗老，唐丹崖、謝元功、趙謙比肩而作，宋無逸、鄭千子皆楊門弟子，其時師友講習，炳然阡陌，一時號爲極盛。陵夷至正、嘉而後，競起邪宗，孫文恪輸心於愧野，余君房瓣香於子威，赤水、月峰疏密不同，而文勝理消，謂《論語》爲孔子之文選耳，苟肆狂狷，無所取裁。陳後岡、徐文長雖異趨，時風衆勢，無以發伏鼇之雄氣。即如陽明之文，韓、歐不足多者，而謂文與道二溝而出諸文苑，是故兩郡作者敝精神乎蹇淺久矣。」案：此雖就明、越一隅言之，要可證文隨地域而異，其理本大同也。其在詩家亦然。《冷廬雜識》曰：「皇甫子循汸言關中之詩粗，燕、趙之詩厲，齊、魯之詩侈，河内之詩矯，楚之詩蕩，蜀之詩澀，晉之詩鄙，江西之詩質，浙之詩嘽，吳之詩靡。此皆爲習所囿也，惟有志之士能矯其失以歸於醇耳。」雲山先生《藻川堂譚藝》則更推廣南北風氣之殊而言之，其引寶應王白田之言曰：『大江南北，風土不同，士習亦異。大抵江以南多輕清雅麗之材，率以聲氣相高，前後相承，源流弗絕。江以北則淳直愨固，有湛深刻苦之思，而靜默自守，不以聲氣相通。』此言得其略矣。其實則江南東西亦自有剛柔浮沉之逕庭者，推之於吳楚閩蜀可知，又推之於淮河之南北、雍、豫、青、冀文學德行之儒皆可知也。當天下一統，九州同文之世，光嶽之氣甚完，而人自爲學不可齊一如此，況於世衰道微，江河邁往，有持故言理者出而亂之，其究伊胡底也。」先生此言則因承平之世風氣已殊，而愈以憂衰亂之世，道術文學將愈因之以分裂。斯固倡言南北派別者所不及料者也。此舒夢蘭氏《古南餘話》稱：「凡物之尤異者，其山川國土亦不得私爲己力。」而斥世人謂「聖賢之學必在東魯，詞賦之雄必在西蜀」爲不盡然。然則今人力矯張文襄古文分派之説也，豈非自具深心者歟？

文之總以地位者

文有以地位分者，程子曰：「語麗詞贍，此應世之文也。識高志遠，議論卓絶，此名世之文也。編之乎《詩》、《書》而不愧，措之乎天地而不疑，此傳世之文也。」程子以「應世」、「名世」、「傳世」三目區分文家品位。其他諸人則多以山林、館閣二目區分之，用意亦相通。其始劉彦和《文心雕龍·情采篇》有曰：「故有志深軒冕而泛詠皋壤，心纏幾務而虚述人外。真宰弗存，翩其反矣。」此言二者之不可混也。至歐公乃肇區此爲二品。吴處厚《青箱雜記》踵之，復賡歐公之詞曰：「有山林草野之文，有朝廷臺閣之文。山林草野之文則其氣枯槁憔悴，乃道不得行，著書立言者之所尚也。朝廷臺閣之文則其氣温潤豐縟，乃得位於時，演綸視草者之所尚也。」吴氏之後，陳世寶《筆疇》又踵之，而釋歐公之言曰：「文章發於性情者也，不可以矯僞而成也。居館閣而言山林可也，居山林而言館閣不可也，何也？居山林而言館閣，則慕富貴之心重矣。處貧賤而慕富貴，是何志耶！晚近陋士好以文字覘人富貴福澤，其志絶卑劣，尤莫如明貳臣王鐸之纖鄙。《棗林雜俎》云：「鍾、譚詩行於世，孟津王鐸宗伯曰：『如此等詩，決不富不貴，不壽不子。』嗚呼！鐸在南都降豫王，後往見故君，聖安帝戟手大駡而出，此其富貴福澤之所以獨厚也。此人也，乃亦論詩文也乎！」道濟於一時，德孚於上下，而其心不忘乎山林，自非不以富貴動心、澹然無欲者不能也，惟司馬公、富鄭公輩可以當之。」梅伯言《送陳作甫叙》又分世禄之文、豪傑之文爲二種。黄氏宗羲謂臺閣山林各有所宜，其《辭張郡侯請修郡志書》曰：「文章之道，臺閣、山林，其體闊絶。臺閣之文撥劚治本，緪幅道義，非山龍黼黻不以設色，非王霸損益不以措辭，而卒歸於和平神聽，不爲矯激。山林之文流連光景，雕鏤酸苦，其色不出退紅沉緑，其辭不離於嘆老嗟卑，而高張絶紘，不識忌諱。故使臺閣者而與山林之事，萬石之鐘不爲細響，與韋布里閭憔悴專一之士較其毫釐分寸，必有不合者矣。使山林者而與臺閣之事，蚓竅蠅鳴豈諧《韶》、《護》，脱粟寒漿不登鼎鼐，蓋典章文物，禮樂刑政，小致不能殫，孤懷不能述也。」黄氏《論文管見》中亦闡此意。汪堯峰亦云：「居廊廟者長於臺閣，守布素者長於山林，殆莫能相兼也。」李氏《秋山論文》云：「立言貴有體。館閣著記須有官様，點竄《堯典》、《舜典》字，塗改《清廟》、《生民》詩，一切纖鄙都無所用。山林文字却須有煙霞氣，如林和靖。辭聘用駢體文，當時又譏其失體矣。微特體式，雖字句亦當相題用之。字句固隨體式爲轉變也，如作詩字句，古體不妨奥僻，今體便須雅馴。」按：此語乃言詩家各有所宜之説。吾謂詩不但每體各有所宜，並各體之美宜知其某美宜學某家也。《雪浪齋日記》云：「爲詩欲詞格清美當看鮑照、謝靈運，渾成而有正始以來風氣當看淵明，欲清深閑淡當看韋蘇州、柳子厚、孟浩然、王摩詰、賈長江，欲氣格豪逸當看退之、李白，欲法度備足當看杜子美，欲知詩之源流當看《三百篇》及《楚詞》、漢魏等詩。前輩云：建安才六七子，開元數兩三人。前輩所取古今詩人其難如此。予嘗與能詩者言：書止於晉而詩止於唐。蓋唐自大曆以來，凡詩人專門名家無有不可觀者，特降而至於晚唐，未免氣象衰苶耳。」此學詩取長之法也。此亦區畫兩體不能易位之論也。此旨在畫家有本來面目之説，《履園叢話》曰：「古人書畫俱各寫其本來面目方入神妙。董思翁嘗言董源寫江南山，米元暉寫南齊山，李唐寫中州山，馬遠、夏珪寫錢塘山，趙吴興寫苕霅山，黄子久寫海虞山是也。余謂畫美人者亦然，浙人像浙臉，蘇人像蘇粧，或各省畫人物者亦總是家鄉面貌，雖用意臨寫，神采不殊，蓋習見熟聞易入筆端耳。猶之倪雲林是無錫人，所居祇陀里，無有高山大林，曠途絶巘之觀，惟平遠荒山，枯木竹石而已，故品格超絶，全以簡淡勝人，是即所謂本來面目也。」臺閣山林之不能易位即此意也。

蓋分文以地位，其説肇自宋人李方叔，又於兩體中各别之爲二：山林體中又有山林、市井之分，館閣體中又有朝廷卿士、廟堂公輔之分。亦猶宋世樂藝有兩般格調：於朝廟供應則忌粗野嘲哳，而村歌社舞則又喜之也。文家兩體之中究以館閣體假官位之勢相沿不絶。皇甫湜論朝廷文字當以燕、許爲宗，是唐人之重視此體也。王安國告吴處厚謂文章格調須是官樣，是宋人之重視此體也。詩家之館閣體，如《後山詩話》稱王荆公詩喜用金玉珠翠等字，世謂之至寶丹。《歸田詩話》謂公之子明之得公家法，是其證也。王弇州謂楊文貞士奇文「源出自歐陽，以簡淡和易爲主，而乏拓充之功，至今貴之曰臺閣體」。是明人之重視此體也。其山林一體，如晏元獻鄙李慶孫爲乞兒相，弇州文章，九命中之偃蹇一流，皆其人也。吴氏言兩體各有所尚，陳氏言兩體初不可混，惟方望溪論文於兩體俱無所取，其謂「吴越間遺老尤放恣，或雜以小説」者，斥山林體也，其曰「或言翰林舊體」者，斥館閣體也。朱蘭坡持議則於兩體各有所宗，其言曰：「文章家之館閣、山林，其分也久矣。山林之作非盡寒儉，而要以清雅爲宗；館閣之製非盡濃滯，而要以華贍爲貴。二者往往不能兼。」案：山林、臺閣，論者往往謂其不能兼，蓋全才之難也。宋人更常有一種詩文不能兼工之説，《復齋漫録》云：「子瞻、子由門下客最知名者黄魯直、張文潛、晁无咎、秦少游，世謂四學士。至若陳無己文行雖高，以晚出東坡門，故不及四人之著。無己《答李端叔書》以黄、秦、晁爲長公客，張爲次公客。然四客各有所長，魯直長於詩、詞，秦、晁長於議論。魯直《與秦觀書》曰：『庭堅心醉於《詩》與

《楚詞》，似若有得。至於議論文字，今日乃當付之少游及晁、張、無己，足下可從四君子一一問之。』乃知人才各有所長，雖蘇門不能兼全也。」此爲二者不能兼工之證歟。且當時並有作詩祇工一體之説，《石林詩話》云：「魏晉間人詩大抵專工一體，如侍宴、從軍之類，故後來相與祖習者亦但因所長取之耳。謝靈運《擬鄴中七子》與江淹《雜擬》是也。」明人於此並有不以兼通爲貴之説，《湧幢小品》曰：「袁中郎不善飲，好談飲，著有《觴政》一篇補所未足。嘗見某公文集，門門皆有議論，皆有著作，亦是此意。要知可傳者別自有在，決不以兼通並曉推而冠之九流百家之上也。」《堅瓠十集》稱茅鹿門文工志銘叙事，晚喜作詩，自稱半路修行，語多率易，亦可見兼長之難也。推而言之，藝苑中遂常有此一種兩相避讓之美而各成其獨至。故張長史以正書不及顔，去而學草。楊惠之以畫不及吳道子，去而爲塑工。藍田叔亦以寫生不及陳老蓮而終身不寫生。惲南田亦以山水不及王石谷，變而爲没骨花卉。此所以各能成其獨至之美，而名家所以不貴兼通也。然《漁隱叢話》引司空圖之説則又與此反，其説曰：「司空圖云：金之精清，故其聲皆可辨也，豈清於磬而渾於鐘哉？然則作者爲文爲詩，才格亦可見，豈當善於彼而不善於此耶？愚觀文人爲詩，詩人爲文，始皆係其所尚。所尚既專，則搜研愈至，故能炫其工於不朽，亦猶力巨而鬭者，所持之器各異，而皆能濟勝以爲勁敵也。予嘗覽韓吏部歌詩累百首，其驅駕氣勢，若掀雷決電，撑抉於天地之垠，物狀其變，不得鼓舞而徇其呼吸也。其次皇甫湜祠部，云文集外所作，以爲遒逸，非無意於深密，蓋未或遑耳。今如華下，方得柳詩，味其探搜之致亦深遠矣。俾其窮而克壽，抗精極思，則固非瑣瑣者可輕擬議其優劣。又嘗睹杜子美《祭太尉房公文》、李太白《佛寺碑贊》，宏拔清厲，乃其歌詩也。張曲江五言沉鬱，亦其文章也。豈相傷哉！噫，後之學者褊淺，片詞隻句未能自辨，已側目相詆訾矣，痛哉！因題《柳集》之末，庶俾後之詮評者罔惑偏説以蓋其全功。」此又言大家每能詩文兼工也。於是談藝者每於兼工外又多論其相通與相似，《王直方詩話》云：「東坡嘗以小詞示无咎、文潛曰：何如少游？二人皆對云：少游詩似小詞，先生小詞似詩。」又《漁隱叢話》曰：「東坡云：味摩詰之詩，詩中有畫。觀摩詰之畫，畫中有詩。」又《七修類稿》云：「舊云韓詩似文，杜文似詩。予謂韋應物律詩似古，劉長卿古詩似律，子瞻詞如詩，少游詩如詞。」固一病也，然亦因性所便習而使之然耳。故劉氏《約言》曰：「文之理法通於詩，詩之情志通於文。作詩必詩，作文必文，非知詩文者也。」又曰：「詩中有詩，文中有文，真也。」此殆以言二者之別異乎。又曰：「詩莫作詩解，文莫作文解，寓也。」此殆言二者之相通乎？又曰：「文有官有家，官所同也，家所獨也。」是其理又通於矯異尚同之旨矣。按：諸説可與卷八「詩文不能兼長」及「亦可兼通」參看，惟復齋引魯直《與秦觀書》書中並述及少游，恐有誤。但漁隱所引如此，姑存以俟考。然而猶得稱我心以立言。館閣則義必正而詞必莊。」則詳兩體之貴要也。辨文體者其知之。《林下偶談》稱文字有江湖之思，亦指山林一派也。陳仁錫《古文奇賞》分目有一代大作手，有一代持世之文，有一代榮世之文。分類略近兩體，其以人爲類，亦以地位區之。

又有以人品核定各家之文者，魏叔子曰：「簡勁明切，作家之文也；波瀾激蕩，才士之文也；紆徐敦厚，儒者之文也。」路閏生《受祺堂文集序》曰：「夫鉤章棘句，詭勢瓌聲，駭世之文也，嗜奇者寶焉。圖狀山川，規摹風景，怡情之文也，風雅者體焉。冰雪其心，煙霞其質，妙入玄關，動得禪趣，離俗之文也，冲漠者宗焉。離實學僞，飾羽而畫，風骨不存，模棱是尚，官樣之文也，高明者見而唾之，而識時務逐浮利者乃珍如拱璧。錯綜名物，詳綜同異，切蟣烹蝨，瑣屑不遺，考據之文也，脱略者厭其煩猥，而鑽故紙拾牙慧者且奉爲枕中秘。若先生之文，則布帛菽粟之文也。」此區文爲六種，與鄧雲山先生所謂「聖賢之文，其旨主載道；學者之文，其旨主講學；豪傑之文，其旨在直抒胸臆；百家之文，其弊在偏勝；華士之文，其弊在無本」，則又以性情學術分而不以地位分。以地位分者得其第二義，以性情學術分者得其第一義也。《歸田瑣記》：「高雨農澍然序梁氏雜文曰：『文體有三：清明和吉，德人之文也。總攬橫貫，學人之文也。坐而言者可起而行，通人之文也。三者不必求似古人，韓子以爲能自樹立不因循者是也；不必不似古人，歐陽子以爲取其自然者是也。其精氣充溢，烜照不泯，豈不可自成一家哉！』」此亦以造詣分别文品者也。

彭躬庵立論又有文人之文、志士之文之分，其《與魏冰叔書》曰：「文人之文與志士之文本末殊異。文人志在希世取名，即深自矜負，正其巧於容悦，間或談世務，植名教，文焉已耳。以文固非此不傳也。俳優登場，摹擬古人，俯仰畢肖，觀者撫手，悲愉遞出，及其既過，彼我判殊，了不相及。志士之文如樂出虚，如蒸成菌，有大氣以鼓之，亦聽其天倪自動，其心與力之所至而言至焉，其心與力之所不至而言亦至焉，其嬉笑怒駡以至痛哭流涕，無不有百折不挫之愚誠貫徹中際，其行文出没無纂組雕削之勞，不知世目非笑之爲非笑。此即立韓、歐、班、《史》於其前，肖之則賞，不肖則隨手刑，要亦不能强其所不同以求其必肖，況下此區區者乎！」互見。案：文家本有尚同、矯異二派。此以尚同之文歸之文人，矯異之文歸之志士，亦有驗之言也。

元范德機《木天禁語》分詩之氣象爲十，曰：「翰苑、輦轂、山林、出世、偈頌、神仙、儒先、石屏之類宋賢也。江湖、閭閻、末學。末學者，道聽塗説，得一二字面便雜據用去，不成一家，又在江湖、閭閻之下。已上氣象，各隨人之資稟高下而發。學者以變化氣質，須仗師友所習所讀以開導左助，然後能脱去俗近，以游高明，謹之慎之！又詩之氣象猶字畫然，長短肥瘦，清濁雅俗，皆在人性中流出，得八法便成妙染而洗吾舊態矣。此趙松雪翁與中峰和尚述者，道良之語也。漫録於此耳。」案：此所謂翰苑、輦轂者，即臺閣體也；山林、江湖、閭閻，即山林體也。此外又有出世、偈頌、神仙，則爲方外之體；儒先、末學，其即南宋以後各本所學爲詩之末流乎。而又原各體之本於質，由於習，其分體又較諸家爲備悉，可與文家分體參觀也。

境地困阨最能益人之文，惲子居謂：「古人之蓄道德能文章者，饑寒之外復多變故，或家室違異，或朝廷歧阻，或毁敗於讒譏，或展轉於疾病，使歷睽變之人情，發幽沉之己志，故一旦事權或屬，則智力所詣悉中機牙。而牢落一生者，其遺文逸事，法書名畫，皆能曲折精凝，鴻懿絶特，不類乎人人之所爲。孟東野曰：『身病始知道。』按：此語與李文貞在聖祖前奏對時自述「憂多道博親詩句」之意相合。道尚可進，其他所得寧有既哉！」按：惲氏此語最有識，作文者宜深知之方有所得。

文之總以人者

王阮亭《香祖筆記》有詩文皆以人重之説，故世之論文者必兼及其人品。今析言之。朱仕琇引：「揚子雲曰：『言，心聲也。』心之藴於人，難知也，而據聲以知之。聲之發，各於其黨，若子貢問師乙以歌，師乙舉類而使之自擇是也。其心之不正者，發爲奸聲，若子夏諷四國之失志是也。文詞之於言，蓋其精者，據以察其人之枉直厚薄，無不可知之，故有由文可以知其人者。李紳作

《憫農》詩，世稱其有宰相氣。韓愈稱歐陽詹亦曰：『讀其書，知其慈孝最隆也。』高士奇《天禄識餘》云：「朱子嘗推《易》理以觀人，謂凡陽之類必明，明則易知；凡陰之類必暗，暗則難測。故其人之光明正大者，其爲詩文疏暢洞達，必君子也。若澳溢詭怪，必小人也。此以觀人若蓍蔡之不爽。」又引李紳、歐陽詹二事爲證。此蓋朱梅崖之説所本。又曰：『仁義之人，其言藹如也。』王彦輔謂王沂公所爲《有爲朝廷物混成賦》有陶鎔萬物之度，後果爲相。范文正賦《金在鎔》，人謂有出將入相器，果爲名臣。朱子十八舉於鄉，考官蔡兹奇之曰：『此人三策欲措置大事，他時必非常人。』虞集因文豫決余闕、危素兩人後來之事業。」此由文可知其人之性情也。又有因文詞而決其人後來之成就者。宋蔡光工詞，陷金，辛幼安以詩詞謁之，蔡曰：「子之詩則未也，他日當以詞名家。」稼軒歸宋，晚年詞凡高。見《堅瓠補集》。方望溪嘗以詩就正於查初白，因曰：「君於此道不相近，夙以古文名世，不如並力一塗以期造極。」方終身不作詩。見《仿今言》。盧杞貌陋，嘗以文章謁韋宙，宙曰：「盧雖人物不揚，其文章有首尾，異日必貴。」夏竦嘗以文章謁盛文肅，文肅曰：「子文章有館閣氣，異日必顯。」兩人後皆如言。然韋、盛伯決其富貴，而二人之非正士尚未之豫決也。此由文可知其人之遇合也。

案：傅青主稱詩文字畫皆有中氣行乎其間，故有識者即以之覘人之窮通壽夭，即是理也。然俞理初歷證古人，又不以此説爲定，《癸巳存稿》爲《王喬年頤正堂文序》曰：「正燮嘗讀唐趙璘《因話録》，言李賀歌詩多屬意花蝶間，竟不能遠大。三復斯言，而歎吾友之不達，或由此歟？《史記·屈原列傳》云：『其志潔，故其稱物芳。』屈原賦屢言芳草，更及美人。而陶潛高風亮節，梁昭明太子序其集，謂《閒情賦》可以不作。好綺語者或引宋璟《梅花賦》爲比，此未知稱物芳之義而自生疑忌也。然則趙璘之評亦所謂事後易爲論者耳。《文賦》云：『傾羣言之瀝液，漱六藝之芳潤。』《文心雕龍》云：『秦政無膏潤，形於篇章。』知文貴膏潤。

而談者或尚峻潔，謂哀文豔藻，人多顛頓，則又不然，古之顯達多有文采，辨命之論談蓋偶中。温、李不達非豔藻之過，何者？温則麗矣，李生骨重神寒，頗類子山。至於緣情之作，不能無自道。《李鄴侯外傳》云：『張九齡戒之曰：「但當爲詩賞風景，詠古賢，勿揚自己。」泌泣謝之。張公知其有成。』《唐摭言》云：『吴融覽盧延讓文，曰：此無他，貴語不尋常耳。』四六自叙，多哀上浮動，語不尋常，亦難峻潔。彼賈誼之文、息夫躬之辭最云峻潔，竟無豐福。下至樊宗師、劉(乂)〔叉〕、盧仝不好尋常語，乃咒罵天地，無足説焉。古作者賞論文字，專重謀篇，《南史・齊長沙王傳》云：『高祖謂康樂放蕩，作體不辨有首尾，安仁、士衡深可宗尚，顔延之抑其次也。』今檢潘、陸與謝，均非壽考。吴處厚《青箱雜記》云：『小説載盧杞貌陋，以文章干韋宙，韋氏子弟多肆輕侮。宙曰：「盧雖人物不揚，觀其文章有首尾，異日必貴。」後竟如其言。』(見孫光憲《北夢瑣言》)使其言必信，潘、陸又何説焉？《詩・小雅》、《國風》，其言蓋亦花草蜂蝶，中多名臣。司馬相如、揚雄文宏深整肅，其爵位亦不爲漢廷達者。孔子曰：『死生有命，富貴在天。』文筆觀人，抑其末也，曷足信哉！」此皆證驗事實之言，亦足以難諸説也。即蘇軾擬徐積獨行而文章之怪如盧仝，以爲多反。朱仕琇則謂積文橫肆恣睢，浩然直舉胸臆，乃至性人所爲，不得謂反。趙執信亦創詩中有人之説。紀文達謂其本自劉彦和《情采篇》中之旨，所謂「言與志反，文豈足徵」者是也。此一説也。惲子居謂：「文之堅毅者必能斷，文之精辨者必能謀，文之有始終者必能持。正則所謂鈞軸疆埸，河渠漕輓，百執事蓋無二道焉。然或寓之文而充然，寓之事而未必不欲然者，則又存乎其人，存乎其時而已。」此又一説也。趙氏《談龍録》云：「客有問余者曰：唐宋小説家所記，觀人之詩，可以決其年壽禄至位所，有諸？答曰：詩以言志，志不可僞託，吾緣其詞以覘其志，雖傳所稱賦列國之詩猶可測識也，矧其所自爲者耶？今則不然。詩特傳舍，而字句過客也。雖使前賢復起，烏測其志之所在？」此則言觀文字可識其人之理也。

有由人可以知其文者。吴處厚謂：「楊大年、宋宣獻、宋莒公、胡武平所撰制詔，皆婉美純厚過於前世燕、許、韋、楊遠甚，而其爲人亦各類其文章。晏元獻公雖起田里，而文章富貴出於天然。」此由其人處境之豐而知其文者。《藝概》謂：「尚禮法者好《左氏》，尚天機者好《莊子》，尚性情者好《離騷》，尚智計者好《國策》，尚意氣者好《史記》。好各因人，書之本量不以此加損。」此由其人稟質之不同而知其好亦不同也。文中子案驗文行以論謝、沈、鮑、庾諸家。朱仕琇稱：「鄭明、張博傾危，故其文夸誕；公孫弘、匡衡邪諂，故其文庸懦。雖飾以《詩》、《書》之澤，周、召之正，而奸慝發於詞氣之間不可掩也。」雲山先生謂：「韓非之書險勁刻深，與其操術大類。蓋所謂言爲心聲者。李斯甚害其能，而爲秦制頌銘諸碑版險勁，大類韓非。蓋其操術用心同也。」此由其人稟質之污而知其文者。《文心雕龍·體性篇》謂：「氣以實志，志以定言。吐納英華，莫非情性。是以賈生俊發，故文潔而體清；長卿傲誕，故理侈而辭溢；子雲沉寂，故志隱而味深；子政簡易，故趣昭而事博；孟堅雅懿，故裁密而思靡；平子淹通，故慮周而藻密；仲宣躁鋭，故穎出而才果；公幹氣褊，故言壯而情駭；嗣宗俶儻，故響逸而調遠；叔夜俊俠，故興高而彩烈；安仁輕敏，故鋒發而韻流；士衡矜重，故情繁而詞隱。觸類以推，表裏必符。豈非自然之恒資，才氣之大略哉！」

自是以後，論者類多由文以觀人，或由人以觀其文。試列舉之，如范德機引儲泳云：「性情褊隘者其詞躁，寬裕者其詞平，端靖者其詞雅，疏曠者其詞逸，雄偉者其詞壯，藴藉者其詞婉。涵養性情，發於氣，形於言，此詩之本源也。」此雖言詩，可通之文也。他如虞集於余闕之文字見其忠義，馮時可謂：「永叔侃然而文温穆，子固介然而文典則，蘇長公達而文遒暢，次公恬而文澄蓄，介甫矯厲而文簡勁。文如其人哉！」方苞謂：「韓、歐、蘇、曾之文，氣象肖其爲人。」王世貞引顔之推謂：「文章之體，標舉興會，發引性靈，使人矜伐，故忽於操持，果於進取。今文士此患彌切。」潘諮《常語》謂：「昌黎原多出自孟子，而挹注於荀子、揚子。荀、揚者，俯物而敢詈，讀之久，氣崢嶸，日漸厲。孟子抗己衛道，懷嬰赤而與衆鬬，嚴氣正色，嶃然而不可犯。學古人事，美未臻而弊恒過焉。韓子閎遠閎深，而意象每厓岸。與儔類語若師坐而呼訓子弟，於吕毉山人殆近僕隸比之矣。」互見。朱蘭坡謂：「詩以道性情，文亦關性情。高爽俊逸者斯可爲高爽俊逸之文，恬靜密飭者斯可爲恬靜密飭之文，嵚嵜磊落脱去羈勒者斯可爲嵚嵜磊落脱去羈勒之文，何則？詞貴達意，即文宜肖心。其有不肖，則必無所謂性情，而徒勦襲鋪張而已。」唐荆川《與茅鹿門書》謂：「周秦以前，儒家者有儒家本色。至於老、莊、縱横、名、墨、陰陽，亦皆各有本色。」劉熙載謂：「周秦間諸子之文雖純駁不同，皆有箇自家在内。」劉氏《游藝約言》復申此説云：「偶爲書訣云：古人之書不學可，但要書中有箇我。我之本色若不高，脱盡凡胎方證果。」不惟書也。凡此諸説，皆由其人稟質之遠俗而知其文者。案：此類諸説惟紀文達謂：「彦和《體性》之論不過約略大概言之，不必皆確。百世以下何由得其性情，人與文絶不類者況又不知其幾耶？」此反此立論者也。此亦一説也。惟魏禧謂：「古之文章無一定格例，其文純駁瑕瑜並見，故可以觀人。今之文章則古人能事已備，有格可肖，有法可學，故不足以知人。是以大奸能爲大忠之文，至拙能襲至巧之論。」然有格可肖，有法可學者，莫如時文。而朱仕琇謂：「前明制藝，若項煜之儇利，周鍾之襲取，真小人也，不待其失節而始知之。至黄道周金聲之文，崛强自遂，其忠義之性可以想見。」《復堂日記》稱吴可《讀四書義》奇偉非常，是至卑如時文猶可以觀人，則今之文章亦未嘗不可觀人也。魏説未爲定論矣。至試場中由文以知人，若王深寧决文信國之忠，熊襄愍决周延儒之叵測，左忠毅閲史忠正文於野寺中而預知可繼其志，其識過韋盛遠甚，亦於有定格例文中知人之證也。

然文亦有與其人不肖者，亦有行事與其文不符者。皮日休《桃花賦序》曰：「予嘗慕宋璟之爲相，疑其鐵腸與石心，不解吐婉媚詞。及覩其文而有《梅花賦》，清便富豔，得南朝徐、庾體。」吴處厚謂：「近世正士端人亦皆有豔麗之詞，如宋璟之比。」《漁隱叢話》謂：「萊公詩含思悽惋，不類其爲人。」今觀《合璧事類》所載公詩，思致纏綿，更出《梅花賦》上矣。《四庫提要》稱趙抃詩「諧婉多姿，乃不類其爲人」。王漁洋《居易録》言清獻詩「令人不知其爲鐵面者所爲」。此文詩與其人不相肖之説也。郎瑛《七修類稿》曰：「昔人云：山林之詩與臺閣者不同，以其素習而出言自類也，故有粉墻人看之論耳。樂天富貴酒色可謂至矣，而人品天資又非尋常之士，詩有『塵埃常滿甑，錢帛少盈囊。侍女甚藍縷，妻愁不出房。』真可笑也。意此若予之事而予未嘗有此言，何耶？」此亦詩家不類人之説也。郝蘭皋《曬書堂筆録》曾釋其義曰：「唐人論宋廣平《梅花賦》不類其爲人。余謂自古文人緣情綺靡，麗藻紛披，不必不出於鐵面冰心也。楚靈均之美人，陶靖節之《閒情》，亦何莫不然。尤西堂之序龔芝麓《三十二芙蓉詞》蓋深明此意矣。其云：『以寇平仲之剛而曰「柔情不斷如春水」，范希文之正而曰「眉間心上，無計相迴避」，歐陽永叔之忠而曰「無人與説相思，近日帶圍寬盡」。三公名垂宇宙，不以纇其白璧』云云。然余又有一説，剛腸人能作柔膩語，文生於情也；柔面人不能作剛腸語，情見乎詞也。虞仲翔骨體不媚，亦不能爲綺語。包孝肅關節不到，亦不能爲艷詞。此則譬之酒有別腸，苟非其人，不能强之使飲。如無別情，亦不能捉鼻令吟也。」此釋文與人不肖之説也。然此數家之論尚是正人之文字，人與其文不相肖也。其有文不符行成文家一大病者，姜南《風月堂雜識》謂：「古今文人往往無行，如漢之揚雄、劉歆，唐之柳宗元、吕温輩。宋人如王質、沈瀛之趨張説，清議多鄙之。」鄭獻甫《補拙軒集後序》曰：「立言者未有不符其行，立言而不必符其行自周末著書家始也；綴文者未有不麗於事，綴文而不必麗於事自漢末著書家始也。言益荒唐則文益奇偉，言益玄渺則文益奥衍。模古如潘勗之《九錫》，從諛如相如之《封禪》，摛藻如枚乘之《七發》，可謂美矣，可謂至矣，然言不符其行，文不麗於事，即曰吾以載道，吾以明理。實皆吾以炫技耳，又況其散焉者乎！」此文與行與事不符之説也。鄭氏此言深恫世衰道微之世，上下相扇以利，相矜以詐，特以文字爲其互相吸引之緣。故以言按其行則非，以文按其事則又非。彼文與人不肖者，行方而文綺，尚於本末先後無乖，且益形其溫潤。至事詭而以文鋪張之，潤飾之，宜乎道德之士目文人爲賤業也。烏乎！今日之文其奈今日之人何！其奈今日之行爲與其事何！案：文不顧行，昌黎已開之。《五百家注昌黎文集》新添補注曰：「孔毅夫《雜説》云：『張籍《哭退之》詩云：「爲出二侍女，合彈琵琶箏。」白樂天《思舊》詩云：「退之服硫黄，一病竟不痊。」退之嘗譏人「不解文字飲」，而自敗於女伎乎？作《李博士墓誌》戒人服金石藥，而自餌硫黄耶？』又後山《嗟哉行》亦云：『韓子作誌還自屠，白笑未竟人復吁。』正謂此耳。」此亦文不符行之證也。惟《十駕齋養新録》據方崧卿辨證以退之餌硫黄爲衛中立，退之乃中立字也。其説甚允，可爲昌黎釋謗也。

宋人又有言作何人文，文即肖其人者。《林下偶談》謂：「四時異景，萬卉殊態，乃見化工之妙。肥瘠各稱，研淡曲盡，乃見畫工之妙。水心爲諸人墓誌，廊廟者赫奕，州縣者艱勤，經行者純粹，辭華者秀穎，馳騁者奇崛，隱遯者幽深，抑鬱者悲愴，隨其姿質與之形貌，可以見文章之妙。」此紀何人之文即肖其人之本來也。韓滮引陳無己云：「司馬遷作《長卿傳》如長卿之文。」歐陽公謂：「退之爲《樊宗師志》似樊文。」歸震川謂：「韓退之才兼衆體，故叙樊紹述則如紹述，叙柳子厚則如子厚。」陳勾山謂：「老泉《上歐陽第一書》行文七曲八曲，似摹歐陽子。」陸以湉謂：「歐陽公作《尹師魯墓誌》即似尹之文，簡而意深。」惟才力足以相敵，故能用其體。則作文以紀其人，即與其人相肖也。明朱右稱：「《易》以闡象，其文奧；《書》道政事，其文雅；《詩》發性情，其文婉；《禮》辨等威，其文理；《春秋》斷以義，其文嚴。」此述何事文即肖其事之説也。茅鹿門《與蔡白石書》云：「今人讀《游俠傳》即欲捨生，讀《屈原賈誼傳》即欲流涕，讀莊周、魯仲連傳即欲遺世，讀《李廣傳》即欲力鬭，讀《石建傳》即欲俯躬，讀信陵、平原君傳即欲好士。若此者何哉？蓋各得其物之情而肆於其心故也，而固非區區字句之激射者。」此言讀何如之文，人即肖其文中之人者，皆從讀文中得寫生入神之證。又前人有作文入神之候，不自知而遂成癖者。《湧幢小品》云：「恩州王興宗，字友開，性不羈，豪於詩酒。詩文必醉乃能爲之，愈酒言愈奇，無酒不能作尋常語。」此蓋與唐人之稱太白相似。周亮工《劉酒傳》稱其「畫人物有清勁之致，酒後運筆，尤覺神來。凡作畫皆書一酒字款」。《蟲鳴漫録》云：「浮梁令馮子良，粤東進士，善爲詩。每苦吟輒齧指甲，詩成，十指血涔涔矣。必如此方有佳句，無不痛切者。」可見詩人各有其癖。前人所記吟詩必御女方成佳搆，洵不謬矣。馮氏詩刻曰《子良詩録》，爲其後嗣官上海道馮竹儒刻本。此皆文苑中入魔之境，魔力之偉即見其所入之深。苟非專心致志，覃思研精，曷克臻此！

有終身之文悉依傍人者。曾文正謂子雲作文無一不摹仿前哲，傳稱其仿《論語》而作《法言》，仿《易》而作《太玄》，仿《凡將》、《急就》而作《訓纂》，仿《虞箴》而作《州箴》，仿相如而作賦，仿東方朔而作《解嘲》。姚惜抱氏又謂其《諫不受單于朝》仿《諫伐韓》，《長楊賦》仿《難蜀父老》，是皆然矣。惟《酒箴》一篇無所依傍，子瞻好之，後山善之，陳詩云：「賴有一言善，《酒箴》真可傳。」曾文正亦好之，定爲子雲諸文之冠。又如沈德潛稱：「天都余京作詩不專一體，如扁鵲治疾，隨俗爲變。遇故里諸公分賦，尚宋格則仿宋人，與余定交則仿唐人。然不以餖飣爲宋，膚廓爲唐。」案：此與子雲爲文同旨，皆因依傍他人以成立者。有反乎余京所爲而以不變自詡者，汪介《三儂贅人廣自序》曰：「余自夢人授以緑沉筆後，文思大進，放騁詞塗。曾晝夢作文，有朱衣人裂而擲地。余曰：豈以文受禍，不當更費喻糜耶？今後但爲踦涔杯水之文，不復爲驚濤怒壑之文；但爲輭面滑口之文，不復爲聱牙棘齒之文；但爲依籬傍闉之文，不復爲開疆鑿嶂之文；但爲女子鏡奩嬌呢之文，不復爲丈夫棨戟森峨之文。如是可乎？及余提筆，匠心獨詣，其爲砰奇如故也。」此又一種自詡樹立之概也。

《湧幢小品》曰：「王應麟之孫厚孫，八歲能詩，十歲能詞賦，爲象山教，職性介潔。文法三代兩漢，有《遂初集》三十卷。」此依家學而成之一也。鄭方坤《詩人小傳》稱：「朱昆田文盎，秀水竹垞先生之子。先生以文章雄一代，又性好藏書，至八萬卷。文盎能讀之，含英咀華，有小朱十之目。《爾雅》有云：『大山宫小山，霍。』又云：『水自河出爲（灘）〔灉〕，濟爲濋，汶爲瀾。』以故馬、班之史，右軍、大令之書，眉山之策論，晏氏之長短句，堂構相承，此物此志。文盎之詩才雄騺，吐故納新，無一字拾人牙慧，亦其耳濡目染，胚胎家學者深矣。」此又其一也。王惕甫《夏鶴泉詩鈔序》曰：「自古文章之傳於父子再世之間者常少。再世而又傳之，如南豐曾氏之自致堯以訖鞏，眉山蘇氏之自洵以訖過，蓋視科名官職爲尤難。」俞氏《九九消夏録》稱「父子同集者多有其人」，而張文襄《書目答問》稱「國朝人自著叢書有三惠九錢三胡二劉之屬，著書甚多，但未合刻耳」。此亦一證也。案：西人立説稱美術有家傳，德人叔本華力主此論。故文家有因依家學而成之一派。列史文苑中可考而知也。近世文家更有最嚴師事以各尊重其淵源者，弟樂事師，師亦願得佳弟子以永其傳。蓋文字本非一世之業也。馮魯川《授經臺記》言道光中，梅伯言以古文提倡後，一時京朝官皆從之游。時張石州與魯川交密，相約存師事之實而去其名。石州又屬其物色佳子弟。馮以吴甥應，則大喜，館之家，悉以學授。葉潤臣三十餘爲京朝官，乃北面事潘四農，如湯文正宦成事孫夏峰例。石州又嘗致書王菉友，俾王霞舉從學。王大喜曰：「生從吾三年，當盡以所學相授。」卒未果。霞舉乃仿閻百詩追師黄南雷例，自署張、王弟子。潤臣没後，楊鷺洲亦仿此追稱弟子。時魯川於梅、許海秋於潘亦然。詳見馮氏《適適齋文集》、王軒《記馮氏書潘四農詩册後》。又石州爲顧、閻之學，伯言爲八家文，各不相合，而魯川、霞舉皆往來兩家不倦。可見文家獨立之概。然文家貴獨立，尤貴同心。潘諮《常語》云：「凡學業，一人創起，慕效而勉爲者必數人。故聖賢弟子盛於一時。」詩文風氣亦然。唐之韓、柳，宋之歐、蘇，亦興起人才不少，非生才適合一時，亦先者覺之也。此詩文家必貴成派之由，如宋之江西，元之甌東，今之桐城皆是也。

有終身不依傍人者。如《唐書》李觀本傳稱觀屬文不旁沿前人，時謂與韓愈相上下。又方岳詩文、四六不用古律，以意爲之，語或天出。陳元孝自序謂：「志學以往皆憂患之日，意有所感，復不能已於言，於文詞取諸胸臆者爲多，而稽古之力不及。」朱竹垞之於文惟抒己意所欲言，詞苟達而止。魏勺庭爲《伯子文集序》稱伯子於古人文無專好，「其自爲文亦不孜孜求人之法。雖頗嗜漆園、太史公書，爲文遇意成章，如風水之相遭，如雲在天，卷舒無定，得《莊》、《史》之意，然未嘗稍有摹仿。」此文之不依傍他人而能成立者。陳斌爲《宋茗香别傳》曰：「先生一生之學善棄。始棄其章句俗學，繼則棄其天文壬遁小學文字之學，晚乃舉其詩古文删乙而棄之。今其叙録四五十卷書，皆棄之餘所自存者，或莫循其歸趣。」此皆逐時脱去依傍之説也。又《菽原堂文集序》曰：「文有餘於其人而人不同也，人有餘於其文而文不同也。文詞者，智識之標著也。智識者，學行之鍼路也。學有成矩，文有成體，智有獨入，人有獨得。其得之也由己，其成之也由己。肆乎古，恣乎今，吾以託焉，非以爲古今之爲也。爲古今之爲則文美，而非吾美也。故人以爲文，吾以爲人。古之爲人也舍己，其爲文也舍人。舍人之爲全乎其己之爲也，無昧焉，無雜焉，無襲焉，此成之由己者也。朝徹以爲明，極博以爲精，絇道德以爲新，此得之由己者也。領之以智識，則文有餘於人之説也。殖之以學行，則人餘於文之説也。」按此所云「舍人」、「由己」皆一空倚傍之旨也。詩家亦有力避人而惟恐有絲毫人之見存者，李嗣鄴《後五詩人傳》曰：「吳青寰應雷獨抱其詩，終不肯使單章隻句輕上俗人口。此其力堅，其志矯，寧身後千百年得有一人知己不恨，亦可謂介之甚果之甚矣。孫山人儀字象可，與周貞靖論詩甚歡，凡所唱酬有一語近世人，輒動色相告，務力去之，至於三濯髓方已。」案：此乃詩中獨行之士。大抵文人有一藝獨至者，其孤僻固隘，或迷溺若清狂，必有出於恒人者，古今類此者正多也。錢牧齋之序馮定遠詩亦闡此義。杲堂稱孫山人詩拗僻，蓋稱其人也。

漢人稱絳、灌無文，宋人稱姚、宋不見於文章。《七修類稿》云：「嘗論道學之士不克建功，功業之士不能文章。」即是此旨。是古人有無文而形其不足者也。宋劉摯戒子弟一號爲文人便無足觀。黄魯直言數十年來先生君子但用文章提獎後生，故華而不實。是古人亦有視僅能文而仍形不足者也。梁曜北玉繩曰：「君子之文以不磨滅爲幸。使後人一番瀏覽，一番譏嘲，不如磨滅之乾淨矣。」魏叔子有言：「士不立品，文雖貴實賤。士不適用，文雖切實浮。君子雖愛之賞之，不過如鸚武之能言，孔翠之羽毛耳。」《四庫提要》謂姚廣孝《逃虚子集》爲儒者所羞稱。是人反可以玷文也。馬令《南唐書》稱僕射嚴續位高寡學，爲時所鄙。以韓熙載負才名，請撰其父神道碑，欲苟稱譽取信於人，輂珍貨萬緡，仍綴一未勝衣歌鬟質冠時者爲濡毫之贈。文成，但叙譜系品秩薨葬而已。績嫌之，封還，冀增益。熙載盡舉所贈及歌姬還之。東坡於元祐中曾陳奏辭免銘墓，謂奉詔撰司馬光、富弼等碑終非本志。朱氏荃宰謂觀此可令諛墓者汗背。明李世熊《錢神志》云：「揚子雲作《法言》，蜀富賈人賫錢十萬願載於書，子雲不聽，曰：『夫富無仁義，猶圈中之虎，檻中之羊也，安得妄載？』裴均子持萬縑請韋貫之撰先銘，答曰：『吾寧餓死，豈能爲是！』蓋鄙之耳。有謂文人贏槖金多諛墓中人得焉，宜皆汗背於貫之矣。」他如宋富人以五百金求穆修附名於佛寺碑，吴三桂以重幣求吴梅村改《圓圓曲》「衝冠一怒爲紅顔」句，皆不從。皆是類也。艾南英戒陳際泰「許人一文，當如許人一女，不可草草」。是古人於一文有絶愛重者如此其嚴也。陸放翁常以作《南園》、《閲古泉記》見譏清議，許平仲嘗戒姚牧庵「以文役於人，或與或拒皆罪」。陸深《蜀都雜鈔》謂此戒牧庵之語爲劉靜修。蓋語見姚所爲《送暢純序》，但稱先師。陸謂牧庵曾師靜修，故謂必指靜修也。他如陶穀悔作《禪詔》，孔文仲悔作《伊川彈文》，朱子悔作《紫巖墓碑》，姚雪坡悔作《秋壑記》，李西涯悔作《伭明宫記》，又皆古人因作一文而反輕損者，此侯七乘所以有《文章不可苟作》一篇之言因以申其旨也。俞樾《九九消夏録》曰：「林希逸文章經術卓有可傳，而《鬳齋集》中《上賈似道啓》至以趙普、文彦博比之。劉克莊爲真西山門下高第，而《後村集》中《賀賈相啓》、《賀賈太師復相啓》不一而足。甚至如王柏之高自期許，雖聖人所定之《詩》、《書》不難昌言排擊，任意竄亂，而《魯齋集》中有《壽秋壑》詩，極頌其援鄂之功。斯言之玷，豈止《西第頌》、《南園記》已乎？而皆直書不諱，其並無是非之心耶？又明湛若水亦以理學名，而爲嚴嵩作《鈐山堂記》，極口頌揚，視放翁南園之記更有甚矣。薛惠與湛若水俱爲嚴嵩同年，而自嵩柄國即絶不往來，平時與嵩贈答詩文盡行焚棄，今所傳《考功集》無一字及嵩，可謂皭然不滓者也。又沈德潛《敝帚軒賸語》言張江陵父七十，王世貞、汪道昆俱有幛詞。世貞刻集中，六七年，居正敗，遂削去。道昆垂殁，自刻全集，全載此文，不刪一字，尚存雅道。然則炙手之日病其趨炎，羅雀之時又嘉其念舊，是又别成一説也。」案：沈德潛宜作沈德符，符乃明人，著《野獲編》者，爲歸愚之前人，俞氏誤也。又《鈐山堂集序》爲甘泉作，此云作記，俟考。胡汲仲不允趙松雪之請爲宦官之父志墓，虞伯生不爲南昌富人作誌，文徵仲有戒不爲人作詩文書畫者三：一諸王國，一中貴人，一外夷。李九我晚戒文筆，自謂面嚴冷，人不敢强。謂福清不可效，因其面善，無以謝人之求故也。王弘撰入都應鴻博，不爲馮相國作壽序，《與趙進美書》述其意。方望溪戒爲時賢作序，三十年未破例。錢竹汀不爲某藩司作傳。韓退之雖作《送俱文珍序》而棄其篇，其志衛仲行兄墓而直書其極愚可憫之事。是文以拒而不作，或作而擯去與作而不阿其人，反以增重者也。劉彦和有「本體不雅」之論，紀文達曰：「文家有必不可作之題目，有必不可作之體格，雖高手無所施其巧，抑或愈工而愈入惡趣。皆所謂本體不雅者。故大家作文必擇題，必絜體。」《文章辨體》：「倪正父云：文章以體製爲先，精工次之。」朱竹坨《答人書》曰：「體製必極其潔，於題必擇其正。每見南宋而後士人文集往往多頌德政上壽之言，覽之令人作惡。恐有嬲執事者，冀執事力爲淘汰。」王崇簡《青箱堂集・答計甫草書》曰：「作文不獨擇言，亦須擇題。諸作中如《能讀亭記》，亭名宜易，茗文言之矣。其句如『在天之靈』，尚宜擇之。」侯七乘謂：「信州鄭文恪一書，離奇瑰異，予所心醉。然其病亦在德政序、神道碑布滿集中。」《隨園隨筆》曰：「范文正公有《水陸齋薦先祖文》，文文山有誕節、升遐、保安等疏，俱非文章上乘。」是又文之以纖題受累者。范成大《驂鸞録》稱元次山《中興頌碑》失頌揚體，賦詩五十六字正之。張祥河《續驂鸞録》復申言之。此以應頌揚而含諷刺爲失體者，其失體在命意。至於名爲此體而其文實混入他體者，宋人多言之。如《梁溪漫志》、《耆舊續聞》均述山谷語云：「荆公評文章常先體製而後工拙，觀子瞻《醉白堂記》，戲曰：『文詞雖工，然不是醉白堂記，乃是韓白優劣論耳。』東坡聞之曰：『介甫《虔州學記》乃學校策耳。』」范文正《岳陽樓記》用對語説時景，尹師魯讀之曰：「傳奇體耳。」秦少游謂《醉翁亭記》亦用賦體。陳後山謂「退之作記，記其事耳。今之記乃論也」。王惕甫曰：「《豐樂》、《醉翁》諸記直是賦體。（案《曲洧舊聞》謂此爲宋子京語。）諸學記直是論體。宋諸家爲記無逮唐人者。昌黎《新作水門》之類用漢碑格式，乃真是記體。故記當上取漢魏碑版而以唐人爲宗，不宜取本歐、曾。」《柳南隨筆》謂：「記者記其事，不下一斷語，故陳後山云：『今之記乃論也。』予謂古文之記之佳者多矣，然必如應劭《漢官儀》、馬第伯《封禪儀記》、韓公《畫記》乃爲記之正體。」惲子居稱黄香石作記，叙次如畫，絶不鋪張議論，是作記正體。案：惕甫謂歐公記是賦體，其語殊有見證，以胡仔之説而益信，《漁隱叢話》曰：「東坡作《膠西超然臺記》，其略有『園之北』及『南望』、『其東』、『西望』、『北俯』等語，蓋效習鑿齒之書。其後王彦章作《京口月觀記》又從而效之，造語皆可喜也。習《與弟秘書》有『從北入，西望隆中，想卧龍之吟；東眺白沙，思鳳雛之聲；北臨樊墟，存鄧老之高；南瞻城邑，懷羊公之風』云云。彦章《月觀記》亦有『其東』、『其西』、『其北』、『江中』等語。凡諸鋪寫四望之景皆《兩京》、《三都》諸賦及六朝諸小品之常調，是記體近賦，又不第歐公有之也。」朱蓉生謂「吳巢松用辨難之體爲祭文，誤甚」。皆文之以不合體受累者。祭文無書名者，惟王惕甫在華亭祭明訓導邵公文欲存其名字事實，乃變例用傳記體。此又關乎臨文時自酌義旨者。又《蓮子居詞話》載萬紅友用《金縷曲》作《三野先生傳贊》，作《游石亭記》，皆新奇創格也，尚非惡道。而汪堯峰集中有《克勒馬傳》，馬也而以人傳之，但顧阿親貴之旨，且以馬未有圖深致惜。文人趨勢之可憐如此。鄙意則謂綴文之家宜先辨明體制之分異，次即宜知體制之相通。王惕甫曾申言此旨，曰：「對文而言，則頌自頌，而贊自贊。若渾舉其體，則頌贊箴銘互相通攝。」學者既知文家體製之所以異，又能明其所以相通，則識解圓融，持議不謬。此定章中之文學研究法所以必辨明駢散各體文之名義與施用也。

又考昌黎以三《上宰相書》多來後世之疵議。觀《五百家注韓集》引張子韶曰：「退之平生木强人，而爲饑寒所迫，累數千言求用於宰相，亦可怪也。至第二書乃復自比爲盜賊筦庫，且云『大其聲而疾呼矣』，略不知耻，何哉？《南濱楛語》云：「昌黎《釋言》云：『愈爲御史，得罪德宗朝，同遷於南者凡三人，獨愈先收用，相國之賜大矣。百官之進見相國者，或立語以退，而愈辱賜坐語，相國之禮過矣。』詞意諂甚。至其《示兒》一詩，誇屋廬之新，述棋槊之樂，羨玉帶金魚之貴，殊不類其爲人，宜乎見誚於朱子也。瞿佑《歸田詩話》欲爲剖辨，陋哉！」又云：「趙元鎮《謝潮州安置表》語極和平，毫無尤怨。乃昌黎到潮，《謝表》云：『居蠻夷之地，與魑魅爲羣，戚戚嗟嗟，日與死近。』潮州雖遠，蠻而匪夷，何至日與死近。似此胸次，去元鎮遠矣。公與大顛往來，亦居疑案。釋本果之《正弘集》，不得謂之皆誣也。」此皆致不滿於昌黎之説也，與諸説可互證。豈作文者其文當如是，其心未必然耶？」又黄唐曰：「韓《上宰相書》歷道飢寒，有『溺爇於水火，大聲疾呼』之語。柳《上宰相書》序其大厄，比之號墜望救於千仞之下，懼其不顧。夫不用而窮乃士之常，古人寧有乞憐如是乎！或曰：言不足以盡人。柳嗜進改節，咎其言可也。韓無可訾，安得信一時之言疵其終身乎？曰：不然。韓子亦幸而舉進士耳。使其三書獲薦，謝恩權門，將委己以從人耶？抑以身而徇道耶？故論人於已然，則韓子之賢，誠所難能。觀人於未然，則韓子之言，不足爲法。」案：此二説，張氏曲爲之解，黄氏比合柳子而爲韓危，不滿韓氏此舉之意自在言外。然則儒賢自命者流，凡下筆作文時當思立言之可法，勿授後人以口實也可。又《韓集·閔己賦》集注亦引東坡、温公之説以論此事之失，而傷韓之戚戚於貧賤，並其《與于襄陽書》而亦論之。又韓公不但有言與行不叶事，並有此文與彼文互牾之事。《秋雨庵隨筆》曰：「向常論汪彦章之於李伯紀一啓一制，判然如出兩人。今讀昌黎《上大尹李實書》云：『愈來京師，於今十五年，所見公卿大臣不可勝數，皆能守官奉職無過失而已，未見有赤心事上憂國如閣下者。今年以來，不雨已百餘日，種不入土，野無青草，而盜賊不敢起，穀價不敢貴，坊百二十司六軍二十四縣之人，閣下親臨其家，老姦宿臟，銷縮摧沮，魂亡魄喪，影迹滅絶，非閣下條理鎮服，宣佈天子威德，其何以及此！』推崇可謂至矣。後作《順宗實録》云：『實諂事李齊，驟遷至京兆尹，恃寵强愎，不顧邦法。是時大旱，畿甸乏食，實一不以介意，方務聚斂徵求以給進奉，每奏對輒曰：「今年雖旱，而穀甚好。」由是租税皆不免。凌轢公卿，勇於殺害，人不聊生。及謫通州長吏，市人歡呼，皆袖瓦礫遮道伺之。』與前抑何相反若是乎！或曰：書乃過情之譽，史乃紀實之詞。然而譽之亦太過情矣。三代直道之公可如是耶！」

文家有不必作之題，有不應作之文，《湧幢小品》曰：「《六合賦》已自可笑，至黄滔有《太極賦》，又有《乾坤篇》，雖非賦體，乃亦賦之意。其餘東西南北之題，又紛紛不可紀也。」按：此亦不可作之文類也。大抵皆應酬文類也，而文之所以不古與爲之輒不工者，率由乎此。前代文家竟有畢世溺於此而不能自拔者，亦可傷也！明楊循吉《蘇談》曰：「周伯器往來吳中，常以文自賣。平生所作蓋將千篇，開卷視之，自初至終，非堂記則墓銘耳，甚至有慶壽哀輓之作亦縱横其間。然伯器之才特長於此，每爲人作一篇必有所得，多則銀一兩，少則錢一二百文耳。伯器每諾而許之，一日作數篇不竭，精粗間出，在乎得者遇之。然伯器稍舉筆便得成章，細字正書，雖趁草亦然，不見其勞也。豈其才固有長於此者乎？及既死，所遺論著無一篇，識者惜其才而錯用之也。」此足證應酬文字之誤人矣。至近世包山張經笙鏞《思誠堂集》中又有《應酬文十難説》，今撮舉之云：「文之傳世行遠者，必有真氣存乎其間而不可磨滅，故能歷千百年而光景常新。彼人世應酬之文，真氣不存，雖其間文筆之美惡固有不侔，而名手俗工同歸於盡。此何以故？大抵其事其人之不足傳有以致之，未可概以委之於文也。蓋率爾應酬之作，其難有十，得一一而畢其説焉：壽頌哀誄，行述傳文，諛墓之辭，醵金之序，木妖之記，題本平庸，無甚妙諦，難一；《湧幢小品》曰：「近日文字中間爲上官而作，如考滿入覲、賀壽、送行，連篇累牘，有一人而至二三首者。非不美觀，然套語諛詞，若出一轍，其於文格益靡且遠。」案：壽一人之文而至二三首，近俞曲園集中有之。所述之人率碌碌無盛美可傳，不能供作者之議論揮霍，難二；世道好諛，必虛辭飾説以誇眩於人，不必其生平所實有與將來所可至，難三；《湧幢小品》稱楊守隨作許某志銘，其兄守陳書後謂其多溢美，難免後世君子之誅。《棗林雜俎》亦引此事，惟不云「志銘」而云「許先生哀頌詞」。此説可概近世志銘之病也。王崇簡《談助》曰：「今詩文多壞於贈答之篇，無論其人之所宜、事之相合與否，稱引過情，滿紙諛詞，不惟於其人之本末茫然，即實有懿行，反爲浮飾所掩矣。」可知好諛與虛詞之陋習在國初已然也。人情善猜，往往無意爲文，偶值深邃，即爲隱刺，索瘢獲戾，難四；《堯山堂外紀》稱正德中杭州金編修璐爲外家張氏作墓志，依《金石例》不書婦姓，婦家以爲輕己，詆之。此可證。侈言門第，並牽附海内通顯，形激影射，以資光彩，喧賓奪主，難五；援引古聖賢行事以相比擬，鈔撮勦襲，千首雷同，難六；《瞑庵雜識》曰：「趙甌北詩多好戲謔，略舉一二以佐談資。《後園居》詩云：『有客忽叩門，來送潤筆需。乞我作墓志，要我工爲諛。言政必龔黄，言學必程朱。吾聊以爲戲，如其意所須。補綴成一篇，居然君子徒。核諸其素行，十鈞無一銖。此文倘傳後，誰復知賢愚。或且引爲據，竟入史册摹。乃知青史上，大半亦屬誣。』此語大可噴飯。」蓋文字惡趣，以遊戲出之。然不如《湧幢小品》述白沙先生，謂其作《潮州三利溪記》盛言太守周鵬之功，濂溪之後也，故下語尤真切。後知其妄，悔之，作詩云：「欲寫平生不可心，孤鐙挑盡幾沉吟。文章信史知誰甚，且博人間潤筆金。」王侍郎哲見而嘆曰：「君子可欺以其方噫。今有明知而故爲諛，更爲獻諛以湊妄，彼此歡然，不但潤筆，且以乾没者矣。」此湊妄之説，即趙氏所爲也。用是知白沙之賢與濫蕩文人大有區别矣。首述先世，次及其身，下逮子孫弟姪，並祝其福澤不窮，如印板刻，定不能有生動之致，難七；按：此類俗嫌俗尚之習，章實齋已痛斥其錮，前人亦有發詩家此種弊習者。《冷齋夜話》云：「世人之詩例多禁忌，富貴中不言貧賤事，少壯中不得言衰老事，强中不得言疾病死亡事。脱或犯之，謂之詩讖，謂之無氣。是大不然，詩者，妙觀逸想之所寓也，豈可限以繩墨哉！如王維《畫雪中芭蕉》詩，眼見之知其神情暫寓於物，俗論則譏以爲不知寒暑。荆公方大拜，賀客盈門，忽點筆題其壁云：『霜筠雪竹鐘山寺，投老歸與寄此生。』東坡在儋耳，作詩曰：『平生萬事足，所欠惟一死。』豈可與世俗論哉！余嘗與客論至此，而客不然吾論，余作詩自誌，其略曰：『東坡醉墨浩琳琅，千首空餘萬丈光。雪裏芭蕉失寒暑，眼中騏驥略玄黄。』」據此可知文字陋習，不問其爲古今，爲詩文，常有此種。且不徒告語文中時多觸避之事，舉業場中都尚揣摩之風也。近日官中文字，爲公爲私，其無謂之避忌與欺飾尤多，可爲歎笑也！余常在軍幕，有人告余以種種趨避揣摩之道，謂此於作文别爲一事，可以知旨矣。主文例借顯者，從無謀面之雅，述交游處，必以意斡旋，扭捏可笑，難八；文限於格，毋許任意短長。長則溢幅，短則謂其寥寥不經，難九；屏幛咸合衆力爲之，主人之升沉甘苦，不得私言其所以，難十。具此十難，雖使名手爲之已鮮有佳者，况重以主人本不知文，或謬者又從旁指摘，謂某處宜芟，某處宜補，破壞割裂，不顧文之起伏照應。此又在秉筆之人慘淡經營，意想不到之外者也。夫文章一道，發於吾心之所欲言，即以事行文，亦總不背乎聖賢之理。故縱筆所之，神明變化，排宕抑揚，斷續離合，曲折頓挫，俱有水到渠成之妙，而文之真乃出，而作者神來之候，亦有掉臂遊行之樂。假如前之十難，又重以破壞割裂之弊，欲求文之善也得乎？雖韓、歐復生，恐亦將臭腐而不可逼視者也。」張氏所發十難切中近弊。近世應酬之作，如壽序，如銘章，以及求請而得之序記傳狀，舉皆在此範圍内。蓋不但誤人，且於求者更無益處矣。吾人臨文所當矜慎自持，勿輕心以自卑其品可也。應人求請之撰述，有徇人意、不徇人意兩種。《冷廬雜識》云：「蔡中郎自言爲人作碑未嘗不有慚容，惟有《郭有道頌》無愧。韓昌黎文，劉叉譏之爲諛墓，虚辭悦人。知賢者亦不能免。嘗觀尹河南《劉彭城墓志》云：『某譔述非工，獨能不曲迂以私於人，用以傳信於後。故叙先烈則詳其世數，紀德美則載其行事，稱議論則舉其章疏，無溢言費詞以累其實。』此則所謂修詞立誠，可爲譔述者法矣。」近惲子居爲文亦有不過乎物一律，皆不徇人者也。《楚寶》載：「京山李維楨文章宏肆有才氣，海内請求者無虚日，能屈曲以副其所望。碑版之文照耀四裔，門下士招富人大賈，受取金錢，代爲請乞，亦應之無倦，負重名垂四十年。」此則專意徇人者也。要其歸，吾人必以不徇人者爲近古矣。

褚石農曰：「以財乞文，俗謂潤筆之資。隋鄭譯位上柱國，高熲爲制，戲曰筆乾，答曰：出爲方伯，杖策言歸，不得一文，何以潤筆。」《容齋隨筆》謂：「文字潤筆自晉宋以來至唐始盛，李邕、皇甫湜、白居易、韋貫之皆有此故事。自宋以後，此風衰息。」王弇州云：「明人亦多尚此。」《戒庵漫筆》之稱桑懌、都穆、祝允明，《南窗閒筆》之稱陳白沙，皆有此事之戲言。《堅瓠廣集》。此歷代潤筆故事也。郝蘭皋曰：「古無潤筆之説，蓋起於六朝以來，唐宋此風尤盛。皇甫持正爲裴度《福先寺碑》酬約千緡，仍每字索三匹絹。李北海長於碑版，受納金帛鉅萬。杜少陵謂其義取無虚歲。白樂天與元微之至交，白爲作誌銘，潤筆亦至五六十萬，彼昌黎諛墓金恐方之蔑如耳。宋時猶然。王禹玉作《龐潁公神道碑》，其家潤筆參以古書名畫三十種，中有唐杜荀鶴及第試卷書畫爲酬，方之金帛似較清雅，然而費更不貲矣。宋時爲人作文，至有督潤筆者，不以爲非，亦殊可怪。又潤筆不必碑銘之文。《澠水燕談》載王元之嘗草《李繼遷制》，繼遷送馬五十匹潤筆，公卻之云云。《歸田録》言：『蔡君謨爲予書《集古録目序》刻石，余以鼠鬚栗尾筆、銅緑筆格、大小龍茶、惠山泉等物潤筆，君謨大笑，以爲清而不俗。後月餘，有人遺予清泉香餅一篋者，自注：「清泉，地名。香餅，石炭也，用以焚香，一餅之火可終日不滅。」君謨聞之，歎曰：『香餅來遲，使我潤筆獨無此一種佳物。』此又可笑也。近代以來，兹風遂歇。漁洋有言：『生平爲人作碑版文字多矣，惟安德李氏以楊孟載手書《眉庵集》一部相餉。諛墓之金殆絶響矣。』《香祖筆記》。然則筆其枯槁乎？《曬書堂筆録》。此杜茶村所以思周櫟園也。見《變雅堂詩集》自注。而王弇州稱張洪修撰每爲人作一文僅得錢五百文，《藝苑卮言》。楊循吉稱周伯器一文僅一二百文，尤丁其極者矣。」案：郝氏之語以諧談出之，誠以此事由來已久。若必以爲弊俗而矯正之，砭以莊論，則無業文人之生事益窮。若竟以此事爲文家應有之事，則名業之中而行賈衒之事正非雅則也。然日入低賤如張、杜、周者，尤可見世運矣。彼王晫《更定文章九命》所述韓熙載、皇甫湜之事，又何人哉！杜氏《變雅堂文集》有《張侍郎傳》，自記其後稱：「與公子介子交十年，忘形爾汝。及求作傳，先期齋沐肅拜，召客歌舞極歡，然後以情告。蓋重其祖父以及文章，前輩皆如此。今人待文成而後量酬，乃近交易之道，殊爲不古。記之以告。後五百年，文人之有道者自知重焉。」案：此乃杜氏即作文以嘅世之言。蓋由衰明入國初，世變日亟，國家不知右文，而八比迂腐之流又不足用，於是由輕武而變爲右武。其時武人專恣無學，鄙夫多挾之以凌文士，凡向之重科名稱好士者，至此悉與之反，與明中葉後大異，宜茶村有餘嘅也已。

近人有立説爲文人雪垢者，徐經《雅歌堂文集》有《與成都芙蓉書院衷山長書》謂：「僕素性讀書不泥於章句，不謬於成説，惟衷之於理，揆之於情，論其世，知其人，以求無負於古先哲，則隨聲是非者何足較哉！唐之李白、王維、柳宗元，炳蔚千古，乃謂其爲永王璘、安禄山、王叔文所污。烏乎！史其可信乎！揚雄卒於哀平之世，班氏妄記於天鳳五年，遂有莽大夫之辱。此皆古人痛心地下，不得起而自鳴者。阮嗣宗有《詠懷》詩可證，又何擠之亂賊耶！康海、陸游，當時皆罹清議，果足累其人哉！」徐氏翻案立論，雖不必有據，然未嘗非快心之論也。徐氏集中爲柳子厚湔雪尤力，其語頗有依據，與此稱心而談者有別。

然文必擇題之説，吴氏可讀則不主之，謂：「鄭板橋有『古人不但文字高，即題目亦非後人可及』之語，乃單論題目之高低，非謂好文章必待題目高也。試問古今有幾個首陽山的餓莩供人吟詠？太史公酒債飯簿悉能取而成佳文，題目何曾高來？昔人謂蔡中郎自謂平生爲人作碑記多矣，惟於郭有道無愧。今觀其文殊不稱，題目又何曾不高來？《左傳》晉楚三大戰，太史公項羽、荆卿諸紀傳，每於人極其忽略處、於事極其瑣碎處、於情於景極其冷淡寂寞處，著意描寫，令讀者於千載後猶眉飛色舞。此六一居士得之獨步一時，魏文帝觀人作家書即知其人能文與否也。今人求文章於正面者直是讓便宜路與古人走也。古人安得而不古？今人安得而不今？」吳氏此論甚當，然其集中有《張封公懿行序》，於文題殊非雅則，則又不諳古文法要之弊，未可蹈之。吳氏以人重，不以文重者也。其不於正面求文章者，即劉氏《藝概》所謂避本位之説也。劉氏云：「文有本位。孟子於本位毅然不避，至昌黎則漸避本位矣，永叔則避之更甚矣。凡避本位易窈眇，亦易選懦。文至永叔以後方以避本位爲獨得之傳，蓋亦頗矣。」

文家又有一種屬不可作文之地者，則居喪是也。閻若璩《潛丘劄記》曰：「竟陵鍾伯敬集有《遊武夷山記》，考其時乃丁憂去職，枉道而爲此。予謂伯敬素稱嚴冷，具至性，能讀書，不應昧禮至此。昔二蘇兄弟居喪，禁斷詩文，再期之内不著一字。陸文安稱爲知禮。何伯敬嚴冷反不及二蘇之放曠者歟？譚友夏撰墓志反稱其哀樂奇到，尤可怪。」江藩《炳燭室雜文》中有《與阮侍郎書》曰：「古人居喪不文，所以行狀與述或求之達官長者，或乞之門生故吏，無子狀父者。有之自唐人始。迨及明季，士大夫不讀禮經，不稽古制，當處苫枕塊之地，無不伸紙抽毫者矣。迄今末俗相沿，古風難返，若不自爲行狀，則必羣起而非之。飲狂泉之水，以不狂爲狂，良可慨也！然行狀分送弔者而已，未必能行之久遠。若墓表則勒之貞珉以垂不朽，豈可事不師古耶！考墓表之作始於漢，其例亦如狀述，無自爲之者。惟歐陽修《瀧岡阡表》則自爲之，然作於既葬之六十年後，不在三年之中也。閣下安可復蹈興公表哀之失乎？此亦關乎文家之大節，有未可苟者。」范文正、吕伯恭居喪講學，陸子亦非之。

文之總以氣者

自《論語》開以氣論辭之先，而後王充著述制《養氣》之篇，舍人論文有《養氣》一目，《典論·論文》有主氣之説。爾後以氣總文術者，有言其精者，有言其粗者。其粗者言氣從作用入手，曾文正謂古文全在「氣」字上用工夫，而行氣當從字句古雅雄奇入，謂文中雄奇以行氣爲上，造句次之，選字又次之。然未有字不古雅而句能古雅，句不古雅而氣能古雅者。亦未有字不雄奇而句能雄奇，句不雄奇而氣能雄奇者。是文章之雄奇，其精處在行氣，其粗處全在造句選字也。古人雄奇之文首昌黎，次子雲。二公行氣本天授，至人事之精能，昌黎則造句工夫居多，子雲則選字工夫居多。即叙事志傳之文，行氣亦復千奇萬變。《盧夫人》、《女挐》二志雖寥寥短篇，亦復雄奇倔强也。李德裕又言：「氣之行止謂氣不可以不貫，不貫則雖有英辭麗藻，如編珠綴玉，不得爲全璞之寶。鼓氣以壯勢爲美，勢不可以不息，不息則流宕而忘返。」《麗澤文説》所引同。劉海峰云：「此語最好。」宋景濂《文原》又申言氣之利害，謂「文能養氣可以拓文之量，吐文之餤，極文之峻，涵文之深，窮文之變化，使吾文能隨物賦形」，謂「若不能養氣，則四瑕足以賊吾文之行，八冥足以傷吾文之膏髓，九蠹足以死吾文之心」。劉氏《藝概》又申言氣之剛柔，謂：「自《典論·論文》以及韓、柳俱重一『氣』字。余謂文氣當如《樂記》二語曰：『剛氣不怒，柔氣不懾。』」故古今文家又多於古人文中求行氣之妙，山谷於西漢文章深雄雅健處見其氣長，劉賓客亦有「長氣爲幹，文爲枝」之語。王楙於韓公《答李翊書》、老蘇《上歐陽公書》見文中養氣之妙，《吕氏蒙訓》同。案：嚴有翼《韓文切證》曰：「昔人論文章以氣爲主。退之論佛骨，徙鱷魚，其使常山也視王廷湊若軒渠小兒，以片言折三軍，而牛元翼立出，則氣之所養可知矣。故其文粹然一出於正，刊落陳言，横騖別驅，汪洋大肆，與孟軻、揚雄相表裏，豈非氣之盛者，言亦從之乎？」曾文正於讀《長楊賦》得古人行氣之妙，又曰：「文章以行氣爲第一義。卿、雲之跌宕，昌黎之倔强，皆行氣不易之法。」案：曾氏以跌宕倔强定卿、雲、昌黎行氣之旨。吾觀章氏《丙辰劄記》引李耆卿《文章精義》云：「《論語》氣平，《孟子》氣激，《莊子》氣樂，《屈子》氣悲，《史記》氣勇，《漢書》氣怯。」「怯」字疑爲「恬」字之誤。是亦以一字觀諸家之行氣者，其與曾氏皆可謂善觀行氣之妙者歟。又：「讀温韓文數篇，知古人之不可及全在行氣，如列子之御風，不在義理字句間也。」是均於作用一邊論行氣也。

其精者言行氣從本體入手，多立説以補助養氣之功用。唐柳冕常言「文章當以氣爲主」，蘇子由以文爲氣之所形，文不可以學而能，氣可以養而至。唐桂芳以此爲蘇氏傳家之法。魏文帝、杜牧、張文潛皆以意與氣並言，李德裕、陳師道均引魏文帝語，謂「以意爲主，以氣爲輔，以詞爲衛」。杜氏《與莊充書》申其義，張文潛論文詩又申之曰：「文以意爲車，意以文爲馬。理强意乃勝，氣盛文如駕。理當文即止，妄説即虚假。氣如決江河，順勢乃傾瀉。」皆以意輔氣者也。張廉卿亦有行車之喻，謂「意爲之御，詞爲之載，而氣則所以行」，語意本此。沈祥龍《論文隨筆》謂：「《典論・論文》言氣主清濁，昌黎論文言氣主盛衰。清濁就體言，盛衰就用言。然氣生於理，理明者氣必清，清故盛，如川之通而水能流注也。理昧者氣必濁，如川之塞而水皆污滯也。」此亦理與氣並言而以理爲氣之源也。李方叔則以氣與志並言，謂：「文之體正於此，折衷其〔是〕非，去取其可否，不徇於流俗，不謬於聖人，抑揚損益以稱其事，彌縫貫穿以足其言。行吾學問之力，從吾制作之用者，志也。充其體於立意之始，從其志於造語之際，生之於心，應之於言，心在和平則温厚典雅，心在安敬則矜莊威重，大焉可使如雷霆之奮，鼓舞萬物，小焉可使如脉絡之行，出入無間者，氣也。志譬如耳目口鼻知視聽臭味，氣譬如知視聽臭味而仍賴有充於内衛於外者也。」李氏蓋以志率其氣者也。魏鶴山亦稱「詞根於氣，氣命於志，志立於學」，用意亦同。李格非又以氣與誠並言，謂：「文以氣爲主，氣以誠爲主。老杜之爲詩史，其過人在誠實。」李氏又以誠主其氣者也。王洙《談録》則專主以誠，謂：「作文字必主以誠，《中庸》曰：『不誠無物。』」《文章辨體》則以氣與精神並言，謂：「當先養氣，氣全則精神全，其爲文則剛而敏，治事則有果斷，所謂先立其大者。故凡人之文必如其氣。」此以養氣充足其精神之説也。劉氏大櫆則以神與氣並言，謂：「行文之道，神爲主，氣輔之。曹子桓、蘇子由論文以氣爲主，是矣。然氣隨神轉，神混則氣灝，神遠則氣逸，神偉則氣高，神變則氣奇，神深則氣靜，故神爲氣之主。至專以理爲主，則未盡其妙。蓋人不窮理讀書，則出辭鄙倍空疏。人無經濟，則言雖累牘不適於用。故義理書卷經濟者，行文之實。

若行文，自另是一事。譬如大匠操斤，無土木材料，縱有成風盡堊手段，何處施設？然有土木材料而不善設施者甚多，終不可爲大匠。故文人者，大匠也。神氣音節者，匠人之能事也。義理書卷經濟者，匠人之材料也。」又曰：「無神以輔氣，則蕩乎不知所歸。」又曰：「神只是氣之精處。」此以神主氣之說也。又曰：「古人文章可告人者惟法耳，然不得其神而徒守其法則死法而已，要在於讀時微會之。」又曰：「今粗示學者，古人行文之不可阻處便是他氣盛，非獨一篇爲然，即一句有之。古人下一語如山崩，如峽流，覺攔當不住，其妙只是個直的。」又曰：「氣最要重。予向謂文須筆輕氣重，善矣，而未至也。要得氣重，須便是字句下得重，此最上乘，非初學笨拙之謂也。」此又示人以求古人神氣之說也。王禕《文訓》則以才與氣並言，謂「必用之以才，主之以氣，才以爲之先驅，氣以爲之內衛，推而致之，一本於道」，此才與氣並重之說也。《震澤長語》則以養氣與窮理並言，謂：「聖賢未嘗有意爲文也，理極天下之精，文極天下之妙。後人殫一生心力以爲文，無一字到古人處，胸中所養未至耳。故爲文莫先養氣，莫要窮理。」此窮理與養氣並重之說也。宋景濂《文原》易窮理之說曰知言，用意無別。魏叔子《宗子發文集序》亦主養氣積理之說。《藝概》云：「周益公序《宋文鑑》曰：『臣聞文之盛衰主乎氣，詞之工拙存乎理。昔者帝王之世，人有所養，而教無異習，故其氣之盛也如水載物，小大無不浮，其理之明也如燭照物，幽隱無不通。』意蓋本於昌黎。」案：此亦王氏理與氣並言之所本。魏善伯則以情與氣並言，謂：「詩文不外情、事、景三者。而情爲本，然頓置不得法，則情爲章句所晒，尤貴善養其氣。」此主氣以輔情之説也。章實齋則以敬與氣並言，謂：「韓氏之論文也，迎而拒之，平心察之，喻氣如水，言爲浮物。柳氏之論文也，不敢輕心掉之，怠心易之，矜氣作之，昏氣出之。夫諸賢論心論氣，未即孔孟之旨，天人性命之微也。然文繁而不可殺，語變而各有當，要其大旨則臨文主敬，一言以蔽之矣。主敬則心平而氣有所攝，自能變化從容以合度也。」此主敬以攝氣之説也。曾文正則以氣與聲並言，謂：「古人文章所以與天地不敝者，實賴氣以昌之，聲以永之。故讀書不能求之聲氣二者，徒糟粕耳。」此主氣以輔聲之説也。張廉卿《與吴摯甫論文》則以意詞法與氣並言，謂：「古之論文者曰文以意爲主，而詞欲能副其意，氣欲能舉其詞。欲學古人之文，其始在因聲以求其氣，則意與詞往往因之而並顯，而法不外是矣。是故契其一，而其餘可以緒引也。蓋曰意曰詞曰氣曰法之數者，非判然自爲一事，常乘乎其機而混同以凝於一，惟其妙之一出於自然而已。自然者，無意於是而莫不備至，動皆中乎其節而莫或知其然。日星山川，凡物之生而成文，未嘗有見其營度而位置之者，而莫不蔚然秩然。文之至者亦若是焉。劉氏《約言》曰：「作文作詩作書，皆須兼意與法。任意廢法，任法廢意，均無是處。」按：意者，天也；法者，人也。此主天人交湊之旨以言之，與張説可互發。觀者因其成而求之，而後有某者某者之可言耳。」此主氣以顯意與詞法之説，而求氣又因乎聲者也。參《識塗篇》。雲山先生持論則以志爲氣之本，誠又爲志之本，其言曰：「昌黎論文章言氣盛，言文章之氣先於骨幹詞采，似矣，而不推原於帥氣之志，則猶未爲知本者也。孔子所謂《春秋》之志，太史公所謂《離騷》之志，皆貌異而心同。聖賢之心，《詩》、《騷》、《春秋》者皆推本於志，此自唐虞《尚書》以來，文學有淵源，詞章有氣脉，相與交貫融注而終不可朽絶者，即《大易》之『修詞立誠』，孔子所謂『斯文未喪』者也。誠然後言有物，不誠則無物。誠者，志之本，而心之所之也，如好好色，如惡惡臭，可謂誠矣。將欲端志帥氣，必先立乎其大者。是以君子務格物以曲致其知，而明明德以及天下。」然則氣也者，必有志以率之，如李方叔之說。志率氣又必本乎誠，如李格非之說。《冷齋夜話》云：「李格非論文章嘗曰：『諸葛孔明《出師表》、劉伶《酒德頌》、陶淵明《歸去來詞》、李令伯《乞養親表》，皆沛然如肝肺中流出，殊不見斧鑿痕。是數君子在後漢之末、兩晉之間，初未嘗欲以文章名世，而其詞意超邁如此，是知文章以氣爲主，氣以誠爲主，老杜詩過人在誠實耳。』」按：誠即真也，潘少伯《常語》云：「自漢魏至唐宋，凡詩文必不刊者，皆天地內真文也。百物不可僞，爲草木一柯一葉生活者自真象。作者自僞，人能悟一真字。看詩文必得其所以善否矣。」又云：「悟得眼前百事皆文章之法，則真法見矣。」則所謂意，所謂情，所謂聲，所謂敬，所謂神，所謂理，所謂詞與法，自有殊條同貫之用，皆於本原一邊論養氣也。此均可補姚氏陽剛之說以行也。

文之總以情者

雲山先生曰：「明人之論文也，以至情孤露爲本。」蓋明文之視唐宋，猶晚唐詩人之視盛中，菁華將竭，而風韻猶存。故黎洲《文案》之所取以偏趣孤韻爲先，而至情主之，猶伯敬論詩之旨耳。其說本《詩序》，亦孔門之微言。《詞輯》、《詞懌》，非主情而言之者歟？故以情總文術。惟曾文正推達於《易翼》，而暢其支於諸葛、南豐，雲山又參稽於曹、謝、王氏，下逮晚近之曾、胡。文正之言曰：「知道者時時有憂危之意，其臨文也亦然。仲尼稱：『《易》之興也，其於中古乎？作《易》者，其有憂患乎？』」又曰：『於稽其類，其衰世之意耶！』蓋深有鑒於前聖之危心遠慮，而揭其不得已而言之。故即大子之釋《咸》四、《困》三、《解》上下等十一卦之爻辭，抑何其惕厲而深至也！蓋飽經乎世變之多端，則常有跋前疐後之懼。博識乎義理之無盡，則不敢爲臆斷專決之辭。自孟子好爲直截俊拔之語，已不能如仲尼之謙謹，而況其下焉者乎？後世如諸葛武侯之書牘，紓徐簡遠，差明此義，而曾子固亦有婉轉思深之處。外此則詞與意俱盡，尚何謙謹之有哉！或詞之所至而此心初未嘗置慮於其間，又烏知所謂憂危者哉！」劉熙載《藝概》曰：「杜元凱序《左傳》曰：『其文緩。』呂東萊謂『文章從容委曲而意獨至，惟左氏所載當時君臣之言爲然。蓋由聖人餘澤未遠，涵養自至，故其詞氣不迫如此』。此可爲元凱下一注脚。蓋緩乃無矜無躁，不是弛而不嚴也。」又曰：「古人意在筆先，故得舉止閒暇。後人意在筆後，故至手足忙亂。杜元凱稱左氏其文緩，曹子桓稱屈原優游緩節，緩豈易及者乎！」《藻川堂譚藝》曰：「羲之、安石，領袖王、謝，情之所鍾，正在此輩。中年哀樂，感纏綿悱惻於心，嘯歌傷懷，宣導湮鬱。江左風流宰相惟有謝安，夫豈安哉？『爲君既不易，爲臣良獨難。』他人誦之亦凡語人耳，入於知樂之心而悲不自勝，何也？以曹孟德之雄才，得志於亂世，而其《短歌行》曰：『憂從中來，不可斷絕。』古之傷心人，誠别有懷抱耶！而義之語意寄懷，惟在《蘭亭》一序，哀樂情至，豈繫異人？所以經世綜物，與人同其憂樂，而視先憂後樂之賢，符契千載。近代湖外之有胡、曾，摯於情者也。曾氏封侯貴重，而憂讒畏譏過於布衣之士，能知樂意故也，觀於曹、謝之凱歡而慷慨者可知矣。曾忠襄亦謂其兄文正奏疏不爲大喜過美之詞，亦無憂怵無聊之語，謙謙冲挹，若不敢決其必然。」曾、鄧之説合轍如此，一闡憂患之情於《易》，一導哀樂之情於樂，文家能用此境，庶乎有合姚氏陰柔之旨矣。劉氏《藝概》稱：「歐陽公《五代史》緒論深得畏天憫人之旨。蓋其事不足言而又不忍不言，言之悱於己，不言無以懲於世，情見乎詞，亦可悲矣！公他文亦多惻隱之意。」亦以文忠文屬於陰柔一派言之也。案：劉氏之言原本梨洲，其説曰：「文以理爲主，然而情不至則亦理之郛郭耳。廬陵之志交友無不嗚咽，子厚之言身世莫不悽愴，郝崚川之處真州，戴東源之入故都，其言皆能惻惻動人。古今自有一種文章不可磨滅，真是『天若有情天亦老』者，而世不乏堂堂之陣，正正之旗，皆以大文目之，顧其中無可移人之情者，所謂刳然無物者也。」劉氏又謂：「作者情生文，斯讀者文生情。使情不稱文，豈惟人之難感，在己先不誠無物矣。」案：此語亦本梨洲，而吳仲倫論文必貴事外遠致，其言曰：「范蔚宗自謂體大思精而無事外遠致。誠哉是言！事外遠致，《史記》處處有之。能繼之者，《五代史》也，震川文也。」又曰：「《史記》諸表序，筆筆有唱嘆，筆筆是竪的。歐陽文有一唱三嘆者多是橫闊的。」皆主文情立論之説也。劉氏門人沈祥龍曰：「天下之情同也，善言己情者斯能感人之情。故爲文言樂當使人鼓舞，言哀當使人涕泣。情貴乎真，不真則强笑不樂，强哭不哀。忠臣孝子之作，鬱伊善感者，真而已矣。」沈氏文推情之本而通之於禮樂，曰：「文不外乎禮樂。窮本知禮，樂之情；著誠去僞，禮之經。故昌黎以『是』、『異』二字論文。異則哀樂有萬殊，通於樂之知變；是則義理有一定，通於禮之去僞。皇甫持正言文奇理正，亦是此意。」此又論文之情而推本於經之説也。又考適情之文必饒色澤，涵雅故。近世駢散合一家多近之，錢氏儀吉《篤素堂文集序》曰：「予嘗聞君之論文矣，曰『青與赤謂之文，赤與白謂之章』，言色澤也。徒法言正論而無色澤，類於語録，何以爲文？蓋君之文宗旨如是。」又曰：「文氣須清，氣清雖滿紙光怪不失爲清，駢體散行一也。俗人歧視之，傎矣！故吾所定偶散不分，是職志耳。予觀古之作者函雅故，通古今，得其源者若建瓴輸水，方圓曲折，惟變所適，而皆出一情，何足分也？然非通識絶人，造詣淵奥，即此秘已覩，欲彊兼之亦弗能。以爲蓋必有復古之才如君而後可及焉。」案：《篤素堂文集》爲張介侯澍之作。其不分駢體乃阮文達緒論，故集中合兩體雜列。錢氏謂必有復古之才而後可言，此尤爲篤論，蓋有非淺學所可藉口者。

劉融齋《游藝約言》最能闡明抒情之旨，其言曰：「『抗兵相加，哀者勝矣。』王仲淹《中説》，歐陽永叔《五代史》傳贊，皆得此『哀』字訣者。」又曰：「文有忸氣，有勝氣。忸氣在小人爲多，勝氣雖君子不免。若誠知畏天憫人，何以勝爲？」所謂「哀」字訣與畏憫皆在情勝發出者也。劉氏又推此種情勝之文多出於衰世之意，故又曰：「《史記》低昂反覆，善矣，然較三代之文有不平意，蓋當時身世使然。」又曰：「詩之衰也，有憂生之意，六朝晚唐皆然。」此尤能發此種文字之原本者矣。

舒白香夢蘭氏言詩文中之抒情也必兼聲言之，而求之於《風》詩楚《騷》。余謂其言雖以論詩，而可通之論文，其説曰：「吾少見長吉之詩而歎其善學《楚詞》。試將《招魂》、《大招》中『些』、『只』語助一一點去，以七字斷句，不全似長吉樂府之聲乎？唐時人多被瞞過，反共目之爲新聲，得毋受彼揄揶耶？按：此語未確。《雪浪齋日記》云：「讀謝靈運詩，知其攬盡山川秀氣，讀退之《南山》詩，頗覺似《上林》、《子虚》賦，才力小者不能到。李長吉、玉川子詩皆出於《離騷》，未可以立談判也。」此前人知長吉原出《楚詞》之説。舒氏以爲枕秘語，可知其小也。至若杜樊川作《長吉詩序》又病其少理，謂『少加以理，雖奴僕命《騷》可也』。余少時讀之，不覺大笑，謂樊川絶代才子，乃竟不能讀《離騷》。夫《騷》正越理攄情之經也。有娀之女可求乎？鴆可爲媒乎？類如此者，其理安在？而顧以少理議賀，復謂可奴僕命《騷》，是樊川竟未讀《騷》，直以才名相賞耳。《詩》、《騷》之學貴聲情而略辭理，辭理雖善而聲情不妙不得也。苟聲情妙合，犂然有當於衆人之心，辭理亦未有不美善者。試博識而深思之。」又：「都昌黄仲實有華問曰：『荆公謂太白人品甚卑，十句九句説婦人，然否？』余曰：王荆公學識太高，故嘗笑《春秋》爲斷爛朝報。夫《風》、《騷》之旨豈有他哉？婦人而已矣！五倫正變之際難言，古人所遭往往有同時不知、後賢不諒之隱，亦遂不能已於言。然而真言近訐，比興多風，故每寄託於兒女相思、美人香草，此正其用心之厚而人品之所以高也。至若屈子見放，厥有《楚辭》，竟體香豔。假使當日不沉湘，司馬子長又不爲立傳以發明之，又焉知好議之口不疑其人品卑哉？今有人啓口忠孝，而處心不外妻子利禄之間，可目爲高品人乎？癡人不可説夢也！且風人托物起興，不貴遠引，亦不貴泛作莊語。試思《周南》之首止以小鳥起興，而竟目之爲『窈窕淑女』，至文王求女不得，則又直書其『輾轉反（散）〔側〕』，脱泛以字面訾之，雖直坐之以不敬聖母，譏誹文王之罪，恐詩人亦無辭也。雎鳩曰關關，荇菜曰參差，采之則曰左右，求之則曰寤寐，重複數句，無節義高品之言，微乎妙哉！正所謂風也，聲也，如絲桐之泛音也。意篤語重，言近旨遠，夫莫近於兒女之情，而莫遠如《周南》之化，皆婦人也。故吾謂《風》、《騷》之旨不出閨房，亦不貴遠引莊論。假使冬烘作此詩，則必曰：『關關鳳凰，聖女端莊。求之不得，寐無反側。』豈不令人腸痛哉！」又曰：「吾少有《詩騷雙字訣》一編，教人悟聲詩節拍，《風》、《騷》意態，久失其稿。其實人人案頭有此書，姑即頃所言『窈窕』、『寤寐』、『參差』、『左右』及『關關』、『采采』之類略有義而尋其聲，思過半矣。且如『風雨』、『雞鳴』則義也，而『蕭蕭』、『嘐嘐』則聲也，感人之深在乎聲，不在乎義。假如重經義而不知音，硬撰七言作『風雨雞鳴念君子，既見君子我心喜』，豈不噴飯！用經如杜公《出塞》『馬鳴風蕭蕭』，如一『風』字倒鍊之便寫出絶寒邊聲，真乃妙筆。詩忌用經語，忌陳實也，能化陳爲新，翻空數典，亦正何害。才非他，一枝筆耳。」案：舒氏此說教人由雙聲疊韻之字以求聲，又因聲以求義，由義以得情，而又由《風》、《騷》悟入之。曾文正之言文章聲色往往與此同旨，故教人以研求訓詁之法，其《雜著》中極析明雙聲疊韻之用，又《答吳子序書》云：「清勁爲尊兄本色，所短者乃在聲色之間。弟嘗勸人讀《漢書》、《文選》以日漸於腴潤。姚惜抱論詩文每稱當從聲音證入，尊兄或可以此二義參證得失。弟夙昔好揚雄、韓愈瓌瑋奇崛之文，而近時所作率傷平直，不稱鄙意。」按：此與舒氏用意亦有同旨也。《援鶉堂筆記》曰：「朱子云：『韓昌黎、蘇明允作文，敝一生之精力皆從古人聲響處學。』此真知文之深者。」此又惜抱聲音證入之說之所本，蓋薑塢固惜抱家學之師也。

解釋文有宜達以微婉之情者。大抵解釋諸家之說，苟宗主而引伸之，則必爲我所確信，原不必泛詞稱美。惟駁正異説最忌信口排斥，惡辭巧詆，但當虛心參以商搉之詞。陳蘭甫謂鄭君《周禮注》與先鄭不同者則云「玄謂」，《尚書大傳注》以《大傳》爲非者則云「玄或疑焉」，《駁五經異議》每條云「玄之聞也」。蓋説經不可不辨是非，然辨先儒之説，其詞氣當謙恭，不可囂爭求勝也。朱蘭坡謂「毛西河於文公手定《四子書》吹垢索瘢，以並世丈席間不敢妄加之語悍然上施諸先賢，適自成其無忌憚」，又謂顏習齋等之「非毀先賢，幾類戟手爭詈，亦殊太甚」，皆其蔽也。陳氏《東塾讀書記》凡駁正前人之説即仿鄭君之法，作虛心商搉之詞。彭兆蓀《潘瀾筆記》於駁正前人並申析旨意，措詞均極和婉。彭氏在陳氏前，並皆可以爲法，非第恐長驕亢之氣，後學之於儒先原自宜爾也。陳氏謂鄭君亦有詞氣忿疾者，其箴膏肓，發墨守，起廢疾有云「鄉曲之學深可忿疾」者，此以何邵公三書有害於經學風氣，不得不忿疾。又何之年輩不在鄭之前，不妨正言相非也。此又視乎其所主耳。黄氏《以周文鈔示諸生書》曰：「漢儒注書，循經立訓，意達而止，於去取異同之故不自決剖，令讀者自領之，此引而不發之道也。至宋儒反復推究，語不嫌詳，已有異於漢注。今人注書必臚列舊説，力爲駁難，心中所有之意盡寫紙上，並有異於宋人好學深思之士。閲宋後書而惟恐卧，日夜讀漢注而不知倦者，何也？譬如花盛放而姿色竭，一覽無餘。蕚半函而生意饒，耐人静玩而有味也。夙著《禮書通故》用此意。」

案：此説亦爲解釋文所不可不知者也。

議論文有宜達以微婉之情者。如孔子作《春秋》，定、哀之間多微詞，夷猾夏，下陵上之世然也。太史公《匈奴列傳贊》首數語即具此意。其義本於詩人主文譎諫之流，詩人託物立言者法之，託於古而曉於天。今不可質言也，舉古以曉今。陳振孫謂胡氏《管見》有感於熙、豐以後接於紹興之時事，或謂專爲秦檜人不可昌言也，舉天以驗人。是舉古曉今之法通於論史矣。設。朱子謂《唐鑑》是見熙寧間詳於判度，故有激而言。

王蕫齋、胡石莊書多有之。顧氏《日知録》常舉末流違失寓意於經義史懷，悽愴出之，三致意焉，是可風矣！黄徹《䂬溪詩話》：「張籍嘗移書責退之與人商論不能下氣，愈亦有云：『我昔實愚蠢，不能降色辭。』予謂此乃書生常態。昔常見太學中鑪亭議題，紛喧鬨然，其後有二生坐是鳴鼓。豈直議禮家爲聚訟哉！聖俞《謝永叔惠酒》云：『始時語且横，既醉論亦堅。曾不究世務，間氣爭古先。』誠有之也。」商論貴下氣不貴爭閒氣，作文者亦宜知也。

古文詞通義卷十六

總術篇四

文之總以質者

文與質有相反之理，亦有各具之體，不可相混。《環碧齋小言》云：「文章不在字句爭奇，要之成章，樸者如匹練，華者如匹錦。後世文心不具，博覽精擷，奇字雋句，無不有之，餖飣成文，爛然炫人，了無自家一段炯炯不可磨滅之見，如百衲錦褓被之小兒，迴環自喜而以爲大人服，且醜而褫之。」此言如練如錦，可見文以成體爲貴也。然自來論文者又多主張文不可没質之義，《太玄經》曰：「大文彌樸。」《林下偶談》有「文雖工，不可掩素質」之言，《後山詩話》論文亦謂「寧拙毋巧，寧樸毋華，寧粗毋弱，寧僻毋俗」，《文章辨體》謂「文不難於巧而難於拙，不難於曲而難於直，不難於細而難於粗，不難於華而難於質」，此貴質之説也。《復齋漫録》云：「韓子蒼言作語不可太熟，亦須令生，近人論文一味忌生，往往不佳。東坡作《聚遠樓》詩，本合用『青江緑水』對『野草閒花』，以此太熟，故易以『雲山烟水』，此深知詩病者。予然後知陳無己所謂『寧拙毋巧，寧樸毋華，寧粗毋弱，寧僻毋俗』之語爲可信。」按：此可知宋人文派之所尚在忌語生，故後之平易者多歸宋派，而山谷諸人乃矯之者也。全謝山爲《傅青主事略》云：「嘗自論其書曰：『弱冠學晉唐人楷法，皆不能肖。及得松雪、香光墨迹，愛其圓轉流麗，稍臨之則遂亂真矣。已而乃愧之，曰：是如學正人君子者每覺其觚棱難近，降與匪人游不覺其日親者。松雪曷嘗不學右軍而結果淺俗，至類駒王之無骨，心術壞而手隨之也。於是復學顔太師。因語人學書之法寧拙毋巧，寧醜毋媚，寧支離毋輕滑，寧真率毋安排。』君子以爲先生非止言書也。」（按：傅氏謂詩文字畫皆有中氣行乎其間，故能即字以決其子之壽夭，證以淄川孫若羣於其子歸就昏後見其制藝，嘆曰：「吾子其不反矣！」果歸數日，自縊。故世謂其能以文決人之窮通壽夭。此殆亦有得於中氣之説。其陳義較尚質之説尤高。）又傅氏此旨，劉融齋論文論書均與脗合而發明之，《游藝約言》曰：「詩文書畫之病凡二：曰薄曰俗。去薄在培養根本，去俗在打磨習氣。」又曰：「學文學書皆有古有俗，凡所貴於古者惟其無欲也。若借古要譽，是其欲顯然，視出於俗者，其俗尤甚。」又曰：「不論書畫文章，須以無欲而靜爲主。」（按：潘諮與曾燠云：「詩文須滌胸襟，滌胸襟須觀理，觀理須安心，安心須寡欲去邪思。」與劉氏同旨。）又曰：「真古無託，託古之意即俗也。真美無飾，飾美之意即醜也。」又曰：「詩文書畫皆要去熟氣，然人乃氣之先見者也。」又曰：「大善不飾，故書到人不愛處正是可愛之極。」（融齋此語乃本山谷，《漫叟詩話》云：「山谷晚年草字高出古人，其草書陶詩自跋云：『往時作草殊不稱意，人甚愛之，惟子瞻以爲筆俗。數年百憂所集，試以作草，乃能蟬蜕於塵埃之外，自此人當不愛耳。』」此書家之自立處，與昌黎大慚大好之旨同。）劉氏又曰：「《書譜》云：『古質而今妍。』可知質爲書所不能外也。然質能蘊妍，妍每掩質，物理類然。」又曰：「文之不飾者乃飾之極，蓋人飾不如天飾也。是故《易》言『白賁』。」按：諸説皆貴質之意，而質之要在古，在無欲，在不俗、不薄、不飾、不託，在人不愛。質之賊在俗，在熟，在飾，在託，在習氣。《蔡寬夫詩話》云：「詩語大忌用功太過。蓋鍊句勝則意必不足，而格力必弱，此自然之理也。」凡有意求質者皆當神會此種語言。《滹南詩話》曰：「以巧爲巧，其巧不足。巧拙相濟，則使人不厭。唯甚巧者乃能就拙爲巧，所謂遊戲者，一文一質，道之中也。雕琢太甚則傷其全，經營過深則失其本。」此又兩濟不相勝之説也。李聯琇《好雲樓雜識》曰：「或問作文如何得好？曰：勿求好，求好便不好。然則何求？曰：當求不惡。求不惡即好乎？曰：未也。然而好在其中矣。豈惟作文，凡事盡如是。」（按：此説本於《後山詩話》所謂「詩欲其好則不能好矣。王介甫以工，蘇子瞻以新，黄魯直以奇，而子美之詩奇常、工易、新陳莫不好也」。又《王直方詩話》曰：「陳無己云：荆公晚年詩傷工，魯直晚年詩傷奇。」此諸説皆以欲好與新奇工爲戒，其旨可思。而子美之新陳莫不好者，實則論者謂其不免拙句，故汪氏《詩學纂聞》摘其類語，蓋子美有得於兩濟不相勝之道也。今推李氏勿求好之意，蓋又與趙秋谷以愛好病漁洋同意，而吴仲倫所以有「通篇單點卻是好文章」之説也。）

沈氏《寓簡》謂：「爲文當存氣質渾圓，意到詞達，便是天下之至文。若華靡淫艷，氣質彫喪，雖工不足尚矣。此理全在心識通明。心識不明，雖博覽多好無益也。古人謂文滅質、博溺心者，豈特爲儒之病哉，亦爲文之弊也。」此亦貴質之説也。章氏《丙辰劄記》稱：「李氏《文章精義》『不難於巧而難於拙，不難於華而難於樸』，其言極是。後人學古只從古文詞警策動人處加意揣摩，而於平淡無奇處忽略不復在意，不知平淡無奇之處，敷詞宅句均有法度，關於大體。苟以爲平淡而不加之意，則試於此等處執筆效之，求能免疵病者鮮矣。」此即吴仲倫所謂「還他質而不俚便是好文章」之説也。後山與《辨體》之所以斤斤較量，《寓簡》之所謂存與所謂滅者，皆是此旨也。《詩眼》云：「世俗喜綺麗，知文者能輕之。後生好風花，老大即厭之。然文章論當理與不當理耳，苟當於理則綺麗風花同入於妙，苟不當理則一切皆爲長語。上自齊梁諸公，下至劉夢得、温飛卿輩，往往以綺麗風花累其正氣，其過在於理不勝而詞有餘也。」此所云理，對綺麗風花而言，亦即文之本質也。

《輟耕録》則更以此意求古人之文章，又以「古」字代「質」字爲説，謂：「古文亦有數。漢文馬、揚其文古。唐文韓公外，次山近古，樊宗師非古。宋文老歐、老蘇、長蘇古作不多見。蓋清廟茅屋謂之古，朱門大厦謂之華屋可，謂之古不可。太羹玄酒謂之古，八珍謂之美味可，謂之古不可。知此者可與言古文之妙矣。」錢氏澄之《田間文集》有《容齋集序》，其立論謂質者即本色之謂，其説曰：「古今之人品詩文不定一格，大抵以本色爲佳。夫本色固不妨於純駁互見。駁者，其人之病也。凡古今人品詩文之稱絶者，未有無病者也。以龍門氏之爲史而不免於疏，以少陵氏之爲詩而不免於拙。《漁隱叢話》引王君玉云：「子美之詩詞有近質者。」兩公之本色在此，後之所以傳兩公者亦在此。若必求盡去其病，因以喪失其本色，則亦鄉願而已矣。孔子曰：『鄉願，德之賊也。』以爲詩文，亦詩文之賊也。」案：本色之説本於唐荆川《答茅鹿門書》云：「文章家繩墨布置，自有專門師法。至於一段精神命脉骨髓，則非洗滌心源，獨立物表，具古今隻眼者不足以與此。其人心超然，但直抒胸臆，信手寫出，雖或疏漏，然絶無煙火習氣，便是宇宙間第一樣好文字。即以詩爲喻，陶彭澤未常較聲律雕文句，但信手寫出，便是第一等好詩。何則？其本色高也。其較聲律雕文句，用心最苦，立説最嚴者無如沈約，苦卻一生精力，使人讀其詩，只見其束縛齷齪。何則？其本色卑也。」《石林詩話》云：「『池塘生春草，園柳變夏禽』，世多不知此語爲工，蓋欲以奇求之爾。此語之工正在無所意，猝然與景相遇，所以成章，不假繩削，故非常情所能到。詩家妙處當須以此爲根本，而思苦言艱者往往不悟。鍾嶸《詩品》論之最詳，其略云：『「思君如流水」，既是所見。「高臺多悲風」，亦惟所見。「清晨登隴首」，羌無故實。「明月照積雪」，非出經史。古今勝語多非假借，皆由直尋。顔延之、謝莊尤爲繁密，於時化之，故大明、泰始中，文章殆同書鈔。近任昉、王元長等辭不貴奇，競須新事，邇來作者寖以成俗，遂乃句無虛言，語無虛字，牽聯補衲，蠹文已甚。自然英特，罕遇其人。』余愛此言簡切，明白易曉，但觀者未嘗留意耳。自唐以後，既變以律體，故不能無拘窘。然苟大手筆，亦自不妨削鐻於神志之間，斲輪於甘苦之外也。」此皆貴本色重自然，賤刻意求工之説也。又案：劉氏《游藝約言》云：「人尚本色，詩文書畫亦莫不然。太白『清水出芙蓉，天然去雕飾』二語，余每讀而樂之。」此亦貴質之義也。又曰：「文尚學者要歸尚道，尚道者損之又損。」亦崇質之説也。

陶、錢二氏皆以尚質定古人之文品也。唐甄《潛書》曰：「古之善言者根於心，矢於口，徵於事，博於典，書於策簡，採色焜燿，言道述功，故可尚也。漢乃謂之文，失之半焉。唐以下盡失之。近世之言文者，妄謂有體，妄謂有法，妄謂有繩墨規矩。文必有質，今世求文之弊，盡失其質矣。技巧而非真心，勞而無用，可以娛目前，而不可以傳久遠也。」此説從初命文之名而砭之，其用意尤古於他人，要當心知其旨也。曹諤庭謂：「古文之所以稱古者，乃意義之古，非詞句之古。有明潛溪、遵巖、荊川、震川，其文詞之近時者甚多，不以此損其古意。于鱗、元美字句之古幾於無一不肖，而終與古遠。」所謂古意者，即文之質也。唐氏以道與功爲質，曹氏以意義爲質。質緣德功而不在體法規矩，質緣意義而不在詞句。質之有分別如此。魏叔子謂：「言繫忠孝，語關治亂，詞以真心樸氣行之，此不朽之文也。浮華鮮實，妄言悖理，周旋世情，失其廉隅，此速朽之文也。」重真樸而戒周旋，以質樹幟之嚴如此，蓋與《藝概》之説所謂文有古近之分，古樸而近華，古拙而近巧，古信己心而近取世譽，其意如重規而疊矩矣。翁覃谿自謂：「常寶山谷二言曰：『以古人爲師，以質厚爲本。』三十年來，與天下賢哲論文不出此語。」吳仲倫謂：「《史記》、《左傳》長篇只用一二語叙過，正是其妙處。須知質而不俚，只是叙此等如道家常，所以高耳。」嚴元照《蕙櫋雜記》曰：「作文有當用質語者，少加潤飾反失語氣。《湘山野録》載明肅太后欲謁太廟，薛簡肅公口奏曰：『陛下大謁之日還作漢兒拜耶？女兒拜耶？』歐公誌墓乃云：『若何而拜乎？』語不明，且大減生氣矣。吳爲歐公行狀載仁宗語曰：『如歐陽修者，豈易得哉！』韓忠獻誌墓改云：『如歐陽修，何處得來！』語意便肖。」按：此紀述口語者所宜知也。又謂：「相題行文，還他質而不俚，是文之高處。」兩家之主旨，要亦不外一質字也。

蘇厚子《吳生甫先生文集序》云：「夫文不貴乎詞藻繁麗，而貴質實中理。苟才氣馳驟，長篇累牘，而無有物之言，質又何足貴乎！且文之簡樸者，非盡其才之不贍也，蓋其言若衷諸理道，遂不敢作新奇之論，故削去枝葉而徒存根幹耳。余常論望溪集去華存實，未有無物之文，其闡道析理必有心得，爲前人所未道，可以令人稱引以爲名言，即寥寥短篇亦必有載道之語，此其所不可及者。」蘇氏此論，言質樸又從繁富中轉身得來，於文之程塗中比較文質之高下境界，又他人所未言者。要而論之，無質則文無所傳，必五色相錯而後文成，必黑白相合而後章成。文之不可没質者，正凜乎相錯相合之旨也，《易·繫》已揭之矣。焦南浦袁熹《此木軒雜著》曰：「夫爲文章者，與其過於雕琢，寧過於渾樸。渾樸之文加之雕琢，可爲也；雕琢之文欲反而之渾樸，不可爲也。雕琢者，譬之碎璧無復完之理，斷絲無復續之期。夫豈獨文章哉！」（案：焦氏稱此理不獨文章，其言良允。張江陵《雜著》常引《韓非子》謂：「琢人象者，鼻耳欲其大，口眼欲其小，可爲辦事之法。」與焦氏論文正同。）謝氏蘭生爲《馮魚山傳》稱魚山論詩謂：「手腕須利，筆頭須重。寧拙毋巧，寧蒼毋秀，寧樸毋華，寧用禿筆毋用尖筆。」亦與焦説同旨。潘四農《養一齋詩話》云：「詩本是文采上事，若不以質實爲貴，則文濟以文，文勝則靡矣。」《復堂日記》稱：「前輩言詩文之事當挽之以質。詩多浮詞，當救之以實。」所云「前輩」即四農、魚山之流也，皆養本原循途轍者所宜知也。吾觀此類之説，宋人發揮最廣，今悉舉之。《漁隱叢話》引《詩眼》云：「老杜詩凡一篇皆工拙相半。古人文章類如此。皆拙固無取，使其皆工則峭急無古氣，如李賀之流是也。然後世學者當先學其工，精神氣骨皆在於此。」又《石林詩話》云：「詩語固忌用巧太過，然緣情體物，自有天然工巧，不見其刻削之痕，渾然似全未嘗用力者。此所以不礙其氣格超勝。唐末諸子爲之便不然矣。」又吕氏《童蒙訓》云：「陸士衡之賦云：『立片言以居要，乃一篇之警策。』此要論也。文章無警策則不足以傳世，蓋不能竦動世人，如老杜及唐人諸詩無不如此。但晉宋間人專致力於此，故失於綺靡而無高古氣味。老杜詩云：『語不驚人死不休。』所謂驚人語即警策也。」又《唐子西語録》云：「古之作者初無意於造語，所謂因事以陳辭。如《北征》一篇直紀行役耳，忽云：『或紅如丹砂，或黑如點漆。雨露之所濡，甘苦齊結實』是也。文章只如人作家書乃是。」又山谷云：「好作奇語自是文章一病，但當以理爲主，理得而辭順，文章自然出羣拔萃。觀子美到夔州後詩，退之自潮州還朝後文，皆不煩繩削而自合矣。」《漁隱叢話》云：「詞句欲全篇皆好極爲難得。」觀諸家之説，曰工拙相半，曰峭急無古氣，曰忌用巧太過，曰不見刻削之痕，曰渾然是全未用力者，曰失於綺靡，曰無高古氣味，曰無意造語，曰因事陳辭，曰只如人作家書，曰好作奇語是文章一病，曰全好難得，其旨非主於文質參半，即主於文不可没質；非主於不可太文，即在於以質爲主。文家詩家知此而調劑用之，俾臻天人互湊之境，斯得妙矣。故劉氏《游藝約言》云：「文有大概語，有特地語。特地語每從大概語得之，亦以互映生色也。」其旨亦著意與不著意相間行之，可見不可處處著特地語也。此諸説亦可與後評論總術引《古文緒論》之語參觀其旨也。

文之總以經者

自左氏出而紀事之文與《春秋》分源，自屈子出而述情之文與《詩》分源，自莊子出而説理之文與《易》分源。《漁隱叢話》引《詩眼》曰：「曾子固曰：『司馬遷學莊子，班固學左氏。班、馬之優劣即莊、左之優劣也。』孫莘老又曰：『司馬遷學莊子，既造其妙；班固學左氏，未造其妙也。然莊子多寓言，架空爲文章；左氏皆書實事，而文詞亦不減莊子，則左氏爲難。』子固亦以爲然。」此又言左、莊文流别之得失也。蓋左、莊爲《易》、《春秋》之降，而馬、班又左、莊之降也。左、屈之分自經也，宋汪彦章言之，謂：「漢公孫弘、董仲舒、蕭望之、匡衡以經術顯者也，司馬遷、相如、枚乘、王褒以文章著者也。當時已不能合，況陵夷流别而爲六七，靡然入於流連光景之文，其去經益遠矣！」此主張經與文分一面之説也。然劉彦和、顏之推均主文出於經，經可統文之説。後儒乘而衍其緒，於是而經與文合之一面勝，經與文分之一面微。唐濬《孟子文説序》謂：「聖人之言渾含，《孟子》必出以爽豁。聖人之言簡賅，《孟子》必出以詳明。故其書有筆法局陣，直可作古文讀。」此比較《論》、《孟》之説也。其《學庸文説序》謂：「《孟了》之文體裁變化，《大學》、《中庸》之文篇法整飭。要之，《孟子》之變化固未嘗不整飭，《大學》、《中庸》之整飭又何嘗不變化。」此比較《學》、《庸》、《孟子》之説也。皆主經書以論文之一説矣。錢泰吉《跋評點書經》稱三代文字豈易窺測，然文章根本皆在六經，王景文之語可類推也。此評簡明淺近，可導初學，與往歲所録潛采堂朱氏《評點詩經》相配。又高郵孫賓田有《今文尚書論文》，其父比部有《檀弓論文》，亦主經爲文章説法之書也。蓋自明黄佐《六藝流别》之論出，而漢魏以下詩文悉可統以六經。自章實齋《文史通義》之説出，而後世文體之原戰國以前者，戰國諸文之原六藝者，皆炳焉可得歸一之術。自劉申受《八代文苑》之論出，而用韻之文可統於《詩》，不用韻之文可統於《書》，而姚姬傳、曾滌生、黎蓴齋皆用此旨以聯合於操選之中者也。李獻吉取六經、《周禮》、《孟》、《左》熟讀以爲文，曾文正由韓文以窺六經閫奥，則用此旨以聯合於操觚之中者也。此主張經與文合一面之説也。經與文源流分合之案如此。

胡石莊則取《易・賁卦》義以臚具文之衆象，《繹志・文章篇》曰：「《賁》之六爻，文所取則，位之高下，年之早暮，其象皆具焉。初九者，位之卑而年之穉者也。自賁於下，不求衆見，弢光匿采，使人不得窺其際，有捨車而徒之象，文之始也。由是而往，則自内達外，從己及人之業。六二，下位之主也。主持文柄於下者當率其疇類，相與洗滌昏翳，使文明之美宣映天下。若但私己自旌，則胸次湫隘，亦不得謂文矣。九三之位漸尊，是大臣表儀朝端，對揚休命，操持衡鑑，風化天下者也。萬象鼓舞，入有名之地；五音繁會，出無聲之境，所以潤澤光天下也。又恐狃於淺近，則爲日昃之離，故以久道進之。六四，近君者也。近君之人不第以文采爲工，人望之賁如矣，自處覺皤如也，亟求下位之賢，相助爲理，則文章之事，不必自我優爲而應務有餘矣。六五者，人君之文也。人君之文與臣下不同，不患不極文章之觀，又以敦本尚實爲得，其體恤人又出於至誠，行道本乎人情，自作元命，延利萬世，帝王之文也。上九者，位之極，年之耆也，不與後進之士矜其聲帨，反本還樸，歸於無色，猶夫山之高大，不過土石爲質，然而煙雲萬狀，潤澤千里。蓋以義理宏深，識力堅定，是非明確，成敗周知，所以爲文不在光燿而在篤實，故曰：上九，白賁，無咎也。」胡氏此言於文家之地位境候無不納之卦象中，誠得兩者相關之義矣。

經之資於文者

《容齋隨筆》曰：「文章豈小事哉！《易·賁》之《彖》言：『剛柔交錯，天文也。文明以止，人文也。觀乎天文以察時變，觀乎人文以化成天下。』孔子稱帝堯焕乎有文章。子貢曰：『夫子之文章可得而聞。』《詩》美衛武公亦云『有文章』。堯舜禹湯文武成康之聖賢，桀紂幽厲之昏亂，非《詩》、《書》以文章載之何以傳？伏羲畫八卦，文王重之，非孔子以文章翼之何以傳？孔子至德要道，託《孝經》、《論語》之文而傳。曾子、子思、孟子傳聖人心學，使無《中庸》及七篇之書，後人何所窺門户？老、莊絶滅禮學，忘言以去，而爲五千言與内外篇，極其文藻。釋氏之爲禪者謂語言爲累，不知大乘諸經可廢乎？」宋景濂《文原》曰：「禹敷土，隨山刊木，奠高山大川，既成功矣，然後筆之爲《禹貢》之文。周制聘覲、燕享、饋食、昏喪諸禮，其升降揖讓之節既行之矣，然後筆之爲《儀禮》之文。孔子居鄉黨，容色言動之間從容中道，門人弟子既習見之矣，然後筆之爲《鄉黨》之文。其他格言大訓亦莫不然。」此經資於文之一説也。歐公謂：「六經非一世之書，刊正補輯，非一人之能。」司馬公謂：「經猶的也，一人射之，不若衆人射之其中者多。必使學者各極所見，而明者擇之也。」姚姬傳謂：「古人不能無待於今，今人亦不能無待於後世。」此又經資於文之一說也。

文之資於經者

一、顔之推說。《顔氏家訓》曰：「文章原出五經。詔命策檄生於《書》者也，序述議論生於《易》者也，歌詠賦頌生於《詩》者也，祭祀哀誄生於《禮》者也，書奏箴銘生於《春秋》者也。」以案顔氏此說，言文家原於經之體也。劉氏《文心雕龍》云：「論說辭序，則《易》統其首；詔策章奏，則《書》發其源；賦頌歌贊，則《詩》立其本；銘誄箴祝，則《禮》總其端；紀傳銘檄，則《春秋》爲根。並窮高以樹表，極遠以啓疆，所以百家騰躍，終入環内者也。」案：此說爲顔氏所本。

二、柳子厚說。柳氏曰：「本之《書》以求其質，本之《詩》以求其情，本之《禮》以求其宜，本之《春秋》以求其斷，本之《易》以求其動，參之《穀梁氏》以厲其氣，參之《孟》、《荀》以暢其支，參之《老》、《莊》以肆其端，參之《國語》以博其趣，參之《離騷》以致其幽，參之太史〔公〕以著其潔。」案：柳氏此說言文家原於經之用也。朱荃宰《文通》引王子充曰：「本之《詩》以求其恒，本之《易》以求其變，本之《書》以求其質，本之《春秋》以求其斷，本之《樂》以求其通，本之《禮》以求其辨。夫如是，則六經之文爲我之文，而吾之文一本於道矣。」案：王氏此説全本柳氏而稍變其旨者也。朱氏又引劉因《叙學》云：「本諸《詩》以求其恒，本諸《書》以求其詞，本諸《禮》以求其節，本諸《春秋》以求其斷，然後以《詩》、《書》、《禮》爲學之體，《春秋》爲學之用。」此則以論學經之要，而非爲作文言之者也。陶文毅《任午橋存稿序》則云：「本之六經以立其基，求之史傳以弘其體，參之《莊》、《騷》百子以博其趣，窮之方言俗諺以極其變，而以仰法日月星辰、風雲雨露之變化，俯則山川草木、鳥獸蟲魚之恢詭怪異。」其立論大旨皆同，惟陶説意境更廣，柳、王、朱則皆發文資於經之旨也。

梁氏《退庵隨筆》論文則本柳説，而易言以明之曰：「選文但宜以秦漢爲斷。近選輒把《檀弓》、《考工記》、《左》、《國》壓卷，實乖體裁。而論文則必溯源於經傳以端其本。古之善論文者莫如柳子厚，其所云『本之』、『參之』數語，分貼處實，未能深切著明。今欲指引初學，祇須淺淺言之。如要典重則學《書》，要婉麗則學《詩》，要古質則學《易》，要謹嚴則學《春秋》，要通達則學《戴記》，要博辯則學《左》、《國》。各就其性之所近，期於略得其意，微會其通，自然不同於世俗之爲文矣。」梁氏此説用示初學，可得以淺近達精深之益，其云欲如何則學如何，不第可爲宗經之法，亦可與文之講法中諸説參看也。《樂志簃筆記》云：「昌黎自言約六經之旨而成文，子厚自述爲文皆取原於六經。夫文之理與辭固富法經，然言理而掇拾古人陳言，撰詞而規摹古人成語，豈韓、柳所謂約與原哉！方氏望溪論文謂『理正而皆心得，辭古而必己出』，斯真善取六經者也。」此文家資經利病之説也。

三、劉彦和説。《文心雕龍》曰：「文能宗經，體有六義：一則情深而不詭，二則風清而不雜，三則事信而不誕，四則義直而不回，五則體約而不蕪，六則文麗而不淫。楊氏比雕玉以作器，謂五經之含文也。」案：合劉氏五原並此説參之，蓋兼合文家宗經之體用者也。

四、王景文説。《玉海》引王氏曰：「文章根本皆在六經，非惟義理也，而機杼物采、規模制度無不俱備者。」案：王氏此説以義理原於經，爲之裏；以機杼物采、規模制度原於經，爲之表也。

五、何燕泉之説。《餘冬叙録》曰：「朱子言：『前輩文字有氣骨，故其文壯浪。歐公、東坡皆於經術本領上用功。今人只是於枝葉上粉澤耳。』《仇池筆記》：『吾作《易書傳》，作《論語説》，亦粗備矣。』《欒城遺言》：『吾爲《春秋集傳》，乃平生事業。』又《集傳》成，嘆曰：『此千載絶學也。』雖是過誇，然蘇氏文章蓋不獨嘲弄風月而已。」案：此説可知文家如蘇氏兄弟，天才奔放，其本領多闌入二氏，亦無不以經術爲之本體也。

六、嚴鐵橋可均之説。《鐵橋漫稿・全上古三代秦漢三國六朝文總例》曰：「是編於四部爲總集，亦爲别集，與經、史、子三部必分界限。然界限有定而無定，詔令、書檄、天文、地理、五行、食貨、刑法之文出於《書》，騷賦韻語出於《詩》，禮議出於《禮》，紀傳出於《春秋》。百家九流皆六經餘潤，故四部别派而同源，故《文選》爲總集而收《尚書序》、《毛詩序》、《春秋左氏傳序》、史論、史贊、《典論・論文》，《文苑英華》、《唐文粹》亦如此。是經、史、子三部闌入集部，在所不嫌。」此言經爲文體之統宗，經雖與子、史、集分界，而其精神仍有關連之理也。

七、汪漢郊家禧說。汪氏《與陳扶雅書》曰：「會稽章氏言『《詩》、《禮》之教興而文章盛』，其言至確也。夫文章有可以正言者，必剴切詳明，盡其經權常變而後止，此原於《禮》教也。或事關時局，迹涉疑似，唱嘆往復之間，不必明言所以然，讀者自隱然知事之當否，而志士仁人多藉其言以白其苦心於後，此原於《詩》教也。原於《禮》之文必體天理，驗人情，而後非迂繆之說。原於《詩》之文又必忠厚悱惻，不奪於同時之論，而後存是非之公。故古人文不輕作，作亦必見信於人，以志與業所存耳。」此以資經之意爲正寫、寓寫二體文之原者也。

司馬遷之所折衷，班固之所斟酌，昌黎之所上規，邵博《聞見後録》曰：「退之文自經中來。」《金石例》云：「退之文皆學《書經》。」李泰伯之所得，見《朱子語類》。蘇氏之所出，《後録》及《困學紀聞》均稱蘇文出《檀弓》。王禕之所本，見《文訓》。馮少渠之所師，朱彝尊之所源，皆可見文必本經之旨也。王禹偁則言：「文舍經而何法？」李陽冰則云：「太白不讀非聖之書。」李（塗）〔淦〕則言：「千萬代文章之所從出亦是義也。」《文章辨體》謂文自六經來則源遠而流長。故以之造意深語簡之句者，王洙之說也。以《周易》爲叙記之體者，歐公、錢公輔之文也。深於《春秋》，故其文謹嚴，辭約而理精者，尹帥魯之文也。作記必祖《禹貢》者，《讀書隅見》之說也。求文法於《詩·七月》、《書·禹貢》、《論語·鄉黨》者，王鏊之言也。《震澤長語》曰：「世謂六經無文法，不知萬古義理、萬古文字皆從經出也。其高者遠者未敢遽論，即如《七月》一篇，叙農桑稼圃，内則叙家人寢興烹飪之細。《禹貢》叙山水脉絡原委如在目前。後世有此文字乎？《論語》記夫子在鄉在朝使擯等容，宛然畫出一個聖人，非文能之乎？昌黎序如《書》，銘如《詩》，學《書》與《詩》也。其他文多從孟子出，遂爲後世文章家冠。孰謂六經無文法乎？」謂《楚詞》中如《離騷》乃效《頌》，其次效《雅》，最後效《風》，謂賈生《鵩賦》原自《檀弓》，謂退之《淮西碑叙》原於《書》，《銘》原於《詩》，謂子固擬制無愧三代制誥者，則柳子厚、陳唯室、孫覺及朱子各家之説也。謂孟子好《詩》、《書》，文直而顯。荀子好《禮》，文富而麗。楊子好《易》，文簡而奥。司馬温公之稱三子也。謂臨川王義慶《世説》全學《檀弓》，其妙在章法者，陳繼儒之説也。至於論諸經於各文之所宜，《續骫骳説》云：「劉夢得與柳子厚論《平淮西碑文》謂：若在我手，當學《左傳》。」《困學紀聞》云：「張安國欲記考古圖，其品百二十有八，王景文曰：宜用《顧命》。游廬山，序所歷，曰：當用《禹貢》。」按：歐公三多之説，多讀、多做之外，必益以多商量。此所舉爲劉、柳、張、王商量文事之證，故《復齋漫録》云：「子蒼嘗言作詩文當得人印可乃自不疑，所以前輩汲汲於求知也。」又《蓮子居詞話》引《松窗筆乘》云：「魏叔子古文負重望，吳舒鳧儀獨面折之，謂：『規友笞婢，細故也，而曰「省刑」，書刺刺千餘言不已，失事之權衡。論岳鄂王事而曰「宜鑄高宗像跪於墓」，乖君臣之義。用字如「以肱觸其背」類，非史家法。』座客以爲狂。叔子獨歎服也。」他如《漢學師承記》稱徐乾學詩文必屬閻百詩裁定，謂其學有師法。李天馥亦云：「詩文不經百詩勘定，未可輕易示人。」洪亮以所作古文示江藩，藩指其用事之誤。全祖望爲望溪神道碑稱其有作必問何義門見否，謂何能糾其文之短也。此皆商量文字之美談也，與卷四參看。王厚齋云：「《夏小正》、《月令》、《時訓》詳矣，而《堯典》羲和以數十言盡之。《天官書》、《天文志》詳矣，而《舜典》璣衡以一言盡之。」潘昂霄謂：「叙事法《禹貢》、《顧命》、《考工記》，其次《左傳》、《史》、《漢》，各書當編類字面考究。」又曰：「句法求之《檀弓》，則音節響亮，言語絢麗。」又曰：「銘詞讚頌宜似風雅。」蓋文家於造述時各求參酌經體如此，惟唐子西云：「六經不可學，亦不須學。」侯朝宗謂：「六經非可以文論。」其旨與舒芬《與友人論文書》之說正同，亦尊崇六經至極之言，然非通義也。文有以經名者，如屈子之《離騷經》，東坡之《酒經》是也。又有以文補經者，皮日休之《補九夏》，白居易之《補湯征》是也。又有以文字擬經者，劉歆爲王莽作《大誥》是也。有以文字僞經者，如豐坊之諸僞書是也。朱氏《經義考》「擬經」一門可以考見其流別矣。

然文之資經有自然經術與引用經語之辨，《金石要例》曰：「文必本之六經始有根本。唯劉向、曾鞏多引經語，至於韓、歐，融聖人之意而出之，不必用經，自然經術之文也。近見巨子動將經文填塞以希經術，去之遠矣。」此資經家以爲文者不可不知也。互見王惕甫謂：「經術之氣，南宋羅端良爲最，又出歐、韓上，文不可以時代論也。」全氏《文說》謂作文當以經術爲根柢，其成則有大家、作家之分，其《公是集序》謂：「文不本六經，雖其人才力足以凌厲一時，而總無醇古之味。」皆貴經術之說也。

文之總以史者

史之資於文者，宋濂《文原》曰：「天衷民彝之叙，禮樂政刑之施，師旅征伐之法，井牧周里之辨，華彝内外之別，凡有關乎民用及一切彌綸範圍之具，悉囿乎文，非文之外別有其他也。然而事爲既著，無以紀載之則不能以行遠，始託諸詞翰以昭其文。」此謂史料宜著以文之說也。《林下偶談》謂：「水心文本用編年法。自淳熙後，道學興廢，立君用兵始末，國勢污隆，君子小人，離合消長，歷歷可見。後之爲史者當取資焉。」近世嘉興錢氏《碑傳集》、平江李氏《先正事略》、湘陰李氏《耆獻彙徵》，皆取資於文集者。《四庫提要》稱周伯琦《近光集》可以備掌故。全謝山謂：「文丞相《指南集》諸編，後世奉爲德祐後三朝史料。陸丞相《海上日録》，君子惜其不傳。」又述梨洲言稱：「明季滄桑諸公集可備詩史，而吴穉山《文史》皆同時人作，足備滄海以來之史料。」此詩文集可資史料之説也。全氏又云：「袁尚寶《符臺外集》多足以補史事。」宋祁《筆記》稱其修《唐書》「不以對偶之詔令入史」，則非對偶之文皆可入史矣。楊慎《丹鉛總録》稱「《後漢書》、《唐書》、《宋史》中外國文字皆文人僞撰」，是史之資文至依託以充數，此可見有關係之文必爲史家所採也。至若文之資於史者，柳子厚文自史中來。呂東萊《古文關鍵》謂「柳州文出於《國語》」，王伯厚謂：「子厚《非國語》，其文多以《國語》爲法。」陸深《春風堂隨筆》云：「世目薄行人爲没前程，此語亦有所自。柳子厚作《非國語》，人以爲子厚生平作文得《國語》最深，因知其短長而持之，故謂子厚爲没前程。然則以夫子之道反害夫子，從古已然，可嘆也！是此事不可謂非子厚之病也。」老泉文類《戰國策》。以上均《聞見後録》。後山碎語自《史記》來。《朱子語類》。蘇天爵文由沉潛典籍，研究掌故而來。《四庫提要》。李于鱗、王元美在刑曹時，手鈔《史記》、《文選》一部，舉觥誦，以記否爲賞罰。大泌山人批閲於《南北史》皆有《識小録》，他經傳稱是。殷士儋有李于鱗所閲《史記》，於《秦始皇本紀》止圈「河魚大上，人頭畜鳴」八字。《棗林雜俎》。按：「此可見李氏取資《史》、《漢》之宗旨所在。」近人彭紹升於《左氏》、

《史記》、《三國志》皆能舉其詞，故《二林居集》長於叙事。彭蘊章《歸樸庵稿》。是皆文家得力於史之證。《吕氏蒙訓》稱班固叙事有學《左傳》處，《林下偶談》稱韓、柳文有法《史記》處，此文家問學史書之證。蘇欒城謂班固諸叙可爲作文法式，方望溪謂馬、班表志序須全讀，此示學文於史之證。《容齋隨筆》稱東坡引用史傳有至百餘字者，《文章辨體》謂議論文須考引事實無差忒，此取史傳入己文之證。吾觀宋人讀史，專有豫備作文一法，或看史書作方略鈔記，或取以開拓才思，王洙《談録》。或記其事實，摭其詞采，以供文字之用。朱子《答人書》。又《唐子西語録》云：「東坡赴定武，過京師，館於城外一園子中。余時年十八，謁之。問余觀甚書，余云方讀《晉書》，卒問其中有甚好亭子名，余茫然失對。始悟前輩觀書用意蓋如此。」《王直方詩話》云：「山谷嘗謂余云：『作詩使《史》、《漢》間全語爲有氣骨。』後因讀孟浩然詩，見『以吾一日長』、『異方之樂令人悲』及『吾亦從此逝』，方悟山谷之言。」此皆於讀史書及用史書時示人以作文詩留心之法也。王楙述看史法亦云：「每看一傳，先定此人是何色目人，或道義，或才德。大節無虧，人品既定，然後再看一傳文字。全篇既了，然後再採摘人事可爲何用、奇詞妙語可以佐筆頭者記之。」《野客叢書》附録。此類事則專以讀史資於作文之法也。與第十二卷互見。其意旨則陳繼儒《狂夫之言》曾申之，謂：「讀史者，以聰明俊慧之資遇可喜可愕之事，則心力自然發越，曉暢大局面，大機括，大議論，大文章，則筆力自然宏達。」陳氏《太平清話》又有曰：「陸平泉云：讀書須尋出書中眼目始得，佛氏所謂人天法眼是也。」按：讀書開眼之説始於山谷。陸所云亦即開眼之説也。方氏《通雅》又演之云：「開眼者，轉文字不被文字轉，乘物天游矣。澄懷喪我，虀墻遇之，設身別路，隨物卷舒，貫蝨弄丸之候，在人自得。」又曰：「去其痕而一以平行之，則歐、曾也，蘇則鋒於立論而衍於馳騁。八家大同小異，要歸雅馴。學者鼓篋，門從此入，至於盡雙，更須開眼。」皆是義也，與十二卷參看。魏叔子再申之，謂：「爲文當留心《史》、《鑑》，熟識古今治亂之故，則文雖不合古法，而昌言偉論，亦足信今傳後。」此兩家之旨，皆經世爲文合一之功夫。蓋史書之有關於作文，以及史中之文能自然沾溉於藝林者如此。《唐子西文録》云：「晚學遽讀《新唐書》輒能壞人文格，《舊唐書》贊語亦自有佳處。」此讀史抉擇之法也。又沈豫《讀史雜記》曰：「《晉書》藻繪甚工，短於理而長於詞，行墨間純是金綵。本朝駢體家，尤、陳、章、吳以外，擅名者俱以此爲鴛鴦繡本。」案：此又駢文資於史之説也。近人周保緒《晉略》一書尤攻駢文者不可不讀之作，可用沈氏之意資之也。

以文與史合誼者有二家之説

文與史合誼，一驗於王弇州之説，謂：「天地之間無非史。三皇之世若泯若没，五帝之世若存若亡，史其可以已耶？六經，史之言理者也。曰編年，曰本紀，曰志，曰表，曰書，曰世家，曰列傳，史之正文也。曰叙，曰記，曰碑，曰碣，曰銘，曰述，史之變文也。曰訓，曰誥，曰命，曰册，曰詔，曰令，曰教，曰制，曰上書，曰封事，曰疏，曰表，曰啓，曰牋，曰彈事，曰奏記，曰檄，曰露布，曰移，曰駁，曰諭，曰尺牘，史之用也。曰論，曰辨，曰説，曰解，曰難，曰議，史之實也。曰贊，曰頌，曰箴，曰哀，曰誄，曰悲，史之華也。」王氏云：「頌即四詩之一，贊、箴、銘、哀、誄皆其餘音也，附之於文，吾有所未安，惟其沿也姑從衆。」弇州之意，以經、子、集皆統於史。紀載有正變，爲史之體；告語有上下，爲史之用；著述有有韻無韻，爲史之實與華。由文之製體處悉納於史，其説如此，其區别已得三門之意在曾文正之先。六經皆史，亦先章實齋而言之。《明儒學案》載陳氏亦有此説。

再驗於章實齋之説，謂：「史與《文選》各有言與事，故僅可分華與實，不可分言與事。蓋東京以還，文勝篇富，史臣不能概見於紀傳，則彙次爲文苑之篇。文人行業無多，但著官階貫系，略如《文選》人名之法。試牓履歷之書，本爲麗藻篇名，轉覺風華蕭索，則知一代文章之盛，史文不可得而盡也。蕭統《文選》以還，爲之者衆，今之尤表表者。姚氏之《唐文粹》，吕氏之《宋文鑑》，蘇氏之《元文類》，並欲包括全代，與史相輔。」此則轉有似乎言事分書其實，諸選乃是春華，正史其秋實爾。由文之輯録處銓配以史，其説如此。

文之總以子者

《昭明文選》自序謂：「老、莊之作，管、孟之流，立意爲宗，不以能文爲本。」書中例不收諸子篇次，是岐文與子而二之也。然在西京，文與子實未甚區别，章實齋謂：「賦家者流，縱横之派别，而兼諸子之餘風，居然自命一家之言者也。其中又各有宗旨焉，是以劉、班《詩賦》一略區分五類，而屈原、陸賈、荀卿定爲三家之學也。既有專家門業，則後世之拘於文而無質之詩賦不可與並論，而其術通於子家矣。鄭仲夔《耳新》云：「詩有集唐集古，余友朱鬱儀《諷古》十首乃更集諸子鎔鑄之，巧妙極自然。」按：此以言詩與子相關者也。張文襄《廣雅堂詩集》有古詩，每首一句以子書及古語開端，亦與朱氏意近。故荀子《賦篇》，《漢志》雖列於《詩賦略》，而編荀子書者則取以入其書。《成相》體，《漢書》以此體入《詩賦略》，而荀亦列入書中。賈生論議，後人編入選本論辨中，而在《新書》中實其一篇之目。相如詞賦，但記篇目次屈原後，《漢志叙録》總計家數，蓋視爲一家言，與諸子未甚相遠。」是文與子合誼之説也。《南澗楛語》云：「賈生《鵩賦》本於《鶡冠》。柳子厚説如此。《漢書》之雅馴者多本《管子》。張嵲《管子序》。元次山文出自子書而不免弊，故其文碎。張賓王汰裁《吕覽》、《淮南》，劉士龍踵而選之，謂兩家皆以販掠見長。雖史公紀傳，不能無販掠，特善竄善潤耳。此類讀子，近人至多，方望溪於《管》、《荀》有删定，陸清獻於《戰國策》有去毒，皆是。然望溪删《管》、《荀》而陳恭甫非之，陸稼書删《國策》而陳蘭甫宗之，蓋或主文章，或主義理也，故學子家文宜知免弊之法，如班氏所謂舍短取長者也。蘇子瞻文出《莊子》而得其善，故其文命意能超然獨立。《十駕齋養新録》稱東坡時效别集，其説曰：「《表忠觀碑》仿子厚《義門銘》也，《萬石君羅文傳》仿退之《毛穎傳》也，《蓋公堂記》用子厚《郭橐駝傳》之意而變其面目。」此可見東坡之多師也。欒城喜誦莊周《養生》一篇。世人亦稱歐文體有出自《孔叢子》者。」何義門謂「揚雄之書，退之僅好其辭，而介甫、子固則直以爲學問根柢」。惲子居立以諸子救文集之衰之説。包慎伯駁此説，謂「八家何病待救？」不知惲只言救文集之衰，非救八家之病，救學八家者耳。包説未是。朱梅崖教人治古文兼讀《孫吳子》，蓋喜其辭簡質。徐經《慎道集·孫吳子題後》。吳仲倫謂「與張皋文同習爲文，皋文不喜《中説》，而予獨好之」。《復堂日記》稱：「皋文篤嗜《中論》，惟學之未至。近人胡石莊《繹志》方可與濟美。」包慎伯謂「柳州以下皆得之韓、呂書，永叔、東坡所得尤多」，又謂「賀子翼貽孫《激書》五十七篇，大旨學《韓非》、《呂覽》而得其深」，皆文之資於子者也。劉氏《藝概》謂：「後世學子書者，不求諸本領，專尚難字棘句，此乃大誤。欲爲此體，須是神明過人，窮極精奧，斯能託寓萬物，因淺見深，非光不足而强照者所可與也。唐宋以前蓋難備論，《郁離子》最爲晚出，雖體不盡純，意理頗有實用。」此又以言資文於子之宜分别者也。

沈氏祥龍云：「九家之言，體諸六藝，後世文章日興，大旨不越乎九家。如文之峻刻者，法家、名家也；文之縱厲者，兵家、縱横家也；文之温粹者，儒家也。人之立言固由乎性所各近，然必以儒家爲指歸。韓以名家、法家而歸於儒，歐以雜家、詞賦家而歸於儒，蘇以道家、兵家、縱横家而歸於儒，蓋儒爲六藝所統彙，捨儒言文，能不離經叛道乎？」此言文家資子而必歸於儒，是又資於子者進退之方也。其説則發之惲子居，而沈襲之者也。詳第十三卷。

古今文家之資於各書者

一、太史公爲文所資之書。《藻川堂譚藝》。

《尚書》《禹本紀》《山海經》《世本》《牒記》《春秋》《孔子書》《國語》《國策》《孟子書》《管氏書》《晏子春秋》《商君書》《離騷》章實齋曰：「史遷以下，取騷以名其全書，今猶是

也。」紀文達評劉氏《辨騷篇》曰：「《離騷》乃《楚詞》之一篇，統名《楚詞》爲《騷》，乃相沿之誤也。」《秦記》

二、昌黎爲文所資之書。《容齋隨筆》，參《曾文正家訓》。

《尚書》《易》《詩》《春秋》《左氏》《莊子》《離騷》《太史公書》《相如集》《子雲集》

案：《震澤長語》稱韓子師孟，則應有孟子書。《進學解》兼言孟、荀，又應有荀子矣。荀取集中讀古書之作參之，可增入者甚多，他家仿此。胡仔《苕溪漁隱叢話》曰：「學者欲博讀異書，余謂退之《進學解》『上規姚姒』十二句，若止讀此足矣，何必多嗜異書？」陳長文《步里客談》稱：「退之《進學解》『沉浸醲郁』十六句爲退之作文之法，『記事者必提其要』二句爲退之學文之術。」

陳蘭甫《東塾集》中有《與周孟貽書》，其於學昌黎之學以爲文闡發可謂切至矣，其説曰：「昌黎《進學解》『先生口不絶吟六藝之文』四句，此昌黎讀書法也。『上規姚姒』十二句，此昌黎作文法也。篇末言孟子、荀卿，此昌黎之學之大旨也。其吟六藝若何？則沉潛乎訓義，反復乎句讀也。其披百家若何？則識古書之正僞與雖正而不至者，知其有醇乎醇者，有大醇而小疵者也。其提要鉤玄若何？則掇其大要，奇辭奧旨，而著於篇也。其作爲文章也，有渾渾無涯者，有佶屈者，有謹嚴者，有浮誇者，奇者，葩者，似《莊》者，似《騷》者，似太史公、似子雲、相如者。雖其陶冶鎔裁合爲一家，而猶可以尋其所自出。至其學既成，而謂觀聖人之道必自孟子始，遂駕乎荀、揚之上矣。昌黎一生讀書爲文，求聖人之道，一一自言之，又屢言之，燦然而可見，確然而可循如此。僕勸足下先取《昌黎集》熟讀之，又取《尚書》等十書熟讀之，然後披覽百家，提要鉤玄，一一如昌黎之所爲，而尤以孟、荀爲宗，積之十年二十年，雖與李習之、皇甫持正如驂之靳不難也。僕嘗歎天下之言文者，誰不稱昌黎？雖三尺童子，誰不讀《進學解》？而五六百年來，文士學昌黎，登其堂而嚌其胾者幾人哉！昌黎誠不易學，而亦實無學昌黎者故也。何也？吟六藝、披百家者，有人而爲説經考據之學。觀聖人之道自孟子始者，亦有人而爲道學。是二者多薄文章而不爲。其爲文章者既不專學昌黎，學昌黎者則又多以摹仿爲事。夫學昌黎者，其聰明才力萬萬不及昌黎，不待言也。昌黎猶吟六藝，披百家，上規諸經，下逮子雲，而學昌黎者以其有限之聰明才力欲摹仿而得之，真所謂航斷港絶潢以望至於海也。且昌黎吟六藝，披百家，而我不吟不披，昌黎上規下逮而我不規不逮，是直與昌黎相反矣，而自云學昌黎，夫誰欺耶？」本朝古文已不及古人，廣東尤自古無其人，有志之士正當奮然而起。吾謂陳氏此説最爽豁最駿快之談也。

陽湖謝應芝《蒙泉子》嘗總文家所資而並列之，其説曰：「韓退之之言文曰：『上規姚姒，渾渾無涯；周《誥》殷《盤》，佶屈聱牙；《春秋》嚴謹，左氏浮誇；《易》奇而法，《詩》正而葩。下逮《莊》、《騷》，太史所録，子雲、相如，同工異曲。』其讀《儀禮》則掇其大要，奇詞奥旨著於篇。讀《荀子》則曰：『孟氏醇乎醇者也，荀與揚大醇而小疵。』又稱古之豪傑之士，若屈原、孟軻、司馬遷、相如、揚雄之雄。又曰：『漢朝人莫不爲文，獨司馬相如、太史公、劉向、揚雄爲之最，而未嘗及於《戰國策》、韓非、李斯之徒。』於漢且不言賈生、班孟堅，蓋取法者嚴矣。柳子厚則曰：『本之《書》以求其質，本之《詩》以求其恒，本之《禮》以求其宜，本之《春秋》以求其斷，本之《易》以求其動，參之《穀梁氏》以厲其氣，參之《孟》、《荀》以暢其支，參之《老》、《莊》以肆其端，參之《國語》以博其趣，參之《離騷》以致其幽，參之太史〔公〕以著其潔。』所以旁推交通者益備。及歐陽永叔取法於韓而參之太史公，以俯仰揖讓出之以見風神。曾子固深於經術，雅贍似劉子政、班孟堅。蘇氏父子學《孟子》而參以《戰國策》蘇、張之辨，子瞻尤得莊周之震蕩從容，兼及於賈生。王介甫獨得於韓非、李斯而文以經術。歸熙甫益深窮於子長而發其蘊，故於唐宋名家而外能自樹立也。」案：謝氏此說於韓、柳外並推見各家之所資，其考索尤爲博達，學文家之學以爲文者斷宜曉此。案：此臚各家言古文工夫之說。李湘洲《山居雜著》「工夫」一則、方密之《通雅·文章薪火》中皆已比較列之，在《蒙泉》之先。詳卷十二各種境界說中。

三、子厚爲文所資之書。《容齋隨筆》，參《曾文正家訓》。

《尚書》《詩》《禮》《易》《春秋》《穀梁傳》《孟子》《荀子》《莊子》《老子》《國語》《離騷》《太史公書》

《玉海》引柳子厚曰：「當先讀六經，次《論語》、《孟軻書》，皆經言，《左氏》、《國語》、莊周、屈原之辭稍採取之，穀梁子、太史公甚峻潔，可以出入。」又云：「勿怪勿雜。」與此所舉可以參看。

又案：真西山爲文所資之書，載在《玉海》者曰《書》、曰《詩》、曰《左氏傳》、曰《國語》、曰《史記》、曰《漢書》、曰《文選》、曰《古文苑》、曰韓文、曰柳文、曰《文粹》、曰《文鑑》、曰歐文、曰東坡文、曰欒城文、曰南豐文、曰荆公文。嘗考宋人作文所資者，其説頗不多見。至西山所舉，本爲習詞科者説法，然其言曰：「《詩》、《書》、左氏、西漢最宜精熟，其他各有篇數。」故所舉雖博，然於《國語》、《文選》、《古文苑》、韓文、柳文，並《文粹》、《文鑑》皆別選篇目，故用意頗約。其取宋人文又自曾文昭以下列後山、宛丘、淮海、華陽、初寮、龍溪、夏文莊、元章簡、北海、翟忠惠、孫仲益、平園、三洪、東萊各家，則專爲詞科説法，故不列入。

四、方望溪爲文所資之書。沈廷芳所爲傳書後。

《春秋三傳》 《管子》 《荀子》 《莊子》 《離騷》 《國語》 《國策》 《史記》 《漢書》 《三國志》 《五代史》 八家文

案：方氏於《管》、《荀》二子刻有節本，又批有柳文及八家文。其於他書是否有述，俟再考文集列之。

五、曾文正爲文所資之書。《曾文正家訓》。

《四書》　《五經》　《史記》　《漢書》　《莊子》　韓文　《通鑑》　《文選》　《古文詞類纂》

《十八家詩鈔》

案：曾文正辛亥所記書目，爲義理之學二書：四子書、《近思録》。詞章之學二書：《曾氏讀古文鈔》、《曾氏讀詩鈔》。經濟之學二書：《會典》、《經世文編》。考據之學四書：《易》、《詩》、《史記》、《漢書》。己未所記則十二書：三經、三史、三子、三集。壬子所記則十五書。《讀書録》所載則經八、史八、子三、集三十一。此所據則咸豐九年四月諭其子紀澤書中所舉也。《求闕齋弟子記》云：「偶思古文可學者占八句云：『《詩》之節，《書》之括，孟之烈，韓之越，馬之咽，莊之跋，陶之潔，杜之拙。』將終日三復，冀有萬一之合。」此可爲文正取各書之妙之證也。文正列王懷祖所考之書十六種，據《讀書雜誌》也；列王文簡所考之書十二種，據《經義述聞》也。今推考各家資於各書以爲文者，用文正例焉。薛福成《庸庵筆記》曰：「昔曾文正公嘗教後學云：『人自六經外，有不可不熟讀者凡七部書，曰《史記》、《漢書》、《莊子》、《説文》、《文選》、《通鑑》、韓文也。』余嘗思之，《史記》、《漢書》，史學之權輿也。《莊子》，諸子之英華也。《説文》，小學之津梁也。《文選》，詞章之淵藪也。《史》、《漢》，時代所限，恐史事尚未全，故以《通鑑》廣之。《文選》駢偶較多，恐真氣或漸灕，故以韓文振之。曾公之意，蓋注於文章者爲重。此七部書即以文章而論，皆古今之絶作也。人誠能於六經而外熟此七部書，或由此而擴充之，爲文人可，爲通儒可，爲名臣亦可也。」按：薛氏所舉七書，此目中但缺《説文》耳。至吳摯甫且全仿之矣。又考文正之意，大都仿之段懋堂氏，《履園叢話》稱：「段先生言十三經當廣爲二十一經，《禮》益以大戴，《春秋》益以《國語》、《史記》、《漢書》、《資治通鑑》。」又謂：「《周禮》六藝之書，《爾雅》未足以當之，當取《説文解字》、《九章算術》、《周髀算經》三種以益之。」此説蓋開文正之先也。

案：文正執友湯海秋鵬《浮丘子》末有《樹文篇》，爲全書後序，其定立自爲文所資各家之書分經典、儒家、諸子、文史、宋儒五等，大旨以周、孔爲歸，敘中推論文家利病綦詳，而以名世之文立宗，其說曰：「學周公、孔子之學，志其志以文其文。周公何文也？諷《邠風》則其文勢以思，諷《無逸》則其文儼以恪，諷《周官》則其文典以碩，諷《爾雅》則其文澤以嫺。孔子何文也？諷《繫辭》則其文奧以堅，諷《論語》則其文秩以易，諷《孝經》則其文摯以盡，諷《春秋》則其文肅以斷。孔子已降，諷《大學》之文則曾子析其次第，諷《中庸》之文則子思淑其心法，諷七篇之文則孟子迺其本宗。孟子已降，則諷荀卿之文，有見於理無見於性；則諷董仲舒氏之文，有見於數無見於理；則諷楊雄氏之文，有見於奇無見於庸；則諷王通氏之文，有見於粗無見於精；則諷韓愈氏之文，有見於表無見於裏。雖然，荀、董諸氏修其道而弗完者也，舉其說而不備者也。乃諷賈誼氏之文，優於救時劣於竢命；諷劉向氏之文，工於述古拙於討源；諷陸贄氏之文，詳於舉事闕於闡道。雖然，賈、劉、陸氏雖未至於庭也，亦不踰其垣也。乃諷管、商之文，褊而自用；諷申、韓之文，慘而自成；諷老、莊之文，縱而自喜；諷孫、吳之文，戠而自名；諷鬼谷之文，譎而不度；諷公孫龍之文，辯而不倫；諷墨、晏之文，儉而不情；諷騈、衍之文，誕而不實；諷淮南王之文，濫而不歸；諷抱樸子之文，華而不根。之文之人，於周孔之藩若枘鑿之不相入。乃諷班、馬、陳、范之文，史而雜；諷鄒、枚、潘、左之文，賦而縟；諷曹、劉、鮑、謝之文，激而譎；諷徐、庾、盧、王之文，麗而荒。之文之人，於周孔之文窔若矇瞍之無知而嚚瘖之無言也。雖然，薋菉塞林矣，不可謂世無蘭槐。是故文之爲運昌於周公、孔子，火於秦，枝於漢、魏、隋、唐之間，而復於宋耳。乃諷周濂溪之文，醇而雅；諷張橫渠之文，簡而該；諷二程氏之文，絜而精；諷朱紫陽之文，大而正。之人之文，此周公所由以不榛塞者也。我希堯、舜、禹、湯則以周公、孔子爲津梁，我希周公、孔子則以周、程、張、朱爲津梁。此所謂學周公、孔子之學，志周公、孔子之志，以文周公、孔子之文者，然耶？否耶？」按：湯氏此所舉與元儒劉因氏敘學用意大同，而臚列尤繁密。姚石甫爲湯傳，稱其文以宣公、朱子爲宗，而許其自成一子，即指《浮丘子》也。湯氏之爲是書彌自喜，梅伯言稱其「立一意爲幹而分數支支之，中又有支焉，則支復爲幹，相演以遞於無窮」。吳摯甫之稱英人《天演論》亦以此説品之也。若循諸家例以階段分之，可云五段法矣。因曾氏而連及之。又明桑悦《獨坐軒記》有云：「予訓課暇輒憩其中，上求堯、舜、禹、湯、文、武、周公、孔子之道，次窺關、閩、濂、洛數君子之心，又次則咀嚼《左傳》、荀卿、班固、司馬遷、揚雄、劉向、韓、柳、歐、蘇、曾、王之文，更暇則取秦漢以下古人行事之迹少加褒貶，以定萬世之是非。悠哉悠哉，以永終日。」按：此旨雖非專爲論文而發，然循以諸家階段之例，亦可云桑氏四段法矣。惟治史專恣於評論，乃明人習氣。章實齋深惡之，未可爲法。王漁洋《香祖筆記》稱：「余於唐人之文喜杜牧、孫樵二家，皮日休《文藪》、陸龜蒙《笠澤叢書》次焉。及讀《震澤集》，其《跋樵集》云：『昌黎，海也，不可以徒涉，涉必用巨筏焉，則可之是也。』又《書日休集後》云：『予觀襲美與魯望倡和，跌宕怪偉，所謂兩雄力相當者。』及讀《文藪》，多慷慨激昂，《文中子碑》、《請孟子爲學科》是也。前輩公允之論先得我心。」又云：「余嘗欲取唐人陸宣公、李衛公、劉賓客、皇甫湜、杜牧、孫樵、皮日休、陸龜蒙之文遴而次之，爲八家以傳。」按：王氏所引震澤説，爲近日閩人學韓從可之入所本。漁洋八家之説，爲後來唐十二家、十八家開先。此亦可云阮亭之三段法也。至明桑悦論文極爲阮亭所詆，謂其與祝允明《罪知録》「肆口横議，略無忌憚」，可知此種狂士之言須慎所擇。至《罪知録》之攻八家，實是爾時復古派之習見，可不辨而知其失。其説已見第六卷矣。又按：梅伯言《贈汪平甫序》有「自秦漢至今，讀其近古者；黄帝到周，讀其近今者」，亦可云梅氏之二段法也。

六、吳摯甫爲文所資之書。

六經　《史記》　《漢書》　《莊子》　韓文　《文選》　《説文》　《通鑑》　《古文辭類纂》　《十八家詩鈔》

案：吳氏《答嚴幾道書》云：「往時曾太傅言六經外有七書，能得其一即爲成學。七者兼通，則間氣所鍾，不數數見也。七書者，《史記》、《漢書》、《莊子》、韓文、《文選》、《説文》、《通鑑》也。

某於七書皆未致力，又欲妄增二書：其一姚公《古文詞類纂》，吳氏《與李贊臣書》云：「姚氏此書，世間所行康刻乃未定之書，獨吳刻爲姚公晚年定本，管異之、梅伯言皆校刊此書，其於康本有雅鄭之別。」餘一則曾公《十八家詩鈔》也。但此諸書必高才秀傑之士乃能治之。」

朱子生平教人作文，每言須觀古人用力處，常曰：「韓、柳答李翊、韋中立書可見其用力處。」又曰：「歐公、東坡皆於經術本領上用功。」又曰：「取孟、韓子、班、馬書熟讀之，及歐、曾、老蘇文字亦當細考，乃見爲文用力處。」其意皆可尋味，其曰用力、曰用功、曰熟讀、曰細考者，可知攻文必資於羣書，而於羣書致力之方不外四者而已。他如東坡、山谷教人讀《詩經·國風》、《檀弓》、《離騷》，南豐教人看《伯夷傳》，王洙教人讀《孟子》、《史記》，唐庚教人讀《史記》、杜集，東萊教人先看《精騎》，後看《春秋權衡》，《呂氏蒙訓》教人讀《左傳》、《莊子》，朱子教人熟讀《漢書》及韓、柳文。東坡遷海外，再鈔《漢書》、《唐書》，李于鱗五鈔《文選》，三録兩《漢》，魏禧教人讀《史》、《鑑》，朱彝尊教人讀宋元明名家集，李元度謂「惲子居治古文從周秦諸子入，於法家尤得力」，又謂：「近人於史公深入者推魏叔子、方望溪、惲子居、包世臣，常盛稱《韓非》、《呂覽》。」諸家用意多主於從偏師簡約處下手，亦本所得力以示人也。案：此類諸人教人讀某書某家某文，其説不一，實則皆各舉心得以教人也，第此事有難拘泥者。《瞑庵雜識》曰：「凡人讀書各有心得，雖契友不能同，亦不能喻。王壬秋謂班書不如范史，龍皞臣謂孝穆文勝子山，余至今不解。余嘗謂陶詩淺而深，謝詩深而淺，崔、蔡偶而奇，韓、柳奇而偶。以告同學，亦多不解。」按：此説良確。余好試驗前人所舉各種指導法門，但往往有反覆求其旨而不得者，乃知袁子才自謂不解佛經乃真實語也。不但此也，蔣苕生爲九種曲示袁子才，令拈勝處。子才拈出一二語，則詩中佳語，非曲中佳處也。此陳蘭甫所以教人不可以此科談彼科得失也。

日本人山岸輯光稱：「漢文之骨髓爲經書、子類、《左》、《國》、《史》、《漢》，加以唐宋名家而文章骨肉始完備。」更以有機體視文家所資之書矣。大抵名家攻文，自課多從博涉，而教人務從簡約。惟博涉之道有博涉於古文之外與博涉於古文之內兩義。博涉於古文之外者，《定章中國文學研究法》所謂「文出於經傳古子四史者能名家，出於文集者不能名家」是也。博涉於古文之內者，《文學研究法》所謂「讀專集與讀總集不可偏廢」者是也。路閏生曰：「文人之文，文人之言也，言之文者爲文，文之古者爲古文。善學古人文者，不學其文而學其文之所自出。八家之散體文，古文也，專學八家者則優孟之矣；六朝之駢體文亦古文也，浮慕六朝者則餖飣之矣。非不摹古也，其貌古，其情不古。文惡乎古哉！昌黎云：『所讀之書不古，則所作之文亦不古。』文莫古於六經，漢魏諸家游其源而揚其波，至徐、庾而整之齊之，韓、柳、歐、蘇著宣而敷鬯之，其體裁不同，要非善讀古書者不能爲也。」又考近人作文，資於集部者多有類書以供藻采之用，然多屬詞章家，自杭氏《文選課虚》、沈氏《唐詩金粉》之外，如錢塘張雲璈仲雅之《選藻》，其自序仍以浮艷爲戒，如芳草必稱王孫，梅必稱驛使，月必稱望舒，山水必稱清輝也，見《簡松草堂文集》。又馮魯川稱其友笠尉有《山水奇藻》一書，則取《桑經酈注》之詞藻也，見《適適齋文集》，又取資地志以爲文者矣。參觀以上所舉，可以得其概矣。《童氏學記》載其爲文所資之書：《四書》、《詩經》、《儀禮》、《禮記》、《周官》、《史記》、《漢書》、正續《通鑑》、《經世文编》、《莊子》、韓集、杜集、《文選》、《古文詞類纂》，凡十五種。

古今文家有資於文字之外者

文家要術有在文章之外一境。其取於文章之外者，有就狹義而言一境，有就廣義而言一境。主狹義言之，專發揮文章象外之妙，《捫蝨新語》謂：「文章須於題外立意，不可以尋常格律自窘束。東坡嘗有詩云：『論畫以形似，見與兒童鄰。作詩必此詩，定知非詩人。』此便是文字關紐也。」《野客叢書》辨《新唐書》與《史記》之所以異，謂「《唐書》爲近世許道寧畫山水，是真畫也。太史公爲郭忠恕畫天外數峰，略有筆墨，然而使人見而心服者在筆墨之外也」。《香祖筆記》謂此語得詩文三昧，所謂「不著一字，盡得風流」者也。方氏《通雅》則以此旨別《史記》與《漢書》之異曰：「程子云：『子長著作，微情玅旨寄之文字蹊徑之外。孟堅之文，情旨盡露於文字蹊徑之中。』讀子長文，必越浮言者始得其意，超文字者乃解其宗。班氏文章亦稱博雅，但一覽之餘，情詞俱盡。張輔以文字多寡爲優劣，此何足以論班、馬哉！」又曰：「馬存《贈蓋邦式序》曰：『子長之文章不在書，以書求之則終身不知其奇。予有《史記》一部載天下名山大川壯麗奇怪之處，將與子周游而歷覽之，庶幾可知文矣。』子長生平所游，將以盡天下之大觀以助吾氣，然後吐而爲書。」皆此旨也。王子擊好《晨風》而慈父感悟，裴安祖講《鹿鳴》而兄弟同食，周盤誦《汝墳》而爲親從征，沈文愨謂此三詩別有旨，而觸發乃在君臣父子兄弟。詩貴言外之旨，文家亦然。故宋祁稱「讀莊周文，蕭寥有遺世意」，曾文正稱「讀韓文，岸然想見古人獨立千古、確乎不拔之象」，皆此旨也。讀書時之懷抱，方密之《通雅》、《文章薪火》中臚馮、吳之說悉數之，可與宋、曾之旨相參，其言曰：「馮開之曰：『讀書太樂則漫，太苦則澀。董遇之百徧，考亭之半日，淵明之不求甚解，東坡之每事一過，庾嵩之開卷一尺，王筠之重覽興深，各得於輪扁之甘苦者乎！』吳季子書憲曰：『短册恨其易竭，累牘苦於難竟。讀貶激則髮欲上衝，讀軒快則唾壺盡碎，讀滂沛而襟撥，讀幽憤而心悲，讀虛無之渺論而譎誕生，讀拘儒之腐陳而谷神死，讀遯照者欲盡相以窮神，讀岨峿者期妥帖以愜志，讀闕文而思補，讀朦朧而思參，讀寂寞者非慘吻不開，讀奇藻者非清華則靡。故每讀一册，必配以他部用以節其枯偏之情調，悲喜憤快而各歸於適，不致輟卷而歎，掩袂而泣，則配之説也。弄風研露，輕舟飛閣，山雨來，溪雲升，或豪集，或孤訪，鳥幽啼，花冷笑，則配之適也。』」馮氏各適所用，不名一法，吳氏互相調劑，不泥一塗，皆以讀書增長其精神，調和其志意之法也。主廣義言之，則其旨尤繁複。焦竑《國史經籍志》謂：「文集不可勝收，而一如煙雲過眼，轉盼以盡。」以此知士之所恃不徒在言也。故《漫齋語録》謂：「凡爲文章，須是文字外別有一物主之方爲高勝。韓愈之文濟以經術，全謝山《文説》曰：「作文當以經術爲根柢，然其成也有大家，有作家。譬之山川名勝，必有牢籠一切之觀，而後可以登地望，若一丘一壑之佳，則到處有之。然其限於天者，人無如之何也。」按：此可證昌黎所以爲大家之由也。其説與黄梨洲《論文管見》之旨同也。杜甫之詩本於忠義，太白妙處有輕天下之氣，此衆人所不及也。」此語發明文外所主，其取證古人者切矣。文而無自負獨到之境以主之，則必動爲外物所移，故魏冰叔《致巢氏鳴盛書》述其論文云：「意有所會，油然吐之，雖大文煥發，具有夷然不屑之概，致爲精論。禧自匿影山中，頗有此意。及出而交游，未免應酬。應酬之際，又欲其工，不覺遂以文人自處。蒲松齡有《戒應酬文》謂「無端而代人歌哭，胡然而自爲啼笑」之語。可見作家無不以此爲戒。大教所謂較論工拙，沾沾自喜，有好名之心，有求知當世之意，皆實實有之。」此比較二者得失之言，今試取諸家説文外所主者以瞻足此理。惲子居論文之才與學而引曾子固之言，謂：「明必足以周事物之理，道必足以適天下之用，智必足以通難知之意，文必足以發難顯之情，如是而已。」張濂卿謂：「讀書人須是意量高遠，平日爲人有置身千仞，濯足萬里之概，臨文自然超潔警拔，不染塵壒矣。」《觀二生齋隨筆》。鄧先生謂：「丘明曉於國事，孟子曉於道性，莊周曉於儒辨，史遷曉於九流，賈誼曉於奇略，故此數人者皆能以文章雄天下。欲得文章之高下，必求自曉人與之言。」諸家之論，非主於文外之性情，即主於文外之學術，其義廣矣。

近人潘諮《答友人書》論文之取資於文外者語尤確切，其説曰：「文章之道，凡意興造作與人人可求之聲音迹象之間，均非是理之必如是者。弟於文章非專一其事而爲之者也，亦非預指一格而自必所至。竊以爲上世之人，其得之最深，文不待學，由道順緒以著於物，盡文之道而無其名。按：此説與梅伯言《何子貞詩序》謂「古今治詩者，有專於詩者之詩，有其人其學不專於詩者之詩」，命意相同。特梅則比較言之，此次第言之也。有文之名，自溯物鳴道者始。道區於物，而後可名。初出自然，繼求必然，而法度起，元氣亦因以遞降。諮竊觀周秦以來，文章體格屢平屢陂，皆由於取資遞降之故。春秋以前皆資於道，戰國諸子道不足，各資於識。識有所鍵，又旁資於百氏之書。自漢以後，恒專資於書者也。其能者會其百源著爲正軌，自魏晉至唐不過十餘人，皆終能自底於道。不能者則所資惟辭而無所事於辭之始，故排比字句，内無神理，如堆山阜。其有意超雋，則荒渺詭倔，如殘肢無體。至明人拍張爲容，嘵呶爲聲，源塞而流亦竭矣。然亦有一二人維繫其間。後學徑塗愈明，模範愈備，取資於習聞之法，習誦之文，幾人人知之，究人人不知之。」此取資於無形，爲一説也。陳世鎔《與友人論古文書》謂：「古人真，古文之所以不朽者具在也。君臣父子之倫，富貴貧賤之遭，喜怒哀樂之感，一於文發之。其取類也博，其入理也深。入不深則出淺，取之儉則積不閎。丘壑未足極嵩岱之觀，沼沚未足窮河海之大，如是而曰古文，古人其許我乎？吾嘗登太華矣，由車箱谷入，徑僅容趾，列鐵索，俯萬仞，至雲臺稍夷，天雪，上蓮峰仰嘯，當此時，四海九州之大若唯吾一人，吾於此得文之峻絶焉。比年涉沅湘，至長沙爲東湖，風利，半日數百里。君山至朗江爲西湖，三日，夜無市井，神鴉就而索食，夜風若聆鈞天，吾於此得文之超曠焉。吾至甘肅，於冬睹河之冰橋，自積石下數千里，層冰峨峨，高如城，大如堂，排山倒海而至，聲若萬雷，不須臾並爲一，人履之若平地，吾於此得文之神奇焉。自計二十出遊，歷齊、魯、燕、秦、吴、越名山大川，探奇攬勝，取古人之文爲之舉似。」此取資於有形，又一説也。

至魏勺庭論文，謂：「人生耳目所聞見，身所經歷，莫不有其所以然之理。雖市儈優倡、大猾逆賊之情狀，竈婢丐夫米鹽淆雜鄙褻之故，必皆深思而謹識之。醖釀蓄積，沉浸而不輕發。及其有故臨文，則大小淺深，各以類觸，沛乎若決陂池之不可禦也。」鄭仲夔《耳新》稱：「善爲文者，觀天之道，類物之情，廣稽乎酉藏之秘，冥探乎巧智之淵。」此二説者，皆於有形中以研取其無形之情理也。俞正燮《汪仰山廷榜逸事》云：「先生少學賈，二十八歲置貨漢口，見帆檣叢集，蔽江面十數里，人語雜五方，漢水衝擊，江波浩渺，縱觀之心動。歸而讀書學文，詞喜馳騁，漸不自喜。沉思刻意爲短章，既又不自善也，乃始爲平正曉鬯之文。」《癸巳存稿》。此得之於有形而復自詣變化者也。

廖柴舟燕《復張泰亭書》見所著《二十七松堂集》。稱：「古人之文，其文多成於未有題目之先。太史公足跡徧天下，所歷名山巨川，通都大邑，與夫人民風俗之怪奇紛賾，已成一部《史記》於胸中，故其一百三十篇五十二萬六千五百字，其中上下數千年，三代之禮樂，劉、項之戰爭，王侯將相之富貴功名，諸子百家技藝術數之可傳而可誦者，不過借爲文中照應引證之故事而已，豈至此而後有《史記》耶？文可借題，題中不必有文。而世人方取題揣摩擬議，以求附於古之作者，亦已過矣。」按：此即馬存之説。此則發明古人必有得於文章之外，始克見長於文字之中，爲一説也。按：廖氏此説可云得史公絃外音，而與曾文正寓言意合，第其論借題之意尚當以劉融齋之説析之，《游藝約言》曰：「消多爲少，衍少爲多，馭題作文皆有之。」又曰：「化一題爲數題，則有息法；化數題爲一題，則有消法。《易》曰：『消息盈虛，與時偕行。』善爲文者以之。」又曰：「如題之法有約題，有展題，不然，謂之死於題下。行文之法有約文，有展文，不然，謂之死於文下。」又曰：「身在甕外方能運甕，身在衣内方能勝衣。斯意也，在文則一馭題，一稱題也。」故廖氏借題之説，宜知其有息借，有消借，有約借，有展借，有時軼出題外，有時範之題中。故寥氏之説須證以劉氏此種平正不頗之談，方得行文與相題之要旨。廖氏又《與澹歸和尚書》曰：「燕近作古文則又在患難後，病後，貧無立錐後。此三者，固文章之候也。」又曰：「古今文章皆歎聲耳，無論悲喜也。」又《與陳崑圃書》曰：「人事至摧殘消磨之後覺得又進一境界，悟詣深不深未可知，而躁氣則斂退多矣。按：《景船齋雜記》有沈幼真《慰董玄宰書》云：「憶三十年前，僕與長洲相公同在館下，戲言我衙中人物，須如白香山、蘇黄州不諳世故，小小磨折，乃是洗發文章，刻厲風骨，如竹貫霜方有凛氣。若一生只在鳳凰池頭，拖金鳴玉，忙忙汲汲，便登樞事，恐終帶幾分俗氣。」又曰：「豪傑胸中苞具天壤，人之品局自有本色，世上亦烏能陶鑄我也？」沈氏此旨與廖説用意甚合。嘗思後世文字除八大家外，别有妙理，被我一眼覷破，遂覺下筆不讓古人。大抵其間甘苦，祇爭用筆與用墨法耳。生平所作多以自娱，故纔一動筆便自圈點滿紙。」又《答謝小謝書》曰：「昔者亦常有學矣，於古人書無所不讀，然皆古人之糟粕。無所從入，退而返之，於心而有疑焉，意者其别有學乎？然後取無字書而讀之。無字書者，天地萬物是也，古人常取之不盡，而尚留於天地間，日在目前而人不知讀，燕獨知讀之，終身不厭。按：取無字書而讀之之説有可證者，龔定庵治《公羊春秋》有向無字處求之法，劉融齋亦有此言，彭躬庵讀史亦有向無字處發議論之言，此皆讀書最高境。至作文而求之無字處者，金聖歎亦有此説，廖氏集中有金氏傳以表章其人，此語當得之金氏者，而蒲氏《聊齋文集》復發之，其《與諸弟姪》曰：「文士作文，意乘間則巧，筆翻空則奇，局逆振則險，詞旁搜曲引則暢。古今名作如林，斷無攻堅摭實，硬鋪直寫而其文得佳者。故一題到手，必相其神理所起止，由實字勘到虚字，更由有字句處勘到無字句處。既入其中，復周索之上下四旁焉，而題無餘藴矣。及其取於心而注於手也，務於他人所數十百言未盡者，予以數言了之。及其幅窮墨止，反覺有數十百言在其筆下，又於他人所數言可了者，予更以數十百言排蕩摇曳而出之。及其幅窮墨止，反覺紙上不多一字。如是何慮不理明詞達，氣足神完也哉！此所謂避實擊虚法也。」蒲氏此説雖是爲時文説法，然其精處與作古文法合。惲子居與人論作《戴文端神道碑》用前實後虚法，於排比叙事後更提筆作數十百曲，盤空擣虚以極震蕩之力，即蒲氏「以數十百言排蕩摇曳而出」之旨也，故取之。其後窮困益甚，涉世愈深，所讀愈多，雖仇家怨友皆爲吾師，而靡不取益焉，然後知學之在是也。此豈學文而然歟，抑學道也。」廖氏此説皆由文外吾人一身之處境得之，其注意在文中之人與文人一身四圍所經言之，闡發有在有形者，有在無形者也。龔氏述姚鏡堂語亦論及用筆墨法。

又王崑繩論文謂：「陰陽變化，四時行，百物生，文之本也。聖人畫卦造文字，蓋假借以發其藴，而文章實不在此。作者不能仰觀俯察於日月寒暑、山川草木鳥獸以及聖人之禮樂政事、歷代人事之變遷與一身之視聽言動求之，而區區求之字句之間，亦末矣。」李穆堂於此乃先求格物，其説曰：「爲文須實有格物工夫。凡事見得明，然後説得出耳。文莫奇於子長，試讀其書，人情物理細入無間，故能窮奇盡變乃爾。若體驗不精而欲求肖物，烏可得哉！」惲子居於此先則「求之馬、鄭去其執，求之程、朱去其偏，求之屈、宋去其浮，求之馬、班去其肆，求之大乘去其罔，求之菌芝步引去其誣，更求之於大人先生而去其飾，求之農圃市井而去其陋，求之於恢奇弔詭之技力而去其詐悍，淘汰之，播揚之，摩揣之，釁沐之，得於一是而止」。包慎伯所以有究事物之情狀及所謂「明允、永叔用力於推究世事，子瞻尤爲達者」之言。《文學研究法》所謂「文章名家必先通曉世事」，皆是也。《黄氏日鈔》曰：「東坡之文尤長於指陳世事，述叙民生疾苦。方其年少氣鋭，尚欲泛掃宿弊，更張百度，有賈太傅流涕漢廷之風。及既懲創王氏，一意忠厚，思與天下休息。其言切中民隱，發越懇到，使巖廊崇高之地如親見閭閻哀痛之情，有不能不惻然感動者，真可垂訓萬世矣！嗚乎休哉！」黄氏此言真可謂能道東坡文中之所資者矣，攻文者斷宜曉此。凡此諸説，則又於無形之性情，有形之學術人事，凡在表著於日用，云爲人情物態，皆以主之，其旨尤博矣。

更推廣他種經久專一之事類言之，如鍾太傅學書，每見萬象皆畫象之。韓退之稱張旭書變動猶鬼神，不可端倪，天地事物之變，可喜可愕，一寓於書。劉晏精理財術，如見地上皆錢流。皆經久專一之驗也。故賀貽孫《與艾千子論文》謂：「文章貴妙悟，而能悟者必於古人文集之外别有自得。」雷翠庭序朱梅崖文謂：「其不爲炳炳烺烺以動人視聽，其變化離奇皆以淳古沖淡出之，其所自得蓋在文字之外，知梅崖者毋涉乎淺而不玩其深。」按：《漁隱叢話》引吕居仁《與曾吉甫論詩第一帖》云：「詩之次第，此道不講久矣，如本中何足以知之。或勵精潛思，不便下筆，或遇事因感，時時舉揚，工夫一也。古之作者正如是耳。《楚詞》、杜、黄，須偏考精取，悉爲吾用，則姿態横生，不窘一律矣。如東坡、太白詩雖規摹廣大，學者難依，然讀之使人敢道，澡雪滯思，無窮苦艱難之狀，亦一助也。要之，此事須令有所悟入，則自然度越諸子。悟入之理正在工夫勤惰間耳。如長史見公孫大娘舞劍頓悟筆法，如張者專意此事，未嘗少忘胸中，故能遇事有得，遂造神妙，使他人觀舞劍有何干涉。非獨作文書字而然也。」據此説，知悟文境於象外，其先自有一段未嘗少忘工夫，故能隨機湊泊。凡觀前人此種文外悟境，皆須曉此必有事焉一重關頭。而嚴滄浪之言悟，又有全體之悟與分限之悟，此亦看其人之工夫如何，待觸而見。至於《詩眼》論悟境，又有由一處生悟乃通他妙之説，則與嚴同旨者。《漁隱叢話》引《詩眼》曰：「識文章者當如禪家有悟門。夫法門百千差別，要須自有轉語悟入。如古人文章，直須先悟得一處，乃可通其他妙處。向因讀子厚《晨詣超師院讀禪經》詩，一段至誠潔清之意參然在前。『真源了無取』四句，真妄以盡佛理，言行以盡薰修，此外亦無詞矣。『道人庭宇靜，苔色連深竹』，蓋遠過『竹徑通幽處，禪房花木深』。『日出霧露餘，青松如膏沐。』予家舊有大松，偶見露洗而霧披，真如洗沐未乾，染以翠色，然後知此語能傳造物之妙。『澹然離言説，悟悦心自足。』蓋言因指而見月，遺經而得道，於是終焉。其本末立意遣詞，可謂曲盡其妙者也。」此兩家之言悟境，吕氏以言悟之工夫，《詩眼》則言悟之次第。雖以論詩，施之於文一也。曾燦序龔琅霞詩謂：「古人攻一經者必通他經之理，擅一藝者必明衆藝之情。」皆發明本術外須別有所資以聯絡之理也。案：由衆藝以專明一藝，其説最確。以畫家言之，毛稚黄爲《戴文進傳》稱其先本鍛工，乃進而學畫，名高一時。張山來稱仇十洲其初爲漆工，爲人彩繪棟宇，後從而業畫，工人物樓閣。吴梅村稱張南垣由畫象而兼通疊山石，因以名於時。以書家言之，《景船齋雜記》稱董玄宰曾書《古詩十九首》，自鍾、王至蘇、米，各擬之爲十九種。皆由此藝以通於彼藝，或由彼家以通知此家得聯絡之關係，故前人多詩文兼通者，即是理也。至通羣經而通一經，則洪氏《通經表》中具列之，而萬充宗以下諸人持此説者衆矣，皆可證也。沈作喆《寓簡》稱：「王介甫刻意於文而不肯以文名，究心於詩而不肯以詩名。蘇眉山雖不求名，隱然如玉三尺，自然不可掩。」《藝概》謂：「太史公文，如張長史於歌舞戰鬭悉取其意與法以爲草書，其秘要在於無我而以萬物爲我。」方望溪謂：「陶潛、李白、杜甫皆不欲以詩人自處，故詩莫盛焉。」案：此旨全謝山曾證明之，其《甬甎集序》曰：「陳授衣每言學人不入詩派，詩人不入學派，杭堇浦亦力主之。余獨謂是言爲宋人發也而殊不然。張芸叟學出横渠，晁景迂學出涑水，汪青谿、謝無逸學出滎陽吕侍講，而山谷之學出於孫莘老，心折於范醇夫，此詩人而入學派者也。楊尹之門而有吕紫微之詩，胡文定公之門而有曾茶山之詩，湍石之門而有尤遂初之詩，清節先生之門而有楊誠齋之詩，此學人而入詩派者也。章澗泉之師爲清江，粟齋之師爲東萊，西麓之師爲慈湖，詩派之兼學派者也。放翁、千巖得之茶山，永嘉四靈得之葉水心，學派之中但分其詩派者也。安得以後世之詩歧而二之，遂使《三百篇》之教自外於儒林乎？」全氏之説蓋又從淵源中見詩文與學之不能相離，不徒大家之自處如是也。全氏之友王瞿爲《杭大宗文集序》已力言之矣，詳見卷八。至梅伯言則稱：「漁洋、愚山不爲考證學，而爲學如百詩、定宇、義門，詩又非所好，兼之者惟亭林、竹垞。」因謂：「詩人不可無學，而其爲詩又必置心於空遠浩蕩之途，如是則學可助吾詩而不爲累。」其序何子真詩則又分專於詩者之詩，有學人不專於詩者之詩，可與全説互發也。韓愈、歐陽修不欲以文士自處，故文莫盛焉。」曾文正謂：「古之善爲詩古文辭者，其工夫皆在詩古文之外。若尋行數墨，求索愈迫，去之愈遠。」張文襄謂：「須人有餘於詩文者始佳，詩文餘於人者必不佳。」夫爲詩文而不自居者，即東坡論書「胸中有天來大字，世間極大字不能過」之説也。求詩文而求乎其外，即東坡「從門入者不高」之説也，於是則有餘於詩文矣。劉熙載《游藝約言》曰：「文，心學也。心當有餘於文，必不可使文餘於心。」又曰：「東坡文以透漏勝，半山文以皺瘦勝，其皆師於石者耶。」此皆餘於文求於物之説也。蘇叔黨爲葉少藴言東坡先生初欲作《志林》百篇，才就十二篇，而先生病，邵博因此惜先生胸中尚有偉論也。包世臣《書述學六卷後》云：「述學者，容甫弱冠後即録以備遺忘之類書，自於首册題曰《述學一百卷》，已成者才十數卷耳。」此可證汪容甫之所述作亦十未成就其一也，可證葉氏之言不謬。昌黎稱杜少陵曰：「流落人間者，泰山一豪芒。」而蘇氏亦曰：「此老詩外大有事在。」曾文正因此謂：「杜氏文字之蘊於胸而未發者，殆十倍於世之所傳。而器識之深遠可敬慕，又十倍於文字也。」全謝山論李習之：「有體有用，具見於《復性》、《平賦》二篇，故常嗤文中子似太公家教。吾知習之所得未可以尋常窺，退之文字之交徧天下，解《論語》、《孟子》者祇習之一人。歐公於唐人並稱韓、李，其慕習之尚在退之之上。」按：謝、曾二說有可引申之者，如明季諸遺民，其人之可敬慕，悟於其詩文是也。全謝山《董高士集序》稱：「吾鄉故國遺民大率皆有内、外二集，其内集則秘不以示人者也。轉盼百年，銷磨魚鼠，雖外集十九不傳，況内集乎？」又《杲堂詩文續鈔序》云：「謝臯羽之卒也，自其《晞髪集》、《游録》而外，皆以殉葬，故不存。鄭所南沉《心史》於井底，三百年而始出。殘明甬上諸遺民述作極盛，然其所流布於世者，或轉非其得意之作，故多有内集。其内之云者，蓋有殉之埋之之志而弗敢洩。百年來，日以摧剥，如董次公、王無界、林荔堂、毛象來、高隱學、宗正庵、徐霜臯、范香谷、陸披雲、董曉山，其秘鈔甚多，然半歸烏有。」又《黄南雷大全集序》云：「先生之文，其深藏不出者蓋以有待，不可聽其湮没也。」據此三說觀之，知自秘内集諸人均以避本朝忌諱不肯出，其人又皆貞心苦節之士，其忠義耿耿可敬慕尚在其文之外。即以文論，其深心注念之作反不得出以流傳，是已發者猶不得見，乃故意使之滅没，其懷抱豈復人世所有乎？至其分别内集之意，又别爲一義，可與卷二十參觀也。王應奎謂：「曹諤廷一士嘗與余論古文，言及歸太僕，因述其鄉焦孝廉廣期袁熹之言，謂太僕集外尚有無數好文章，恨未見耳。余訝而問之，諤廷笑云：焦先生之意，蓋謂太僕惜以下壽卒，假使再延數年給事館閣，應更有高文典册垂於後世。所云『作唐一經，垂漢二史』者，必不付之空言也。然則謂太僕集外尚有無數文章，豈爲過哉？」《柳南隨筆》。毛西河自言「爲文每日可以一萬字，爲詩每日可一千句」，陳其年言「腹中尚具駢體文千餘篇，恨手不及寫耳」。諸家之論並非侈然欺人之談，蓋學成後自然之境候也。然則文家未作文之前，其得力之術業多在文字之外。及既作文之後，其能事並不盡於文字之中，而邵之稱蘇，蘇之稱杜，全之稱李，焦之稱歸，並毛、陳之自許，舉可知矣。蘇子由謂：「古之君子不用於世，必寄於物以自遣。」惲子居常引其言以自任於文事。張廉卿謂：「深於文者，其能事既足以自娛嬉。及其所詣益邃以博，乃與知乎聖人之道而達乎天地萬物之原，獨居謳吟一室之中而傲然睥睨乎塵壒之外，天下孰有能易之者？」由蘇氏之言可知文字爲豪賢尾閭之所託以自洩，由張氏之言可知文字爲儒者性情高尚之所寄。是故由其文可以想見其人之器識，由其已作之文並可想見其未作之文，由其文之深而亦可使其人與之俱深也，其義旨不但廣博而且深峻矣。即如十九世紀中歐洲之文豪，其最爲人所崇尚者一法之囂俄，以文人而兼爲會黨，一英之擺倫，以文人而兼武俠。其有所兼者，即其能得於文外者也。梅伯言表張翰風墓稱其「以循吏兼文人，乃真文人」。又表劉蕉雲墓謂「文章傳述之事，得其深者亦足以澹外慕而自足」。可與諸說互證。焦氏所恃不徒在言之說，不益可信哉！而彭尺木、惲子居所以病震川、遵巖者，其意亦可知矣。今人《靜庵文集》謂「大詩人無所欲兼政治家而無獨立之價值」，其說與此章所論異。謂真正之美術家無慊於政治家，其義要可假以保存純粹國學於今日，不第有關於文學之廢興也。又文人有資於文章之外而反劣者，王氏《藝苑卮言》曰：「大抵世之於文章有挾貴而名者，有挾科第而名者，有挾他技如書畫之類而名者，有中於一時之好而名者，有依附先達假吹噓之力而名者，有務爲大言樹門户而名者，有廣引朋輩互相標榜而名者。要之，非可久可大之道也。邇來駔儈賈胡以金帛而買名，淺夫狂豎至用詈罵謗訕欲以脅士大夫而取名。唉，可恨哉！」王氏此種指斥，於當時人必有所指，今雖不可悉考，要其人皆已灰滅，且其所斥與今之政客極相似，可恨亦復可笑也，愈以堅吾人樹立之志與自命不世之期矣。

或謂：東漢今古文之學盛而文衰，西晉老莊玄學盛而文亦衰，南宋義理學盛而文亦衰，國朝乾嘉時考據學盛而文亦衰。其他明洪武中，貢舉學校教學分科之法最備，見於《顔習齋年譜》，全謝山《明初貢舉學校事宜記》者，其普通完密與今日學堂之法無異，何以明初未見多産文家，而今日文章之衰爲歷朝所未有乎？是學問無與於文事也。余謂是當分别觀之。所謂經學、玄學、理學，其原本與文學有質文之别，故偏於彼自不能工於此。且一則爲質，一則爲靈；一則爲道，一則爲器；一則爲天事，一則爲人事也。在傑出者能合之，下此者必分之也，況一時安有許多傑出之人乎？且所謂東漢、西晉、南宋及本朝中葉諸學，乃風氣也，從古古文大家乃超然風氣外者，此梅伯言《送陳作甫序》謂文章家未有不豪傑而能成大文者也。昌黎諸君子所爲不可及也，即此旨也。若洪武學制及今日學堂之制，則皆學科之普通切近者，亦風氣也，其事乃代科舉而起。科舉考文且去文愈遠，況乎學堂！其域於此而不能工文，固也。學與文通乃在向上之學問一層，域於淺近者不能益文也。故學與文最有關者專屬閎通博洽之儒與高狷雅篤之士，所謂有得於文外之學與性者此也。此固當分别言之也。

劉融齋論詩文與書，嘗以詩、文、書三者必須别湧現高尚之境界於詩、文、書之外，方愈詣高妙。《游藝約言》云：「太白詩、東坡文，俱有空山無人、水流花開之意。」又曰：「東坡詩，字字華嚴法界，一謂清涼界，坡所謂『讀我壁間詩，清涼洗煩煎』是也。余因是廣之曰：列子文，字字現華胥界，陶淵明詩，字字現桃源界；懷素書，筆筆現清涼世文。」又曰：「界中要有丘壑，有路徑。路徑在通處見，丘壑在別處見。」此諸説又於詩文中幻出別種境界，與求詩文於別種境界中者用意有別。此又超乎論文家取喻於各種事物及機體之説矣。

又有詁文章之廣義推拓於言語詞章之外者，朱氏荃宰《文通》引顧況曰：「《周語》之略曰：孝、敬、忠、信、仁、義、智、勇、教、惠、讓，皆文也。天有六氣，地有五行，此十一者，經緯天地，叶和神人，名之爲文，其實行也。文顧行，行顧文，文行相顧，謂之君子之文。夫以伏羲之文造書契，黄帝之文垂衣裳，重華之文除四凶，舉八元，周公之文布法於象，魏夫子之文木鐸徇路，此其所以理文也。伊尹之文放太甲，霍光之文廢昌邑，吕尚之文殺華士，穰苴之文斬莊賈，毛遂之文定楚從，藺相如之文奪趙璧，西門豹之文引漳水，沉女巫。建安、正始，洛下、鄴中，吟詠風月，此其所以亂文也。夫以文求士，十致八九，理亂由之，君臣則之。堯舜禹湯有文，桀紂幽厲無文。太顛閎夭有文，飛廉惡來無文。昔去病辭第曰：『匈奴未滅，無以家爲。』於國如此，不得謂之無文。錢謝山《跋吳鍾巒歲寒集》曰：「其序首有云：國有以一人存者，其人亡而國不可亡。故商亡而《易暴》之歌不亡，則商不亡。漢亡而《出師》之表不亡，則漢不亡。宋亡而《正氣》、《丹心》之什不亡，則宋不亡。愛國之文可貴如此。故霍將軍能爲愛國之語，即可謂之有文也。」范蔚宗著《後漢書》，其妻不勝珠翠，其母惟薪樵一厨，於家如此，不得謂之有文。且夫日月麗於天，草木麗於地，風雅亦麗於人，是故不可廢。廢文則廢天，莫可法也。廢文則廢地，莫可理也。廢文則廢人，莫可象也。『郁郁乎文哉！』法天理地象人者也。」顧氏此論闡發條理之文，其旨富矣。真西山謂：「聖人盛德蘊於中而光輝發於外，堯之文思，舜之文明，孔子稱堯曰：『焕乎其有文章。』子貢曰：『夫子之文章。』皆此之謂也。至於二字之義，則五色錯而成文，黑白合而成章。文者，燦然有文之謂。章者，蔚然有章之謂。章猶條也，六經、《論語》之言文字皆取其自然形見者，後世始以筆墨著述爲文，與聖賢所謂文者異。」許魯齋謂：「二程朱子不説作文，但説明德新民。明明德是學問大節目，此處明得，三綱五常九法立，君臣父子井井有條，此文之大者。細而至於衣服、飲食、起居、灑掃、應對，亦皆當於文理。」又曰：「凡事排得著次第，大而君臣父子，小而鹽米細事，總謂之文。以其宜合，又謂之義。以其可以日用常行，又謂之道。文也，道也，義也，祇是一般。」宋景濂曰：「天地之間，萬物有條理而弗紊者莫非文，而三綱九法尤爲文之著者，何也？君臣父子之倫，禮樂刑政之施，大而開物成務，小而淑身繕性，本末之相涵，終始之交貫，皆文之章章者也。所以唐虞之時，其文寓於欽天勤民，明物察倫之具。三代之際，其文見於子丑寅之異建，貢助徹之殊賦，載之於籍，行之於世，其本末既備，而節文森然可觀。傳有之，『三代無文人，六經無文法。』無文人者，動作威儀，人皆成文。無文法者，物理即文，而非法之可拘也。秦漢以下則大異於斯，求文於竹帛之間而文之功用隱矣。」按：梅伯言《沈西雍十經齋文集序》

曰：「先生邃經而工文，異乎樸學之士。然漢世治經者莫如賈、董、劉、揚，而文皆非後人所及，故班書無《文苑》獨有《儒林》，范書始歧而二之，沿爲史例。此非獨史失世之文士，亦羣囿而不能自拔也。吾讀范書而有感於文章質文升降之變也。」此説與陳恭甫《與陳石士及友人論文書》同旨，亦可與宋説互發也。三家之論本道學家之持義，真氏、宋氏比較古今詁文之異，而爲由廣塗以入隘徑者抉其原以回瀾之意，觀之可融合而愈以弘文之基址。許氏則義古而意狹，有不屑後世爲文之意，然其反文入質之卓懷未可廢也。黄梨洲曰：「古今來不必文人始有至文，凡九流百家以其所明者沛然隨地湧出便是至文。故子美而談劍器必不能如公孫之波瀾，柳州而叙宮室必不能如梓人之曲盡，此豈可强者哉！所謂文者，未有不寫其心之所明者也。心苟未明，劬勞憔悴於章句之間不過枝葉耳，無所附之而生。」按：此亦先有質而後有文之理，用意在文之所自出，必先有是學而後有是文，所謂「道勝者文不難而自至」也。此《文學研究法》所以謂「古以治化爲文，今以詞章爲文，關於世運之升降也」。殆亦求文章妙處於語言詞章之外之由矣。

評論家之總術

沈文慤序《王侍御詩文集》曰：「予觀朱子序《王梅溪集》，大意謂人秉陽剛之氣者君子也，秉陰柔之氣者小人也。惟陽剛故光明正大，如青天白日；惟陰柔故依阿淟涊，如鬼蜮狐蠱。其人發而爲文，亦無弗肖。朱子此論本因論人以論文，故用意有軒輊。然實以陰陽剛柔之説論文者所託始。姚姬傳《與魯絜非書》始縷舉陽剛陰柔之象以論文，其旨細案之皆可證合羣論。姚氏此論出，而論文家之以唐代前後長短、華質、深曠言者，以秦前後骨與氣言者，以昌黎前後奇偶、繁簡、有韻無韻言者，皆可廢。」黎庶昌曰：「《禮記·鄉飲酒義》『天地嚴凝之氣』一節，其議論精卓。姚氏論文分陰陽剛柔實由此悟出。」蓋未見朱子與沈氏之説也。曾文正遂本之以析各家之文，謂：「文之陽剛者約得四家：曰莊子、揚雄、韓愈、柳宗元。姚子展謂古今文章得陽剛之氣者，自孟子以來，在唐爲退之，在宋爲子瞻，在明則希直、伯安及冰叔。其義較文正所舉爲廣。陰柔者約得四家：曰司馬遷、劉向、歐陽修、曾鞏。韓無陰柔之美，歐無陽剛之美也。」曾氏又謂「柔和淵懿之中必有堅勁之質，雄直之氣運乎其中，乃有以自立」，謂「廉卿氣體近柔，宜熟讀韓、楊文，參之兩漢古賦以救其短」，此調劑兩者而用之之説也。《答劉生書》謂：「文章莫要於雅健。欲爲健而厲之已甚，則或近俗。求免於俗而務爲自然，又或弱而不能振。欲措焉而各得所安則最難。」是調劑者，二者之交，非治之久固無由自得也。以之析各體之宜，謂：「陽剛者氣勢浩瀚，陰柔者味韻深美。浩瀚者噴薄而出之，深美者吞吐而出之。就所分十一類言之，論著類、詞賦類宜噴薄，序跋類宜吞吐，奏議類、哀祭類宜噴薄，詔令類、書牘類宜吞吐，傳志類、叙記類宜噴薄，典志類、雜記類宜吞吐。其一類中微有區别者，如哀祭類雖宜噴薄，而祭郊社祖宗則宜吞吐。詔令類雖宜吞吐，而檄文則宜噴薄。書牘類雖宜吞吐，而論事則宜噴薄。皆可以是意推之也。」以之叙各品之妙，謂：「嘗慕古人文境之美者有八字訣，而陽剛之美莫要於雄直怪麗，陰柔之美莫要於茹遠潔適。此談藝總要之術，百世不易之道也。」《四庫提要》稱馮班論文皆究古法。《文學研究法》列古人論文要言於要目，謂「如彥和之書，凡散見子史集部者須蒐萃集編爲講義」，然則薈萃古法以言文，本談藝定旨矣。是書蓋竊取之。惟潘諮稱元明人於文法漸漶，故此書自古法外多有取於近人之言。

以陰陽兩端區分唐宋諸家者，又有劉次白之說，與曾說略異，其言曰：「韓得陰陽之沖和，歐得陰之美，柳、曾、王各分陰陽，陰而不失之懦，陽而不失之燥。」又以近代諸家：「靈臯陰陽兼備，近韓。震川在靈臯前，自馬遷而得乎陰之美，法鏡野匹震川，亦得乎陰之美，海峰毗陽而不免流於燥。姬傳得陰之分多而渾化乎歐。」亦異説之可參證者也。至由陰陽二氣而析之又有四象之説，吳摯甫《記古文四象後》曰：「自吾鄉姚姬傳氏以陰陽論文，至公而言益奇，剖析益精，於是有四象之說。又於四類之中各析爲二類，則由四而八焉。四象各析爲二類者，曾文正之孫兵備廣鈞曾以文正原稿見示，其書以《詩經》自爲一卷列所選各篇前，以興觀羣怨分析之，後以義理、氣勢、情韻、氣味分析之。其每類文中均記入選之數目。氣勢有噴薄之勢、跌宕之勢。識度以《易》、《書》、《孟》、《史》、歐、曾爲宗，有閎括之度、含蓄之度。情韻有悽惻之韻、沈雄之韻。趣味有□□之味、□□之味。此書原鈔大略如此。吳摯甫印行之本乃函索此書時曾氏開示文目與之，即據印行。然此本有文正手評及圈點者，究較吳印爲完備也。蓋文之變不可窮也，如是至乃聚二千年之作一一稱量而審定之，以爲某篇屬太陽，某篇屬少陰。此則前古所無，真天下瓌偉大觀也。」案：自曾氏以前，魏叔子亦頗有此種分析，其《論世堂文集序》曰：「聖人不作，六經之文絕，然其氣未常絕也。聖人之氣如天之四時，分之而爲十有二月，又分之而爲二十有四氣，得其一氣則莫不可以生物。六經以下爲周諸子，爲秦漢，爲唐宋大家之文。苟非甚背於道，則其氣莫不載之以傳。《書》、

《詩》、《易》、《禮》、《春秋》之氣，得其一皆足以自名。梅崖之宗人雝序其文曰：「文章以來，左氏以博，司馬氏以奇，韓氏以易良，歐陽氏以詳緩。學者從其性之所近，有一得焉而已名。先生則兼左、馬、韓、歐氏之美以自爲梅崖氏之文也。」而世之言氣則惟以浩瀚蓬勃，出而不窮，動而不止者當之。如是而蘇軾氏乃以氣特聞。」據此，則分文氣爲四，又爲十二，魏氏早有此論，不始於文正也。李小湖以剛柔分列朝之文，見卷十四《總術篇二》。

評論家之佻細而未可訓者，如林雲銘《古文選本》評左氏《杞子自鄭使告於秦》篇，篇内「吾見師之出」二句，林批云：「當作哭聲讀。」「爾何知」三句：「當作罵聲讀。」「必死是間」二句批云：「當作哀慘聲讀。」異哉！讀書讀文自有正聲，何至竟作口技一班人！假如讀優施教驪姬夜半而泣將作妖婦昵昵聲，讀渾良夫昆吾歌將作冤鬼嗚嗚聲讀，必不然矣。見歐陽省堂《點勘記》。又趙青藜《與友論文書》稱：「讀文有緩急法，不緩則無以盡其底藴，不急則無以妙其流行。而急讀須高聲以振作其氣勢，雖剌剌至終篇可也。緩讀須低詠以含咀其趣味，雖默默至無聲可也。緩急間作高低隨之，務使前人心手與我爲一，執筆時自然獲益。」此可爲法。近日有迻譯之《中等作文教科書》，其《文章典》中有所謂解剖之觀察眼、湊合之觀察眼以表文章之結構，又有所謂理之文章、氣之文章、情的文章、辭的文章以類别文章之性質，又謂用意不完全之文謂之狂的文章，修詞不完全之文謂之野人之文章。其分别文之章法有所謂空中一拳者，有所謂單刀直入者，有所謂死中求活者，有所謂百尺竿頭進一步者。此在時文中猶爲陋習，況在古文。如此非但評論家之陋習，亦讀文與儗事物以授徒者所宜避者矣。

評論家有連圈、單點之分別。有連圈而不爲勝境者，吳氏《古文緒論》稱《古文辭類纂》：「其啓發後人全在圈點。有連圈多而題下只一圈兩圈者，有全無連圈而題下乃三圈者，正須從此領其妙處。末學不解此旨，好貪連圈，而不知文品之高乃在通篇之古淡而不必有可圈之句。知此則於文思過半矣。」有單點而文郤好者，吳氏又曰：「作文遇好題目自易動人。然此乃偶然湊手，非己所能主張。惟有相題行文，還他質而不俚，是能自主者，亦不必刻意求奇，往往通篇只可單點，郤是好文章，便可入集。若無可寄慨而必要感慨，無可援引而必要援引，反支離矣。」陳增云：「只可單點郤是好文章，讀姚惜抱文能知之。」故吳氏又稱歸震川直接八家，姚惜抱謂其「於不要緊之題說不要緊之話，却自風韻疏淡，是於太史公深有會處，不可不知此旨。王愓甫《翰林賦得詩鈔序》曰：「子删詩不必皆精，何也？曰：此論文之術也。文章者，本情而發，各視其中之所存。雖其工拙之故萬有不齊，要其能者有時不工而無害也，其不能者有時雖工而罔貴也。譬諸班、馬、韓、歐，文之極詣，然使讀《史》者但讀其《封禪》、《平準》諸書，未有能爲子長氏之文者也。讀班者但讀其《地理志》、《禮樂志》，未有能爲孟堅氏之文者也。讀韓者而但求之《平淮西碑》、《張中丞傳後序》，遂能爲韓乎？讀歐者而但求之《范公神道碑》、《外制集序》，遂能爲歐乎？今夫人揖讓進趨，折旋俯仰，儀之盛者也，而精神意氣之微則常自露於其所忽。文也亦然，必觀其不必用意者，而後用意者可得而識，可得而學也。且迹履之所出而豈履乎！」案：王氏此說即白香山鑱迹弦聲之喻，所謂先觀其鍼線迹也，與此不要緊之說同旨。蓋選家採文本有取極平淡簡樸而清古可味者之例，故望溪選《欽定四書文》有「文非極致而章妥句適、脉理清者亦間存之」，亦此旨也。如張鱸江所賞諸篇，不過歐、曾勝處而已。有寥寥短章而逼真《史記》者，乃其最高淡之處也」。此亦取衹可單點之文之説也。按：此專取質而不俚之説，宜取《詩人玉屑》引《詩眼》之説解其意義，《詩眼》云：「老杜詩，凡一篇皆工拙相半。古人文章類如此。皆拙固無取，使其皆工則峭急無古氣，如李賀之流是也。然後世學者當先學其工，精神氣骨皆在於此。今人學詩多得老杜平漫處，乃鄰女效顰耳。」繹此可悟文家取單點之故也。余蓋經幾歷而始知之者也。此説與文之總以質者互見，學者須參究之。

姚氏《類纂》，吴摯甫《答李贊臣書》於姚選主吴刻而陋康刻，謂：「康本爲未定之書，吴本乃晚年定本。」管異之、梅伯言皆校刊此本。梅伯氏《梘山房詩集》中有《康刻是書成呈石士志喜》之作。近日浦氏石印縮本序又謂康刻勝於各家刻本，故王氏《續纂》本體例一仍康刻原式，而浦氏縮印即祖康本也。考此書康刻在吴刻前，康刻有勾抹圈點，吴刻去之，以爲姚氏所命也。惟王氏跋重刊康本則謂：「學者往往由此窺尋前賢微意所在，未始非文字之一助。」故康刻尤爲世推尚。然則欲用吴仲倫説以讀姚選，則萬不可不用康本也。吴刻雖爲姚氏所命，非所亟矣。吾觀康刻此本之外，同時又刻有張臯文《七十家賦鈔》，其勾抹圈點即與姚刻一例，故世人羣以姚選及張氏《賦鈔》與李申耆《駢體文鈔》稱爲近世選家古雅有法之本，梅氏《古文詞略》、曾氏《經史百家雜鈔》遂皆依此爲之，讀選本者均不可不知也。趙青藜《漱芳居文鈔二集》有《與友論文書》，其論課功之法須分讀本、看本，謂：「讀不必多，多則泛；看不可少，少則孤。第孤猶有一隅之守，泛且無一字之獲。」因戒人不可釘讀本。此説雖主時文言之，亦殊有理。

王芑孫《自書時文讀本後》則不主讀選本而讀專集，曰：「予於文無所不好，獨不好選本。自晚宋以來至於今之作，涉獵幾徧，必求得專集而觀之。求專集而觀之者，謂可見作者之聲音笑貌而得其精神意氣已爾。」按：此説亦攻文家不可不知之義。故包慎伯於惕甫之後而有最不取明以來選本之説，而張文襄《輶軒語》亦主多讀專集。其在詩家又有主讀選本者，《冷廬雜識》曰：「海鹽朱笠亭大令炎評沈歸愚《唐詩別裁集》爲直抉作者心原，弁言一則尤足爲後學指迷，云是集嚴於持擇，辨格最正，一切旁門外道芟除殆盡。以之導後學，是爲雅宗，入手須辨雅俗。近今有兩種格體：一爲考試起見，讀試帖，如翦彩刻繒，全無生氣。一爲應酬起見，翻類書，用故事，如記里點鬼，絶少性情。此固畢劫不知詩也。又或取法於古，各立門仞，亦有兩體：其從《瀛奎律髓》入手者，多學山谷江西一派，或失之俚；從二馮所批《才調集》入手者，多學晚唐纖麗一派，或失之浮。是皆不能無偏。且《律髓》只載律詩，《才調集》第及中晚，亦頗未備。又若阮亭《三昧集》立論太高，《十種唐詩》散入各集，未易尋其塗徑。故惟歸愚先生此書最便拾誦。此書外更取阮亭《古詩選》玩習，則五七言詩已得其大凡。再以《十種唐詩》參看，近體亦略賅備。然後於《文選》、《樂府》採擷菁華，於宋元名人詩集博其機趣，揮霍萬象，惟我所欲矣。」案：此主讀各選本，再求之專集，其次第較然可守。惟今體當以姚惜抱《今體詩鈔》爲善本，湘中已與阮亭《古詩選》合刻之。絶句則阮亭《唐人萬首絶句選》亦可用也。

近日章實齋之書，學者無不讀其《文史通義·文理篇》力詆震川五色評本《史記》，其言自是緣惡時文陋習而發，亦如談氏《棗林雜俎》稱李空同盡去陶集評注爲允，而惡萬曆末年吴興凌氏、閔氏專刻硃批之習也。且其所云歸氏標識「若者爲全篇結構」、「若者爲逐段精彩」、「若者爲意度波瀾」、「若者爲精神氣魄」，「以例分類，便於拳服揣摩」，此決非今武昌張氏所刻之歸、方評點《史記》。其云「以例分類」，似是坊行之歸氏《文章指南》，故章氏惡之如此。蓋此類頗多依託變更，無怪其云「開後人描摹淺陋之習」也。且章氏《丙辰劄記》甚推此類之書，其稱陳騤《文則》「論文皆推本經傳，篇章字句甚有發明。學者不必拘其成説，但師仿其意而徧觀乎九經三史，以己意推而例之，自能神明變化，得其精要」。是章氏於文家啓鑰之書未嘗不亟亟教人用之也。況姚氏、曾氏諸名家選本尤非坊行書比，章氏之見未可執著，而當參互觀之者也。《復堂日記》斤斤持章説而以讀評點書爲戒，泥於駢散合一之旨而失前賢津逮之心矣。

評定文藝之術附

從前考試之時，評閲文字，爲師爲官均不能廢。蓋評閲同題文字至千篇以上或數百以上，則必有法以處之，有定見以馭之。此凡閲文者所宜知也。今日學校比較分數多歧出無定準，校國文尤甚。兹所列有可酌仿者，因取兩家之法以備考究：一、阮亨《瀛洲筆談》述其兄芸臺先生《衡文瑣言》曰：「鄉試之題須兼容並包，即一題不能兼并各事，亦須以三題並配用之。出一題須合化、治、正、嘉、隆、萬、天、崇各法及國初江西派墨卷，諸家皆下得手，爲鄉試大題。若徒偏於一家，則有棄材。譬如飲食須備五味，耳目須備五音五色，若主試者唯嗜酸聽商愛白，其餘味色聲音一概不取，在士子則不能各盡其長，在主司適以形其學問之淺陋固執而已。故十餘房魁之文須令各家兼備，乃見才多，且以徵主司之無文不識也。若務求歸、胡則失章、羅矣，務求章、羅則失金、陳矣，務求金、陳則失熊、劉矣。若使歸、章、胡、羅、金、陳、熊、劉悉集於一部魁卷之中，豈不規模遠大乎！若曰：『吾非明中葉之文不取也。』固執矣！『非時下墨裁不取也。』卑陋矣！『吾務欲深刻也，吾務欲圓滿也。』陋僻矣！總之，主司於時藝一道不能心知其意，於明人、國朝人流派蹊徑不能了然，則見識未有不偏不卑者。萬人心力，三年攻苦，徒以一人偏卑之學識蹂躪之，可乎哉！」按：此說雖主時文言之，然其論命題宜兼并各種，衡文宜清奇濃淡，不拘一格，則固凡校試衡文之人所均宜曉悉者也，不專止閱八股文宜如是也。李聯琇《好雲樓初集》有《與幕友閱文規約書》，略曰：「薦卷以文爲主，詩祇兼看，字又其末。文佳而詩偶失調、字欠光潔者，樸學往往有，然不以礙取。若詩、字毫無書氣，則恐文出他手，當留心破綻。文以發明書理爲上，其有不能而手筆自佳者當辨其底蘊。僕覆閱時嘗私别公、侯、伯、子、男五等爲取卷名次。公者，有美無惡；侯者，美中見惡；伯者，美惡參半；子者，無美無惡；男者，惡中見美。五者之外，則惡而已矣。考乾隆中方望溪選《欽定四書文》，奉諭以清真雅正爲宗，後張文襄《輶軒語》復述之，此考場閱文宗旨也。案：俞正燮《癸巳存稿》云：「學政校文例以平正明暢，典實爾雅。」是又廣四字爲八字矣。《存稿》又云：「論文凡六等：文理平通，文理亦通，文理略通，文理有疵，文理荒謬，文理不通。惟勦襲録舊，凡在考試磨勘出首，皆黜革。」據此知李氏之分五等實本此。五等之下復有惡之一等，則亦六等也，蓋當時以六等發落生員故也。惡者於童場在不取之列，於生員場則又須别其惡之輕重以爲下等名次。諸君評語各從其便，在確不在多。或提要總論，或摘疵抽論，宜切宜質宜嚴，勿寬下褒奬。致尋常卷與佳卷相混，覆閲時徒添一番别擇。其語句之未順者側點，順者圓規。佳處雙規，劣處雙點。均於句末爲記。雖極賞勿密規，以其費工耗時，而又無東人加規地位也。雖甚疵勿直抹以留本人顏面，而又恐疏忽或授人以柄也。卷中或有雷同股句請尖出。全篇雷同批『與某卷雷同』可也，然須檢送，恐他處分卷亦有與雷同者，俾東人合對。閲文之訣，勿遽下筆，先於題理思索查覈一番，然後將全卷浮覽一過，約略以爲佳者從寬提出，逐一評騭而去其半，其留者勿遽排次，俟將全卷逐一點定，尚有佳者非浮覽所能盡，又提出與所留卷攤開細細排比，而後定焉。若卷來即下筆，則胸無成竹，卒致意思紛亂，是欲速則不達也。僕精力尚可自任總閲，不惜逐卷比較重批，而以餘力搜查落卷。顧落卷斷難全搜，别委一友專掌之，濟諸君之不及。第恐諸君疑怪，謹先告白。文章公器，學問無窮，誰無疏忽，要不以此有所短長。昔劉向校書命之曰讎，於前人所執之卷比於讎仇之相對者，蓋必如是而後審之又審，而其精者出也。」按：阮文達之論乃其充嘉慶四年會試總裁所筆記。李氏與幕友之約乃在咸豐四年官福建學政時所爲，其所述閲文之訣乃校閲多年有得之言，非實地經歷者不能道。阮氏所論，其工夫在平日。李氏所述，其精慎有法在平時。此皆藝苑中時有之事，要以從前考試盛時研究之法爲精，以此事曾經過數百年之試驗也。故附録於此。此類通識不第校文者宜自有之，即凡教子弟、操選政無不宜知之。金武祥《粟香四筆》述其從伯曙洲之示門人論文云：「凡論人之文必先置我於其中，度其所能我亦能之否，然後可以重輕其文。蓋學力自有淺深，文心各有甘苦也。聖人之道大而能博，學焉而得其性之所近，源遠而流益分。以此觀之，不可强也。故爲師者持此以教弟子，則其才可成。操選政者持此以别諸家，則其真不没。司衡校者持此以收多士，則其美不遺。若斷斷然執一先生之言而强人就己，雖有眉山父子固已得一而遺兩矣。然如余所云者，人固各爲其文而已，必徧有其識亦非易易，常世故也相左也。」

案：《許彦周詩話》有「論道當嚴，取人當恕」八字。全謝山爲《梨洲神道碑》稱其薄侯朝宗之狎妓，選明文仍取之，謂論其人嚴而未嘗不恕，亦選文要旨也。

古文詞通義卷十七

關繫篇一

言古文之本原，本以吾人學之所至爲斷，而不以摹古與攻文爲斷。以有物有脊、知言有故爲能，而非專恃有序有倫、養氣成理爲事。故屬天然者則有才、質先之，屬人爲者則有學、思先之。才、質有高下之殊，學、思有淺深之別，豈數幅之言所可罄乎！然不能言其節目，未嘗不可挈其大綱；不能彙編告語、記載、著述三者，詳其立體達用之所宜，未嘗不可舉三者屬於情、事、理之質，觀其周流虛寄之用。鄭君所謂舉一綱而萬目張，解一卷而衆篇明。於力則鮮，於思則寡。近世儲大文氏所謂説一章豁全部者，殆此旨歟。故博也而約用之，歧也而壹統之。邠卿説《孟子》之揭章旨，元凱解《左氏》之用釋例，茲固學家之所貴也，豈文學獨可廢？用是舉臨文時屬取材者虛懸之種種印合法以因時附物而有所麗，又舉臨文時屬取法者過去之種種結構法以及成文後之聚合分析諸法以依事立則而成專編，其諸亦綴文者之所樂聞乎。作《關繫篇》。

文家有至難之說。　必視爲至難者，所以申發文家精美之地位，使妄者不得而依託，魯者不得而猝躋。必樹立此盛大優良之閑，範其外使無可溢，域其内使有所守，千古盛業非可貿居而劫奪也。《唐子西語録》云：「大凡立意之初必有難、易二塗。學者不能强所劣，往往捨難而趨易。文章罕工每坐此也。」故全謝山爲《陳裕齋墓版文》謂其「以孟、韓自任，於近世作者視之蔑如」，劉孟塗爲《吳生甫傳》謂其「於望溪之盛名碩學，視之猶以爲不可意」，可見茲事之無止境。祁駿佳《遯翁隨筆》稱：「古今以古文詞著名者，如漢如唐如宋，無甚不肖之文人，獨善詩者每有奸回諂狡之士。」此可見文家之推重必有驗於其人，而未可苟託。彭甘亭《懺摩録》自謂：「小時喜學古文，唐人中尤好子厚。後乃深知其難，去而作排偶文字。」亦此道非可苟託之說也。全謝山又稱沈果堂「有所述作最矜慎，不輕下筆，幾幾有含毫腐穎之風。其生平論文專取極則」，又稱張南漪「平日爲文最矜慎，不苟作。身後不滿數十篇，皆非其底藴之所在」。此皆知難之流也。析而言之，發告語文之難者，如王弇洲謂子瞻慕陸贄而識未逮。明陳邦科爲御史，疏當時言路弊習列十一條，分爲四十三，中有當緩言者三，當婉言者二，勿輕言者七，勿爲人言者五。此告語文之有辨別者。《四庫提要》稱宋人奏議多浮文妨要，動至萬言，往往晦蝕其本意，惟趙善括簡潔切當。蓋宋自南渡後，明自萬曆後，告語之文弊習最多，常在文字外也。包慎伯謂：「言事之文最難，必先洞悉所事之條理原委，抉明正義，然後述現事之所以失而條畫其補救之方，非率爾所能。」此又爲告語文之一種探原之論，而不在文章家數之中者也。

曾文正謂：「退之本陸宣公所取士，子瞻奏議終身效法陸公，而公之剖析事理精當則非韓、蘇所及。」又謂：「賈生爲《陳政事疏》年僅三十，於三代及秦治術無不貫徹，漢家中外政事無不通曉，蓋有天授，非人所能幾。」夫宣公則韓、蘇尚且不及，賈生則天授，非人所幾，非奏議文之極則哉？文正又謂「《類纂》所選書牘有不盡饜吾心者，未知古人書牘何者爲最善」。又曰：「古文惟書牘一門竟鮮佳者。八家中韓公差勝，然亦非書簡正宗。此外竟無可采。諸葛武侯、王右軍兩公書翰風神高遠，最愜吾意，然患太少，且乏大篇，皆小簡耳。」夫韓公之佳者尚非正宗，葛、王之高遠者祇屬小簡，非書牘文極難之説哉？

言記載文之難者，如歐公《跋唐田布碑》曰：「布之事壯矣，庾承宣不能發於文也，蓋其力有不足爾。布之風烈，非得左、馬筆不能書也。《史》、《漢》時事，市兒俚嫗猶能道之。魏晉下不爲無人，而顯赫不及者，無左、馬之筆以起其文也。」王銍《默記》：「東坡語劉羲仲曰：『元豐中過金陵，見介甫論《三國志》曰：「裴注賅洽，出陳壽上，不能别成書，好事多在注中。歐公修《五代史》而不修《三國志》，非也。安石舊有志重修，今老矣。非子瞻，他人下手不得矣。」軾對以討論非所工。』蓋介甫以此事託軾，軾今以付壯輿也。」《卻掃編》亦述此事，謂羲仲嘗摘歐《五代史》訛誤爲《糾謬》以示東坡，東坡曰：「爲史者網羅數十百年之事以成一書，其間豈能無所得失耶？余所以不敢當荆公之託者，正畏如公之徒掇拾其後耳。」《文心雕龍·誄碑篇》曰：「屬碑之體，資乎史才。」紀文達評之曰：「東坡文章蓋世，而碑非所長，足驗此言之信。」此亦可作坡公不敢修史之證。《丹鉛總録》稱：「蘇老泉云：『唐三百年文章，非兩漢無敵，而史之才宜有如丘明、遷、固，而卒無一人可與范蔚宗、陳壽比肩。』公矣乎其論乎！蓋雖《順宗實録》亦在所不取也。而宋之瑣儒乃以《五代史》並遷，此不足以欺兒童，而可誣後世乎！」張廉卿云：「後世文家作史，惟退之《順宗實録》能追踪《史記》，歐公殆未能及。」與升庵抑歐公意旨略同。舒夢蘭曰：「作史者最難。其選一代之明良俊傑，顯晦因之。文章之關係重矣。」《湘舟漫録》。包慎伯謂：「記事之文最難，必先表明緣起而深究得失之故，然後述其本末，則是非本末不惑將來。至紀事而叙入其人之文則尤難，故子瞻引趙抃之牘以行己意，而介甫歎爲子長復出，深知其難也。」曾文正評韓公《答劉秀才論史書》，謂：「退之實見史不易爲，爲者皆不免草草。率爾言及，此則雖遷、固亦不免自心慚愧也。假令遷、固同傳一人，同叙一事，其傳聞愛憎仍各不同也，欲不謂之草草得乎？退之不爲史，正識力大過人處。」大抵事實失真，歷史通病。陳繼儒《讀書鏡》引趙逸、武后語，劉静修詩，均言史少實録，蓋非有所避，即有所黨也。亦史不易爲之證也。夫左、馬之才不復見於魏晉以下，東坡之才尚且自謝討論，則史之資於學識深遠矣。唐代無一人可媲范、陳，則史家别有特絶之才可知矣。昌黎尚知其不易，則史貴無尚之學識可知矣。作史之難如是，則志銘屬歷史支流者可知，非紀載文中極難之説哉？

著述文之難爲者，司馬相如曰：「合綦組以成文，列錦繡而爲質。一經一緯，一宫一商，此賦之迹也。賦家之心，包括宇宙，總覽人物，致乃得之於内，不可得而傳。」楊子雲謂讀千賦始能工賦。《藝苑巵言》曰：「作賦之法已盡長卿數語。大抵須包蓄千古之材，牢籠宇宙之態。其變幻之極如滄溟開晦，絢爛之至如霞錦照灼，然後徐而約之，使指有所在。若汗漫縱横，無首無尾，了不知結束之妙。又或瑰偉宏富而神氣不流，動如大海乍涸，萬寶雜厠，皆是瑕璧，有損連城。」以此詁長卿之旨要，可取證賦家之難事也。謝茂秦《詩家直説》云：「漢人作賦，必讀萬卷書以養胸次，《離騷》爲主，《山海經》、《輿地志》、《爾雅》諸書爲輔。又必精於六書，識所從來，自能作用，命意宏博，措辭富麗，千彙萬狀，出有入無，氣貫一篇，意歸數語。此長卿所以大過人者也。」浦銑《復小齋賦話》謂：「屈、宋《離騷》歷千百年無有譏之者，直以事與情之並至耳。下逮相如、子雲之倫，賦《上林》、《甘泉》等篇，非不富且宏麗，然多斲於詞、躓於事而不足情焉。」此言詞賦中必詞、事、情兼而始稱工，而足情尤難也。馬言其原與其迹之難，楊言其工夫之難也。案：《詩家直説》云：「楊雄作《反騷》，班彪作《悼騷》，梁竦亦作《悼騷》，摯虞作《愍騷》，應奉作《感騷》。漢魏以來，作者繽紛，無出屈、宋之外。」此可與浦説互證。謝氏所述亦可與弇州語互證賦家之難事也。包慎伯謂「唐以來之賦，長篇巨製殊無可觀」，而歷舉近人未窺一間之失，謂：「須原於《風》、《騷》以端其旨，以息其氣；播於子史以廣其趣，以飭其勢；通於小學以狀其情，以壯其澤；匯於古集以練其神，以達其變。」曾文正謂：「詞賦敷陳之類，大政典禮之類，非博學通識殆庶之才不足以涉其藩籬。」又謂：「古來文士並以賦物爲難。」則著述文中，辭賦政典等類之文尤難之難也。韓子蒼曰：「魯連之檄過於長戟勁弓，陸贄之詔賢於元勳宿將，文之不可已也如是。裴晉公不喜於平淮而喜於韓愈之碑，李衛公不喜於平潞而喜於封敕之制，非功之難，明其功之爲難也。」此又即作用中而見其難也。《冷廬雜識》云：「吾邑周孟侯先生拱辰，明季貢生，勵志於學，嘗坐小樓，去梯三年，讀古今文五千篇有奇，由是才藻艷發，名噪一時。」此亦可證作文之工夫須從堅苦博寬下手，皆舉其難以爲言也。故凡文家主至難立說者，皆所以尊貴文之品位也。

《藝苑卮言》論賦尚有可供研討者，今撮其極力舉發賦家能事之說曰：「詞賦非一時可就。《西京雜記》言相如爲《子虛》、《上林》，游神蕩思百餘日乃就。故也梁王兔園諸公無一佳者可知矣。坐有相如，寧當罰酒，不免腐毫。」又曰：「太史公千秋軼才而不曉作賦，其載《子虛》、《上林》亦以文詞宏麗，爲世所珍而已，非真能詠賞之也。觀其推重賈生諸賦，可知賈暢達用世之才耳，所爲賦自是一家。太史公亦自有《士不遇賦》，絶不成文理。荀卿《成相》諸篇，便是千古惡道。」又曰：「雜而不亂，複而不厭，其所以爲屈乎？麗而不俳，放而有制，其所以爲長卿乎？以整次求二子則寡矣。子雲雖有剽模，尚少谿徑，班、張而後愈博愈晦愈下。」又曰：「子雲服膺長卿，嘗曰：『長卿賦不是從人間來，其神化所至耶！』研摩白首，竟不能逮，乃謗言欺人云：『雕蟲之技，壯夫不爲。』遂開千古藏拙，端爲宋人門户。」又曰：「《子虛》、《上林》材極富，辭極麗，而運筆極古雅，精神極流動，意極高，所以不可及也。長沙有其意而無其才，班、張、潘有其才而無其筆，子雲有其筆而不得其精神流動處。」王氏諸説極推相如，即子雲亦不可並，而史公亦非所取，固是定論。周先生錫恩持論貴尚相如之賦，與諸家同。然其意獨不取相如之文，則諸家未及也。《傳魯堂文集》有《讀司馬相如列傳》曰：「茅坤謂相如文賦魂礧奇崛，爲騷之再變，特《檄蜀父老》與《諫獵書》絶佳。予觀之相如長於賦，文則非所善也。《上林》、《子虛》瑰麗焕發，賈有其意而無其詞，楊雄有其詞而無其意，可以獨步一代。若《難蜀》及《封禪》諸篇，率緐麗而少骨。相如之文雅與賦近，鹿門稱之殆過當也。獨其《封禪》一篇，後人譏之，謂意旨近於阿諛。夫相如死矣，身後復何所希哉！蓋相如既以詞賦自雄，又遭遇孝武好文之主，彼其胸中奇俊之作至死猶弗能以自秘也。夫文人之習倘可以發抒其才性，雖文字賈禍猶在弗恤，何暇論身後之寵乎？矧漢代諸儒必以封禪爲萬不可佚之典，是以史遷《封禪》一書鄭重其事，炫耀其詞。漢人尚緯，封禪則緯之類耳。太史公豈亦爲諛世之文耶？相如何其不見量於後世哉！」此亦表微之論也。惟荀、賈要别是一家，《成相》尤别是一體，觀《漢志》所列并《七十家賦鈔》所陳之古義可見。明人昧於古人文字流别，故有此是丹非素之論。《漢志》不但叙賦家見古義，即其叙列歌詩亦存古意。梁耆《庭立紀聞》曰：「前輩嘗言《漢志》所載歌詩，其數與《詩經》相同，蓋有意仿之也。高祖歌詩以下八家比《大小雅》之正，吴楚汝南燕代以下八家比《國風》，黄門倡車忠以下八家比《小雅》之變，諸神歌詩以下四家比《頌》，意最高雅，惜此類已佚，故無人仿。」張氏《賦鈔》以輯漢詩耳。統繹諸論，而賦家之難與其能事之極致均可見矣。曾文正云：「古文須有漢賦氣，此意惟姬傳先生知之，而力未逮耳。」案：此即發明姚氏選文之旨。可知無論何文，須得漢人作賦遺意。是賦又與他文相表裏矣。

文家有至易之説。　言其易者，所以導文家入於空坦平曠之塗，使孑孑者入之而大適，泛泛者望而知所歸。既有至難之義極文家之尊，則不可無至易之義形文家之大。審知是義者，則幽美之境不禁人以追探，光景之新可悠然而坐挹。曾文正謂：「奏議如時文，以典、淺、顯三字爲要。」又謂：「以明白顯豁、人人易曉爲要。」此言告語類奏議之體製宜切近出之。蓋必懸此的以論奏議，而作此類文之道始寬廣。此示人以告語最易之途也。章實齋常破除明嘉靖後文人不得私立傳之謬説，李次青又舉正望溪、海峰文士私傳不及達官之説，又引震川之説以糾正非史官不爲人作傳之謬説：「蓋觀於《三國志注》所載諸家私傳數十篇，可知傳不必史官始作也；觀於《太平御覽》古人別傳百一十篇，可知史之外不妨更有別傳也。近日陳勾山曾爲史官，於改官後爲人作傳稱別傳，李次青亦署此稱，皆用此例。」自有是論而作記載文之例亦日就寬廣矣。歐公謂：「六經非一世之書，刊正補輯非一人之能。」司馬温公謂：「經猶的也，一人射之不若衆人射之其中者多也。」有此説而注釋文之例可寬其塗以期之。曾文正又謂：「論辨類、注釋類及其他屬告語、記載之七類，佔畢小儒，夫人而能之。」則作著述文有不必大雅之才始能者，是此門亦自具有寬廣之道，與告語、記載同矣，皆三種文平易之觀也。至朱子謂「作文祇略教整齊便是」，許魯齋謂「詩文祇是《禮部韻》中字，已能排得成章」。曰「略教整齊」，曰「即韻中字可排成章」，此尤各種文下手平易之説也。《唐子西語録》言文章即如人作家書，《冷齋夜話》言樂天詩必使老嫗盡解，《香祖筆記》以「偶然欲書」四字爲得詩中三昧，語意皆同。案：此諸説已開今日言文合一之風，論詩文至極處自然反始也。《湧幢小品》云：「禪語演爲寒山詩，儒語演爲《擊壤集》，此聖人平易近民，覺世喚醒之妙用也。」此亦主應用爲説者也。朱子又謂：「有一等人知讀聖賢書，亦自會作文。」此言能讀書即能工文也。章宗源致力於編輯古書，乃作文以示人，人輒稱善。曾文正謂：「作文有情極真摯，不得不一吐之時，必須平日積理既富，不假思索，左右逢源，其所言之理足以達其胸中至真至正之情。作文時無鐫刻字句之苦，文成後無鬱塞不吐之情，皆平日讀書積理之功也。」曰「自會作」，曰「輯古書自能善其文」，曰「不得不一吐」，則作文本一漸積之境，而歸本於讀書，程功於積理，是並所以能有此平易境候亦都言之矣。更取曾氏之言證以歐公所謂「道勝者文不難而自至」及蘇子由所謂「孟子、史公未嘗執筆學爲如此之文，氣充於中，見於文而不自知」、劉融齋所謂「從來足於道者，文必自然流出」，則文家之要術大略可知。此於禪家皆屬漸義。故凡文家主至易立説者，皆所以廣大文之塗轍也。詩家之難易，有視乎宗匠提倡時之宗旨而見者。《履園叢話》曰：「沈歸愚宗伯與袁簡齋太史論詩判若水火，宗伯專講格律，太史專取性靈。自宗伯三種《別裁集》出，詩人日漸日少。自太史《隨園詩話》出，詩人日漸日多。然格律太嚴不可，性靈太露亦是病也。」不但此也，吾觀王己山爲時文喜言法律，管緘若謂「自己山後，江左之文奄奄不振者垂三十年」，亦如此也。後來路閏生之論八比、紀文達之説試律亦然，皆主嚴之弊也。惟揭尚易爲旨者亦有流弊。本朝提倡宗風者如隨園輩，王蘭泉既痛詆之，即朱笥河之接引後進，蘭泉亦病其太丘道廣，後來江鄭堂又以之病蘭泉，皆是也。

褚人穫《堅瓠餘集》有《神助》一則，舉證文家積久妙悟之事稱爲精誠所致，其説良是。褚云：「鄭有胡生爲洗鏡鉸釘之業，輒祭列禦寇祠以求聰慧，忽夢一人以刀劃其腹開，納書一卷，及覺，遂能吟詠。此無他，精誠所積而致。」近世哲學家有心靈治病之説，又有强固信力袪毒之説，因而定立轉心之法，皆此理也。推而言之，前人似此者頗不少。徐芳有《萬曆中徽州進士某换心記》，謂：「爲精誠所積，人窮而神應之。進士之奇穎，進士之奇愚，逼而出之也，所謂德慧存乎疢疾者也。」即是此旨。又曾文正嘗言：「文章一道，從聲音證入。」其語最可味，淺言之即在熟誦古文，深言之即禪家頓悟法也。黄之雋爲《釋大涵傳》云：「大涵之耕黄山也，土堅，斸之有聲，忽聞半空有答響，仰視之，樵伐木也，因吟云：『築木登登，伐木丁丁。』遂大悟，詩從此進。後以語人，人曰：『何乃竊《詩經》語？』大涵實未誦《詩》，索觀之，笑曰：『彼疊二字，實不如三字肖也。』」按：此確因烹鍊既久，鬱勃待發，忽爾聲入心通，無所違逆。此從聲音證入之又一法也。然必其先有一段勿助勿忘工夫乃能致此也。王晫《今世説》稱嘉興王翃，字介人，少失學，《論》、《孟》不卒讀，識字而已。弱冠偶覽《琵琶記》，欣然會意曰：「此無難，吾亦能之。」即據案唔唔學填詞，竟合調。自後學不稍懈，工詞曲，遂能詩。《蓮子居詞話》稱其詞積至三千餘篇。俞樾《消夏録》則謂：「此不過天機偶爾湊泊，得魚忘筌。若必以此中求文章，則是金聖歎一流見識矣。」吾謂此類悟文詞作法有天人交湊兩境，故郎瑛《七修類稿》有久思神助一事。又如王述庵舉業得力於《牡丹亭》，張詩舲得力於《西厢記》，見張氏《偶憶編》。以絶不相涉之事而形有觸皆通之境，均可證此境可偶獲而未可捷獲與必獲也。又《雨村詩話》云：「滿州學士春臺苦吟，自云：年三十，目不識丁，從禪靜坐三月，仰頭見月，忽然自悟，賦詩便工。」明陸粲《庚巳編》云：「僧時蔚初未識字，既超悟禪乘，遂能作書，偈語皆可誦。雖僧服而不去鬚髮，自爲贊，有『束髮辨頭陀，留鬚表丈夫』之句。」案：此二人即《天香隨筆》所云先從修慧入手之法也，並非倖獲，亦非神奇之論也。章有謨《景船齋雜記》稱：「松郡瞽而能詩者，萬曆時有唐西陽汝言，五歲而瞽，聞兄汝諤讀書，遂博洽無匹。西陽之先，嘉靖中有朱大章，號天游，朱文石弟也，幼患痘失明，令小僮哦詩，入耳不忘，遂能詩，《贈寺僧》有『割片殘雲補衲衣』句。」按：唐氏，周櫟園有傳，今坊行《古唐詩合解》即出其手。此二人皆所謂耳治而能得者也。許仲元《三異筆談》稱：「尚書鄂輝本馬甲，不識字，服官久乃漸辨清漢文。暮年位高，幕中多文士，忽胸中豁然，觀《綱鑑》，多見解。且能以淺語作詩，有句云：『儘容鮑子能知我，豈有曾參解殺人。』誠異人異事也。」此一人則又由見聞積久而入者也，亦非可執定必獲也。又明楊儀《高坡異纂》稱河東唐文性魯鈍，日課唐人五言二十字，師口授數十百過，令自誦，不能舉一詞。後入定林寺温習故業，旦暮焚香禮拜梓潼像乞稍慧，後果大開悟，文名傾海内。」此則與盛氏《筆談》所稱蓉江士人每日拜魁星而文思沛然相似，即心靈强固之説之證。凡此之類於禪家爲頓義也。又卷四中言：「凡夢吐與有所出，多在作文苦思之時。」其説更有可驗者，《湧幢小品》曰：

「盧柟夢至東海上，遠望見霄綺雜駁，金根雲霞，照曜上下，海水振蕩，遂作《滄溟賦》，將半，倦睡，夢一人以刀割腹，抽腸尺五許，瑩潔有紅黄色，沃以水，復内之。遂醒終篇。」此尤爲確據，特諸書記此類事多簡略，不如朱氏記此事之詳，故世人鮮知此理，多誤以祥瑞解之者。

錢泳《履園叢話》曰：「有某孝廉作詩善用僻典，尤通釋氏之書，故所作甚多，無一篇曉暢者。一日示余二詩，余口噤不能讀，遂謂人曰：『記得少時誦李杜詩，似乎首首明白。』聞者大笑。始悟詩文一道，用意要深切，立詞要淺顯，不可取僻書釋典夾雜其中。但看古人詩文不過將眼面前數千字搬來搬去便成絶大文章，乃知聖賢學問亦不過將倫常日用之事終身行之便爲希賢希聖，非有六臂三首牛鬼蛇神之異也。」此亦主張至易之旨爲説者也。

華亭徐基創一種簡少字作文之法，取前後《赤壁賦》中字集爲文賦詩詞成《十峰集》五卷，其《遊小赤壁賦》、《春日遊小赤壁賦》及《道德篇》皆洋洋數千言，而錯綜伸縮不出四百字之外。紀文達稱爲詞苑中亘古未有之奇作。至俞氏《九九消夏録》稱趙吉士疊韻詩多至千餘首，黄之雋《香屑集》集句多至十八卷，則又誇多鬭巧之事也。按：趙、黄之事乃逞才之習，殊非正軌，正如全謝山譏胡稚威賦詩以用盡韻部之字爲工也。引此以爲仄徑可開廣途之證而已。近日日本人謂中國文字之數雖多，其中能知五百字許者便足用。故外國常有一種極少之速記字，居然能供用能成文，蓋與此同其法。施諸淺學人亦良便也。此類之外，前人有回文一種。自蘇伯玉《盤中詩》至蘇蕙《璇璣圖》，艷傳千古。而蘇氏之圖八百四十字，宋元間起宗道人以意推求得詩三千七百五十二首，明康萬民又繹得四千二百六首，合之共七千九百五十八首，皆著録於《四庫全書》。近世萬紅友樹有《璇璣碎錦》一書，放此變之，巧妙更臻。又康熙中永康才女吴絳雪有《梔子同心圖》一百六十五字，左旋右折皆可成詩，應氏瑩爲讀法，得五絶六、七絶四、詞三十二、六言詩八。又上虞華亦曹有《蘭湄幻墨》一書，其旁行斜上，層出不窮，與萬氏等。曹氏書中更有《璇璣續錦》一篇，繼蘇而作，命名與萬氏同。此亦文字遊戲之大觀也。又《考槃餘事》及《雨村詩話》均載有少數簡字成詩一法，其法或以紙爲牌，刻詩韻上下二平聲，每韻一葉，總三十葉，分韻時人取一葉用以爲韻，甚便。或以竹木象牙爲之，爲方式盈寸，平仄韻皆有，平韻塗紅，仄韻塗緑，各四盤，每盤二百四十字，足四人用，用之集詩字皆精選無難識字，名韻牌，又名詩牌。案：每人只用二百四十字吟詩，是其用字甚簡少，可知詩家應用之字亦不需多也。其法盛行於康熙、乾隆中。《西河詩話》、《姜西溟集》、《厲太鴻集》均言之。又葉維幹有《詩牌譜》一卷，有刻本，前人有即用此牌爲學詩之具者，如梅伯言《湯子燮試帖詩稿書後》云：「嘉慶九年同受書先君者四人，正月以詩牌爲戲，四人皆取牌八十一枚，餘者置几中央，甲所棄推之乙，乙入之，出所棄者與丙。不入歸之四隅，枚取於中央，以入易出如初，丙至丁，丁至甲皆然。餘盡而四詩不成則易行，一詩成則三人負，且第詩之高下爲賞罰。務以强澀之字運支離之思，往往得奇語如夢中作。蓋吾四人之習爲詩於是年始，而君尤好之，有『高柳扶青直到天』句。」此可證此類之事能助學詩也。沈日霖《晉人麈》云：「吴中黄實紫善鎸刻印章，一日戲刻詩骰六枚。擇其三十六字之可以活拆者，仄者色緑，平者色紅，隨意擲之，可成詩一句，去其一則五言，重其一則七言，或竟作六言亦可。惜其三十六字已不傳矣。先子常與吴中錢萍客漢何、鄂中李穀堂筌爲詩令，用此骰爲觴政，各以所擲句爲題，足成一律。」案：此與詩牌均屬遊戲之事，然皆簡字成文之法也。《香祖筆記》云：「詩集句起於宋，石曼卿、王介甫皆爲之，李龏至作《翦綃集》。然非大雅所尚。近世士大夫競以詩牌集字，牽湊無理，或至刻之集中，尤可笑。」王氏此説至允。吾謂王氏倘及見近日詩鐘之惡濫，必更爲之深惡而痛絶者矣。

宋小茗詩話《耐冷談》稱：「三韓馬朗山制軍慧裕所著《河干詩鈔》集《聖教序》成詩，多至千篇，膾炙人口。」又杭氏《道古堂文集・禮部右侍郎齊公召南墓銘》曰：「公詩文操筆立就，鋪陳終始，爛若雲錦。晚喜集句李、杜、韓、蘇，若出一手。在蕺山聽雲樓臨摹《蘭亭》法帖，即於原序中去其複字二百四字，仿千文體成三言詩十七章。客有以淳化閣三百字求跋者，即因其字數縱橫集之，頃刻成五言律十二首。讀余《嶺南集》，即集七十餘首。讀錢司寇《香樹續集》，即集十首贈之，敏捷如此。」案：此即褚帖、禊帖、閣帖哀集成詩多首，亦即《十峰集》之用法，以至少字能作最多字之用，其奇妙一也。按：詩文遲速，各有素習，惟趙青藜《漱芳居文鈔二集・與友人論文書》有敏遲互用法，其説曰：「敏者多輕，必遲以固其重；遲者多滯，必敏以流其機。剛克柔克之義也。先輩云：多讀，多做。多讀則心摹手追，不敢苟作，所以克其敏，而敏者遲矣。多做則駕輕就熟，胸有成竹，所以克其遲，而遲者敏矣。敏者遲，而遲又當克之以敏；遲者敏，而敏又當克之以遲。如是數四，往復循環，至於可遲可敏，而敏不傷輕，遲不傷滯，業乃庶幾。其偏於敏與遲而不相通者，皆純任天質不自克之過也。金仁山有言曰：『醢鹽既加，則酸鹹頓變。爲學而不能化乎故我者，未之前聞。』」此則折衷之論，而用功者當以此自克也。

朱氏《文通》有《複字》一篇稱：「晉蘇若蘭《璇璣圖詩》，徘徊宛轉，寥寥千古，白雪陽春，此文家别調孤行者也。」朱氏又舉文家孤行之例曰：「金毛師子墮地，獨行不求伴侣，奇矣哉！及乎文字，匪假發端必藉助語，文之弊也。尚且纍纍之也，若若乎而，謂《尚書》無一也字，不駭且笑。豈有文至千萬不相複襲而辭理燦然者哉！然亦有數家各自爲體，妙出天然。或文字接屬而理義炳蔚，如周興嗣所撰《千文》，詞古節迫，四言一韻，鏗鎗如響。隋潘徽所撰《萬文》，實追其踪，或不接不屬，而通音叶響，律吕相宣。如《韻會》所收萬二千六百五十二字，合之則平上去入共歸其母，分之而陰陽平仄自叶其韻。中雖有複文，而音屬轉注，或一字數音，義隨音異，而聲響懸殊，亦不可謂同。如近世《千家姓》亦復可觀。皆以一言成句，一字成書，真天地間絶奇之體，寥寥千古，可謂獨而無偶，孤而寡和者矣，與夔之一足跉踔而行者異矣。文章微妙，夫言豈一端而已也。」案：此類之書，案之究屬小學形聲訓詁家言，故謝氏《小學考》皆收之，不可以文論。明季小學未甚講求，故朱氏即指此爲文字也，亦殊昧著作之流别也已。虞兆隆《天香樓偶得》云：「韓昌黎《送孟東野序》止六百二十餘字，乃有三十八『鳴』字，讀者不覺其多，昔人以此稱之。然余又按篇中復有四十五『其』字，雖云語助無礙，然句法亦太草率。至於『伊尹鳴殷，周公鳴周』、『楚，大國也，其亡也，以屈原鳴』等語頗嫌杜撰支湊，絶無意義。」此又古文中一種用複字之得失也。又《冷廬雜識》引：「《困學紀聞》云：『歐陽公記醉翁亭用「也」字，荆公志葛源亦終篇用「也」字，蓋本於《易》之《雜卦》，韓文公銘張徹亦然。』余謂終篇用『也』字始於《爾雅·釋詁》《釋言》《釋訓》三篇，凡用『也』字六百九，《詩·墻有茨》《君子偕老》篇亦然。《荀子·榮辱篇》、《孫武兵法·行軍篇》、《論語》、《孟子》亦有此體，《公羊》、《穀梁》二傳尤多。唐宋以還，韓文公《祭潮州大湖神文》、柳仲塗《李守節誌》、蘇東坡《酒經》、陳止齋《戒河豚賦》、汪浮溪《胡霖誌銘》皆仿其體，爲後世所傳。元姚燧《仰儀銘》終篇用『也』字四十一，乃四言體，又文格之變者矣。」葆心按：《棗林雜俎》云：「王慎中作《晉江楊甬山墓誌銘》通體用『也』字，又作《旬江潘翁墓誌銘》，銘作長論，又古法之變。」然則王乃仿荆公乎。朱梅崖作《杜可權象贊》亦通體用「也」字。又陸云：「韓文公《南山》詩用『或』字五十一、『若』字三十九、『如』字七，歐陽公《廬山謡》二百九十六字，衹叶十三韻。此詩中奇格也。舒元輿《牡丹賦》用『或』字十二、『如』字二十四，此賦中奇格也。」此皆虚字複用之例也。又有一種用意義重複之字者，《雜識》又云：「《史》、《漢》有語意相似而疊用者，略識於此：《史記》『空言虚語』（《高祖本紀》）、『内外表裏』（《禮書》）、『踰年歷歲』（《趙世家》）、『延年益壽』（《商君傳》）、『匿意隱情』（《張儀傳》）、『露兵暴師』（《主父偃傳》），《漢書》『年衰歲暮』（《馮衍傳》）、『俊雄豪傑』（《蒯通傳》）、『飄至風起』（《蒯通傳》）、『道遼路遠』（《中山靖王勝傳》）、『天下少雙，海内寡二』（《吾丘壽王傳》）、『招殃致凶』（《李尋傳》）、『殘賊酷虐，苛刻慘毒』（《翟方進傳》）、『等盛齊隆』（《王莽傳》）、『窮凶極惡』（《王莽傳》）、『思過念咎』（《郎顗傳》）、『道盡塗殫』（《司馬相如傳》），《後漢書》『歡欣喜樂』（《馬融傳》）、『怨恨忿懟』（《孫程傳》）、『陟危履險』（《莋都夷傳》）。」此皆用意複字之例也。又歐公《集古録》謂「漢人文字簡質近古」，如《孔君碑》引禹湯以比人臣、《張表碑》以狗喻人皆是。此皆後世所無者。此又一例。又有一種用疊字者，《雜識》又云：「李易安《聲聲慢》詞『尋尋覓覓，冷冷清清，悽悽慘慘戚戚』連疊七字，昔人稱其造句新警。其源蓋出於《爾雅·釋訓》篇，篇中自『明明』至『秩秩』，疊字凡一百四十四，『殷殷惸惸』一段連疊十字，此千古創格，亦絶世奇文也。喬夢符作《天淨沙》詞云：『鶯鶯燕燕春春，花花柳柳真真，事事風風韻韻，嬌嬌嫩嫩，停停當當人人。』疊字又增其半，然不若李之自然妥帖。大抵前人傑出之作，後人學之鮮有能並美者。」又文中喜用生澀字句而不可學者，《雜識》又云：「宋景文喜用生澀字句，《新唐書》中如『耘夫蕘子』（《武后傳》）、『憑固不受』（《李軌傳》）、『可勝吒哉』（《竇威傳贊》）、『偃革尚文』（《蕭俛傳》）、『牝咮鳴晨』（《長孫無忌等傳贊》）、『道無掇遺』（《郭餘令傳》）、『朝不保昏』（《酷吏列傳》）、『偷景待僵』（《沙陀列傳贊》），此類甚多。」又文中有用韻者，其來雖古，後人有未可仿者。《雜識》又云：「《五經》中《詩》皆用韻，《周易》、《尚書》、《禮記》、《左傳》亦各有韻語。子則《荀子·成相篇》全用韻。以叙事之文而爲此體者，則惟《史記·龜策列傳》。此篇爲褚生所補，其叙宋元王得龜事二千八百餘言，皆用韻語，語多悖妄。《索隱》、《正義》譏其煩蕪鄙陋，《史通》以爲無可取，信不誣也。羅鄂州作《爾雅翼序》用韻，王伯厚、宋景濂序亦皆用韻。蓋惟才力足以相敵，故即能用其體也。」按：《成相》體乃別是一種韻文，觀《漢書・藝文志》可見，不得指爲文中用韻，蓋與《管子・弟子職》同爲一種採他人入子書之韻語也。李許齋《炳燭編》云：「《荀子・成相篇》讀法，三字句二，四字句一，三字句一，四字句二，三字句通篇一律，其不合者或衍或缺云。」可見此體乃古人定格也。然用韻只著述中可偶行之，入散文中殊傷體格也。又經典中有一種常用之發語，在一書中幾成慣例者，《雜識》又云：「經書發語辭，《尚書》最多，都、俞、吁、諮、嗟、猷等是也。《論語》『噫』字、《孟子》『惡』字、《禮記》『嘻』字、《左傳》『呼』字、《史記》『唉』字、『嚄』字、『咄』字，此數字亦互見於他書，至『赫』字則惟《莊子》有之。」又經典中常有絶不用之字，《堅瓠秘集》引《毛序》始云：「《大學》無『斯』字，《論語》無『此』字，《尚書》無『也』字，未有人拈出。」此又一說也。然《尚書》無「也」字，祝氏《罪知録》已拈出矣，在毛氏之前，不得云未有也。

文材大端之研究法一。　文中有關乎學術者，須先有研求學術之豫備。吾觀經史政學中之義理皆有治要之術，得其要則此中之次第條理經緯秩然。既用引申之法推求其首功，復用消納之法實踐其歸趣。專、博，一學都需乎此，而文之應用不窮矣。顔延之曰：「觀書貴要。」謂消納也。又曰：「觀要貴博。」謂引申也。故曰：「博而知要，萬流可一也。」以先正論讀書之說證之，李文貞謂：「要練記性，須用精熟一部書之法。不論大書小書，惟將這部爛熟，字字解得道理透明，諸家說俱能辨其是非高下，此一部便足，便可以觸悟他書。」又云：「念頭逼到歸一時，光彩忽發，別見得一個境界。他們得此方好用功。」文貞此言實本朱子

「有始初一書費十分功夫」之言，又本黄山谷「盡心一兩卷書，其餘如破竹數節，迎刃而解」之言，李氏所以又有「學問先要有約的做根，再泛濫諸家，廣收博採」之説也，皆先消納而後引申之説也。以西人、東人之論證之，笛卡爾常云：「吾人苟於一理見得透，則於講求他理自事半功倍，以凡百之理皆相聯屬故也。」陸克勤更括出分類消納之法。東人又有融合分解之法，故平日讀書各依類留心消納散殊之理，及臨文則舉所已融合者或分解出之，或舉所分解者而融合出之。然消納尤要於引申。近人論消納之最顯者，如東人西村氏謂：「宇宙之事物有以質爲根者，有以靈爲根者。」此以靈與質消納一切事理也。又謂：「持進化論者欲據進化之理以盡世界萬事萬物，持唯心論者亦然。」此各以其所得力消納一切事理者也。楊子雲將宇宙之事象看成三數，邵子將天下萬事萬物看成四片，李獻吉又將道理一横一直看成十字，謂：「數盡十，理亦盡十。『王』字真草篆隸不變，挺三才而獨立，變之則非『王』。」曾文正因之又將天下事看成兩片矣。此皆消納之中又加以消納之説也。消納與儱統有别，蓋從條理分析後乃有此種眼光。方氏《通雅》云：「石齋先生曰：吾道最忌儱統，交盤不得者是也。」昔楊文定名時與蘄水徐曲辰本僊講周子主静之説，而徐氏以天地五行、萬物五行、聖人五行析之，文定謂其得「攢」字一訣。見徐氏所撰《故知録》。所謂攢者，即貫通之中而又得燦然分析之法也。讀書時能如此且有益於强記，張横渠謂「能透徹大原後，書即易記」是也。作文能如此，則能自具界域。前此文家尠能闡義理、考據、詞章歸於一路之義者，故汪堯峰《息齋集序》曰：「義理之學一也，經術之學一也，史學一也，辭章之學又一也。」其旨主於各擅其勝。惟計甫草《鈍翁類稿序》偁《宋史》分立儒林、道學兩家，後世學者遂以歐陽、曾、王、蘇氏爲文章之儒，周、程諸先生爲道學之儒，而文與道爲二。究之歐陽、曾、王、蘇氏之文，未有不原於經、不窺於道而可粹然成一家之言者。是則三者始未嘗不同其原，終不可析而爲二也。」此其識已勝汪氏矣。至桐城而其義大暢，梅伯言爲《姚姬傳八十壽序》即據三者而申其旨。薛叔耘謂姚姬傳論古文曰：「義理、考據、詞章，三者缺一不可。」曾文正又附以孔門之四科，而舉漢以後賢哲隸屬之，謂：「德行即義理，言語即詞章，文學即考據。」長沙王氏《續古文辭類纂序》釋之曰：「義理爲幹，而後文有所附，考據有所歸。故姚氏爲文，源流兼賅，粹然一出於醇雅。」案：王氏此種解釋本於曾文正，見《曾文正公文集》。是以漢宋六朝唐人之學都歸納於古文矣。洪榜《戴先生行狀》稱東原嘗謂：「古今學問之途大致有三：或事於義理，或事於制數，或事於文章。自子長、孟堅、退之、子厚諸君子之爲文章，咸知文之爲末而道之爲本，欲因文以求進據乎道而被之於文。其於道也亦有得有不得，譬猶仰觀泰山知羣山之卑，臨視北海知衆流之小，然而未履其端，未跨其涯，故其所得終於藝也，而非道也。聖人之道在六經，漢儒窮其制數，宋儒窮其義理，子長、孟堅、退之、子厚諸君子根柢之爲文章。若分途而馳，異次而宿，不知其不可以缺一也。制數之不明，於古人之文章多有不省矣。文詞之不達，則所謂義理固一己之義理，而非六經聖賢之義理。君子之道不可誣也。」案：戴氏與姚氏之學異趣，其所云「一己義理」即指宋儒也。姚氏初欲師戴，其後卒歸於異撰。今合按之，兩人之語意略同而用心各異，故曾文正《聖哲畫像記》并引兩家之説而釋之。姚諶《姚姬傳文録序》曰：「聖人之道大而能博，後世學聖人者得其一端皆足以名其家，於是有訓詁、誼理、詞章三者之分。而極其流，各不勝其弊也。有捄其弊者，操學之本而劑其過不及，擇三者之善用之而不膠於一端，斯爲善學聖人者矣。六經更秦火之後，漢儒抱殘守缺，各爲專門，使聖人微言大義不泯於後世，而三代典章制度名物故訓亦得以僅存。其用力甚勤，而其功可謂至矣。然説者猶病其迂滯，於聖人之意未能盡明。晉宋六朝之間，清談興而實學廢。唐立《九經義疏》而經師專門之學亡，其時士第以詞章相尚而已，雖間有志於道者，而孤立無助，其言不伸於世。聖學之不明垂數百年，至宋儒出始毅然以斯道自任，尋求聖人之遺意於千載之上。其言名爲捄漢之弊，然以性命之説教人，非聖人切近爲學之旨。而及其敝也，空疏不學之徒亦可以自附於聖學。夫三者之舛馳而不能合久矣！夫三者之學，其始固各原於聖人之一端，其敝至使聖人之意不明而便於空疏不學者，此亦儒者之憂也。能操其本而捄其敝，會三者之歸而出於一，於世不數數覯，若桐城姚先生庶其有志於此者乎！」案：子展此説以漢學訓詁、宋學誼理、六朝詞章都會歸於桐城文家中，與東原以馬、班、韓、柳諸家當詞章者，其説更確而通方。蓋惜抱三者不可缺一之説，乃參用望溪「學問繼程、朱之後，文章在韓、歐之間」之旨，而又兼採東原重制數之旨。故方説與戴説可參看而用以究文章之原者也。德清陳白雲斌《續集·質言》曰：「讀一古今文字必尋求義理所在。無關義理，雖美言麗詞且略之。」是又於三者獨注重一路之説也。故本姚説推之，知義理、考據、詞章皆可歸我古文𥴦括之用也。凡告語、記載、著述三門文字有關乎學術者，用此以研究之，則事理都能確實矣。

文材大端之研究法二。吾人作文，隨物賦情，其狀不可勝窮也。若欲裕廣文材以推究政治情勢之所趨，則又有執持綱要之術。故作文而推論政治者，又須有研求之方。而闡其要者有三種法，持此三法以觀政教之流行於古今，則所持約而所得豐矣。

一曰循環。班氏《白虎通》垂三教循環之義，張江陵闡之，其《雜著》之言曰：「天下之事極則必變，變則反始，此造化自然之理也。堯舜以前，其變不可勝窮矣。歷商、周而靡敝已極，天下日趨於多事，周王道之窮也，其勢必變而爲秦，舉前代之文制一切剗除之而獨持以法，此反古之會也。歷漢唐宋而文敝已甚，天下日趨矯僞，宋頹靡之極也，其勢必一變而爲元，所有先王之禮制一舉而蕩之，而獨治之以簡，此復古之會也。西漢之治簡肅近古，實賴秦爲之驅除，而貢、薛、韋、匡之流乃猶取周文之糟粕用於元、成衰弱之時，此不達世變者也。本朝之治簡嚴質樸，實藉元爲之驅除，而近時迂腐之流乃猶祖晚宋之弊習，不識治理者也。」王船山《黄書》、劉繼莊《廣陽雜記》均有區分歷朝大勢而各持千餘年之説，如封建、郡縣、人主三者是也，前四千年皆此三者遞禪，與江陵之意脗合，而王、劉乃祖述其旨者也。日本人福澤諭吉《語録》曰：「察社會之形勢，助其不及，制其過分。文弱則以尚武精神振作之，尚武太過則以文調和之。爭利太甚則唱仁義，空談仁義、衣食俱忘則倡謀利之説。」江陵之説通百代而言情勢循環之理，福翁就一時而言情勢循環之理。此熟察政治之一法也。

一曰對待。《曾文正日記》謂：「求自强之道，總以修政事求賢才爲急務。」此篤守固有之義也。又謂：「以學作炸礮、學造輪舟等具爲下手工夫，使彼之所長我皆有之。」此慕效他人之義也。此對待兩義而匃合用之者。加藤氏《天則百話》又嘗折衷世界主義、日本主義而爲之説，曰：「世界主義謂宜廣取世界之長以補吾短，以革新爲主旨。日本主義以保存古來固有之國粹，以保存爲主旨。兩義各趨極端，要其與吾人之以遺傳、進化二大作用維持身心進步正同。蓋吾邦遺傳優良，若一切破壞，專仿歐洲，則失其獨立性質，於應化爲不宜。然專恃遺傳優良，不取人善，於應化亦不宜。」其説與文正用意正合。是情勢對待之用有極偏之對待及匄合之對待兩種，又熟察政治之要法也。

一曰對照。葉水心之言對照法也，嘗爲《黄文叔周禮説序》曰：「永嘉陳君舉亦著《周禮説》十二篇，素善文叔，議論相出入。所以異者，君舉以後準前，由本朝至漢溯而通之，文叔以前準後，由春秋至本朝沿而别之是也。」魏叔子之言對照法也，謂「考求官制先將會典删定，然後參以漢唐之法，更出己見，參時之宜」是也。曾文正之言對照法也，如謂「天下大事宜考求者十四宗，皆以本朝爲主，而折衷前代之沿革本末，衷以仁義，歸之簡易」是也。然則觀今世之情勢，則重對待；觀古今之情勢，又貴知對照矣。古昔之天下趨重在禮，今日之天下趨重在法。然以前之時勢，人人應曉習之《禮》、《樂》實未一一昭揭於世，歐陽公已言之。今日立憲之世，則須解欲民不犯法必先使民知法之義，而以法律列於學校之教科，使官民皆習知其旨。尚禮之世對照用縱觀，故賈生過秦，范氏鑒唐，魏默深録明代兵食二政以輔其經世書。而張江陵《雜著》中又有以因爲創之法，所舉季世不舉行而明初舉行之事是其證。曾文正《雜著》中又有考古以知今之法。如所舉越寨攻賊之法是其證。故馬徵麐讀史分爲四段工夫，《定章中國史學研究法》區正史學爲五類，於各史皆有聯合對照之觀。尚法之世對照則用横觀法，前已言矣。蓋告語、記載、著述皆須有瞭明政教之識力。臨文者或追述既往，或逆推方來，或揆合現在，必用各種方法以求曲當吾文中之情勢。其納於文中者皆有物之言，其會通象外者無鉏鋙之事。政教至無定象，舉三者印合之，而其大概可得矣，故研究政教之情勢又爲文中公有之物也。

文材大端之研究法三。　文有涉及事實者，先須有研求事實之方。事實之用有屬過去者，有屬方來者，有屬現在者，略舉於左。

所謂過去者，陳繼儒《狂夫之言》曰：「天地間有一大帳簿。古史，舊帳簿也；今史，新帳簿也。《求闕齋弟子記》：「邵位西以書相詰難，公戲答之曰：『憶在京時，閣下謂廿四史是一篇大帳目，余以爲謠言，兄忘之乎？』」此雖戲語，然邵氏乃襲眉公語也。人家儘有聰明俊慧子弟，若教之讀史，以聰明俊慧之資遇可喜可愕之事，則心力自然發越。貫串治亂得失、人才邪正、是非之源流與財賦兵刑禮樂制度沿革之本末，則眼力自然高明。以古人印證今人，以古方參治今病，則膽力自然穩實。曉暢大局面、大機括、大議論、大文章，則筆力自然宏達。故未出仕是算帳簿之人，既出仕是管帳簿之人，史官是寫帳簿之人。寫得明白，算得明白，而天下國家瞭若指掌矣。故曰：史者，天地間一大帳簿也。」此事實中觀過去之法也。

所謂現在者，蓋事實有二種，屬制典者曰虛事，屬行實者曰實事，近世人多以有機體曉譬之。自西人喀謨德伯《倫知理》倡人羣國家皆爲有機體之説，於是統一民族可如觀一人之身，統一國亦可以一人之身觀之。凡平昔之學問專屬於一人之身之心而言者，皆可用於一民族一國家，而德人佛郎都《國家生理學》之説、法人李般《國民心理學》之説由斯而大倡者也。此觀虚事之屬現在者也。而以一人之傳記觀全部之歷史，則觀實事屬現在者之法也。

所謂方來者，《論語》言損益，百世可知。董子《春秋繁露》稱欲知來，觀既往。更參以漢儒三教循環之義，而此旨思過半矣。此事實中考求方來之法也。

事實蓋文中公有之物也。然叙事實，屬過去者衹視同帳簿，屬現在者視同有機體，屬方來者更須求以循環迭進之義。然則文中之事實，貴得其神而不貴溺於其器，取其精神以對鑒當時之大勢，以儲臨事之借觀，以震蕩一己之精神。故綜述事實之時，其措思著眼，内體常被外象之印合，雖綜述在内體，而外間常若有事物爲之對待。告語文涉事實者，告之以有精神之事實。紀載文之於事實，亦貴紀其有精神者。著述文之詮論涉事實，亦貴能發抒其有精神者。於過去以算帳簿觀之，於現在以管帳簿觀之，於方來以寫帳簿觀之，則文中之事實乃有合於曾文正所謂對於千百世不知誰何之人言之及西人所謂歷史哲學之用，而不爲虚設矣。事實在文中實占要地，不第記載文宜知其用也。

告語文一

告語文之作法

告語文之二種作法。　告語文之有二種者：一、確切深峻爲一派，其源出於名法家，觀之齹然有當於人心，凜然可興人志意。一、博大昌明爲一派，其源出於縱横家，觀之皆洞見垣方，陵轢一世。講求告語文者所宜效法也。告語文有格式之專編，如胡松唐、張一卿諸選區以八門，皆取駢儷。若今日格式，莫如李兆洛之《文典》。此外吳宏道《中洲啓劄》、王世貞《尺牘清裁》、陳臣忠《尺牘雋言》、周亮工《尺牘新鈔》及《結鄰集》皆其類也。

一、焦氏竑論告語之屬二種者。《國史·經籍志》以披見情愫、志暢神美爲正體，以競於詆訶、詬戾爲切爲變體。正體即第二種，變體即第一種也。

二、魏氏禧論告語之屬二種者。魏氏叙熊極峰《靜儉堂集》謂陳詞敷議有以直切剛果使人動色驚心爲貴者，有以和平朗暢移人情志爲貴者。就兩者之中，尤以剛直一派爲人所難爲而尤貴，蓋以其能批逆鱗扼權奸，吭而褫其魄也。直切爲第一種，朗暢爲第二種。魏氏之意與焦氏所論蓋相反也。魏氏又謂《陽明別録》中諸疏，文章雄肆巨麗，漢宋以來文人所不逮，即博大一派也；謂其兄東房所作明健簡切，使言無餘意，筆無溢字，或過陽明，即確切一派也。東房之作，今所傳《四此堂稿》是也。

三、章氏學誠論告語之屬二種者。《文史通義·書教》中篇云：「後之輯告語文者，但取議論曉暢、情詞慨切，以爲此文之佳也。」議論曉暢爲第二種，情詞慨切爲第一種也。

四、包氏世臣論告語之屬二種者。包氏《齊民四術》有《谷際岐家傳論》曰：「給諫以言爲職，言有三體：條列謀猷爲敷議，匡弼主德爲諫諍，掊擊權要爲彈事。夫入告順外者，敷議也；避人焚草者，諫諍也；至於彈事，則古人對仗。讀白簡公事，公言：機不可遲而事不尚密。」案：條列謀猷爲第二種，匡弼掊擊爲第一種也。

五、劉氏熙載論告語之屬二種者。劉氏《藝概》則貴和平一種文，謂：「陸宣公奏議妙能不同於賈生。賈生之言猶不見用，況德宗之量非文帝比。故激昂辨折有所難行，而紆徐委備可以巽入，且氣愈平婉愈可將其意之沉切，故後世進言多學宣公一路，惟體制不必仍其排偶耳。」案：劉氏所謂「激昂辨折」，意指賈生，謂直切一派也。「紆徐委備」則屬宣公一派。蓋以和平一派爲正體，直切一派爲變體也。李忠定奏疏書檄亦以宣公爲法。

六、曾氏國藩論告語之屬二種者。《鳴原堂論文》謂：「奏議如時文，以典、淺、顯三字爲要。考康、雍前功令格式未備，學使衡文有以「快」、「短」、「明」三字爲訣者。文正此三字本之，而以「典」字進之，然亦可見開國時作文之樸質。今則人人以此「快」、「短」、「明」三字爲一切文之寶符，而出之仍不免寡薄。蓋樸質猶有厚氣，寡薄則弇陋也，況又雜乎！藝苑荒蕪至此，安得能者亟以文正所拈一「典」字救之，俾當世稍知作文須讀書乎？古今超絕者推賈長沙、陸宣公、蘇文忠三人。浦起龍云：「古今章疏無過賈生、劉向，後此惟宣公一人。」長沙明於利害，宣公明於義理，文忠明於人情。陳言之道縱不能兼明此三者，要亦須有一二端明達深透，庶無格格不吐之病。」按：明達即第二種，明於人情者有此；深透即第一種，明於利害者有此也。明於義理則兩種蓋兼有之。姜西溟集中有《志壑堂序》，稱「嘗欲條古今建言者分而爲三彙成一書：一曰宰相，一曰侍從，其一則諫官也」。此則以告語之地位分別彙此類文者也。

以上二種求之古近人，第一種文，近則胡文忠，遠則張文忠，兩家之書牘亦然。惟胡文忠書牘，近人因尊其人愈推其書牘。張文忠之書牘則知之者鮮。自胡文忠嘗推之外，潘曾沂《本書》特稱其簡明有體，義寧陳氏嘗欲取兩書牘而合刊之。誠篤論也。又遠則韓非、李斯。第二種文，近則曾文正，遠則陳同甫，又遠則《戰國策》也。按：《復齋漫録》曰：「東坡作《諫論》云：『魏鄭公以蘇、張之辨而爲諫諍之術。』且云：『鄭公之初實學縱横之術，其所與蘇、張異者心正也。』余讀鄭公《出關》詩有『縱横計不就』句，東坡實不見此詩，蓋識見之明有以探其然耳。」《漁隱叢話》云：「余讀三蘇文有《諫論》上、下二篇，其間云：『吾觀昔之人臣，言必從、理必濟莫若唐魏鄭公，其初實學縱横之説，此所謂得其術者也。』此殆是老蘇作。」據此知進議文貴有縱横之學始獲言從理濟。此又爲第二種文字者所宜知也。曾文正稱此類文字惟西漢之文冠絶古今，西漢前推賈、鼂，後推匡、劉。賈、鼂以才勝，匡、劉以學勝。以才勝者多博大，以學勝者多深峻。此又二種文之來源也。此張文襄論文專貴有德有實有學之文也，在告語文尤其要者矣。

路閏生於告語文所取諸家曾臚舉之，其論至通。其説曰：「朱子謂：『韓退之雖高古，然作公家文字，或施於君，或布之吏民，不失莊近平易之體，但反復曲折，説盡事理，是爲真文章，使人自不可及。』今觀朱子集中亦載公移文字，《王文成公集》列公移爲别録、爲續編，國朝于清端公《政書》刊行已久，語尤詳盡。厥後鄧次廣有《牧歐紀略》，兩江總督趙公録其疏檄批示諸稿爲《玉華堂集》，皆朱子所謂曲盡事理者。今則俞陶泉公牘有之。」按：路氏所舉之外，以吾所見尚有魏東房《四此堂稿》及《藍鹿洲文集》兩家，蓋可與諸家並馳者也。張文襄公奏議及公牘以學識勝，文亦爽切可味，雖生晚近而有盛世氣象，如全謝山序張忠烈煌言文集述時人評張詩文之言所謂「有德有實之文」也，在今日最其擅勝者。

曾文正謂：「淺顯二字出於天授，雖有博學多聞之士，而下筆不能顯豁者多矣。」此淺顯之難幾也。又謂：「必熟於前代之事迹並熟於本朝之掌故，乃能典雅。」此典雅之難幾也。蓋告語文宜有先事之豫備如此。曾忠襄稱文正此種文「出之以沉思眇慮，申之以修飾潤色，然或初善之而卒易之，字點句竄，十不存一」。是告語文宜有臨時之斟酌又如此。又謂公之此種文「不爲大喜過美之詞，亦不爲憂怵無聊之語。其持論謙謙冲挹，若不敢决其必然」。告語文宜存吾人本色之情性又如此。蓋淺顯關乎才，典雅存乎學，斟酌又生乎識略，性情又須率以真誠，合四者用之於告語文，乃可從容而入於毋泛毋隱之域矣。《寄園寄所寄》引《貞勝編》云：「郎中李夢陽勸尚書韓文劾劉瑾，文令其作草。既成，讀而芟之曰：『是不可太文，文弗省也。不可多，多弗竟也。』疏具，遂合九卿諸大臣上之。」按：明季此類文極蕪蔓，談遷《國榷義例》云：「國初沿宋元之習，文多弱蔓。弘、正間漸尚氣格，而叙事之文猶故也。章奏最繁蕪，乍讀輒不易竟，故十汰其九。」又《蒿庵閒話》載閹黨劾鄒元標等首善書院疏有「聚不三不四之人，作不深不淺之揖，吃不冷不熱之餅，説不痛不癢之話」等語，《光緒零陵志》載左光斗薦蔣向榮疏有「舉止敲金戛玉，豐神翦水裁雲」之語，皆纖猥如此，固由當時言路習氣所釀成，而亦無能師法韓文之旨所致也。

告語文之普通作法。　劉融齋云：「辭命亦祇議論、叙事二者而已，觀《左傳》中可見。」又云：「辭命體推之即可爲一切應用之文，應用又有上行、有平行、有下行，重其詞乃所以重其實也。」此分析告語文之性質及其種類者也。性質有二，種類有三。一、儲之平日。一、重之臨時。平日視乎學，臨時貴乎誠也。曾文正又於奏議外論告語文中之詔令書牘亦有兩種作法，謂：「詔令宜吞吐而檄文則宜噴薄，書牘宜吞吐而論事則宜噴薄。吞吐者，陰柔之美，近於奏議之深峻一種。噴薄者，陽剛之美，近於奏議之博大一種。」則凡告語類中舉可以此兩種概之矣。焦竑曰：「制詔，授官選賢則氣含風雨，詰戎燮伐則威懍洊雷，肆赦而春日同温，敕法而秋霜比烈。」亦分别此兩種之詔令也。至史家之録册文詔書，以昌黎《順宗實録》所修爲最有法，《義門讀書記》曾析言之，謂其「但削去繁縟，即簡質近古。修《唐書》者不知此法，本紀至一字不存。宋景文列傳遇章疏輒竄易以就奇澀，皆與昌黎背馳。宋元諸史略無翦裁，其失維均」。蓋詔册章奏，六朝至唐其失太文，宋元以後其失太質。史家於此或不存一字，或全予改竄，或存之而竟不改竄，均非法也。惟義門削繁之法與望溪論方恪敏公牘謂「略易字面，便似古人」用意正合，可爲法也。

記載文二

記載文之作法

一、徐俟齋枋記載文之三種作法。　三種者何？　一、段落，二、意氣，三、詞藻也。　徐氏《居易堂集・與楊明遠書》曰：「夫作文貴有筋節。　筋節者，段落也。　於文則爲段落，於人則爲骨格。　夫人之骨有長者有短者，有巨者有細者，有横者有竪者，有圜者有鋭者，有合用者，有獨用者，有接續以爲用者。　體類不同，各適其欵，然後貫之以筋脉而運之以氣血，則爲人矣。　文猶是也。　其段落者，骨格也。　其意與氣者，筋脉也。　而詞藻則血肉也。　故段落既定，而少意氣以貫之則脉不屬。　有段落、意氣而少詞藻則色不榮。　今且置意氣、詞藻不論，先論段落。　苟逐事爲叙，逐段衍説，一事數語，靡有重輕，如人之髖髀而與指節同其長短，頭顱與趾掌同其瑣碎，豈能成人哉？　子瞻云：『節節而爲之，葉葉而纍之。』畫竹猶不可，況於作文乎？《漁隱叢話》曰：「蘇子由云：《大雅・緜》九章，誦太王遷豳建都邑營宫室而已，至八章乃曰：『肆不殄厥，慍亦不隕。厥問始及，昆夷之怒。』尚可也。　至其九章乃曰：『虞芮質厥成』，凡六句，事不接，文不屬，如連山斷嶺，雖相去漸遠而氣象聯絡，觀者知其脉理之爲一也。　蓋附離不鑿枘，此最爲文之高致耳。　老杜陷賊時有《哀江頭》詩，予愛其詞氣如百金戰馬注坡驀澗如履平地，得詩人之遺法。　如白樂天詩詞甚工，然拙於紀事，寸步不遺，猶恐失之，此所以望老杜之藩垣而不及也。」又《詩眼》云：「古人律詩亦是一片文章，語或似無倫次而意若貫珠，如子美《十二月一日》詩、《聞官軍收河北》詩、《游子》詩、《題桃》詩皆是也。然所謂意若貫珠，非惟文章，書亦如是。歐陽文忠言用筆當使指運而腕不知。方其運也，左右前後不免欹側；及其定也，上下如引繩。此之謂筆正。山谷稱公主擔夫爭道，其手足肩背皆有不齊而輿未嘗不正。指與擔夫則如遣詞，腕與輿則如命意。故唐文皇稱右軍云：『煙霏雲斂，狀若斷而還連；鳳翥龍盤，勢如斜而反直。』與文章真一理也。今人不求意處關紐，但以相似語言爲貫穿，以停穩筆畫爲端直，豈不淺近也哉！」按：此二説皆可用以去子瞻葉葉而纍、節節而爲之病也。詩與文一也。故文家有疊聚法，有鋪張法。或一言而包舉數事，或數語而該括生平，此疊聚也。或一事之微，一日之近，而連篇累牘以言之，又重複言之，又流連而嗟歎之，此鋪張也。惟能疊聚然後能鋪張，能鋪張然後能疊聚，二者固相須爲用也。所謂疊聚者，非率略也，貴簡而明，賅而不窘。所謂鋪張者，非敷衍也，貴關係，貴精彩，動色而陳，鑿鑿娓娓，使讀者惟恐其文之竟也，斯得之矣。其一言包舉、數語該括者，猶指節也，猶蹠掌也。其一日、一事而連篇累牘者，猶髖髀也，猶頭顱也。能大能小，能長能短，能大者小之，能小者大之，能長者短之，能短者長之，斯善作文者矣。此所謂筋節也，試看馬、班諸篇無不然也。夫段落得而意氣行，意氣行而後精彩出，三者亦相須爲用，莫分先後，無有賓主者也。如逐事爲叙，逐段衍説，一事數語，靡有重輕，則段落不分而意不立，意不立則氣不行，氣不行而精彩索然矣。所謂精彩者，乃精神豐采也，非詞藻之謂也。詞藻止可點綴裝飾而不可以爲實用。故《史》、《漢》中多用詞藻語，然皆在閒事瑣事，借以爲一篇之助，若其大綱領大關鍵則必用淡用真。惟淡故有味，惟真故能動人。若於所謂大綱領大關鍵處而不以詞藻出之，則去之遠矣，生氣索然矣，況所謂詞藻者又未必詞藻乎？如《史記》屈原、賈生、荆軻、貫高、李廣諸傳，《漢書》李陵、蘇武、龔勝諸傳，其於死生頓仆、降囚憂辱、忼慨激發處不過常語數四，流連抑揚，宛轉重複，而哭者爲哭，笑者爲笑矣。夫文之爲人作傳記，猶畫之爲人傳神寫照也。陳繼儒《太平清話》曰：「作傳與墓志、行狀正如寫照，雖一瘢一痣皆爲摹寫，不然不類其人。」此爲徐氏此語所本。徐氏同時，黄梨洲亦有此説，《金石要例》云：「叙事須有風韻，不可擔板。今人見此遂以爲小説家伎倆，不觀《晉書》、《南北史》列傳每寫一二無關係之事使其人精神生動，此頰上三毫也。史遷伯夷、孟子、屈賈等傳俱以風韻勝，其填《尚書》、《國策》者稍覺擔板矣。」黄氏此説可以釋彼寫生之忌矣。又文家此種形容之筆，《識塗篇五》已詳言之。《癸巳存稿》稱：「《漢書·朱博傳》云：『博夜寢早起，妻罕見其面。』《吴志·劉繇傳》注引《吴書》云：『顧悌待妻有禮，常夜入晨出，希見其面。』此史傳相襲不致思之詞。其妻即驕惰，亦不當以婦人日日早寢而晏起至不見其面也。」按：此亦以形容過甚而失者也。俞氏書中如「僞笑荞書」等條皆摘説部記事之形容過實者，均有卓識。今人《慧因室雜綴》述友人言歐洲文豪亦有此種筆法，如小説大家歐文形容老人袖口之巨乃云：「飄飄可三英里。」宋采蘅《蟲鳴漫録》亦云：「蒲柳仙之《聊齋志異》未及檢點者頗多，最可笑者《賈奉雉》一段僕識郎生是也。」可見文家此種摹寫之筆往往遠於情實。無論爲史傳，爲小説，其描畫失真處無中外，一也。若夫叙事之外，撫寫景物以詞賦爲宜，而又以宋玉爲最工。《觀二生齋隨筆》曰：「宋玉《高唐賦》奇麗絶世，後來《三都》、《兩京》皆從此出，匪但摹其格調，並層次亦仿之。其寫山之變態曰：『崖嶇參差，縱横相追。』寫從高望下之深峻曰：『不見其底，虚聞松聲。』寫水波之洶湧曰：『崒中怒而特高兮，若浮海而望碣石。』此等句法，後人百擬不到其才，洵足俎豆千古也。」此又研求摹寫者所當體驗之妙境也。惟黄氏釋叙事近稗之説，《復堂日記》則以之病全謝山，其言曰：「《南雷文定》有飣餖之句，固知早歆香名，從華藻入，亦熟處難忘，必以僞體目之則妄。叙事諸篇，鮚埼亭所師法，而殊有稗習，不如先生之簡勁。後集清深尤勝。」然則此種傳神之法用之當否，固存乎其人耳。冠裳衣履，樹木器物，非不朱紫雜陳粉黛并用，而至於點睛則惟墨而已。所謂冠裳衣履，裝飾也；所謂樹木物器，點綴也。若點睛，則一身之生氣在焉。此大綱領大關鍵也。苟於文之綱領關鍵處而用詞藻，是以朱紫粉黛爲人點睛也，其可乎？吾更有一喻，如名家之宴客，珍極水陸，不厭濃肥，然所以合以賓主之歡而節清言之緒者，則惟酒與茗而已。珍極水陸者，以悦口也，以目食也，故可用其裝飾點綴也。而酒與茗，所謂綱領關鍵也，故惟瀹之以水，而不可以膩鼎腥甌薦焉。苟謂濃肥之悦口而以肉羹烹顧渚，飣餖溷清聖，則人能不唾之而走乎？夫人既有骨格，而一身大肉俱在閒處，如手足則去肉什九，至耳目之用則全無肉矣。苟以大肉而積於手足耳目之處，則骨雖存而能不臃腫痿痺、矓瞶而翳窒哉？故爲文段落既得之後，尤當審詞藻之宜也。夫人之無事者難爲文，而人之事跡多者亦難爲文。故於無事者貴有識力，而於事跡多者貴有裁制，何也？夫人即無事，然一生豈無數事抉摘其微使有關係？所謂能短者長之，能小者大之也。夫人即事跡甚多，然一生而豈能事事皆大綱領？故必裁簡其要使有定論，所謂長者短之，大者小之也。苟逐事爲叙，逐段衍説，則無事之人可數言而畢，而事跡多者乃盈册不止也。即如管子一匡九合，尊周攘夷，此事跡不勝書矣，而太史公傳之無多語。陳孟公似一酒徒耳，而班固傳之娓娓一千幾百言。此可見矣。雖然，此不可以躐取也，學至而得之矣。」按：徐氏此論甚周通，後來桐城方靈皋義法之説似出此，而同時侯雪苑《與任王谷論文書》所謂裁制之説與此全合，而朱竹君、焦里堂論記事文作法無一不如是也，而徐氏其開先矣。徐之古文弟子曰惠研溪周惕，乃開惠氏三世經學之宗，可想見徐門之實事求是矣。

二、方氏記載文之二種作法。志銘、叙事之文從前嘗有二種體製，方望溪曾舉退之《馬少監》、《柳柳州》二志以示法，其言曰：「志銘宜徵實事，或事跡無可徵，乃叙述久故交親而出之以感慨，《馬志》是也。或別生議論，可興可觀，《柳志》是也。」其爲《古文約選》於永叔獨録其叙述親故者，於介甫獨録其别生議論者，皆以體製師退之者爲斷。叙事之文從此入手必無謬也。至錢大昕以方氏之取歐公叙述親故，情詞動人心目之一派爲未喻古文義法，吾謂錢氏自未喻方氏之意耳。方氏取此派文本其事跡無可徵，故委曲而出以此，原非本有可紀故略之别爲動人心目之文也。錢氏謂：「使方氏援筆而爲王恭武、杜祁公之志，亦將捨其勳業之大者而徒以應酬空言了之乎？」全不案原文，乃以此坐方氏，豈非偵乎漢學家惡八家派文而立論不核本末如此？

案：銘章有此二種作法，唐人已開其先。《松陵文録》：沈曰富《太學貢生柳君墓志銘》

曰：「昔李遐叔、元次山俱銘元魯山墓，遐叔詳叙生平，而次山第述所以哭之之故。常疑次山太簡，不知銘通於誄，哀死述行，義各有所取，亦可以相備也。故但言余之交於君者藉以見君之性情，蓋欲發明吾師之文。其已書者不復列云。」此二種作法分流之始，亦顧亭林文字相避讓之説也。按：避讓之法，歐公與富鄭公爲范文正碑、志，兩公在潁，詳定作法，歐碑平情，富志嫉惡，見文忠《與徐無黨書》。又《冷廬雜識》云：「柳仲塗爲其外祖父伊闕縣令太原王公作墓志銘，其文首紀葬之年月輿地，末紀名字三代與卒年，中叙事實，則全述其舅氏信詔之言，蓋仿昌黎《襄陽盧丞墓誌銘》述其子之語、《河中府法曹張君墓碣銘》述其妻之語例，乃變體也。銘語亦簡質，云：『男賢若父，女賢若母。斯焉爲誰，柳開外祖。名號傳於世，骨兮歸於土。洛水丘山，千秋萬古。』」按：歐公《南陽縣君謝氏墓志銘》亦用此法。此又寓實於虚之變體矣。

《瀛洲筆談》紀阮氏元之言亦不取方氏之説，阮氏曰：「墓碑、墓誌，古人於首行標題之，次行未有不從君諱某起者，而今人無不别冠以死者交情及子孫乞銘，不獲辭」云云。此亦與錢氏糾方同意，而阮氏則以體製之説糾之者也。阮意蓋欲人用唐人碑版不變之體，而不尚宋人好變之體也，猶是惡八家之旨也。《暝庵雜識》稱阮文達爲胡稚威後身。稚威乃力詆方氏文者，至阮公乃亦然。雖出自説部之言，亦一奇也。

錢梅溪泳乃究心金石學者，亦不取叙述感慨一派。《履園叢話》曰：「墓碑至東漢有碑有誄有表有銘有頌，惟重所葬之人。至隋唐間，則重撰文之人。宋元以來，并重書碑之人。如墓碑之文曰：君諱某，字某，其先爲某之苗裔。并將其生平政事文章略著於碑，然後以某年月日葬某，最後係之以銘文云云。此墓碑之定體也。案：阮文達、陳蘭甫均主有定體立説。唐人撰文皆如此，至韓昌黎碑志之文猶不失古法。惟《考功員外盧君墓銘》、《襄陽盧丞墓志》、《貞曜先生墓志》三篇稍異舊例，先將交情家世叙述，或代他人口氣求銘，然後叙到本人。是昌黎作文時偶然變體，而宋元明人不察，遂相仿之以爲例，竟有叙述生平交情之深、往來酬酢之密娓娓千餘言而未及本人姓名家世一字者，甚至有但述己之困苦顛連牢騷抑鬱而借題爲發揮者，豈可謂之墓文耶？吾見此等文屬辭雖妙，實乖體例。大凡孝子慈孫欲彰其先世名德，故卑禮厚幣以求名公巨卿之作，乃得此種文，何必求耶？」錢氏蓋病沿流者大失本旨而砭其太過者也。

姚姬傳則以徵實事爲正體，其無可説者乃爲變體。《馬志》因變而生奇趣，文家之境以廣。至正體中叙事，方、姚皆尚簡。方謂文未有繁而能工者，用歐公法尚可，若用退之、介甫法則宜損，在周秦人爲之則更損。姚謂叙事繁冗則氣不流行自在，欲簡峻須讀荆公所爲，則筆間自有裁制。又案：東坡《答張子厚書》云：「志文疏中已作大半，計得十日半月乃成。然今書大事略小節已六千餘字，若纖悉盡書，萬字不了，古無此法。」是東坡尚簡之證也。《游藝約言》曰：「文要去外話。外話者，出乎本段本篇宗旨之外者也。外話起於要多要好。簡則由他簡，澹則由他澹，斯外話鮮矣。」按：此語非爲記載文言之，而可見作一切文皆有尚簡之義也。然亦有不得簡者，鄧湘皋《與海山第二書》云：「《墓誌》一千三百五字，非不能簡，不敢簡也。《冷盧雜識》云：「作文固無取冗長，然用字有以增益而愈佳者。如歐陽公作

《書錦堂記》云：『仕宦至將相，富貴歸故鄉。此人情之所榮，今昔之所同也。』後增二字作『仕宦而至將相，富貴而歸故鄉』，乃覺更勝。又作《史炤山亭記》云：『元凱銘功於二石，一置盤山，一投漢水。』章子厚謂宜改作『一置兹山之上，一投漢水之淵』方爲中節，公喜而用之。黄山谷《題仁宗飛白書跋》末云：『譬天地之高厚，贊日月之光華，臣知其不能也。』集中作『臣自知其不能也』，增『自』字，語意乃足。於此知作文之法不得概以簡削爲高。審是，則文家雖立意求簡，遇字仍中有宜增者仍依文益之，斯正所以善用其簡者歟？』《桐江詩話》云：「永叔作《韓忠獻畫錦堂記》，開石了，以碑本寄張安道。嗟嘆久之，云：『惜乎不先寄老夫，使此記遂有小纇。「以武康之節，來治於相」，兩句中可去一字。』不然，『以武康之節來治相』，又不然，『以武康節，來治於相。』」則以損爲工之説。且簡在字句而非簡去事實者也。

王荆公銘志文最簡潔有法，然觀其爲曾子固祖父作亦多至一千五百言。李習之狀韓文公且二千言。」蓋文字之短長繁簡亦視其人之交道淺深厚薄以爲準，不必定以少爲貴也。案：文未有繁而能工之論，錢大昕《與友人書》力駁之，而朱梅崖《答族弟書》謂邵青門、儲畫溪、方望溪益求真素而頗病膚淺。蓋方之所以求簡者貴真素也，真素之弊必歸膚淺。李邁堂《惜抱軒文録引》曰：「以望溪文體簡嚴而風裁實大。惜抱翁加以幽邈，則邊幅狹而體格小矣。」又評其《譚公神道碑》後曰：「元明以來，爲碑志者皆有一定排格，自姓名履歷事迹心術以至族出子姓，皆須備書，故志人物之大者率不能簡潔。至先生始以鎔鑄出之，一切皆不必備，而總以一段賅括其全，於文家可云逸品，而不可云正宗。蓋方望溪家法如是，使竹汀先生見之當益致不滿矣。」此皆病其過於簡嚴之説也。包安吳《與楊季子書》稱方之氣寒怯而姚之邊幅急促。其言亦與此合。凡此皆主持尚簡及證驗文家尚簡之論，可見此類文乃自姚氏承之而始一變銘章舊習也。

在臨文時，選材立局之斟酌，尤須視乎其人與其事及用何人家法而定之焉。

方望溪之尚簡自以爲義，更標舉《史記》義法以示則，其極至班孟堅氏亦不得與焉。其集中附刻之《史記評語》，邵位西稱爲由是可悟作史爲文之義法。其《評留侯世家》曰：「『留侯所與上從容言天下事甚衆，非天下所以存亡，故不著。』此三語著爲留侯立傳之大旨，紀事之文義法盡於此矣。」又《書蕭相國世家後》有曰：「《蕭相國世家》所叙實績僅四事，其定漢家律令及受遺命輔惠帝皆略焉。《游藝約言》曰：「凡文中緊要之地斷不可放過些子。此即專管本意猶恐不及，若復以他意參之，與認賊作子何異？」此説可見作文宜知有注重之地。凡文皆然，而紀載中尤其要也，即所謂義法之旨也。蓋收秦律令圖書、舉韓信、鎮撫關中三者乃鄂君所謂萬世之功也。其終也舉曹參以自代而無少芥蒂，則至忠體國可見矣。班史承用是篇，獨增漢王謀攻項羽，何諫止，勸入關中一事。在固亦自謂識其大者，然其語甚鄙淺，與何傳氣象規模不類。柳子厚稱《太史公書》曰潔，非謂辭無蕪累也，蓋明於體要，而所載之事不雜，其氣體爲最潔耳。以固之才識猶未足與於此，故韓、柳列數文章家皆不及班氏。噫，嚴矣！」《望溪先生文集》。方氏之意趣如此，故生平爲紀事文常以此自範。羅汝懷《讀東方朔傳》曰：「沈椒園爲查聲山求誌銘於望溪，望溪曰：『愚爲文不能多。』述狀中語唯『聲山官禁近，無嫉忌心』，表此而已。故望溪文以雅潔爲宗。」此方氏力行其旨之證也。後來全謝山持論亦與方同。《冷廬雜識》曰：「方望溪文，譽之者以爲韓、歐復出，北宋後無此作，李安溪是也。毁之者謂所得者古文之糟粕，非古文之神理，錢竹汀是也。鄞全太史祖望常謂侍郎生平於人之里居世系多不留心，自以爲史遷、退之適傳皆如此，乃大疏忽處也。余謂作文不留心里居世系乃文人通病，非獨望溪爲然，至其文格清真簡潔，要當推爲一代宗工，錢、全二公皆不逮也。」按：此乃持平之論。惟謝山文中亦有誤者，如《周徵君墓幢銘》以申凫盟爲山右人，實則申乃直隸人。又其廣撫、甘撫等稱亦皆可笑。又姚範《援鶉堂筆記》亦稱望溪《萬季野墓志》有失檢處，方東樹嘗據全謝山所爲萬傳謂望溪此志實疏。《瞑庵雜識》稱望溪文集載湯文正逸事四則，有門生陳説鹽弊，陽駁而陰從之，杖某優不殊，又杖之，展轉半年而後殺之二事，皆不可訓，乃舉以示後，謬亦甚矣。李氏《好雲樓文集》亦斥《逆旅小子》一文持論迂謬。讀望溪文者所宜知也。李越縵《筆記》亦謂姬傳誤稱查初白官侍郎，殆承望溪不看雜書之弊，故道眼前事往往有錯誤者。此亦桐城文家相承之流弊也。至姬傳記近事差譌者，據近人所摘，如《許祖京神道碑》誤福康安封號爲成嘉毅勇公，《趙文哲墓志銘》誤書大學士温福爲温敏，若此者指不勝屈。當時雖無所傷，恐傳之日久反有據碑板以證史誤者，故表明之。又載張太傅英爲王敦轉生，實爲紕繆。或爲宋臣王德，德與敦音相近，故文端毋誤聽歟？又載達天見班禪事亦甚虚妄。按班禪入京時毫無知識，爲和珅所姗笑，偶問京中有高僧否，金司空簡以達天對。二人會於萬壽寺，互相畏懾，不敢談法，惟問佛事科儀而退。此達天徒體仁所目擊者，又何嘗有振錫斥責事也？姬傳記眼前事多謬如此。他如改皖省於廬州，實書生一孔之識，未窺形勢之全，陳世鎔曾與吕文節書辨其非。然則臨文力求高簡脱略者不可不知此病。又考當時反望溪爲文者又有朱梅崖。朱自識其《祭鄭魚門文》後云：「柳子厚樹骨，左、馬採神，《騷》、《穀》涵淹，韓非、賈、馬、楊取源甚富，特崖岸太峻，稍乖乎正，載道未宜。近世有人以宋末訓詁之遺爲腐木溼鼓之音，不解柳文，妄肆詆諆，尤怪誕可笑。積一生精力治古文，不好學深思以益所未足而以愚人，究自愚而已。」此因方不喜柳文而即短方之説也。又朱嘗爲《方天游傳》述其詆方事，可見其於此一事與胡稚威本同調。胡榜姓方也，故朱外詆方者如胡稚威之言亦不可不考也。《冷廬雜識》又曰：「胡天游徵君自言爲古文學韓昌黎，澀險處似唐劉蜕、元元明善，前人如王阮亭、朱竹垞詩文偏摭其疵痏。時桐城方望溪爲古文，有重名，天游力詆之，以故忌之者衆，全謝山太史至詆爲夫己氏。」(按：全詆稚威爲望男子，見集中《張南猗墓志》，非夫己氏也。)平心論之，望溪之文高潔，固一代正宗，天游之文雄傑，實一代奇才，觀其《與朱孝廉書》云：「近世於文章絶無解者，但得豎夫劣兒塗巷語言乃謂之工，反是乃謂之不工。工不工，傎悖若此，彼其作者肯徒爲之？柳河東碑饒娥，范曄傳皇甫嵩妻，李習之傳楊烈婦，雖古今傳之，其於辭猶未工。僕嘗觀《三國志注》、《五代史》、皇甫士安叙龐娥親，歐陽公序李氏與習之高愍女碑，激發盡意，可爲工矣。假出自今世使衆讀之，必有背嫉交訾，深相不善者。嗟哉！凡人行事，自聖賢豪傑，忠臣孝子，悌弟信友，奇行異節，欲使聞於後，要不能不藉文以傳。今之俗人知託乎文矣，顧懵其能者，偏好其不能者，敝潰陋鄙，一至於此，可爲憫笑」云云。持論若此，宜文之不諧於俗也。按：此稚威病方氏一派之文之説也，可知稚威澀體與望溪直是截然兩塗，終古不能合者也。又如《漢學師承記》稱汪容甫好罵，其謂人輒云：「方苞、袁枚輩豈屑屑罵之哉！」此又反方之一人矣。此原不足異，江鄭堂固稱汪氏土苴韓、歐，以漢魏六朝爲則者也。容甫之子喜孫既詆汪鈍翁爲私造典故，其古文復支離破壞矣，又詆望溪以時文爲古文，并及其《三禮》之學等之自鄶以下。與其父如一口也，實則剿襲陳左海之言耳。余惟全氏、朱氏與方近，故但摭其小疵及其一節，胡氏、汪氏則一切詆之矣，當時陳左海又引錢氏而詆之，蓋乾、嘉風氣然也。不但方有胡、汪爲敵也，姚亦有之。皖江陳大冶世鎔《求志居集》有《與陳作甫書》曰：「吾鄉方望溪以義法繩古人，再傳至姚惜抱，謂古文統緒在桐城。近時乃有標舉《文選》與抗。要皆偏見。」此指阮文達一流也，在梅伯言時亦有之，馮魯川《授經臺記》云：「時平定張石州傳亭林、潛丘之學，與余善。梅先生不喜漢學，石州亦不喜八家文。先生聞余交石州，第默之不置可否。石州聞余從先生治古文輒不樂，或怒加誚讓。」此數者之故，即潘諮《書昌黎文後》所謂「當其苦業未就，内雖堅定而外安得明是非以驚愕一世。及業已自信，能與同者約不過數人，其以舊名習一時者必違異之，或亦以其聲而姑友之，如樊宗師輩，正世所謂赫赫必不可以吾道格者」。此爲興廢中之一種狀態也。至朱梅崖《書法言後》又以楊雄之書時大行時復晦爲説，則又一例也。自方、姚、梅後，近時張文襄亦不以張濂亭之文爲然，獨曾文正名位盛，無人與爲敵耳。竊謂文家類此者古今甚多，往往自開始者尸其難，難關過而公論始章。人品學術必經久而始論定，文家亦然。吾人各行其是可也，必持以相非，未免近於好爭矣。雖然，吾觀《抱冰堂弟子記》稱張文襄受古文法於舅氏朱伯韓，伯韓爲伯言講友，是文襄固桐城淵源中人也。然其告周先生錫恩以謂「我文無法，但平實耳」。是文襄不肯自居桐城派中矣。然其拈「平實」二義與《輶軒語》「古文之要曰實」同一用意，蓋猶是以有序歸桐城而嫌其末流之無物也，平即序也，實即物也。文襄不明指桐城，蓋善於立言，不肯背其師説也。其《書目答問》列曾文正於不立宗派中，而不列之桐城派中亦是此意，蓋文正亦導源桐城而不宿於桐城者也。文襄之自居蓋如此。至胡稚威非方文一節，可與卷六王或庵條下參看。

羅氏又云：「嘗讀《東方朔傳》而病其猥瑣，玆閱全氏《鮚埼亭集》而喜其所見略同，其言曰：『《史》、《漢》皆喜於文字見奇詭而不論史法。《漢書》較《史記》略減，然如司馬相如、東方朔傳仍所不免。以史法論，朔之斥吾丘、麾董偃、戒奢侈，其生平大節三者已足，何得滑稽之娓娓乎！其實文字亦不尚此穢語。』學者觀此言可以知史法，知文體矣。《書》曰：『辭尚體要。』如方氏、全氏之説，庶幾知體要者乎？」《緑漪草堂文集》。此皆主尚簡之論。至姚氏爲此更進以鎔鑄爲一段全賅之法，則又於同意中而自爲別異者矣。

案：望溪義法之説大都與徐俟齋意合。徐説見《識途篇五》。觀望溪爲《白雲先生傳》稱徐昭法、沈眉生尚有楮墨流傳人間，可知其必見俟齋之説。且望溪父子與明季遺民往還數數，尤沆瀣相接也，宜其持誼之有自矣。今更取方氏之論而疏證之，其《與孫以寧書》曰：「古之晰於文律者，所載之事必與其人之規模相稱。太史公傳陸賈，其分奴婢裝資瑣瑣者皆載焉。若蕭、曹世家而條舉其治績，則文字雖增十倍不可得而備矣，故嘗見義於《留侯世家》曰：『留侯所從容與上言天下事甚衆，非天下所以存亡，故不著。』《游藝約言》云：「舉少見多，貫多以少，皆是《史記》潔處。」與方旨通。此明示後世綴文之士以虛實詳略之權度也。譚瑩跋《漢學師承記》云：「昔子長撰《酈生傳》，不言其説高祖封六國後，完人之美，俾成佳傳也。又於《子房傳》見之者，紀其實也。」李氏《先正事略》亦多用此法。此講求詳略虛實者宜知之法也。宋元諸史若市肆簿籍，使覽者不能終篇，坐此義不講耳。」又其《答喬介夫書》曰：「諸體之文，各有義法。表誌尺幅甚狹，而詳載本議則擁腫而不中繩墨，若約略翦截，俾情事不詳，則後之人無所取鑒，而當日忘身家以抗廷議之義亦不可得而見矣。《國語》載齊姜語晉公子重耳凡數百言，而《春秋傳》以兩言代之。蓋一國之語可詳也，傳《春秋》總重耳出亡之迹，而獨詳於此則義無取。今試以姜語備入傳中，其前後尚能自運掉乎？世傳《國語》亦丘明所述，觀此可得其營度爲文之意也。」二者皆以尚簡爲旨，與前望溪諸説可參考而得。

李氏輯姚文田《邃雅堂文録》有《與孫雲浦書》曰：「文之爲體博矣，然要皆有所自來。詔誥訓戒原於《尚書》，叙事論斷昉於《左氏》，疏解考注本於《戴記》，誦説泛濫沿於諸子。按：此數語即舍人黄門徵經之旨，見前。之數者以叙事爲尤難，《左氏》、《國語》、《國策》，首尾一事而已。至史遷創爲紀傳，於是一人一代之事粲然具備，然其初猶爲私書，故遇有所褒譏感憤亦時時發抒其間。班固、陳壽而下，既尊之爲國史，則其體益宜簡肅。故言者謂子長喜叙瑣事，班氏以下皆不及者，非能知體裁者也。今人如應詔諸作，要當謹守孟堅，惟自爲私傳墓志不妨參用遷法。」案：姚氏此説又以二者各有所宜而有官私之别，私可議論感慨，官宜徵事實，一嚴一肆，是亦一説也。尤侗《艮齋雜説》云：「《（舉）〔文〕賦》云：『要詞達而理（文）〔舉〕，故無取乎冗長。』黄山谷見《醉翁亭》稿及南豐抹陳後山文，皆以簡爲貴者也。」《曬書堂筆録》述尤説而繫之云：「故知榛楛勿翦，庸音並曲。陸士衡猶取譏於彦和，況下此者乎！」又云：「王介甫人雖很戾，文實簡嚴，乃漁洋論其作平甫墓誌，通首無兄弟字，亦無一天性之語，敍述漏略，僅四百餘字，以此爲病，見《香祖筆記》。吾竊不以爲然。古人論墓志不書作者姓名，此古法也。既不書姓名，故無兄弟字及天性語亦無怪矣。敍述漏略，必無大節可傳耳。介甫蓋以古法行之，漁洋未深考耳。」此旨亦可爲尚簡説之左證。然郝氏仍不免曲説。古不書姓名，介甫則非不書姓名者，何可無天性語？望溪亦議其不近人情矣，王惕甫因以有「不宜爲家門文字」之説，均可見矣。惟郝云無大節可傳之説則較可信。

朱錦琮《治經堂集》有《碑版例考》，文簡略而用意頗能圓活通變。其比較侯、方、姚三家紀事文，李邁堂謂可救近人泛濫與高簡之失，兹録之以資參證。朱氏云：「墓碑始於後漢，墓志始宋元嘉。藏於幽曰墓誌，建於道陌之頭曰墓碑。厥後乃别二三品官曰神道碑，以下曰墓碑，而又有墓表、阡表。碑有銘有詩有辭，表則無。《蕙風簃隨筆》云：「豎石爲碑，横石爲帖。方者爲碑，圓者爲碣。陰字凹入曰款，陽字凸出者曰識。在外曰款，在内曰識。夏器有款無識，商器無款有識。碑耑圓孔曰穿，近穿側理下垂曰暈，一曰帶。南碑刻淺北碑刻深，謂之溝道。造佛象之匠謂之博士。凡斯之類謂之鍥雅，刻畫金石曰鍥。」凡曰公曰君曰先生，稱謂不一。後漢郭有道、陳太丘皆稱先生，以德尚也。齊蕭緬以郡王而曰公，褚淵以司空而曰公。後人仿此，於二三品官皆曰公，皆曰薨，以下皆曰君，皆曰卒，以位別也。至於誌銘，或謂散文曰誌，韻語曰銘，非也。《禮記》衛孔悝鼎銘非韻語。《説文》：誌，記也。銘，亦記也。非有散文、韻語之别。散文乃誌銘前序耳。江淹之於孫緬單舉韻言亦云墓誌，王融之於豫章王、謝朓之於海陵王、沈約之於長沙王，都無散序，並曰誌銘。而韓退之集中有墓誌銘而後無韻語者，元遺山爲《内翰王公墓表》曰：『以銘爲請，乃泣下而銘之。』表既無銘，其曰銘者，乃稱美之義耳。此可見銘有用韻，有散體，與詩詞不同。故黄梨洲《金石要例》謂：『誌銘者，通一篇而言。』而盧軒不以爲然，誤矣。至於三代，方崧卿謂公碑誌例書三代，亦非也。褚司空但書乃祖，安陸昭王書祖考不書曾，此例無一定也。後之爲碑文者無過於昌黎，集中有公碑而書三代者，有竟不書者，有非公碑而書三代者，更有書父而不書祖者，有書祖考而不書曾者，有記其遠祖而反略其曾祖者，此又可證也。其於書諱亦然，有本人書諱三代書諱者，有三代不書諱並本人亦不書諱者，有父書諱而祖不書諱，祖書諱而父不書諱者。諸如此類，古人豈漫然而爲之哉？良以謝朓、范雲其墓誌並不載爵里日月，是變化從心之所由來也。至於昆弟子女，在韓文則詳於子女而略於昆弟，間有同序則先子女而後昆弟也。號始於宋，顧歐、蘇諸大家之碑文皆書字不書號，金元遺山於内翰馮公則書曰『别字天粹』，亦未云號也。而元明名家集中書號者亦尠，要以不書爲是。至於碑額，有書夫婦合葬者，而汪鈍翁力辨其非，可以正流俗之誤。唯事係妻道而爲立碑，則不得不書某某妻某氏，若任彦昇之《劉先生夫人墓誌》是已。若序志，有直從本人起者，有從請銘人起者，有從時事起者，有從作者口中發議論起者，義例亦不一，皆可參酌而用之。若序事，當書其大。有取纖碎作點綴而略其大者，侯朝宗是也，欲求文氣之夭矯，其弊或流於小説。序事當核其實。有講求結構略舉大意不爲件繫者，方望溪、姚姬傳是也，意在文體之高潔，而其弊又同於無徵。皆不足爲法也。至於本朝八旗，皆有本姓，如爲秉筆即當叩其氏族，若截取其名以爲姓則謬矣。按：八旗氏族至淆混難明，往往有本人不曉其族出者，《純常子枝語》屢言之。若子孫自譔祖考墓表，柳子厚書諱，歐陽永叔不書諱，然於太夫人之考曰諱德彝，而崇公不書諱，以世譜具於碑也。宋景濂撰其《大父神道表》則書諱，蓋從柳也。而於《先府君蓉峰處士阡表》乃不書，何歟？顧當以書爲是。」按：近日全謝山、姚姬傳集中皆書諱。案：文中侯氏閒碎點綴，近變體；方、姚高簡舉大，近正體。然一或近小説，一或同無徵，則舉志銘中二派而糾其流失者也。

繁簡之説，洪容齋《隨筆》稱：「《史記·衛青傳》『校尉李朔』一段，《漢書》叙此，比於《史記》，五十八字中有二十三字不若《史記》贍樸可喜。」《天香樓偶得》則云：「《漢書》所省實優於《史記》。」此繁簡各有所主之説也。至明代《楊升庵合集》中論文亦力主尚簡，但知之而未能行耳。其引程去華云：「『精一執中，無俟皇極之煩言；欽恤兩字，何至吕刑之騰口。』蓋古今世變不同，而文之繁簡因之。孔子曰：『夏道未瀆辭。』推而言之，則殷周之辭瀆矣。韓退之云：『周公而下，其説甚長。』」又引《論衡》「孔子出，使子路賫雨具」一則，參之《史記·仲尼弟子傳》有子事以明古文之奥，謂《史記》「載此文而删『月離陽離陰』末節，蓋有深意。作傳之旨本以見有子不如孔子處，故不説盡而文益藴藉。如《莊子》九淵而止説其三，又夔憐蚿，蚿憐風，風憐目，目憐心，止解夔、蚿、風三句而憐目、憐心之義缺焉。蓋悟者自能知之，若説盡則無味。知此者，知古文之奥矣」。此皆楊氏尚簡説之舉證也。至其病後世之不能尚簡者，又有其説，曰：「在昔文弊於宋，奏疏至萬餘言，同列書生尚厭觀之，人主一日萬幾，豈能閲之終乎？其爲當時行狀墓銘，如將相諸碑皆數萬字。朱子作《張魏公浚行狀》四萬字，猶以爲少。流傳至今，蓋無人能覽一過者，繁冗故也。元人修《宋史》亦不能删節。如反賊李全一傳，凡二卷六萬餘字，雖覽之數過亦不知其首尾何説，起没何地。古今文章，宋之歐、蘇、曾、王皆有此病，視韓、柳遠不及矣。韓、柳視班、馬又不及，班、馬比《三傳》又不及，《三傳》比《春秋》又不及。予讀左氏書趙朔、趙同、趙括事茫如，讀《春秋》則如天開日明矣。」按：明人之説有類此者，姜南《投甕隨筆》云：「虞芮質成之事，《左傳》、《家語》、《説苑》皆載之。觀其叙事之法，《説苑》不如《家語》，《家語》不如《左傳》。」皆以比較而得者。此又楊氏病繁貴簡之旨而推其極於返古者也。然《春秋》誠簡矣，非必教後世人竟效之，何也？以文隨世變也。楊氏既知之矣，必執以咎後人之但解寶貴《左氏》，則又其傎也。若其斥宋人之繁，則意殊允。要亦楊氏痛惡宋人之習故，所以來閻百詩之排斥也。至近世桐城方、姚之文出，於是始實行楊氏之言，仍不蹈明人復古家摹擬之謬説矣。然則究方、姚家法之要，當知臨文時有説有不説，知其所説便知其有所不説矣。能知其所以説，則凡在他人以爲必説者，在此則皆不説矣。必解到此種不説之旨，乃許獨得心宗也。按：歐公修《五代史》力主尚簡，《與尹師魯書》曰：「前作《十國志》，以進本要卷多。今爲正史，盡宜删削，存其大要。數日檢舊本，十删去其三四矣。」此可爲修史尚簡法也。其爲志銘亦然，《與杜訢論祁公墓志》云：「修文字簡略，止記大節，期於久遠。」《再與杜訢書》亦持此旨。此可爲作志銘尚簡法也。明人何燕泉又有尚簡之説，《餘冬敘録》曰：「文章敘事爲難。敘事須文簡意足，語快而事詳，所以難也。宋人記三人論史法，會馬走過，踐死一犬，云：當作如何書？甲云：馬逸，有犬死於其下。乙云：有犬死奔馬之下。丙云：適有奔馬踐死一犬。議者以丙差優。考沈存中記，此穆修、張景暨存中語也。或又以爲歐陽公事，公在翰林日與同院出遊，有奔馬斃犬於前，公曰：試書其事。同院曰：有犬卧通衢，逸馬蹄而殺之。公曰：使子修史，萬卷未已也。曰：内翰以爲何如？曰：「逸馬殺犬於道。」按：以爲歐公事者，《芥隱筆記》也。以爲穆修等事亦見《捫蝨新語》。又曰：「前輩文章有簡短而可稱者。宋人記歐陽文忠公奉母喪，過某郡，郡守同屬官爲祭文，再三戒之留意。比至始出書云：『孟軻之賢，母之教也。夫人有子如軻，死何復憾！』文忠大賞之。張孝祥代和州守記廳梁云：『宋乾道丁亥朔旦，郡守胡昉新作黄堂。其記云：綏靖和民，千萬年，永無斁。』彭大雅帥蜀，築重慶城，自記云：『大宋嘉熙庚子，制臣彭大雅城渝，爲蜀根本。』此二記載《曾三異集》，又文之至簡短者。春觀古人器量款識，著於金石皆不過數語。古人款識，非今之所謂序記讚頌者類耶？著於金石，後人得見，非金石之堅者，後固不得傳也。張子玉《記六經閣》首云：『六經閣者，諸史子集皆在焉。』不書尊經也，見者歎服。然全篇贅繁不稱。子玉何不言下就結煞之？亦不善用其短者也。」考曾文正《修金陵城缺口記》云：「窮天下力，復此金湯，苦哉戰士！來者勿忘。」亦工於用短之作也。又梁玉繩《瞥記》、梁紹壬《秋雨庵隨筆》載宋人祭文尚簡之作亦甚備，可併何說參之。此又不必紀事文而亦尚簡之説也。

尚簡之意，不善用之則又蹈減字之譏。黄安濤《賢己編》有《紀東莞生》一則，凡千五百餘言，又書其後曰：「客有見僕書東莞生事者，曰：『子其爲聊齋替人耶？然此特小説家言耳，抑能用減字法晞班、馬、韓、柳乎？』僕謝不敏，姑塞其請，復握管敍之曰：『東莞生，昵狐女。鄉舉，陰相之，荷神譴，縶於獄者。贖諸途，創愈，乃離，語生：民毋恝，官毋戀。生作宰，良踐言也。』」按：此祇四十字耳，能舉千五百言中所敍括之無遺。比較觀之，可知小説家與史家之別。吾國小説家紀事之翔實當以宋人之《宣和遺事》、明人之《蘆城平話》爲可據信，故俞理初甚稱之。此又在文字之外以取材定小説高下者。而尚簡之説抑與徒鶩減字者復不同也，而史震林、韓錫胙、蒲松齡諸文亦可因之參悟矣。吴南屏爲《許孝子傳》，自記曰：「此余初學古文時所爲，經數年，藁凡十數易，即前數行字也。自是頗知敍事之難。」今即南屏之語以按其文，惟敍孝子入夢一節意曲而法周，不入小説窠臼，其妙亦在簡也。《庸閒齋筆記》稱陳簡齋之門嘗言「侯朝宗、王于一二子文之佳者尚不出小説技倆」，益可知茲事之難也。

王惕甫未定稿有《故明二楊將軍傳》，蓋因南昌彭厚德所爲《雙忠傳》傷於太繁，故爲刪次其事，復自記於後曰：「彭作《雙忠傳》幾六千言，余今刪取爲二千餘字，而文氣轉若有餘。蓋易堂數子立志太高，《漢學師承記》稱易堂九子與星子髻山宋之盛等七子以文章氣節名，蓋國初江西古文家皆以同人聚合成家，與浙東及桐城相似。推其意皆欲直接班、馬而自異於韓、歐，每作一文，無處不用加一倍法。未免急與之角而力不敢暇，卒之去韓、歐遠甚。震川不敢自異於韓、歐，卒之不求異而有以自異。以此見文章不在高談也。易堂數子承七子僞體之餘，當時文盛行之際，自覺高出一世，其於震川猶隔壁也，何暇他問！惟三魏中叔子最疏宕有奇氣，名故不虚耳。雖然，今日震川莫知所在，苛論前賢，第增惶悚。」案：惕甫之病易堂有過高之弊，其說亦允。第易堂同時，負此類者如艾千子、錢牧齋排貶李、何、王、李，持論殊過甚，按《牧齋年譜》，二十歲熟爛空同、弇州文集，至能暗數行墨。又稱其當時但驚虚名而未能辨真僞。至二十六歲，聞湯若士盛稱宋潛溪之文，會試歸，專讀潛溪、震川集，遂識文章之宗要。至六十二歲，始芟定《太僕集》。據此，知牧翁學文變遷乃先託足於李、王，後乃變而之震川者也。全謝山《文說》稱：「明初集大成者惟潛溪，中葉以後真僞相半，雖最醇者莫如震川，亦尚在伯仲之間。獨蒙叟雄視晚明而擬之潛溪，遜其春容大雅之致。此又有隨乎國運而不自知者。《語》曰：『文章者，天地之元氣。』豈不信哉！」全氏推宋與湯同旨。蒙叟雖雄，其晚年固歸宿震川者也。然方望溪最不喜牧齋，何義門則右牧齋，方與爭之甚力。此則尚待論定者也。而自負亦皆最高。此弊正不第易堂有之也。方望溪謂王崑繩從魏叔子學古文，自左丘明、太史公、韓退之外，無肯北面者。是易堂之弊且逮於其徒矣。惟王氏删六千爲二千餘言，殊有合於尚簡之旨，朱梅崖集中有《删潤潘令去思碑二千言爲二百餘言》一文，自云頗具史法。梅伯言爲管異之母墓表稱異之述其母事凡百五十字，表中即全用其文，則尤簡矣。學桐城者尤須從此處窺見。而與歐公教人以改文示範尤同意。文中此種青藍相勝之事，學者參觀尤較有益。惟王氏病易堂立志太高之說亦有不可一概論者，《惜抱軒筆記》曰：「狂者進取，自爲文家勝概。明代成、弘諸人，撟首高視，雖論有失平，然豈得盡詆爲謬妄？」姚氏不薄成、弘諸人，用意殊自婉篤。易堂之所以成爲易堂，正在善於自異。蓋惟能者善於用同，亦善於用異。且同異時有出於不自知者，又何必遠持震川之旨以概易堂乎？王氏爲《韋靜山文序》自謂「好持己所明以律其不衷者，常爲一世所不樂聞」，玆毋乃仍蹈此轍也歟？望溪稱吳越遺老尤放恣。蓋當時諸老於紀事文有過於求詳之習，如惲子居所謂風狂才子之弊。龔芝麓書懿安皇后事爲《聖后艱貞記》，凡二萬餘言，分兩卷，紀文達嫌其過繁，刪爲五千餘言，改題爲外傳，與惕甫正同。《錢牧齋年譜》稱牧齋六十一撰《高陽孫公行狀》至三萬六千餘言，熊魚山爲《金正希傳》亦成書一卷，《竟陵文選》載之，皆是。望溪父子與諸老往來數數，故深知之而力避之。吾觀杜茶村爲《張侍郎伯鯨傳》，自記其後云：「此傳公子介子求詳，故不敢略。然班傳皆詳，凡不詳者不得其詳也，著意略者元非是。」杜氏之旨如是，蓋與易堂同旨也。吾觀望溪義法之學，大都由習聞諸老之緒論，去其無法者而引申其合義者，修於己，證於古，而更轉一關。固不得持方氏以傲諸老，所謂有開必先也。故桐城文法由望溪以集諸老之成，若本其實而核之，究非其人一手一足之烈也。全謝山《梨洲思舊録序》云：「文章之事，不特藉山川之助，亦賴一時人物以玉成之。蔡侍郎梁村因數古人享此遇者莫如歐陽兗公，蓋當宋極盛之時，歷真、仁、英、神四朝，一時名流皆極九等人表之最，而兗公盡收之文字間，是不特韓、柳所無，即蘇、曾亦遜之。梨洲産百六之際，生平有爲人世所不堪者，而閱歷人物視兗公有過之無不及。」按：此即文字淵源之證也，卷六中已詳之，可互證。

朱國禎《湧幢小品》力主尚簡之說，曰：「文之長短疏密各有體製。皇甫湜爲裴度作《福先寺碑》至三千言，其冗長亦已甚矣，事未必真。蓋後人欲誇潤筆之多，而曰：三字一縑，何遇我薄？則其態可知矣。」又云：「國朝諸集大約流啚者爲多，其號稱簡古惟崔仲凫之集盛行，次則桑民懌，有序數卷，序金文靖前後《北征録》凡四百餘言。」又曰：「《楚志繇》至四千餘字，《廣東志序》則二千四百八十四字，乃漸較繁矣。」朱氏又述文家好用奇字者云：「林釴，字克相，閩人，與鄭善夫同時。釴爲文好用奇字，今人不識。然字非素習，第臨文檢古書。日稍久，或指以問釴，釴亦不識也。」此習今人亦有蹈之者，不知文章古於意不古於字，讀《論語》與《孟子》，幾見有一奇字？又云：「近日名家文字多用换字法，其計無復之則曰俚之，黽勉曰閔免，尤甚曰郵甚，新婦曰新負，異曰异，須臾曰須摇，赤幟曰赤志。又以殊字代死字，古稱殊死乃斬首，分爲二也。奉母改作奉妣，妣指已死者而言。」朱氏諸所指斥皆切中衰世文字之病者也。其云：「叙事文雖極細碎，極要照顧。如《唐書》史思明口中語而有屈節二字，封君身後文字亦用上震悼字，皆其流弊。」此又形容失真者也。大抵古人作文約大而小，今之作文推小而大，繁簡亦如之。此古今之所以分也。其云「推小而大」之失，包安吴氏亦曾糾之，而俟齋「大者小之」之旨亦與包同意。談孺木遷《棗林雜俎》則又發明明人尚簡之弊曰：「昔人謂文至《檀弓》極。遷史序驪姬云云，《檀弓》第曰：『公安驪姬。』約而該。夫經史懸殊，經主約，史主該，譬之畫者形容之也，貴得象具。且如『非驪姬食不甘，寢不安』之類是也。經者，史之要也，曰『安而食寢』備矣。自《檀弓》文極之論興，而天下好古之士惑，於是惟約之務，爲湔洗，爲聱牙，爲刓剔，使觀者知所事而不知所以事，無由仿佛其形容。西京之後，作者無問矣。」此所指在明人復古一流，而亦一於尚簡者之鍼砭也，與邁堂病桐城過於簡嚴，蓋各有指也。

馮元成論文亦以尚簡爲説，談氏《棗林雜俎》引馮文所先生曰：「古之文簡，今之文繁。古之碑碣志銘，苟無關係則不書，如緩急親黨，不過曰『待以舉火』，數十字，一二語耳。今則連篇累牘，曰：某也，婚某也，葬。數其事而記之，瑣瑣屑屑，如甲乙簿，何當哉！噫，予居常所爲緩急人者，一月或至數十事，使他日子孫欲爲予紀載，則且至數十册簿，豈理也哉！按：此數其事而件繫之之法，亦有不得已之故。蓋用一句賅括之法，人或疑其不實，故備述以舉證之，見非虛詞文飾。有此緣由，則此種尚未可厚非也。唐以來，韓昌黎最爲大家。其志銘等文具在，寥寥僅一二百言耳，然其時且以諛墓譏之。至於今或一序數千言，或一傳數萬言，荆川先生所謂『山河大地，不能作架子』。誠有味乎其感歎也！是故君子之文寧損無益，寧慎勿濫，寧拂人之子孫無違人之月旦。」明季爲文更有以簡淡爲宗者，蒲秉權爲《周尚書希聖墓志》曰：「公爲文淳正簡朗如其人，見有文踰數千言者，一筆抹其繁複，便楚楚可誦，時稱雅宗。」又云：「公老益力性命之學，津梁後學，悟之以文，曰：文何以百子塗聖賢之面爲！」此又嫉當時復古一派之説也。可見文家自明季便已日趨於尚簡之數，國朝桐城諸人但承其緒而已。又談氏自爲《國搉》一書，其義例亦以尚簡爲説，曰：「昔人論《春秋》書法，如『六鷁退飛過宋都』，謂人仰觀見爲六物，察之知爲鷁而退飛，極望知其過宋都。蓋先得數，次得物，次得地也。『隕石於宋五』，謂見有隕自天者，察之石也，其地爲宋，而數之爲五。蓋先有睹，次得物，次得地而後得數也。句不數字，盡俯仰之情態，真聖人化工之筆。宋初穆修、張景鋭志古文，嘗侍朝東華門，適奔馬踐黄犬死，因各紀其事，穆曰：『馬逸，有黄犬遭蹄而斃。』張曰：『有犬死奔馬之下。』穆語大拙，張較工而漏犬之色，則麟筆豈易儗哉！噫，衮鉞遠矣！穆修、張景竊在季孟之間。」此可見談氏之宗旨也。談氏《雜俎》又引袁宗道之言曰：「時有古今，今人所詫爲奇字奥句，安知非古之街談巷語耶？《方言》謂楚人稱好曰黨，稱慧曰譎，稱跳曰𨇤。余生長楚國，未聞此言。今語異古，此亦一證。故《史記》五帝三王紀改古語從今字者甚多，疇改爲誰，俾爲使，格姦爲至姦，厥田厥賦爲其田其賦，不可勝紀。左氏去古不遠，然《傳》中字句未嘗肖《書》也。司馬去左不遠，然《史記》句字亦未嘗肖左也。今日逆數前漢，不知幾千年遠矣！自司馬不能同於左氏，而今日乃欲兼同司馬，不亦謬乎！空同諸文尚多己意，紀事述情往往逼其真，尤可取者地名官銜俱因時制。今却嫌時制不文，取秦漢名銜以文之，觀者若不檢《一統志》幾不識爲何鄉貫矣。且文之佳惡不在地名官銜也。」按：明人門户之習最盛，好伐異，尤好黨同，故其創復古者務必求同於古人。《南滑楛語》謂烏鼠山人胡纘宗游西涯之門，樂府全仿西涯。戴仲鶡爲何景明弟子，詩格全仿大復。此坡公所謂「黄茅白葦，一望皆同」者也。《楛語》又謂明之士夫掊擊之習過於前代，《丹鉛總録》等書出，陳晦伯即作《正楊》以詆之，崔銑人品平常，而所著《洹詞》力非陽明，至程篁墩爲伊川報九世之仇，作《蘇氏檮杌》，尤可異也。皆明人弊俗也。此歷代矯異尚同兩路中，惟明人極之至於十二分也。

陶正靖《與趙子聞書》亦主此旨者，曰：「凡古文之用三：明道也，經世也，獻酬斯下矣。自韓、柳以來，莫之能廢。推而上之，如《雅》之有《崧高》、《烝民》也，魯之有《頌》也，皆獻酬之作也。然莫不有法焉，所謂法者，非但摛詞之雅令也，序致之簡節也，稱量之不苟也，亦以明道經世將於是乎有取焉，以是爲不可廢而已。由韓、柳以來，或因頌以致規，或自抒其憤懣，苟無寄託，則不容强爲之言。而丐求者之情不可以終拒，則以簡樸應之。此震川以上之家法也。明季之以文鳴者，才力富於震川，山經海志，稗官小説，旁及二氏之文，悉取爲資，造端置詞，奇詭百出，而後應酬之能事盡而格律亦少貶矣。抑其擒詞之雅令，稱量之不苟，則固未始有異焉。」《陶晚聞先生集》。案：陶氏主持以簡樸爲一時不得已應酬之文，是並欲葆此旨於酬應之中，意在時時不忘此熟處。其他反震川以上之家法，行以才力奇詭者，則於格律爲貶，其尊重簡樸也至矣。其標舉震川則與方氏同源，其不取明季文，大略即方氏所謂放恣者流，亦有定識也。

王惕甫散文雖與姬傳講論，然其文頗不爲桐城家所取，故惕甫於尚簡之説尚有商榷，謂當悉其意而臨文仍自有妙用也。是其於桐城嚴郛不肯墨守，故桐城學者不認爲同調也。惕甫未定稿有《與彭允初書》曰：「辱命爲先尚書墓碑，所不敢辭。惟來書稱引過當，非所宜承。今稍本韓、歐、王三家義法爲之寄去，但不能真爲伯喈之文，如先生所責望如何如何。外碑例當略於幽銘，而秋士作妄謂太略，故加詳焉。古碑版文雖甚簡核，必有所獨詳之處。凡所謂略者，從其所詳而略之也，無統攝數言而一概略之之理，亦無志大臣葬而不書官簿者，使後人讀之莫知進退首尾。歐陽公嘗以金石文考正史傳，使皆如此，則如何而可以考正耶？韓之誌子厚、紹述，皇甫之誌韓，皆頗略矣，而獨詳於其文。所謂言有序，各有當，惟其是者，此也。即介甫於文律至謹，亦無置事蹟而統攝數言之事。昌黎作《胡良公外碑》最簡核，要其簡核固不在事蹟外。歐與王即已沛然不能自止矣。伯喈之爲太丘，韓之爲貞曜先生，歐之爲徂徠先生、胡先生，皆置官事不書，而其所謂詳者具在。若用以施之大官，又非其體也。叙事之文蓋始於《尚書》，其統攝數言之體蓋始於《堯典》、《舜典》曰『放勳』、曰『重華』協於帝，後之爲統攝數言有如是之簡核者乎？　而《堯典》不能不叙授時、釐工、師錫三大事，中間共工、驩兜及『績用弗成』之語，無所不叙，釐降、觀刑，瑣瑣及之，何如是其詳也？《舜典》則納揆、受終、巡狩、肇州、象刑、咨岳、亮工、登庸，件繫者大事八九，而餘事之旁見其中又六七焉，中間年歲日月，或先書，或補書，何如是其詳也？　不如是，則所謂『放勳』、『重華』者有不信也。《堯典》、《舜典》如此其詳不過數百言，遷、固之爲本紀、世家、列傳，動輒萬言。　無他，文章，天地精氣之作而爲聲者也。世益降，人心危而道心微，精衰氣薄，綱紐不張，中聲之墜久矣，其辭亦不能自舉，而又不可以不信於後，於是章證事跡，歕泄無已。　此亦不得已之心，無如何之勢也。　夫不得已之心與無如何之勢，聖賢與庸衆不能異，而即爲天地精氣之所存，不容以繁簡論矣。　居今日而立言，但宜時存此意以按之漢以來文章之徒，課其離合，不得矯枉而過正也。　古文之法亡於冗筆，而矯枉者亦與有責，輒復論之。」章實齋之論記事文則不取貪多，正與愓甫意反。《文史通義》曰：「近來學者喜求徵實，每見殘碑斷石，餘文剩字，不關於正義者，往往藉以考古制度，補史缺遺，斯固善矣。　因是行文貪多務得，明知餘贅非要，卻爲有益後世，推求不憚辭費。　是不特文無體要，抑思居今世而欲備後世考徵，正如董澤矢材，可勝暨乎？　夫傳人者文如其人，述事者文如其事，足矣。　其或有關考徵，要必本質所具，即或閒情逸出，爲阿堵傳神。　不此之務，但知市菜求增，是之謂畫蛇添足，又文人之通弊也。」案：此則砭彼爲後世考證計而貪多之病，恰與王說鍼對，又一意也。　案：愓甫謂不得以統攝數言爲尚簡，其論最允。又以必有其詳者而後其他可簡，尤與《史》、《漢》法合，與全謝山説亦相應。其意與邁堂稱姬傳碑志「必鎔鑄出之、一切不必備而總以一段賅括其全」之法乃不同，與歐、蘇書大事大節合，而與俟齋所謂鋪張法亦合，與望溪祇表聲山無嫉忌心亦合。而以矯冗筆過正及秋士作碑太略者爲非，其説實可與姬傳相救正，不得以末派墨守過甚之見少之也。此蓋愓甫所獨得者也。案：愓甫此意亦本歐公，考樊汝霖《韓文譜注》曰：「歐陽文忠《跋張中丞傳後》云：『張巡、許遠之事壯矣，秉筆之士皆喜稱述，然以翰所紀考《唐書》列傳及退之所書，互有得失，而列傳最爲疏略。雖云史家當記大節，然其大小數百戰，智謀材力亦有過人可以示後者，史家皆滅而不著，甚可惜也。翰之所書誠爲太繁，然廣紀備言以俟史官之採也。』文忠所云《唐書》列傳者，謂舊傳，若新傳則採翰及公所書并舊傳爲之矣。」此説雖主記大節，然可以示後者仍惜史家之不著。可知此處必宜先有斟酌者矣，未可率以實齋之見相譏也。又歐公《題令狐楚登白樓賦跋》稱：「唐令狐綯仍世爲宰相，以文章見稱。綯爲文喜以語簡爲工，嘗飯僧，僧判齋，於佛前跪（樓）〔爐〕諦聽，而僧倡言曰：『令孤綯設齋佛知。』蓋以譏其好簡也。楚此賦無他意，而至千六百餘言，何其繁也！其父子之性相反如此。」見《集古録》。兩説皆可見歐公不專主過簡之説。惟吳仲倫《書愓甫文集》謂：「惜抱集中有《與愓甫書》稱：『文章之境莫佳於平淡，措語遣意有若自然生成者。此熙甫所以爲文家正傳，而先生真爲得其傳矣。』或者疑其言之過當，予謂愓甫文未嘗無佳者，而與熙甫無一毫似。刑部之言用意與退之反言以稱樊紹述者相似。」此桐城文家不與愓甫之論。吾謂惜抱但稱愓甫碑記數首古淡可愛，不過謂其得熙甫意趣耳，亦未嘗極言其似熙甫也。必謂反言稱之，足見桐城後學之隘。葉調生《吹網録》稱愓甫有評點茅選本歐陽文，是其人於歐文亦殊用力也。

故記事文臚舉則蹈馮元成所譏，統攝又爲愓甫所病。臚舉所以證實，統攝所以便文，二者恒相差而經營之，使相濟而不相妨，又在作者之自得矣。此俟齋所以云「於無事者貴有識力，於事跡多者貴有裁制」也。

俞蔭甫雖非散文家，然其不取貌爲桐城，於繁而能工者仍有説以處之，但所指乃論事之文，非紀事之文。其主繁亦自有義，何也？蓋凡此類之文，才有獨優，學有以自贍，即彥和窮高極遠之説而踐之，取較桐城，誠有儒門澹泊收拾不住之歎也。其《趙子玉文鈔序》稱：「子玉文皆洋洋數千言。其體大思精，以推倒一世之智勇，開拓萬古之心胸者，而仍能研窮義理之精微，辨析古今之同異。其人其才不高出陳同甫一流之上乎？近世以來，論文者率以桐城爲文家正軌。夫桐城一派誠謹嚴有法，然必執是以繩天下之文，則非通論也。案：周先生錫恩每論桐城文家輒持此誼，與俞意不謀而合。孔子有言：『辭達而已矣。』所謂達者，必舉日月所以行、江河所以流、天地所以明、鬼神所以幽而悉顯之於文，然後可謂之詞達而已矣，乃難之之詞，非易之之詞也。陸士衡《文賦》云：『要詞達而理舉，故無取乎冗長。』然云：『觀古今於須臾，撫四海於一瞬。』又云：『籠天地於形内，挫萬物於豪端。』則所謂無取冗長者，固已傾羣言而漱六藝矣。世之自託於桐城一派者，貌爲高古，實則空疏。貌爲清真，實則枯澀。見此等文必以其辭繁不殺謂不合古文家法，不知文取乎達而不以繁簡論。謝艾雖繁而不可删，王濟雖略而不可益。讀子玉之文，但當賞其體大而思精，勿笑其下筆不能自休也。」此言之旨雖意各有在，要可爲貌桐城諸末流痛下一鍼砭也。

三、惲氏記載文之二種作法。　惲子居《與陳笠帆書》論所作《戴文端神道碑銘》，因言記載文有前實後虛、虛前實後二法，謂：「《史記》、《漢書》有排比數千言者，其後必大震蕩之。此文實在前，虛在後。所以如此者，因通篇不書文端一事，故用排比法叙次家世科名官位，然後提筆作數十百曲，皆盤空擣虛，左回右轉，令其勢稽天帀地以極震蕩之力焉。此法近日諸家無人敢爲，亦無人能爲也。按：蒲氏《聊齋文集》有《示弟姪書》論文法亦有此説。東坡《司馬公神道碑》虛在前，實在後。所以如此者，由一切事業不足以盡文正，故竭力推闡在前，後列數大事止閒閒指示，如浮雲，如小石。此文正之人大，東坡手筆之大也。文端雖賢，必不敢自儕古人；敬才弱，必不敢犯東坡。因顛倒其局用之，至變化則竊取子長，嚴整則竊取孟堅也。」按：前人爲銘章表狀最稱矜慎，於大人物尤不苟。觀歐公爲《范文正公神道碑》，見公作此文時當皇祐四五年，方居憂，必遲之久，俟服闋而後作，經范、杜二公家力催，均以此緩之。至於取材，觀其《與孫威敏元規書》稱：「更須諸公共力商榷，須要穩當。」至和元年，又《與韓魏公書》謂其與文正契厚，慮有未詳者及有差誤，乞其指諭。既又如韓公教，悉改其未合。又以元規許作行狀，乞其早揮筆。至和二年，又《與徐無黨書》云：「論及富公言范公神道碑事，當時在潁已共詳定如此爲允。述吕公事，於范公見德量包宇宙，忠義先國家。於吕公事各紀實，則萬世取信。大抵某之碑無情之語平，富之志嫉惡之心勝。後世得此二文，雖不同，以此推之亦不足怪也。」可見歐公作一文之不苟如此。又歐公作此等文於行狀事必核之再三，嘗與梅聖俞書稱：「唐子方家行狀泛言行己，不列事迹。或有記得者，更得數件則甚善。」又向之索尹師魯所作墓志。又云：「尋常人家送行狀來，内有不備處，再三去問。蓋不避一時忉忉，所以垂永久也。乞以此意達之。」亦可證歐公作此等文取材之慎且周也。且觀於唐氏狀泛言而不列事迹，而公不以爲據，則馮元成言書緩急親黨事但以一二語了之者可知其非。而公之再三去問，又與朱河作傳必令人縷述生平、毛舉細故爲同此心法者也。按：此法實創自昌黎，不始東坡，東坡特廣韓法用之也。觀曾文正之《論韓公紀事文》可見。又按：姚文田所爲《太傅董文恭公行狀》，李祖陶《國朝文續録》稱其命意立局與惲氏此文同。蓋在樞廷者，凡事皆當歸於君，猶之《唐史》言房、杜無可紀之功也。然則此文可與姚文僖文參看，而紀事文有緣時風習故而成其爲一代之文者，此類是也，可以識近世公私紀載趨避之故矣。

四、曾氏記載文之六種作法。　曾文正謂：「志銘之文如神道碑，有於叙官階逐段叙其政績一法，昌黎《太原王公神道碑》用之。有先將官階叙畢，然後申叙居某官爲某事一法，昌黎《太原王公墓志銘》用之，後來王介甫多用此蹊徑。」按：此法歐公亦多用之。又云：「墓銘有先叙世系而後銘功德一法，有先表其能而後及世系一法，又有有志無詩、有詩無志二法，皆創自韓公，後來文家踵之。」《義門讀書記》云：「《河東集·崔君權厝志》有志所略者見於銘之一法。《元豐類稿·校書郎李君墓志銘》有無復事迹，只叙其數千年世次成文一法。歸熙甫《趙汝淵墓誌》即出於此。」又案：潘氏《金石例》卷六有《韓文公銘志括例》一卷，凡列二十八目，與曾文正、何義門所舉略同而尤完備。王惕甫則云：「凡此等皆臨文之變，隨時而改，隨人而異，無例可言。若一一以例言之，則轉成擔板。」故凡讀《金石例》各書，均不可不曉此旨也。

又考銘章之有銘詞，作文者每不曉安頓之意，幾於贅語。方望溪最講志銘義法，因於八家中求銘詞離合之法而得其旨。由今考之，蓋即何義門「志所略而見於銘」之説，亦非方之獨見。方氏作文固甚憚義門也，此究文法者不可不知者也。望溪集有《書退之平淮西碑後》曰：「碑記墓志之有銘，猶史有贊論，義法創自太史公，其指意辭事必取之本文之外。班史以下有括終始事跡以爲贊論者，則於本文爲複矣。按：二十四史贊自陳《志》以下缺，近湘潭王闓運有補譔者，曾在長沙書局見之。此意惟韓子識之，故其銘辭未有義具於碑誌者。或體制所宜事有覆舉，則必以補本文之間缺。如此篇，兵謀戰功詳於序，而既平後情事則以銘出之，其大指然也，前幅蓋隱括序文。然序述比數世亂，而銘原亂之所生。序言官怠，而銘兼民困。序載戰降之數，銘具出兵之數。序標洄曲、文城收功之由，而銘備時曲、陵雲、邵陵、〔郾〕城、新城比勝之迹。至於師道之刺、元衡之傷、兵困於久屯、相度之後至，皆前序所未及也。歐陽公號爲入韓子之奥窔，而以此類裁之，頗有不盡合者。介甫近之矣，而氣象則過隘。夫周秦以前，學者未嘗言文，而文之義法無一之不備焉。唐宋以後，步趨繩尺猶不能無過差，東鄉艾氏乃謂文之法至宋而始備。所謂强不知以爲知者邪。」吾謂此義雖自方氏發明，然固文家一定不易之理，所當相與墨守也。

古文詞通義卷十八

關繫篇二

記載文之作法

五、韓文公、王荆公記載文單行、對偶之二法。　曾文正謂：「韓之《楚國夫人志銘》兩層意相配而詞不對，王荆國於此等則置對停勻。是韓叙事尚單行而王尚對偶也。」又謂：「《國子司業竇公志銘》有兩層意對而詞亦漸相偶，已開王荆公志文法。」亦王尚對偶之證也。

六、黄虎癡本驥作記載文六體、三體、二種書法之法。　黄氏《癡學》中《讀文筆得》曰：「作傳之體有六：一、蓋棺論定，有事迹可紀，傳示後人，如歷代史書列傳是也。一、其人已没，勳業爛然，私爲立傳，爲異日入史張本，如諸家集中私傳是也。一、其人現存，於史法不應爲傳，而言行有關於世道人心，不可無傳，如韓之《何蕃傳》、蘇之《方山子傳》是也。一、本人自爲作傳以寫其閒居自得之致，如陶淵明之《五柳先生傳》、白香山之《醉吟先生傳》是也。一、借市井細人抒寫己議，莊生之寓言、如韓之《圬者傳》、柳之《梓人》《宋清》等傳是也。一、借物行文，仿烏有、子虛之例，如韓之《毛穎傳》、蘇之《黄甘》《陸吉》等傳是也。大抵傳死者如畫工寫影，必須衣冠端肅；傳生者如寫行樂小照，不衫不履，自見天真。此其別也。」案：此說爲生傳之事，前人多可證者。其始本於司馬光爲范景仁立傳，在景仁退居京洛時。近日黎士宏爲郭給諫充立傳，在其家居時，未署年月。又望溪集中有《釋蘭谷傳》，亦生存者，以方外故寬之。全謝山集中有《襲隱君生傳》，則明著之。王惕甫未定稿中有《繆舍人小傳》、《古心翁小傳》，亦皆生人，則稱爲小傳，有輕之之意。陶文毅公之女名瓊姿，以有割股之孝，亦有爲作生傳者。其他亦各有流別。章實齋《文史通義》析之，李次青引之，吾更校補而考其流別，知兩漢而下，如《非有先生》、《李赤》諸傳，皆藉供遊戲。《五柳先生》、《退士》、《東郊野夫》、《補亡先生》、《無悶先生》等作，則自寓生平。（此即法蘭西文學中之自傳，如《史》《漢》敍傳、劉峻自序是其屬，但非寓言。）《圬者》、《橐駝》，則借發議論。《何蕃》、《方山子》，則用兼贈序。梁寬傳龐淯之母，李翺傳楊氏之烈婦，又祇傳其一節而未概其生平。前代爲生人傳者，不出此六種。此較黄說爲詳盡矣。蓋此類在列傳、私傳外已有如許之析別，不第如黄氏所云也。又曰：「《史記》列傳之體有三：一、據事直書，不論善惡，使後世閱者自知，如《史》自《管晏》至《貨殖》等傳，《漢》自陳、項至王莽等傳是也。一、且敍且議，而議多於敍，如《史》之《伯夷》、《屈原》等傳是也。案：此說宋人李耆卿《文章精義》曾言之，黄氏蓋本其旨。惟章實齋別有說以申之，而駁正李說。《丙辰劄記》云：「李云：『傳體先敍事後議論，獨《圬者》、《王承福傳》敍事議論相間，頗有太史《伯夷傳》之風。』此言不然。文集中傳體不與史傳同科，《王承福傳》本是寓言，並非真正傳體，故李漢編入雜著，明其爲立言而非傳人也。且通篇全爲議論，何有叙事？其引端數語不過爲論勞逸作緣起耳，安有夾行叙議哉？又此類古人甚多，柳氏《梓人傳》、《郭橐駝傳》皆爲一例，安可與史傳比？至太史《伯夷傳》蓋爲七十列傳作叙例，惜由、光讓國無徵，而幸吳太伯、伯夷之經夫子論定以明己之去取是非。奉夫子爲折衷，篇末隱然以七十列傳竊比夫子之表幽顯微。傳雖以《伯夷》名篇，而文實兼七十篇之發凡起例，亦非好爲是議叙之夾行也。」然則章氏識史公深處較李、黄爲卓矣。至章氏謂文集中傳與史傳不同科之説，又與姚文僖應詔及私傳各有宜之説亦合也。一、叙事居十之一二，而採録文詞居十之八九，如《史》之董、賈、相如等傳，《漢》之《楊雄傳》是也。」按：包慎伯嘗稱作此種傳最難，可參看。又曰：「傳誌之體，一人之事不可具書。有功業可述之人，則書其一二最大者，其餘人人所能舉可略也，若曰：其人處大事如此，未有稍苟且於小事者也。無功業可述之人，則書其一二最小者，若曰：其人處小事如此，使處大事未有不辦者也。總之，事無大小，必有以異乎恒人而不詭於大道者乃可傳世。」吾觀黄氏所舉作傳六體之説大都本於章氏《文史通義》，余既取以推闡其未盡矣。其發史公三體，在諸家亦多論及，惟黄氏彙歸一處，故採之以括此體之變。其二種書法與徐氏小大長短之説及劉氏舉少見多、貫多以少之説正合，亦可與諸家尚簡之旨互參也。

七、張漢渡象津，新城人。作記載文之詳略二體法。張氏《白雲山房文集·與陳斌文集同名。答王守閑書》云：「古人身後之文，如行述、行狀、墓志、墓表、碑記、傳、別傳、年譜、遺事及誄讚、哀詞之類，皆所以彰微闡幽，表揚功德。然亦各有體式，以其序而言，則先述狀而志而表，而記、傳、年譜以下又其後也。蓋志、表、碑、傳皆依於述狀，事或彼此互備，體或虛實各成，要必以此爲本。朱梅崖代沈文慤作《新城陳君墓表》，自識云：「須合行狀、墓志讀之，識其消納補綴、鉤綰管攝，自然易簡之妙。」按：此又於名家志狀用並行讀法之説也。故述狀皆據實書事，辭不詳厭。其作之人，非子孫兄弟，則知交之深相習者。而誌、表以下據以搆體，凡賢而有文者皆可爲矣。」按：此謂述狀之體宜詳，誌、表、碑、傳既據以成文，則自然宜略。此叙事二體之區分也。又洪榜爲《戴東原行狀》，其末結語云：「謹述家世行業及論著之大凡，以求誌於作者。詞繁而不敢殺，蓋有待於筆削云耳。」此亦以明著作行狀與碑誌之義法也。王崇簡《答蔣渭公書》云：「尊公徽行累數千言不能盡，欲求可傳，不得不有所取捨。蓋足下述之惟患不詳，而作誌者不妨或略也。」按：此説當爲張氏所本，見次第當如是也。又石屏陳湖亭沆《論行述書》云：「古人傳誌狀碣諸體，主於文質事核，如寫生然，肥瘦長短妍媸之狀恰肖其人，不可以粧飾失真。至於稱述母德尤尚樸率，有舉家庭一二細瑣語彌見大雅者，惟其情景逼肖耳。歐陽永叔《瀧岡阡表》字字從胸腑中流出，真意藹如。千載下讀之，猶爲感動唏噓，何處更著經史古文一字！自近世行文者以富麗爲工，於是古人成句排纘無遺，而真意始漓，體裁始乖矣。」按：此説以真切爲貴，貴簡肖而不取詳贍，於二者又自有偏重。其寫生之説，與俟齋及朱竹君同意。其述母德云云，蓋有取於震川之意也。

黄梨洲《金石要例》分行狀爲二種，曰：「行狀爲議謚而作，與求志而作者，其體稍異。爲謚者須將謚法配之，不可書婚娶子姓，昌黎狀董晉亦書子姓。柳州狀段太尉、狀柳渾是也。爲求文者，昌黎之狀馬韓、柳州之狀陳京、白香山之狀祖父是也。此亦二體之區別也。」黄氏論碑誌亦有繁簡二例，曰：「志銘藏於壙中，宜簡。神道碑立於墓上，宜詳。然范仲淹爲《种世衡志》數千餘言，韓維志程明道亦數千言，東坡《范蜀公志》五千餘言，唯昌黎繁簡得當。」二説皆於一體中區別其施用之宜者也。按：柳子《段太尉逸事狀》以補前狀所不備，全謝山仿之爲《林蔭庵逸事狀》，此又作狀一例也。全氏謂陳了齋作《豐尚書狀》但叙歷官而不及一事，則别成一格，蔭庵原狀用了齋例也。此又作狀一説也。又文章家無合狀之體，惟《葉水心集》嘗爲陳同甫、王道甫作合志，蓋出於史之合傳。全氏因其例而爲華氏忠烈合狀及楊氏四忠雙烈合狀，此又一例也。

八、何司直邦彦作記載文之五法。永豐何氏司直《古文草》有《奉徐東松先生書》曰：「彦謂家傳之作，欲子孫知式法耳。然作傳有五例。其爲忠孝廉節者，奇行偉節，可驚可愕，吾必不待其請而傳之，借他人之事實成一家之言，然其人自是不朽矣。其次則知交叙其交情之肫摯，笑語之如生，於文爲别調。其三則爲人乞作，而受其金帛以濟貧乏也，亦起視其人必無善無惡而後可焉。至於叙次有善行可記而遺行可疵者，則擇其善者書之，其疵者去之，使人曉然悟諸文字之表。有善行可紀而小失無礙者，則亦書之。陳太丘，賢人也，而碑書其不矜細行。柳子厚，賢人也，今取其墓誌讀之，亦叙其不自貴重處。蓋紀其一眚，而後所書者使天下較然不疑。此其意非深悟《論語》『柴也愚』諸章不可得而知也。」案：何氏立此五法以作紀載文字，用意尚篤實可取。其第二法與望溪作銘章同旨，其第四法亦私家作紀載文共遵之法也。

九、郝伯常經類編金石文字之八法。　世系　名字　始起　建功　立事　年壽　薨卒　殯葬　銘詞

十、潘蒼崖昂霄例括金石文字之十五法。　入作造端　名字族姓　鄉貫　世資先德　文字藝能　仕進歷官　政迹功德　享年卒葬　生娶嫁女　總述行迹　作碑誌　銘辭　孤弱　祠廟原始　立廟祠祭

十一、王止仲行墓志銘書事之十三法。　諱　字　姓氏　鄉邑　族出　行治　履歷　卒日　壽年　妻　子　葬日　葬地

右三家所舉，郝氏八例專指銘章言之，潘氏則皆取《韓文類緝》以爲例，大略與徐秋山括類相去不遠。王氏既列此十三事之序，又舉韓文中此十三事錯出之序以明變，謂其他序次各有先後，要不越此十餘事，此爲正例。正例之外各有其故，可出變例。曾文正則云：「將韓文墓志擬立一表，以明行文無常態，金石無定例。」此不取定例之説也。章實齋《丙辰札記》曰：「金石文字義例，論説甚多。其言古法自不可廢，但有礙於理自不可從俗。無礙於理則古猶今也。墓志題目，夫婦合葬止題夫名，以謂妻統於夫是矣。今人往往書其配氏，於理亦自無妨害也。原配、繼室與庶出子女多不甚分，則以謂子統於父是也。南宋元明人文集則往往分析載之，非惟於

理無妨，且較古人更爲詳密，何必拘拘繩之以古法乎？」此酌用定例與例外起義之説也。王惕甫云：「碑版之用甚大，舉例者祇宜就碑版言之。碑版蓋史法所在，例所總匯。韓、歐未出以前，隨人作之，莫講義法。自韓、歐出，而銘章之作駕出史傳之上。故言例自韓、歐而始，誠不易之論。然專主韓、歐則又苦拘隘，而其用且有時而窮。今宜上取漢魏六朝，下取宋元明之謹嚴有法者附益之，其不可爲法者則捨而勿取。既以例言，則義在周謹，防其流濫，非取鶩博者也。近人反金石文字著例之説者，又有潘經峰相《事友録·書金石要例》云：「金石原無例，韓公以後隨時增損，惟其是耳。濟南潘昂霄爲《金石例》，長洲王行遂爲《墓銘舉例》，黄宗羲又爲《金石要例》，皆拘泥不通。而德州某乃合之爲《金石三例》。以知文章體裁，亦可歎也已！」潘氏用意欲廢此種，吾嫌其武斷。且當時尚未知後來《金石叢書》合刻猶有九例之書。此事當如近世講古音之法，適中用之可耳。吾謂例者，積久而成之事，古今政學禮俗莫不皆然。故《文章流別》起於晉，史例起於唐，《金石例》起於元，皆因文史與金石文至是時積累習慣已久，三家因拈出之，何可廢也？近世自修史外，記載文字舉歸金石文，留心此種自可並悟史家例法。史例與金石文例愈後起，析之愈精，所當折衷其間，去其拘與濫之失而酌行之者也。」

潘氏《金石例》載元代史院纂修《凡例》二十七條，今録其目如左：

聖制詔制　元正朝賀　外國來賀　車駕飛放　車駕行幸　嶽瀆降香　聖節朝駕　諸王稱號

皇屬除拜　內廷宴集　大會諸王　神祇祭享　百官拜罷　百官除目　蒙古言語　誅殺罪

人　錫賚犒勞　甲子日分　天地災異　奏除臣僚　奏對陳言　陞加散官　征伐收撫　外國君長　營造工作　臣下奏事　臣僚薨卒

以上均記載文中之條目。蓋當時官書紀載之法，每目中皆分别其應書與不應書及如何書法，原書皆可考見。此本修一國一朝之史例，與志銘係紀一人之史不同。然縮小之可悟施諸一人者，有普有專，或無或有，爲沿爲革，孰正孰變，種種之别，或互相爲用，或絶不可通，在心知其故耳。然則此雖關於修史義例，與作傳狀銘章有别。然臨文省覽，可以權古今之宜而通知其用意。作記載文者所宜加以研究者也。

潘氏《似園隨筆》名頤福，湖北羅田人。光緒中以編修充國史館總纂，著有《續東華録》，已行世。載道光三十年國史館提調蔡宗茂方俊所擬《修國史臣工列傳畫一凡例》，今略提其《凡例》中之通則如左：内有舊例、前例與現辦之例三種。

滿蒙姓氏地名葆心案：滿蒙氏族混雜難明，《嘯亭雜録》譏金、元二史不仿《北魏書》以氏族類序之例，故其傳記踳駁，戒後之修史者宜知。今人武進屠氏爲蒙兀兒史，於元之世系均有表以提其綱，蓋曉此意。文廷式《純常子枝語》屢稱滿蒙氏族之難知，并本人亦有不自知者。此修國史時最大之難題也。　官階升降　出征隨同　遷官年月　附傳合傳　同事異叙　卒故入祠　改名標題　漢人籍貫　出身書法　改授閣部院官書法　口外換班　賞號賞翎　恩賞書法　年下繫月葆心案：《光緒安徽通志·兵事》云：「方略，史館所纂，各書之年月日多據

奏到之月書之，其例向來如此。故往往有參差也。」此考今史者所宜知。　官名直書　祭告嶽瀆　各傳補纂　附載子孫　章奏删潤

以上皆官中紀載文畫一書法之條例，今録其目如此，用以斟合元代史館書事之法，備臨文之參酌。蓋彼猶一國史之書法，此乃一人史之書法，施之金石文尤切。且此又今世史法也，本此而略添以金石文應備之例，便成合格之文矣。若詳其義例，尤須取原書細覽之。

案：近世史館之弊，避諱太多，限制過甚，包慎伯《藝舟雙楫》曾暢發之，魏氏《聖武記》中《武事餘記》糾近人紀事之拘隘，稱趙氏《皇朝武功紀盛》往往言勝不言敗，書功不書罪，固《春秋》諱内失、昌黎避史讁之遺意。然利鈍，兵之常事；賞罰，國之大柄。有章奏，有上諭，具載官書，何必深没其文以成疑案？故高宗屢諭史館列傳直書諸臣功過，敬本此意以昭信史云云。可見史館之弊，當日聖訓已洞悉之，無如積習不可反。如趙氏以私家紀史事尚且如此，可與包説同一嘅也。 其額侍郎別傳曰：「夫徵信莫如史，然必載筆者其事專，其業世，所見所聞所傳聞莫不真確，又深通情勢，達事理之所以然。是以紀述籌議計畫本末賅備，而筆力恣肆又足以發之，使讀者如見其人，如聞其聲，故兩漢三國之事迹數千載猶彪炳人耳目者，以爲世業專門之私書也。《晉書》以下大都成於後代，爲時既促速，又與斯役者唯論官閥，罕能悉典要，故英雋之士、非常之謨不復湧現褚墨間，無以稱讀者之意。今國史固皆以時人紀時事矣，然以謂偏採家傳及散見他説者，或多恩怨抑揚，不足昭詳慎，故一以紅本爲據，據傳維麟《明書叙傳》云：「修《明史》

止採實録，嚴禁旁搜。」是修前代史亦如此也。其科鈔所不及，軍機檔册所不載，雖列聖憂勤惕厲與二三大臣從容論議於以救民間所疾苦爲天下傳誦讚歎者，檢核科鈔、軍機檔無可證驗，則不得恭紀簡册。案：此弊在明代即以爲病，王崇簡《談助》曰：「萬曆三年，閣臣張居正《論嘉靖隆慶實録疏》云：『凡所編輯不過總集諸司章奏，稍加删潤櫽括成編。於仗前柱下之語，章疏所不及者，即有見聞，無憑增入。是兩朝之大經大法，雖罔或違；而二聖之嘉謨嘉猷，實多未備。』」此可見明代實録之缺佚，但限以官中有字之史，其真知確見未著之官文書者，無緣闌入矣。本朝則沿此弊而未改者，故包氏又病之也。至部院題奏事件例係六堂僉畫，非一人所可主名。又率由胥史具稿，百司呈堂，文采不足以照耀方來。若在司員卑分，例無專達，即有碩畫顯著，不登紅本。唯封圻特使，政得自主而決策之，故多在牘外。又或中途受事，未蒇已移，溯前則無源，考後則缺委，其是否奏績，能垂久遠。紅本無文，定例，内廷批本處滿員專司批發。凡本章大學士票擬上，經上覽，交批本處用清字批示，再付内閣學士恭録，聖旨發鈔，俗謂之紅本，見《嘯亭續録》。悉從蓋闕。至其人學問所就，心術所存，概以傳例，摹寫尤難，宜冠軍之不得已於此請也。」包氏所言史館之弊如此，誠爲確論。證以潘氏所載《畫一凡例》，而史館由此相沿，浸久乃成印本文字，有如吏牘成案，可以隨時填寫。其病一也。其取材不出上諭奏疏公牘之外，又不採私家著述，多有一傳但叙其官階遷調，無一事可紀，觀之令人失笑者。其弊既失之過簡，因而有議及凡遇此種傳皆歸併入大臣表者。李氏《國朝耆獻彚徵初編》遇國史此種似履歷脚色之傳亦收入，可謂無識。近日史官以册計葉功課，所採均冗濫無法。中興諸臣之列傳，一人動盈巨卷，與昔人糾《宋史》同弊，又失之過繁。其病二也。官職限以二品以上，其他必出奏請，否則高世學行，舉不得入。《養吉齋餘録》云：「實録不叙臣下事。乾隆四十年定一品官乃賜謚，而史館凡仕非賜謚及死事者，不得爲傳。」按：此例後雖有改變，知當時所遺必多也。其以官階入者，如嘉慶中巡撫朱勳，號雙料曹操，傳中除釀南山匪禍一事，餘不見劣迹。而南山案一全是此人所致，而言之不盡。舉一人可見其餘。《袁簡齋詩話》云：「朱子立中丞，名綱，高顴長髯，多權謀，人稱雙料曹操，與西林相公共事雲南。」據此，當别是一雙料曹操，而非朱勳。至《瞑庵雜識》則稱：「乾隆時，有朱某者以縣丞待缺陝西，取六百金與其僕，誘其妻去，乃娶按察之甥女，展轉援繫，不十年至封疆，時稱爲雙料曹操。」所指則是此朱勳也。惟《雜識》作「乾隆時」，似誤。其病三也。阮氏創《國史·儒林傳》如謝氏方志體，字字必注所本，意以避一家私言及黨仇恩怨也，世謂之集句體。案：此體並非阮氏所創，大致仿朱子《名臣言行録》之體與《七修類稿》中《李琢齋先生言行略》之例也。故《儒林》、《文苑》等傳，本可由館中諮各省採取著述學行編入，凡其人見稱於他著在三見以上者可列入。陳田《鄭珍〈親屬記〉序》云：「往在京師，史館開例，必三見名行著述於他書者乃得入。又作傳必舉生平著述。」然究不果行，卒須奏請，故諮取立傳，提調官或不無濫入，故出觀某省人爲提調時可見。前在京時，意欲依事例，請將安陸李先生道平入儒林傳，已將先生著作按式選呈矣。某君時爲史館提調，陽許而仍扼之，意在索賄。其事遂寢。必待奏請，則所遺已多。其病四也。一朝巨觀，其病如此，可傷也哉！陶正靖《晚聞先生集》中稱在史館分撰賢良傳十五篇，並自識其爲《楊文定傳》後云：「近時習尚避諱，名臣事迹，雖子孫有不能詳者。至文定事較近，所聞可據，而稿本頗多刊削，故别爲撰次以例其餘。」此已可見乾隆初年，史館之弊習致令不得申其志於官書者，往往自存其真於私書焉。又考姚姬傳爲《方恪敏公家傳論》曰：「唐時，凡入史館者必令作名臣傳一，所以覘史才。今史館大臣傳率鈔上諭吏牘，謂以避黨仇譽毁之嫌，而名臣行績遂於傳中不可得見。然則私傳安可廢乎？余讀國史《方宫保傳》，爲之憮然。今尚書將修族譜，請叙恪敏公事，遂次其傳。」據姚氏此説，知國史列傳於臣工有功績可褒者，其病尚如此。又《松陵文録》有張履《通政司副使顧公墓志銘》曰：「公諱蒓，號南雅。嘉慶間，國史館進呈公所撰《和珅傳》已經人竄改，仁廟怒其無以傳信，嚴旨詰問。旋總裁以公元稿進，仁廟深是公而奪竄改者官。今上閲實録至此，嘉公能直筆其事。」與乾隆中史館一事絶相類。《養吉齋餘録》曰：「王鴻緒、高士奇、明珠、徐乾學諸人，在康熙時互爲黨援，交通營納，爲總憲郭公琇所劾。乾隆間，史館纂列傳時未載原疏，高宗謂無以彰示百世，命將原疏載入王、明諸傳中。」蓋於罪狀已昭著者，史官猶爲之諱。其有直筆者反改竄之，至觸聖怒，則庸陋更可憫。此又爲罪臣傳之病矣。案：《漁隱叢話》引《本朝名臣傳》云：「初仁宗以《唐書》淺陋，命官刊修，在職五年而修至，分撰紀表志，七年書成。宰相韓琦素不悦宋祁，以所上列傳文采雕飾太過，又一書出兩手，詔修看詳改歸一體。修受命歎曰：『宋公於我前輩。人所見不同，詎能盡如己意？』遂不易一字。又故事，修書進御惟書官崇者。是時祁守鄭州，修位在上，修曰：『宋公於此日久功深，吾可掩其長哉？』遂各列其姓名。宋庠聞而喜曰：『自昔文人相凌掩，斯事古未有也。』」此事與顧南雅修《和珅傳》爲人改竄正相反，可見官修史傳之弊，必如歐公通人始免彼此參差齟齬之病也。錢氏《養新録》稱景文之識有勝歐公者。此尤見歐公之讓善也。若南雅此事關乎人物邪正之辨，尤在文字之外而關係較重者，可以私意行之乎？且改竄之事，以文字論，後人未必悉勝前人，尤不第南雅此事也。《三山老人語録》云：「《舊唐史》：蔣伸從容言於上曰：『近日官頗易，治人思僥倖。』上驚曰：『如此則亂矣。』對曰：『亂則未亂，但僥倖者多，亂亦非難。』上稱歎再三。《新史》易其語云：『比來爵賞稍易，人心且偷。』帝愕然曰：『偷則亂矣。』伸曰：『否，非遽亂。但人有覬心，亂由是生。』不若《舊史》詞暢而理順也。」此爲《新書》不如《舊史》之一證。故此事改之而不善，不如仍舊之爲愈。此馬、班所以不恥相襲也。然此猶按文字言之者也。然則今日之史，爲功爲罪，均無可稽求者矣。至私家傳狀之弊，陶真一《退庵集》有《書李習之奏》極言其難。陳見復至戲謂易紀傳體爲編年，庶不甚難。蔡中郎以碑銘著稱，其文率多習之所指。知虛詞相扇，古今一律。而爲樞廷大臣志傳，又多以歸美君上，悉遁於虛，如姚文僖之爲董文恭狀是。此又採私家傳狀者所宜知也。統而論之，今代國史有兩大弊：一康、雍時缺略而尚寬，其時列聖實録於諸臣祇附載履歷官階。厥後始有仁廟欽定《功臣傳》一百六十餘人，曰三朝功臣。雍正中修《八旗通志》，諸王公大臣傳始備，然祇滿人，其他都缺。其取材皆憑家乘，秉筆詞臣又復視好惡爲褒貶，如開國名臣温順公何和理、直義公費英東等諸傳寥寥數行，而蔡毓榮、蘇拜等傳皆幾至萬言，悉剽竊碑版中語也。此一弊也。一、乾隆後循故事而入陋，自乾隆庚辰開國史館於東華門内，命儒臣將舊傳盡行删薙，定例一切遵照實録、紅本、檔册諸籍所載，詳録其人生平功罪，案而不斷，以待千秋公論。後又重修《王公功績表傳》、《恩封王公表》、《蒙古回部王公表傳》等書，一依是例矯前此採碑版之弊而過正，於是印板文字出矣。參見《嘯亭雜録》。此又一弊也。惟乾隆三十年重修《國朝諸臣列傳》創立《二臣傳》、《逆臣傳》名目，以在明時内官翰詹科道，外參游道府及陟崇階者爲斷，又於二臣分甲、乙編，編又區上、中、下，詳吳振棫《養吉齋餘録》。此事最快人意，今其書已通行矣。至嘉慶庚申，又命補修列聖本紀及天文、地理諸志。《天文志》乃大學士禄康薦優貢生汪萊修之，見《漢學師承記》。道光中始畫一《臣工列傳》，光緒中葉又復踵之，爲中興功臣畫一列傳，雖云具體正史，然自阮文達《儒林傳》獨創別體外，因而《文苑》、《孝友》、《循吏》等傳相繼開始，皇史宬即前明之舊址，正殿藏本紀、實録、聖訓，西配殿附藏滿漢文《大臣列傳》、《儒林》、《文苑》、《循吏》等傳。見《養吉齋叢録》。固終不免以前兩者之弊也。至讎對之疏，考《純常子枝語》引鮑臆園手札云：「考據豈但往古難徵，即以近時論，《實録》，重大之事，咸豐末年史館補繕《宣宗實録》一分借出，當日恭閱稿本，康與校最多，如文孔修相國謚文端，數年前事耳，録中作『文莊』，經纂修、核對、提調、總纂數十人之目未曾改正，即與《列傳》不符。又如兵部朋馬之『朋』誤改作『棚』，朝鮮國王李昇録中誤作『昇』，又誤改作『昪』，實乃『昇』字也。官書之誤尚至如此，讀者焉可不知乎！今國史修書動云據實録，乃實録亦如此，則又何據乎！」此又弊中之弊也。不但此也，讀史者但虞已往之是非難明，不知見世之是非更傳聞難定，即如近人沈映鈐《退庵隨筆》之言曰：「所見異辭，所聞異辭，所傳聞又異辭，不必有二時，亦不必分二地也。此人所辦之事，述之彼則乖誤矣。户内所謀之議，至户外則參差矣。余歷在師閫，即徐仲升廣縉也，咸豐中督師剿粵匪。見到處皆然，道聽塗說。欲據以評事之得失，不誠爲盲人瞎馬歟？昔人言一部《十七史》只好作《琵琶記》讀，信然！」又觀於朱克敬《雜識》述裴蔭森之言曰：「軍興以來，官軍克城多，賊棄我取，余爲《羅田團練始末記》亦洞見此弊。惟安慶、江（南）〔寧〕、常州三城確由血戰得之，而江寧攻戰尤苦。」細按此語，知當時陳奏今日克某城，明日克某城，舉凡身前博保舉、身後入諛墓文者，其功績大都可想也。此又自來紀事通弊而無術可究詰者也。

若夫私家紀載又有二弊：一、短書摭拾，或雜恩怨。一、文士浮誇，尤多未核。宋周密《齊東野語》引《澗上閒談》云：「近世修史本之實録、時政記等，參之諸家傳記、野史及銘志行狀之類。野史各有私，好惡固難盡信。若志狀，則全係年家子孫門人掩惡溢美之詞，又可盡信乎？與其取志狀之虚言，反不若取野史傳記之或可信者耳。」此宋人言取材兩者之得失也。吾嘗依此說以稽求近日史料，往往於文集筆記得其單詞片語之質直屬當時諱之未盡者窺見底藴，確有勝於官書者。略言之，如世祖不識漢字見《邵青門集》，世宗好侈符瑞見徐本仙《故知録》，世宗崩於倉猝見《陶晚聞集自序》，高宗南巡，官民俱困，百事都廢，詳見黄卬《酌泉録》，沈荃爲聖祖太子鴆死見《景船齋雜記》等書。他如湯斌死於明珠，管世銘死於和珅，仲永檀死於張照，諸書多顯言之。福康安之稔惡倖功，雜見於《達觀堂詩話》、《聖武記》等書。粵匪時，洪大全並無其人，爲賽尚阿軍中僞造，參以李秀成供狀等而自見。此種甚多，不可枚舉。是宋人野史傳記可信之說，誠有驗之言。此季野修《明史》所以有以雜家、傳誌、志乘證實録，復以實録裁他書之法也。然非潛心此事嫻熟史掌之後，此法仍不能用也。難哉！難哉！說部筆記之失，如《嘯亭雜録》笑趙甌北《簷曝雜記》稱南懷仁、湯若望至乾隆中猶存，薛叔耘曾摘汪堃之《盾鼻隨聞録》、陳其元之《庸閒齋筆記》，見《庸庵筆記三》。一則憑空編造，一則褒貶未允。江子屏爲《漢學師承記》，今人《選巷叢談》稱其除正傳十餘人紀實外，餘多溢美，而於揚州人尤甚。其《盾鼻》一録之誣蠛何子貞太史，黄鈞宰《金壺逸墨》既糾正其矛盾無稽，《鋤經零墨》又斥其誣陷謬誤。又如禮親王《嘯亭雜録》於金蘭畦尚書光悌毁斥太過，余家世近金氏里閈，所聞於故老者殊不然。金氏執法之嚴，惲子居吞吐宛轉以紀之，並與人札辨之，可知金氏乃不趨當時風氣者。《履園叢話》、《浪迹叢談》亦述其判案及愛才等事，《三異筆談》述百文敏言又以酷吏詆之。其人大抵與周文忠天爵相類，所處刑法廢墜之世，略認真便來異議，此皆乾隆四十年以後迄嘉、道時人之見識，然則金氏亦何可輕詆也！豈必使人人盡汩没入風氣中，如傅壽彤朝願之誚曾文正懸遁之言，然後爲得乎？夫如是，於身家誠便矣，於國事何可！知洪稚存、張皋文面糾當時柄國大臣爲有由。厥後曾文正追維吏治民生痛困之漸、外患内亂之開，始爰有道光三十年以前皆鄉願人物之歎，而惜若曹養成不痛不癢之天下也。至近日黨人攻訐昭代之語尤多鑿空附會，二者皆一時追逐風氣之談。前此太守文而近又太恣肆，凡此諸書均宜慎取。近世記中興軍事書以《湘軍志》最有名。其文之高古，世稱其可上追史公。第其事實，同時朱克敬《瞑庵雜識》便摘其誤，李申夫《十三峰書屋集》又作《書憤》與之辨，《吁齋童話》亦病之。平心論之，其書較之王定安《湘軍記》似更饒直筆，寧當取志而不取記也。王家居時曾與同里楊毓秀爲《平回志》，後亦以不相能，楊乃專之。可見紀載之事未可付之作官人料理也。至文集之失莫甚於袁枚《小倉山房文集》，今舉諸家所指摘以例其他，可見凡文人不可與史事也。一則彭尺木曾貽書糾之也。彭既歷疏其叙姚啓聖、施琅、張楷、陳鵬年、趙申喬及三藩反叛各事之誤，唐祖價《陳恪勤公年譜》附辨謂其譔《恪勤傳》載恪勤下獄時，趙恭毅巡撫浙江，過江寧傳諭旨事大誤。蓋恭毅以康熙四十一年授浙撫，其冬調偏沅。恪勤坐法在四十四年，其後罷職又在四十九年，恭毅猶未去偏沅也。袁氏之違失大率類此。復申之曰：「所陳皆顯然可見者，其他瑣悉或未易枚舉。惟望悉心考核，隨手更定，俾毫髮無憾而後即安，庶可爲傳世行遠之計。不然，與爲失實，毋寧闕疑。此則私心所深禱者也。抑凡古人碑誌之作，未有不俟其子孫陳乞而漫然爲之者。漫然而爲之，則吾言既置之於無所用，又無子孫爲之徵，則其人之本末不具，而徒採道路之傳聞，剽縉紳之餘論，或援甲以當乙，或取李而代桃，傳之異日，真僞雜糅，是非瞀亂，不如舉而删之爲得計也。愚意大集諸碑誌非有子孫陳乞者削之，其事詞可徵，本末具者或爲傳或爲狀可也，不具者或别爲書事亦可也。誠如此，在作者既不至失言，而諸公平生行事亦得藉以取信於後世，其與夫漫然爲之者大不侔矣。」此矯正文集紀載之一説也。一新昌李騰華《鄴芸文集》曾記其幾因紀事失真而興訟也。李氏《書袁子才書潘荆山事後》曰：「康熙二十年，臺灣入版圖，蓋奏請於靖海侯施襄壯公琅之特疏，而成於聖祖之睿斷。詎子才與姚總督作傳，妄以收臺之功盡歸於啓聖，而於襄壯轉多誣衊語。余先嫂，襄壯曾孫女也。余在京時，其仲兄如心觀察爲户部員外，在盧存齋觀察家見《姚傳》，大怒其誣衊祖功，欲與姪孫襲侯聯奏，衆勸阻之。觀察乃作《袁文辯誣》，襲侯札致子才，後得答書允將傳抽燬。書由世襲歸義侯田公金陵郵寄。田與施通家，當子才託寄書時，田侯訝袁、施之無交也。閱書省其事，手批書尾曰：『袁枚者，江南之有文無行者也。』惟其書詞雖伏，而倔强輕薄之氣溢於紙上，須再札辨，未即如指。屬余回里道金陵述其情，免成奏案。余至則子才早往錢塘。嗣見其尺牘《答靖海侯書》，將原書『立燬其板』易爲『或加增改』四字。今觀其改存《姚總督傳》，但去誣衊太甚之詞，乃更續入此篇書事，以六十年朱一貴之反陷臺灣，總督滿保聽客潘荆山部署，進討七日而擒渠平亂。其誣衊罔冒不特襄壯，而襄壯四子勇果公世驃獨力復臺之功，抑又以子虛之事爲没實之文。古立言君子不虚美，不妄傳，於紀大事尤信。田侯謂子才有文無行，文者，行之華，故其碑版傳記多荒謬不檢，且緣飾其詞以暢吾文，屢以立言華國自矜，夫亦曷可謂之有文乎！《姚傳》及此篇，其誣衊罔冒更爲無稽。國家載籍具在，未必遂淆亂有識者之疑也。」此又矯正文集紀載失實之一説也。一蘄水徐本仙《故知録》可訂其誤也。鄂文端督滇，本仙官昆陽。時有同官某因同事談在山左目見死龍形，適祀龍神日，有言是時龍掛者，某即飾詞再禀白龍見於昆池，並羅列本仙諸人之名以告。鄂公喜以入奏。嗣本仙偕同僚二十餘人詣謁，鄂又舉以詢，本仙直前答以未之見。鄂怒，本仙直陳無隱。羣僚均尤本仙，以爲必見謫。然鄂益見器，尋爲奏補雲龍州，時楊文定改間在滇，聞之曰：「今乃有不肯見龍者，是可尚也。」此事本末如此，本仙自録於所爲《文端傳》中甚詳。又徐氏譜有《本仙列傳》稱飭報卿雲呈瑞穀，本仙以未有對，時亦牧昆陽也。乃袁氏誤聽傳聞，爲《文端行略》乃云：「雲南司道賀慶雲，大理令劉某獨曰：『某目眯，實不見慶雲。』公默然，心嘉其直，薦之。」則人與事皆謡矣。此又一事也。參觀三説，更取魏默深《聖武記》中《餘記》所糾袁氏述岳威信事，及他書斥其爲《尹文端神道碑》稱尹督兩江時一月攝九印，誇誕不足信之事，唐祖价《陳恪勤年譜》亦糾其爲陳傳載趙恭毅傳旨事之誤。舉可證袁氏記載文之謬，而後之據私家文集以考史與私家之自爲記載文所當慎取而深戒也。文集紀事不枝之外尚猶有憾者，則又有秘不得聞及諱不敢陳二弊。全氏爲《方望溪神道碑》稱：「公之密章秘牘，世所未見，惟其子道章知之。而道章先公卒，故予亦不能舉其十一。」此在近臣重臣多有之，聞黄恕階侍郎在都爲曾文正與恭忠王直接商國事，侍郎從子鹿泉太守語余此類書動盈篋，後輒火之也。全氏又爲《李穆堂神道碑》云：「公之歷官事迹不能悉述，且亦有事秘不能直陳者。然而予不言，世無知者，乃略陳梗概，不能百一也。」曾文正家刊《手書日記》，王壬秋侍講作序，至欲爲之作注以詳真相，亦此類也。此皆莫可如何者也。況自桐城作記載文力主尚簡以見高潔，而事之逸於此義者復不少也。然則歷史中所紀不過此秘諱之棄餘而已，其詳確又幾何哉！況凡事祇傳表面不見裏面也哉！

吾嘗即近日史料官私都弊之外更上而溯之，按以萬季野、方望溪之言，而知修《明史》時尤有三難而生三弊：一、史料不具之難。《望溪文集》有論《明史》無任丘李少師傳之説曰：「康熙辛未，余始至京師，華亭王司農承修《明史》，四明萬季野館焉，每質余以所疑。初定列傳目録，余詫焉，曰：『史者，宇宙公器也。子於吳會間三江五湖之所環，凡行身循謹、名實無甚異人者多列傳，而他省遠方灼灼在人耳目反闕焉，趙青藜《漱芳居文鈔》亦有《書明少師任丘李公汶史略志銘後》深歎《明史》不爲之立傳。蓋亦衍方氏之説。然近代人追惜《明史》此種缺略者甚多，宗績辰《零陵縣志》亦以零陵尚書周希聖無傳爲惜也。無乃資後世以口實乎？』季野瞿然曰：『吾非敢然也。吳會之人尚文藻，重聲氣，士大夫之終，鮮不具狀誌家傳。自開史館，牽引傳致，旬月無虛，重人多爲之言。考當時史館諸公抑嚴分宜，李穆堂欲平反之，又欲痛抑沈四明，萬管村頗平反之，蓋各有護其鄉局之習也。他省遠方，百不一二致，惟見列朝實録，人不過一二事，事不過一二語。郡、州、縣志，皆略舉大凡，首尾不具。雖知其名，其行誼事迹不可鑿空而構，欲特立一傳，無由摭拾成章。故凡事之相連相類者，以附諸大傳之後，無可附則惟據實録所載散見於諸志，此所謂不可如何者也。』」案：俞氏《九九消夏録》稱明修實録必先採訪，故楊循吉有《蘇州府纂修識略》六卷，正德中修《孝宗實録》時所爲也，知明修實録必先下行省採訪事迹，設局編纂，而以本地紳士主其事。祝允明有《蘇才小纂》六卷，自序亦稱「弘治改元，詔中外諸司撰事迹上史館爲實録」。然則明代實録不第取材官中文書，而必採訪民間史料。當時之不遺在野如此，然其實録中多不具尚且如季野所云，況本朝之實録全與民間隔絶，則其難當更十倍於萬氏也已！此一難而一弊也。一、徵信之難。望溪爲《萬季野墓表》曰：「丙子秋，余將南歸，季野要余信宿其寓齋，曰：『吾老矣。子東西促促，吾身後之事豫以屬子，是吾之私也。抑猶有大者，史之難爲久矣，非事信而言文，其傳不顯。李翺、曾鞏所譏魏晉以後，賢奸事迹並暗昧而不明，由無遷、固之文是也。而在今則事之信尤難，蓋俗之偷久矣。好惡因心而毁譽隨之，一室之事，言者三人而其傳各異矣，況數百年之久乎！故言語可曲附而成，事迹可鑿空而構。其傳而播之者未必皆直道之行也，其聞而書之者未必有裁別之識也。非論其世知其人而具見其表裏，則吾以爲信，而人受其枉者多矣。按：包慎伯論記載文亦有此説。吾少館於某氏，其家有列朝實録。吾默識暗誦，未敢有一言一事之遺也。長遊四方，就故家長老求遺書，考問往事，旁及郡志邑乘雜家誌傳之文，罔不網羅參伍，而要以實録爲指歸。按：《香祖筆記》稱：「季野入京總裁，諸公皆取衷之。王象乾列傳，汪琬、倪粲各有撰述，季野從實録搜採十許事補入，視二君爲詳。」可以證此言也。且知凡纂史志皆拼合鳩集而爲之者也。至今代史館則協修具稿時悉採而萃之，纂修再筆削之，總纂又潤色之。其次第大概如此。蓋實録者，直載其事與言而無可增飾者也。因其世以考其事，覈其言，而平心以察之，則其人之本末可八九得矣。然言之發或有所由，事之端或有所起，而其流或有所激，則非他書不能具也。按：此即求諸裏面之意。凡實録之難詳者，吾以他書證之。他書之誣且濫者，吾以所得於實録者裁之。雖不敢具謂可信，而是非之枉於人者蓋鮮矣。案：萬氏之言，以實録爲依據者也。然近代實録亦非可信者，《藻川堂譚藝》曰：「韓愈不敢爲史而猶勉爲實録。實録者，史乘之權輿也，雖無直筆不敢效馬遷之所爲，然猶能以意褒貶人主。如《順宗實録》中叙陸贄事則云：『德宗在位日久，益自攬持機柄，親治細事，失君人大體，宰相益不得行其職事。』如此等類，遷、固之法未嘗盡亡也。兩宋以來，外寬内忌，史臣固不可爲，而實録之所録多非其實。後之人乃取野史與私家著述以爲載言之本，而是非益多矛盾。」此説以見實録之不可據，而私史又不可憑，兩難之道也。然則季野之法猶是得半之道也。昔人於《宋史》已病其繁蕪，而吾所述將倍焉。非不知簡之爲貴也，吾恐後之人務博而不知所裁，故先爲之極，使知吾所取者有可損，而所不取者必非其事與言之真而不可益也。子誠欲以古文爲事，則願一意於斯，就吾所述約以義法而經緯其文，他日書成，記其後曰：「此四明萬氏所草創也。」則吾死不恨矣。』」按：歐公作《十國志》，以進呈本務要卷多，後盡删削，存其大要。荆公屬東坡爲《三國志》亦是此意。近人多欲重修《宋史》，見於《暫記》、《漢學師承記》者，亦删繁之旨居多。周保緒爲《晉略》亦然。故修史者有先作長編之法以備要删，而《通鑑》之後爲約本者甚多，皆與萬氏此説相通也。惟今人於《遼史》、《元史》則多以補輯爲主。此又一難而一弊也。一、修書之難。《墓表》又述季野之言曰：「『昔遷、固才既傑出，又承父學，故事信而言文。其後專家之書，才雖不逮，猶未至如官修者之雜亂也。譬如入人之室，始而周其堂寢匽湢焉，繼而知其蓄産禮俗焉，久之其男女少長、性質剛柔、輕重賢愚，無不習察，然後可制其家之事也。官修之史倉卒而成於衆人，不暇擇其材之宜與事之習，是猶招市人而謀室中之事耳。吾欲子之爲此，非徒自惜其心力。吾恐衆人分操割裂，使一代治亂賢奸之迹暗昧而不明。子若不能，則他日爲吾更擇能者而授之。』季野自志學即以《明史》自任，其至京師，蓋以羣書有不能自致者，必資有力者以成之，欲竟其事然後歸。」此又一難而一弊也。此外如趙歐北《廿二史劄記》於《明史》多所糾證與申發。又傅維鱗《明書叙傳》云：「奉簡命纂《明史》，列局分曹，不能悉窺全册，又止採實録，嚴禁旁搜。」《純常子枝語》曰：

「據此知當時修史之弊。」亦略可知也。蓋此乃開局時之事，不在季野修書時。知當時修書事例，館中亦自有沿革，故季野未言及之。此又一難而一弊也。傅氏之書，全謝山《移明史館帖子》六謂其補元臣傳所見佳而可採。《南滑楛語》謂其以劉基、宋濂俱曾仕元入之雜傳爲有見。然則今之讀《明史》者動稱其體例最精，吳振棫《養吉齋叢録》稱其例多創，前史所未有。烏知其修書時有如是之難乎？而操簡者寸心之缺然更如是其繁夥也。觀於黄梨洲、朱竹垞、楊農先、陶紫笥、陶晚聞、全謝山諸家集中上史館之書帖及魏默深諸家集糾《明史稿》之失，其不饜人意又有如是其多也！世人第以其官書不敢議耳，然而自申私議者仍自迭出也，包世臣爲長洲胡眉峰詩序稱眉峰精於史氏，明史館開，嘉慶中修《明鑑》者。求熟明事者，大學士王文端公、劉文清公合詞延眉峰。眉峰斥王氏《明史稿》爲穢書，非事實，駁正數十百事。二公不能從。吾觀胡氏不敢昌言斥《明史》而斥横雲《明史稿》，有所忌耳，實則不啻斥《明史》也。然則《明史》者，亦祇可觀其體例而已。今之繼明而修史者，其難與其弊更可知也。據朱竹垞《上史館書》及毛西河《沈雲英傳》中所云，知崇禎一朝無〔録實〕〔實録〕，乃取邸鈔先輯爲長編。可知其材料草略。故《明史》自萬曆以後紀傳表志及弘光、隆武、永曆三朝均應再加蒐補，續諸今《明史》之後，方可稱爲完書。今之《明史》未可視爲全袟也。有志者可私成之。

《明史》書成既有如是之難。書成之後，而世之責難無已者，今請得而臚舉之。禮親王《嘯亭雜録》曰：「康熙中，王鴻緒揆敘輩黨於廉親王而力陷故理邸，故其所撰《明史稿》於建文君臣指摘無完膚，而於永樂及靖難諸臣每多恕辭。蓋心所陰蓄，不覺流於筆端。從古僉壬不可修史，王司徒言未可非也。」又安化陶文毅公有言曰：「王鴻緒史稿於吳人每得佳傳，於太倉人尤甚，而於他省人輒多否少可。《張居正》一傳盡没其功績，且謗以權奸叛逆，尤幾無是非之心。幸乾隆中重修《明史》略爲平反。」按：平反張文忠一案，魏源爲《經世文編》，於《臣道》中多收此種公論。惟自明季天門黄問、廣濟吳亮思後早有平論，特其人不著耳。至國初，濟北范明徵貽書明史館監修徐元文復論之，王漁洋亟稱之，而尤深賞石首王啓茂之詩。道光中，公論大伸，蔡季瞻爲《帝鑑圖》詩，陸立夫刻之，梅伯言序之，陶文毅公又爲刊其遺集。厥後胡文忠常效法，江陵王子壽尤大申定論，而文忠之地位至是始定矣。魏默深《書明史稿》二引此二説，深善二公之言而更申其旨曰：「或謂《明史稿》出萬季野名儒之手，其是非不應舛戾。折之曰：《史稿》於《王之寀列傳》後附採夏允彝《幸存録》數百言以折衷東林魏黨之曲直。夫《幸存録》，黄南雷詆爲不幸存録，又作《汰存録》以駁之。故其《前録》則巢氏序謂出夏公身後冒托其名，《後録》稱完淳撰，全謝山駁其中『先人備位小宰』一語蓋馬、阮邪黨所僞撰。豈有季野爲南雷高弟反採録其言以入正史？其爲王鴻緒之增竄無疑。」《古微堂外集》。他如諱成祖之惡，没建文減蘇賦之善及列傳失史例，均砭正之。其《外國》一傳出自尤西堂手，又於《海國圖志》詆此傳之失，又以《食貨》、《兵政》諸志隨文鈔録，全不貫串，其疏略尤非列傳比，蓋與顧寧人病《元史·食貨》、《選舉》二志皆案牘之文同旨。至其謂傳中於明末諸臣多疏略，而黄得功、李定國二人當詳不詳，則又當別論者也。《全謝山集》中亦以《大學士熊汝霖傳》書乙酉後事太略爲言。余所以謂萬曆以後非再修不可，此則阨於當時之勢者也。據錢氏《養新録》及姚氏《援鶉堂筆記》方東樹按語，知《明史》即王氏藁本而稍增損之。魏氏之斥史稿即斥《明史》也，特以官書不敢質言之耳。至同治中，裘曰照爲《明史發謬》，則爲專書糾之矣。《全謝山集·吴少保文稿序》稱沈廷楊本户部，今《明史》以爲兵部者非。又爲知廣西府楊美璜傳糾謬，證《明史》以拒江彬事屬之喬宇爲謬。湯修業《賴古堂文集·錢鑄庵東林紀事序》曰：「《明史》經數十巨公之手，按：其時館中諸公，健庵多倚陶紫笥，葉文敏多倚姜西溟，横雲則倚季野也。參訂數十年，與《元史》數月而成迥異。而荆溪史南如司馬著《藕莊文鈔》辨其族祖史夏隆於康熙丙子卒於家，年近九十，而《明史》則載其死節。蕭山張君鳳林《螺江日記》亦駁正《明史》數條。」《純常子枝語》。按：鳳林，劉紹攽《九畹集》作「風林」，爲毛西河弟子。毛嘗語風林謂：「毛一鷺誣陷周吏部事，《明史》不列閹黨傳及吏部傳，乃其時丐於總裁屬執筆者削去。」劉氏述此更申言曰：「西河言之，故其弟子知之。其不言者可勝道哉？」全謝山爲《陳卜年志》謂方管村在史館，故國輔相家子弟多以賄入京求史館諸總裁末減其先人之傳，管村適主《崇禎長編》，力格之，坐是出爲知縣，而史館恨之未已。《九畹集》中《書明史列傳後》糾其失實處甚多。費錫琮謂《明史紀事本末·綏寇紀略》、《明紀編年》言獻賊事皆不真。費密《荒書》乃親得之遺賊老兵，惜史館求之不與。可知真者反多遺之也。此皆不予《明史》之説也。惟全謝山言《土司傳》爲朱竹垞所創，謝山欲益以表。黄梨洲本湯臨川重修《宋史》非道學、儒林分傳之説以立論，竹垞因合併之，謝山又曾創《元遺臣傳》而未用。可見當時商訂之頻煩。章實齋《丙辰劄記》稱《明史稿·刑法志》出自姜西溟手，最爲世稱。全謝山謂其痛切，可爲後王殷鑒。章氏又謂其全書中大要祇《曆志》爲翔確，故杭大宗稱《明史·曆志》成於湯文正公而改於黄聘君梨洲，《漢學師承記》曰：「黄氏有志於明史，雖未預修史，而史局遇有大事疑事必以諮之。」全謝山爲神道碑，稱地志多取黄《今水經》爲考證。頗載鄭世子《曆議》數則，梅徵君以爲稍見大意。又謂己未明史局開，《曆志》爲錢唐吴任臣分修，總裁者湯中丞，繼以崑山徐司寇經、嘉禾徐善、北平劉獻廷、毗陵楊文言，各有增定。最後以屬餘姚黄聘君，又屬宣城梅文鼎摘其謬舛五十餘處。是則其完善之由也，則以其屬人多次，其人又多屬通人也。又考《先正事略》，知《隱逸傳》爲嚴繩孫所撰，多自道其志行，故能容與藴藉。至《養新録》稱康熙中，特敕陳廷敬任本紀，張玉書任志、表，王鴻緒任列傳。五十三年，列傳成而本紀、志、表尚未就，鴻緒復加纂輯，雍正元年再上之。此又總裁中各自有分任之門類。究之自横雲外，兩文貞仍未全負責也。至王氏《史稿》之《藝文志》，據吴翊鳳《遜志堂雜鈔》稱黄虞稷常蒐羅有明一代著作，詳述其爵里，門分類聚，比於唐宋《藝文志》之例，王鴻緒《明史稿》本之。全謝山《藂書樓記》亦云黄氏《千頃樓書目》亦屬《明史·藝文志》底本。此又《藝文志》本於黄氏之證也。又《養新録》有尤侗撰《明史·藝文志》稿之説，不知即今史志否？因述最有名之《明史》而附及糾者孔多之故，皆可以爲記載文之炯鑑也。右四則因採元清兩朝史館紀載之例，更縱論及近代史之流弊，凡以見紀載文之難爲而已，於論文書中仍非駢枝也。

朱氏《文通》曰：「墓碑文，其體有文有銘，又或有序。而其銘或謂之詞，或謂之頌，要之皆銘也。文與志大略相似而稍加詳焉，故亦有正、變二體。墓志銘有有志有銘者，有有志銘而先有序者，有題志銘而或有志無銘、或有銘無志，亦有單云志而卻有銘、單云銘而卻有志者，有題云志而卻是銘、題云銘而卻是志者，皆別體也。其爲文有二體：正體惟叙事實，變體則因叙事而加議論焉。按：此即上文所歷述之一體。又有純用『也』字作接段者，有虛作志文而銘内始叙事者，亦變體也。若夫銘之爲體，有三言、四言、七言、雜言。散文有中用『兮』字者，有末用『兮』字者，有末用『也』字者。其用韻有一句用韻者，有兩句者，有三句者，有前用韻而末無韻者，有前無韻而末用韻者，有篇中既用韻而章内又各自用韻者，有隔句用韻者，有韻在語詞上者，有一字隔句重用者，有全不用韻者。其更韻有兩句一更者，有四句一更者，有數句一更者，有全篇不更者，難以例列。」案：此説但略舉其凡，不及諸家金石釋例書中之詳。然與碑版例考參觀，未嘗不可識其大概也。

李紱《秋山論文》曰：「文章惟叙事最難，非具史法者不能窮其奧窔也。有順叙，有倒叙，有分叙，有類叙，有追叙，有暗叙，有借叙，有補叙，有特叙。順叙最易拖闒，必言簡而意盡乃佳。蘇子瞻《方山子傳》則倒叙之法也。分叙者，本合也，而故析其理。類叙者，本分也，而巧相聯屬。

追叙者，事已過而復數於後。暗叙者，事未至而逆揭於前。按：此可與徐俟齋三種作法參看。《左》箕之役叙傳狼瞫取戈斬囚事，追叙之法也。蹇叔哭送師曰『晉人禦師必於殽』云云，暗叙之法也。叙中所闕，重綴於後，爲補叙。不用正而旁逕出之爲借叙。《史記》鉅鹿之戰叙事已畢，(勿)〔忽〕添出諸侯從壁上觀一段，此補叙而兼借叙也。特叙者，意有所重，特表而出之，如昌黎作《子厚墓誌》獨抽出以柳易播一段是也。而又有夾叙夾議者，如《史記》伯夷、屈原等傳是也。大約叙事之文，《左》、《國》爲之祖，《莊》、《列》分其流，子長會其宗，退之大其傳，至荆公而盡其變。學者誠盡心於數子之書，庶乎其有所從入也夫。」案：此所列九法，可與前諸家法參究，亦可與朱竹君諸説互證，覽者詳之。又戴名世《潛虚先生集》有《史學論》，論作史所藉以成書者有二：「曰國史，曰野史。國史不免飾隱，則徵野史。野史多私多異，則論其世，綜核其人與其事之本末始終。既論其世，復論諸作野史者之世，再證之他書，參之國史，虚心平情以求之，而曾鞏氏所謂『明必足以周萬事之理，道必足以適天下之用，智必足以通難知之意，文必足以發難顯之情』，乃可得也。然非專家之學不可稱任，如司馬氏、班氏、歐陽是也。如是則史何難作與作之之難其人哉！」此二説，一析論臨文節目，一統説取材大概。作記載文者於李説中得文法條理之分析，於戴説中得循環取材之次第，亦此道中兼賅之義也。

近譯《漢文正典》稱：「叙事文者，實語其事實，有序記紀傳碑狀等文格。其叙述之法有十一：曰正叙，文質詳略各當其適是也。曰總叙，浩瀚繁雜之事實，總其大要而記之。曰間叙，事實言論交記也。曰引叙，因本事引他事相比照記之也。曰鋪叙，舉事狀明細鋪陳之也。曰略叙，省略語文，但明一事之首尾也。曰別叙，事物善惡，分別細陳也。曰直叙，事物見聞，儘直書其曲折也。曰婉叙，設詞婉曲，寓以微情也。曰意叙，事物見聞，量其心而叙之也。曰平叙，直叙、婉叙得中用之也。」案：《馬志》，婉叙法也；《柳志》，別叙法也。文正所舉則多近間叙法，荆公置對叙事又與引叙法略近矣。

叙事文之病，前人亦有言者。徐枋《居易堂集·論文雜語》曰：「偶閱一叙事之文，謂其語内之病有六：曰支，曰複，曰蕪，曰贅，曰漫，曰習。然此六字不過因一時病而發，非古人拈此以評史傳者也。今更細論之。支，支離也。然支離亦有二種：有本可直接而故爲曲折。有見理不明，説事不暢，而依阿牽綴，不可究詰，複重沓也。然非如《檀弓》之沐浴佩玉，非如《史記·伯夷傳》之非耶、非耶，貫高事之泄公、泄公，《項羽紀》之軍鴻門、灞上，《賈生傳》之長沙卑濕，壽不得長。非如《漢書·王吉傳》之吉上疏諫曰、吉即上奏疏誡王曰、吉上疏言得失曰，《龔勝傳》之勝稱病不應徵、勝稱病篤、勝曰：『加以年老被病也。』此正史家妙境，未易可幾。今之所謂複者，彼不自知其複而複者也，彼白以爲絶不複而實複者也。蕪，雜也，冗也，荒也，穢也，若一望荆榛沙礫，污邪灌莽，不可耙疏芒沿也。贅，贅疣也，或不知史家之段落而謬添接脉之語，或不知其言説之既盡而更引已竭之音，故忽著一故事或忽見一成語，自侈其博而愈成其陋，存之則甚礙，去之若本無，此之謂贅也。漫，欺謾也，誣謾也。顢頇大言，横如突出，既非英雄之欺，猶遜名士之妄語，實不足增伊人之價，而徒爲有識者所羞。習，習套也，熟爛也。若言子孫則必稱箕裘堂構，若言兄弟則必曰棣蕚塤箎，自有一班，到處填塞。人謂如此則篇篇可用，而我謂如此一生只可成一篇文也。微乎！微乎！扁鵲謂人病有不治，吾謂人作文而犯此，亦六不治也，故不嫌絮語以示學者。」按：徐氏此説切中近弊，大抵出於前所云應酬十難之文中而犯前篇所云不受鐫改之病者也。以較章實齋所指之古文十弊及俗嫌俗忌等弊，覺彼之病乃在裏面，此之病則在表面也，同爲不可訓者也。

然而吾又有説焉，竊謂去文病之法宜如衛生家之去身病。此事戴憂庵名世曾論之曰：「余嘗讀道家之書，凡養生者從事神仙術，其説有三：曰精，曰氣，曰神。此三者鍊凝而渾於一。嘗學其術而不得，乃竊其術而用之文章，遂無以加此。古作者無不得是術也。太史公擇言尤雅，此精之説也。蔡邕曰：『鍊余心兮浸太清。』夫惟雅且清則精，精則糟粕煨燼，塵垢渣滓與凡邪僞剽賊皆刊削靡存，按：此即六病之類。夫如是之爲精也。而有物焉，陰驅而潛率之，出入跌宕，動風靜山，充乎兩間，冒乎萬有，此爲氣之大過人者。今夫語言文字，行墨蹊徑，文也，而非所以爲文也。有出乎其外而居乎其先者，在牝牡驪黄之外，非有聲色臭味以娱悦人五官，而其致悠然以深，油然以感，尋無端而出無迹者，吾不得言，此其所以爲神也。移斯神仙術於文章，亦足以脱塵埃而游物外矣。」《蕭敬孚類稿·戴憂庵先生事略》。按：本此旨以去文病，在戴氏爲此形上之論，初非只以去病，並不專爲記載文而言。余則假於衛生以去病之旨，從培溉元氣下手，以戴氏假於神仙而論文者，復假以砭病起痼也，不專藥病而病自不期而去也，是亦一説也。按：精、氣、神即惜抱神、理、氣、味四字所本。

解釋文三

解釋文之作法按：考據文與古文之同異，有言其裏面無別者，有言其表面宜分者。詳見八卷諸家所論。兹仍按全書通例列入。

案：日本人所編之《漢文典》備列小學家之形、聲、義三種爲文字典，以漢注、唐疏、本朝之考訂隸入訓詁學。此解釋文即近世合形體、音韻、訓詁三種以成文之體。專言三種尚不成文，必合此三種附諸經典用之，而此解釋文體始成。今人有謂中國少此種文體者，故備臚之以釋此疑也。惜抱論文宗旨謂義理、考據、詞章三者缺一不可，蓋參用望溪、東原之旨。今以作考據文法入此編，亦在惜翁作文範圍中。蓋古文家必經之階級也，特兩者之外象不相容而其精神常相濟耳。所當心知其意也。

一、實證與虚造。實證之法沿自《漢書》，河間獻王德所謂實事求是之説。故解釋經典，此法最爲切實。《井觀瑣言》稱經傳之文有錯簡者，須有顯證乃可移易。姚姬傳謂考據之學利於應敵，蓋事之有無，非如虚理之可臆造也。故近世考訂家解經貴廣搜證據而忌一二孤證。戴東原《與姚姬傳書》曰：「僕所以尋求遺經，而獲有十分之見，有未至十分之見。所謂十分之見，必徵之古而靡不條貫，合諸道而不留餘議，鉅細畢究，本末並察。若夫依於傳聞以擬其是，擇於衆説以裁其仇，出於空言以定其論，據於孤證以信其通，雖溯流可以知源，不目覩淵泉可導，循根可以達杪，不手披枝肄可歧，皆未至十分之見也。」是説經雖有實證，尤必歷印而皆合，偏參而不歧，否則非戴氏所謂十分之見也。彭甘亭《潘瀾筆記》謂惠氏周易據漢碑孤文展轉通假以證經，爲尤所未安。曾文正詩稱高郵王氏父子「旁通證百泉」，自注云：「王氏立訓必有確據，每譏昔人望文生訓。或一字而引數十證，其反覆證明乃通者，必曲暢其説，使人易曉。」《無邪堂答問》稱王文肅父子往往據類書以解本書則通人之蔽，然猶必據有數證而後敢改，不失慎重之意。俞蔭甫《羣經平議》，曾文正嘗病其以孤證定案，又嘗病吳子序《詩經説》證據太少，不足鳴世。蓋今日詁經家遵守之通例如此。所以必如此者，蓋以杜穿鑿附會之弊也。或言解釋文期於真實，有佐證則真實矣。《法言·問神篇》曰：「君子之言幽必有驗乎明，遠必有驗乎近，大必有驗乎小，微必有驗乎著。無驗而言之謂妄。」此文學家所以尚實證，而近世質學家所以尚試驗，皆求免乎妄言之誚。至楊升庵論説考證往往恃其强識，不及檢核原書，致多疏舛，則又爲一種不善用實證之病。

虛造之説始見徐防疏，所謂「太學弟子皆以意説，不修家法，妄生穿鑿，以遵師爲非義，意説爲得理」者是也。其爲世詬已久，故解經有忌虛造一説。蓋古人解釋經傳有異同而無虛造，毛公傳《詩》合於雅詁，鄭君箋毛參用韓、魯。故解釋經傳知同尤貴知異，其異者皆原師説，古人解釋經文一法也。陳氏《經郛條例》：「凡《説文》之古籀、《玉篇》之異字、漢碑之異體、釋文之異本，皆與甄採。」蓋所主者博，自無虛造之病耳。又有一種雖有證據，而鑿空立説，以私見新理貫串古人之言，亦與虛造無異者。如朱梅崖《答王西莊書》謂：「近世士多奮其私智以誣古籍，鑿空立説，徵引繁富，足佐其謬。始於宋之一二名人自喜之過，後遂益甚。」《南滑楛語》引王西莊曰：「漢儒説經必守家法，自唐貞觀撰諸經義疏而家法亡，自宋元豐以新義取士而漢學絶。由是黃度、楊簡之徒壞《尚書》，葉時、俞廷椿之徒壞《周官》，李樗、黃櫄、鄭樵、王質之徒壞《毛詩》，李杞、程大昌之徒壞《周易》。穿鑿附會，破碎支離，雖鉅儒亦不可挽，不獨王介甫一人而已。」梅延祖《續漢學師承記商例》謂：「更有似是而非者，每尋一最大議論，以今時人之見識臆謂古人定當如是，於是痛斥傳注，一似千古不傳之秘至今始發其覆，大言不慚，謬妄已極。」此所謂誇張一派也。案：此種虛造之説，今日尤多，大抵出於以經學爲抵制外人之術，以遺經供其駭世人取富貴之用，因此生出無數對外之説，好新奇者多喜之。然欲救其禍，仍當以篤守師説矯之，是又不可不嚴加辨别也。《復堂日記》曰：「古稱飾六藝以文姦言，今乃破六藝以張橫議。」謂此一派也，大抵出於近日今文家之末流也。

俞氏《茶香室叢鈔》有以目驗之新説説經者。明鄭仲夔《耳新》云：「李子田太史曾於秋冬之交，見黃鶯就水，次以泥自裹，旋蟄水底，明年春又自浮出剖泥飛去。始解『出自幽谷』之義。」此可備一説。然《詩》本文初不言鶯也。勒少仲言有人見桃樹上小蟲輒變成小鳥飛去，始悟「肇允彼桃蟲，拚飛爲鳥」之義。案：此二者皆目驗立異義者也。明戚繼光《愚愚稿》稱其於登萊間殺倭寇人數不多，殺後大雨，血流數十里，可浮舟。因悟《書》血流漂杵之義，不在戮人多也。焦袁熹《此木軒經説》於「公子宋嘗黿染指」一條記康熙中進士顧三典食黿殞命事，亦以近事説經者。《南潯楛語》謂其「近小説，不足云經學」。然皆以目驗證經旨者。箋《毛詩》、《爾雅》者以目驗動植物釋之者甚多。

二、墨守與異義。何休爲墨守學派之先導，其旨有宗主而無不同。漢儒之篤守本師之家法，宋元諸儒之尊崇朱學，皆屬此派。其時無自由言論之恣肆，用能永久不敝。故爲解釋文者，王深寧有「自漢儒至慶曆間談經者守訓故而不鑿」之説，何基有「謹守精玩」之説，張蒿庵説明人自正、嘉前有道一同風之美，張裕釗與鍾文烝論漢學謂「必樹一人者爲之宗，以靖天下之紛紜於是學者得有所歸」，皆篤守一定宗主之謂也。楊方達爲《臧琳傳》稱其「治經必以漢注唐疏爲主，曰：『此本原也。』其說本朱子」。則又定立宗主中之標準也。唐以後疏家皆用此例，其所解釋惟明本注，注所未及，不復旁搜，即解釋文中墨守一定宗主之法，殊篤實可風也。

許慎爲異義學派之先導，其旨有不同而無宗主，即《夏侯勝傳》所謂「所問非一師」、《儒林傳》所謂「各持所見」者也。蘇子瞻嘗譏解釋家執一訓以求通之病，陸務觀有「慶曆後，排《繫詞》，毁《周禮》，疑《孟子》」之説，王深寧亦謂「自《七經小傳》出而解經始尚新奇」，皆主持異義之流也。《無邪堂答問》稱金仁山《論孟集注考證》義理精密，不爲苟同。是尤爲善用異義之學者，與好新又别。《詩》、《書》、《春秋》，門户訢爭，著書詰難，漢至今猶未已，皆沿此旨者。故焦里堂《家訓》謂執一害道爲其所深惡，其意蓋在多採異己也。近世義疏家甄採異説極詳，亦是此意。皆解釋文中以不同爲宗旨之説也。

三、有墨守亦有異義。陳蘭甫稱有宗主亦有不同爲鄭康成家法，其法中正無弊。《純常子枝語》云：「陳蘭甫師言年三十時讀《易》至『志在隨人，所執下也』，悚然汗下，於是學術一變，務求心得，不敢蔑棄成説，亦不敢輕徇時趨。」按：此陳氏自述其學之有宗主亦有不同也。姚姬傳序金蕊中《禮箋》謂其「所最奉者康成，然於鄭義所未衷，糾舉之至數四」，謂爲「通人之用心」。據此則欲免焦氏所謂執一之失與朱子所謂好新之失，須於解釋文中知其得復知其失，然後乃合。《無邪堂答問》謂：「前人説未盡者，治經時或引申，或補義。」案：引申即宗主也，補義即不同也。近人稱解釋文期於公平，如鄭君家法則公平矣。蓋一於謹守與好爲異同，均所謂偏見之流，非解釋文之善者。鄭虎文《汪鳳梧行狀》稱其《詩學女爲》「於詩義或折衷舊説而疏其未通，或參悟本詩而抒所獨見，皆有神解至理，論者謂漢儒病於泥，宋儒病於疏，惟君無病焉」。此亦兼明二者而又兼舉二者之流失者也。段玉裁序《娱親雅言》謂：「學者記所心得，無忘所能，可以自課。顧爲之者其弊有二：一曰好爲異説，一曰勦説雷同。」此亦舉二者兼糾其失者也。好新者固非，知謹守而不知精玩亦非也。《無邪堂答問》謂：「學者囿於凡近固不可，騖於新奇尤不可。治經者當以經解經，不當以經注我。亦猶爲議論文，當就古人以論古人，不當以我論古人也。」即屬此旨。

李兆洛《治經堂續經解序》曰：「治經之途有二：一曰專家，確守一師之法，尺寸不敢違越，唐以前諸儒類然。一曰心得，通之以理，空所依傍，惟求乎己之所安，唐以後諸儒類然。孔子曰：『述而不作，信而好古』，專家是也。孟子曰：『以意逆志，是謂得之。』心得是也。能守專家者莫如鄭氏康成，而其於經也泛濫博涉，彼此通會，故能集一代之長。能發心得者莫如朱子，而其於經也搜求衆説，惟是之從，故能爲百世之宗。孟子曰：『博學而詳説之，將以反説約也。』不約不足以成學，不博則約於何施？彼治專家而遂欲盡廢後來之説，矜心得而遂欲悉屏前人之言，皆專己守殘，自益其孤陋者也。」此亦以墨守與異義區分唐前後經家大派別之説也。

李氏《詩古微序》亦申是意，謂：「無獨是之見者不可與治經，蔽於所不見也。衆喙若雷，此挽彼推，頽靡而已。守獨是之見者不可與治經，蔽於所見也。盛氣所鑠，不顧迕錯，虚詭而已。」案：所謂無獨是之見者，墨守之謂也。守獨是之見者，異義之謂也。與其所謂專家、心得者，其名異，其意則一也。沈祥龍《樂志簃筆記》云：「文有心中創獲者，有引證考訂必本古人者，一在精思，一在博學。二者亦貴相兼，精思而無學，文必空疏；博學而不思，文必浮雜。」陸士衡《文賦》曰：「精騖八極，心游百仞。傾羣言之瀝液，漱六藝之芳潤。」是合二者而善其用也，其言與李同旨。

李氏又嘗本盧抱經言以區别此兩派得失，謂其從盧游時，而錢辛楣、江艮庭、段懋堂皆集於吴郡，郵札往還，互相商榷，以治《説文解字》。錢主引申其義，江墨守，段則攻治其失，而抱經以錢爲長，説見所爲《説文述誼序》。雖但主小學家言之，亦可通之説經。當知墨守與異義各有偏短，又不可不以引申一法濟之也。案：步算之家亦有此二派。焦循《汪萊别傳》稱：「萊及李鋭精九數學，鋭善言古人所已言而闡發得其意，萊善言古人所未言而引申得其間。鋭精實義，詩之有少陵；汪超異義，詩之有太白也。」

翁方綱《經解目録序》曰：「有捨經從傳之説焉，有以經訓經之説焉，而各有弊。是故通經之難，有旁推借證以爲通者，有墨守不變以爲通者，有融合隅反以爲通者，有闕慎以爲通者，有其説必博綜前説者，有其義不得不申己説者。」案：此《經解目録》即《通志堂經解目録》也。翁氏此序於墨守、異義二法外又博舉各法，尤開解經無限法門。

又案：李氏所謂心得一派盛於宋儒，劉荀《明本釋》曰：「或問謝上蔡以講論經典二三說者當何從？謝答曰：用得即是。驗之於心而安，體之於身而可行，斯是矣。如求之或過於幽深，證之或出於穿鑿，而不取證於有道者，未免有差。如楊、墨學仁義，其流至於無父無君。學者所宜知也。此宋儒說經所以安穩處特多也。」

陳蘭甫又有總要之說曰：「經學有三派：墨守一家力攻異說，漢儒何劭公之家法也。本朝王西莊之《尚書疏》、陳碩甫之《毛詩疏》似之。宗主前人兼下己意，漢儒鄭康成之家法也。本朝孫淵如之《尚書義》、孔巽軒之《公羊義》似之。博採諸家，自成編簡，漢儒許叔重之家法也。本朝戴東原之禮學、王懷祖之小學似之。略舉一端可資隅反。」《純常子枝語》。案：此說專就箋疏家言之，故如此分析。至魏默深《兩漢經師今古文家法考敘》則稱：「西京微言大義之學墜於東京，東京典章制度之學絶於隋唐，兩漢故訓聲音之學熄於魏晉。今日復古之要，由詁訓聲音以進於東京典章制度，此齊一變至魯也。由典章制度以至於西漢微言大義，貫經術、政事、文章於一，此魯一變至道也。」《古微堂外集》。此則統括兩漢各經家流派言之，故分析又異。凡此皆爲漢師儒之大分析，留心此事者首宜曉此也。

四、由墨守以詣異義。〔一〕《錢警石年譜》常稱衎衎石先生之言曰：「治經看一家之書，且守一家之説，不可自己有意見。今人善讀書者少由於有意見，故虛字爲讀書第一訣。虛非謙之謂也，古人謂讀《易》者如無《書》，讀《書》者如無《詩》，乃虛字訣。夫以聖賢相承之故籍，數千年聚訟不決之疑，乃欲以一己之心思才力，一目讀下便見黑白，安有是理！是以寧墨守無輸攻，久之有得，或竟可以一言決千古，始非倖獲也。田腴曰：『李君行説聖人之言易曉，看傳解則惑矣。讀書須是不要看別人傳解。』此不然。須是先看古人解説，但不當有所執，擇其善者從之。若都不看，不知用多少工夫方可到先儒見處也。」案：此由傳注而更進於擇善之説也。朱子曰：「治經者必因先儒已成之説而推之。借曰未必盡是，亦當知其所以得失之故，而後可以反求諸心而正其謬。」汪中《朱竹君先生政學記》稱其平日所論教謂：「治經當守一家之學。」其語不及錢氏之圓活，蓋朱氏乃汪中、江藩漢學墨守派之先導，故其言如此。鄙人從前主講義川書院，曾爲講業録立解經二法，曰：説經不可以成見臆説横駁古人，但當引伸古義而已。古義異同或原家法各有指歸，非熟涉門庭深明小學，焉能擇羣説而折衷依據？此又當於引申古義中求一宗主。宗主非他，即取《十三經注疏》中諸家，《易》引申王注，《詩》引申毛傳、鄭箋，《春秋左氏》引申杜氏集解，《禮記》、《周禮》、《儀禮》引申鄭注，餘可類推。引申之法，將所宗主之注，字字徵引，不可輕改一字。就本文與經文悉心玩索，字字疏櫛而得其意。惟《尚書孔傳》乃僞書，不可依據，可取

《皇清經解》中王氏《尚書》後案孫氏《尚書古今文注疏》所輯古義引申之。然後取阮文達《經籍纂詁》、郝蘭皋《爾雅義疏》、王石臞《廣雅疏證》、段懋堂《説文解字注》諸書所列形聲訓詁凡可證成經注之義者，皆析其義以申其説。有與此説異者，如有確見亦可駁正。所引證據愈多愈妙，若止一二孤證，其義必不盡平實正大，則解經家所忌也。所以必廣收證據者，蓋以杜穿鑿附會之弊。凡此諸説，由墨守之久進而決疑。其所以能決疑者，即由墨守而出，其次第秩然，用可殊也。

五、於墨守師授中仍存異義。彭氏《潘瀾筆記》曰："《毛詩》漢時未立學官，案《前書·儒林傳贊》，似平帝時曾暫立學官，後仍廢。漢儒説《詩》皆本魯、齊、韓三家。其異字異義之見於諸經注疏釋文、《史》《漢》注、漢石經殘碑而外，其分見於著述者，則若《鹽鐵論》、《列女傳》、《説苑》、《新序》、《白虎通義》、《潛夫論》、《風俗通義》、《蔡中郎集》、《琴操》及《文選注》、唐宋類書所引，其爲王伯厚《詩考》所未收者固已不少，而於一家之學亦各有師承，不皆符合。許君《説文自序》言其稱《詩毛氏》，所引與毛異者甚多，且有同稱一經而文異者。此蓋師讀相承，文字不無互異之故。即大毛公親受業於荀卿，而《荀子·正名》《臣道》諸篇所引六條皆殊毛義，足知師徒授受亦有分歧，非全墨守。此説已見錢大昕《詩古訓自序》中。予案：陸氏《釋文條例》云："子思讀《詩》，師資已别。"此其證也。自舉業家守一先生之言，見先儒古訓異於功令所頒者輒驚若河漢，不知朱子作《詩集傳》，其閎意眇旨博採《韓詩序》、《儀禮》、《國語》、《國策》、《楚詞》、匡衡、劉向諸説，《詩考》所謂一洗末師專己守殘之陋者，釐然俱在。今人習讀而忘其説之所自，殆非朱子意也。學者網羅遺佚以扶微學，廣異聞，不必如曲拘漢學者拘牽古義，穿鑿附會，亦烏可執一忘萬以貽笑通儒乎？惟抉擇之間要貴識力，如明人郭子章輩誤會豐坊僞撰之《魯詩世學》以炫異售欺，則有大不可者耳。」案：此説舉今人墨守一師之朱子仍示以宜知一師中依然有異義者也。

陳氏解釋文疑信並存法。班固有言：「兼而存之，是在其中。」故解釋文中，陳恭甫《經郛條例》有兩説疑信並存者。鄭注《周禮》並存故書、今書，注《儀禮》並存古文、今文。朱子謂：「諸家説有異同。如甲説如此，且挦撦住甲，窮盡其辭。乙説如此，且挦撦住乙，窮盡其辭。兩家之説既盡，又參考而窮究之，必有一真是出矣。」此又兩説折衷之法。陳蘭甫所謂意所不從亦不没之者，亦虚公之用心也。路潤生《周勉齋文集序》曰：「讀古人書而不知孰是孰非，是不明也。心知其非口不欲言，是不直也。欲言之而震古人，姑委曲遷就爲調停之説，是不斷也。後人之言果是耶，前人之言果非耶，則當捨前人而從後人。如各執一是而莫知其非，亦當兩存其説以待來者。」朱蘭坡《與狄叔穎論四書質疑書》謂：「凡有異論，不妨並存，以俟後人識別。」李次青爲《四書廣義自序》云：「凡各明一義者亦多並存之，猶説《春秋》之三傳並行，説詩之四家互異也。」俞氏《古書疑義舉例》亦闡此旨。其僞書如《家語》、《孔叢子》之類，陳氏《經郛條例》謂「當採之，如讞獄之具兩造。」此爲解釋文者所宜知也。朱子《詩集傳》、《四書集注》亦用此法。

曾氏解釋文虛實兩盡法。闞季華先生謂：「解經須涵泳本文上下語氣而融貫之，尤宜案其虛字而定其神旨。」王氏《經傳釋詞》皆訓虛字，觀之可明古人用虛字義例。曾文正服膺王氏父子小學精核，謂其「於經文之虛神實訓體味曲盡」，則此言所本也。曾氏詩有句云：「課虛釋癥結。」自注：「高郵王氏父子每於羣經句調相同者，取彼釋此，謂之句例，又戒不得增字以釋經，皆是從虛處領會。」蓋解釋文加意虛神，乃漢宋兩家公同之要例也。

解釋文以簡明清豁爲主旨者

一、劉勰之說。《文心雕龍》曰：「秦延君之注《堯典》，十餘萬字；朱普之解《尚書》，三十萬言。所以通人惡繁，羞學章句。若毛公訓《詩》，安國傳《書》，鄭君釋《禮》，王弼解《易》，要約明暢，可爲式矣。」

二、程子之說。張氏《學規類編》引程子曰：「漢儒之談經也，以三十萬餘言明《堯典》二字，可謂知要乎？惟毛公、董相有儒者氣象。」

三、洪容齋之說。《容齋隨筆》曰：「解釋經旨，貴於簡明，惟孟子獨然。其稱《公劉》之詩，而釋之之詞但云：『故居者有積倉，行者有裹糧也，然後可以爰方啓行。』其稱《蒸民》之詩而引孔子之語以釋之，但用兩『故』字、一『必』字、一『也』字，而四句之義昭然。彼訓『曰若稽古』三萬言，真可覆醬瓿也。」《鶴林玉露補遺》本洪氏此説而申之曰：「六經古注亦皆簡潔，不爲繁詞。朱文公每病近世解經者推測太廣，議論太多，越説得好，聖人從初卻元不曾有此意。雖以吕成公之《書解》，亦但言其熱鬧而已，蓋不滿之詞也。後來文公作《易傳》、《詩傳》，其辭極簡。」沈豫《蛾術堂集》謂：「近代説經展轉稗販，蔓衍無涯，徒滋門户之鬨。」正識得孟子意也。蓋近代説經有二大弊：一曰稗販，二曰專輒。持此印定經説可芟者多矣。

四、朱子之説。　朱子《荅張敬夫孟子説疑義書》云：「本文不過數語，而所解者文過數倍，非先賢談經之體。」又曰：「所貴乎簡者，非謂欲語言之少也，乃謂中與不中爾。若句句親切，雖多何害？若不親切，愈少愈不達矣。」又曰：「某解書，如訓詁一二字等處，多有不必解處。只是解書之法如此。」而其以親切與不親切定多少，尤爲知要之言。《齊東野語》曰：「程泰之以天官兼經筵進講《禹貢》，闕文疑義，疏説甚詳，且多引外國幽奥地理。阜陵頗厭之，宣諭宰執云：『六經斷簡闕疑可也，何必强爲之説。且地理既非親歷，雖聖賢有所不知，朕殊不曉其説，想其治銓曹亦如此也。』既而補外。」按：此講經貴簡明不貴奥隱之説也。《天禄識餘》云：「東坡嘗曰：范淳夫講書爲今經筵講官第一，言簡而當，無一冗字，無一長語，義理明白而成文粲然，乃得講書三昧也。」按：此二説皆以講書言之，亦貴簡當不冗。講經以此爲貴，知解經亦必當如是也。

五、宋景濂之説。　《龍門凝道記》有云：「孔子之傳《易》，孟子之説《詩》，加以數言而其義炳如也，是何也？辭不必費也。辭之費，其經之離乎！漢儒訓詁經文，使人緣經以釋義，必優柔而自得，其有見乎爾也。近世則不然，傳文或累千言，學者復求傳中之傳，離經遠矣。其造端者，唐之孔沖遠乎？」此亦與劉氏同意者也。劉文淇《左傳舊疏考證跋》曰：「康成兼綜羣經而家法亡，《正義》折衷衆說而菁華失。求備者所以不備也。」又曰：「六朝人詞繁不殺，北學更甚於南。」皆深惡夫不能簡潔清豁之說也。

六、劉氏繪之說。劉氏《春秋補傳序》曰：「古之注經者務簡，後之注經者務繁。古之注經者務簡而經益明，後之注經者務繁而經益晦。六經之注莫不皆然，而《春秋》爲甚。」紀文達稱其持論頗爲平允。此亦與劉氏同意者也。

七、朱白石荃宰之說。朱氏《文通》引張横渠曰：「『置心平易始知《詩》。』余謂讀六經之書皆然。如《書》曰：『刑故無小，宥過無大。』諸家解用十數句解不盡，曾見作者說曰：『刑故無刑小，宥過無宥大。』只添二字而辭意明白，不用解經而理自明。孟子謂『民之秉彝』句亦如此。」此亦與劉氏同意者也。

八、方望溪之說。方氏論修《一統志》，其說可通之作解釋文者，有曰：「博引以爲富，又不辨其離合出入而有所折衷，是以重複訛舛牴牾之病紛然而難理，不知詞尚體要。地志非類書之比也，所尚者簡明，而雜冗則愈晦。然簡明非可强而能，必識之明，心之專，偏於奥賾之中，曲得其次序，而後其詞可約焉。其博引而無所折衷，乃無識而畏難，苟且以自便之術耳。」案：此言所以能簡明與不能簡明之由至爲切當，作解釋文者宜深知之。方氏非漢學家，故能言之如此。不然，有心知之而不肯言者矣。

九、陳蘭甫之說。《東塾讀書記》曰：「鄭注云：『文義自解，故不言之。』凡說不解者矣。此諸經鄭注之所以簡約也。其顯而易見者，《少牢饋食禮》、《有司徹》、《學記》、《樂記》、《祭法》、《祭義》、《祭統》諸篇，注之字數少於經之字數。注之字數少於經之字數，後儒注經者能如是乎？」此亦與劉氏同意者也。

十、朱蓉生之說。《無邪堂答問》謂：「鄭志多樸僿之辭，而鄭君注經則殊不爾，言簡意賅。古大儒莫不如是。」此亦與劉氏同意也。《退庵隨筆》曰：「今之墨守漢學者，往往愈引而愈晦，抱殘守缺，遠證冥搜，每一篇成，幾於秦延君之釋《堯典》二字三十萬言。漢時博士書驢券，三紙尚未見驢字。吾友謝退谷所謂誦記雖得，探討雖勤，而一遇事全無識見，一舉念只想要錢，不亦重可歎哉！」按：謝氏深斥近日漢學諸人言行不符之弊也。黃香石云：「諸葛生漢季，與盧、鄭同世，正當考據盛行之時，而讀書獨窺大意，此所以爲王佐才。考據之學雖足名家，而致遠恐泥，故君子不爲也。」按：曾文正當嘉、道之世，不泥考據，仍篤守宋儒，故能成大功，是其證也。唐弼軒寅亮曰：「考據之學最後者勝，則有鑒於膠葛者而以諧語斷之耳。」按：陳蘭甫即最後者勝之一也。

繹劉氏及諸家之意，蓋欲標舉宏簡之法，以掃除考證家繁亂之弊也。蓋解釋文原貴引他人之說以明本義，然即解經文體論之，其徵引證明苟或欲多舉以厚積其勢力，亦必宜多用提挈之筆，照應之筆，斷語尤宜簡明清豁，但求清心爽目，不在文筆蒼老，亦不在氣勢縱横也。《南滑楛語》

引汪中曰：「周秦古書，凡一篇述數事，則必先詳其目而後備言之，凡《逸周書》、《管子》、《韓非子》皆然，《戴記》之『十倫』、《孔子閒居》之『五至』、『三無』皆是也。」按：此可爲作解釋文求清簡之法也。　解經文字原與駢散詞章別是一格，亡友童愬南解經文字以阮芸臺爲宗，汪容甫次之，亦有得乎此旨也。

解釋文於空曲交會中求義蘊者

一、方望溪之說。　方氏《周官集注序》曰：「禮樂兵刑食貨之政，散布六官而聯爲一體。其筆之於書也，或一事而諸職各載其一節以互相備，或舉下以賅上，或因彼以見此。其設官分職之精意，半屬於空曲交會之中，沈祥龍曰：「空曲交會之處必有名理騰躍，感動心脾。」而爲文字所不載。迫而求之，誠有茫然不見其端緒者。及久而相說以解，然後知首尾以備而脉絡自相灌輸。故欲其偏布而周密也。」此宋學解釋文之求於無字句中之法也。

二、李申耆之說。　李氏《詩古微序》曰：「夫治經者，求通而已。五經，大道也。說之者迷而之歧，後來者學之，乃因歧而更求諸歧，則康莊豈可得而達哉？經之不可通也，强者則執一端而强通之，弱者並大體而姑置之。强通者益其塞也，姑置之是不求通也。能求諸大體，得其統宗，隨而理之，遂無一端之不順。又其所言者皆古之言，所心者皆經之心，疏之瀹之，尋乎理之自然而不以己與焉。」此漢宋兼採家解釋文求於無字句中者也。

三、龔定庵之説。《定庵集·己亥雜詩》云:「欲從太史窺《春秋》,勿向有字句處求。抱微言者太史氏,大義顯顯則予休。」自注:「兒子昌匏書來問《公羊》及《史記》疑義,答以二十八字。」此漢學今文家解釋經文字求之於無字句中者也。劉熙載《游藝約言》曰:「《春秋》本文有實字,有虚字,有無字處。《公羊》、《穀梁》於實虚字皆有發明。其發明無字處,乃所謂補苴罅漏,張皇幽遐也。」此與龔説可互證也。

四、俞蔭甫之説。俞氏《詁經精舍課藝五集序》曰:「有場屋中之經解,有著述家之經解。句梳字櫛,旁徵博引,羅列前人成説以眩閲者之目,而在己實未始有獨得之見,此場屋中之經解也。著述家則不然,每遇一題必有獨得之見。其引前人成説,或數百言,或千餘言,要皆以證成吾説,合吾説者我從之,不合吾説者我辨之駁之,而非徒襲前人之説以爲説也。吾意既明,吾語亦盡,其餘一字一句,注疏具在,吾無異同之見,則固不必及之也。古人云:『探驪得珠,餘皆鱗爪。』詞章且然,經解何獨不然乎?此著述家之經解也。」此亦漢學家不蔽以舊説而能自抒義蘊之法也,其義蘊在前人舊説之外,亦屬諸無字句中也。

五、井研廖氏之説。廖平《經話甲編》曰:「讀經傳當因其所言知所不説,因其一端知其全體,因其簡説知其詳旨,因其不言知其所宜言。卮言别義不足以亂其聰明,精旨微言不能當其校索,所謂目無全牛者也。」此亦今學家解釋文之求於無字句中之法也。按:龔氏與廖君乃今日專究微言,創新説以説經之家數也。友人日君鵬雲嘗病今人多好捨大義而究微言,故遂成爲今日之經學。文廷式《純常子枝語》嘗記其師陳蘭甫先生之説曰：「微言大義四字，後世必以此壞經學。余撰《東塾讀書記》，於《孝經》一卷曾一用之，擬即改去。此斷足趾避沙蟲之意也。廷式言：微言大義未遽壞經學，近來專好言西漢之學乃真足壞經學。此佛家所謂獅子身中蟲自食獅子身中肉也。師曰：然。」此今日解經者宜知之而引以爲戒者也。

彭躬庵讀史以向無字處發議論爲高境，魏叔子嘗以爲用此法最難。然此猶屬議論文用法也，至解經文依此立法，則出於宋學推尋義理者及漢學講求微言者，史公所以言深思知意，許君所以示人達神指也。從前研經者多言通大義，至大學定章之《經學研究法》始言考全經通義，並舉《易經通義》以示例，謂每一經皆有通義數十百條，《春秋》、《左傳》、《周禮》、《禮記》尤多。通義之外又有精義，於通義見其大，於（經）〔精〕義窺其微，乃詣貫通而能有用，所貴舉後世人事納諸經義中而推究之也。《温公詩話》稱閔交如「好治經，所爲奇僻，自謂得聖人微旨，先儒所不能到。貧無妻兒，始居龍門山，猶苦游人往來，徙居萬安山，屏絶人事，專以治經爲事。凡數十年，用心益苦，而去人情益遠，衆非笑之，交如不變益堅」。可知解經不切人事，先儒所譏也。然不善用之，則朱梅崖、梅延祖所舉之病出矣，好學者審之。解釋文專編，如朱氏《詁經文鈔》、阮刻《經義叢鈔》等是也。

解釋文之以偏執添設臆決爲戒者

一、晁説之之説。晁氏曰：「聖人之意具載於經，譬如日月光明，莫知其終始，寧變其新故？彼一己之所謂新，乃六經之所固有也，尚何矜哉！」

二、田腴之説。田氏曰：「讀書須是先看古人解説，但不當有所執，擇其善者從之。」

三、陳瓘之説。陳氏曰：「解經必先反諸其身而安，措之天下而可行，然後爲之説焉。不如是，雖詞辨通暢，亦未免鑿也。」

四、葉儀之説。葉氏曰：「聖賢言行盡於六經、《四書》，其微詞奥義，則近世先儒之説備矣。由其言以求其心，涵泳從容，久自得之，不可先立己意而妄有是非也。」

五、王道之説。王氏曰：「學者讀聖人之經於千載之下，求聖人之意於千載之前，必須虚懷觀理以求至當歸一之趨，不可横立偏見而反牽引聖言以徇己意也。」以上均據《經義考》所引。

六、蔣超伯之説。《南漘楛語》曰：「近代談經聚訟，臆説横生。如朱謀㙔《詩故》以《小星》爲贄御入值之詩。何楷指『舒窈窕兮』爲夏徵舒，以《草蟲》爲《南陔》，以『菁菁者莪』爲《由儀》，以《緡蠻》爲《崇丘》。嚴虞惇據《左氏》祭仲有寵於莊公，指爲安陵、龍陽之流，以《山有扶蘇》之狡童當之，謂仲雖爲卿，詩人醜其進身之始。陸奎勳謂《燕燕》爲衛君悼亡之作，謂《丘中有麻》之『子國』爲鄭武公字，其『子嗟』當作『子多』，爲鄭桓公字，謂《小（民）〔明〕》之『共人』爲二相共和，謂《鼓鐘》爲穆王作，而『淑人』爲盛姬。諸錦以僖負羈之妻證季女斯飢。似此甚多，不可枚舉。」此皆任意指陳，其開自宋人，而漸衍爲今日以西學附會羣經之壞習也。

七、張文襄之説。張氏曰：「讀經宜明訓詁。詁者，古言也，謂以今語解古語。此逐字解釋者也。

訓者，順也，謂順其語氣解之。或全句，或兩三句。此逐句解釋者也。時俗講義何嘗不逐字逐句解釋，但字義多杜撰，語意多影響耳。訓詁有四忌：一望文生義。古書多有一字數義之字，隨用而異。有假借字，字如此寫，却不作此字解。有譌脱字，不能强解。若不加詳考，姑就本文串之，此名望文生義。一嚮壁虚造。無論實字虚字，解説皆須有本。出於六朝以前書爲有本。若以想當然之法行之，則依稀仿佛，似是而非。此名嚮壁虚造。一鹵莽滅裂。古事自有首尾，散見本書他書，不能臆造。古禮自有當時制度，古書自有當時文體，亦有本書義例。凡一書必有本書之大例、句例、字例。若任意武斷，合於此而背於彼，此名鹵莽滅裂。一自欺欺人。凡解經者，地名須實指何地，人名須實指何人，器物、草木須實指何器物、草木。若函胡敷衍，但以地名、人名、器物名、草木名了之，事既不詳，理即不確，此名自欺欺人。總之，解經要訣，能以一字解一字，不添一虚字而文從字順者必合。若須添數虚字補綴斡旋方能成語者，定非。」《輶軒語》。

案：晁氏戒矜新，田、陳戒執與鑿，葉、王戒執己意，蔣戒臆決，張氏四忌尤爲明備。學者守之，則偏執、添設、臆決之弊可悉除，而經之真旨出矣。《俞樓雜纂》引《螢雪叢説》解書訣云：「詞之内不可減，減之則爲鑿，鑿則失本意。詞之外不可增，增之則爲贅，贅則壞本意。此虚中先生解書法也。」案：斯説極得講解古書之法，吾人詁經當奉此爲準繩。然鑿之弊，增減皆有之，凡不得其本意而以意爲之説，皆鑿也，不得專屬之於減。若曰減之則爲漏，斯得矣。此與張説相證者也。又曾文正《題羣經平議》詩注稱高郵王氏父子戒不得增字解經，亦可與張説相證者也。

議論文四

議論文之作法

丘氏議論文之引申、消納二法。　丘邦士評勺庭《李忠毅公年譜序》曰：「勺庭議論，從前理論推到一偏獨至，發爲雄論者多矣，此則從一偏之至推向全處，發爲名論。推偏多用蘇氏家法，推全則又用歐陽家法，亦各惟其當也。」案：此論理學之外籀、内籀二法也。議論文用此法，可以贍富其心思，正確其議論，歐、蘇兩家實已開先，勺庭並賡之，而邦士發明之，遂開後人無限法門。前哲理想之淵閎，何讓西儒哉！按：推全作法，宋人優爲，包慎伯頗發其弊，所謂「尋常小文推强大義之蔽，王、曾尤多」是也。用是法者不可不知者也。

日本人之《修詞學》言議論文有論理之區别，曰演繹之議論法，曰歸納之議論法。吾觀前人有立此説而用意適與兹誼合者夙有二家：一、陳騤《文則》曰：「文有上下相接，若繼踵然，其體有三：一曰叙積小至大，二曰叙由精及粗，三曰叙自源及流。」二、朱氏《湧幢小品》謂：「古人作文納大而小，今之作文推小而大。」皆闡繹文家用二法之精語也。《修詞學》又言：「修詞之分類，曰推斷之議論法，曰例證之議論法，曰記號之議論法。」吾則謂推闡近於課虚，例證近於徵實，記號者，舉一物以聯想他事物，而以此一物推斷之，又近於比事法也。

葉石林作議論文之衍繹法。《野老紀聞》云：「石林凡看文字，抹兩字以上對句，舉子用作賦，入仕用作四六，顯達用作制誥。兩字議論，舉子用作策論，入仕用作長書，顯達用作劄子。」案：抹兩字以上對句乃預備駢文之用，可不具論。惟所舉兩字議論之法，推之極可爲作議論文要訣。吾常舉體用、源流、異同、得失八字爲初學文者措思之範，作文者於一題入手，先設此八種方位一一觀之，則一字中可生出無數議論。此石林立兩字議論之意可以用之於論策筆札中之由也。

黄梨洲《明文案序》下篇嘗評王弇州之文，謂其「襲《史》似有分類套括，逢題填寫。此蓋與永嘉八面鋒、誠齋錦繡策用意略近」。弇州果有此種預備與否，今不可考。然弇州乃尚摹儗者，梨洲既發之，則弇州必有以此爲習故者，要可知也。匪但此也，艾南英《天傭子集》曰：「後生小子不必讀書，不必作文，但架上有前後四部稿，弇州集名。每遇應酬，頃刻裁割便可成篇。驟讀之，無不濃麗鮮華，絢爛奪目，細案之，一腐套耳。」故紀文達稱：「自李夢陽之説出，而學者剽竊班、馬、李、杜。自世貞之集出，學者遂剽竊世貞。」然則先有預備之方以億逆蕃變之文題，固文家公用之法門，雖名家亦自爾爾矣。惟是法以導初學，則其緒較然可循，非所論於成學也。否則必蹈黄、紀所譏矣。今日學生往往手斨出雜志及坊間類括譯編之書，與報社急就之文，湊寫剽剥，讀之亦洋洋灑灑，細案則公共空套耳，與艾氏所詬同病。

又按：明人陳氏繼儒讀史之法有一人遞舉數事、一事歷舉數人之法。其旨蓋欲學者古今互證，通達世用，而先折衷古事古人以爲之鏡也。又明人劉氏起風定立論史法，謂當一事而以數事證之，一代而以歷代參之。其用意與陳氏同一重規而疊矩，而義旨尤爲廣博。其一事而以數事證之，即一事歷舉數人之法也。凡講求衍繹法者宜知之。蓋兩家之法皆所謂散中求聚也。前人有爲《春秋提要》者，凡某類事一朝有幾，某類人一朝有幾，用意與兩家同。用此法者，不可但求之一朝，並須通之於歷朝也。

沈彤《何義門行狀》稱其「論人必迹其世，徹其表裏，論事必通其首尾，盡其變，論經時大略必本其國勢民俗以悉其利病。故其題識超軼數百年評者之林」。案：徹表裏，通首尾，本國勢民俗以悉利病，皆行引申之意於議論之中者也。

魏叔子作議論文之斂縮法。魏叔子言作論有三不必二不可：前人所已言，衆人所易知，摘拾小事無關係處，此三不必作也。巧文刻深以攻前賢之短而不中要害，取新出奇以翻昔人之案而不切情實，此二不可作也。作論須先去此五病，然後乃議文章耳。蓋議論文字，一忌苛，一忌多。去苛去多，則自歸斂縮。試取叔子所定五者以繩之，庶可少息目論耳。

姚石甫嘗稱明人論史之疏，謂其人讀書好議論而不考始末，往往謬誤。嘗舉陳仁錫論《漢書》中呂后、戚姬事，謂能令人失笑。全謝山稱黄之傳彈駁古人往往已甚，故或有古人已早及之而尚以爲自得之説者，抑或古人行事別有本末而未及平反，遽登爰書者，亦有古人未定之説而誤摘以爲言者。蓋讀書不多者往往不能免此，與叔子之論亦相合也。

章實齋之病此事也至欲廢文集中人物論，其《丙辰劄記》曰：「宋以策論取士，蘇氏所云，攙説是非，制科人之習氣。彼時取古今人物而作論者，乃如今之演《四書》義爲科舉備也。雖大家如歐、蘇諸集，其間著論亦出當時之習尚耳。後人文集强綴以人物論，既非爲舉業計，又非有別裁卓見，精識名理，强取古人之事任意褒貶，殊無謂也。就使言之成理，而非持之有故，則理亦不宜如此褻也。況理又未必盡愜當日事乎？于忠肅事，人能言之。景泰易儲之事，于公諫與不諫，不關公之大節。乃侯、魏必以不諫謂非，袁枚又必以不諫爲是，而不知公在當時實有諫章，見於齊次風《易儲十論》。按：此事要證吴振棫《養吉齋餘録》言之云：「仁和阮泰元《讀于忠肅公旌功録志感詩序》云：斯録在壬午夏（嘉靖元年），先祖檜屏公永訣時手授泰元云：『予供事實録，獲睹《諫易儲》一疏，憲宗簡及，爲之流涕，又有《請復儲》二疏，英宗未及簡發。爲人臣者當以肅愍爲法（公初謚肅愍）。爾其志之。』」阮氏所云三疏鮮有知者，朱文正與修《明史綱目》時亦未見，故有詩云：「昔編明紀未博考，志此逸事傳無窮。」在侯、魏不過未察情事，袁枚轉以進諫爲非，出此證之，豈又將著論以貶公乎？　此等議論何以異於誤『八寸策』爲『八十宗』？　不能考證，反曲爲之説乎？　然袁枚本非可言文者，流俗惑之，姑舉以爲概耳。」章氏此議真可少遏好論古人古事之頽風。　按：　章氏此論，大抵原於其鄉先正朱氏國禎《湧幢小品》曰：「無垢居士言讀書考古人行事，既已信其大節，若小疵當缺而勿論。　蓋其間往往有曲折人不能盡知者。　如歐陽文忠志王文正公墓言寇準就公求使相，寇公正直聞天下，豈向人求官者？　若此類，慎言之。　余謂世間如此類甚多。　若宋子京爲晏公臨菑門下士，晏公罷相制有『廣營産以殖貨，多役兵而殖利』等語，亦未必遂真也。」近人沈映鈐《退庵隨筆》與梁茝林書同名。　曰：「古人難處之事必有十分苦衷，非當其事者不知。　後儒執經捨權，幾欲截趾適履。　縱論極公允，已非知人論世之心。　乃至曲肆譏評，是亦妄人而已。　余嘗見湯陰岳廟有楊果勇侯芳石刻，於武穆勳業殊未滿意。　又嘗在贛州陽明書院見講堂壁間七古一首，頗詆新建事功，乃李觀察本仁作也。　不數年，楊以勦辦夷務不力，爲人齒冷，而李由贛南移擢皖藩。　癸丑春洪逆陷安慶，李因先期出城，褫職逮問，旋仍被難。　蚍蜉撼樹，苦不自量，然亦見心氣浮薄之人，必不足與當大事也。」則又力戒人論人入苛者，於自己臨事時與古人比較其結果以觀其得失爲説，其用意尤公允矣。《南漘楛語》稱田汝成《炎徼紀聞》於田州之事咎王陽明之姑息，於黃玹之事咎于忠肅之隱忍，均可見明之士夫掊擊過甚之習，皆犯此類之病者也。

案：　論史之病，宋人如胡致堂之流近於苛虐，明人如丘瓊山、李卓吾之流近於詭僻。《四庫提要》嘗以胡氏《管見》爲非，故其《槐西雜志》之説曰：「孫復作《春秋尊王發微》，二百四十年内有貶無褒。胡致堂作《讀史管見》，三代以下無完人。辨則辨矣，非吾所欲聞也。」此苛虐之失也。天門黄問《獨笑編引》曰：「李氏《藏書》，自出斷例，大約退文飾而進忠誠，崇經濟而羞道學。其最奇者，叔孫通希世度務之小人也，而以爲大臣。胡廣執兩端，馮道事四朝，世之鄉願也，而以爲吏隱。武昭儀宣淫嗜殺，世之鴟梟也，而以爲聰明愛才之主。黄叔度千頃汪汪，世之顔淵也，而更以爲鄉願。是非非是，初聞駭聽，轉讀細思，因以知論人之佳惡初無定案。《復齋漫録》云：「荆公既非退之，後而喜揚雄，故著説以明《劇秦》非雄所作，又爲詩以辨之曰：『豈嘗知符命，何苦自投閣。長安諸愚儒，操行自爲薄。謗誚出異己，傳載因疏略。孟軻勸伐燕，伊尹干説亳。史官蔽多聞，自古喜穿鑿。』蓋以投閣、《劇秦》等事比伊尹干湯，伯夷叩馬，百里奚飯牛，爲不足信也。人之嗜好亦有所惑如此。然後又作絶句以詠雄云：『他年未免投天閣，虚爲新都著《劇秦》。』又古詩云『歲晚天禄閣，强顔爲《劇秦》』者，何耶？」據此可見議論一偏，其弊必至如此。不但論喜翻案，而且前後自相齟齬也。又閻潛丘《劄記》力詆楊用修惡宋人議論之偏，而錢氏《養新録》稱考亭論荆公、東坡門人，寧取吕吉甫而不取秦少游輩，爲門户之見。又王氏《談助》謂鄞人趙之璧嘗著論，以舜爲奇聖，象爲奇傲，亦是此種好翻案之習也。譬如先輩高冠廣袖，好事者爭出新製勝之，久之厭焉，而復爲高冠廣袖矣。老卓翻古人之案，安知後人不翻老卓之案？要其翻案者與其爲所翻之案者，青黄碧緑，不妨並存也。」《竟陵文選》。此詭僻之失也。然黄氏雖以並存爲説，實則措詞自有涇渭。凡論史者均當以此兩派爲戒也。《香祖筆記》及《秋雨庵隨筆》極反此種翻案之論，曰：「李贄極稱武后、馮道，丁謂以曹操、司馬懿爲聖人，王安石力辨《劇秦美新》之爲谷永作，而以楊雄爲大賢，夏竦、許讚美李林甫相業，丘某謂秦檜謀國遠勝岳忠武，本朝李穆堂力辨嚴嵩不當入《奸臣傳》，是皆黨奸之尤者也。」今人《平養堂文編・續志林》亦云：「王弇州謂張邦昌非篡，李伯紀不切事情，倘所謂無是非之心者耶！ 吾嘗執此衡之，蔡仲，逐君賊也，公羊高以爲行權，而董子亦述其師説而不正。楊雄，莽大夫也，曾鞏以其仕合箕子之明夷，而司馬公亦稱其知聖人之道，孟、荀不足擬。 荀彧，曹瞞之謀主也，東坡況之於伯夷，而《通鑑》亦曰：『仁過管仲。』馮道，累朝降虜也，蘇轍頌其盛德，比諸晏子，而石徂徠亦曰：『五季之衰，瀛王扶之。』華歆，勒兵破壁以劫伏后者也，嚴思永臆決其誣，而黄陶庵亦力與平反，至咎涑水之輕信。 秦檜，金細作也，宋人欲食其肉而寢處其皮，丘濬謂其有再造功，今世勳舊將相至以相推奬。 此與弇州之雪張邦昌無以異。」皆力破翻案諸家之邪説，而亦主持正誼之盛心也。

熊海崖璟崇作議論文之徵實法。 李祖陶記新昌熊氏自作古文有《明史論》五十首，其論史以徵實爲議論，綜覈斷制，波瀾老成，借古事以寓褒貶，於天下國家有關，此議論文之一法也。《明史・王志堅傳》亦稱其讀史先證據而後發明，發明必有證據，亦徵實一派也。《修詞學》分立證爲二法：曰直接證據，直接正面之事而論定之；曰間接立證，取反對正面之事而論定之也。

嚴元照《吳胥石墓志》稱其「熟精乙部書，深懲夫言史之喜以空腹高心妄論得失，而不復實事求是，徒以逞其一時之快也。 思有以矯其弊。 其讀史也尤究心於地理、職官，於其沿革建置，紛拏繁亂，卒不可埋者，鈎稽探索，盡得其條貫」。 按：吳氏有《手校元豐九域志》最精。 此亦徵實之説也。又謂：「方鵬著《責備餘談》，專取前賢之行事毛舉過失，條分而件繫之，唯恐不盡，大都淵源於宋胡寅之説，而以己意附益之。小人好議論而不樂成人之美，真其人矣！」此又與此相反者也。

彭躬庵作議論文之課虚法。魏叔子云：「彭躬庵言讀史有三要：曰設身，曰論世，曰闕疑。其高者尤能於無文字處得古人要害。余服膺斯説。然古今好議論凌厲古人者，莫不求之無文字之中，而以其偏見私意爲莫須有之説。讞古人之獄，或洗垢而索其瘢，或剜肉而成瘡痍。此無論陳同甫、蘇氏父子，即吕伯恭亦所不免。余則謂論古人者，必吾之説立於此，使天下聰明才辨好學深思之士欲更立一説而無以爲口實方得。」案：無文字處即課虚法也，其弊往往不免偏見私意，洪稚存嘗目此爲塾師論史之病。宋趙師淵、明賀祥、張大齡皆然，故宜以魏説救之。《文章辨體》稱「東坡作史評，必有一段萬世不可磨滅之論，使吾身生其人之時，居其人之位置，遇其人之事當何如處置」。妙法從老泉得來，此法不善用之即不免躬庵之流弊。故作議論文有即古人論古人之法，又有以我見論古人者。以我論古人之學，即陽明、朱子晚年定論之流也。以我論古人之文，即王弇州序列四十子詩但取其同己之一派，亦即錢牧齋以「唐無五言詩」一語定滄溟罪案，朱竹垞以「詩有別裁，非關書也」二語定滄浪罪案之流也。此定人功罪案之宜審者也。以我論文選文，以我論學，以我論政術，晚近似此者至多。此學術、文章門户之所以日歧出，其流毒至於無窮也。今日此事之禍皆見矣。

涂宜振作議論文之比事法。魏叔子作《涂宜振史論叙》謂：「宜振上下廿一史，若倒瓶水而瀉之地。其爲論曲盡一人之終始，比類旁徵，雜取以證其説而歸於不可易。」案：「比類旁徵」，即作論之比事法也。顧震滄《春秋大事表》述程積齋之言有大屬詞比事法、小屬詞比事法：「治《春秋》之大屬詞比事，合二百四十二年之事比而觀之；小屬詞比事，合數十年之事比而觀之也。」蓋歷史之事，一事自爲一事者常少，而前後相聯者極多。凡事自微至著，自輕至重，必合數十年之通而後見也。然不善用之，則必陷於洪稚存所謂詞人讀史之病。自歐公後明張之象、熊尚文則日以下，惟谷應泰《明紀事本末論》善用此法。大學定章之《史學研究法》臚舉要義最注重於彼此之比較，觀前後之變遷及彼此之關係。其於質之與靈，治亂之與法制，大都於綜合分解中或求其源，或析其流，或案別其得失。諸法皆便於《通鑑》學之屬縱勢者，而正史學之屬横者則又異。東人史學界中所云普通史與《通鑑》學近，所云特別史與正史學近。此今日世界史、國別史所以各殊廣狹也。故就横勢言則有彼此，就縱勢言又有前後，欲贍富吾比事之力者須明乎此也。方氏《通雅》有廿二史爲緯，《通鑑》爲經之説，亦區《通鑑》、正史爲二種之言也。

程畏齋作議論文不先看他人議論、不先立自己主意之法。程氏《讀書工程》謂：「看《通鑑》須先明《四書》以爲權衡。每朝須參《綱目》及正史，於一事之始末，一人之姓名、爵里、謚號、世系，皆當仔細考求强記。又須分項詳看，如當時君臣心德之明暗，治道之得失，紀綱之修廢，制度之因革，國本之虚實，天命人心之離合，君子小人之退進，刑賞之當濫，國用之奢儉，税斂之輕重，兵力之强弱，外戚宦官之崇抑，民生之休戚，風俗之厚薄，外夷之叛服，如此等類，以項目寫貼眼前，以備逐項思玩當時之得失。案：此爲作文預備顯要之法。如當日所讀項目無者亦須通照前後思之，此層亦作文預備要法。如我親立其朝，身任其事，每事以我得於《四書》者照之，思其得失，合如何論斷，合如何區處，有所得，用册隨鈔。然後參諸儒論斷管見、《綱目凡例》、尹氏《發明》、金氏《通鑑前編》、胡庭芳《古文通要》之類，以驗學識之淺深。不可先看他人議論，如矮人看場，無益。亦不可先立主意，不虚心也。諸儒好議論亦須記。」案：此法本程氏《讀書工程》中看《通鑑》之法。然作論史文，此法尤不可少，故引用之。

戴屏石璟作議論文以史爲案、以經爲斷之法。　戴氏《漢唐通鑑品藻·凡例》曰：「聖賢正道載在六經。六經者，格物窮理之標的也。論史而不以六經爲權衡，其何以合至當歸一之説哉？僕嘗著六經會同一書，猶未脱稿，而六經大旨居然可睹。吾讀史因以史爲案，必以經爲斷。至於先儒議論，有相發明則亦旁引雜證以盡其情，要在合於公論而已。蓋史學之難，非温公不能知；分香賣履之奸，非晦翁不能定。蜀漢嗣聖之統，吾之立論必若猛將用兵，傾其巢穴，如酷吏治獄，誅其黨與。善無微而不録，惡無細而不搜，亦以擴充先人所未發者云。」案：《通鑑品藻》一書，其擬題均本之《通鑑節要》，其考事則採之正史，其文篇幅甚小而論題清確，經籍紛披，開張西銘史論之先，可爲後人以經義斷史案之法。其云「以六經爲權衡」，亦即程畏齋「以《四書》爲權衡」之旨也。按：此書爲宋本，乃怡府所藏者，今歸蘄水陳氏蒼虬閣中。

李卓吾作議論文攻君子之短、不没小人之長之法。明袁中道《李温陵傳》論其所爲《藏書》，謂：「李氏於誦讀之暇尤愛讀史，於古人作用之妙大有所窺，以爲世道安危治亂之機捷於呼吸，微於縷黍。世之小人既僥倖喪人之國，而世之君子理障太多，名心太重，護惜太甚，爲格套局面所拘，不知古人清淨無爲行所無事之旨與藏身忍垢委曲周旋之用，使君子不能以用小人，而小人得以制君子，故往往明而不晦，激而不平，以至於亂。而世儒觀古人之跡又概繩以一切之法，不能虚心平氣求短於長，見瑕於瑜，好不知惡，惡不知美，至於今接響傳聲，其觀場逐塊之見已入人之骨髓而不可破。於是上下數千年之間，别出手眼，凡古所稱爲大君子者，有時攻其所短，而所稱爲小人不足齒者，有時不没其所長。其意大都在於黜虚文求實用，捨皮毛見神骨，去浮理揣人情。即矯枉之過不無偏有輕重，而捨其批駁謔笑之語，細心讀之，其破的中竅之處大有補於世道人心。而人遂以爲得罪於名教，比之毀聖叛道，則已過矣！按：自李氏發此自由言論以來，厥後踵之者有顔、李之學，有彭、羅、汪之學，皆與李近。至今世歐、和種種學説輸入，其精神亦多與李同揆者，蓋世局之遷變使然也。昔馬遷、班固各以意見爲史。馬遷先黄老後六經，退處士進游俠，當時非之。而班固亦排守節鄙正直。後世鑒二史之弊，汰其意見，一一歸之醇正。然二家之書若揭日月，而唐宋之史讀不終篇而已兀然作欠伸狀，何也？豈非以獨見之處即其精光之不磨滅者歟？且夫今之言汪洋自恣莫如《莊子》，然未有因讀《莊子》而汪洋自恣者也，即汪洋自恣之人又未必讀《莊子》也。今之言天性刻薄莫如《韓子》，然未有因讀《韓子》而天性刻薄者也，即天性刻薄之人亦未必讀《韓子》也。自有此二書以來，讀《莊》者撮其勝韻，超然名利之外者代不乏人。而申韓之書，得其信賞必罰者亦足以强主而尊朝廷，即醇正如諸葛亦手寫之以進後主，何嘗以意見少駮遂盡廢之哉！夫六經、洙泗之書，粱肉也，世之食粱肉太多者亦能留滯而成痞，故醫者以大黄蜀豆瀉其積穢，然後脾胃復而無病。按：以經典史籍、百家稗説、二氏種種之書譬之各種飲食，《檀几叢書》、《蒿庵閒話》中皆有況譬之旨，其言尤備。九賓之筵，雞豚羊魚相繼而進，至於海錯若江瑶柱之屬，弊吻裂舌，而人思一朵頤，則謂公之書謂消積導滯之書，可謂是世間一種珍奇不可無一、不可有二之書亦可。特其出之也太蚤，故觀者之成心不化而指摘生焉。」袁氏標舉李卓吾之法而分析其得失如此，又稱其爲人癖潔，惡婦人，不喜俗客，客不獲辭而至，但一交手即令之遠坐，嫌其臭味。其忻賞者，鎮日言笑。意所不契，寂無一語。滑稽排調，衝口而發，既能解頤，亦可刺骨。所讀書皆鈔寫爲善本，東國之秘語，西方之靈文，《離騷》、馬、班之篇，陶、謝、柳、杜之詩，下至稗官小説之奇，宋元名人之曲，雪籐丹筆，逐字讎校，肌（襞）〔擘〕理分，時出新意。其爲文不阡不陌，抒其胸中之獨見，精光凛凛，不可迫視。蓋李氏之學爲王門中龍溪之末流，而混同於禪，其學行本偏，觀其行止出處并其小節及性行亦無不偏，故遂衍成金聖歎一派。惟明季人斥之者固多，而推之者亦不少，其推服者且多賢達，蓋亦振古別調之人，故袁氏謂其人不能學者五，不願學者有三。國初曾禁人傳其書，今人又喜傳布其《焚書》、《藏書》，吾以爲苟非其人，寧東其書不讀。讀其書固自有讀之之法也，否則殃矣。案：李氏所謂「世之君子理障太多，護惜太甚，爲格套局面所拘」之説及所謂「接響傳聲，觀場逐塊之見已入人人之骨髓而不可破」之説，吾以近世諸人之名論證之，陳澧《東塾集》有記師説曰：「道光辛丑正月，澧會試，行至杭州，謁陳先生鍾麟，聞廣東有夷寇，先生曰：此事今人不能辦。今人但能辦有舊案之事，此事無舊案。當知諸史即舊案，爲官不可不讀史。」陳氏記此，又時時爲人述之。蓋痛當時辦洋務之無人不壞者，即是深惜時人都蹈李氏之所病也。惟道、咸以後，人人蹈李氏所病，後來即有知其病而欲救正者亦苦於爲此輩所撓，郭筠仙在倫敦《與李文忠書》屢致歎息，其云：「無識官吏鼓動游民以求一逞，不啻親見庚子之事。」其《復曾忠襄書》謂：「生平讀書觀理，頗能窺知三代政教源流本末，漢唐以後規模局勢得失安在，下視南宋以下諸賢之議論猶蚊蚋之聚於污渠，不屑較量。」此即陳氏「諸史即舊案」之旨。又《致文忠》曰：「辦理洋務五十年，士大夫所見終止於是，可慨也！」又謂：「青城山道人與陸放翁言，謂『爲天下致太平，非常人所能，且當守國使不亂，以待奇才之出』。此不待異術，惟謹而已。其所見實出南宋諸君子之上，庶幾知本者。」又《致忠襄書》謂：「宋明之語録，本朝之經説，皆風氣也。君子未嘗不爲之，而固非道之所存矣。自非深識持立之君子介然無與於風氣之會，烏足與論時務者？」繹郭氏所言，知天下事小而身家，大而國政，其誤於君子之理障名心與流俗之格套局面不知凡幾也。郭氏之説，當時惟金眉生安清和之，並擴其説以獻諸政地。據郭氏詩集中，知二人相往還，因談津門洋務舊事，相與倡和。金有「季世儒臣書不讀，堂餐箝得口如瓶」之句，郭有「宋明局勢真旋踵，董賈經猷欲闋庭」之句，可知二人所見之相同也。雖金氏人品，據清代野記所述原與郭氏逕庭，然其應和郭氏者，據俞氏《春在堂隨筆》曰：「自西事興，士大夫持正者多喜言戰，金眉生獨主和議。咸豐戊午和約，入京入江兩端所關尤鉅，萬藕舲尚書力阻入京，宋雪帆侍郎力阻入江。眉生作《豢夷説》不爲時用，其《上曾文正書》云：『和之一字，乃南宋以後第一惡名，而北宋以前無此成見也。』」此皆與李氏所病同其用心，與其所取復同一宗旨者也。李氏又謂：「世道安危治亂之機捷於呼吸，微於縷黍。」又曰：「不知古人藏身忍垢委曲周旋之用，使君子不能以用小人，而小人得以制君子，以至於亂。」是説也，管異之亦有《除姦篇》論其得失。吾年二十餘，時在菱湖，曾爲《讀明史熹宗本紀》三篇，通體以「諸賢之於閹豎不能去之莫如因之」立論。閲文者賞之，稱爲一代奇才。其旨亦與諸家用意相通。余因李氏所論誠有如袁公安所言，其破的中窾之處大有補於世道人心，而人反以爲毁聖叛聖。故特舉證，以期世人於凡事萌蘖之始宜善其迎距，錮閉過甚，固能激其反響，申導不慎，亦或逗入禍機焉。

王敬哉作議論文苟以論心、恕以論時勢之法。《青箱堂集·沈亞斗璇史論序》曰：「古人所遇之時，所乘之勢，所行之事，無論賢奸，皆各有其所以然之故。余嘗以論古人不苟則古人之微意不著，論古人不恕則古人之權變不明。蓋苟以論其心，恕以論其時與勢，必使古人之所自爲而不能自明其所以然，而吾有以得其所以然之故，雖古人復起，斯心折吾言矣。蓋天地之間，性情之所以可否，好惡之所以去就，利害之所以趨避，生死窮達之所以攻取，古今人初不相遠。學者苟博洽於載籍，合之於大道，則古人之是是非非，吾心曉然，則旁引曲喻，無不可以得其所以然。子瞻所謂暗與人意合者，古今同此理也。」此亦寬嚴互相補救之法也。

黄遠公鵬揚論史論人必於其事、論事必於其時之法。黄氏《讀史吟評自序》曰：「余幼時先嚴即督以學史，每月課藝間以史論，使暢所欲言，曾有《裂繒》一篇，謬爲縱横仿古之文。既而旁閲鑑傳，有謂齊一變至於魯，孔子幸齊用管仲，魯一變至於道，孔子幸魯之不用管仲者；有謂秦孝公徙木立信而爲不欺其民，漢文帝策賢良以鼂錯爲中大夫而譏其失人者；孫、劉爭荆州，而謂當爭於赤壁未戰之先，不當爭於赤壁既戰之後；關羽失荆州，而謂是時法孝直、龐士元俱無恙，擇一與俱則不至敗者；乃若王世充隔水之問，秦王應之，謂其詞宏而理未暢；明皇不殺禄山而援晉武不殺劉淵、符堅不殺慕容垂，謂其皆盛德事者；有謂岳飛班師，而議飛未知權，欲其駐師郾城，遣騎馳奏不奉詔：『容臣俘金獻太廟。』而又有富平、符離之役，謂與曹武惠岐溝之失，其喪師蹙國不相下，且謂連年金寇侵迫，未嘗一與交兵，自屈而去，無非其全德所致，爲張魏公寬解飾譽者。凡此之類，或失之矯，或失之誣，或失之不觀時勢，泥於變通，或失之黨同護偏，阿其所好，是皆先賢立論未免破綻處，余不能爲之諱也。用是仿諸公之善評史者，師其遺意，論人必於其事，論事必於其時，忠良顯著者擊節揚休，德業懋昭者慷慨頌烈。王公大人固有論贊，介夫女子亦加稱説。至於正人君子，原心以白其志；俠客烈士，獨意而闡其幽。且衆好必察，間有《春秋》賢者之責；衆惡必察，予以蓋棺論定之詞。愧無十分之識，聊爲一管之窺。要於是非不謬，抑揚各當而已。」按：此亦平正不頗之論史法也，惟其評論之中間以韻語，與諸家不同。

惲子居作議論文以事斷心、以心斷事之法。惲氏《三書陶靖節集後》曰：「古人之事往矣，其流傳記載百不得一，在讀書者委蛇以入之，綜前後異同以處之，蓋未有無間隙可尋討者。若是則古人之事大著，可由事以求其心焉。及古人之心大著，可復引其心以斷其事。此尚友之道也。若任情肆意爲之，則不能得古人要領矣。」案：惲氏此法，其委蛇綜處以尋間隙之説，與彭氏用意略同。惟以心與事互相斷定之法，能折衷虚與實兩者之間，尤爲要法也。

任午橋朝楨作論史文審於經營、慎於辨證之法。《任午橋存稿・歷代史表序》曰：「太史公論作史法，一曰深思，二曰深考。蓋從來著述家未有不審於經營，慎於證辨而能成一家言也。」蓋深思即課虚，深考即徵實。史公發之，後之論史者審思以經營之，慎考以辨證之，亦論史要法也。

程拳時作議論文取長見短、指短隱長之法。　程氏大中《測言》卷下曰：「孔子論人但取其長而短者自見，宋儒論人輒指其短而長者反隱。」此言議論人長短取棄之法也。　又復申之曰：「論古人太刻則沮人爲善之心，觀古人太高則隳人進取之志。　刻於論古，其待今人必不情；高視古人，其責今人必不恕。」皆義取折衷之論。　程氏又區論古人失别爲經生、文人二種，謂：「經生論古之失二：曰刻，曰迂。　文人論古之失二：曰麤，曰略。　故無是理而有是事，信其事可也，曲究其理則鑿矣；無是事而有是心，原其心可也，懸擬其事則刻矣。」程氏於究事與心之外又益以案事與理之法，補惲子居法所未備，作議論文者皆宜切究之。

李河濱楷作議論文就一字搜其義而究其理之法。　朝邑李河濱《甗閣集》中有《辨論》、《銃論》、《準論》、《衡論》、《體論》、《溉論》、《衆論》、《車論》、《舟論》等作，其後人李元春輯入《關中兩朝文鈔補》而記其後曰：「每拈一字，無不搜之義，無不究之理。　當時與南昌李太虛宗伯共題爲文，每題各爲一篇，共相擊節，因刻其文爲《二李珏集》。　所作論皆借物發意，而先河濱文皆揮毫立就，然固太虛所自嘆爲不及也。　又即錢牧齋序所謂如李靖行雨滴水，馬鬃平地盈尺者也，可以見其概矣。」案：　河濱爲天生因篤之兄，其練習議論文，與李太虛各拈一字爲論題，裒然成集，以極疏義究理之能事。　此亦作議論文一法也。　太虛名明睿，江右人，以明臣而失節本朝者也。

梁茝林考史由古逮今、由近溯遠之法。《退庵隨筆》曰：「讀史亦須各循其序，如欲考典章，察人物，則應先讀《史記》、《漢書》，由古以逮今。案：治史考典章察人物之説，以全氏、杭氏、阮氏、李氏、包氏之説最善。全謝山《先公墓蓋文》稱其父於經外授以《通鑑》、《通考》諸書。《龔定庵集·書杭大宗逸事》稱其主講安定書院，課諸生肄四通，杜氏《通典》、馬氏《文獻通考》、鄭氏《通志》，世稱三通，大宗加司馬光《通鑑》云。《臨波漁話》曰：「阮文達公言少時胸無古人，最是誤事。既登館閣，不能重入家塾，計惟留意二通，庶知理亂之源、政事之迹。」二通者，《資治通鑑》、《文獻通考》也。蓋《通鑑》爲人物之匯，《通考》爲典章之匯也。魏默深爲《李申耆傳》稱其「論學無漢宋，惟以心得爲主，而惡夫以餖飣爲漢、空腐爲宋也，故以《通鑑》、《通考》二書爲之門户」。傳中又稱其「獨治《通鑑》、《通典》、《通考》之學，疏通知遠，不囿小近，不趨聲氣」。此説與阮氏同意。包安吳乃久館申耆家者，其得於李者亦云：「學者制度文爲惟重《通典》，治亂興衰惟主《通鑑》。《通鑑》在先述其書乃叙衆議，然後載廷議所從，而詳叙其得失於後。學者閲其事，先爲畫上中下三策，然後閲衆議而驗己見之是否有合，又籌廷議所當從，再閲廷議，則後之收效與否，己可十得八九。如是則如置身當日之朝端，庶幾異時臨事不惑也。」究其實，則諸家之旨自杭大宗四通之説開之也。如欲知世變，究時務，則須先讀宋明各史，由近以溯遠。其實《史記》、兩《漢書》爲史學根柢，不可不急讀也。」案：此雖考史之法，然亦可通其意用之作議論文取材之法也。其用法與近人馬素臣論讀史分四段工夫相通：其急讀《史》、《漢》與第一段工夫同，其先讀宋明各史與第四段工夫同。其法亦與大學定章治正史學法亦相通，與永嘉學派治《周禮》亦略近。若究其原，則宋韓淲《澗泉日記》曰：「古人之史，非是備遺忘要務多以美觀也。因今勸後，因後明前，經制述作，二者爲大，他此瑣瑣不足計也。」所云因今明前，即梁氏由近、由古二法之所本也。按：本朝考證家治史有數派：一、以正史考别史。如王止庵爾齊論讀史以正史爲主，而旁證以外史，如兩漢外有荀、袁《漢紀》，《國志》外有蕭常《續漢》、謝陛《季漢》，《晉書》外有崔鴻之書，《南北史》、宋、齊諸書外有許嵩《建康實録》，《新唐》外有《舊書》、范氏《唐鑑》，《五代》外有尹洙《五代春秋》、范坰、林禹《吳越備史》、勾延慶《錦里耆舊傳》、馬令、陸游《南唐書》，《宋史》外北宋有王偁《東都事略》、曾鞏《隆平集》、南宋有李心傳《建炎以來朝野雜記》、徐夢莘《北盟會編》、葉紹翁《四朝聞見録》，元史外有蘇天爵《名臣事略》。凡此諸書，皆當參互考訂以知其得失。然近人補史者在王氏之後如《西魏書》、《遼史拾遺》者甚多，即前人《契丹國志》、《大金國志》亦治遼金史者所宜考也。吾考此補史一派，如錢竹汀云：「中之蕪陋未有甚於《元史》者，因搜羅元人詩文集、小説筆記、金石碑版重修《元史》，後恐有違功令，改爲《元詩紀事》。」案：此種自魏源《新編》以後，今世爲者甚多，如洪鈞之流皆是。又如邵二雲在四庫館時，《永樂大典》載有薛居正《五代史》，乃薈萃編次，其闕者以《册府元龜》諸書補之，由是薛史復傳。竹汀先生閒論《宋史》紀傳，南渡後不如東都之有法，寧宗以後又不如前三朝之粗備，微特事迹不詳，即褒貶亦失其實。二雲聞之，取熊克、李燾、李心傳、陳均、劉時舉所撰之書及宋人筆記，撰《南都事略》以續王偁之書，詞簡事增，正史不及也。一、補注一派。自劉金門外，如惠松崖以范蔚宗《後漢書》缺略遺誤，范書行而《東觀漢記》、謝承、薛瑩、司馬彪、華嶠、謝沈、張瑩、袁山松諸家之書皆亡，乃取《初學記》、《藝文類聚》、《北堂書抄》、《太平御覽》諸書作《後漢書補注》十五卷，今人長沙王氏乃恣爲之，而廣雅局刻之史學叢書，其匯萃者也。一、考證一派。如《十七史商榷》之類是。一、史評一派，即此史論諸家。近人以王船山爲最也。諸家惟止庵爲讀史法，餘均著述家也。

錢衎石考史由一朝而上稽三代下推後代之法。錢泰吉《跋西漢會要》云：「吾兄衎石翁教子讀

《漢書》，以徐氏《會要》所已録者别識簡端，知其所未録而當補者甚夥。又欲仿白石山人《兵志》補《漢・選舉》。其父子録漢事有條理，謂必上稽三代學校選造之遺意以顯漢法之離合，而推及於後代之流失若何而挽之近古，乃不爲徒作耳。余亦師此意，欲補刑法。」案：梁茝林之法，由古逮今，由近溯遠，本宋人黄度、陳傅良兩家治《周禮》之法而移之於考史。而錢氏此法則即居中之一朝上溯遠古下推後代，兼梁氏法而有之，而其所主則在中間之一朝。梁氏本以讀史，錢氏法本以輯書，吾謂二説可通用之於作議論文，當爲識者所許也。又按：近人有由遠古下達分爲兩段以學文之法。梅伯言有《道光壬午贈汪平甫序》，既述平甫自稱爲學之三變矣，復言其學文之旨曰：「吾與平甫其自是而務於實乎。自先秦兩漢之書下到今，讀其近古者焉，不如是者文卑。黄帝顓頊之書下到周，讀其近今者焉，不如是者文僞。凡學之道，在因吾所知以求其所不知，是謂精一以致二，雖杪必效，無畏所不知而阻其所知。在因吾之所能而求古人，無循古人之所能而忘吾身，無達於心而畏難於手，無玩其詞而不求諸聲，無割裂首尾而資高言，無改易塗轍而適異路，無小有所獲而襮於人人，無告人以不問而取憎，無畏乎時譏，無疑乎古人，無欺乎後人。吾與平甫其樂是而終吾身乎。」按：此近古、近今二義，即其二段法也。其十無之説，則其程塗之歷而勸戒之方也。

《漢文正典》稱論説文者虛語其意見，有論説辨議等文格，其議論之法有七：一、正論，基於正理以立論也。二、切論，剴切本事以立論也。三、泛論，擴張文題之理以立論也。四、玄論，究及至妙至極之理以立論也。五、比論，論本事引他事比較論之也。六、難論，辨難攻擊以論之也。

七、譬論，取譬事物以論之也。按：比論、譬論之旨，《西阿校室學事記》立論有與此通者，其説曰：「《三國志》之傳諸葛瑾也，『諫諭未嘗切愕，微見風采，粗陳指歸，如有不合，則捨而及他，徐復託事造端，以物類相求，於是權之意往往而釋。』此言最得文章之致者。瑾之學古文《毛詩》家也。《詩》標六義，如賦、雅、頌固爲切直正言，無所隱飾，即興、即比、即風，要皆以事理爲質，而後推尋物象，託事類以相明。惠子之言事好譬，自謂説者固因人所知而諭其所不知是也。孟子之博文明事亦然，故趙岐謂其有風人之託物也。是故《關雎》興於鳥，物象也，摯而有别，事類也。《鹿鳴》興於獸，物象也，見食相呼，事類也。縱横之家辨析得失，觸類引端，立言之體，率由詩法，故曰『不學詩無以言』也。嘗謂太沖《詠史》原出《吕覽》，景純《游仙》踵流莊生。誠由是以窺述作之意，而要於『知人論世』、『以意逆志』兩言必有自得於筆墨之外者也。此持論者所當知也。」案：泛論近課虚，亦近外籀。切論近徵實，亦近内籀。比論近比事。蓋議論文之法，終不外此數者而已。按：外國論理學之三段論法亦可作公式用之。至作議論文之取法，黄魯直教人學作議論文字可勤讀董、賈、劉向諸文字，更取蘇明允文字讀之，要氣質渾厚，勿太彫琢。吕居仁謂議論文字須以董仲舒、劉向爲主，《禮記》、《周禮》及《新序》、《説苑》之類皆當貫穿熟考，則做一日便有一日工夫，曾子固諸序尤須詳味。此又作論取法之説，兩家之説，其用意脗合如此。議論文之專編，如張文炎之《百家論鈔》、王思任之《百家論鈔》、陳繼儒之《古論大觀》、張溥之《歷代史論》《史論一編》及宋麻沙本之《十先生奥論》是也。

古文詞通義卷十九

義例篇一

王文簡論詩謂觀其標題得失即可得其詩之雅俗，吾謂文家亦有之，其義例尤廣。故欲假他人最不齊文字或事實以厚集吾文之證佐者，則有種種徵引法；欲假最不齊之言語或事實於他人以尊重吾文之勢力者，則有種種稱謂法；欲假以確定吾文之標準與體裁則有種種標題法與別集、總集編輯法。雖較乎內心而爲外象，依乎神理而爲粗迹，本乎定體而非變化，然不究其用，亦足以疵吾之文，淆吾之體，以漸遠於清峻安雅之風規矣。是故縱其纖曲而言之，累牘不能勝也，然獨不可略區其雅俗與其利病乎？今撮舉要例作《義例篇》。汪家禧《金石例補序》曰：「述著之事因時而屢遷，則又從其朔。說經者之反乎虞、鄭也，論詩者之反乎蕭《選》也，皆從其朔也。而碑碣有不能，非事會使然歟？雖然，可變者詞而不可變者修詞之例也，說經殊而訓詁不殊，論詩殊而安章宅句不殊，又豈特碑碣然哉？彼循其變而昧其初之例，其失固惟固斯陋，然則作文之必明義例也審矣，不第銘章一體有然也。」

引書例

此所舉最適宜於考據文，於古文尚少用者。以全書中多及此種，故詳列之。與卷十援引法之比較參看。

引書之易文與依文二法。方氏《通雅》有古書參差説，謂古人稱引略得其概，以意摘詞，是即引書之易文法也。方氏因舉古書同一事一言而各本互異之處臚之甚詳，皆是故也。故凡引書太長者可略翦潤而括用之，漢人引書用此法，只可減不可增。然此指引秦漢以後書而言，若引古書，不宜輕改。袁守定云：「古人引用經語多與原本不同，如《左傳》引《書》『賦納以言』、引《詩》『鋪時繹思，布政優優』是也，大約取其意義，不復校對原本。然自古人爲之則可，今人爲之則不可。」周圻《答長汀李化舒書》曰：「文章必至成一家言，而後文成其爲文，章成其爲章，猶人有一身而成其爲一身也。予見太史公世家、列傳中雜取周秦故實，不能不資之《尚書》、《左傳》、《國策》諸書，然每增易古人一二字句，豈誤書哉？又豈自作聰明，視古人猶有不足於此哉？亦以我之氣體業已如是，則古人之不如是者常足以間之，如鳧鶴之不相易，涇渭之必不可淆，故稍爲損益之以就吾之節度，則雖《尚書》、《左傳》、《國策》之書，皆我一人自筆之書矣。」魏氏禧云：「《國策》載王蠋，《史記》載趙良語，司馬公採入《通鑑》，簡要蘊藉，格味之妙，十倍原本。」於此悟翦裁書牘之法。顧亭林謂引古有必用原文及略其文而用其意二法。倪正父曰：「前人援引經語欲合律度，截長爲短，避重就輕，一字之間必加審訂。」皆易文法也。《齊東野語》稱古人引詩多舉詩之斷章。斷音段，讀如斷截之斷，謂如一詩之中只斷取一章或一二句取義，不取全篇之義，故謂之斷章。今之人多讀爲斷章，斷音鍛，謂詩之斷句，殊誤也。詩之末句，古人只謂之卒章，近世方謂斷句。」此又古人引詩法也。若只引數句可悉依全文。與自作文氣不合者可酌減易其虚字。

引書之依年代與不依年代二法。　周亮工爲《唐仲言汝詢傳》，稱其「解唐詩掇拾古文以爲箋注，自習見以及秘異，溯流從源，搜羅略盡。然必先經後史，不少紊淆。雖詩賦之屬，所援引亦從年代次序之。如某字某句，秦漢並用，則必博採秦人，不以漢先。詳贍致精，有若此也」。按：此即近世漢學家引書取最初之書引證之法，故作文時凡一篇中接連引前人相同成說，宜以年代先後爲序，尤宜搜求最古先見者。若分疏異同，則主義在文理，又不以此論。陳蘭甫曰：「援引古書當有倫次。凡引古書二條，即當知何者當先引，何者當後引，若倒置之則謬矣。引至三四條以上尤當知何者當先引，何者當次二，何者當次三、次四，若雜亂則更謬矣。」

引書之全賅與不全賅二法。　凡一義而各家訓詁皆同者，《經籍纂詁》詳之。偏引則繁，但引最先之一二家而疏辨之。如欲全賅之，可用小注列之云「某某同」。

近人譔述有竟用前人之文作爲自己書中所需者，此例前代未有，蓋於引書外又新開一例焉。如馬宛斯《繹史》將班氏《漢書》中《古今人表》全行載入其書之末，謂班氏此表恰似爲《繹史》而作者，故直用之而一字不易，此一事也。又周櫟園輯《尺牘新鈔》十二卷全録《文心雕龍·書記篇》以爲序，其選例有云：「彥和是篇，後世言詞翰者莫踰，即用原文以當弁首。前賢明體之書，若爲今人預製。」陸以湉稱爲創體。凡此者蓋有合於顧亭林避讓之說，且深合於章實齋言公之理而實行之者也。

引最著之書與引不甚著之書二法。　凡引書名，如經不必稱某經，《易》但稱《易》，《詩》但稱《詩》。嚴氏《說文校議》言許氏引書皆稱《書》或《尚書》。如史，《史記》則稱《史記》，或稱《遷史》。《漢書》則稱《漢書》，或稱《班書》。不必加作史之人名於其上。但經史大名之下宜舉小名，如經則稱《易·繫辭》、《詩·國風》、《春秋三傳》某公某年之類，史則《史記》某本紀某列傳、《漢書》某志之類，子部於某子下舉其篇目。以求確實。其他說經論史之書，不甚著名者，宜稱某氏某某書。用小注列其篇目。古書或數人同一書名，蔣超伯《楛語》曾舉其目，或一書數人同作，或其人於一經有數注今人通譯之書，必有著者譯者之分，皆宜分別核引。

引書之省文法。　凡作經解，引申注疏中古義，其作注者姓名人所共曉，《易王弼注》但稱《王注》，《詩毛公傳鄭康成箋》但稱《毛傳鄭箋》，《春秋左氏杜預集解》但稱《杜氏集解》，《三禮鄭康成注》但稱《鄭注》，餘可類推。《史》、《漢》及周秦諸子之注亦可仿此。此例《經籍纂詁·凡例》已詳之，甚有法，可遵用之。

引書之譯文法。　凡史書，如遼、金、元三史，國語譯音多乖失，自乾隆中欽定《遼金元三史國語解》，以國語及蒙古語證合本音本義，皆得真確。《御批通鑑輯覽》及畢氏《續資治通鑑》皆改從之。作文有引此三國語者皆宜遵用，不可仍舊文。近日西書譯音繁歧，友人杜宗預有《瀛寰國地異名記》以董理地名，湘人某氏亦有此書。然用者多從最先之《瀛寰志略》所譯，以昭畫一，亦可依之。然必俟學部名詞館所校定之名詞書出，始可漸歸一致也。

凡引近譯西書，如諸大國之名，可舉首一字稱某國，如英吉利稱英國，俄羅斯稱俄國之類。亦有宜舉全名，舉一字則混者。如日本不可稱日國，以免混於日斯巴尼亞之類。其他地名人名均可以此例之。其《格致書》中多仿前人葡萄、琵琶假胡音製華字之例，以偏旁拼音代中國所無之字。用時只宜於此等文，移之他則非典要。《庸庵文編》於外國名有直書英吉利、法蘭西、俄羅斯三字名者，亦有省文曰英、曰法、曰俄者，因西人施諸公牘條約者亦有此種也。

引書之代文法。　凡引書有以訓詁代正文之法，《史記》尤多。《毛傳》有重言申明義訓者，臨文宜知之，讀古書亦宜知之。古書有以雙聲疊韻代本字者，有以讀若字代本字者，俞氏《古書疑義舉例》詳之。○《古書疑義舉例》於古人文法、字法、虛字、實義皆詳舉其例，亦解古書與讀古書者所宜知也。

引書之句讀法。　程氏《讀書分年日程》引《實勉齋句讀例》：「一、凡引用他書他人語，上有『所謂』字，下有『者』字，急繳歸主意者，所引句下『者』字爲讀，繳語盡爲句。　一、凡引他書他人他日及覆舉上文之辭者，其中未盡之語爲讀，至所引詞盡爲句。　如所引他書語及事實太長，如《孟子》引齊景公、晏子答問，各以答問盡處爲句。」此亦讀書與作文者所宜辨析也。　近日本刻書於引用處多用括弧標出之，但施之於文未雅，不可從。

引書之斷定法。　李根五中培《朱子不廢古注說》自注《例言》曰：「解經當衆說互異，論斷自不可不明，然宜平心和氣，著不得驕吝。檢鈔前説，往往批駁古人，自誇創獲，竟如俗子詬誶。又或作尖冷語、譏誚語贅於論斷之後，不惟於書理毫無干涉，且啓後生輕薄之習。玆所引用佳説，遇有此種語概行删去，歸於忠厚，以成完璧。」案：李氏此意，後來陳蘭甫力守之，且以示法，可掃除門户錮習。故凡引書斷定之語，不但不可詬誶尖冷誚譏，即引前人有類此者亦必削之方合。近人如毛甡、汪琬、戴震之詬爭，袁枚、紀昀之儇薄，汪中、龔自珍之簡傲，江藩、方東樹之有意尋釁，皆不可效。

朱子引書例。　李氏又云：「朱子《四書集注章句》引用古訓之例凡五：一曰引其説而係其氏。二曰但稱舊説、一説、或曰。三曰因其訓詁而不標其姓字。四曰本其文義而稍有更易。五曰達其意旨，遂異其説詞。」案：此五例，第一例近世漢學家引書用之，並詳其人名書名，兼有注其篇卷者。其下四例，明人多沿之，尤以不標姓字及書名之一例最所習尚，近人多非之。然朱子書本名「集注」，初無攘美之意，明人不揣而謬效之，乾没抹煞，殊非典要。試觀朱子《名臣言行録》雜採羣書，必詳注出處，何其典核乎！未可濫託也。

引搜輯書例。　凡引近人搜輯之古佚書，如玉函山房輯佚書《古經解鉤沉》、《小學鉤沉》之類，可即稱所輯古書之名，用小注列其輯本書之名。

引集部書例。　凡引用集部之書，如别集中文詩，引之可稱某人某文詩，不必稱其本集之名。其總集之古者，可加總集之名於人名詩文之上，如《楚詞章句》、《昭明文選》、《玉臺新詠》之類。其輯本之總集如《漢魏六朝百三名家集》、《漢魏文乘》、嚴輯《全上古至隋文》及七子、四傑之類，可用引別集之法施行之。否則不必標總集之名。

引原書與非原書之宜分別者。　凡引書未見原書，第據所引之書，可仿惠棟、王竑懋、方東樹、陳澧著書之例，自注未見原書，但據所引之本。近人引書，如引《太平御覽》、《册府元龜》、《藝文類聚》、《初學記》等書，多仿唐李匡乂《資暇集》、遼僧行均《龍龕手鑒》、宋程大昌《演繁露》、江少虞《事實類苑》之類，兼著其書之卷第。蓋以明有徵，便檢校，究近繁瑣，不依可也。此例朱蓉生亦非之。據錢竹汀《養新録》云：「王懸河《三洞珠囊》每卷稱某書某卷。」王與匡乂皆唐人也。

引注之宜分別者。　凡書有自注者，自《漢書》表志外，集部尤多，引時不可與注此書人之注混引。又《文選》李善注中別有薛綜、劉淵林之注，亦不可混引也。

文中附注餘意之例。　凡引用事類，近人爲考訂文字及著書者多自加小注，如《漢學商兑》、《無邪堂答問》等書。其例始於漢人，俞氏《九九消夏録》曰：「《日知録》云：『《漢書》地理、藝文二志，小字皆孟堅本文。至謝靈運《山居賦》自爲之注，則詩賦家體例也。』據《史通·補注篇》所説，則古書自爲注者始蕭大圜《淮海亂離志》、羊衒之《洛陽伽藍記》二書，謂之子注。今著書家皆循用之。」又《廣川書跋》云：「樊紹述《絳守居園池記》，文既怪險，人患難知，紹述亦自釋於後。自昔不知，余至絳州，乃剔刮劘洗，於其後刻多釋亭名人名，至『提鷴挈鷺』句，非觀其自釋不知爲白鷴、白鷺兩亭也。」觀謝氏、樊氏之例，可知文家自作注釋，其來已舊，不第著書用之也。又宋劉荀《明本釋》曰：「昔趙元考與温公論著述之體當以正文舉其要，子注盡其詳。」又温公《與范太史論長編》云：「寧失於繁，無失於略。」即是意也。所以文中必用附注者，一因文氣不屬而意可互發，必附注之；一因正意之外尚有未盡之餘意，因暢及之。日本人論解釋文亦有插注之法，法於上下文置括弧以別之，見《言海凡例》。作文遇此類者可仿行之，但附注之下不必更益附注，以省繁冗。《九九消夏録》云：「姚宏補注《戰國策》，每於注中又作夾注，然止是校勘文字耳。范成大《吳郡志》每於夾注之下又用夾注，雖見詳贍，要非著書之體。」案：俞氏此說最塙。曾文正謂朱子《戊申封事》其逐段夾行分注以達未盡之意，似不可爲訓，爲其於文體不潔也。此今日沿考訂文體者所最易犯，爲散文者宜知。又云其第四節辨駁四説似不宜羼入此篇之內，爲其於文體近蔓也。此博辯家之文所不免，爲雅潔之文者亦宜知。《四庫提要》稱楊維楨《東維子集》中之文於句讀疑似之處必旁注一「句」字，使讀者無所歧誤。此則文中通用之例矣。又今人書札中往往有用旁注者，其體昉自金石文字及説經家。朱氏《經義考》有明朱升《尚書旁注》六卷，俞氏《九九消夏録》稱梅文鼎作，朱氏書序謂升有《四書五經旁注》，則不止《尚書》一種。又謂宋金履祥著《尚書表注》，其書於每葉之上下左右細字標識，則朱升之書又從此出。近日局刻《十一經音訓》、坊刻《五經旁訓》皆依此體。《金石例》見後則。書札旁注則以補正文所未備與釋其意者也。然刊書時則削之，摹手札墨迹者則因之也。

詞賦碑版中前人亦有自作注之例。《何義門讀書記》：「皇甫士安《三都賦序》，《世説注》：『此序及劉注即太冲所自爲。』蓋託之勝流以重其價也。案太冲賦序其卒章曰：『聊舉一隅，攝其體統，歸之訓詁。』則注明是太冲所爲。又《魏都賦注》，或云張載，今《文選》中仍題劉逵，參差不合，孝標之言未爲無據。」此又文家所宜知者也。金石文字，前人亦有附注之例，朱珔《小萬卷齋文稿》曰：「武氏《億授堂金石跋》言唐仁表譔《孔紓誌銘》及杜殷譔《杜順和尚行記》並有旁注，《金石例》所無。梁氏玉繩《志銘廣例》則引柳仲塗作《孟公志銘》，乃孟昶之太子元喆也，有小注七處。范文正公《胡尚書志銘》有注，富鄭公《范文正志銘》有注。」是碑銘小注，前人已有之。朱氏述此，蓋其所譔《廖運使神道碑銘》有二處小注，故據以爲例，以其事非注不明也。作金石文字者宜知之。

文中標明舊説之例。　凡引書必詳所出，以明義有依據。如因行文不能闌其書名於文中，必用小注稱此説本某人某書，或參合衆説則云合參某某人某某書之説，詳下「引言論之十種法」。不可竟攘爲己有，以徵篤實。顧亭林曰：「凡述古人之言必當引其立言之人，古人又述古人之言則兩引之，不可襲以爲己説也。程正叔《易傳》，時人之言而亦不敢没其人，君子之廉也。」然晉代注家每摭拾前人而不言所自，如《僞孔傳》，杜注《左傳》，服、郭注《爾雅》皆然，唐人義疏亦有之。顧亭林謂明弘治後，解經之書亦有此弊，皆識者所病。《無邪堂答問》則不主此例，謂：「近人引書非但注出處，並注卷數，謂可杜暗襲及展轉販鈔之弊，不知此尤便於販襲，徒爲冗贅，殊不雅觀。古惟疏體如是，傳注不拘。方志與國史初稿用此例，蒐輯佚書亦用此例，以施於著述則蕪矣。」

書之忌引用者。凡坊間鄙俚弇陋之書，或爲場屋懷挾之作，皆大雅所譏，不宜引用。或其書年代太近，亦宜慎用。見存人之著述不必用，如必欲用，可稱「或說」以別之。引用近修方志，分別前後可加修書之年號於其上。引譯書可但舉書名，如並列著者、譯者之名於其上則冗贅矣。

引用言論之十種法。嘉應李根五《朱子不廢古注說》自注凡例曰：「篇中凡鈔録古書，冠以書名。鈔録名說，冠以人名，或字，或氏，或謚。其彙衆說爲一通者題曰『彙說』，而於各句各段下分注名氏。撮録而添減字句以順文氣者，則曰『案某書某說』。合纂數書數說，條貫其文使相連屬者，則曰『按某某書某某說』。參用前說者則曰『參某說』。己說中偶摘前說併入者，冠以『按』字，文内逐一注明某句某段是某人說，管見所陳則但冠以『按』字。查檢前書，知與舊說暗合而又小有異同，未能改引者，則加注『本某人說』。臚列諸說後附以己說者則題『愚按』字以別之。如恭録御案說後則書『中培謹按』以昭敬謹。」李氏此例均可爲用書時之定法。

引用事實之十種法。附。文中有引故事言論者，日本人之《漢文正典》引文林良材凡十有四法：曰正用者，以正事證之也。《漁隱叢話》引《藝苑雌黄》云：「文人用故事，有直用其事者，有反其意而用之者。王元之謫守黄岡，《謝表》云：『宣室鬼神之問，豈望生還；茂陵封禪之書，惟期死後。』皆直用耳。李義山詩：『可憐夜半虚前席，不問蒼生問鬼神。』則反其意而用之矣。直用其事，人皆能之。反其意而用之者，非識學素高，不蹈襲陳迹，何以臻此？」

曰列用者，廣用故實鋪叙齊整也。曰援用者，順引故事以明題原也。曰歷用者，歷用故事後先排比也。曰衍用者，衍一事以施之一節也。曰評用者，引用古事因而評論之也。曰反用者，引古事而反用之也。《文章指南》「引事論事」則曰：「古人事跡大概相類，特有得失之異耳。故議古人之得須援失者以證之，議古人之失須援得者以證之。如獨孤及《季札論》是援泰伯讓國之得以證季札讓國之失，姑取之以爲此則之例。」按：此亦反用法也。曰設用者，尚論人物而設今事以證之也。曰假用者，古無類是之事，乃因根以生枝葉也。《文章指南》「將無作有」則曰：「凡議論援引固以精當爲貴，然亦有牽引來説者，謂之將無作有，此善行文處。如韓退之《重答張籍》云：『夫子之言曰：「吾與回言，終日不違如愚。」則其與衆人辯也有矣。』夫子何嘗與衆人辯也？此正得將無作有之法。陳止齋作論全是學此。韓退之《送孟東野序》云：『夔弗能以文詞鳴，又自假於韶以鳴』二句亦可與此參看。」按：此亦假用法也。曰暗用者，暗用古事一如己出也。近譯《漢文教授法》中只舉以上十法。曰活用者，活潑所引之旨而加以述明也。《文章指南》「化用經傳」則曰：「凡文字引用經傳易失之陳腐，惟歐陽永叔《送王陶序》全用《易象》，默化疏通，而議論亦好。文章似此方成文章。韓退之《諍臣論》引孟子説話，全憑自家添字減字變化出來，便不陳腐，亦可與此參看。」按：此亦活用法也。曰藏用者，引用事實而藏其名也。曰對用者，論豪傑以豪傑事類之，評奸邪以奸邪事類之也。曰倒用者，論豪傑而舉非豪傑事類，論文明而舉未開化事類也。蓋引用言論事實，所以鞏固文中之勢力，然不可太多，致掩主旨。此《文典》中所以更舉陳同甫「經句不全兩，史句不全三」之法以示例也。《西清詩話》云：「杜少陵作詩，用事要如禪家語，水中著鹽，飲水乃知鹽味。此説詩家秘密藏也。」又《漫叟詩話》云：「東坡最善用事，既顯而易，讀又切當。」又《冷齋夜話》云：「用事琢句妙在言其用而不言其名。此法惟荆公、東坡、山谷三老知之。荆公曰：『含風鴨緑鱗鱗起，弄日鵝黄裊裊垂。』此言水柳之名也。東坡《答子由》詩曰：『猶勝相逢不相識，形容變盡語音存。』此用事而不言其名。」又《漫叟詩話》云：「嘗見陳本明論詩云：前輩謂作詩當言用勿言體，則意深矣。若言冷則云『可嚥不可漱』，言静則云『不聞人聲聞屐聲』之類。本明何從得此！」又《蔡寛夫詩話》云：「荆公嘗云：『詩家病使事太多。蓋皆取其與題合者類之，如此乃是編事，雖工何益？若能自出己意，借事以相發明，情態畢出，則用事雖多，亦何所妨？』故公詩如『董生只爲公羊(感)〔惑〕，豈肯捐書一語真。』『桔槔俯仰何妨事，抱甕區區老此身』之類，皆意與本題不類，此真所謂使事也。」《石林詩話》云：「詩之用事不可牽强，必至於不得不用而後用之，則事詞爲一，莫見安排鬬湊之迹。」此皆宋人所發作詩用事妙法也。

又文中用事須求確實，故惲子居稱蘇子瞻用事必檢出處。

按：東坡此法乃文人最篤實可法之事，乃世人多有以獺祭爲笑者，此毛西河所謂婦人之見也。俞理初《癸巳存稿》亟辨正之，其説曰：「《齊東野語》云：『洪景盧日視二十餘草，老院吏曰：「蘇學士敏捷，亦不過如此。但不曾檢閲書册耳。」洪爲赧然。』按：蘇、洪視草異地，不當有此老院吏，此言與洪有隙者造作以短之，實則誣蘇也。《春渚紀聞》云：『東坡賦詠及著撰，雖目前爛熟事，必令檢視而後出。』此言爲近實。《餘冬叙録》言歐陽爲文亦檢故事出處，然後下筆。蓋自重其文當如此。吴坰《五總志》云：『李商隱爲文，多檢閲書史堆積左右，時謂爲獺祭魚。近世晏公《類要》之類，用工閒暇，冀革臨時檢閲之弊，得非欲蓋而反彰乎？』朱子《名臣言行録》云：『楊億爲文，所用故事，常令諸生子弟檢討出處，每段用小片紙録之，既成則綴粘所録而蓄之，時人謂之衲被焉。』皆時人不智之評也。」《七修類稿》嘗譏韓文《明水賦》及《與孟尚書書》用事均失考，乃因文盛而不暇深思以致此。此則遜於歐、蘇者也。《癸巳存稿》爲《汪廷榜事輯》稱其爲文「下一字或檢書數十種，務得其通，不必古人曾用也，務使妥帖有光彩，蓋得楊雄、韓愈意者」。此亦善用古法者，俗儒安從識之？

此與

引書亦屬連類之事，故並舉之。又《十駕齋養新録》稱：「古人文字不以重複爲嫌，庾信《哀江南賦》杜元凱兩見，陸士衡一見，陸機兩見，班超兩見，白馬三見，西河兩見，驪山兩見，七葉兩見，暮齒兩見，秦庭、金陵、南陽、釣臺、七澤、全節、諸侯、荒谷皆兩見，又一段中重押難字。此古人用事所不忌，在今人必以爲疵累矣。」

文中引用言論事實，大都爲近日考據文言之，至古文中亦有不可廢者。黄南雷《論文管見》曰：「文必本於六經始有根本，惟劉向、曾鞏多引經語。至於韓、歐，融聖人之意而出之，不必用經，自然經術之文也。近見巨子動將經文填塞以希經術，去之遠矣！」此可爲散文家好引古者下一鍼砭也。又黄虎癡《癡學》曰：「方樸山《集虚齋古文》，經史子集奔赴腕下，可謂博矣。然往往有才多之患，好用成語，好徵故實，反落下乘，柳州所謂『用《莊子》、《國語》文字太多反累正氣』是也。然古人之文非不援引故事，如西漢災異諸對，劉向《諫昌陵疏》，一篇之中雜引經傳多至數十條而不嫌其累贅者，要皆藉古事發議，而非用成語湊筆也。故《國策》、《孟子》及韓、蘇諸家，每設一喻必取眼前瑣事未經前人道過者，非好奇也。博覽經史以集其理，閱歷世故以集其義，行文之法盡乎此矣。集中如《書華豫原事》乃是最潔者，因讀此文具論之。」案：散文中引書及故實最易傷文氣，故曾文正曾因羅研生文力繩此失，研生復書即援黄氏此説以證其不然，但未明舉出本於黄氏耳。吾觀反乎此旨而與羅氏同意者尚有儲六雅氏，據張漢《存硯樓古文序》曰：「六雅之文欲自成一子，一字一句務新雋，不苟襲於人。以故經史而下，旁及《國語》、《國策》、外傳、叢書及諸子書中僻奧詭特者，無不搜究以爲己文。論者或以使事多而取材富爲文之類，殆未達夫淮陰將兵，多多益善也。吾聞之氣之充者物畢浮，氣足舉之而能勝也；治之工者物畢化，治足以鎔而能精之也。六雅文不自嫌其多，所好似近孫樵、劉蜕之所爲，而以《史》、《漢》、八家逸氣行之，醇焉而能肆，六雅自成六雅之文耳，譏彈何問乎？」此在羅氏之前與之爲同好者。然二黄氏此義於散文引書之例辨之至析，究屬正論，留心引書法者宜知此旨。《韓文補注》引《邵氏聞見録》云：「退之於文不全用詩書之言，如《田弘正先廟碑》曰：『魯僖公能遵其祖伯禽之烈，周天子實命其史臣克作爲《駉》、《駜》、《泮》、《閟》之詩使聲於廟。』其用《詩》之法如此。《上宰相書》解釋《菁菁者莪》二百餘字，蓋少作也。」按：此説舉韓公引書簡、繁二法，而以尚簡不全用爲得法者也。《文章指南》「引證」則曰：「凡議論，或引證經傳，或引證古人，此文章常格，須要用得精當。如《左傳》所載子産《與范宣子論重幣書》，論令德令名兩引《詩》以證之，蘇明允《諫論》論諫法有五，歷引古人以證。此皆可法者也，餘可類推。」按：此亦所謂繁引法也，與韓公上書解釋所引之文法相同者也。

曾文正《雜著·論文》以「大政典禮之類、詞賦敷陳之類，非博學通識殆庶之才不足以涉其藩籬」。可見文家叙事惟典制之文最難，故黄梨洲《論文管見》稱：「作文雖不貴模仿，要使古今體式無不備於胸中，始不爲大題目所壓倒。」可知此類文字在文中乃爲大題目，以其取材必宏富也，必根於故實始足見一代大典章，俾後人考其沿革而得臨事之實用。故凡平日域於歐、曾一二轉折者，遇此必無可浪用高簡之理。黄氏取譬於小兒摶泥爲銃，擊石有聲，泥多者聲宏，若一丸爲之，總使能響，其聲幾何。此古人所以讀萬卷也，亦可見遇此大題目不可拘淺近目論也。黄氏、曾氏此意，吾更證以俞理初《癸巳存稿》之説而知文家之所重有在此不在彼者。其《書河南府施志後》曰：「右志乃施君所爲，其例謂『前志多鈔《賦役全書》，展卷目迷，況良法隨時更定，亦無事重衍』云云。人讀書有分量，本難苛求。而空談古文格調者比户皆是，遂謂此乃施君妙論。今案：唐大曆中，以租庸調爲兩税，貞元中陸贄奏當時於兩税外復又並存。《雲麓漫鈔》云定二税後諸色皆在其間。後唐再增酒麯錢害農。宋蘇軾上書稱兩税外奈何復欲取庸，是唐宋時盛行古文格調，删除迷目之文，不事重衍。至賦役重出，惟一二讀書之士能言之。宋歐陽修《程琳碑》、朱弁《曲洧舊聞》、趙善璙《自警編·財賦》並述琳語，皆有『恐言利之臣不知已併，復别征病民』之説。及元明果有之。夫税目因時不得不併，當詳列沿革，使儒生胥吏共知之。我朝上下忙收地丁及漕米輸兑，康熙、雍正年間有大沿革，非草野及書吏所盡曉者。安溪李光坡《文編》有《答邑侯書》又論及此。光坡爲文貞兄弟，故能有此遠慮。伏讀雍正五年上諭已見及之，蓋所裁所併者皆當詳記之。康熙年間不加丁之諭，雍正間併地丁之制，皆所謂道也，載道之文載此而已，古文格調知此而已，烏得以字少無道之文而謂之古文格調者？自單行古文説興，惟韓愈、歐陽修、曾鞏諳於故實而文不失格調，他或不顧也。」俞氏此議又爲典制文所當知者。若仍墨守雅潔，力求高簡，與援引書籍故實同一禁避，則失之矣。用連述之，俾知有用文字之真固自有在。

稱謂例

名臣稱謂例。　凡引稱歷代名臣事績言論，其最著者如蕭、曹、諸葛、王、謝、姚、宋、韓、范、三楊、曾、胡之類。可稱謚，可稱字，或稱其官爵。逕稱其名亦可。稱謚者不必加公字，亦有稱公者。稱官之法有用官名者，有即其所官之地名之，亦多有稱其本籍縣名者。明人最多，此稱多施於閣臣。不甚著名者宜稱其名。

凡奏進文字於本朝，臣工當直書其名，或稱某、臣某。其有稱陸清獻曰陸當湖、稱湯文正曰湯潛庵者，乾隆三十年曾奉旨禁之。至作論議近事之文，或引及疏奏公牘與見今時事，臚舉當事姓名可稱某官、某公、某，或稱某大臣、某某尚書、某，或逕稱某總督、某巡撫。各仿此類行之，不分存没。其没者有謚則稱謚。欽定官撰之書，自程式文外，多慎引用。如用時宜稱欽定某書，不可舉總纂大臣之名於其上。惟今人引《四庫提要》多竟屬之紀文達，此乃相沿而成者。

《退庵隨筆》曰：「凡詩文中於古人稱呼，必經古人用過者方可用之。如樂毅稱樂生，賈誼稱賈生，李膺稱李君，阮籍稱阮公，稽康稱稽生，山濤稱山公，王導稱王公，謝安石、康樂、玄暉皆可稱謝公，庾亮稱庾公，杲之稱庾郎，王凝之稱王郎，袁粲稱袁公，江淹稱江郎，徐陵稱徐君，杜甫稱杜公、杜子、杜老，李白稱李侯、李生，孟浩然稱孟公，韓愈稱韓公、韓子，韋應物稱韋公，白居易稱白公、白傅，元稹稱元相，劉禹錫稱劉郎之類，各有所本，不可假借。假令稱少陵曰杜生，太白曰李公，知復爲誰耶？又如古人有二字三字之謚而止稱一字者，如衛之叡聖武公止稱武公，貞惠文子止稱公叔文子，楚頃襄王止稱襄王，秦昭襄王只稱昭王，漢諸葛忠武侯只稱武侯。倘非前人用過，又可以意爲之耶？」至俞氏《癸巳存稿》創爲姓氏省文爲辭學説，謂：「詩賦遺詞安句自有其例，臨文割取姓字乃辭章當行語，至增減見在人名字，六朝至五代皆然。」並各引據以明其例。且古人行文，名字多喜用通假，至行文割裂名字之多，見於梁玉繩《人表考》者不可枚舉。如晉解楊字子虎，霍人，《説苑》作「霍虎」。鄭子駟名騑，《楚語》作「駟騑」。寺人披字伯楚，《晉語》作「奄楚」。《韓非子》於孔子單稱尼。他如梁氏《庭立紀聞》所載藺相如稱藺相，申包胥稱申包，韓安國稱韓國，鄭當時稱鄭當，酈食其稱酈其。書名割截如《楚檮杌》稱《楚杌》，《戰國策》稱《戰策》，《三國志》、《晉書》稱《國》、《晉》。又有歇後者，有截上者，有强合者，梁氏原書皆可考也。錢氏《十駕齋養新録》稱「古人姓名割裂，漢魏以後多有」，亦與梁説同，皆可與俞互證。

《菰中隨筆》云：「以縣名稱其人者，惟政府爲然，嘉靖中嚴惟中曰分宜、徐子升曰華亭是也。他部院則不稱之，以一縣或有二三人同朝，難於分别也。唐張九齡開元名相，天下稱曲江公而不名。李德裕天下士推重，不敢有所斥，稱讚皇公。此即稱縣名之所本矣。」惲子居《言事與李汀洲書》云：「書中舉簡堂之號行以先生之稱，不敢當，不敢當。自隋唐學禪者以山名寺名稱其本師，南北宋道學諸儒踵行之，各舉本師所居之地爲先生之稱，後漸行於非受業者，近則公卿大人之門皆此稱矣。宋人於朋友稱官，漢人稱弟稱兄，此亦古法也。」合二説觀之，蓋曲江、贊皇以地稱者屬諸大位之稱，濂溪、伊川以地稱者則又學位中事也。

名儒稱謂例。凡引歷代名儒行實議論，其最著者有稱子者，如周子、張子、程子、朱子、王子之類。有稱君者，如許叔重稱許君、鄭康成稱鄭君之類。有稱官者，如董膠西、賈長沙之類。有稱某氏某者，如韓氏愈、柳氏宗元之類。有稱字者，如顧亭林、黃梨洲之類。《李雨村詩話》謂：「今人字號多同音而異字，如蔣心餘一作辛畬，趙雲松一作耘菘，程魚門或作漁，陳古漁或作愚，周書昌亦作倉，皆可。然姓名則斷不可易字，如楚中刻近人詩如厲太鴻姓旁誤增力字則不合也。」魏鶴山《師友雅言》又有稱字最尊之説，其言曰：「古人稱字最尊，某嘗因張行甫謂記文不當呼胡子仁仲、張子敬夫、朱子元晦而告之曰：《儀禮》：『子孫於祖禰皆稱字。』孔門弟子皆謂夫子爲仲尼，孟子又子思弟子也，亦謂仲尼。漢魏後只稱仲尼，雖今人亦稱之而不以爲怪。游、夏門人皆字其師。漢初惟子房一人稱字。今世有字其諸父、字其諸祖者，近世猶有後學呼退之、兒童誦君實諸語。」《鶴林玉露》亦引此説而申之曰：「古人蓋以稱字爲至重，今世推平交乃稱字，稍尊稍貴者便不敢以字稱之，與古異矣。」徐侯齋枋《居易堂集》凡例於紀事文不苟徇俗，輒書名而多書字，最有斟酌。其有謚者亦稱謚，有別稱者亦稱之。如濂溪、明道、東坡之類。其不甚著名者宜稱名或稱某氏某。擬作進奉文，無論古今名臣名儒，皆宜稱名。

稱謂有錯出與不錯出二例。凡一篇中連舉人名，稱謂宜前後一律，不可一人稱名稱字稱官稱謚錯出，此正例也。然亦有不盡然者，楊升庵云：「《史記・相如傳》：『文君已失身於司馬，長卿故倦游。』以人姓與字分爲二句，其文法自《左傳》人之姓氏名字多互用焉。劉越石詩：『宣尼悲獲麟，西狩涕孔丘。』沈休文《宋書・恩倖傳論》：『胡廣累世農夫，伯始致位公卿；黄憲牛醫之子，叔度名動京師。』可知古文人名與字並用也。」且古人尤有變例者，如浦氏《復小齋賦話》云：「賦有割截古人姓名者。段干以邑爲氏，木其名也，故班氏《通幽賦》云『木偃息以藩魏』，左太冲《魏都賦》則以爲干木。柳下惠，邊讓《章華賦》則以爲柳惠，李忠定《三黜賦》則以爲下惠。」此在後世必不可行也。項氏安世云：「换字之法，雖聖經亦然。蓋語勢當然，非必有意也。」楊升庵《經説》云：「吾、我一也，古人互用之於文，惟其便耳。」《冷廬雜識》云：「《尚書》辭義古質，而予、台、我、朕等字往往並見。《論語》中吾、我、予等字亦復參互用之，如『二三子』節先言『我』，後言『吾』。『吾有知乎哉』節先言『吾』，後言『我』。『子疾病』節先言『吾』，後言『予』。至《孟子》『好辨』章則先言『吾』，繼言『吾』，終言『我』。蓋文家錯綜變化之法已肇端於斯。」故李次青《天岳山館文鈔》辨古人文中稱謂亦有錯出之例，則變例也。此著述家例也。潘頤福《似園隨筆》載道光末國史館現辦畫一列傳凡例：「凡各傳有改名者以後改之名標題，傳首書某某，原名某某。傳中叙事仍書原名，叙事至改名之年則書某年奉旨改名某某，或書某年改某名。以後均書後改之名。」此亦臨文所宜知也。

稱謂有前代公式、今代公式之辨。凡稱官名地名及文體公式，舉前代宜遵前代之稱謂時制公式，舉近代宜遵近代之時制公式，不可稱今制而舉古名，叙古制而舉今名。于慎行《筆塵》、張爾岐《蒿庵閒話》已辨之。舉族姓則直舉其族姓，不可舉郡望言之。何孟春《餘冬序録》亦已辨之。詩家稱謂亦宜依公式。《許彦周詩話》云：「錢希白作《擬唐詩》百篇，備諸家之體，自序曰：『今之所擬，不獨其詞，至於題目，豈欲拋離本集，或有事跡，斯亦見之本傳。』擬古當如此相似方可傳。」按：此可爲擬古定法也。前代文字公式，除元代之式具見於蒼崖《金石例・學文凡例》外，王應麟《詞學指南》於宋代公式甚詳，朱荃宰《文通》於明代公式亦詳，其他列代別集均可考見。擬前代文者宜知之。擬文之法宜用王氏芑孫之説，其言曰：「擬漢箴則當用漢事，他可類推。獨不當竄入後世故事，後世字句耳。」

陳壽祺氏則謂古名亦有可酌用者，集中《荅何海岐書》曰：「文章義法，凡舉職官郡縣宜依本朝所定，此正名百物之道。自宋以後始有舍國制而遠援古名者，深爲繆舛，習誤至今。此其失不獨在文章也。若古九州及國名，臨文之便尚可舉用，然豈容詭異其間，私更臆創以招君子之譏哉？」屈翁山《廣東新語》力駁今人稱廣東爲嶺南之非，謂：「生於唐則書嶺南，生乎宋則書廣南東路，生乎昭代則書廣東，此著述之體也。」此論最通正，《秋雨庵隨筆》亟然之，而力斥今人名上書古地之非也。

王應奎《柳南隨筆》則謂：「小小撰著若序記等作，不妨以古銜貌時事，如孫鑛所云。若碑誌及傳，蓋所以取信後世者，即與國史一例，斷不宜用前代名目。予觀馮嗣宗復京《常熟先賢事略》，其叙事略仿《史記》，頗有可觀，而官名喜用古銜，不一而足，恐非作傳之體，故特爲之一辨。」葆心按：馮氏乃沿明人習氣者，如祝允明《猥談》稱官吏部屬書尚書，吏部郎中領鄉舉書鄉進士，賜進士出身、同出身但書「第」字，爲府縣學生書郡庠、邑庠或長庠、吳庠之類，皆陋習。今人沿之者多，多不可訓。若所云文字中稱完顏氏爲大金，蒙古自稱大元，我朝作者何曾與之以大？今應云胡金云云，則正論也。按：今日流俗於非交涉文字中多有稱大英、大法者，當亦爲祝氏所訶。其沿日本人稱見代爲滿清者，亦欠斟酌。

至於古人稱謂，尤多與今人絶異者。俞氏《古書疑義舉例》曾標出四例：一、有以父名子者。一、有以母名女者。一、有以子名母者。一、有以事目其人者。原書俱在，可以參考。俞氏又謂古書有寓名例，如《史記·萬石君傳》：「長子建，次子甲，次子乙，次子慶。」甲、乙非名也，失其名而假以名之也。莊、列之書亦多寓名。此外有以大名冠小名例，以大名代小名例，以小名代大名例。案：以某甲某乙稱失記姓名人，此通例也。《蕙風簃隨筆》則又有一義云：「唐宋人多以某甲自稱。」歷舉緇流常人婦女自稱爲證。

《茶餘客話》引李安溪云：「今人紀年云歲在某干支，本爲歲星在某次某，非謂年歲在某次第及某也。如今年是戊子，子與正合歲在玄枵之次矣。但今如此用，人反大怪。雖朱子亦錯用。予生平總不用此，直書康熙某甲子而已。」按：顧亭林《救文格論》載古人書年月日時之例甚詳，凡書事者宜知之。顧云：「甲乙以下一名，子丑以下十二名，古人用以紀日，不以紀歲。歲則自有，焉逢以下十名爲干，困敦以下十二名爲支。後人遂謂甲子歲、癸丑歲，非古也，自漢以前無用者。盡以甲子名歲雖自東漢以下，然其時制詔等文皆未嘗正用之，至宋而始有以歲名者。又書日之例，《春秋》有重書日之例。後人作史，凡一日再書則云是日。又史家追紀日月有正紀，有追紀。如《春秋》曰：『王正月，暨齊平二月，戊午，盟於濡上。』正紀也。曰：『齊燕平之月，壬寅，公孫段卒。其明月，子產立，公孫洩及良以撫之。』追紀也。追紀而再云正月、二月，則嫌於一歲之中而有兩正月、二月也，故變其文。又史家日月不必順序。蓋古人作史取其事之相屬，不論日月，故有追書，有竟書。如《左·成十六年》鄢陵之成，先書『甲午晦』，後書『癸巳』。甲午爲正書，而癸巳則因後事而追書也。《昭十三年》楚靈王之弒，先書『五月，癸亥』，後書『乙卯』，『丙辰』。『乙卯』，『丙辰』爲正書，而『五月，癸亥』則因前事而竟書也。又古人年號、地名必全書。又古人紀載之文必以日繫月，以月繫時，以時繫年，自《尚書》、《春秋》而後之爲史者莫能改也。」此皆作紀事文所當嚴守也。大凡地名、官名，作文字都應從今名，不必以古語更易，後世反無所考。且文之古雅，全不係此。《北夢瑣言》稱馮涓爲長樂公，《冷齋夜話》稱陶穀爲後五柳公，皆貽千古笑資。舊傳唐荊川家居日，有當事送新修府志者，荊川方沐，側覽標題輒不閱，曰：「大明人修《蘇州志》而標曰《姑蘇志》，不通可知。」又胡纘中修《安慶府志》，書正德中劉七事曰：「七年，閏五月，賊七來寇江境。」而分注其下云：「賊姓劉氏。」見者咸笑。此皆自謂古雅也。按：此類，章實齋《文史通義》辨之甚悉。田山薑讀書掇拾古字，有餖飣之目，嘗云：「奇字古人所常用，於古詩爲尤宜。班、馬等賦所以令人傾耳者，正由時出奇字襯貼之。」李柳亭云：「山薑卧病，醫以方進，惡藥俗名，不飲。易以他名乃喜。如枸杞爲天精，人葠爲地精之類。」癖好新奇，老而愈怪，善夫蘇子由之言曰：「子瞻之文奇，予文但穩耳。」是皆不知「穩」字之義者。昌黎論説亦取「穩當」二字。

文中亦有沿俗者，地如湖北曰鄂，安徽曰皖之類。官如藩司曰方伯，臬司曰廉訪之類。《庸庵文編》皆間本習俗所沿用之，魏氏《聖武記》亦不以稱閩、皖、滇、粵省爲非。即中丞之稱，本非定義，而或借用者，要皆不可爲例。亦有前人辨正俗尚而仍不可沿者，如顧亭林謂文中稱行省之地應曰某司，不應曰某省，雖洪稚存《乾隆府廳州縣圖志》用其説，皆稱某司，而《庸庵文編》則以易滋牽混，仍不用之。其於可存當代典制之公式，亦仍沿舊稱也。惲氏集中書古官名、地名有因存當時語而沿之之例，謂：「唐以後人多好舉古稱，故出此例，而記文之紀實者仍不書古稱。」焦里堂《雕菰文集》有《屬文稱謂》答其説，亦主存當時語，沿俗稱，謂：「如姨父、姨母、姨兄弟、姨丈、姑丈、姊丈之類，雖無典據，施之文無不可述時人之言於詞氣中，皆可不必强作古稱。」又曰：「文字之道有二：説經論古之文就古論古，不可羼入時俗。行狀墓志之文主於述當時之事，即爲將來之典要，不必過於拘古。」其用意與惲氏合。至書年月之例，《師友雅言》云：「六經中未有以甲子書年月者，只以書日。如《左傳》專以歲星書，有歲陰則爲歲次，歲陽則爲太歲。及晉末而陶淵明以甲子起年，爲避宋篡奪，非其正也。」顧亭林所以有此格論也歟？後來李次青謂太史公年表仍書甲子，又舉司馬貞、鄭樵説爲證，指顧説爲拘。又以惲子居稱《春秋》、《尚書》皆書年數，列史因之，以書年數爲是。

此種別析，袁枚自撰《古文凡例》中言之最詳，其言曰：「碑傳標題應書本朝官爵，昔人論之詳矣。至行文處不可泥論，袁氏之意蓋論德州盧氏刊《金石三例》，蒼崖、止仲諸君所考甚詳，亦不過引韓比歐，依樣標的而已，並無獨見。然既已有之，不可廢也，否則口實者多。觀此可知袁氏時有出入之用意。或依古稱太守、觀察、牧令、刺史等名，或依俗稱制府、藩司、臬司等。考古大家皆有此類。其從古稱者，渾瑊以金吾衛大將軍扈駕，而權文公碑稱公以大司馬翼從。奚陟薨，贈禮部尚書，而劉禹錫稱追贈大宗伯。宋子京《馮侍講行狀》稱大理寺爲廷尉平。歐陽《許平墓志》稱經略爲大帥，皆從古稱也。以故歸震川《張兀忠傳》稱某知縣爲錢塘令，《洧南居士傳》稱某知府爲某太守。其從俗稱者，如李珏《牛僧孺碑》稱宋申賜貶郡佐。郡佐者，唐時之司馬也。韓文公《鹽法條議》稱院監、巡院。院監、巡院者，唐時之度支使、鹽池監也。歐公《桑懌傳》稱閣職。閣職者，宋時之六部架閣也。伊川《伯淳行狀》稱漕司。漕司者，宋時之發運使、轉運司也。皆從俗稱也。以故朱竹垞《楊建雍傳》稱總督爲制府，施愚山《袁業泗傳》稱按察使、布政使爲藩、臬兩司。凡此在行文中不一而足。至於權文公，唐相也，唐人宰相官名應書平章事同中書門下，而韓公《神道碑》竟以「故相」二字標題。沈璧，建安知縣也，而震川《墓志》竟以「建安尹」三字標題。宋知某縣事與知縣有京朝官之分，非今之知縣也，而竹垞《蔣君墓志》竟以「知伏羌事」標題。是則古人率意處，猶之《史記》標題忽稱「魏公子」，忽稱「平原君」也。未敢援以爲例。」又，「碑傳標題必書本朝地名，亦昔人所稱也，然行文中亦難泥論。歐公《李公濟碑》稱南昌云豫章，若以宋論，當稱隆興。震川《王震傳》稱震爲京兆尹，若以明論，當稱應天府尹。湯文正《施愚山墓志》『典試中州』，若以本朝論，當稱河南。」又，「官名、地名，行文處隨俗用省字法，考古大家俱有此例。其序官用省字法者，如昌黎《劉昌裔碑》應書『檢校尚書左僕射』云云，而標題單摘『統軍』二字。《韓紳卿墓志》應書『録事參軍』，而序事只稱『司録君』三字。《孔戣墓銘》稱『容、桂二管』，一容州總管，一桂州總管，省却兩『州』字，兩『總管』字。又稱『桂將裴行立，容將楊旻』，亦省却『州』字、『總管都督』字樣。宋人文集中所稱三司、三班、一府、二府者，俱包括無數官名。(歐)〔荆〕公《劉先之墓志》稱『與州將爭公事』及『後將范公至』云云，亦猶今之稱前督、稱後撫也，以故施愚山《李東園墓志》稱督撫，汪鈍翁《郝公墓志》稱司道、稱參游、稱撫提、稱副左，歸震川《章永州墓志》稱院司，皆不稱全官。其序地名用省字法者，如歐公《伊仲宣銘》稱『歷知汝州之葉』，不稱葉縣，『鄭州之滎陽』，不稱滎陽縣。東坡《趙康靖公碑》稱『呂溱守徐』、『蔡襄守泉』、『趙小二寇盧、壽』，王荆公《王比部墓志》稱『願得蘇、常間一官』，曾南豐《錢純孝墓志》稱『爲尉於秀、婺、鄧』云云，皆省却一『州』字。以故歸震川《李按察碑》稱『滇民乞留』、《葉文莊公碑》稱『公在廣』，湯文正《張尚書墓誌》稱『楚撫』、《先府君碑》稱『斌在虔聞之』，官名、地名皆省却數字。」又，「本朝官行文書有不得不從俗者，鈍翁《乙邦才傳》『取太守結狀以報』，人疑『結狀』二字不典。按昌黎《鹽法議》有『脚價』、『脚錢』之稱，歐公《曾致堯墓銘》有『支差』、『添解』之號，陳琳

《檄吴將部曲文》稱『如詔律令』，任昉《彈劉整文》稱『充衆準僱』，皆『結狀』之類也。正宜從俗，以存一朝文案。」又，「滿洲姓氏與唐、虞、三代相同，其冠首一字，非姓也。元許有壬作《鎮海碑》題曰『右丞相怯烈公』，姚燧作《博羅驩碑》題曰『平章忙兀公』。集中亦仿此例。閣峰尚書、師健中丞本富察氏，故均書富察公。雪村中丞本姓白，故書白公。至若鄂、尹兩文端公，其冠首一字，父子相承，有類於姓，宜因其俗稱。若溯所由來，尹祖居關外章佳地方，因以爲氏，當稱章佳公。然以標題猶可也，若行文處稱尹爲章佳公，將舉世不知爲何人矣。要知周公、孔子亦非本姓，秦始皇本姓嬴，生於趙，遂姓趙。以故方望溪《佟法海墓志》稱法公，未爲過也。」俞氏《九九消夏録》云：「元薩都剌著《雁門集》中有《中秋玩月》詩，自稱薩氏子。然薩都剌本三字名，乃自云薩氏，則即上一字爲姓，猶今滿洲人矣。余凡作刻石文字，遇滿洲諸公必書某公某某，上某公即其名之第一字也，下某某則仍全書其名。如薩都剌則云薩公薩都剌，若云薩公都剌則爲二字名矣。」此又一種書法也。案：袁此説舉活用處以見例。雖活用，仍須原本前人之意而酌行之，亦屬通方之論。近人杭大宗《道古堂集》中志銘等文，其官名稱謂不合古法者甚多。類此者集家殊不少。至趙青藜《漱芳居文鈔》壽序有五「哥」字，《文鈔二集》有「嬸母」字，尤俗陋可哂矣。

近日流俗隨意冒濫，稱謂有必不可沿者，如本無封典，而冒稱之是也。此事在國初已然，王文貞《青箱堂集·與王灌亭書》論作蕭含之誌銘，曾糾其失曰：「如誥授中憲大夫，若經題過四品之封則可如此書。而考妣亦非郎中宜人之稱矣。若未遇覃恩之封，似乎中憲非所宜稱。如近有書二品夫人之稱，貽譏識者。蓋一涉假借，恐應然者亦不足取信矣。如先大夫昔官布政使，未受二品之封，但以領過三品之誥，稱中大夫似乎理應於此。」據王氏所糾之失，今日幾成習故，臨文者多忽之，故特爲標出以挽頹習。

潘經峰相爲《澧志舉要》，其子承煒校之，爲《正名之例》曰：「凡命名各因當代定制，非同詩賦可用古名。乃州縣志多牽混用之，甚不可訓，今一切改定。如安鄉不稱作唐，慈利不稱充縣，知府、知州、知縣不作太守、刺史、令長，教諭、訓導不稱學博，生員不稱秀才，舉人不稱孝廉。鄉貢進士乃稱進士，若恩拔、副榜、歲貢各舉本稱，不混稱。明經、恩歲、進士，不以例貢混入歲貢，例貢有已仕者方得入誌，其祇捐貢監者不與。」案：此説乃今日普遍之陋習，凡方誌、譜牒無不如此，流俗文字亦然。所當用潘氏例，一切從質而廓清之也。

道光三十年，國史館《畫一臣工列傳凡例》：「滿洲官名，新疆等處地名，前後諭旨，字或不同，由清字以譯音爲主，而譯漢時偶未考訂也。今畫一，官名以《會典事例》爲據，地名以《一統志》本爲據。」又，「凡官名皆直書，不用省文，亦不用假借。如陝甘總督稱陝督、山西布政司稱晉藩，皆更正之。」又，「用篆字者，如督篆、撫篆之類，皆更正之。」凡此諸例，均可法也。書滿漢人籍貫亦以此次所定《畫一凡例》爲最可從。其書八旗大臣，先書某某氏，次書滿蒙漢某旗人，駐防者書某處駐防，其於舊傳作姓某氏及某旗在滿蒙漢前者均改之。其書漢大臣傳，首書某省某縣人。例如江蘇長洲人，不書「縣」字。江蘇吳縣人，書「縣」字。散州如泰州、高郵州，並書「州」字。其直隸州如通州、太倉等州，仍書直隸州字。又撫民同知管轄，如川沙、海門，則書川沙廳人、海門廳人。又安徽有太平府，又寧國府屬有太平縣，則書安徽太平縣人。又貴州大定、石阡等府無附郭首縣，居民直達於府，則書貴州某府人。按：此爲書籍貫法。若書其人與地之關係，又有書法種種不同之處，故歸莊爲《黄孝子向堅傳》自釋書法曰：「篇中叙地名，書法有例。所過府必書，要地則州衛長官司亦書，大川必書，志所經也。山嶺不悉書，不能詳也。所至之地皆曰歷，經其界曰過，更一省曰入，入必書縣或衛或驛，詳道路也。從間道而至曰達，省會曰至，惟武岡州亦曰至，而安隆則附見焉。姚安曰抵，税駕所也。」按：此詳述孝子尋親事，略如游記，故書法必注意，可爲書游歷事與文之依仿也。又凡書舉人出身者則書某朝幾年舉人，進士出身者則書某朝幾年進士。凡此皆記事之定法，不可不知。

自稱姓名與自稱字號之辨。在程式文篇中無稱當事及自稱之體，若自著文，古人多自稱名，經傳稱某子，門人所記録也。唐宋八家文始有自稱某子者，管異之謂其有據，宗八家者多因之。近世如惲子居、王悔生用王子淵法，多有自稱字者，管異之謂其不當律令。潘少白《常語》謂楊雄始自稱字，後人習之。其實字以表德，對人自稱終近肆。龔定庵又動自稱别號，《蒿庵閒話》：「近代字外復有别號，或出自學者之所標目，或本人自有寄託，或以地，或以德，或以山水，皆與名與字無涉。」此可見别號之本非典要也。明季遺老董若雨説一人之名號十餘見，俞曲園一一著之。然此猶遺民行遁逃名之爲，究不可訓。《文史通義・繁稱篇》力詆而阻遏其詭習，其説最允。則近小説，尤不合義法矣。當事稱謂，前人書牘詳之。文家自稱，《容齋五筆》云：「歐陽公作文多自稱『予』，雖説君上處亦然。歐公取法於韓公，而韓不然，《滕王閣記》、《袁公先廟》爲尊者所作，謙而稱名，宜也。至於《徐泗掌書記壁記》、《科斗書後記》、《李虛中墓志》之類，皆曰『愈』，可見其謙以下人。後之爲文者所應取法也。」《三筆》又云：「歐陽公作《御書飛白記》，記君上宸翰而彼此稱『予』，且呼陸經之字。《外制集序》凡稱『予』者七。東坡則不然，爲王誨作此記，稱『臣』，是謂知禮。」林氏明倫《答人書》亦謂韓子答後進書亦稱曰「愈」，孔子謂門人亦曰「丘」。今人但知上父師書始稱名耳。此雖小節，然古人於此等處亦不肯苟。稱人之例，祝允明《猥談》曰：「道號别稱，古人間自寓懷，非爲敬名設也。今人不敢名，亦不敢字，必以號稱，雖尊行貴位，不以屬銜爲重，而更重所謂號，大可笑事也！士大夫名實副者固多，餘爲農夫不然。自閭市村隴，嵬人瑣夫，不識丁者未嘗無號，兼之庸鄙狂怪，松蘭泉石，一坐百犯。又兄山則弟必水，伯松則仲叔必梅，父此物則子孫引此物於不已，愚哉！愚哉！予每狥人爲記説，多假記以規諷，猶用自愧。近聞婦人亦有之，向見人稱冰壺老拙，乃婺媪也。又傳江西一令訊盗，盗忽對曰：『守愚不敢。』守愚，其號也。乃知今日賊亦有别號矣。此等風俗不知何時可變也！」葆心案：祝氏痛詆明人陋習，固可厭。然在今則命名與别號之弔奇趨詭，狂而且愚，可駭可怪及不可通者，不一而足，甚且多仿東西洋人命名者。其自墮國風尤不足責，徒供識者之哂而已。又案：王氏《柳南隨筆》云：「自明迄今，人尤重號，一登仕版遂不復以字行矣。」方遜志《與潘擇可書》云：「交際之崇卑，稱號之輕重，固有常禮矣。非尊而尊之，過也。非稱而受之，愧也。若某之少且愚，字之已過矣，於字加稱號焉，於稱號加先生焉，於禮得毋不相似乎！此可戒者也！」又云：「今人作札與人輒以某老、某兄大人稱之，此最可笑。《易》與《論》、《孟》大人俱作聖人解，所謂大德之人也。漢高祖、霍去病、晉陳騫皆以呼其父，范滂又呼其母。經史未有以此稱常人者，今人亦不思之甚矣！」此亦習俗所當革者也。王弘撰《答陳靄公書》曰：「今人相稱以字輒曰某翁某老，近日市井屠沽莫不然，可笑也。吾輩當戒之。徒字其師，子思字其祖，未聞有肆其罪者。」案：此砭俗切中，凡筆札中所不可不知者。又章大來《躍雷館日記》謂父可稱公，叔姪可稱父子，可稱臣子，可稱卿，夫之姊妹可稱姊妹，兄弟之妻可稱姊妹，夫兄之妻可稱嫂，夫之兄弟可稱兄弟之類，則事有偶見，不爲通則，亦有未可援藉者。

《柳南隨筆》曰：「凡爲人作詩文集序及墓誌銘，文末署名，於同輩當自稱同學、或友人、或友弟，於前輩當自稱後學、或後進、或通家子，方爲得體。若稱眷弟、眷姪及眷晚生，則陋甚矣！嘗見《沈石田全集》内附唐六如和詩，自稱後生唐寅，亦雅甚。今人於交游徵逐時視其行次呼爲某哥，以示親暱，乃至尺牘吟箋書款亦爾。噫，詩文之不古若也久矣！」區區稱謂間奚難去俗而從雅。南雷所云應酬之下本無所謂文章，誠有慨乎其言矣！」此亦砭俗要論也。

自稱代名與逕稱本名之辨。凡古人自著文多自稱「余」。宋人稱人曰「賢」，自稱曰「愚」。李次青謂惲子居集皆書名，其集中亦遂參用二例。古人二字名多只稱一字，李氏謂書二字者爲正。毛先舒《喪禮雜説》云：「孝子兄弟皆二名而同一字者，如名守仁、守義、守禮之類，赴書當俱加『守』字，不得共之，共之者嫌於長子二名而諸弟單名矣。下一字同者亦然。然凡書刺皆宜爾，不獨赴也。姓同而名獨，故姓可共之，名不可共之也。」案：此亦不主書一字之説也。東人叙事文中稱所叙之人，往往蒙前文而但以一氏字代之，按之殊覺鄙俚，未可效也。吾謂今人書郡縣鄉集名，其二字者多衹稱一字，《十駕齋養新録》稱：「官名地名從省始於六朝人，年號連書從省始於宋人。」又云：「宋人文集小説稱人官名往往割取兩字，如撫幹爲安撫司幹辦公事之類。」章氏《乙卯劄記》云：「古人稱吳郡會稽郡曰吳會，即近日川陝、雲貴、漢滿之濫觴。」亦宜以書二字者爲正。張祥河《會典簡明録》稱：「乾隆三十年，奉上諭斥熱河之但稱爲熱、多倫諾爾之但稱爲諾，謂爲甚謬。定爲地名字面宜一概全寫，允宜遵照。」《帶經堂詩話》引漁洋文曰：「近時人自系鄉里，多舉其地一山一水，或一古迹，令人茫然不知何地。甚有割裂古名，如常州稱南蘭而去『陵』，江寧稱白鍾，蓋合白門、鍾山而各去其一字。此何説也！近日徽人好書皖桐、皖英、皖六等字，亦令人失笑。」余謂地名割用一字，人名割用一字，在古人本多有人，顧氏《日知録》曾歷舉以證，在臨文時之斟酌耳。學堂課試文多自稱蒙者，亦有稱愚者，皆不合體。

從前紀事文於人名有改書與不改書兩弊，此作記事文者所宜知也。魏氏《聖武記・餘記》云：「乾隆四十年五月諭曰：『朕每見司法爰書以犯名書作惡劣字，輒令更改。而前此書回部者每加犬作「狪」，亦令刪去犬旁。此等無關褒貶，適形鄙陋，豈同文之世所宜有？』又進呈四庫書時多有以『夷』字作『彝』、以『虜』字作『鹵』者，命將四庫館諸臣交部議處。又三十二年，臺灣奸民倡天地會，以三指按心，大指爲天，小指爲地。地方官改作『添弟』二字，化大爲小，規避處分。及林爽文叛，詔查參府縣，並究其改字之幕友沈姓治罪。此皆聖訓炳煌，視魏道武改柔然爲蠕蠕者，何啻滄海之與蹄涔！是記於教匪冉天元、王國賢皆其本字，不改書『添』、『幗』。而高天升、馬學禮、魏學勝必書其本名（不曰高二、馬五、魏棒棒），紅夷之大炮不作紅衣，西藏之剌麻、西洋之英吉利皆不加口旁。他書皆作喇嘛、暎咭唎，字書所無。至明季流寇各有本名，如羅汝才、混世王曹操。惠天相、過天星。劉國能、闖塌天。李萬慶、射塌子。高迎祥、小闖王。李錦、一隻虎。劉體純、二隻虎。王輔臣、馬（鷂）〔鴿〕子。劉哲、蝎子塊。高傑、翻山鷂。王光恩、小秦王。馬進忠、混十萬。張光璧、黑煞神。楊光甫、一連鷹。賀一龍、革眼裏。孟長庚、點鐙子。賀宗漢、活地草。高加討、顯道神。劉浩然、鄉裏人。劉洪啓。一把沙。吴氏《綏寇紀略》不知核實，王横雲《明史稿》亦不加釐正，遂以一丈青、摇天動、不沾泥等名形之紀傳，亦廿一史未有之笑柄也。」案：魏氏禧《明史》以下諸書書流賊諢名爲笑柄，確是定評。第今世通譯名詞日多，字書所無者日出而不窮，不得已用加偏旁拼音之法，亦臨時應用中所有事，未可執一以繩也。前人詩文中有用寓名者，元至元中浦江謝翺、方鳳等舉月泉吟社，以《春日田園雜興》命題徵詩，入選二百八十，其人皆用寓名，而别注本名於其下，如第一名羅公福，寓名爲連文鳳是也。今日報章文字多用寓名，大率始此。

翁氏《復初齋集·書湛園未定稿》云：「嘗聞方望溪以文質李穆堂，穆堂笑其未通。望溪愕然。穆堂指其首句『吾桐』云：『桐江、桐廬皆可稱乎？』望溪折服。或云望溪卒不肯改，其護過如此。此云折服，未知孰是。今讀姜湛園之文有甚於此者。周櫟園，河南祥符人，官江南布政使，而其墓志云：『卒於江寧之里第。』豈有官廨可稱里第者乎？志其人生平而云某科進士者，不知其何世。云卒年若干，不知其何歲。徒以詞氣若效史遷而目爲古文，可乎？」據此知稱地名一字及用地名相同而混稱者，皆可援以爲戒也。陳碩士《與魯賓之書》引方、李事述巨來之言曰：「縣以桐名者不一矣，今曰『吾桐』，後世孰知爲桐城耶？碩士亦以此言爲至當。」

尺牘與通謁之文刺稱他人與自稱，前人均依時式爲之，若入集之書牘則又極審慎有法，亦似有公式者。然尺牘謁刺有可沿古式者，有宜沿時風者，其例較寬。《蒿庵閒話》謂古人往來書疏例皆就題其末以答，沈括《補筆談》云：「前世風俗，卑者致書於所尊，尊者但批紙尾答之曰『反』，故人謂之『批反』，如官司批狀，詔書批答之類。故紙尾多作『敬空』字，自謂不敢抗敵，但空紙尾以待批反耳。尊者亦自處不疑，不務過敬。前世啓甚簡，亦少用聯幅者。後世虛文浸繁，無昔人款款之情，此風極可惜也。」惟遇佳書，心所愛玩，乃特藏之，別作柬爲報。又古人名刺，既相見後亦還之，王荆公投老後訪人嘗以金漆版書名。今人於名帖則還之，於名紙則不還。此古今之異也。張世南《游宦紀聞》載宋時士大夫謁見刺字之式皆小有出入，如少游之賀刺云：「觀敬賀子允學士尊兄，正旦高郵秦觀手狀。」魯直之謝刺云：「庭堅謹奉謝子允學士同舍，正月日江南黄庭堅手狀。」文潛之候謝刺云：「耒謹候謝子允學士兄，二月日著作郎兼國史院檢討張耒狀。」可見當時彼此之稱或以官，或以里貫，依乎時風而爲之。蓋宋人門狀猶今用脚色，履歷即紅禀也。宋之牓子猶今用全紅單帖，施之人有尊長敵者，卑幼之別。此皆關於通謁之事，非文家所用。至此種稱謂，隨時變遷，其大要可酌用者，黄宜中《從宜家禮》「通謁」一類中詳之，若入之文中又當妥酌也。又明趙維寰有《侍教辨》，謂侍非施於所尊則不可用，教則無往不可用。然今世侍則通常用之婦人與館閣誼，教則爲極謙之稱。可見此事隨時有沿革，在依宜而酌行之。西人行禮，柬帖多夫婦同具名，以會宴行禮，婦人亦與列也，與中俗絶異，見《泰西禮俗新編》。

惲氏文稿中之上書，於目中文中稱官、稱師、稱友、稱門人，或書官、書先生、書字或號，均有辨。其格式，書首必書某人閣下、足下、執事，末必書某月日某謹上。其稱謂從寬處則云時爲之，其必期嚴絜處則云以别於尺牘。尺牘與書爲治事論事最廣之文，謁刺亦交際中最廣之用，所宜審酌也。今日通謁用名紙，有於紙陽或紙陰著字號官籍之式，而無稱施用之人之式。

《退庵隨筆》曰：「今人與人往來書函，以署名爲敬，稱字爲簡，是也。然在古人却不甚拘，古人凡相與言及書帖詩文中多自稱其字，不定稱名。顧亭林《日知録》歷舉十餘事爲證，而不止乎此也。伊尹名摯而自稱尹躬，見《禮·緇衣》。衛將軍文子名木而自稱彌牟，見《禮·檀弓》。祭公自稱謀父，韋昭以謀父爲祭公字，見《周語》。項籍自稱羽，見《史記·項羽本紀》。狐偃自稱范，見《史記·晉世家》。閔貢自稱仲叔，見《後漢書》。此古人之脱略，今人不宜效之。」案：此説見梁玉繩《瞥記》，乃茝林襲清白士語也，《隨筆》中不止此一則矣。又《詩·巷伯》疏：「君父之前自名，朋友之接自字。」《秋雨庵隨筆》引林穆庵云：「孔子之語門人亦曰『丘』，韓子之答後進亦曰『愈』，足見聖賢真摯。」此亦今人所無者也。

桂馥《顔氏先友尺牘跋》：「副啓肇於前明，古未有也。案：王弇州《觚不觚録》力糾當時沿用副啓之失初意。張氏翼鳳云：『正啓多莊語，或有機密則具副啓。』今奏疏則稱附片，書啓中則稱夾單。謝氏肇澍云：『上而奏疏，下而簡牘，俱用毛邊紙，其制折簡夾刺，鈐以私印封題，格式如金科玉律。』宋王觀國《學林》言足下、坐下、席下、閣下，不宣、不具、不備、不次，頓首、稽首、叩首，其義本同，而世有尊卑吉凶之別。然則拘俗不踰，在昔然矣。古人尺牘不入本集，李漢編《昌黎集》、劉禹錫編《河東集》俱無之。白、歐、蘇、黄、吕以及方秋厓、盧柳南、趙清曠始有專本。」案：桂氏此説以拘俗不踰者循世風，仍以不入本集尊文體，爲筆札者須知之。詳見《編別集異同比較表》。

稱師説與稱家説之例。凡自著文有稱述其師説者，陳了齋師事龜山，書簡稱中立先生，見張世南《游宦紀聞》，段懋堂《説文解字注》述其師戴東原之言稱戴先生，陳氏兆崙評蘇子瞻《正統論》曰：「歐陽子與章子並稱子，不別稱先生者，明此論爲天下萬世之公論，非蘇子一己之私見，故不得稱其私也。」此又稱師説之變例也。皆可法也。惟魏源《書趙校水經注後》稱戴東原六書三禮九數之學無不受諸江永，及其名既盛，凡書中稱引師説但稱爲同里老儒江慎修而不稱師説，不稱先生。此則萬不可爲訓者也。又師而兼他誼者，《湧幢小品》云：「黄幹，考亭壻，行狀出其手，只稱門人。」可見師生之名重於翁壻。此可法也。徐愛爲陽明妹壻，亦只稱門人，並與直卿同有述其家學者。《湧幢小品》曰：「孔安國，先聖遠孫，追稱曰先君。」此最得體，孔穎達亦然。今人單以稱父，而其稱遠祖曰家某，或以官，或以字。此古今之別也。王文簡《經義述聞》述其父石臞念孫之言稱家大人，劉楚楨《論語正義》述其從叔端臨台拱之言稱先從叔丹徒君。此皆可爲法。鄭子尹珍所著《親屬記》於家族稱謂臚舉綦詳，最便酌用。《無邪堂答問》謂顔師古注《漢書》用其叔父游秦之説而不一著其名則非，王西莊、洪筠軒皆譏之也。金石文字稱謂尤繁，前人專書詳之。餘可類求。邵博《聞見後録》有「文章避諱」一則，稱司馬遷、杜甫詩文避其父談字、閑字。《揮麈前録》謂歐公父名觀，東坡祖名序，文中多避之。作文者不可不知。

陸以湉《冷廬雜識》述臨文不諱之義曰：「昔人爲祖與父作墓表家傳皆直書祖父之名，不假他人填諱，當是臨文不諱之義。近代名人如全謝山太史集中《先公墓石蓋文》、姚姬傳比部集中《姚氏長嶺阡表》皆然。明都穆《南濠詩話》亦書父諱。蓋不欲泥避諱之説致親名不彰耳。」此例按之古義頗合。李泌之子繁作《鄴侯家傳》，每事直書泌名，可見其來已久。惟宋人《家王遺事》、《先公談録》等書則稱先王、先公耳。又龐元英《文昌雜録》云：「《史記》『趙同』，《漢書》『同』作『談』，蓋司馬遷以父名故改之。今人與父同名者改曰同爲是也。」是又避諱之法矣。惟後世文家過於尚文，反没質意，填諱之法亦傷近繁。且此事久沿不免多出假借，實則近世自八旗外罕留心家諱者，全氏、姚氏之法，竊謂可沿用也。其填諱之例沿自金石文字，《浪跡叢談》稱《徐浩碑》爲次子峴所書，倩先叔填諱是也。

左宗植《慎庵文鈔·獨學廬論文書跋尾》曰：「父之兄弟無親疏，必有父稱，如世父、季父、伯父、叔父者，是古無徑以叔稱者。惟嫂叔稱叔，乃等夷之呼，非尊行之謂。晉人所云癡叔，乃江左清談，禮法之士所諱。《惜抱翁集》亦有稱先伯者，俱非古義，不可從。」案：左氏此説本於汪堯峰伯叔父不當稱伯叔説。汪氏所引據尤雅達也。内外兄弟之稱，陸燿《與錢巽齋書》謂外兄弟仍止以稱舅之子與姑之子。姨母之子，據《爾雅》爲從母昆弟，自與舅之子爲外兄弟，不與己爲外兄弟也。乃舅之子又有内兄弟之稱，則妻之兄弟止可云妻兄、妻弟，不當謂之内兄弟以與母黨混。考禮驗情，似爲允愜。若俗稱表兄弟，雖與外字之義無别，從俗施於筆札可耳，不宜見於文字。又《爾雅》：姑之子爲甥，舅之子爲甥，妻之昆弟爲甥，姊妹之夫爲甥。則凡屬異姓皆得爲甥，故周制於同姓之國皆謂伯叔，異姓之國皆謂甥舅。《日知録》據《左傳・昭九年》「叔父唐叔」，謂雖稱其先君，皆爲伯父叔父，可知異姓先君皆伯舅叔舅，而於世次同輩行等者當如《爾雅》通謂之甥也。古義大略如此。

後周盧辯所撰《稱謂》五卷今既不傳，國朝梁曜北玉繩曾與其弟夬庵擬合作《廣釋親》，自周迄明，未就。鄭子尹又作《親屬記》，臨文者大略可摭矣。惟梁氏書雖未成，其子梁田曾輯《庭立紀聞》存其數則，今略採可酌用者著之，如叔祖曰叔大父，《宋史・儒林黄震傳》。叔祖母曰季祖母，漢中平二年《曹全碑》。錢氏《養新録》以爲叔祖母。叔父曰季父，《范史・蔡邕傳》。叔母曰季母，《范史・西域車師後王傳》。兄弟之孫曰猶孫，唐元稹《李公建墓志銘》。父之舅曰大舅、《後漢書・張禹傳》。曰祖舅，《晉書・應詹傳》，《南史・袁彖傳》。自稱曰彌甥，《左傳・哀二年》。從父舅曰從考舅，《唐文粹・尚衡文道元龜序》。嫡母昆弟曰嫡舅，《後漢書・清河孝王傳》。祖之甥曰外伯父，《東觀餘論》後。表伯叔曰表丈人，《太平廣記》述崔圓事。表姪曰外姪，《文苑英華·蕭鄴韋正貫碑》。舅之子曰舅弟，韓文公《柳子厚墓志銘》。姊妹之甥曰從孫甥。《左傳·哀廿五年》。此十數則，臨文酌用，似較俗稱爲有本也。

今人於同姓多稱家某人，李巨來《書曝書亭集後》云：「近世人詩文標目，於同姓人輒稱家某人。考宋元以前文字皆無此稱。朱竹垞先生最爲博雅，今集中諸同姓者亦曰家某人，豈先生偶未檢點耶？亦別有據依耶？」余按：楊脩《答臨淄侯牋》云：「修家子雲老不曉事。」此即「家」字所本，不得謂古人無此稱也。但少陵之於位，昌黎之於重華，一爲從弟，一爲族子，而杜詩直曰《杜位宅守歲》，又曰《寄杜位》，韓文直書曰《送韓侍御歸所治》，則其於疏遠者可知。稱「家」之濫殆始於前明中葉乎？又楊鳳苞《秋室集》有《與人書》曰：「檢《李穆堂初稿》有《跋曝書亭》一首，始歎竹垞先生猶有此失。因略考集中，惟朱近修輩一二人則書家，餘俱書姓。又考之於古『楊』字有從手從木之別而亦得謂之家，意者先生依據之所自乎。於是知穆堂之説未爲定論，然終未敢即一端以爲確證也。又見近人作文紕繆百出，而於稱謂尤屬無稽，最可笑者約有數條，如書後妻爲繼室。按繼室二字惟昌黎《馬府君行狀》不失左氏本義，歐、曾、蘇、王亦已誤用。何義門學士所嗤爲讀《左氏傳》不熟也。今人必曰繼室，不曰後妻，何也？書婦人之所生曰出，按《爾雅》，姊妹之子曰出。又《左氏傳》屢云『我之自出』，注指姊妹之子而言。今人必曰出，不曰生，何也？然此猶可解，曰昔人已誤耳。至於姑繫之母則父族不別，舅承以父則母族又淆，易從母曰姨，疑姊妹之子曰私，改猶子曰姪，混男子之稱爲女，承謬踵謬，則有不可通者矣。然此惟世俗之爲古文者有之，若汪堯峰具一代文名，其於子婦亦有汪門毛氏之稱。反復考之，殆難爲賢者解免也，彼世俗又何責乎爾！」

稱謂中之立名目因乎官爵輩行而異。紀事文中之稱謂，前人多已詳之，惲氏《大雲山房文稿·通例》於書法等例言之綦詳，可以酌守。兹舉其可通於筆札者録之。李次青《天岳山館文鈔目録》曰：「漢人金石文，三公稱公，餘皆稱君。唐人則監司以上有稱公者，曾爲其屬也。《退庵隨筆》稱父母曰顯考、顯妣。案《祭法》，顯考廟在祖廟之上，則今之曾祖也。又稱某府君，亦非。漢魏以來門生故吏稱長官曰府君，即府主也。二事亟當改正。耆獻則稱府君，韓集中亦有之。有文名者稱先生，友人則稱字，皆其例也。」碑志中書他人，前人多不直書其名，只書「某某」，其後至於無可考。黄梨洲、王惕甫皆糾之。近日吴摯甫集中輒書「某某」，覽之極可厭。且叙其人事而其人之姓名履歷皆缺不全，幾於人之五官不具，渾淪無別，其文直可不覽矣。至稱「君」者，流俗多以爲通常而非修敬者，路閏生《與人書》曰：「『君』字乃古人尊稱，有漢《景君銘》、《張君頌》諸碑可證。後代文人沿用，漸有分別。大凡年齒輩行爵位於己踰等，或稱公，或稱先生。其迭相爲兄弟者則稱君。」又《堅瓠廣集》云：「古人稱『先生』，尊詞也，稱父兄亦曰先生，故朱子曰：『先生，父兄也。』漢人單稱『先』，亦尊詞也。顔師古曰：先猶言先生也。故《梅福傳》曰：『叔孫先非不忠也。』漢人單稱『生』亦尊詞也。顔師古曰：生猶言先生也，如賈生、董生、伏生之類是也。宋人稱先生加老焉猶尊詞也，如劉元城稱司馬温公是也。其筆之於書亦自元城《語録》始也。」此分析甚允。李氏集中則凡顯官及得謚法者皆稱公，先達稱先生，餘則稱君，以名位年輩相埒，或兼有平生游處之雅也。《梁溪漫志》曰：「古人文字間於輩行稱謂極嚴，凡視余猶父者則名之。馬大年嘗論退之作詩名籍、徹而字東野，則知東野乃其友而籍、徹輩則弟子也。大觀、政和間有達官著書於歐陽叔弼、蘇叔黨，皆直名之。此達官於六一、東坡既非輩行，以前輩著書之法觀之，恐不當名其子也。」

稱謂義例，姚文田《邃雅堂集·與孫雲浦書》言之甚詳，其言曰：「叙事書例有不能盡從古人者。古人姓氏有别，故文姜、穆嬴則稱姓，孟孫、季孫則稱氏，《史記》始言姓某氏。後世婦女未有言姓者。考《詩》言摯仲氏任，《春秋》書子氏、姜氏，是姓亦得稱氏，此不必謂誤者也。古者於所尊則稱公，國人謂其君曰公，家臣於大夫亦曰公，《左傳》『我公在壑谷』是也。子孫謂其祖父，《詩》言古公，《史記》稱太史公是也。謂他人之祖父，《高祖紀》稱父太公，其祖豐公是也。或係以官，或係以謚，或係以封，亦有爵尊則稱其居里，如曲江公、贊皇公之類。輩行相等稱君，如開封君、職方君之類。《日知録》謂「東遷後，列國諸侯皆僭稱公」。然《春秋》於魯書「公會」、「公及」，他國書「葬某公」，聖人未嘗削之，知是通稱。《費誓》首亦稱公，乃周初書也。又如史失其名者，若「單父吕公」、「三老董公」之類，皆系以公，是其得爲通稱可知矣。獨冠之以字號，蓋古所未有。然如爲尊屬作傳志，既無官謚可稱，又不可無以别之，準諸東園、河上之類，是亦可以義起者也。官民鄉貫當從今書。至於屬詞之際，有不能不通借古名者，如守令、剌史、明經、茂才之屬，苟一一皆從實稱，於詞爲不文，特施之碑志則宜慎耳。是又當知參變者也。唐之觀察使與今諸道不同，然與其統名尚無不可。至御史中丞不當沿舊稱者也。八旗人名皆不系姓，稱其氏族則覽者難明，據名直書又祇宜國史。元人文於脱因則稱脱因公，偰斯則稱偰斯公，然亦有稱偰斯侯者。今蒙古或一名至六七字之多，於叙述頗爲詞累。考古人惟浮屠不著姓，節書其名曰某公，如遠公、誌公之類。今八旗人自相稱謂率舉其名之首字，文移公牘皆同，則從其國俗書之亦不嫌於變例，惟割裂之而曰某公某，是大不可者也。以上數事皆可廣前人之體例，而今人或持之過嚴，故備舉而詳論之。」又鄧湘皋《與楊通侯論年譜書》云：「父前子名，君前臣名，朋友相謂以字，或以官，或以爵，其尊且顯者則加公以别之。自來名人文集有於其祖父亦稱君者，至後世文人之習，每人必有一號，其稱某官某地亦然。至全謝山則力辨近日撫巡稱中丞之非。又本朝文章稱某公某，上姓下名，施之漢人則可，施之滿人則於文不順。近日名人集中於滿洲大老上書稱某官、爵、謚，下書某某公，如文成阿桂公、文襄福康安公之類，似尚可從。如以爲太直，則大書其官、爵、謚，有謚者書謚，無則書其官、爵而以其名旁注於下亦可。或繁文疊見，有宜稱上一字以别之者，如德侯、德參贊之類，於文法猶順，獨不可尊上一字爲某公、下幾字爲某某也。若同輩則直稱名爲是。又近人於師門稱夫子，似亦非古。古人家臣仕於私門則稱夫子，以官稱，以爵稱，非師之也。聖門亦稱師爲夫子。竊以大聖曾仕司寇，故以其官稱之，非稱師之必宜夫子也。執事譜中以之稱師，鄙意以爲不如稱師之爲當，如松文清爲湘浦師、那文毅爲繹堂師之類。《柳南隨筆》謂「夫子」

之稱始見於《尚書》以呼將士，《小戴公》「叔文子卒」一章又爲君之稱臣，《左氏》一書稱「夫子」者不一處，亦不一例，《工部集》以稱其友。歷觀諸書，所謂夫子乃尊卑貴賤之通稱，不特弟子之於師也，獨《魯論》中似有專屬，又不盡然。近代師生必稱夫子，不知何本？若以孔門爲例，則近於僭。若以尊卑貴賤之通稱而稱其師，則又近於褻。兩者固交失之。近時遂寧相公戒其門人勿稱夫子，殆亦以是歟？張履亦云：「古者大夫稱夫子，後世泛爲尊尚之詞。其以爲字者，如薛萬卯字夫子，見《宰相世系表》者也。」案：從前緑營舊習，於軍中役夫，其公牘中多稱爲夫子，見羅壯勇自撰《年譜》。此本武夫不識字者所沿，於民夫下增一子字，遂不可通，尤爲笑柄。又古稱伯叔父爲諸父，其疏遠者稱族父。若伯仲叔季次第之稱，施之兄弟則可，施之諸父則不可。堂叔稱從叔父亦可，堂叔俗稱，不可入文。若文生、文孝廉皆宜從本稱，如縣學生員、廩膳生員、某科舉人之類。」案：鄧氏此説與姚説多同，參觀之以心知其意可也。

陳勾山嘗糾書名叙事之俗嫌，而《與胡侍御書》曰：「行狀既以爲志傳張本，亦所以垂示後人，不可不慎。太恭人孝事姑而姑未出姓，姑之夫亦不出名，將以爲致敬於祖宜爾耶？凡史莫重於出名，而字次之，號又次之。今人輕重倒置，竟有但稱別號，其乃以官閥代，使人撫卷而不知其名，則不敬莫大乎是。自來行狀紙尾必別有填諱之人，此法究無以易也。《爾雅》第三卷：『父之世父、叔父爲從祖祖父，世母、叔母爲從祖祖母。』猶恐讀者不明，又自解於下云：『父之昆弟，先生爲世父，後生爲叔父。』世者，世統也。世統歸於大宗，禮也，未有混伯叔爲一呼者。烏程君得官之由與所以罷官及起用皆不著，猶之可也？人非許、史、金、張，無突然而官之理，豈由援例入資故諱之耶？援例入資當諱，則人亦何苦爲其所當諱者耶？騎奴牧兒，古人不諱。馮唐由資郎爲漢名臣，亦視所自拔何如耳。兄弟世居沐陽，而奉母徙汝。及居母喪，致哀盡禮者獨尊先君一人，將置彼居沐者於何地？豈以兄弟不同母故耶？夫異母固母也，與母別居而又不與聞窀穸，則非所聞也。」《紫竹山房文集》。案：陳氏此種砭俗之詞切中流失，其失有出於不知文法者，有出於妄見者，特拈出以告世人。

稱謂中之書姓氏因乎相沿習尚而異。 李氏又曰：「古婦人書姓，章氏學誠曰：「婦人有名者稱名，無名則稱姓，如曰張、曰李之類，《左氏》以來通例也。後世文家、史志家乃稱之曰氏，甚且稱爲該氏，則案牘之詞，於文爲鄙俚矣。」又案：文中稱謂關乎婦女者宜從其質，王惕甫曰：「柳子厚作《李員之外婦志銘》，外婦者，伎也。外婦可書，妾何不可書？但當質言之曰妾，不合造作側室、少房名目。《左傳》、漢詔『側室』皆謂支子，非宗子，原不指婦女言之。」又《志銘廣例》：前人有稱其姑、其妹、其妻、他人之妻爲君之例也。男子書氏，氏不可謂之姓，鄭氏樵論之詳矣。」《孔子弟子集注》云：「姓有名，若姓曾名參等類皆誤，閻百詩已辨之。」李氏集中傳志皆曰公某氏，或曰某縣某氏。不及姓者，恐貽姓氏不分之誚也。《國史纂輯臣工列傳舊例》：「凡滿、蒙姓氏人名地名俱遵《八旗通志》、《八旗氏族通譜》書寫，其有前後不同者，則查《實録》上諭，以後定現稱之名爲據，其漢軍人有書姓有不書姓，俱仍舊書之。」又滿洲、蒙古人姓名與春秋時人同，其名之上一字亦非姓也。惲氏集中書滿、蒙人不紀其氏者書某官某名公、或某名君，用元色目人例也，紀其氏書如漢人。李氏集中書滿、蒙人必稱某某公，不與漢人書氏者混。西人之名多書於姓上，然通稱東西人亦有但省其上一字稱之者，如福澤諭吉之稱福翁、俾士馬克之稱俾相皆是。

書滿、蒙人姓名地名之法，魏氏《聖武記·武事餘記》詳之，曰：「官書人名地名翻譯，小異無妨大同。如昭莫多一作招摩多。《金川前編》之刮耳厓，《後編》作噶爾依。《前編》之勒歪，《後編》作烏勒圍。人名則和洛輝一作河洛會，辰泰一作陳泰，策旺那布坦一作策旺那卜灘，胡土克圖一作呼圖克圖。此猶瓦剌之爲衛拉，火者之爲和卓，插漢之爲察哈爾，皆《明史》與本朝異稱。皆但從其一，毋庸泥執。若布隴堪布爾噶蘇台八字地名，有但稱布隴堪，節去下五字者，噶爾順有但稱噶順者，亦各從簡便，不但餘聲。惟是額爾齊斯河、拜達里克河、噶順河、烏隆吉河、塔密爾河、博羅塔斯河、噶斯泊、色爾騰泊，諸書皆無『河』字『泊』字，則烏知其爲地名乎？水名乎？闊舍圖嶺、博克達山、本博圖山，諸書皆無『山』、『嶺』字，則何由知其地名乎？山名乎？又蒙古謂大山爲鄂博、水爲烏蘇、河爲郭勒，然用蒙古稱爲某山某水可也，並稱山水爲某鄂博某烏蘇不可也。」又曰：「叙外藩事，每苦蒙古山川地名，佅𠌯闒冗，惟《一統志》有最善之體例，而今人不知承用。如外藩各部山川皆以漢語大書，而蒙古語分注其下，如居延山、蒙古語名昆都倫。狼山、蒙古名緯農托羅海。白石山、插漢七老圖。大青山、漢喀喇。陽山、洪戈爾。陰山、葛札爾。赤城山、五藍拜星。楊河、烏里雅蘇台。(楊)〔柳〕河、布爾哈圖。獺山、塔爾布哈台。七金山、賀爾傳真。黑山、喀喇莪博圖。黑水磔、喀喇烏蘇。天河、都母達都騰葛里。天山、騰葛里克。日月地、納藍撒藍。白雲山、插漢施羅海。大黑山、巴顏喀喇。木葉山、幾幾思都爾。鹽泊、達卜遜。白鹿山。布虎圖。是謂地主人名從中國，惜每部落惟見於前數行，後此則仍用蒙古語大書並無譯義，疑徐尚書乾學開局洞庭山時無理藩院翻譯通使自隨，故未盡譯者悉仍其舊，此遺憾也。故《一統志》之漢、蒙並列爲不刊之典。」魏氏此説誠今日臨文者所應曉者也。

《庸庵文編》於此則云：「滿、蒙、漢軍皆以名著，不以姓著，行文發檄但標其名之首一字，文中必考其姓則甚難。故其文中於初見處則全書其名謚，如塔齊布忠武公、多隆阿忠勇公之例，於續見處則省文曰塔公、多公。」其例與李氏亦稍變也。王惕甫曰：「南宋以後，文家如麻似粟，其必不可廢者，元遺山、虞道園、姚牧庵三家，其間契丹語、蒙古語官名、地名、人名，非此無例可援，居今日言文自不能專用韓、歐法盡之。」案：王氏此語實案本朝書滿、蒙國語地名、官名、人名説法，故存元代此項文例以資考證。吾謂今日東西人文軌交通，更宜廣王氏之意而儲宿例以待來者也。

《退庵隨筆》曰：「滿洲書名多不係姓，今公私稱謂，書札往來，皆但取首一字，此固有所本也。白香山《代朱忠亮答吐蕃東道節度使論結都離》稱論公麾下，虞道園《正心堂記》稱忙哥帖木耳爲忙侯，近錢竹汀《金石文跋尾續》載《至正二十二年嘉定州重建儒學記》，稱鐵木耳普華爲鐵侯，蓋截取首一字以代姓，梁玉繩《瞥記》所引與此同，又云：「有單呼下一字者，如竹汀《跋崑山州重修三皇廟記》稱同知州事傑烈石爲石君是已。」然稱下一字，今世未聞。又梁學昌《庭立紀聞》云：「《元史》：成宗語左右曰：『全平章真全材也。』謂郭爾根薩理其父，名萬全，亦是單呼下一字。」亦有單呼中一字者，元至正十年，楊維楨《長興重修學宮記》爲州長大魯忽達修廟而作，稱曰「魯侯」，見錢氏《金石文跋尾續》。又彭氏《閒處光陰》云：「籍隸内務府者，朋友相呼，無論書姓不書姓，均取名中一字冠於姓而呼之，如合阿督鍾公，公姓楊，行二，同儕中呼爲鍾楊二爺。前有一老世丈李公，名如枚，行四，公雖書姓，而呼者仍冠以名曰枚李四爺。」此又滿人習俗中呼中一字，同於元代者矣。而其本姓自在。乃今人竟以首字爲姓，而以其下繫字爲名，仿漢人單稱名之例，如論結都離稱結都離，忙哥帖木耳稱哥帖木耳，則於文理不可通矣。此滿洲人所了然於心而漢人多不解其故，所當正告之也。」考三字姓舊有之，亦有可冠於名上者。包汝楫《南中紀聞》云：「氏族複姓外又有三字姓，如魏代侯莫陳崇，侯莫陳爲姓，崇則名也。宋時有侯莫陳利用，或其後裔，不可知。又有阿姓那氏、白巴公氏，皆三字姓也。余初官綏寧，時兵房吏送哨軍册，一軍名帥靈干保，甚異之，查係苗種。則三字姓今時亦有也。」苟依此例，則三字以上姓皆可冠於名上，是亦一例也。

彭配堂邦鼎《閒處光陰》有論滿、蒙稱謂而兼析及漢軍稱謂者，其説可補以上諸説未備，今悉録之，云：「記載家有記鄂文端公佚事者，書公自稱其名曰爾泰公，三字名也。且滿語成文，斷無自己割截理。又記尹文端公曰：『公名繼善，父名泰。』又稱公之子曰尹公子。此則直以尹爲姓矣。公姓章佳氏，其兩字、三字皆名也。大凡書滿、蒙某公及相稱謂，例唯舉其名之上一字，如必須著名，無論幾字，仍應書寫全文，不嫌複也。即漢人不諳國語、蒙古語，然滿、蒙之制以名行，人所共知，可云不諳乎？凡漢軍自書姓者稱其姓，今中丞徐公是也。公書姓，故人稱曰徐公。不自書姓者不稱姓，今萊州太守達公是也。公姓趙，既未書姓，則稱謂惟著其名之上一字，與滿、蒙同，或因知公姓輒稱爲趙公，不可也。」案：彭氏此說爲道光以前言之，當時風習本自如此。然至末世則旗人有漢姓多自著姓，不必拘此矣。且道光時百文敏本姓張，當時便多稱張百齡者，特未見之官牘耳。然書道光以前之漢軍姓名却不可不知彭氏之説。今日交通風習既繁，凡文中書法宜各從其質，以我説法而仍存其國俗，其例王氏芑孫《校金石要例》曾言之，曰：「漢甎、漢鍑皆先書天子紀年，而後書侯國自紀之年，與《史記》、《漢書》同。今回部有史書曰《陀犁先》，其紀乾隆己亥曰『一千四百年』，蓋溯起唐時耳。漢《五鳳甎》曰：『五鳳二年，魯三十四年成。』今若與回部紀事，當用此例。」又曰：「今泰西有閏日而無閏月，回部亦有四節、三哀、大年、小年之異。彼自紀其年例不移其國俗。若吾人執筆，則亦當如柳州書僧臘例。」又案：方外之稱有三：或云僧某，或云釋某，或但舉其名。至宋人稱僧有一例，《餘師録》「洪覺範」下錢校注：「僧惠洪，字覺範，姓喻氏，後易名德洪。」此以洪字加於覺範上，蓋宋時稱僧者類皆如是。晁氏《讀書志》於覺範亦然。

標題例

凡文家標題，何體文自有何體定名，其名在上在下雖無定，而唐宋八家及學八家者義法體製具在，學者宜篤守之，不可任意撰新名。八家前，漢魏六朝文體之名，有八家未沿者，亦可沿之。包慎伯、魏默深、龔定庵集中標名有學諸子者，亦爲有本。《定庵集》有文體不異而好撰新名以自飾者，雖仿子家，究近好異。此標題之主於創者。李氏東陽論袁凱《在野集》學杜，林鴻《鳴盛集》學唐，不但字面句法摹擬，並其題目亦效之，開卷猝視，宛若舊本。此標題之主於因者也。定庵本非爲八家文者，以近世崇尚故摘之，必能析其流別，始不戾於古。初學但慎守舊名可矣。自報章文字出，其標題多非體，初學不可爲所誤，流俗啓、叙、記作標題，稱謂尤多不可沿者。《四庫提要》譏明劉堯誨《虛籟集》贈答應酬之作多稱父母、郡祖、都臺、乃堂之類，皆嫌太質。又謂余懋孳《荑言》之文如《門墻桃李册序》、《刻聯捷稿引》、《細草流芳册小引》，此徇俗之失也。又譏吳子玉《大鄣山人集》中分體二十，皆以某部爲題，其《叙事》、《志略》、《説譜》等目並出臆造。此自信之失也。大抵明季及國初人與今日文體最蕪濫，故孫奎集中有風水評，陳泰文集中有優童志，吳雪蘭集中人呼爲有韻縉紳。凡此之類，皆自舉其文納諸溷濁之中者也。

別集編刻體例綦繁，大抵有後人編刻、本人自編二種。綜述義例，目録家詳之。近世黄鐘《蘧廬草》，其總目每篇各爲之序，述所以立言之意，紀文達稱爲別集之創體。是以別集通於古來子史矣。《湧幢小品》云：「沈靖峰太史文集可二十卷，宏雅可頌，每卷有序，凡二十四篇。」是此例不始黄氏矣。李元度《天岳山館文鈔》區分各種輒輯録前人關乎此類緒論者，並自述規定此體義例者列於總目之前。

黄氏集述其作文内律之運用，李氏集述其作文外體之流變，惲氏集中通例於文目標寫，皆自著義例，均足以見文之不可苟作。能明此意，則標題之法必無謬矣。《庸庵文編·凡例》稱其文中所用體例與《大雲山房文稿》不相歧。其有時變通者必參酌子史與名家之集用之，而未敢妄作。可知自立體例必有本原，有參酌，始不悖也。

龔鼎臣《東原録》稱：「康定中，尹師魯過河陽，見予廳事之壁有石記墨本題曰《青州之學記》，師魯謂當云《青州學記》。大抵文章增減字不可不思，嘗觀韓文公文章無一字用不當者，如《藍田縣丞記》『其下主簿尉』，若常人止曰『簿尉』也，且尉則官稱，簿則簿書，必曰主簿則名始完。是雖文之小疵，亦典型不可不尚。」按：此説可爲標題宜細酌之一證。

詩家標題目之雅俗，漁洋山人曾論之，《香祖筆記》曰：「予嘗謂古人詩且未論時代，但開卷看其題目即可望而知之。今人詩且未論雅俗，但開卷看其題目即可望而辨之。如魏晉人製詩題是一樣，宋齊梁陳人是一樣，初盛唐人是一樣，元和以後又是一樣，北宋人是一樣，蘇、黄又是一樣。明人製題泛濫，漸失古意，近則年伯、年丈、公、祖父母俚俗之談盡竄入矣，詩之雅俗又何論乎！」又云：「詩題有一二字不古，遂分雅俗。如古人祇有同韻、和韻，而今人則改作步韻、武韻矣。古祇有絶句，今人則改作截句矣。古人贈答或云『以詩贈之』、『以詩寄之』，今則改『詩以贈之』、『詩以寄之』矣。此類未易更僕，但取古人集觀之，雅俗自辨，當以三隅反也。」又尤侗《艮齋雜説》：「竟陵云：『看詩先看題，題佳則詩佳矣。』此雖僻論，要亦有意。詩須有爲而作，何得借爲應酬具乎？近有一友，越數千里來訪，呈其詩稿一部，搢紳便覽也，予遂掩卷不閲。」此亦與王説相發也。張宗枏云：「集句集字妙如己出亦屬難能，至如迴文離合、建除字謎以及人名、卦名、數名、藥名、州名、六甲十屬之類，滄浪所云只成戲謔，不足爲法。吾嘗謂先賢懷古之什興寄無端，今則分列數朝，專詠一事矣。登覽之篇妙遠不測，今則或分八景，或十二景矣。又向見三家詠物，纖題巧句，取悦兒童，概宜屏置，乃有珍爲枕秘者何也？」然則詩集中凡此類標題要當嚴定郛郭，未容稍與闌入者矣。從前有以詩集示袁子才者，袁氏見其集中多雁字、夾竹桃等題，遂不復觀，亦是此意，謂其非大家體格也。俞蔭甫爲人作詩集序，又以其説爲不然，謂「當論其工不工，不當以題之纖小爲怪也」。又一説矣。

古文詞通義卷二十

義例篇二

編別集例

集中分卷例。　集家分卷之例，以數目編排者，定例也。《偃曝餘談》謂：「古竹簡之後皆易諸書之束而爲卷，故曰一卷、二卷。自馮瀛王刻板，卷變爲册，猶曰卷者，甚無謂也。」《天禄識餘》亦譏今人僅存卷之名，失古人卷軸之意。可知今日命名已與初意相失矣。然亦有用干支編排者，其來始自《管子》，厥後《漢律》有十卷，宣帝詔有令甲，《江充傳注》有令乙，章帝詔有令丙，可知其亦以此分卷也。　此事之沿革亦猶著録家，每書以卷計，至明代《文淵閣書目》易作以册計也，故近世周止庵《晉略》直以册編次其書，可見各赴時宜之漸。《復堂日記》稱之，潘氏《常語》所以云：「唐人以書卷爲葉事，趨簡便實，合事宜也。」又《昭明文選序》云：「都爲三十卷。」

則亦以十干編次者。今第一卷有「賦甲」二字，注云：「舊題甲乙，所以紀卷先後。今卷既改，故甲乙並除，存其首題以明舊式。」俞氏《九九消夏録》云：「據此是甲乙等字已爲李善刊除之也。夫卷分三十而甲乙之數止於一十，疑昭明原本甲乙之類皆三也，李注分爲六十卷，則甲乙之類宜皆六矣。以其繁重，故就刊除。而其目録則賦甲至賦癸皆全，詩甲至詩庚而止，自騷以下無甲乙之次，又不知其何意矣。」案：此用干支編總集之始。姚鉉之編次《唐文粹》亦用甲乙丙丁分部，至元遺山《中州集》既以十干爲十集，而十集中又别立名目，「狀元」一門列鄭子聃等八人，「異人」一門列王中立等四人，「隱德」一門列薛繼先等四人，癸集中「知己」一門列辛願等三人，「南冠」一門列司馬樸等五人，未免失之煩瑣，「狀元」爲一門亦近俗。明胡震亨《唐音統籤》亦以十干爲次，乃其刊刻行世者止戊籤、癸籤而已。明浦江鄭太和編《麟溪集》，裒輯宋以來諸家題贈義門詩賦及碑志序記之類，凡爲鄭氏表揚而作者，前十卷以十干爲紀，後十二卷以十二支爲紀，亦干支分集之一大書也。又洪邁《夷堅志》自甲至癸二百卷，以十干編次之，俞氏謂干支分卷之書殆無多於此者。吾觀《昭代叢書》尤多於洪氏，經三次編輯，又有新編、續編、廣編、裨編、别編及丁集續編、戊集廣編、己集裨編等目，可見其多也。考魏衍《陳後山集記》稱後山親筆所遺有甲乙丙稿，乃别集之以十干分編者。又袁文揆《滇南文略》載明唐官堯《五龍山人集》亦以十干分編卷次，今僅存甲秩。此亦别集以十干分卷之證。近日洪稚存集則分卷葹閣、更生齋《甲乙集》、《續集》以别駢散，汪容甫《述學》

則分内外篇以別駢散，董方立但立甲集而無續者，包慎伯文集四種分目曰《治河一勺》、《藝舟雙楫》、《管情三義》、《齊民四術》，編其名曰一、二、三、四，則以文事爲類。至謝枋得《文章軌範》以「王侯將相有種乎」七字編爲七册，亦欠大雅。歸震川《文章指南》分仁、義、禮、智、信五集，蓋仿謝氏也。鮑氏知不足齋刻張丑《清河詩畫舫》以「鶯嘴啄花紅溜，燕尾點波緑皺」十二字編次，更涉纖巧。今人刻《藕香零拾》仿之。鮑氏《知不足齋叢書》以《千字文》編頁，此亦編頁之新樣也。又明代烏程張永明有《張莊穆文集》，分爲六集，以「禮樂射御書數」爲次，亦陋甚。以上均參據《九九消夏録》。又唐人書律藏第四，分卷第六，舊藏畢秋帆家，後歸歙鮑氏，王惕甫謂其第一行下注：「調部第一字。」是又以《千文》編次釋典矣。而道藏又有一弓爲卷之式，元人《説郛》及明人《詩紀》用之。方氏《通雅》爲釋其義，虞兆隆《天香樓偶得》謂「《真誥》謂一卷爲一弓」是也。《東觀餘論》云：「小宋《太乙宫》詩：『瑞木千尋竦，仙圖幾弓開。』注：《真誥》一卷爲一弓。此蓋誤用。」蒯通《雋永》稱首則章之別名也，《昭明文選》用之。凡此類者，固當擇別，未可隨意沿襲也。唐趙璘《因話録》以五聲爲次，分宫部爲君，商部爲臣，角部爲人，徵部爲事，羽部爲物。宋錢希白《南部新書》分爲甲乙丙丁戊己庚辛壬癸十卷。明彭大翼《山堂肆考》亦分宫商角徵羽五集，則無所取義也。

集中分篇例。　周秦稱篇，漢始有卷，《漢志》所著之幾篇即後世幾卷。史家篇長卷短，可分子卷。至文集中分卷，依文體先後之，此定例也。大抵唐以前文集分卷甚短，自宋以後分卷遂長。然今日尚有分篇隸各卷者，如俞蔭甫樾《賓萌集》分目五：曰論篇，曰説篇，曰釋篇，曰議篇，曰雜篇。其自序云：「或曰：子之集分五篇，篇各一卷，唐宋以來諸家文集有若是者乎？曰：無有也。案：俞氏此説亦未悉核考。陳繼儒《太平清話》稱山谷欲取所作詩文爲内篇，其不合周孔者爲外篇。是宋人已有分篇之説，但未實行耳。然則子若是何也？曰：子亦知文集之所自始乎？蓋始於諸子也。古之君子既没，而其徒譔次其行事與其文詞以傳於後者，《管子》、《晏子》是也，此即文集之權輿，故荀子書有《賦篇》焉。後世人各有集而不知其出於諸子，於是集日以多而文日以卑矣。吾用《晏子春秋·諫篇》、《問篇》、《雜篇》之例，分《賓萌集》爲五篇，以類相從。蓋吾文雖不逮乎古，而今之集即古之子，吾則猶及知之也。因書目録之後以告觀者焉。」此又仿子書編集者也。吾爲考之，俞氏此種仿古之例並非所創，乃酌用其鄉先正章實齋之議，而又上仿朱竹君《笥河集》、阮文達《揅經室集》之意而爲之者，蓋漢學考據家相承之例意也。至文家每文一篇不能盡者，可分上、中、下篇爲之，或一、二、三、四、五以至十以上皆可用之，如《定庵集》是也。間有喜新用甲乙别篇次者，《癸巳存稿》有《陳君瓘翁園日札序》，稱其「著書務繁其文，因設圖製説餉治算學者，然亦盡數十紙不能簡也。讀史輯紀表志傳事涉鄒平者綴爲一篇，以其繁重，分爲上、下，猶各累數千言，意思贍雅，真儒者文也」。此可爲證。至章實齋稱「古人著書命篇，取辨甲乙，非有深意，有一定之名與無定之名兩種」。此則指篇首冠名之例也，文家惟論著體中常有之，汪縉、龔自珍尤多用之。編集家又有取先後同類之文編在一處者，如韓公《進士策問》十三首，樊汝霖謂「非一歲所作，編者集之」，即此例之始見者也。

俞氏文集分篇之例簡而不碎，尚可酌用。惟近日仿東西人文者多好以數目分别條段，有如經家之分章句者。然其體求之吾國，大都遠沿子家著述及近世《章氏遺書》之意也。自東西書報體日益糅雜如是，此類日多，而承用亦日入細碎，雖云清析，滋久近濫，且合著述作文爲一事，並公牘章程條約而混入文中，實未可效之。俞氏《九九消夏録》曾考古書篇章之目以見分章之非古，曰：「古書但有篇名，如《書》之《堯典》、《舜典》，《詩》之《關雎》、《葛覃》，皆篇名也。《禮記·樂記》一篇分十一篇，亦是篇名。惟《孝經》有《開宗明義章》、《天子章》、《諸侯章》等名，則是每章各有章名，他經所無，故學者疑《孝經》爲僞書，不爲無見。《老子》河上注本有章名，而王弼注本無之，河上本亦僞書也。《周易·繫辭傳》本不分章，而説者强爲之分，上傳或爲十一章、或爲十二章、或爲十三章，下傳或爲九章、或爲十二章。宋儒於《大學》、《中庸》即從此例。然雖分章，而章名固不立也。明洪啓初著《易學管見》，於《繫辭》、《説卦》每章之首皆標首句爲章名，已屬無謂。國朝鄭賡唐著《讀易蒐》，於《繫辭傳》創立《天尊章》、《設位章》諸名，則更涉妄作矣。」明黄道周著《表記》、《坊記》、《緇衣》、《儒行》四篇集傳，分《表記》爲三十六章、《坊記》爲三十章、《緇衣》爲二十三章、《儒行》爲一十七章，各爲之名。此亦自我作古，不可爲訓，惟施之《儒行》尚可。至世傳《金剛經》之三十二分，乃俗僧僞託昭明太子，不足據也。夫著書之體，但可立篇名而忌立章名，則今人之好分章且析節者，其煩瑣可知，況行之文字者乎！

集中子目例。《荀子·正名篇》曰：「物也者，大共名也。鳥獸也者，大别名也。」俞蔭甫《消夏録》因此謂「文詩集既以集爲共名，則凡别名者不得亦謂之集」。其於古人詩文集類此者辨之甚悉。俞氏之意猶今之論方志者之説，謂方志既名省府縣志，則志中之地理、職官、建置、賦役、人物等目不當復名曰某某志也。近日惟詩集中多自立子目，文集中則殊少，俞氏云：「古人之集皆後人蒐輯而成，故曰集也。文集在范、陳二史前，但稱所著詩賦碑箴銘頌誄若干篇，而無集名。章實齋云：「集之名仿於晉代，荀勗《中經》以歸丁部。」然地理書而有集名者，郎蔚《諸州圖經集》是。經部小學而名者，王方慶《寶章集》是。子部釋家有集名者，元覺《永嘉集》是。厥後雜藝小數無不稱集，近人刻叢書亦多分初、二集矣。章氏謂曾氏《隆平集》當改爲傳志，吾謂錢氏《碑傳集》亦如之。近代名集之書之多如此，專名也，幾於成通稱矣。至張融《玉海集》則自定集名矣。王筠一官一集，則集之中又分子目矣。然筠集一百卷，今無傳本，所存詩文數十篇，其集名無考也。宋馬必大之《平園集》有曰《省齋文稿》者、曰《平園續稿》者、曰《省齋别稿》者、曰《詞科舊稿》者、曰《掖垣類稿》者、曰《玉堂類稿》者、曰《政府應制稿》者，而其餘表奏等依類編次，尚不在其中，可謂多矣。至楊萬里《誠齋集》，有曰《江湖集》者、曰《荆溪集》者、曰《西歸集》者、曰《南海集》者、曰《朝天集》者、曰《江西道院集》者、曰《朝天續集》者、曰《江東集》者、曰《退休集》者，較平園更夥。竊謂平園諸稿名稿不名集，最爲得體。蓋初作止謂之稿，其後合而一之乃謂之集耳。若誠齋則江湖以下無不名集，合而一之是合衆集爲一集也，當題總集，不得專名集矣。博觀本朝諸名家，往往襲誠齋之例，不達平園之義。趙秋谷之《因園集》，曰《并門集》、曰《閑齋集》、曰《還山集》、曰《觀海集》、曰《鼓枻集》、曰《涓流集》、曰《葑溪集》、曰《紅葉山樓集》、曰《浮家集》、曰《金鵝館集》、曰《回帆集》、曰《懷舊集》、曰《磺庵集》，凡爲集者十有三，則所謂《因園集》者何以别於此十三集乎？查初白之《敬業堂集》，曰《遄歸集》、曰《西江集》、曰《蹁淮集》、曰《假館集》、曰《人海集》、曰《春帆集》、曰《獨吟集》、曰《竿禾集》、曰《題壁集》、曰《橘社集》、曰《勸酬集》、曰《溢城集》、曰《雲霧窟集》、曰《客船集》、曰《並轡集》、曰《冗寄集》、曰《白蘋集》、曰《秋鳴集》、曰《敝裘集》、曰《酒人集》、曰《游梁集》、曰《皖上集》、曰《中江集》、曰《得樹樓集》、曰《近游集》、曰《賓雲集》、曰《炎天冰雪集》、曰《垂橐集》、曰《杖家集》、曰《過夏集》、曰《偷存集》、曰《緇經集》、曰《赴召集》、曰《隨輦集》、曰《直廬集》、曰《考牧集》、曰《甘雨集》、曰《西阡集》、曰《迎鑾集》、曰《還朝集》、曰《道院集》、曰《槐簃集》、曰《棗東集》、曰《長告集》、曰《待放集》、曰《計日集》、曰《齒會集》、曰《步陳集》、曰《吾過集》、曰《夏課集》、曰《望歲集》、曰《粤游集》，凡爲集者五十有三，名目紛繁，一至於此。幸其名皆纖小，冠以《敬業堂集》似尚足以統率之，然要是合衆集爲一集也，則亦昧於共名、别名之義而已。」《漁隱叢話》曰：「陳去非詩云：『一官成一集，盡付古沙頭。』蓋用王筠事，而楊大年亦如此，其爲文每官成一集，所著《括蒼》、《武夷》、《潁陰》、《韓城》、《退居》、《汝陽》、《蓬山》、《辭榮》、《冠鰲》等集，皆是此例。」凡此類者，今日亦未可沿之。

章實齋《文史通義》最反集中多用子目之例，其《繁稱篇》曰：「集詩集文，因其散而類爲一人之言，則即人以名集，足以識矣。至於一名不足而分輯前後，離析篇章，或取歷官資格，或取游歷程途。富貴則奢張榮顯，卑微則醞釀寒酸，巧立名目，横分字號，遂使一人詩文，集名無數，標題之録，靡於文辭。篇卷不可得而齊，著録不可從而約，而問其宗旨，核其文華，黄茅白葦，毫髮無殊，是宜概付丙丁，豈可猥塵甲乙者乎？」歐、蘇諸集已欠簡要，猶取文足重也。近代文集逐狂更甚，則無理取鬧矣。章氏之旨，去浮從質，誠今日編集者所宜共遵者矣。章氏論定立集名尤惡支惡纖，其説曰：「集部之興，皆出後人綴集，故因人立名，以示識别，東京訖於初唐，無他歧也。《棗林雜俎》云：「粤東某生謁太倉張太史溥，其歷試草曰《因緣簿》，游塗所著曰《山水志》，俱就質且懇作文法，太史曰：『毋炫奇也。如《因緣簿》仍名《歷試草》，《山水志》仍名《南游草》，斯得之矣。』」此亦與章氏同旨者。推之作文，亦戒人不可用换字法也。中葉文人自定文集，往往標識集名，《會昌一品》、《元白長慶》之類，抑又支矣。然稱舉年代猶之可也，或以地名，杜牧《樊川集》、獨孤及《毗陵集》之類。或以官名，韓偓《翰林集》。猶有所取。至於詼諧嘲弄，信意標名，如《錦囊》、李松。《忘筌》、楊懷玉。《披沙》、李咸用。《屠龍》、熊皦。《聱書》、沈顔。《漫編》，元結。紛紛標目，而大雅之風不可復作矣。」今日别名繁興之世，纖異之目尤多，所當援章説爲戒也。至於《冷廬雜識》云洪洞范鄗鼎所著雜文名《草草草》，此集名之最奇者。又《楚寶》載宋江陵高荷有《還還集》，賈似道有兵書名《奇奇集》，明徐禎卿有《歎歎集》，皆消遣悲愁之作，是三者名亦與人殊，要皆爲惡道耳。

集中附集例。　俞氏謂古人有父子同集者，唐顧況《華陽集》附其子顧非熊詩一卷，此子附父集之例。宋黄庭堅《山谷集》後附刻其父庶字亞夫之《伐檀集》，此父附子集之例。戴復古《石屏集》卷首載其父東皋子詩，此則較黄集爲得體矣。元尹廷高《玉井樵唱》卷首載其父竹坡詩一聯，蓋用石屏例。元洪希文《續軒渠集》有附録一卷，即其父巖虎所作《軒渠集》也，蓋用《伐檀》例，然蒙其父集名而曰「續」，則尊親之意尤篤，尤父子合集中之可風者。其有不稱「續」而竟子仍父集名者，如宋吕本中與子祖謙同名《東萊集》，國朝李蕃與子李鍾璧、鍾峨同名《雪鴻集》，以示一家著述相承，然傳之後世，難爲分別，於文詞家稱引蓋尤有不便者。俞氏《五周先生集序》曰：「《花萼》之集合爲一編，同傳千古。然前代有兄弟三人爲一集者，如宋孔文仲、武仲、平仲《清江三孔集》是也。有兄弟四人爲一集者，如宋柴望及其從弟隨亭、亢亭、元彪《四隱集》是也。有兄弟五人爲一集者，如宋竇常、竇年、竇羣、竇庠、竇鞏《聯珠集》是也。乃今又得之於祥符周氏。」此可見一家合集之繁夥也。又刻集之法大都存少作必改竄，後人刻先人集亦必有改竄，或請人改之。惟歸元恭刻《震川集》頗多好爲改竄，汪鈍翁屢作「鈍辨之」，此則大不可也。又有文集刻成而被人糾察者，葉横山與鈍翁因舉鴻博事爲書翁所賣，因大恚，摘《鈍翁類稿》作《汪文刺謬》二卷，見《雞窗叢話》，此皆刊集中之惡劇也。

集中存少作例。　近日南皮張文襄九歲便刻集，後悔之，爲之盡搜回焚棄，故文家刻集不宜早。

吳子律《蓮子居詞話》云：「董東亭潮《東皋雜鈔》稱彭羨門晚年自悔其少作，厚價購其所爲《延露詞》，隨得隨燬。」與《北夢瑣言》載晉和凝事適相類。文人自愛率復爾爾，此可見古今人一轍。然古人年少亦或有集者，俞氏稱蔣燾爲徐有貞外孫，十一歲補諸生，十七卒，而有《東璧遺稿》二卷。李兆先大學士，李東陽之子，二十七歲而卒，有《李存伯存稿》十三卷。此則出於年命所限爲之，尊長者惜其秀而不實，留此以寄悼惜耳，非有年命而固存少作也。然古人詩文少作之去留，論者亦不一其説。高斯得《耻堂存稿》有《南軒永州諸詩跋》云：「劉禹錫編《柳子厚集》斷自永州以後，少作不録一篇。南軒先生永州所題三亭、陸山諸詩時方二十餘歲，興寄已落落穆穆如此，然求之集中則咸無焉，豈編次者以柳集之法裁之乎？」此古人編集不登少作之證也。按：南軒諸詩，《光緒零陵志》亦不載，惟金石中有魏公父子題名。俞氏《消夏録》則據宋文安禮撰《柳子厚年譜》稱貞元元年爲崔中丞撰賀表，年止十三歲，五年爲文武百官請復尊號表，年止十七歲，證子厚少作已傳。又考洪興祖《韓子年譜》稱昌黎亦存少作。李白賦、杜甫詩在集中亦有少作。香山編詩自十五歲始。則又古人編集入少作之證也。其有舉少作專編爲集者，蘄州顧景星有《童子集》三卷，見《四庫提要》，則又一種存少作之法矣。洪亮吉少作有《玉塵集》，時名蓮，字藕莊也，見《蘭雲菱夢樓筆記》。此在學者自編集與爲人編集時，精意以觀詩文而酌其適用何例，固未可一律拘也。鄧雲山先生有《貴神》一篇，自注十二歲作，自編入《雲山讀書記存稿》中。先生有子，早慧,弱冠時刻有《禪悅詩》,未幾夭折。先生後搜得其詩,至驚悼也。亡友童憩南少作頗多,有《月問》一篇,乃十三歲作,余存之《求志齋文集》中。然則此事宜相其人與其文詩定之,未可固拘也。

集中存代作例。近人集中凡代他人之作多收入本集,於標題下署一「代」字,或云「代某」,此每篇之例。如代擬奏稿及公牘較多者,又有魏伯子《四此堂稿》,左文襄全集中《張大司馬奏稿》、《駱文忠公奏稿》,則以卷計,乃代筆較多之例也。此文隨代筆人而有之者也。《劉禹錫集》中有一題而自作並代人作者都列之,惟近人俞樾集中往往一壽序代人作數篇亦皆收入,殊近蕪也。至名臣奏稿、公牘、批牘、章程,多刻幕客捉刀之作,不必注出自某人,然他種文則又未有收他人代作入集者,其義蓋以一則以事爲主,一則以文爲主也。近世趙恭毅公申喬有《自治官書》,胡文良煦序之,稱其不藉助幕客。故公牘以能自作爲佳。望溪教其族子恪敏觀承謂「所作論略易文移字面便似古人,以後凡有關治教文字必自爲之,久之便可成集也」。若夫碑版書序例署主名之鉅公上石付削,則又不必追尋代筆之人。此文隨主名,人而有之者也。今日文苑中通例大抵如斯。然近日亦有通儒文集中多他人代擬之作而並不著他人代筆者,《純常子枝語》稱:「廣東知府劉申孫繹爲申受先生孫,曾爲余言李氏《養一齋文集》强半門人代擬,非先生筆也。先生於學無不窺,有王佐之略,惜不一用云。余讀其集,原本經術,明察治亂,誠近世之偉人也。其《靜寄軒詩文序》記潘辰雅事,崢嶸蕭瑟,殆別有寄意歟?」此種借用門人之筆墨不著主名,在李氏固可爲之,即其文雖出他手,要必李氏授之意旨,且未必不加以筆削也。非其人固不能援照也。案：梁玉繩《瞥記》稱魏叔子《龍骨記》二篇隱約其詞，不知何物，當詢之博雅君子。此殆與李氏記潘辰雅事同爲集中僻隱之事者也。又考梁同書《日貫齋塗説》云：「《魏叔子文集》有《龍骨記》二篇，文義不可解，問之余戚友許宗彦，宗彦解之，似有理。蓋一種海外紙，似魚鰾類者，作字不滅，而污垢可洗。國初遺民多有通問海上事敗被戮者，叔子之意謂以龍骨作書，不至敗事，所謂『水有滅波湎酒飲藥之能』。蓋是物略同魚脬，故又云：『無裏之用，嘘以元氣，酒水藥三者皆可盛。』『陸有烟幕丹浮褚衣塗附之用』者，蓋作字後或塗以泥，或薰以烟，或塗以丹，或裱以紙，用水洗之，仍可去而字跡見焉。文中云：『古有刲股以濟者矣，何其酷而不再也！』宋高宗時，苗劉之亂，宗室士㒟刲股肉，納蠟丸其中。文即用此事。末所云忠義士當指明末遺老耳。」此解頗允，二梁本家人也。其他文集中亦有類此者，李聯琇《好雲樓二集》有《自題集後》一則，集次經史子集五言成語，其子作跋，稱其「意旨微至，不易測量，今副墨猶新，箋釋無説，謹刊集後，以俟世之達者」。此又集中一隱僻之案也。余丁未在都見傅青主墨迹手稿一文，不可句讀詮解，細玩之又皆右行，讀法奇異，則又隱譏本朝，此乃遺老之苦心，亦文中絶無之怪體也。同時尤有寓意小説以譏刺本朝，並詈吴三桂與同時之降人者，有南潯董氏説之《西游補》，某氏謂其取古人以自寓是也。至近來部臣、疆臣會奏之摺多入兩人以上奏議中，如俞氏序《彭剛直奏議》稱『中有數篇已見曾文正集中，亦當時會奏者。若以不知何人主稿，兩家皆削而不載，則其事湮没矣』。此又新例之可循者，故其《消夏録》爲此類考其原始，爰有一文入兩集之説，曰：「唐李德裕《會昌一品集》，鄭亞作序，而其文亦見李商隱集，稱『代亞作』，文有異同，蓋亞有所改定也。宋王銍《四六話》云：『先子爲滕元發作《陳情表》，手簡尚在，今誤印在東坡市本文内。』是此表爲王銍父名素者所作，今入坡集者，坡有所改定也。王漁洋《蠶尾集》有《候補中書吳燦墓志》，而同時張篤慶《崑崙山房集》中亦載之，云『代王作』。然以兩集參校，原文甚長，王删削其十之三矣。」是則文入兩集又以改本、原本分隸之，否則亦仍如前説矣。鄧雲山先生《藻川堂文集》中有《代左文襄祭桂丹盟廉訪文》，而文襄集中亦有此文，然文各不同，是用二李、王、蘇之例矣。《欒城集》凡代人皆自爲卷附自作卷後。包慎伯自編《小倦游閣文集》，序稱「代言足濟時用者録爲別集，代言中成於受意者署曰代某，若斷自己意則曰爲某以示區別」。此可仿也。此可爲代筆作文及改文者取則也。張文襄爲《李文忠七十壽序》，其原本爲屠庶常作，後經文襄改作，流布一時。據幕中人云，原本祇存四句。今庶常駢文刻本中收文襄改本，則與此例異矣。李次青在曾文正幕中掌機宜文字，概未存稿。是代作亦有不入集者也。

又考宋人集中如内制、外制等集，凡代言者均入私集，以後集家皆因之。歐、蘇、王諸集分代言之類極細。惟宋人亦有代言不敢編入私集中者，《吹網録·校石林燕語》於「神宗御製韓魏公神道碑」條下云：「此碑實王禹玉所撰，與《資治通鑑序》皆曰御製，不敢編入《華陽集》是也。」近世文家如徐乾學有《代言集》以存此類文字，而近刻福山王文敏懿榮遺集則存《代德宗御製醇賢親王碑文》，是今人反敢收入私集矣。國初人多收在明史館所撰之紀傳等入本集，後來如阮文達《揅經室集》收入其在國史館所創修之《儒林傳》集句體諸篇，故凡在官撰文均可仿此收入本集。又臨川李小湖聯琇《好雲樓初集》收入《效江陰張月舫寶鈺江陰寇變記》，自識云：「兹記皆臚所見聞之切實者，余爲潤色成篇。昔湯若士潤色歸震川、帥惟審、孫百川諸人文並入《玉茗堂稿》，余亦援其例，以是篇入集。至於曩在官時，求文者多，閒有假手友人以應者，今概不掠美以登。」按：此亦俞氏所云入兩集之類也。又袁子才改吳慶百《諸葛廟碑》亦列袁集，見《復堂日記》，嚴元照悔庵文中亦存改本文，皆可爲例。但李氏署篇名曰「效」，又存改本文書題之法也。案：李氏存改本文曰「效」，當是仿六朝詩人擬古體署曰「效」之例，細案之尚非密合，姑存備酌。

集中存他作例。《酉陽雜俎》曰：「《鸚鵡賦》，禰衡、潘尼二集並載。《弈賦》，曹植、左思之言正同。」段成式述君房言，以爲詞人自是好相採取云爾。此殆始如《管子》之收《弟子職》，《荀子》之列《成相篇》，古集家之與子書蓋同例也。至近代文集中無附載他人文之例，閒有之，或附他人書此文後之作及與此篇有關者而已。《五百家注韓集》載張籍遺公第一、第二書、元稹與公史館書於前，低格書之，又録唐人《跋盤谷序後》一首於文後，又於《盛山詩序》、《石鼎聯句詩序》後並載諸人之詩，又於《平淮西碑》後附義山詩，又於《處州孔子廟碑》後附杜牧所撰《碑陰》一首，均低格書之。粵刻宋本皆無之，可知此均由注家編入，非李漢原編所有也。若夫書問中載他人答書與他人見寄之書，如近日徐俟齋《居易堂集》以來書列本題後第二行低格書，本題下並注「附來書」，王芑孫《惕甫未定稿》則以雙行低格書於本書之後，是其例也。其《楞伽山房記》

後並附刻曾燠《駢文圖記》一首，是存他作且有不問文體者。其在詩集則附載他人詩又多屬倡和之什，或一題同作者，此例最廣，即姜西溟所謂「連牽載之，此人能傳則我亦附以傳」之意云爾，殊見苦心。其刻倡和集者，如宋初《二李倡和集》及唐《段氏漢上題襟集》，明萬存禮等八人之《海岱會集》之作則近於總集。俞氏謂始於謝朓附載王融詩，而杜集中附嚴武詩，李集中附崔宗之詩，相沿成例。他如韓愈《月蝕詩》、鄭亞《會昌一品集序》、盧仝、李商隱集亦均存之也。《十駕齋養新録》云：「《謝宣城集》附王融、沈約、虞炎、柳惲詩，皆同詠一題。《杜工部集》附李邕、賈至、嚴武、高適、郭受、韋迢諸人，皆酬贈之作，唯元次山《舂陵行》、《賊退示官吏》兩篇，重其詩因重其人，故特録之。」此又一例也。又吳衡照《蓮子居詞話》云：「李之儀《姑溪詞》和陳瓘、賀鑄、黄庭堅等作並録原詞，蓋用謝集例。」此詞家之例也。今人則多附於己詩之後，低一格書之。其有變例者，俞氏謂：「宋李之儀《姑溪詞》有和陳瓘、賀鑄、黄庭堅之詞，則列原作於前，而己詞居後，雖似失賓主之辨，然頗得君子卑己尊人之意。」又按：墓志銘，古人多兩人分撰志與銘者，李次青《天岳山館文鈔》目録中備舉之，八家中惟歐公有之。曾文正作《劉忠壯志》未就而薨，其兄子錦棠屬次青續成之，今存曾、李兩集中，曾集則不入次青所續。此又存與人合作之一例也，亦編集者所宜知也。又近日如曾文正、左文襄奏議多列上諭於篇後，俞氏編《彭剛直奏議》則以附綸音於後爲非宜，謂唐宋人亦無此例，故不載。然其《九九消夏録》中稱此例仿自郭琇《華野疏稿》。近日刻奏議者多法之。《四庫提要》特舉此而論之曰：「此琇所恭録而後人併刊之也。」余觀長沙圖書館有舊鈔《傅文忠公奏議》，皆平小金川一時之疏稿，均舉上諭而録諸首卷，並有非批摺之諭，凡屬廷寄皆録之者，似是文忠軍中録存本。此又一例，故以情事論，究以載入爲便，觀于清端《政書》每卷末必附載大吏札飭，亦於覽者爲便也。

又考前人詩文集中往有後人竄入之僞作，此亦如諸子之有僞書，宋人已發此弊。《滹南詩話》稱：「《千家注杜》新添者四十餘篇，多非本真，蓋後人依仿而作，吾舅周君德卿嘗辨之。東坡謂《太白集》中往往雜入他人詩。」《漁隱叢話》曰：「東坡云：世之蓄某詩文者多矣，真僞相半，又多爲俗子所改竄，讀之使人不平，然亦不足怪，識真者少，蓋從古所病。李太白、韓退之、白樂天詩文皆爲庸俗所亂，可爲太息！漁隱謂：東坡文集行於世者，其名不一，惟《大全》、《備成》二集詩文最多，誠如所言，真僞相半。其後居世英家刊《大字東坡前後集》最爲善本，世傳《前集》乃東坡手自編者，隨其出處，古、律詩相間，謬誤絶少，如御史府諸詩不欲傳之於世，《老人行》、《題申王畫馬圖》非其所作，故皆無之。《後集》乃後人所編，惜乎不載和陶諸詩，大爲闕文也。山谷亦有兩三集行於世，惟《大字豫章集》并《外集》詩文最多，其間不無真僞。其後洪玉父別編《豫章集》，李彤、朱敦儒正是，詩文雖少，皆擇其精深者，最爲善本也。」《十駕齋養新録》稱：「《顧寧人文集》初印本有《讀隋書》一篇，本馬貴與之説，潘次耕誤仞爲顧作，爲之題而收入集。朱錫鬯《開化寺碑》一刻於《竹垞文類》，再刻於《曝書亭集》，而陸清獻《三魚堂集》亦載此文，蓋清獻嘗鈔此文，其門下士編集誤仞爲清獻作也。」此二説，一辨證唐人集中之僞託與東坡自明同時人之僞託，并漁隱之辨別蘇、黄兩集，一證編集者之誤收，皆名家集中常有之事，讀別集者所宜知者也。《七修類稿》稱陶集亦有僞詩，有江淹擬者。湯東澗謂有晚唐人所爲者。

集中存新體例。

文家多不主收壽序、時文序入集，董晉卿編茗柯文不録壽言及代人之作。袁簡齋尤斤斤論之，究亦不能篤守此旨。陳恭甫亦以存壽序、制藝序病震川，惲子居與蔣松如論作序則於此自有主裁。近宜興周氏印吳仲倫《初月樓文鈔》，其第十卷爲經義，是以時文合古文而刻之者。其説開自姚姬傳，姬傳《復秦小峴書》謂：「經義實古人之一體，刻《震川集》者元應載其經義。彼既録其壽序矣，經義之體不尊於壽序乎？」此主時文可入本集矣。王惕甫《書李文正年譜後》據汪文莊俊所作《文正繼母麻太夫人九十壽言》，證文正之卒初非無後，謂：「《壽言》之作波靡到今，由今以溯麻太夫人生日，二百八十有四年。諸公筆牘所存有可以正紀載之訛失者，與歐公集古金石文字同功。」此主壽文且可證史乘之佚矣。又其《壽序》稱「孫甥衍聖公孔聞韶」、「曾孫甥給事中劉濟咸」，是又外戚之稱呼可仿者。孫甥昉自《左氏·哀公二十五年》。桐城文家則依震川例收此二種序，至曾文正壽序極爲世所推，而此體文亦遂爲集家所不廢。王惕甫惡此體之濫，變其名曰《陳太恭人懿德頌并序》，龔定庵又變其名曰《阮尚書年譜第一序》，曾文正又以作壽詩序之例行之。俞氏稱南宋時有《宋名臣獻壽集》十二卷，皆祝壽之文。因知此體南宋時已盛行，而陶安之《陶學士集》、《書目提要》云：「世言壽序自歸氏入集，考陶安已有二篇入集，不自歸始。」羅玘之《圭峰集》均載壽文，皆在震川前。是此類文編集其來舊矣。《懷麓堂詩話》云：「壽詩始於宋。」然葉水心《題蜀僧北澗集》云：「集中有上生日詩，不可傳於後。」是宋時猶以稱壽詩爲戒也。然則用宋人例，壽序不可入集矣。近人潘少白集中有《與故友陳其山書》，亦文集中之新體也。

章實齋之砭俗也，其於近出文體之入集與否辨之至析，其意與惲子居同，亦編集者所宜知也。《文史通義》曰：「夫生有壽言而死有祭輓，近代亡於禮者之禮也。禮從宜，使從俗苟不悖乎古人之道，君子之所不廢也。文章之家卑視壽輓，不知神明其法，弊固至乎此也！其甚焉者存祭輓而恥録壽言。近世文人自定其集不能割愛而間存者，亦必别爲卷軸，一似雅鄭之不可同日語也。汪鈍翁以古文自命，動輒呵責他人，其實有才無識，好爲無謂之避忌，反自矜爲有識，大抵如此。此則可謂知一十而昧二五也。彼徒見前人文集有哀誄而無壽言，以謂哀誄可通於古而祝嘏之辭爲古所無也，不知墓誌始於六朝，碑文盛於東漢，於古未有行也。中郎碑刻，昌黎誌銘，學士盛稱之矣。今觀蔡、韓二氏之文集，其間無德而稱，但存詞致所與周旋而俯仰者，有以異於近代之壽言歟？寬於取古而刻以繩今，君子以爲有耳而無目也。必以銘誌之倫實始乎古，則祝嘏之文未嘗不始《周官》六祝之辭所以祈福祥也。以其文士爲之晚出因而區别其類例，豈所語於知時之變者乎？」蓋子居因後世之事多爲前代所無，因時而開立説；實齋則與哀祭並衡之古而立説，皆可以廣文家因時制宜之塗轍也。《唐書·藝文志》不載試帖詩，《明史·藝文志》不列名家時文稿。據此知凡目録家不著録之稿，集中均可不存，亦一法也。

重墓銘而輕壽文，自來文家常有此論。然有不盡然者，涇趙乙然青藜《潄芳居文鈔》曾再上方望溪狀求志其母墓，其言有云：「夫志銘之足以累乎其集，以志銘之原不可問耳。志銘之原不可問而志足累乎其集，則其集甫脱稿而已與飄風敗葉同歸澌滅，尚能以其志銘以表揚乎其人，傳之後世哉？故某常謂求文於輕許人以文之人不如其已焉者此也。」此志銘不足貴之説也。又陳大治世鎔《求志居集·與陳作甫書》更較論此二者，力反俗論，其説云：「拙集應酬之作無多，桂德山謂弟無碑版，文不成大家。此亦不然，《燕然》、《淮西》，皆身與其事，又須奉朝廷明詔，然後可以鋪張揚厲，百世不刊。無論弟才不足以勝之，即有志上希雅頌，而足未履戎行，位不居太史，誰肯以蛙鳴蟬噪銘鼎鏤鐘也？曹秋湄謂弟壽敘頗多，不若誌墓之能垂久。則又有説，壽序乃朋友之頌禱，其虛實在當時不盡可欺，且不著名諱，即有溢美，而傳之後世，第想像當時，或有是人，則其文並非爲是人作。若墓誌則據其子孫行述以爲紀載，無有不溢美者，百歲之後或從壙中掘得，名諱具存，孝若曾、閔，清若由、夷，使人低徊嚮往，孰知其爲子虛烏有哉！此弟所以作壽序不願作墓誌之微旨，秋湄不知也。」此壽序存真反勝於志銘作僞之説也，存文者亦視乎其質可耳。陳氏書中又云：「應酬要有真意貫乎其中，題應酬而文固非應酬，作之時有不能已之故而亦不可以過量，故只能以通用之詞應酬之，而頌美之中不忘規戒，其旨趣固自可尋也。丙子在壽州爲沈巡楳先生壽百文敏，作長律一百韻，文敏稱之爲老名士。定稿時姚石甫謂不當代人貢諛，戒勿存。方植之謂其詩精整可繼工部，戒勿删。」此又清此類文詩之源與推審此類文詩之流之説也。

集中分外集例。　自《柳子厚集》以《别集》列所爲《非國語》六十餘篇，以《外集》列應試及代筆等文字，柳文編外集始宋沈晦，蓋以劉夢得四十五卷本爲正，而以其他三本所餘作外集，見《四明新本柳文後序》。後來編外集、别集者多仿此。近日魏默深《古微堂内外集》則以所著《默觚》上下《學篇》、《治篇》爲《内集》，其餘文字皆爲《外集》。余觀其《默觚》乃其編《經世文編》薈論學、論治之肄餘所得，即以希風漢人大傳外傳者也。厥後文家多用之。近人散文家集中存駢文者則以駢文歸入外集，駢文家存散文者亦然。詩家之文，文家之詩皆然。陸稼書《三魚堂集》以奏議歸入《外集》，則以清獻本道學家，意在尊道學而薄事功也。集爲其門人侯銓等所編，《四庫提要》曾駁之曰：「詩歌非隴其所長，列之外集可也。今銓等薄視論政之文，揮而外之，尊空文而薄事功，是豈隴其之旨乎！」宋濂之《未刻集》、楊士奇之《東里集》、倪謙之《文僖集》均仿楊傑《無爲集》例，爲二氏作者自爲卷袟，亦内吾儒而外二氏也。潘次耕亦以禪悦文入《外集》，惲子居於辨正經論、辨正道家之文仍不入《外集》，文格近者則入《外集》，又文中載詩則格下亦入《外集》。而宋釋道燦有《柳塘外集》，明僧宗泐有《全室外集》，蓋以釋氏爲内典，而詩文爲外也。此編外集大旨也。

編集分年例。　魏源《與陳起書牋》曰：「詩集宜分體，不必編年，《三百篇》其大例也。在杜、韓、蘇諸公出處關係史事猶可，若山林閒適，何必各體雜陳，徒迷讀者之目乎？」魏氏之論編詩如此。至於編文集，考宋濂《學士集》，朱竹垞藏有分年本，康熙四十八年彭始摶刻本則仍是分類本，其編年本不傳。近日董晉卿士錫輯張氏《茗柯文編》亦是編年本，初、二編爲皋文自定，三、四編爲晉卿所定，其例凡爲他人作及壽序皆不録。《曾文正公集》亦編年本。但皋文《文編》目録總稱「某年至某年，文幾首」，文正集則於目録每篇下注某年干支而已，此其別也。蓋兩家之文本不多，用編年法殊便檢覽。惟惲子居《大雲山房文稿初二集》則兼有兩例，每集目録前依類分卷，復列某年至某地，得文幾首，舉衆目而重列之，又有《外集》以收不入《初二集》之文。《趙甌北全集》有《甌北詩鈔》，分體無卷數，又有《甌北集編年》五十三卷，此例較各家爲賅備，可以據依也。俞樾亦如魏氏説，謂：「詩集以分體爲古，編年乃後出之體。總集如《文選》、《樂府詩集》皆分體，別集如白氏手編《長慶集》亦以樂府、古體、律詩、格詩分，古集家之體本如是也。自施武子注蘇詩，力詆王氏分類之非，於是後之編詩者以編年爲正，不知二者不可偏廢也。」説見《春在堂雜文四編》。然則俞氏亦如惲氏編文意乎，然詩亦非文比也。竊謂如魏説視其人爲何如人可耳。

集中款式例。道光中蘄水徐陳謨官眉州，刻《三蘇全集》，張文襄《書目答問》稱此次合刻本未善。然他刻殊不易得，今姑即此刻案之。其款式所定因刻集之例，聯刻、斷刻每不一律，定以聯篇、另篇兩用之例。蓋文有長短，一於聯則眉目混，一於斷則篇葉繁，因就其長短而分別聯斷，此亦可酌用者也。又集中雜款式，余於《解蔽篇》中定以省寫標識入文之禁。蓋雅潔之體不可以時風習染而汩之，不第歐、和文字之習見不可入純粹之古文，即吾國刻書家常用之款式亦有未可用者，如志銘等韻文多有每句空一字者，舊本書亦有之，然無甚取義。詳其初例，大都原本金石文字。梁氏《浪跡叢談》云：「唐人臨文遇推崇本朝字面，輒用空三格，或跳行書之。惟汜水等慈寺碑中獨空一格，而任城橋亭記乃有空四格、六格、七格、十格不等，不能詳其何義也。至嵩高靈勝詩碑則以三川守及賢導等字亦空三格，更不可解。」《秋雨庵隨筆》云：「《金石録》稱唐之中岳嵩山碑書皇帝、太后不跳行，不空格。跳行者，抬頭也。據此知是式原於金石文，漸移用之刻書者，但以昭敬謹耳，非分句讀也。又題名中凡單名者每於姓下空一格。」按：唐梁昇卿書《御史臺精舍碑》，其碑額、碑陰、碑側題名者一千一百餘人，凡單名者皆空一格書，是唐已有此例，其在刻書中亦仿金石文式也。至刻書抬頭之始又自宋人，陳氏《偃曝餘談》云：「宋朝小説凡列祖位號皆提行抬寫，相沿至今。」是其證也。至空格分句讀，《癸巳存稿》辨證甚析，俞氏《九九消夏録》謂沈約《宋書·樂志·鐸舞曲》「聖人制禮樂」篇每一句空一字書之，蓋以此篇有聲音無文義，恐人不得其讀耳。《法苑珠林·咒術篇》所載咒語，每句空一字，蓋西域梵文傳入中國，不便誦讀，故以此法便讀者也。其義蓋各有取。若志銘詩及韻語，無上文所述之二義，則無須乎空一字矣。光緒初粵刻《韓集》無注本，合目録四十一卷，附《遺文》一卷，據陳璞跋稱乃覆刻所得宋本，似據《考異》刊定者，而無外集。考此本於單銘無序者均空一格，有序者則否，蓋兼用兩式者。是宋人於此乃參差並用兩款也。又方氏崧卿《韓文舉正》體例極密，改正之字用朱書，衍去之字以圓圈圍之，增入之字以方圈圍之，顛倒之字以墨線曲折乙之。近日王氏《校正朝邑志》亦間用此法，而有出入。他如宋刻《政和本草》於神農本經皆作陰文，明刻

《事文類聚》於詩賦表讚諸標題皆作方匡。集中初無須乎此，亦無仿用之者。但無論詩文，必按宋人刻集例，題目皆頂行書，不得沿科場陋習用低格。考頂格、低格之式始見於柳子厚《天對》，自云：「遇《天問》則低寫於前，遇《天對》則高寫於後。」又於首條各標《問》、《對》之目，其意在分析彼此，不得不然，否則無須高低格矣。至《惲子居集》中詞目以曲名爲目，次行低一格注題，不注題者皆無題也。此可仿用。其集句文及集句詩必須注某句出某人某詩文，文如《黄石牧香屑集序》後每句注所出，詩亦然。不必用。詩中逐句注所出之式，俞氏《癸巳存稿·阮宫保六十壽引》集香山文句，係用逐句注式。考《蕙風簃隨筆》稱唐人聯句，第一輪每韻下注某名送某官，或曰上某官，同列曰送，所尊曰上。《劉賓客集·春池泛舟聯句》云：「鳳池新雨後，池上好風光。」注：「禹錫上相公。」「取酒愁春盡，留賓喜日長。」注：「度送兵部。」以下均同例。此式近人無仿之者。此又刻聯句詩之一式也。至刻集字之大小，有宜大字者，如宋曾噩刻《九家集注杜詩》，《書録解題》稱其「字大宜老」，此取大字式也。居刻《大字東坡集》及《大字豫章集》皆然，見《漁隱叢話》。《水東日記》稱邵復儒家有細字小本《東坡大全集》，此用小字式也，則取其便收藏與攜帶。本朝内府有袖珍本，亦此類也，在刊集者隨時酌用之。案：宋沈晦《四明新本柳文後序》稱所見柳文凡四本。大字四十五卷，遠出穆修，云是劉夢得本。小字五十三卷，元符間京師印行。是柳文在宋代初年亦大字、小字兩本並行，而大字在前。大概宋人文集最尚大字本也。今日刻集仿古可採用楊守敬《留真譜》及江標《宋元行格表》酌仿之。

集宜自刻例。　近世文家多自刻集，並自編而自撰凡例以明其意趣，始於明遺民徐侯齋枋之《居易堂集》，爾後如袁簡齋枚自撰《古文凡例》，王氏《湖海文傳》採之，惲子居敬《大雲山房初、二集》皆自定例目，李次青《天岳山館文鈔》並於目録中多援前人之論以見意，皆前例也。　至集之必須自刻者，非必標揭以自炫也，《太平清話》曰：「王元美稱徐昌穀自撰詩成袟，曰《迪功集》。迪功亡，鄉人不解事，刻其《別集》、《外集》數卷而名《小挫》矣。　此所以集必宜自刻也。」陸氏《冷廬雜識》曰：「程篁墩詞章負盛名，求其文者多以門下士代筆。　没後，其刊集大半贋入，瑕瑜互見。　吕新吾學業醇篤，其集爲後人所編，俳諧筆墨，無不具載，爲全書累。　知文人著述必當及身自定也。」此論良確，故鄭板橋自刻詩鈔，恐後人羼入其無聊應酬之作，自云：「誓爲厲鬼以擊其腦。」然自刻之時必當如歐公之再三改竄及徐斯遠之力求精約，若如侯朝宗編定《壯悔堂文集》一夕而就，則又非所貴矣。紀、阮兩文達並稱通儒，阮集編刻有法，而紀集爲後人掇拾，殊不饜觀，曾文正尤不滿其文。使紀氏自定，必不至如是也。　陸氏又曰：「學者編先正文集，往往蒐羅散佚，以多爲貴。然或不知簡擇，並存其酬應世故不甚經意之作，致貽後世之口，實則雖意在表揚，適以累之。」曾文正刻《船山書》，於文集中删其《雙鶴瑞舞賦》，蓋其賦乃康熙中祝安遠大將軍作也，吾見其墨迹仍自稱遺民也。　真西山先生以道統自任，而集中詩文往往推揚二氏，《四庫提要》亦有此疵議。　其爲《史彌遠特授正奉大夫》

文稱其人有「寬宏縝栗」等語，又《金國賀正旦使人到闕紫宸殿宴致語口號勾合曲詞》，皆爲後人所訾議，殆編集者疏於審別，不能汰其失歟。此又編前人集及輯佚集者所當知也。

別集編定目次異同比較表

麻城林清原編

別集	目次賦詩
《韓昌黎集》 《柳河東集》	韓賦一　古近詩二 柳雅詩歌曲一　賦二　古近詩居末 《外集》賦一 （徐氏《居易堂集·凡例》曰：「《文選》爲詞家之
《歐陽文忠公集》 《三蘇全集》 《王臨川全集》 《南豐類稿》	歐《居士集》古律詩一　賦二　《外集》古律詩一　古賦二　近體賦四 蘇《嘉祐集》詩十四 《東坡集》賦一　詩四十三　《欒城集》詩一詩四　賦二
《宋學士集》 《歸震川集》	宋賦一　詩二十八 歸《別集》詩十　《餘集》詩十四 （唐人編李、杜詩以文爲《別集》，從其重也。後來《震川集》則以其專攻在文，詩乃餘事，故從子厚例，以詩居末。）
《方望溪集》 姚氏《惜抱軒集》	方《集外文》賦十八　詩十九 姚賦十六　詩另集 （戴鈞衡編《集外文》之例，蓋以《正集》爲望溪所自定，不便列後來所得遺文於其中，又以標《外集》、《別集》之名恐讀者有所輕重，故但題曰《集外文》也。）

書，所重在詞賦。韓集以賦居首，今人多從之，殊無謂。故必觀其全集，從所重且文多而有關係者爲首，斯爲得體。今吾集中書最多，故以居首。尺牘次之，尺牘本書而自爲一體，有極短仍入書者。餘取歐、蘇別裁小簡別爲一卷，賦、詩及有韻文類編爲八卷附後。」《隨園隨筆》曰：「文以賦裝頭始於《文選》。」劉禹錫曰：「文章家先立言而後體物，今以賦裝頭者非也。」章實齋《文史通義》謂：「蕭《選》以賦冠首，《文苑》、《文鑑》從而宗之，爲失輕重之倫。」其説甚允。

詞三

王古律詩、集句、歌曲、四言詩一　樂章三　賦二

案：文詩先後，本以各從所重爲例，惟近刻《三蘇全集》，例云：「老泉、東坡詩列文後，穎濱三集詩列文先，因各依原本次第之。」是一書有不能畫一其體例者也。

續表

續表

雜著
韓雜著三 柳義論辨三　對問八　說九　贊箴戒十二　《別集·非國語》 徐氏集《凡例》稱：「韓於賦詩外列雜著，以文不多而有關係者入之，以游戲寓言諸文名爲雜文。今吾不依之，仍分爲二類，以文之無所附而不成袟者爲雜文，以游戲寓言爲雜著。」名因韓而實則別之。又徐氏以文少而不能自爲一類者則隨類以議辨附記說後，頌銘附贊後。　又近人多仿《羅鄂州集》存《新安志》文例，列方
歐《居士集》雜文三　論序經旨四　策問十二　《外集》雜文三　論辨經旨五　策問試策十一 蘇《嘉祐集·幾策》一　《權書》二　《衡論》三　《六經》、《太玄》、《洪範》、史論、雜論四　贊十　說十二　銘十三　《東坡集》論二　經義三　策問四　雜策五　策略六　說八　頌十四　箴十五　贊十六　銘十七
宋頌二　箴銘十　謚議雜著十八 歸經解一　《別集》應制論一　策三　策問五　《馬政志》六　宋史論贊七　《餘集》銘七　贊八 歸集編《馬政志》入《別集》用昌黎《順宗實録》例，紀行諸篇入《別集》取陸放翁、范石湖集例。
方讀經一　讀子二　論説三　頌銘十四　《集外文》議三　論八　銘讚頌十六 姚論一　議二　考三　策問九　《文後集》說一　贊七 戴氏於方氏讀經之文係仿歐集《經旨》、大蘇《經義》及錢氏編《震川集》首《經解》之例。其列讀子史則仿大蘇列史評之例。惲子居《大雲山房初集》凡論說釋考辨讀原書後跋均列前，與方、姚同。　李次青雜記均附經說後。

續表

	書啓
志序例論入雜著中。李次青《天岳山館文鈔》以議附策問後。 章氏《丙辰劄記》稱：「後人文集必强綴以人物論，多任意褒貶，如景泰易儲事，侯、魏必以不諫易儲爲非，袁枚必以不諫爲是，齊次風有《易儲十論》。然則將著論以貶公乎？」又曰：「文集中傳體不與史傳同科，《王承福傳》本是寓言，並非真正傳體，故李漢編入雜著，明其爲立言而非傳人也。」	韓書啓四 柳書十八　《外集》啓第三
《欒城集》銘五　頌六　論七　策問八 王上梁文三　銘四　贊五　論議十二 曾論一 東坡論策在策問之前，《震川集》則移置於《別集》之首。	歐《居士集》上書十　書十一　尺牘別爲一卷　又表奏書啓四六集於全集第四
	宋牋五 歸書五　《別集》小簡七　《餘集》書十小簡第十二
徐氏《凡例》云：「文少而不能自爲一類、自爲一卷者，則隨例編入。」今此表凡諸家單文不成類之目，均附此雜著中。	方書六 方書六　《集外文》書五　尺牘二十

續表

	贈送序
	韓書序贈序五 柳書序贈序十四 徐氏《凡例》病李漢編韓集於文之體類有所訛，於其自爲書之例有所戾，
蘇《嘉祐集》書五　啓十　《東坡集》啓二十三　書二十四　尺牘二十五　《欒城集》書九　啓事十二 王書十四　啓十五 曾書三 自東坡後，書與尺牘分爲二類，徐氏《凡例》云：「尺牘原本於書而別爲一體，非以詞之長短而云，取歐、蘇集別載小簡例別爲一卷。」	歐《居士集》序傳九　《外集》序傳九 蘇《嘉祐集》譜六引八　《東坡集》序七
	宋序七 歸贈送序六　壽序七　《餘集》序一　贈送序四　壽序五
姚書六　《文後集》書四	方序四　贈送序七　壽序八　《集外文》書序三　送序九

續表

壽序	哀詞祭文
故凡詩詞贊之序俱見之詩詞贊中，不別入序。其説甚允。	韓哀詞祭文六　柳弔十二　祭文二十
《欒城集》敍十三　王序十七　曾序二	歐《居士集》祭文十三　《外集》祭文十二　蘇《嘉祐集》祭文十四　《東坡集》青詞二十六　疏文二十七　祝文二十八　祭文二十九　哀詞三十　《欒城集》詞、哀詞三十　祭文十四　代人祭
	宋哀詞十五　詞二十　歸祭文十七　哀誄十八　《餘集》祭文十 欒城詞與哀詞相次，今次潛溪詞於哀詞後，亦如欒城例。
姚序四　贈序七　壽序八　《文後集》序二　壽序五 戴氏編方集，以序跋次論辨，蓋因序以發明書義，體近論説，故仿《古文詞類纂》例列此於論説後。	方哀詞十三　祭文十四　家人哀詞十九　《集外文》哀詞十四　祭文十五　姚祭文十六　《文後集》祭文十二 方氏之家傳志銘哀詞，其門人程氏崟編集別分爲卷，戴氏仍之。此與各家異處。

續表

	碑誌
	韓碑誌七　柳碑四　表銘碣誄六　《外集》誌二一
文十五　祝文十六　青詞十七　王祭文一八　哀詞十九　曾祭文七　哀詞八	歐《居士集》碑銘六　墓表七　墓誌八　《外集》誌銘七　蘇《嘉祐集》誌銘十三　《東坡集》誌銘十一　碑十三　《欒城集》表銘十一　王神道碑二十　墓表二十二　墓志二十三　曾誌銘八
	宋碑十一　墓誌銘十二　墓碣十三　墓版十四　墓表十五　墓志十七　歸志銘十九　權厝生志壙志十　墓表十一　碑碣十二　《餘集》碑九
	方墓誌銘十一　墓表十二　碑碣十三　家人誌銘十九　《集外文》墓表七　墓誌銘八　姚碑文墓表十一　墓志銘十二　《文後集》碑文墓表八　墓志銘九 袁枚自撰《古文凡例》云：「古人編集都無一定，韓先雜著，柳先論，歐分四

續表

雜文	
韓雜文八銘傳文 柳傳十 騷十一銘雜題十三互見	
歐《外集》譜十三 硯譜十四 又別有雜著述爲一編於《全集》第六	
宋評人物二十二 歸雜文六 紀行八 譜十五 《餘集》附刻評史評文十	
方家訓十五 雜文二十 《集外文》家訓七 雜文十三	集，《倉山文稿》編者誤以碑版居先，後見《顏魯公集》亦然，遂仍而不改。」 按：李小湖《黃晴谷菰野文集序》云：「昔袁太史自訂稿，仿魯公例，以碑版文居先。特簡齋所爲碑版文，俯仰百年，縱橫萬里，而黃君第傳其同邑及鄰境之人。」據李氏此言之意，可知簡齋亦取從重之意而列碑版於前面，其自負在此也。第簡齋紀事之文，彭紹升、李騰華、唐祖價、魏源均糾之，要非極則也。

續表

	行狀傳	表狀
	韓行狀九 柳《外集》傳二	韓表狀十 柳表十　奏狀十一 《外集》表代人表 啓三
蘇《東坡集》雜著三十一　雜記三十四 王雜著十三	歐《居士集》行狀九 蘇《東坡集》傳十　行狀十二　《欒城集》傳十二 王行狀二十一	歐表奏書啓四六集爲一集　奏議別爲一集 蘇《嘉祐集》狀九 《東坡集》表十八　進讀十九　奏議二十 《欒城集》表狀八
五	宋傳八　行狀十八 書事十九 歸行狀十三　傳十四 世家十六	宋表四 歸別集奏疏四　《別集》公移讞詞八 《餘集》揭帖十
戴氏編方集文以類聚，有文少不能成卷而於諸類未合者則以雜文統之，與徐氏用意略同而仍有別。	方傳九　紀事十　家傳十九　《集外文》紀事六　傳十 姚傳十　《文後集》傳六	方《集外文》奏劄一 議二

續表

	記	詔旨
	韓記附雜著内 柳記十五	
論時事十　表狀十 一　代人上表十二 王書疏七　奏狀八 劄子九　表十二 曾劄子狀六	歐《居士集》記十　《外 集》記八 蘇《嘉祐集》記七　《東 坡集》記九　《欒城 集》記十 王記十六 曾記四	歐《居士集》詔册五 又《外制集》三卷 《内制集》八卷
	宋記六 歸記八　《餘集》記六	宋詔誥三 歸《別集》制誥三
	方記十四 《集外文》記十一 姚記十三　《文後集》 記十	案：宋人批答，如東坡等集均列内制中。近世此類多不入集者，以多循例，且皆短幅，無甚經要也。

續表

	題跋
	韓後叙後記在雜著內 柳後題後序在雜題十三內
蘇《東坡集》制敕二十一　內制二十二 《欒城集》告詞十八 王內制十　外制十一 曾制誥制五	歐《外集》雜題跋十二 蘇《東坡集》史評三十二　題跋三十三
	宋題識九 歸題跋七 《餘集》題跋三
惟程魚門晉芳在內閣侍讀協辦批本處行走，有《章奏批答舉要》八卷，自云：「俟後來之增益，爲掌故家之摭採。」其用意亦不在文字矣。	方書後題跋五 《集外文》跋四 姚跋尾題詞五 《文後集》尾跋題詞三 徐氏《凡例》：「書後與題跋分爲二類，亦猶書與尺牘也。書後必其事有所論列，或古人所未發，或因事而別論他事，非僅片詞隻語，取意於字句間者，如昌

				黎《書張中丞傳後》是也。題跋則有間矣，識者閱吾諸篇則劃然二體有不可合爲一者。」此徐氏區別二者之旨也。

表中目次以韓集爲主，餘均按韓集所有者隸歸其下與相值，韓集無者各題名另列之。

表中之目均按文體依類逐數，即原有次第計算便編集時按次仿行，其有各家變例不循公同之次者，則以數語括其大旨附説之。

八家中惟《南豐類稿》覓顧氏刻本未得，姑用通行本列入，容覓得後再排定之。三蘇合刻亦非善本，以無他本可據，姑依之。

明人自歸氏外，應取王道思、唐荆川諸名家附歸氏列之，亦因覓取不得，姑取所有之宋景濂集列之。

編總集例《總集目次比較表》已見《總術篇》

選文定宗旨例。　選文各有指例，如《昭明文選》凡姬孔之書、老莊荀孟之論皆所不取，以其旨在能文而不在立意也。呂氏《宋文鑑》，朱子謂其「篇篇有意，所載奏議係政治大節，非《文選》、《文粹》之比」。即近世如姚氏《古文詞類纂》乃標明義法入詞賦，以示古文詞中宜存昌黎貴馬、揚之旨。張氏《七十家賦鈔》準《漢志》以甄古賦流別。李氏《駢體文鈔》分三編以見駢散歸一之軌，與《類纂》并行。姚氏《古文詞類纂序目》云：「余今編詞賦，一以《漢略》爲法。」是張氏賦鈔仿《班志・詩賦略》者，因姚氏旨，與李氏鈔駢文因康氏刻《類纂》而作同也。姚氏開後人門庭之廣如此。至選詩則徐孝穆《玉臺新詠》皆綺羅脂粉之詞，元次山《篋中集》皆淳古淡泊之作，王漁洋之《唐賢三昧集》以神韻爲宗，杜紫綸《叩彈集》以中晚爲則。可知選家操政各有指歸，倘越茲規，何異鈔手！後有作者，所當不失此意。惟選家亦有專取一派者，詩家選本，如蜀韋縠《才調集》十卷所取多晚唐，以穠麗秀發爲宗。宋初之《西崑酬唱集》乃楊億等十七人唱和之作，其詩皆組織工緻，鍛鍊新警。文家如嘉善龔廷鈞、錢永基選《古文怡情》二集，取以涵養性情。此各明一義者也。王阮亭稱常見《文府滑稽》一書及賈公三所輯《滑耀編》則主遊戲之作，亦此類也。選家又忌以我見去取詩文，《北江詩話》稱王蘭泉選詩一以聲調格律爲準，其病在以己律人而不能各隨人所長。此當知戒。

編總集嚴斷限例。自劉子玄修史垂斷限例，爾後文家、詩家編緝總集亦各立斷限以討論羣編。文家有以時代爲斷者，如《唐文粹》以及《明文在》、《國朝文録》及《全唐文》等是。此類亦有二種：專一代者如《粹》、《鑑》等，通列代者如張溥及嚴可均所編皆是。《四庫提要》曰：「論者謂《元文類》與《唐文粹》、

《宋文鑑》鼎立而三，然姚鉉選唐文因宋白《文苑英華》，吕祖謙選北宋文因江鈿《文海》，稍稍以諸集附益之耳。惟蘇天爵之編無所憑藉，用力可云勤矣。」大抵編此類文又必有所憑藉也。騈文如《唐騈體文鈔》、陳均編。《宋四六選》、彭元瑞編。《國朝騈體正宗》、彭兆蓀代曾燠編，又有張鳴珂續編及花雨樓評本。《皇朝騈文類苑》姚燮編。等是。詩如《全唐詩》、《宋詩鈔》、《元詩選》、《明詩綜》及沈歸愚《别裁集》、鄭荔鄉《國朝詩鈔》爲一類，他如曾止山《過日集》、王漁洋《感舊集》、陳其年《篋衍集》、王蘭泉《湖海詩傳》又爲一類。詞如《明詞綜》、《國朝詞綜》之類。有以地方爲斷者，如楊慎之《全蜀藝文志》、陳遇春《東甌先正文録》、陳在謙《嶺南文鈔》、李時春《關中兩朝文鈔》、蘇源生《國朝中州文徵》、羅汝懷《湖南文徵》之類是。騈文如《常州騈體文録》是。詩如鄂文端之《南邦黎獻集》、廖元度之《楚風補》、《楚詩紀》、鄧湘皋楊性□□《沅湘耆舊集》及《續編》、某氏之《湖北詩録》、丁氏之《湖北詩徵傳略》及通行《蜀詩鈔》、《江□□徵》皆是。蔣士銓《忠雅堂文集》稱商寶意輯國朝郡人詩曰《越風》，與國朝施愚山輯《宛雅》、吴冉渠輯《粤風續九》皆借存其土風。可見此類輯詩之多也。又此類輯詩文尤有一種微尚，則表微闡幽之説也。李聯琇《跋師山詩存》曰：「近代選詩，如元氏之《中州集》、錢氏之《列朝詩集》、朱氏之《明詩綜》、王氏之《感舊集》，皆發潛而闡幽，復别裁盡善以裨來者誦法。此所以諸家較著於他人也。」此章氏《文史通義》所以謂近代《中州》《河汾》諸集、《梁園》《金陵》諸編皆能畫界論文，略寓徵獻之意也。在詞家如《浙西六家詞》之類是。有以人爲斷者，如茅坤《八家文選》、儲欣《十大家全集》、李祖陶《金元八大家文選》、宋犖《三家文鈔》皆是。騈文如吴鼒《八家四六文鈔》及長沙王氏《十家四六文鈔》。詩如通行之《六家詩鈔》、《四家詩選》及王蒲衣之《嶺南三家詩選》、顧茂倫之《江左三家詩鈔》。詞如毛子晉《宋六十名家詞》、孫默《十六家詞》之類。有以體爲斷者，如張臯文《七十家賦鈔》、明人之《歷代名臣奏議》、國朝官編之《明名臣奏議》、錢衎石之《碑傳集》、別有蕭穆敬甫及江陰繆氏之《續集》。宗湘文之《碑傳録》此書未見，俞氏《春在堂尺牘》中有《與李黼堂書》曾言其採書不少。之類是。詩家有王氏《古詩選》、姚氏《今體詩鈔》、顧茂倫之《國朝近體詩》是。文家有區考訂、義理、經濟等主旨編國朝文者，已見前，不具録。以一縣爲準者，如《松陵文録》、《龍眠古文初集》、《竟陵文選》。熊士鵬編詩有《黄岡二家詩鈔》及《廣濟耆舊詩集》之類是。以一家一族爲準者，文有《三蘇全集》、《寧都三魏集》、《崑山三徐文集》、《叢睦汪氏遺書》。此書多汪氏家族文詩而兼有他種著作，此外以合集、全集名而包括一家或一人著述者甚多，不僅詩文，不枚舉。詩有朱蘭坡《紫陽家塾詩鈔》及《曲阜孔氏詩鈔》、《桐城張氏四世詩鈔》之類是。俞氏《九九消夏録》云：「涣之子恕，恕之子羲仲，合祖孫三代之詩爲一集，題曰《三劉家集》。明文洪之孫徵明，徵明之長子彭、次子嘉，彭之子肇祉，合高祖至玄孫之詩爲一集，題曰《文氏五家詩》。世擅宋劉著述，允爲美談。」可知此種由來之久也。至於論文之以朝代分者，如彭文勤之《宋四六話》，以體分者，如王銍之《四六話》、吕璜之《古文緒論》、李調元之《賦話》皆是。論詩之以時爲斷者，如張南山之《詩人徵略》。以地爲斷者，如杭大宗之《榕城詩話》、熊兩溟之《竟陵詩話》。以人爲斷者，如趙氏之《甌北詩話》皆是。凡此各種斷限中之流別，略舉指例，以概其餘。惟三蘇、三魏等在著録家究屬別集。今古總集諸家不出此範，後有述者亦舉不能外是也已。近世輯文，凡巨袟均首列綱要編目，如《經世文編》有《姓名總目》二卷，《湖南文徵》有《傳目》三册以備檢尋，亦爲巨編者所當依仿也。

李氏元度代李勤恪瀚章爲《湖南文徵序》曰：「考文章家總集，有合一朝爲一集者，若《唐文粹》、《宋文鑑》、《元文類》、《明文海》之屬是也。有合一州、一邑爲一集者，若宋有《成都文類》、《吴都文粹》及《會稽》、《嚴陵》、《赤城》諸集，案：宋人此類詩集有曾旼《潤州類集》、鮑喬《豫章類集》皆是。元有《宛陵羣芳集》，明有《中州名賢文集》、《新安文獻志》、《全蜀藝文志》、《三臺文獻録》、《吴興藝文補》按：近人别集亦有不以集名者，如汪中《述學》、《錢塘述古編》是。諸集，國朝有《粤西文載》、《金華文略》、《柘浦文鈔》諸集是也。其書並録在《四庫》，藏之名山，而湖以南作者林立，獨未有專書，非闕典歟？」按：楊氏《文徵·例言》稱徵文與選文有别，選文必抉擇精嚴，徵文即義法稍疏，意味稍薄，亦過而存之，蓋意主於收聚一方之散亡也。凡觀文徵者須知此旨。李氏又爲《楊性農〈國朝古文正的〉序》曰：「古人操選政者，若《唐文粹》、《宋文鑑》、《元文類》、《明文海》之屬，皆斷代爲書。若《文選》、《文苑英華》之屬，則綜歷代而擷其尤。若朱氏右選《八先生文集》，茅氏坤因之，儲氏欣廣之爲十家，則合數家爲一集。至吕東萊之《古文關鍵》、樓迂齋之《古文標注》、真西山之《文章正宗》、謝疊山之《文章軌範》，又各取古人名作，標舉其命意布局之所在，示學者以徑塗，其爲來學計益深切矣。國朝文治軼前古，作者林立，而望溪方氏、姬傳姚氏，論者尤推爲正宗。世所行選本若三家、七家、十一家、十二家之類，不可畢數，而姚氏椿、朱氏琦所選爲尤備，皆各明一義，沿古例而加變通者也。」又曰：「蓋其合一代爲一編，用《文粹》、《文鑑》、《文類》、《文海》例。不專取一家，用《文選》、《英華》例。篇各有評點，用樓氏《標注》例。而其批郤導窾，截斷衆流，則東萊、西山、迂齋、疊山以後所僅見，信可爲承學治古文者之要删也。」李氏前説標總集之斷限，後説標總集之義例，雖未詣析別精細之觀，要可證選家有作必酌義例以行之乃詣雅則也。管世銘《讀書得》欲於《四庫》外別立選類一門以收自《文選》以下選本，其意蓋以後世選家之多，非獨立一幟不可也。

編總集有出入例。

選家於駢散必分編，有韻與無韻必分編，舊體與新體必分編，應試文不入編，此定例也。然亦多互有出入者，如《文苑英華》諸書則駢散一體甄録，近世李兆洛《駢體文鈔》亦駢散合編，而羅氏《湖南文徵》又本昔人以偶體爲外集例，如駢文則附散文後，亦不分編也。此外則王氏於《湖海文傳》外別有《駢體文傳》，又主分矣。姚鼐《古文詞類纂》有韻無韻不分編，蓋仿《文選》首詞賦例，劉逢禄《八代文苑》、梅曾亮《古文詞略》皆然。《湖海文傳·凡例》曰：「前代選家，自《昭明文選》以下，如《文苑英華》、《宋文鑑》、《元文類》，皆詩賦兼收，惟梁溪顧氏《宋文選》不登詩賦，梨洲《明文授讀》則置賦於卷末。故予《文傳》遵《文選》、《英華》諸書例，仍以賦居首。」呂祖謙《宋文鑑》中自別標「律賦」目外，並登當時制舉文張叔才《自靖人自獻於先王》經義一篇於制策説書之後。近世康熙朝，鴻博諸公多收入御試之璇璣玉衡賦、省耕詩，乾隆朝制科諸公亦然。又如《曾文正集》列《大考論》，蓋仿昌黎列《省試學生代齋郎議顏子不貳過論》例也，此又別集之收試作者。明胡應麟《唐音癸籤》譏宋姚鉉《唐文粹》選唐賦遺律賦，選唐詩遺律詩，《湖南文徵》因此故於古賦外兼收律體，他如祝嘏之詞、譜牒之序、時藝之弁言，雖不免有意揄揚，且多借名，然羅氏則於此三者中，或意義可取，或故實可徵，又或作者與所爲作者有可考見，必收入之，此亦廣而不濫之義也。前人選文無收鐘鼎文字者，自孫星衍爲《續古文苑》始類收此類文，首宗周鐘，迄唐昭宗賜錢王鐵券。至龔定庵且勒爲專編矣。

選家有增删例。近世魏冰叔《八大家文鈔》於八家文有所疵議，而方靈皋爲《古文約選》、劉才甫爲《八家文鈔》多以删改之法行之。當時如李巨來、陳星齋、袁子才均諍之，後來則王惕甫、龔海峰復善之，要祇各名一義而已。吾稽選家於前人之文有所增删，實係古義，並非起於冰叔、靈皋，考俞正燮氏《癸巳存稿·文選自校本跋》曰：「《文選》見於史策者極多，選家例有甄別增删，其本有視他增多者，《西都賦》視《漢書》多『衆流之隈，汧流其西』，《東都賦》詩視《漢書》多『嘉祥阜兮集皇都』，司馬子長《報任少卿書》視《漢書》多『太史公牛馬走司馬遷再拜言』十二字，東方朔《答客難》視《漢書》多『傳曰天下無害災』二十七字，蓋昭明得他本增入者。《景福殿賦》注引薛綜《東京賦》注曰：『高昌、建成，二觀名也。』有注而賦文無此二觀，今所得《後漢宮殿圖》亦無此二觀，則賦文昭明删之。《九章·涉江》删去『亂曰』以下五十三字。鍾士季《檄蜀文》，《魏志》亦無及也，『其詳擇利害，自求多福』，今《文選》亦無及也，删『其詳擇』九字。任彦昇《爲褚蓁讓代兄襲封表》注云：『此表與集詳略不同，疑是稿本，詞多冗長。』《奏彈劉整》注云：『昭明删此文，太略，故詳引之，令與彈相應也。』是亦昭明删之，而李崇賢復補。唐僧

《辨正論》内《九箴篇》引古詩曰：『服食求神仙，多爲藥所誤。不如飲美酒，被服紈與素。寄語世上人，道士慎莫作。』《文選·古詩十九首》無『寄語』十字，亦昭明删之。其以意存者，王子淵《聖主得賢臣頌》、劉孝標《重答劉秣陵書》，頌與書正文皆不見，蓋古人僅傳其序引。其增改字者，據注則顔延年《宋文皇后哀册文》依用宋文帝加八字，陸佐公《石闕銘》依用梁武帝改十四字，《刻漏銘》依用梁武帝改一字，沈約改二字。然則《文選》不當以拘牽元稿評説是非也。其中本爲昭明所移改者，曹子建《與吴質書》，注引别題，言昭明移『墨翟不好伎』置『和氏無貴矣』下，與季重之書相應也。朱浮《與彭寵書》注云：《後漢書》載此事，《東觀漢記》亦載此書。大義雖同，辭旨全别，蓋録事者取捨有詳略矣。録有取捨，選亦必有取捨。校者詳其異同以見古人之趣，非有彼此是非之見。凡書皆然，況其爲文辭選集本耶？《史記·司馬相如列傳》云：『《子虚》、《上林》，言上林雲夢所有甚衆，故删取其要。』西漢録賦已删取如此。」據此知選家於前代文字有所改易增删已開於昭明太子，而昭明又上依太史公録賦入列傳有删取之例也。然則方氏之删改古文，乃用西漢及六朝人例，未可非也。近世張皋文鈔七十家賦，於題下自注明某書，並互校其字句於本文下，是又選家於不同各本中又有揀擇從善之例，亦以免人持他本以疑此本也，其法亦開自朱子之《韓文考異》矣。

選詩文及生存人例。　近日黎蒓齋《續古文詞類纂》選生存人作，比海上輯《清文匯》者亦因之。

然此事在古有兩例：一昭明太子《文選》以何遜猶在，不録其詩，後來選家大都準此，多以録同時人爲嫌於標榜。阮文達《兩浙輶軒録·條例》：「凡詩無專集及生存者不入選。」此不録生存人也。至唐令狐楚選《元和御覽詩》，於同時之人如張籍、楊巨源皆與焉。此録生存人也。後來仿此者明人尤多，如李攀龍編《古今詩删》三十四卷，自古逸至唐，唐後即繼以明，多録同時人之作。湯紹祖《續文選》所選爲自唐及明人詩文以續昭明之書，而五代宋遼金元無一字焉，與于鱗同旨。吾謂選文詩及同時人，没者尚無嫌，生存者究不雅飭，恐如王蘭泉之於朱笥河、江子屏之於蘭泉，皆有太丘道廣之譏也。若賀氏爲《經世文編》，於生存人採其文則於卷首列生存姓名一袟，其所定五例云：「仿陸氏《切問齋文鈔》收海峰、東原生存人數作之例，謂切時之言無須身後始出也。」此例之外又於每文目旁注集名，虚其名氏，謂以絶夫標榜也。又其收公牘文字必節冗，必去偏。其用句讀圈識，則仿老泉讀《孟梨洲文定》之例焉。此亦可法。張文襄《書目答問》録生存人著述，則以「今人」二字列之，亦不苟也。操選者要須自擇焉。方望溪選《欽定四書文》不録見存人文，其意蓋以文與年俱進，名家文稿多晚年自訂，往往有與初年絶不類者，故不取生存人也。此又一意矣。錢泳則謂：「選詩以蓋棺論定横胸中，余不謂然。古人有一首一句傳者，不論其死生，惟取可傳者選之可也。不可以修史之例而律詩也。」此亦一説也。

選詩文及家集例。俞曲園稱：「元好問《中州集》選金源一代之詩，其父與兄之詩皆與此，雖表揚之私情，而亦文章之公論也。明代吾湖丘大祐吉纂《吳興絶唱集》亦録其父之詩，惟直書其父之名，爲閻潛丘所譏，閻氏此類之事亦有可譏者，如顧千里見初印亭林所刊《廣韻》前有校刊姓氏，列受業閻若璩名，然其著書不稱亭林爲師，《漢學師承記》載此事，疑閻爲背師。蓋與戴震之於江永同也。則不及《中州集》之得體矣，又將己作之詩亦入集中，此則未免自炫之譏。若明俞憲選《盛明百家詩》，其二子淵、沂之詩各爲一卷，則殊非所宜也。」按：俞氏此説甚允。他如沈文慤選《明詩别裁集》亦入其先人沈德符之作，紀文達總纂《四庫全書》著録其先人《花王閣賸稿》於别集類，是收其家集入官書之類。惟近日湘潭羅研生汝懷爲《湖南文徵》末附其子萱文九篇，而書其後云：「是編甄録不欲徇私，如黎御史吉雲、陳池州源兖皆曾作先嚴九十壽言，詞意並美，嫌於藉自表襮，故悉未登。若萱爲家兒，文不足稱，豈宜厠文編内？而同人憫其殉難，屬入數藝，此亦過而存之之列矣。」羅氏録家集用意尚有斟酌。近日上海葛氏《續編經世文》，入其父士達文，下注「某填諱」，亦有斟酌。至武進盛氏思補樓之《經世文續編》則竟歸其父康尸其名，實則此編亦不盡出其子之手，此又近日文家假借之習氣也。阮氏刻《皇清經解》附入其子福《孝經義疏補》乃著述家之選入其家學者。又據陸祁孫之《七家文鈔序》，知此編中子居、皋文二家爲薛玉堂畫水點定，梅崖、秋士二家爲吳德旋仲倫所選，其方、劉、姚三家則陸所益也，三人合編一總集，亦不常見之例也。至善化賀氏之肇爲《經世文編》，其體本仿陸氏，然其書實魏默深所爲，以出自賀意，故主名歸賀而列魏於校勘中，蓋國朝人刻書似此者甚多。據《嚴鐵橋漫稿・答丁氏問》云：「季野《讀禮通考》有徐刻本，《明史稿》有王刻本。」沈映鈐《退庵隨筆》亦云：「徐氏《通考》、王氏《明史稿》皆甬上萬氏之書。」而《純常子枝語》云：「嚴元照《悔庵學文・書五代史纂誤補》云：吴胥石所校《元豐九域志》，最平生用意之作，畀人刻之，不存己姓名。」按：國朝人著書頗多此類，如張氏之《明史紀事本末》、魏氏之《經世文編》、劉伯山之《古謡諺》，或以報知己，或以易資財，皆事理所有。至秦嘉謨盜洪飴孫之《世本》，梁茝林竊程同文之《文選旁證》，則有負死友，罪深郭、何。昔惠定宇病卧，旅次儀徵，汪對琴親視藥餌，費逾千金。及愈，以所著《後漢書補注》贈之，對琴不肯，仍題惠名。一節之長，高於秦、梁遠矣。惟葉廷琯《吹網録》則辨《明史紀事本末》非竊書。據竹垞説，謂是書乃徐蘋村倬以谷氏識拔，故以此報之。《四庫提要》謂張岱輯者非。谷得此書，又聘陸圻撰論鋟木。其説皆有據，文氏所斥誤矣。嘉慶乙丑《兩淮鹽法志》五十六卷爲張雲璈、王芑孫手纂，反不列名，見《簡松草堂文集》。大抵方志類此者甚多，多以當官者尸其名，然未有總纂竟不列名者，此亦異聞也。馬氏《玉函山房輯佚書》缺史部，而章宗源《隋書經籍志考證》又衹有史部，文氏乃謂未成之書，故其證據多漏。馬徵麟《仙源書院書目》因稱爲馬竊章書，近見馬氏子孫刻有文字力雪此説爲誣。余在長沙見圖書館藏書多馬氏收藏舊本，余亦在肆間購得小種，可見馬氏儲書之富，而其人必能自輯書者，則此説亦不免誣矣。又魏默深《外集》稱趙一清《水經注》爲戴東原所勦，段玉裁又云趙勦戴。又趙氏有《畿輔水利書》百六十卷，爲戴氏館方制府删成八十卷，段亦疑非出戴一人。然戴凡例中無一字及原書，陸以湉亦止知爲東原作。至嘉慶中，又爲吴江通判王履泰所竊删爲《畿輔安瀾志》進呈，被賞，可爲郭象之報也。此又一公案矣。陸以湉《冷廬雜識》稱傅澤洪《行水金鑑》爲鄭餘慶撰，《書目答問》已明著之矣。《退庵隨筆》亦云然。彭元瑞、劉鳳誥《新五代史補注》多出南昌姜懷哲名會之手，刻書時並削其校注之名，同時人多不平之，見胡友梅《聽雪軒文鈔》。又徐星伯、龔定庵西北輿地之學最精而有重名，然左文襄公語其師吴西穀府丞清鵬，謂二人所紀多出前人稿，見《笏庵詩鈔》自注。又松文清之《新疆識略》即祁韻士徐松之《伊犁總統事略》，見《藝風堂文集・徐先生事輯》。成容若之《禮記集説補正》或以爲出明珠幕客手，見《南滑楛語》。又趙之謙從戴望等略知目録學，得錢竹汀《庸言録》寫本，不知其已刻，造作書名，冒爲己作以示人，見《荀學齋日記》。黄叔琳《文心雕龍注》乃門客某所爲，曾燠《國朝駢體正宗》爲彭兆蓀助編，吴榮光《吾學録初編》爲黄本驥代輯，見蕭氏《如園書目》。朱方增《從政觀法録》爲其舅程同文底稿，見《偶憶編》，斯不第談遷之詆明人掠美，顧寧人斥明人著書之盜竊矣。又考近人自竊書外，復有託名著書者，如馬、阮邪黨託名夏氏父子之《幸存録》、《後録》是也，黄南雷、全謝山、魏默深均詆之。又有改竄他人成書附以私意者，如鄒漪改吴氏《綏寇紀略》爲張彦縉、李明睿出脱粉飾是也，閻百詩、梁曜北皆斥之。至丁小雅徧告人謂《字林考逸》爲任子田竊其書，江氏《漢學師承記》已略辨之矣。此皆近人著述中蟊賊也。

選文詩入己作例。　俞氏謂後漢王逸撰《楚辭章句》，自《離騷經》第一至《九思》第十七，皆爲之注，而《九思》實即王逸所作。自作之，自注之，即附列於古人之後，此惟漢人可爲之，在後世則必爲人指摘矣。徐陵《玉臺新詠》甄録自漢至梁之詩，而陵所作亦與焉。然愚疑陵詩非陵自録，乃其子孫爲之，蓋欲使其祖父之詩附古人以傳耳。觀餘人皆書名，而徐陵獨稱徐孝穆，字而不名，其爲子孫增入無疑矣。唐芮挺章撰《國秀集》三卷，選唐人詩，而挺章所作之詩亦有二篇與焉，其誤仿《玉臺》之例歟？宋黄昇《花庵詞選》二十卷，始唐李白，終於宋方回，而己所自作詞四十首亦附録焉。今其所著《散花庵詞》已多散佚，賴此而存。此皆選家入己作之先例。近世建陽游子六藝本西法算學家而好選詩，則入己作甚多，余幼時覽之，殊不喜。魏默深代賀氏輯《經世文編》收入自作文十七篇，並代作亦收之，此因主名爲他人故也。然賀氏自作亦收入二篇，亦以重在經世也。至近日譚獻刻《半厂叢書》附入己詩文集，蓋原於國初張心齋潮刻

《檀几叢書》多收小品，末復附入己作小品六種之例。此風邇日大暢，雖與選文入自作有別，然不外俞氏所謂附古人以傳之意，後有作者可審擇焉。陸清獻撰《靈壽縣志》，載所撰《退思堂》等記，是以己作入所編官書中也。

選家簡編、續編、評本、注本諸例。選家薈前人之精粹，俾學者以精研，爰有簡編之作。別集自宋陳亮之《歐陽文粹》選歐文十之一，裁百三十篇，後明有《荆川文粹》，近有《小倉山房文集讀本》皆是。總集有黄氏《明文授讀》以約《文海》，郝氏《明文約編》以約《文衡》、《文在》，而梅之《古文詞略》、曾之《經史百家簡編》皆是。近上海新出之《古今文鈔》亦有簡編詩家別集，有宋之《山谷精華録》、近之《漁洋山人精華録》皆是。皆便學者。又前人名選多有續編，如《文選》後有《文選補遺》，《古文苑》後有《續古文苑》，《類纂》後有黎、王之《續古文詞類纂》惟明人《昭代經濟言》，後續編者自《切問齋文鈔》以下約可五。續論《金石文例》則潘、王合近人共得九種。皆是。評本佳者能示初學津梁，如《何評文選》及官書《古文淵鑑》、《唐宋文醇》皆是。別有《蔣評四六法海》、《王評金石例》、《紀評文心雕龍》及《曹集銓評》皆是，詩集尤多。散文舊無注本，惟陳愚谷有《唐宋十一家文鈔集説》，亦非徑作注釋也。駢文需注，自庾、徐、李玉溪以下迄今之陳其年、袁簡齋、吳穀人集皆有注本，其他《文選》學諸家多有《文選考證》之作，《楚詞》亦然。《文苑英華》亦有考證，近人於別集間有精校本。後有作者，可擇前人缺者爲之。

光緒辛、壬、癸、甲之歲，穌與伯兄葆周、季弟葆心求學會城，三人者分隸經心、兩湖、江漢三書院，得互應月試。一月中嘗二十日爲文字，苦其能奪讀書之力，然迫於生計，兄弟僦居一小室，濡毫檢籍，無間寸晷。獨季謂即此是學，每課必作，每作必求工。余恤其苦，常助役以紓之。當是時，季爲文好綜貫羣籍，避陳言矯目諭以自喜。張文襄公常許其深隱生勁，教之軒豁確實，從博大平易處致力。計予季生平爲文之多莫過是時矣。追溯我三人在此十數年前，兄弟塾居，相爲師友。季先後從余與伯兄讀，年方幼，學資稟中人。惟受經日必二種，《語》、《策》、《騷》、《選》、詩、古文詞必徧，雜以諸子。成童後爲文亦不異常兒，獨深惡經生業，往往失塾師意。文從駢儷入，初不常作，自乙酉後，余見其按日鋭於治書，經史子集，晝夜環周，鐙晨風夕，爲日冊以自稽考，數十年無間。先大夫晚病，與客言：「人家子弟患不讀書，獨予最小之兒深懼爲讀書愚。」計季生平讀書之多且勇，又莫過此七八年中矣。季嘗從容語余自經歷此兩境後，心地髣髴漸明，仍虚怯無以質信。惟自是治書作文，或一覽便深，或格則棄去，或迷悶不吐，或汩汩不能自休，往往睡夢中自幻異景。余知其精一之驗，輒曰：「汝體孱，可少休矣。先宜人病餘劬撫汝，汝氣清而魄弱，故外物恒得而據之。書亦外物也，而可溺乎？」季言：「此心寄於書有如魚水，一失則枯寂不聊，無能以他好奪也。自來貞確之士不能無癖，如兄言倘易以他好，不能清尚矣，寧棄彼取此。」然人事日迫，兄弟謀生拙，各博館穀，倚余仲兄葆頤以活吾家，余與伯兄浸至廢業，獨季自戊戌充郢中博通書院院長後，迭主吾縣及黄梅縣書院講席，歲課諸生，積久遂有論文之作。自後爲省郡都中各校教員，官禮部、學部，充修書、校書役，未嘗一日離此書，露鈔雪纂，遂成卷袟，迄今二十餘年，書盈幾尺，稿凡幾易矣。乙卯之秋，余聞季憂虞多病，走長沙相見，則已於七月殤其次女，八月又喪其婦，覩其氣象，鬱不可支，相處兩月，所以慰解者甚至。季謂：「余半生侘傺，身世兩窮，惟此零散未盡之文字，殆此身之歸宿。」余因勸其力加收拾，速印此編，姑遣愁苦之歲月。越年印竣，季寓書屬題其後，余得藉以襮余失學之悔與季求學之苦、緝書之勤，欣然命筆，不欲以譾劣辭也。獨是先大夫屬望兒輩，既不及見會城鼓勇讀書之時，並科名寸進亦未塞高堂之望。仲兄、先姊相繼淪謝，龢與伯兄漸入暮年，徒懷炳燭之愧。即余季昔時壯志，好推究古今天人經綸權變之作用與寰海强弱原委之異同，視天下事都在吾輩，絶不欲以文字傳世，今乃僅僅託於此以自見。其流傳與否，又杳冥不可必。世變日亟，干戈滿地，國學頽亡，來者紛歧，卑其長老，功利躁急，深中人心，幾許名賢，沉貍今日，況吾儕一蝨一蝱之細也乎！往者嘗語兒輩以兄弟會城困學之狀，小子幾不見信，將來有能繼業與補余悔者乎抑否耶？是則俯仰今昔，茫茫尠託而寄慨於無窮者也！至是書得失，堪質當世大雅與否，殊非荒落之衷所敢定。姑述余兄弟身世，庶幾究心文事之君子相與一太息之。丙辰春，同懷兄葆龢識。

附　録

古文辭通義後序（成惕軒）

嗚呼！　此吾師羅田王季薌先生之遺著也。　先生以遜清舉人，官學部主事。　鼎革後，僦居武昌，日以纂述爲業。　牆東辟世，隱玄豹之一斑；　膠西下帷，謝黄鸝之三請。　目所營者縹緗，手所御者鉛槧。　舉義理考據詞章之屬，靡不淹通；　於古今文物制度之原，尤多闡發。　萬軸雜陳，百城高擁。　成《晦堂叢書》若干種。　而《古文辭通義》乃其一焉，區爲廿卷，統以六篇。　博極羣書，踰陸氏汗牛之量；　近取諸譬，妙莊生彈雀之言。　細如竹屑而弗遺，巧借金針而度與。　懸古爲鑑，饋貧以糧。　誠粲乎其大備矣！　或疑竹垞載筆，偶喜貪多；　孔璋摛辭，微涉繁富。　不知集腋資狐，操弓示鵠。　窮百家之閫奥，假多士以津梁。　語貴能周，義期必顯。　是直大匠誨人之苦心，烏足爲先生病哉？　曩謁先生於黄土坡寓邸，承以新刻見貽。　屬遘亂離，致遭亡失。　頃從佛觀教授處獲覩是編，煙墨黯然，已成海隅孤本。　念碩果之僅存，懼靈珠之或隕。　因丐臺灣中華書局，亟加影印，俾衍薪傳。校讀既竣，並爲志其梗略如此。古芬攸寄，幸留歷劫之仙蟫；文軌重開，還仗識塗之老驥。